百年海上

第一卷 天之光

1921—1930

管燕草 著

中国工人出版社

图书在版编目（CIP）数据
百年海上. 第一卷, 天之光：1921—1930年 / 管燕草著.
—北京：中国工人出版社，2021.8
ISBN 978-7-5008-7698-4
Ⅰ. ①百… Ⅱ. ①管… ②管… Ⅲ. ①长篇小说－中国－当代 Ⅳ. ①I247.5
中国版本图书馆CIP数据核字（2021）第146509号

百年海上（全三卷）

出　版　人　王娇萍
责任编辑　李　丹
责任印制　栾征宇
出版发行　中国工人出版社
地　　址　北京市东城区鼓楼外大街45号　邮编：100120
网　　址　http://www.wp-china.com
电　　话　（010）62005043（总编室）
（010）62005039（印制管理中心）
（010）82027810（职工教育分社）
发行热线　（010）82029051　62383056
经　　销　各地书店
印　　刷　北京美图印务有限公司
开　　本　880毫米×1230毫米　1/32
印　　张　40.5
字　　数　1015千字
版　　次　2021年10月第1版　2022年12月第2次印刷
定　　价　138.00元（全三卷）

这是一部反映工人踏着时代节拍共庆建党百年、共创历史伟业的长篇小说。

这是一个讲述工人与共产党共患难、与上海同呼吸、与工厂生死相依的动人故事。

这是一幅描述不同时代工人的工作和生活，以“小人物”的经历串起历史“大事件”的壮阔画卷。

这是一曲刻画从工人阶级视角展现中共诞生、壮大对时代、国家、人民产生巨大正向影响的美妙歌谣。

序一

为产业工人树碑立传

工人题材小说在20世纪五六十年代很红火，由此成就了一批颇有文学才华且来自工厂的工人作家。这个创作群体的辉煌成绩和工人题材小说的走红是与当时特定的文艺政策有直接关系的，而且在当代文学史上留下了令人瞩目的一页。如今，老一代工人作家大多作古，后起的工人作家涛声依旧，只是进入20世纪90年代以后，多数人的写作与工人、工厂、工业渐行渐远了。这与工人的社会地位发生变化有没有关系呢？我的回答是不确定的。因为作为旁证，以农民为主角的乡土文学现在依然大行其道，其中并无政策导向在起作用。而且吊诡的是，当下乡土文学中的大部分主角在现实生活中已经跑到城里打工了。可见，以哪个阶层为小说的主角，在今天已经不存在政策方面的调控，与其社会地位也未必有必然联系。关键是作家们（包括非工人出身的作家）是否关注工人这一社会阶层，他们与出版社是否还有热情以相关的优秀作品来吸引读者的注意力。现在，由管氏父女创作、由中国工人出版社出版的长篇小说《百年海上》（全三卷）为我们提供了一个难得的个案。

管新生在工厂工作了四十多年，长期从事业余或“准专业”的文学创作，是名副其实的工人作家，工厂生活是他最熟悉不过的，一直是他重要的创作素材。虽然在通俗文学相对畅销的情势下，他也写了大量的警匪、武侠、悬疑、惊险类小说和电视剧剧本，而且稿约不断，但难能可贵的是，他始终有个魂牵梦萦的情结，那就是写一部展现中国工人百余年历史的长篇小说。为了集中“优势兵力”，他把同为作家的女儿管燕草“拖下水”，一起完成这一雄心勃勃的创作工程。对于他们高难度的宏大计划，我是有点心存疑虑的，尤其对题材和风格一向迥异的父女俩进行合作更觉匪夷所思。然而功夫不负有心人，在经过长达八年的酝酿、采访、查阅史料和寒窗十载的辛勤笔耕，终于如切如磋、如琢如磨地合作完成了三卷近一百万字的皇皇巨著。

当我从头至尾阅读定稿后，种种疑虑悄然冰释了。第一卷、第二卷的情节呈团块结构，写得相当扎实，充分显示了作者对历史题材的想象和驾驭能力。第三卷则呈开放结构，来回穿插，主体情节写得淋漓尽致。从阅读效果来看，全书做到了环环相扣，前两卷在情节设置和行文上带有一定的传奇色彩，第三卷则更接近现代的叙事语境。总体而言，三卷珠联璧合，前后照应，一以贯之，读时常有欲罢不能之感。每一卷的主要人物和几个次要人物都很有性格，有的扁平、有的立体，在国事、厂事、家事的复杂纠葛和个人的爱恨情仇方面展开了色彩斑斓的时代画卷和各自不同的性格命运。

20 世纪以来的中国的百余年历史，既是革命与战争频仍的历史，也是工业现代化和产业工人崛起壮大的历史。作为一部叙述时间跨度长达百年又以工人为主角的长篇小说，能否体现时代的风云变幻以及工人阶级的力量和命运，往往是评价其高低优劣的重要标准。“史”的线索以及文学人物如何参与其间，在创作的酝酿构思阶段是首先要考虑周到的。

就“史”而言，第一卷写的是1921—1930年，第二卷写的是1931—1949年，第三卷写的是1950—2021年。作者设想的是“编年史”体，但事实上也只能大而化之，突出重点。第一卷主要涉及中国共产党第一次全国代表大会以及三次工人武装起义，但文中未作正面描写，多为侧写。第二卷涉及日本投降后鲜为人知的第四次工人武装起义的流产，其中既有正写，也有侧写。这两卷的父子两代主人公都处于复杂的社会关系之中，与革命者、国共两党人士、资本家、帮会人物的交往故事生动地展现了那个时代的风云际会和普通工人的遭遇命运。第三卷的重点是国企改革，写得有声有色，入木三分，毕竟作者熟悉这段生活，并有深刻的理解。

我曾读过时间跨度长达百年的其他小说，为了达到“编年史”体的效果，几乎每个人物都被分配参与了一段或几段重大的斗争，常有刻意为之之嫌，也有捉襟见肘之憾，真正能兼顾史、事、人三者且给人留下深刻印象的实为凤毛麟角。读了《百年海上》(全三卷)后，我倒是倾向于管氏父女实事求是、扬长避短的处理方式：对史的表现不刻意求全，熟悉的可以多写、正写，不熟悉的则侧写或不写。

为了始终紧扣工人的生活和命运，三卷小说写的是武家祖孙三代乃至第四代、第五代工人的生活和斗争。第一代、第二代、第三代工人来自农村，与农村有着剪不断理还乱的联系，家庭伦理和婚姻关系是其中最重要的联系。第四代、第五代工人生于上海，已经完全是城市人了。农村和城市的不同环境和经历在他们的人生和世界观中打上了深深的印记。例如，第一代工人武家根是苏北小镇的农家子弟，来上海寻父后，做过码头工人和船舶机修厂工人，去了工人夜校学习，并接受了秘密的军事训练，加入了共产党，逐渐成长为技术工人，在上海工人第三次武装起义失败后，返回了家乡。第二代工人武伯平从小立志当工人，从苏北逃荒到上海后，进入洋商开的远东机械厂拜师学艺，成为技术一流的工人，并参加了抗日斗争。第三代工人武大武和武小武兄弟俩分别成长为工人作家和远东机械厂厂长，在创作领域和国企改革方面各自做出了不同的成绩，也遇到了前所未有的困难，亲历了人世的艰辛，遭遇过人心的险恶，在种种磨难和历练后，为人处世更加成熟，走向了事业的顶峰，而第二代和第三代工人为之奋斗的远东机械厂在历经风雨后，终于成功转型为数字产业集团，拥有高学历的海归派武一一成为工厂的管理层……

整部小说把中国现代史、上海工业史与工厂史以及工人的家族史熔为一炉，叙述了中国产业工人在前现代、现代和准后现代社会中崛起壮大和涅槃蜕变的过程。20世纪的历史已然消逝，它留给我们的既有不堪回首的痛苦，也有壮怀激烈的豪情。小说对此进行了生动形象的描绘，值得读者追忆和思虑。我本人最感兴趣的是第三卷对国企改革、工人下岗、工厂兼并、干部分流的描述，它们不仅是过去时，也是现在进行时和未来时。小说结尾处有一段耐人寻味的描写：

武大武跟在儿子武一一——远东数字产业集团产品工程部部长的身后，走进了一座宽敞明亮的厂房。

偌大的厂房里几乎看不到人影，也听不到机器轰鸣。在武一一

的介绍下，武大武才明白这儿的一切全都实行了无人操作，由计算机进行全程控制。当所有产品都在计算机上完成设计后，便会被发送到遥控加工机床上进行全封闭式加工，就连成品诞生也是静悄悄的，一如静悄悄的产房。

小说描绘的显然已经不是原来意义上的工厂，工人也不再是传统意义上的工人。作者实际上预测了世界范围内的新一次工业革命即将来临，这场革命将借助3D打印、材料科技和机器人等新技术创新让制造业发生重大改变，大量的个性化生产、分散式就近生产将成为新的重要特征，大规模流水线的生产方式即将终结，中国必须先声夺人或迎头赶上。《百年海上》（全三卷）以此为结尾，呼应了武大武的电视剧、话剧创作文本的颠覆性：主角不再是悲情的下岗工人，而是叱咤风云的改革带头人。

天、地、人，构成了这部长篇小说的内在含义，中国二人有着光荣的历史，也背负了时代的压力，在经历历史性阵痛后，他们将挺起胸膛顶天立地，在新一次工业革命中为中国社会的进步发挥正能量。这，也是我在读了这部长篇小说后产生的美好愿望。

上海师范大学教授、博士生导师

上海市作家协会原副主席

茅盾文学奖评委

王纪人

序二

工人题材是海派文化的一个传统

管新生、管燕草父女联袂创作的《百年海上》（全三卷）出版，是一件值得庆贺的事情。我真心实意地希望上海工人作家能够写出描写工人生活的书，我一直很关注这个问题。

“海派文化有两个传统，一个是繁华与糜烂同体共生；另一个是现代工业发展中工人力量的生长。缺失工人命运的海派文化是不完整的。”这是我在十多年前的一篇文章《海派文学的两个传统》中写的话。工人题材的创作应该是海派文化的一部分，关于这一点，以前学术界谈论海派文化时有所顾虑，往往把左翼文化从海派文化里撇开——我有一个朋友编过几种海派文学作品选，我问他为什么不将鲁迅、茅盾的作品编入，他说他没有勇气这样做，怕被人说贬低了左翼作家——在当时研究者的心目中，海派文化是层次比较低的。所以，我极力主张海派文化的概念里应该包括工人的文化，也包括左翼文化。如果把这些元素抹杀掉，上海就不像上海了。

从文学角度来说，海派文学有一个传统是从《海上花列传》开始的，这条线索可以延续到20世纪30年代现代主义、唯美主义和颓废倾向的文学。中国现代化进程是从上海租界文化开始的，逐步形成了一个华洋结合的上层建筑文化，这是大家认定的海派文化。但是实际上，“海派”是有一个底子的，它之所以在上层建筑建设中出现那么多现代文化因素，就是因为上海是一个有工业发展基础的城市，是中国现代以来最重要的工业基地，有了现代工业发展才有了现代产业工人，才有了无产阶级，才有了革命运动，同时也才有了现代化的一切，这是一个基础。这个基础在海派文学发展中也不是没有表现，起点就是郁达夫的《春风沉醉的晚上》，写杨树浦烟草公司的女工和流浪知识分子的感情交流；之后，慢慢发展到左翼文艺运动，像蒋光慈在《短裤党》中写了瞿秋白领导第三次工人武装起义的场景；到20世纪30年代，出现了茅盾的代表作《子夜》，算是海派文化最有代表性的作品，一面写买办资本家等上流社会的糜烂生活，我把它称之为繁荣与糜烂同体共生的传统，另一面就是写工人斗争，当然，茅盾写工人运动写得没那么好，但是他努力要开拓那个领域；再往后，两个传统就分开了，海派的繁华与糜烂同体共生的传统后来在张爱玲的小说中有所发展。

海派文学的另外一个传统就是写工人，比较有代表性的作品，一个是周而复的《上海的早晨》，在写工商业改造的同时，展开了对一批纱厂女工生活的描写，主人公汤阿英就是一个纱厂女工；还有一部小说现在很少有人谈到，但我很喜欢，就是艾明之写的《火种》，写的是真正的工人生活史，而且写的就是上海的工人，我是在40多年前看的，到现在还记得主人公在城隍庙九曲桥相亲，后来被骗到煤矿当工人，很多细节都印在脑子里。艾明之是一个有意识写上海工人的作家，他也写工人运动，写三次工人武装革命，但是很可惜，好像还没有写完，“文化大革命”就开始了。《火种》这本书非常有价值，没有得到重新出版是很可惜的，它不仅写工人，还写海派工人，很多细节都是写上海文化的。

这些年，工业题材发展势头比较衰弱，工人题材越来越少。其实，这也不完全是因为作家不愿意写或者不重视工人题材。二人题材确实有很多局限，怎么把工人题材写好就是其中一个问题。所以，管新生、管燕草父女能够把这个题材拿起来进行有意识的开拓，是值得关注的。以前尽管有工人题材，但是写得好的不多。为什么好的不多？因为这个题材在如何进行审美表达上是存在困难的。农村有几千年的文化积淀，本来就有一个稳定的美学风格在里面，而工人生活在现代都市里，就像在上海这个移民城市中，工人群体是流动的，从农村各个地方涌到上海大都市，也有可能再流动到其他地方去。如何把握工人跟农村有着天然联系但又通过出卖劳动力的生产方式而脱胎换骨的问题，我们到现在还没有很成功地在美学上表达出来。

其实，有一些问题在不同程度上仍然存在，很多国有企业转型，外资企业进来，工人被提升为白领，大批农民工进城务工，这些现象都有着很复杂的内涵，而且在人文社会科学领域都没有得到很好的研究和解决。不过，这并不重要，人文社会科学不能解决的问题，可以由文学通过感性的创作来完成，文学从来就应该走在社会科学、人文科学的前面，用文学创作塑造出当下真实的工人形象及其生活处境，描写他们复杂的精神面貌，再由文学评论来阐述其意义，为人文科学、社会科学提供重要的例证，这要比所谓的数据、表格、统计调查等研究方法更加真实，更加有血有肉。问题的关键在于文学创作要真实，要把现阶段工人的社会地位、经济状况、思想结构如实表现出来，为以后研究这个时期的工人阶级提供非常丰富的素材。社会科学相对来说是滞后的，人文科学则更为滞后，最前沿的就是文学创作，能够敏锐地发现生活中许多尚处于萌芽状态的现象。上海工人题材不是没有人写，过去就有人写，之所以这二十年来慢慢减少，是因为作家没法儿把握一些现实问题，但正因为没法儿把握，反而给文学创作提供了广阔的用武之地。因为文学不需要理性地去下定义，反而可以通过感性认识来提升和完善其定义。从这点上来说，我觉得《百年海上》（全三卷）的出版开了一个很好的头，希望上海有更多的作家、更多的文学创作去描写现阶段的工人生活。

这本书写的是工人，而且是上海工人。小说里面有些细节很有意思。比如，我一开始想，为什么写工人武家根的父亲是革命的敌人？为什么要这样表现？我觉得这样的表现很有意味。可能管燕草想不到，我想到了——这样一来，文本里的工人形象的血缘关系就被斩断了，也就是说，“工人”是一个阶级的概念，而不是普通家族的概念。我们以前说工人血统，是指你的父亲是工人，你也是工人，工人生出工人。这种血统论现在不流行了，可是在 20 世纪五六十年代是非常流行的，老子英雄儿好汉，工人阶级是领导阶级，血统元素经常会出现在文学作品里，苏联作家柯切托夫就写过《茹尔宾一家》《叶尔绍夫兄弟》，都是写工人家族的。但家族血缘概念都是与宗法传统下的农村社会有关，用在都市工人题材中总有点不伦不类。《百年海上》（全三卷）恰恰改变了这种血统论，如果从家族血缘角度看，武家根的父亲夏添变成了革命的敌人，小说还安排了武家根带一帮暗杀队员去锄奸，面对自己的父亲他下不了手，最后是他身后的暗杀队员把夏添打死了。也就是说，从武家根开始，他已经不是血统意义上的工人，他是被革命组织和阶级立场提升了的与以前的血缘关系一刀两断了的工人，是阶级意识上的工人。所以，它要表现的不再是我们平时说的做工的人，他是无产阶级队伍中的一个产业工人。从这个意义上说，这个细节可以成立，而且很有象征意味。我对杀手的故事是不喜欢的，不过这个故事本身很有意思，革命阶段稍微有一点传奇性也没有关系。

这部《百年海上》（全三卷）虽然写了百年历史，但其实是抓了三个制高点：第一段写共产党成立到上海工人武装起义，第二段写抗日战争，第三段写改革开放以后的第三代、第四代工人。我认为第二卷写得很好，这部分的难度很高，因为故事发生在一个处于日本军管下的工厂，工人在这种恶劣环境下如何体现抗日情绪是很难写的，其中的钱师傅比武伯平写得好，钱师傅做事不动声色，但他也有内心的痛苦，他不是地下党员，只是一个有点觉悟的普通工人，当然后面有共产党在策划，但他有自己的正义感，最后的那场技术比赛，我以前没有读过这样的描写，颇具新意。

我想如果管新生、管燕草父女将来有兴趣，可以再写一部上海工人的“三部曲”，第一部写 1914 年世界大战爆发前后，中国民族工业发展时期的工人阶级如何形成，工人与民族资产阶级之间是什么样的关系，工人怎么从传统农民完成向一个自觉的阶级的转换；第二部写 20 世纪 30 年代，也就是《子夜》的时代，那个时代是中国民族工业发展的最好阶段，中国好不容易有了一段相对平稳的时期，从战争内乱中摆脱出来，建设现代化都市，那么在那段短短的十来年时间里，工人是怎样生活的？就等于把茅盾在《子夜》里没有写好的一部分写出来；第三部写1949年以后到“文化大革命”时期，工人在那个阶段被认定为新社会的主人，后来又被定义为领导阶级，那么在那个时代，工人的真实生活是什么样的？我觉得把这三个历史时期的工人生活写出来，既要有传奇的一面，也要有平常生活的一面；既要有革命时期工人斗争风起云涌的一面，也要有工人自身发展的一面，如果能将这两个方面融合起来，上海工人发展历史的艺术表现就会更加完整。

上海市作家协会副主席

复旦大学教授、博士生导师、图书馆馆长

陈思和

自序

工人的英雄史诗

有欲为中国工人以文学样式写史立传的人吗？

鲜有闻听。

广为人知的是，农村题材的长篇文本一如黄土地上长势凶猛的庄稼，风乍起，吹涌后浪推前浪。

放眼泱泱中华，上下五千年，尽是农业文明发展史，源远流长，乃播种一切文学创作品种的肥沃土壤。

中国的工业社会委实来得太迟。自 1865 年 9 月 20 日（清同治四年八月初一）两江总督、江苏巡抚李鸿章奏请设立江南制造总局于上海始，中国第一代产业工人诞生，迄今连头带尾，仅有 156 年的历史而已。先前，盘古开天地，历秦汉、经唐宋、过元明，皆为小作坊工场耳。

其实，156 年的历史已经足够。

那么，为什么工业题材的长篇小说如凤毛麟角？

或许，因为不那么熟悉工厂生活，不那么知道工人在做些什么、想些什么、创造些什么？或许，因为过于描述绝大部分读者看不懂的生产过程流水线而鲜有成功之作，便知难而退？或许，因为市场经济的大潮溅湿了人们的衫裤，眼中只剩下了商品，遗失了作品？

或许，这些统统不是理由。

然而，总归要有人去做，哪怕一败涂地，哪怕悲催不已。

当下，中国的农业社会正在向工业化、城市化大踏步前进，在文学创作的朗朗乾坤中，工人的英雄史诗岂可或缺？

那么，我们为什么不能尝试呢？

我们有长达四十余年工厂生活的积淀，我们有新生代作家与时俱进的创作理念。

如若不然，对以码字为命的我等之辈而言，岂不是一种不可宽恕的罪过？

即使这次尝试不那么成熟、不那么成功，我们也愿意自讨苦吃——因为做自己喜欢做的事情，苦而无憾。

天底下所有的文学作品都是写人，现在只不过增加了一个字：工。

是的，我们写的是工人。

于是，从酝酿构思到收集资料，从写大纲到成书再到修改，历时十年又八载，我们终于完成了面前的《百年海上》（全三卷）。

我们写了百年工人，终究是写了一座不朽的城市：上海。

是为序。

主要人物表

武家根——男。来自苏北农村，为寻父只身来到陌生的上海。从浑浑噩噩、没有文化的农村青年逐渐成长为有觉悟、接受先进思想的革命者。

夏秋莲——女。商务印书馆编辑，工人夜校老师。美貌、温柔、善良。被武家根身上的质朴品质吸引，与之相恋。

红　英——女。受武家根之妻红姑临终之托，答应嫁给武家根，抚养其子武伯平。眼中始终只有武家根一个男人，将其视为自己的天，须臾离之不得。没有文化，泼辣，对人真诚，爱得炙热，但有时又蛮不讲理。

李少杰——男。出生于苏北大家族，复旦大学文学社社长。热情、富有正义感。深受马列主义的影响，多次领导学生运动。

张小海——男。大江船舶机修厂工人。活络、聪明。暗恋夏秋莲，为了爱情而去工人夜校学习文化，接受了革命的火种，后投奔北伐军。

王德宝——男。码头工人，后参加帮会。直爽、豪气、义字当先。和武家根等人一起投身工人运动。

赵　火——男。工人运动领袖，中共党员。曾去苏联留学，专攻军事、情报训练等，后来成为武家根等人的军事教官。

何　华——男。学生运动领袖，中共党员。多次领导学生运动、工人运动。欲利用帮会的力量为革命服务，不料最后被青帮暗杀。

夏　添——男。大学教授，夏秋莲之父。

方心雨——女。南洋大学堂大学生。因反抗包办婚姻而逃婚，后与李少杰一起组织学生运动。

刘丽丽——女。刘一甫之女。敢爱敢恨。

金师傅——男。中国第一代产业工人，武家根的师傅。

刘一甫——男。上海民族资本家。

屠老大——男。青帮头领。

阿乌头——男。游手好闲的小混混。

目　录

第一章

从苏北小镇走进上海的工人夜校

1

武家根是跟随着众多工友的步伐走出这间屋子的。

这是一间十来平方米的幽暗房间，坐落在弄堂最深处的拐角，很是隐蔽。如今这里成了工人夜校的临时上课地方，很多工友一放班便来这里。

武家根原本是不打算跑来上什么工人夜校的，在码头上扛一天大包本来就够累的了。他之所以出现在这里，完全是因为跟他住在同一个阁楼的张小海生拉硬拽地将他带过来，今晚是他第一次来这里听课。

武家根小时候在苏北老家读过几年私塾。武家几代都是手艺人，在水闸镇上经营着一爿祖传下来的铁匠铺子，兴许就是凭着打铁的营生，家人才能勉强让武家根走进私塾先生的学堂。

武家根忘不了爷爷赤裸着上身打铁的画面，那被炉火映得通红的胸膛，不时顺着脸颊淌下、偶尔滴在滚烫的生铁上发出“哧哧哧”声响的汗珠……爷爷紧握铁锤的手是那样有力、厚实，手上的茧子一层一层的，像一座座盘起来的小山丘。小时候的他最害怕爷爷伸手拉住他的小手，那样会很疼。

在武家根的印象中，爷爷、奶奶、母亲都是清晰的形象，唯独父亲，留给他的只有一个模糊的身影，他一直很努力地把那个身影小心翼翼地存放在记忆的最深处，害怕有一天会被自己弄丢。父亲说话的声音、走路的姿势甚至是长相，对他来说都是一片空白。自他记事起，母亲便告诉他，父亲在他四岁那年去世了。而且母亲很忌讳谈及父亲，幼年时他无意说起过一次，竟惹得母亲躲进屋子里偷偷地哭泣起来，从那时起，他便知道“父亲”两个字对母亲而言意味着悲伤和痛苦。

其实，若不是因为几个月前的一次突发事件，武家根至今仍然在苏北的那片铁匠铺里安分守己地打着铁，怎么可能千里迢迢地跑到上海来呢！

那时，传言突然从做生意回乡的镇民嘴里逸了出来，说是在上海的马路上看到了武家根的父亲。一夜之间，这话传遍了小小的水闸镇，传遍了乡里乡亲的心头，更打破了武家的平静，激起了武家人内心的涟漪。很快，这成为周围邻居茶余饭后偷偷谈论的话题，他们用一种异样的眼神有意无意地打量着武家人。武家根有很多次欲开口询问母亲死去的父亲怎么会突然复活，而且是在一个被唤作“上海”的陌生地方，但每次话到嘴边又被他硬生生地咽了下去。

这样的局面足足维持了有半个月之久，一直到那个黄昏才结束。武家根记得，那是一个普通得不能再普通的黄昏，奶奶毫无先兆地将他拉到身边，打量了他许久才开口说道：“阿根，去趟上海吧！把你爹找回来。”

武家根的嘴因为吃惊而张成了鸭蛋状，他难以置信地看着奶奶，甚至在一瞬间怀疑自己的耳朵出了问题。他转过头看了看不远处坐在床边的母亲，她正轻拍着他的儿子武伯平小小的身子，宛如什么也没有听见一般，很是专心地哄着孩子入睡。

奶奶看着武家根惊讶的样子，叹了一口气，说道："你爹并没有死，他当年跟着一个外乡人走了，这一走就再也没有回来……"

奶奶说这话的时候，武家根注意到母亲拍打武伯平的手足足在空中停顿了好一会儿。他想了想，依然没有回过神。外乡人？究竟是怎样的外乡人呢？难道……是女人？他不明白为什么一家人都知道的事情却唯独要隐瞒他一个人，而且还隐瞒了这么多年！

武家根忍不住叫了一声："妈？"

半晌，母亲用一声低沉的叹息当作回答。

坐在一旁抽旱烟的爷爷咳嗽着从板凳上站起了身，一边捶着腰，一边朝着里屋走去。

武家根看着母亲的侧影，一时无法看清她脸上的表情，便又唤了一声："妈……"

母亲依然没有抬头，低声说道："明天一早你就走，船票给你买好了。"

武家根正欲开口问有关父亲的事情，母亲又一次说话了："当年，他跟着一个革命党走了。这事关系到一家老小的生死，不好说，镇上也没别人知道，只道他是跟着外乡人去做生意了……"她忽然停顿了一下，"去睡吧，不早了。"

武家根站在原地没有动，母亲的话在他的耳边不停地回旋着，他怎么也没有料到父亲还活着，当年居然是因为一个闹革命的外乡人抛下了母亲，抛下了幼小的他，抛下了爷爷、奶奶，抛下了镇上的这个家。现在想来，家人对他守口如瓶并非毫无道理，若是不将真相隐瞒，年幼的他说不定就会告诉交好的朋友。即便是现在，"革命党"对他而言也只是偶尔听乡里乡亲提过的一个名词，距离他的生活实在太遥远了，他只是一个在铁匠铺里长大的孩子，“革命”究竟是怎么回事，他从来就没弄明白过，当然也不需要弄明白。

就在武家根想着这些的时候，奶奶的声音又一次响了起来：“别想了，去睡吧！若真是有缘做父子便能找到，找到了就让他回来看看他爹他娘，我们都这把岁数了，也没几年活头了，就想着能在临死前见他一面，那样才能瞑目啊！唉，他的心真那么狠啊……若真是找不见，那也是我们的命数，只能认了……”说完，她一边叹着气，一边朝里屋走去。

奶奶说这话的时候，声音低低的，可是落在武家根的心里却好像大铁锤打在生铁上一般沉重，他竟感觉到眼睛微微有些湿润了。也许能否找到父亲对奶奶来说只是一个念想，他们能做的仅剩下让他去上海找这么一件事情了。

武家根也走向了里屋。他知道奶奶和母亲都是坚毅、固执的人，所以他从小就特别听话，从不敢违背她们的意愿，既然一家人都让他去上海，他也别无选择了。

第二天，天还不亮，母亲便叫醒了武家根。他一睁开眼就看到母亲那双充满血丝的红肿眼睛，他猜母亲一定彻夜未眠，而且哭过。母亲从一旁拿出包袱，说是已经为他收拾好了，里面有几双新纳的鞋，还有她亲手做的干粮。听着母亲的话，他在心里责怪自己过于粗心，前几日他便看到母亲在灯下纳鞋底，原来早就为他准备着了。

苏北的早春还是有些寒冷，母亲从灶间端来一碗刚下的热腾腾的阳春面让武家根吃，说空着肚子出门会更冷。他听了之后，便呼啦呼啦地吃起了面。母亲下的面总是那么好吃，有一种他从小就习惯了的味道在里面，他觉得是他吃过的最好吃的面。吃到一半，他发现面下卧着一个荷包蛋，他抬头看了一眼母亲。母亲说："吃吧，趁热。"他用筷子夹起荷包蛋，一口咬了下去，荷包蛋最外面一圈被油煎得脆脆的，蛋黄很嫩，流到他的舌尖，香极了。他知道这一定就是家里那只花母鸡在夜里下的蛋，那只鸡每天都会下一只蛋，偶尔还会下两只，平时母亲总是不舍得吃，等攒到二三十只便拿到镇上换东西回来。

武家根吃得很快，呼啦呼啦地就喝干了碗里最后一滴面汤。他抬手用衣袖抹了抹嘴，然后背起包袱，说了一声"走了"便朝着家门外走去。母亲跟在他的身后，叮嘱他早去早回，找不见就算了，反正这么多年都过来了，并特地告诉他包袱内有一幅父亲年轻时候的小像，是当年请镇子上的画师画的，尽管可能已经与如今的模样不像了，可这是他能找到父亲唯一的线索了。

武家根点了点头，他最放心不下的就是两岁出头的儿子武伯平。妻子红姑生下儿子的当日便因大出血死了，这使得他越发怜爱儿子。幸好红姑的好妹子红英一直相帮母亲照顾伯平，当然这和亡妻的遗愿有关系——红姑临终前曾拉着他的手，希望他能在她死后娶了红英，他当时只能答应，可也不知怎的，他对与红英结婚总是提不起劲头来，也许是他一时还忘不了亡妻，也许是他从来就只将红英当作亲妹子看待，总之婚事就这样耽搁了下来。

红英其实是武家的养女，与红姑并非嫡亲姐妹，但她们一直以姐妹相称，两人从小一起在武家长大，感情自然很好，而且与武家根的关系也很好，他也一直将她们当作亲妹妹看。当然，他对红姑稍稍有些不同，因为从小母亲就告诉他，红姑是他们家的童养媳，长大了就是他的媳妇。

武家根不让母亲再送了，母亲停住脚步，最后对他说了一句话：“阿根，我知道你放不下伯平，有我和红英在，你不用记挂……你能找到你爹自然好，但若找不见，也未尝就不好，一切由天定吧！你和红英的事情就别再拖了，姑娘家等不起，等你回来就办了吧！”

武家根点头答应着，向母亲挥手道别，说道：“我都记下了。妈，你回吧！”

武家根就这样离开了水闸镇，他没有回头，因为害怕面对母亲那双红肿的眼睛。幸好家人没有将他走的事情告诉红英，也许是怕依着她的性子，定会闹着缠着跟着他一起去上海吧！

“喂！我说，你在想什么呢？”耳边陡然响起的话语声打断了武家根漂浮的思绪。

武家根转过头，将目光茫然地投向身边的张小海，只听张小海神秘兮兮地问道：“是不是觉得今晚没白来？”

武家根这才恍然，发出了“哦”的一声，说道：“课是上得不错……”

张小海急忙打断武家根的话，说道：“什么叫不错啊？分明是上得太好了！那眼神，那手势……好看，就是好看！就连名字都很好听——夏秋莲，秋莲……”

夏——秋——莲，武家根清晰地记得今晚是他第二次见着给工友们上课的这名女子，当然，这是张小海并不知晓的。武家根觉得即便是夏秋莲也不会注意到坐在下面听课的他，因为他是那样卑微和不起眼。

武家根认识夏秋莲完全是因为另一个人——李少杰。

武家根是在水闸镇驶往上海的船上认识李少杰的，虽然那艘小船上远不止李少杰一个人，但武家根唯独跟他认识，并成为朋友。

李少杰是在船解缆离岸那一刻跳上来的，自打看到他的第一眼起，武家根就知道他是见过大世面的，和长期待在镇子上的那些人不同。

果然，不久后的一件事情就证实了武家根的想法。船在江面上驶出一段距离之后，武家根远远地看到岸上跑来一大群人，他们身穿家仆的衣服，双手对着船拼命地挥舞着，嘴里不知道在叫嚷着什么，但急迫的情绪透过叫嚷声清晰地传来，一看就知道他们在招呼船家往岸边靠。

李少杰一见着这群人，便神情慌张地跑向船老大。武家根看到李少杰凑近船老大的耳边嘀嘀咕咕地说了一些话，然后转过身从口袋里掏出两块大洋塞入船老大的手中，于是船老大比适才更卖力地摇动起船橹，很快便将岸上那些人甩得远远的。

后来，坐在船上的那几日，武家根和李少杰熟识后，李少杰才偷偷告诉武家根，前两天的家仆是来追赶他的，为的是把他捉回家成亲。当时武家根的眼睛惊得瞪圆了，愣了好一会儿，脑海中终于蹦出两个字：逃婚！这是一件何其严重的事情呵！可是，在李少杰的脸上，武家根却看到了满不在乎的表情，好像说的是别人的故事。

从李少杰的话语中，武家根得知他在上海的复旦大学念书，之前被父亲用一纸“病重，速回”的电报诓回了家。李少杰到家后，见父亲竟然生龙活虎地站在他的面前，才注意到宅子中一片张灯结彩的喜庆气象。在他还没弄明白究竟发生了什么事情的时候，家人已经将他关入屋内，逼他两日后成婚。他当然不同意！他连对方姓甚名谁都没搞清楚，怎么就能答应？好不容易熬过了夜里，一大清早，他便趁着家人还在熟睡，翻墙逃跑了。

武家根觉得婚姻是“父母之命，媒妁之言”的事情，逃婚可称得上是大逆不道、辱没祖宗的事情，但李少杰不那么认为，他觉得婚姻大事应该自己说了算，绝不能和未曾打过照面、没有丝毫感情的女人结婚。

武家根听着李少杰的话，呆呆地看着李少杰。李少杰的一番话让武家根觉得读过洋学堂的人到底是不同的。

武家根不由得想象着不久之后将要抵达的名叫“上海”的地方，那里究竟是一个什么样的地方？父亲真的会在那里吗？如果有一天真的找到了父亲，自己该对父亲说什么呢？毕竟父亲对他而言，只是被藏匿在内心深处的一个模糊身影罢了。

再后来，武家根知道了李少杰是镇子上赫赫有名的大财主李家的三少爷。临到下船的时候，李少杰说有个好朋友会来码头接他，他嘴里的“好朋友”不是别人，正是夏秋莲。

见到夏秋莲的第一眼，武家根便被她脸上洋溢着的灿烂笑容吸引了，她并非美得令人移不开目光的女孩，但她浑身上下散发着一种特殊的味道。后来，武家根想了很久，终于在他掌握得并不扎实的词汇中找到了一个较为妥帖的字眼——气质。

夏秋莲是很有气质的女孩。那天在码头上，她站在早春温暖的阳光里，身穿一件呢质浅天蓝色连衣裙，显得很是干净朴素，高挑苗条的身材被衬托得很好，脸上浮现着比阳光更暖和的笑容，披肩长发在微风的吹拂下轻柔地飘舞着。

武家根在见着夏秋莲之后，忽然明白李少杰逃婚的原因了——他猜想多半跟夏秋莲有关系。

李少杰关心地询问武家根在上海可有落脚之处，说若是没有，就跟他一起去复旦大学，到时候住处由他来想办法。

武家根虽然在上海没有熟人，但毕竟与李少杰只是萍水相逢，没好意思跟他说实话，借口推说是来上海找熟人的，便匆匆离去了。

武家根现在想来，也许对于当日匆忙的见面，夏秋莲早已不记得了，自然也记不得他了。

这样想着的武家根不知不觉地从嘴里缓缓地念出了三个字："夏秋莲……"正是他这无意间的念叨，引得身旁的张小海"扑哧"一声笑了出来。

武家根茫然地看了看张小海。张小海将脑袋凑近，压低嗓音问道："兄弟，你说句实话，你是不是……是不是……"

张小海忽然不说话了，嬉皮笑脸地看着武家根。武家根不解地问道："是不是什么？你什么意思？"

张小海发出了"呵呵"两记笑声，继续说道："你可别告诉我，你对夏秋莲老师连一点点感觉都没有？"

武家根先是一愣，随即领会了张小海的意思，急急地说道："你瞎说啥话呢！"

张小海没有想到武家根会突然提高嗓门，他连忙推了武家根一把，打量了一下走在身边的工友，低声说道："你嚷什么？小声些。”

武家根“哦”了一声，说道：“小海，这事可不能随便开玩笑，人家夏老师跟咱们可不一样。”

“怎么不一样了？是比我们多了条胳臂，还是多了双脚？难不成是多了眼睛和鼻子？”张小海一脸不买账，一副打破砂锅问到底的架势。

两人说着这些的时候，已经走出了屋子，走在了窄窄长长的弄堂里。

武家根想了一会儿，回答道：“不知道！反正我就是觉得人家跟我们不是同一路人，她是夜校老师，有文化，而我们……”他低低地叹息了一声，“而我们，只是码头上扛大包的工人，不一样……”

张小海一脸不以为然，并从鼻腔里发出了重重的一声“哼”，而后说道：“扛大包怎么了？你没听夏老师今晚上课时跟我们说的话吗？她说，人生来就是平等的，没有贫富贵贱。她在课上说的最让人激动的一句话就是，‘工’和‘人’两个字合在一起便是一个‘天’字。我们工人是天啊！家根，你听了难道一点儿都不激动吗？”

武家根看着张小海因大声说话而微微泛红的脸庞，尽管在夜色的笼罩下看得不是十分真切，但透过微弱的光，武家根依然能看见。武家根显然没有张小海那般兴奋，他望了一眼黑乎乎的弄堂，淡淡地说道：“自古以来只有皇帝才能被视作‘天’，咱们小老百姓怎么可能是‘天’呢？如果真的是‘天’，为啥我们每天在码头上总有扛不完的大包？为啥我们拿到的工钱比不上双手插在口袋里只管监督我们卖苦力的工头的呢？”

张小海一时回答不上武家根的问题，他觉得以后得找机会好好问一问夏老师。过了一会儿，他突然激动地说道：“夏老师今天不是说了吗！终有一天这个世界会改变，但改变得靠我们每一个工人！家根，难道你不相信？”

武家根没有回答，他也不知道应该怎么回答。

走出窄窄长长的弄堂便是马路了，虽然这不是一条大马路，一旁亮着的路灯不是很亮，但也足以看清路上的行人和偶尔经过身边的黄包车。这些在数月前，是初到上海的武家根无法想象的。从未走出水闸镇的他没有想到，在坐了几日的船之后，竟然会见到这样一个繁华的城市，这个城市的霓虹一度炫目得让他睁不开眼睛，这个城市中穿着开衩旗袍的女人一度让他惊诧得呼吸急促，这个城市的西餐厅、舞厅、茶楼、饭馆一度让他迷茫得不知身在中国还是异国他乡。

2

武家根已经将临行前母亲让他带上的父亲的小像印在了脑海之中。每天从码头干活儿回来后，除了睡觉，他就是到街上闲逛，闲逛的目的是找寻画像中的那张脸。无奈的是，上海的人太多了，不仅有中国人，还有高鼻子、蓝眼睛的洋人。

这天，武家根跟往常一样在街上闲逛着，不知身边谁大叫了一声：“军阀的部队又来了！快跑！”随着叫声落地，原先街上的井然有序忽然在一瞬间发生了巨大的变化：小商小贩们手忙脚乱地收拾摊头，路人们忙不迭地抱头鼠窜，一旁的烟纸店老板搬出门板索性关门了……只一小会儿的工夫，地上便是一片狼藉。

武家根连忙闪进一条弄堂里，躲在一旁偷偷观察着街上的动静。不多久，他便看到一列军人气焰嚣张地走了过去，嘴里还骂骂咧咧的。

武家根第一次见识军阀凶狠的模样是在前阵子放班回家的路上，幸好那时张小海在他身旁，拉着他跑进了附近的店里，后来他才知道那是一家咖啡馆。张小海告诉他，军阀平时野蛮得很，只要是他们看不顺眼、觉得可疑的人，二话不说就开枪杀掉，听得武家根害怕地“啧啧”吐舌。一开始，武家根以为张小海是在危言耸听，后来遇到的次数多了，他才知道张小海说的一点都不假，事实正是如此。

武家根在确定那些军人真的离去之后，松了口气，缓步往弄堂外走去。忽然，身后传来一阵清脆的自行车铃声，他一回头便看到一辆自行车朝着他骑过来，还没等他反应过来，一声叫唤就响了起来：“家根！”

武家根一愣，随即将目光投向叫他的骑车人，顿时一张熟悉的英俊脸庞映入眼帘。他使劲地眨了眨眼，待确认之后，高兴地叫出了声：“李少杰！”

一个刹车，自行车不偏不倚地停在武家根身旁，李少杰说道：“我看着就像你，没想到还真是你小子！”

武家根只是咧着嘴笑，他没有想到与李少杰在码头分别后，李少杰还能记得他，而且从背后就把他认了出来。

李少杰有些奇怪地问道：“你怎么在这儿？干什么呢？”

武家根回答道：“刚才在大街上遇到了军阀部队，我躲进弄堂里避避。我能有啥事情，就是闲着没事才出来逛逛的。”

李少杰恍然，笑着说道：“既然没啥事情，那就跟我走！先陪我去一个地方，等我把活儿干完了，咱们找个地方吃饭、喝茶！老乡，有空就得多聊聊！”

武家根愣了愣，说道：“好是好。只是，你这是要去哪儿呢？”

李少杰回答道：“商务印书馆。”

武家根一时没听清楚，问道：“商务……什么馆？那是一个啥地方？干啥的？”他从来没听说过这个叫起来有些奇怪的地方。

李少杰没有回答武家根的问题，转过身指了指自行车后面的书包架，说道：“哪这么多话呢？快上车，我载着你去。”

武家根看了看书包架那巴掌大的地方，纳闷地问道：“这……怎么上去呢？我从没坐过自行车……”

李少杰笑了，双脚落地支撑着自行车，说道：“没事！你慢慢坐上来，双手搭在我的腰上。坐好了说一声，我再蹬车。我骑车的时候，你别乱动就行。”

武家根依照李少杰的话慢慢地坐上了车，挪了挪屁股，直到感觉坐稳当了，才说了句：“好了。”

李少杰叫了句：“走了！”双脚用力一蹬地，车子轻快地驶了出去。

这是武家根第一次坐自行车，他的双手牢牢地箍住李少杰的腰，生怕一不小心就落下车去。李少杰的车技很好，无论是马路、小巷，乃至弄堂，他都骑得飞快。武家根叫了句：“慢点儿，别骑这么快！”李少杰微微侧过头，说道：“你会慢慢习惯的，你抬头看看马路两旁。”

武家根看到街上的秩序已经完全恢复，烟纸店老板们也卸下门板做起了生意。他感受着身旁的景象在快速地飞驰而过，正如李少杰说的那般，他渐渐习惯了，甚至觉得自己的身子快要飞起来了，这种惬意的感觉是他从未有过的。

3

武家根踩在了木质地板上，地板发出了低低的“吱吱吱”的响声，耳边传来的是机器“轰隆隆”转动的声音，空气中弥漫着一阵阵油墨的香味。李少杰告诉他，这里有很多很大的机器，连时下最新式的滚筒机都有，还说这些机器一开动，气势真叫壮观，一天印个十万余帖也只是毛毛雨。

武家根并不能完全理解李少杰的话，但他知道李少杰今天带他来的一定是个了不得的地方，这从李少杰说话的表情中便能感觉到，因此他紧紧跟随在李少杰的身后。当李少杰走进印刷车间的时候，他更是牢牢地跟着，怕自己一不留神就会在这偌大的空间里迷路。

武家根打量着眼前从未见识过的机器，从那一刻起，他记住了这个地方——商务印书馆，还有厂外的这条马路：宝山路。他觉得这是一个充满神秘感和文化气息的地方，这里的每一个人，即使是印刷工人，也是如此不同，和他每日在码头上扛大包的工友们和二头们仿佛是活在两个不同世界的人，但究竟不同在哪里，他一时半会儿又想不明白。

武家根跟在李少杰的身后，不知不觉忙碌了半天，最后他看到李少杰拿了一捆传单模样的纸走出了车间，嚷嚷着要请他去汤包馆吃南翔小笼。

就在李少杰又一次提到南翔小笼的时候，武家根听到一个柔柔的声音响了起来："吃南翔小笼啊？能不能再带一个人呢？"

武家根是听到声音之后转过去的，迎面看到的女孩的脸让他一愣，他没想到会又一次见到她。

此时，李少杰叫了起来："你来得正好！你若是不来，我待会儿也要去找你呢！吃汤包这样的好事，怎么能少得了你呢？"

女孩淡淡一笑，说道："就知道你最活络！恐怕是眼下见着我才说这话的吧？不过，你不说这话，就不是我认识的李少杰了。"

李少杰连连叫起冤枉，推了一把身旁的武家根，说道："家根可以为我作证！"

武家根看着女孩，向她点了点头，说道："你好。"

女孩看着武家根，沉吟了片刻，问道："我们……是不是在哪儿见过？"

武家根正欲开口回答，李少杰便抢先说话了："你怎么回事儿，这么快就忘记了？几个礼拜前才见过，那会儿在码头上……"

女孩一脸恍然大悟，说道："想起来了，我想起来了！他是你回上海的时候跟你一起下船的老乡。"说着，向武家根伸出了手，"你好！我叫夏秋莲。"

李少杰连忙向武家根说道："她在这里的《妇女杂志》做编辑。"

武家根"哦"了一声，可他并没有跟人尤其是女孩见面握手的习惯，小时候私塾老师教授的“男女授受不亲”的观念在他的脑海里已经根深蒂固了。他愣了愣，一丝害羞向他袭来，但很快夏秋莲脸上的笑容便驱散了他的顾虑。

当两人的手握在一起的时候，武家根听到夏秋莲说：“很高兴见到你，这是我们第二次见面了。”

武家根听到自己的声音响了起来，没有一丝迟疑：“不，是第三次了。”

这话一说出口，李少杰和夏秋莲几乎是同时开了口，问出的话一模一样：“怎么是第三次？”

武家根说道：“前几日，我被工友拉去工人夜校听课了。”

工人夜校？李少杰发出了“啧啧啧”的赞叹声，看了看武家根，又扭头看了看夏秋莲。

夏秋莲说道：“好了，别这么看着我们，有什么话你就直说吧！”

李少杰摇着头，说道：“真没想到，还真是没想到！”

“没想到什么？”武家根不解地问道。

李少杰答道：“首先没想到她会跑去工人夜校教书育人，看来她很快就能跟她爸爸从事一样崇高的工作了。这叫什么？叫‘女承父业’！不过最稀奇的是，家根你居然去听课了……”

夏秋莲打断了李少杰，说道：“这有什么好奇怪的？你别这么少见多怪行吗！”

李少杰说道：“怎么不怪？你俩竟然一个站在上面讲课，一个坐在下面听课，就冲着这份师生交情，咱们今天也得好好庆祝庆祝！”

“行啊，那我们现在就去汤包馆。”夏秋莲爽快地说道。

李少杰却挥了挥手，说道：“等一等，我现在忽然觉得汤包馆的级别实在不高。”

李少杰的话让武家根委实一愣，他看了看李少杰，只见李少杰的脸上是一副高深莫测的表情。相比而言，一旁的夏秋莲就淡定很多，连一点吃惊的表情都没有，只听她说道：“你心里又打什么鬼主意了吧？”

李少杰发出了“嘿嘿”的笑声，说道：“你有点明知故问的意思。”

夏秋莲笑了，她的笑声很爽朗。在没有遇见夏秋莲之前，武家根还从未听见哪个女孩能拥有这样的笑声。夏秋莲笑着说道：“我说过，只要哪天你想吃，只要我有空，就一定满足你。”

李少杰竖了竖大拇指，说道：“我就知道你这人爽快，那我就不客气了！家根，看来你今天有吃福了，她的手艺可真是没话说！”

武家根茫然地看着李少杰，李少杰凑近他的耳朵，压低嗓音说道：“她烧的上海菜可是一绝，比饭馆里的不知好吃多少倍……”

夏秋莲连忙打断李少杰，说道：“你可别听他的，没他说的那般好。”

“好不好可不是你说了算的，得听吃过的人说。”李少杰朝着武家根眨巴了几下眼睛。

就这样，武家根又一次坐上了李少杰的自行车。夏秋莲和李少杰一样，也有一辆自行车，两人骑着车，有说有笑。有轨电车偶尔从他们的身边经过，发出“叮叮当当”的声响。

武家根看着夕阳洒在身上，忽然有一种很温暖的感觉，原来在这个陌生的城市里，有朋友是这般美好。

4

夏秋莲的家坐落在弄堂里。一进门是个偌大的天井，种满了花花草草，很是好看，那些花儿是武家根在家乡不曾见识过的，淡淡的香味很好闻。天井的一旁放置着石桌石凳，按夏秋莲的说法，天不冷的时候，她会和父亲坐在这儿品品茶、下下棋。

李少杰说夏秋莲的父亲夏添是复旦大学国文部聘任的教授，教的是国文，曾给他上过课，夏教授文学基础的扎实在学校是出了名的，不过为人有时候过于严谨，不苟言笑，同学们见着他心中还是抱有几分敬畏的。

武家根从未见过这么宽敞的屋子，后来才知道上海人管这叫作“石库门”。虽然他现在住的也是弄堂房子，可一幢房子旦有好多户人家居住着，每天都热闹得像过年过节一服。他和张小海同住在一间小小的三层阁里，阁楼最大的一个优点就是有一扇大大的老虎窗，透过窗户能看到弄堂里的景象，所以他常常在空闲时趴在窗台上发发呆、晒晒太阳。楼里也许是因为住的人多、隔音又差，所以总让人感觉空间狭小且杂乱，不过他并不在意，他觉得只要有活儿干、有饭吃、有地方住，他就能活下去，而且是快快乐乐地活下去。

当武家根在院子里闲逛的时候，听到了夏秋莲在厨房里忙碌的声音，那是锅碗瓢盆偶尔撞击发出的声响。接着，菜香味在空气中弥漫开来，他这才发现适才一直在身边的李少杰不见了踪影，于是他循着香味找到了厨房，只见夏秋莲手握锅铲正在锅内翻炒着菜肴，李少杰则站在一旁递递调料和碗勺，做着打下手的工作。

武家根问道："我能帮什么忙吗？"

夏秋莲转身看了看武家根，正欲开口，却被李少杰抢先说了话："当然能！你待会儿帮忙吃！"

武家根听着李少杰的玩笑话，觉得脸颊一热，一时不知说什么好。

夏秋莲笑了，帮武家根解围道："你可别理他，他这人就爱开玩笑！你有什么拿手菜吗？也烧两个，让我们尝尝。"

"对对对！"李少杰在一旁起哄。

武家根想了想，老实地回答道："我会做红烧狮子头，就这道菜还勉强可以吃。"

李少杰连忙补充道："这可是我们那边出了名的家乡菜。"

夏秋莲点了点头，说道："行，那待会儿你就做，今天正巧有肉。"

武家根告诉夏秋莲，红烧狮子头看着简单，但做起来还是挺吃功夫的。

夏秋莲想了想，说道："行，今天做了蜜汁红烧肉了，而且已经在锅里炖着了，那狮子头这道菜就先欠着吧，下回你再补上。"

接着，夏秋莲让武家根帮她洗葱，说待会儿烧鱼用得着。武家根按照夏秋莲的话去做了，之后就一直跟在一旁帮忙。不一会儿，夏秋莲就做了葱烤河鲫鱼、蜜汁红烧肉、番茄炒蛋、什锦素炒。按她的说法，这些只是家常菜，味道绝对一般。

吃饭了。武家根在尝了之后，不得不承认夏秋莲的菜做得很美味，尤其是那一碗蜜汁红烧肉，一块块五花肉煮得很入味，入口即化，齿间留香，味道甘甜。他从没想到红烧肉能烧得如此美味可口，更何况他来上海之后每天都吃得很简单、过得很艰苦，没有闲钱去买肉，更没有时间去烧煮，一日三餐能一顿不落地按时吃就算很不错的了，有时甚至就着几根榨菜便能吃下一大碗饭，对他而言，填饱肚子是最关键的。

不一会儿的工夫，武家根已经添了三次饭，却依然没有感觉饱，直到一大碗红烧肉被他吃得只剩下几小块时，他才发现李少杰用钦佩的目光在看着他，一旁的夏秋莲什么也没有说，脸上堆满了笑容。

武家根很不好意思地放下了碗筷，用手抹了一把嘴，说道：“对不起，红烧肉都让我吃了，你们……”

李少杰抬手做了一个噤声的动作，说道：“你吃得这么香，就是对夏秋莲厨艺的充分肯定，她今天算是遇到知音了，在你出现之前，我还以为就我是她的知音呢！”

听完李少杰的话，夏秋莲和武家根都笑了。

此时，只听见院落的大门一响，从门外走进来一位四十余岁的中年男人——中等个子，偏瘦，穿了一件浅灰色的长衫，脖颈处绕着一根黑色的绒线围巾，手里提着一只包，脚上穿了一双布鞋，由于脸颊瘦，颧骨微微有些凸显，鼻梁上架着一副黑色的圆框眼镜。从长相来看，他并没有什么特别之处，若是一定要说出不同，那就是他脸上刀刻般的皱纹了，那些皱纹暗示着比常人更为坎坷的经历与过往，除此之外便没有其他了。

夏秋莲是听见声响之后起身奔向中年男人的，她乖巧地接过他手中的包，甜甜地叫了一声："爸爸。"

武家根于是知道中年男人不是别人，正是适才李少杰与自己提过的夏添。果然，李少杰连忙起身，恭恭敬敬地站在一旁，说道："夏老师，您回来了。"

夏添朝李少杰点了点头，并从鼻腔里发出"嗯"的一声，脸上没有丝毫表情，仿佛早就料到会在家里见着李少杰一般，目光只是在落到武家根脸上的时候才隐约有了一丝停顿。

此时的武家根早已起身，站在李少杰的身边。他想了想，也学着李少杰叫了一声"夏老师"。

只听夏添开口问道："你是哪个班的？"

武家根一下子不知道该怎么回答，李少杰连忙说道："他不是我们学校的，是我的老乡，叫武家根，在码头上做工人，今天被我拖到商务印刷馆帮忙印些……"

夏秋莲用一阵猛烈的咳嗽声打断了李少杰的话。李少杰看了她一眼，从她的眼睛里读到了某种暗示，连忙改口说道："哦，去印些学校需要的资料。"

夏添看了一眼夏秋莲，她连忙低下了头。夏添摇了摇头，说道："真是去印资料倒好了，我还是那句话，你们啊，趁年轻，多读些书，学生就该以学习为重，眼下时局不好，别出去惹些是非回来。"

虽然夏添没有点破夏秋莲和李少杰，但从他的话语中可以听出他已然瞧出了其中的端倪。

夏秋莲回答了一句"知道了"，没再说什么。

夏添叹了口气，说道："光嘴巴上说知道有什么用？得当真记在心里。"

李少杰在一旁点着头，一副认真的模样。

夏添将目光移向武家根，稍稍打量了一番，喃喃地说了一句："你是……少杰的老乡？"

武家根点了点头，回答道："我们都是水闸镇的。"

李少杰在一旁插嘴说道："他们家是开铁坊的，在镇上可有名了。"

"本来我们还想让他烧他们的家乡菜——红烧狮子头呢！"夏秋莲在一旁补充说道。

夏添没有说话，只是看着武家根，他的眼眸中闪过一丝犀利，不过瞬间便消失殆尽了。半晌，他才缓缓说道："水闸镇……那地方我年轻时去过，很美……"说完这话，便转身进屋了。

李少杰回头看了看武家根，眼中多了些许疑惑，武家根也感到莫名其妙，他原先以为夏添还会再说些什么，可他却留给他们一个背影。

夏秋莲低声说道："我爸就是这么个脾气，别见怪，少杰倒是习惯了的。"

李少杰点了点头，说道："那倒是，都已经见怪不怪了。"他对着武家根笑了一下，"你会慢慢习惯的。"

夏秋莲让李少杰和武家根先坐一会儿，随后快步走进屋里。

武家根对夏添有种很奇怪的感觉。是尊敬？是畏惧？是陌生？似乎都有一些，但又似乎不完全是。武家根想了一会儿，还是没有想出个所以然来。

李少杰坐回到饭桌前，见武家根仍然愣头愣脑地站着，便问道：“你在想什么呢？”

武家根没有说话，他依然沉浸在思考中。

李少杰大声地叫唤道：“家根！武家根！”

第二章

要命的福寿膏

1

武家根每天早晨总是起得比第一缕阳光更早，那时候天还是黑乎乎的。虽已过了早春时节，但清晨依然显得格外寒冷，这个季节的上海常常给人感觉阴冷和潮湿。

武家根从住处走到干活的码头少说也得将近半小时。虽然有电车能到，但在武家根看来，这车钱花得有些冤枉。以打铁为生的爷爷从小就告诉他，男人别吝啬气力这东西，干活儿再累，好好睡一觉便又生出来了。武家根一直记着爷爷这话。再有一个原因就是，他在路上走走，还能看看沿途的风景。于是，走路上班、下班便成了两全其美的好事。

平时起床后，武家根单是把炉子生着就需要花费一些时间。他每天早晨雷打不动地给自己下一碗面条，撒上些盐，拌几下，吃在嘴里有味道就行。他呼啦呼啦地将一大碗面吃下肚去，摸摸肚子，打着饱嗝，便上工去了。他相信一句话：不管吃好吃坏，只有吃饱，才有气力！更何况，自己下的面条要比去面摊上吃阳春面来得便宜。

出门沿着弄堂往前走几个门洞就是王德宝租住的房子。王德宝和他在同一个码头做工，他的活儿是王德宝介绍的，他没有技术，在上海又人生地不熟，能在码头上找到一个糊口的活儿已经很满足了。

张小海原本是要将武家根介绍进他自己上班的厂子——大江船舶机修厂做工人。那可是一片大厂，武家根自然是十二分地乐意去。张小海带着武家根去到住在同一条弄堂里的技术工人金师傅的家中。金师傅是厂里老板很器重的老师傅，以前在江南制造局做过，手里的活儿很是了得，若是金师傅愿意收武家根做徒弟，那武家根进厂自然是不在话下的事情了。可偏偏金师傅见武家根呆头呆脑的，怎么都看不中，更别提收他做徒弟了。于是，张小海也没了办法。

好在王德宝说码头上正在招工，让武家根先去试试。武家根这一试，便真的干上了，工头看中他干活不惜力，便把他留了下来。不过，码头工人可比不上厂子里的技术工人，是全凭力气吃饭的活儿，工钱少不说，而且不能碰上个生病发烧什么的。幸好王德宝是个讲兄弟义气的性情中人，干活儿的时候常常帮衬着武家根。码头上的那班工人兄弟识字的很少，武家根自然成了那边的秀才，众人眼里的读书人。

武家根现在回想起来，倒是要感谢在从苏北摇向上海的船上度过的那些个不眠之夜让他习惯了睡不着便拿出父亲的小像来看。那些日子，他时常是抱着画像睡去的，所以他早就把画像刻在了脑海里，任谁都抹不去画像上的那张面孔。

当日武家根下了船，踏上上海的码头，与李少杰分开后，他漫无目的地在街上走着，没想到遇上了自来水公司的招工。他用从私塾先生那里学到的文化看懂了写在一旁牌子上的信息：每个月包吃包住，另有十三块大洋的收入。

这让武家根心头一喜，难道这就是李少杰在船上跟他说过的“上海遍地是黄金，到处是机会”吗？没想到这么快就印证了！他知道，只有先在上海找到工作，解决了生计，才能更好地去寻找父亲。包吃包住，既解决了让他头疼的住处，又解决了吃饭问题，是再好不过的事情了！只是他不太明白“自来水公司”究竟是一爿什么样的厂子。他看了看招工者，那人二十多岁，中等身材，穿了件黑色的短打褂子，戴了顶鸭舌帽。

正当武家根思索并犹豫着想要走向招工者的时候，身边走来一个年轻人，他也很起劲地打量了一小会儿招工的牌子，将身子凑近武家根，并低声问道：“兄弟，请问识字吗？这牌子上写的是什么？”

武家根把牌子上的大致意思跟年轻人说了说。年轻人转过头，看了看武家根，眼眸中充满了敬佩，说道：“兄弟，你真不错！念过书，是喝过墨水的文化人啊！”

武家根有些羞怯地笑了，应承道：“哪里，哪里。”

年轻人沉吟了片刻，说道：“听起来招工的条件很不错。”

武家根问道：“不知这自来水公司究竟是啥模样呢？”

年轻人很是惊讶地看着武家根，问道：“你连自来水公司都不知道？”

武家根羞怯地点了点头。

年轻人上下打量了下武家根，说道：“看来你一定是刚来上海，这自来水公司太有名了，是……反正一时半会儿我也解释不清楚这许多，总之是一家很有钱的大公司，一旦被招进去，咱们可就是工人了，工钱不会少。”

工人……这两个字始终在武家根的心头回响着。以前在水闸镇的时候，有几家作坊开张过，爷爷曾经将那些进作坊做工的人唤作“工人”，那是武家根第一次听到这个词，他不明白它的真正含义，可是他却看到爷爷眼中闪烁出来的异样光芒，那是一种向往、羡慕……还有一些他也说不上来的复杂情感，在他的印象中，爷爷的眼眸中很少闪现这样的情绪，从那一刻起，“工人”这个词便在他的心中扎下了根。

只听身边的年轻人说道：“我想去试试运气。兄弟，你呢？”

武家根想了想，点了点头，很坚定的那种。

年轻人说道：“那我们就一块去，怎么样？反正试试也不损失什么。”

武家根回答了一声：“好！”两人便走向了招工者。

年轻人对招工者说道：“先生，我们是来报名招工的。”

招工者上下打量着两人，没有说话。

武家根着急地说道：“先生……”

招工者不语，从武家根的身边走了过去，忽然回头，狠狠地一巴掌拍在了武家根的后背上！

武家根还没有明白是怎么一回事，招工者忽然又是一掌击打在了那年轻人的背脊上！

武家根因为没有料到招工者会忽然有这样的动作，所以身子不由自主地晃了晃，他很诧异地看着招工者，下意识地叫道：“哎，你怎么……”

年轻人连忙拉了一把武家根，低声说道：“兄弟，他这是在试我们的身板是否结实……”

武家根这才恍然，“哦”了一声。

此时，招工者开了口，说道：“看不出来，你们的身体倒是蛮结实的，不过呢……”他停顿了一下，“我们自来水公司也不是阿猫阿狗想来就能来的，必须要符合一定的条件。”

年轻人一个劲儿地点头，说道：“那是那是。”

武家根问道：“什么条件？”

招工者伸手指向了堆放在路边的一堆粗粗长长的下水道管子，问道：“看见那些管子了吗？”

武家根和年轻人不约而同地点头。

招工者说道：“我要考一下你们钻水管的速度。”

武家根不明就里地看着招工者，他不明白钻水管与进自来水公司当工人有什么必然的联系。他茫然地看了看招工者，刚想把心中的疑问问出声，便听到一旁的年轻人问道：“招工还和钻水管的速度有关系啊？”

招工者点着头，说道：“那是自然，这你们就不懂了吧！要知道，自来水公司是经常会遇到修水管的情况的……”

未等招工者说完，年轻人便一脸恍然地发出“哦”的一声，接口说道：“我明白了，因为要修水管，所以这钻水管的速度成了考察的关键。”

招工者用十分欣赏的目光看着年轻人，说道：“呦，看起来这位老兄倒是一个头脑煞清的人。”

经招工者这么一说，武家根虽然没弄明白自来水公司到底是干啥的，但他也知道了这钻水管速度的重要性，于是说道：“既然这么重要，那我就钻吧。”

武家根朝着下水道管子走去，才走了两步，便听到身后响起了年轻人的叫声："喂！你准备背着包袱钻水管吗？"

武家根停下了脚步，低头看了一眼肩头的包袱，这才意识到背着包袱会大大影响钻水管的速度。他转身看了眼年轻人，说道："那就麻烦你帮忙看管一下。"

年轻人笑着说道："都是自家兄弟，一句话的事情！等你钻好，就该轮到我上了。"于是，武家根将包袱交给了年轻人。

武家根走到了下水道管子跟前，随着招工者一声"开始"的叫喊，武家根毫不犹豫地钻入下水道管子内，眼前的阳光顿时没了踪影，取而代之的是一片黑暗，他脚下不敢有一丝停顿，弓着身子拼命地往前奔跑。下水道管子并不太长，不多久，武家根便跑到了尽头，重新回到了地面上。

武家根忽然有些愣住了，他愣住的原因只有一个——街上充斥着熙熙攘攘的人群，可唯独不见了招工者和年轻人的身影。

这是怎么回事？

武家根的心禁不住沉入了无尽的黑暗之中，他看着四周，一切都显得那样井然有序，似乎什么都没有发生过——压根就没有什么自来水公司的招工者。

武家根忽然想起了他的包袱，包袱里除了有母亲给他做的干粮、纳的新布鞋之外，还有三块大洋和父亲的小像。这样一想，武家根的额头霎时间冒出了冷汗，难道适才的招工是假的？如果是假的，那么那个年轻人岂不是和招工者是一伙的……武家根不敢想下去了。

武家根在人群中不停地奔跑着、穿梭着、寻找着。正在他陷入无限迷茫和绝望之时，他一头撞上了迎面走来的人。

此人不是别人，正是后来成为武家根的铁哥们儿的张小海。

当时，张小海被撞得大声地叫着疼，武家根却像没听见似的一把拉住了他，就像拉着一根救命稻草一般。

武家根将那两人的体貌特征说了一番，问张小海是否见过。张小海自然是一个劲儿地摇头。见武家根一脸焦急，张小海便询问了事情的原委。在弄清来龙去脉之后，张小海告诉武家根他被骗了，而且最近这类骗局在上海的街头屡有发生，专骗初来乍到的外乡人，已经算不上是什么稀奇的事情了。

武家根听张小海这么一说，整个人都蒙了。没有了盘缠的他，望着陌生的周遭，呆呆地站着，一时竟不知该怎么办了。

张小海看着眼前这位与自己年龄相仿的年轻人，他的脸上写满了失魂落魄，忍不住问道："你在上海有什么亲戚吗？"

武家根缓缓地摇了摇头，半晌才说了一句："现在，我连回老家的船票都没钱买了。"

张小海听着武家根的话，上下打量起他来，只见他一脸的老实本分模样。

武家根忽然抬腿往前走去。他的脑子里是浑浑噩噩的一片，他走得很慢，不知道该往哪里去了。

张小海凝望着武家根的背影，蓦地想到了自己初来上海时举目无亲的不易，虽然他与武家根只是初次见面，可不知为什么武家根给他一种很亲近的感觉。

张小海想了想，追上了武家根，说道："喂，你先别忙着走。要不这样吧，你如果信得过我，便跟我走，我们厂子里的老师傅正想收徒弟，我将你带去给他看看，他若是看得上，你就能进厂。看你的运气了，如何？”

武家根听着张小海的话语，只是愣愣地看着他，没有吭声回答。

张小海按捺不住地又问道：“你怎么了？倒是说话啊！”

刚刚经历过骗局的武家根不敢相信地看着眼前的张小海。自己对他而言只是头一次打照面的陌生人，为何要帮助自己？这偌大的上海滩，难免鱼龙混杂！

这样想着的武家根一个马步，拉开了“会家子”的架势，晃动着拳头说道：“你可别当我好欺负！虽说我是初到这里，啥都不懂，但我会打螳螂拳，功夫好着呢！你若是打什么坏主意，小心我的拳头！”

张小海“扑哧”一声笑出了声，身子笑得前仰后合。

“喂，你笑什么？我有这么好笑吗？”武家根问道。

张小海看着武家根眼中闪烁不定的目光，笑着说道：“兄弟，你跟我开什么玩笑？还螳螂拳呢！你现在身无分文的，你觉得我能打你什么坏主意？”

张小海的话不是没有道理。是啊，自己已经是个穷光蛋了，还有什么东西能被骗呢？武家根缓缓地放下了握紧拳头的双手，低声问道：“你，你刚才说的都是真的？你能帮我？”

张小海点了点头，很肯定的那种。

武家根这才留意地看清了张小海的面容，他有着一双细长的眼睛，眼珠骨碌碌地转动着，给人感觉是一个心思活络的人，他的鼻子高挺，皮肤略显白净，在长相上多少还能讨得别人的几分喜欢。

张小海向武家根挥了挥手，说道：“跟我走吧。”说完，他便抬腿往前走了。不知怎的，武家根不由自主地跟在了他的身后。

在路上，张小海问了武家根的名字。听后，张小海想了想，然后很自来熟地叫他“家根”。

张小海带着武家根走进了金师傅的家。原本张小海是想做一件功德无量的好事，没想到金师傅看不上武家根，不愿收他为徒。

从金师傅家出来后，张小海眼见着渐渐昏暗下来的天色，想到武家根在上海连一个最简陋的落脚之地都没有，想了老半天做出了一个决定：只能让他暂时住到自己租借的三层阁中去了。

这让武家根十分感动，不然他将睡到街头或者桥洞里去，与老鼠、蟑螂等为伍。

只是让武家根没有想到的是，他这一住，便住下了。

有时候武家根闲着没事的时候也会想，若是他那天没有跟着张小海一起走进这条名叫“德泽坊”的弄堂，没有住进这间阁楼，他便不会认识金师傅、王德宝，那也就没有后来去码头扛包认识的那班工人兄弟了，更不可能在上海混口饭吃，也许他早就得靠一路乞讨回老家去了。

武家根走到一栋石库门房子的门前，对着王德宝租住屋子的窗口吹了几声口哨，这是他早先与王德宝约定下的上班出门暗号，因为生怕叫嚷声将其他仍在睡梦中的租客吵醒，遭人辱骂，不得已才想出这个方法。方法虽然简单，但很是管用，王德宝一听到口哨声，总是先打开窗户，对着楼下的武家根挥一挥手，然后跑下楼，走出门，与武家根一同步行着去码头上班。

王德宝和武家根不同，他每天是在路上解决早饭问题的，他总是在包子铺买上三个白馒头，一边走一边吃。按王德宝自己的话说，那叫有助于消化。

2

船停靠在码头上，将岸与船连接在一起的是一块窄窄长长的木板，这块木板有个很好听的名字，叫作“过山跳”。工人们将船上那些沉重的货物驮在背上一步一步地走在“过山跳”上，木板不时发出“吱吱吱”的声响，若是脚下速度稍稍慢些，自然是逃不过工头的怒喝和他手下小喽啰们飞扬的皮鞭，所以工友们只要腿脚一个打战，便会重心不稳，连人带货地落入水中，受伤自然是家常便饭，即便是死人也是经常发生的。

武家根的背上压着一只大大的木箱子，他一步步地走向堆场，不知道为什么，今天箱子内的货物格外沉重，压得他喘不过气来，然而面对身边那一双双紧盯着他的眼睛，他不敢放慢脚步。

突然，身后传来“哐”的一声巨响，接着传来一个男孩的惊叫声。武家根连忙放下背上的箱子，转过身只见一个名叫“小虎子”的工友已经摔倒在地上，他背着的箱子也被重重地砸在一旁的地上完全散了架，连货物都从箱子里掉落出来。

工头阿四和他的手下冲上去对小虎子拳脚相向并高声辱骂着，小虎子双手抱头大声发出了阵阵惨叫。小虎子是码头上年纪最小的工人，今年才满十五岁，气力原先就比别人来得小，听他自己说，他的母亲生了重病，家里实在是太穷了，他才来码头上干活的，在工友们的眼中，他还是一个孩子。

工友们放下了手里的活儿，全都簇拥过去。

王德宝和武家根是最先奔跑到小虎子身边的。王德宝向工头阿四哀求道：“四爷，求求你，别打了，他还是个孩子，经受不起啊……”

一旁的大胡子、瘦个子小马、老于等工友也连忙上前，一边劝说着，一边拉开了那三五个小喽啰。

武家根从地上将已经被打得鼻青脸肿的小虎子搀扶了起来。武家根说道：“四爷，求你饶他这一次吧，摔坏的箱子我来负责收拾妥当。”

“是啊，是啊，四爷就饶了他吧……”工友们七嘴八舌地替小虎子求情。

阿四原本拉长的脸在众人的求饶声中渐渐缓和下来，他朝小喽啰们挥了挥手，小喽啰们无声地退到了他的身后。

小虎子的嘴角被打得裂开了，鲜血从伤口中流淌出来，他用含混不清的声音对阿四道了一声：“谢谢，四爷。”

武家根弯下身子将掉落在地上的货物拾起，正准备放入箱子时，突然！他的目光定格在包裹货物的纸上。

纸上赫然写着三个字：福寿膏。

这三个字如同钢针一般刺入了武家根的心中。

“发什么呆？还不赶快干活！”武家根的耳边陡然传来了阿四的叫嚣声。

身边的工友动作迅速地将散落一地的福寿膏拾起放回了木箱内。王德宝悄悄推了一把武家根，低声说道：“家根，快干活。”

武家根抬头看了一眼王德宝，又将目光投向了阿四。阿四的眼睛正死死地盯着武家根。武家根没有丝毫犹豫，举起手中的福寿膏，对着阿四脱口而出："四爷，你知道这是什么吗？"

阿四一愣，他没有直接回答武家根的问题，只是说道："你管它是什么，干好你的活儿！"

武家根从阿四的话语中感觉到了一些什么，说道："这是福寿膏。"

武家根的话在工友中引起一阵骚动，他们都停下了手里的活儿，仔细端详起那一块块方方正正的货物。

王德宝吃惊地说道："福寿膏？家根，你怎么知道这是福寿膏？"

武家根指了指纸上的那三个字，回答道："这上面写着哩。"

武家根知道，即便是阿四，也不怎么识字。果然，阿四从地上捡起一块福寿膏，拿在手里端详了一番，抬手用指甲轻轻挑破了货物外的纸，赫然露出了货物的本来面目——黑色的烟膏。

阿四凑近嗅了嗅，小喽啰中一个长着马脸的人凑近阿四的耳朵，低声说道："四爷，这的确是福寿膏，没错。"

阿四没有说话。武家根是从阿四的眼眸和沉默中，感觉到他已经确认这是福寿膏无疑了。

武家根想起前几天夏秋莲在工人夜校的课堂上讲过禁烟英雄林则徐，听课的工友们被她说得热血沸腾。码头上和他一起扛大包的大胡子、小马、老于也到工人夜校听过课，武家根见过他们。

武家根虽然从未见过福寿膏，但对它也是恨得咬牙切齿，他在水闸镇的时候，就听爷爷说过镇上有人因为常去烟馆吸食烟膏，弄得人不像人、鬼不像鬼，把好端端的一个家都败干净了的事情。

武家根说道："四爷，福寿膏害了我们多少中国人，我们可不能昧着良心赚这份钱呢！”

“对，这钱不能赚！”一旁的老于表示赞同。

武家根说道：“我们就算是做不成林则徐，但也不能做毒害自家同胞的勾当。”

小马连连点头，说：“若是连自己的同胞都害，那简直猪狗不如了！”

“林则徐？谁是林则徐？我怎么从没听说过。”阿四下意识地问道。

武家根当下就说起了林则徐的禁烟壮举。工友们对武家根知晓这么多很是敬佩，都问他从哪里知道这么多，武家根说他是从工人夜校、从夏秋莲老师那里学到这些的。

阿四听后，让大伙儿别管这么多，说把今天卸货的活儿干好，拿工钱就是了。

武家根扔下了手中的福寿膏，说道：“四爷，我不想违背自己的良心干活儿。”

王德宝在一旁叫道：“家根说得对，我们不能做毒害中国人的帮凶！”

“对，什么都能干，就是不能中国人害中国人！”大胡子说道。

工友们纷纷大叫着：“对，我们不干了！”一致响应起武家根他们来。

这回轮到阿四着急了，他说：“你们可不能说不干就不干，至少把今天的活儿先干完啊！我这就去找老板商量怎么样？你们有什么条件尽管说出来。”

武家根说道：“我们的条件就是靠自己的力气干光明正大的活

儿，这种运鸦片的勾当见不得光，咱们不干！”

说完，武家根便朝码头外走去，工友们都跟在他的身后。阿四和小喽啰们只能干着急地大叫着“等一等，你们先别走”，但无论如何都拦不住他们。

小喽啰们慌了手脚，其中一个秃子问阿四：“四爷，工人们都走了，我们怎么办？”

阿四从鼻腔里发出“哼”的一声，想了想，恨恨地说道：“走，快去告诉老板！”

“是！”小喽啰们整齐地回应道。

阿四带领着小喽啰们疾步离去。

3

章老板的脸阴沉着，听完阿四的话之后，没有吭声。半晌，他猛然一个巴掌拍打在桌子上，阿四被吓了一大跳，低垂着头，连呼吸都变得小心翼翼起来。

章老板瞪了一会儿阿四，说道：“你平时是怎么管教手下的那帮工人的？他们竟然说不干就不干了！你刚才说的那几个为首的工人一定要好好教训一下！对了，还有那个在背后煽风点火的什么夜校老师！”

阿四不断地点头，说：“是是是，我这就去办……”

章老板很不客气地打断了阿四，怒斥道：“办什么办？赶紧想办法把我码头上的这批福寿膏先卸货，运走！万一哪个杀千刀的把消息走漏出去，我的麻烦就大了！”

阿四仍在不断地点头，说：“是是是，我这就去办。”

章老板上下打量着阿四，“哼”了一声，说道：“就你？这到上海才几天！要不是看在你是王老大介绍过来的，我会这么轻易让你帮忙打理码头？蠢货！连个福寿膏都不认识！”

阿四还在不断地点头，说：“是是是，章老板骂的是。”

章老板叫道：“是你个屁！你现在就带着手下的兄弟把码头上的货给我卸了！我会让隔壁五号码头的小矮子带着他的那班兄弟过来帮忙……真是一群饭桶，快滚！”

阿四嘴里说着“是”，连忙退出了章老板的办公室，轻轻地合上了门，用手一把抹去了额头上的汗珠，在心里恨恨地骂了一句：“妈的，老子今天得做一回扛大包的苦力了！”

4

夜晚九点多的马路寂静得很，几道影子无声地从黑夜中掠过。

阿四站在黑暗之中，很难辨清他的面容，手下的小喽啰马脸和秃子迅速向他围拢过来。

马脸压低嗓音说道：“四爷，工人夜校已经下课了，工人们走得差不多了。”

秃子接着马脸的话，说道：“你说的那个姓夏的女老师马上就要从弄堂里走出来了。”

阿四的脸上没有丝毫表情，只听他说道：“很好，按计划行事。”

随着马脸和秃子异口同声的一句：“是！”两人便在黑暗中遁

形了。阿四没有动，依然站立着，目光定格在不远处的弄堂。

不一会儿，一个女孩便出现在了阿四的视野中。阿四的眼睛慢慢地眯成了一条线，宛如猎人看到了绝妙的猎物一般。

女孩正在一步一步地向阿四走来，阿四迈开脚步，朝她走去。走到离她三五步的时候，阿四站住，对着女孩说道："你好，请问你是夏秋莲老师吧？"

女孩一愣，随即微笑着回答道："是的，你是……"

还没等夏秋莲将话说完，她的身边突然蹿出了另外两个陌生的男人：马脸和秃子！

夏秋莲一惊，任何一个女孩都明白在夜晚无人的马路上出现3个陌生男人总不会是一件好事。她不由自主地慢慢后退，陡然一个转身，欲往弄堂内跑去，然而，马脸和秃子比她动作更快，已经拦住了她的去路。

夏秋莲心头掠过一阵慌张，但她很快就稳住了自己的情绪，问道："你们是谁？想干什么？"

阿四说道："我们不想干啥，只想向夏老师提一个十分友善的建议。"

"你说。"夏秋莲说道。

阿四没有想到一个女孩在这样的状况下依然能这么镇静，他从她的眼眸中没有看到一丝不安，有的只是淡定。他说道："请你以后不要再来工人夜校上课了。"

夏秋莲愣住了。她没有想到这个素不相识的男人竟然会向她提出这样的要求，她毫不犹豫地回答道："对不起，我办不到！"

这一回轮到阿四愣住了，他无论如何都没有料到她会回答得这般决绝，心中有几分暗暗佩服起眼前这位长得蛮可人的女孩，然而他没有忘记今夜此行的目的。

阿四冷冷地说道："既然如此，那就怪不得我们了，得罪了！"他朝马脸和秃子挥了挥手，两人迅速地往夏秋莲逼近。

"你们想干什么？走开！"夏秋莲一边大叫，一边环视着四周。无奈，这条偏僻的马路上竟然没有行人。她叫道："救命啊，救命！"

马脸三步并作两步地奔上前，用手一把捂住了夏秋莲的嘴。夏秋莲只觉得脸上一疼，原来马脸的手上全是粗厚的茧子，扎到了她白皙细致的皮肤。她拼命地挣扎着，情急之下，张开嘴对着马脸的手狠狠地咬去，马脸根本没有想到她会使这一招，他疼得发出"啊"的一声大叫，下意识地将鲜血直流的手缩了回来。

马脸对身材高挑、面容姣好的夏秋莲没有丝毫防备，他虽然知道兔子急了会咬人，但他没有想到会咬人的兔子的杀伤力如此之大，于是怒不可遏地抬手对着夏秋莲的小脸便是一巴掌，这一巴掌的力道一下子就把夏秋莲打得摔倒在地上！她疼得叫不出声，只听到身子与地面相撞发出的声音。她不知道接下去会发生什么，但她知道自己哪会是眼前这三个男人的对手。

就在这时，不远处的弄堂里走出了武家根和张小海。武家根目光一闪，突然站住，说："不好，出事了！"张小海一愣，问道："怎么啦？"

张小海顺着武家根的目光往远处望去，呆住了，因为他看到了一个熟悉的身影倒在地上。他吃惊地说："那不是夏秋莲……夏老师吗？"

武家根没有回答，他一伸手搭上了张小海的肩，说道：“不好意思，跟你借样东西。”话音未落，武家根的手轻轻地顺着张小海的衣袖往下一撸，“刺啦”一声，长长的袖管已经齐肩断裂，抓在了武家根的手里。

张小海大吃一惊，正想问些什么，却见武家根一把将袖管蒙上了脸，一边在脑后打了个结，一边说道：“你快离开这儿！”说着，一掌将张小海推进了弄堂的阴影中。

接着，张小海惊诧地看着武家根几个起落已经到了马路上那些围在一起的黑影面前。

马脸和秃子只觉得眼前一花，还没弄明白是怎么回事，面门就受到了凌厉的一击，一个倒栽葱栽倒在了尘埃里。

阿四慌忙往后退了一步，蒙面的武家根突然出手，一只手掌神速地穿空而出，掌蓦变指，说时迟那时快，两根指头瞬时如同铁钳一般紧紧地钳上了阿四的喉头！

阿四只觉得喉头一紧，顿时连气都喘不上来了，嘴里只能发出含混不清的声音。武家根的双指稍稍一松，阿四顿时发出了声音，叫道：“好汉，饶、饶命……”

武家根冷冷地说道：“你们这些流氓竟然欺负一个手无寸铁的弱女子！”话音未落，他抬腿就是“朝天一炷香”，一脚把阿四踢出了好远。

阿四就地打了一个滚，不要命地爬起来作鼠窜状。马脸和秃子见势不妙，也慌忙从地上爬起，撒腿就跑！

一直跑出了好远，马脸才气喘吁吁地对阿四说道：“四爷，刚才，刚才就在我倒在地上的时候，风，吹开了那蒙面人脸上的布，我看他，看他有些面熟，好像是我们码头上，我们码头上……”

秃子等不及地问道：“我们码头上的什么？”

马脸喘了口气，接着说道：“好像是我们码头上的武家根……”

阿四惊魂未定，愣了愣，说道：“哦？是那小子！哼，明天找他好好算算账！”

眼看着三人跑远了，武家根连忙扶起倒在地上的夏秋莲，说道：“夏老师，我们快走。”

夏秋莲满腹狐疑地看着武家根，问道：“你是谁？”

此时，张小海从远处奔跑了过来，钦佩地说：“家根，你真是好身手！”

武家根轻轻地一把扯开了遮在脸上的布，露出了一张木讷羞涩的脸。

夏秋莲呆呆地凝望着武家根，一时竟忘记自己该说什么，只听武家根说道：“夏老师，我们送你回家吧。”

夏秋莲点了点头，无言地看着武家根，眼眸中写满了敬佩和感谢。

5

武家根、张小海像往常一样打地铺睡在三层阁的地板上。

张小海睁大着眼睛看着天花板，脑海里闪过了适才武家根以一敌三的英勇画面。他侧过头看了一眼睡在一旁的武家根，虽然在黑暗中，但仍能依稀看到武家根的五官轮廓。他不知道武家根此时是否已经入睡，他低低地唤了一声：“家根……”

武家根并没有睡着，随着张小海那声叫唤，他从鼻腔里发出了“嗯”的一声。

张小海说道：“真没想到，平日里见你深藏不露的，原来竟是一个武林高手！”

武家根说道：“什么武林高手，你可别取笑我！我这三脚猫功夫只不过是在老家的时候闲着没事练着强身健体的。”

“你这还叫三脚猫功夫啊？”张小海叫了起来，“你难道没留意夏老师看你的眼神吗？”

“眼神？什么眼神？”武家根不解地问道。

张小海的脑海里又一次浮现夏秋莲的脸庞，她那如同一泓秋水般的眼眸中闪现着的尽是欣赏和倾慕，他多么希望她能用这样的眼神凝望着自己，可是……他喃喃地说道：“我看，夏老师啊，喜欢上你了。”

张小海的话让武家根心头一惊，他不由得睁开了双眼，说道：“小海，你可别开这种玩笑。”

“你看我像是在跟你开玩笑吗？”张小海在心底深深地叹了一口气，“我还真希望它只是一个玩笑，是一个不会变成现实的玩笑……”

不知道为什么，武家根从张小海的话语中嗅出了镇江老醋的味道，他在黑暗中笑了，斥道：“还真酸！”他翻了一个身，“累了，睡吧。”

张小海“嗯”了一声，不再说话了。

武家根觉得很累，可他没有马上入睡，他一直在想一个问题，那便是阿四他们怎么会跑到工人夜校找夏秋莲呢？是为了什么事情要教训她？按理说，他们不应该会认识她啊，她更不可能会得罪他们，他们原本就是两股道上跑的车。

武家根觉得这其中必有蹊跷。突然，他想到了一件事情，那就是白天自己在码头上因为福寿膏的事情说到了林则徐的禁烟运动，无意间还提到了工人夜校和夏秋莲的名字，莫非……

这个想法让武家根仿佛看到一道闪电划过夜空，让他心中的层层疑云瞬间消散开去。对，一定是因为这件事情，阿四才会找她的麻烦！那么，夏秋莲不应该感谢他救了她，相反，是他让无辜的她卷入了是非和危险之中。

武家根忽然感到非常内疚。他暗自决定，一定要想办法弄清楚事情的来龙去脉。

第三章

一不小心成了网中的鳖

1

一阵急促的敲门声骤然爆响起来，打破了三层阁的寂静。

武家根起身打开房门，站在面前的是王德宝、大胡子、小马和老于等几个工友，他们一脸焦急。

王德宝不等武家根说话，就径直冲进了屋，他开口的第一句话便是："家根，完了，出事情了！"

武家根一愣，随即问道："出什么事情了？"

大胡子说道："码头上贴出了告示，我们几个都被除名了！"

"老板是因为昨天福寿膏的事情迁怒我们。"老于慢吞吞地开了口。

小马按捺不住了，着急地说道："别说这么多废话了，你们说说，现在到底该怎么办！"

众人将目光投向了武家根。王德宝说道："家根，你说句话，你说该怎么办，咱们就怎么办。"

武家根爽快地说道："依我看，我们找老板讲理去！难道他干那私运鸦片的勾当还有理不成，他凭啥开除我们？"

王德宝一拍大腿，说道："行，那我们走！"

一路上，工友们假设了和老板谈判时会遇到的各种情况，然而当他们到达码头，来到老板办公室门外时，却意外地看到了阿四和他的手下马脸和秃子。

阿四见着他们并没有表现出太多的意外之情，只是淡淡地问了一句："怎么，现在想到来找老板了？"

王德宝叫道："我们要找老板谈判，他凭什么开除我们？"

阿四眯起了眼睛，打量着众人，说道："要谈判？行啊，你们先选个代表去跟老板谈吧！"

代表？众人愣住了，适才设想了见老板时会面临的很多种可能，但唯独没有想到过这一条。众人面面相觑起来。老于是年龄最长的一个，他问道："为啥不让我们一起去，还要选什么代表？"

阿四冷笑着说道："哼哼，也不看看你们是什么身份，老板会有闲工夫听你们瞎叨叨？你们商量商量，要么走人，要么选一个代表，把要说的都想清楚了再跟老板谈。"

工友们开始小声议论起来。王德宝最先开了口，问道："现在怎么办？"

武家根想了想，说道："我去。"

老于看了眼阿四，低声说道："我看事情没这么简单，你一个人去，可能会有麻烦。"

小马在一旁点头，说道："我看还是别贸然行动。"

"那我们现在走人？"大胡子问道。

"这……"众人犹豫了起来。

"我还是那句话，我去。"武家根说道。

王德宝犹豫着说道："可万一……"

武家根打断了王德宝，说道："没有万一！我会一些功夫，还识字，我去最合适，你们就在这里等我的好消息吧！"

众人觉得武家根的话有几分道理。

阿四说道："既然你们选好了代表，武家根，那你就跟我走吧。"

王德宝问道："你们要带家根去哪里？"

阿四说道："老板在二号仓库点货，你若想见他，就随我来。"说着，他便往二号仓库的方向走去，马脸和秃子走在了他的身后，武家根毫不犹豫地跟了上去。

来到二号仓库门口，阿四敲了敲紧闭的门，说道："老板，他来了。"

只听仓库内传来了章老板那尖细的声音："让他进来。"

阿四应了一声"是"，便一把推开了仓库的门。武家根看到了章老板，不过章老板背对着仓库的门，所以武家根看到的只是章老板的背影，章老板的身旁站着三五个打手模样的大汉。

"你就是武家根？"章老板一边问话，一边缓缓地将身子转了过来，这是武家根进码头以来第一次近距离地打量章老板的脸。章老板有着一张长脸，脸上没有三两肉，颧骨高高突起，眼睛很小且细长，一只大蒜鼻子在脸庞上显得尤为突出。

武家根正准备开口回答，突然觉得身后被人重重地拍了一掌，一股推力使他的身子在瞬间失去了重心，他不由得往前踉跄了好几大步冲入了仓库，他心里暗叫一声"糟糕"，耳边传来"哗"的一声，他抬头往发出声响的地方看去，这一看不得了——一张渔网从天而降，将他周身遮住。两名大汉动作利落地将收渔网的绳索一拉，武家根顿时被牢牢地困在了渔网之中，饶是他有一身的本事，也是丝毫动弹不得！他大叫道："你们这般暗中伤人算什么本事？"

阿四带着手下走了进来，冷笑道："我们不过是以其人之道还治其人之身罢了，你可别告诉我，昨天晚上帮着夜校老师夏秋莲打退我们的那个蒙面人不是你武家根！你……"

章老板用一声咳嗽声打断了阿四的话，这让阿四顿时感觉到了一些什么，他连忙站到了章老板的身后，弓着身子，低低地唤了一声："老板。"

章老板没有看阿四一眼，似乎在这间仓库里没有其他人存在一般。他走向武家根，打量了一番，说道："我还以为是什么货色！才来上海混了几天，就敢出头跟我谈条件？哼，还嫩了点吧！"

章老板看了一眼阿四，阿四连忙头脑煞清地从一旁取过纸和笔。章老板说道："武家根，现在我给你两条路走，就看你要走哪条了。第一条路，你给我写一份悔过书，承认你带头闹事，干活偷懒，那我可以考虑放了你……"

武家根笑了笑，说道："我没有犯什么过，又何来的悔？分明是你私运鸦片，昧着良心赚黑钱！"

章老板"哈哈哈"地笑了起来，忽然，笑声戛然而止，他定定地看着武家根一会儿，说道："天堂有路你偏不走，很好，那就只剩下第二条路了。"

章老板叫了一声"阿四"。阿四应道："老板，有何吩咐？"

章老板说道："等天黑了，把这小子给我扔到黄浦江里，去做条江浮尸！"阿四大声地应道："是！"

章老板的嘴里吐出最后一个字的时候，人已经到了仓库的门外。阿四等人仍然毕恭毕敬地站立着，没有挪动过一丝步伐。

章老板走后，阿四一挥手，众人都退到了仓库外。阿四是最后一个离开的，临走前，他看了一眼武家根，说道：“兄弟，这可是你自找的，怪不得我！”

随着仓库铁门发出“哐当”一声，武家根的眼前顿时变得漆黑一片，宛如黑夜。仓库内没有任何地方可以逃遁，自然也就无须人手看守他了。

武家根的身子无力地倒在了地上，一阵阵寒意透过衣衫侵入了他的周身，他不禁打了一个冷战，忽然迷茫了，难道他从苏北千里迢迢地跑到上海，却要这样死去吗？莫非真的要做黄浦江上的一具氽江浮尸？这样死去是不是有些莫名其妙？即便找不到父亲，他也得活着回去啊，家中还有老人和孩子在等着他哩！

2

午后的阳光透过顺风茶楼那木质的窗棂照射了进来，洒落在王德宝、大胡子、小马和老于身上。

原本坐着的王德宝早已按捺不住心头的焦急，一个劲儿地来回踱着步，并不时抬头往门厅望去，嘴里嘟囔着：“怎么还不来？不会不来了吧？我们可是等着救命的呀……”

小马说道：“德宝，你甭着急啊，姚堂主既然已经答应来了，就绝不会失约！”

王德宝看了一眼小马，不再说话，可他仍然在来回踱步。听小马说，这位姚堂主是屠老大的门生，是正儿八经拜过老头子的，所以在道上蛮有威信的。可王德宝从未与此人谋过面，更别提打交道了，他真后悔当初答应让武家根单枪匹马去谈判，中了章老板的诡计，当初若是大家伙一块去，人多势众，想必章老板不会这么轻易下手，如今说什么都迟了，他就是拼了命也得把家根救出来。

蓦地听到小马欣喜地叫道："姚堂主来了！"王德宝停住脚步，一抬头，只见一个中等个子、微微有些发福的中年人走了进来，他身穿一件黑色缎子短褂，脚蹬一双圆口布鞋，步子轻盈，身后跟着四名年轻人。

小马连忙迎了上去，殷勤地招呼着姚堂主一干人，并将王德宝等人向姚堂主一一作了介绍。待姚堂主坐下，小马连忙点了一壶上好的西湖龙井和三五碟小吃，瓜子、花生等炒货自然是少不了。

姚堂主一边听着小马将事情的来龙去脉说清楚，一边往嘴里扔花生米咀嚼着。待小马说完，那碟花生也已尽数吃完，姚堂主不仅脸上没有任何表情，而且一个字都没有说，就像什么都没听见。

一旁的王德宝憋不住了，急忙说道："姚堂主，求你救救我兄弟武家根！"

姚堂主端起了桌上的茶碗，掀开茶盖，轻轻地吹开了茶叶，呷了一口，眯起眼睛回味着，喃喃地说道："好茶啊……"

王德宝正欲开口，大胡子偷偷拉了他一把，向他使了一个眼色，他一愣，随即像想到了什么似的，从怀里取出钱袋放在了桌子上，说道："姚堂主，这是兄弟们孝敬您的一点心意，还望您能给个面子笑纳。"

姚堂主缓缓地睁开了眼睛，看了一眼钱袋，一丝笑容浮现在他的脸上。他将目光投向了王德宝，这是他走进茶楼来第一次打量王德宝，他自认为阅人无数，只需一眼他便知道眼前这位年轻力壮的码头工人是敦厚老实、讲义气的人。他淡淡地说道："年轻人，难得你有这份孝心，那我就收下了。”

“那搭救家根的事情……”王德宝问道。姚堂主打断了他，说道：“我既然收下了，便是答应帮你救他。码头的章老三我也不是第一天跟他打交道了，他是个几斤几两的货色，我心里清楚。”

王德宝喜出望外，他没有想到姚堂主一口便答应营救武家根，看来没有枉费码头上的弟兄们你十个铜板、我二十个铜板地凑钱了！不然他王德宝一个人哪里拿得出这么多大洋呢？

王德宝一个劲儿地向姚堂主道谢。姚堂主朝他挥了挥手，说道：“你这人性子倒也实诚，很是合我的胃口。上海滩这么多人，今日我们能见面，也靠着一个‘缘’字，就凭着这一点，我也得把你那兄弟救出来。”

姚堂主转过头对手下吩咐道：“晚上行动时，带上家伙。”手下应道：“是。”

家伙？什么家伙？王德宝茫然地看着姚堂主。姚堂主可能是从王德宝的眼眸中看出了什么，笑着说道：“我说的家伙，就是枪。”

王德宝不禁心中一凛，看来今晚救出家根不成问题了！姚堂主的一番话让他浑身发热，一时竟不知说什么好了，对帮会的事情他早有耳闻——够哥们儿，讲义气，为兄弟感情两肋插刀……这虽是他第一回与帮会的人打交道，但看来传言不虚，不知怎的，王德宝脱口而出：“姚堂主，我想拜你做大哥，你收下我，成吗？”

王德宝此话一出，小马、大胡子、老于均是一愣，他们之中只有小马入了帮会，此番也正是通过他的关系才能请到姚堂主出马。

姚堂主哈哈大笑，说道：“小兄弟，这拜师可是有规矩的，要开香堂的。”

规矩？开香堂？王德宝被他说得一头雾水。

老于偷偷指了指桌子上的钱，做了个手势，示意王德宝若是拜姚堂主做大哥，可就不止这么点大洋了。

王德宝一时语塞，不知说什么好了。

姚堂主随即说道："有这份心总是好的。你若真想加入帮会，到时来找我就是了。问问小马，一切就都明白了。"说完，姚堂主便将桌子上的那袋大洋放入口袋中。

姚堂主走出茶楼之时，说的最后一句话是："放心吧，天黑之前一定还你们一个活蹦乱跳的兄弟！"

王德宝看着姚堂主离去的背影，久久没有回过神来，姚堂主的那份豪爽、那份潇洒、那份义薄云天，是他从未见识过的。

半晌，老于推了一把王德宝，才让王德宝醒了过来。老于问道："德宝，你不会真想拜他做'老头子'吧？"

王德宝反问道："不行吗？"

老于还没说话，大胡子便道："入帮会，你可要想清楚，这事没那么简单。"

小马不服气地说道："你们这话是什么意思？今天若不是我去找来姚堂主，武家根的事情靠我们自己怎么解决？"

"这……"老于一时答不上话来。

王德宝点了点头，嘴上虽然什么都没说，但从心底认定了小马说的道理。他暗自下了决心，若是这回姚堂主真的能救出家根，自己以后就跟着姚堂主干了。这样想着，他忽然觉得浑身上下有了一股使不完的劲头，那劲头让他觉得自己在一瞬间仿佛脱胎换骨了。

3

武家根被困在渔网之中。他想了很多办法试图破网而出，可惜出来得过于匆忙，身上哪会带着什么锋利的工具？待在这里的时间越长，希望就变得越渺茫，武家根将逃生的唯一希望寄托在待会儿阿四他们的出现，这黄浦江上的汆江浮尸可不是那么好做的。

突然，武家根的耳边传来了“啪啪啪”的声响，那声响起先只是零星几声，不多久之后，开始变得激烈起来。那是什么声音？武家根很是疑惑，听起来像是……像是……武家根想了老半天，才想起那声音更像是枪声！可是，好端端的哪里来的什么枪声呢？还未等他想明白，仓库外便传来了砸门声。难道是阿四他们来了？不对，若是阿四，何必砸门，他有钥匙啊！武家根不禁想到。

“嘭”的一声，仓库的大门被砸开了！武家根愣住了，第一个奔跑进来的人居然是王德宝！跟在他身后的还有大胡子、小马、老于，还有一些他并不认识的陌生人，个个手里握着铁棍。

就在武家根发愣的时候，王德宝等人已经撕开了渔网。王德宝大叫道：“家根，你没事吧？阿四这群浑球竟然用这种下三烂的手法对付你！”

武家根从渔网里一跃而出，一把搂住了王德宝，激动地说道：“德宝，怎么是你们来了呢？”

王德宝用力地拍了拍武家根的肩膀，说道：“家根，你是为了我们这几个弟兄才被章老板他们关在这里的，我们哪能撇下你不管呢？”

小马在一旁说道："家根，这些都是我们请来搭救你的帮会里的弟兄们。"说着，小马将手指向了那些陌生人。

武家根拱手作揖，说道："谢谢诸位兄弟！"带头的汉子说道："好说好说。"

此时，耳边又传来一阵阵响声。武家根奇怪地问道："德宝，外面响作一团的是枪声吗？"

王德宝点头，说道："没错，听说军阀之间又打起来了，这老百姓就没过几天太平的日子，这回不知又是哪一路的军阀在争抢地盘。"

老于在一旁补充道："这回是直系军阀江苏督军齐燮元和福建军阀孙传芳联手跟皖系军阀浙江督军卢永祥打起来了，他们要赶走卢永祥。"

武家根点了点头，随即又摇了摇头，他的脸上写满了茫然的表情。

小马笑了，说道："家根，你来上海没多久，等时间长了，自然会闹明白军阀之间的争斗。"

王德宝插话道："要闹明白干吗？反正我只知道，他们这一开打，倒是帮了我们的大忙了！章老板和阿四他们哪有时间来管你呢？早就跟个兔子一样跑得无影无踪了！不然的话，要想搭救你，哪有这么容易，我们还真得花些工夫呢！"

老于点头，说道："德宝讲的话，倒是一句大实话！"

武家根这才恍然，原来是这么一回事儿，看来有时候军阀打起来也不全是坏事，这次他武家根算是沾上那么一点光了。

老于说道："德宝，家根既然已经救出来了，我们快离开这里吧。”

王德宝大叫一声：“兄弟们，走！”

众人往仓库外跑去。武家根悄悄打量着身边的这群兄弟们，心中蓦地有了一种感动，一种深深的感动。在这危难的关头，他们非但没有抛下他，还那么努力地千方百计营救他，他忽然感到很幸福，那是一种同朋友患难与共的幸福感觉。

4

虽说王德宝他们把武家根救出来了，但一个严峻的现实放在了他们的面前，那就是不能再回码头工作了，怕的是章老板再找什么借口对付他们。听码头上的工友们捎来口信，说章老板为了武家根逃走的事情对阿四大为光火，责怪他们连一只“网中之鳖”都没能看牢。如此一来，王德宝和武家根失业了，大胡子、小马和老于也不打算回码头，听说正在四处找工作。

武家根一连几天心情跌到了低谷。张小海仍然和以前一样，一早便去厂子里上班了，屋子里只剩下了他。平素总觉得这三层阁小，两个人住一起挤得慌，现在忽然感觉这阁楼也宽敞了不少。

武家根觉得实在是没什么事情可做了，于是跑到街上闲逛，原本是想去复旦大学找李少杰，可一想到那里尽是大学生，便没有勇气去了。他走着走着，竟不知不觉地来到了商务印书馆的门前。

武家根停下了脚步，他不晓得自己怎么会走到这儿来。看着夕阳柔柔地照在商务印书馆的大门上，他想起了李少杰骑着自行车载他来这里的情形，他像一个傻瓜一样跟在李少杰的屁股后面忙东忙西，从这个印刷车间跑到那个印刷车间，高兴得就跟什么似的。也就是在这里，他又一次遇到了夏秋莲，这才知道原来她在这里上班。这里和其他地方是不同的，在他看来，这是一个有文化的地方，连空气里都充斥着一阵阵油墨香味。

武家根在心里嘲笑了一回自己，干吗没事跑到这里来呢？这哪儿是他武家根该来的地方？这样想着，武家根便缓缓地转过身子，往远处走去。

忽然，身后响起一个女孩的叫声，她叫的不是别人，正是他武家根的名字。武家根停下脚步回过头，只见夏秋莲正从商务印书馆里走了出来。

夏秋莲走向武家根，说道："真的是你啊，家根，我刚才还担心是我认错人了呢！"

武家根看了看夏秋莲，不知该怎么回答她，只是傻傻地笑了。

夏秋莲打量着他，他有些不好意思地低下了头。她问道："你来了，怎么也不进来找我呢？"

"我……"武家根停顿了一下，说道，"夏老师，我怕打扰你，就没好意思……"

夏秋莲淡淡地笑了，说道："不打扰，我正好下班了。走，我们一起走吧。"

下班了？武家根心中一愣，他抬头看了看天色——西下的夕阳已然坠落到地平线下面去了。

武家根就这样走在夏秋莲的身边，他不知该跟她说些什么，他几次想开口找话题，却又还是放弃了。

半晌，夏秋莲说话了："你在想什么呢？"

武家根摇了摇头，回答道：“我，我也不知道。”

夏秋莲“扑哧”一下笑出了声，低低地说了一句：“哪有人连自己想什么都不知道的。”

武家根也笑了。其实，他并没有觉得哪里好笑，只是觉得夏秋莲笑了，而且她笑起来是那么美，让人情不自禁地也想跟着她一起笑。

武家根跟着夏秋莲一直往前走，根本没有留意街上的景物，只是偶尔抬头看看身边的夏秋莲。

不知何时，夏秋莲忽然喃喃地说道：“其实，就这样慢慢走着，不说话也挺好的。”

武家根“嗯”了一声，他想只要她觉得好就好。

夏秋莲忽然问道：“对了，你一定没吃晚饭吧？”

武家根老实地摇头，回答道：“没有。”

夏秋莲将手指向了不远处，说道：“那边的馆子你去吃过吗？”

武家根的目光顺着夏秋莲手指的方向望去，“德兴馆”三个字赫然映入眼帘，门面虽然不是很大，但进进出出的客人倒还真是不少，看来生意很是不错。他摇着头说道：“没吃过。”

夏秋莲吃惊地说道：“德兴馆在上海滩的名气可是响当当的，你到这儿也有一阵子了，怎么能没吃过这里的美味呢？走走走，今天我一定得请你尝尝这里的特色面点！”

“这……”武家根犹豫了起来。然而，夏秋莲一把拉着他走进了德兴馆。

夏秋莲对这家饭店的美食熟悉得不得了，她刚一坐下，就叫来了跑堂的伙计，叽里呱啦地开始点东西。跑堂的伙计记下刚走，她就给武家根介绍起这里的特色来，原来这里的汤面、生煎、小笼包等小吃堪称一绝，除了小吃，还擅长烹饪本帮菜肴。

不一会儿，伙计便将夏秋莲点的小吃和菜肴一一端上了桌，武家根一看便傻眼了，好在有夏秋莲在一旁将每道菜都给他做了介绍。她先是将一碗热气腾腾的汤面推到他的面前，告诉他，这面叫作“焖蹄二鲜面”，所谓二鲜，指的是焖蹄和熏鱼。

武家根拿起筷子挑了挑面，这面很细，他吸了一口到嘴里，顿时唇齿留香，面虽然细，却很有嚼头，火候掌握得恰到好处，若再多煮一分，恐怕会糊，少煮一分，又恐怕太生。

夏秋莲从蒸笼里夹了一只小笼包给武家根，说道：“这是蟹粉小笼，趁热尝尝，当心里面的汤汁。”武家根轻轻咬了一口，鲜美的汤汁便涌向了他的舌尖，只是烫得他不由得叫出了声，夏秋莲看着他发出了银铃般的笑声。

夏秋莲为自己点的是一碗小馄饨，她说她喜欢吃这个。此外，她还点了蟹粉豆腐、八宝鸭。武家根说她点得太多，她却毫不在意地说是这些都是这里的特色菜，让他放开肚子吃，不准浪费。于是，武家根听她的话，大口大口地就着菜吸着面。这是他到上海之后吃得最舒服的一顿饭。虽然之前他也每天吃面，但都是吃自己煮的拌面，面里除了放上一些盐，就什么也没有了，更别提什么“二鲜”浇头了。

等到武家根呼啦呼啦地把桌上的面和菜尽数吃到肚子里之后，他才发现身边的夏秋莲正默默地看着他。他不好意思地低下了头，打了一个饱嗝，说道：“这菜都被我一个人吃了……”

夏秋莲笑了，说道：“这些菜本来就是为你点的。”

“那你……”武家根低低地问道。

夏秋莲说道：“我已经吃饱了，一碗小馄饨对我来说已经足够了。”

武家根“哦”了一声，叫了一声“伙计”，然后伸手到衣服口袋里掏钱准备结账，夏秋莲却一把拉住了他，说道：“家根，今天我来。”

“那，那怎么行？哪有让女孩子掏钱的道理……”武家根说道。

夏秋莲打断了武家根，说道：“这与男女无关。家根，你是夜校的学生，我是老师，老师哪能让学生请客呢？另外，前几天你一直没来夜校上课，我问了张小海，才知道你在码头的遭遇。真不好意思，一定是你上回在马路上救了我，惹恼了码头上的老板，才害得你失去了工作。我要谢你还来不及呢，哪里就能让你掏钱了？”

“夏老师，我是为了福寿膏的事情出头才丢了工作的，而且……怪我说漏了嘴，才害得他们找上了你，所以更应该我请客了……”武家根憨实地说道。

夏秋莲笑了，说：“不管怎么说，我还是要谢谢你的……你真那么想请客的话，等你找到了新的工作，再请我也不迟。”说着，她动作迅速地将铜板给了走上前来的伙计。

武家根点头，说道：“好吧，那就说定了，下回由我请客……”

夏秋莲看了看武家根，思索了一会儿，说道：“家根，我觉得你这次虽然因为福寿膏的事情丢了工作，但你做得太对了！如果每一个工人兄弟都能像你这样有良知、有觉悟的话，我们的国家就有希望了！”

武家根看着夏秋莲的眼眸，问道：“夏老师，你说的是真的？”

夏秋莲点了点头，很坚定的那种。她说道："我相信用不了多久，你就能找到工作，我也会帮你打听打听有什么厂子需要工人的。"

"谢谢你，夏老师！"武家根说道。不知道为什么，武家根看着夏秋莲清澈的眼睛，忽然觉得有一股力量在胸膛中升腾起来。就在没有遇到她之前，他还对明天感觉到茫然，他的躯壳在上海的街头到处游荡，然而就这一顿饭的时间，他听到了她对他的肯定，这让他蓦地重又看到了希望，他要去找工作，重新回到工人的队伍中去！武家根看着她，淡淡地笑了。

夏秋莲知道，这是今天她遇到他之后，他露出的第一个笑容，也是唯一的一个笑容，却是最灿烂的一个笑容。夏秋莲更知道，她所熟悉的那个开朗的家根，回来了。

第四章

结拜了，就是兄弟

1

武家根、王德宝、大胡子、老于几个人整天在外找工作，可工作不是那么好找的，在上海有句话是这么说的：街上两条腿的人太多，四条腿的狗不容易找。他们跑到武家根的阁楼里歇脚，个个都垂头丧气，张小海趁着休息天提议去弄堂口的熟水店喝茶，由他掏钱请客，权当大伙得空小聚，海吹神聊一番。这个提议一下子得到了众人的热烈响应。

出了德泽坊，往东走上十来步就有一家门面不大的阿毛熟水店。阿毛自然是这家熟水店的老板，店里就两个人：阿毛和他的老婆。他们每天忙里忙外，不断用老虎灶烧水，灌到热水瓶中，卖水给客人，或者将开水送到买主家里。二十平方米出头的门面房里放着两张简陋的桌子和几条长凳子，让附近的居民或路过的黄包车夫、路人歇歇脚、喝口茶。阿毛和老婆也住在德泽坊里，跟张小海、武家根一干人很是熟络。两个人都是手脚勤快的人，天不亮便开店了，虽是小本经营，赚不了大钱，但附近的人家都喜欢上他们家买开水，也够他们维持家里的日常开销了。

张小海刚走出弄堂，便听到了阿毛的老婆那高亢而尖锐的声音，叫得半条弄堂都能听见，她在催促阿毛赶快去送水，第一句叫声刚落地，第二句叫声便响了起来，不知道的人还以为她在跟阿毛吵架。只听她在叫："阿毛你这个死棺材，怎么还不去送水呢！我叫得嗓子都要哑掉了，你阿是木太太投胎？"

随着一句"来了来了"，熟水店里奔出一个个子中等的瘦小男人，和他的老婆相比，他的身材显得十分单薄，宛如一个没有发育好的孩子。只见他的两只手里各提着仨热水瓶，脚步轻盈，就好像手里什么东西都没提一样，让人无法想象他拎着的是开水。他一边从店里跑出，一边嘴里低声嘀咕着："这加子婆讲也讲不好了，我耳朵又没聋，叫得这么大声，整条弄堂都是她的世面！"阿毛的老婆虽然听不清他说话的内容，但总会叫嚷一句："饭没吃饱啊？说话声音就跟蚊子一样！"阿毛面对老婆的唠叨总像没听见似的，脚上更是没有丝毫停留。不过，阿毛的老婆对每一个光顾熟水店的客人总是笑容可掬，有时甚至热情得让人有些吃不消。

张小海离熟水店还有几步路的距离时，阿毛的老婆就冲他叫道："小海，今天来了这么多朋友啊！到我家坐坐，喝口茶哦？"她嘴里的"我家"自然就是"阿毛熟水店"了。

张小海笑着说道："阿嫂，你今天就是不拉我去你们家喝茶，我带着这帮哥们儿也是奔你这里来的。"

阿毛的老婆一听就乐了，连忙将张小海等人迎进了店里。她的手里不知何时多了一块抹布。她一边卖力地将桌子擦了又擦，一边问道："你们喝什么茶？"

张小海想了想，说道："就碧螺春吧。"

"行，我这就给你们泡茶去。你们到我这儿，算是来对地方了！泡上一壶茶，外送两热水瓶开水，怎么样，上路哦？你们随便喝、随便聊，边上还有老虎灶，暖和着呢！若是肚子饿了，想吃什么跟我说一声，我去买些花生、瓜子来，哪怕是想吃猪头肉、鸭头颈，我也能去边上的卤菜店给你们买！哪怕是想吃沈大成的点心，我就叫我家阿毛去隔壁弄堂里借一辆脚踏车骑一趟！这些都是一句话的事情！”

张小海在长凳上坐下，说道：“都上你这儿了，还去卤菜店、沈大成干什么！饿了的话，你给我们每个人来一碗阿毛菜饭，怎么样？”

阿毛的老婆“哈哈哈”地爽快笑了，嘴里说道：“就你小子精明！”说着，她便转身泡茶去了。

武家根低声问道：“什么阿毛菜饭？”

张小海正欲开口回答，王德宝抢先开了腔：“你连这个都不知道？看来德泽坊是白住了！阿毛菜饭可是这弄堂里的一绝，那饭烧得可香了！你们别说，这做菜饭生意的人家多了，可他们家的就是不同，青菜新鲜不说，就连里面放的咸肉、香肠都是阿毛老婆自己做的，她手巧着呢！还送一碗自制的葱花汤，等结茶钱的时候多加几个铜板就是了。很多上他们家喝茶的人，都是冲着菜饭来的！”

张小海补充道：“喝茶的人念着菜饭是没错，即便是没打算喝茶的人，只要一闻见那饭香，也会管不住腿地跑进来点上一碗菜饭，当然也顺便点壶茶喝喝。”

老于也忍不住插嘴道：“我虽然不住这里，但小海说的我可以作证。有一回我路过这里，硬是被他们家的菜饭香味吸引着走了进来。”

“味道怎么样？”大胡子问道。

老于点着头，感慨地说道：“你们别看他们家的店小，可我敢说这上海的大馆子都未必烧得出这么味道纯正的菜饭！”说完，老于闭起了眼睛，回味着说道，“那咸肉不咸不淡、口感正好，那香肠不肥不腻、入口微甜……妙啊……”

武家根还是第一次见老于用如此迷恋的表情叙述一件事物，他平时只顾着在码头和阁楼之间上下班来回跑，根本就没留意过这弄堂口的风景。

这时，阿毛的老婆走了过来，将刚沏好的茶端上了桌，又将手里拿着的四只大碗分给众人，说道：“我们家喝茶可不比茶楼那么细巧，他们用茶盅，我们用吃饭的大碗，这样喝茶才舒服着呢！”

武家根看了一眼那碗，只见碗面是白色的，上面烧着一朵朵红色的牡丹花，漂亮着呢！不过，有的碗沿已经有了细小的缺口，好在小得不至于伤人。

阿毛的老婆给每个人的碗里都倒入了茶水，武家根这才注意到她那黝黑而肥硕的手和手腕上戴着的一只已有些年头的银镯子。之所以说有年头了，是因为那镯子已经有些发黑了。她的动作十分麻利，以至于那镯子跟随着一上一下不停地跳动着，煞是好看。这不由得让他想到了母亲，从他记事起，母亲的手腕上就戴着一只银镯子，不过镯子上刻着的图案似乎跟阿毛老婆戴的这个不同，但究竟是什么图案，他也说不上来，或许那镯子上的图案早已磨损得辨不清楚了。他听奶奶偶尔提过一句，说那镯子是当年结婚时父亲送给母亲的物件，他想母亲应该从戴上之后就未曾摘下过，而且早已成为一种习惯，至于养成习惯的原因，可能已被淡忘了。

直到张小海的声音在耳边响起，武家根的思绪才回到阿毛熟水店里。只听张小海说：“阿嫂，你忙你的去吧，别耽误了你家‘老虎灶’的生意，我们会招呼自己，好好享用这壶碧螺春的！”

阿毛的老婆发出了“咯咯咯”的笑声，说道：“放心，给你们倒好这第一碗茶以后，我就忙我的去了！每一个进我们家喝茶的客人，我都得来倒第一碗茶，这么多年都习惯了。”

王德宝拍了一下桌子，说道：“这可真是个好习惯，难怪你们家老虎灶的生意好得不行！”

张小海又道：“我们今天不但要喝你们家的茶，还要吃那咸肉菜饭！”

“那有何难？我这就给你们做去！”阿毛的老婆说着便转身欲走。

老于叫道：“别忘记多放些咸肉和香肠！”

阿毛的老婆应道：“放心，今天让你们一个一个都吃撑了再回家！”

众人都笑了。

武家根看了看阿毛老婆胖胖的背影，感受着她那直爽火辣的性子。回想起适才她对阿毛的态度，他忽然能够理解阿毛为什么总是能够忍让着她——她只是一个嘴巴厉害一些的女人，心却是热的，对喝茶的客人亦是如此。

张小海端起碗，凑近闻了闻，说道：“这茶，真香。”他喝了一口，含在嘴里回味了一小会儿才咽下去，颇有感慨地说道，“平时老往厂子里跑，难得清闲一天，我说兄弟们，你们这些天忙着找工作，也该放松放松了。”

老于低低地叹息了一声，说：“你们是光棍一条，当然活得自在，可我跟大胡子都是拖儿带女的人，一家老小的吃饭问题全指着我们……唉，男人嘛，有啥办法。”

王德宝点头，说道：“只是，这找工作的事一时半会儿还真急不来。”

武家根忽然想到了什么，问道：“对了，小马这两天不知道有什么收获吗？”

大胡子说：“那小子是有两天没露面了，不会是已经上班去了吧？”

老于沉吟了一会儿，说道：“你们还别说，那小子平时做事就有些神秘兮兮的，吃不准他。”

忽然，屋外爆起一个声音来：“喂，我说，可别在背后诬赖好人啊！你们把我小马当什么了？”

接着，小马便走了进来。

张小海笑道：“还真是说曹操，曹操就到，而且还是一个有牢骚的曹操。”

众人被张小海的这句调侃话给逗乐了。

王德宝说：“小马，那你给我们老实交代交代你的行踪。”

小马没有回答，径直跑到桌旁，一把端起王德宝面前的碗“咕嘟咕嘟”地喝起茶水来，直到一碗茶水尽数倒入肚中，他才放下碗，用衣袖猛地擦去嘴角边的茶水，喘了口气，说道：“你们这群没良心的，我一路跑进德泽坊找你们，没想到你们倒惬意，全躲这里喝茶来了！”

老于打量了一下小马，问道：“莫非，你找我们有急事？”

小马答道：“还是老于头脑煞清！我呀，得到了一个天大的好消息……”

王德宝第一个就按捺不住地从长凳上跳了起来，打断小马的话，急忙问道："什么好消息？是不是有活儿干了？快说快说！"

小马朝着王德宝竖起了大拇指，说道："还是德宝有见地！"

"真和工作有关？"第二个发问的人是大胡子。

小马点了点头，说道："大众纱厂在招人，不仅招女工，还招男工。"

"什么时候？"王德宝追问道。

小马答道："就现在！要不然我忙不及地跑来找你们干吗？赶紧走！我们一块去报名，若是去晚了，一旦满员，就没机会了。"

王德宝一把撸起了衣袖，叫道："那兄弟们还等啥？现在就去！"

说着，一干人便起身往屋外走。

张小海忙不迭地从口袋里掏出三个铜板放在桌子上，冲着他们的背影叫道："等等，我陪你们一块去！"

兴许是听到了谈话声，阿毛的老婆从里屋奔了出来，问道："你们怎么刚来就走？咸肉菜饭马上就煮上了。"

张小海转过身说道："阿嫂，我们待会儿回来吃。这热茶热饭的，你给我们留好了。"

"行。"阿毛的老婆应了一声。

张小海连忙跑出了屋子，大步流星地追赶上王德宝一干人。

2

等众人赶到大众纱厂时，已经有三十多个人簇拥在厂区一角了。小马说道："乖乖！看来这消息传得还挺快。"

只见一个拿摩温（旧上海工厂中工头的别称）模样的女人双手叉腰，身旁站着四五名高大的壮汉，一张破旧的长桌斜放在旁边，长桌的后面坐着一位戴眼镜的中年人。

拿摩温说道："你们给我站好，按次序排队。"话音刚落，工人们便乱作一团，为了争抢一个靠前的排队位置互相推搡着，还夹带着吵骂声。

拿摩温尖叫道："再这么乱，一个工人都不要！"她的叫声刚落，排在队伍靠前位置的武家根只觉得身边一下子安静下来，先前的推搡动作也消失得无影无踪，队伍很快便一字排开了。

拿摩温沉吟了片刻，说道："好了，都听清楚了！我们这次招保全工、挡车工和筒子工，一周工作七天，保全工和挡车工的薪水是六块大洋，筒子工是四块大洋。大家若是身边还有在找工作的兄弟姐妹，也请相互转告，我们还需要工人。"

工人们一听工钱，立马小声议论起来。王德宝第一个叫出了声："家根、老于，我是不是听错了！这么高的薪水？"

老于在心里犯嘀咕，低声说道："是啊，老板怎么肯出这么多钱请工人？"

小马说道："管他呢，叫我说，这活儿不干可没理由！兄弟们闲在家里也是闲着，不如到这里来松松筋骨。"

大胡子点头，说道："小马这话是句大实话，谁跟大洋有仇呢？"

王德宝问道："家根，你怎么不说话？"

武家根说道："我只是在想，这其中不会有什么问题吧？"

只听拿摩温说道："明天就开工！同意的就在这协议上画押签字。"说着，她从一旁的桌上拿过一张纸，在空中扬了扬，接着说道，"签完字，我们就先预付五十个铜板给大家。"

小马连连咋舌，说道："乖乖，还能拿五十个铜板走路啊！我都好多天没吃过肉了，待会儿就到菜场去割一块上好的五花肉去！"

那四五名大汉将协议书分发到工人的手里。王德宝很认真地看着协议上"鬼画符"似的文字，可惜这些字认识他，他却一个都不认识，他凑近武家根问道："家根，你快看看上面写的是什么？"

大胡子说道："是啊，可别弄一份哄骗我们上当的协议书。"

小马点头，说道："有道理，到时候我们一画押，可就难收场了。"

武家根仔细地看完协议书，回答道："你们别着急，这上面写的基本就是刚才拿摩温说的，只是多了一条……"

王德宝问道："多了哪一条？"

武家根说道："画押之后，如若在一周的工作时间内旷工、缺勤，得按工资的双倍赔偿给大众纱厂。"

"啊？"张小海叫了起来，"这算哪门子的规矩？"

王德宝说："也就是说，如果我做筒子工，旷工、缺勤后得赔给他们8块大洋。"

小马想了想，说道："可我们怎么会无故旷工呢？我们拼命干活都来不及呢！"

老于和大胡子点头。王德宝拍了一把大腿，说道："那还犹豫什么？画押吧！"

拿摩温说道："愿意干活的，拿着协议书到文牍这里报名签字。"她指了指坐在长桌后面的中年人。

工人们排着队挨个将自己的名字告诉文牍，并在协议书上画押。轮到王德宝时，他对着文牍报上了名字，文牍用毛笔在协议书上写上了"王德宝"三个字，他伸出拇指蘸了蘸印泥，在协议书上按下了指纹，将协议书递给文牍后，一名大汉将五十个铜板塞入他的手中。王德宝掂了掂手中沉甸甸的钱，心中一阵喜悦，虽说是短工，但薪水不低，总算不用老待在家中了，没活儿干的日子心里憋得怪难受的。

忽然，不远处爆发出一声吼叫："大家别上当！"

循着吼声望去，只见一大群工人迅速地往这边拥了过来。拿摩温向身边的大汉使了一个眼色，他们连忙迎了上去，冲着带头的工人叫道："你们想干什么？"

工人队伍里走出一个年轻人，二十岁不到的模样，穿着一条背带裤，裤子上还沾着斑斑点点的机油。只听他说道："这话应该我们工人问你们！你们到底想干什么？"

年轻人转身对着武家根他们说道："工人兄弟们，我们是大众纱厂的工人，我叫小顾。东洋人不把我们中国人当人看！我们这些天在闹罢工，要求涨工资，减少工作时间，他们怕没人干活，就想把你们招进来。兄弟们，天下工人是一家啊，你们千万别上他们的当！"

武家根等人恍然。张小海说道："原来是这么回事情，我说呢，他们怎么会出那么高的薪水来招工人呢！"

武家根看了看罢工的工人，目光忽然定格在了两张熟悉的脸上，他万万没有想到竟会在这里见着他们——李少杰和夏秋莲。他朝着张小海低低地说道：“小海，你看，那是谁？”

张小海顺着武家根的目光望去，也愣住了，不由得问道：“他们……怎么他们也在这里……”

突然，一个工友叫道：“大家快看，拿摩温想逃！”原来，拿摩温已经趁乱悄悄地退到了一旁，正准备开溜。

听得这一声叫，众人立刻围了上去，拿摩温见势不妙，连忙解释道：“你们别误会，我哪会走啊？”

队伍中一个中年人模样的大个子工人走上前，在小顾耳边悄声说了几句，小顾朝他点了点头，而后向拿摩温走去，说道：“你去把东洋老板请出来，我们有话要跟他谈。”

拿摩温一脸为难的表情，结巴着说道：“老……老……板，他不在啊……”

李少杰叫了起来：“骗人！收起你的鬼话！”

工人们齐声高叫道：“骗人！我们不是这么好骗的！”

拿摩温一见这气势，吓得腿都发颤了，说道：“你们别不信，他……他，真的不在。”

小顾说道：“他如果真不在，那我们可就不是罢工这么简单了！”

“你们，你们要干什么？”拿摩温着急地问道。

一个工人叫道：“把机器砸了，把厂房掀了！”

拿摩温一听这话吓坏了，连忙讨饶着说道：“工人兄弟们，你们千万别冲动啊！有什么话，我们坐下来好好说不成吗？”

工人们叫道：“我们要见老板！”

冷汗从拿摩温的额头渗了出来，她一把擦去了汗水，说道：“好好，我这就去请老板。”说着，她转过身欲走。

小顾说道：“等一等，你差一个人去叫，你就留在这里吧！”

拿摩温到了这时候哪里还有什么主意，只得依着小顾的话去做，将文牍差去找老板了。

王德宝将手里的五十个铜板往桌子上一扔，嚷道：“这活儿我们不干了！钱退给你们，协议书拿来！”

排队的工人们纷纷叫道：“对，这活儿我们可干不了，把协议书还给我们！”

一名大汉走上前，一把抓住了王德宝的脖领，叫道：“妈的！想不干就不干了？协议书上白纸黑字写着——违约者，双倍赔钱！”

这一声叫，把先前已经拿了钱、报了名做工的工人们吓着了，原本报名做工是为了赚钱的，哪有先赔钱的道理？况且这可不是一两块大洋的事情哪！

张小海上前抓住大汉的手，叫道：“你干吗动手？想打人啊！”

大汉冷笑着说道：“打你又怎么样？”说着便朝他挥了拳头。

张小海一愣，忽然觉得自己被人推了一把，只听武家根叫道：“小海，让开！”

张小海被推出了几步开外，回头一看，只见武家根已然用掌心接住了大汉的拳头。

李少杰见状，叫道：“家根，小心！”便冲向了大汉。

武家根微微一笑，手上一发力，那大汉顿时一声惨叫，另一只抓住王德宝的手也不由自主地松开了。接着，武家根飞起一脚踢到大汉的肚子上，大汉闷哼一声，倒了下去。

李少杰没想到武家根的身手如此了得，他原先还替武家根捏了把冷汗，当下不由得大为钦佩，说道："家根，还真有你的！"

边上另外几名大汉见状，统统向武家根冲了过来。此时，一个女人的声音响了起来："工头打人了！打人了！"武家根听出来那叫声属于夏秋莲。

工人们的愤怒瞬间被点燃了，他们冲向拿摩温和打手，将他们团团围住，并高叫道："不准殴打工人！"

拿摩温连忙对打手叫道："混账东西！谁让你们动手了？"然后她转向工人们，赔着笑脸，好言好语地说道："大家都是自家人，有话好说，有话好说。"

小顾将手指向了不远处，说道："工人兄弟们，你们看，老板来了！"

果然，一个五十岁左右、身高一米六五、身材肥胖的男人奔跑了过来，身后还跟着适才的文牍和几名随从。见他一出现，工人们便朝他蜂拥而去。

老板的脸色铁青，一张口便是一大堆叽里呱啦的日本话。一旁的翻译将他的话译成了中文，说道："老板说，你们再这样闹下去，他就不客气了，得找巡捕房来解决了。"

小顾说道："行啊，如果巡捕房来了，把我们这些人都带去问话，事情可就闹大了，到时候你想让我们复工都找不到人！你要知道，我们这里很多都是技术工人，想一下子招这么多工人可不是一件容易的事情！"

翻译凑近老板，将小顾的话翻译成日语，老板的脸色比刚才更难看了。

站在工人中的那位四十岁出头的大个子工人又一次站了出来，说道：“我想告诉老板的另一个消息是，你的竞争对手——隔壁吉祥纱厂的陈老板说了，从你这里走一个工人，他就收一个下来，这里的工人个个都有在纱厂工作好几年的经验……”

老板听了翻译的话后，盯着大个子工人看了一会儿，对翻译说了两句。翻译指着大个子工人说道：“老板说你不是我们纱厂的。”

大个子点了点头，回答道：“没错，我就是隔壁厂子的。”

老板听后，竟然开口用中文叫骂了一句：“浑蛋！”这倒有些出乎大家的意料。

老板想了一会儿，对翻译点了点头。翻译说道：“老板同意跟你们谈条件，你们说吧！”

小顾说道：“第一，每个月的工资在原有基础上给我们每个人加三块大洋；第二，每天的工作时间缩短两个小时；第三，拿摩温不准殴打、辱骂工人；第四，给工人吃午饭的时间，允许关车吃饭。”

当翻译将这些条件一一翻译给老板听后，老板的脸一下子拉长了，半晌没有吭声。

小顾看了一眼大个子工人，两人交换了一下眼神，小顾接着说道：“老板若是有为难之处，请把这个月工资给我们结了，我们就去隔壁纱厂干活儿了！”

“对！把工资结了，我们走！”工人们叫道。

老板着急了，冲着翻译叫嚷了起来。翻译连忙说道：“大伙别走，老板说他同意你们的要求了，请你们尽快复工。”

工人们高兴地欢呼起来，而老板和手下很快便离开了。

王德宝抑制不住内心的激动，跑上前去，一把握住小顾的手，说道："兄弟，你们成功了，你们可真厉害，今天我算是开眼界了！"

小顾也握住王德宝的手，说道："这还得感谢你们！"

王德宝傻傻地笑了，说："我们怎么能跟你们比呢？"

武家根走向李少杰和夏秋莲，说道："少杰、夏老师，你们怎么在这儿？"

李少杰没有回答武家根的问题，只是说："我们也没想到会在这儿遇到你。"

张小海说："夏老师，给我们介绍介绍你的朋友们吧！"夏秋莲说："没问题！"

夏秋莲首先介绍的是小顾，他是大众纱厂的盘头工（在纺织厂修理纺纱车架盘头的技术工人），是这次罢工的负责人。站在小顾身旁的四十多岁的大个子叫赵火，为了配合小顾他们的罢工，赵火联系了其他厂子的工友们，正是因为得到了其他厂子的支援，这次大众纱厂的罢工才会大获成功。另一位看上去二十五岁左右的小伙子叫何华，长得白白净净的，戴着一副眼镜，一副读书人的模样，是大学里教务处的老师。

张小海指了指李少杰，问道："这位是？"

还没等夏秋莲开口，李少杰便说："我是家根的同乡，我叫……"

"你叫李少杰！"张小海叫道。李少杰听张小海一下子就说出了自己的名字，有些吃惊。

张小海连忙补充道："你一说是家根的老乡，我就知道了，我老听他提起你。我是跟他同住一个阁楼的张小海。”

李少杰点了点头，说道：“我知道你，跟你一样，也是听家根说的。”

王德宝在一边叫道：“那家根有没有和你们提过我？我是跟家根住一个弄堂、在一个码头扛过大包的……”

李少杰和夏秋莲异口同声地说道：“王德宝！”

王德宝不好意思地挠了挠头皮，说道：“原来你们都知道啊……”

在李少杰他们交谈得起劲的时候，工人们已经散去，小顾跟着一同走了，老于、大胡子、小马因为没能找到工作，都像泄了气的皮球一般，没了谈兴，推说累了，想早些回家休息，也离去了。

3

武家根一行人走在街上。武家根的心里不仅没有因为找不到工作而失落，反而多出了几分先前没有的轻松和愉悦来，他很庆幸自己没有成为东洋人欺辱纱厂工人的帮凶，这样想着的时候，他的嘴角浮现出了一丝隐约的笑容。

身边的王德宝轻轻推了推武家根，问道：“家根，你在想什么呢？”

武家根摇了摇头，回答道：“没什么。”

王德宝说道：“对了，小海、家根，我得跟你们道声谢，刚才那名壮汉眼看着就要对我动手，多亏了你们的帮忙。”

张小海说道：“你甭谢我，谢家根才是真的。”

“你们说的是哪里话呢？都是自家兄弟，还说什么谢不谢的！”武家根说道，“适才连少杰都挺身而出呢！”

李少杰哈哈一笑，说道：“可别扯上我，我本想出一份力，来个‘英雄救英雄’，可偏偏没想到你的身手如此敏捷，根本就用不上我嘛！”

王德宝忽然冒出了一个想法，忙不迭地说道：“等一等，你们谁都别说话，我突然想到了家根刚才说的那句话，那说得可真是妙啊！”

“什么话？”夏秋莲问道。

王德宝回答道：“就是那一句——都是自家兄弟，还说什么谢不谢的。你们听出什么名堂了没有？”

众人一头雾水地看着王德宝。武家根喃喃地说道：“怎么了？我说的不对吗？我说的可都是实话。”

王德宝点头，说道：“对，对！正因为你说的是实话，才让我有了一个想法。”

众人均用疑问的眼神看着王德宝，都在等着他把没有说完的话说下去，可他偏偏不再说了。

张小海第一个忍不住了，问道：“我说德宝，你到底是啥意思？赶紧把你的想法说出来。”

这一回轮到王德宝发愣了，他问道：“俪了老半天，你们没明白我的意思？”

众人面面相觑。李少杰说：“你都没说出来，让我们怎么明白呢？”

王德宝说道：“枉费你们都是比我王德宝有文化的人，怎么会不明白呢？我的意思是我们从今天起就是自家兄弟！”

武家根说道：“德宝这话说得没错。”

夏秋莲看了看王德宝，说道：“可我还是没明白……”

这时，赵火笑了。夏秋莲将头转向了他，问道：“赵叔，你笑什么？”

赵火说：“我已经明白这位小兄弟的意思了。”

王德宝朝赵火竖起了大拇指，说道：“老大哥还就是老大哥。”

赵火接着说道：“我记得前面不远的地方有一座关公庙。”

武家根愣愣地问道：“这和关公庙有什么关系？”

王德宝高兴地嗷嗷大叫了起来：“太好了，真是天助我也，择日不如撞日！”

张小海伸手摸了摸脑袋，说道：“我现在更糊涂了。”

何华终于忍俊不禁地说道：“德宝的意思是想跟你们结拜，成为真正的自家兄弟。”

众人这才恍然，齐刷刷地朝王德宝看去。

王德宝不住地点头，说道：“我王德宝能认识家根、小海、少杰，真是人生一大幸事，今日一定要与你们结拜成兄弟，不知你们意下如何？”

武家根一愣，他从未想过结拜之事。

张小海第一个醒悟了过来，叫道：“好，算我张小海一个！”

李少杰说：“我没意见。”

王德宝转向武家根，武家根朝他点了点头。

王德宝喜出望外，喊了一句：“太好了！”便大步奔向了不远处的关公庙。

夏秋莲叫道："妙啊！古今多少男儿结拜都只是听闻，还从未亲眼见识过，今天一定要开开眼界。"

李少杰走到了夏秋莲的身边，打趣道："哎，不对啊！我们四个大男人结拜，你一个小女孩凑什么热闹？"

夏秋莲不服气地说道："李少杰，你这话是什么意思？我是女孩怎么了？现在是什么时代？民国！男女平等，我怎么就不能做个见证人？"

李少杰申辩道："不是，我……"

夏秋莲打断道："什么不是？亏你还是读书人，居然歧视女性！"

李少杰叫起冤枉来："我说什么了？我可是什么都没说啊，你就把帽子扣我头上了！赵叔、何老师，你们可得帮我说句公道话！"

赵火和何华笑着看了看李少杰，摇了摇头，什么话都没说，便往前走去。

夏秋莲昂起头，挺直了腰杆，从李少杰的身边走了过去，跟着走在赵火他们身后。

李少杰自言自语地道："什么意思？你们也太不仗义了吧！"

张小海走到李少杰的身边，低声地说道："兄弟，现在知道什么叫作'唯女子与小人为难养也'了吧！"只是说这话时，张小海的脸上写满了幸灾乐祸。

当众人来到关公庙门口时，王德宝已经向庙祝买好了四把香，等着他们了。

在赵火、何华、夏秋莲的见证下，武家根、王德宝、张小海、李少杰四人跪在关公像前结拜。他们报上了生辰八字，武家根虚长了王德宝两岁成了大哥，王德宝排行老二，张小海和李少杰则成了老三和老四。

四人对着关公像盟誓。

武家根说："从今而后，我们四兄弟有难同当，有福同享！"

王德宝说："此生不离不弃！"

张小海说："若做出背信弃义的事，无须对方动手，自刎谢罪！"

李少杰说："不求同年同月同日生，但求同年同月同日死！"

四人一同点燃盟香，拜了关公像。末了，在张小海的提议下，众人决定当晚再次去阿毛熟水店，好好地摆上一桌茶，吃上一碗热腾腾的阿毛菜饭，权作"结义宴"！

第五章

江上舟自横，秘密集训

1

广场上人头攒动，越来越多的学生和工人向这里聚集过来。

今天的集会是为了纪念劳动者的节日：“五·一”国际劳动节。集会者的手中高高举着一条横幅，上面写着：为全天下劳动者的权利而抗争！

一阵大风吹过，集会者手中的旗帜和标语被刮得“哗啦啦”作响，一时间蔚为壮观。

李少杰走向不远处的何华。何华是这次集会的召集人，从最初的策划到今天的集会起码有半年时间了。

李少杰凑近了何华，说道：“何老师，还有两个学校的学生正在往这里赶，应该很快就到了，到时候我们的人会更多，声势会更壮大。”

何华朝李少杰点了点头，欣喜地说道：“太好了！”

忽然，有一个学生从不远处奔跑过来，高叫道：“大家快跑！巡捕房的马队来了！”

集会人群顿时混乱起来，很快，荷枪实弹的马队便出现在广场上。只听为首的一个巡捕大声叫道：“快散开，不然开枪了！”说着便抬起手中的枪，对着天空开了一枪。

忽然响起的枪声让集会的学生和工人瞬间没了秩序，有人发出尖叫，有人忙不迭地四处逃窜，有人甚至冲向巡捕发生冲突。何华高叫着：“大伙别乱！”可惜他的叫声很快就淹没在尖叫声中。

忽然，有巡捕对着人群开了枪，场面一下子变得不可收拾。李少杰被旁边的人拉了一把，他一转头，是一个他不认识的学生，只听那人叫道：“快跑，巡捕开枪了！”

李少杰本想拉上何华一起跑，无奈，他匆匆环顾一下，竟寻不见何华的身影，他只得往旁边的小马路跑去。突然，传来一个女孩的尖叫声，他转过头一看，只见一个女学生摔倒在地。

李少杰连忙奔上前去，一把扶起了女孩，问道：“没事吧？”女孩摇着头，还没来得及回答，李少杰便看到一个骑着高头大马的巡捕向他们这边冲了过来，连忙一个转身将她护在自己的怀里。女孩没想到他会有这么唐突的举动，脸一红，推了他一把，怒问道：“你干什么！”

李少杰还没来得及解释，只见一匹马擦着他们飞驰而过，女孩不由自主地发出“啊”的一声尖叫，她这才明白过来，若不是李少杰反应快，她早就被踩在马蹄之下了。

李少杰一把拉起女孩的手，说道：“快跑！”女孩兴许是从未见过这样的场面，早就没了主张，只能跟着李少杰一路狂奔。

拐进一条小弄堂时，女孩有些跑不动了，她气喘吁吁地回头看了看身后，问道：“他们，他们不会追来吧？”

话音未落，只听耳边传来两声枪响。李少杰说：“赶紧先找个地方躲起来！”女孩看了看弄堂，说道：“这，这，上哪儿去躲呢？我跑不动了，我们歇歇好不好？”

说着，女孩靠向身后的一扇门扉，想喘口气再说话。谁知，门扉竟是虚掩着的，无法承受她身子的重量，门“吱呀”一声蓦地洞开了，她瞬间失去重心，猝不及防地发出一声尖叫，一个跟头摔进了门内。

李少杰伸手想拉住女孩，却没来得及，只能眼睁睁地看着她跌了进去。他连忙将她从地上扶起来，问道：“怎么样，没摔疼吧？”

女孩嘴一噘，反问道：“怎么不疼？要不你也摔一个试试？”

李少杰没想到女孩如此伶牙俐齿，一句都不肯吃亏，只在心中笑了笑，没有回答她。

女孩被李少杰搀扶着起了身，想起什么似的打量起四周来，她不知道这是哪里，只是想不明白这屋子怎么会没上锁。

忽然传来了马蹄声，李少杰连忙一个转身，轻轻带上房门，说道：“快进去躲躲！”屋里一下子变得很昏暗，仅有微弱的光透过门缝漏进来，幸好是白天，不然这屋里一定是伸手不见五指。

不知为什么，这屋子给人一种诡秘阴冷的感觉。女孩不由自主地将身子靠向了李少杰，小声问道：“这，这是哪里？”李少杰老实答道：“我也不知道。”

女孩朝屋里走了两步，突然“哇”的一声叫了起来。李少杰连忙说道：“轻点！你疯了，想把巡捕引到这里来吗？”

女孩用颤抖的声音说道：“你，你看，这，这是什么？是……棺材！”说着，她指了指前方。难怪适才一进屋，她便感觉到一阵阵阴风袭人，原来这里竟是一间棺材铺。

李少杰一愣，抬头看去，只见屋内的地上果然端放着一口口合着盖子的棺材。

女孩躲到李少杰的身后，双手紧紧地拽着他的手臂。通过她冰冷的手指，他能感觉到她此时正在颤抖。他侧过头看了她一眼，她的脸已经因害怕而失去了血色，看起来苍白得很。他安慰道：“别怕，有我在！我先过去看看。”

说着，李少杰向棺材走去。女孩一把拉住他，说道：“别，你别过去！我一个人，一个人站在这里，害怕……”

李少杰想了想，说：“那，你跟着我一起走过去。”

“不！我才不要！”女孩语气很决绝地说道。

李少杰笑了，说道：“你不让我过去，又不跟我一起过去，那你说怎么办呢？”

女孩看了看李少杰，反问道：“就没有其他办法了吗？”

李少杰点了点头，说道：“有是有，只不过听起来会更糟糕。”

“你说说看。”女孩说道。

李少杰回答道：“你和我，我们两个一起走出这个屋子。”

女孩叫道：“你当我是傻子啊！那岂不是出去送死吗？”

李少杰笑了。女孩噘了噘嘴，问道：“你笑什么？”

李少杰说道：“没什么，我是在想，吓死总比送死强吧？”

女孩像是下定决心一般，咬了咬嘴唇，说道：“那好吧，我们一起过去看看。”

李少杰说：“你跟在我身后吧！”说着便走向了棺材。女孩拉着他的手，跟着走了过去。

走到棺材跟前，李少杰伸手摸了摸，棺材板的质地很好。他手上一用力，欲将棺材板推开。

女孩连忙阻止，问道：“你干什么？”

李少杰说：“打开看看。”

“你一定是疯了！”女孩叫了起来，不过她很快反应过来，连忙压低嗓音说道，“棺材有什么好看的？里面一定躺着死人！棺材盖可不能随便开，不然下一秒钟我们就能看到一张恐怖的死人的脸！万一……万一……”

“万一什么？”李少杰问道。

“万一躺着一具僵尸，还发生了尸变……那，那我们怎么办？”女孩胆战心惊地说道。

李少杰忍俊不禁地说道：“你的想象力可真丰富，让人不得不佩服。”说着，他用力推开了棺材盖儿，女孩惊叫一声，连忙将脸别过去，不敢往棺材内看上一眼。

“哇，僵尸啊！”李少杰紧张地叫道，只是他把声音控制到了最低。

女孩一听，大惊，下意识地回头叫道：“真的？”不过，她看到的却是李少杰似笑非笑的脸。她连忙将目光投向棺材，只见棺材内空空荡荡，连尸体都没有，又哪儿来的僵尸？眼前这个相貌堂堂的男孩一副老实可靠的样子，没想到居然一肚子坏水！她有些气恼地在他的肩头擂了一拳，怒道：“你这人真讨厌！”这时，她才意识到自己正牢牢地抓着他的手，便狠狠一下将手甩开。

李少杰查看了一圈，确认另外二十多口棺材均是空的，如此看来，这就是一间存放棺材的小仓库。他在屋里发现了另一扇门，推了推，发现门被反锁着，根本推不开，透过狭小的门缝隐约看到停在路边的黄包车和匆匆忙忙走过的行人，想必这是通向马路的前门，而适才他们在弄堂内闯进来的没上锁的便是后门了。他忽然有些庆幸能鬼使神差地来到这间棺材铺，也很感谢那个忘记将房门锁好的糊涂鬼，不然他还真不知道现在身在何处。

忽然，女孩蹑手蹑脚地走到李少杰的身边，轻轻地推了推他，神情紧张地小声地说道：“你听，外面有说话声。”她指了指那扇后门。

李少杰连忙跑到后门仔细倾听，果然门外传来了低低的说话声，只听一个声音在说道：“报告，这条弄堂我们几个人已经搜过了，没发现可疑的人，除了……”

“除了什么？”一个男人低沉的声音问道。

“除了这里。”门外响起了轻声的手指碰触门板的声音。

李少杰立刻拉着女孩往棺材跑去，低声道：“快过去。”

女孩愣住了，问道：“你说什么？你不会真想让我跳进棺材里去吧？”

李少杰说道：“废话！都什么时候了，快进去！”

女孩看着高高的棺材，忽然发现棺材也不是说跳就能跳得进去的。李少杰看了一眼略有迟疑的她，一把托起她的腰，将她稳稳地放入棺材，而后自己也跳了进去，并迅速地将半开着的棺材盖拉上了。

顿时，棺材内一片黑暗，李少杰和女孩侧着身子躺在棺材里，除了能听到她的呼吸声之外，还能闻到从她身上散发出来的阵阵香味，那味儿真好闻，他忽然想起她那白皙的脸庞、精致小巧的五官和齐耳的短发，这样想着，他觉得自己的两颊竟微微有些发烫起来，很快，他便在心里自责了——这样的时候、这样的境遇，怎么还会有心思去想这些呢？

李少杰低声说：“看来棺材有的时候不仅能装死人，还能睡两个大活人。”他听到她轻柔的声音响了起来：“我想我是疯了，我干吗要和你这个陌生人一起跳进棺材里来？”

李少杰“嘘”了一声，并轻轻将手指放在了唇边——虽然知道女孩看不到他的动作，但他依然习惯性地做了——说道：“谁说我们是陌生人了？我们至少是同学，即使不是一个大学的同学，也算是广义上的同学。还有，我猜他们很快就会进屋来搜查。”

女孩轻声叫道：“哎呀！早知道他们要进来，刚才就应该把门拴上，让他们想进也进不来。”

李少杰说：“不能这么做。这扇门的外面没上锁，若是里面拴上，岂非掩耳盗铃，明摆着告诉人家屋里有人吗？”女孩不说话了，她承认他想得比她周全。

只听“啪”的一声推门声，紧接着屋内响起了脚步声。先前低沉的男声问道：“这是什么地方？”

一个男人回答道：“报告长官！这，这好像是棺材铺……我们是否要开棺检查？”

女孩的心头一凛，若是开棺检查，她和他根本无处可逃。她可不想这么年轻就真的躺进棺材里，而且还是和一个陌生的男人。此时，她感觉到他的呼吸声凑近了她的耳边，只听他低声说道：“别怕，还有我呢！”她狠狠地白了他一眼，真想回答他：“搞搞清楚，你是我的谁？”可惜在黑暗中他根本看不见她的神情，于是她把到了嘴边的话硬生生地咽了下去，毕竟每一次开口说话都有被别人听见的危险。

只听低沉的男声响了起来：“检查个鬼！怎么就跑到棺材铺来了？真是晦气，给我撤！”

“是！”一群男人整齐地回答道。接着，往屋外走去的脚步声陆续响起并最终消失，屋内恢复到适才的安静。

女孩看了一眼李少杰，见他没有想要出去的样子，便说道：“喂，我说，该出去了，你可别赖在这里占我的便宜！”

李少杰没有出声，而是耐心地等了一小会儿，在确定危险过去后，才将棺材盖移开，从棺材内一跃而出，回过头对她说道：“好了，他们走了，你出来吧。”

女孩看了一眼棺材的高度，将手伸向李少杰，说道：“我说，你过来扶我一把。”

李少杰双手抱胸，看着她，说道：“这可是你请我扶你的，我绝对没有想要占你的便宜。”

女孩“啐”了一声，说道：“你少说一句会死啊？”李少杰笑了笑，伸手将她搀扶出来，并迅速地走出棺材铺。

当两人走出弄堂的时候，天色已经暗了下来。女孩回头看了看身旁的李少杰，说道：“喂，你是怎么一回事儿？干吗老跟着我！”

李少杰一愣，说道：“我什么时候跟着你了？这是我回学校的必经之路。”

女孩点了点头，说道：“行，既然你往这里走，那我往那边走。”说着便转身往相反方向走去。

女孩才走了两步，身后便传来李少杰的叫声：“喂，我说，你等一等。”

女孩停住脚步，李少杰追了上来，说道：“闹了老半天，我还不知道姑娘的芳名呢？”

女孩说道：“什么‘芳名’？还‘草名’呢！”

李少杰笑了：“你还真爱开玩笑，那我这么问吧！你叫什么名字？”

女孩说道：“凭什么你一问我，我就得告诉你呢？”

“你……”李少杰一下子不知该如何回答，只觉得女孩还真有些刁蛮任性。

女孩不再搭理李少杰，径自往前走去。走了没几步，她忽然停住，回过身侧着脑袋看着他，问道：“喂，那你叫啥名字？”

“我叫李少杰。”李少杰老实回答道。

女孩点了点头，说道：“知道了。”一扭头，欲走。

李少杰叫了起来：“哎，你这人怎么回事？你问了我的名字，却不告诉我你的名字……”

女孩说道：“我又没非让你告诉我你的名字，是你自己乐意回答的嘛！”

“你你你，你这人怎么这么强词夺理呢？”李少杰说道。

女孩嘻嘻一笑，说道：“我这人就这样，谁让你今天第一天认识我呢？再见了，复旦大学的李少杰同学。”

“你怎么知道我是复旦的？我好像没告诉过你。”李少杰问道。

“我会掐指算啊！”女孩笑着说道。看着李少杰一脸茫然，她指了指他胸前佩戴的校徽。

李少杰恍然，说道：“太不公平了！你连我的学校和名字都知道了，可我对你却一无所知。”

女孩没有理会李少杰，摆摆手往前走了，只是走了几步之后，李少杰的耳边忽然飘来了她的声音：“我是南洋大学堂（交通大学前身）的方心雨。”

李少杰在心里默念着方心雨的名字，淡淡地笑了，他忽然想跟她说他肚子饿了，一起吃晚饭吧，他可以请她吃小馄饨。然而，她早就没了踪影。

这一晚，李少杰是步行回到大学宿舍的。像是怕一不小心忘记了似的，他在心里一直喃喃地念叨着那个名字：方心雨，方心雨……

2

张小海是垂着头走过德泽坊的，而且走得很快，生怕遇上熟人。他三步并作两步地蹿上了楼，用最快的速度打开了房门。在推开房门的那一刹那，他愣住了——原本小小的三层阁里挤满了人。他看到了几张熟悉的脸：武家根、王德宝、李少杰、夏秋莲，还有新认识的赵火、何华。

张小海下意识地抬手遮挡着脸，因为脸上有好几处瘀青。然而，他的动作还是迟了，因为他已经听到了王德宝的声音：“三弟，你这是怎么了！脸上怎么有伤？”

说着，王德宝已经站起了身，脸上写满了关切，一把将张小海挡着脸的手拉了下来，惊诧地问道：“疼不疼？要不要敷些什么药？”

张小海说：“不用不用。”他停顿了一下，面对众人疑惑的眼神，有些支支吾吾地开口说道，“这伤……没，没什么，是我在厂子里不小心撞的。”说着，他走进了屋内。

武家根忽然说话了：“撞的？我看不像。”

赵火也在一旁开了腔："我同意家根的看法。"

李少杰问道："那依你们的意思，不是撞的，难不成还是被打的？"

没有人回答，周围一片安静。

这让李少杰更是疑惑，他直接问张小海："三哥，你脸上的伤……不会真是被人打的吧？"

张小海知道终究是瞒不过的，低低地叹了一口气。

王德宝按捺不住地说道："打的？快，快告诉哥哥，是谁那么大胆敢打你？哥哥给你报仇去！"

张小海摇了摇头，说道："不提了，怪只怪自己没本事。若是我有像大哥那般的好本领，哪里还会受人欺负？"他看了一眼武家根，突然说道，"大哥，从明天起你教我打螳螂拳好不好？只要有了功夫，我看以后谁还敢欺负我！"

武家根一愣，张小海想学拳？究竟发生了什么事情促发了他想学拳的欲望？他刚想开口问，只听身旁的赵火问道："小海，这到底是怎么回事？"

张小海恨恨地说："还不是那些贼工头！工人们这几天在厂子里举行罢工，要求资本家加工资，我负责纠察队的工作，谁知今天下午那些工头走狗竟突然袭击，对我们大打出手……"

"真是太可气了！"何华终于忍不住说话了，"老赵，看来我们刚才商量的事情是很有必要的！"

张小海茫然地看着众人，从他们的神情中，他看得出在他踏进这间阁楼之前，他们正在商量某件十分重要的事情，并且已经有了结果。他问道："是什么事情？"

夏秋莲说道："为了对付那些工头走狗，我们已经决定去岛上进行封闭式军事训练，包括擒拿格斗、射击、发报等。"

"那你去吗？"张小海脱口而出。

夏秋莲点了点头，回答道："我们这里的每一个人都去，正好学校要放暑假，家根和德宝都在打短工，还没找到正式工作。最关键的是，他们全都是我们活动的积极分子……"

张小海急急地说道："那也算我一个，我也要去！"只要一想到能和夏秋莲一起去，他就乐意，不管去哪里，去干什么，他都不在乎。他冷静下来想了一下，问道："擒拿格斗是什么？比功夫还管用吗？"

何华笑了："有时候的确比功夫要管用得多。"

张小海有些疑虑地看着何华，问道："何老师，你会吗？"

何华摇了摇头，说道："我不会，老赵会，他会教你们。"

张小海将目光移向了赵火，赵火问道："你能告诉我今天工头走狗是怎么突然袭击你的吗？你比画给我看看。"

张小海点了点头，突然拔出拳头直往赵火的面门击去，赵火一个侧身闪躲，张小海的攻击便落了空。赵火轻轻一伸手，已然扣住了张小海的手臂，随后一个神速转身，臀部飞快往上一抬一撞，张小海顿时被撞击得离开了地面。随着"啊"的一声大叫，张小海已被一个四两拨千斤的"大背包"甩过了赵火的头顶，四脚朝天地跌落在尘埃之中！

躺在地上的张小海老半天都没回过神来，他瞪大了眼睛吃惊地看着赵火。赵火这才挪开了那只一直紧紧抓着张小海的手臂不放的手，说道："没伤着你吧？我这只手一直在护着你，没敢松开，不然的话……”

张小海佩服得五体投地，看着赵火叫道：“我的妈呀，真是神了！我还没怎么有感觉就已经被甩到外国大马路上去了，那要是有感觉的话，我还不得完蛋了吗？这就是擒拿格斗吗？我张小海要学，而且要把它给学好了！请你教教我，我，我张小海拜你为师！”

赵火哈哈一笑，说道：“别忙，不着急。这点本事不算什么，雕虫小技而已，等到了岛上你们要学的本事还多着呢！”

从赵火说完这番话起，张小海就向往着能尽快去到岛上，尽快学得一身好本事，尽快不用害怕厂子里那些工头和打手……更何况，在他的诸多“尽快”里，还会有一个她在……

3

然而，当这一天真的来临的时候，张小海发现一切都不如他想象的那样美妙。

张小海一干人到赵火所说的岛上住了下来，开始了封闭式训练。那是一个江心小岛，离市区很远，交通极其不便，本来路程的远近并不是什么问题，然而，夏季原本就常常有台风、暴雨会光顾，加之岛上天气变化无常，没过两天，蔬菜和日用品便无法正常运达了。每天天不亮，他们便开始出操、跑步，射击和擒拿格斗是主要课程，由赵火教授和训练，何华则主要教大家发报和救护知识。

原本岛上只来了夏秋莲一个女孩，不过到达岛上的第一天稍晚时候，又来了一个女孩，是夏秋莲的好朋友、南洋大学堂的学生，名叫方心雨，听说李少杰认识。不过，说来也怪，这个方心雨对别人客客气气的，就是老和李少杰过不去，似乎上辈子有仇一般，只要两个人碰在一起，便喜欢斗嘴，谁都不买谁的账，一开始大伙儿还会劝劝，可后来也算有些摸清了两个人的路数，就不再多说什么，任由他们去了。

大伙儿的一日三餐由夏秋莲和方心雨负责，两个人轮流掌勺。夏秋莲的厨艺是没话说的，动作既快，味道又佳，即便是在没有什么食材的艰苦条件下，她总能出乎大家意料地烹饪出可口的饭菜，例如在岛上挖野菜，做野菜烙饼、野菜汤什么的，就连两位教官赵火和何华都连连称赞好吃。

可方心雨就完全不是那么一回事了，她做的饭菜无比难吃。第一天下厨，她手忙脚乱，直到大伙儿完成射击训练回来，她还没把饭菜做好，大伙儿只能又累又饿地等着开饭，好不容易等到米饭端上桌，一看都傻了眼——她竟然把饭给烧煳了！菜的味道就更不用说了，不是太咸就是太甜，不过因为实在太累，大伙儿都懒得说什么，赶紧把食物倒下肚去，既不敢细嚼，更不愿回味那滋味。所以，只要一听说轮到方心雨下厨，大伙儿的脸色准比什么都难看。由此，李少杰将她的厨艺喻为“杀人于无形”的一种武器。

这一天，又轮到方心雨给大家做饭。她学着夏秋莲，挖了不少野菜，而且在前一天向夏秋莲请教了做法，做了野菜烙饼和野菜汤。射击和格斗训练一结束，大伙儿早已精疲力竭，饿得肚子咕咕叫，直奔饭厅。看见方心雨已将饭菜烧好，众人欣喜若狂，每人拿了两张饼、盛了一碗汤就吃了起来，不过因为吃得太快，味道都没有品尝出来。

方心雨见他们一副吃得很香的模样，有些得意地问道："怎么样，我的手艺还不错吧？是不是大有长进！"没有人回答她，大伙儿委实饿得可以，只顾着吃了。

李少杰直到将最后一口野菜饼咀嚼着咽下肚的时候，才隐隐感觉到一丝异样。他看到身旁的王德宝喝下了最后一口野菜汤，正用袖管擦着嘴，低声问道："二哥，你吃出些什么味儿来了吗？"

王德宝茫然地看着他，咂吧了几下嘴，回答道："兄弟，说真的，我还真没有工夫去细细品尝。太饿了，我只顾吞到肚子里去了！怎么了，你吃出味儿了？"

李少杰想了想，说道："也没怎么吃出味儿，只是，只是……"

"只是什么？"张小海也吃完了饭，将身子凑了过来。

李少杰说道："只是，我觉得这味儿好像不太对劲。"说着，他将目光投向了正在狼吞虎咽的武家根。

王德宝问道："哪里不对了？是又咸了，还是又淡了？"

李少杰摇头，说道："若真是咸了淡了，问题倒不大。我是觉得吧……好像饼里的野菜没烧熟，更没洗干净。"

"啊？！"张小海叫了起来，"糟糕，野菜饼我是直接吞下肚去的，啥都没感觉出来！"他看了一眼自己的肚子，用手摸了摸，说道，"应该不会有什么事吧，我相信我的肠胃还是很出色的！"

李少杰点了点头，喃喃地说道："是啊，我也相信我的肠胃很出色，现在只有把希望寄托在它们身上了。"

吃完饭，大伙儿早早地回到宿舍睡觉，如此高强度的训练需要充足的睡眠来恢复体力。然而，睡下去没多久，李少杰便感觉到一阵阵腹痛，紧接着就开始跑厕所。一次两次倒也罢了，不幸的是，他跑的次数越来越多，频率越来越快。

同住一个房间的武家根、王德宝、张小海也是同样的命运。四兄弟一开始还气愤地数落方心雨，张小海甚至还想冲到她的宿舍去质问，然而，随着跑厕所次数的增加，他们已经没有多余的力气和想法了，几乎折腾到天亮，每个人才像脱力了一般瘫到在床上。

当肚子疼痛慢慢消退、睡意越来越浓的时候，一声尖锐的哨声划破了寂静。武家根第一个从床上跳了起来，他意识到那是呼唤他们集合的信号。张小海、王德宝、李少杰仍然在睡梦中，根本就没听到集合的哨声。武家根连忙一边拼命摇晃他们的身子，一边叫他们的名字。

王德宝好不容易从床上爬了起来，一把拿起一旁的衣服就往身上穿。李少杰下了床才感觉到两条腿像是踩在棉花堆里一般没有力气，他在心里骂了一声："真是见鬼！"张小海呢，赖在床上直叫唤着："这日子不是人过的！"

武家根像拎小鸡一般，一把将张小海从床上拎了起来。就在这一瞬间，张小海彻底清醒了，叫道："大哥，你这是干什么？"

武家根叫道："都什么时候了？赵教官在外面吹集合哨呢，你还发牢骚！"

张小海说道："真的？我怎么没听见呢？我还以为是在梦里叫咱们集合呢！"

当四个人穿好衣服奔出宿舍站在赵火和何华面前时，夏秋莲和方心雨已经衣着整齐地站着了。

赵火脸色铁青，看了一眼武家根他们，呵斥道："怎么回事？动作比姑娘还慢！"

没有人敢说话，自从来到岛上，还是第一次看到赵火发这么大的火。

“你们给我绕宿舍跑五圈，以示惩罚。”赵火说道。

武家根应道：“是。”

正当武家根抬腿欲跑的时候，他听到张小海的声音怯生生地响了起来：“报告赵教官，我有话要说。”

赵火怒道：“说！”

张小海说道：“我们之所以晚到，是因为这一个晚上都在拉肚子。”

赵火愣住了，问道：“怎么回事？”

张小海看了一眼方心雨，回答道：“不知道，白天还好端端的，吃过晚饭后开始的，我们宿舍四个人全都拉肚子。”

“四个人全都拉肚子？难道是晚上的伙食？”赵火在心里暗自想到，嘴上立刻问道：“晚饭是谁做的？”

方心雨出列，说道：“是我。做的是野菜饼和野菜汤。野菜是当天刚挖的，新鲜得很，我和秋莲姐吃了都没问题。”

李少杰说道：“报告赵教官，昨天吃的时候，我觉得野菜烧得不怎么熟……”

方心雨打断了李少杰的话：“喂，少胡说八道了！你哪只眼睛看到不熟了？”

李少杰回答道：“这熟不熟，不是用眼睛看，而是靠嘴巴尝。”

“你们讲点道理好不好？分明是你们四个自己的肚子不争气、肠胃差，还将责任归咎到我的身上！”方心雨不买账地说道。

何华走到赵火的身边，凑近他的耳畔，低声说道：“老赵，我也整整一夜在闹肚子。”

赵火看了何华一眼，说道：“是吗？”紧接着，他转过头，对武家根等人说道，“这样！凡是肚子不舒服的人到我这里来，我出发前带了一些常备药品。今天上午大家就在宿舍里休整，下午再开始训练。现在解散。”

张小海朝武家根眨巴了一下眼睛，小声说道：“太好了，总算能补个觉了，折腾了一个晚上。”

武家根笑了笑，说道：“还真有你的。”

方心雨走向李少杰，怒道：“李少杰，本姑娘记住你了。”

李少杰说道：“方大姑娘，这句话本该我对你说的，怎么现在反倒是你对我说了？”

“你记住我什么？”方心雨不解地问道。

李少杰调皮地笑了笑，说道：“不但是我记住了你，我的肠胃更是记住了你。你可真是好本事，整整折腾了我一个晚上，折腾我一个也就算了，还一下子将我们四兄弟一网打尽，真让人想不佩服都不行！”

方心雨说道：“你还真是抬举我呢！我哪有这么大本事？”

李少杰想了想，点着头说道：“也是，你没这么大本事，可你烧的野菜本事大了去了。”说着便笑着离去了。

方心雨叫道：“你浑蛋！”她咬了咬嘴唇，恨恨地看着李少杰离去的背影，用力地跺了跺脚，在心里暗自想着：“好你个李少杰，我和你没完！”

第六章

英雄惜英雄，犹怜佳人

1

武家根脚踩着树杈，一只手抱着树干，另一只手拉着树枝，一步一步地使劲儿往树顶爬着。

这棵大树即便没有百余岁，也起码有八九十岁，它生长在悬崖上，悬崖下面是滔滔的江水。武家根告诉自己千万别往脚下看，一看双腿就忍不住哆嗦。不过，好在他小时候常常爬树，多少有些经验。

武家根之所以爬树，是因为夏秋莲。

岛上的资源十分有限，大伙儿已经一连吃了好几天野菜，即使夏秋莲变着法子、换着花样给大家烧煮，但野菜总归是野菜，绝对不可能烧出猪肉的味儿。

昨天吃完晚饭后，武家根和夏秋莲坐在江边休息，她问他："野菜是不是已经吃腻了？"他回答："还好。"

虽然武家根从夏秋莲的眼眸中看出她多少有些不信，他想她一定以为他说的是安慰她的违心话，但他说的确实是真话，他在生活上是一个粗枝大叶的人，对吃更是没有要求，只求能填饱肚子，到上海以来的这些日子，他每天早晨上工之前总是只吃一碗拌面，连酱油和葱花都没有。

武家根问夏秋莲："你最想吃什么？"夏秋莲想了想，说：

“鸡蛋。”因为在家的时候，父亲每天为她准备的早饭便是一个煎蛋，配上牛奶和面包，吃完这些之后，她便去学校读书。这些天没有吃到煎蛋，她还真有点儿想了。

武家根明白，那是一种习惯。有时候，很多困难都可以克服，唯有习惯很难改变。从那一刻起，他暗自决定了一件事情——他要在岛上给夏秋莲找到鸡蛋！不过，这个事情有些难度，岛上连鸡都没有，又哪里来的蛋？

后来，武家根发现鸡蛋没有，但很可能有鸟蛋。适才，他看到有两只鸟从这棵树上飞出来，经过仔细观察，发现树上有一只鸟窝，既然有鸟窝，就很可能有鸟蛋，于是决定爬到树上去看看。若是一棵普通的大树，他早就爬上去了，但这棵树有些特别，特别之处在于这是一棵长在悬崖边上的树，所以他爬得很谨慎。

武家根终于看到了被掩藏在茂密树叶之中的鸟窝，他伸手推开树叶，只见鸟窝中有五六枚鸟蛋。他心中一阵欣喜，伸直手臂去够，但离拿到鸟蛋还有一点距离，于是脚上使力，挪动了一下身体，忽然脚下的树杈发出了“啪”的一声响，蓦地断裂了！

武家根只觉得脚下突然悬空，暗叫一声“不好”后，连忙一把抱住树干，迅速地将脚移向另一截树杈上，直到站稳才舒出一口气来。他瞥了一眼脚下的江水，只见波涛翻滚，一个旋涡接着一个旋涡，连绵不断，隐约还能听到轰轰隆隆万马奔腾的声音。挂在树上的他顿时心惊胆战，原本天气就热，经历了这一番险情，他更是一头一脸的汗珠。

好不容易待得惊魂甫定，武家根缓缓将手伸向鸟窝，在触碰到凉凉的鸟蛋壳的一刹那，他的眼前忽然浮现出夏秋莲甜美的笑容，他的嘴角也微微上扬，有了一丝笑意。

陡然，笑意在武家根的嘴角凝结了，因为他在茂密的树叶中竟看到了一双发绿发亮的眼睛，那眼睛正恶狠狠地瞪着他。那是一双蛇的眼睛！

接着，武家根看得更清楚了，那条蛇紧紧地缠在树杈之上，身子竟然有碗口那么粗。他不由得在心底大叫一声："天啊，竟是一条巨蟒！"

武家根忽然想起适才看到的两只拼命拍打着翅膀飞离的鸟，意识到它们一定是遇上了蛇，才会无奈地飞走，是蛇驱赶了它们，为的是独享鸟蛋。此刻，自己这个爬上树来偷拿鸟蛋的人自然是与它争夺美食的敌人，难怪它会用如此仇恨的目光盯着自己。

武家根慢慢地将手缩了回来，低低地说道："蛇大哥，不好意思，我只是路过，无意与你争，这美味你慢慢享用，我不打扰了……"

话音还未落地，那蛇忽然发出"嗞嗞嗞"的声响，朝着武家根吐出了鲜红的蛇信。下一秒钟，它那硕大的身子便扑向了他！

武家根大惊，脚下一个颤抖，身子在刹那间失去重心，从树上跌落下去，一头栽向悬崖下面的江水。他知道这下自己彻底完了。

武家根是在空中划过了一道好看的弧线之后落入水中的，不识水性的他在水里拼命地挣扎，并高喊着"救命"。只是每喊一声，他的嘴里便会灌入一大口水，他觉得难受极了，无论他怎样努力地舞动双臂，他的身子依然在一点一点地往下沉。

渐渐地，武家根的意识开始模糊了，隐约听到身边传来了声响，似乎有人在拽动他的身体，耳边还飘来两句叫喊声，只是叫喊的内容他已经听不清了。

2

张小海是在路过江边的时候听到呼救声的，他没来得及多想便跳入了江中，奋力往落水者那边游去。好在他的水性不错，自小在浙江的小渔村中长大，习惯了游水嬉戏。

当张小海游到落水者身边时，才大吃一惊地发现呼救的人竟是武家根，他伸手去拉武家根，叫道："大哥！"谁知，武家根已经完全没有了理智，一把紧紧抓住张小海不放，拽着他和自己一起往水中沉去。

张小海心头一惊，他知道这样救人不行，结果往往是救人的和被救的双双沉入江底喂鱼。他曾经在老家见识过救人的场景，连忙挣脱武家根的拉扯，游到他的身后，用手圈上他的脖子，往岸边拼命游去。

等到游上了岸，张小海用力地拍打武家根的后背，然后将他的身子倒立过来，试图让他将呛到气管里的水尽数吐出来。

武家根突然剧烈咳嗽起来，"哇"的一声喷出了不少水。张小海这才放下那颗悬着的心，背起虚弱的武家根便往宿舍跑去。

到了晚上，武家根终于缓缓地睁开了双眼，映入眼帘的尽是一张张焦急的脸庞。

见武家根醒了过来，张小海、王德宝、李少杰连忙跑到床边，高兴地叫道："大哥，你醒了？"

武家根朝他们点了点头，问道："你们……怎么都在？"

王德宝说道："大哥，你可吓坏我们了！幸好三弟发现得及时，把你从江里救了上来，不然……"

李少杰连忙打断："二哥，你说什么呢？哪有什么'不然'呢！"

王德宝连连点头，说道："对对对，四弟提醒的是，如今没有'不然'了！"

武家根这才想起先前在江中落水时耳边隐约传来的叫喊声，现在想来一定是张小海在叫他，如若不是张小海，他武家根哪里还有命在？他对着张小海说道："谢谢你，三弟！"

张小海笑着说道："大哥说哪里话呢？我们可都是在关老爷跟前结拜过的自家兄弟！大哥难道忘记了那日结拜时说过的话吗？"

武家根点了点头，说道："我记得，我们说过'有福同享，有难同当'！"

张小海拍了一下腿，说道："对啊！今日就算是一个陌生人落入水中，我也会去救，更别说是大哥了！大哥若说谢，就见外了。"

武家根说道："那便不说了。"

"家根，你醒过来我就放心了，只是你怎么会落入江中？"此时，屋子里响起了赵火的声音。

武家根一抬头，看到了站在众人身后的赵火。他一边挣扎着想从床上起身，一边问道："赵教官，你怎么也在？"

赵火连忙将武家根从床上扶起来，拿起一旁的枕头靠在他的身后，说道："你现在身子还很虚弱，得好好休息。我本来是过来看看你们，正巧碰上小海背着你进屋。"

武家根想了想，没有将爬树摸鸟蛋的事情说出来，因为不想牵涉到夏秋莲。他只说是江边浪大，自己稍不留神，脚下一滑，就落入江水中了。

赵火听后也没有多问什么，只说让武家根多休息。临走时，他忽然想起什么似的，叮嘱张小海近日少碰水，以免伤口感染。

武家根不解地问道："三弟怎么了？"

张小海说道："没什么，是我自己不小心，跳下水救你的时候被岸边的礁石划开了几道口子。"

"让我看看。"武家根说道。

张小海起先不愿意，后来在武家根的坚持之下还是撸起了衣袖和裤管，伤口很深很长，颇为触目惊心。

武家根的心像被揪着，他愣愣地看着伤口，一时间竟说不出话来。若不是为了救他，张小海哪里会弄出这些伤呢？他喃喃地说道："三弟，对不起……"

张小海连忙拉下衣袖，说道："大哥，你千万别这么说，这点小伤对我张小海来说简直就是'毛毛雨'。"

武家根的心头一热，默默地将这份兄弟之情深深地埋藏在了心底，缓缓地闭上了眼睛。张小海等人以为他累了，便将枕头放好，轻轻地让他躺下，替他掩好被子，不再说话了。

第二天，武家根没有在宿舍里休息，而是按时参加了射击训练，这倒让赵火有些吃惊，在武家根的坚持下，赵火没再多说什么。这些天，赵火将步枪、左轮小手枪的射击技巧一一教授给大家。虽然肩头已被步枪的后坐力撞肿磨破，但武家根没有怨言。从决定来岛上的那一天起，他便做好了这样的准备。

中午开饭的时候，大伙儿意外地发现饭桌上没有了野菜的踪影，取而代之的竟然是鱼。那鱼的头很大，夏秋莲将鱼头用来熬汤，汤是乳白色的，没有一丝腥味。鱼的身子则被切块红烧，煮得很入味。大伙儿欣喜若狂，毕竟已经记不清到底有多久没有吃到这样的美味了。张小海问夏秋莲这是什么鱼，夏秋莲一时也回答不上，只说是在江中捕捉到的大头鱼，以前也从未在菜市场里见到过。吃饭时，大伙儿吃得格外香，居然没有人一边吃饭一边说话了，都埋着头品尝着鲜美的鱼肉。

吃完饭，方心雨在和张小海闲聊的时候才提起来，夏秋莲为了捉鱼，天没亮就起床了，还特地约上了赵火。在捉鱼的过程中，赵火功不可没，发挥了举足轻重的作用，用她的话说就是："赵教官可会逮鱼呢！"她说夏秋莲还得计划好，既不能耽误何华对她们进行的救护和发报训练，又不能拖延大家吃饭的时间。

最后，方心雨神秘兮兮地说："今天大家吃的可是'病号菜'，我们这里的绝大部分人今天都属于'借光'和'揩油'一族。"说完这话，她颇有深意地看着张小海说道，"你懂了没有？"张小海不置可否地点着头。

直到看着方心雨离去的背影，张小海才陡然明白了她适才话中的弦外之音，心中一阵窃喜："什么叫作'病号菜'？莫非夏秋莲已经知道我受伤了？难道，难道今天的那条鱼是为我特地煮的？天不亮就去江边捉鱼，也是为了我？"

这样一想，张小海忽然很是感动，一直以来他都以为自己对夏秋莲是单相思，没有想到原来她对自己也是有感觉的。他的心情蓦地变得很好，觉得身上的这些伤带给他的全是甜蜜的味道。

3

武家根怀里揣着三枚鸟蛋去找夏秋莲，一路上走得格外小心翼翼，他觉得这总共才两三百米长的路程出奇的漫长。

一见着夏秋莲，武家根便咧开嘴笑了。他没有说话，只是笑。在见着她的一瞬间，他忽然忘记应该对她说些什么。

夏秋莲看着武家根，露出一个淡淡的笑容，先开口说了话："我听说你前天掉到江里差点儿没命了？我还听说幸好是你的兄弟张小海经过，把你救上了岸？"

武家根点了点头，这些大家都已经知道了。

"现在身体好了？"夏秋莲问道。

武家根点了点头，说道："好了。吃了你这两天烧的鱼汤，很快就好了。"

夏秋莲又笑了。

武家根从怀中取出三枚鸟蛋，递给夏秋莲，说道："给你的，拿着。"

夏秋莲一愣，没有马上接过来，而是问道："这是……鸟蛋？你从哪儿弄来的？"

武家根憨憨地笑了，回答道："我去树上掏了一个鸟窝。"他这回出手掏鸟蛋，可比上次观察得仔细多了，没再贸然行动。他停顿了一下，又说："这鸟蛋比不上鸡蛋，小多了。你上次说的煎蛋是不是荷包蛋？如果是的话，用它估计做不了。"

夏秋莲说："煎蛋和荷包蛋的做法不一样，不过，也差不了多少。”

武家根说道：“夏老师，你拿着煮了吃吧！”

夏秋莲说道：“你还叫我夏老师？我以为这些天我们一起待在岛上，早就已经很熟络了。”

“可，可我不叫你夏老师，叫你什么呢？”武家根疑惑道。

夏秋莲说道：“你叫我秋莲吧。”

武家根挠了挠头皮，很是为难地说道：“这，这不好吧。”

夏秋莲固执地说道：“你就叫我秋莲，如果再叫我夏老师，这鸟蛋我就不要了。”

武家根没办法了，只能缴械投降，点了点头说道：“那好吧，夏……”他刚要唤出“夏老师”三个字，便又硬生生地咽下肚去，改口说道，“秋……莲。”

夏秋莲紧皱着的眉头这才舒展开来，说了一句：“这还差不多。”说完，她伸手接过了武家根手中的鸟蛋，放在掌心中端详着。

“它们真小，真好看，等将来孵出来了便是小鸟　它们一旦有了生命，就可以在天空中自由地飞翔，真好……”夏秋莲停顿了一会儿，忽然说道，“我觉得把它们吃了实在太残忍……”

夏秋莲看着武家根没有把话说下去，武家根问道：“那怎么办？”

夏秋莲想了想，说道：“家根，我们还是把它们放回去吧！”

武家根一愣，为难地说道：“可是，可是，你不是想吃鸡蛋了吗？”

夏秋莲说道：“没事，我忍得住。”

武家根看着夏秋莲，站在阳光中的她真的很美，他从没见过像她那样美貌和善良的女孩。他点着头说道："行，我们走吧。"

走了两步，夏秋莲忽然问道："对了，家根，你前天怎么会掉到江中？"

武家根说道："我在江边走，脚下一滑就……"

夏秋莲打断了武家根，说道："一个不擅长游泳的人，通常是不会离江水太近的。"

武家根沉默着，没有说话。

夏秋莲忽然问道："你，你该不会是为了掏鸟蛋落到江中的吧？"

武家根连连摇头说："不是，不是，你别瞎猜了。"

夏秋莲看了一眼武家根，只见他躲着她的目光，说道："家根，你别骗我了，我都已经知道了。"

武家根一愣，脱口而出："你怎么知道的？我没有告诉过别人。"话一说出口，他便不再吭声，意识到自己上了夏秋莲的当。

夏秋莲一见武家根的神情，当下便明白了。她责怪道："你怎么能做这么危险的事情呢？"

武家根说道："你别生气，我当时也没想这么多，就想给你掏几个鸟蛋。咱们在这岛上的生活实在是太艰苦了，你和我们不一样……"

还没等武家根把话说完，夏秋莲便打断了他，反问道："我和你们哪里不一样了？"

这一问倒把武家根问住了，他说道："这……哦，对了，你从小家境优裕，你是大学生，你生长在上海，不像我，我来自苏北小镇，家里以打铁为生，我和你有太多的不一样，我那几个兄弟，除了少杰，都是工人，粗得很……”

夏秋莲停下脚步，问道：“所以你就认定我吃不了苦？或者说，不能像你们一样吃苦？”

武家根看着夏秋莲略有怒意的眼眸，语无伦次地说道：“夏老师，哦，不，秋莲，我不是这个意思，真的不是这个意思。”

夏秋莲说道：“那你是什么意思？”

“我我我，我也说不清楚到底是什么意思，总之，我说的意思肯定不是你理解的那个意思。”武家根被逼急了，一口气说了出来。

夏秋莲看着武家根，突然“扑哧”一声笑了。武家根被她的笑弄得一头雾水，不知所措地看着她。

夏秋莲低低地说了一句：“你说得跟绕口令似的。”

武家根也忍不住笑了，他看了看她，小心翼翼地问道：“你，你不生我的气了？”

夏秋莲说道：“谁说不生气了？”

“啊？”武家根一听这话，便又没了劲头。

夏秋莲说道：“家根，我只是希望你能明白一件事情，你和你的兄弟们不比任何一个人差，因为人都是平等的，没有哪个人生来就是高贵的。”

武家根喃喃地说道：“可是，人从生下来那天起，不就注定了有贫富贵贱之分吗？就好比我们做工人的，就要受到资本家的剥削。”

夏秋莲摇了摇头，说道："不，终有一天会改变，因为我们会迎来一个新时代，到那时，没有剥削，没有压迫，人人都有饭吃、有书读，安居乐业……"

听着夏秋莲的话，武家根将目光飘向了远方，他喃喃地说道："真的会有那一天吗？我们会过上那样的日子吗？"

"当然！"夏秋莲十分肯定地回答。

"那么，到那时也没有了地主和资本家吗？我们工人说了算吗？"武家根问道。

夏秋莲很坚定地点了点头，说道："对，农民会有属于自己的土地，工人也不会再受欺辱，他们将会成为这个国家的主人。"

武家根心想，夏秋莲说的那一天离自己究竟有多远？他这辈子能看得到吗？工人的命运真的能改变吗？真的可以不用像现在这么苦吗？

夏秋莲转过头，看着武家根，问道："你在想什么？"

武家根摇了摇头，没有说话。

夏秋莲说道："但是那一天的来临需要我们每一个人的努力和抗争。你明白吗，家根？"

武家根似懂非懂地点了点头。

夏秋莲笑了，是很柔美的那一种笑。

武家根忽然有了一种感觉，此刻，已经是春天了。

4

天气本来就够热，再加上高强度的训练，大伙儿流了一天的汗，到了晚上都快发臭了。

李少杰一吃好晚饭就跑到江边，把衣服一扒，跳到江里洗澡。他想着通过这几天在岛上的训练，自己从一个根本就不会使枪的学生到现在射击能命中八环、九环，这是他过去连想都不敢想的事情。他还发现学了擒拿格斗后，自己的身手和反应都比以前快了很多。

只是，李少杰有一点还没弄明白——赵火和何华为啥要把他们集中到岛上进行训练。他曾经问过何华，何华让他别多问，说该让他们知道的时候一定会告诉他们。从何华不多的话语中，他能感觉到最近一定有大的行动。这样想着，他一边洗澡，一边哼唱着歌曲。

突然，不远处传来了一声尖锐的叫声。李少杰被这突如其来的叫声吓了一跳，他循着叫声看去，只见江水中似乎还有其他人在洗澡或者戏水，但因为天黑，他看不清那人的脸。他走向发出声响的地方，问道："是谁在那里？"

"站住！别走过来！"此时，一个声音响了起来，那声音充满了惊慌。糟糕的是，那是一个女孩的嗓音。

李少杰停下了脚步，因为他已经基本看清了那女孩的脸，他惊诧地说道："方心雨，怎么是你？"

"怎么就不能是我？"方心雨反问道，"这江河又不是你家里的，难道只能你来洗澡，我就不行吗？"

李少杰一愣，问道："你也在洗澡？"说着，他下意识地打量着方心雨。

方心雨连忙缩了缩身子，江水淹没到她的颈脖处，她大叫道：

“不许乱看！再看，我把你的眼珠子挖出来喂鱼，赶快转过身去！”

李少杰笑了笑，说道：“我说大小姐，你又不是没穿衣服，干吗这么大惊小怪的？”

“谁说我穿衣服了？哪有人洗澡穿衣服的！”方心雨不假思索地叫道。话一说出口，她便后悔了。真是糟糕！虽然这些天和李少杰一同在这个岛上训练、生活，但毕竟男女有别。

这回李少杰真的有些傻眼了，他也不知怎么办才好，只得问道：“那，那怎么办？”

方心雨说道：“快，把你的衣服扔给我。”

“我把自己的衣服给了你，那我怎么办？”李少杰问道。

方心雨回答道：“你一个大男人怕什么？即便不穿衣服，也没人会看。”

李少杰觉得方心雨的话有几分道理，便走到岸边，将自己的衣服扔给了她。

方心雨一把接过，说道：“把头转过去，不准偷看！”

李少杰一边转身，一边说道：“你放心吧，就你这身材、这容貌，我也没啥兴趣偷看！”

方心雨一边迅速地往身上套着衣服，一边在心头恨恨地想：“好你个李少杰！本姑娘是身材差了，还是容貌丑了？要你这般数落我！”她恼怒地看着他的背影，忽然想起上回他自己的肚子不争气，吃坏了拉肚子，偏偏将责任全怪在她做的野菜饼和野菜汤上，害她气得两天没睡好觉。

李少杰问道：“喂，我说，你穿好了没有？怎么这么久？站得我腿都麻了。”

“好了好了。”方心雨回答道。

正当李少杰准备转身的时候，他忽然听到方心雨发出了“哎哟”一声凄惨的叫声，他问道：“你怎么了？”

“我我……好痛！”方心雨说道。

李少杰一个回身，只见方心雨的眉头紧皱，一脸痛苦不堪的表情。他连忙下了水，朝她走了过去。

“你别过来！”方心雨说道。

李少杰不解地问道：“又怎么了？你不是穿好衣服了吗？”

“可，可你不是还没穿吗？”方心雨回答道。

李少杰说道：“哦，你放心，我还穿着裤子呢。你到底是怎么了？”

方心雨回答道：“我，我的腿好疼，好像是抽筋了……”说着，她露出水面的身子明显矮了一截。

李少杰听着方心雨的话，看着她痛楚的模样，心中一急——人在水里抽筋，可不比在陆地上，是有生命危险的。他连忙说道：“快，我先扶你上岸。”说着，便伸出手去拉着她的胳膊。

方心雨一把甩开了李少杰的手，说道：“你干吗？我警告你甭想占我的便宜！”

李少杰说道：“方大小姐，现在都什么时候了，我哪还有想占你便宜的心思呢？”

“这么一说，你原先是有想占我便宜的想法喽？”方心雨丝毫不肯罢休地问道。

李少杰摇着头说道：“我说，我们就别抬杠了行吗？”

“谁这么好胃口想跟你抬杠？”方心雨说道。

李少杰忽然想到了什么，问道：“哎，看你这三不罢四不休的模样，你的腿不抽筋了？”

方心雨一下子从水里站直了身子，说道：“我的腿本来就没有抽筋。”

“那你刚才……”

“刚才是骗你的，没想到你这么不经骗。”方心雨嬉皮笑脸地回答道。

李少杰这才知道上当了，气道：“你怎么能说这么低级的谎言，玩这么小儿科的把戏呢！”

“好了，本姑娘的澡洗好了，不跟你闲聊了，你自己慢慢洗。”说着，方心雨便往岸边走去。走了两步，她忽然站住，回过头对李少杰说道：“对了，忘记感谢你了。”

“谢我？你谢我什么？”李少杰不解地问道。

方心雨露出了一个温柔的笑容，说道：“谢谢你借给我衣服啊，我明天还给你。”

“喂，你上了岸就穿自己的衣服，把我的衣服还给我。”李少杰叫道。

方心雨说道：“大丈夫能屈能伸，少穿件衣服算什么！你就光着膀子回去，不成吗？”她一边说着，一边走向岸边，还突然回过头朝李少杰做了一个吐舌头的鬼脸。她上了岸，拿起自己的衣服披在身上，对着站在江水里的李少杰叫道：“晚安了，今晚睡个好觉！”说完，便一溜烟跑了。

李少杰气得一巴掌向江水拍了过去，水花“啪”的一声溅了他一脸，一直溅到他的眼睛里去。他一把抹去脸上的水珠，心想自己好心好意想帮她，她不领情倒也罢了，还故意捉弄他。真是可恨！只是，不知道为什么，他偏偏对她恨不起来，眼前浮现着她刚才吐舌头的鬼脸，那表情可爱得竟让他有些忍俊不禁。他抬手敲了敲脑袋，搞不明白自己这是怎么了。

方心雨走回去的时候，一直忍住不让自己笑出声来。她一想到适才李少杰那副落魄的模样便好笑，谁让他上回诬赖她做的饭菜不干净，谁让他那日硬拉着她躺进棺材里，谁让他每次见着她都是一副油嘴滑舌的腔调！她这次也算是好好地教训了他一番，不然一想到他就心头有气。

一阵阵闷热的风迎面吹来，方心雨却感受到了凉意。她看了一眼身上的衣服，虽然外面套着自己干净的衣服，可里面却是李少杰扔给她的衣服，那衣服早就被江水湿透了，如今正紧紧地吸在她的肌肤上，难怪会有凉意。她急忙奔向宿舍，她得马上换掉这身湿衣服，不然一定会感冒。她忽然想到李少杰连一件上衣都没有，浑身湿漉漉的，不知会不会着凉，若是着凉了，那自己岂不是脱不开关系？这样一想，她竟有些心慌意乱起来。不过，她转念又想，他若是真的感冒了，也怪不得她，谁让他丑人多作怪，总爱找她的麻烦。

方心雨奔到宿舍门口时，窗户一片漆黑。“难道秋莲姐不在？”她取出钥匙，打开了宿舍的门。这个岛上没有电，也没有煤油灯，只有蜡烛。她点上一支蜡烛环顾了四周，果然，宿舍里一个人都没有。她松了一口气，连忙脱下了身上的湿衣服。

然而，方心雨和李少杰不会知道，就在他们在江中相遇的那一刻，在江的另一头，夏秋莲也在洗澡。只是她洗得很尽兴，也很舒心，她不用担心会受到不速之客的打扰，因为她有一个“警卫”背对着她坐在岸边，为她放着哨、站着岗。

那个“警卫”不是别人，正是武家根。

武家根和夏秋莲几乎没有说话，可一切都是那样的默契。

5

方心雨是趁着午休的时候悄悄来到李少杰的宿舍门口的。她已经将他的衣服洗净晾干，拿来还给他。

方心雨轻轻地敲了敲门。不一会儿，门便打开了，出现在她面前的是张小海那张微微瞌睡的脸，他看到她显然有些惊讶，问道：“方心雨，怎么是你？”

“张小海，李少杰在吗？”方心雨问道。

张小海点了点头，回答道：“在，你进屋坐吧。”

屋内的李少杰隐约听到张小海说出了方心雨的名字，不知为什么，他的心头一跳——张小海怎么会无缘无故地叫她的名字？接着，他听到张小海叫了一声“四弟”。他将目光投向门口，这一看，竟然看到了站在屋外的方心雨。

只听方心雨说道：“不了，我就不进来坐了。麻烦你帮我叫他出来一下，好吗？”

张小海说了一声“好”，正欲转身去叫李少杰，忽然他的目光定格在方心雨手中的那件衣服上。他一愣，这衣服怎么这么眼熟？他忽然想起前几日见李少杰穿过，不由得问道：“四弟的衣服怎么到了你那里？”

方心雨一时不知该如何回答张小海，支支吾吾地说道："这这……"

张小海的眼珠子骨碌一转，回想起平日里李少杰和方心雨总是喜欢斗嘴、互不买账的样子，他忽然笑了，只是他的笑有些神秘。

方心雨奇怪地问道："你笑什么？"

张小海说道："我明白了，这下我全明白了！"

这时，屋内响起了李少杰的声音，他已然走了过来，问道："三哥，你明白什么了？"

张小海并没有回答李少杰，只是上下打量着他，嘴里发出了"啧啧啧"的声响。

李少杰又问道："你还没回答我呢，你明白什么了？"

张小海说道："我只是忽然想起前两天夜里你浑身湿淋淋光着膀子回来的情景，原来这衣服……"

方心雨脸红了，连忙打断了张小海，怒道："张小海，你若再敢胡说八道一个字，我就撕烂你的嘴。"

"哎呀，好凶的姑娘！"张小海说道，"我还没说什么呢，你就要撕烂我的嘴啊！你要知道全天下的男人都喜欢温柔的女孩，你这副凶巴巴的样子，将来可找不到婆家了。"

"找不找得到婆家不用你操心！"方心雨说道。

李少杰插嘴说道："你们两个少说几句成吗？三哥，你误会了，这衣服，衣服……是这么一回事情，我这衣服破了，拿去请方姑娘缝补一下……"

李少杰继而转过身对方心雨说道："我不是说过我会来取的吗？你怎么送过来了？多不好意思啊，已经麻烦你给我缝补了，还让你跑这一趟，真是感谢。”

方心雨看了一眼李少杰，心里知道他是在圆谎，给她找一个好看的台阶下，她便也不多说什么了，只回应道：“没事的。”然后，她将衣服塞进他的手里，说了一声“我先走了”，就扭头离开了。

李少杰说道：“方姑娘，等一等，我送送你。”接着，便追上了方心雨。

两人无言地往前走了一段路，方心雨才开了口：“李少杰，你这人真够可以的！那晚的事情，你是不是都告诉你那结拜兄弟了？”

“谁告诉他们了？我没说！”李少杰一个劲地叫起冤枉来。

方心雨没说话，自顾自地往前走去。

李少杰追了上去，堵住方心雨的去路，说道：“我真没说，若是我说过半个字，就让我烂舌头！”

方心雨其实知道李少杰没有说，不然刚才他也不会在张小海面前说谎。她说道：“好了好了，我信你就是了，没事说什么烂舌头不烂舌头的干啥。”她想了想，又道，“对了，刚才听张小海说得有鼻子有眼的，莫非他看到了那天晚上我们两个在江中……”她忽然说不下去，将头低了下去。

李少杰见方心雨的脸颊绯红，也多少猜出了她话中的意思，他说：“不会，我三哥这人活络聪明，一定是被他猜着了。”他停顿了一下，说道，“这事情得怪你。”

“你怎么反过来怪我？”方心雨问道。

李少杰点了点头，说道：“不怪你怪谁？若不是你当晚穿走了我的衣服，我怎么会这么狼狈地回到宿舍？害得我几位哥哥全都看到了，他们拼命追问我，我都没说，我只能扯谎说去江中洗澡，不料衣服被风刮走了。”

方心雨“扑哧”一声笑了，说道：“是啊，衣服被风刮走了，可今天又冒了出来，变成了请方姑娘缝补缝补。”

李少杰经方心雨这一说，大叫起来：“哎呀，糟糕！我刚才忘记那晚自己说过的话了，难怪我三哥不信我，他那么聪明，一定看出我是在说谎！糟了糟了，我这岂不是此地无银三百两吗？”他叹了一口气，接着说道，“方心雨啊方心雨，我可真被你害惨了。”

“怎么又是我？我怎么发现你什么事情都喜欢搭上我？”方心雨不买账地说道。

这回李少杰也不买账了，他反问道：“怎么不是你？要不是因为你，我会对着哥哥们说谎吗？想我李少杰一世英名，忠厚、老实、本分的真男人形象已经被你毁于一旦，一去不复返了。”

方心雨说道：“李少杰，你搞搞清楚！什么衣服被风吹走的鬼话是我让你说的吗？事实是，你原本就不是一个忠厚、老实、本分的真男人，你是一个巧舌如簧、油嘴滑舌、不肯吃亏的小男人！”

李少杰没有想到自己在方心雨心中竟是这样一个不堪的形象，愣愣地看着她。她被他看得心里有些发毛，其实她也不知道自己为什么这么说他，心里明明不是这样想的，可这话一到嘴边怎么完全变了味？但她又不能向他低头道歉，她实在是磨不开这个脸。她喃喃地问道：“喂……你，你怎么不说话？”

李少杰忽然说话了：“我是说了谎，我是为了你才说的谎。若是被人知道那天晚上你我在江中是那样的情景，我一个大男人怕什么？可你是一个女孩子，你明不明白，我是怕，是怕，怕你……”

他忽然说不下去了，也不想再说下去，也许在她看来，他所做的一切都是多余的，她压根就不需要他这么做。他摇了摇头，说道：“算了，不说了，走了。”说着，便转身走向宿舍。

方心雨看着李少杰的背影，忽然懊悔刚才不应该口无遮拦地乱说话，她知道她不经大脑思考说出来的话伤害了他。看着他越走越远，她的心蓦地抽动了起来，她叫道：“李少杰！”

李少杰没有停住脚步，甚至脚下连一丝停顿都没有。方心雨忍不住朝他奔了过去，一把拉住了他，说道：“李少杰，我在叫你。”

李少杰看着方心雨，冷冷地问道：“是不是还有什么没说完的恶毒的话，想继续说下去？”

方心雨忽然感到一阵委屈。她还是第一次听到他用这样的语气说话，他平时总是给人一种很亲和、很阳光的感觉，这种冷漠的语气让她觉得周遭寒气袭人。她轻轻地放开了拉着他胳膊的手，不知怎的，鼻子一酸，只觉得眼前他的脸渐渐地模糊起来，眼眸被升腾起来的雾气笼罩了。

李少杰愣住了，他没有想到竟然看到了方心雨夺眶而出的眼泪，那泪水顺着她的脸颊一直往下淌，他顿时手足无措起来。她怎么哭了呢？她怎么说哭就哭了？她不是那个老爱跟他抬杠、天不怕地不怕的女孩吗？他慌忙说道：“你……不是，你别哭啊，你你，我我也没说什么，这……弄得跟我欺负了你一般啊……”

方心雨只觉得自己的泪水像决了堤的洪水一般涌出了眼眶，她也想屏住不哭，可她做不到。

李少杰手忙脚乱地找手帕，好不容易从裤兜里找了出来，连忙递给方心雨，说道：“给，快擦擦。”她乖乖接过，轻轻擦着眼泪。

“你，你怎么说哭就哭呢？跟六月的天似的。”李少杰纳闷地说道。

方心雨一边抽泣着，一边责怪道：“还说呢！还不是你招惹的？”

李少杰拼命地点头，说道：“平时看你的脾气挺直爽的，没想到这一哭起来，还真让我见识了。难怪有人说女人是水做的，看来以后我得留神了，下次可不敢再惹你哭鼻子了。”

方心雨一把擦干了眼泪，问道：“怎么，你还敢有下一次？”

李少杰连忙摇手，说：“没有下一次了，绝对没有下一次了！唉，我又说错话了！”

方心雨笑了，说道：“那还差不多。”

李少杰看着方心雨，觉得她的样子真可爱。他喃喃地说道：“你有没有听说过一句话？”

“什么话？”

李少杰回答道：“那句话好像是这么说的——一歇哭，一歇笑，两只眼睛开大炮！”

方心雨叫道：“李——少——杰！”

李少杰一边叫着“当我什么都没说”，一边往宿舍跑去。

方心雨大叫道：“站住，别跑！”朝着李少杰的背影追去……

第七章

幸福的兰花手帕

1

武家根坐上床，靠在了床头。

身边的张小海正在一个劲儿地揉着酸疼无比的肌肉，大声叫着“吃力”，抱怨道：“真闹不明白！外面暴雨大作，可赵教官和何老师还让我们训练，一会儿射击，一会儿扛着步枪跑步，一会儿配合方心雨、夏秋莲做救护演习，更离谱的是还要站在雨中进行格斗练习！这一天下来，比平时去厂子里上班累多了，我们跑到这旦是干啥来了？我看就是自讨苦吃！”

王德宝一进宿舍就四脚朝天地躺到床上，说：“三弟说的有道理，赵教官和何老师到现在都没告诉我们来岛上训练的目的，你们说，我们只是卖苦力的工人，会耍手枪干啥呢？一点都派不上用场。”他停顿了一下，又说道，“再说，吃的实在是太差了，肉没得吃不说，还一连吃了好几天野菜，这过的是啥日子？”

李少杰笑了，说：“二哥，你怎么就知道惦记着吃呢？”

王德宝说道：“你这话说得不对，有句老话怎么说来着？对，叫作‘民以食为天’。我王德宝再没文化，这道理我还是懂的，谁一生下来不惦记着吃呢？一张嘴，就要吃娘的奶……”

张小海摇了摇头说：“我说，王德宝啊，你想吃还能说出这么多道道来，真是进步了。”

王德宝说道："去！你得管我叫二哥，真是没规没矩。从来只能是做哥哥的可以直呼弟弟的名讳，比如我可以直接叫你张小海，不用叫三弟。"

"哈哈，王德宝，我发现了，你现在可比以前能说会道了，看来这岛上的训练让你的嘴皮子功夫大有长进啊！我明天就告诉赵教官和何老师去。"张小海调侃道。

王德宝没有理会张小海，而是忽然从床上一跃而起，低声问道："哎，你们有没有想过走？"

武家根一愣，不解地问道："走到哪里去？"

"回上海啊，从哪里来，回哪里去。"王德宝回答道。

张小海坐到了王德宝的身边，说道："不瞒你说，我早就动过这个念头了，只是见大家都训练得很卖力的样子，就没好意思提。原来二哥也有这个想法，我们哥俩儿真是想到一起去了。"

王德宝看了一眼沉默的武家根，问道："大哥，你怎么想？"

武家根没有丝毫犹豫地说道："我想留在这里。"

"为什么？"张小海问道。

武家根回答道："我既然来了，就得等训练结束再走，就算是苦，也已经苦了这些天了，不在乎再多苦几天。我记得母亲以前老跟我说，一个人做事情要有常性，最忌讳三天打鱼两天晒网了。"

"大哥说的对！"李少杰在一旁表示赞同，"大哥这性格，用我们北方同学的话说，叫作'轴'，可人有的时候就是需要有些轴劲。"

武家根喃喃地说道："我不知道四弟说的'轴'是什么意思，不过只要是我决定了的事情，就一定要做到底，不然我也不会来上海，更不会还留在这里。”

听着武家根的话，众人互相对视了一眼，王德宝第一个按捺不住，他问道：“大哥，你究竟是为啥来上海？跟我们说说吧！”

武家根叹息了一声，淡淡地说道：“来找一个人，一个至亲。”他的目光飘向了窗外。

在武家根停顿的时候，王德宝有好几次都想问他是什么至亲，可他还是忍住了，他想大哥一定会告诉他们。

果然，武家根说道：“是我的父亲，一个我从小就没有印象的父亲。”

王德宝问道：“那，那他在上海？”

武家根点了点头。

“他在上海干啥营生？”张小海问道。

武家根摇了摇头，回答道：“不知道。”

李少杰问道：“那他过得好吗？是穷困还是富有？还是……重新有了家庭，有了女人、孩子？”

武家根摇了摇头，回答道：“不知道。”

王德宝说道：“关键是他住在哪里，上哪儿能找到他。”

武家根摇了摇头，回答道：“不知道。”

张小海问道：“大哥，你不会是……不会是什么线索都没有吧！”

武家根点了点头，说：“差不多。我只知道他在上海，是苏北水闸镇人，姓武。我唯一有的是一张他年轻时的画象，是我离开家时母亲给我的。”

王德宝猛地一巴掌拍在了床架子上，床架子发出了沉闷的

“乓”的一声，他说道：“有画像就好办了！大哥，你带在身上了吗？拿出来给兄弟们瞧瞧，我们从现在起给大哥留心着，帮忙一起找，就算是把上海翻个底朝天，也一定要找到大哥的父亲。”

武家根说道：“画像原本是有的，可我一到上海就遇到了骗子，装着画像的包袱被人骗走了。”

张小海忽然想起了什么，他说道：“哦，我想起来了，那是我第一次在马路上遇到你！你那时失魂落魄的，说是有人借招工的名堂把你的包袱骗走了。”

武家根连连点头，说道：“对，就发生在我遇见你之前。”

李少杰说道：“那还怎么找呢？连画像都没有了，这茫茫人海的……”

“倒是不怕，那画像我看了无数遍，早就印在脑子里了。要让我画，我都能画个大概。”武家根说道。

王德宝从床上站起了身，说道：“大哥，我看这是个方法，你索性给我们画上一画，有了画像，我们就能帮忙寻找，也好为大哥分忧。”

张小海看了一眼王德宝，说道：“这的确是个可行的好办法。”

武家根终于应了众人的要求，凭着记忆将画像画了出来。他放下手中的笔，说道：“这便是我父亲年轻时候的容貌。”他看着自己画的画像，又说道，“只是没有原先那张画得好，大家也只能看个大概。”

李少杰说道：“有了画像，总比没有要强。”

王德宝忽然兴奋地说道：“我看这样，工人兄弟中有很多人都参加了帮会，等回去之后，我将画像给他们看看，兴许他们能通过帮会帮上咱们。”

武家根觉得这是一个很好的办法，帮会中的兄弟做什么行当的都有，比自己这样漫无方向地找起来容易了许多，他当下便同意了王德宝的想法。

那天晚上，武家根睡在床上，听着耳边此起彼伏的鼾声，竟不知为什么无法入睡。他在心中问自己，若是有一天他真的找到了父亲，父亲还会回到那个生他养他的水闸镇上去吗？他忽然觉得有些茫然，他居然开始喜欢起上海来，而且想留在这里，这里有这群兄弟，他们一个个对自己都很好，而在那个镇子上，他除了亲人之外，连一个好朋友都没有，他如果回去了，又将面对以前那种一成不变的无趣生活。这样想着，他的心里有些乱了。所以，到上海后他尽量不去想这个令他心烦的问题。

武家根在床上翻了两个身，仍然是毫无睡意。蓦地，他听到门外传来轻轻的脚步声。由于天气炎热，宿舍的门没有关上，屋子里都是大男人，也没有什么可担心的，而且在这个岛上，都是参加训练的人，并无居民。

听见那脚步声走进了宿舍，武家根微微睁开了双眼，透过来人手中拿着的手电筒的光芒，隐约看到了一个熟悉的身影，一个高高大大的男人身影。武家根一眼就判断出来那是赵火。武家根心中很是疑惑：“这么晚了，赵教官来干啥呢？”

赵火走到窗前将窗户关小了一些，而后又巡视了一遍，正欲往门口走去，却又忽然站住，接着走到武家根的床边，将他踢翻在一旁的被单轻轻地盖在他的肚子上，然后蹑手蹑脚地退出了房间。

武家根明白了，原来赵火是来巡夜的。适才赵火给自己盖被单的动作很轻柔，轻柔得令他在一瞬间想到了母亲——他的睡相不好，从小就爱踢被子，只有母亲怕他着凉，替他盖过被单。他做梦都没想到在训练场上那样严厉、那样苛刻的赵教官，居然会在巡夜的时候这般细心。顿时，他在心里对赵火多了几分亲近感，那是一种已经有些久违了的感觉。

2

岛上的天气很是怪异，早晨还阳光明媚的，到了中午就忽然刮起大风，没多久便下起了暴雨。赵火说，是台风来了。

吃午饭的时候，方心雨唯独没有看到李少杰的人影。她悄悄地向武家根打听，这才知道李少杰在上午的射击训练中是倒数第一。

武家根低声说道："也不知道他在跟谁赌气，死活不肯来吃饭，我们几个劝了他很长时间。"

方心雨嘀咕了一句："不吃饭怎么行？"

武家根点着头说道："方姑娘，要不你去劝劝他吧？"

方心雨看了一眼武家根，在她的印象中，武家根是一个忠厚老实的人，他不像张小海那般活络，也不像王德宝那般莽撞。看到他的眼眸中充满了担忧，她点了点头，应了一句："好吧。"

武家根这才舒心地笑了，说道："谢谢你。"

方心雨问道："他人在哪里？"

武家根回答道："就在外面的空地上，一个人在跑步。"

跑步？方心雨抬头看了一眼外面，天空中正下着瓢泼大雨。

武家根点了点头，说："是啊，下这么大的雨，他又饿着肚子，就怕身体会受不了。”

方心雨没再说话，她将热腾腾的饭菜装在饭盒里，拿起一旁的油布雨伞，朝屋外跑去。跑出屋后，她才发现外面的雨大风更大，她手中的雨伞差点儿被风掀翻！幸好她反应快，连忙扶正了雨伞，顶着风往空地跑去。

方心雨果然在空地上看到了李少杰，他正冒着狂风暴雨奔跑着，所以跑得并不快。她迎着他跑了过去，大声叫道："李少杰！"

直到方心雨站在了李少杰的面前，他才抬头看见了她。他在看到她的一瞬间充满了惊讶，这是她从他微微发愣的表情中察觉到的。她的耳边好像飘过来他的一句问话："你怎么来了？"

可惜，话语很快就在风雨飘摇中消失得无影无踪，方心雨甚至怀疑李少杰是否说过话，或许那只是她的幻听。不过，她听得到自己大声叫道："你这是在干啥？下这么大的雨，你在发什么疯？"

李少杰的脸上挂满了雨水，雨珠狠命地打在他的皮肤上，他的眼睛几乎都睁不开了。他用力地一把抹去脸上的雨水，说道："不用你管，你回去吧。"说着，便想绕过方心雨继续跑步。

方心雨一闪身，堵住了李少杰的去路，并把手中的雨伞撑在了他的头顶上。发现没了雨水的他抬头看了一眼，一把推开雨伞，说道："都已经跟你说过了，别管我。"

方心雨说道："你让我不管，我就不管了吗？我一吗这么听你的话？我偏要管！走，跟我回宿舍！"

"不！"李少杰叫道，"我不回去，我要惩罚我自己。"

方心雨说道："你这不是在惩罚自己，而是在虐待自己！你为什么要这么做？"

李少杰没有回答。

方心雨说道："你不说我也知道，不就因为今天的射击训练成绩不理想吗？连赵教官都没有惩罚你，你凭什么虐待自己？"

李少杰一愣，他没有想到连方心雨都知道这件事了。从小功课优异的他，从来就没有像今天这样丢脸，他李少杰的射击成绩居然差到倒数第一的水平，他无法接受，更无法原谅自己的失误。他低低地说道："你不懂。"

"不，我懂！"方心雨叫道，"你这么折磨自己是因为你内心潜藏着的优越感在作祟！你觉得你比武家根、王德宝、张小海中的任何一个都强，可今天他们每一个人的射击成绩都比你优秀，所以你接受不了，你这是在逃避！"

"你胡说八道！"李少杰气愤地说道，他停顿了一下，又道，"你不要以为自己很了解我，就妄加揣测！"

"我没有妄加揣测。"方心雨说道。

李少杰问道："那你凭什么那样说我？"

"就凭我也曾经有过一样的经历！"方心雨回答道。是的，她也曾经因为这可悲的优越感而选择过逃避。

李少杰不说话了。不过，他不说话并不代表他赞同，只是表示根本不想听方心雨的鬼话。他一把推开她，继续迈开腿跑步。

看着李少杰一副毅然决然的表情，方心雨忽然扔了手中的伞，追上他并肩跑起步来。

李少杰大吃一惊，连忙拾起被方心雨扔在地上的雨伞，一把拉住她，叫道："方心雨，你发什么疯？"

"是你先发疯，我只是跟着一起发疯的那一个！"方心雨嚷道。

李少杰欲将雨伞塞入方心雨的手中，但她狠狠推开，并说道："你不是要淋雨跑步吗？好，那我陪着你！来，我们一起跑！跑到你不想跑为止！"

就在李少杰和方心雨推让雨伞的这一会儿工夫，方心雨的衣服和头发已经被打湿了一大片。李少杰说道："我不要你陪我，你是女孩，淋这么大的雨会生病的。我身体好着呢！"

"就算我生病，也是你李少杰害的！"方心雨赌气地说道。

李少杰看着方心雨一字一句地说道："方心雨，我现在发现你就是一头犟驴！"

"你不也是吗？"方心雨反问道。

李少杰忽然发现两人的脾性竟有几分相似。他将伞撑向方心雨，注视了她一会儿，终于叹息了一声，无奈地说道："方心雨，你赢了，我跟你回去。"

方心雨笑了，她的笑容很甜。看到雨水顺着她的发丝往下淌了下来，李少杰伸出手想为她擦去雨水，却在接近她发丝的时候犹豫了一下。

方心雨看着李少杰怪异的举止，有些奇怪地问道："怎么了？"李少杰还是伸手将她头发上的雨水擦去了。

两人撑着伞走向无雨的屋檐。李少杰收了雨伞，方心雨将饭盒递给了他，说道："这是我给你盛的饭菜，还有些温热，待会儿回到宿舍赶紧吃了吧。"

李少杰接过饭盒，他没有想到她想得这么周到，居然还帮他打了饭。他一把抹去盒盖上的雨水，才一打开，菜香顿时扑鼻而来，只见白饭上面有野菜和红烧鱼。

在一旁的方心雨叫了起来："糟糕！"

"怎么了？"李少杰问道。

方心雨指了指饭盒里的饭菜，说道："饭里怎么有水？一定是我刚才没盖好盒盖，让雨水淋进去了。要不，我重新给你打一份吧。"说着，便要去拿李少杰手中的饭盒。

李少杰说道："不用了，我没那么讲究，我现在很饿很饿。"说着，便拿起了饭盒里的调羹。

"可是……"方心雨还想再说些什么，却看到李少杰已经狼吞虎咽地吃了起来，而且一边吃一边说好吃。

方心雨看着李少杰的吃相，也忍俊不禁起来。忽然，她像想起什么似的叫道："啊呀！"

李少杰嘴里塞满了饭菜，问道："又怎么了？一惊一乍的。"

方心雨上下打量着李少杰，说道："你浑身都湿透了，还不赶紧去换件衣服？等换了衣服再吃吧。"

李少杰摇着头，说道："吃完了再换。"

方心雨说道："换完了再吃。"说着，伸手欲夺过李少杰手中的饭盒。

李少杰一个转身，躲开了。看到方心雨扑了过来，他将饭盒高高地举过头顶。他原本就有将近一米八的个子，纵然是她踮着脚也够不着。

方心雨说道："李少杰，你耍赖！"

李少杰嘻嘻一笑，说道："你就认输吧！"

方心雨不服气地说道："我偏不！"她对准李少杰的脚狠狠踩了下去。毫无防备的李少杰大叫一声，疼得弯下了腰。她一把抢过他手中的饭盒，笑着说道："谁输了？"

李少杰气道："你你你……"

方心雨得意地说道："这就叫兵不厌诈！赵教官这几天教的擒拿格斗招数总算是派上用场了。"

"擒拿格斗是用来对付敌人的！方同学，你好像用错地方了吧。"李少杰说道。

方心雨说道："少废话，快上楼换衣服去。"

李少杰摇着头，叹了一口气，说道："遇上你，我李少杰也算是三生有幸。"

"那是！"方心雨回答道，"是你上辈子敲木鱼敲来的。"

李少杰逃也似的朝宿舍门口走去，那模样多少有些狼狈。

3

夏秋莲前几日和武家根在一起训练时，发现武家根纵然是满头大汗，也只喜欢用衣袖擦汗。是他不习惯用手帕擦汗呢？还是他压根就没有手帕？她吃不准。

午休的时候，夏秋莲回到宿舍，从包袱里拿出一方手帕放在了口袋里。下午训练之前，她见武家根的身边没有其他人，便走了过去，将手帕递给他，说道："家根，这个给你。"

武家根愣愣地看着夏秋莲手中的那方手帕，困惑地问道："这，这是什么意思？"

夏秋莲回答道："给你擦汗用。"

武家根摇了摇头，说道："不用了，你还是留着自己用吧。我没有用手帕的习惯，我用这个擦就行。”他指了指衣袖。

夏秋莲将手帕塞到武家根的手中，说道：“你已经从水闸镇出来了，应该习惯用手帕擦汗。”说完便走了。

武家根看着手中的手帕，想着夏秋莲适才的话。是啊，他已经不是生活在水闸镇上的武家根了。他曾经见过李少杰、方心雨用手帕，但在他的眼中，他们都是大学生，而他只是一个在乡下读过几年私塾的穷小子，不用手帕也无所谓。

武家根将手帕凑近鼻子，手帕上散发着一阵淡淡的清香，味道很清雅，让人不禁联想到兰花。这丝棉材质的手帕一看就知道从来没有用过，摸在手里有些滑，颜色很别致——褪色兰。他缓缓地展开手帕，看到右下角绣着一朵小花，那花儿正是兰花。

武家根小心翼翼地将手帕放入裤兜里，走了两步，像想起什么似的停住脚步，从裤兜里取出手帕看了看，在确定没有弄皱之后，放心地把它重又放回裤兜。

夏秋莲以为武家根之后就会用手帕擦汗，可是她很快就发现自己想错了，他依然在用衣袖擦汗，而且动作熟练又迅速，好像早就把手帕的事情忘却了。她忍不住找机会问了武家根，武家根有些腼腆地笑了笑，没有回答，这让她越发奇怪。也许是武家根感觉到了她的疑惑，他终于老实地回答道：“我说出来，你可别笑话我。”

夏秋莲没有说话，她在等着武家根告诉她答案，她知道他在下一秒钟便会说出来。果然，只听武家根说道：“我……你给我的那块手帕太好看了，我，我还真有点……舍不得用。”

夏秋莲愣愣地看着武家根。她曾经想过他会有很多种说法，可是唯独没有想到过这个理由。她愣了一会儿才回过神来，说道：

“家根，你别舍不得，手帕就是被人用的，若是不用，一直放在口袋里，那不就成装饰了吗？它就没有存在的意义了。”

武家根很想告诉夏秋莲，即使不用，也有存在的意义。对她来说，手帕不用就没了意义，可对他武家根来说，这块手帕就算是不用，也有着独特的意义，因为这是她送给他的，单这一个原因，它就太有意义了。不过，武家根没有把这话告诉她，而是说道：“它不会成为装饰，我会用的。”

武家根没有食言，他的确用了。在他又一次汗流满面、正欲用衣袖擦汗的时候，他的眼前忽然浮现出夏秋莲那双美丽的眼眸，于是他从裤兜里取出了那方手帕，只是他立刻就发现了一个残酷的现实——手帕早已不能为他擦去汗水了，因为它已然被汗水浸湿，湿得都可以拧出水来了。

武家根有些尴尬，正欲悄悄地把手帕放入裤兜，却听到身边的李少杰说道：“呦，大哥，你什么时候用上手帕了？”

李少杰的话语引来了王德宝，王德宝一把抢过武家根手中的手帕，一边端详着，一边像发现新大陆般地说道：“真的呢，这手帕还真好看！不过，我怎么看都不像男人用的，倒像是姑娘家的。”

张小海哈哈一笑，凑近武家根的耳畔，压低了嗓音问道：“大哥，你老实交代，是哪位姑娘送给你的？”

武家根脸一红，忙不迭地从王德宝手中夺过手帕就往裤兜里塞，说道：“别胡说，是我自己的。”

李少杰不罢休地说道：“大哥，弟弟我没啥优点，就是视力颇佳，你那手帕上好像还绣着花呢！”这话音一落，大家都笑了起来。

张小海嬉皮笑脸地拉了一把李少杰，神秘兮兮地说道："我说四弟，这岛上可只有两个女孩，除了夏老师，就只有方心雨了……"他忽然不说下去了。

张小海的话让李少杰的心莫名地"咯噔"了一下。方心雨？会是她送手帕给大哥？他抬头看了一眼远处的方心雨，她和夏秋莲正在接受何华的救护训练，根本就没有留意他们这边的动静。那个丫头没心没肺的，会送手帕给男人？打死他都不相信，再说自从来到这岛上，方心雨压根就没跟武家根说过几回话，肯定不会是她。

李少杰露出了一副无所谓的表情，说道："三哥，你这话是什么意思？就算是方心雨送的又怎样，跟我有关系吗？"

张小海反问道："真的没有关系吗？"他在心里想，李少杰你就装吧，别看我比你大没几个月，可我经历的事情比你多得多。"好，你说没关系，就没关系。"说完这话，他忽然想到这手帕会不会是夏老师送给大哥的，还是在大哥来岛上之前就有了，可为什么训练的这些天从未见他拿出来用呢？今天才是头一回见……

李少杰猛地推了一下张小海，问道："三哥，想什么呢？这么出神！"

"没，没什么。"张小海敷衍着说道。

这时，武家根的声音响了起来："不就一块手帕吗？有必要这么寻根究底的吗！你们无聊不无聊？"

王德宝说道："大哥，你可别避重就轻，你得给大家老实交代交代这里面的情况。我觉得一点都不无聊，是不是，三弟？"

张小海知道王德宝是想把皮球踢给自己，可不知道为什么，他突然没了兴致，冷冷地回答道："我看大哥说的对，的确是挺无聊的。”说着，转身便走了。

王德宝莫名其妙地看着张小海的背影，转向李少杰，问道：“他这是怎么了？”

李少杰摇头，无奈地说道：“你问我，我去问谁呢？”

武家根的心慢慢地放了下来，幸好什么都没有从嘴里漏出去。而此时的夏秋莲并不知晓这里发生的一切，她正在专心地接受训练。

武家根悄悄地将手又一次伸进了裤兜。他的手指触碰到了手帕，他想着待会儿回到宿舍得好好地把它洗干净，只是他不知道洗净后的手帕还会不会有那股好闻的兰花味道，他希冀它能保持着她送他时一样的香味。这样想着，他牢牢地将手帕握在了掌心中。

4

在岛上集训的最后一天晚上，因为连着好几天的台风、暴雨，天气一下子凉爽了不少。赵火为大家安排了特殊的晚餐——烧烤。他让众人围坐在一起，虽说在这样的季节吃烧烤会有些热，但即便再热，大家也不在乎，因为此刻每个人的心中都正燃烧着一团热烈的火焰。

晚餐的食材很特别，赵火从竹篓中取出来的时候，大家都吃了一惊，方心雨还吓得发出了一声短促的尖叫，不过她很快就捂住了嘴巴。原来，赵火取出的竟是一条大蟒蛇，蛇身足足有碗口那么粗。

武家根盯着大蟒蛇看了好久，不知怎的，他觉得它就是前几日在树上遇上的那条蛇，当时他被它的可怕模样吓得从树上跌入江中，不想时隔几日，它竟成了被大伙儿烧烤的食物。

赵火准备得十分充分，还取出了几坛女儿红，说是出发的时候从上海带来的。好酒好菜顿时让大家兴奋了起来，毕竟已经有些时日没有吃过肉了——蛇肉也是肉！王德宝等人早就有点迫不及待了。只有夏秋莲和方心雨见着要吃的是蛇肉，有些顾虑，但在众人的合力“开导”下，她们也不好驳了赵火和何华两位教官的面子，终于答应不扫大伙儿的兴，跟着大家一起喝酒吃肉。

巨蟒被放在火上烤，发出一阵阵香味。张小海将烤熟的蛇肉用刀切了一片下来，他看了看坐在身旁的夏秋莲，此时的火光将她的轮廓勾勒得绝美——长长的睫毛，高挺的鼻子，薄薄的嘴唇……虽然只是一个侧面，却已经美得让人屏住呼吸。他愣愣地看了好一会儿才回过神来，说道：“夏老师，我帮你烤好了，你吃一块，尝尝味道吧。”

夏秋莲看着张小海递来的蛇肉，稍稍犹豫了一下，也许是不好意思拒绝张小海的好意，她对他露出一个笑容，以示谢意。她缓缓地伸手接过，将蛇肉放入嘴里，慢慢地咀嚼了起来。

“怎么样，味道还可以吗？”张小海问道。

夏秋莲点头，说道：“还不错，如果不说是蛇肉，还真联想不到。”

张小海说道：“那你就别当它是蛇肉，把它想象成猪肉、牛肉、羊肉、驴肉……反正随便是什么肉。”

夏秋莲笑了笑，说道：“你这话说得倒挺有趣。我试试吧，这还是我第一次吃蛇肉。”

虽然只训练了短短几天，但夏秋莲的脸庞消瘦了不少。张小海用余光打量着她，低低地说道："夏老师，你比以前更瘦了，也黑了。"

夏秋莲说道："可我觉得自己比以前更成熟了，也更有力量了。"

张小海不明白，才几天工夫，怎么就能成熟起来？

夏秋莲也许是从张小海那双充满了疑问的眼睛中感觉到了什么，补充了一句："我是觉得离信仰更近了。"

夏秋莲的话让张小海更疑惑了，他问道："信仰？那是什么玩意？"

夏秋莲笑了，说："信仰不是玩意，信仰是深藏在心底，愿意为之努力奋斗，甚至牺牲一切的念想。"她的目光飘向远处，停顿了一会儿，补充道，"甚至有时候会觉得那个念想早就已经融入自己的血液中……"

张小海细细地回味着夏秋莲的话，能让她牺牲一切的念想究竟是一个什么样的念想？他想了想，问道："夏老师拥有的究竟是怎样的信仰？"

夏秋莲的声音缓缓地在张小海的耳畔响起："渴望一个没有压迫、没有剥削、没有军阀、没有帝国主义践踏的新时代的到来，到那时候，我们每一个人都可以挺起胸膛，再也没有欺凌……"

张小海沉浸在夏秋莲描绘的新时代的遐想中，可他不知道是否真会有那个时代的来临，若是真有，工人们的生活会不会还像现在这般苦？他觉得现在的工人如同被关在一个黑房间里，见不到丝毫亮光。他忍不住将心头的疑问说了出来。

夏秋莲笑了，说道："到那时，工人变成了主人，再也不会被人随意欺辱，不用辛辛苦苦做一天工却担心一日三餐没有着落，也不用每天为了养家糊口而四处奔波。"她看了他一眼，忽然问道，"对了，你有念想吗？"

张小海一时不知该如何回答。他仔细地想着这两年经历的艰辛，每天都忙着赚钱糊口，似乎从来没有静下心来好好想过这些事情。

夏秋莲看着陷入沉默的张小海，轻轻地说道："即便没有信仰，也一定有过愿望，那种十分强烈的愿望。"

张小海从鼻腔内发出了重重的"嗯"的一声。

夏秋莲原本以为张小海会说些什么，但他只是发了一声"嗯"，就没有把话说下去的意思了。她不再多问，她明白每个人总有一些埋藏在内心深处的事情。

张小海是过了一会儿之后，才悄悄打量坐在身边的夏秋莲的。他心里不仅有一个愿望，而且是一个与她有关的愿望，从见着她的第一眼起，那愿望便宛如一颗种子一般落到了他的心里，随着时间的推移，当初的种子已经慢慢生根发芽。这样想着，他忽然觉得自己的脸颊一热，为了掩饰自己的窘态，他开始忙着为她烤蛇肉，并一片一片切下来，送到她的面前，她则礼貌地回应着，他压根就没有注意到她时不时飘向不远处的目光——不远处的武家根正和赵火坐在一起喝酒聊天，看起来一副很惬意的模样。

不知道为什么，武家根总觉得赵火和自己很亲近，即便两人不说一句话，这种感觉也十分强烈。连着几天在岛上训练，赵火的胡子没有剃过，看上去已有些胡子拉碴的，武家根唤了一声："赵教官……”

赵火摇了摇手，打断道：“我的年龄比你们虚长不少，如果不嫌弃，就叫我赵叔吧。”

武家根早就在心里把赵火当作了亲人，于是高兴地说道：“那我就不客气了，赵叔！”

赵火点了点头，说道：“我第一次见你就感觉你很朴实。对了，你怎么会来上海的？”

赵火觉得武家根的眼神黯淡下来，只听他说：“我来找个人，只可惜来了几个月，依然没有任何收获。”

“能告诉我有关这个人的线索吗？或许我能帮上忙。”赵火说道。

武家根叹了口气，回答道：“没什么线索，只是听乡邻说在上海见过他。至于他长什么模样，说实在的，他的容貌在我的脑海里是一片空白，他很早便离家了，那时我还很小。”

“他是你的……”

武家根过了好一会儿才喃喃地回答道：“父亲……”只是两个字，他却说得有些费力。因为“父亲”对他而言，只是一个没有任何价值的称谓，这么多年来的缺位，是隐藏在他心底深处的伤痛，他总是小心翼翼地不去触碰它。

赵火从武家根的表情中感觉到了什么，他不再多问，只是叹息般说了一句：“上海那么大，想要找个人，不容易。”

武家根“嗯”了一声，举起杯子喝了一口酒。他不常喝酒，所以才喝一口便被呛到，咳嗽了起来。这时，他仿佛听到赵火低低地说了一句：“也许你要找的那个人……他有不得已的苦衷……”

武家根好不容易止住了咳嗽，他转向赵火问道："能再说一遍吗？我没听清楚。"

赵火深深地看了一眼武家根，那眼神让武家根的心莫名地颤动了一下。很久之后，当武家根回想到那天的情形时，他都没想明白赵火看他的究竟是一种怎样的眼神。赵火的目光最终定格在武家根的衬衣上，他说："你的衣服脱线了。"他指了指武家根的肩膀。

武家根低头一看，果然，肩膀与衣袖缝合之处脱线了，裂开了一道长长的口子。正当他不知如何是好的时候，他听到了赵火的声音："我帮你缝一下就好了。"

"可是针线包……"

未等武家根把话说完，赵火已经从一旁拿出一个小巧的军用包，从里面取出了针和线。武家根没有想到赵火会将针线随身携带，他用疑惑的目光注视着一切。赵火不以为意地笑了笑，说道："一个人走南闯北惯了，这些东西总会带在身边。"

武家根愣了愣，终于忍不住问道："难道赵叔你没有妻子和孩子吗？"

赵火没有回答武家根的问题。他将线穿入针眼中，开始为武家根缝衣服，这让武家根觉得自己问得有些唐突了。正当他想要表示歉意的时候，他听到赵火说道："有过，只是……"

赵火终究没有把话继续说下去。他娴熟地为武家根缝补完衣服，在将针线放入军用包时说道："世界上很多事情或许并不是你所看到更不是你所想的那样，等以后你经历得多了，就会慢慢明白。"

武家根似懂非懂地点了点头。此时，已经喝得微醺的何华和李少杰过来给赵火敬酒。李少杰的胳膊搭在何华的肩膀上，还对着何华一口一声“哥哥”地叫着。

这一晚，李少杰喝醉了，摇摇晃晃地回到宿舍，没多久就吐了。王德宝也醉了，只不过他是被人扛进宿舍的，头一挨上枕头就打起了呼噜。

武家根平时很少喝酒，今晚因为高兴破了例，虽然喝得不多，但他觉得头很疼，又有些兴奋，躺在床上很久没有睡着，感觉不好受。

整个宿舍只有张小海最清醒，按他的话说，酒，他喝得很少。他心里知道，那是因为这一整晚都有心仪的女孩坐在他的身边。这难道还不足以让他醉了吗？他喜欢这种很清醒的醉！

第八章

行动取消，偶遇小混混

1

从岛上回来的第五天，赵火将武家根、王德宝、张小海、李少杰叫到了一起，说后天有一个非常重要的任务需要他们去完成，到那时每个人都会发一把左轮佩枪。

张小海一听说有任务便很兴奋，他说训练得这么辛苦，这回终于有用武之地了。他问赵火究竟是什么任务，赵火只说是担任警卫，其他便不再多说。众人虽然心中多少充满了疑问，但看着赵火凝重的表情和三缄其口的模样，也都不敢多问。

赵火将众人带到了法租界，他们要到的地方有些偏，沿路有八九栋楼房，都是典型的两层楼石库门房子。那些房子看上去像新盖没多久的模样，外墙是交错的青红砖，门楣上有砚红色雕花。

众人沿着房子的四周仔细地查看了一番，楼房的一侧还有些许农田。离开的时候，张小海特别留意了一下，那条路名为贝勒路，而他们所到楼房的确切名字叫作：树德里。

在回去的路上，张小海找了好几个机会向赵火打听究竟是一项怎样的任务，可赵火始终没有正面回答。不过，他从赵火的话语中隐约得知他们之所以去岛上训练，就是为了后天的行动，可见这项任务是极不寻常的。

当晚，回到德泽坊的三层阁上，张小海辗转反侧了很久。他侧过身，看了一眼黑暗中的武家根，唤了一声："大哥。"

武家根应了一声。

张小海问道："你对后天行动的事情就一点都不好奇吗？"并说自己对赵火不愿说出任务的内容感到很不理解。

武家根翻了一个身，回答道："不说总有不说的道理，等到了行动的那一天不就知道了吗？睡吧，不早了。"

没多久，张小海便听到武家根轻微的鼾声在耳边响了起来，可他却仍然毫无睡意。

谁也没有想到，第二天赵火便通知张小海不用参加行动了。这让大家都想不明白，张小海更是追问赵火原因，赵火只用了四个字回答他："你不合适。"

听起来简单的四个字，让张小海仿佛一下子跌到了冰窖里。前一天定下四个人都要参加行动，如今唯独将他剔除在外，他自认为在岛上训练的成绩不差，无论是身手还是反应都够灵活，可偏偏……这让他一时之间很难接受。

武家根、王德宝、李少杰纷纷向赵火说情，希望赵火能让张小海参加行动，可不知怎的，赵火十分固执，不肯松口。张小海觉得自己在兄弟面前很失面子，始终低垂着头，一声不吭，恨不得在地上挖个洞，一头钻进去。他知道赵火还要对行动进行详细的部署，而自己既然已经不是行动的参与者了，就没有必要继续留下，于是他找了个理由离开，赵火也没有阻止他。

张小海一个人在街上闲逛。摆摊的正在吆喝着，行人们赶路的赶路、坐车的坐车，就连拉黄包车做生活的都有着各自明确的目标，只有他像一个游魂一般。

蓦地，张小海萌生了一个念头——见到夏秋莲，那个时常会从他的脑海中冒出来的女孩。去哪里才能找到夏秋莲呢？他忽然想起武家根曾经提到过夏秋莲的住址，也许当时武家根是说者无心，可他这个听者却是有意的。

张小海很容易就找到了夏秋莲的家。顺着弄堂走进去，才几步路的距离，便是她家的门洞。他在门口徘徊了一会儿，才抬手敲了敲门扉。不一会儿，门便打开了，出现在他面前的不是别人，正是夏秋莲。

夏秋莲见到张小海的一瞬间，眼眸中闪过一丝惊诧，但随即便消失殆尽了，她露出一个甜甜的笑容，说道："没想到是你，进屋坐吧。"

张小海站在门外没有动，他问道："我路过这里就顺道过来了，没有跟你打招呼，会不会……会不会……"

夏秋莲摇着头，说道："没事的，不会唐突，进来吧。"

张小海听着夏秋莲说出"唐突"二字，这正是他在脑子里想了老半天却没能找到的字眼。他知道她比自己有文化得多，所以他一直觉得她是看不上像他这样连字都不识几个的大老粗的。

夏秋莲又一次响起在耳畔的声音打断了张小海的思绪，只听她说道："别发愣了，请进。"

张小海抬腿走了进去。在走过一个不小的院子之后，夏秋莲将他带到了客堂间，沏了一壶绿茶，两个人面对面地坐着。

张小海不知道该说些什么。过了一会儿，夏秋莲先开了口，问道："是不是遇到什么事情了？"

"你怎么知道？"张小海脱口问道。

“因为很少看到你这么沉默，这不像你的性格。”夏秋莲说道。

张小海沉吟了一会儿，终于开口说道：“赵教官交给我们一个任务，说是明天有一个重要的活动，让我们四兄弟去担任警卫，昨天带我们去勘察了地形，就在贝勒路树德里一带。我昨晚激动得一宿都没睡着，可谁知今天一早赵教官就让我不要参加明天的行动了！我，我，实在是想不明白！”他说着说着，声音不由得大起来。

夏秋莲问道：“那武家根他们呢？”

“他们照常参加，我追问赵教官不要我的原因，他只用‘不合适’来回答我。我真想不通，我到底是哪里比别人差了？”

夏秋莲想了下，说道：“就是说，昨天决定警卫名单的时候你还在，但今天一早就把你去掉了。你好好想想，到底是哪里做得不周全了？”

“不周全？”张小海拼命地回想着，他和赵火相处也不过就是察看地形的那点时间，难道是当时他做了什么或者说了什么让赵火对自己不满意了？忽然，一个念头如火花一般在他的脑海中闪现，他低低地说道：“难道是……”他看了夏秋莲一眼，说道，“夏老师，我想起来了，我有两次问过赵教官我们到底是做什么样的警卫工作，可他始终没有回答我。”

夏秋莲说道：“一定就是这个原因了。”

张小海不解地看着夏秋莲，只听她说道：“你要记住，既然是很重要的行动，就一定十分机密。他觉得有告诉你们的必要，就一定会说。他若不说，就绝对不要问。”

张小海这才恍然，可他哪里懂这些规矩。他急急地问道：“那，那，夏老师你说我还有挽回的办法吗？”

夏秋莲缓缓地摇了摇头。她知道，赵火一旦决定了什么就很难更改。

张小海失望地叹了口气，喃喃地说道：“我真想参加明天的行动，训练得这么苦，不就是为了这一天吗……”

只听里屋的门“咿呀”一响，夏添从屋内走了出来。夏秋莲将父亲给张小海作了介绍，张小海很礼貌地叫唤了一声：“伯父。”

夏添点了点头，打了招呼，饶有兴趣地打量着张小海，问道：“你好像是第一次来我们家，你是做什么行当的？”

张小海点着头回答道：“我在船舶机修厂当工人，我叫张小海，伯父就叫我小海吧。”

夏添笑了，说道：“工人好啊，靠自己的劳动和手艺吃饭。”接着，他话锋一转，说道，“可我刚才无意间听到你们在说什么行动不行动的，我劝你们年轻人还是多钻研钻研技能，别把时间浪费在不值当的地方。”

张小海刚想张口说话，就听身边的夏秋莲说道：“爸，你这是说的什么话？现在时局这么乱，难道你要我们每一个人都两耳不闻窗外事，一心只读圣贤书吗？”

夏添点头，说道：“正因为时局乱，我才要这么说。你看看，现在的上海，除了外国人划租界，还有军阀混战，今天不是这个军阀打过来，明天就是那个军阀打过去，就连国民政府都无能为力，你们这些学生、工人又能做些什么呢？”

“按爸的意思，我们每一个中国人都不要有所作为，只能眼睁睁地任其发展了？”夏秋莲嘴上丝毫不愿让步。

“想有所作为又能奈何？秋莲啊，你就不要天真了，到头来只会是无谓的牺牲……”

没等夏添的话说完，夏秋莲便打断道：“如果每个国民都抱有这种想法，我们中国还有什么希望？难道我们生下来就是为了苟延残喘地活着吗？”

“不。”夏添说道，“秋莲，我们的理想，我们的抱负，可以放在心里，还能写在文章里……”

夏秋莲摇了摇头。她没有想到她的父亲，一名大学老师，一位有文化的知识分子，竟然抱有这样一种处世哲学，难道偌大的中国真的是无望了吗？她低低叹了一口气，说道：“爸，我不想跟你争，请你允许女儿有跟你不同的想法，属于自己的想法。”

夏添痛心地说道：“秋莲，你还太年轻了！等你到了爸爸这个年纪，经历了那么多事情之后，你就会明白今天你所说的都是那么的幼稚了。”

“我不会，我坚信不会有那么一天。”夏秋莲坚决地说道。

张小海愣愣地站在一旁，他完全没想到父女两人居然会争执起来，虽然他们说的那些话他并没有完全领悟，但也明白了十之八九。在他的人生中，他从来不敢忤逆父母，即便有也只是默默地放在心里，哪敢在语言上冲撞他们？他既羡慕夏秋莲能与父亲平等沟通，又害怕面对父女二人之间的相左意见，毕竟他劝谁都不合适，但让他像木棍那般杵着又十分难受，所以他决定逃离。在父女两人争论的间隙，他连忙说道：“夏老师，我，我忽然想起还有些事情，先走了。”在和夏添打了招呼之后，他朝着门口走去。

夏秋莲没有多说什么，将张小海送了出去。走至门口的时候，她说：“不好意思，让你看到我和父亲争论不下，这在我们家里是经常发生的。你没被吓着吧？”

张小海摇了摇头，说道：“其实这事因我而起，若不是我来找你，伯父也不会知道这些，就更不会责怪你。换作是我，想找一个这样的父亲，都找不见呢。”

夏秋莲“扑哧”一声笑了起来。张小海看着她，竟有些看痴了，低低地自言自语：“真好看……”

夏秋莲一愣，下意识问了一声：“你说什么？”

张小海一下子醒了过来，低下头说道：“没，没什么。”

夏秋莲忽然感觉脸颊一热，她没有再问下去，只是说道：“明天行动的事情对你来说已经过去了，你别再多想，我相信以后有的是机会，只要你的心中存有信念。”

信念？张小海又一次想到在烧烤晚餐上她曾经跟他说过的话，虽然他还不知道自己的信念是什么，但他重复了一句：“信念……”而后重重地朝她点了点头，说道，“谢谢你，夏老师，我走了。”

直到听到身后传来院门轻轻合上的声音，张小海才转过身，打量了一会儿门扉。他想着，在那道院门内，有一个让他魂牵梦萦的女孩，他每天都会想起她，无论是在厂子里做工，还是休息，抑或是下班走在街上，更或者是夜里躺在三层阁上，她那美丽的脸庞总会在不经意间浮现在他面前，没有一丝前兆，没有半点预期。有时候他会为此而十分苦恼，但又会感到欣慰和幸福。

缓步离去的张小海确定了一件事情，那便是一个名叫夏秋莲的女孩住进了他的心底，而且无论如何都赶不走。

2

王德宝奔跑着上了楼梯，嘴里一个劲地大叫着：“大哥，大哥！”他的叫声惹得楼上楼下的住户都探出头张望着。他刚想抬手敲门，房门便被武家根打开了。

武家根说道：“在屋里就听到你这大嗓门，是不是出什么事了？”

王德宝一进门便端起桌上放着的一壶凉茶往嘴里倒去，几大口入喉之后，他用衣袖擦去嘴角渗出的茶水，放下茶壶，对武家根说道：“大哥，我刚才去了法租界的白尔路，在一旁的小摊贩那里看到了一件东西，便买来给你看看。”说着，他举了举手中的一卷画纸，又道，“大哥，你看看，我觉得这画像上的人挺眼熟，很像你上回在岛上画给我们看的你父亲的小像。”

武家根这才注意到王德宝手中的画卷。王德宝打开画卷，武家根心头一震，呆呆地看着那幅小像，一下子竟说不出话来，好一会儿才语无伦次地说：“这这这，你是从哪里买来的？”

“白尔路的小摊贩那里。便宜得很，讨价还价之后才三个铜板。若不是看着像，我才不会买这玩意儿呢，又不能吃也不能喝的。”王德宝说道。

武家根拉着王德宝就往屋外跑，一边跑，一边说道：“走，快走，带我去找那名摊贩。”

王德宝就这样跟着武家根跑下楼去，这时他忽然问道：“对了，大哥，这到底是不是你父亲的小像？你还没回答我呢。”

武家根用力地点了点头。这幅画正是他初到上海时被人骗走的包裹里的那一幅，是他寻找父亲的唯一线索。他想去见一见那名卖画的摊贩，好好问问他这画从何而来。或许，卖画的摊贩与那群骗子还有着某种联系。

在路上，武家根将自己的打算告诉了王德宝。王德宝听后连连点头，说道："听旁边摆摊的人叫那名摊贩'阿乌头'，若阿乌头真跟骗子是一伙的，今天准饶不了他，一定要请他好好吃一顿生活！"

当武家根、王德宝赶到白尔路的时候，还有些零星的摊位在摆着。王德宝看了看，而后朝武家根无言地点了点头，走向那名卖画的摊贩。武家根跟在他的身后。

王德宝在一个摊位前站住了。武家根打量着那名摊贩，只见他中等个子，人偏瘦，佝偻着腰，低垂着头，根本无心留意过往的行人。摊位上摆着的东西不少，品种很杂。

王德宝对着那名摊贩叫了一句："阿乌头兄弟，我又来照顾你的生意了。"

阿乌头闻声懒洋洋地抬起了头，武家根的眼睛在接触到他的面孔的一瞬间放了光——那张没有三两肉的脸庞是他这辈子都忘不了的，这个名叫阿乌头的人正是当初冒充自来水公司招工者的骗子！

只听阿乌头说道："哦，兄弟是你啊！怎么？刚刚才买了一幅画，现在就回来了？是不是看中什么了？只要看中，阿弟我就给你一个舒服的价钱。"

王德宝笑了，说道："不是我看中，而是我大哥。"

阿乌头一愣，只见王德宝伸手向身旁的武家根指了指。阿乌头连忙心领神会地招呼起武家根来，他的脸上堆满笑容，说道："这位大哥，你的兄弟照顾了我的生意，大家也就是朋友了。我阿乌头这个人平时最喜欢交朋友了……"

武家根知道阿乌头对只见过一次的自己是认不出来的，于是冷笑一声，打断了阿乌头的话，说道："朋友？倒也有几分道理，毕竟你我不是第一次见面。你好好想想我们在哪里见过。"

阿乌头一脸茫然地看着武家根半晌，发出了"呵呵"的笑声："这位大哥，小弟眼拙，还真想不起来。"

武家根说道："那我提醒提醒你？"

阿乌头点了点头。

武家根说道："曾经有一个自称是自来水公司的人在马路上招工……"

武家根的话音未落，阿乌头的脸色就变了，他喃喃地说道："你认错人了吧……"

武家根一下子打断道："那幅画就是当时被你骗去的赃物！"

阿乌头忽然一个转身，飞快地往一旁跑去。武家根没有料到他会忽然逃跑，竟然连摆放的摊头都不要了。只片刻不到的时间，武家根就醒了过来，大叫道："别跑！"朝着阿乌头的背影追去。

王德宝叫了一句"大哥，等等我"，跟上了武家根的步伐。

阿乌头气喘吁吁地奔跑着，不时地回头看着身后，但见武家根和王德宝穷追不舍。他觉得再这样跑下去，肯定要被他们追上，他们也一定轻饶不了自己。慌忙中，他抬头一看，只见不远处便是博文女校，他灵机一动，径直朝着女校的大门跑去。

武家根和王德宝是追着阿乌头跑进女校的，他们一跑进去便愣住了，只见女校内人头攒动，一块“北京大学师生假期考察团报到处”的标牌立在那儿，牌子前乱纷纷地站着一群穿长衫的教师和学生模样的人。

武家根环顾四周，偏偏没有看到阿乌头的身影。这时，王德宝也跑到了他的身边，喘着粗气问道：“那小子人呢？”

武家根说道：“一定就在这附近，再找找。”

两人在人群中穿梭着、寻觅着，忽然一个熟悉的声音响了起来，叫的正是他们的名字。

武家根一转身，赵火居然站在面前。王德宝吃惊地叫出了声：“赵教官！你……”

赵火用低沉的声音说道：“你们两个跟我过来。”

两人跟着赵火来到了学校一角，赵火用很是警惕的目光打量着他们，问道：“你们怎么会来这里？”

武家根当下便把阿乌头的事情告诉了赵火。听言，赵火的目光稍微缓和了下来，他伸手往不远处指了指，说道：“那边有一个后门，能通到街上，你们要找的人一定是从那里逃走了。”

武家根和王德宝对视了一眼，武家根说道：“那我们去看看。”

两人走了过去，果然看到一扇小门，穿过那门便来到街上，武家根放眼望去，哪里还有阿乌头的人影？

走在街上，两人心中都好生奇怪，赵火怎么会这么凑巧地在博文女校内？他在那里干吗呢？看他那紧张的表情，武家根觉得他似乎在做什么机密的事情。不知道为什么，他的心中隐隐有了些许不安。

王德宝看了看沉默的武家根，问道：“大哥，你在想什么？”

武家根摇了摇头，说道："没什么。"

武家根的这份不安到第二天一早得到了验证。那时候天还蒙蒙亮，他和张小海刚起床，屋外便响起了急促的敲门声，打开门一看，竟是李少杰。

李少杰一进屋，便迅速地关上了房门，然后压低嗓音说道："大哥、三哥，赵教官让我来通知你们，今天的行动取消。"

这对武家根来说无疑是一颗重磅炸弹，他不敢相信自己的耳朵，过了好一会儿才回过神来，疑惑地问道："是不是发生什么事情了？"

张小海没有想到昨天自己被逐出了行动小组，今天行动就取消了。

只听李少杰说道："有没有发生什么事情，我就不知道了，是赵教官让我赶紧来通知你们的。我刚才去找了二哥，已经跟他说过了。反正这事有些蹊跷，赵教官告诉我的时候，我也很吃惊。"

武家根原本以为今天会是惊心动魄的一天，可这会儿竟变得与所有过往的日子一般——十分平淡，心中颇多失落。

晚上，武家根在当天的美女月份牌上画了一个大大的问号。望着月份牌上搔首弄姿的广告女，他的耳边突然响起把月份牌买回家的张小海当时说的一句话："这算什么'十大选美皇后'，哪里比得上我们的夏老师呢？"

武家根淡淡苦笑，目光渐渐定格在了月份牌上的日期：7月23日。

1921年7月23日。

3

武家根再次遇到赵火是在一个星期之后，那时候正巧是黄昏。赵火看起来一脸倦容，武家根问道："赵叔，你这些天没有休息好吗？"

赵火笑了笑，说道："不是没有休息好，而是根本就没有休息。"

武家根诧异地看着赵火，赵火接着说道："事情已经过去，告诉你也无妨。在过去的一周里，在贝勒路树德里 3 号召开了一个十分重要的会议，有来自全国的 13 名代表参加了……"

"贝勒路树德里？不正是你带我们去察看地形的地方吗？"武家根问道。

赵火点头，没等武家根开口，便说道："我知道你想问什么。你们的警卫工作取消了，但会议并没有取消。行动之所以取消是因为你们追踪阿乌头来到了博文女校，而那天正是代表们抵达女校的日子，你们跑进来的时候，他们就站在你们的面前。"

武家根忽然想起那群身穿长衫的教师和学生模样的人，喃喃地说道："难道是在'北京大学师生假期考察团报到处'标牌边上站着的人？"

"没错，所谓的'北京大学师生假期考察团'其实是为了掩护代表们的真实身份。"赵火说道。

武家根这才恍然，难怪赵火当时见到他和王德宝出现，神情会那般惊诧和紧张。

赵火说道："你们的无意闯入引起了我们的警惕和思索，为了确保会议万无一失，经过组织讨论，最终还是决定暂不动用警卫小组。"

原来这是赵火看起来如此疲惫的原因，武家根完全明白了。他问道："赵叔，到底是什么会议？居然这么重要。"

赵火的眼眸中浮现出一种光泽，耀眼得让人几乎联想到了两个字：神圣！他喃喃地说道："那是一次伟大的会议，我相信将来它一定会被载入史册！会议确定了我们组织的名称。家根，你知道吗？这是一个代表工人阶级、代表一切无产阶级的政党，它的名字叫作：中国共产党！"

中国共产党？那是一个怎样的党呢？武家根不禁想道，但他转念又想，有赵火在，他武家根便会追随，赵火在他的眼中是一个了不起的人，一个代表工人阶级、代表一切无产阶级的政党更是无比伟大！他的心头忽然涌起一股热流，他蓦地想到夏秋莲说过的话："我们会迎来一个新时代，到那时，没有剥削，没有压迫，人人都有饭吃、有书读，安居乐业……"她说得真好，他是多么期待有一个政党能带领他们去开创那样的新时代啊！

赵火低低的叹息声打断了武家根的思绪。只听赵火说道："只是，在会议进行到第七天时，也就是昨天，出现了一个小小的意外——一个陌生人闯入了会场，没多久巡捕便来了，幸好代表们迅速转移了……"

"那，那岂不是非常危险吗？"武家根几乎叫了起来。

赵火点了点头，说道："是啊，有时候稍不留神，甚至是一个疏忽大意，便会断送了同志们的性命！"

赵火的话如同一块飞落的石头，在武家根的心中激起了阵阵涟漪，他忽然想到赵火先是将张小海逐出警卫小组，后来又解散了小组，想来正是为了避免这样的意外发生。

过了半晌，赵火缓缓地说道："我怀疑，有人泄露了这次行动计划。"

武家根一惊，急忙问道："泄密？那会是谁？"

赵火看了看武家根，没有回答。

武家根即便再迟钝，也马上感觉到了一些什么，他问道："难道，难道，赵叔怀疑是我们警卫小组里面的人？"

"并非没有这种可能性。"

武家根直接问道："赵叔怀疑谁？"

半晌，赵火才一个字一个字地说道："张——小——海。"

武家根摇头，一个劲地说："不不不，不会的。"张小海？怎么可能！他绝不相信那个每天跟他睡在同一阁楼上的结拜兄弟居然会泄露机密！

"我也只是怀疑，因为他一直在打听这次行动，再加上他那不踏实的性格……我也说不清，总觉得这件事情也许跟他有关联。"赵火说道。

赵火的话一直回响在武家根的耳畔。回到阁楼之后，他还一直想着那些话，并不断回想这些天张小海的行为举止。直到房门"咿呀"一声打开，油灯被点亮，他才听到张小海吃惊地叫道："大哥？你怎么一个人坐在黑暗里？我还以为你没回来呢！"

武家根这才抬头看到站在面前一脸惊诧的张小海，环顾了一下，发现屋子早就被黑暗包围了，之前坐下的时候天还亮堂着。他低低地回应了一句："回来了。"

张小海在武家根的身边坐了下来，他从没见过这样心思凝重的武家根。他想了想，小心翼翼地开口问道："大哥有什么心事？能否告诉小弟，我愿替你分担。"

武家根很想开口问张小海，可又不知该如何开口询问，于是只是无言地看着张小海。

就在武家根沉默的时候，张小海的脑海里闪过好几个念头，他毕竟是一个有点聪明的人。终于，他先打破了寂静，开口问道："是不是跟我有关？"

武家根沉吟了一会儿，问道："如果，如果我问你一个不妥当的问题，你能如实回答吗？"

张小海笑了，他还以为发生了什么事情呢，原来只不过是问一个问题！他说道："大哥尽管问！只要我知道的，我一定一字不漏地回答你。"

"好！痛快！"武家根说道，"就凭着我们是一起拜过关公的兄弟，你用关老爷的名义起一个誓。"

张小海举起了右手，说道："行，我张小海起誓！"

武家根郑重其事地问道："这次赵教官布置我们行动的事情，你对其他人提起过吗？"

张小海倏地从桌前站了起来，他的声音因为激动高亢而变得有些颤抖："大哥，你这是说哪里话？那么机密的事情，我怎么会跟旁人说呢？"

"三弟，你再好好回想回想。"

张小海一个劲儿地摇头，说："不用想，我张小海绝对没有将行动的事情泄露出去。”

武家根看着张小海的眼睛，那里面写满了真诚，没有一丝一毫闪躲和不安。于是，他淡淡地说了一句：“没泄露就好。算了，咱们不谈这事了。”

“不行！”张小海表示了强烈的抗议，“你得告诉我到底发生了什么事情。”

武家根摇了摇头，说道：“没事，我就是随口一问。”他没有将赵火的话告诉张小海，虽然他曾经犹豫过，但他怕张小海知道后会寝食难安。他原本就不相信张小海会将行动计划告诉别人，如今张小海的态度已然说明了一切。

张小海叫了起来：“大哥，你怎么能‘随口一问’呢？你知道吗，我被你吓得冒了一身冷汗！”

武家根怕张小海继续追问，便找了一个借口，说：“我只是在想赵教官怎么会忽然取消了我们担任警卫的计划……没事了，睡觉吧。”

张小海这才松了一口气，他能理解武家根的心情，没能参加这次任务的确是一件憾事。

蓦地，张小海想到了夏秋莲。对了！那天他在她家说过一些关于这次行动的事情，莫不是……

下一秒钟，张小海便急忙否定了自己，夏秋莲是一个有信仰的女孩，她是绝对可靠和圣洁的，他可以怀疑任何人，但绝对不能怀疑她！

张小海轻轻地摇了摇头，他为自己冒出那么荒诞的想法而感到脸红，这种怀疑对夏秋莲就是一种莫大的侮辱，即使是一闪而过的念头也不行！

第九章

关山门徒弟

1

张小海很久没有如此兴奋了，他将武家根和王德宝拉到阿毛熟水店，关照阿毛的老婆沏一壶上好的西湖龙井。

王德宝一进门便嚷嚷着要吃一碗阿毛菜饭。张小海深知这段时间王德宝和武家根到处打短工，不是扛大包，就是拉黄包车，甚至干过摆摊卖菜的差事，人辛苦倒不怕，可偏偏难以糊口，他在一旁看着也难受，今天算是给他们“开洋荤”，替他们每人要了一碗菜饭。

王德宝大喜，连连说一碗菜饭只能勉强塞塞牙缝，起码得一个人吃两碗。张小海让他不用担心，只管放开肚子吃。

王德宝这下乐坏了，激动地问张小海是不是船舶机修厂的老板给工人们提高了薪水。张小海连连摇头，直说老板刘一甫是个精明、小气的主儿，从他进厂第一天起，厂子就没给工人们加过一分钱。

王德宝一边喝着茶，一边让张小海知足，他觉得能有个长期做工的厂子就算很不错了，说到底，张小海也就是因为有点技术，才能留在厂子里，若当初学的不是刨工，说不定现在就和他们一样，成天忙着找差事了。

张小海一拍桌子，说道：“大哥、二哥，你们知道我今天为啥拉你们来喝茶吗？真道是我张小海发了？”还没等王德宝和武家根搭腔，张小海便径自说了下去，“不是！我张小海若真发了，就不会请你们到这里喝茶了，起码也得去城隍庙里更高级的茶楼坐坐吧？”

王德宝和武家根的眼中充满了疑问，都在等张小海把答案说出来。只听张小海忽然压低嗓音说道：“我今天得到了一个最新消息，厂子里要招收一批工人，而且是长工……”

张小海还未说完，王德宝便高兴得一下子跳了起来，急急地打断道：“真的？消息可靠吗？要招啥样的工人？”

“二哥，你看你就这急性子！着什么急啊？听我把话说完。听说，这回招的人不少，既要技术工人，也要靠力气吃饭的。你们放心，我一定想尽一切办法把你们弄进去，厂子里的人我还是很熟的！可就是不知道你们想做什么样的工人？我好‘对症下药’啊！”张小海一边喝茶，一边说道。

王德宝拍了一下张小海的肩头，说道：“好兄弟，哥哥们这次就靠你了！我这个人最怕动脑子，老大粗一个，没啥文化，还是靠力气吃饭吧，心里踏实。”

张小海点了点头，然后将目光移向沉默着的武家根，耐心地等着他的回答。

武家根说道：“我想成为一个有技术的工人，而且是技术很好的那一类。”说这话的时候，他的眼神里流露出无限的坚定。

张小海沉吟了一会儿，说道：“明白了，我得好好想一想怎样才能让你成为技术工人。”

这时，阿毛的老婆从里面的灶披间走了出来，她扯开高亢的嗓门叫道："菜饭来了！"那叫唤声还未落地，她便已经将热腾腾的菜饭端了过来，"小海，你们别光顾着说话。快吃饭！我马上就给你们盛汤。"

只要是来吃阿毛菜饭的客人，身为老板娘的阿毛老婆都会附送一碗葱花汤，别看那汤里除了葱花还是葱花，可汤头却是由肉骨头兑成的。按阿毛老婆的说法，她每天一早都会去菜市场买些没有肉的骨头专门用来熬汤，所以这碗汤的准确叫法应该是"葱花肉骨头汤"。

阿毛的老婆将菜饭放上桌子之后，忽然推了一把张小海，压低声音说道："待会儿给你们的葱花汤里放上油条，怎么样？"

张小海顿时竖起了大拇指，说道："灵的！也只有老板娘你才会这么关照我们。"

阿毛的老婆说道："那是，我们是什么关系！你们哪个不是住在旁边的德泽坊里？我们是邻居啊，俗话说远亲不如近邻……"

张小海连忙接上话，说道："老板娘，谢谢你这么关照我们，我们心里有数的，头脑煞清，以后我们会多拉些客人到这里坐坐的。"

阿毛的老婆眉开眼笑地说道："小海，你说话就是中听！等着，我马上去给你们盛。"说着，转身往灶披间走去。

王德宝看着阿毛老婆的背影，凑近张小海说道："三弟，看来跟着你不但能找到工作，还有阿毛菜饭和葱花肉骨头油条汤吃，多美的事啊！"

张小海"扑哧"一声笑了，说道："二哥，你就惦记着吃了。"

王德宝一脸愁苦，叹了一口气，说道："没办法，这么久以来都没吃过一顿好的，这哪里是人过的日子？你问问大哥就知道了，以前再苦再穷，一顿总还能吃上两个包子，哪怕是菜馅的，如今呢，一天才吃两个白馒头，还只能就着白水喝，嘴里淡得发苦！”

武家根看着王德宝一副愁断肠的模样，不禁回想起这些日子以来经历过的酸甜苦辣，在心底深深地叹了一口气。

只听王德宝又说道：“不说了，不说了，今天好好享受一下这菜饭的美味，里面不但有青菜，还有咸肉和香肠，可都是好东西啊！”说罢，拼命地往嘴里扒饭，大声地咀嚼起来，还不时发出赞叹：“好吃，真好吃！”

王德宝吃得很香，武家根也忍不住端起放在面前的阿毛菜饭，一股菜饭和香肠融合在一起的香味顿时扑鼻而来，那味道即使不入嘴只是闻闻，也真是值得赞一句：“真好！”

当葱花肉骨头油条汤被端上桌的时候，王德宝已经吃着张小海为他点的第三碗菜饭了。他依然很大声地咀嚼着，发出“啧啧啧”的声响，似乎只有这样才能吃出阿毛菜饭的美味来。

直到将第三碗菜饭享受殆尽，王德宝才一抬手将葱花肉骨头油条汤拿起，尽数倒入喉咙，呼出长长的一口气，抚摩了一下有些沉甸甸的肚子，缓缓地说出了两个字：“舒服！”

“再来一碗吗？”张小海在一旁打趣道。

王德宝丝毫没有觉得被调侃，实在地回答道：“真想要！但是嘴大喉咙小，肚子不争气，装不下了。”

王德宝看了一眼边上的武家根——他吃得不紧不慢，丝毫没有猴急，既不见拼命往嘴里扒饭，也不闻大声咀嚼的声音——突然觉得，武家根的吃相才称得上“享受”美味。

2

一上班，张小海便去车间找到金师傅，又是帮忙擦机器，又是抢着搬加工件。

金师傅好奇地看了看，一把拉住张小海，问道："我说小海，你先别忙，你是不是有什么事情找我？"

张小海嘻嘻一笑，说道："老法师就是老法师，叫人不佩服都不行。"

"少给我戴高帽子！有啥事？直说好了。"金师傅笑着说道。

张小海看了看车间里的其他人，将金师傅悄悄拉到一边，说道："是有一件事情找你。虽说咱们的年龄相差甚远，但平时在厂子里最谈得来的就数你了，巧的是我们又住同一条弄堂，还是邻居。我一直把你当我的老阿哥看待，你可一定要帮我这个小阿弟的忙。"

"废什么话啊！还是那句话——有啥事，你就说。"金师傅说道。

张小海收起笑容，一脸正色地说道："这两天厂子里不是要招一批工人吗！我有一个大哥，想跟着老师傅学手艺，做技术工人。你是钳工，车床、刨床、镗床样样精通，我想来想去，只能把他拜托给你，请你收他做徒弟……"

金师傅说道："能不能收他做徒弟要看他的造化，不是谁想做技术工人就能做技术工人的，要看老天爷肯不肯赏他这碗饭吃。"

"对对对，你说的没错，我这大哥已经通过了厂子里的考核，接下来就看你的了，他可是一个勤奋肯学的人……”

金师傅打断了张小海，问道：“等一等，我说你小子哪儿来的什么大哥？”

张小海回答道：“他可真是我大哥，跟嫡亲的一样亲，我们是正儿八经跪过关公的结拜兄弟！”

金师傅发出了爽朗的笑声，低低地说了一句：“啥大哥，还二哥呢！”

张小海连连点头，说道：“还真有二哥，就是和我们同住一条弄堂的王德宝。”

“王德宝？”金师傅一愣。

张小海说道：“是啊，这回我把他也介绍进厂了，在成品车间里搬搬弄弄。”

金师傅不屑地说道：“就那草包，也只能去做做粗头粗脑的力气活儿了。”

张小海虽不服金师傅这样说王德宝，但现在有求于他，也就只能顺着他的意思，点着头敷衍，而后说道：“那，金师傅，我这就把我大哥叫过来，行吗？”

金师傅说道：“行，希望他跟你张小海一样活络，一点就通，我也想像带你的车工莫师傅那样省力省心。”他稍稍停顿了一下，“不过，还是刚才那句话，能不能收他做徒弟得看他的造化。”

“看造化，看造化。”张小海回应了两句，然后连忙将站在车间外的武家根带了进来，拉到金师傅的面前。

金师傅只看了武家根一眼，便对张小海说道：“小海，你搞什么名堂？你以前不是把他带到过我家里吗？当时也是想进厂做我的徒弟，叫什么来着？”武家根刚想开口回答，金师傅便接着说道，“对，我记得是叫武家根。”

张小海连连点头，说道：“金师傅，你的记忆力还真不赖。”

“废话！脑子不好，能看懂图纸、记住那些数据吗？没一点过硬的技术能端得稳钳工这碗饭？”金师傅教训道，俨然一副老师傅的派头，下一秒钟，他便说道，“这个武家根我不收。”

张小海其实早就料到金师傅会这么说，来之前，他就跟武家根说要不直接向其他师傅学手艺算了，金师傅这个人什么都好，就是在收徒弟这个问题上一根筋。但武家根一听金师傅是厂子里技术最好的工人，便说什么也一定要跟着金师傅学，表示即便是求，也要求着金师傅收自己为徒。张小海拗不过武家根，只得来找金师傅。

就在张小海打算硬着头皮再求求金师傅时，武家根开口了：“金师傅，你为啥不愿收我为徒？”

“你这人脑子不灵光，不是做技术工人的料儿。”金师傅直接回答道。

“你啥都还没教我，怎么就断定我不能做技术工人？”武家根不服气地说道。

金师傅上下打量着武家根，嘴里发出了“啧啧啧”的声响，说道：“呦，口气倒不小！那依你说，应该怎么办呢？”

“给我一次机会，若我不行，那我没话好说。”武家根说道。

金师傅想了想，说道：“行，我就成全你。”接着，他转向张小海，说道，“小海，这人我暂时留下了，你去吧。”

“真的？”张小海简直不敢相信。

金师傅点头，说道：“我只说暂时留下，没说收他做徒弟，你别高兴得太早，我有分寸的。你放心去你师傅那边干活儿吧，不然老莫又要四处嚷着找你了。”

“好好，那我大哥就拜托你了。”说完，张小海便转身往外走去。走到武家根身边的时候，他低声关照了一句“待会儿活络点”，而后头也不回地离开了。

金师傅看都不看武家根一眼，自顾自地干起了活儿，好像武家根不存在似的。武家根见金师傅弯腰欲从地上搬起一块生铁加工件，连忙跑过去帮着将加工件搬上了老虎台。他看了一眼地上的几块加工件，又搬起一块，欲往老虎台上放，金师傅连忙阻止了他，说道：“我这一块还没加工好呢，不用着急。”武家根“哦”了一声，尴尬地将生铁加工件放回地上。

这时，一名工人抱着一个机器走了过来，说道：“金师傅，这是从大机器上报废的，放在你这里，你给看看。”

金师傅朝地上一指，说道：“放地上吧。”

工人将机器放在地上就离开了。金师傅看了看地上的机器，又看了看武家根，说道：“你不是没事做吗？这样，你把它拆了，再装起来。若你能装起来，我就收你做徒弟。安装和拆卸是做钳工的基本功，明白了吗？”

武家根点了点头，继而又想到什么似的连连摇头。

金师傅不解地问道：“怎么，不想干？刚才不是还一个劲儿地表决心要做技术工人吗？”

武家根说道：“金师傅，你误会了。我是在想，我从生下来到现在，还是第一次看到这个机器，你就算让我拆，我都拆不了，更如何谈得上装呢？”

金师傅笑了，说道："你小子看上去反应不快，倒挺会讨价还价的。"他想了想，说道，"这样吧，我拆给你看，不过你得看仔细了，我只拆一遍，然后你将它组装起来。"武家根点了点头。

在金师傅挥舞着铁扳手等工具拆下机器的时候，武家根眼睛眨都不眨地看着，拼命地想将金师傅所有的动作和拆除的顺序记在心里。金师傅的动作是那样娴熟，那些零件在他的手里都像有了生命一般，听话地从机器上被拆分下来，一声不响地躺在地上休息去了。

刚一拆完，金师傅就将扳手往武家根的手里一塞，说道："这回公平了，若是安装不好，你也怨不得我了。"说着，从一旁拿起工具包，欲往车间外走去。

武家根叫道："金师傅，你去哪儿？"

金师傅说道："我的活儿还多着呢，我就不陪你了，你自己好好研究研究。"

武家根一个人面对着一堆被拆下来的零件。他看了一眼手里的扳手，尝试着像金师傅那样挥舞起来，然而，那些零件全都跟他唱反调，好不容易凭着记忆装上了两个零件，可后面的拆分顺序却一个都没记住，更别提安装了。他一屁股坐到地上，瞪着那些零件发呆。

不知过了多久，武家根的耳畔响起了熟悉的声音。他回头一看，只见张小海拿着一个饭盒站在面前，问道："干什么呢，这么出神，我叫了几声，你都不回答，你吃饭了没有？"

武家根摇头，他现在哪里还有心思吃饭，金师傅若是跑来看到他把机器装成这副模样，哪里还会收他做徒弟。

“我就知道你还没吃！我去食堂给你打了饭过来，快趁热吃吧。”说着，张小海将饭盒递给了武家根。

武家根依然摇头，这回张小海有些奇怪了。在张小海的反复追问下，武家根才说出金师傅让他组装零件的事情。张小海明白了武家根为什么会坐在地上发呆，他一边将饭盒塞到武家根的手里，一边说道：“这个金师傅！这不是故意为难人吗？哪有进厂第一天啥都没教，就让人干这个的？大哥，你吃饭，我来帮你装！这点小玩意，我张小海还是可以玩玩的。”

在张小海安装的时候，武家根没有吃饭，而是站在一旁目不转睛地看着，还找来了纸和笔，将张小海安装的步骤都记录了下来。才一会儿工夫，张小海便安装好了，他抬头见武家根并没有吃饭，而是在纸上胡乱涂画着，说道：“大哥，你别跟画符似的。待会儿金师傅来，你就把装好的机器给他看，他一准对你另眼相看，收你为徒。”

“不，我得把机器拆了，重新装起来。”武家根说道。

张小海不敢相信自己的耳朵，劝道：“你开什么玩笑？金师傅是存心不想收你为徒才这样做的。”

武家根摇了摇头，说道：“如果我这次装不成，不用他不收我为徒，我也觉得自己没资格做他的徒弟。就像他先前说的，是老天爷不赏我这碗饭吃。”

“你这是犯傻！”张小海叫了起来。他忽然意识到自己的嗓门太大，连忙谨慎地环顾了一下四周，好在是吃饭时间，车间里本来就没什么人。他凑近武家根低声说道：“大哥，你啥都别管，先混进厂子里再说……”

武家根打断道："三弟，我知道你是为了我好，可我想凭自己的本事让金师傅收下我，你就成全一回哥哥，成吗？"

张小海不说话了，武家根把话说到了这个份儿上，他还能说什么呢？何况，他和武家根相处了将近半年，而且住在同一个阁楼上，又怎么会不了解武家根的脾性呢？他深深地知道只要是武家根决定了的事情，就是十头牛也拉不回来，所以他不再劝说。

正当张小海沉思的时候，武家根又一次开口了："三弟，这一盒饭菜我收下了，待会儿就吃，谢谢你。你回车间吧，我自己动手装这机器，别让金师傅撞见你在这里，不然……"他没有说下去，但张小海已然了解，点了点头，在心里叹息一声，离去了。

让武家根没有想到的是，当他准备将机器拆分时，金师傅一边哼着歌，一边走进了车间。他连忙站在机器前面，遮住金师傅的视线。

金师傅看着一脸紧张的武家根，笑着问道："装得怎么样了？"

武家根不知该如何回答，支支吾吾起来。

金师傅说："好了，我知道了，还没装好是吧？别瞒我了。你的心事全写在脸上了。不过话说回来，你要是装好了，倒是太阳从西边出来了。"说着，他一把拉开挡在机器前面的武家根，忽然，笑容在他的脸上凝结了——那一堆零件赫然已经装配成了机器。

金师傅难以置信地看看机器，又转过身看看武家根，良久才感叹道："老话说得没错，'人不可貌相，海水不可斗量'。看你小子憨憨的，脑子还挺好使。"他发出几声笑，"行了，我不会食言，收你为徒了。"

武家根默默地看着金师傅，脸上没有任何表情，这让金师傅很是诧异——他为什么看上去一点儿都不兴奋？他先前不是嚷嚷着要自己收他为徒吗？

武家根此时想的正是适才张小海说过的话，金师傅果然看到装好的机器就答应收他为徒，现在他不仅能进厂，而且能拜厂子里技术最好的工人为师，这正是他日思夜想的事情。然而，金师傅是在不知道真相的情况下接受他的，如果金师傅知道这机器不是他装配的，又会如何呢？这样想着，他开口了："金师傅，你不能收我为徒。"

这一回，金师傅彻底愣住了，问道："为什么？"

"因为这机器根本就不是我装的，刚才张小海来过，他帮了我。"武家根老实地回答道。

金师傅看着武家根，沉默了片刻，问道："你为什么要告诉我？你完全可以不说。"

武家根回答道："从小我妈就告诉我做人要老实，尤其是男人，要对自己做过的事、说过的话负责，不然一辈子都要被人用手戳脊梁骨。"

金师傅眯起眼睛，打量着武家根，第一次认真地观察这个年轻人——他有着一米七五的中等个子，偏瘦，一张没什么特点的脸，说不上英俊，也谈不上难看。金师傅从他的眼睛里感受到了一股坚定的力量，那是只有好工人才拥有的精气神。

武家根知道金师傅在得知一切之后就不会收他为徒了，原本金师傅就没有收他为徒的意思，眼前这个机会也是他自己讨来的，金师傅只不过勉强答应让他试试。于是，他将手缓缓地抬了起来。

当武家根解开工作服上的第一颗纽扣的时候，他听到金师傅的声音响了起来："你现在把机器拆了，我想看你把零件一个一个地装起来。这次若再装不起来，你就走吧。"

武家根听了金师傅的话，愣住了，而后反应了过来。他高兴坏了，没想到金师傅还愿意给他机会。他情不自禁地一连说了好几遍"谢谢"，然后开始动手了。金师傅不再搭理他，在一旁的机床上开始干起活儿来。

武家根一边看着自己画在纸上的符号，一边默默地拆着机器。不知过了多少时间，他开始安装零件。当最后一个螺丝被拧上去的时候，他看着安装好的机器，竟然有了一种想哭的冲动——没想到靠着自己的双手也能装配一台机器。他伸手抚摩着机器，就像一个孩子深情地抚摩着心爱的玩具一般。

也许正是因为看到了武家根异样的神情，金师傅走了过去，于是他看到了武家根装配好的机器，同时也看到了武家根手里握着的纸，他忍不住问道："这纸上画着的是什么？"

"是刚才张小海帮我安装的时候，我记录下来的步骤。"

金师傅低低地说了一句："嗯，你的图纸。"

武家根一时没有听清楚，因为金师傅说得实在是太小声了，他问道："什么？"

金师傅摇了摇头，说道："没什么，你以后会明白的。"

以后？还会有以后吗？武家根愣愣地看着金师傅，叫了一声："金师傅……"

金师傅打断道："还叫我金师傅？"

金师傅的话让武家根不知所措，不叫金师傅，难道还有其他的叫法吗？

金师傅摇了摇头，喃喃地说道：“这个张小海，怎么介绍这么一个脑子不灵光的徒弟给我？”

金师傅的话如同一道闪电击中了武家根，他顿时明白了过来，高兴地一把拉住金师傅的胳膊，问道：“这么说，这么说，我从现在起可以不叫你金师傅，改叫师傅了吗？”

金师傅笑了，反问道：“你说呢？”

武家根激动地大叫起来：“师傅！谢谢师傅收下我！我武家根从此有师傅了！有师傅了！”

武家根从来没像现在这么开心过，他没想到自己真的能进厂子里做工人，更没想到能拜像金师傅这样拥有一手好技术的工人为师，这可是他八辈子都求不来的好事情！他一高兴，便把什么都忘记了，竟在车间里一连翻了几个跟头！等他站稳脚跟时，只见金师傅一脸激动地看着他。他不好意思地用手挠了挠头，低低地唤了一声：“师傅。”

金师傅说道：“没想到你的身手不错。”

武家根脸一红，低下了头，说道：“师傅不要取笑我，我没啥身手，只会打打螳螂拳，而且只是学了些皮毛。”

“哦？螳螂拳？有意思！这样吧，以后我在厂子里教你技术，你在弄堂里教我螳螂拳，怎么样？师傅我也不想有多好的身手，只希望能强身健体。”金师傅说道。

武家根用力地点了点头，说道：“好，一言为定！”

3

武家根和王德宝顺利地在船舶机修厂做起了工人。两人商量好，等拿到第一个月薪水，就请张小海下馆子撮一顿。

张小海问王德宝准备上哪个馆子，王德宝打趣说请张小海去阿毛熟水店吃菜饭，而且随他吃几碗。张小海听后哇哇大叫，直骂王德宝是小气鬼。

到了吃晚饭的时候，张小海拿出两瓶女儿红递给了武家根。武家根没有接，他说他不喝，责怪张小海连吃饭的铜钿都紧绷绷的，还花冤枉钱。张小海硬是塞给了他，说这不是给他喝的，而是为金师傅买的，并让他趁着晚饭前赶紧去金师傅家里送一趟。

武家根一时间竟说不出话来，他没有想到张小海想得如此周到，连老酒都替他买好了。他刚想开口感谢张小海，张小海就说金师傅没啥别的癖好，就爱喝点老酒，还说金师傅那人其实查可怜的，老婆早两年就死了，没生下个一男半女，如今已经是四十多岁的人了，只能靠手里的技术糊口饭吃。

听张小海这么一说，武家根便拎着老酒往金师傅家走去了。

金师傅住在弄堂的最深处，那是一间十多平方米的朝南厢房。武家根走进屋子的时候，金师傅正准备吃饭，桌上放着两三碟小菜：油氽花生米、猪耳朵、红烧鸡爪，边上放着一杯黄酒。屋内就他一个人，房间显得有些凌乱，床上的被子挤作一团，衣服被随意扔在四处，这的确是一个单身老男人的生活状态。

金师傅见武家根来了，很高兴。武家根将女儿红给了他，他只看了一眼，便说道："这是好酒。"

武家根回答道："是。"

金师傅眯起了眼睛，看着武家根，没有说话。

武家根发现眯眼睛是金师傅的一个习惯性动作，他总是在思考的时候眯眼睛。

过了一会儿，金师傅说道："这酒，不是你买的。"

武家根回答道："是。"

"是张小海吧？"金师傅问道。

武家根回答道："是。"

金师傅笑了，眼眸中流露出一种奇怪的情绪。

金师傅不得不承认自己越来越喜欢眼前这个年轻人，他身上的某些习性很对自己的胃口，甚至不由自主地想到自己年轻的时候。他很诚实，有时候诚实得让人不敢相信；他很直率，直率得让人佩服。无论是诚实还是直率，都是蛮需要勇气的。

金师傅不再多说什么，一把拉来一旁的凳子放到桌旁，对武家根说道："坐，陪师傅喝几杯。"

武家根说道："师傅，我不喝酒。"

金师傅知道武家根不会说瞎话，也就不勉强他，说道："也行，那就跟我一块儿吃饭，我这边好久没这么热闹过了。"

武家根能想象得出一个人喝酒、吃饭的难受滋味儿，便在凳子上坐了下来，说道："好，我陪师傅吃。"

金师傅笑了，那是一种很欣慰的笑。

在饭桌上，武家根才知道金师傅在几年前就已经决定不再收徒弟了，就连他自己也没想到竟然会收武家根为徒。

在喝下杯中的最后一滴酒的时候，金师傅告诉武家根，他将会是自己的关山门徒弟。

那天，武家根的胃口很好，足足吃了两大碗饭。

第十章

她，来了

1

武家根趁着休息去了商务印书馆。他早已不是当年那个初来上海、初进商务印书馆、没有见过世面的乡下小伙子了，他现在到夏秋莲工作的《妇女杂志》编辑部是熟门熟路，因为他只要一有空便跑去那里帮忙：帮着将杂志一摞一摞地搬入编辑部，帮编辑写信封、邮寄杂志，等等。编辑部里的很多人都认识他，亲切地叫他"小武"。

这天，因为新一期杂志出版了，武家根一直帮忙到太阳快落山，才和夏秋莲一同走出商务印书馆。

走在铺满夕阳的马路上，武家根感觉到一种从未有过的宁静。平时他忙着下工回家，根本无暇欣赏夕阳。这两年，他渐渐喜欢上了这座叫"上海"的城市，习惯了厂子里的生活。在这里，他有好兄弟，有教授他技术的师傅，还有一个喜欢的女孩，虽然他一直小心翼翼地将这份喜欢藏在心底，但只要想到能常常与她在一起，听她说话，看她微笑，他便觉得自己是幸福的，他并不奢望更多，毕竟她是那样完美。

夏秋莲低低地感叹道："真快，一晃，我们已经认识好几年了。"

武家根点了点头，说道："是啊。"话音未落，他从怀中取出两本字帖，递给了夏秋莲。

夏秋莲一愣，问道："这是？"

武家根说道："颜真卿、柳公权的字帖，送给你。"

夏秋莲高兴地接了过来，向他投去感谢的目光。巧了，前两天她正想去四马路买字帖，他竟像知道她的心思一般。

未等夏秋莲开口，武家根便说道："今天是你的生日，我思来想去实在不晓得挑什么东西才合你的胃口，见你平日空闲时喜欢练毛笔字，觉得字帖你一定用得着。"

夏秋莲听着武家根的话先是愣了愣，她早已把自己的生日忘得没了影，不料他却一直记在心里，其实他的情意她是能感受得到的，只是为什么他一直都不开口向她表达呢？她看了他一眼，说道："谢谢你，家根。"犹豫了一会儿，又说道，"家根，不知道你，你对我……"她忽然说不下去了。

武家根自然能明白夏秋莲的意思，有好几次他都想开口跟她说，却又不知该如何说、说些什么。既然今日她打开了这个话题，他便下了决心，咬牙说道："秋莲，你是个好女孩，真的，很好很好……可我……你对我还不太了解。"

"哦？"夏秋莲有些奇怪了，"那你不妨说说看，让我多了解了解你。"

武家根想了想，终于开口说道："我……是这样，我在老家的时候娶过妻子，名叫红姑，她已经去世了，为了生下我们的孩子大出血撒手去了，我的儿子现在在老家，由我母亲带着。"

"还有吗？"夏秋莲问道。

武家根摇了摇头，反问道："这些还不够吗？秋莲，我和别人不同，我是一个有过老婆的男人，还有孩子……我，我，我……”他说不下去了，他知道夏秋莲肯定已经明白了他的意思。

果然，夏秋莲轻声问道：“你是觉得你配不上我吗？”

武家根用一声低低的叹息做了回答。他原本想请她一起去城隍庙逛逛，那里有不少小吃，人也不少，热闹一些，可是他感受得到她此刻已经没了闲情逸致，便没有开口邀请。两人就这样无言地走在街上，直到他把她送到了家门口。

看着夏秋莲拿出钥匙准备打开院门，武家根喃喃地说道：“秋莲，对不起，真不应该跟你说这些，今天你应该高高兴兴的才对。”

夏秋莲打开院门的动作停顿了一下，她转过身，看了武家根一会儿，说道：“过去的都已经过去，我在乎的是现在，是现在的你。”

说完这句话，夏秋莲便打开院门进屋了，只留下武家根愣愣地站在她家门口，耳畔不断回响着她适才的那句话。

“她的意思是……”武家根是愣了好久之后才忽然明白过来的，想明白之后，他笑了，从没想过自己离幸福竟会如此近。他转身朝弄堂外走去，忽然觉得那一刻的空气中弥漫着花儿的芬芳。

2

方心雨和李少杰面对面地坐着。她的脸阴沉着，他知道她一定有心事，她是一个喜怒形于色的人。

李少杰起身给方心雨沏了一杯绿茶递过去，待她接过后，他坐回椅子上，默默地等着她开口把事情告诉他，他知道她一定会主动开口。

果然，过了一会儿，方心雨噘了噘嘴，没好气地说道："喂，我说，你怎么也不问问我……"

"因为我知道你很快就会告诉我的，不是吗？"李少杰有些调皮地说道。

方心雨很不喜欢李少杰那副自以为是的模样，赌气般说道："如果我偏偏不说呢？"

李少杰笑了，说道："那你岂不是白来这一趟了吗？"

方心雨不说话了。是啊，今天来他的宿舍不就是为了让他替自己出出主意吗？她沉默了一会儿，终于开口："家里给我来信了，催促我一毕业就回老家去。"

李少杰心中"咯噔"了一下，这么说，方心雨回家的日子不是快临近了吗？他问道："是不是家里有什么事情？"

方心雨低低地叹息了一声，说道："我爸帮我物色了一户人家，说什么门当户对，嘴上说是让我回家，其实是要逼我成亲。"

成亲？李少杰听到这个词，脑子"轰"的一声响，不假思索地说道："不，你不能答应他们！"

方心雨没有想到李少杰的反应会如此强烈，不知道为什么，她的心头一喜。为了掩饰自己的情绪，她低头捋了捋头发，将刘海捋向一旁后才抬头看了他一眼，装作不经意地问道："为什么？"

李少杰一时不知该如何回答，便从椅子上站起身，来回踱着步。

方心雨看着不断在眼前晃动的李少杰的身影，有些气恼地说道："喂，我说你能不能坐下来？我遇到这种事情本来就已经够头晕的了，现在你还在我跟前一个劲儿地走来走去，晃得我眼更花、头更晕了。"

李少杰终于停住脚步，看了方心雨一会儿，说道："你刚才不是问我为什么吗？你还记得我们曾经说过的话吗？"

方心雨疑惑地看着李少杰，以前说过那么多话，怎么可能记得每一句啊！

李少杰见方心雨没有回答，便接着说道："我们曾经说过，要为了共同的信仰、共同的梦想而奋斗！你难道甘心什么都还没做就回老家吗？你不是普通的女孩，而是念过大学的人，若早知道一毕业就要回老家结婚生子，当初又为何巴巴地跑到上海来读书呢？"

李少杰的每一句话都像一把尖刀刺入方心雨的心中，他说的正是她心里想的。见她大为触动，他接着说道："心雨，要学会抗争，为了自己的幸福而抗争！在这里，你有那么多老师、朋友，这些人难道没有一个是值得你留恋的吗？夏秋莲、何教官、赵教官、武家根、张小海，还有，还有……"他忽然说不下去了。

"还有什么？"方心雨问道。

李少杰用手指了指自己，说道："还有我。难道你就一点儿都不会想到我吗？"

"不想到你，我今天干吗来找你？"方心雨脱口而出，随后，她意识到了什么，有些不好意思地低下了头。

李少杰听着方心雨的话，心中一动，走到她的身旁，蹲下身子，握住她的手，说道："心雨，你，你别回去，别答应他们，好不好？"

方心雨一抬头，看到李少杰的眼眸中饱含着真诚的恳求。她的手被他宽大的手掌紧紧地握着，他的掌心充满了温暖的力量，让她不由自主地点了点头。

宿舍的门忽然被推开，李少杰连忙放开方心雨的手，站起身，有些尴尬地看着来人——原来是同宿舍的小陈。

小陈看到李少杰和方心雨不自然的表情，似乎也感觉到了什么，连忙将手中的信递给李少杰，说了一句："少杰，你的信。不好意思，打扰到你们了，你们接着聊。"而后便匆匆关上门走了。

李少杰看了一眼手中的信，落款地址是苏北老家。他撕开信封，打开一看，信上那漂亮的毛笔字是父亲才有的笔迹。很快，他便看完了信，愤然地一把将它捏成了一团。

在李少杰看信的时候，方心雨一直注意着他脸上的表情——从吃惊到严肃，直至气愤。她想信上一定写了让他不开心的事情，便开口问道："少杰，你……"

没等方心雨把话说完，李少杰便一巴掌拍向桌子，气愤地说道："太过分了！我爸给我来信，竟然也让我尽快回老家结婚，并且责问我既然已经毕业了，为什么还赖在上海！"

方心雨"扑哧"一声笑了。

李少杰不解地看着方心雨，说道："我说，你这个人，我正处在痛苦中，你居然还笑得出来，你，你……"

"你可别以为我是在幸灾乐祸，我一点儿笑话你的意思都没有。"李少杰的脸上写满了困惑，方心雨见他正要张口说话，连忙说道，"我笑，是觉得我们怎么有点同病相怜的意思。看来啊，刚才某人慷慨激昂的那番话，现在我可以回赠给他了。"说完，笑眯眯地看着他。

“你还说不是幸灾乐祸！”李少杰一把将那封信撕成了两半，“哼”了一声，低声说道，“反正我李少杰是不会向家里妥协的。”

“对！”方心雨在一旁说道，“我方心雨十二万分地支持你！谁不知你李少杰？你可是胸有大志、一腔正义、斗志昂扬、敢于牺牲的革命斗士！”

李少杰悄悄地白了方心雨一眼，说道：“心雨，又想抬杠是不是？”

方心雨笑了，打趣道：“这么些年一直抬杠，你不累吗？”

李少杰听罢也不由得笑了。是啊，这些年来，没人跟他抬杠，他会觉得太空太闲，生活太乏味，若是她来，便爱与他抬杠，久而久之，倒生出一份乐趣来。

“走，别想这些不愉快的事情了，我们两个同病相怜的人出去撮一顿吧！”说着，李少杰一把拉过方心雨，向宿舍门口走去。

3

午休时，王德宝跑到武家根所在的车间“串门”，正巧看到武家根一边翻看着安装说明书，一边组装着一台崭新的大机器。王德宝好奇地围着机器转了几圈，上下打量着，他还是第一次看到那么高大的家伙。

这台机器是从外国引进的，听说是世界上最先进的设备。按武家根这两年突飞猛进的技术，安装这样的机器自然不在话下，但这次他遇到了一大难题——安装说明书上标注的尽是外文，他哪里看得懂！于是，他除了自己揣摩安装图纸之外，还要不断地请教这次随“机”而至的外国工程师。

与那些高鼻子、蓝眼睛的外国人交流起来并不容易，好在机修厂老板的女儿刘丽丽刚留洋回来，常常帮忙做翻译。她不在的时候，武家根便只能自己硬着头皮去请教外国工程师，有时候甚至连肢体语言都用上了，对方也未必能明白他的意思。

不过，这些日子以来，武家根已经学会了不少外语词汇，口语说得不怎么样，但外文图纸还是能看懂一些的。只是那几个外国工程师和刘丽丽被缠得够呛，有好几次，见了武家根就欲开溜。不过，武家根不在乎，只要没弄明白，就要打破砂锅问到底，这点连金师傅都不得不佩服。

王德宝见武家根如此聚精会神地看着安装说明书，悄悄地走到他的身边，陡然大声叫道：“大哥！”

武家根被身边突然爆发的吼声吓了一大跳，一下子从机床上跳了起来，待他看清叫他的人是王德宝时，才松了一口气，说道：“二弟，怎么是你？真是吓了我一跳。”

王德宝咧开嘴“嘻嘻”地笑了，说道：“我都来了好一会儿了，绕着机器兜了十七八个圈子了，只不过你没发现我。你手里拿着的是什么？上面写的不是中国字吧？当然，就算是中国字，也是它认识我，我不认识它。”

武家根笑了。王德宝这些年是一点长进都没有，武家根早就让他学着认字，特地给他买来纸和笔，还拉着他去了两次工人夜校，可他居然在课堂上睡着了。从那以后，他只要一遇到夏秋莲，就会不好意思起来。

武家根挥动了一下手里的安装说明书，回答道："这是安装机器的说明书，上面写的是外文。"

王德宝拍了拍武家根的肩膀，说道："大哥，你就是比兄弟有出息，现在和外文都较上劲了。难怪我听三弟说，这些天你像发了疯一样，下班回到三层阁还在研究和学习。"

"我们是工人，自然要研究手里头的活儿。"

王德宝摇了摇头，说道："我这个人最怕动脑子了，一动脑子，头就疼。我觉得三弟现在给我找的这个活儿最适合我了，整天搬搬弄弄的，还有固定的休息时间，等换班的人一来，我就能去椅子上躺一会儿，睡个短觉。"

武家根不得不承认像王德宝这样也是一种活法，而且这种活法很简单，没有任何负担，也没有过多想法，有的只是体力上的劳累，睡一觉也就过去了。曾经，武家根想说服王德宝也成为一名技术工人，他觉得工人只有拥有技术才会拥有真正的饭碗，但后来他发现王德宝真心觉得这样活着很自在，便不再说什么了。

正在想着这些的时候，武家根忽然发现王德宝拉了拉他的衣袖，而后压低嗓音在他的耳边问道："大哥，那人是谁？"

武家根抬起了头，顺着王德宝的目光看到了此时刚走进车间的刘丽丽，便将她的名字告诉了王德宝。

王德宝瞪大了眼睛，简直不敢相信这人便是厂子老板刘一甫的独生女儿。只见她留着一头短发，身上穿了一件白色衬衣，领子处打着一方浅灰色领结，外面套了一件黑色西装——西装一定是为她定做的，因为专门做了收腰改良，能很好地将她的细腰显现出来——下身穿了一条黑色紧身西裤，脚蹬一双黑色皮靴。

王德宝从头到脚地打量着刘丽丽，他还是第一次见到这样款式的西装，于是他很快得出一个结论——这哪里是女孩子的打扮？太男性化了！她浑身上下都透出一股强烈的西化的味道！

然而，有一点王德宝必须承认——刘丽丽长得并不难看，确切地说，还是蛮好看的，一张瓜子脸，皮肤很白，眼睛大大的，鼻子小巧而高挺，嘴巴有些丰满。这样的女孩若是穿上一件合身的旗袍，那该多好看啊！王德宝在心里这样想着。

刘丽丽径直走到了武家根和王德宝的面前，看了看王德宝。她知道这个男人自她走进车间的那一刻起便在不停地打量着她，颇为不悦地冲着王德宝说道："我说，你看够了吗？你难道不知道这样盯着一个素不相识的人看是很不礼貌的行为吗？尤其这个人是一个女人！"

王德宝没有想到男人打扮的刘丽丽竟会开口跟自己说话，而且火药味这么浓。不过，她的嗓音真好听，沙沙的，柔柔的，他一时间居然忘了回答。

"喂，我在跟你说话呢！"刘丽丽咄咄逼人地说道。

武家根看了一眼刘丽丽，轻轻推了推王德宝，连忙介绍道："刘小姐，这位是成品车间的工人，叫王德宝。"而后将手伸向刘丽丽的方向，"二弟，这位是刘老板的千金刘丽丽小姐。"

王德宝正欲开口向刘丽丽打招呼，却看到她投来了好奇的目光，这回轮到她上下打量起他来。她开口问道："二弟？武家根，怎么你的兄弟也在我们厂里？"

"不是，你误会了。"武家根连忙解释道，"他是我的结拜兄弟。"

王德宝补充道：“你别看是结拜兄弟，可我们比亲兄弟还亲呢！”

刘丽丽的脸上浮现出不屑的神情，从鼻腔里轻轻地发出“哼”的一声，说道：“这都什么年头了，还结拜兄弟！现在上海还有很多人相信这个？”

“那是自然。”王德宝理直气壮地说道，“结拜兄弟最看重的就是道义，讲的是义气，你别看我王德宝是个粗人，但这个道理我懂。”

“没什么新鲜的，依我看，还是水泊梁山的老一套！”刘丽丽说道。

王德宝刚想开口申辩，但见刘丽丽已经转身打量起武家根正在安装的那台机器。武家根安装机器的进度让她暗自吃了一惊，原本她以为他这个外语“文盲”想要安装这台机器有点“痴人说梦”的味道，当初她就没有想过要让厂子里的中国工人安装机器，而是想将这活儿交给外国工程师们，武家根为此找了她好几次，并最终说服了她让他尝试着安装机器，她的父亲也曾表示反对，但事实证明她把机会交给他是对的。

刘丽丽伸手摸了摸机器，低低地说了一句：“我来，是看它的。”接着，她抬头看了一眼武家根，“既然一切都顺利，那我就走了。”最后，她对着王德宝说道，“那个什么宝……”

王德宝连忙接口说道：“王德宝。”

刘丽丽点了点头，说道：“‘王德宝’没意思，以后我就叫你‘那个什么宝’吧。”

王德宝一连说了好几声“嗳”，可刘丽丽就像什么都没听见似的径直走了。

看着刘丽丽的背影，王德宝无法否认她的身材很好——高挑的个子，修长的腿。直到她消失在视线里，他才不情愿地收回目光，喃喃地说道："绝啊，真是绝了！"

"什么绝了？"武家根疑惑地问道。

"刚才这位刘小姐。"王德宝说道，"这样的女子我生平还是第一次见着，看来喝过洋墨水的到底不一样。"他忽然伸手摸了摸自己的额头，又伸手摸向武家根的额头，"大哥，你快帮我摸摸，我该不会是发烧了吧？"

武家根伸手摸了摸王德宝的额头，问道："怎么了？没有发热啊。"

王德宝连连摇头，用手摸着自己的胸口，说道："不正常，不正常，我觉得有一股热血正在往头顶上涌。听听，心跳都加速了，怦怦怦的。"

武家根被王德宝的话吓了一跳，他不会真的病了吧？但见他面色红润，说话连气都不喘一声，应该没啥大碍，可他说的这些征兆分明是已经得病了。武家根奇怪地问道："可你这病症和刘丽丽有啥关系？"

"怎么没关系？我是见着她才有的。"王德宝大叫道。

武家根愣住了，小心翼翼地问道："德宝，二弟，你不会……不会是……可千万别是……喜欢上人家了吧？"

"大哥，有个说法叫啥来着？叫一见，一见什么情？"王德宝问道。

"一见钟情。"武家根回答道。

王德宝用力地拍了拍大腿，说道："对，就是这么个说法，一见钟情！”

武家根难以置信地看着王德宝，一时竟说不出话来。他怎么会喜欢上刘丽丽？只见了她一面，说了没两句话，而且她连正眼都没瞧过他。犹豫了一会儿，武家根终于忍不住开口说道：“二弟，你是在开玩笑吧？是不是脑子有点不清醒了？”

王德宝用无比认真的眼神看着武家根，说道：“我没开玩笑，大哥，我王德宝从生下来到现在就没这么清醒过呢！我喜欢上刘丽丽了，我从不知道原来喜欢一个人的滋味是这样的……大哥，你说我该怎么办？该怎么做才能让刘丽丽知道我喜欢她呢？然后怎么能让她也喜欢上我？大哥，我叫了你这么些年大哥，这回你可得帮我，好好帮帮我啊……”

武家根忽然说不出话来了，即便不说王德宝与刘丽丽在文化上的差异，就是在身份上也完全不符——刘丽丽是老板家的千金小姐，而王德宝在她父亲的厂子里当工人——一文不值的“臭工人”！

武家根想要把这些告诉王德宝，可是话到了嘴边又咽了回去，因为他看到满脸幸福、对未来充满了憧憬的王德宝，这是他从未见过的王德宝，以前即便是二头给他们加工资，王德宝也没这么高兴过，他又哪里忍心去打碎王德宝的美梦呢？

不忍心的武家根只得重新拿起说明书，安装起机器来。

4

李少杰多少有些紧张，毕竟今天是组织上第一次派他去执行任务，他告诉自己必须要顺利而圆满地完成，不然他无法原谅自己。

李少杰的任务说起来很简单，去一家名叫“上海咖啡”的咖啡馆与人接头，对上暗号之后将手里的情报交给对方。

为了排除内心的不安，从不抽烟的李少杰特地在马路边的摊头上花了三个铜板买了一包老刀牌香烟。他从烟盒内抽出一支烟，用洋火点燃后，猛地吸了几口。平静一小会儿后，他扔去烟蒂，走进了咖啡馆。

午后的咖啡馆内，客人们三三两两地坐着，其中自然是以谈恋爱的年轻人居多，而李少杰要留意的恰恰就是单独坐着的客人。他放眼望去，仅有两三个这样的人。忽然，他睁大了眼睛。他竟然看到了一张无比熟悉的脸，那是一个女孩子，她的名字叫作：方心雨。

李少杰在心里暗叫一声：“完了！”他不知该怎么办才好。就在他看到方心雨的那一瞬间，他感觉到她也微微抬起了头。他慌忙转过身去，用一个背影对着她。而后，他侧过头悄悄地朝她坐着的方位瞥了一眼，只见她垂下头，抬手端起面前的咖啡，慢慢地呷了一口。看来，她并没有看到他，他悬着的心这才慢慢地放了下来。

李少杰想了一下，走到了咖啡馆进门处的电话机前，拎起电话听筒，佯装打电话，并用余光密切地注意着方心雨的动静。好在很快他就看到方心雨站起身，径直向洗手间走去。

李少杰终于松了一口气，连忙抬头向单身客人望去，奇怪的是他没有找到组织上关照他的接头人的特征——手拿一张昨天的《申报》。且不说那报纸是今天还是昨天的，就算是手拿《申报》的人都没有。

李少杰打算先行离开咖啡馆再做打算，他不想这次行动发生任何意外。他正欲转身离开，忽然身后传来一个女孩的声音：“你好。”

那熟悉而甜美的声音让李少杰不得不停住脚步，那是只有方心雨才有的好听嗓音。他在心里暗自叹了一口气，他终究还是遇见了她。

李少杰缓缓地转过身去，果然，方心雨站在了他的面前。他平复了一下心情，露出一个微笑，心里盘算着该和她说些什么。他注意到她的目光落在了他的手上，此时他的手正紧紧地握着一张《申报》。

只听方心雨的声音又一次柔柔地响了起来：“有昨天的《申报》吗？”

李少杰脸上的微笑瞬间凝结了。他只愣了半拍，便回答道：“我想要今天的。”

方心雨的手伸进小巧的挎包，拿出一张《申报》，说道：“我这里有。”

李少杰听得很真切，方心雨说得一字不差，正是组织上交代的接头暗号！他手里拿的是昨天的《申报》，而她拿的是今天的。原来她正是组织上派来和他接头的同志，竟然，竟然会是她！

方心雨说道：“我们坐那边去吧。”李少杰点了点头。

方心雨和李少杰面对面地坐着，喝着咖啡。她忽然“扑哧”一声笑了，他抬头疑惑地看着她。

方心雨说道：“你刚才见到我的时候是不是吓了一大跳，所以才会假装走过去打电话？”

李少杰默认了，没有反驳。

方心雨说道："其实，在你走进咖啡馆的那一刻，我就看到你了，那时我心里很慌，好在我看到了你手里拿的那张《申报》。"她停顿了一会儿，继续说道，"现在想来，幸好今天来接头的人是你，不然我还真不知道该怎么应对呢！"

方心雨说出的话正是李少杰心里所想的，他也在心里默默地说："幸好是你。"

李少杰的目光透过落地玻璃飘向了咖啡馆外的街上，他一边呷着咖啡，一边喃喃地说道："今天的阳光真不错。"

方心雨顺着李少杰的目光往外看去，说道："嗯，真是呢！"

李少杰忽然觉得原先紧张而严肃的行动，因为方心雨而变得很温馨。

5

王德宝一下班便往张小海、武家根住的三层阁跑。他提着猪头肉、咸鸡、花生米等熟食，不为别的，就是为了今天约了老于和大胡子过来一起吃晚饭。算起来，他和这两个兄弟已经有蛮长一段时日没见过面了，而且他准备在饭桌上宣布一个很重要的消息。只要一想到这，他的心里就美滋滋的。

当王德宝敲门走进阁楼时，众人已经到了。张小海特地去弄堂口的烟纸店拷了些黄酒，一见着王德宝，便叫嚷了起来："二哥，你怎么搞的，现在才来！大伙儿都到齐了，就独缺你一个。"

王德宝举了举手里的熟食，说道："去买这些了。"说着，便打开了纸包。

张小海凑近一看，顿时一股香味扑鼻而来。他拍了拍王德宝的肩膀，说道："不错不错，灵光的。"

王德宝见桌上还放着几碗冒着热气的菜肴，疑惑地看了一眼武家根、老于和大胡子，问道："不会告诉我这些菜是你们炒的吧？"

大胡子第一个说话："你看我们这模样，像吗？"

王德宝笑了，他就知道他们哪有这么好的手艺。

武家根说道："是三弟脑子活，出了点钱请熟水店的老板娘帮忙炒的。来，大家坐下来吃吧。"

小小的阁楼上，众人席地而坐，开始喝酒吃菜。

听老于说，小马去码头做起了扛包的老行当。本来今晚也是要来的，但不巧的是晚上有船靠码头，工人们要将货运上岸，为了多赚几个铜板，他决定不来了。

老于和大胡子都很羡慕王德宝和武家根进了厂子做工人，尤其是武家根和张小海都是有技术的工人，这在他们看来是多么幸运！不像他们一直靠打零工过活，虽然做过的行当很多——苦力，卖菜，跑堂……但终日为三餐操心。

说到现在干的拉黄包车生活，老于、大胡子更是连连摇头。每天起早摸黑地干，天天回到家腰酸背痛，倒在床上就想睡觉，有时候连饭都没力气吃。拉车还不能遇上无赖，把客人拉到目的地，赖账不给钱的事常常发生，若是遇到巡捕、军警坐车，更是不敢张口问他们要车钱。就这样不管是刮风下雨还是烈日当空都拉车，一个月下来也才九块大洋，只够一家人勉勉强强填饱肚子。干拉车这行最要紧的就是身体，千万不能生病。这些还不算啥，最苦的是黄包车被偷，一旦被偷，车行老板就会拿出他们当初进车行时立下的字据，按规定赔付给车行二十块大洋。可穷人到哪里去弄二十块大洋？若是不赔，老板便会叫来打手；只要同意赔，就是赔不出现钱也没关系，老板会让白做两个月来抵赔。

大胡子一说起这些，眼眶就湿润了，连着喝了好几口闷酒。老于也摇着头说车行里好多兄弟都遇到这事了，大家都在传，说是老板和地痞混混们暗中勾结了，让他们找机会从车夫手里偷黄包车，得手后就将黄包车以八块大洋的价钱卖给老板，老板再让丢失车子的车夫赔二十块大洋，这样一来一去，老板就稳赚了十二块大洋。

王德宝听后，气愤地一巴掌拍向桌子，叫道："真是够黑心的！难道车夫们就这样任他们欺负吗？"

大胡子叹了口气，说道："不被欺负又能怎样？我们虽然心里明白，但还不是只能吃哑巴亏吗？我们没凭没据的，更没有当场抓住车行老板和地痞混混们交易，谁会信我们？即便叫来了巡捕，车行老板几块大洋塞过去，他们哪会管我们这些车夫的死活？到时候还逃不了一顿揍！"

老于点着头说道："这几天车行的工友们正在商量去找找黄包车帮会，请他们想想办法，毕竟有不少工友都参加了帮会，相信他们一定会帮车夫们说话。"

帮会，武家根倒是听说过，厂子里也有不少工人参加，但平日里从没跟他们打过交道。不料，王德宝在一旁兴奋地叫了起来："着啊！找帮会就对了，你们早就该想到找帮会！别人我不敢说，但帮会的兄弟们个个讲义气，就跟那关公、张飞似的！"

张小海和武家根都有些奇怪地看着王德宝，他们没有想到他的反应会如此强烈，更有意思的是，只有一说到"帮会"二字，他的脸上就泛起他们未曾见到过的光泽。

王德宝感觉到了大家好奇的眼神，不好意思地挠了挠头，说道："不瞒几位哥哥，我王德宝今天也加入帮会了。"

什么？！众人的眼睛都瞪大了。

王德宝憨憨地笑了，说道："这有什么好稀奇的？入帮会的工友们多了去了，我王德宝这辈子最佩服的人就是关老爷了，虽说我与大哥、三弟、四弟结拜做了兄弟，但我还想与更多的人成为兄弟！俗话说，多个朋友多条路，今后你们若是有需要帮忙的地方，告诉我，我去找我的大哥姚堂主，今天我可是正儿八经地开香堂拜他做老大的。"

老于问道："姚堂主？就是以前小马找他出面搭救家根兄弟的那位姚堂主？"

"对，就是他！我第一次见着他就觉得他是一位了不起的人物，当初就想拜他为老大，想了这么久，他终于愿意收我，也算是了了我一个心愿！对了，以后我就能常常在帮会里遇到小马了。"王德宝说道。

大胡子向王德宝竖了竖大拇指，举起盛着黄酒的大碗，说道："德宝兄弟，你出息了！姚堂主可是一位响当当的人物，而且是屠老大的门生，多少人想排队拜他做大哥都轮不上呢！来，这碗酒我敬你！"

老于也举起了大碗，说道："今天可是一个好日子，让我们祝贺德宝兄弟！"

众人均举起了手中的酒。大伙儿大块吃着肉，大口喝着酒，对他们来说，今天的菜肴实在是太丰盛了，毕竟平日里最常吃的菜就是青菜炒豆腐，偶尔能吃上一点咸鱼已经算是美味了。

王德宝很高兴，不光因为今天有肉吃，还因为今天是个意义非凡的日子，更因为有兄弟作陪。他借着酒意，开口对张小海说出了让众人均为一愣的话语——他要向张小海借钱。

王德宝之所以没向别人借，是因为他知道老于和大胡子要养家糊口，每个月拉车赚来的钱还不够一家老小填饱肚子，而武家根每个月都要寄钱回去，他不仅有母亲、爷爷、奶奶，还有一个幼小的儿子，唯有张小海，听说在浙江老家只有一个老娘，负担轻。

张小海虽然有些吃惊，但他绝非小气之人，况且王德宝要借的一块大洋他还拿得出。不过，他说借可以，但要知道借的原因，因为他觉得王德宝的工资已经足以养活自己了。

问及原因，王德宝笑了，没有回答，只管低头喝着碗里的酒。

张小海坦率地说："你若是不说，就没得借。"说完这话，他从枕头下拿出手绢包，取出一块大洋，放在桌子上。

王德宝看了一会儿那块大洋，终于说了几个字："为了女人，追女人就得花钱。"

没有一个人想到王德宝借钱居然是为了女人，一下子都没反应过来。张小海第一个开口说话了："这么说，你小子有看上的女人了？"

王德宝脸一红，点了点头，说："是。"而后又说，"男人看上女人，是再正常不过的事了。"

张小海哈哈一笑，将大洋推到王德宝的面前，说道："这个事情，做弟弟的支持二哥。拿去用吧，尽快带回一个二嫂来！"

王德宝听后笑了，是很爽朗的那种笑。他将大洋放入口袋，承诺张小海下个月发工资就还他。

武家根百思不得其解。女人？王德宝哪来看上的女人？这机修厂里的女工原本就没有几个，难道是帮会里头的？也不对，帮会里听说也尽是男人。忽然，武家根想到了什么，他愣愣地看着王德宝，他觉得自己脑海里莫名冒出的想法实在有些荒唐，然而，他记起了王德宝那天在车间里跟他说过的话，他打算找个机会好好问问他。

当晚，王德宝吃完晚饭临走时告诉武家根，如今入了帮会，就能让帮会里的兄弟们帮忙一同寻找武家根的父亲，他想将武家根父亲的小像拿过去。

武家根觉得这是可以一试的办法，毕竟帮会在上海的力量不可小觑，便答应下来。

王德宝、老于、大胡子就这样喝得有些跌跌撞撞地离开了阁楼。

6

中午时分，武家根刚吃好午饭，正准备离去，就碰见了走进食堂准备打饭的王德宝。王德宝一见着他，便悄悄地将他拉到一旁，一副神秘兮兮的模样。

武家根刚想开口询问，王德宝就从衣服内层的口袋里取出两张票子，说道：“大哥，这是我刚买的影戏票，你能不能帮我把一张交给刘丽丽，转告她明晚我请她看影戏？”

刘丽丽？真的是刘丽丽？王德宝的话印证了武家根之前埋在心

中的猜疑，他一时没有回过神来。

王德宝继续说道："我本来是想自己去约她的，但感觉她跟我不熟，毕竟才见过一次。她跟你就不一样了，大哥，你就帮兄弟一次吧！"

武家根摇了摇头。

"难道大哥有为难之处？"王德宝问道。

武家根依然摇了摇头，说道："你真想请刘丽丽看影戏？不是说的玩笑话？"

王德宝点头，回答道："我从没像现在这样认真过。"

武家根看着那影戏票，一时间竟说不出话来。良久，他才喃喃地说了句："这票可不便宜。"

王德宝当然知道影戏票不便宜，但他想刘丽丽留过洋，一定喜欢看影戏，这票是他硬着头皮去买来的。他说道："幸好我问三弟借了一块大洋……"

武家根这才明白了过来，但他总觉得刘丽丽和他们根本是活在不同世界里的人，他真想好好地劝王德宝趁早打消这个念头。他说道："二弟，我们和她不是一路人，你，你……"

王德宝不等武家根说完，便说道："我明白大哥的意思，可不知道为什么，我一看到她就被她深深地吸引了，那种感觉我长这么大还从未有过，从来没有一个女孩让我这么动心。我昨夜想了好久，还是决定试一试，不然对自己实在是交代不过去。如今我只能来求大哥帮忙了，你帮我将票子交给她好不好？"

武家根十分为难。他和刘丽丽也只是在工作上打过交道，几乎就没有谈过其他无关的话题，然而，面对王德宝恳求的目光，他又不忍心去拒绝，和王德宝相处了这么几年，也确实没见王德宝看上过哪个女孩。他想了想，终于说道："好吧，不过我只能去试试，万一她不愿意的话……"

"不愿意，我也就认了。"王德宝很爽快地说道。

武家根无奈地从王德宝的手中接过影戏票子，走出了食堂。他没有回车间，而是直接去找了刘丽丽。

午休时间，刘丽丽的办公室就她一个人在。武家根敲了敲门，走了进去。

刘丽丽有些纳闷，从外国进口的机器已经安装调试成功，上两个礼拜已经投入生产了，武家根还要跑来请教什么外文问题？

让刘丽丽没有想到的是，武家根从怀里取出影戏票，递给了她，并开门见山地说道："这是明晚的影戏票，你有时间吗？"

刘丽丽一愣，不过她很快就明白了过来，笑了笑，问道："你想约我？"

被刘丽丽这么一问，武家根忽然觉得脸上一热。虽然他以前成过婚，可那是家里做的主，红姑是童养媳，虽然从小和他一起长大，但他俩还真没谈过什么恋爱，他只觉得她是家人而已，直到遇到了夏秋莲，他才明白什么叫好感，什么叫喜欢，什么叫恋爱。他有些语无伦次起来，连忙解释道："不是，不是，你别误会！是，是王德宝想约你，你，你有空吗？"

刘丽丽以为武家根要约自己，心中还有几分乐意，等到听清楚了他的意思之后，她才明白他是跑来当说客的。只是他嘴里的那个王德宝，究竟是何许人？她不记得在自己认识的人里有这一号角色。直到武家根说起那天在车间里的事情后，她才隐约想起的确有那样一个人，只是长相什么的都已经很模糊了。她淡淡地说道：“经你这么一说，似乎有点印象，我当时好像叫他‘那个什么宝’来着。”

武家根连连点头，说：“对对对，就是他。”

刘丽丽不假思索地说道：“我不去。”

刘丽丽直白的话让武家根一下子蒙了，他解释道：“可，可他票都买好了，这票很贵的，为买这票，他还问别人借了一块大洋呢！当然，我知道在你的眼里，一块大洋不算什么，但对一个工人来说，一块大洋够家里开销好些天了。”

刘丽丽说道：“听起来还挺让人感动的。武家根，我有一个疑问，按你这么说，是不是票子买好了，我就一定要去看？”武家根还没来得及回答，她又一次开口了，而且是用很肯定的语气说道，“可我偏不去。”

武家根急了，想了想，说道：“是这样，你不了解王德宝，他这个人心地好，人很热情……”

刘丽丽打断道：“你好像很了解他？”

武家根点了点头，说道：“那当然，他是我二弟。我初到上海，与他仅有一面之缘，但当他得知我没工作时，便热心地带我去了码头，让我找到了第一份工作。”

刘丽丽看了看武家根，看来他倒是一个知恩图报、不会忘本的人。她说道：“这么说，你今天替他来约我，是为了还当年欠他的人情？”

“不不不，你误会了。”武家根连忙说道，“我是希望你能给王德宝一个机会，进一步了解他。”

“我们厂里还有没有你的其他兄弟？”刘丽丽问道。

武家根虽然不知道刘丽丽为什么这么问，但他还是老实地点了点头，回答道：“有，我的三弟张小海。”

刘丽丽想了想，问道：“张小海？是不是那个开车床的张小海？人看上去很活络，跟别人说话的时候，眼睛老是骨碌碌地转个不停，是他吗？”

武家根回答道：“对，就是他。”

刘丽丽定定地看了武家根一会儿，武家根被她看得浑身发毛。半晌，她问道：“你倒是挺讲兄弟义气。若是今天我不答应，你怎么办？”

武家根想了想，说道：“我既然已经答应了王德宝，自然就要把票子交给你。有句老话是这么说的，受人之托，忠人之事。我妈老这么跟我说。”

刘丽丽点了点头，说：“看来那个什么宝是托对人了，拜你做大哥也值了。武家根，我在想一个问题，为什么不是你约我去看影戏呢？若是你的话……”她忽然不说下去了。

“那又怎么样？”武家根不解地问道。

刘丽丽笑了，没有回答，只是说：“好了，你可以走了。”

武家根不明就里地看着刘丽丽，她这就让他走了？他看了一眼手里的票子，正欲开口问她，便听到她说：“这样，票子你留下，你走吧。”

武家根高兴地连连点头，将票子放在桌子上，嘴里一个劲地说着“谢谢”，而后退出了办公室。

武家根一边走向车间，一边不由得笑了，他可以想象待会儿王德宝知道之后的兴奋表情。

7

武家根拿着父亲的小像去到城隍庙，找人临摹了好一些，他要将这些交给王德宝，请他交给帮会里的兄弟们。让武家根没有想到的是，自己居然在城隍庙遇到了赵火。

赵火请武家根到清风亭茶楼喝茶。来上海这么久，武家根还是第一次在清风亭喝茶，那里的茶果然很香。赵火还给武家根点了三道小点心：生煎包、枣泥千层糕、云片糕。

赵火在明白武家根来城隍庙的原因之后，让武家根把画像给他看看，说他也可以通过组织帮着寻找。武家根觉得有赵火帮忙，寻找父亲的希望又大了不少，便把画像给了赵火。

赵火在打开画像后的一瞬间便呆住了，愣愣地看着画像中那张似曾相识的脸，一时间竟说不出话来。他忽然想到姓武的人并不多，心中掀起了阵阵巨浪，只是他依旧不动声色，生怕自己会流露出不妥的神色。毕竟是经历过大风大浪、走南闯北的人，他平静地问道："家根，你是哪里人？"

"苏北水闸镇人。"武家根回答道。他依稀记得在初识赵火时自己提过，不过他想着可能时间长了，赵火记不住了，也就没当回事。

武家根哪里知道他的回答进一步印证了赵火的猜测，赵火在心底深深地叹了一口气。良久，从赵火的嘴里喃喃地飘出了一句话："武氏铁坊。"

武家根的眼睛瞪得大大的，他记得自己从未与赵火提过这四个字，他是如何得知他们武家祖祖辈辈做的营生呢？他奇怪地问道：“赵叔，你怎么会知道武氏铁坊？”

赵火用一种十分复杂的眼神上下打量着武家根，他一点儿都没有想到武家根居然会是那个人的儿子，他甚至有些责怪自己，武家根曾经说过他来上海是为了寻找父亲，他为何迟钝得一点儿都没有联想什么呢？他尽量让自己用一种平和的语气与武家根说话：“家根，我认识你的父亲。”

武家根一愣，因为激动，他的嗓音竟有些颤抖起来，他问道：“那，那你知道他在哪里吗？”

赵火摇了摇头，说道：“不知道，我有很多年没见过他了，也不知道他已经来了上海，我们当年……是好朋友。”

“好朋友？”武家根疑惑地看着赵火。

赵火点了点头，说：“是的，我们曾经很好……”他的目光飘向了远处，思绪仿佛沉浸到了往事之中。沉默了一会儿，他又说道：“可是后来因为一些事情，我们……就再也没有联系过。”

什么事情会导致赵火与父亲失去了联系呢？武家根回想起适才赵火在明白自己身份后流露出的异样眼神，他感觉得到那一定是大事，他想问赵火，但赵火没有给他机会说话，而是急忙说道：“这样吧，这张小像给我，我会通过组织帮你找。至于当年的事，等以后机会成熟了，我再告诉你。”

“可是……”武家根刚一开口，赵火便站起了身，告诉武家根自己还有其他事情，先走一步。

赵火是匆忙离去的，这让武家根有了一种说不清道不明的困惑。赵火若真有事的话，适才怎么会有兴致带他来茶楼品茶呢？即便他再迟钝，也能感觉得到赵火是因不想重提往事而找了借口提前离去，既然赵火不想说，他又如何能从赵火的嘴里问出什么结果呢？他忽然之间也没了品茶的兴致，便让茶楼里的伙计将只吃了两三块的小点心悉数包起来，带回家去。

那天晚上，张小海回到三层阁的时间也挺晚。他见到武家根带回来的小点心，高兴坏了，伸手就拿起两片云片糕往嘴里塞去，那香香糯糯的味道顿时充斥在舌尖。他闭起眼睛细细地回味着，而后说道："这可是清风亭茶楼才有的特制云片糕啊！"武家根只得承认张小海不凡的见地。

将那些点心都填进了肚子里之后，张小海告诉武家根今晚他去看了场影戏，他还特地补充了一句："是生平看的第一场影戏，而且是用自己的钱买的票。"

武家根被张小海说得一头雾水，他觉得张小海还不至于富有到会花钱买票去看影戏的地步。果然，张小海说就是打死他，他也不会花那冤枉钱，他能看到这场影戏完全归功于王德宝。武家根这才想起今晚是王德宝约刘丽丽看影戏的日子。

张小海告诉武家根，今天下午刘丽丽跑到车间去找他，莫名其妙地送了一张票子给他，还让他"帮帮忙，挑挑重担"，他张小海哪里会对天上掉馅饼的好事置之不理，自然是欣然接受，一下班就屁颠屁颠地跑去看影戏了。不料，座位边上紧挨着的居然是王德宝！一问才知道，这票子是王德宝买来请武家根给刘丽丽送去的，关键是，买票子的钱就是问他借去的那一块大洋！当然，看影戏哪花得了一块大洋？按王德宝的说法，他原本想看完影戏后请刘丽丽去咖啡馆喝咖啡或者吃西餐。最后，张小海说他真没想到每天吃包子、馒头的王德宝居然会想追求刘丽丽，那可真是土包子遇上了洋面包，白白糟蹋了他张小海的一块大洋！

武家根听后便想，看来今晚王德宝要失眠了。

张小海问武家根怎会牵涉进这件事情中，武家根便将自己如何替王德宝将票子送给刘丽丽的过程讲了出来。张小海听完后沉默了一会儿，问道："大哥，你有没有想过，刘丽丽既然不愿赴约，又为何会收下票子呢？"

武家根摇头，他倒从未想过这个问题。他想了一会儿也没想出一个所以然来，只得问道："要么是那天我的言辞恳切，她不好意思拒绝？"

张小海说道："不会，你与刘丽丽并无很深的交情，她完全不必看你的面子。"

张小海的话很有道理，可他的话越有道理，武家根便越想不明白。

张小海忽然笑了，而且笑得有些诡异。武家根问了他好几次发笑的原因，他都没有回答。最后，他说道："大哥，我相信很快会有答案，我看刘丽丽也是一个直率的人，不过……"他忽然不说下去了。

"不过什么？"武家根问道。

"不过，你要小心那个刘丽丽了。"张小海笑着说道。

"小心什么？"武家根不解。

张小海打了一个哈欠，说道："你会知道的。困了，先睡了。"说完，他倒头便睡，任由武家根用茫然的眼神看着他。

果然，正如张小海所说的那样，武家根很快就明白了。

第二天，武家根先是看到了垂头丧气的王德宝，而后又在厂区里遇到了刘丽丽。他自然跑上前去问刘丽丽不赴约的原因，谁知她白了他两眼，说那天能收下票子完全是因为看在他的面子上，若是王德宝自己来约，她早就一口拒绝了。

刘丽丽的话让武家根更是困惑。

刘丽丽看了看武家根，忽然凑近他说道："你这人还真有些傻里傻气的！我都这么说了，你还头脑不清爽？"

武家根摇头，他这回还真是头脑不清爽了。

刘丽丽压低了嗓音说道："武家根，那天如果你说那票子是你买来约我的，我或许就会去。若你说跟张小海借了一块大洋的人是你，而借钱是为了请我看影戏，那我说不定还会有些感动。"

"我？"武家根瞪大了眼睛。

刘丽丽点了点头，说："是啊，因为我发现你是一个蛮有意思的人，至少比那个什么宝有意思得多。你还老喜欢缠着我问那些安装说明书上的外文……若是有时间，我们倒可以去看看影戏，喝喝咖啡。"说着，她露出了一个很可人的微笑。

武家根呆住了，语无伦次地说道："我？我，我怎么会……"

刘丽丽补充道："若是你手头紧也没关系，我有。"

武家根被刘丽丽说出的话吓得一连倒退了好几步，连连摇手说道："不不不，你别误会，我可没有……我，我手里还有生活，先回车间去了……"

武家根也不知道自己嘴里在乱七八糟地说些什么，他只记得自己是一路小跑、跌跌撞撞地回到车间的。他觉得刘丽丽刚才说出的话实在是太不可思议了，她怎么会对自己说那样的话呢？到底是留过洋的，想法就是不同，说起话来口没遮拦的。他忽然想到昨晚张小海的话，莫非那时张小海已经感觉到了什么？不会不会，她那样说一定是为了吓吓他，这样一来，他就不会再替王德宝去约她了！如此一想，他便释然了。他想，不管刘丽丽是什么意思，他的心里早就有了一个女孩，那个女孩的名字叫作夏秋莲。

金师傅从武家根脚步零乱地跑进车间时就奇怪地看着他，直到他走到车床边上，才低声问道："家根，你今天这是怎么了？难不成，你打的是醉拳？我怎么有点看不懂呢？"

醉拳？武家根有些不知所措地笑了笑，连忙说道："师傅，我做生活了，做生活了……"

8

武家根做梦都没有想到那天下班走进德泽坊时，红英居然坐在弄堂的门楼下等着他。虽然她有了些许变化，但他依然毫无障碍地认出了她。几年没见，她出落得更清秀了，个子似乎也长高了些。她抱着一个包袱，见着他来，连忙站起了身，瞪着大大的眼睛不敢相信地上下打量着他。他还未来得及开口说话，就见大颗大颗的泪珠从她的眼眶中滚落下来，顺着脸颊一直往下淌。他走向她，声音低低地问了一句："你怎么来了？"

只说了这一句话，红英的眼泪便流得更凶了。她从苏北过来坐了好几天的船，中午时分好不容易到了上海，可上海比她想象中的大得多，从码头出来后，她一路问了不知多少人，才找到了这里，偏偏武家根不在，弄堂里的人说他去厂里上班了，她也没地方可去，只能坐在弄堂口等他回来。

武家根见红英没有回答，便又问道："是不是来了很久？"

红英狠狠地咬了咬嘴唇，差点儿就咬出血来。半晌，她问道："这些年你怎么一趟老家都不回？真是狠心！爷爷、奶奶、母亲，还有伯平，都不要了吗？"

武家根叹了口气，说道："想回，可不还得花钱买船票吗？父亲又没找到，回去干啥？即便回去了，也还要再坐船过来……对了，我不是时常给家里寄信、寄钱吗？家里的情况你们也都写信告诉了我，那还把钱花在路上干啥？"

"写信跟见面能一样吗？"红英问道，"你怎么就一点儿都不想想我的感受呢？前两年伯平小，你妈一个人忙不过来，我没办法来找你。现在好了，他们都叫我来，幸好你在信上留了地址，我才能找得到这儿。"

武家根最怕红英这副模样了。在家的时候，她就喜欢黏着他，他原以为来了上海，她不会找来。这些年，他不想回去的一个重要原因便是害怕面对她，还有就是他已经习惯了上海的生活，他当上了工人，那是多好的日子啊！他想着多赚些钱，存上一些，到时候能在上海租个大些的房子，就可以把家人接过来一起住了，若是能找到父亲，一家人便能团圆了。

武家根看了一眼红英，说道："走吧，跟我回家去，别站在这里抹眼泪，让人看了，不好。"说着，便从红英手中拿过沉沉的包袱，朝前走去。

红英听着武家根的话，连忙一把擦去了眼泪，紧紧地跟在他的身后往弄堂里走去。

武家根原本以为红英在上海待不了几天，也就是来看看他，不料她却说回去可以，前提是他必须跟她一起回，回老家后就把婚事给办了。

武家根一听“婚事”二字，头便痛了起来。他知道只要一回家，不用红英跟他提，母亲便要开始张罗起他们的婚事来了。这样一想，他就不再开口让红英回家去了。

武家根打开阁楼的房门走进去时，张小海已经坐在屋内，愣愣地看着他身后跟着的红英。

武家根将张小海拉到一旁，说红英是今天刚从老家到上海的老乡，来得突然，今晚没落脚的地方，能否让她在阁楼上借住一晚。张小海一听是武家根的老乡，自然很热情地同意了。

武家根说想尽快给红英找个住处，张小海告诉他，昨天听对面楼里的房东说起有一个亭子间想租出去，若是想租，明天一早他就帮忙去找房东。

武家根听后大喜，将张小海向红英作了介绍，说不仅是同一个厂子里的工友，还是与自己结拜的三弟。红英见张小海长得清秀，待人又热情，还一口一声“红英姐”地叫自己，冲他点头笑了笑。

武家根从枕头下取出两块大洋交给张小海，说是红英的房租，待明天问了房东若是不够，他再补上。红英却说索性就住这阁楼里算了，过两天就让武家根跟她一同回老家去。

张小海听后大吃一惊，急忙问道：“大哥要回老家了？”

武家根摇头，明确地告诉红英，他目前要留在上海，不想走。

红英没想到武家根的态度如此坚决，她将家里的爷爷、奶奶、母亲、孩子全搬了出来，他依然无动于衷，一再说会写信跟他们说明现在不能回去的原因。

红英沉吟了半晌，说自己来了上海，不能光用武家根的钱，靠他养活，在上海赚钱一定不容易，要租房，要吃饭，每个月还要寄钱回去给母亲和伯平，自己若是整天闲着不干活可不行，来上海找他不是增加他负担的。

武家根点着头说道："你说得很对，所以你还是尽快回老家吧！"

"不，要回一起回！"红英语气坚决地说道，"你要是不回，就得帮我找份工作。"

"什么？"武家根瞪大了眼睛，就连张小海也吃惊地叫出了声。

红英哪里知道在上海找工作绝非一件易事。武家根自己的工作都是好不容易才找到的，她一个女人，既没啥文化，又没有技术，要去哪里才能找到工作呢？

红英看着武家根一脸为难的表情，说道："反正我不管，就这两条路，一跟我回家，二帮我找工作。"

武家根在心里叹了口气，低声说道："先帮你找到房子再说吧。"说完这句，便不再说话了。

张小海看了看两人，觉得气氛有些尴尬。为了打破寂静，他说道："这个……红英姐还没吃饭吧？我出去看看，买些现成的回来。"说着，便站起了身。

红英说道："不用花那冤枉钱，我会做饭。你们也没吃吧！家里有什么菜吗？"

张小海摇了摇头，说道："应该只有面条，最多还有一些榨菜。”

红英想了想，说道：“没关系，就这些也行。”说着，便开始忙活了起来。

张小海带红英到楼下几户人家合用的灶间，拿出煤球炉，教会她使用的方法。不多久，红英便烧了一大盘榨菜炒面上来。

张小海吃得不亦乐乎，那炒面很香，比饭馆里的都好吃。他忍不住啧啧称奇，没想到用榨菜也能炒出如此美味的面来。

在张小海称赞红英的手艺时，武家根一直默默地吃着面，什么话都没有说。

红英悄悄地打量了武家根好几回，有好几次都想跟他搭话，可见了他始终阴沉的脸，也就作罢了。

三个人就这样吃了一餐饭，而后休息了。

第二天，张小海一起床便看到了锅里煮得稠稠的白米粥，边上还有刚刚炸好的油条。他忽然觉得，家里有这么一个能做家务的女人真是一件很不错的事情。不过，他能感觉得到红英与武家根的关系远远不是“老乡”那么简单。

第十一章

外头罢工，里头革命

1

武家根帮红英将对面楼里房东的亭子间租了下来，那房子的楼上就是晒台，直接对着武家根所住三层阁的那扇老虎窗。

红英看了房子倒也满意，虽然不大，不能与老家的房子相比，但她一个人住也足够了。最让她满意的便是离武家根近，能时时看得到他。

武家根去上班时，红英就去买菜烧饭，等下班回到家，他就能吃上热菜热饭。

张小海觉得自己沾了武家根的光，不用再像过去那样整天吃拌面了。他有一次开玩笑说自己搬出阁楼算了，索性与红英住的亭子间对换一下，让红英住进阁楼来。

不料，武家根听后坚决不同意，说自己又没与红英成婚，怎么能住在一起。

张小海说连瞎子都看得出红英对武家根的心思，武家根更不再说话了，张小海也弄不明白他的心里究竟在想些什么。

最让武家根头疼的就是红英的工作问题，他在厂子里托了几个师兄弟帮忙，但都没什么音信。

夏秋莲一连几天都没有在工人夜校里遇到武家根了，张小海倒是几乎每晚都来，她终于忍不住向张小海打听武家根的情况。

张小海自然将红英的事情和盘托出，于是夏秋莲知道红英是一位有着好厨艺、长得不赖的姑娘。最后，他告诉她，武家根最近正在为给红英找工作的事情心烦，哪还有什么心思跑来工人夜校听课。

几天后，夏秋莲来到德泽坊，走进了阁楼，告诉武家根有家日本人开的纱厂正在招女工，就是小顾工作的那家大众纱厂。

武家根听夏秋莲这么一说，便想起他和王德宝曾经去这家纱厂应招过，结果闹了老半天才知道是因为小顾他们罢工，那日本资本家才愿意出高价招收短工。

夏秋莲问武家根他的老乡是否还在找工作，武家根连连点头说还在找，但他很奇怪她如何知道他有个老乡正急于找工作。

夏秋莲说因为这几天都没见着武家根来夜校上课，不得已问了张小海才知道。

武家根心里觉得挺惭愧的，这几天尽顾着忙红英的事情了，他说道："秋莲，对不起，我……"

夏秋莲摇了摇头，说道："你别这么说，我明白的。这样吧，我已经和纱厂招工的工头打过招呼了，到时候你带着你的老乡去找他就行了。"

夏秋莲总是这样善解人意，武家根的心里涌出了一阵感动和甜蜜。他伸出手轻轻地将她的手握在自己的掌心，她那柔若无骨的小手和细致的肌肤让他心中一动，他忍不住说了句："谢谢你，秋莲。"

那个晚上，武家根将夏秋莲送到了弄堂口，直到给她叫了一辆黄包车，看着她上了车，并目送她离开了，才缓缓地转过身。

然而，武家根在转过身的一瞬间愣住了，只见红英居然站在他的面前！他吃惊地叫了一声她的名字。

红英用疑惑的眼神看了看武家根，又看了看适才黄包车离去的方向，而后开口问道："那女人是谁？"

红英问得很直接，让武家根有些招架不住。从小和她一起长大的武家根对她的脾性很是了解，她生性多疑、任性、脾气暴躁，有时候还有些蛮不讲理。这一点与红姑有着天壤之别。红姑脾气随和，虽是他家的童养媳，但长辈们待她视如己出。

"怎么不说话，那女人是谁？"红英又问道，语气咄咄逼人。说来也巧，她适才来到亭子间楼上的晒台透透气，不料却看到对面阁楼里武家根正在和一个女人说话，可惜她看到的只是侧面，她决定要弄明白究竟是什么女人大晚上跑来找武家根。

武家根用很平静的声音回答道："工人夜校的老师。"

红英不解地问道："啥叫工人夜校？工人夜校是做啥的？"

武家根想了想，说道："就跟我们老家的私塾一样，只不过去那里听课的不是学生，而是工人。"

"工人也需要读书？"红英觉得很奇怪。

武家根笑了，说道："当然！有很多工人不识字，即便识字，也识得不多，而且光是识字远远不够，工人夜校的老师们还会教很多道理。"

"啥道理？"红英一副打破砂锅问到底的模样。

武家根沉吟了一小会儿，说道："一开始我也不知道，后来夜校去多了，才慢慢地琢磨出来一些，我想，那个道理大概叫'共产主义'。夜校的老师们给我们讲解了陈望道先生翻译的《共产党宣言》。陈先生可真了不起，留过洋，很是博学，书翻译得更是好，开头的第一句话是这么写的——‘有一个怪物在欧洲徘徊着，这个怪物就是共产主义’！写得可形象了。”

红英听着武家根的话，觉得怪瘆人的，什么怪物，什么徘徊！“共产主义”又是什么？这四个字她还是第一次听到。她不明白武家根为啥一说到工人夜校、共产主义这些字眼时，双目就变得炯炯有神起来，她想了半天也没能想明白，最后她想，那肯定是因为刚刚那个女人了。

武家根看了看一脸茫然的红英，说道：“其实这些我也说不清楚，你只要知道是理想，信仰，革命……”

红英听不懂“理想，信仰”，但她听得懂“革命”二字，她连忙拉了一把武家根，环顾了一下四周，压低嗓音说道：“你要死啊！什么革命不革命的，这种要命的字眼也是能随便说的吗？”她停顿了一下，又说道，“不行，我看那工人夜校不是什么好地方，你还是不要去的好。”

武家根说道：“红英，你别害怕，这里是上海，不是老家，我们不用像以前那样封闭地生活，等以后你找到了工作，也去工人夜校听听课，你会发现一个新天地的。我也是进了夜校才知道有很多有识之士为了追求救国和强国的真理离开了自己的家乡，远赴法国勤工俭学。老师在课堂上说过，他们从黄浦码头出发，他们的名字在《申报》上都有刊登呢！他们真了不起，可我记不全他们的名字，我只记得有周恩来、邓小平、聂荣臻……”

红英压根就不关心法国的勤工俭学，更不关心什么新天地不新天地的，她只关心自己能否找到工作，能否留在上海，能否跟武家根待在一起。不过，她听出了他话中的意思，急急地问道："这么说，找工作的事有希望了？"

武家根点了点头，说道："应该快了。"他没有告诉红英，她的工作其实是夏秋莲帮忙找的。不告诉她，是怕她生疑，她若是知道夏秋莲给她找了工作，一定会追问武家根与夏秋莲的关系，到时候只怕他浑身是嘴都说不清楚。

正当武家根想着这些的时候，他听到红英说："家根哥，我就知道你最有办法了。"

武家根冲着红英笑了笑，没再说话。

2

过了几日，武家根便带着红英去到了东洋人开的纱厂。红英被安排做了挡车工，只是需要一段时间的培训才能上手。从此，红英开始了纱厂女工的生活。

红英从没想到做工人这么苦。日本人对工人十分苛刻，不仅上厕所要规定时间，就连中午吃饭时也不能停下手头的工作，若是因为吃饭分心使纱头断裂，一旦被那些拿摩温发现，自然少不了吃一顿揍。

厂子里的工人们常常以消极怠工甚至是罢工的方式来与东洋老板作斗争，争取工人们的微弱利益。红英不知道这算不算武家根所说的"革命"，但她从心里佩服那些为了大家的利益冲在前头与东洋老板斗争的工友们。

然而，这回厂子里发生了大事。之前东洋老板借故停发工资，关了工厂，红英连着几天没去纱厂做工，惨剧发生的时候她不在厂里，没有亲眼看见，但听工友们说东洋人对一个上夜班的工人开了枪，那个工人当场便被杀害了！

红英不知道那个工人的名字，只知道工友们叫他小顾，她想起前阵子在厂子里见过他，他经常带领工人们和东洋老板谈判，要求给工人们加工资，减少工作时间，反对压迫工人……他是工友们心中的大英雄。

红英听说惨剧后，吓得跑去阁楼找武家根。不料，她敲了老半天，房门才被打开，她还没来得及说话，便看着房间里的景象愣住了——只见小小的房间里坐着不少人。

武家根见来人是红英，便说他现在有事，让她先回去。他说话的嗓音很轻，这让她觉得他们正在秘密地商量着什么事情，她只能点了点头。临走前，她又看了一眼屋内，看到张小海和一个眼熟的身影也在其中。她特地看了那身影两眼，发现那是一个长得很漂亮的女人。

从阁楼走下来时，红英一直在想自己究竟在哪里见过那个女人。想了很久，她才忽然想起前几天夜里曾经有个女人来找过武家根。“对，应该就是那个女人，武家根所说的工人夜校的老师一定就是她！”红英在心里这样想着。

红英没有看错，那个女人正是夏秋莲。

阁楼上坐着的不仅有张小海、夏秋莲，还有赵火、何华、王德宝、李少杰和方心雨。他们来到阁楼，为的就是听赵火传达组织上的决定。他们听说小顾的事情后，个个义愤填膺，决定不能让小顾的血白流，于是商量酝酿组织更大规模的工人罢工、学生罢课运动。赵火让王德宝去和姚堂主商量，运用帮会的力量发动更多的工人参与进来。

这是武家根第一次知道小顾的全名，他叫顾正红。

3

罢工很快在各个工厂蔓延开来，不少大学在何华、李少杰、方心雨的联络之下开始了罢课。

偏偏在这个时候，机修厂的机器出了故障，无法正常开动运行。厂子里的工人都上街游行去了，一时间哪里找得到机修工？

老板刘一甫着急得双脚乱跳，只得跑到武家根住的弄堂里找到了金师傅，请他赶紧回厂里看看机器。

金师傅一听说是前段时间从外国进口的那几台机器出了毛病，便连连摇手，告诉刘一甫他修不来，那都是从外国运来的，金贵得很。

刘一甫好说歹说，就差没跪下，才好不容易把金师傅从弄堂里拉到了车间。

金师傅自然是买刘一甫的面子才跑了这一趟，他在仔细查看后，十分确定地告诉刘一甫是机器的配件坏了，修是修不好了，只得尽快从外国进口新的配件安装上去。

刘一甫听后连忙叫来了刘丽丽，让她给生产机器的外国公司发去电报。第二天，对方回复了电报，说机器在保修期内，会连夜将配件装船发货。刘一甫这才放下心来，毕竟机器一旦出了故障，别说产品的质与量都会大大下降，就连一个零件也做不出来了。

让刘一甫没有料到的是，没过几天他便被请去了巡捕房。巡捕开门见山地告诉他，他厂子里的工人们很不老实，跑到街上去游行集会，要他立刻想办法把工人劝回厂子里恢复生产。

刘一甫听了巡捕的话不由得额头直冒冷汗。他反复跟巡捕解释，说明自己也是受害者，工人们现在上街游行，厂子里停产的损失最大，他不止一次地劝过他们，可他们哪里听得进去？尤其在5月30日巡捕房对着工人们开枪之后，所有工人就都失去了理智，个个冲上了街，若是能把他们劝回去，作为老板的他现在也不会急得像热锅上的蚂蚁了。

巡捕在听完刘一甫的话之后，没有表现出任何惊讶，反而跟他说了两件事情。第一件事情是机修厂的工人罢工中有一个特殊的参与者，那便是他的女儿刘丽丽，她不仅参与了，还表现得很积极。这句话如同一桶冷水从他的头顶淋到脚底心，还没等他反应过来，巡捕又告诉了他第二件事情：据说机修厂正在等从外国运来的机器配件，若是厂子里的工人仍不复工，巡捕房将扣留这批配件，让其永远到不了他的手里！

这两件事情如同利剑，牢牢地刺中了刘一甫的咽喉。工厂是他这大半辈子的心血，他将它看得比自己的命还重，扣住配件不就等于让工厂的生产陷入瘫痪吗？女儿被他视为掌上明珠，他让她留洋回国，盼的就是有朝一日她能进厂帮他的忙。

刘一甫低头了。在巡捕面前，他连说话都变得有气无力。他知道他除了认输，已然没有第二条路能走了。

从巡捕房出来以后，刘一甫决定找女儿好好谈一谈，尽快让工人们回厂干活。

4

参加游行集会的工人们来自不同的工厂。由刘丽丽带领的机修厂工人游行队伍正在租界里集会，他们高举着“打倒帝国主义”“上海是中国人的上海”“顾正红工友的血不能白流”等旗帜，集结在巡捕房的门口，热血沸腾地高呼着口号。

王德宝看着身边情绪激昂的刘丽丽，不禁大为感动，他真没想到，老板的女儿居然会为了工人的利益、为了工人的死活走上街头。

刘丽丽感觉到身边有两道炙热的目光，回过头便看到了王德宝。她觉得这个工人有些眼熟，便冲着他翻了翻眼睛，问道：“喂，你看什么看？”

王德宝愣了愣，刘丽丽说起话来一点儿没有女孩子的柔声细语，相反是一副凶神恶煞的模样。不过，他喜欢的就是她这个性格。他笑了笑，说道：“没啥，我只是没想到……”

刘丽丽打断王德宝，问道：“没想到什么？你是不是想说没想到资本家的女儿也会参加罢工游行？难道在你的眼里，资本家的女儿就没有正义感、没有是非观念吗？”

王德宝知道自己说不过刘丽丽，她可是留过洋见过大世面的人，想法自然与普通女子不一样，而自己没什么文化，又是一个嘴拙的人，所以他选择了沉默。

谁知，刘丽丽连沉默的权利都不给王德宝，接着问道：“你干吗不说话，哑巴了？你叫什么来着，什么车间的？”

王德宝没想到刘丽丽连自己的名字都已经忘记了，很失落地回答道："我叫王德宝，成品车间的。"

刘丽丽忽然想了起来，原来这个男人就是王德宝，也就是让武家根跑到办公室来约自己去看影戏的那个"二弟"。她笑了，说道："哦，对了，你就是那个什么宝。"

王德宝连连点头，痴痴地看着刘丽丽笑，没想到她笑起来的模样是那样迷人。

这时，一个穿长衫的中年男人跑了过来，嘴里不断地叫着"小姐"，后面还跟着两个人高马大的跟班。刘丽丽认了出来，他正是帮父亲管账的账房先生老米。

老米气喘吁吁地跑到刘丽丽面前，说道："小姐，我可算找到你了！老爷在家大发雷霆，让你赶紧回去。"

"我不回去。"刘丽丽说道。

"小姐，算我求求你好不好？老爷不希望你参与到这种事情当中……"老米哀求道。

刘丽丽还没等老米的话说完，便打断了他，说道："参与到哪种事情当中？你回去告诉我爸，我是不会回去的，任何一个有良知的中国人都会支持我。"

"小姐，你别为难我行吗？不然，我不好向老爷交代。你就当帮帮我的忙行吗？"说着，老米便伸手来拉刘丽丽。

刘丽丽一把甩开老米的手，说道："我今天是不会跟你走的。"

老米看了一下身后的跟班，说道："小姐，难道你非要我们动粗吗？"

"你敢！"刘丽丽叫道。

老米朝跟班使了一个眼色，那两人便一个箭步来到刘丽丽的身边。

一旁的王德宝忍不住了，走上前去，站在刘丽丽的身旁，说道："喂，我说，你们是怎么回事？刘小姐已经说了她不跟你们回去，难道你们想要动武吗？告诉你们，我王德宝可不怕你们。"他一边说，一边拉开了架势，挥动着拳头，"要不要试试？我的功夫可不差！"

刘丽丽有些得意地说道："那个什么宝，帮我教训教训他们。"

王德宝说道："没问题，只要刘小姐一声令下，我就开打。"

老米看了看王德宝，又看了看刘丽丽，朝两个跟班挥了挥手，说道："算了算了，走吧。"

刘丽丽看着三人离去的身影，转身问王德宝："那个什么宝，你真有功夫？"

王德宝憨憨地笑了，他没啥大功夫，不过擒拿格斗倒是会一些。

刘丽丽上下打量着王德宝，他长得高高壮壮，看上去倒像个会家子，没想到他不会功夫还挺仗义。她低声地说了句："哼，这牛你也敢吹。"

王德宝一时没有听清楚，问道："你说什么？"

刘丽丽摇了摇头，说道："没听见就算了。"

5

武家根在大学罢课的游行队伍里看到了夏秋莲，只听身旁的张小海发出一声兴奋的叫声："是夏老师！"

张小海的一声叫喊，让夏秋莲转过了身，她朝他们挥了挥手，并向他们这边跑了过来。

也许是游行的人太多的缘故，夏秋莲跑了没几步便被人重重地撞了一下，她的身子瞬间失去了重心。就在这时，她觉得有一双强有力的臂膀扶住了自己摇摇欲坠的身体。她抬头一看，脸颊不由得一热，因为她发现自己跌进了武家根的怀中，而且闻到了一股强烈的男子汉气味。

"你还好吗？有没有摔着？"武家根急急地问道。

夏秋莲看着武家根充满关切的眼眸，笑了笑，说道："没，没什么。"

一旁的张小海看着两人注视着彼此的目光，心中像被什么东西捅了一下似的，竟感觉到了些许疼痛，他不由得想："大哥和夏老师从什么时候开始相互关心了？难道他们有了超出朋友之间的情感吗？"他忽然不敢想下去，若真是那样，自己对夏老师的感情又该怎么办呢？他的心不由得乱了。

蓦地，夏秋莲发出了"哎呀"的叫声，把张小海远去的思绪重又拉了回来。他连忙抬头朝她看去，只见她的脸上写满了痛苦，而她正弯下腰揉着脚腕。

"怎么了？"武家根和张小海异口同声地问道，而后他们对视了一眼。

夏秋莲说道："我好像把脚给扭了。"说着，她便尝试着抬脚往前走，可脚刚一碰到地面，她便又痛苦地叫了起来。

"看样子伤得挺严重。"张小海说道。

武家根想了想，说道："我看这样，我们得先去看郎中。现在就算人在这里，也什么忙也帮不上。"

夏秋莲点了点头，说了一句："好吧。"

武家根蹲下了身子，夏秋莲不解地看着他。

武家根说道："上来吧，我背你，这样脚就不会疼了。"

夏秋莲趴上了武家根的背，他就这样背着她往前走。她感觉到他喘着粗气，便凑近他的耳朵，轻声地问道："累吗？"

武家根摇了摇头，回答道："不累。"

夏秋莲看到武家根额头上的晶莹汗珠顺着发梢往下淌着，在这样炎热的季节，即使不背着她，面对这样的烈日也足够大汗淋漓的了。她伸手从衣袋里取出一块手帕，轻轻地将他额头上的汗珠擦去。

手帕上特有的清香宛如从热浪中吹来的凉风，那香味是武家根所熟悉的，和夏秋莲在江岛上给他的那块手帕有着一样的香味。他将头微微地侧向了她，低低地说道："真好闻。"

张小海走在两人的身后，看着他们亲昵而自然的动作，蓦地有了一种奇怪的感觉，仿佛此刻他是一个多余的人，他们好像早就将他的存在遗忘了。

6

刘丽丽一走进院子就看到坐在藤椅上的刘一甫。刘一甫正抽着雪茄，看到她后便放下手中的烟，重重地说道："你还知道回家！"

"你在等我？"刘丽丽问道。

刘一甫没有回答，反问道："白天为什么不跟老米回来？你不知道你上街游行是在给我添乱吗？"

刘丽丽说道："我只是在做我认为正确的事情。"

"正确？你知道什么是正确的事吗？就怕等你爸的厂子关掉，你还什么都不知道！"刘一甫怒道，当下便将巡捕将他请进巡捕房的事情说了出来。

刘丽丽沉吟了片刻，说道："爸，我请你别管我的事，我已经不是小孩子了！我在国外读书的时候不也是一个人吗？我不是照样把自己的生活安排得井井有条吗？"

"国外是国外，这里是中国、是上海！你知道现在的形势有多复杂吗？租界，军阀，帮会……外国有这些吗？"刘一甫反问道。

不能否认刘一甫的话是有几分道理的，可刘丽丽偏偏不买账，她说道："你不说这些还好，既然你提了，我也想说说我的看法。你知道吗？在我回来这段时间，我发现我越来越不了解你了！那些租界里的巡捕你拼命地拉拢，不敢得罪，军阀又不敢怠慢，你以为你孝敬他们大洋的事情我一点不知情吗？那些都是我们辛辛苦苦赚来的钱，凭什么给那些流氓无赖！"

刘一甫叹了一口气，女儿哪里知道他的难处！他低低地说了一句："这就是干民族工业的无奈啊，谁都得罪不起！什么叫'夹缝里求生存'？你爸爸现在就是。"

刘丽丽点了点头。是的，正因为"夹缝里求生存"，父亲才肆意地出卖和利用工人！她无法苟同父亲的做法，可要想改变他不是一件容易的事，于是她说道："爸爸，这样吧！我想办法帮你把配件顺利地拿到手并安装到机器上，但你必须答应我一件事情。"

刘丽丽的前半句话让刘一甫很兴奋，毕竟尽快地拿到配件是当务之急，然而后半句话让他的脸色一沉，不悦地问道："你在跟我谈条件？"

"你若不想谈，那也无所谓。"说着，刘丽丽便往客堂间走去。

"站住！"刘一甫叫道。

刘丽丽停住脚步，她知道父亲一定会叫住她。

半晌，刘一甫终于开口了："说说你的条件吧。"

刘丽丽说道："我要搬出去住，像在国外那样自由地生活。"

"这怎么行？"

"不行也成，爸爸，想想那些配件。"

刘一甫发现自己面对女儿是一点办法都没有。他在院子里来回地踱着步，刘丽丽知道父亲正在进行着激烈的思想斗争。良久，他终于停住了脚步，颇为无奈地说了一句："好吧。"

刘丽丽笑了，这两个字宣告她的谈判胜利了。她说道："那行，我就告诉你拿到配件的方法——明天联系生产机器的公司，把我们这里的情况告诉他们，请他们出面和驻中国大使馆打个招呼，有了驻中国大使馆出面，我相信租界绝不会扣住我们的配件。至于那家外国公司，你可以绝对放心，他们是很讲信誉的，而且我们以后还会从他们公司引进机器，他们会很乐意为我们效劳的。"

刘一甫发现女儿的确是一个人才，他怎么就没有想到这个办法呢！反而被那些巡捕牵着鼻子走、弄得团团转，连觉都没有睡好。他点了点头，说道："倒是可以试一试。这样吧，丽丽，等爸爸把配件拿到手，就让你搬出去。"

"什么？"这回轮到刘丽丽傻眼了，她没有想到父亲居然会跟她玩这一手，她着急地说道，“不行，我们刚才不是已经说好了吗……”

刘一甫说道：“是啊，是已经说好了，说的是你帮我想办法把配件顺利地拿到手并安装到机器上，我就同意让你搬出去住，难道不是这么说的吗？”

“你！你要赖！”刘丽丽生气地甩头就走。

刘一甫看着刘丽丽的背影，一个老奸巨猾的笑容浮现在他的脸上，他当然不会这么轻易就答应她的要求。

刘丽丽气愤地跑上楼，冲进自己的房间，一头倒在大床上。她知道父亲素来对工人们的罢工游行很反感，看来她想要再走出这间屋子，和武家根、王德宝等人并肩站在一起，是不可能的事情了，父亲一定会想办法找人看住自己。她一下子从床上坐起了身，看来她得想个办法才是。

忽然，窗外发出了几下敲击的声响。刘丽丽疑惑地走向窗子并推了开来，王德宝的脸忽然出现在她的面前，她大惊失色，差点儿叫出声来。王德宝连忙做了一个噤声的动作，压低着嗓音说道：“嘘，刘小姐，千万别出声，我是来救你的。”

“你怎么……怎么到这里来了？”刘丽丽定睛一看，王德宝竟然拿了一把木质爬梯架到了她的窗口。好在楼层并不太高，他很顺利地就爬到了她的窗外。

王德宝嘻嘻一笑，说道：“想不想出去？顺着爬梯爬下来就行！我在旁边保护你。”

“你怎么知道我需要这个？”刘丽丽指了指架在窗口的爬梯。

王德宝又一次露出了憨憨的笑容，说道：“我就是知道！因为我关心你，正如我听家根念过的一句话——你的所到之处就是我目光所及的地方。”

刘丽丽也笑了，说道：“还真看不出来，你这人看上去粗粗壮壮的，心倒还挺细。”

王德宝忽然不好意思起来，生平还是第一次有人这样评价他，而且这人是他心仪的女孩。

“那个什么宝，你等一歇歇，我去收拾一下，拿几件衣服就走。”刘丽丽说道。

王德宝点了点头。

7

武家根起得很早，起来之后便开始生火点起煤球炉。他想烧一锅白粥给夏秋莲送去。他生炉子的技术并不怎么样，在老家的时候烧的是灶头，而且大多是吃现成的，不用他动手——没结婚前是母亲做饭，后来娶了红姑，家里大大小小的家务都交给了她，来上海之后他生炉子也就下点面条，凑合着能填饱肚子就行，今天为了烧粥，他只得手忙脚乱。

红英正巧买菜回来，看到武家根的狼狈模样，便自告奋勇地将煮粥的差事揽了过去。她一边给他看着炉子上的粥，一边关照他以后若想喝粥或者吃其他什么菜，只要跟她说一声，她煮好之后端过来就行。他嘴里答应着，心却在炉子上的粥上。

张小海起床后也下楼来了，一见武家根煮粥的架势，便猜着他是为了夏秋莲，而且无意间直接说了出来。

红英对此好生奇怪，一个劲儿地追问那个名叫夏秋莲的人是谁。

张小海这才意识到自己有些多嘴了，不过话已经开了头，自然不能随便踩刹车。

当红英得知夏秋莲是工人夜校老师的时候，便知道自己曾在弄堂里见过她，只不过没直接打过照面。听说武家根和张小海想给她送粥，红英非要跟着去，说既然是与家根交好的老师，那一定要去认识认识，当面感谢她对家根的照顾。

红英的话让张小海十分不解，他十分困惑地看着她，问道："红英姐，你和我大哥到底是什么关系？为什么大哥的老师需要你出面感谢？"

红英还未开口说话，武家根便说道："三弟，你今天的话怎么这么多？"

张小海不说话了，他感觉到了武家根的不快。

红英丝毫不理会武家根的反应，说道："家根哥，你告诉他我跟你是啥关系。"

武家根想了想，终于指了指红英，说道："她……她是我亡妻的妹妹。"

红英白了武家根一眼，提高了嗓门说道："什么亡妻的妹妹，明明就是你未过门的媳妇！"

张小海愣住了，他从没听武家根提及在老家有一个未过门的媳妇，难怪红英对武家根说话的态度、做事的方法都是那么不同，有了这么一层关系，就完全可以理解了。他忽然感觉到一种前所未有的轻松，因为他想到了夏秋莲，既然有了未过门的媳妇，那大哥和夏老师之间就不可能再有男女之情了。

武家根一时不知该怎么跟张小海解释，只得轻轻拉了一把红英，说道："好了，好了，别说了。"

"干啥不说？我和你的事情是在姐姐临死之前就说好的，家里人到现在还都等着我们回去成亲呢！你不在家的时候，都是我照顾你儿子伯平的……"

"行了，我叫你别说了！"武家根忽然提高了嗓门说道。

红英不再说话了，她注意到武家根脸上不痛快的表情。

张小海也很知趣地不再追问什么，只是对红英说："红英姐若是想去的话，待会儿就一起走吧。"

红英点了点头，又开始忙着煮起粥来。

武家根提着热腾腾的粥去往夏家，一路上和张小海有一搭没一搭地说着话。红英走在他们的身边，武家根却始终没有和她搭过一句腔。她觉得一定是因为那个叫夏秋莲的夜校老师，武家根才会对自己如此冷淡，但她脸上没有流露出任何不快的情绪。

武家根见着夏秋莲的时候，她坐靠在床上，是夏添把他们带进她的房间的。因为脚伤，夏添特地为她请了一个用人，白天他去学校教书的时候，便由用人伺候她。

红英自从进屋后，便觉得夏秋莲过的是有钱人家小姐的生活——吃得好，住得好，穿得好，边上还有用人，而且她长得真漂亮，说起话来柔柔的，别人想学都学不来，尤其是那双眼睛很妩媚，妩媚得立马就能勾走男人的魂。她想难怪家根会为她做这做那，一个平时连灶头都没怎么摸过的男人居然会为她清早起来生炉子煮粥！

在红英打量着夏秋莲的时候，夏秋莲也在打量着她，虽说才从苏北来上海不久，但红英的穿着打扮都很得体，没有乡村的气息，也许是长期生活在镇子上的缘故，看得出她很干练。

夏秋莲伸手拉过红英的手，感觉到那是一双长期做家务的手，她的这个动作让红英一愣。她问道："没想到你刚进纱厂不久就发生了小顾的事情……"她沉吟了片刻，又问道，"在纱厂做得还好吗？习惯吗？"

红英不明白夏秋莲为什么会关心自己在纱厂的工作情况，她隐隐地感觉到了什么，便用余光偷偷地瞥向身边的武家根，察觉到他的脸上浮现出些许不自然的神情。

只听武家根略带急切地说道："她在那里一切都挺好的，谢谢你。"

"谢谢她？是为她关心自己而感谢她吗？还是因为其他自己不了解的事情？"红英的心头升起了大大的问号。

夏秋莲很是欣慰地点了点头。过了一会儿，她说道："可惜小顾不在了，不然，我们还可以多出来聚聚……"她的声音越来越低沉，眼眶也有些湿润。

张小海连忙说道："夏老师，你的脚伤好一些了吗？我和大哥一直惦记着，大哥还特地煮了粥给你送过来。"说着，指了指放在桌上的一锅粥。

夏秋莲道了谢，告诉他们昨天给她看病的郎中开了几副膏药蛮有奇效，那膏药取名为"一贴灵"倒也不过分，她现在脚落地的时候已经不那么疼了，这都得感谢武家根当时一路背着她去了医馆，若是一拐一拐地走上一路，脚伤的情况肯定更糟。

红英这才知道武家根居然背着夏秋莲四处找医馆，她从小和他一起长大，他都从未背过她，即便是在小时候她走累了央求他，他都没答应。

因为红英陪同在旁，武家根没有什么心思在夏家久待，稍稍坐了一会儿，与夏秋莲说了些话，就起身要走。他生怕一不留神，红英就会说出一些不得体的话。幸好，一切都很顺利，临走时，红英还颇有礼貌地让夏秋莲好好休息。

从夏家出来，还没走出弄堂，红英突然大叫一声，弯腰抚摩着脚，说自己走路不小心别了一下。

武家根半信半疑地走到红英的身边，蹲下身子触碰她的脚腕，她立刻大声叫起疼来。

武家根只能搀扶着红英，可没走两步她说脚更疼了，非要他背她去医馆找郎中。他拗不过她，只得一路背着她去到医馆。

郎中还没诊治，红英便要他拿出昨天开给夏秋莲的“一贴灵”膏药。郎中奇怪地看看她，又侧过头看看武家根，嘴里嘀咕着：“昨日带了一个姑娘来，今日怎么又带一个来？这两天扭伤脚的人还真不少！”

郎中发现一旁站着的张小海，刚想张口说话，张小海就开腔了：“您老眼神不错，昨天我也在场。”郎中不再说话，开了药膏，正要查看红英的伤势，红英便缠着要武家根背自己回家。

武家根没有吭声，背上红英便走了。她趴在他的背上，一颠一颠的，觉得很惬意。

武家根一直把红英背到了亭子间里。张小海找了一个理由先溜回了阁楼，武家根则将她放到椅子上，一把擦去额头上的汗珠，转身就往屋外走。

身后传来了红英的大叫："家根哥，你别走！"武家根像没有听见一般，径自往屋外走去。

红英一下子从椅子上跳了下来，跑到武家根的面前拦着，说道："你干啥这么着急走？你还没给我煮粥呢！我想喝粥！"

武家根看了看红英，继而将目光挪到了她扭伤的脚上，淡淡地问道："你的脚好了？"

红英这才意识到适才因为情急把假装脚扭伤的事情忘记了。

"我就知道你的脚根本没有扭伤。"说着，武家根便向屋外走去。

红英一把拉住武家根，说道："对，我是没有受伤！我就是想让你背我，想让你带我去看郎中，想让你为我烧一碗粥！"

武家根看着红英，问道："你这么做究竟是为什么？"

"你问为什么？难道你不知道我这么做是为了什么吗？"红英反问道。

武家根忽然说不出话了。他当然知道，但他很想装作不知道。

红英发出了"哼"的一声，低低地说道："你别以为我看不出来，刚才在她家，你看她的眼神就不对劲，那种那种……"她一下子找不到合适的字眼来形容，不过她的心里很清楚，武家根是用一种很柔很柔的眼神看着夏秋莲的。

红英停顿了一下，又说道："反正，你从来就没有那样看过我！家根哥，你知道当时我的心里有多难受吗？"是的，她当时就像被人狠狠地捅了一刀，可她却要装作什么都没有看到，脸上仍然要露着笑容。

其实，红英从小就喜欢武家根，但从她懂事起，她就知道红姑是武家的童养媳，长大了要嫁给家根哥，而她这一辈子注定只能做他的妹子。武家的人都知道一个秘密，那就是红英是他们收养的孩子，并非红姑的亲妹妹，但她们的感情比亲姐妹还要好。等红英懂事后，这件事情便成了公开的秘密。红英深深地埋藏起对自己身世的好奇，从不打听自己是怎么到这个家来的，武家人也只说她是被收养回来的。这些对她而言都不重要，重要的是他们待她很好，她有姐姐、有母亲、有爷爷奶奶，还有武家根这样一个哥哥，武家根对她就像亲哥哥待亲妹妹一样好。

红英记得红姑难产生下武伯平的那天，她一直流着泪在红姑身边守着。红姑知道自己撑不下去了，便支开了接生婆，问红英是不是一直都很喜欢武家根。这话问得红英脸上一阵滚烫，她不知该怎么回答。这么些年，她总是小心翼翼地将对他的情感埋藏在心底，她觉得旁人是不可能察觉出来的。红姑见她不说话，便说其实自己早就感觉到了，她很感谢红英为她藏起了这份爱意，她还说一定会成全红英。红英当时不明白她说这话的意思，直到她把武家根叫到了床边，把他和儿子托付给红英，让红英好好照顾他们，并将两个人的手拉到一起，让武家根许下承诺：她死后，娶红英为妻。武家根含着眼泪点了头，红姑才放心地走了。

红英很感谢老天能成全她，可红姑走后，武家根并没有娶她，她知道他沉浸在悲伤之中，所以一直没有提成亲的事情。后来，家人让他去上海找父亲，当她知道的时候，他已经走了，她当时多少有些失落，但是她安心地留在老家和母亲一起带伯平。没想到，武家根一去不返，这两年她无时无刻不在思念着他，他每年都会给家里写几封信，说他在上海的近况，后来还说当上了工人，可始终没有要回家的意思。母亲对她说，不能一直这样等下去，让她索性去找他。于是，她来到了上海。谁知到了这里，她才知道他根本就没打算回去，身边不仅冒出了张小海这一帮结拜兄弟，还出现了那个叫夏秋莲的夜校老师。她能感觉到，夏秋莲在他的心中很不一般。

这时，红英听到武家根的声音响了起来："我看你不是心里难受，你是在喝干醋。"

"对，我是在吃醋！"红英承认得很快，"我受不了她那副假惺惺的模样，她还问我在纱厂做得好不好，分明就是别有用心，我在那边做得好不好跟她有啥关系，她还不是为了你……"

武家根一听红英说这话，怒气便涌上了心头，她哪里知道她的工作是夏秋莲帮忙找的，在上海为她这样既没文化又没手艺的人找到一份像样的工作是多么难啊！他打断了她，说道："别说了，她不是那样的人，她是真的关心你。"

红英愣愣地打量了武家根一会儿，他说话的语气是那么肯定，她喃喃地问道："你宁可信她，也不愿信我，是吗？"

"你不了解情况。"武家根脱口而出。

"到底是什么情况我不了解？"红英问道。

武家根不想说下去了，若是让她知道纱厂工作其实是夏秋莲介绍的，她更有理由胡闹了。

只听红英说道："家根哥，你老实地跟我说，我那工作是不是……"

武家根没等红英把话说完，便抢先说道："你别瞎想了！我累了，想回屋了，你也好好休息吧。"说完，抬腿便走。

红英看着武家根离去的背影，眼眶有些湿润了起来，她觉得自己和他的距离隔开得很远，虽然她已经来到了上海，守在了他的身边，但为什么就是感觉不到他的心呢？

第十二章

醋是酸的，女人心思

1

王德宝一连在武家根和张小海的阁楼里睡了好几天——三人打了地铺，挤挤就过来了——因为王德宝把自己的房间腾给了刘丽丽。

几天后，王德宝帮刘丽丽在德泽坊物色了一间前楼的房间。她租住下来后，他才搬了回去。

刘丽丽租住的房间朝南，面积将近二十平方米，有好几扇大大的窗户，太阳只要升起来，房间就能被晒到，是那幢楼里最好的房间。当然，与她家那栋小洋楼比起来，简直是一个天上一个地下。

在王德宝看来，那房子已经算是很好的了。看过她那个房子，再回到他租住的二层阁，只能得出一个结论：他那里简直就是猪圈。

这天，大伙儿商量着请刘丽丽到阁楼上吃顿饭，欢迎她“落户”德泽坊，刘丽丽自然很高兴地答应了下来。只是几个大男人犯了愁，他们一时找不到会做饭烧菜的人。夏秋莲的脚伤还没完全好，总不能去麻烦她。方心雨又烧不来什么菜，以前在江岛的时候大家都“享受”过她的手艺。想来想去就只有红英了，但一说到她，武家根便沉默了。

张小海察觉到最近武家根与红英之间有些不愉快，红英已经有两天没来阁楼找过武家根了。于是，他主动去找红英帮忙做饭，红英听后很爽快地答应帮忙。她原以为武家根会来找她，没想到自那日争执了几句之后，她就没再见着他。她也曾琢磨着去他那边，可女孩子毕竟脸皮薄，又苦于没啥理由。正好张小海来请她帮忙，她马上就答应了下来，也算是找到了一个台阶下。

请刘丽丽吃饭那天，红英忙坏了，一早就起来买菜，辛辛苦苦忙一天。晚上，人都到齐了，武家根将几个兄弟和方心雨、刘丽丽一一给红英作了介绍。夏秋莲没来，这是红英觉得最舒心的地方。

上菜的时候，王德宝很热心，红英炒好一个菜，他便往楼上送去一个，等红英炒完菜，他便叫她一起进阁楼。

红英觉得武家根的这些兄弟里，数王德宝最实在，李少杰看上去文绉绉的，跟他说不上什么话，张小海心思活，好像老有打不完的小九九。

红英原本是打算坐在武家根身旁的，那样好找机会和他说上几句话，可没想到刘丽丽已经紧挨着他坐好了。红英看了看刘丽丽，她不喜欢刘丽丽的打扮，穿得像个男孩，没有一点点女人味，真是可惜了父母给的秀气长相。

席间，王德宝夹了一只鸡腿给刘丽丽。不料，她将鸡腿夹进了武家根的碗里，说道："武家根，你吃。"

武家根抬头看了看刘丽丽，又将鸡腿夹向了她的碗里，说道："不用，你吃。"

谁知刘丽丽说了句"我不吃鸡"，这让武家根很是尴尬，夹鸡腿的手停顿在了半空中。

张小海注意到红英满脸不快，连忙在桌子底下偷偷地踢了一下武家根的脚，说道："红英姐，今天你也辛苦了一天。"

武家根领悟到了张小海的用意，将鸡腿夹进红英的碗里，说道："你吃吧。"红英的脸色这才稍稍缓和，她当然不知道张小海做的那个小动作。

刘丽丽看了一眼红英，她之前没有留意过这个女孩，只听武家根介绍说是老乡，现在看来他对这老乡倒挺关心。

吃了两筷子菜，刘丽丽便凑近武家根，低声地说道："那个菜看起来挺好吃的，就是离得太远，我够不着，能帮我夹一些吗？"

武家根顺着刘丽丽的目光看到了离她较远的那碗青菜，"哦"了一声，站起身来夹了一筷子放入她的碗中，她则报以莞尔一笑。

武家根无意间一抬头，看到红英正端着碗直勾勾地盯着他和刘丽丽，那双眼睛里射出的是两道充满怒火的目光，他的心头"咯噔"了一下。

吃完饭之后，王德宝自告奋勇地带刘丽丽去弄堂司边逛逛，她对这里还很陌生，又从国外回来时间不长，所以充满了好奇。李少杰和方心雨是一起走的，他说送她回学校的宿舍。红英将碗筷收拾好，便到楼下的灶披间洗碗，武家根在一旁相帮着，两人始终没有说话。

红英将碗筷洗完，放在一旁，忽然转身盯着武家根看。他被她看得汗毛都竖了起来，刚想开口问她，就听她说道："你和那个刘丽丽是什么关系？"

武家根早就猜到红英会这么问，平静地回答道："她是我们厂老板的女儿，刚留洋回国不久。"

"回国不久就跟你这样亲热了，若是回来很久，你俩是不是连孩子都有了？”红英把话说得很直白，直白得让武家根接受不了，他说道：“红英，你怎么说得这么难听？我和她什么都没有，只是在一个厂子里工作而已。”

红英“哼”了一声，说道：“我才不相信，她刚才凑在你耳朵边说什么悄悄话呢？你还一个劲儿地给她夹菜！我在场你们都这样了，如果我不在的话……”说着，她的眼睛红了，眼眶也湿润了。

什么叫作“有理说不清”，什么叫作“秀才遇到兵”，武家根这回算是都体会到了。他想了想，说道：“红英，我和刘丽丽真的不是你想的那样，她是王德宝要追求的女孩。”

“王德宝？”红英猛地抬起了头，“这么说，王德宝喜欢她？”

武家根点了点头。

“那刘丽丽喜欢他吗？”红英接着问。

武家根回答道：“不知道。”

红英说道：“我看她不喜欢王德宝，她喜欢你。”

武家根说道：“红英，你别再胡乱猜疑了，我是啥身份，人家是啥身份。她的父亲是我们厂子里的老板，她是有钱人家的小姐，我只是一个穷工人，要什么没什么，人家怎么会看中我呢？”

红英半信半疑地看着武家根，问道：“你说的都是真的？”

武家根点头，说道：“我倒是希望她能喜欢上我二弟。”

红英嘴上不再说什么，但女人的直觉告诉她，刘丽丽倾情于她的家根哥。

王德宝带着刘丽丽经过熟水店的时候，她站住了，指着店门口那方写着“阿毛熟水店”的牌匾问他：“这是一家什么店？”

王德宝很奇怪刘丽丽居然不知道熟水店做的是什么营生，当他解释给她听后，她很兴奋地说以后每天要阿毛家给她送水。

阿毛的老婆一听就乐了，连忙告诉刘丽丽："若是每个月每天都要我家送的水，可以给你一个优惠价。若是想吃家常菜，我可以为你亲自下厨，价钱也可以给你便宜。"说着，为了证明她家的茶水和菜肴味道不差，她请刘丽丽免费品尝了一杯龙井，末了，还端上一碗阿毛菜饭。

刘丽丽还是第一次见着这么热情的老板娘，何况菜饭和茶水的味道的确很不错，她觉得比自己家请的厨子的手艺还要好。她当场拍板从明天起就让阿毛熟水店负责她屋子里的茶水，并将那碗只尝了一口的菜饭带回去，说是留到夜里吃。

王德宝见刘丽丽像刘姥姥进大观园一样，觉得周边的一切都很新奇，套用她自己的话说："这些年不在上海，还真生出许许多多好玩的东西来"。从她的话里，王德宝才知道，她平时到厂子里上下班坐的都是刘一甫那辆奥斯汀轿车，而且家里有用人，吃饭喝茶也都是到有名的馆子、茶楼，哪里来过这么平民的小店和弄堂呢？

刘丽丽觉得自己离开家是十分明智的选择，她应该尝试着去过一种从未体味过的生活。

2

王德宝在帮会里的大哥姚堂主让他去完成一桩很重要的任务。

姚堂主交给王德宝一个写着地址的纸条，而后又给了他一封信，那信的封口用糨糊封了起来。他让王德宝将信按地址送过去，并说到了那里会有一个二十余岁的年轻人给他开门，他只用问对方：“你是洪先生吗？”若对方回答：“不，我姓何。”那就证明暗语正确，只需将信交给他，而后离开。

王德宝将暗语牢牢地记在了心底。临走前，姚堂主说了一句：“一定要把信送达，这可是人命关天的事。”

王德宝点头，说道：“大哥，你放心吧！我王德宝就是拼上自己的性命，也会将信送到对方的手里。”

姚堂主点了点头，说了句：“快去吧。”

王德宝一出门就叫了一辆黄包车，以最快的速度赶往目的地。那房子坐落在弄堂的深处，他看了看身后，没有发现任何异常情况，便抬手敲了敲门。

不一会儿，房门“咿呀”一声打开了，站在王德宝面前的是一张熟悉的面孔。他惊讶地张大了嘴，对方见着他的一瞬间也很吃惊。

王德宝刚想叫出对方的名字，忽然想起姚堂主关照他的话，便问道：“你是洪先生吗？”

对方一愣，眼中闪过一丝奇怪的神色，但那神色很快便消失了，对方沉静地回答道：“不，我姓何。”

没错，就是这暗语。王德宝笑了，从怀里取出信，递给了对方，说道：“这是我大哥姚堂主让我交给你的。”

对方接过信，点了点头，说道：“德宝，真没想到会是你。快进来吧！”说着，便将王德宝迎进了屋。

王德宝压根没想到是他，正如暗语说的，他的确姓何，王德宝不仅知道他姓何，还知道他的全名，他叫何华——李少杰的好朋友，成功组织了很多次学生运动、在江岛上曾经训练过他们的何老师，他们习惯叫他“何教官”，可他总让他们直呼其名，说自己只比他们虚长两岁。

进了屋，何华为王德宝倒了杯水，让王德宝坐着休息一会儿。他将信拆开，取出信纸，只看了一眼，脸色便变了。

王德宝很是奇怪地问道：“怎么了？是不是发生什么大事了？”

何华将信纸递给了王德宝，说道：“你看。”

王德宝并没有接过，而是憨厚地笑了，喃喃地说道：“那个，我不识字。”

“看这个不需要识字。”何华说道。

王德宝一愣，什么样的信连不识字的人都能看懂呢？他接过信纸，看了一眼，只见那信上画了一张图，他虽然没什么文化，但他一眼就能看出那是一张八卦图。姚堂主让他火速给何华送一张八卦图是何用意呢？他抬起头茫然地看着何华，低低地问道：“这是啥意思？”

何华回答道：“是让我赶紧离开的信号。德宝，我得出去避一避，我会买船票去苏联。”

“啊？去苏联？”王德宝一时没回过神，他不明白何华怎么要跑得那么远。

何华说道：“谢谢你，也替我向姚堂主道一声谢，请转告他等风声过去之后，我会回来的。”

王德宝点了点头，说道：“知道了，放心吧，这话我一定带到。”他停顿了一会儿，又问道，“何教官，你和姚堂主很熟吗？”

何华笑了，说道：“德宝，我还真没想到你会八帮会呢！实话告诉你吧，我和姚堂主不仅很熟，而且按辈分来论，你们姚堂主，包括姚堂主的大哥屠老大，都得管我叫一声老大。”

王德宝瞪大了眼睛，一下子从椅子上跳了起来，他没想到何华居然也是帮中的兄弟，而且辈分这么高。由于激动，他竟有些语无伦次起来：“那那那，我更得管你叫一声老大了！我一直以为你和赵火教官一样，是……是……”他说不下去了。

何华哈哈大笑起来，接着王德宝的话问道：“你以为我和赵火一样，是什么？”

王德宝挠了挠脑袋，一下子想不起来他们是什么党了。

何华看出了王德宝的窘态，问道：“你是不是以为我们都是共产党？”

“对对对，是叫共产党。”王德宝连连点头说道。“共产党”三个字是他第一次从李少杰嘴里听到的，他弄不明白是什么意思，李少杰给他解释了老半天，他还是没明白，最后李少杰说了一句话，他听懂了。李少杰说：“共产党就是为无产阶级说话办事谋利益的，而工人就是无产阶级。”他觉得能为无产阶级办事的党一定是好党，自己不仅是工人，而且是穷人，也就是李少杰所说的“无产阶级”，从那一刻起，他便觉得共产党是了不起的。

何华说道：“德宝，这次你还真说对了，我是共产党。”

“可你不是入帮会了吗？”王德宝不解地问道。

何华反问道：“入了帮会就不能是共产党了吗？”

这句话把王德宝问住了，是啊，入了帮会就不能是共产党了吗？可是他总觉得哪里不对，究竟是哪里不对，他也说不上来。他摇了摇头，说道：“你说的这些我不懂，我是一个粗人，好多事情我都想不明白。”

何华笑了，说道：“想不明白就不要想了。”

王德宝点了点头，老实地说道：“是的，想不明白还想，我的头就会很疼。”

何华看着王德宝，说道：“德宝，你是一个很实诚的人，也很讲义气，但你要知道，不是帮会里的每个人都像你想的那样。”

王德宝愣愣地看着何华，不明白他话中的意思。

后来，王德宝从赵火的嘴里得知，何华在接到信的第二天，便离开了中国，坐上了去苏联的轮船。

再后来，王德宝有一次和刘丽丽逛街闲聊时，把那天的事情当故事讲给了她听，她听得津津有味，听完之后用几近崇拜的眼神看着他，他不明白她为什么那样看着他，问了她好几次，她只是笑他傻。傻傻的他不停地追问，她最后才说道：“我忽然觉得你王德宝也挺了不起，无意间就救了一个人的命，而且是一个革命者的命，但最要命的是，你到现在还没意识到。”他听了她的话，咧开嘴，笑了。

3

红英来找武家根的时候，阁楼里并非只有他一个人，还有李少杰——他的四弟，另外一个中年男子她并不认识。

武家根打开房门，请红英进去的时候，她觉得屋内的气氛有些怪怪的，他们看她的眼神里都有一丝警惕，当然，这样的情绪很快就消失了。李少杰和她打了招呼后，说学校还有事情，便先离开了。

武家根将红英介绍给了中年男子，告诉她他是自己的教官，名叫赵火。赵火笑着说大家都习惯叫他赵叔，既然她是武家根的老乡，也叫他赵叔就好了。红英点着头，嘴上答应着，心中却感到很奇怪，怎么凭空冒出一个赵叔来了？

武家根看了一眼红英，她当然不会知道就在她敲门之前，他和李少杰在赵火的主持和见证下举起了拳头庄严地宣誓，那是多么神圣的一刻，因为他们已经成为一名光荣的中国共产党党员，这是武家根做梦都没有想到的。仪式刚结束，敲门声就响了起来，这让他们都感到一阵莫名的紧张，打开门看到来人是红英之后，武家根才松了一口气。

赵火打量着红英，她看上去比武家根小几岁，不知为何，她给人一种很亲近的感觉。他忍不住多看了她几眼，忽然，他的目光定格在她手腕处戴着的一枚玉镯上，那玉镯十分眼熟，熟悉得让他在一刹那宛如被一道鞭子狠狠地抽打在身上，目光无法再挪向别处，因为他知道那镯子是他们赵家的传家宝，当年是由他的母亲亲手交在他手里的，而他将镯子留给了一个很重要的人。

武家根的声音忽然响了起来：“赵叔，你怎么了？”

赵火一下子回过神来，思绪重又回到了阁楼上。他看了看武家根，尽快让自己的心情平静下来，问道：“你刚才说你的这位老乡名叫……”

“红英。”武家根回答道。

赵火又一次将目光移向红英，细细看来，她长得还真有点像一个人，一个他曾经深爱的女人。他问道：“你们俩是邻居？”

武家根没有想到赵火会忽然问起他和红英的关系，他没有丝毫隐瞒地回答道："不，红英从小在我家长大，我妈从小就把她当作亲生女儿看待。"

"你们家就她一个女孩吗？"赵火问道。

"不，还有一个，叫红姑，是我家的童养媳，生下我儿子武伯平后就去世了。"武家根说道。

赵火陷入沉思之中。是的，是有一个童养媳，这一点他早就知道。他喃喃地说道："红姑……红姑应该比红英大两岁吧？"

在一旁的红英觉得好生奇怪，脱口问道："咦，你怎么知道？你会算命？"

武家根连忙拉了拉红英，小声地说道："你把赵叔当作什么了，他可不是跑江湖的算命先生。"

红英嘀咕着："那他怎么能说得这么准？"

赵火笑了，看着红英说道："你既然说我是算命先生，那我就算上一算。我看你，今年该有二十二岁了吧？"

红英不由得张大了嘴巴，说道："真是神了，我的年龄你都能看出来！我，我能跟家根哥一样叫你赵叔吗？"

赵火的眼中闪过了很是怪异的神色，武家根从未见过那种神色——温情中竟充满了怜爱。赵火点了点头，说道："好。"

红英高兴地笑了，叫了一声："赵叔。"然后说道，"你知道吗？赵叔，你看起来真面善，就像，就像……"

"就像什么？"赵火问道。

红英想了一会儿，说道："就跟亲人似的。"

赵火听了红英的话显得很高兴，他点着头说道："那从现在起就把我当亲人，好吗？”

红英点了点头，是很用力的那一种。虽然只与赵火交谈了五分钟，但他是她到上海之后给她印象最好也是最深的一个人，而且她能感觉到他在武家根的心中占据着很重要的位置。

武家根默默地打量着赵火，觉得今天的他是反常的，他平时对一个陌生人是绝对不会说这么多话的，还有他看红英的眼神是那样的特别，他的嘴角甚至不由自主地时时上扬，这些都颇为匪夷所思。

到了晚上，赵火硬是拉着武家根和红英坐黄包车到老正兴菜馆吃饭，他说他饿了，一定要他们作陪。

老正兴菜馆是一家有年头的饭店，专门烧本帮菜，在上海是出了名的。自红英从水闸镇来到这里，武家根从未带她下过馆子，更别说像这样赫赫有名的饭店了。武家根哪有这闲钱，何况红英也是节俭的人，尤其是到纱厂做工之后，更晓得赚钱的不易，常在武家根面前唠叨，让他不到万不得已别去外面吃饭，想吃什么告诉她，她给他做就行了。

红英一走进饭馆，就觉得很气派，坐下后还觉得挺不自然，连腿脚都不知该怎么放了。

赵火本来是想让红英点菜的，但她说她从没点过菜，肯定点不好，于是赵火点了老正兴的招牌菜。等菜端上桌后，武家根发现赵火居然点了一桌子菜，哪里是他们三个人能够吃得掉的？赵火却说没关系，实在吃不掉可以带回家慢慢吃。

赵火的情绪很好，点了绍兴黄酒，不仅让武家根陪他喝了几杯，还让红英也喝了。其间，赵火状似无意地问起红英手腕上戴着的那枚镯子，红英说是她养母也就是武家根的母亲给她的，并说这镯子对她很重要，要她一直戴着，别脱下来，这一戴就是十多年。

赵火说这镯子是很特别，一看就知道是老货，还问红英想不想自己的爹娘。

红英摇头说不想，还说这么多年过去了，他们都没来找她，兴许早就不在这世上了。

赵火听了，没再说话，只是大口大口地喝着酒。

4

刘一甫的奥斯汀轿车开进了德泽坊，这对整条弄堂的人来说是开天辟地的一件大事。很多孩子围着闪着异样光泽的轿车看个不停，大人们则在悄悄地议论着不知道车上的人是来找谁的。

轿车不偏不倚地停在了金师傅家的门前，刘一甫从车里下来，走进金师傅家的门洞，这在弄堂里顷刻间掀起了波澜。

刘一甫的确是来找金师傅的，不过他是为了刘丽丽。金师傅在见着他那一刻便猜着了，连忙让隔壁孩子金宝去将刘丽丽叫来。

在等刘丽丽来的这段时间里，刘一甫问了刘丽丽搬到弄堂之后的情况，并恳请金师傅多多照顾她，毕竟她在国内还没有独立生活过，从小家里就有好些个用人，虽说是去国外生活过一段时间，但他也是托付在国外的亲戚帮忙多照顾她，并拿出了足够的钱供应她在海外生活。

金师傅答应了下来，说本来就住在同一条弄堂　多照顾是应该的，何况武家根、王德宝、张小海也住在这里。

金师傅不提武家根他们倒还罢了，一提到他们，刘一甫的脸就阴沉了下来。他让金师傅好好管教徒弟，说他已经听说刘丽丽和武家根、王德宝走得近，厂子里还有谣言说王德宝居然在追求刘丽丽，简直就是癞蛤蟆想吃天鹅肉，他绝对不允许这样的事情发生！

金师傅听后笑笑，说自己的徒弟武家根是不会喜欢刘丽丽的，因为武家根是一个做事情有分寸的人，至于王德宝，有机会他会提醒一下，不过他说，那些毕竟都是年轻人自己的事情，什么事都好插手，唯有感情的事情很难。

两人正谈到这里，刘丽丽就来了，金师傅找了一个理由避开了。

刘一甫看着刘丽丽，问她在弄堂里住得习不习惯，毕竟身边连一个照顾她饮食起居的人都没有，而她在这里也已经住了好多天，算是玩过、疯过了，现在能否跟他一起回家。

刘丽丽摇摇头，说她在这里住得挺好，吃的喝的都由弄堂口的阿毛熟水店送过来。

刘一甫一听便连连叹气，他这个女儿从小喝茶就去茶楼，吃饭只去大饭馆，还经常跑跑咖啡馆，如今一个名不见经传的熟水店便把她迷倒了？他提醒她，她是他刘一甫的女儿，他在上海滩可是有些名气的老板，她若是做出什么出格的事情，他第一时间便能知晓，到时候就是强拽硬拖，也会把她拉回家。

刘丽丽听着父亲的话，感觉到他话中有弦外之音，便直接问他是什么意思，他便又一次说到了武家根和王德宝。

刘丽丽嘴上应承着父亲，但在她的心里，武家根、王德宝与她并没有任何地位的悬殊、身份的差异，相反，她觉得他们是厂子里的工人，是为父亲卖命的人，他们和她就像是一个大家庭中的成员，在与他们相处的这些日子里，她充分感受到了他们的朴实，不过她没有与父亲争辩，因为她知道争辩意味着她的弄堂生活的终结，父亲会想尽一切方法让她回到她一直生活的那栋小洋楼里，她已经厌倦了那种被人伺候的日子，她想拥有属于自己的生活、圈子和朋友。

刘丽丽问及机器配件的事情，刘一甫告诉她对方好些天前就已经装船发货了，估计用不了多少时日就能到上海了。

刘丽丽拿出一盒专门给父亲买的哈瓦那雪茄，递给了他。刘一甫一愣，没有想到她会特地为他买来。他伸手接了过来，说道："谢谢你，孩子。"

刘丽丽笑了，说道："买给你，不是让你肆无忌惮地抽，而是希望你在抽烟的时候能想起这烟是我买的。烟还是少抽些的好，我不在家的时候，你要控制一些。"

刘一甫最头疼的就是刘丽丽老喜欢控制他抽烟，只要一见着他点燃香烟或雪茄，她便会唠叨两句，可惜如今没有人唠叨了。刘一甫点了点头，说："知道了。"他站起身准备离去时又说道，"若是这里的生活不舒心了，记得爸爸在家里等着你，我会一直等着你回来。"

刘丽丽听着父亲的话，竟觉得鼻子一酸，她连忙控制好自己的情绪，说了一句："好，我知道了。"随着这句话落地，她察觉到父亲的眼眸中闪过一丝失望的眼神。

刘丽丽将刘一甫送出弄堂，看着他的轿车渐渐远去，最终消失在了街上。

第十三章

“我是他未过门的媳妇！”

1

红英坐在床边用心地剪着窗花。她一边剪着，一边让武家根这两天抽空把赵火和他那几个兄弟请到家里吃饭。

武家根嘴里应承着，心里却有些奇怪，忍不住问道：“什么事情需要请客吃饭？”

红英笑了笑，说道：“这件事情我也想了好些天了，既然你现在不想回老家，那我们就先在上海把喜事给办了，请赵叔过来作个见证，他是你的教官，也是长辈，再请你的兄弟们过来热闹热闹。”

“喜事？”武家根瞪大了眼睛。

红英点了点头，很认真地说道：“是啊，咱们的事也不能一直这样拖着，等以后我们回到老家再好好补办一回，将镇上的乡里乡亲都请过来，你说好不好？”

武家根看着红英，其实这些天他也一直在琢磨他和红英的事情，他早就想找一个合适的机会跟她好好谈一谈，可又怕谈得不愉快。

红英放下手里的剪刀，将剪好的窗花拉了开来。这一回，武家根看着她手里的大红窗花呆住了——这哪里是什么窗花？而是一个大大的“囍”字！他低低地问道：“你，你怎么在剪这个？”

红英扬扬自得地说道：“好看吗？我剪得还不赖吧！实话告诉你吧，当年你跟红姑姐姐成亲的时候，房间里的那些‘囍’字就全是我剪的。虽然新娘不是我，可我希望你能在新房里处处看到我给你剪的‘囍’字。”

武家根忽然说不出话来了，当年他压根就没有注意到这些。

“你怎么不说话？”红英奇怪地问道。

武家根说道：“红英，你先别忙着剪这些，有些心里话我想跟你好好说说。”

红英放下了手中的“囍”字，点了点头，说道：“你说吧，我听着呢！”

武家根说道：“红英，你知道吗？来上海之后，我懂得了很多以前不知道的道理。”

“哦？那你倒说说看。”红英说道。

武家根说道：“比如信仰，比如革命，比如感情。以前我不知道什么叫爱情，也不知道什么叫谈恋爱，更不知道互生好感的男女才适合结婚、生活在一起，我原以为凭着家里的长辈做主，有了父母之命、媒妁之言，即便是多么不般配的男女，拜堂成婚也是天经地义的事。”

红英点头，说道：“家根哥，你说的这些都没错啊，难道祖宗留下的规矩不对吗？”

武家根叹了口气，说道：“当然不对。现在回想起来，当年我和红姑只有兄妹之情……我不想再犯同样的错了。如果说当年我什么都不懂，那现在我懂了。”

“你到底想说什么？”红英虽然已经隐隐地感觉到了武家根话

中的意思，但她嘴巴上还在装傻。

武家根沉吟了一会儿，说道：“红英，这么说吧，我见着你，就如同见到当年的红姑一般。我疼你，关心你，跟对待自己的亲妹妹似的，你能明白这种感情吗？”

红英喃喃地说道：“妹妹？可你本来就是我的家根哥呵……”她停顿了一下又道，“你如果真能待我同红姑姐姐那样，我就很知足了。”

“可这不是爱情，我对你只有亲人一般的感情。红英，我希望你能找到一个爱你的男人……”

没等武家根把话说完，红英便一下子从床边站了起来，说道：“我不需要！我这辈子只要你一个男人。”

武家根早就知道红英会这么回答他，正是这样，他才想解放她，帮她从以往的束缚中挣脱出来。他说道：“那是因为你没有爱过别人，也没有被别人爱过，你体会不到爱情的甜蜜。”

红英看着武家根，发出了一声冷笑，说道：“是，我是什么都不知道，因为我不像你！你是不是什么都经历过了？是不是什么都体会过了？你不用说得这么好听，什么爱情，什么解放，说到底就是你在上海相中了其他女人，被狐狸精勾走了魂，你看不上我了，想把我一脚踢开！”

武家根喝止道：“红英！你怎么能把话说得这么难听呢？”

红英用一种几近冷酷的眼神瞪着武家根。这眼神一下子拉开了两人之间的距离，更让他对她产生了一种从未有过的陌生感。他愣愣地问道：“红英，你，你……你怎么这样看着我？”

只听红英说道：“你让我去找爱我的男人，哼，你说说我要上哪里去找？谁不知道我红英是要嫁给你武家根的？我天天住在你们家、吃在你们家，谁还愿意要我？我等了你五六年，最好的年华都已经等掉了，天天在家给你带孩子，现在武伯平都管我叫妈，你知道吗？”

武家根愣住了。他记得他离家时，伯平还不会开口说话，一定是母亲让伯平这么叫的，因为她早就把红英当作了儿媳妇。

红英说道：“你见过还没结婚的姑娘就被孩子唤作妈的吗？你知道名节对一个女人来说是多么重要吗？我不懂什么爱情不爱情的，我只知道我红英生是你们武家的人，死是你们武家的鬼！我是你们武家长辈认可的媳妇，你自己看上的媳妇，家里能承认吗？”

红英的话问得武家根一时语塞，家里人自然只认红英，这是不容改变的现实。

红英看着沉默的武家根，说道：“我知道，你看上了那个夏秋莲！我要找人来给我评评理。”

“评理？”武家根一愣，问道，“你要找谁评理？”

红英叫道：“我找该给我评理的人来评理！你等着瞧！”说着，便往屋外走去，并重重地甩上了房门。

武家根听着红英的布鞋踩在木质楼梯上发出“咚咚咚”的声响，他知道她已经下楼去了。他一屁股坐在了床上，脑袋深深地埋入了两个臂膀之间，双手狠狠地插入头发。他忽然觉得自己很无助，红英注定是无法理解自己的。

2

夏秋莲的脚已经完全康复了，她不得不承认郎中开的那几帖“一贴灵”膏药大大缩短了痊愈的时间。她在院子里散着步，前段时间不是躺着就是坐着，早就觉得腰酸背痛了，而且父亲白天去学校教书的时候，便让用人看管着她，不让她多走动，可把她难受坏了。

忽然，院门外传来了敲门声。因为距离院门很近，夏秋莲便走了过去，打开院门，发现站在面前的竟是武家根的老乡：红英。她微微一愣，但很快便侧过身，说道：“红英姐？你怎么来了？快，快请进来。”

红英毫不客气地走了进去，说道：“没想到我会来吧？哼，你也别叫得这么好听，我可不敢当夏老师你的姐姐！”

夏秋莲已经嗅出红英话语中的火药味道，只是她不明白红英为什么阴沉着一张脸，就连注视自己的目光都充满了冰冷和敌意。她不解地问道：“是发生什么事情了吗？若是不介意的话，你可以跟我说。”

红英点了点头，说道：“当然是发生事情了，而且和你有关，我不跟你说，还真不知道该跟谁去说！”

夏秋莲愣愣地看着红英，和自己有关？她和红英原本就没有交集，也不可能有什么交集。哦，等一等！她忽然想到了，她们两个唯一的交集就是武家根，难道武家根出了什么问题吗？她将满是疑惑的目光投向了红英。

红英说道："我不管你过去和武家根是什么关系——老师也好，朋友也罢，现在我要告诉你的是，我不是他的老乡，我是他未过门的媳妇，是武家长辈早就认可的儿媳妇，我这次来上海，就是为了找他和我一起回老家成亲的。"

红英说的每一句话对夏秋莲而言都像晴天霹雳一般，她呆呆地看着红英，许久回不过神来。未过门的媳妇？她从来都没有听武家根提及在老家有一个未过门的媳妇，他不是说他的妻子因为难产而早亡了吗？怎么现在凭空冒出一个媳妇来了呢？她的脑子一下子乱了，如果红英是他的媳妇，那自己和他该怎么办？她不敢想下去了，下意识地问了一句："你真的是他未过门的媳妇？"

"如假包换！"红英用斩钉截铁的口吻回答道，"你若是不相信，你可以去问问武家根。他是一个老实人，绝对不会欺骗你。"

夏秋莲缓缓地点了点头，她当然会去问他。

红英看了一眼有些失魂落魄的夏秋莲，她脸上的神情更加证明了红英的猜测——武家根和夏秋莲的关系不一般，他们一定已经有了感情。红英说道："既然现在你已经知道了，我想请你帮我一个忙。"

夏秋莲在心头深深地叹息了一声，问道："你说吧，帮什么忙？"

"请你以后不要再见武家根！"红英很直接地说道。

夏秋莲的心蓦地刺痛了一下，连心跳似乎都停跳了一拍。她沉吟了半晌，终于开口说道："这样吧，如果你说的是真的，我答应你尽量减少和他见面的机会。"

"不行！"红英叫道，"你必须答应我，你们不准再见面！只有不见面了，他才会忘记你，他才会答应和我结婚，他才会安安心心地跟我过日子！”

不见面，就真的会淡忘吗？夏秋莲的眼中不由得升腾起一层雾气，过去和他一同经历过那么多事情、那么多情感，是说忘记就能忘记的吗？即便从此不相见了，她也无法完全忘记这一切。红英提出的要求对她来说实在是太残忍了，她和他不是仅相识了个把月的时间，而是那么些年啊！

“你为什么不说话？”红英的声音忽然响起在夏秋莲的耳畔。为了掩饰内心的伤痛，她只想尽快结束与红英的谈话，于是点了点头，说道：“我知道了，你走吧。”

红英见夏秋莲点头答应，心中一阵窃喜，欢快地朝着院门走去。走了两步，她回过身看了一眼正在发愣的夏秋莲，说道：“你可要记住今天的承诺！”说完，便转身离去了。

夏秋莲连忙将院门关上，无力地靠在冰冷的铁质院门上，那寒意顷刻侵入她的背脊，让她不由得打了一个冷战，眼泪也忍不住流了下来，而且如同决堤了的江水一般控制不住。怎么办？她该怎么办？她该如何安放自己的感情？她用力地咬着嘴唇，却没有感受到任何疼痛。直到一股血腥味充斥齿间，她才轻轻地用手指触碰了嘴唇，一大颗血珠滴在了她的手指上。

3

刘丽丽坐在灯下看书，不过这里点的是煤油灯，而家里用的是电灯。好在她的适应能力还不赖，渐渐地也喜欢上了煤油灯点燃时散发出的那股怪怪的味道。

其实，刘丽丽最不习惯的得数马桶，毕竟从记事起，她用的就是抽水马桶。至于吃饭，早晨到弄堂口的包子铺买包子和豆浆，午饭就在厂子里的食堂吃，晚饭则基本交由阿毛的老婆来打理，时间稍长，阿毛的老婆连她的口味喜好都摸得一清二楚，比家里厨子烧出来的饭菜都对她的胃口，她便在阿毛家包饭了。偶尔到了休息天，她就拉上王德宝几人下馆子开开洋荤。她还去车行包了辆黄包车，上下班省了不少事。总之，她每个月的薪水用来吃、住、行是足够了。

忽然，刘丽丽觉得眼前有一团黑影一闪而过。她连忙抬头打量四周，却突然“哇”地大叫了一声——原来竟是一只大大的蝙蝠从开着的窗户飞了进来！她哪里见过这么可怕的动物，她是那种见着蟑螂都会心慌尖叫的人。

那蝙蝠在屋子内肆无忌惮地飞行着，有点横冲直撞的意思，眼看着它对准墙壁撞去，分明在下一秒钟就要撞墙了，可它偏偏一个转身避开了。刘丽丽不由得惊出了一身冷汗，双腿都发起软来。她一边观察着蝙蝠的动向，一边迅速地朝门口挪动脚步，打开房门就往楼下跑去！跑了两步后，她停了下来，擦去额头上的汗珠，想了想，便向王德宝住的那栋楼奔去。

刘丽丽来到王德宝租住的二层阁门外，用力地敲了敲门。不一会儿，门便打开了，王德宝从屋内弯着腰钻了出来。刘丽丽无意间看到了他屋内凌乱的被褥。王德宝连忙将房门合上，说道：“抱歉，屋子里很小，也很乱。”

二层阁原本就又小又矮，和张小海、武家根合租的三层阁没法比，正常人根本走不进去，连身子都无法站直，只能低头弯腰地钻进去睡个觉。王德宝只在里面打了个地铺，屋子里也没窗户，阴暗潮湿得很。不过话说回来，王德宝每天在厂子里干完活回来也就睡个觉，又不看书也不读报的，闷的时候就跑去武家根那边聊聊天，租大房子也是浪费，不如把钱省下来买些肉吃。

刘丽丽一把拉着王德宝便走，王德宝不解地问道：“哎，你这是拉我去哪里？”

“快去我屋子，出事了！”刘丽丽回答道。

王德宝一听“出事了”三个字，心头一惊，着急地问道：“出啥事情了？”

“你快点跟我去看看就晓得了。”刘丽丽说道。

两人三步并作两步地跑到了刘丽丽租住的房门前。刘丽丽用手指了指屋内，对王德宝说道：“就在里面，你进去，我在门口等你。”说着，便推开房门。

王德宝一头雾水地走进屋内，刘丽丽连忙将房门关上。他抬头一看，一只蝙蝠正在屋子里飞舞。难道这就是刘丽丽所谓的“出事情”了？王德宝不由得笑了起来。他脱下布鞋，双手挥舞着，不多时便将蝙蝠赶出了窗外。他连忙将窗户关上，而后拉开房门，说道：“刘大小姐，没事了。”

刘丽丽走进屋子，环顾了一下四周，问道：“蝙蝠呢？被你赶走了？”王德宝点了点头。

刘丽丽刚想问王德宝怎么这么快就能把蝙蝠赶走，却看到他将手里拿着的布鞋穿上了脚。她问道：“你刚才就是用这双鞋子把它赶走的？”

王德宝点了点头，说道："没错。我还以为发生了什么大事情呢！原来就是一只小小的蝙蝠，至于把你吓成这样吗？"

刘丽丽小声嘀咕道："谁说是小事情……"

王德宝说道："你呀，以后把窗子开小点，蝙蝠就不会飞进来了。看你这样子，是不是见着蟑螂和老鼠都会怕得要命？"

刘丽丽一听王德宝的话，汗毛都竖了起来，叫道："这里还会有蟑螂、老鼠？"

王德宝看着刘丽丽一脸惊慌失措的模样便笑了，说道："好了，我逗你的，你安心休息吧！若再发现什么东西，顶多再跑来叫我一回。"说着，转身便往屋外走。

"哎，你等一等，先别走！"刘丽丽叫住了王德宝，胆战心惊地问道，"不会真的有蟑螂、老鼠吧？"

王德宝停住脚步，转身说道："你让我别走，难不成要我王德宝今晚留在这里陪着你？"

刘丽丽脸颊一热，说道："去！"

王德宝笑了，说道："我说刘大小姐，你也不想想，你搬进这弄堂又不是一天两天了，平时有没有看到过老鼠？今天只不过是凑巧飞进来一只蝙蝠，就让你担心成这样。"

刘丽丽觉得王德宝说的话有几分道理。

王德宝上下打量起刘丽丽来。

"看什么呢？"刘丽丽被看得有些不好意思起来。

王德宝说："看你平时蛮像个假小子的，可胆子怎么就这么点大？"说着，伸出小手指比画着。

刘丽丽说道："行了行了，这里没你的事了，你回去睡觉吧。"

王德宝一边说着“有事找我”，一边往屋外走去。

刘丽丽关上房门，松了一口气，适才那只蝙蝠还真是折腾得她够呛，幸好叫来了王德宝，不然恐怕她到现在都还没能把它赶出去呢！

4

武家根觉得心里很是烦闷，他原本想说服红英放弃对他的感情，因为他不爱她，她应该和一个爱她的人过一辈子，没料到竟遭到了她的拒绝，她那决绝的态度让他的心情跌落到了冰点。

武家根在街上闲逛，不知不觉地竟然来到了赵火的屋前。他在门口徘徊了一会儿，终于决定抬手敲门。毕竟在很久之前，赵火便像亲人一般关爱着他。

门扉不多久便被打开了，赵火见是武家根，便连忙把他请进了屋。

武家根一进屋，但见一只皮箱打开着放在床上，赵火的衣服和一些日用品都已经放入其中，一副收拾行李要远行的模样。他问道：“赵叔，你这是要出门吗？”

赵火点了点头，说道：“要去趟广州，组织上让我去。对了，你怎么来了？”

武家根想了想，没有把与红英闹不愉快的事情说出来，只说是散步路过这里。赵火也没有多问，他让武家根先坐一会儿，便继续收拾行李。

不一会儿，赵火就将行李收拾妥当了。他悄悄打量着武家根，问道：“有心事？”

武家根点了点头，问道：“赵叔，你在我这个年纪的时候，有心烦的事吗？”

赵火陷入了对往事的回忆中，喃喃地说道：“在你这个年纪……当然有心烦的事。婚姻……爱人……还有，兄弟……”

“兄弟？”武家根疑惑了。

赵火叹了口气，说道：“是啊，一个八拜之交，就跟你和王德宝他们一样。”

武家根问道：“怎么从来没有听你提起过。他现在人呢？也投身革命了吗？”

赵火深深地看了武家根一眼，眼中闪过了些许痛苦的神色。良久，他才回答道：“后来我们选择了不同的道路……就分道扬镳了。一晃十多年过去了，我也不知他现在身在何处。”

武家根看得出赵火与他嘴里的那位兄弟曾经有着很深厚的友谊，他也看得出当年一定发生过什么让赵火心灰意懒的事情，既然赵火不愿说，他也就不多问，痛苦的事情还是深埋在心里吧，若是去回忆，往往会重温当年的痛楚。

半晌，赵火的声音重新响起在武家根的耳畔：“家根，我给你讲一个故事吧！在很多年以前，那是在清王朝的末叶，有一个革命党北方暗杀团的成员趁着铁亲王娶亲时刺杀了他，于是这个革命者被朝廷通缉追捕，和妻子一同走上了亡命天涯的道路，他们还带着才出生不多久的女儿。不幸的是，他们在路上失散了，革命者找不到妻子，只能带着孩子逃到一个镇上。幸运的是，革命者遇到了一个好心的年轻人，年轻人见他很落魄，便把他带回家中收留。那是一户心地善良的好人家，革命者在那户人家住了一个多月，与年轻人成了兄弟。年轻人起初根本就不懂什么是革命，但与革命者相处后，年轻人决定跟着革命者远走他乡，哪怕走遍天涯海角，也要将那没落的清王朝推翻，把革命的火种撒遍中国的每一个角落，于是两人在一个清晨悄悄地离开了镇子。革命者把女儿留在了那户人家，因为他知道他们会收养她，把她当作亲生女儿那般抚养长大，而他这辈子早就将自己的生命献给了自己的信仰，他发誓等到革命胜利那一天，他会去找女儿，把一切都告诉她。家根，你能明白当时那个革命者的心情吗？”

武家根点了点头，说道：“我能！当生命和信仰放在同一个天平上的时候，我会选择信仰，因为没有了信仰的生命如同行尸走肉一般。”

“是啊，如今你也成为一个革命者了。”赵火看着武家根说道。

武家根知道自从他宣誓入党的那一天起，他就把性命交给了信仰。他问道：“赵叔，你刚才说的那个革命者是谁？那个年轻人又是谁呢？”

赵火笑了笑，正要回答武家根时，屋外忽然响起了敲门声。赵火起身打开房门，门外站着一个年轻人，只听年轻人说道：“赵火同志，接你去码头的车已经停在外面了。”

赵火说：“好，我马上就来。”说完，转身回到屋内，拎起皮箱，对武家根说道：“家根，我得走了，坐今晚的船去广州。”

武家根说道：“赵叔，你一路保重，等你回来我们再聊吧！”

赵火点了点头，说道：“家根，你要记住，无论遇到多么心烦、多么痛苦的事情都不要泄气，你要勇敢地面对它、解决它，毕竟人的一生会经历很多事情。”

武家根点了点头，说：“我记住了，赵叔。”

两人一同往屋外走去。赵火坐上停在门口的那辆轿车，车子很快便驶离了，消失在浓浓的夜色之中。

武家根回想起适才赵火与他说过的那番话，原来在赵叔的人生里也有着兄弟情深呵！他的心情不知缘何比先前平静了不少。

5

李少杰和方心雨约好一起到商务印书馆印些组织上需要的传单。结束之后，他们便去《妇女杂志》编辑部找夏秋莲。夏秋莲对两人的忽然到访感到欣喜，这稍稍驱赶掉了她心中的不快。

三人商量着找个饭馆解决晚饭问题，出了商务印书馆的大门，便往泥城桥的方向走去。

路上，方心雨突发奇想地要去桥上欣赏苏州河中夕照小舟映晚霞、两岸柳丝蘸水绿的美景。夏秋莲拍着手连连说好，她正好想去散散心。

不过，方心雨在路过一家点心店的时候站住了，说这里的萝卜丝饼很好吃，要进去买两个当作明天的早点。

李少杰和夏秋莲对萝卜丝饼没有什么偏爱。方心雨看了看排队买点心的人，便让他们不用陪自己等着，可以先去泥城桥上走走，她一会儿就到。李少杰和夏秋莲就先行离开了。

当方心雨拎着点心走上泥城桥时，却没有瞧见李少杰和夏秋莲的人影。她四处张望着，突然，她的目光定格在桥下的岸边，只见五六名高大的汉子连推带搡地让李少杰和夏秋莲上了停泊在岸边的小船！更令她吃惊的是，李少杰和夏秋莲的头已被套上了麻袋，他们在拼命地挣扎，可如何敌得过几名彪形大汉的臂力。

方心雨哪里见过这样的架势，惊得连手中的点心掉落到地上都没有意识到。她赶紧跑下桥去，然而，等她奔到岸边的时候，那小船已经划到了江心，岸边簇拥着一群看热闹的人。

方心雨着急得连眼泪都流了下来，她大叫道：“快救人啊，求求你们快救救他们！”

一名老者说道：“姑娘，此事不宜多管。我们刚才就想去叫警察了，可那些从船上跳下来的大汉言道，他们是奉了家里老爷之命，前往上海捉从乡下逃婚的少爷回家成亲的，此乃家事，让我们少管。”

周边的人不住地点头，七嘴八舌地说现在的年轻人真是不孝，家里安排了亲事也敢逃婚，这放在以前可是大逆不道啊！

只说了几句话的工夫，人群便渐次散去，只留下方心雨着急得双脚乱跳。眼见着那船越行越远，最终成了江面上的一个小黑点，她一时间没了主意，不知该怎么办才好。她愣愣地望着江面，忽然一个转身便往回跑。

方心雨拼命地往德泽方跑。她此时只有一个念头，那便是去找武家根、张小海。就这样，她一路跑进了弄堂。后来，回想起这件事时，她暗暗觉得好笑，当时竟然忘了叫辆黄包车，若是那样的话，就能更快地到达弄堂。

方心雨跑上武家根的阁楼时，已经累得快要趴下了。她抬手用最后的力气拍打着房门，幸好武家根和张小海都在屋内。他们打开房门后，目瞪口呆地看着她。

武家根问道："方心雨？你怎么了？"

方心雨喘着粗气，汗水顺着她的脸颊往下淌着，衣服早已经湿透，黏糊糊地粘在身上。

"出什么事了？"张小海问道。

方心雨上气不接下气地将适才发生的一切说了出来。

武家根叫了起来："糟糕，一定是老家派人来将四弟捉回去了！他逃婚的事情我知道。"

方心雨点着头，她想起有一次去李少杰宿舍的时候，碰上他的父亲从老家写信来催促他回家成亲，只是时间一久，她早就将这事淡忘了。

"我们得回趟苏北，我知道四弟的家在哪里。可我不明白，他们来抓四弟，为什么要绑走秋莲呢？"武家根说道。

"是啊。"张小海也感到很疑惑。

方心雨说："我不知道，反正我亲眼看到他们一起被推到船上去的。"

武家根拎起一旁的衣服，带上几块大洋，说道："走，我们赶紧去苏北，一定要想办法把他们给救出来。"

"我也跟你们一起去！"张小海叫道。

三个人急匆匆地往楼下跑去。跑到弄堂口的时候，遇见了正放班回家的红英。

红英见三人的神色不对，连忙问道："你们这是上哪里去？"

"去救人！"武家根回答道。

三人脚下没有一丝停顿地往外跑去。红英还想问些什么，身边却已经没了人影。她的心中充满了疑惑，方心雨怎么和他们在一起？莫非是李少杰出事了？只怪武家根，什么话都还没说清楚就走了。

6

刘丽丽的头很疼。

好不容易从国外运到上海的机器配件却被搁置在了码头上，无法提货。原因是码头工人正在闹罢工，据说还搞得轰轰烈烈、有声有色的。可这罢工也不知道要闹到哪一天，甭管它闹到哪一天，反正闹一天，厂子里就有不少车间得停产一天，没有配件换上去，机器怎么可能运转呢？虽然父亲这两天在拼命地找关系，想靠大洋来打通码头的关节，无奈总是不得其门而入。

就在这时，响起了两下敲门声，刘丽丽头都没有抬起来，便说了一句：“进来。”

刘丽丽听到门被推开，而后一个男人的声音响起：“请问，二号和三号车间什么时候能复工？”

“不知道。”刘丽丽机械地回答道，却依然没有抬头。

只听对方说道：“刘大小姐，我说你这个主管生产的老板怎么能连啥时候复工都不知道呢？”

刘丽丽一愣。这偌大的厂子里敢当面叫她“刘大小姐”的还没有几个人，究竟是谁这么大胆？她抬头朝着说话人望去，只见站在她面前的居然是王德宝。她说道：“那个什么宝，配件被搁在码头上了，你没听说吗？”

王德宝点着头说道：“我就是听说了，才来找你的。”

“我若是有办法，还在这里坐着干吗？”刘丽丽反问道。

王德宝笑了，他双手抱胸，一副笃定的样子，说道：“你没有办法，可我有办法啊！”

刘丽丽的眼睛一下子瞪大了，原先黯淡的眼眸猛地放出了光泽，她急忙问道：“你果真有办法？”

王德宝点了点头，半开玩笑似的说：“我王德宝从不说大话，尤其是在喜欢的女孩面前。”

“去你的！”刘丽丽白了王德宝一眼。

王德宝说：“不信？那你这就跟我走，我想办法到码头上把厂子里的配件都给提出来。”

说走就走，刘丽丽跟着王德宝来到了码头上。王德宝叫上了帮会的几个兄弟，还拉了一辆板车过来。她发现他对这个码头很熟，不仅知道这个码头的老板姓章，还知道别人暗地里都叫其“章老三”。从他的话语中她才知道，原来他以前在这里做过扛大包的码头工人。

王德宝先是悄悄地塞给工头阿四一块大洋，见到章老板后又如法炮制地塞给他一些“外快”。

章老板终于点头答应，说王德宝想提走厂子里急需的那两箱配件，他可以睁一只眼闭一只眼，配件就放在码头的堆场上，但工人们让不让他提走就得看他自己的本事了。

王德宝等的就是章老板的这个承诺。他踌躇满志地去到码头，找到小马、小虎子等以前的工友，说是要提走两箱厂子里的设备。工友们一听才不过两箱货，况且他连搬箱子的兄弟都带在身边了，他们念着以往的交情，便让他自行提走了。

王德宝指挥着帮会的几个兄弟将货物抬上板车，拉到了刘丽丽的面前。她还真没想到才两个时辰的工夫，他便将积压在码头好些天都运不出来的货拿了出来，这可真是帮了厂子里的大忙了！这样一来，只要把配件换到机器上，工厂就可以马上开工了。

刘丽丽用力地拍了拍王德宝的肩头，说道：“这次你立了大功一件，得好好奖励奖励你。”

“哦？那说说看，你准备奖励我什么？”王德宝问道。

刘丽丽想了想，说道：“这样，晚上我请你去德大西餐馆吃牛排、喝咖啡，怎么样？”

王德宝一听刘丽丽说去西餐馆吃饭就头大了。他听别人说过，吃西餐用的不是筷子，而是什么刀什么叉的，他哪里会使那玩意儿？咖啡就更别提了，听说苦得要命，就跟喝马尿似的。

于是，王德宝连连摇手，说道：“西餐就免了，我王德宝消受不了。对了，你刘大小姐留洋这么些年，难道还没吃够西餐吗？你真想请我吃饭的话，我看，我们去一家地道的本帮饭馆，如何？”

刘丽丽觉得王德宝说得也有几分道理，在国外的这些年她几乎每天吃的都是西餐，至于本帮菜，品尝的机会倒不多。她点了点头，说道：“行，就依你！你想去哪家饭馆，我们就去哪家。”

王德宝笑了，这还是刘丽丽第一次请他单独下馆子吃饭呢！看来，今晚有足够的时间能和她待在一起了。

第十四章

洞房花烛夜，阴差阳错时

1

方心雨是在去苏北的船上得知李少杰和武家根不仅是老乡，而且是来自同一个镇的老乡。当她听到那个镇子的名字时，她呆住了，良久说不出一句话来，因为他俩的老家均是水闸镇，无巧不成书的是，那也正是她的故乡！她很久之前就被送到上海念书，话语间早就没有了乡音，难怪相逢不相识，何况在苏北，即便是仅相隔里把地的镇东和镇西，说话的口音也不完全一样。

不管怎么说，他们三人竟来自苏北同一个镇子，又在上海相遇，这是多么奇妙的缘分呵！连张小海听闻之后，都有些嫉妒了，偏偏就他是从浙江来的。

武家根想了起来，说水闸镇的方府也是名门望族，几代书香门第，那是方圆百十里都出了名的。

方心雨点着头说那就是她的家。说完之后，她低低地叹了一口气，便不再说话了。

三人来到李府大院外的时候，天已经暗了下来。他们见李府外有家丁守卫着，便猜测李少杰和夏秋莲一定已经被押进府内了。

三人辗转来到后门，发现院门紧闭，但没有人看守。武家根指了指府院的围墙，小声地说道："我看这样，待会儿我翻墙进去，悄悄地将后门打开，放你们进来，如何？"

“好主意！大哥身手好，那堵墙根本拦不住你。”张小海表示赞同。

武家根朝着李府的墙头奔跑过去，张小海只觉眼前一花，武家根的身子已然翻进了李府。只一会儿工夫，后门便悄无声息地打开了，方心雨和张小海连忙进去。可惜的是，他们几乎在偌大的李府中找了一个遍，就是没寻见李少杰和夏秋莲的半点人影。

此时，不远处忽然传来了脚步声和说话声，三人连忙闪进一旁的树丛中。只见来人是一位穿长衫、留胡须的长者，身边跟着一个二十余岁的小伙子。

方心雨的心头感到一阵奇怪，这长者分明就是方府的管家方忠，他身后跟着的是方府的家丁方六。她想了想，小声地说道：“奇怪，这里怎么会有我们方府的人？”

听完方心雨的话，武家根和张小海也颇感疑惑地对视了一眼。

方心雨说道：“与其在这里胡乱转悠，倒不如直接上前问他们。”

“问他们？”张小海吃惊地叫道。

方心雨点了点头，说道：“不管怎么说，我总归是方府的小姐，谅他们也不敢对我不利。”

武家根叹了口气，说道：“看来这也是没有办法的办法了。”

方心雨从树丛中闪了出来，方忠和方六被吓了一大跳，叫了起来：“谁？”

方心雨回答道：“方管家，是我。”

方忠一听来人竟叫得出自己的头衔，想来也是熟人，便上前几步，走到方心雨的面前。待他看清了她的脸，便兴奋地大叫起来：

“小姐？真的是小姐！你怎么会在这里？”一旁的方六也是一脸意外和高兴。

方心雨说道：“我来找一个朋友。”

“哪个朋友？”方忠问道。

方心雨回答道：“李少杰。他是不是已经回到了李府？”

方忠起先一愣，但随即点头，说道：“他是今天上午被带回来的。”他停顿了一下，问道，“小姐和他很熟吗？”

方心雨点头，说道：“能带我去见他吗？”

方忠想了想，和方六会意地对视了一眼，回答道：“行，小姐若要见他，请跟我来。”

“多谢管家了！不过，我不是一个人来的，还有两个朋友。”说着，方心雨将目光移向身后的树丛。于是，武家振和张小海走了出来。

方忠看了一眼两人，而后转向方心雨，说道：“如此，小姐跟我来。”三人跟在方忠的身后朝远处走去。

令人没有想到的是，李少杰被关在了柴房中，门口还有两个家丁看管着。方忠对两个家丁说道：“我们家小姐来了，打开柴门。”两个家丁很是犹豫地看着方忠，没有行动。

方忠又说了一句：“出了任何事，由我向你们家老爷担待着。”两个家丁这才拿出钥匙，打开了柴门。

方心雨一眼便看到了坐在地上的李少杰，他的头低垂着，目光落在地上，神情呆滞。他连头都没有抬起来，似乎根本就没有听到柴门开启的声音。

方心雨的泪水在见着李少杰的一瞬间便禁不住充满了眼眶，并滚落了下来。她叫了一句："少杰！"奔向了他。

正是那一声"少杰"，让李少杰的身子颤动了一下，他宛如从梦中忽然惊醒过来，猛地抬起了头，看到了眼前的方心雨。

方心雨蹲下身子，才几天不见，李少杰已然胡子拉碴。她伸手攀上他的手臂，他大大的手掌覆上她的小手，而后两人的双手紧紧地握在了一起。

"你好不好？有没有受伤？"方心雨关切地问道。

李少杰伸手将方心雨脸上的泪水轻轻地抹去，说道："我没事，你怎么来了？我这，这不是在做梦吧？"

方心雨摇头，将手伸向李少杰的脸颊，说道："不是在做梦，是我来了。"

李少杰一下子将方心雨拥入怀中，凑近她的耳畔说道："我以为再也见不到你了。"

两人紧紧地拥抱在一起。这一刻，时间仿佛为他们静止了。

站在门口的武家根看着拥抱着的两人，嘴角边不由得绽放了笑容。

方心雨忽然想到了什么，低声地说道："少杰，你的大哥和三哥也来了。"

李少杰一愣，方心雨是从他拥抱自己的臂膀微微停顿的动作中感觉到的。他随即放开了她，抬头朝门口看去，有些不好意思地笑了，说道："大哥，三哥，没想到你们来了，真是太好了。"

武家根和张小海还没说话，身后忽然传来一个有些苍老的男人声音："是太好了，还是意想不到的好！"

众人回头一看，一位中等身材的长者站在柴房的门口。李少杰叫了一声：“爸。”来人正是李家的老爷。

紧接着，一位面容慈善的长者从门口闪了出来。方心雨呆住了，愣愣地说道：“爸？你，你怎么，怎么在这儿？”原来，站在李家老爷身边的正是方心雨的父亲。

方父笑了，说道：“我当然是为你而来的，幸得方忠让方六来向我通报……没想到你和少杰竟然相识，而且看上去感情颇深。”

方心雨的脸上有了红晕，她低声说了一句：“你说什么呢，爸！”

李少杰不禁疑惑地问道：“伯父，你认识我吗？可我不记得我们曾经见过。”

李父说道：“如果那一年你不逃婚，你就得拜见他，因为他是你的岳父。”

“岳父？什么？！”李少杰叫了起来。

在李少杰叫的同时，方心雨也发出了惊讶的叫声，她着急地问道：“爸，这到底是怎么一回事？”

方父和李父相视一笑。

李少杰问道：“爸，你的意思是当年你为我物色的结婚对象便是，便是心雨？”

李父点了点头，说道：“没错，可惜你连对方是哪家的姑娘都没有问，就逃到上海去了。”

方父在一旁补充道：“还有你，心雨，你一个女孩子也学会了逃婚。”

“看来他们还真是天造地设的一对！”李父说道。

李少杰问道：“爸，那这次你派人把我从上海绑回来是为了……”

李父回答道：“当然是为了成婚！本来派去的家丁是要将你和心雨分别绑回来的，谁知道咱们李府的下人竟然错把当时和你在一起的夏小姐当成了心雨，带回府的当天我们还犯难了呢！”

方父笑道：“早知道他们在上海相识，感情还这么好，我们又何必兴师动众地把他们‘请’回家呢？”

李父颔首微笑着。

武家根在一旁插话道：“请问两位伯父，夏小姐现在身在何处？”

李父回答道：“我们将她安顿在了上好的客房中，无须担心。”

方心雨说道：“那，那你们现在能将少杰和秋莲姐放了吗？”

方父点头说：“当然！本来我们还在发愁上哪里去找你，没想到你自投罗网来了，岂不更好？”说着，他转向李父说道，“亲家，我看，既然心雨和少杰都回来了，我们索性将两个孩子的婚事办了如何？”

“什么？！”李少杰叫了起来。

李父看了两人一眼，问道：“难道你们不喜欢对方？”

两人沉默着没有回答。方心雨用余光悄然地瞥了瞥李少杰。

李父沉吟了一小会儿，说道：“你们若是不喜欢对方也行，那我们索性取消婚事算了。亲家，看来，我们又要重新给他们物色新的成婚对象了。”

方父叹了一口气，说道：“也只能如此了，真是可惜。”

“不要！”李少杰和方心雨几乎是异口同声地叫嚷道。

李父看了看李少杰，问道：“少杰，你到底是什么意思？”

李少杰很直接地说道："这辈子我不要其他女孩，除了心雨，我谁都不要！"说着，伸手牢牢地拉住方心雨的手。

方心雨抬头看着李少杰，她没有想到他竟会说得如此直白，她不由得露出一个甜甜的笑容，和他相识这么些年，从未听他对自己说过一句甜言蜜语，就连简单的表白都没有，她有时候真不知道他到底是怎么想的，甚至有时候觉得可能是自己一厢情愿，今天听到他这么坚决的语气，她终于明白了他对自己的感情。

方父留意到女儿注视着李少杰的目光，便不再多问，因为她含情脉脉的眼神已然说明了一切。

两位老人总算是放宽了心。李父说道："这样，择日不如撞日，明日我们便去镇上最好的酒楼把喜事给办了，把所有的亲朋好友都请过来，轰轰烈烈地办它一个月！"

李少杰知道按照家乡的习俗的确要热闹一个月，可是他哪里有这么多时间，他还得回上海，组织上将新的任务交给了他。

方心雨见李少杰面露难色，便心领神会，说道："伯父，一个月实在太久了，我们还要回上海呢！"

李父哈哈大笑，说道："既然儿媳妇开口了，那就简单些吧！不过一个礼拜总是要的。"

"这……"方心雨犹豫着。

方父说道："心雨，一个礼拜可是最少的了。"

方心雨转身问李少杰："你看呢？"

李少杰点了点头，说道："好吧。"

方父说道："亲家，你看看，我这女儿还没过门就开始处处为少杰着想了！"

李父发出了开怀的笑声。

方心雨被这么一说，不由得脸红到了耳后根，不好意思地低下了头。

李少杰说道："好了，你们两位都年纪一大把了，就别再取笑心雨了。"

李父笑着说道："这小子，什么时候学会疼人了！哈哈。"

张小海说道："看来，我们得恭喜三弟了！"

武家根说道："原本我们是来救人的，没想到烦心事居然变成了大喜事。"

李少杰对着武家根和张小海说道："是啊，我也没想到，劳烦两位哥哥挂心了。对了，爸，你能带我们去看看夏老师吗？"

李父对着家丁挥了挥手，说道："快，带少爷他们去见夏老师。"

2

夏秋莲听了武家根、张小海的复述，乐得呵呵直笑，但她仍想尽快回上海，不然父亲找不见她会很着急。

武家根不放心夏秋莲一个人回去，决定和她一起走。不料，张小海也说想早些回上海。于是，张小海先行赶去码头买三人回上海的船票。

武家根这回见着夏秋莲，总觉得她与自己生疏了，不知是有意还是无意，她时常会躲避着自己。

临走之前，武家根带着夏秋莲来到了武氏铁坊外。幸好已是夜晚，路人本来就少，伫立在门外，他听到屋内传来了爷爷低沉的咳嗽声。透过窗户，他看到了比前些年更显得苍老的爷爷和奶奶，看到母亲的头上生出了白发，还看到一个趴在地上玩耍的小男孩，他知道那一定就是伯平。

武家根下意识地伸出手，抚摩着映射在窗户上的一家人的身影。他曾经无数次地在梦中回到这里，然而当他真的站在家门口时，他却觉得自己的双腿是那样的沉重，沉重得只能定定地站在原地。他真的很想推门而入，可他终究还是忍住了，他怕他这一推门走入，就再也没有勇气走出武氏铁坊的大门了。

武家根听到了家人的对话，奶奶让爷爷明天给上海打一封信，问问家根啥时候能回来，家里还等着他和红英结婚……

从武氏铁坊走到码头的一路上，武家根和夏秋莲沉默着。半晌，一再犹豫的武家根打破了寂静，终于开了口："秋莲，我和红英的事情……"

夏秋莲低低地接着武家根的话说道："我都已经知道了。"

武家根从未想过要隐瞒夏秋莲，只是在他的心中红英始终是他的妹妹，于是他将红英如何成为他未婚妻的事情说了出来，最后他说道："当时只是为了满足红姑临走前的请求，我才答应了下来，实在没有想到……更没有想过有一天我真的要娶红英。"

夏秋莲听着武家根把话都说完，说道："过去的都已经过去，问题是现在你打算怎么办呢？"

武家根淡淡地说道："我想跟红英好好地谈一谈。"

"你觉得她会听你的吗？"夏秋莲问道。

武家根想了想，老实地回答道："我不知道。"他沉默了一会儿，又说道，“可我从来没有喜欢过她，我喜欢的人……是你。”

夏秋莲抬头看着武家根，她很想告诉武家根：“我喜欢的人也是你。”可是，她说不出口，因为红英的脸一瞬间在她的脑海中出现了，并被无限放大，红英的话始终在她的耳畔回响着：“你必须答应我，你们不准再见面！只有不见面了，他才会忘记你，他才会答应和我结婚，他才会安安心心地跟我过日子！”红英说出这话的时候，是用一种恶狠狠的眼神盯着她的，她至今都无法从记忆中挥去。她低低地说道：“家根，如若她就是不愿放手，怎么办？我们该怎么办才好呢？”

夏秋莲的问题，武家根压根就回答不上，他唤了一句：“秋莲……”

夏秋莲依然在低低地说话：“家根，让我夺红英之爱，我做不到，真的，我做不到……”

当夏秋莲再次抬起头时，武家根看到她的眼中已经有了泪光，那种被人们唤作“眼泪”的液体瞬间如同匕首一般扎入了他的心房，他觉得鼻子一酸，竟也疼得要流出泪来。是呵，他知道她不是那样残忍的人，所以正如她所说的，她绝不会夺人之爱。可若她不夺人之爱，那夺人之爱的必将是红英，红英是不会轻易放手的。他，该怎么办才好呢？

就在说话的时候，两人已经走到了码头。武家根看到张小海正站在码头上等着他们，岸边停泊着一艘小船。

这时，张小海也看到了武家根和夏秋莲，朝他们用力地挥舞着双手。他们沉默着朝张小海走了过去。

3

张小海问船老大要了一杯热水，拿到船舱内递给了夏秋莲。他说："夏老师，你一定口渴了，喝点水吧！大哥，你若是口渴，得稍等一会儿，热水没了，船老大他们正在烧。"

武家根摇了摇头，说道："没事，我不渴。"

夏秋莲说道："你们先喝吧。"

张小海说道："夏老师，你不用担心我们，我和大哥是男人，在这方面的忍耐程度可比女人强。"

夏秋莲看了张小海一眼，不再说话了。船开了没多久，她便觉得一阵阵不舒服，听船家说是遇到了风浪，她知道自己一定是晕船了。

张小海注意到夏秋莲苍白的脸色，问道："夏老师，你……"

还未等张小海将话说完，夏秋莲便跑到甲板上呕吐了起来。

见状，武家根和张小海连忙跟着奔出船舱。武家根轻轻地拍着夏秋莲的背脊，张小海则从口袋里掏出手帕递过去。

夏秋莲吐完之后感觉稍稍舒服些了，她接过张小海递来的手帕，擦着嘴角，说道："谢谢，可惜把你的手帕弄脏了，我待会儿给你洗洗吧。"

张小海摇着头说道："夏老师，你赶紧回船舱里喝点热水吧。来，把手帕给我，我自己会洗。"

夏秋莲朝张小海点了点头，武家根连忙扶着她走进船舱。

张小海站在甲板上，蹲下身子，弯腰将手帕放在江水中洗了起来。忽然，一个浪头打了过来，船在江面上颠簸了一下，他一个没站稳，身子失去重心，竟跌进了江水中！

甲板上一个目睹这一幕的乘客叫道："不好，有人落水了！船家，快，快停船！"

武家根听到叫声，从船舱内跑了出来，他环顾了一下四周，甲板上哪里还有张小海的身影？一个不好的念头从他的脑海里冒了出来：那落水者不会是张小海吧？不会不会！他连忙否定了自己，大叫道："三弟，三弟，张小海！"

夏秋莲听到武家根的叫声，支撑着从船舱内走了出来，问道："家根，小海怎么了？"

武家根摇着头说道："我找不到他了。"

船老大也闻声奔了过来。

就在这时，"哗啦"一声，一个脑袋突然从离船不远的江水中冒了出来。武家根定睛一看，那人赫然是张小海！

张小海向船游了过来，甩去头发上的水珠，双手攀上甲板，用力将手臂撑起来，武家根紧紧握住他的手臂，拼命地往船上拉他。

张小海跃上了甲板，向武家根道了声"谢谢"，并说自己是浪里白条，从小水性就好，不会有事的。

船老大摇着头说："水性再好，若身子被前行的船吸到了船下，也是枉然，那可是要送命的！年轻人真是不知天高地厚。"说完，便离开了。

武家根问道："三弟，你好端端地怎么会落入水中？"

张小海轻描淡写地回答道："脚下没站稳，没事的。"

夏秋莲打量着张小海，目光定格在依然在他手中紧紧握着的那条手帕上，问道："是为了帮我洗手帕，是不是？"

张小海连忙说道："没，不是，夏老师你别瞎猜了。"说着，偷偷将握着手帕的手挪向了背后。

虽然张小海嘴巴上不承认，可夏秋莲依然从他那不自然的动作中明白了一些事情。她没有再追问下去，只是轻声说道："快回船舱把湿衣服换了吧，不然容易受凉感冒。"

张小海点了点头，他的心头忽然有了一丝温暖，因为他看到她眼眸中闪现的那种关切的眼神。他不管她和大哥的感情究竟有多深，他只知道她是自己喜欢的人，他就想对她好，竭尽所能地对她好。

那一晚，夏秋莲晕船的症状表现得很强烈。张小海跑去问船老大有什么办法能缓解她的不适，船老大建议他们到了扬州就下船，换小火轮去上海，一来速度快，二来她会舒服很多。

张小海觉得有道理，与武家根商量之后，三人便在扬州下了船。果然，夏秋莲坐在小火轮上没有再晕船。

张小海看到夏秋莲的脸色不再那么苍白，恢复了往日的光彩，在心里默默地高兴着。当船停靠在码头时，他跑到小店里买了不少零食：山楂、瓜子、话梅、糖果。等到了船上，他象变魔术一般，一样一样地拿了出来。

夏秋莲看了之后是一阵连着一阵惊喜不已，最让她没有想到的是，张小海最后从怀中取出一大串冰糖葫芦！她高兴得叫出了声，因为这是她最喜欢吃的，她平时只要去城隍庙，便会从摊贩手里买上一串，那酸酸甜甜的滋味可是棒极了，她会一边吃，一边逛，再一边回味着。她从张小海的手中接过了冰糖葫芦，奇怪地问道：

“你怎么知道我喜欢这个？”

张小海笑了笑，回答道：“只要是你说过的，我都会默默地记在心里。”

夏秋莲愣了一下，说了句：“谢谢！”其实，过去她从未真正留意过张小海，没想到他对女孩这般细致，细致得让人有些感动。

夏秋莲一边品尝着冰糖葫芦，一边透过船舱的小窗户看到了小火轮的船首。武家根正站在那里，任凭江风吹拂着他的头发。可惜，她只能看到他的侧影，看不到他脸上的表情，无法猜测他此时内心的想法，她在心底深深地叹了一口气。

此时，张小海的声音响了起来：“冰糖葫芦的味道，还行吗？”

夏秋莲点了点头，说道：“好吃。”

张小海笑了，说道：“好吃就好。”

夏秋莲还是第一次这般近距离地打量张小海，他有着瘦瘦的中等身材，不得不承认他属于长得很清秀的那类大男孩：单眼皮，高鼻梁，白皮肤，脸上时不时洋溢着灿烂的笑容。他的那双手总是给她留下深刻的印象：手指很长，并且有些纤细，很难想象一个工人会有这么漂亮的双手，这双手应该更适合弹奏乐器。只要一想到他平时就是用这双手在车床上车零件，她就觉得好奇。

在夏秋莲的眼里，武家根和张小海是那样的不同，他的眼眸中总是弥漫着一种忧郁，那神情让人见了不禁心生怜爱，也许最初正是他那双眼睛捕获了她的心。人与人之间的情感真的是很奇妙，连她自己都想不明白。

4

下了码头，夏秋莲便叫了一辆黄包车往家里赶去，武家根和张小海则坐着有轨电车回了弄堂。

走到三层阁的门口时，武家根和张小海不得不站住了，因为红英正坐在那里。

红英连忙站起身，问道：“你们回来了？饿不饿，要不要吃点东西？”

武家根愣愣地看着红英。张小海是很会看情势的人，连忙说道：“红英姐，你跟大哥先聊吧！我突然想起一件事，得马上去找二哥。”说着，转身离去了。

武家根无言地从口袋里取出钥匙，打开房门，走进屋内，红英也跟着进了屋。等房门一关上，红英便不客气地问道：“这两天你上哪里去了？招呼也不打一声，你知道我有多担心你吗？”

“我好像临走时跟你说过……”

红英一下子打断了武家根，气愤地说道：“说过什么呀？你只说了句去救人，便匆匆忙忙地跑了，我都不知道上哪里去找你！”

武家根说道：“那是因为事出突然。四弟被家里人绑回老家逼着成亲呢，我这个做大哥的，怎么能不赶去救呢？”

红英不解地看着武家根，问道：“好端端地，他家里人为啥要绑他？”

“他爸在老家给他定了一门亲事，他逃婚到上海……”

“什么？”红英瞪大眼睛叫了起来，仿佛见着洪水猛兽一般嚷道，“他竟敢逃婚？他的胆子也太大了！这，这都是什么人呢！”她忽然不说话了，上上下下地打量起武家根来。

武家根被红英看得心头发毛。红英说道：“我说呢……难怪啊，难怪你不肯跟我成亲！你看看你平日都结交了一些什么好兄弟？就算是好好的一个人也会被带坏！我可跟你说，你以后少再跟他来往……”

武家根从苏北连夜赶回上海，疲惫得很，不料回来之后红英还在这里不依不饶。幸好她之前不知道李少杰的家乡也是水闸镇，不然她一定会追到那里去，那就更有理由闹了。这样想着，武家根一头朝床上栽去。

红英一把将武家根从床上拉了起来，一脸正色地问道：“家根哥，你先别睡，我问你一件事情。”

武家根看着红英郑重的表情，点了点头，说：“你问。”

红英问道：“这次去找你四弟，除了张小海、方心雨，是不是还有夏秋莲？”

武家根一愣，红英怎么会忽然问起夏秋莲？他不是一个喜欢撒谎的人，当下便将李府把夏秋莲错当成方心雨绑回去的事情说了。

红英点着头，说道：“难怪！我说呢，夏秋莲怎么也不在家里。”

武家根连忙问道：“红英，你你你……不会去过夏家了吧？”

“没错，我见你和张小海都走了，去问了王德宝，他对你们的事情一无所知，我原以为夏秋莲一定知道，所以找到了夏家，没想到她家的用人说她已经有两天没回家了，老爷正急着四处找她，我就猜想你们一定在一起。”红英回答道。

武家根对红英去夏家的事情感到很生气，厉声说道："你以后不准再去夏家。"

"为啥不能去？她亲口答应了以后不再跟你见面的。"红英说道。

武家根呆住了，愣愣地看着红英。

红英意识到自己说漏了嘴，连忙掩饰着说道："我是说，是说……"

武家根打断了红英，问道："你去找过夏秋莲了？"

"我……"

"回答我，是，还是不是？"武家根逼问着。

红英将胸膛一挺，说道："是！我是去找过她了，我跟她说我是你们武家未过门的媳妇，我让她别再跟你见面，她都答应了。"

"你你！你怎么能这么做？"武家根感到一阵心痛，他万万没有料到红英居然会去找秋莲，她究竟说了多少难听的话？秋莲为什么没有把这件事情告诉自己？

只听红英说道："我就这么做了！因为你是我名正言顺的丈夫，我是你武家承认的媳妇，她是野女人！我知道，什么救四弟都是借口！你着急赶去要救的人是她，你怕她成为别人的妻子，你一听到她被绑走了，就什么都不管不顾了！你在乎的人是她，关心的人是她，根本就不是四弟！"

"你胡说！"武家根叫了起来，他心痛地看着红英，说道："红英，你什么时候变得这么蛮不讲理了？以前那个温柔的、会体贴人的小妹妹哪里去了？"

红英冷冷地看着武家根，发出了一声冷笑，说道："哼！如果有一天，那个温柔的、会体贴人的小妹妹也忽然失踪了，你会不会去找她？”

“你在胡说什么？”

“我在问你，会不会？”红英很固执地追问着。

“不会！因为她根本就不会失踪！”武家根斩钉截铁地回答道。

红英的眼里有了泪水，她缓缓地点头，忽然笑了，只是这样的笑容有些恐怖。她说道：“好，好，很好，你可真是我的家根哥！”说完，忽然转身往屋外跑去。

武家根想去追红英，可才跑了两步就站住了。看着她掩面而泣奔跑着离去的背影，他忽然觉得她很陌生，不再是他从小认识的红英了，她怎么会一下子变得如此可怕，难道这就是别人常说的女人的妒忌吗？

武家根感到一阵茫然，重新倒在了床上，顿时觉得四肢无力起来。

5

夏秋莲正坐在编辑部里看稿，忽然门口响起一个女人的叫声，那女人叫的正是她的名字。她刚一抬起头，便看到了红英，连忙从座位上站起身，说道：“红英姐？你怎么来了？来，快进来。”

红英走了进来，她的脸上写满了愤怒。

夏秋莲问道：“你怎么了？什么事情让你不开心了吗？”

红英劈头盖脸地骂道：“夏秋莲！你不是答应我不再跟武家根见面了吗？可为什么你一连几天都跟他在一起？他晚上连家都不

回，你说你们都干了一些什么见不得人的事情！”

红英的话语像一颗炸弹一般从天而降，让夏秋莲的脑袋“轰”的一声响！办公室里不少同人都好奇地回头看向夏秋莲，她连忙说道：“红英姐，你恐怕是误会了，我和家根……”

红英打断了夏秋莲，说道：“家根？叫得可真亲热！我告诉你，家根哥是我男人！谁都别想把他抢走，他是我的男人！”

夏秋莲发现因为红英的话，周围同人们的目光从好奇渐渐变为了谴责，她说道：“有什么话，我们到外面说。”

“我为什么要跟你去外面说？怎么，你做了见不得人的事情，怕被别人知道吗？”红英步步紧逼着。

夏秋莲实在无法再在办公室待下去，她发现自己现在是有理都说不清，便一转身，往办公室外走去。

红英连忙跟到外面，追上夏秋莲并拦住她的去路，叫道：‘你别走，我的话还没有说完呢！”

夏秋莲说道：“如果你还想继续刚才的话题，那我实在无话可说。你可以信不过我，但你难道连武家根都信不过吗？”

红英听着夏秋莲的话，一愣，问道：“你什么意思？”

夏秋莲继续说道：“据你说，你跟他是一起长大的青梅竹马，难道还不及我这个和他相识了才几年的人了解他吗？我若是你，我会选择信任他。”说完，转身走了。

红英愣愣地站在原地，一动不动，耳畔回响着夏秋莲的话。是的，自己跟武家根是青梅竹马，而夏秋莲才与他相识几年罢了，难道夏秋莲可以信任他，而自己不能吗？莫非夏秋莲比自己与他更有默契？

红英用力地摇了摇头，她要将夏秋莲的话狠狠地抛开！她现在想要知道的是，在武家根的心目中，自己究竟占据着什么样的位置。

第十五章

情为何物？直教生死相许

1

武家根拿着金师傅给他开的借用工具的单子来到了工具间。工具间的小郭看了看单子，让武家根稍等一会儿，因为得进去将单子上要借用的那些工具配齐才能拿出来。

武家根点了点头，站在工具间门外等着小郭。忽然，他的身后传来一个男子压低了嗓子的声音："别回头，听我说，今天午饭过后，赵教官会到你们车间来找你。"

赵教官？他不是去广州了吗？难道已经回来了？武家根的心头不由升起几个大大的问号，他问道："你说的赵教官是赵火吗？"

无人回答。武家根忍不住回过头去，身后哪里还有什么人影？

此时，小郭走了出来，说道："给，你要的工具。"

武家根被忽然响起的小郭的声音吓了一跳，连忙转过身，看到小郭正将几件工具向他递了过来。他道了一声"谢谢"，便匆匆拿着工具离开了。

回到车间，武家根见金师傅正在钳工台上锉着一个零件模样的东西，说道："师傅，工具领来了。要我帮忙吗？让我来锉吧！"

金师傅看了武家根一眼，说道："不用，你忙你的吧！"

让武家根有些奇怪的是，金师傅的眼眸中似乎闪过了一丝不自然和紧张，他只得讪讪地退到了一旁。

到了吃午饭的时间，武家根问金师傅是否去吃饭，金师傅让武家根先去，不用管他。

等武家根吃完饭回去，车间里已空无一人。他看了一眼适才金师傅用过的虎钳钳工台，上面残留着不少锉锯零件时落下来的残渣。

武家根抓起一旁的回丝，擦了一把。不知怎么回事，回丝勾住了钳工台的一角。他用力一拨，竟然将钳工台上放着的一把钢卡尺撞飞出去。钢卡尺飞到了他的工具箱上，工具箱里忽然传来“咕咚”一声轻微的响声，似乎是金属与木板撞击发出的声音。

武家根愣了一会儿，有些好奇地走了过去，但打开工具箱一看，里面并无异样。就在他关上工具箱门的时候，里面又发出了“咕咚”一声。奇怪的是，工具箱内并没有放置什么金属物体呀！他不由得伸出手抚摩着箱体，轻轻地用手敲了敲，直到敲击到一处木板时，他的心头“咯噔”了一下，因为那木板竟是空心的，里面似乎藏有玄机。

武家根慢慢地抽出了那块木板，呆住了。那木板内果然有夹层，而且他竟在夹层内看到了一件让他瞬间出了一身冷汗的东西，那东西不是别的，正是一把小手枪！他拿起那把枪，看得出那枪上还留有刚锉过的新痕迹。这枪从何而来？又是谁将它放入自己的工具箱中？

武家根连忙将枪放了回去，合上了木板，关上了工具箱。他忽然想起上午去工具间借领工具时身后男人对自己说的话，难道这把枪与赵教官有关？

武家根是带着这些疑问重新站在刨床前准备干活儿的，他刚拿起一块需要加工的方铁，耳边倏忽传来了轻微的脚步声，那脚步声正朝着他的方位走过来。他转过头，只见一个身穿蓝色背带裤、头戴工作帽、肩上背着工具包俨然一副工人模样的男子走了过来。

那男子的头低垂着，武家根很难看清他的脸，以为他是其他车间的工人。待男子走近抬起头时，武家根差点惊叫起来——那是一张再也熟悉不过的只有赵火才有的脸！好在武家根没有发出任何不妥的声响，赵火的这身打扮去到厂子里的任何车间，都不会有人怀疑他。

武家根连忙迎上去，问道："赵叔，你真的从广州回来了？"

赵火点了点头，说道："昨天刚回来。你通知你那几个兄弟，最近会有大行动，让大家做好准备，你们会被派往各个厂子里指导和训练工人。"

武家根见赵火一脸正色，问道："什么行动？"

"到时候会通知你们。这次行动至关重要，关系到我们工人的命运，是史无前例的。"赵火回答道。

武家根听赵火这么一说，一下子热血沸腾起来，从江岛训练回来，大家等的就是这一天！他刚想说话，就看到金师傅从车间外走了进来，径直走到了赵火的面前。

赵火说道："老金，我是来取东西的。"

金师傅点了点头，犹豫着看了一眼边上的武家根。赵火立马明白了他的意思，说道："家根是自己人。"

武家根心中有了一丝说不清道不明的感觉，难怪今天师傅的举止是那么的紧张不安，甚至说是警惕，原来他是在提防着自己。不过，他十分理解师傅，在没弄清楚对方是敌是友的情况下，提高警惕总是没错的。

金师傅没有说话，走到了工具箱旁边，从里面拿出了手枪。赵火打开了肩上背着的工具包，金师傅动作迅速地将枪放了进去，低声说道：“还没来得及试射过。”

赵火合上了工具包，说道：“别担心，上次仿造的那几把我们都已经试过了，没有问题。辛苦你了，老金，我先走了。”说着，便抬腿离开。

经过武家根身边时，赵火稍稍放慢了脚步，低声说道：“我看你脸色不好、心事重重，晚上到我那里，我还住在老地方，没有变过。”说完这话，便走了。

武家根不得不佩服赵火，这两天他就连做生活时都是魂不守舍的，没想到赵火只一眼就看了出来。

武家根魂不守舍的原因是红英，自从上次与他争执后，她便离家出走了，到今天已经有两天没回弄堂来了。他原本打算去找她，可又不知道见了她该跟她讲些什么，若说得不合她的心意，她又如何愿意跟他回来？

武家根目送赵火离开了车间，转身走到刨床前，看到金师傅已经开始做生活了，好像刚才什么都不曾发生过。

2

晚上，武家根如约而至，来到了赵火住的地方。没想到赵火亲自下厨，炒了三四碟小菜等着他。赵火知道武家根不喜喝酒，便泡了一壶上好的龙井。

两人品着茶，吃着菜，说着话。武家根没有想到赵火居然烧得一手好菜。赵火笑了，说那是被逼出来的，这么多年来一直一个人生活，什么事都学会了自己打理。

武家根曾经听赵火说起有过妻子和孩子，便问他是否已经知道了妻子和孩子的下落。赵火沉默了一会儿，叹了口气，说他有两个女儿，小女儿跟着妻子生活，后来听说妻子得病死了，小女儿便下落不明了，大女儿他倒是知道身在何处，自小被他寄养在一个朋友的老家，从此再也没有见过面，或许大女儿根本就不知道他这个父亲的存在，作为一个革命者，他每天都在与死神捉迷藏，又怎么能与女儿相认、团圆呢？他不想因为自己，让女儿身处险境。

武家根听着赵火的话，看着他饱含苦楚的脸庞，连他眼角的鱼尾纹似乎都在诉说着苦痛，忽然感觉到素来刚毅的他原来也有柔软的一面。不承想，为了革命，他竟落得妻离子散的下场。

“不谈这些了，说多了没劲！还是讲讲你吧，我看你满腹心事的样子。上回你来找我，说是心中烦闷得很，可惜那夜我正好要去广州，我们谈得不深。说说看，年轻人，你究竟为了什么而困扰？”

武家根呷了口茶，说道：“为了红英，也为了我自己的感情。”

赵火点了点头，说道：“那次红英和你在一起，我就看出来她很喜欢你。那，你喜欢她吗？”

武家根摇了摇头，说道：“我喜欢的人是夏秋莲，我一直把红英当妹妹看。”

“红英知道吗？”赵火问道。

“知道。我曾经跟她说过，可她到现在都无法接受，而我……

我也不忍心伤她太深，可我……真的不知道该怎么办。”武家根无奈地说出了自己的心事。

赵火看着武家根，说道：“我明白了。你若不伤害红英，就得让夏秋莲受伤。一个是你爱的女人，一个是你视作妹妹的女人，你两个都不想伤害，可又怕两个都受到伤害，是不是？”

武家根微微有些吃惊，赵火一下子就说出了他一直深藏在内心的担忧。赵火说得对，自己的确很难，难到不知该做些什么才好。他喝了一口茶，又道：“红英离家出走了，已经走了两天了。”

“什么？”赵火大吃一惊，说道，“那可不是小事！一个女孩子独自跑到外面，况且她在上海无亲无故的，有没有落脚的地方都成问题，闹不好要出事啊！”

武家根从赵火的话语里听得出他很是关心红英，那种关心远远超出了一般长辈对小辈的关心。他忍不住说道：“赵叔，你对红英真好。”

赵火想了想，说道：“还记得我跟你说过的那个故事吗？”

武家根当然记得。他点了点头，回答道：“那是关于一个革命者的故事。”

赵火的眼睛忽然变得有些深邃，目光飘向了远方，喃喃地说道：“是啊……你知道那个革命者是谁吗？”

武家根看着赵火，他感觉得到赵火很快便会把答案告诉他。果然，只听赵火说道：“那个革命者就是我。”

武家根一愣，诧异不已，也许自己真的是一个有些迟钝的人。他想了想，连忙问道：“那，故事中曾经救你、收留你的年轻人又是谁呢？”

半晌，赵火才开口说道："武凡。"

武家根呆住了，这个名字他太熟悉了！他曾听爷爷、奶奶和母亲都提过，可那么多年来，这个名字对他来说只是一个符号而已。他愣愣地说道："你是说，那个年轻人是……是我的父亲？"

赵火说："不错，他正是你的父亲。"

武家根忽然想起赵火第一次看到自己父亲小像时呆愣的神情，现在回想起来，那一定是因为他没有想到自己竟会是武凡的儿子。

武家根急急地问道："那，你知道我父亲的下落吗？"

赵火摇了摇头，说道："不知道，我和他选择了截然不同的两条路，我们注定是要分道扬镳的。"

"为什么？"武家根问道。

赵火没有回答，但武家根注意到赵火紧握成拳的双手。武家根想，那一定是一段赵叔不想提及的过往，难道是赵叔和父亲之间发生过什么不堪回首的过往吗？以他对赵叔的了解，他不相信赵叔会做出什么出格的事情，抑或是父亲……武家根不愿再想下去。

赵火说道："算了，我们不谈他了。"

武家根突然想起什么似的问道："对了，你曾经说过你当时与妻子失散，独自带着女儿逃亡，后来将女儿留在那户人家，那你女儿岂不是在我家长大了吗？"

赵火点了点头。

"她是谁？是红姑？"武家根问道。

赵火回答道："我女儿比红姑小。我到你们家的时候，红姑已经在了。我记得你爷爷说过，红姑是你们家的童养媳。"

武家根呆住了，不敢相信地低声说道："那就是说，你的女儿是……是……”

赵火叹了口气，说道：“我当时连名字都还没给孩子起，若不是红英手上戴着那枚玉镯，我还认不出她来。那玉镯是我妻子的陪嫁，当年我留在孩子的襁褓之中，想着以后如果有缘，或许还能再见。为了这件事情我的妻子始终不能原谅我，她认为我是把孩子抛弃了……后来，她离开了我，直到她离开人世，我都没再见过她，也不知我另一个女儿如今身在何处，是生是死……”

赵火最后那两句话说得很轻，好似喃喃自语，武家根听得并不真切。沉吟了半晌，赵火才又缓缓说道：“这么多年来，回想一下，我这个做父亲的，实在愧对红英，我对不起她啊！其实，我本想把这一切都埋藏在心底，要不是你刚才说红英离家出走，我是不会说的。”

赵火原本已经打定主意不说出自己是红英父亲的事实，可他终究还是没有忍住，他从未奢望过今生还能再见着女儿，当他看到红英的那一瞬间，他简直不敢相信，凭着那枚镯子和武家根的那番话，他才确定红英的确是他的女儿，况且她的眼睛是那样像自己已故的妻子，所以当武家根说到与红英有关的事情时，他自然是格外留意的，他唯一欣慰的是红英一直好好地活着，这比什么都强，若是跟着他这个父亲……他不敢想象。

武家根做梦也没有想到红英居然是赵火的女儿，他一直都认为她是他家收养的孤儿，母亲、爷爷、奶奶从来都没有与他说过她的身世。他的心瞬间乱了。在他的心里，赵火占据着与旁人不同的位置，他视赵火为亲人，而且是十分敬仰的长辈，红英怎么一下子就成了赵火的女儿呢？

向赵火告辞时，武家根承诺明天就去寻找红英，一定要把她找回来。赵火听着他的话，用力地拍了拍他的肩膀。

武家根走在街上，脑子里是浑浑噩噩的一片。对他而言，马路上嘈杂的一切仿佛都不存在了，他沉浸在自己的世界里，沉浸在适才赵火与他所说的那些话语里。

武家根就这样一路走回了德泽坊，走上了通往三层阁的楼梯，走进了属于他的阁楼内。那时候，张小海还没有回来，他一个人坐在地板上，坐了良久。后来，他躺到了床上，瞪大眼睛，直勾勾地看着天花板。他不记得自己是怎么躺上床的，发现自己的身下是床铺时，他已经躺在上面很久了。

也不知过了多久，阁楼的门被推开了。张小海走了进来，奇怪地看了一眼躺在床上的武家根，问道："大哥，你怎么点着灯就睡了呢？"

武家根一愣，这才发现煤油灯始终点燃着，没有熄灭。他"哦"了一声，随口问了一句："你怎么这么晚才回来？"

张小海一脸兴奋，坐到了武家根的床边，说道："大哥，你知道我今晚跟谁在一起吗？"

武家根淡淡地回答道："我又不是神仙，怎么能猜到呢？"

"夏秋莲，夏老师！"张小海脸上堆满了灿烂的笑容。

武家根一愣，还没来得及说话，就听张小海又说："我今天约她去看影戏了，没想到她很爽快地答应了。看完影戏，我们还一起去咖啡馆喝了咖啡，那咖啡可真难喝，可只要和她待在一起，再难喝的东西也能变成美味。我也不知道是怎么了，肚子里像是有说不完的话要跟她说，她总是微笑着听我说，她的涵养真好，从不曾打断我……还有，她笑起来真温柔！大哥，你是没见到夏老师笑，真是……真好看！”

武家根想起了第一次去工人夜校上课的情形，他原本是不情愿去的，却被张小海拉着去到了课堂。他记得张小海就是为了夏秋莲才去工人夜校的，现在想来张小海一定是从那时就喜欢上她了。他可真是糊涂，后来怎么就再没留意过张小海的感情呢？

张小海依然在滔滔不绝地说着晚上与夏秋莲约会时的情景。武家根忽然问道：“三弟，你很喜欢夏老师吧？”

武家根的问话打断了张小海，把他一下子从晚上兴奋的情绪中拉了出来。他愣愣地看着武家根，沉吟了一小会儿，而后很老实地回答道：“是的，大哥。”

“为什么不告诉夏老师呢？”武家根问道。

张小海说道：“说实在的，我怕。”

武家根一愣，说道：“怕什么？”

“怕我配不上人家。她是大学生，她的父亲还是大学教授。我是什么？只是一个穷工人。我觉得就算我找机会跟她说了，她也很有可能会拒绝我，所以……”张小海没有说下去。

武家根替张小海说了下去：“所以，你就把这份喜欢、这份爱，默默地埋藏在心底，是吗？”

张小海点了点头，没有丝毫犹豫就承认了。

武家根问道：“那你现在为什么又不怕了呢？”

张小海回答道：“大哥，说出来你别笑话我……是因为二哥。”

武家根疑惑地看着张小海，不明白这与王德宝有什么关系。

只听张小海接着说道：“看到二哥追刘丽丽，我真的打心底里佩服他，他连刘大小姐都敢追，那我又为什么不能追夏老师？当然，夏老师可以不选择我，但这并不影响我去喜欢她，我有权选择对她好。我记得第一次去工人夜校听夏老师上课时，她就说过人生来是平等的，没有富贵贫贱之分。所以我想我虽然穷，没有文化，但我有权喜欢她。我现在越来越觉得喜欢一个人，就是要对她好，看到她笑，看到她幸福，我就会由衷地高兴。真的，大哥，我今晚就很高兴。”

武家根看着张小海，觉得今晚的张小海不仅高兴，还很幸福，这份幸福源于那个名叫夏秋莲的女孩。他想，也许张小海并不十分清楚他的心思，要不然也不会叽里呱啦地和他说这么许多。

武家根知道今晚自己注定是要失眠了。他一直在想，张小海与其他两个结拜兄弟不同，张小海在江岛上救过他，若不是张小海，他早就已经淹死在江里了。那一次，张小海受了伤，他还记得张小海身上那一道道被礁石划破的伤口是那样的触目惊心，而他更清楚地知道张小海对夏秋莲的感情有多真挚、多深厚，经过这几年的风风雨雨，张小海对她的爱不仅没有减少，反而与日俱增，若是没有她，张小海绝不会走进工人夜校的课堂，绝不会跑到荒芜的江岛上接受苦不堪言的训练，绝不会接触到共产主义信仰，也绝不会那么心急火燎地跑到苏北的李府去救人，更绝不会在回上海的船上为她洗手帕、买零嘴……若是连张小海都觉得配不上她，那他又如何配得上她呢？他和张小海不同，他结过婚，有一个年幼的儿子，现在身边还多了一个未过门的媳妇，他跟她在一起只会对她造成困扰，而红英又是赵叔的女儿，是引领着他走上革命道路的赵叔的女儿啊！

武家根一宿没睡，始终瞪大了眼睛，在黑暗里直勾勾地看着天花板。当张小海的鼾声在耳畔有规律地响起时，他终于做了一个决定，一个早就该做出的决定，他知道他总归是要迈出这一步的。

3

武家根蹲在纱厂的门口。他蹲在这里已经有两个时辰了，为的是等候红英。

红英原本早就该下班了，可老板因为活儿多，便让工人们加班，工人们为了赚取低廉的加班费，拼命地干着活儿。武家根去车间远远地看了一眼红英，不过她没有发现他。

武家根决定就在厂门口等红英，他知道她迟早会走出厂门的。果然，又等了半个多时辰，红英和一批女工有说有笑地走了出来。

武家根连忙站起了身，叫道："红英！"

红英见是武家根，扭头就走。他急忙追上去，一把拉住她，说道："你去哪里？我等你到现在。"

红英冷笑了几声，说道："真难得，你还记得来找我！我不过让你等了一会儿，你就叫起冤枉来了？你为了她还不惜跑到你四弟的老家去呢！"

武家根没有想到红英如今还在吃醋，讷讷地说道："红英，你怎么还在跟我怄气？"

红英没有搭理武家根，自顾自地往前走着。武家根紧紧地跟在她的身畔，问道："红英，你这两天住在哪里？过得好不好？"

红英忽然站住，说道："你管我住在哪里！至于我好不好，你现在不是看到了吗？”

红英没有告诉武家根，她这两天住到了纱厂小姐妹租住的房子里，她就是想看看他会不会来找她，会过多少天来找她。她有些失望，他并没有马上就来找，不过至少他现在来找了，而且让她等的时间也不算太长。

武家根注视了红英一会儿，而后认真地说道：“红英，我不想跟你吵，我来是想跟你说一件事情。”

红英敏感地觉得武家根即将说出来一件很严肃的事情。

武家根停顿了一下，说道：“我们结婚吧。”

红英呆住了，愣愣地看着武家根，半晌回不过神来。她不敢相信地问道：“你说什么？”

“结婚吧。”武家根低声说道。他觉得也许这是最好的决定了。

红英瞪大了眼睛，问道：“家根哥，你说的是真的吗？”

“从小到大，我什么时候骗过你了？”武家根反问道。

红英忽然笑了，她等武家根说这句话已经等了好久好久，久到她几乎失去了耐心。她将双手攀上他的臂膀，把头靠在他的肩上，她觉得这一刻甜蜜极了。微风将她的头发轻轻地吹动起来，几缕头发拂到了他的脸庞，让他感觉痒痒的。她的头忽然离开了他的肩，她的嘴对着他的脸落下了轻轻的一吻。

武家根被这突如其来的吻吓了一跳，呆呆地看着红英，下意识地伸手摸了摸自己的脸颊。红英看着他，不由得“咯咯咯”地笑出了声，她的手更用力地缠在他的臂膀上。是的，她说什么也不愿放开他了。

两人正缓缓地朝前走着，武家根忽然说道：“红英，我找到你的亲爸了。”

武家根的话让红英倏忽站住了，她疑惑地问道：“你啥意思？我从小就被你家收养了，你妈说过我是无父无母的孤儿。”

武家根摇了摇头，说道：“没有人是无父无母的孤儿，都是有亲生父母的。你爸在上海，你也认识。”

红英一下子放开了武家根的手臂，开口就问：“是谁？”

武家根沉吟了一会儿，回答道：“赵火，赵教官，也就是我一直叫的赵叔。”

红英定定地看着武家根，忽然说了一句：“胡说！”径自往前走去。

武家根一把拉住红英，并把她重又拉回面前，说道：“我没有胡说，我说的是事实。他很爱你，这么多年来，一直都爱着你。你得跟我去见他。”

“爱我？那他为什么从没来找过我？”红英反驳道。

武家根压低了嗓音说道：“因为他是一个革命者，一个每天都有可能死亡的革命者。他不想打破你平静的生活，更不想让你的生命因为他而受到威胁，他每一天都在饱受着父女分离的煎熬！我知道也许你一时接受不了这个事实，你即便现在不与他相认，也得跟我去见见他！你知道吗？听说你离家出走了，他多么担心啊！”

红英不说话了，她还没有做好接受赵火的准备。她从未想过自己也有父亲，并且居然还活在世上，她更没有想到父亲会一下子冒出来，并且出现在自己的身边。

红英的心乱了，就这样稀里糊涂地一路被武家根拽着来到赵火的住处。可惜，赵火并不在家里，坐在他家里的人竟然是李少杰。

武家根没有想到李少杰已经回到了上海。李少杰见了武家根也很高兴，说自己回来没两天。

武家根问道："听赵叔说上海工人即将进行一次大行动？"

李少杰点着头，说："确切地说，是工人武装起义。"

武家根吃了一惊，难怪金师傅偷偷造枪，一定是为了在起义中派上用场。他问道："赵叔去哪里了？"

李少杰回答道："为了这次起义，跟国民政府驻上海代表钮永建谈判去了。"

武家根瞪大了眼睛，问道："可是我有一点想不明白，工人起义跟国民党能扯上什么关系呢？"

李少杰说："听说是要商量起义的具体时间和方式，具体的我也不清楚。"

武家根说："反正兄弟们都准备着，就等赵叔一声令下了。"临走时，他让李少杰转告赵火，红英已经找到，今晚就回弄堂了，请赵火放心。

李少杰答应了下来，并让武家根早些回去，他会在这里等赵教官回来，一有情况就会通知他们。于是，武家根带着红英离开了。

4

张小海是从红英的口中得知武家根已经向她求婚，这多少有些出乎他的意料。

张小海是知道武家根与夏秋莲的感情的，若是红英不出现，他说不定会一直将自己对夏秋莲的那份喜欢深藏在心底。他觉得只要夏老师和大哥在一起是幸福的，那他也就幸福了，他把自己对她的喜欢偷偷地称为苦恋。

然而，红英出现了，这是张小海始料不及的。他觉得红英的性格决定了她绝不可能放弃大哥，如果说陷入痛苦的是大哥、夏老师和红英，那么他的心也时时被煎熬、彷徨折磨着。所以，知道武家根向红英求婚后，他一瞬间感到了轻松。

犹豫了好几天之后，张小海终于决定去找夏秋莲，想告诉她他已经喜欢她很久了，或许一段即将开始的爱情能让她淡忘对大哥的感情。

张小海来到夏家的时候是休息日的午后。这时节　天气已经开始转凉，院子里的花都慢慢凋零了，秋风一吹，花瓣纷纷飘落到地上。

夏秋莲请张小海去到客堂间，给他沏了一壶茶。他端着茶盅坐在桌旁，正好可以看到落英缤纷的一幕，加上午后的温暖阳光洒在院落里，美得仿佛是公园里才能欣赏到的景致。

张小海喝着茶，说道："很快我们就会举行工人武装起义，你一定已经知道了吧？"

坐在桌子对面的夏秋莲"嗯"了一声，说道："那一天已经很近了……"沉吟了一会儿，又问道，"我已经有些日子没见着家根了，他好吗？在忙什么呢？"

张小海实在不想在这样美丽的环境中说出煞风景的话，可是他不能不开口。他结结巴巴地回答道："夏老师，我大哥他，他，他要和红英姐结婚了。"

夏秋莲端着茶盅的手不由得颤抖了一下，茶水洒落到了她的衣服上。

“夏老师，你怎么了？”张小海连忙从口袋里取出手帕递给夏秋莲，“快，擦擦吧。”

夏秋莲没有接过手帕，只是愣愣地看着张小海，而后问道：“你刚才，刚才说什么来着？”

张小海有些尴尬地缩回了手，说道：“没什么，我是说……他最近挺忙的。”

“不对。”夏秋莲打断了张小海，说道，“你刚才说的不是这句话。”

张小海知道夏秋莲已经听清了他的话语，只是她还不能接受罢了，于是他又一次说出了那句话：“我说，我大哥要和红英姐结婚了。”

夏秋莲沉默了许久。在她沉默的时候，张小海很想扯开这个话题，不过还没等他说话，她就又一次开了口，面无表情地问道：“什么时候的事？”

张小海回答道：“也是最近才决定的。”他看了一眼夏秋莲，他曾想象过当她知道这一消息后的很多种反应，可他唯独没有想到她会像现在这样平静，她心里正在想什么呢？他怎么都猜不透。

夏秋莲放下茶盅，站起身来，呆呆地立了一会儿，终于淡淡地吐出了一个字：“好。”重复说了两遍“好”字后，她缓缓地转过身朝院子外走去。

张小海说道：“夏老师，请等一等，我还有话想对你说。”他想将自己的感情一股脑儿地说出来。

不料，夏秋莲一边走向外面，一边说道：“我想一个人出去走一走，静一静。”

“哎！”张小海在夏秋莲的身后叫道，可是她头也不回地走了出去。他看着落下的花瓣在风中打着旋飞舞起来，最终飘落到她的披肩长发上。她背对着他，他又如何知道她其实已经控制不住自己的泪水，任凭眼泪纷纷滑落，沾湿了一片衣襟。

张小海忽然听到身边传来了一声低低的叹息声。他回头一看，原来是夏添站在他的身畔。

夏添凝望着夏秋莲离去的背影，说道：“随她去吧，我女儿任性起来就是这样，她一个人走走，心里会舒服很多。”

张小海叫了夏添一声“伯父”，夏添看了他一会儿，说道：“我记得你曾到过我家，我有印象。”

张小海回答道：“是的，我叫张小海，是厂子里的车工。”

夏添打量着张小海，赞许地点了点头，说道：“不错，技术工人。”他招呼着张小海坐下来，一起品茶。

夏添看着院子里的花花草草，说道：“我一个人没事的时候，就喜欢坐在这里看着院子里的一切，常常一坐就是一个下午。”

“我真是羡慕伯父的闲情逸致。”张小海由衷地叹道。

“其实‘两耳不闻窗外事，一心只读圣贤书’未必不好，这是很多读书人都心驰神往的境界。”夏添停顿了一会儿，又道，“年轻人，现在外面的时局很乱，看情形最近又要不太平了。”

张小海发出了“嗯”的一声，说道：“又要有行动了，我们都盼着这一天呢！伯父，你不觉得我们生活的这个时代太黑暗了吗？你看看到处都是军阀混战、帝国主义肆虐。”

夏添叹了一口气，说道：“我以为这些话只会出自学生的口里，没想到你一个工人也会……”

张小海激动地说道：“伯父，你错了，这次行动的主角就是我们工人！”

夏添说道：“年轻人，你们是斗不过他们的，他们有枪有炮，有军队……”

张小海打断了夏添，说道：“不，伯父，这次不同了，我们有自己的武装，仅是工人纠察队就有两三千人，还有不少枪支！你一定还不知道，国民政府驻上海代表已经答应帮我们，到时候他会跟我们联手轰轰烈烈地大干一场！”

夏添丝毫没有被张小海慷慨激昂的情绪感染，依然摇着头说道：“我还是那句话，年轻人，还是理智些，千万不要冲动！以前我总是这样劝秋莲，现在我也得劝你了。”

张小海说道：“伯父，行动就在这两天，你不用劝我们，更不必担心，你就等着我们胜利的好消息吧！”

夏添不再与张小海争辩什么，但他显然并不看好这次工人武装起义。

没过几天，赵火便通知工人骨干，并派他们去各个厂子里。其实，早在几个月前，组织上已经在厂子里的工人中间做了大量的工作，只待一声令下，工人起义便正式开始了。

这次后来被称为“上海工人第一次武装起义”的行动，最终却以失败告终。失败的原因是工人组织与钮永建约定好以凌晨鸣炮为起义的信号，可是到了零时，炮声始终未响，很多工人因没有听到约定的炮声而按兵不动，而有些工人却按捺不住，按照原计划攻打了警察局和兵营，结果遭到了军阀的开枪镇压，牺牲了不少人。武家根、王德宝、张小海、李少杰四兄弟都一腔热血地参加了起义，武家根还受了轻伤。

上海工人永远无法忘怀这一个黑色的日子——1926 年 10 月 24 日。

第十六章

大风起兮云飞扬

1

王德宝在姚堂主举办的洗尘宴上见到了何华，才知道原来这洗尘宴是帮会兄弟特地给何华办的，为的是欢迎他从苏联顺利回国。其实他们不知道的是，何华早在几个月前便已经秘密地回到了国内，参加了和钮永建的谈判，可惜第一次武装起义因为准备不充分而失败了。

席间，何华悄悄地跟王德宝说起第一次武装起义失败的事情。王德宝很是沮丧，何华却告诉他，他们正准备东山再起，这次他和赵火还有其他同志们会蓄势伺机发动第二次武装起义。他准备会见各个厂子里的资本家，把他们都联合起来，同时要派同志们去车间发动工人兄弟进行罢工，这中间当然也少不了帮会兄弟帮忙。他让王德宝带口信给在江岛接受过训练的工友和学生领导，说组织上会派他们对工人纠察队进行秘密的分批训练。

王德宝一听何华这话便来劲了，热情瞬间被点燃了，在饭桌上喝了不少酒，说了不少豪言壮语。等晚宴结束后，他就奔上了武家根、张小海的阁楼，把何华的话转告给了他们，这一下，大家都觉得有了盼头。

自从知道又要有行动之后，金师傅加快了造枪的速度。白天，武家根在车间里会偷偷地帮着金师傅车些零件，接着又一支支组装成手枪。师徒两人这一回是联起手来为一个共同的革命目标而战斗了。

这天，做生活做得累了休息的时候，金师傅坐在车床的边上，点上了一支香烟，连着抽了好几口。忽然，他问起武家根和红英的事情："你都想好了？要娶她？"

武家根点了点头。

"不后悔？"金师傅问道。

武家根不知道师傅为什么这样问自己，只好沉默着。

金师傅又问道："那她怎么办？"

武家根当然知道金师傅说的那个"她"是谁，他沉吟了片刻，回答道："三弟，哦，就是张小海，他喜欢她。"

"这和你有关系吗？"金师傅问道，而后他一脸恍然，"我明白了，你是觉得选择红英是个两全其美的法子，既能成全张小海，又能成全红英，是吧？"

"是啊，师傅说的没错。"武家根嘴上没有回答，但心里并没有否认。

金师傅吐出一口烟，问道："可是你和夏秋莲又由谁来成全呢？你们两人心里的苦又怎么说呢？"

武家根无法回答。这些日子，他一直躲避着夏秋莲，甚至回避一切与她相关的事物和记忆，然而，他越是想躲避，就越是躲不开，有好几次他都在梦里见到了她，她不与他说一句话，只是一个人在默默地流泪，他想掏出手帕给她擦眼泪，却无论如何都找不到手帕，他拼命地叫着她的名字，可喉咙里发不出任何声响，他总是在这种焦急的情绪中惊醒过来。良久，他终于开了口："师傅，还有烟吗？给我一支吧。”

金师傅看了武家根一眼，从口袋中取出一包老刀牌香烟，拍出一支，并将手中的洋火一并递给了他。

在金师傅的记忆中，武家根从不抽烟。果然，香烟点燃后，他狠狠地抽了一口，只这一口，他便咳嗽起来，咳得连眼泪都流了出来。

金师傅深深地叹了一口气，在心底默默地说了一句：“这又是何苦呢！”

2

李少杰和方心雨成亲后，打算从学校搬出来，先在外头找个房子租住下来。李少杰一想，租别处的房子是租，不如索性到德泽坊租。正巧赶上前楼一间朝南厢房要出租，李少杰连忙租了下来。

最近，四兄弟正在组织大规模的工人罢工行动，武装起义迫在眉睫。李少杰觉得和哥哥们住在一处，既能相互有个照应，又能商量罢工和起义的事情，岂不妙哉。方心雨听闻后，也感到很欣喜。

李少杰和方心雨搬入德泽坊那天，王德宝特地去弄了一辆板车把夫妻俩的行李都推进了弄堂。武家根和张小海则帮着李少杰把租下来的房子打扫干净，布置一新。红英还将原先剪好的很多“囍”字拿了出来，张贴在他们的房间内。

从四兄弟的只言片语中，红英听出工人们很快就要举行第二次武装起义。她心头一惊，悄悄地打量着身旁的武家根，正巧看到他双目放光。她还记得第一次武装起义时，他负伤而归，看着他手臂上血淋淋的伤，她吓得整个人都颤抖起来，一想到会有生命之忧，这次她怎么还能让他去呢？

等帮着李少杰搬好家，走下楼出了门之后，红英告诉武家根最近外面罢工又闹得厉害，他参加罢工的事情她就暂且不管了，但无论如何他都不要参加这次起义了。她一个劲儿地问武家根究竟准备哪一天起义，武家根说他不知道，但表示起义当天他一定会去。她知道即便他已经知道了起义的时间，也绝不会跟她说，因为这是他们的纪律。

后来的几天，红英常常失眠，一躺到床上就会想起武家根要参加起义的事情，她是真的担心。

红英害怕的事情还是发生了。这天一早，她去阁楼上找武家根，想问问他今天要吃些什么菜，她买早点时就可以把菜带回来。不料，敲了半天门，屋内没有丝毫声响，她敏感地觉得今天要有大事发生，因为平时就算要去上班，武家根也没有这么早离开过。

红英想了想，连忙跑去找王德宝和李少杰，不料他们均不在屋内。她更加确信今天他们一定有行动！怎么办？她该怎么办呢？

红英忽然想到了一个人，一个名叫夏秋莲的女人，她一定知道他们的去处，说不定她还会参加这次行动。对，得赶紧去问问她！若是她在家，那就是最好不过的事情了。

出了弄堂，红英赶紧叫了一辆黄包车。自打她来上海，还从没舍得花钱叫过黄包车，但这次她豁出去了，着急得顾不上这么许多了。

黄包车拉得很快，不一会儿便到了夏家。红英抬手敲了敲门，一个用人打开了房门。红英一边问“夏秋莲人呢”，一边走进了院子里。

用人连忙关上院门，追在红英身后说道："小姐正要出门，你是哪位？找小姐有什么事情？我好去通报一声。"

红英说道："通报什么通报？"而后，对着屋内叫道，"夏秋莲，你给我出来！"

夏秋莲拎着包从里屋走了出来，看到红英时一愣，问了一句："你怎么来了？"

红英反问道："我怎么不能来了？幸好我来得早，不然还真碰不到你了。我问你，家根他们去哪里了？"

"家根？我没跟他住在一条弄堂里，我怎么知道？"夏秋莲回答道。

夏秋莲的话让红英一阵气恼，她叫了起来："你！你别以为我不知道今天你们会有大的行动，是不是又和上次一样举行什么武装起义？"

"听不懂你在说什么，我有事情要先出去，不奉陪了。"夏秋莲说着便往外走去。

红英一把拉住夏秋莲，说道："你先别走，你还没告诉我家根他们去哪里了，行动几点开始？"

夏秋莲一把甩开红英的手，说道："我不知道。"

"莲儿，你这是要去哪里？"夏添的声音忽然在身后响起。

夏秋莲一回头，看到夏添充满关切的神色。她不知道父亲何时从屋内走了出来，但他一定已经听到了她和红英的对话。按照父亲的脾性，他一定会阻止自己出去，她连忙说道："爸，我正要去商务印书馆上班。"

夏添疑惑地看了看夏秋莲，指了指站在一旁的红英，问道：“这么早就去吗？刚才她说的是不是真的，你们今天又要有什么行动了？”

“哪有的事？今天杂志要交到印刷车间，所以时间上有些赶，我想早点到。”

“你没有骗我吧？”夏添问道。

夏秋莲坚定地点了点头，说道：“若是你不相信，大可以跟着我一起去商务印书馆看看。”

夏添松了一口气，说道：“我自然是相信你的，我这么问，也是为了你好，我不希望你参加什么武装行动，我早就说过年轻人应该多钻研些学问，眼下的时局还是研究学问最安全了。好了，你去吧。”

夏秋莲说了一声“知道了”，转身走出了院子。

红英连忙追了出去，在身后叫着夏秋莲，可夏秋莲已经坐上一辆黄包车走了。

红英觉得有些无趣，便也离开了。

这一天，红英总是心神不宁，做什么事情都提不起劲，眼皮还一直跳个不停，就连做饭切菜都切到了手指并流了不少血，她觉得今天搞不好会有血光之灾，便在心里默默地祈祷武家根千万别出事。

到了傍晚时分，天暗了下来，还不见武家根他们的人影。红英一个人呆坐在亭子间里，脑子是浑浑噩噩的一团。忽然，耳边传来了炮声，吓得她一下子从椅子上跳了起来，她知道一定是行动开始了。她听武家根说过，第一次武装起义的时候就是约定以炮声为行动信号的，可惜那炮声一直没有响，才会导致工人们的行动陷入混乱之中。这一次，炮声不仅响了起来，还响了好一阵子，那就意味着……她不敢想下去了。

蓦地，远处隐约传来了枪声，只过了一会儿工夫，枪声便比先前激烈了不少，这让红英越发坐立不安。不行！她不能坐等，她放心不下武家根，万一他出事了，她可怎么办？这样想着，她便朝屋外走去，走了没几步，她又站住，想了想，便折了回去，拿起搁在屋子角落里的一根粗大木棍跑出了屋。

红英跑到弄堂口，看到街上的人们一边叫着“打起来了，工人又起义了”，一边四处躲避着。她站着听了一会儿，便朝着枪声激烈的方向大步跑去。

跑到江边时，红英看到了武家根曾经指给她看过的“建威”“建康”两艘军舰，然而不知为何，在兵舰的边上还有无数个小黑点。定睛看了看，她终于看清那些小黑点不是其他，却是很多小舢板，这让她感到很奇怪，平日里哪会有这么多小舢板呢？

这时，又一阵枪声响了起来，正是从远处传来的，红英继续循着枪声跑去。忽然，黑暗中有几个身影进入她的眼帘，只见一个军警正在朝几名工人开枪，她吓得连忙躲到一边。

身边的枪声不绝于耳，过了一会儿，红英悄悄地探出头去，只见已有两名工人倒在了血泊之中。

就在这时，红英看到了武家根和金师傅！突然，她听到武家根大喊一声：“师傅！”只见金师傅中弹倒在了地上，武家根扑向了金师傅。

红英看到军警又一次举起了枪，而且瞄准了武家根，她的脑子里顿时轰然一声巨响。不行，她不能让武家根受伤，她必须上去帮他！

红英握紧手中的棍子，冲到军警的身后，对着军警的脑袋就是一棍子。军警倒地后，她大叫一声，抡起棍子拼命地对着军警打去。直到那军警昏死过去，躺在地上一动不动，她才停了手，朝武家根看去。只见他紧紧地抱着金师傅，她连忙跑了过去。

那时，金师傅还有气息，武家根想背他上医院，可他却说来不及了。他将手里握着的一把小手枪交到武家根的手中，说道："家根，你师傅一生的技艺都在这把枪上了，你拿着它好好琢磨琢磨。我是厂子里技术最好的工人，你是我的关山门徒弟，就全靠你继承师傅的衣钵了。"说着，看着武家根笑了。

武家根一把抹去泪水，问道："师傅，你笑啥？"

金师傅喘息着说："我本不想收你做徒弟，你没人家那么活络聪明，呆头呆脑的，但现在我想说，这一辈子我做得最对的一件事情……就是收了你做徒弟……师傅不成了，你要好好地跟着赵火、何华，跟着他们……"

金师傅忽然不说话了，他咽下了最后一口气，咽气的时候眼睛还是睁着的。

武家根大叫一声："师傅！"金师傅话不多，却将毕生的技术都传给了他。"一日为师，终身为父"，他从不敢忘记这句话。

武家根伸出手合上了金师傅的眼睛，而后一把将金师傅背上身，往前走去。

"你这是要把金师傅带到哪里去？"红英问道。

武家根没有回答，径直往前走着。他的耳边一直回响着金师傅经常说的那句话："学会学精车钳刨，保管肚子吃得饱。"

武家根走到了江边，在开满野花的草丛中，用红英带着的棍子挖了一个大大的坑，将金师傅埋在了里面，并高高地隆起一个土丘。他记得张小海曾经说过金师傅是一个可怜之人，膝下并无儿女，老婆早些年也死了。他对着土丘一连磕了好几个响头，而后一步三回头地离开了。

武家根继续往前走着，红英一把拉住他，说道："家根，你还要去哪里？我们赶紧回家吧！"

武家根回答道："不，我得去找赵叔。"而后转过头，看着红英说道，"我要带你去找他！"

"现在这么乱，我们去哪里找他？"红英问道。

武家根说道："我知道他在哪里。"

红英还在犹豫着，她听着四周不时响起的阵阵枪声，有些害怕地说道："可是可是……"

武家根打断了红英，说道："没有可是！"他停顿了一下，定定地看着她，"他是你的亲爸！"

红英从来没有见过武家根用这样严肃的眼神注视着自己，她愣了愣。武家根一把拉起她的手就往前走，她就这样跌跌撞撞地被他拉扯着走了。

武家根和红英到达一处哨卡的时候，地上已经满是尸体了，有工友的，也有军警的。武家根的眼里噙着泪水，这些工友都是他的战友啊！

武家根拼命地寻找着赵火。他记得先前与赵火分开时，赵火说要带人拿下这处哨卡。他知道这里曾发生过激烈的枪战，可为什么不见赵火的踪影呢？

武家根着急地叫道：“赵叔，赵教官！”没有人回答他。

武家根看向地上工友的尸体，他的目光突然定格在其中一个人的身上，那人穿了一件蓝黑色呢质中山装，衣服是那样眼熟，他曾在哪里见过，只是那人脸朝向地面趴着，让他看不清，可不知为何，他觉得自己的心脏停跳了一拍。

武家根连忙奔了过去，扶起那人的身子，一张熟悉的脸进入他的视野——那人不是旁人，正是赵火！他大叫一声：“赵叔！”眼泪顿时流了下来。

一旁的红英也呆住了，她愣愣地看着赵火，这就是自己的亲爸吗？她还来不及跟他说上一句话，他怎么就……

武家根看着赵火的身上有三个被子弹打穿的窟窿，鲜血还从伤口里汩汩地流出，应该中弹没多久，他真后悔自己没有早一些赶到。他拼命地摇着赵火的身子，忽然赵火咳嗽了一声，一口鲜血被咳了出来，他连忙叫了一声“赵叔”！

赵火睁开了眼睛，但已是奄奄一息。他费力地张开嘴，说道：“有人……从背后开枪，一定，一定……是我认识的人……”

武家根呆住了，他看着赵火问道：“是谁？是谁对你下的毒手？”

赵火摇了摇头，说道：“不知道，难道是……”他说不出话来。

“是谁？赵叔，你是不是想到了什么？”武家根问道。

赵火想不明白，他分明已经带着同志们把这里攻打了下来，可是，为什么遭到了突然袭击？对方究竟是什么人？竟从身后向他开了枪？虽然他的脑海中出现了一个人的脸，但他绝不相信真的是他。

赵火将手伸向了衣服的口袋，却又无力地垂下了。武家根连忙帮他取出口袋里的东西，原来竟是一封信。他的手指向了武家根，说道："给……你……"

赵火将目光移向了站在他身边的红英，他伸出手想要拉住红英的手，虽然只有咫尺的距离，可是这一刻对他来说却显得那么遥远。

红英看着赵火颤抖着的双手，一把握住并跪倒在他的身边。他很困难地露出一个微笑，说道："孩子，原谅……原谅我，好吗？"

红英原本有一肚子的话想要问赵火，想要责怪他，可是他的这句话瞬间将她所有的怨气都瓦解了，她的眼泪如同决堤一般流了下来。

"见着你……真好，能，能叫我一声吗？"赵火断断续续地说道，他没有想到还能在弥留之际见着她，他感谢上天对他的眷顾。

红英看着赵火，终于泣不成声地叫道："爸！"

赵火笑了，这是他这辈子最舒心的笑容。他艰难地将头转向武家根，低声说道："帮我……照顾她……"

武家根拼命地点头，哽咽着说道："赵叔，你放心。我会娶她，照顾她一辈子。"

赵火的笑很灿烂，他缓缓地闭上了眼睛。他就这样离开了武家根，离开了红英，也离开了这个烦扰喧哗的尘世。他这一生仿佛是为了革命而生，又追随着信仰而去。

武家根紧紧地将赵火的身子抱在怀中，赵火的身子是温热的，似乎并未死去。他想到了自己的射击、发报等很多本事都是赵火手把手教的，想到了那个一起在江岛上度过的夏天，想到了赵火曾经给自己盖被子、缝补衣服的情景，想到了赵火曾经给过自己父亲般温暖的记忆……他控制不住地哀号起来。

也不知过了多久，红英忽然说道：“家根哥，我们看看那封信上写的是啥吧！”

武家根差点儿把信的事情给忘记了，经红英这么一提醒，他打开了信。信是赵火写给他的，原来赵火在起义之前就已经做了最坏的打算。

赵火在信中告诉武家根，青年时的挚友武凡与他决裂是因为他的妻子。当年他将红英留在武家后，便与武凡一同离开苏北，直接去了他妻子的老家，他的妻子果然在老家，原来与他失散之后，她也不知该去哪里找他，便只能先回老家，想着他若是活下来一定会来寻她。与妻子团圆之后，他带着武凡开始进行革命活动。之后，组织上派他去苏联学习两年，临走时，妻子已经怀孕，他放心不下，便将妻子托付给武凡照顾。不料，他回国之后，却发现妻子与武凡居然相爱了，并且同居在了一起，这是他无论如何都接受不了的，他只得把尚且年幼不懂事的小女儿留给了妻子。同时，他得知武凡虽然也投身革命，但最终选择了国民党，两人最终分道扬镳，从此再也没有见过。

这封信解开了一直埋在武家根心中的疑问。“朋友妻，不可欺”，原来父亲竟做下了如此不齿的事情！难怪他再也没有回过老家，难怪他不惦记自己和母亲，原来是另觅到了温柔乡……武家根觉得一阵心寒。

红英的话语喃喃地响起：“原来我还有一个妹妹，不知道她过得好不好，要去哪里寻她呢？爸怎么就这么走了……家根，是谁，是谁杀了我爸？究竟是谁……”

武家根用力地咬紧牙根，在心里暗暗地发誓，他一定要找到那个在背后朝赵火开枪的人，手刃凶手，为赵火报仇！

3

张小海去了夏秋莲的家，他原本是想去和她说说话的。自从赵火死后，每个人的心里都像压着一块大石头似的堵得慌。谁知，到了夏家，用人告诉他小姐出去散步了，又说最近小姐心情不好，小姐心情一不好，就会出去散步。

张小海听后正准备离去，用人叫住了他，说道：“小姐关照过，若是张先生你来，就将这个交给你。这是你上次还小姐书时，夹在书里忘记拿走的。”说着，向他递来一张折叠着的纸片。他接过，道了谢，走出了夏家。

纸片上是张小海写下的一个“爱”字，这个字他练习了很久很久，还将“爱”字中间的那个“心”画成一个心形。他还书给夏秋莲的时候，故意把这张纸片夹在了书里，他知道她一定会明白那颗他画上的心代表着他对她的一番爱意。原本他是想当面向她表白的，但又怕遭到拒绝，想了很久，终于想到这样一个委婉的方法。

张小海打开纸片，只见在“爱”字的下面写着一行娟秀的字。他一看就知道是夏秋莲写下的，就跟在工人夜校上课的黑板上写的字一样漂亮。遗憾的是，那一行字中有好多个字他都不认识，自然就不能明白她写给他的话的意思。

张小海想了想，赶紧回到德泽坊。一走进阁楼，他便将纸片递给武家根，说道："大哥，帮我看看这上面的一行字写的是什么。"

武家根看着并念了出来："就请让我们做革命道路上的同志吧。"

张小海跌坐在床上，嘴里喃喃地重复着："革命道路上的同志……革命道路上的同志……"

武家根不解地看着张小海失魂落魄的神情，问道："三弟，这是谁写的？怎么一回事？"

张小海半天没有吱声。

武家根又叫了一声："三弟。"

张小海这才喃喃地说道："是夏老师写的，纸片上方的那个'愛'是我写的。"

"你是说……"武家根听着张小海的话，明白了过来。

张小海叹了一口气，说道："我知道，她的心里有你，即使你要和红英姐结婚了，她的心里还是有你。"

"自从我决定要娶红英之后，我就没有跟她单独见过面，她应该忘了我了。"武家根说道。

张小海摇了摇头，说道："在感情的世界里，没有什么'应该'和'不应该'。其实我知道，夏老师瞧不上我，我什么都没有，文化又不高，像她这样的，怎么可能看得上我呢……"说到这里，他的嗓音忽然变得有些沙哑了，他竟哽咽了。

武家根看到张小海的眼眶里多了一层雾气，他知道张小海对夏秋莲有感情已经不是一朝一夕的事了，这么些年来，夏秋莲已经成了张小海的一个梦，而现在正是梦碎的时候。

张小海眼中的雾气突然消失了，他从床上一下子站起了身，说道："大哥，终有一天我会让夏老师对我刮目相看，我张小海不能一直像现在这样混日子，我一定要混出个人样来！”

武家根愣愣地看着张小海，问道：“你，你什么意思？”

“我要离开这里，离开上海！”张小海下定决心一般地叫道。

武家根没有想到张小海会忽然说出这样的话，他还来不及反应过来，就又听张小海说道：“我要去参加北伐军。”

“什么？！”武家根叫了起来，语无伦次地问道，“你是说，你，你不做工人了？”

张小海点了点头，是很认真的那种。良久，他又补充道：“其实我早就想去投军了，那样就不愁武器装备和队伍了，可以帮着工人打下一个天下来。”

那一夜，武家根与张小海说了很多，劝了很多，可张小海就像是一根筋一般坚决要走，武家根从未见过这般模样的张小海。武家根甚至说要亲自去找一趟夏秋莲，和她好好谈谈，可张小海拒绝了，说什么都不让武家根去。他说他是一个男人，一个要面子的男人，他希望武家根让他离开得有尊严一些。武家根说不出话来了。

第二天，天还没亮，张小海便背起行囊离开了，而且坚决不让武家根送，也不让武家根告诉王德宝和李少杰。

武家根只能趴在老虎窗的窗口看着黑暗中张小海的身影走出弄堂，他感觉到有一种苦苦涩涩的温热液体从眼眶内跌落出来，一直流到了他的嘴里。

武家根在心头一直反复地问着自己：“同住在一个阁楼上的兄弟，我们何时能再见面呢？”

4

武家根想了很久，还是决定去找一趟夏秋莲，他得告诉她，他准备娶红英了。他不想再逃避，终有一天，他得面对她，若是真能面对了，也就意味着能坦然地面对他们曾经的感情。他还想告诉她，张小海是一个值得托付终身的男人，虽然他没钱、没文化，可是他有一颗炽热的爱着她的心。

武家根走在了通往商务印书馆的路上。他走进一爿商店，他知道这爿商店有个通向商务印书馆所在马路的后门。

武家根走过了狭长的通道，推开后门正准备抬腿走出去时，突然不远处爆出两声枪响！

武家根吓了一跳，连忙停住脚步，探出头去朝着枪声响起的方向看去。只见一个男人朝他这边没命似的奔跑了过来，嘴里还大叫着："救命！"

男人的身后传来一阵零乱的脚步声，虽然还未看到人影，但武家根知道那些追杀者已经越来越近。他压低嗓子，朝着奔过来的男人叫了一声："喂！"

男人抬头看见武家根，便不顾一切地蹿了过来！武家根一把将他拉进通道内，连忙关上后门，对他说道："快跟我走。"

说着，武家根带着男人折回了商店，并从商店的大门走了出去，闪进一条弄堂里。

男人喘着粗气，想到刚才死里逃生的一幕，脸色越发苍白，不禁抹了一把汗，说道："谢了，兄弟，你救了我一命！"说着，抬头朝武家根看去。

武家根也仔细地打量起男人。四目相交，两人一同叫了起来：“是你？！”

原来，男人正是武家根初到上海时以自来水公司招人为由骗取了武家根包袱的阿乌头！几年前，王德宝曾在他手中买得武家根父亲的小像，那时武家根差点儿就抓住了他，却被他逃跑了。

武家根一把捉住阿乌头的手，说道：“好啊，真是冤家路窄！上海说大不大，说小也绝对不小，没想到事隔几年，居然又遇上了你！”

阿乌头无奈地摇了摇头，上气不接下气地说道：‘咱哥俩儿看来真算是有缘。”

武家根看着阿乌头一副落魄的模样，说道：“说吧！是不是又在哪里骗钱，才遭人追杀？”

“哪有？”阿乌头连声叫冤枉，“若是骗点小钱，顶多就是被人打几拳、踢几脚，哪里会挨上动刀动枪的份儿呢？”

武家根觉得阿乌头说的有几分道理。

阿乌头继续说道：“你若真想知道，就请我去德兴馆吃碗面，我会告诉你一个天大的秘密！现在我话都说不动了，快饿疯了。”只见他捂着肚子，一脸饿相。

武家根点了点头，带着阿乌头到了德兴馆。阿乌头毫不客气地点了一碗焖蹄二鲜面。面一端上桌，他便迫不及待地呼啦呼啦吃了起来，心急得一边吃，一边被烫得哇哇大叫，看样子是饿昏了。

在阿乌头吃面的时候，武家根一直默默地看着他，直到他喝干了最后一口面汤，放下碗筷，捧着吃饱的肚子时，武家根才问道：

“怎么样，现在可以说了吗？”

阿乌头打了一个饱嗝，一边用牙签剔着牙齿，一边说道：“上个礼拜，2 月 22 日，你知道是什么日子吗？”

武家根当然知道那是什么日子，更知道这个日子意味着什么。那一天，金师傅走了，赵火也走了。回想起来，那是这些年来令他最为痛苦的一天。

阿乌头继续说道：“就算你不知道，你也一定听到了炮声和枪声，而那一天我看到了一件最最恐怖的事情。”

“什么事情？”武家根问道。

阿乌头压低了嗓音，神秘兮兮地说道：“杀人，我看到了杀人的场面，就在离这里不远的一个哨卡前……”

武家根听到“哨卡”二字，眼皮突然莫名地跳动了几下。他低低地重复了一声：“哨卡？”

阿乌头点了点头，说道：“对，哨卡！本来一队工人纠察队将不少军警给干掉了，就在他们要进入哨卡的时候，你猜怎么着？他们的身后忽然来了一个杀手小组！我记得杀手小组有四个人，还有一个头头，他们朝着工人纠察队的后背开枪，个个枪法了得，那个杀手小组的头头对着工人纠察队的头领开了好几枪……”

阿乌头的话如响雷一般炸在武家根的耳边，他着急地问道：“那个工人纠察队的头领叫什么名字？你知道吗？”

阿乌头想了想，说道：“不知道，但我听到工人们叫他赵教官……”

武家根呆住了。赵教官，是的，赵教官！他喃喃地说道：“高个子，络腮胡子，穿了一件蓝黑色呢质中山装……”

“对对对，就是他！”阿乌头奇怪地看了一眼武家根，问道，“你认识他？”

武家根没有回答，而是说道：“你接着说下去。”

阿乌头说道：“我刚才说的都不是关键，最关键的是我看到了杀死赵教官的那个头头的脸。”

武家根的眼睛开始放光了。

阿乌头说：“那人脸上的皱纹很多，蛮沧桑的。杀完人之后，他对着另外四个人挥了挥手，那四个人就散去了，速度之快，一看就知道是训练有素的杀手。对了，其中有两个就是刚才追杀我的人。”

“他们为什么要追杀你？”武家根问道。

阿乌头叹了口气，说道：“怪只怪我太想发财了！我当天悄悄地跟踪了那个头头，知道了他住的地方，通过他的邻居我打听到了一些意想不到的情况。原来他有着极深的伪装身份，他的公开身份是一所大学的老师，与女儿相依为命，那女儿在商务印书馆工作……”

武家根吃了一惊，下意识地打断了阿乌头，问道：“你说什么？”

阿乌头说道：“你别着急，听我说下去。我觉得发财的机会到了，于是打听到了他家的电话号码，打电话到他们家。接电话的是一个很年轻的姑娘，我猜是他的女儿，就和她说找她父亲，她果然将电话交给了她父亲。在电话里，我以目睹杀人为理由，敲诈他一百块大洋。今天就是我和他约好付钱的日子，地点还是我选的，没想到大洋一块没看到，杀手却忽然出现了，幸好我机灵跑得快，后来就遇到了你。”

武家根看着阿乌头，没有说话。

阿乌头不解地问道：“怎么，你不相信我说的话？我告诉你吧！我之所以告诉你，一来是感谢你救了我，但这不是最主要的；二来是最最重要的，我怕有一天我会真的出事，那么在这个世上至少还有一个人知道我是为什么而死的，还能帮我去巡捕房报个案。”

武家根开口了，一字一句地问道：“你所看到的那个头头叫什么？”

“夏添。”阿乌头回答道。

武家根痛苦地闭上了眼睛。他情愿相信这一切都是阿乌头的谎言，可他又不得不相信，因为阿乌头实在没有必要在他的面前编这样一个故事，难道只为了德兴馆的一碗面吗？

武家根从口袋里掏出了一块大洋，递给了阿乌头，说道：“我今天就带了这点钱，你拿去吧，够你吃几顿好的了。”

阿乌头高兴地接了过去，道了好几声谢。

武家根却什么都听不见了。

5

武家根呆坐在阁楼上，他清晰地记得曾经在心里许下的那个誓言：他要为赵叔报仇！可是，为什么这件事情偏偏要扯上夏秋莲的父亲呢？扯上夏秋莲的父亲，不就等同于扯上夏秋莲了吗？

武家根陷入了痛苦的思考中，根本没有注意到此时屋外闪过了几道黑影。随后，一只细细小小的竹管对准了门缝，一缕迷香透过门缝吹进了屋里。武家根只觉得眼皮越来越沉，竟倒在床上沉沉地睡去了。

房门被无声地推开了，一个男人走了进来。他来到床边，注视了一会儿已在昏睡中的武家根，他的手指悄然地划过武家根的脸庞，并解开了武家根的衣服扣子，直到武家根胸口的那颗红痣映入他的眼帘。

男人沉吟了良久，悄然地叹了一口气，重新将武家根的扣子系上。他退回到床边，盯着武家根的脸庞看了半晌。他的脸上布满了沧桑的皱纹，深深浅浅的，似乎每一道皱纹都蕴含着一个让人心碎的往事。

可惜武家根此时睡去了，不然他便能看到那张熟悉的脸，一张夏添才有的脸。

夏添在注视了武家根良久之后，终于转身朝屋外走去，并向门外的两三名黑衣汉子挥了挥手，用威严的声音命令道："撤！"

黑衣汉子俯首齐声道："是！"几道黑影一闪而过，宛如从来没有来过一般。

6

夏秋莲刚一走出商务印书馆，就看到了武家根。她觉得自己已经有很长时间没有这样单独见着他了，前几次看到他都是在行动的时候，他带领着工人们，两人没有机会单独说话。

其实，夏秋莲真的很想问一问武家根为什么就这样决定娶红英了。虽然有时候她会很害怕知道原因，可为什么他在做这样的决定之前连跟她商量的意思都没有呢？好像那只是他一个人的事情，他想这样决定就这样决定了，而她只有接受的份儿。他为什么可以这么残忍？这么残忍地对待她，这么残忍地对待他们的感情……

而现在，武家根就这样站在夏秋莲面前，表情看上去是那样淡然，仿佛他们之间什么都不曾发生过，没有红英，没有婚事，他还像以前那般站在商务印书馆门口等着她下班，会送给她柳公权、颜真卿的字帖，会记得她的生日……若是时光能够倒流，她真希望他们能回到过去。然而，她知道他们已经回不去了。

夏秋莲走向武家根。他看着她，很淡然的模样，而后说道：“我想跟你谈一谈。”

“谈什么？”夏秋莲稍稍停顿了一下，“谈红英吗？”

武家根没有说话。

夏秋莲又说道：“我们，还有谈的必要吗？不是已经决定了吗？”

武家根忽然说道：“你有些变了。”

“哦？”夏秋莲苦笑着。

武家根说道：“以前的秋莲不会这么说话，她说话总是很含蓄，很会拿捏分寸。”

“正是因为这样，我才是一个输家，是吗？”夏秋莲问道。她知道红英比她强悍很多很多，男人到头来总是选择强悍的女人，而放弃那个相对柔弱的。

武家根摇着头说道：“不，正是因为这样，我才会喜欢你……而且会一直喜欢下去。”

夏秋莲的眼睛湿润了。她很恨自己竟会如此脆弱，听着武家根说出这样的话，她竟有一种想哭的冲动，想扑到他的怀里好好地哭一场。他的怀抱对她而言曾经是那样的温暖和熟悉，而现在只要一想到他，她的面前便会出现红英的脸，无时无刻不在提醒着她，他即将成为其他女人的男人。

为了掩饰自己哭了，夏秋莲微微侧过了头，忍住想大哭的欲望，说道："如果你来是想告诉我你和她就要结婚了，那就不用了，因为我已经知道了，后面的事情也不想知道得更清楚。"说着，便往前走去。

就在这时，武家根的声音响了起来："红英是赵叔的女儿。"

夏秋莲不由自主地站住了，她听到了武家根的话，而且从没如此真切地听到过。

武家根走到夏秋莲的身边，接着说道："三弟很喜欢你，从第一次走进工人夜校听你上课时，他就喜欢上了你。他，他曾经救过我。"

夏秋莲点了点头，喃喃地说道："明白了。"原来，在武家根的心目中，兄弟、教官、家人统统都是最重要的，他情愿舍弃她。

夏秋莲忽然转过头，看着武家根说道："那么我呢？你考虑过我的感受吗？你又把我放在什么位置？"她忍不住流下了眼泪，"你怎么可以这么自私，怎么可以……"

武家根伸出手，轻轻地拭去夏秋莲脸上的泪水。她忽然一把抓住他的手臂，张开嘴便狠狠地咬了上去。

武家根觉得很痛很痛，但是他没有叫，因为无论有多痛，都比不上他心头的痛。他看着夏秋莲，眼睛也湿润了。

夏秋莲终于松开了嘴。武家根的手臂上深深地留有她的牙印，不仅血肉模糊，而且仍在淌着鲜血。

夏秋莲小心翼翼地抚摩着武家根的伤口，生怕一用力，他会疼痛。她低低地问了句：“疼吗？”

武家根摇了摇头，回答道：“不疼。”

夏秋莲松开了武家根的手臂。她承认她失控了，她从来不会去伤害别人，这是第一次，她觉得现在的她是自己都不了解的。

武家根说道：“秋莲，不管我做了什么决定，我都想要你知道一件事情，那就是我武家根这辈子最爱的人是你，而且只可能是你，以前是，现在是，将来我也没有力气去爱其他女人了，所以，只有你……”

夏秋莲感觉到不争气的泪水又一次从眼眶里跌落了出来，她哽咽着说道：“别说了，家根，别说了，求你了。”

“好，不说了。”武家根从口袋里取出手帕，递给了夏秋莲。他知道若不是遇见她，他这辈子都没有带手帕的习惯。

夏秋莲接过手帕，擦拭着泪水。

武家根说道：“我今天来，是有一件很重要的事情想问你。”

夏秋莲抬起头看着武家根，她在等他把没有说完的话说下去。

武家根说道：“赵叔走了，若是找到杀他的凶手，你会怎么做？”

夏秋莲没想到武家根会突然问这个，她几乎没有犹豫，恨恨地说道：“杀了他！必须杀了他，为赵叔报仇！莫非……你查出了凶手？”

武家根坦率地回答道：“是。”

“那你还站在这里干吗？难道，你已经杀了凶手？”夏秋莲问道。

武家根摇头。

“为什么没杀？”夏秋莲不解。

武家根定定地看着夏秋莲，终于开口说道：“我，很难下得了手。”

夏秋莲愣了愣，武家根的回答让她感到更疑惑了。

武家根说道：“凶手我们都认识，而且跟你的关系非同一般。”

夏秋莲觉得自己被武家根说糊涂了，她问道：“怎么可能？到底是谁？”

武家根犹豫了一会儿，一字一句地回答道：“你爸，夏——添！”

“你胡说！”夏秋莲叫了起来，连连摇头，“不可能，一定是你搞错了！”

武家根说道：“有目击证人。”

武家根当下把那天阿乌头说的话告诉了夏秋莲。

“阿乌头那样的小混混说的话你也相信？”夏秋莲问道。

武家根反问：“为什么不信？我认为一个经历过生死劫难的人没有必要撒谎，更何况除了保命，他别无所图。”

“不会的，怎么可能……”夏秋莲缓缓摇着头。

武家根说道：“阿乌头说前几天曾打电话到你家里，接电话的人是你。”

夏秋莲拼命地从记忆里找寻着相关的信息，忽然，她想起了什么，叫道：“对，我想起来了！是有一个年轻男子打电话来找我父亲。现在回想起来，我父亲当时听电话的神情是有些奇怪，他们好像约了时间和地点见面，挂电话后我问过父亲，他说是学校里有个老师要把一份资料交给他。”

“那一定就是阿乌头的敲诈电话。”武家根断言道。

夏秋莲呆呆地看着武家根半晌，说道：“他为什么，为什么要杀赵叔呢？没有理由，他根本就不认识赵叔啊……”

武家根忽然想起赵火临死前说的话，他说杀害他的人一定认识他，他既然这么判断就一定有他的理由。武家根回答道：“不一定，我们谁都不知道你父亲到底认不认识赵叔。”

“这怎么可能？不会的，我不相信！”夏秋莲忽然一个转身，往远处跑去。

“秋莲！”武家根叫道。

夏秋莲头也不回地拼命往前跑着，仿佛跑得越快，离开武家根那些可怕的话语就越远似的。她一直往前跑，不敢停留，直到身子重重地摔倒在地上。

夏秋莲的拳头狠狠地砸向了地面，泪水划过她那美丽的脸庞。让她如何相信那个与她朝夕相处的慈爱的父亲居然会是杀害赵叔的凶手？不可能，不可能！她拼命地摇着头。

路人们停下了脚步，好奇地看着夏秋莲，宛如看见了一个疯子。

夏秋莲支撑着身子，从地上爬了起来，跌跌撞撞地向前走去。

7

武家根是从李少杰的嘴里得知夏秋莲已经离开上海的消息的。当时他犹如听到一声惊雷似的愣愣地看着李少杰，这个消息来得那么突然，他问道：“她去哪里了？什么时候走的？为什么要走？”

李少杰知道武家根仍然深深地喜欢着夏秋莲，他回答道：“她说她要去投奔北伐军，也就是今天早晨的事情。至于为什么要走我就不知道了，她没有说。看情形，她好像有非走不可的理由。她的脸色很苍白，眼睛红肿着，应该是哭了很久。”

“是吗？”武家根喃喃地说道。他能想象得到夏秋莲紧皱的眉头、愁苦的眼神和苦涩的面容，他也能猜到她之所以选择离开，一定是缘于那件事情，她既无法面对夏添，也无法面对自己，只能选择一走了之。

武家根忽然有些后悔，或许那天他不该去找夏秋莲，真的，他就不该去找她。

李少杰见武家根一直沉默不语，问道：“大哥，你在想什么呢？”

武家根摇了摇头，露出了一丝苦笑，说道：“没想什么，我还能想什么呢……”

第十七章

请记得一定要幸福

1

红英查了老皇历，选定了黄道吉日，和武家根商量之后，决定下周就把喜事办了。

红英的意思是在上海办得简单些，请上武家根的兄弟、厂子里的工人和弄堂里的邻居，在家里摆上两桌也就差不多了，过段时间回苏北再好好办上一办。武家根对此当然没有什么意见。

本来武家根是想租一间前楼朝南的厢房当新房，可是德泽坊最近恰恰没有房东出租这样的房子。武家根正打算到其他弄堂去看看时，刘丽丽想了一个主意。她说她现在租住的房子符合武家根的要求，适合做婚房，索性她与红英租的房子对换一下就成了，既省去他再找房子的精力和时间，又可以让大家像以前一样住在同一条弄堂内多些照应。

可是，一想到让刘丽丽这样身份的人跑去住亭子间，武家根的头就摇得跟拨浪鼓似的。刘丽丽却毫不介意，说自己从生下来到现在还没住过亭子间，她要感谢武家根让她有体验这般生活的机会。王德宝很赞赏刘丽丽的这个决定，武家根发觉王德宝和刘丽丽两人还蛮有默契的，常常是一个鼻孔出气。

武家根在王德宝和刘丽丽的说服之下，终于答应换房子。他打算与红英成婚之后，把自己租的三层阁还给房东。

新房敲定后，李少杰和方心雨自告奋勇地承担起帮忙布置新房的活儿。

这一日临近黄昏的时候，武家根打扫新房累了，本打算坐着休息一会儿，没想到才一坐下，竟靠着墙睡去了。

在梦里，武家根看到了张小海，他穿着一身崭新的军装，模样很神气，颇有些趾高气扬的味道。武家根见着他高兴坏了，一个劲儿地叫着“三弟”，可他根本不搭理地自顾自往前走着。武家根拼命地在他的身后追赶着，可无论如何都追不上，他只得叫道：“三弟，你别走这么快，你现在在哪个连队？告诉哥哥，哥哥好找你，你在哪个连啊……”

忽然，武家根觉得身子一阵摇晃，而且摇晃得厉害，他努力地睁开了瞌睡的眼，红英的脸陡然出现在面前，他被吓了一跳，下意识地问道：“你怎么，怎么在这儿？”

红英的脸上充满了怒气，她反问道：“我怎么就不能在这里了？是不是来得不是时候，打扰了你的美梦？”

“美梦？”武家根这才想明白原来适才经历的一切竟是梦境，难怪张小海不理会自己，害得他着急坏了。这么一想，他松了一口气。

红英冷冷地看着武家根脸上变化的微妙表情，发出了一声冷笑，问道：“说说看，你刚才梦见谁了？”

武家根喃喃地回答道：“梦见三弟……不知道他现在好不好，真的参加北伐军了吗？他说过要混成个人样才有脸回来……”

红英“哼”了一声，说道：“我才不信你梦见三弟呢！你这话甭想骗倒我。”

武家根听着红英的话，一愣，问道：“你什么意思？”

红英打量着武家根，说道：“我发现你自从来了上海就学会了撒谎，而且说起谎话来连眼睛都不眨一下！若不是我推门进来听到你说梦话，我都能被你骗了过去。”

“梦话？什么梦话？”武家根问道。

红英说道：“你在梦里一个劲儿地叫着莲，莲。”

“连？什么连？”武家根一脸茫然地看着红英。

“还会有什么莲？当然是夏秋莲！你的心里只有夏秋莲！你就装吧！连说梦话都叫着她的名字！你怎么就不叫什么英呢？”红英叫道。

武家根被红英说得一头雾水，他分明就没有在梦中看到夏秋莲。

“你快说，你在梦里都跟她干了些什么见不得人的事？”红英三不罢四不休地问道。

武家根正在拼命地回想自己在梦中为什么会叫出什么莲，忽然，一句话从他的脑海里冒了出来：“三弟，你别走这么快，你现在在哪个连队？告诉哥哥，哥哥好找你，你在哪个连啊……”一想到这句话，他便蓦地笑出了声。

红英莫名其妙地看着武家根。

武家根笑着说道：“我在梦里遇见三弟，问他投军到北伐的哪个连队，说的是连队的连，不是夏秋莲的莲，明白了吗？”

红英没想到竟是这么一回事，她啐了一声，说道：“你就编吧！都可以去写文说书了。”

武家根渐渐收起了笑容，正色说道：“红英，咱们都快要结婚了，以后不准再吃这没来由的干醋。”

红英说道：“不跟你胡扯了，我刚买来了小菜，还割了些猪肉回来，晚上给你做红烧肉，好吗？”

武家根点着头说道：“好啊，很久没有吃红烧肉了。”说着，欲从地上站起来，却发现两腿早已麻了。他将手伸向红英，说道：“来，拉我一把，我起不来了。”

红英说道：“腿麻了吧？谁叫你大头梦做得这般惬意！你自力更生慢慢地起来吧，我烧菜去了。”说完，一溜烟地跑出了房间。

武家根看着红英的背影，摇了摇头，用手扶着墙壁慢慢地站了起来。他忽然想到若是换作夏秋莲，她会怎么做？她一定会向他伸出手，把他搀扶起来。这样想着，他的脸上不禁露出了苦涩一笑。

到了吃晚饭的时间，红英从楼下将烧好的小菜端了上来。才两个人吃饭，菜做得很简单，一碗炒青菜，一碗红烧肉，外加两碗米饭。武家根端起了碗，用筷子将饭扒入嘴里，咀嚼了起来。

红英夹了一块红烧肉放入武家根的碗里，说道：“尝尝看好不好吃，哪里烧得不好就告诉我，我下次可以改进。”

武家根点着头，将肉放进嘴里。那肉烧得很香，很入味，也很酥软，只是不知道为何，他总觉得似乎少了一些味道。

红英见武家根思索着，问道：“怎么了，不好吃吗？”

“挺好吃的，只不过……”

“不过什么？”

“我也说不上来，总觉得……”武家根在想到底是什么味道不对，沉吟了一会儿，突然说道，“我知道了。”

红英疑惑地看着武家根，只听他说：“这肉里应该多放些糖，现在稍稍偏咸了一些，甜味不够。若是再多加一些糖，吃起来就更美味了。”

“啪”的一声，红英将手中的饭碗重重地放在了桌子上，并用一种很奇怪的眼神看着武家根。

武家根不解地问道：“怎么了？”

红英说道：“怎么了？这话应该是我问你才对！以前在老家的时候，家里的红烧肉都是我烧的，你一直夸我做得好吃，还说最喜欢吃的菜就是我做的红烧肉！为什么你现在的口味全变了？”她停顿了一下，“是因为她吧？”

“哪个她？”武家根问道。

红英笑了，说道：“你装什么傻？我听张小海、李少杰说过，她烧得最拿手的菜就是蜜汁肉，你一定也吃过，所以你才会那样说！原来我烧的红烧肉和她烧的蜜汁肉，你更爱吃她烧的！那你去找她来烧，干吗还要吃我烧的呢？”

“红英，你别闹了好不好？”武家根说道，“刚才是你让我说这红烧肉还有什么地方需要改进的，早知道这样，我还不如不说呢！”

“对！你就是不该说！”红英的情绪很激动，她从桌边站起身往屋外跑去，留下武家根一个人坐在桌前。

武家根看着放在面前还冒着热气的红烧肉，叹了一口气，放下了碗筷。他实在是没有心情继续吃饭了。

武家根站起身，走到窗边，推开了窗，窗外一阵凉飕飕的风扑面而来，他能感觉到冬天快要过去，春天就要来了。可是，他武家根的春天什么时候能来呢？

2

在放班回来的路上，武家根一直在想红英毕竟是女孩子，他就多忍让些吧，她从小与他一起长大，有时候的确有些任性，不过她的任性与家人对她的照顾和宠爱分不开——他一直把她当作妹妹，红姑待她如亲妹妹，她是家里最小的孩子，长辈总是会多疼爱她一些，再说家里的条件在镇子上虽然比不上李府和方府，但也可以说是自给自足，倘若她没到上海来，不知道他与夏秋莲的事情，或许她还只是任性，但现在她什么都知道了，情况自然是不同了。

于是，武家根决定先不回家。他想买一件小礼物送给红英，再说几句软话哄一哄她，就这么让不愉快的事情过去，都是快要结婚的人了，老闹矛盾也不好。这样想着，他就去了城隍庙。

武家根走进德泽坊的时候，心情很好，因为他为红英挑了一方丝巾，他想她一定会很喜欢。

武家根来到红英屋外，敲了敲门。红英开门见是他，没多说什么话，便侧过身让他进屋。她虽然嘴上没有说什么，但其实心里的气已经消了大半。

武家根进屋后，从怀中取出丝巾递给红英，说道："送给你的，打开看看。"

红英有些诧异，武家根从小到大都没有买过什么东西给她，今天太阳从西边出来了？她知道他压根就不是那种会买东西讨好女人的男子。她接了过来，拆开一看，愣住了，那竟是一条粉红色的丝巾，上面还绣着一朵大大的牡丹花，炫目得很。

“喜欢吗？”武家根问道。

红英点了点头，目光没有离开那方丝巾。她将丝巾围上脖子，说道：“家根哥，你帮我系上。”

武家根为难地看着红英，说道：“我系？这个，这个我还真不会弄呢……”

“我不管，我就要你帮我系。”红英撒娇道。

武家根从来没有为女人系过丝巾，根本没有经验。他想了老半天，只得伸出手，打了一个蝴蝶结。

红英满意地看着脖子上漂亮的蝴蝶结，忽然想起小时候她缠着武家根给她梳头，他总会找两根丝带在她的发辫上系蝴蝶结。想到这里，她露出了甜甜的笑容。蓦地，笑容在她的嘴角凝结了，因为她想到了一件有些可怕的事情。

武家根看着红英的神情变化，问道：“你怎么了？”

红英转向武家根，死死地盯着他看，看得他心头一阵阵发毛。忽然，他竟在她的眼中看到了泪水。他呆住了，不知所措地说道：“红英，你你……”

泪水顺着红英的脸颊往下淌，她却始终没有开口说话，这让武家根更着急了。他说道：“你有什么话就说嘛！这到底是怎么了？”

红英突然一把扯下丝巾，狠狠地抛到地上，叫道：“家根哥，你怎么可以这么做呢？你为什么要这么对我！”

武家根吃惊地看着红英的举动，问道：“什么呀？”

红英指着地上的丝巾，说道：“她也有一条这样的丝巾，我看到她戴过！你说，你那时候是不是买了两条一模一样的！一条送给了她，现在又拿这条来哄我？”

“我，我哪有？什么一模一样的丝巾？我怎么一点儿都听不懂。”武家根说道。

红英叫嚷了起来：“我说你有，你就有！”

“可我真的没有！”

红英歇斯底里地大叫道：“你做都做了，为什么还抵赖？有本事，你就不要做！”

武家根再也忍受不了了，他简直快要崩溃了！红英怎么可以这样不可理喻？每个人的容忍都是有限度的，他已经到了极限了！如果结婚之后，他要过的是这样一种日子，那么他宁愿不结婚！他看着她，用一种非常平静的口吻说道：“行，你说有就有，你说什么就是什么吧。”

红英冷笑着，她没有想到武家根会承认得这么快，更加觉得自己受到了伤害。她在屋子里烦躁地转悠着，忽然，她拉开抽屉，拿出剪刀，从地上捡起丝巾，对着丝巾就是一阵发疯般地乱剪，丝巾上那朵好看的牡丹花终于碎了……

武家根看着这一切，喃喃地说道：“红英，你觉得我们还能结婚吗？”

红英拿着剪刀的手不禁一颤，她抬起头，问道：“你说什么？”

武家根忽然能够理解当初张小海想要一走了之的心情，也明白了什么叫“万念俱灰”。他转身慢慢地朝屋外走去。

红英回过神来，奔向武家根，一把拉住他，追问道：“家根哥，你刚才那话是什么意思？”

武家根轻轻地甩开红英的手，说道：“我累了，红英。我想离开这里，出去走走。”说着，便走出了门外。

红英不明白武家根说这话的用意，她呆呆地站在屋内，在心头琢磨着他的话：“我累了，红英。我想离开这里，出去走走。”

红英摇了摇头。不，她不能让他离开，他一定是想抛开自己去找那个女人！她连忙追了出去。

3

武家根来到了码头，他不知道自己要去哪里。他看见不少船停泊着，便随意地登上了一艘。后来，他才知道这艘船是开往嘉兴的。再后来，他才想明白，他之前从报纸上看到过北伐军的先头部队已经挺进嘉兴一带，更重要的是，他从两个工友的嘴里得知，部队驻扎在一个叫月荡湖的地方，他是无意识地想起这些才登上这艘船的。

一路上，武家根坐在船头看着两岸的风景，听着风儿从耳畔路过。虽然双手和耳朵都被西北风吹得微微生疼，可是他不在乎。他想起了很多往事，想起了兄弟结拜，想起了与夏秋莲初识，想起了进工厂当工人，想起了赵火和金师傅……莫非这一切都是前缘注定？莫非每个人都是老天爷棋盘上的一颗小小的棋子？

船靠岸后，武家根是最后一个走下船的人。看着熙熙攘攘的下船人流，他忽然觉得没有一个人会和他同路。

下了船之后，武家根漫无目的地在月荡湖岸边走着。那时候的夕阳正照在湖面上，好像在湖上铺了一层淡淡的黄金。走着走着，他看到远处有几个女子在湖边洗衣服，夕阳将她们的身影裁剪得很精致，隐约可见她们美丽的侧影。虽然因为有段距离，他看得并不十分清晰，但她们洗衣服的姿态有种女性独有的风韵，让他不由得想到了母亲——母亲常常带上年幼的他，一起去河边洗衣服。家乡的景色和这里的一样，很柔美。

武家根慢慢地朝着湖边走去，此时已有几名女子洗好了衣服，一边小声地交谈着，一边从他身边走过。仅剩下的一名女子正在将洗好的衣服放入木盆，忽然，她从岸边站了起来，朝着他的方向缓缓转过了身。

就在这一刻，武家根觉得自己的心脏足足停跳了一拍，他猛地停了下来，愣愣地看着女子。女子也在看着他，手中的木盆跌落到地上。他们就这样注视着彼此，好像时间在这一刻停滞不前了。

过了半晌，女子忽然向武家根跑去，他朝她张开了手臂，她扑进了他的怀中，他一把将她紧紧地抱住！他是那样的用力，让她觉得就要窒息过去，可是她不在乎，因为被他这样拥入怀中是幸福的。他像要把她揉进身体里一般紧紧地抱着她，他真的怕一旦松开手，她就会忽然消失。现在，他可以闻到她长发上、衣服上熟悉的清淡香味，甚至可以感觉到她那颗跳动着的心脏！

武家根低低地唤着女子的名字，如同他在心里轻唤过无数遍一般："秋莲！"

被武家根拥入怀中的女子正是夏秋莲。随着他这一声轻唤，她的泪水无声地划过了脸颊。她无数次地告诉自己，不会再为了他落泪，可是为什么一见着他、一听到他的声音，她便会这样不争气。

武家根终于放开了夏秋莲，看着她越发消瘦的脸庞，心中不由得抽了一下，问道："你过得好不好？"

夏秋莲悄然地擦去泪痕，说道："还好。"而后，看着他，问道，“你呢？好吗？”

武家根心中一酸，但他依然点着头，说道：“也还好。”他怕自己会失态，便蹲下身子，将适才跌落在地的木盆拿了起来，并将夏秋莲洗好的衣服放进盆中。那是一套军装，他知道她已经投军了。

武家根将木盆递给夏秋莲，她说了一句“谢谢”。这两个字在他听来很生硬，他很不喜欢，他觉得他和她之间根本不需要说谢。然而，他张了张口，只是问了一句：“你怎么会在这里？”

夏秋莲说道：“跟着北伐军部队开拔到这里，驻扎在附近。”

“遇到三弟了吗？”武家根问道。

夏秋莲摇头，说：“他可能去了其他连队。”她犹豫了良久，终于问道，“你和红英，你们……结婚了吧？”

武家根摇着头，说道：“还没。”

夏秋莲“哦”了一声，说道：“她是一个好姑娘，好好待她吧！”

“我知道。”武家根回答道，“只是……”他深深地看着夏秋莲，淡淡地说道，“我的心里早就住着一个人，想赶都赶不走，连我自己都无能为力……”

夏秋莲知道武家根说的那个人就是自己。她叹息了一声，说道：“住着的人，就让她住着吧！有些记忆，越想淡忘，却越发清晰。”

武家根说道：“可是，秋莲，我很痛苦……真的，为什么这是我们的结局？为什么？我是不是做错了什么……”

夏秋莲没有回答，这段时间她一直在想，她的父亲若真的杀了赵火，武家根还能接受她吗？她又如何有脸去面对他？过了半晌，她回答了一句话："两情若是久长时，又岂在朝朝暮暮……"

武家根知道这句词出自秦观的《鹊桥仙》，莫非这辈子他和夏秋莲真的要如同牛郎与织女那般忍受离别的苦痛吗？不知不觉中，他落下了眼泪。

"你们两个人在干什么？"突然，身边爆起一个尖锐的女人声音打破了所有寂静。

武家根和夏秋莲同时抬头，看到了红英那张满是愤怒的脸！

夏秋莲吃惊地叫了一声："红英姐？"

武家根困惑地问道："红英，你怎么来了？"

红英"哼"了几声，说道："没想到我会跟着你吧！枉我这么担心你，原来你跑到这里会老相好了！你们一定在恨我坏了你们的好事，对不对！"

武家根连忙喝止道："你在胡说什么？"

红英叫道："夏秋莲，我恨你！"

夏秋莲愣愣地看着红英，说道："红英姐，你听我说……"

没等夏秋莲说完，红英突然一个箭步冲到她的跟前，狠狠地扇了她一耳光，声音很响。

夏秋莲呆住了，她丝毫没有想到红英竟会打自己耳光。她的脸很疼，心更疼，难以置信地伸手捂住脸。

只听红英叫道："我打死你，你这个狐狸精！"她的拳头如雨点般落到了夏秋莲的身上。

武家根连忙冲上前，一把拉住红英，叫道："你疯了！"

"我是疯了，是被你们给逼疯的！"红英指着夏秋莲叫道，"你别得意！我这就去找你们北伐军，找你们的长官，告诉他们你是什么货色！”

愤怒的武家根对着红英举起了手掌，他真想给她一巴掌！不料，红英朝着他往前走了一步，冷冷地说道：“好啊！你想打我是不是？行，你打，你打啊！”

夏秋莲在一旁叫道：“家根，不要！”

武家根看了看夏秋莲，她的脸已经红肿了起来，他的心像被人狠狠地鞭打了一下。他多么希望他能替她挨那一巴掌，她是为了他才被红英打的！

红英看着武家根注视着夏秋莲的目光，那充满怜爱的目光让她变得更疯狂了，她一把将武家根的身子扳向自己，叫道：“我不准你这么看她，你再看，我就去她的军队……”

武家根没等红英说完，便吼道：“回家！”

红英一愣，而后高声叫道：“我不！”

武家根瞪着红英，突然问道：“你还想结婚吗？”

红英不说话了，想了想，问道：“回去后，你就跟我结婚吗？”

武家根点了点头，说：“结。”

红英回过头，恨恨地看了一眼夏秋莲，说道：“行，那我们回。回去结婚！”她似乎是有意将这话说给夏秋莲听的，说完便一把拉起武家根的手，头也不回地走了。

武家根的手一直被红英拉着，可他真的很想奔向夏秋莲，捧起她的脸，问她疼不疼，他真的很想安慰她，很想再次把她抱进怀中。然而，他却被红英拉着往前走，越走就离她越远，可他把那颗心永远地留在了她的身边。

红英在冲到夏秋莲身旁扇耳光的时候，看到了夏秋莲脖子处围着的那条丝巾，那丝巾是紫色的，根本就不是武家根买给她的那种花色，她在看到丝巾的一瞬间就明白了过来，但她决定把真相深深地埋在心底。她抬头看了一眼身边的武家根，她真的很爱很爱他，她所做的一切都是因为爱他，他为什么就是不明白呢？

夏秋莲看着两人离去的背影，天边挂着一轮通红的夕阳，他们好像要走到夕阳里一般。

夏秋莲缓缓地蹲下身子，将翻落在地的木盆和衣服拾了起来，泪水一颗一颗无声地滴在了衣服上。

夏秋莲在心里默默地说道："再见了，家根。跟红英好好地过日子吧！请记得一定要幸福，无论如何都要幸福……"

第十八章

烟消了，云也散了

1

武家根和红英结婚后，过了几天平静的生活。

一天夜里，突然有人敲门。武家根开门后，几个工人模样的人抬着三麻袋长长的东西吃力地走进新房。红英还没弄明白情况，武家根便指挥着他们将三麻袋东西塞入床底。

临走时，一个小个子小声地对武家根说："家根，明天十二点，全市的罢工、罢市、罢课，统一开始。"

武家根点着头说"知道了"，几个人便转身走了。

红英问武家根到底是怎么回事，麻袋里装的是什么。起先，武家根不肯说，红英见状便要打开麻袋。

武家根一把拉住红英的手，紧张地说道："别乱动。"

红英说："谁让你不告诉我，我偏要看个究竟！"

武家根拗不过红英，也知道瞒不过去，只得无奈地说道："马上要举行第三次工人起义了，麻袋里都是枪。"

红英一听是枪，吓得一屁股坐到了床上，用颤抖的声音问道："怎么，怎么把枪放到我们家来了？这，这，这可是要掉脑袋的事情啊！这次起义用的枪不会都放在我们家了吧？"

武家根摇了摇头，说道："哪能呢？分了好几个点。周恩来总指挥把一些枪支和弹药放在了王根……"他险些就犯下了错误，差点儿脱口而出枪支存放的地点：王根英的家中，幸而他突然意识到自己的疏忽，连忙一个刹车，吞下了要说的话语。

武家根悄然地打量着身边的红英，只见她丝毫没有在意他适才的话，一双眼睛正直勾勾地看着那些放在床底的枪支，脸色泛着苍白。

为了扯开话题，武家根继续说道："红英啊，本来我是想等起义结束，我们再成亲，毕竟这次起义要比前两次的规模更大，可你偏偏怀疑我是因为秋莲而不愿娶你。"

红英听武家根这么说，强迫着自己镇静下来，说道："我不管什么起义不起义，我就是要嫁给你！就是跟着你一起死，我也要做你的老婆。"话一说出口，她似乎意识到了什么，连忙说道，"什么死不死的，呸呸呸！"

武家根笑了笑，说道："好了，没事了，早点睡吧。"

这晚，红英失眠了。只要一想到床底放着那么多条枪，她就冒出一身冷汗。

第二天中午十二点不到，武家根就准备出门了。临走前，他让红英今天什么地方都不要去，就待在家里。

红英让武家根一定要小心，她别的不求，只求他千万要活着回来。

武家根点着头，让红英放心，便走了。

红英怎么可能放心呢？

下午，红英听到枪声从好几个方位传来，并且越来越激烈，看来不少地方一起开战了。她在屋子里坐立不安，不知道武家根好不好、会不会有什么危险，但她记着他出门前特地关照她待在家里，她忽然觉得自己有些像热锅上的蚂蚁。

傍晚时分，门外突然传来急促的敲门声。红英被吓了一跳，颤颤巍巍地走到门口，迟疑着问道："谁？"

门外响起一个男人的声音："嫂子，是我。"

红英打开房门，只见外面站着一个小个子男人，身后还跟着三个陌生人。她记得昨晚小个子曾到家里送枪，连忙把他迎进屋，着急地问道："情况怎么样了？"

小个子说道："挺顺利，我们马上就要攻打北火车站了。"

红英又问："家根呢？"

小个子回答道："好着呢，也赶去增援北火车站了，我来拿枪。"

红英点了点头，说："还在床底下。"

小个子和三个工人将三麻袋枪全拿走了。

这一夜，武家根没有回家，红英也没有心思上床睡觉，她将头靠在床沿打着瞌睡，有两次她的意识变得模糊了起来，刚有要睡的意思，可只要枪声一响，她整个人便会立刻惊跳起来。

第二天夜里，武家根突然回来了。他开门进来的那一刻，红英一下子扑到了他的怀里。他拍了拍她的背脊，说道："没事了，我们胜利了！"

红英连忙打量起武家根，看看他有没有受伤，最后她发现除了脸上有几道硝烟的痕迹外，他完好无缺。

武家根还沉浸在兴奋的情绪之中，激动地说道："我们已经成立了市民政府。这次起义，我们消灭了三千多名军阀部队士兵、两千多名军警！你猜猜我们收缴了多少支枪？"

红英摇头，看着武家根得意的模样，笑着说道：“我猜不出。”

武家根伸出一只手掌，说道：“五千多支啊！红英同志，你知道吗？打得那个叫毕庶澄的直鲁联军驻上海司令官到最后都抱头鼠窜了呢！”

红英被武家根激动的情绪感染着，忽然，她想到了什么，问道：“对了，少杰和德宝呢？”

武家根说道：“他们跟我一样，也刚回到弄堂里。少杰和心雨一开始负责组织学生罢课，后来也赶来增援我们了。”

红英说道：“只要都平安就好。”

红英把武家根拉到椅子上，转身拎起热水瓶，将热水倒入脸盆中，拧了一把热毛巾递给他，说道：“来，擦擦脸吧！你饿了吗？”

武家根接过毛巾，一边擦着脸，一边说道：“你别说，还真饿了。”

红英挪开了桌子上的罩篮。武家根看着罩篮下的菜——一大碗红烧肉、鲫鱼汤、大白菜炒肉片——叫了起来：“这么丰盛啊！”

红英将捂着的饭从草窝里拿了出来，说道：“还热着呢，快吃吧！”

武家根接过饭碗便吃了起来，吃得很香，也吃得很快。

红英说道：“这回的红烧肉我放了糖，还放得不少。”

武家根一愣，什么也没说，只是夹了一块肉放入嘴里。

“好吃吗？”红英问道。

武家根点了点头，一边说真好吃，一边大块吃肉、大口扒饭。

武家根抬头看了看红英，发现她正很专注地看着他，奇怪地问道：“你怎么不吃呢？”

红英笑着说道："你吃吧，我喜欢看着你吃。"

武家根笑了，咧开了塞满了饭的嘴。

接下来的几天，红英看着武家根从家里出出进进，好像总有忙不完的事情一般。她出门买菜的时候，时常能在街上看到工人纠察队的身影，她觉得这座城市似乎成了工人的天下，而她也成了这里的主人，这样的感觉真好！

红英不知道的是，就在她出去买菜的时候，何华来到了他们的家中。他是来找武家根的。这些天，他成天成夜地跟工人们待在一起，指挥着起义。

武家根见何华专程到家里来，有些奇怪，刚想问，何华便开口了："来这里是因为有些话在外人面前不方便说，有一项十分机密的任务需要你去完成。"

"什么任务？我一定竭尽全力地完成。"武家根说道。

何华点着头，说："我当然知道，不然也不会来找你了。夏秋莲在投军之前跑来找我，请求组织上帮她调查一件事情，那就是杀死赵火的真凶究竟是谁，是不是她的父亲夏添。当时，我答应了她。"

"那现在有结果了吗？"武家根急急地问道。

何华说："有了。经过调查，组织上已经确定夏添正是杀害赵火的凶手。"

武家根"哦"了一声，其实早在阿乌头告诉他一切的时候，他就已经知道阿乌头说的是真话。

何华说道："我们有确凿的证据证明第一次和第二次工人武装起义的失败，和夏添都脱不开干系。"

何华的话让武家根愣住了，他从来没有想到夏添早在前两次武装起义的时候便已经暗中作祟了。

“而且他已经被国民政府任命为上海市特别事务部部长，他的存在将威胁和破坏我们的行动，所以组织上决定，除掉他。”何华说道。

“好啊！”武家根说，“除掉他，为赵叔和死去的工友们报仇！”

何华点了点头，说夏添已经打了电话给夏秋莲，约她明天晚上九点到天蟾茶楼碰面。

“夏秋莲？她回上海了？”武家根问道。

“是的，你的任务就是趁他们父女见面的机会，杀死夏添。”

武家根沉吟着问道：“秋莲知道吗？”

何华说道：“知道，她会配合的。我和赵火都曾经是你的教官，对你的枪法我很有把握。另外，我会派三名同志给你，由你担任这次行动的组长，他们都是受过严格训练的，枪法和应变能力你不用担心。”说着，拍了拍手。

忽然，房门被推开了，三名年轻男子走了进来。其中，小个子是武家根认识的，起义前曾送过三麻袋枪到他家；另外两个人，一个长着高大的个子，另一个有着一张大饼脸。

武家根说道：“我明白了。”

何华握了一下武家根的手，便转身离开了。

2

王德宝走进了屠家花园，他曾跟随姚堂主来过几次。

屠家花园是屠老大的宅院，门口挂了一块新做的长形木牌，上书几个红色大字：上海工界联合会。

此刻已是傍晚时分，天色暗了下来，但厅堂里灯火通明，如同白昼一般。屋子内聚集了几十号人，王德宝得到帮会兄弟的通知，走进了厅堂。只见几个分堂堂主正在乱哄哄地给每个人分发标有“工”字字样的白色臂章，说是“共进会”的标志，又说“共进会”是对内的称呼，对外一律叫作“工界联合会”。

王德宝也从姚堂主那儿拿到了这么一块白色臂章。回头见到平时与他交好的包括小马在内的三两个兄弟，他忍不住问道：“对了，今日大哥是为了什么事情才把我们叫过来的？”

兄弟们七嘴八舌地将知道的消息告诉了王德宝。原来，他们在来这儿之前也都一无所知，刚刚听说今晚要有大行动——屠老大邀约了一个辈分比他更高的老大来府上做客，想伺机将对方做了。

王德宝一听便有些奇怪，说道：“对自己的大哥动手，要受到帮规三刀六洞的惩罚，绝非小事。”

其中一个脸上带有疤痕的兄弟笑道：“关键在于对方是共产党，还是一个地位极高的人物。”

王德宝听后一愣，不禁回想着在帮会中辈分比屠老大还高又是共产党的头头会是谁。

突然，王德宝想到了一个人！他还曾经替姚堂主送过情报给这个人，这个人也对他提过自己既是帮会之人又是共产党，这个人还曾在江岛上训练过他！天啊，这个人就是何华！

王德宝佯装不经意地问道："那，准备在哪里下手？"

小马说道："听说就在前面不远处的竹林里，屠老大已经派车去接他了。"

王德宝的额头冒出了汗，他想若屠老大下手的对象真是何华，他一定得想办法阻止这场杀戮！他环顾了一下四周，趁人不备，急忙向屠府的后门溜去。

当王德宝疾步走到后门的时候，两个守卫突然从一旁闪了出来拦住他，问道："上哪里去？"

王德宝找了个借口，说家中有急事得马上回家一趟。

守卫摇头，说道："不行，今日屠老大有令，帮会的兄弟只准进不准出。"

王德宝苦着个脸，一个劲儿地恳求守卫做做好事，让他出去。

此时，姚堂主带着几个兄弟奔了过来，对王德宝说道："我知道你和那个人有些交情，今天就对不住了，等行动过后，自会放了你。来人，把他给我关起来！"

王德宝只觉得脑子"轰"的一声响，果然是何华！

姚堂主对着手下的兄弟挥了挥手，他们将王德宝围了起来，并押上了阁楼。他们打开阁楼的门，一把将王德宝推进去，重重地关上房门。只听"哗啦啦"一阵响，王德宝知道门外已被铁链锁上了。

王德宝抬头环视着屋子。这是一间空屋子，屋内没有凳子，就连半扇窗都没有。他着急得快要疯了，他必须想办法逃出这间屋子，他得阻止何华赴约！可是，面对这间四面是墙的屋子，他该怎么办？

王德宝来回走了几圈，似乎想到了什么。他走到墙壁面前，伸手敲了敲，听出这屋子是砖木结构。他脱下鞋子，轻轻揭开了鞋垫。寒光陡然爆起，两把匕首静静地躺在鞋垫下。

此时，屋外忽然传来了叫嚷声："快，屠老大有令，大家速往竹林中去！"

有人问道："关在屋里的小子怎么办？"

一声呵斥传来："你他妈的眼睛瞎了！没看见门已上锁了吗？这小子还能插翅飞了吗！"

而后，王德宝听到一连串跑下楼去的脚步声。他的身形一动，就已贴上了墙。他屏息听了一会儿，四下里没有任何动静。

王德宝蓦地转身，面向墙壁，手一动，一道寒光闪过，匕首已然扎入他头顶上方的墙壁！

王德宝左右开弓，两把匕首一尺更比一尺高地更替着刺进墙壁，片刻间，他已经离开了地面，飞快地朝屋顶攀去！

王德宝一个翻身，跃上了房梁！一伸手，将屋顶凿出一个小小的洞，丝丝雨星儿瞬时飘了进来，飘在了他铁青的脸上。

王德宝轻轻地移动着屋脊上的瓦片，不多一会儿，他的头顶处露出了一个大洞，纷纷扬扬的雨丝儿洒了他一头一脸。

王德宝深深地吸了一口气，一展身形，上了屋脊。

雨，在夜空中飘落下来，地面早已湿透了。

王德宝趁着夜色，矮下身子沿着屋脊迅速往前跑去，跑到尽头，看了看下面，一棵大树映入眼帘，屏住呼吸就朝大树跳了过去！他抱住了粗大的树枝，身手矫健地沿着树干滑向地面，接着跑到屠府围墙处，身子腾空一跃便跳了出去。

王德宝拼命地往竹林跑去，他想若是没有赵火、何华在江岛上的训练，他王德宝又如何会有今日这般身手？

雨越下越大，如鞭子一般抽打在王德宝的脸上、身上，他发疯一般地朝着竹林方向跑去。

这时，王德宝透过雨幕远远地看到一辆轿车停在了竹林外，他知道杀手们一定隐藏在竹林内。他在心里一个劲儿地对自己说：“王德宝，你得跑快一些，再快些！”

只见，司机从车上走了下来，他走向轿车的后座，拉开了车门，一个身穿长衫、头戴礼帽的年轻人从车上走了下来。只一眼，王德宝就认出那人正是何华。

司机忽然朝一旁一闪，不见了踪影，王德宝在心头大叫了一声：“糟糕！”

王德宝不顾一切地朝何华飞奔过去，放开嗓门拼命地大叫道：“何教官，快跑！快跑！有人要杀你！”

就在王德宝喊叫的同时，一阵枪声响了起来，他的喊叫声顿时淹没在枪声之中！

当王德宝奔到何华身边的时候，杀手们都已经隐去，只留下满地鲜血。

王德宝流着眼泪，一把抱起何华，叫道：“何教官！”

鲜血从何华的嘴里喷涌而出，他的身上全是弹孔，四肢在抽搐着，他临死时还睁大着眼睛，仿佛对发生的一切犹然不信似的。

王德宝紧紧地将何华抱在怀中，眼泪混杂着雨水流入了他的嘴里。

那场雨很大很大，大得让地上的鲜血很快就被冲刷干净了。当王德宝慢慢地站起身来的时候，地上只有雨水，很干净的样子，好像适才的杀戮从来就没有发生过一般。

王德宝直起了身子，往前走去，他突然走得很坚定。

3

深夜时分，王德宝又一次潜进了屠家花园。黑暗中，他悄然地闪进屠老大的厢房，摸了摸腰间的匕首，发誓一定要杀了屠老大！

蓦地，灯一下子亮了！刺眼的灯光灼着王德宝的双眼，他眨了眨眼睛，看到屠老大从屏风后面走了出来，屋内忽然闪出很多帮会中的兄弟，姚堂主也在其中。

屠老大坐到太师椅上，问道："怎么，想杀我？"

王德宝点头，回答道："是。"

屠老大笑了，说道："你一个人能杀得了我？上海滩想杀我的人有很多，但到现在都没得手。"

王德宝叫道："你该死！"

屠老大问道："你就不怕三刀六洞的惩罚吗？"

王德宝反问道："你不是也杀了你的大哥吗？"

屠老大哈哈大笑，说道："好，够胆识！你是一条汉子！"他看着王德宝，继续问道，"我再给你一次机会！我问你，你当真要杀我？"

还没等王德宝回答，一旁的姚堂主连忙说道："大哥，求你原谅德宝，他是一时糊涂。德宝，还不快给大哥跪下！”

王德宝知道姚堂主在为自己求情，他对姚堂主说道：“大哥，承蒙你看得起兄弟……”就这一瞬间，他已经拔出了匕首！

不料，站在屠老大身边的保镖比王德宝的动作更快，举手一枪，便击中了王德宝的手腕！

王德宝只觉手上一疼，匕首已从他的手中滑落到了地上。看着踌躇满志的屠老大，他陡然仰天长啸，大叫道：“帮会误我啊！”

话音未落，王德宝蓦地飞起一脚朝地上的匕首踢去！一道寒光闪过，那柄喝血的匕首狠狠地扎入屠老大的胸口！

屠老大一声惨号爆起，一头栽倒在尘埃中。

王德宝放声大笑。

帮会的兄弟们一齐对着王德宝举枪射击，枪声响了起来。

王德宝觉得身上没有一处不疼，不过这种感觉很快就过去了，浑身都疼，其实也就等于不疼了。他靠在身后的门扉上，没有倒下去，他感觉自己的身子轻得快要飘起来了。

王德宝的眼前忽然出现了武家根、张小海、李少杰的脸，他现在非常后悔，后悔加入了帮会，早知帮会的兄弟是这般讲义气法，当初他或许会和大哥一样加入共产党，可惜，一切都晚了。

王德宝在心里说道：“大哥、三弟、四弟，你们要好好活下去，替我活下去！我王德宝先走一步了，我们来世一定再做兄弟！”

王德宝缓缓地闭上了双眼，眼角处有一朵小小的泪花涌出。

4

武家根走进德泽坊的门楼，忽然身后传来一声清脆的叫声：“家根。”

武家根回头，看到了站着的夏秋莲，她的手中撑着一把油布伞。

武家根昨天就从何华的口中得知夏秋莲已经到了上海，然而见着她的一瞬间，他的心中依然一阵兴奋。

只见夏秋莲穿着一身军装，头发朝后扎成马尾辫。武家根轻轻地问了一句：“来了？”

夏秋莲“嗯”了一声，说道：“我本来想进去，但又怕嫂子误会，所以……”

夏秋莲没有说下去，但武家根明白她的意思。他低低地说道：“上回在嘉兴月荡湖，真是抱歉。”

夏秋莲摇了摇头，说道：“没什么。”她停顿了一下，“听说你们结婚了，我有一件东西要送给你，权当新婚礼物。”说着，从衣服口袋里掏出一个用手帕包裹着的物件，递给了武家根。

“不用了。”武家根说道。

夏秋莲说道：“拿着吧，我早就准备好了，本来想等你结婚那天给你，可正好那阵子我不在上海。”

武家根缓缓地接了过来。那手帕是淡蓝色的，绣着一朵兰花。他记得夏秋莲在江岛上送给他的手帕上也绣着兰花，她是第一个告诉他要用手帕擦汗的人。他想，她一定很喜欢兰花，而她正如兰花那般清新淡雅。

武家根打开手帕，一枚用金子打造的长命锁赫然出现在他的眼前。这枚长命锁的做工很是精致，只见锁上雕刻着麒麟，麒麟的嘴里衔着一朵莲花，那莲花是用玉石做的，镶嵌在锁的正中间。锁上铭刻着两行小小的字，那是出自秦观的词："两情若是久长时，又岂在朝朝暮暮。"

武家根抬头看着夏秋莲，轻唤了一声："秋莲……"

夏秋莲笑了，说道："那麒麟就是你，我是中间的那朵莲花。即使我不在你的身边，也请你把这朵莲花带在身边，一直带着，可以吗？"

武家根拼命地点着头，喃喃地说道："一直带着，无论走到哪里，都带着，永远都不让它离开我……"

夏秋莲的眼泪落了下来，她在心里默默地说着："两情若是久长时，又岂在朝朝暮暮。"

武家根含着眼泪，伸手从裤兜里拿出一块蓝黑格子手帕，递给了夏秋莲。他说道："我身上没带什么东西，就只有这块手帕了。它跟了我有一阵子了，给你，留个念想吧！"

夏秋莲接过手帕，紧紧地握在手中，就像握着的是武家根的手一般。

武家根是不会知道夏秋莲是将母亲留给她的唯一遗物拿去作坊打成了这枚长命锁的，那遗物原本是一根垂着流苏的金簪子，流苏上挂着一朵玉莲花，也就是如今镶嵌在长命锁中间的那朵玉莲花，那是幼年她过生日的时候，母亲找来工匠特地打造的，这么多年过去了，她一直珍藏着。

夏秋莲说道："我先走了，你进去吧。"

夏秋莲刚转身走了两步，武家根的声音就响了起来："晚上，我会带人去天蟾茶楼。"

夏秋莲的脚下微微有了停顿，她没有回头，回答了一句："我知道。"而后，径自走了。

武家根没有动，一直看着夏秋莲的背影愈行愈远，直到消失在雨中。他将长命锁重又包好，放入了怀中。

5

晚上九点之后的天蟾茶楼很安静。即便在往日这个时间，客人也早已散去，更何况近日外面的时局这么乱，茶楼就更冷清了。

夏秋莲到达天蟾茶楼包厢的时候，夏添已经到了，正坐在里面喝茶。

夏添上下打量着夏秋莲，她穿军装的模样十分英姿飒爽。他的手指向了边上的座位，示意她坐下。

夏秋莲在座位上坐下，夏添给她的茶盅里倒上茶。她嗅了嗅，知道父亲点的是她最喜欢的碧螺春。她端起茶盅，轻轻地呷了一口。

夏添看了一眼窗外，说道："在这样的雨夜，一边听着窗外淅淅沥沥的雨声，一边品上一壶好茶，是最惬意不过的。"

夏秋莲笑了，说道："是不是颇有一些'画船听雨眠'的意境？"

"是啊，很久没有享受过这种意蕴了。"夏添说道。

夏秋莲沉吟了片刻，说道："不过，爸，你把我从部队上叫回来，不会就为了陪你喝茶吧？"

夏添摇了摇头，说道："当然不是。爸爸现在被国民政府任命为上海特别事务部部长，和现在的你是一个阵营里的人了。"说着，他指了指夏秋莲的军装。

"哦？"夏秋莲表现出了惊讶，问道，"你不是一直教育我不要太过关心政治吗？怎么一夜之间你却成了国民党？"

夏添哈哈一笑，说道："我早就是党国的人了，只不过我怕你亲共、误入歧途，不曾与你说罢了。"

夏秋莲一脸恍然。

夏添停顿了片刻，说道："秋莲，不瞒你说，我年轻的时候也很激进。我有过一个很好的兄弟，我是被他带上革命道路的，我们是割头不换的兄弟，可是，他最终选择了共产党……"他没有再说下去，他的表情很平静，目光却飘向了远处。

夏秋莲不知道夏添此时心里在想些什么，问道："那后来呢？"

"后来，我就再也没有见过他，一晃都这么多年过去了……"夏添说道。

"再后来呢？"

夏添摇着头，说道："没有后来了。"他收回目光，定定地看着夏秋莲，"秋莲，我今天找你来，是想跟你说一件事情，很重要的事情。"

夏秋莲心中一动，莫非，父亲想说有关赵火的事情？她一直期盼着他能亲口告诉她赵火不是他杀的，杀赵火的另有其人。她静静地等着他开口，心里却很不平静。

夏添开口了："秋莲，自你记事起，我们父女俩便相依为命。你的母亲是我这辈子最爱的女人，也是唯一爱过的女人。你的母亲姓夏，因为爱她，我改了自己原先的姓名，也为你取名为夏秋莲。可是，你知道吗？你并非我的亲生女儿。"

夏秋莲呆住了，愣了好一会儿后突然问道："你在说什么？我怎么会不是你的亲生女儿？"

夏添缓缓地点头，说道："虽然不是亲生，可是我们却在同一个屋檐下生活了将近二十年。秋莲，我待你一直视如己出，这就够了，是不是亲生的并不重要。"

"那，我是谁的女儿？"夏秋莲问道。

夏添看着夏秋莲，问道："你真的想知道？"

夏秋莲使劲儿地点了点头。

夏添问道："他对你就那么重要？"

夏秋莲依然在点头，说道："我想知道。或许，我从没见过他的面，但我想知道他是一个怎样的人。"

夏添点了点头，过了半晌才说道："他是一个革命者，就是我刚才说的我这辈子最要好的朋友。没有他，我就不可能走上这条道路。"

夏秋莲愣愣地看着夏添，问道："他，是共产党？"

夏添没有回答。有时候，没有回答恰恰是一种最好的回答。

夏秋莲隐隐感觉到了什么，她的眼中已经有了泪，但她很快就将眼泪收了起来。她说道："告诉我他的名字。"

夏添忽然笑了，说道："秋莲，你知道吗？我明知道不能说，可是只要你问，我就会说，因为你是我一手养大的女儿。一个父亲对于女儿的任何要求，都会竭尽所能地去满足。”

夏秋莲没有说话，她在等着夏添告诉她亲生父亲的名字。

夏添开口了，一字一顿地说道：“他叫赵火。”

赵火？！怎么可能是他？

夏秋莲的眼泪在听到赵火名字的一瞬间滚落出眼眶，划破了脸颊。她曾经无数次见过赵火，跟他说过话，却不知道他原来就是自己的亲生父亲！那他呢？他一定也不知道自己是他的女儿吧！他若是知道，肯定会认她的。

夏秋莲喃喃地问道：“那他从来都没有找过我吗？”

夏添说道：“上哪里找？你母亲离开他的时候带着你跟了我，后来她去世了，我又把名字改了。”

夏秋莲听着夏添的话，无论是出于对母亲的爱而改名换姓，还是为了避开赵火而销声匿迹，都只能说明他是一个心思很缜密的人。

身后的门帘忽然一动，武家根走了进来，他的身后跟着三个面无表情的人。

夏添一愣，说道：“武家根？”

武家根一笑，问道：“你是不是在想你安排在门外的两个保镖到哪里去了？你觉得他们会是我们的对手吗？”

夏添懂了，看了一眼面容平静的夏秋莲，问道：“你早就知道他们会来？”

夏秋莲没有回答，反问道：“你为什么，为什么要杀了他？”

“杀了谁？”夏添问道。

“赵火。”夏秋莲回答道。

夏添一愣，说道：“我没有杀他。”

武家根说道：“既然做了，为什么不敢承认？”

夏添沉吟了一会儿，点了点头，说道：“明白了，你们想为赵火报仇。”

武家根举起了手中的枪，说道：“你说对了！我曾经对着赵叔的尸体发誓，我一定要找到真凶，杀了他，为赵叔报仇！”

夏添缓缓地站起身，看着武家根说道：“在这个世界上，任何一个人都可以杀了我，唯独你武家根不行。”

武家根一愣，不解地问道：“为什么？”

夏添一字一顿地说道：“因为我叫武凡，是你武家根的亲生父亲。”

武家根看着夏添，呆住了。他是自己的亲生父亲？武家根看着那一张满是皱纹、很是沧桑的脸，他就是自己千里迢迢从水闸镇来到上海要寻找的人？武家根摇头，说道：“不，不可能！”

夏添说道：“怎么不可能？自从你第一次踏进我的家门，说你姓武，从水闸镇来，我就猜到了！为了证实你的身份，我曾经潜入你租住的阁楼，看到了你胸口上的那颗红痣。你是我的儿子，这就是事实！”他忽然笑了起来，“你想杀死自己的亲生父亲吗？若你杀了我，这辈子你都别想安生！”

武家根握着手枪的手控制不住地颤抖起来。他听到一个声音在心里响了起来：“你不能杀他，他是你的父亲！”他用颤抖的声音问道：“可你为什么要杀赵叔？这是为什么！”

夏添冷冷地笑了，说道：“于公于私我都必须杀了他！于公，上峰命令我的行动小组刺杀他，他是中共的重要领导人之一，几次三番地领导工人运动；于私，为了替我深爱的女人报仇，他是一个伤她很深、抛弃她和家庭不顾、一心只为革命的男人！我自问对得起他赵火，我替他照顾妻女，他的另一个女儿还扔在我苏北的家里，由我的家人抚养长大。我曾经有很多次除了他的机会，可我都下不了手。这次，我必须得除了他！”

夏秋莲低低地说道：“天哪！原来，原来，红英是我的姐姐……”她忽然笑了，笑得很甜，而后将头转向武家根，看着他。

“不，怎么会这样……”武家根喃喃地说道，停顿了一下，忽然叫道，“我杀不了你，可你该死！”

武家根身后的三人全都举起枪，对准夏添。

夏添的脸上没有惧色，他看着夏秋莲说道：“秋莲，其实，我早就知道会有这一天，在我杀了赵火之后，我更清楚地知道了。今夜，党国有重大的行动，我估计自己逃不过这一劫，即便逃过了，共产党也会咬住我不放的。我约你来这儿，就是想再见你一面，把什么都告诉你，我不想带走任何秘密……自从走上了这条路，我就从没想过回头，也回不了头了……请记住，不管爸爸做过什么，我永远爱着你……”

夏秋莲的脑海在一瞬间闪现出很多很多画面，都是和夏添在一起充满父女温情的往事。她知道下一秒钟枪声便会响起来，她忽然站起来，扑向了夏添。

这时，枪响了，站在武家根身后的小个子射出了第一枪。这一枪没有打在夏添的身上，子弹射进了挡在他身前的夏秋莲身上。

夏添和武家根同时惊叫起来：“秋莲！”

夏秋莲看着夏添笑了，她靠在他的怀里，低低地说道：“爸，谢谢你养育了我这么多年，让我一直以为我就是你的女儿，让我一直觉得自己很幸福，谢谢你……”

夏秋莲看到眼泪从夏添的眼角滑落，记忆中的父亲总是那么坚强，从来不曾落泪。她听到他说：“女儿，你为什么这么傻！你不该扑过来，他们要杀的是爸爸啊……”

夏秋莲断断续续地说道：“让我眼睁睁地看着你死……我做不到……对不起，女儿又不听你的话了，别生气……”

夏秋莲慢慢地将头转向武家根，对着他露出了淡淡的一笑，她的嘴唇嚅动了一下，似乎有什么话要对他说，却什么也说不出来了。

蓦地，枪声又响了起来，武家根身后的三名男子同时朝着夏添开枪，一枪一枪又一枪，子弹全部打在夏添的身上。

武家根的心一下子跌落到了冰窖里。他无力地跪倒在地上，一路爬到了夏秋莲和夏添的面前。他觉得自己痛得像要被撕裂开来，紧紧地握住了夏秋莲和夏添的手。

夏添最后对武家根说出的五个字是：“儿子，对不起……”

世界上最残忍的事情就是看着自己最亲最爱的人死在自己的面前，武家根在心里问自己：“为什么偏偏是我来执行这项任务？为什么？！”

武家根一仰头，对着老天便是一声撕心裂肺的大吼：“啊——”

6

张小海跟着北伐军开拔进了上海。他原本打算偷闲去找武家根、王德宝、李少杰，不料进了城就接到命令，投身到了战斗中去。

硝烟弥漫，战火纷飞。张小海看到军人们的机枪在怒射，射向的竟是工人们的胸膛！

张小海呆住了，思绪不停地乱飞："我的那些工人兄弟呢？此刻会不会就在对方的队伍中？怎么会这样！我们进城不是来帮助工人们的吗？不然，我为什么要投军？为什么要成为一个军人？怎么才一眨眼的工夫，一切就都变了呢？"

张小海突然发现自己的手失去了握枪的力气。

这时，长官跑到张小海的面前，问道："张小海，你怎么回事？为什么不开枪？"

张小海愣愣地看着长官，回答不上一个字。

长官一脸怒气，对着张小海狂叫道："我命令你开枪，听到没有！"

张小海点了点头，喃喃地说道："开枪，开枪，我这就开枪。"

张小海慢慢地举起了手中的枪。只是，他没有将枪口对准工人，而是对准了自己的太阳穴。

张小海扣动了扳机，听到了"啪"的一声响。他知道这下他就不用再觉得为难了，他不想让他的双手沾满工人的鲜血，因为他也曾是他们中的一员，让他杀害工人兄弟，他实在做不到！

长官没有想到张小海居然在他的面前自杀了，愤怒地骂了一句："浑蛋！"转身走了。

那一夜，上海滩火光冲天，枪声不断，血流成河。

那一夜，四一二政变清党行动开始了。

那一夜，无情的大屠杀让这座城市的每一缕空气中都充满了血腥味。

第十九章

一望无垠的生活

1

武家根和红英来到了码头，身旁站着李少杰和方心雨，他们决定离开上海。

起义失败了，很多好朋友都离世了……上海的工厂、码头、马路、弄堂、商店、茶楼、西餐社，都曾有过他们共同的回忆……

武家根和李少杰已经无力回想过去，能做的只是尽快离开这个让他们心碎的地方。

李少杰和方心雨决定去武汉，武家根和红英则打算先回趟苏北老家，而后再去武汉和李少杰、方心雨会合。听说武汉的革命形势比上海要好，去那边应该会有所作为。于是，他们站在同一个码头上，买了去往不同地方的船票。

临上船时，武家根和李少杰紧紧地拥抱在一起。

武家根说道："四弟，如今二弟、三弟都已经不在了，答应哥哥，无论发生什么事情，你们都要努力地活着，拼命地活下去。"

李少杰用力地点了点头，眼眶微微有些湿润。

武家根接着说道："到了武汉给哥哥来封信，把落脚之处告诉我。不久我就过去，咱们兄弟会合。"

"知道了，大哥。你放心，好好保重。"李少杰说道。

一声汽笛响起，武家根和红英坐的船先启航了。李少杰和方心雨一直站在码头上向他们挥手道别。

船越行越远。李少杰和方心雨慢慢成了小黑点，直至看不见。

武家根惆怅地站立在船首，视野内的上海最后也消失不见了。

2

武家根走进了武氏铁坊。作坊里很安静，不见爷爷挥汗打铁。

身旁的红英一路叫着“妈”向屋内走去，武家根的母亲扶着走路已有些颤颤巍巍的奶奶从里屋走了出来，她们不敢相信地看着武家根和红英，眼眶一下子红了。

红英走上前问东问西，这才知道爷爷已经卧病在床。

母亲看着武家根，轻轻地问了一句：“回来了？”

武家根点了点头，回答道：“回来了。”

奶奶将目光移向屋外，问道：“阿根，你找到你爸了吗？”

武家根点了点头，说道：“找到了。”

奶奶苍老的眼中闪过了一丝喜悦的光芒，问道：“人呢？”

武家根从背着的包裹里取出一只小坛子，哽咽着说道：“在这里面……我带他回家了。”

奶奶用颤抖的手抚摩着坛子，而后将它紧紧地贴在自己的胸口，流着泪说道：“凡儿啊，回来就好，回来就好。”

母亲一把擦去了脸上的泪。

这时，武家根从包裹里取出另一个小坛子。

母亲疑惑地问道：“这是？”

一旁的红英回答道：“是我的亲妹妹。”

那个时候，红英从武家根嘴里得知夏秋莲是她的亲妹妹，沉默了许久。许久之后，她突然爆发出“哇”的一声哭喊，一个劲儿地扇自己耳光，武家根怎么拉都拉不住。

红英回想起自己对夏秋莲做过的一切：辱骂过她，在心里恨着她，就连在嘉兴见着她还狠狠地扇了她一耳光，那可是她们亲姐妹的最后一次见面啊！可是她呢，一直忍让、宽容着自己……自赵火死后，她就是自己在世上唯一的亲人，自己却那么残忍地对待她，若早知道她是自己的妹妹，自己一定会离开家根哥，不会与她争。

夏秋莲那一声声“红英姐”被红英从记忆中拼命地搜寻了出来，有那么几次都从她梦的尽头传来，她是多么想再听夏秋莲叫一声“红英姐”呵！

这时，一个七八岁模样的男孩从屋外奔跑了进来，他的手很脏，沾满了泥巴。他见到武家根和红英有些怕生，躲到了武家根母亲的身后。武家根的母亲把他拉了出来，说道：“伯平，你爸回来了，你不是老问你爸你妈上哪里去了吗？今天他们都回来了。”

武家根看着男孩，原来他就是自己的儿子武伯平，一晃这么些年过去，他已经这么大了，个子也长得这么高了。

红英走上前去，说道：“伯平，我是妈妈，你仔细瞧瞧。”

武伯平看着红英，终于认了出来，走向她叫了声：“妈！”

红英一把抱起武伯平，亲了一口他的小脸。

武家根伸手想抚摩一下武伯平的头，他却连忙将头扭开了。

武家根的母亲说道：“孩子怕生，你在家里住上一阵子，他就习惯了。”

武家根点了点头，“嗯”了一声。

3

武家根一直在等李少杰的信，可始终没有只字片言寄过来，他思索着干脆去武汉找李少杰算了，这样一直等下去不是个办法。

晚上，红英进了屋子，武家根说道："我想跟你说件事情。"

红英笑着说道："你说，说完了我也有件事情要跟你说呢！"

武家根一愣。他看着红英的表情，问道："是什么喜事吗？要不，你先说吧！"

红英点着头说道："你猜对了，是喜事！你要做爸爸了！"

"什么？"武家根吃惊地问道。

"怎么，你不高兴？"红英不解地看着武家根。

武家根连忙说道："不，我只是没有想到。"

红英抚摩着小腹说道："这是我们的第一个孩子，我希望是个女孩，这样伯平就能有个妹妹了。"她沉浸在遐想之中，过了一会儿，她回过神来，"对了，你刚才不是有事情想跟我说吗？"

武家根忽然觉得自己开不了口。他摇了摇头，说道："没什么，只是一件小事而已。"他看了她一眼，"你现在有身孕了，早点休息吧！"说完，往屋外走去。

"哎，你去哪里？"红英问道。

武家根一边拉开房门，一边说道："出去走走。"

武家根走出了武氏铁坊，走在了昏暗的街上，不知不觉竟走到了李府的后门。他站了良久，想到了当年他和方心雨、张小海也是站在这堵围墙外面，商量着怎么进去救李少杰和夏秋莲。

一想到夏秋莲和张小海，武家根的心猛地抽动了一下。他深深地叹了口气，低声对着黑夜问道："秋莲，三弟，你们还好吗？"

武家根的手慢慢地伸向脖子上的长命锁，那是夏秋莲在离世那天送给他的。他永远无法忘记她身穿军装、撑着油布伞的模样，他还记得她说："那麒麟就是你，我是中间的那朵莲花。即使我不在你的身边，也请你把这朵莲花带在身边，一直带着，可以吗？"

如今，武家根把这朵莲花戴在了脖子上，每天都戴着。他低声问道："秋莲，难道我们只有在梦中才能相见了吗？"

武家根紧紧地握着长命锁，心中一阵懊悔："为什么我和你都要参加那次行动呢？若你不参加，你就不会死……"

武家根多么想把夏秋莲拽回来，可惜一切都晚了，晚了。

4

就在武家根等信等得快要绝望的时候，他收到了李少杰从武汉寄来的信，那时红英的肚子已经高高地隆起。他看了信封上的邮戳，才知道错怪了李少杰，因为这信足足在路上走了四个多月！

李少杰在信上告诉武家根，武汉的形势也发生了突变，汪精卫大肆杀害共产党员和革命人士，马路上到处可以看到同志们的尸体。他悲痛地写道，方心雨不幸牺牲了，他现在居无定所，过着终日亡命的生活，让武家根千万不要去武汉，就待在老家。在信的最后，他写下了武家根那日在上海码头说过的话："无论发生什么事情，你们都要努力地活着，拼命地活下去。"

武家根是流着泪看完信的，虽然信不长，但武汉的残酷形势他完全能够想象得到。他想了很久，最后按照李少杰信上留着的寄件人地址回了一封信。然而，那信如同石沉大海，再也没有了回音。自那以后，李少杰再也没有回到镇子上来。

后来，红英顺利地生下了一个女婴，遂了她的心愿。武家根为孩子起名为武雨娟。

武家根像爷爷那样，终日在武氏铁坊打铁，经营着铁坊。

清明时节，武家根和红英依着老规矩去上坟。那里有三处坟，相隔不太远，也算做个邻居，不至于孤单。那三处坟里住着他的亲生父亲武凡、他最爱的人夏秋莲和他的发妻红姑。

上完坟回来，武家根坐在一块大大的石头上，红英坐在他的身旁，将头轻轻地靠上他的肩头，低低地说道："家根哥，你知道吗？从上海回来后，你变了。"

武家根没有说话，他在听红英说话。

红英继续说道："你变得越来越不爱说话了。"

武家根"嗯"了一声。

红英叹了口气，淡淡地说道："我知道，你苦，心里苦。我没有其他想法，只求能和你一直这样生活下去，做一对本本分分、白头偕老的夫妻，看着伯平和雨娟一点点长大……"

武家根的目光飘向了远方。上海离自己是那么的遥远，在那边发生的一切就像一个梦。他坐在这里，仿佛哪里都没有去过，一直生活在从小生长的地方：水闸镇。满目看去的，那一望无垠的，便是他需要继续的生活。

武家根和红英都不再说话了，他们之间很宁静，宁静得只有风儿路过的声音……

海上流光

❶ 石库门

近代上海的标志性建筑，最具海派特色，既具有传统江南的建筑特色，也融合了西方连体布局的风格，是近代中西合璧的优秀作品。

起源于太平天国起义时期，太平军逼近上海，迫使江浙一带的富商、地主、官绅纷纷举家涌入租界寻求庇护，外国房产商乘机大量修建住宅，吸收了江南地区汉族民居的式样，以石头做门框，以乌漆实心厚木做门扇，并因此而得名。

虽处闹市，但仍有一点高墙深院、闹中取静的好处，颇受当时居住在租界的华人士绅、富商的欢迎。

❷ 三层阁

老上海特有的建筑。20世纪20年代，随着上海住房困难加剧，上海人利用石库门住宅二楼空间较高、三角屋顶有坡度的特点，在二楼与屋顶之间加建阁楼，即三层阁。

三层阁的中间部分尚有约一人高，人在其中勉强能直立，但随着屋顶两边坡度逐渐变低，只能供人躺卧。许多人终身生活于其中，逼仄和压抑始终纠缠着他们的梦境。

❸ 老虎窗

上海也许是老虎窗存在最多的城市之一。上海在开发租借地时，英国人和法国人带来了他们的建筑风格——斜屋顶和屋顶窗。在欧洲，斜屋顶原本是为减轻冬季大雪给房顶带来的重压而设计的，后来变成了一种普遍使用的样式。

老虎窗的名称来历有两个版本，一说在高处俯瞰这种屋顶窗时，看到的是一个黑洞，像老虎的嘴；另一说屋顶的英文roof的发音在上海话里比较像老虎，所以就叫 roof window ——老虎窗了。

④ 工人补习学校

1920年8月，上海共产主义小组成员李启汉在沪西小沙渡创办了工人半日学校。虽然学校仅存在几个月即被查封，但仍培养了日商纱厂十几个工人，打下了良好的基础。翌年，李震瀛在此创办上海工人第一补习学校，200多名工人入学。1922年秋，社会主义青年团派嵇直在沪西工厂区创办工人补习班，嵇直请江苏海门籍青年徐玮另办一班。1924年春，两校合并为小沙渡沪西工人补习学校。

1923年初，在中国劳动组合书记部主任邓中夏的领导下，沪西、沪东、南市、吴淞等工厂和工人集聚区陆续建立起以上海大学平民学校为中心的多所平民夜校：在老怡和、新怡和、恒丰等纱厂附近设立杨树浦平民学校，在引翔港地区的大康、公大、同兴、厚生、永安等纱厂及英商班达蛋厂附近设立民智平民学校等。

⑤ 工友俱乐部

1924年夏，中共沪西区委在工人补习学校的基础上成立沪西工友俱乐部，中共组织由此打入产业工人中，后来成为五卅运动的发源地。

俱乐部成立数月，会员发展到七八十人，建立了党团组织。工人们以结拜兄弟等形式吸引了更多苏北籍工人加入，俱乐部总人数达到了近1000人，成为20世纪20年代上海工人运动的主力。

永興

⑥ 弄堂

上海特有的近代民居建筑样式，由一排排紧密联体而立的石库门单元组成的庞大房屋群体。北方称“胡同”，上海称“弄堂”。上海的弄堂口上方常有一座标志坊，这是牌坊的一种，主要用作弄堂空间的分隔标志。

“弄堂”原作“弄唐”，“唐”在古代是庭中通道之意，“堂’原本是对房间的称谓，如“前为堂，后为室”，在近现代汉语中，“弄堂”取代了“弄唐”，成为上海人对里弄的称呼。“里”指的是居民聚集的地方，“弄”指的是建筑物之间的夹缝通道，里弄是由相连小弄组成的住宅群。

上海人，严格地说是以江浙移民为主的人群，在建筑理念和形式上以“实用”为最高设计原则，在“小巧玲珑”的石库门里弄建筑，透露出上海人特有的精明。石库门样式建筑群便于居民交流，各种文化和生活习俗在这里碰撞、交流、融合，逐渐形成独有的石库门文化。

⑦ 亭子间

位于热气腾腾的灶披间之上、风吹雨淋日晒的晒台之下的空间，高度约为2米，面积为6~7平方米，朝向北面，大多用来堆放杂物。

随着住房紧张和经济入不敷出，精明的善于在螺蛳壳里做道场的上海人发掘和利用了这个空间，将其作为一个房间自用或出租。虽然是条件最差的房间，但由于租金便宜，许多穷困文人和收入微薄的小市民便栖身于亭子间。

1935年，鲁迅住在上海北四川路越界筑路区域，即“半租界”，收集了1934年所写的杂文，命名为“且介亭杂文”。且介亭即“半租界的亭子间”，“且”为“租”的右半字，“介”为“界”的下半字。

在上海的老弄堂里，类似空中楼阁的小空间不仅有三层阁、亭子间，还有过街楼也是老上海石库门的标志性回忆。

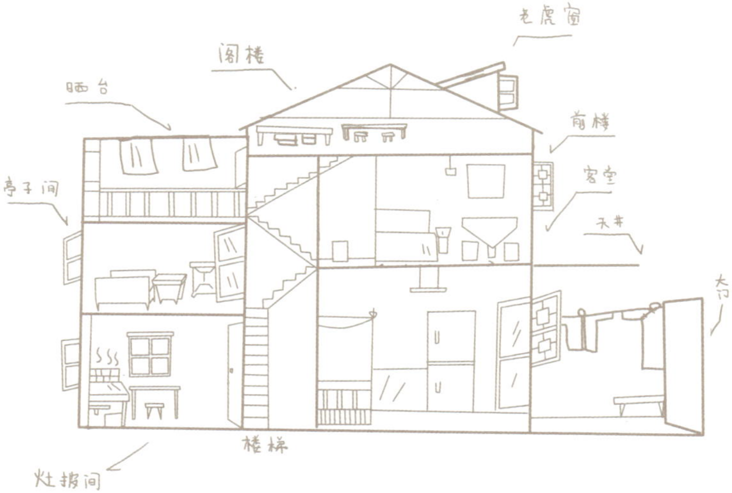

❽ 老虎灶

早于19世纪70年代出现，因有一个翘起的“尾巴”和灶头而得名，附带卖茶水，用的全部是人力——木桶挑水，舀子打水，人工烧火。门口灶台上有两口热气四溢的大汤罐，屋内有两排长条桌凳，一靠窗一居中，辟出狭小的通道，拉起布帘，剩余空间即可用作澡堂。单靠泡水，利自然是薄的，腾挪得开的店面总会设几张桌子，辟为茶室；有的则设有盆汤，热水现成，浴资便宜；有的场子更大，前室用作书场，每天两场，绝对不输戏院的人气。

每天的高峰在早上5点至8点，茶客聚集一堂，泡几壶茶闲聊，天亮后则叫碗面条当早饭，平均每四五分钟就有人来泡水，一边自觉地将几分钱放在灶台上，一边热情地和老板娘打声招呼，附近的小商贩偶尔还会来兑换零钱。

上海自建埠伊始，老虎灶就盘踞市街了。新中国成立后，老虎灶变成国营，改造成自来水出水龙头，用一个大水箱装水。20世纪50年代是老虎灶的鼎盛时期，全上海市共有2000多家。随着供水系统的不断完善，老虎灶逐年递减。20世纪90年代中期，上海市区的老虎灶日渐式微。2013年10月，上海市区最后一家老虎灶关闭。

9 城隍庙

上海城隍庙为“长江三大庙”之一，坐落于上海最为繁华、最负盛名的豫园景区，位于黄浦区方浜中路安仁街西，是上海地区重要的道教宫观。

城隍庙原为金山庙（霍光行祠），供奉汉代大将军博陆侯霍光。明永乐年间（1403—1424年），知县张守约将其改建为城隍庙，距今已有近600年的历史。也有传说系三国吴主孙皓所建。现门前存有建成于1535年的牌坊和建成于1865年的戏台。

清代嘉庆、道光、咸丰、同治、光绪年间得到扩建。民国时期，屡遭火灾，1926年重建大殿。新中国成立后，几次对各殿修缮清理，撤除一些杂乱神像，恢复正规道观面貌。1966年，所有殿宇被改为他用。1995年春，正式作为宗教活动场所对外开放。

⑩ 巡捕房

英国、法国等侵略国在上海租界中成立的一级司法机关。上海公共租界巡捕房成立于1854年8月，共有分区捕房14个。

第一次鸦片战争失败后，清政府被迫开放上海等5个城市为通商口岸，签订了一系列不平等条约，外国列强先后设立巡捕房、警务处、领事法庭，确立了西方殖民国家在租界的领事裁判权，这是对我国司法主权的破坏。

⑪ 博文女校

当年毛泽东、何叔衡、董必武、陈潭秋、王尽美、邓恩铭、刘仁静、包惠僧、周佛海9名外地中共一大代表在上海住宿的地方。

据1949年之前的上海中小学注册簿记录："博文女校创办于1917年，董事长黄宗汉（原姓徐，嫁给黄兴后改姓黄）……校长黄绍兰……"

该校曾经三次迁址：最初在贝勒路（位于法租界，以法国远东舰队司令贝勒的名字命名。1943年，上海撤销租界，改称黄陂南路），后来迁至蒲石路（今上海市长乐路），1920年迁入白尔路（曾改名为蒲柏路，今太仓路）。1932年，博文女校从上海教育局的文件中消失。

⑫ 帮会

在20世纪20年代的上海，帮会已经渗入社会各界，组织庞杂，人数众多，力量之大、能量之强、影响之广令人震惊。

青帮是上海势力最大、影响最广的帮会，操纵着上海工人、商贩、无业游民等社会底层弱势群体的生计。面对利益分配与生存机会的不公，大批工人不得不投靠帮会，以帮会为谋生的靠山。

当年，陈独秀指出："上海大部分工厂劳动者、全部搬运工、大部分巡捕、全部包打听，这一大批活动力很强的市民都在青帮支配之下……他们的组织，上海没有别的团体能比它大，他们老头子的命令之效力，强过工部局。"

上海工人运动的领导人之一朱学范也说："若将入帮会的职工人数加上各行各业各单位职工自发组织的兄弟会、姐妹会、关帝会等，以及地方帮口如广东帮、宁波帮、山东帮、湖北帮、江北帮等的人数，那在全市职工总数中所占的比例就更大些。在这些名目繁多的大小组织里，有不少人是与帮会有联系并以帮会为靠山的。"

⑬ 黄浦码头

位于黄浦江下游北岸，东起今天的大连路，西至秦皇岛路，北依杨树浦路。

1908—1910年，日本南满洲铁道会社购下这块滩地，委托日本邮船会社建造了码头仓库，并代为经营和管理。1911年9月，南满洲铁道会社接管经营。1913年，对原来十分简陋的码头进行了改建。

黄浦码头是留法勤工俭学学生的主要出发地。20世纪20年代前后，在十月革命和五四运动的历史大背景下，一场轰轰烈烈的留法勤工俭学运动席卷全国，上海成为1600多名中国青年的荟萃地、起航地。

据当时较有影响力的主要报刊《申报》《民国日报》《字林西报》等记载，毛泽东曾多次到黄浦码头送别蔡和森、周恩来、邓小平等人乘坐法国邮轮盎特莱蓬号赴法留学，前后计有聂荣臻、葛健豪、向警予、蔡畅等6批（当年留法勤工俭学的学生共有20余批）650人由此出发留学，扛起了红色的革命大旗。

⑭ 马桶

上海和江浙一带人家必备的重要家什之一。每天清晨，上海的弄堂在一阵阵“马桶拎出来啊”的吆喝声和摇铃声中苏醒过来，而后犹如万马奔腾的无数竹刷子刷马桶的声音开始搅碎上海的黎明。

据《西京杂记》记载，汉朝宫廷用玉制成虎子，由皇帝侍从拿着，以备皇上随时方便，这便是马桶的前身，据说是受汉高祖刘邦以儒生之冠当溺器启发而发明的。另据传，西汉“飞将军”李广射死卧虎，让人铸成虎形的铜质溺具，把小便解在里面，表示对猛虎的蔑视，由是得名“虎子”。唐朝皇帝因有先人叫“李虎”，便改称“兽子”或“马子”，后世俗称“马桶”。最早有详细文字记载的马桶是北宋欧阳修在《归田录二》中提及的“木马子”，《辞源》将其解释为“木制的马桶”。

中国民间使用的马桶是一种带盖的圆形木桶，并刷有桐油或上好的防水朱漆。家里的女儿出嫁时，一个用红漆描画的马桶是必不可少的嫁妆，而且必须摆放在醒目的位置，用三轮车运送到男方家里，这也是当年的一道风景。

⑮ 老刀牌香烟

1891年进入中国市场，是19世纪末最早传入中国的舶来品之一，是民国时期家喻户晓的知名香烟品牌，与“哈德门”“大前门”“三炮台”等齐名。

最初由英国惠尔斯公司生产，以Pirate（意为“海盗”）为名，1891年（清光绪十七年）起委托上海公发英行代销。其烟标的变化，比如受五卅运动影响改用中文烟标、新中国成立后改为劳动牌——“老刀”与“劳动”的读音相近（尤其是上海话），消费者易于接受，真实地反映了中国由半殖民地半封建转为民主独立的变化过程，对研究历史具有参考佐证作用。

百年海上

第二卷

地之光

1931—1949

管新生 著

中国工人出版社

图书在版编目（CIP）数据
百年海上. 第二卷, 地之光：1931—1949年／管新生著.
—北京：中国工人出版社，2021.8
ISBN 978-7-5008-7698-4
Ⅰ.①百… Ⅱ.①管… ②管… Ⅲ.①长篇小说－中国－当代 Ⅳ.①I247.5
中国版本图书馆CIP数据核字（2021）第146511号

百年海上（全三卷）

出 版 人 王娇萍
责任编辑 李 丹
责任印制 栾征宇
出版发行 中国工人出版社
地 址 北京市东城区鼓楼外大街45号 邮编：100120
网 址 http://www.wp-china.com
电 话 （010）62005043（总编室）
（010）62005039（印制管理中心）
（010）82027810（职工教育分社）
发行热线 （010）82029051 62383056
经 销 各地书店
印 刷 北京美图印务有限公司
开 本 880毫米×1230毫米 1/32
印 张 40.5
字 数 1015千字
版 次 2021年10月第1版 2022年12月第2次印刷
定 价 138.00元（全三卷）

主要人物表

武伯平——男。武家根之子。因家乡大灾荒，逃难至上海，后为远东机械厂工人。

程庚生——男。中共地下党员，工人夜校老师。

忻一帆——男。原是估衣铺的伙计，后为远东机械厂职员。

张玉兰——女。乡下妹子。后为武伯平之妻。

钱小妹——女。钱师傅的女儿。为人热情，泼辣能干。爱上了武伯平，却嫁给了忻一帆。

李招娣——女。纱厂包身工。后为程庚生之妻。

钱师傅——男。钱小妹的父亲，武伯平的师傅，人称“车刀王”。

罗　格——男。外国人。远东机械厂总裁。

王小开——男。海风五金厂老板。

金　宝——男。黄包车行业帮会老大。为人讲义气，疾恶如仇。

狼　牙——男。军统杀手，铲除汉奸“剑”行动组成员。

武雨娟——女。武伯平的妹妹。纱厂包身工。后嫁给金宝。

帕格尔——男。犹太人。提篮桥地中海咖啡酒吧老板。

酒　井——男。日本本土一家玩具小厂的技术人员。远东机械厂被日军实行军管后，担任日方最高管理员。

佐　藤——男。日军大佐。

目　录

第一章

知否知否，避世的父亲闯祸的儿

1

随着风箱的一声声呼隆，炉中冒起了一蓬蓬通红的火焰。铁锤在空中划出一道美丽的弧线，极具力度地向砧铁砸落下来，砸在了铁钳刚从淬火炉中取出的那一方暗红色的铁块上，顿时溅出点点火星。

武家根饱满胸膛的轮廓被炉火映画在墙上，颈项上的一道红绳时不时被甩起，红绳顶头系着的黄灿灿的长命锁也乘机一闪一闪地反射着好看的金光。

武家根一直挥舞着铁锤，一串叮叮当当的打铁声伴随着点点火星很有节奏地回响在武氏铁坊。汗珠滴落在被不断锤击的铁块上，刺刺地冒起一股股白烟。

最初回到水闸镇的时候，一燃起炉火，一见到那通红的火苗一蹿一蹿的，武家根的眼前就会浮现出上海厂子里那“飞升三千丈”的炉火，耳畔猝不及防地响起上海工人三次武装起义中的枪声、炮声、爆炸声，他忍不住想起在关帝面前拜过把子、割头不换的结义兄弟王德宝、张小海、李少杰……甚至不时地觉得有一双美丽的眼睛在默默地凝视着自己，这是让人一想起就会心颤的夏秋莲……

武家根永远无法忘却见到夏秋莲的第一眼，她的脸上洋溢着的灿烂笑容深深地吸引着他。其实，她并非美得令人移不开目光的女孩儿，但她浑身上下散发着一种特有的味道。后来，他想了很久，终于在掌握得并不扎实的字典语汇中找到了一个较为妥帖的字眼——气质。

直到今日，武家根仍清晰地记得第一次在码头上见到夏秋莲的情景——她站在早春温暖的阳光里，身穿一件干净、朴素的浅天蓝色呢质连衣裙，将高挑、苗条的身材衬托得很好；她的脸上浮现着比阳光更温暖的笑容，披肩长发在微风的吹拂下轻柔地飘舞着……这幅画面如同烙印一般刻在他的生命中，那么多年过去了，很多事情都已淡忘，可是她不但在脑海里挥之不去，反而越发清晰起来。

一个人的时候，武家根常常拿出夏秋莲送给他的长命锁沉思，她说金锁上那朵镶嵌的玉莲是她，他则是衔着玉莲的麒麟……每每看到金锁上的“两情若是久长时，又岂在朝朝暮暮”，他的泪水便无法控制地流淌下来，紧紧地握着长命锁，就像要拽回她的生命一般，直到金锁硌得手生疼，他才猛地记起一切都已经烟消云散，阴阳相隔两茫茫……

想起夏秋莲的武家根只会望着打铁的炉火发愣，哪里还打得成铁？红英见到这种情景，总会走过来将一杯茶水递到他的手上，然后一言不发地站在一旁，深情地望着他。她的心如明镜似的，自然知道他的心思。

自从得知夏秋莲是自己的亲妹妹那一刻起，红英便恍如去阴曹地府走了一圈，原先不撞南墙不回头的脾性已然大变，只求能和武家根安安稳稳地过日子，做一对白头偕老的夫妻，尽到一个贤惠女人的本分，照顾好丈夫、儿子和女儿，她就知足了。

时间如流水一般逝去，洗刷着心头的爱恨情仇，唱哑了眼前的往事浮云。日子渐渐地显出了平平淡淡的滋味，慢慢走上了寻寻常常的轨道，一年三百六十五天，就这么日复一日地复制下去。火红的上海故事已经成了一个梦，一个遥不可及的梦，被岁月的尘土深深地埋进记忆的深处。

打铁声仍在持续。不知为什么，突然停顿了一下。

武家根扭头吼了一嗓子："伯平！"

武家根的两个徒弟大牛子、二黑子对望了一眼，无人应答。

武家根狠狠骂了一句："这个臭小子，跑哪儿去了！"

打铁声又连续不断地叮叮当当响了起来。

2

很多很多年以后，武伯平还在怀念那个夏天：正午时分，火辣辣的阳光在屋顶上转悠一圈后掉了下来，砸在了他的脑门上，于是他的脑门就像涂了一层鸡蛋黄一般亮闪闪的，而他正矮下身子，从半开半闭的厂门缝隙中钻了进去。那是武伯平头一回见到工厂，头一回认识机器。

那工厂就在古运河边的水闸镇上，由一个叫洪年康的人办起来，里面一共有两台机器、十来个工人。

这在水闸镇上可是一件了不起的大事。在这之前，水闸镇上的人从来就没听说过工厂，更不懂什么叫工人。镇上原先只有一家打铁铸犁的作坊，那是武家世代祖传的，现在由武伯平的父亲武家根打理。

当时，武伯平不但偷偷溜进了工厂，而且亲手摸了摸刚安装好的机器。那手感凉凉的，在滚热的夏天还是蛮适意的，尽管粘上了一手黑乎乎的机油。

武伯平看了一眼静悄悄的四周，一个人影子都没有，许是都吃饭去了，或者是饭后休息去了。他又看了看庞大的机器，见上面有三个涂了红红绿绿的、凸凸凹凹的圆圈，就好奇地用手去按动了一下。冷不丁一声轰鸣，他脚下站立的那一大块铁板就缓缓地朝上升了起来！

武伯平大吃一惊，看着脚底下不停抖动着上升的地板发愣！正在他慌了神的时候，身后陡然爆出一声大喝："浑小子，你不要命啦！"

武伯平只觉得衣领一紧，随之整个身子被人提了起来，脚跟一下子离开了地面。

当武伯平站稳身子之后，发现面对着一个一脸络腮胡的中年汉子，他的身后还站着几个工人。

络腮胡伸手在红红绿绿的圆圈上按了一下，升上去的铁板便轰隆着降了下来，随着"咚"的一声轻响，隆隆的声音消失了。

一个大嗓门在武伯平的耳边炸响了："你是谁家的孩子！怎么跑到厂里来捣乱？"络腮胡正凶巴巴地看着他。

武伯平觉得络腮胡凶巴巴的模样像是硬装出来的，不禁觉得很好玩，满不在乎地说道："我来看看机器，我也要做开机器的工人！"

络腮胡一听，哈哈大笑！他笑的声音很响亮，像打雷一样，而且很有些感染力，连他身后的工人也都跟着笑了起来。

忽然，所有笑声像被一阵飓风给吹散了，只见一个穿着城里人常穿的富春纺短褂的汉子慢慢地踱了过来，所有工人不但不敢笑了，而且慌忙向两边闪了去，恭恭敬敬地给他让出一条走路的道，连那领头的“凶巴巴”的络腮胡也不例外。

汉子在武伯平面前站住，低下头俯视了他一会儿，忽然露出微笑，问道：“告诉洪叔，你是哪一家的小把戏？”

武伯平也笑了。他觉得这位洪叔的笑容很可亲，甚至连他说话的声音也很好听。于是武伯平就说自己是武氏铁坊的铁匠武家根的儿子，最后还很起劲儿地说，武氏铁坊就在镇东头的第一家。

不太久以后，武伯平才知道一脸笑容的洪叔便是这工厂的老板洪年康，外号就叫“笑面虎”。

洪叔一边听着一边点头，脸上依旧笑嘻嘻的，并且十分和蔼地伸手摸了摸武伯平的头，说道：“你真是个乖孩子。”说完，立刻转过身去，对络腮胡冷冷地“哼”了一声，“老王，你听清楚了吗？快去把这小孩的老子叫来！”

武伯平有些奇怪，这和蔼可亲的洪叔的说话声音怎么突然变得一点儿都不好听了？他悄悄探过头去，朝洪叔的脸上望了一眼，陡然呆住——洪叔不再笑吟吟，而是一脸可怕的恼怒！

络腮胡应了一声，向厂门口飞奔而去。

洪叔回过头来，笑容可掬地说道：“你就在这再玩一会儿，你阿爸马上就来领你回家了。”

说罢，洪叔转身离开了。只不过，他临走的时候，朝两个工人歪了一下头。

武伯平听不懂了，怎么要去叫阿爸来领他回家？他自己有腿，而且认得回家的路！

武伯平迈开腿，向厂门口走去。只走了一步，就被两个工人拦住了。

一个工人阴沉着脸，说道："我们老板说了，要等你阿爸来，你才能离开！"

另一个工人缓缓地摇着头，说道："你太小了，真是个小把戏呵！"

武伯平不明白他们在说什么，但后来发生的事情让他明白了一个很浅显也很深奥的道理：一脸笑眯眯的人不等于心里不会藏着一把杀人的刀，而表面凶巴巴的人未必就是穷凶极恶之徒。

这个道理，武伯平牢牢记了一辈子。

3

武伯平永远忘不了那个盛夏的下午。

父亲武家根来了。武伯平老远就看见父亲胸前那枚长命锁一闪一闪地亮着金光。此刻，他正跟在络腮胡的身后。

"笑面虎"洪年康和几个工人走上去，在厂门口堵住了武家根，武伯平一下子被推到了武家根的面前。

洪年康朝着武家根打了个不冷不热的哈哈，说道："你就是武家根吧！你这个宝贝儿子偷偷溜进我的厂子里，鬼头鬼脑地接近我的机器，是想搞破坏还是怎么的？告诉你，这些机器都是从上海运来的，搞坏了你赔得起吗？！"

武家根显然没想到是这么一档子事，一时尴尬地说不出话来。

真不讲道理！武伯平气愤地看了一眼洪年康，机器不是一点儿没坏吗！可是他没想到，更不讲道理的事情还在后面。

只见洪年康朝武家根上下打量了一会儿，说道：“常言道，小孩做的事情都是大人教的。你是不是害怕我的厂子开工抢了你铁匠铺的生意，有意教唆他这样做的？”

武家根哈了哈腰，说道：“对不起，对不起，洪老板！子不教，父之过，小孩子家家不懂事，全是大人没有调教好……”

武伯平心里越发愤愤不平，事情是自己干的，与阿爸有什么关系？于是他叫了起来：“阿爸，这不是你的错……”

不料，武家根转过身来，劈头盖脸地照着武伯平就是几个大耳光甩过去，骂道：“你还有什么狗屁道理！啊？谁让你臭小子跑到这厂里来的！啊？”武伯平被打得眼冒金星，顿时重重地跌倒在地。

武家根毫不理会，一把将武伯平从地上拖起来，恨声不绝地高高扬起拳头，喊道：“打死你算了，免得闯了祸连你阿爸都被牵连进去！”

络腮胡第一个叫了起来：“不要打了！”说罢，一个箭步冲了过来，一把将武伯平抢过去，“也不看看你抡锤打铁的那凶狠劲儿，真能三拳打死镇关西！”他回首，发现一缕鲜血正从武伯平的嘴角缓缓流下。

武家根不依不饶，大声怒吼道：“去！到太阳底下晒着去！看你以后还敢不敢随随便便跑进厂子里！”

络腮胡大眼一瞪，骂道：“这么毒的日头，你想让孩子晒成人干啊？”

洪年康阴阴地一笑，说道：“晒晒太阳的好！毒日头是去邪气的，这孩子身上的邪气太重。”

武伯平一言不发，转身就走。

武家根一声大喝：“你上哪儿去？”

武伯平头也不回，犟头犟脑地说道：“去河边，晒太阳。”

4

烈日下，没有一丝风，远远近近一片寂静。

小河边，垂杨柳早被太阳晒得没了脾气，一株株全都矮伏下身子，一动不动地呆立在堤岸上。

武伯平站在土丘上，任凭大太阳把光芒淋了他一身一脸。偶尔有几只蜻蜓的透明翅翼从身边划过，像在梦中一般无声无息。只片刻工夫，大汗珠子便从他的额上、脸上、鼻梁上滚跌下来。前胸被汗打湿了，后背也潮了，那汗就像水一样止不住，最后连屁股、大腿也是湿漉漉的，裤子的颜色一下子变深了，水汪汪的一片，挺难受。

毒日头果然厉害，衣服上的汗水没太久就被烤成了斑斑点点的白色盐霜，浑身的汗也似乎出得慢了。武伯平有些晕晕然，他看到不远处的垂杨柳开始微微晃动起来。

就在那晃动的恍惚里，武伯平看见厂子里的机器忽然出现了，就连拧在上面的每一颗螺钉都看得分明。只是不知怎么回事，他觉得那又高又大的机器居然一点点、一点点地向自己当头压下来！他的头晕得厉害，想躲却挪不了身，想逃也动不了腿……

陡然，像从梦中一般爆起了一声长长的悲号，令处于晕眩中的武伯平挣扎着睁开了眼。只见一个人跌跌撞撞地从远处奔了过来，后面还尾随着一个小小的人影。

一点一点，一步一步，近了，更近了。武伯平的心忽然往下一沉，完全清醒了过来。他已经看清楚了，那是他那长年卧床的母亲和年幼的妹妹来了。

武伯平记得那一年，母亲不过三十出头。有一回，母亲给父亲端水，刚走上前，铁锤和木柄因父亲的小徒弟二黑子抡锤用力过猛而陡然脱落，一下子砸在了母亲的腰胯上，从此母亲再也没能站直了走路，许多时候只能卧床躺着。

武伯平紧紧地把眼睛闭上。很小的时候，他就立下了一个心愿，永远不会伤母亲的心，可却总会因为顽皮淘气而屡屡惹母亲生气，让母亲失望。这一回的祸闯大了，他已无颜面对，只能紧紧地闭上眼睛，他是多么不愿意看到母亲那张伤心的脸啊！

红英气喘吁吁地奔了过来，不，完全是佝偻着身子、步履维艰地挪了过来。一见到武伯平，她便嘶哑着嗓子连哭带喊："平儿，我的平儿啊，跟妈回家吧……"

武伯平终于睁开眼睛，摇了摇越来越沉重的脑袋，说道："妈，我答应了晒太阳的……我不回去……"

红英的手抓住武伯平的手臂，哭着问道："跟妈回家吧，啊？"

武伯平依然摇头，说道："不，我答应了的……"

打断武伯平的是妹妹武雨娟的哭叫声："哥，哥……"

武伯平的头晕得更厉害了。突然，他感到母亲的手无力地松了开去，接着，母亲软软地倒了下去。他大惊失色，刚叫了一声"妈"，自己也一头栽下地去。武雨娟放声大哭。

武伯平在倒地前看到的最后一幕，是几个沿着河堤奔来的人，为首的依稀是络腮胡……

武伯平醒来的时候，已经在自家的床上了。那时正值黄昏，透过窗棂斜斜射来的余晖依然那么滚烫、那么炫目。

武伯平抬起头，这才发觉额头上敷着一块湿漉漉的毛巾。就在这时，身边爆起了惊喜的叫声：“醒了！哥醒了！”随着武雨娟的惊叫，他看到母亲的脸出现了：“儿子，你好点了不？”

武伯平无力地呻吟了一声，说道：“妈，我，我想去当工人……”

“不准去！”武家根不知什么时候走了过来，低沉的嗓子一下子吼了起来，“你老老实实地去念你的私塾！想当工人，就跟你老子去打铁！”

武伯平将脸慢慢地转向红英，嘴唇微微嚅动了一下：“我，我想开机器……”

红英什么也没说，只是朝武伯平露出一个浅浅的笑，似乎还轻轻地点了一下头。

武伯平会意地笑了，是天真无邪的笑。

5

武伯平终究没能当上开机器的工人。原因只有一个：父亲武家根。

打从工厂开工之后，武氏铁坊的生意果然如“笑面虎”所言，一落千丈，往日里从早响到晚的叮叮当当的打铁声没有了，往日里映红了脸膛、飞溅上胸膛的炉火不见了，偶尔打上那么几件小玩意儿，也只像小孩子撒尿一样，才叮当了几声就消失了。

更多的时候，武伯平看到的是父亲蹲坐在打铁铺的门口，咬着一个和熄了火的打铁炉一样不再冒烟、不再起火星的旱烟斗，呆呆地望着路口，一言不发地瞅上个老半天。

武伯平记得以前可不是这样的。整个镇上的人见了父亲，谁不是隔老远就巴巴地叫上一声热乎乎的“铁匠武”？父亲的手艺远近闻名，哪户人家的刀、剪、犁、锄离得了他的精湛手艺？

还别说，武家根打铁时自有一番神威，风箱呼呼响，炉火映红脸上的神采，铁锤落处，火星飞溅上胸膛。武伯平常常怪自己不会画画，要是能画下来，父亲一准不比年画上的门神逊色。这样的画，只能永远藏在武伯平的记忆里，一直到晚年亦是如此。

可如今呢？镇上的人见了武家根个个躲得远远的，躲不过了迎头碰面时也把头低得矮矮的，恍同素不相识。还有不少人宁愿绕上一大圈子路，也不肯从武氏铁坊的门前走过，如同见了鬼一般。这还不是最糟糕的，最让人想不通的是，武家根的两个徒弟大牛子、二黑子，突然不见了，听说也去那工厂里开机器了。

“唉，这都是个什么事儿啊！当年跪在铁匠铺门口求父亲收为徒的，不就是他们俩吗？尤其是那个二黑子！俗话说，‘一日为师，终身为父’，可这世道……”一想到这些，武伯平的心就会痛起来，一揪一揪的。

不过武伯平也听说过，工厂打造的刀具，浇铸的犁、锄比父亲打的铁器好使多了，而且价钱也便宜不少。他想不明白这是怎么一回事，但他觉得想不明白就不去想，说不定，那厂子里隆隆作响的机器还真是勾去了他的魂，不，也许是把镇上人的魂魄全都勾走了，不然怎么会这样？

于是，武伯平有空没空的时候，总会去那工厂附近溜达转悠。去的时日久了，他就有了一个奇异的梦想：假如这些机器被搬到武氏铁坊里，代替那些个砧铁、淬火炉什么的，该有多好！

不知为什么，那些个夜间，这些机器总会没来由地闯入武伯平的梦境中，让他热血沸腾，激动得大喊大叫，一下子从梦里惊醒过来。

后来，那已经是一年以后了，武伯平终于想出一个实现梦想的办法——依样画葫芦。

机器是钢铁做的，武伯平没有钢没有铁，只能用泥巴。河堤上有的是泥巴，他先把泥巴搓捏成长的、短的、圆的、扁的，弄成棍形、饼形、三角形、多边形，再放到太阳底下晒干，最后一点一点地组装起来。

没想到，武伯平刚组装得有点形状，就让人搅了局——这人不是别人，恰恰是武家根。

早先，武家根还不清楚武伯平在玩什么花样经，以为他还像早些年用泥巴捏蟋蟀盆什么的，及至后来看清了形状，当下便抬脚踩了个稀巴烂！边踩边骂："就是这些个狗屁东西害得咱武氏铁坊人不人鬼不鬼的，现在倒把它们供到自家后院里来了，这像话吗！"

其时，武伯平念完书回家，兴冲冲地来到后院，当下便呆住了！紧接着三步并作两步地冲上前去，抱着那些碎了的泥棍、泥条、泥饼号啕大哭！

武家根火了，叫道："你号什么丧啊！以后你爸死了，你再这么号也不迟！”

武伯平毫不理会，径自大哭。

红英让武雨娟扶她过去，拦住了正在发火的武家根，说道：“孩子他爸，都这样了，你就让他哭哭吧……”

武伯平顿时哭得更厉害了，直哭得昏天黑地，任谁也劝不住，翻来覆去的只有一句话：“机器，我要开机器啊……”

天黑了，武伯平哭累了，倒在地上睡着了。

当武伯平醒来的时候，已经是在屋里了。蒙眬中，他听到父亲和母亲正在说话。

“孩子他爸，不是我要说你，这孩子一心想去厂里当工人，又当不成，你就让他玩玩泥巴过过干瘾，可你……”

武家根“哼”了一声，说道：“我一见那些个东西，心里就堵得慌……”

“可你那几脚也太狠了，把孩子的梦都给踹碎了……”

过了好久，武家根叹了一口气，说道：“随这小子去吧！以后我再也不愿意管他玩铁块还是玩泥巴了……一见到机器，一想到工人，我的心里就赛过千刀万剐似的痛呵……”

不知为什么，红英长长地叹了一口气，低声抽泣了起来。

武伯平忽然觉得枕头上潮潮的、湿湿的，那全是泪，是一不小心从自己的眼眶里滚落的……

后来，武伯平又用泥巴捏起机器，武家根果真不再管他，也许他暗自后悔了，见不得儿子的泪。

然而，祸不单行。有一天，武伯平正在私塾里念书，一场暴雨突然降临。待他火急火燎地赶回家，看见的只是后院里一堆没有了形状的泥土软软地趴在地上。

武伯平情不自禁地又哭了。这一回不是号啕大哭，而是一滴一滴又一滴的眼泪落下来，淌了一脸。

再多的泪，也浇不灭梦想。武伯平只能从头再来，继续他的泥巴机器之梦。

不过，泥巴终究是泥巴。那时候的武伯平终究是个孩子，还只会用世界上所有孩子的游戏方法来实现梦想。

谁也没料到，第三次毁了这些泥巴机器的，居然是武伯平自己。

那一天，武伯平忽然“大彻大悟”。他毫不犹豫地砸碎并扔了所有的泥棍、泥条、泥饼，改换成用木头制造机器。

后来，武伯平才明白，那时的自己长大了。

6

武伯平做木头零件时很用心、很细心，而且做得惟妙惟肖，和真机器上的部件别无二致。接下来，他一块区域一块区域地进行组装，可他毕竟是业余的，组装常常不成功，只能装了又拆，拆了又装。

武伯平心想实在不行，还得冒险，再潜入工厂一回，这种想法常常出现在他动了许多脑筋做了好多改动仍无法将木棍、木条、木零件装配在一起的时候。想到就做！由于白天还得去念书，所以他总是选择在夜深人静时潜入工厂。那时，工厂里的工人已经下班，只有机器如同巨兽一般蹲伏在夜色之中。

有一回，木机器又组装不成——有几根木棍卡在那儿，也许是形状不对，也许是比例有异，也许……反正武伯平得再去厂子里摸摸情况，重新观察机器。

武伯平永远忘不了，那是一个有着明晃晃月亮的夜晚。当他来到古运河边上的厂门口时，不知怎的回了一下头，于是看到了又大又圆的月亮像一盏奶黄色的大灯笼正高高悬挂在古运河的尽头，一眼望去，只见夜色中涌动的波涛里，起起伏伏地不断摇晃着一个一半悬在空中一半浸没在水里的月亮。

武伯平蹑手蹑脚地来到机器旁，借着从厂房屋顶缝隙漏进来的月光，取出了衣袋里的小本子和一根细细长长的绳子，先是用绳子丈量机器零件的长、宽、高，而后将量得的尺寸一一记在小本子上，并时不时地伸出舌头舔一下那用来记录的预先蘸满墨汁并晾干了的毛笔笔尖。

武伯平是那样专心致志，甚至连络腮胡将硕大的脑袋从一旁的工具箱后慢慢地探了出来都没能察觉。也不知过了多久，络腮胡终于熬不住地低低咳嗽一声，武伯平才大吃一惊地跳了起来，本子、绳子和毛笔一下子全落下地。

络腮胡一脸严肃地说道：“怎么又是你这小把戏啊！你怎么又偷偷跑进厂里来了？是不是还得把武家根找来领你回家去啊？”

武伯平连忙从地上把本子、绳子、毛笔捡起来，一脸怯生生地说道：“王叔，你千万别再去找我爸了……你，你罚我去晒太阳吧……”

络腮胡将面孔一板，说道：“晒太阳？你也不看看，现在天上哪里还有什么太阳，只能去晒月亮！”

武伯平点点头，是很认真的那一种，说道："行，那我就去晒月亮。"

络腮胡忍俊不禁，说道："算了算了，我放你回家吧！反正今天是我一个人值班……告诉你啊，从前几天开始，老板让我们天天晚上轮流来厂里值班，以后你可不要再来了，听见了吗？"

武伯平点点头，说道："听见了……"

络腮胡想了一下，说道："你过来，我有话对你说。"

武伯平满腹狐疑地跟在络腮胡的身后，来到了厂门口。

络腮胡从口袋里取出一张纸，说道："我知道你喜欢机器，王叔也喜欢。王叔当年去上海学开机器时，临摹过一张机器图……喏，送给你吧！"

武伯平伸手接了过来。月色下，图上的机器是那么的宏伟、那么的美丽，一笔一笔画得那么的工整！后来，武伯平才知道，这是一幅工笔画。

武伯平很感动，深深地向络腮胡鞠了一个躬。

武雨娟的声音就是在这个时候出现的。她大声地喊着："哥！哥！"声音里满是惊恐、不安，还有无限的伤心。

武伯平回过头，奇怪地问道："你怎么来了？"

武雨娟陡然大哭起来，说道："妈，妈掉到河里去了……"

武伯平大吃一惊："什么？"

武雨娟抽泣着说道："妈见你这么晚没回家，说你一定又去工厂了，妈不放心，让我扶着她来找你，可是，可是走在运河边上的时候，不知怎的，妈一下子滑了下去，我，我……"

络腮胡跳了起来，叫道："快！你快带我们去救你妈妈！"

武雨娟才走了两步，络腮胡便一把将她抓了过来往肩上一甩，说道："王叔背着你走得快！"

络腮胡扛着武雨娟疾奔而行，武伯平踉踉跄跄地紧紧跟了上去。

大运河上起雾了，苍苍茫茫一片，明晃晃的月亮一下子变得朦朦胧胧，如同仓促之间扯来了一层面纱遮上了脸庞，似乎也不忍心看那人间悲怆的一幕……

红英走了。她斜斜地倒在河水里，不再需要任何人来救援了。只是，她的手里高高举着一根长圆木棍，攥的是那么紧，任凭河水喧嚣陡涨、涛声拍岸，都始终没有办法淹没这根长圆木棍。

武伯平一眼便认了出来，这就是他那木机器上的"零部件"——横轴！

"妈！"武伯平凄楚地尖叫一声，泪水哗哗地流了下来。他悲痛地想着："妈妈呵，你临到生命终结的关头，也没有放弃更没有忘记以这种令人震撼的形式激励儿子。"

尽管红英走得是那么的仓促，连一个字也没有给武伯平留下，但是那高举着木机器横轴的手，却分明说尽了所有的话！

武伯平深深地知道，母亲想说却没来得及说的话，就是两个字：工人。

是呵，儿子想做工人的心思，又怎么隐瞒得了一个母亲的心呢？

武伯平哭得那么伤心、那么凄凉，比起原先对着机器的号啕大哭，更为撕心裂肺，更加悲痛欲绝！一直哭得古运河的浪涛没了声音，哭得连月亮的脸也一瞬晴一瞬阴。

河上起风了，是很冰冷的那一种，吹得人浑身发凉、手脚发麻，并且刺进骨头缝里。

终于，武伯平晕厥了过去……

7

就从那个异常阴冷的晚上开始，武家根学会了酗酒，总是喝到酒瓶里再也倒不出一滴酒来，如同一摊烂泥软瘫在地。

古运河岸边的芦苇绿了又白，白了又绿，芦花飘了又结，结了又飘。武氏铁坊的炉火一天比一天暗淡，终于一点点地归于熄灭，堆放在一隅的打铁工具上也日渐落满了灰尘。

此后，武家根常去的地方是红英的墓前。他总是一边喝酒，一边喃喃自语，似乎在说给红英听。

红英的墓旁有几座坟。武家根告诉武伯平，一座坟里住着他的亲娘红姑，一座坟里住着他的爷爷武凡。

爷爷的坟边有一块墓碑，上面刻着“夏秋莲”三个字。武伯平不知道夏秋莲是谁，因为武家根从来不说。

有一回，许是酒喝多了，武家根抚着红姑、红英的墓碑，陡然滴下泪来，喃喃地说道：“二弟，三弟，你们在那边还好吗？四弟，你如今身在何处？为什么这么些年杳无音信……大哥想你们，真的，日日夜夜地想……”言罢，放声大哭，后来竟伏在墓前沉沉睡去。

待武家根清醒以后，武伯平忍不住问道：“爸，你说的二弟、三弟、四弟是谁？我怎么从来不知道也没听说过他们的名字？”

武家根有些发愣地看着武伯平，好一会儿才开口说道：“唉，都过去了，不提了，这么多年了……”

在武伯平还想再问些什么时，武家根忽然叹了一口气，说道：“儿子，爸年轻时也有过当工人的梦想，那是在上海，和你红英妈妈在一起、和你刚才问起的那些叔叔在一起的时候。他们，都是爸在上海的结拜兄弟……”

心头掠上一阵难受，武家根陡然说不下去了，眼前蓦地又浮现出王德宝、张小海、李少杰的脸，个个都笑吟吟地向他走来，问一声：“大哥，你好吗？”耳边还传来了夏秋莲那一声柔柔的叫声，她总是喜欢这样叫他的名字：“家根！”他的眼眶一瞬间湿润了。

武伯平见状就没再追问下去，心想待以后有了机会，再问不迟。

然而，机会不会再有。

武家根除了与酒做伴，偶尔有了兴致，还会领着武伯平到古运河边上摸蟹逮鱼。

那是多么美丽的时光啊！秋风浩荡，芦花飞扬。杨柳岸，河堤漫长。赤足沿着近水的河堤前行，时不时就可以见到河蟹颇为霸道地一意横行，蓦闻得脚步声声近前，哧溜一下便神速地躲进洞里去了。唯有那指甲盖般大小的螃蟹无所顾忌，不仅不逃，反而会爬上人的脚面肆无忌惮地吹吐着一圈圈泡沫。

武家根随手折来一支芦秆，深深探入蟹洞中捣鼓。有时，只几下便用力拉出来——一只青壳白肚的金毛蟹正张牙舞爪地狠狠咬住了芦秆不放；有时，芦秆折断在蟹洞中，却不见螃蟹抛头露面，武家根便高高挽起袖子将手伸进蟹洞中，不一会儿，缩回的手上就能见到一只大螃蟹在徒劳地狂吐白沫。

如若是深秋时节，武伯平和武雨娟嚷嚷着要吃螃蟹，武家根便会去捉几条黄鳝，斩成小小的段风干，而后用树枝扎几个架子，扯上网绳，把鳝干缚缠几节在网上，最后将树枝网架放入靠岸的河边，只需一个晚上，第二天将自制的捕蟹器收上来，肯定能看到又肥又壮的大螃蟹正紧咬着鳝段不放呢！

每当这时，武家根那有了愁苦皱纹的脸上才会蓦然闪出一丝甜甜的笑来。这是永远珍藏在武伯平记忆深处的笑。

当武伯平反反复复将木机器依照心目中的模样制作、改进时，镇上又有了几家新的小工厂：洋袜厂、铸造厂……

武伯平不知道，这世界有了变化，西风已东渐……

8

那是一些人心惶惶的日子。连日的大雨滂沱唤起了古运河的野性和兽性，它不管不顾稀里哗啦地日夜涨潮，还气势汹汹地鼓足了劲儿往堤岸上扑腾，直唬得又长又厚的堤岸如同一张薄纸在风雨中飘摇。

武伯平听说清光绪年间，有一回古运河大决堤，将镇子里外的乡村全都冲刷了一遍，冲天浊浪所到之处，顷刻间便屋倒房塌，连个活鸡、活鸭、活庄稼都没留下，就跟篦头发似的来了个片甲不留，更别说能留下大活人了。

这一回，镇子里的好多青壮年都提着锣、带着棍上了大堤护卫。只有武家根没上堤。

人人都说酒鬼会误事，更何况武家根不仅是酒鬼，而且是醉鬼，怎么可能让他干这护卫大堤的要命活儿？

谁若以为武家根躲在家里只知道喝酒，那他就大错特错了。其实，武家根正在双眼瞪着武伯平的木机器发愣呢！

老实说，武伯平的木机器做得很精细，所有的木头交接处均是榫头相接，还用了上好的鱼胶，可谓牢不可破、坚不可摧。除了材质、颜色不尽相同外，外观与真机器几无差别。

武家根忽然有点儿喜欢武伯平胡乱折腾出来的木机器。或许是爱屋及乌，或许是被儿子对木机器的执着所感动。

发了好半天的呆，武家根忽然轻轻地对武伯平说道："把木机器搬到前院的武氏铁坊去。"停了一会儿又说道，"让镇上的人看看，我们铁匠铺子也有机器了。"

武伯平笑着说道："这是木头做的，又不是真的。"

武家根摇了摇头，说道："当年诸葛亮不也用木头造过机器吗？还有个叫作木牛流马的名堂不也流传到今天了吗？"

武伯平笑了。这是父亲头一回这样鼓励他。武雨娟也在一旁高兴得又是拍手又是大叫。

谁也没有想到，这居然是一家子最后的欢笑。他们为木机器而欢笑，岂知那惹祸的根子也由这木机器而来。

武家根说对了，镇上留守在家的人看到武氏铁坊中的木机器，果然大为震动。不多大工夫，已经有好几拨人来看过这稀罕物件了，个个啧啧称奇。

时近傍晚，久不露面的夕阳凄惨兮兮地出来了，凄惨兮兮地照耀着古运河和古运河边上的镇子。谁也不知道这竟然是一次回光返照，预示着一场大灾难即将来临。当时人人只觉得，怎的连呼吸一口空气的感觉都有些湿漉漉的？都以为许是古运河的大潮又涨了几寻罢了。

武氏铁坊的门前忽然涌来一群人，为首的是久未见面的“笑面虎”洪康年。奇怪的是，却没见络腮胡的影儿。后来武伯平才知道，络腮胡犹自在守护大堤呢！“笑面虎”身后的人是他从大堤上临时抽调下来的厂子里的人。

“笑面虎”开口就是出言不逊：“怎么回事，把我厂子里的机器偷到你们武氏铁坊来了？”

武家根淡淡一笑，说道：“这是哪个没长眼睛的人说的？你那机器是铁铸钢造的，我们这机器只是木牛流马。”

“笑面虎”叫道：“哼，这也不行！来啊，给我把它砸了！”

武家根悄悄后退了一步，已然将打铁的铁锤操在了手中，说道：“姓洪的，别逼人太甚，非得逼我用打铁的家伙来打人！”

“笑面虎”冷冷一笑，说道：“好好好，要打架是不是？来啊，亮家伙！”

话音刚落，“笑面虎”身后的那帮人突然个个从袖中抽出了钢管和铁尺。原来这些人早有准备！

武家根的脸色一下子阴沉下来，变得那样冷静、那样刚毅。

一道钢管的寒光从空中掠过，可怕的搏斗开始了！

武家根果然神威，锤起锤落处，对方纷纷倒地！无奈对方人多，不一会儿，他就被钢管、铁尺击打得遍体鳞伤、鲜血淋漓。

武雨娟被吓得放声大哭，而武伯平奋不顾身地夺过对方的一把铁尺，冲上前去挡在武家根的身前。

眼看无数钢管、铁尺就要向着武伯平的头招呼，陡然间，屋外传来了一声长长的可怖的哀号：“决堤了！运河决堤啦！”随之，一阵破碎的铜锣声铺天盖地而来！

所有人顿时被惊傻了，不知谁当先喊了一声，钢管、铁尺当即被抛了一地，人人均不要命地夺路而逃！

其时，武氏铁坊的门外已有大水涌到。只顾逃命的“笑面虎”一脚踩了下去，但见身子摇晃了几下，陡然往水中栽下去。

几乎是眨眼的工夫，武氏铁坊开始进水。武家根强撑起身子，对着武伯平大呼：“带上妹妹，快跑！”

武伯平一时不知所措，呆呆地望着武家根。

武家根苦笑了一声，将手指向屋内，叫道：“快，提上樟木箱里的包袱！我把家里值钱的都放包袱里了，快去拿上！”

这些日子，镇上家家户户都人心惶惶，每一户人家都做好了逃难的准备，还有的人家早就离开镇子投奔外地的亲朋好友去了。

当武伯平把包袱提出来时，武家根又指挥他放倒木机器，并用绳子将他和武雨娟绑在机器上。这时，大水已经淹到砧铁上了。

武家根嘶声说道：“儿子，你向着南方一直去，到一个叫作上海的地方，那儿有许许多多的工厂，你一定能当一个开机器的工人……”

武伯平这才恍然大悟发生了什么，连连催促武家根一同坐到木机器上离开这儿。

武家根缓缓地摇了摇头，说道：“不行呵儿子，这木机器带不动我们三个人的，它不是船，到时候一个人都走不了啊……”他深情地环顾着四周，继续说道，“这祖传的武氏铁坊就是爸的葬身之地……记住，爸生不能抛弃之，死也要共存亡！”

当年的武伯平一时听不懂武家根话中的含义，只是抱着武家根大哭起来。

武家根陡然想起什么，一把从颈项间扯下长命锁，狠狠地将红绳圈往武伯平的脖子上一套。接着，他掰开武伯平的手，吃力地移向浸沉在水中的砧铁，紧紧地一把搂住，转脸朝武伯平怒吼：“号什么号！你小子还是不是男人！”

轰轰隆隆，传来了房屋倒塌的声音。武家根脸色一变，喝令武伯平快走，说再不走就什么也来不及了。

武伯平依然不肯离去，又伸手一把拉住武家根，说道：“爸，要走一起走，要死一起死！”

武家根须发陡张，大喝一声：“好好带着雨娟，走吧！”说完，他竭尽全力地支撑起身子，拍出一掌重重地将木机器向门外推去。载着武伯平兄妹的木机器一下子被推到了大街上，旋即被洪流席卷而下。

就在这时，武氏铁坊大力地抖动了两下，轰然一声倒塌了。武伯平撕心裂肺地大喊起来：“爸！阿爸！”

武家根永久的没有了回答，唯有呼啸而来的洪水浊浪发出可怕的吼声。

片刻之间，武氏铁坊已渐去渐远。望着望着，武伯平突然重重跪下，额头狠狠地磕在木机器上，大声地吼了起来：“阿爸！我向你发誓！我一定要当一名开机器的工人！”

惊涛拍岸，浪卷千堆雪。武伯平兄妹骑在木机器上，在飞卷的巨浪中颠簸前行，像一个古老的童话一样。

前方，一派烟重雾锁。在烟雾深处，有一个被唤作“上海”的地方。

第二章

八千里路云和月，梦中的女孩

1

一道闪电从天边划过，将厚重的乌云击成了碎片。巨浪滔天，涛声如雷，几番将武伯平击入浪底，又几番将他抛上天空。他拼命地游向彼岸，拼命地挣扎，拼命地狂呼大喊。然而，他终究没能到达彼岸。

又一个黑沉沉的大浪当头压下，惊恐万状的武伯平突然惊醒了，原来竟是一个梦。

武伯平费力地睁开沉重的眼皮，眼帘中霎时闯入一道炫目的光亮，他连忙又将眼睛闭上。过了好一会儿，他才又睁开眼睛，渐渐看清了头顶上方的屋顶和房梁。只是，他一时不能明白自己身处何方，唯一能够想得起来的就是那载着自己和武雨娟的木机器陡然被一个巨浪卷起，飞快地撞向在水面上半沉半浮迎面冲来的半截树桩！他只来得及大叫了一声“雨娟”，身子已然腾空飞起，顷刻间眼前一黑，便什么都不知道了……

一想到武雨娟，武伯平一下子从床上坐了起来。他愣住了，武雨娟正两眼泪汪汪地坐在床边看着自己！她疲惫的脸色、焦虑的神情，足以说明一切。她一头扑进他的怀里，哭着叫道：“哥……”

武伯平一把紧紧搂住武雨娟。就在这时，他觉得手被什么东西狠狠硌了一下，定睛看去，只见手边正斜放着一根长圆木棍，分明是母亲当年紧紧攥在手里的那木机器上的横轴呵！

武雨娟说道："哥，打从你昏睡到现在，一直抱着它不肯撒手，我抽了几次都没能抽出来……"

武伯平愣愣地看着木横轴，一时说不上话来。良久，才喃喃说了一句："我想带它去上海……"

武雨娟的眼泪又流了下来，说道："我亲眼看见那木机器朝着树桩撞了过去，接着就碎得跟天上下雨一样散落下来……"

武伯平似乎想起了什么，连忙伸手往胸前一摸，长命锁早已不知去向，四下里看了看，也不见半点踪影。

武雨娟看了武伯平一会儿，问道："哥，你在找什么？"

武伯平依旧在东张西望，回答道："爸留给我的长命锁……"

武雨娟摇了摇头，说道："来到这儿以后，我就没看到它……"

武伯平不觉在心里长长叹息了一声，说道："大概，给洪水冲走了。"

武雨娟不语。

武伯平缓缓地抬起头，沉默有顷，问道："这，这是在哪儿？"

武雨娟说道："这是村上堆放杂物的一间空屋。"

村上的空屋？原先不是骑着木机器随着古运河肆虐的洪峰一路颠簸前行直到撞上树桩吗？武伯平将心里的疑惑问出了口："我们怎么会上这儿来的？"

武雨娟一把擦去脸上的泪，站起来说道："哥，就在我们要沉下去的时候，祁叔发现了我们，拼着命把我俩从水里拖上了岸，他自己也受了伤……"

祁叔？他是什么人？怎么会救了我们？武伯平没有问，只是沉吟了一下，问道："祁叔人呢？"

武雨娟摇了摇头，说道："不知道，他说今儿个会过来看你，可他到现在还没来，也不知道怎么回事……"

武伯平向窗外瞅了一眼，淡淡的阳光在树叶上涂抹着浅浅的色彩，一片斑斑驳驳。远处隐约传来公鸡的打鸣声，乍一听，还以为是从这大树的枝叶丛间传来的。原来，已是晌午时分。

武伯平听武雨娟说，他已经睡了整整两天三夜，呼噜打得山响，喊也喊不醒，叫也叫不动，让人担心，却不令人害怕，因为他的睡相很好，还翻过几次身。祁叔过来探望了几次，总是说："没事，太劳累了的年轻人总是这样，用棍子也打不醒，这证明身体好，一觉醒来保证万事太平。"

武雨娟说道："哥一定把在水上颠簸的疲乏给睡走了，不然也不会这么一个劲儿地死睡穷睡。"

武伯平一想到自己居然睡了那么久，突然就觉得有些尿憋得慌。他匆匆跳下床，向屋外走去。

武雨娟愣了一下，连忙问道："哥，你怎么啦？"

武伯平头也不回地说道："尿尿去。"说着就走出了门，一转身冲着墙根一泻千里地奔放起来。也许是憋得久了，这泡尿尿了好长时间。正肆无忌惮地尿得欢畅时，他陡然听到身后传来一声低低的惊呼，那是个女孩的声音。他愣愣地停顿了片刻才回过头去，没看到人，却见一角旧花布衣裳飘进屋里去了。

当武伯平走回屋中的时候，武雨娟正和一个捧着瓦罐、穿着旧花布衣裳的女孩低声地聊着什么。一见到武伯平走了进来，武雨娟就一把从女孩的手里拿过瓦罐，说道："哥，玉兰姐真好，找遍了全村才好不容易搞到一只野兔子，炖了汤给你补身子，她说像你这样的，清炖野兔子最管用了，她还说……”

武雨娟总是很能说，可以这样一口气一直说下去，除非打断她。于是武伯平打断了她，说道：“这满世界发大水的，上哪儿去弄的野兔？”

武雨娟没有回答，径自掀开了瓦罐盖，一股淡淡的香味直往鼻子里扑，她情不自禁地说了一声：“真香！”

就在这时，那个叫玉兰的女孩抬起头看了武伯平一眼，说道：“你说对了，这野兔不是新鲜的，是风干的。发了大水，地里的野兔子也早给淹了……”她的声音很好听，属于柔柔的那一种。只是，她的话还没说完，就忽然莫名其妙地垂下脑袋去了，脸蛋儿瞬时有些红了。

武伯平想不明白玉兰正说着话的当口儿怎么会脸红了，正纳闷间突然记起了方才撒尿的事情，惶惶然觉得自己鼻子的两边也微微发热了。

武雨娟看了看武伯平，又看了看玉兰，问道：“你们都怎么了？哦，我知道了！一定是哥哥刚才在外面稀里哗啦地随地尿尿……”

武雨娟从来是想到啥就说啥的德行。这样一来，玉兰的脸更红了。

武伯平连忙岔开了去，说道：“你胡乱说些个什么呢！对了，你还没给哥介绍过你的这位姐姐呢！”

武雨娟一边把瓦罐放上桌，一边告诉武伯平，玉兰姐姓张，是祁叔的远房外甥女，前几天就是她和祁叔一起把武伯平从岸边抬到村里安顿在这间空屋里的。

武伯平这一回才认真地朝张玉兰凝眸望去，只见她向他启齿浅浅地一笑。这是一个典型的乡村女孩，穿着打扮平凡朴实，长相略显清秀，一笑便露出两个小酒窝，很可爱的样子。也不知怎的，他一见着她，便觉得她身上有着一股子说不清道不明的亲近感。

也许是武伯平的目光太过专注，张玉兰似乎又有些脸红。武伯平过了一会儿也忽然觉得有点发窘，只能朝她点点头。

武伯平哪里会知道，当初将他们兄妹俩救上来的时候，祁叔曾经半开玩笑地对张玉兰说过："玉兰呀，你也该说个婆家啦！这傻小子模样长得很不错，是老天爷把他送上门来的，待他醒来，祁叔就顺从天意给你们俩来一个拉郎配，怎么样？"一想到这儿，张玉兰的脸又如何能不红霞飞涌？

或许是为了掩饰自己的尴尬，张玉兰手脚麻利地转身盛了一碗野兔汤，武雨娟接过去端给了武伯平。

武伯平看了看碗里的野兔肉，让武雨娟和他一起吃，她却缓缓地摇了摇头，说道："哥，玉兰姐刚才说过，这是专门给你炖的，你吃吧。"

武伯平有些不敢相信地看了看张玉兰，张玉兰点了点头，说道："你吃吧，祁叔说过男人吃野兔肉比女人管用。"

武伯平终于吃了起来。这时他才想起来，居然连简单的"谢谢"二字都没有对张玉兰说过，真是的！想到这儿，他不禁微微地摇了摇头。

张玉兰默默地看着狼吞虎咽的武伯平，不觉轻轻笑了笑，说道："雨娟，你可真是前世修来的好福气，有这样一位好哥哥，让人羡慕都来不及呢！”

武雨娟瞥了一眼呆呆地注视着武伯平的张玉兰，说道：“玉兰姐，你别净顾着说我了。我想问问你，祁叔呢？他怎么不来看我们呀？昨天明明和他说好的嘛，现在我哥醒来了，他怎么还不来呀？”

张玉兰不知为什么犹豫了一会儿，答非所问地说道：“祁叔说了，等你哥身体好了，你们就尽快离开这儿吧。你不是说你们要去上海吗？快走吧！”

武雨娟愣了一下，说道：“我是问，祁叔他今天怎么到现在还不来……”

张玉兰没有回答。

武伯平喝了一口汤，说道：“我还没见过祁叔呢，得当面去谢谢他的救命之恩。”

张玉兰终于开口了：“别去了……祁叔他……不会见你们……”

不会，这怎么可能呢？武雨娟将疑惑的目光投向了武伯平。

武伯平沉思着，没有说话。是蛮奇怪的，拼死拼活救人于水火之中，怎会连见面都要拒人于千里之外呢？没有理由呵！难道……难道有什么事情发生了吗？

武伯平打量了一会儿张玉兰，说道：“祁叔有什么事情的话，请直接告诉我们，没关系的。”听话听音，他的语气似已肯定有事情发生了。

张玉兰连连摇头，说道：“没事没事，祁叔这几天不在家……”

可惜张玉兰的头摇得太快、语速也太快，而且前言后语凸显着矛盾，到底是“不见”，还是“不在”？疑窦丛生的武伯平没有打破砂锅问到底，只是淡淡地说道："哦，没事就好。"他慢慢地放下了筷子，把瓦罐盖轻轻地盖上，"雨娟，我们一起去一趟祁叔的家吧！你认识吗？"

看来武伯平根本没想让张玉兰说她不想说的事，但张玉兰已经不能不说了，因为这时武雨娟回答了武伯平两个字："认识。"

张玉兰一下子拦在了武伯平的面前，笑了笑，说道："看起来，你真的比我想象中的还要聪明！"

武雨娟"哼"了一声，说道："我哥才不聪明呢！他呀，傻得要命……"

武伯平怕武雨娟口无遮拦，再说出一些什么怪话怪事来，连忙打断了她，转向张玉兰说道："你要和我们兄妹一起去祁叔家吗？"

良久，张玉兰轻轻地叹了口气，说道："好吧，我还是把事情全部告诉你们吧。"

看来张玉兰也是一个直爽的人，一旦打开了话匣子，就一口气倒了个痛快。她说道："洪水虽然下去了，可村子里却有不少人家都染上了病，现在已经开始死人了。听老人们说，大灾之后必有大疫……祁叔昨天回去后，忽然也卧床不起了，他一直未婚未娶，身边连个照应的人都没有……"

武伯平一下子愣住了。原来祁叔生病了，怪不得张玉兰迟迟疑疑地不肯说，原来是怕拖累他们。人吃五谷杂粮，哪有不生病的，更何况祁叔身边没个照应的人，即便是邻里乡亲也会看不过去啊！这么一想，他便向门口走去，说道："走，雨娟，去看看祁叔！"

没想到张玉兰这一回可真急了，连连摆着手，说道："不行不行，是祁叔让我捎话给你们的，让你们快快离开村子，绝不要去看望他！刚才，我怕你们不肯听我的，才故意说他不在的。”

武伯平突然沉下脸，说道：“那怎么行？古话说，滴水之恩，当涌泉相报！祁叔是我们兄妹的救命恩人，我们大不了被染上病，就是送了命我们也要去看望祁叔！”

张玉兰的脸色变了，一把拉住武雨娟，说道：“别去，他不会见你们的！这是他亲口关照我的，你们去了，他要骂我的！”

武伯平点点头，说道：“祁叔真是个好人，都这样了，还在想着别人！”说着，他拉了武雨娟一把：“越是这样，我们越要去看望他！要骂，就让祁叔骂我吧！”

武伯平和武雨娟向门口走去。张玉兰跺了一下脚，狠狠地说道：“行，我拦不住你们，也不拦了，就和你们一起去！”

武伯平看了看张玉兰，笑了，说道：“你这个人，倒也蛮爽快的。”

说着，三个人一齐出了门。

村子里到处可见被大水淹过之后的残迹，所有可供人行走的道路全都泥泞不堪，更为可怖的是，不少人家的门口竖起了白色的招魂幡，在午后残缺的阳光中飘舞。

蓦然，不知哪户人家爆发出了撕心裂肺的哭叫声，令人不觉心上一寒。张玉兰低低叹息了一声，说道：“又有人死了。”

武伯平一言不发，只是脸色微微发青。

武雨娟搀扶着武伯平跟在张玉兰的身后，深一脚浅一脚地来到了祁叔的住处——在村东头的最后，而且是孤零零的一间破茅屋。

张玉兰用手指了指斑斑驳驳的木门，轻声说道：“到了。”随即，往旁边挪了一步，让身后的武伯平走上前去，“还是你去敲门吧，祁叔要骂我的。”

武伯平敲响了门扉。屋内一片寂静，无人应答。他看了看武雨娟和张玉兰，扯开嗓子大叫了两声“祁叔”，依然没人回应。他心下未免焦急，当下不管不顾地用力推了一下院门，不料“咔”一声轻响，院门居然纹丝不动，原来早已从里面闩上了。

一直站在一旁不语的张玉兰终于按捺不住，也叫了起来：“祁叔，武家兄妹看你来了！”

过了一会儿，院内终于有了动静，接着响起了一个略显沙哑的声音：“小兰你这个死丫头，我不是关照过吗？让他们快走！”

武伯平连忙大声地说道：“祁叔，是我们自己要来的，你把门开开吧……”

祁叔突然近乎粗暴地打断了武伯平：“我不要见你们！快走，走得越远越好！”

武伯平近似哀求地说道：“祁叔，你就让我们见你一面吧！你是我们的救命恩人啊，求求你把门开开吧！”

祁叔在院门后放声大笑，说道：“救命恩人？我若是把病传染给你们，岂不就是夺命仇人了？快走吧，你们若能念着我是救命恩人，就快离开这儿，离开村子！”

武伯平几近语塞，沉吟片刻，叫道：“祁叔！”

祁叔愤怒了，吼了一声：“不听我话的人，滚！快滚！”

武伯平心中一震，泪水涌上了眼眶，良久才说道：“好，我滚，我们这就滚……”他突然大喊，“祁叔，请受晚辈武伯平一拜！”他缓缓地弯下了腰，向院内深深地鞠了一躬。

院子里再无声息。武伯平和武雨娟、张玉兰终于一步三回头地走了。

当所有人离去后，院子的门忽然被轻轻拉开了一条缝，祁叔苍白的脸露了出来。

只是此刻，那张脸上悬挂着一颗大大的泪珠。

2

夜已深。

整个村子仿佛被不安的云雾笼罩住了，看不到行人，见不到灯火，听不到人声，除了不知来自何处的游丝般的哭声一直若隐若现地久久回荡，似乎连生命的一点儿迹象也不存在了。庄外偶尔传来一阵阵野狗争食死人的狂吠声、厮斗声，更增添了一种莫名的恐惧，听了让人一阵阵心悸。

暗淡的油灯光焰在轻轻地摇曳着，武伯平和武雨娟将所有东西收拾成一只包袱，准备离开。

打从晌午在祁叔家吃了闭门羹后，回到住处的武伯平一直心神不宁。难道真要按祁叔说的那样快快离开村子？不，不行！那样会连祖宗都要背上忘恩负义的骂名的。可是，要去答谢救命之恩的话，祁叔偏偏连个门都不开！该怎么办呢？如果什么都做不了的话，那只能说明自己是个不明事理的小人，岂不是给武氏铁坊丢人现眼？

直到吃过晚饭，武伯平才下了决心：夜深人静时，一定要偷偷溜进祁叔的屋里，无论如何也要当面给祁叔磕上三个响头！这是自己家乡的传统风俗，是表示对长辈崇敬的最高礼节。

武伯平抓起包袱和长圆棍，和武雨娟一起向门口走去。就在这万般寂静中，村子里突然响起了一阵敲锣声，还夹杂着含混不清的呼喊。

武伯平站住，与武雨娟对视了一眼，一时间不知发生了什么事，不觉面面相觑。

锣声刚歇，陡然传来了一阵急促的敲门声。武雨娟一打开门，张玉兰就慌慌张张地冲了进来，喘着粗气说道："不好，不好了！族长带着人，要，要把祁叔和他的房子一起烧掉！还请来了道士，说是，说是要驱鬼撵魔……"

武伯平大吃一惊："你说什么？"一转念，连忙又问，"祁叔跑出来了没有？"

张玉兰陡然放声大哭："祁叔，祁叔过世了……"

武伯平呆住了，目光久久地凝聚在张玉兰悲痛万分的脸上。他不相信，也不敢相信祁叔过世的噩耗会是真的。他突然一把抓住张玉兰的双肩，发疯一般地摇晃着，大叫道："不，这不是真的！快告诉我，不是真的！"

张玉兰似乎被惊吓到了，愣愣地看着武伯平一言不发，良久才爆起一声长号："不！祁叔真的走了……"

武伯平的脸瞬间变得像纸一样惨白，他再没有说话，提着包袱和长圆棍便向屋外冲去。武雨娟和张玉兰也匆匆忙忙地跟了上去。

一脚踩下去，便溅起了一汪泥水，瞬时只听得"啪啪啪"一连片的声响。武伯平毫无感觉，沿着村中的小路朝前飞奔。拐了一个弯，又拐了一个弯，远远地便看到一群高举着火把的人，团团围住了祁叔的茅屋。

为首人是一个长须白发、风度轩然的老者，正威风凛凛地在那儿指手画脚。张玉兰压低了嗓门说道：“那就是村里的族长，平时在村里是说一不二的狠角儿，可不好对付。”

武伯平定定地看着族长，低低地说道：“管不了那么多了，万事总得说个理吧！祁叔人都已经走了，他们还不让他清静吗？”

张玉兰无言地打量着武伯平，从他的眼眸里她看到了坚定，眼前这个小伙儿远比她想象中的要固执。

“千万不要和他们打起来，我马上回来。”说着，张玉兰已悄悄然隐入夜色中。

武伯平默然，继续领着武雨娟向前走去。没走几步，他们便被许多火把团团围住。

族长走了过来。在火光的映照下，俨然一副神圣不可侵犯的模样。他双目炯然，很威严地紧紧盯住武伯平好一会儿，突然开口发问：“你这个外乡人，来这儿干什么？”

武伯平竭力平静下来，慢慢地开了口：“我是来给救命恩人祁叔送行的。”他听到了自己的声音，很好，语气很平和，连一丝一毫的慌张也没有，和平常说话没什么不同。

族长冷冷一笑，说道：“你的这个祁叔生了瘟病，你就不怕被传染上了送命吗？小伙子，你还很年轻啊！”

武伯平沉思了一会儿，点点头，说道：“你说得很有道理，但于情于理我都得来这里。”

族长微微颔首，冷冷的脸上徐徐浮现出一抹暖色。

这一切全都落在了武伯平的眼里，他接着说道：“我要到祁叔的门口给他烧些纸钱，送他一程，他毕竟救过我们兄妹的命。”

族长看了看武伯平，终于轻轻地摆了一下手，举着火把的村民们顿时稍稍朝后退了一步，让出了一条路。武伯平拉着武雨娟的手从燃烧的火把丛中穿过，走到了茅屋院前。

武伯平将包袱慢慢地放在地上，缓缓地转过身，看着族长一言不发。族长显然感到意外，双手背在后面慢慢地踱了过来，看了看武伯平，问道："你怎么不把黄纸钱拿出来烧啊？"

武伯平苦笑了一声，说道："恳请族长开恩，我想把祁叔的遗体带走，让他入土为安。"

族长的脸色变了，用力地"哼"了一声，叫道："没看出来，你这么个小东西也敢来耍弄老夫，真是吃了豹子胆了，不想活了！"

武伯平摇了摇头，说道："私塾老师常说，中国人自古讲究忠孝礼义信勇，今天若我不能使祁叔入土为安，则为非忠非孝非礼非义非信非勇之人，苟活于世也于心不安。"

族长阴沉着脸，将手一挥，火把一下子又团团围了过来，并且一步步紧逼上前。

武伯平知道很难逃过眼前这一关了，不过自己和雨娟的命都是祁叔重新给的，即便死了，也不过是把被救出的命还给祁叔而已，又有什么可遗憾的呢？这么一想，心里顿觉平静了许多，他当即回头朝一直战战兢兢地拉着自己衣袖的武雨娟淡然一笑，说道："别怕，哥和你在一起！"

说着，武伯平脚下不丁不八一站，随即从包袱里抽出那根长圆棍，如同武器一般紧紧握在手里。

族长终于完全看懂了武伯平的心思，不禁哈哈大笑，说道：

“很好，老夫今夜就成全了你这小子！”

话音未落，手执火把的村民们一声喊，一齐向着武伯平冲了上来！武伯平已无退路，双目圆瞪，浑身的劲儿直往手上聚，一动不动地将长圆棍横挡在胸前，立下了决一死战的死志。

突然，只见一个衣衫不整的汉子发疯一般冲进了人群中，嘶声狂喊着：“族长！族长！族长家……着火啦！”

所有逼上前来的火把霎时宛如孙猴子被如来佛施了定身法一般全部不动了！众人回首，只见远处族长家的屋宇上已经冒出了一蓬蓬熊熊火光！

族长脸色顿时大变，旋即爆起一声惨呼：“快，快给我去救火！这儿，这儿……待会再来收拾这小子！”惊惶之中，再也顾不得看武伯平一眼，转身撒开脚往着火的家奔去，全然不见先前的威严模样。紧跟在他身后飞奔而去的，便是被火把辉映着的村民们。

武伯平丝毫不敢迟疑，慌忙将包袱一把抓起来扔给武雨娟，说道：“你站在这儿别动，给我看着点动静！”说完，他转身打量了一下院墙，连忙后撤几步，随即向着院墙冲去，近得墙前，已是双臂一展，双脚腾空跃起，轻轻巧巧地翻上了院墙，向着院中落了下去。

武伯平在院内立稳了脚跟，奔到院门前，用力拉开门闩，一把打开了“吱嘎”作响的大门，朝着武雨娟只说了一声“在门外看着点儿”，旋即返身冲到房屋前，一脚踹开房门，直朝屋中扑了进去。

朦胧夜色中，依稀辨得一桌一床，床上似有一人，武伯平走到近前，低低喊了两声“祁叔”，却无一点动静。他伸手往祁叔的脸上摸去，蓦觉一片冰凉。顾不得多想什么，他一把将祁叔连人带褥地绑扎起来，矮下身往自己的背上一负，便急忙奔出了门。

武雨娟正在院门外站着，蓦见武伯平驮着一大堆东西出来，不觉吓了一大跳，刚叫了一声“哥”，武伯平便喘着气说道：“快去院子里，找上铁锹，跟我走！”

武雨娟转身就跨进了院子。武伯平抬头望了望夜空，辨别出方向，背着祁叔直朝村东头外的旷野撒腿而去。不一会儿，拿了铁锹的武雨娟出来了，急忙朝着武伯平大步追去。片刻之间，两个人影已消失在苍茫夜色之中。

3

似乎有一支神奇的画笔画过，曙光顿时如同一道鱼鳞被描涂在天空中，东方呈现出了鱼肚白。

一锹一锹又一锹。纷纷扬扬的泥土构出了一道道美丽的抛物线，落在一座渐渐垒起的新坟上。

一柄闪亮的铁锹，在缓缓消逝的夜色和徐徐增强的曙光背景下不停地挥舞着，映亮了武伯平一头一脸的汗。

“咔嚓”一声，武伯平手中的铁锹木柄突然断裂，铁锹头一下子飞出去老远。武雨娟惊叫了一声：“哥！”

武伯平恍若未闻，伏下身去捧起一把泥土，往新坟上添去。一把一把又一把，他使劲地抠挖着泥土。渐渐地，他的手指磨出血，手掌起了泡。武雨娟一声不吭地走过去捡起铁锹头并递给他，不料他视而不见，依然以手作铲地挖着泥土。武雨娟也不说话，双手紧紧抓住铁锹头往地上用力按去，跟着挖起了泥土。

当武伯平将最后一捧泥土添到坟茔上时，挎着一只印花蓝布包袱的张玉兰匆匆赶来了。她刚说了一句“我总算找到你们了”，就忽然看到泥土上的血迹，不觉惊呼起来：“血！”

武伯平仿佛什么也没有听到，犹自以手作锹，重重地将坟上的泥土一下一下地夯实。张玉兰上去一把拉住他，说道：“歇一会儿吧，你的手受伤了！”

武伯平看了张玉兰一眼，说道：“没事，血流在祁叔的坟茔上，我心里舒坦。”

武伯平说的是心里话。是呵，面对救命恩人，即使付出再多，也是心甘情愿的。

宛如幕布徐徐拉开，天空渐渐亮堂起来。

新坟，终于耸立起来。

武伯平向着坟茔双手合十，默默地做着最后的祷告：“祁叔，我走了。无论我走得多远，我都会永远记得祁叔！”

张玉兰和武雨娟也向祁叔的坟茔深深鞠躬。张玉兰说道：“祁叔，武家兄妹就要走了，我会经常替他们来看望你的……”

凉飕飕的晨风中，武伯平愣愣地站在那儿，一时不忍离去。张玉兰终于忍不住说道：“快走吧，我刚才看到族长他们正在四处追寻你们……”

武伯平伫立良久，说道：“走吧。”

一行人慢慢走向了泥泞不堪的公路。

走着走着，武伯平转向张玉兰，说道：“我想拜托你一件事，行吗？”

张玉兰幽幽地叹了口气，说道：“如果我没猜错的话，你是不是要我请村子里的石匠给祁叔立一块墓碑？”

武伯平点了点头，说道：“是的。谢谢你了。”

张玉兰说道：“这事不用谢，你不关照，我也会做的。”

武伯平说道：“你说错了，我总归还是要谢你的。”

张玉兰有些不太明白，忽闪了一下大眼睛，说道：“我听不懂。”

武伯平摇了摇头，说道：“你听得懂，你不会不懂，你能去烧了族长家的屋子，又怎么会听不懂呢？真的谢谢你，要是打起架来的话，我肯定对付不了他们那么多人……”

张玉兰摇了摇头，说道：“我没有烧族长家的屋子……”

武伯平不信，说道：“族长家的屋子早不着火晚不着火，怎么偏偏在那个节骨眼上烧了起来呢？别以为我猜不透你提前悄悄溜走的心思。”

张玉兰淡淡一笑，说道：“我真没那么大的能耐烧得了族长家的屋子，前有护院后有把守的，只怕我还没来得及烧屋子，那护院、把守早把我给烧着了！”

武伯平听张玉兰这么一说，不免踌躇起来，说道：“那就奇了怪了，我想来想去，也只有你会那样做……”

张玉兰看着武伯平大为疑惑的神情，忽然调皮地笑了，说道：“我是没烧屋子，可我没说我没放火呵！我把一大捆干稻草搬到族长屋后，点上一把火，黑夜中看起来就是一派火光熊熊冲天，能不让人以为屋子着火了吗？”

武伯平的眼睛一下子瞪大了，狠狠地拍了一个响巴掌，叫道：“聪明！你真的比我想象中的还要聪明！”

张玉兰只笑了一声就不笑了，因为她想起这句话恰恰是自己昨天对武伯平说的。这么一想，她就微微不快，有些着恼。她不知道为什么在这样的时候会有这样的感觉，也许这是所有聪明女孩都有的烦恼和毛病?

武雨娟突然叫了起来："天哪！原来是玉兰姐放火救了我们，我一直在心里奇怪着呢！"

武伯平深深地看了张玉兰一眼，转向武雨娟说道："你这才明白过来呵？还不快谢谢你的玉兰姐！"

在武雨娟一迭声道谢的时候，张玉兰不知为什么不说话了，脸上忽然露出了一丝羞涩的神情。

老槐树下的十字路口，两条路静静地朝着不同的方向延伸而去。

突然，天空中传来低低的由远而近的轰鸣声，几只大鸟形状的飞机钻出了云层，肆无忌惮地越飞越低，低到连机翼上通红的日本膏药旗都能看得一清二楚，瞬息之间从老槐树的上空飞掠而过。

武伯平、张玉兰和武雨娟全都站住，目送着飞机如入无人之境飞向远处。还没等他们明白怎么回事，但见飞机突然俯冲下去，紧接着又突然上升，就在这上升的刹那间，机翼一晃，飞机开始"下蛋"了！一枚枚炸弹投向了地面，大地开始颤抖起来，旋即看到浓烟火光升起，过了一会儿，巨大的爆炸声远远传来。

张玉兰情不自禁地尖叫了起来："扔，扔炸弹了！"

武伯平看了看张玉兰，问道："那是你们村庄吗？"

张玉兰缓缓摇头，说道："不是我们村，好像是黄庄。听说前些日子有中国军队驻扎在那儿……"

武伯平不无担忧地说道："你还是回去吧，万一日本鬼子的飞机再来轰炸……"

张玉兰愣愣地望着远处正在起火燃烧的黄庄，什么也没说，只是狠狠地咬紧了牙关。

天空中又掠过轰鸣声，涂着膏药旗的飞机返航了。武伯平抬头看了看消失在远方的鬼子飞机，说道："你快回去吧，我们……走了。"

张玉兰慢慢地回过头，慢慢地解下挎着的印花蓝布包袱，又慢慢地开了口："这，给你们带在路上吃吧！"

武伯平打开包袱，看到了一片兔身、两条兔腿，全是风干的。令他惊讶的是，野兔子旁边居然是一张用油纸裹着的两块大洋！

张玉兰的嗓音低低地响了起来："这大洋，是祁叔关照我转交给你们的……收下吧。"

武伯平的心里不禁一动，再也没有说出话来，眼角慢慢地滚出一颗小小的泪。素昧平生的祁叔呵，如此救命之恩，教后生小子如何报答？

张玉兰似已觑破武伯平的心思，叹了一口气说道："祁叔救你们上岸的时候，曾对我说过，这是老天爷可怜他无子无女，一下子就给他送来了一双儿女……"

张玉兰忽然说不下去，她又想起了祁叔半开玩笑说的那些话："玉兰呀，你也该说个婆家啦！这傻小子模样长得很不错，是老天爷把他送上门来的，待他醒来，祁叔就顺从天意给你们俩来一个拉郎配……"

祁叔是认真的。就在自知不治之际，祁叔还特意将张玉兰招到病榻前，说道：“祁叔看来是没那个福分给你拉郎配了，不过，日后你将一件东西交给他，他自会明白的……”

祁叔颤抖着伸出来的手上，是一枚不是很大的长命锁，金灿灿的，麒麟衔着镶嵌在中间的一朵玉莲花。

祁叔说道：“这是我把他从水里捞上来的时候，从他颈项那儿掉下来的。系锁的红绳断了，原来是想让你修织好，祁叔再交还给他，顺便就和他提这门亲事。现在不成了，只能交给你了，待你以后给他的时候，就把祁叔的话告诉他，啊？”

见张玉兰红着脸不接长命锁，祁叔喘息着吼了起来：“你，你这样，祁，祁叔是死不瞑目哪！”张玉兰才终于接下了长命锁。

现在，这枚长命锁就在张玉兰的身上，可是贸贸然的让她怎么开口说这事呵！

就在张玉兰犹犹豫豫的当口儿，武伯平已经狠狠擦去了眼泪，说道：“大恩不言谢，我们走了。”

武伯平和武雨娟走了，张玉兰恋恋不舍地跟了几步，终于站住了。

武雨娟蓦地回首，久久地望着张玉兰，心头陡然涌上了一丝难舍难分之情，喃喃地说道：“玉兰姐，我们还能见面吗？”

张玉兰的神情有了变化，先是故作轻松地点了点头，接着似乎还笑了一笑，说道：“你们不是去上海吗？哪一天我想你们了，就去找你们！”她忽然转向站在另一边的武伯平，“你说行吗？”

武伯平呆呆地看了张玉兰一会儿，在心中叹了口气——天上有日本鬼子的飞机，地上有洪水肆虐，在这样兵荒马乱的年头，再加上山高水远，又哪里说得清能不能再见呢？他只能把叹息和着唾沫一起强自咽下肚去，不动声色地说道："行，你来上海的工厂找我们。"说着，他忽然将手中的长圆木棍递了过去，"这个给你吧，万一在回去的路上遇着野狗什么的，用得着。"

张玉兰迟疑了一下，终于伸出手去，接下了木棍。

过了一会儿，武伯平说道："来上海的时候，别忘了带着它。"

张玉兰点了点头，说道："会的，我一定会的。"

武雨娟连忙说了一句："这是我哥做的木机器上的横轴。"

这句话不知是画龙点睛，还是画蛇添足，反正它让武伯平和张玉兰几乎同时抬起头来对视了一眼。就这短促的一瞥，两人不知怎的都有了脸颊瞬间发热的感觉，慌忙把目光移开，却又忍不住再偷偷地打量对方一眼。

少男少女的朦胧感觉，又有几人说得清？

在一旁看着的武雨娟感到有些奇怪，问道："你们怎么啦？"

武伯平什么也没说，一个转身，大步向前走去。武雨娟连忙一边向张玉兰挥手道别，一边追了上去。

张玉兰长身伫立，默默地凝视着武家兄妹渐去渐远的背影，直到他们成了在天与地之间晃动的小黑点……

第三章

初识上海滩，雨娟失踪

1

晨曦一丝丝一缕缕，从真如寺的檐角点点滴落。

不远处的火车站内，一挂长长的货车喷着蒸汽进站，喘息了一会儿，就停留在站内不走了。

不知过了多久，敞篷车厢的边沿探出了武伯平头发蓬乱的脑袋。他四下张望了一会儿，慢慢地爬了出来，从车厢边滑溜下去，站稳脚跟之后，举起手用力地敲了敲车厢。于是，武雨娟的脑袋也从车厢边沿露了出来。她将一个印花蓝布包袱丢了下来，接着很费力地爬了出来。在他伸手托了一把之后，她的双脚才落了地。

武伯平拉着武雨娟的手，缓缓地贴着车厢向前走去。就在这段时间，武伯平渐渐看清到处是四通八达的铁路轨道、停泊着的火车头和车厢。很快，他们便借着列车车厢的掩护，离开了。

直到走出火车站好远之后，武伯平才看到一方陈旧不堪的木牌上写有三个大字：真如站。

走了不多会儿，武雨娟就嚷嚷起“饿死了”。是呵，打从前天天没亮溜进那个到处泊着煤车的火车站并偷偷扒上一辆煤车之后，他们就没吃过一口饭。

当时，武伯平费了好大力气才从堆满煤炭的车厢里扒出一角地方让武雨娟坐下，他自己则和衣倒在覆盖着煤堆的麻袋上。不过一开车就不行了，那煤在身下硌得慌，他只能靠在车厢门上打盹儿，并且开始“享受”那一阵紧似一阵的凉风寒意，倾听着刺耳的哐啷哐啷不断撞击的车厢声响。他们携带的干粮没到昨天傍晚就吃光了，可这还不是最难受的。最难受的是渴得连一小口水都喝不上！一路上即使车停车歇，他们也不敢伸出脑袋去看究竟到了何处，更不敢冒险下车探问，只能老老实实地任凭这列煤车像蜗牛一样在铁轨上爬行。他想只要知道煤车前进的方向是上海就行了，其他一切都没关系，暂且忍上一忍，一想到“上海”两个字，无论遇上什么困苦，都值了！

现在已经到了上海，武伯平也早就饿得前胸贴后背了。先前他还忍着熬着，可武雨娟这一嚷饿，顿时嚷得他的肚子不争气地来了一阵阵咕咕乱叫。他看了看前方，只见不远处有一座寺庙，他并不知道这是建于南宋嘉定年间（1208—1224）、寺名取自佛经《成唯识论》中“真，谓真实，显非虚妄；如，谓如常，表无变易”的真如寺。沿着河边穿过一片农田，隐隐约约显露出一排小镇的屋宇。他说道：“走，就去那镇上吧！”

走着走着，武伯平的脚步渐渐慢了下来，而且越走越慢。

武雨娟问道：“哥，你怎么了？”

武伯平终于站住，好一会儿才开了口，喃喃地说道：“上海，到上海了。”不知为什么，他忽然回头看着身后，瞬时，眼神中陡然满是留恋。

武雨娟大为奇怪，问道：“哥，你不是一直想来上海吗？现在终于到上海了，你怎么不开心了？”

武伯平不语，忽然跪倒在地，朝着家乡的方向磕了三个头，喃喃自语道："爸，妈，儿子到上海了！"他爬起身来，又朝着上海的方向磕了三个头，"上海，我来当工人了……"

武伯平说不下去了，连声音也有些哽咽。来上海的一路艰辛，霎时全部涌上了心头。

离开张玉兰后的第二天，武雨娟就病倒在旅途中的一座破庙里，而且病情来势凶猛，高烧高热，几天几夜昏迷不醒，滴水不进。担子一下子压在了武伯平的肩头——又要求医问药　又要打短工维持生计，那段昏天黑地的时日几乎不堪回首。

武雨娟从死神手里挣脱，日渐康复，已经是半年以后的事情了。当武伯平咬着牙没有花掉祁叔留下的两块大洋，并尝清一应债务，可以重新上路的时候，时间又过去了半年多。

这一段经历令武伯平无法述说，更无法遗忘。现在，总算踏上了上海地界，又怎能让他不万分激动、百般感慨？

武雨娟毕竟善解人意，她已觑破了武伯平的心思，安慰道："哥，过去了的就让它过去吧！我们终究到上海了。"

是呵，终究到上海了！武伯平狠狠地擦了一把眼泪，颇具豪情地说道："走，先填饱肚子去！"

两人不一会儿就来到了真如镇上，在一家高挂着'阳春面"幡旗的小吃摊门外的桌边坐下了。

旁边，烘着大饼的炉子不时散发着一阵阵喷香的味道，勾人饥肠。武雨娟终于打熬不住，站起来走到烘大饼的炉前，对着武伯平说道："哥，我要吃大饼。"

武伯平一边说"行"，一边将手伸进印花蓝布包袱中取钱。只一瞬，他的脸色就变了。手忙脚乱地将包袱解开后，两人一下子傻眼了，只见沾满煤屑的包袱底部竟然有一个不大不小被磨破了的洞！

武伯平狠狠地捶了一下自己，说道："这洞一定是被煤车上的煤炭块磨破的！"

这时，腰扎围裙、胖嘟嘟的小吃摊老板笑眯眯地走了出来，开口就是一串吆喝："来来来，上海滩特色小吃唻！大饼油条豆腐浆，老虎脚爪脆麻花，还有葱花阳春面！一闻香喷喷，一吃喷喷香！小姑娘，先来两个大饼充充饥？"

武雨娟的眼里一下子盈满了渴望的神情，武伯平却轻轻地摇了摇头，说道："老板，对不起，我的钱丢了，等我去火车站把钱找回来了再说。"

老板看了看他，满腹狐疑。武伯平也不再说什么，只是将那只穿了底的包袱往老板面前举了举。老板这才莞尔一笑。

武雨娟却忍耐不住地叫了起来："哥，我饿，我饿了！"

老板取过大饼炉子上的火钳，一下子钳出一张大饼来，说道："小姑娘，来，先吃吧。"

武雨娟伸手去拿，却被武伯平拦住了。他说道："老板，等我去拿钱回来吧。"转过脸对雨娟说，"没钱吃什么啊！等哥去把钱找回来，啊？"

武雨娟悻悻地缩回了手，不言不语，只是双眼如同被勾了魂似的一眨不眨地望着那张刚出炉的大饼。

"在这儿别走开，哥马上就回来，记住啊！"说着，武伯平便向火车站奔去。

直到武伯平奔得没影儿了，老板才将大饼递了过来，说道：

“小姑娘，一定饿坏了吧？来，先吃着再说。”

武雨娟望着焦黄喷香的大饼，使劲咽了一口唾沫，说道：“谢谢你，我还是等我哥回来吧。”

老板愣了一下，说道：“你这小姑娘倒蛮不错的，蛮听阿哥闲话的。”

这时，有客人在旁边板凳上坐下，朝老板叫道：“来一碗阳春面，两根油条。”

老板高声叫着“一碗阳春面外加两根油条，请稍等，阳春面马上来哉”，向屋内奔了进去。

武雨娟看着放在炉子上的大饼，发了一会儿呆，便也去一张空着的桌前坐下了。

斜对面角落里的一张桌前，一个中年汉子已经吃完，抬手擦了擦嘴，将几枚铜板放在桌上，起身便走。只是走过武雨娟身边的时候，他那阴郁的目光有意无意地扫过了她的脸庞，而她根本没有在意。

中年汉子头也不回地一直往前走，走到了街上拐角处，才颇为警惕地向后面看了一眼。当确信已经不在小吃摊的视线范围内时，他立即朝一个蹲在路边的短打汉子招了招手。短打汉子过来后，他对着短打汉子低低耳语了一阵，短打汉子连连点头。

中年汉子离去后，短打汉子突然一把将头发捋乱，接着解开衣服上的两粒纽扣，然后发疯一般地奔跑起来，拐了个弯直冲着小吃摊飞奔而去，气喘吁吁地大叫道：“刚才，刚才谁去火车站了？”

武雨娟一愣，慌忙站了起来，问道：“我哥去了，他怎么了？”

短打汉子叫道：“你哥在火车站被人抓起来了！快跟我去看

看吧！”

武雨娟火急火燎地跟着短打汉子匆匆走了。待得小吃摊老板从店铺里走出来，武雨娟和短打汉子已然去得远了。老板冲着武雨娟的背影叫了一声：“小姑娘，快回来！”无奈人已走远，听不到了。

当最后一桌客人吃完了阳春面和油条，并且喝完了碗里最后一口面汤时，武伯平匆匆赶来了。只见他衣服上满是黑黑的煤屑，双手也是黑乎乎的。他在大饼炉子前站住，有些奇怪地问道：“雨娟呢？”

武伯平寻觅的目光掠过了四周，忽然，他趋前几步，蹲下身从地上捡起了一根红头绳——这是武雨娟的，早上走出火车站时，他给她梳辫子时扎上的！他顿时着急了，大声呼喊了起来：“雨娟！雨娟！”

小吃摊老板走了出来，说道：“你妹妹刚才跟一个人走了……”

吃面客人朝武伯平打量了一下，问道：“你就是去火车站的人？”

武伯平刚点了点头，老板就问道：“大洋找到了吗？”

武伯平又点了点头，着急地问道：“我妹妹怎么会跟别人走了呢？”

吃面客人说道：“那个人说你在火车站被抓起来了……”

武伯平脱口而出：“胡说八道，没有的事！”

老板也有些奇怪起来，喃喃地说道：“这，这是怎么一回事？”

“谢谢你们，我去找妹妹了。”说完，武伯平转身就走。

吃面客人站了起来，说道：“我和你一起去找吧！我见过那个带走你妹妹的人。”

两人一同向着武雨娟离去的方向疾奔而去。老板呆呆地望着他们的背影，良久才留下一声叹息，摇着头走进店铺去了。

日已黄昏。一斜夕阳落在了沿着堤岸蜿蜒向东的水中，顿时染得一河胭脂红。

武雨娟依然没有找到。吃面客人没办法再陪武伯平寻找下去，他要赶火车回杨树浦。武伯平这时已经知道吃面客人叫程庚生，是工人夜校的老师。

分别时，程庚生说道："以后有事情可以来找我。"他拍了拍武伯平的肩，"真如就这么巴掌大的地方，估计你妹妹雨娟也走不太远，镇上找不着，就去邻近的村子里再找找看。"

武伯平连连点头。两人在杨柳岸上匆匆挥手告别。

直到此刻，无人时分，望着程庚生消失在远处的身影，武伯平扶着垂杨柳陡然放声大哭。他多懊悔自己这个做哥哥的粗心大意，他不该将妹妹一人丢在人生地不熟的小吃摊那儿，不应该啊！妹妹还小，妹妹从来没有离开过自己一天！一想到这儿，他仿佛看到武雨娟站在面前，低低地说道："哥，我饿，我饿了！"

武伯平突然一把拭去了泪，仰天狂啸一声，沿着长长的河堤跌跌撞撞地狂奔起来。他要去找妹妹，他一定要找到妹妹！

2

武伯平不知道这些日子是怎么度过的，他只知道，一天找不到武雨娟，这样的日子就将继续下去。此刻，当他疲惫的脚步又一次踏碎了小吃摊门前那一抹惨兮兮的晚霞时，他已经记不起暂时收留他在磨豆浆的草棚里栖身的小吃摊老板看他的眼神了——似乎一回比一回悲伤，比他这个每天失望归来的人更失望，弄得他都不敢看小吃摊老板的眼睛，现在则干脆不看他了。

可没想到，武伯平不看了，小吃摊老板偏偏一见他回来就立马迎了上来，双眼直瞪瞪地盯着他看，几乎看得他心里发毛。

武伯平有意将目光定格在老板头顶的上方，问道："你怎么了？"

老板的话语是夹着叹息一起飘进武伯平耳朵里的，他说道："这几天出怪事了，镇上又有两个小姑娘不见了……"

武伯平愣了一愣，听到老板又说道："听邻居讲是被人贩子给拐骗了……"

武伯平陡然浑身打了一个冷战，连汗毛都竖了起来，叫道："人贩子？"

老板点头，说道："听说他们把小女孩骗去卖到四马路和杨树浦……"

武伯平的脸色变了，这已是他第二回听到"杨树浦"这个地方了，上次程庚生说他就在杨树浦当什么工人夜校老师。他皱了一下眉头，问道："四马路是什么？"

老板说道："四马路是妓院。我说小阿弟，你的妹妹年纪太小，估计要卖到杨树浦去了……"

武伯平不太明白，想了一下，问道："去杨树浦干什么？"

老板叹了口气，说道："作孽啊！一纸卖身契卖进日本人的纱厂做包身工、童工。听说人贩子一转手，就能卖上十几个、二十个银圆……"

武伯平呆呆地看着老板，突然转身直奔进磨豆浆的草棚里去了。

在老板发愣的当口儿，武伯平已经提着印花蓝布包袱出来了。他随手递给老板两个大洋，说道：“谢谢你收留了我，这些日子的吃住开销不止这点钱，只能意思意思了。”

老板接过了大洋，又一把塞进印花蓝布包袱中去，说道：“小阿弟，你这就是看不起人了！你要找妹妹，用钱的地方多着呢！”

武伯平还要伸手将钱硬塞过去，老板的脸一下子拉长了，说道：“你这不是不让我这老阿哥做人了吗！去隔壁邻居打听打听，我要是这号人，当初就不会收留你在小吃店里歇脚了！”

武伯平终于不再推让，忽然深深弯下腰，向老板鞠了一躬。接着，转过身去，甩开大步就走。

老板急得大叫起来：“喂，你要去哪儿？”

武伯平头也没回，说道：“赶火车，去杨树浦！”

老板站在那早已熄了火的烘大饼的炉子旁，久久凝望着武伯平朝着上海的方向渐去渐远，一直走进那残破的晚霞余烬中去。

3

武伯平走在了大上海的大马路上。这是上海的市区，这才是真正的上海。

武伯平不由得瞪大了眼睛，比在乡下看庙会时更为惊诧，后来他才知道自己看的是“西洋景”。沿着霞飞路，沿着南京路，一路走来是看不到尽头的风光，他觉得算是这一辈子长了见识。

瞧！一辆黄包车从身边飞奔而过，在衣衫褴褛穿着车行号衣的车夫后面，一个衣着时尚的阔太太或阔小姐端坐在车座上，一旋从大楼顶上落下的风儿掠过，毫无顾忌地撩起了那开到大腿根的旗袍，引来了武伯平无法抑制的一阵阵脸红心跳。因为他看到了本不该看到的东西——旗袍内闪露的是三角小裤衩，粉红色，艳艳的，很女人，似乎还镶有一圈淡淡的银边。

武伯平慌忙将脸扭向一边去，无奈这也不行，撞入他眼帘的忽然是另一个高高坐在三轮车上的女人，好巧不巧的是他的视线恰恰落在那女人的胸脯上。奇哉怪也，那胸脯不但高高耸起，而且是尖尖的，跟乡下小牛犊初凸起的犄角一样！薄若蝉翼、几近透明的上衣令人几乎一览无余地看到里面一袭黑色的胸罩——尽管武伯平当时还没有搞懂那是什么肚兜，但是性感得足以让他跌落进无穷的思索中：“这，这尖尖的小牛犊犄角是怎么冒出来的呢？”

武伯平想不明白。就在他还在思索的当口儿，马路中央突然有一个满脸络腮胡、头顶一大圈白布堆的外国人朝他直奔过来，嘴里大喊大叫着他听不太懂的生硬中国话：“小赤佬，你不要命啦！”接着一把将他推了开去！

这时，一辆叮叮当当的有轨电车紧挨着武伯平的身边驶了过去。半晌，他才醒悟过来，这个外国人居然救了他一命！后来他才知道，这是被上海人称作“红头阿三”的印度巡捕。待到他惊魂甫定，还没来得及说一声“谢谢”，那“红头阿三”又去马路中央指挥来往车辆了。

愣了一会儿，武伯平只得走了。他是一边好奇地打量着鳞次栉比的路边商店，一边向前走去的。

待得夜幕降临，也不知是从哪儿发出的一声号令，但见路畔电线杆上的无数灯盏在同一时刻“唰”地一齐亮了起来，瞬间灿若星斗，唬得武伯平几乎“啊”地叫出了声。他目瞪口呆地看着从那些高大巍然的建筑物上飞泻而下的滚滚银河，浩浩荡荡地将偌大的外滩映衬得直如天上宫阙，璀璨无比。江堤外，偶有船帆轻轻滑过，霎时撞碎了满天星辰，蓦闻汽笛一声落进了黄浦江，溅动了光怪陆离的三尺雪浪，一时竟让人恍若置身梦境。

于是，武伯平迷路了。

打老远直奔上海，那么长的路途，那么久的时光，武伯平都没有迷失过方向。可进入上海的市中心仅一天，他就忽然迷路了。

上海，毕竟是一个“海”，又有多少人能够不迷路？

4

天蒙蒙亮时，武伯平已经站在马路边的电线杆后面，目不转睛地看着对面的小弄堂，据说那些包身工们就住在这小弄堂中的格子房里，也被人称为“鸽子棚”。

清晨的风很大，而且凉飕飕的，不时掠过武伯平的脸，害得他只能隔一会儿便将脖子往衣领里缩上一缩，仿佛这样便能御寒似的。

这是杨树浦一家工厂的门外。一看那书写在木牌上的厂名，便知是日本人开办的企业：大东洋纱厂。

武伯平就站在厂门外的不远处。他原本想去找程庚生帮忙找武雨娟，不料一问之下，很多人不但不知道工人夜校，而且反过来问他“厂子里不就是做生活的吗？念书得去学堂呵”，硬说是他搞错了。他这才明白大多数厂子里是没有夜校的，也就打消了找程庚生的念头，决定自个儿去找那些雇用包身工的日本纱厂了。

期盼中，渴望已久的脚步声终于传来了。为了等候这脚步声，武伯平已经来了一个多星期。他无法走进厂门去找武雨娟，只好在厂门外等待纱厂女工上班和下班。纱厂工人是三班倒，他也就只能不分早晚地来找武雨娟。他白天来过，晚上也来过，甚至连半夜三更也来过。可是他失望了，根本没有见到过十三四岁、十五六岁的童工。后来，他才知道包身工在纱厂里压根儿不是正式工人，只是被一纸卖身契卖进纱厂的奴隶，于是今天他起了个大早赶过来守候着。

晨曦中，一排又一排揉着睡眼、打着哈欠的小姑娘在三五个人称“带工”的彪形大汉的押送下，从小弄堂鸽子棚里缓慢地走了出来。武伯平知道，纱厂根本不把这些包身工当人看待，常常要她们在纺织机旁做生活从鸡叫做到鬼叫，听说包身工每天起码要工作十二个小时。此刻，她们正走向马路对面的纱厂大门，恰恰一一从他的面前走过。可惜，大概是起床太早的缘故，不少小姑娘连头发也没有好好梳理，均是披头散发的样子，大大增添了他辨认的难度。

陡然，一个酷似武雨娟的身影映入眼帘，武伯平一个箭步从上街沿蹿向马路正中，激动万分地喊了一声：“雨娟！”

话音未落，一个满脸横肉的大汉已冲到武伯平的面前，破口大骂道：“小赤佬，侬要寻死啊？”

这时，那女孩回过头来，虽然有点儿像武雨娟，但偏偏不是！

就在武伯平大失所望地站住脚的时候，一阵脚步声乱纷纷地围了过来。一只大手一把搭上了他的肩头，很重，接着便是一句硬硬的话语："小瘪三，寻侬小娘啊？也不看看这里是啥地方！"

一阵哄笑爆起。

武伯平没有搭腔，也没有去看那个汉子，只是轻轻地推开那只带有刺青的手臂，默默地走向马路边的上街沿。

"蛮识相的嘛，滚远点吧，乡下曲西！"随着一声咒骂，又是一阵哄笑。

这时的武伯平还听不太懂上海话，但他知道这肯定不是什么好话，绝对是在骂人。不过，这些都不要紧，最要紧的是找到妹妹武雨娟。他充耳不闻地走回树下，又默默地注视着长长的走向厂门的包身工队伍。

那些"带工"汉子们看来也无意与武伯平纠缠，领着各自的包身工走进厂门去了。渐渐地，最后一个人影也在厂门口消失了，武伯平颇为失望地垂下了头，唯有缓缓泻下的树影不无好心地轻轻抚摩着他的脑袋。好在他还不是太失望，更没有绝望，他看了看从黄浦江上空徐徐升腾的阳光，决定晚上再来看看，万一会有什么新的发现呢？这么一想，他抬起脚步，转身走了。

5

正是满天阳光的时候，武伯平信步向前走去。他头一遭发现杨树浦的工厂真多，像肩挨着肩、手拉着手一样，才走过一家厂子的门口，立马又看到另外一家厂子的厂房，还没走过去，只要抬起头，就看到了再后面一家厂子的大烟囱正在向蓝天喷放一大把一大把的滚滚黑烟，顿时与天空中飞涌的朵朵白云搅作一处，瞬时蔚为壮观。

武伯平突然站住，因为他看到一家厂门口外有很多人，很有秩序地沿着上街沿排出一字长龙队伍，一直排到了马路拐弯处。他好奇地上去问了一下，才知道他们全是来报名要成为这家厂子里的工人的。这时，他从人头攒动中看清了厂门口的一张办公桌上有一方写有“招工处”的小木牌。愣了一会儿之后，他不禁喜出望外，他那般千辛万苦地来到上海，不就是为了做工人吗！他来不及细想，也根本不用细想，赶紧跑到队尾排起队来。不一会儿，他便不是队伍的最后一个人了，因为后面又不断有人排上。

武伯平默默地站在队列中机械地移动着脚步，默默地看着不少人苦着脸沮丧地从自己身边走过，一直走出厂门外。不用问就知道，这些都是在招工处吃了闭门羹的。不知过了多久，当他终于把脚步移进厂门口之后，他看到了不太多的一些人欣喜若狂地被留在了厂区内，听几个工头模样的人大声呵斥着把他们撵到墙根或站或蹲，等候着分配去车间干活。后来他才知道，这是通过了老板和工头们在车间后面一个篮球场空地上进行的种种考核之后而成为工人的幸运儿。

武伯平站在了篮球场上。他万万没料到考核居然是这样开始的——在办公桌后坐着的一个矮矮胖胖的人大概是老板，老板什么话也没说，一个职员模样的人问了问他的姓名、年龄、籍贯，并且写在一个浅黄色的本本上，接着上来一个五大三粗的汉子，一言不发地走到他的面前，冷不防便当胸给了他一拳！

武伯平猝不及防，连连退了三五步，好一会儿才回过神来，怒问道："你怎么打人呢？"

那汉子冷冷一笑，说道："你晓不晓得我们这个厂是做什么的？老实告诉你，厂子里需要的是强劳力！懂哦？"

武伯平正在目瞪口呆之际，那汉子又说道："还好，你总算没有趴到地上来个狗吃屎，第一关通过了！"接着，他朝篮球架下一副石担一指，"去，把它举起来！"

武伯平走到石担面前看了一会儿，老实地说道："这，这怎么举啊？我不知道。"

老板、职员一齐大笑起来。那汉子没笑，径直走到石担前，伸出双手将两方石盘中间的木杠一提一拎，便举过了头顶。那汉子放下石担，脸不变色气不喘地说道："就这样举，举过头顶之后，再给你加石片，看看你的力道。"

这时，武伯平才注意到一旁堆着一叠大小如一的石盘和石片。于是，他画葫芦般学着那汉子的动作举起了石担。可惜他终究学得不像，一用力，那石担竟然越过头顶举到了背后，并且脱手而去！

在这间不容发之际，只听那汉子一声虎吼，一巴掌拍在了武伯平的后背！武伯平瞬时被击打得朝前冲了出去，一跤跌翻在尘埃里。

那汉子朝倒地不起的武伯平大骂起来："小赤佬不要命了啊！要找死也该找个好地方去，别死在阿拉厂里厢！"

武伯平慢慢地从地上爬了起来，一声不吭地走到石担面前，双手刚握住木杠，忽然觉得再也用不上力了——一股又酸又痛的滋味霎时从双臂散发开来。

那汉子已然恢复了平静，又是冷冷一笑，说道："举不动了吧？受伤了吧？回家去好好养伤吧！”

老板站了起来，斜了武伯平一眼，叫道：“下一个！”

武伯平愣了一会儿，说道：“我要做工人。”

职员朝武伯平挥了挥手，说道：“等下次吧，你好走了。”

武伯平还想争辩一些什么，那大汉已将他朝外面推了几步，说道：“走吧走吧，少啰唆！”

武伯平就这样一脑门子糨糊地走出了厂门。

6

武伯平经过了一条弄堂口，是那种典型的上海老式弄堂，弄堂口有一方平平坦坦的石坪。他原本很懒散地走了过去，不经意地抬了下头，眼前陡然一亮，只见那石坪上胡乱扔着一副石担、几把石锁，还有两条长板凳，偏偏连一个人影也无。

武伯平轻轻地揉了揉胳膊，忽然觉得已经无酸也无痛，想了一下，便走到那一副石担前，弯下腰提了提，尔后双脚稳稳站定，伸出双手握住那根木杠，慢慢地将它举过了胸，举过了肩，举过了头顶。他突然明白自己是完全可以把一副石担举起来的，刚才在那厂子里的失败只不过是因从来没有举过而造成的。这么一想，他便将石担轻轻地放在地上。

武伯平看了看在一边堆放着的石盘和石片，无师自通地在石担的两头各自加上一片，再次慢慢地举了起来。只是，这一回由于加重了分量，举得有点吃力，甚至在举过头顶的那一瞬，手臂居然微微颤抖了起来，但他狠狠地一咬牙，终于成功地举了起来。

就在武伯平将石担放下地、双手尚未离开木杠的时候，眼角余光陡然看到七八双大脚出现在他的身后！这并不可怕，可怕的是这七八双大脚上穿的居然是一模一样的皂色圆口布鞋和大红色袜子！

武伯平慢慢地直起了身，不觉又是一惊，只见穿着同样衣衫的五六个汉子站在面前，全都双手抱肩默默瞪着他，一言不发。他看了看他们，又回头看了看身后与他们一个打扮、一个姿态的七八个汉子，转身向弄堂外走去。他并不知道，面前这五六人加上身后的七八人便是这一带赫赫有名的“十三太保”。

不料，这些汉子异口同声地喊出了三个字：“不能走！”

武伯平大大吃了一惊，不禁站住了，他委实不知道这些人要干什么，更不知道他为什么“不能走”。他站在那儿愣愣地看着他们，他们也目光凶狠地看着他，彼此忽然就如此这般僵持在弄堂口。

武伯平终于忍受不住，再次向弄堂外走去。陡然间，又听得那些大汉齐声高喊，这一回原先的三个字变成了两个字：“老大！”

武伯平愕然。他忍不住转身，却见一个二十五六岁的黑大汉正从弄堂深处款款走来，紧跟在他身后的是两个双手深深插在裤兜里的彪形汉子。

黑大汉在武伯平面前站住，双手抱拳一拱，说道：“在下金宝，黄金的金，宝贝的宝，请问小阿弟怎么称呼？”

武伯平也学着金宝的口吻回答道：“在下武伯平，武松的武，叔伯的伯，平常的平。”

金宝一听，顿时哈哈大笑起来，说道：“你姓武，却偏偏不会武，连举个石担也举不像样。来呀，阿三，你做个示范动作给他看看！”

阿三从那些黑布鞋、红袜子的人丛中走了出来，双手握住石担的木杠，低低“嘿”了一声，石担已经上肩，又是一声大喊，双脚前后开立，石担当即举过了头顶。

金宝朝武伯平点了点头，说道：“看到了吗？来，你也去举一回。”

武伯平二话没说，走到石担前，依着阿三的样子将石担举过了头顶。

当石担落地的时候，金宝“嘿嘿”笑了，问道：“怎么样，比你刚才那样的举法轻松多了吧？”

武伯平不好意思地笑了起来。

金宝仔细地打量了武伯平一番，问道：“武老弟，你大概刚从乡下出来，还没在上海滩混过吧？”

武伯平老实地点了点头。

金宝猛地在武伯平的肩上拍了一掌，说道：“我就喜欢你这样的！跟着我金宝学本事，在上海滩一起打天下，如何？”

武伯平摇了摇头，说道：“不，我来上海是想当工人。”

金宝微微颔首，向众人扫了一眼，问道：“你们大家都听到他的话了没有？”

众人齐声应道：“听到了，当工人！”

金宝微微一笑，说道：“武老弟，你这回算是找到正点了。我就让你梦想成真，成为黄包车行的工人！”

黄包车行的工人？武伯平这些日子在上海滩马路上别的没看到，却已经见识了太多拉着富人阔佬、老爷少爷、太太小姐满大街乱跑的黄包车夫了，当下便连连摇头，说道：“不，我想去厂子里当工人！”

金宝的脸色阴沉了下来，一时什么话也没说。可周边站着的那些汉子全都恼了，只听一人粗声大气地叫了起来：“我们老大这是给你面子，不要不识相！”又有一人骂骂咧咧地开口了：“你瞧不起我们黄包车帮会是不是？当心做了你！”

武伯平有些迷惘地看了看这些汉子，他听不大懂他们说的上海话，更听不明白那些帮会黑话，可却看懂了一件事——他们对他的态度开始不那么友好了，甚至更危险的是，他们可能要对他动粗了。即便这样，愣了老半天的他依然只说了一句话，一句老实话：“我要去厂子里当工人。”

果不其然，一语落地，“十三太保”一下子通通撸起了袖子，定睛看向金宝，齐声重重喊出两个字：“老大！”“老大”两字并不可怕，可怕的是后面再也没话，显然他们在等待老大发话。

武伯平愣愣地看着那些撸起袖子后露出的手臂，顿时傻了眼，原来那些手臂上全都清一色地文着一条青色的龙！

金宝忽然轻轻地朝着“十三太保”摆了摆手，说道：“武老弟一定要去厂子里当工人，我们又何必强留他？”他转向武伯平，“也好，大路朝天，各走一边，你就去当你的工人吧！不过记住，不管有什么人欺负你，你只要对他提起我金宝的名字，他一定不敢再在你面前放肆！”

武伯平点了点头。不过，他却在心里大大地摇了摇头：“不不不！我不会提你的名字，更不会提起今天的事情。虽然我不知道你们是干什么的，也不知道那些人为什么要称呼你为老大，但那么多手臂上全都文着龙，就实在够让人胆战心惊的。随便遇到什么人欺负我，哪怕打死我，我都不会说出‘金宝’这两个字的！”

武伯平走后，阿三走过去对着金宝附耳道：“老大，我要不要带人去教训教训这个小赤佬？”

金宝默默地看着武伯平的背影，良久，他的嘴唇才微微嚅动了一下，说道：“不必了，这是个雏儿，初来乍到上海滩，不知道黄浦江的水有多深，等他领教了世面、吃足了苦头，一定会来找我们的！”

阿三心有不甘地叫道：“老大……”

金宝断然将手一挥，截断了阿三的话语，随后转身向弄堂深处走去，他的身后依然是那两个形影不离的彪形汉子。

武伯平没有看到，也没有听到，他已经走得远了。

第四章

夜幕中，潜入刺刀下的工厂

1

当月色漫上马路边的上街沿和大树时，武伯平也被渐渐浸染了一身的斑驳陆离。

武伯平又一次失望地离开大东洋纱厂的门口，他终究没能找到武雨娟。这一回，他有些不知所措了：“雨娟呵雨娟，可亲可爱的妹妹，你到底在哪里啊？”

武伯平漫无目的地走在夜晚的马路上，任凭双腿机械地迈动着，他真的不知该去向何处了。

不知过了多久，也不知走了多少路，更不知已经来到了哪里，陡然，武伯平听到身后爆起一声大喊：“八嘎呀路！站住！”

武伯平回过头去，不禁大吃一惊！只见一群日本军人正向自己奔来，在他们的头顶之上，是一排在夜色中闪着寒光的刺刀！

武伯平的第一反应就是快逃，于是他甩开双腿拼命地奔逃起来！可日本兵毕竟训练有素，他听着一片大皮靴的声音如影随形地紧紧追逐在自己的身后，不仅在这夜的马路上轰然作响，更为要命的是越来越近！

武伯平脚下陡然一个趔趄，顿时失去重心，狠狠地摔了出去，老半天也爬不起来。他心想这下糟糕了，落在日本鬼子的手里一定讨不了好，指不定要遭多大的罪呢！绝望中的他忽然横下心来，心想大不了一死，要杀要剐随便！这么一想，他便从地上坐了起来，尔后闭上眼睛，一副听天由命的神态。

武伯平什么都想到了，而且想到了坏的极致，可他万万没想到的是，只有几束电筒光打在他的脸上、几声“八嘎”丢在他的身边，那些轰然有声的大皮靴居然从他的身边如旋风一般刮了过去，没有停留地绝尘而去。

武伯平徐徐睁开了眼，不敢相信地望着闪着寒光的枪刺消失在远处的马路尽头。他发起了呆，脑海里突然掠过一个问号：“这是怎么一回事？”

武伯平终于站起身，返身朝原先奔跑过来的马路匆匆走去。夜晚的马路一片宁静。走着走着，他突然站住了，因为他听到有人在“喂喂”地喊着。他循着声音望去，看到了马路拐角处一只垃圾箱。

武伯平充满疑惑地走了过去，陡然，从垃圾箱的阴影里站起一个人，吓了他一大跳！更令他诧异的是，这人居然是外国人，却说着一口流利的中国话，他说的是：“谢谢你救了我的命！”

武伯平一头雾水，根本不明白这个外国人说的是什么意思。外国人笑了，说他叫罗格，刚才日本兵追击的其实是他，他逃到这儿一拐弯之后，突然看到武伯平正在前面行走，灵机一动，便躲进了垃圾箱的背后，希望日本兵错把武伯平当作他追击而去，果然天遂人愿，日本兵刚一拐弯就看到了武伯平，偏偏武伯平一见刺刀的亮光就没命似的慌忙逃跑，这种情景想让日本兵不追击都难。他还说，日本兵之所以要抓他，是因为他是远东机械厂的老板，而且他是一个欧洲人，日本人向来讨厌欧洲白种人。

武伯平听着听着，总算听明白了。老实的他连连摇着手说道：

“没有，我没有救过你。即使像你说的那样，那也是无意中发生的，至于说我救了你，更是瞎猫碰上死耗子，碰巧了。”

罗格笑了，先是朝武伯平竖了竖大拇指，尔后说了一连串“No”。望着一脸茫然的武伯平，罗格忽然将手指竖到唇边，低低地嘘了一声，说道：“我们得赶快离开这儿，万一日本兵回来就麻烦了。”接着，他颇为神秘地一笑，“走，我请你喝咖啡去！”

武伯平还在频频摇首，罗格已不由分说地一把揽住他的肩，说道：“走吧。”

如果没有遇到罗格，武伯平这一生的命运或许是另外一个样子，但是他们恰恰相遇了，这便是天数。

半个小时之后，武伯平和罗格已经面对面地坐在犹太人帕格尔开的地中海咖啡酒吧里了。这儿就是被有些欧洲人称为“小维也纳”也被有些日本人称为“小东京”的提篮桥地区。在地中海咖啡酒吧的后面，突兀地耸立着乌漆墨黑的提篮桥监狱的屋顶。

武伯平没有经历过这种场合，根本不会喝咖啡，也喝不惯咖啡，他最为钟情的只有白开水，于是帕格尔为他斟上了一杯白开水。

杯盏中，一点朦胧的烛光在摇曳，映照着促膝而谈的一个中国人和一个外国人，颇为奇特地构成了一幅和谐的画面。罗格的故事就这样缓缓地在武伯平的面前展开了。

罗格说，他出生在上海，在上海度过了童年，回国念完大学后又返回了中国。他的父亲当年是江南制造局招募的外国技术人员，当然也可以说是洋雇员，是一种令人极为仰慕的职业，李鸿章付给他父亲的年薪高达八百英镑，这在当时可是一笔不小的财富，后来他的父亲利用积攒的财富在杨树浦买下一块土地，开办了远东机械厂，再后来，他的父母回国了，把工厂交给了他，这大约是二十世纪二十年代末三十年代初的事情。如今，远东机械厂处于日本占领军的管辖范围，前些日子“上海方面大日本陆海军指挥部”捏造了一个莫须有的罪名，将他抓进了“侨民集中营”，并居心叵测地欲将远东机械厂实行军管，变成日本人的兵工厂，为日本侵略军在中国领土上制造屠杀中国人的军械弹药。昨天他得到消息，过些日子他就要被押送去外地的集中营，所以今天晚饭后他便悄悄地策划了越狱，结果真的成功了。

武伯平像小时候听村里的老人讲《山海经》一般听完了罗格的故事。过了好一会儿，他才很疑惑地问道：“你逃出来之后，要上哪儿去？”

罗格轻轻地叹了一口气，什么也没有回答。

武伯平有些奇怪，问道：“难道，你想逃出上海，逃到自己的祖国去？”

罗格摇了摇头，沉吟了一下，说道：“我要到厂里去，远东机械厂。”

武伯平惊讶地问道：“到厂里去？你就不怕再被抓回去！刚才，他们不是就在拼命地追赶你、想抓住你吗？”

罗格苦笑了起来，说道：“有些事，即使你知道了最坏的结果，也依然不能不去做。”

武伯平一时听不懂这话是什么意思，便不再追问，他想或许罗格并不想让别人知道一些事情。

罗格呷了一口咖啡，似乎在斟酌什么，当他不再犹豫的时候，已经是好几口咖啡咽下肚之后。他看着武伯平，说道："思来想去，我觉得只有把事情向你和盘托出才行，尽管这是一个很大的秘密……"

武伯平摇了摇头，说道："你不要告诉我，真的，完全可以不告诉我。我什么都不知道，并且也不想知道。"

罗格将咖啡杯放回桌上，说道："这不是你想不想知道的事情，这是我想拜托你帮忙的事情。"他的表情变得非常诚恳，"也只有你这个中国人能帮得上这个忙。我是欧洲人，根本没办法混在人群中，人家一眼就能看到我的高鼻子、蓝眼睛、白皮肤。"

直到这时，武伯平才真正明白了罗格的用意。原来，罗格想请武伯平帮助他混进厂子里去，他要去取一份很重要的技术图纸。

罗格加重语气说道："这份图纸可是万万不能落入日本兵手中的！不然的话，远东机械厂就会沦为侵略军的无耻帮凶，成为被唾弃的'汉奸'、历史的罪人！"见武伯平一脸的过度紧张，他故作轻松地耸了耸肩膀，"其实，这事还是应该感谢你，我的灵感完全来自你刚才把日本兵引走的'张冠李戴'之举。"

武伯平想了一会儿，说道："行，我肯定会帮你！你是为了对付日本兵。"

罗格笑了，在把杯中最后一口咖啡倒入喉咙之前，他突然问起武伯平的来历。

就在这一瞬间，武伯平想起了武氏铁坊和木机器，想起了骑着木机器离开家乡，想起了祁叔和张玉兰，想起了武雨娟和招工的厂子……于是，他喝了一大口白开水，慢慢地讲起了那些逝去的往事。

罗格终于把最后一口咖啡悉数倒入了喉咙，他听明白了武伯平全部故事的核心，加在一起一共是十个字："我要做工人，我要找妹妹。"

当罗格放下咖啡杯的时候，吐出了一句让武伯平仿佛等待了五百年的话语："我能帮你完成第一个心愿。我可以让你当工人，你就到我的远东机械厂来吧！"

武伯平心花怒放，不过，仅仅一会儿，怒放的鲜花便枯萎了。罗格现在尚且自身难保，完全是一尊过河的泥菩萨，他的承诺岂不是要到猴年马月才能兑现？这么一想，武伯平不免有些心灰意懒。

罗格不愧是工厂的老板，一看武伯平的脸色，便知道他在想些什么，当下不觉正色道："我是以远东机械厂董事长兼总裁的双重身份确认你是本厂工人的，这是最高层的决定，是不能更改的。"

武伯平充满感激地笑了，他知道这确确实实是罗格真实心意的承诺。明知别人难以兑现，却偏要心存苛求，这又何必呢？做人呵，还是要仁厚一点的。

武伯平站了起来，说道："罗格先生，你是不是想趁晚上去一趟厂里呢？"

罗格点了点头，说道："你说得很对。唷，等一等！我必须向帕格尔先生要几只面包，难道你没有感到肚子饿了吗？"

武伯平一愣，旋即点了点头。

帕格尔很快拿来了面包，说道："罗格先生，很抱歉，应该给你做三明治的，可你知道，那些强盗一来，别说几个月没有肉供应了，就连这做面包的面粉，我也是从黑市上偷偷花高价买来的。"

罗格淡淡一笑，说道："我知道，你能拿给我这几个面包，我已是感激不尽了。"他把脸转向武伯平，"来，吃面包吧！我们一人一半。”

当早就饥肠辘辘的武伯平从罗格手里接过两只面包后，三口两口就将一个面包吞下了肚。只是他感到奇怪，看上去挺大个儿的面包怎么这样不经吃？想了一会儿，他才明白过来，这被叫作面包的“外国包子”只是模样好看，油光闪亮的，闻上去也香喷喷的，一口咬上去，软软的，松松的，可就是吃了等于没吃，肚子里依然空落落的，根本不像包子、大饼和老虎脚爪那般硬实，一口就是一口，能够充饥。这是他在一眨眼的工夫内将两只面包吞进肚子里以后的感受。

罗格目瞪口呆地看着武伯平狼吞虎咽，好一会儿才问道：“吃饱了？”

武伯平有些不好意思地看了看罗格手里剩下的那只面包，笑了笑，不答反问道：“你呢？饱了？”

罗格先生点点头，说道：“当然。这些卡路里，足够了。”

武伯平不懂什么卡路里不卡路里的，苦笑着摇了摇头，老实地说道：“我吃了等于没吃，肚子里还根本没有任何感觉呢！”

罗格讶然，看了看手里的面包，连忙递了过去，说道：“哦，祝你胃口好！”

武伯平毫不客气地一把抓过面包，一边狠狠地咬了一口，一边跟在罗格的身后走出了地中海咖啡酒吧。

后来，武伯平才知道，地中海咖啡酒吧位于虹口区。

2

夜深沉。

武伯平和罗格隐身在一条小小的弄堂口，一动不动地静静观察着马路对面的远东机械厂。

武伯平没有想到，完全没有想到，竟然会是在这般情况下见到梦寐以求的自己很有可能进去当工人的工厂。虽然以前曾经在憧憬中有过无数次进厂的设想，但绝没有一种设想会是现在这样的。是呵，在这夜半三更的时分，又是这般神出鬼没，而且跟着一个外国人一路潜行，简直就是不可思议。

武伯平抬起头来，朝夜色中的工厂看去。一道好长的围墙，在月色下向着前方蜿蜒，一直浸没到远处的夜幕中去。围墙后是鳞次栉比的高大的厂房，此起彼落的屋脊衬托出一座烟囱的巍然挺拔，比烟囱稍矮一头的是一幢好像戴着蘑菇状帽子的塔状建筑物，后来他才知道那是专门用来供应厂里生产用水的水塔。

目光再移过去，在视线的尽头就是厂门口了，隐约可见两扇大门紧闭着，一盏在杆子上高悬着的电灯泡洒下了昏暗的浅黄色光晕，将夜色中写有“远东机械厂”厂名的木牌涂抹得朦胧一片。

陡然，武伯平的脸色阴沉了下来，因为他看到了在厂门口一左一右笔直站立着的日本兵，一层浓似一层的夜色丝毫掩蔽不了他们肩上枪刺的凛冽寒光。直到这时，他才深深理解了罗格之前说的日本人对工厂实行军管的含义。

根本没有一丝预兆，厂里突然响起一阵“当当当”的钟声，霎时搅碎了厚重的夜色，传送得很远很远。接着，但见一片通红的烈焰光芒将厂房渲染得轰轰烈烈，映亮了远近高矮的厂房轮廓，继之是一大片被火光映托的浓烟冲上天空，完完全全是一派遮天蔽月、势不可当的气势！

这气吞山河的一幕直让武伯平目瞪口呆、心惊胆战，他回过头看了看罗格，不料罗格仅付之淡然一笑，颇有成就感地竖了一下大拇指，说道：“开炉了。”见武伯平一脸茫然，便又低低地说了一声，“是熔铸车间，开炉了。”

就在这时，在武伯平和罗格隐身处的马路对面，在夜色重围之中的工厂围墙上陡然裂开一道缝隙——这是武伯平透过那道缝隙隐隐约约看到清晰的火光和奔突的人影而得出的判断，他猛地醒悟过来，那围墙上裂开的缝隙根本不是缝隙，而是一扇小门。接着，小门里出现了一个拉着堆满瞬时明瞬时暗、“刺刺”作响火苗的铁板小车的人影，他一步一步颇为吃力地将小车拉出了工厂，车轱辘发出“咕噜咕噜”的刺耳声响，不知为什么，并没有惊动厂门口的日本站岗兵，也许他们已经习以为常。赤裸着上身的人影将小车沿着围墙拉了不太远就停下了，他弯下腰、伸出手，使劲儿去扳小车上的把手，只听“砰”的一声闷响，小车已然侧翻，满车的钢渣顿时倾倒了出来，只见又是一派火花红光闪烁！这时，武伯平才借着火光看清，原来围墙下早已堆满冷却了的钢渣，尽是一丘一丘的。

当火光渐渐暗淡下去之后，罗格轻轻拉了武伯平一把，尽可能地矮下身子向马路对面的那一扇小门奔去。武伯平也同样伏下身子一步不落地跟了上去。

当罗格和武伯平紧随着赤裸着上身的汉子一同跨进那一扇小门

的时候，汉子惊愕地发现了他们。他刚发出一声“老板”的低呼，罗格就疾速地伸出手，在汉子淌满汗水的胸膛上画了一个“十”字，颇富幽默感地说了一句：“阿门，上帝与你同在！”

武伯平看清了那是一张汗珠不断地从眉梢、鬓发上滚落的脸，拥有这张脸的人毫无幽默感，说出来的话连一丝热情也没有，全是冷冰冰的，听了让人的脊梁骨直冒寒气。他说道：“老板，日本人已经知道你逃出了集中营，特高课的人已经搜查过你的办公室了，连狼犬都出动了，你可得小心哪！”

笑容一下子在罗格的唇边凝固了，他只能勉强地点了点头，说道：“谢谢你，大老李！”

在武伯平知道汉子名叫“大老李”的同时，罗格已经迅速地走过大老李的身边。他们很快进入了车间。上夜班的工人显然不多，大大小小的机器都蜷伏在昏暗的光线中沉沉睡去了。武伯平在进厂之后才知道这些机器各种各样的名称，例如车床、刨床、钳床、镗床，等等。厂房是很高、很大、很空旷的样子，武伯平被震撼到了，深深感受到了一种现代大工厂的霸气——这绝不是镇上洪年康开办的那种小家败气的小工厂，不，那只是比小作坊好上一点点的大作坊，归根结底，终究是作坊的命。

这时，罗格迅速地将武伯平带向一个角落，那里用几块高大的木板隔出了工人们上下班换工作服的更衣室。罗格催促着武伯平赶快换上厂里统一发放的工作服，并且唠唠叨叨地叮嘱了一遍又一遍，再三关照道：“万一遇上日本人，你就说你是钱师傅前些日子新收的关山门徒弟。听清楚了没？钱师傅，赫赫有名的‘车刀王’！早先，他是和我父亲老罗格一起在江南制造局干活的，我父亲非常赏识他、敬佩他，严格来说，他是我父亲挖到远东机械厂来的。他的技术非常顶呱呱，属于顶尖一流的那种，可以说是中国技术工人的骄傲，更何况他是中国的第一代产业工人呵！”武伯平一半听得懂一半听不懂，只能稀里糊涂地乱点头。

在离开更衣室前，罗格忽然站住，看着武伯平，一本正经地说道：“刚才大老李的那些话你都听见了，日本人的特高课在追捕我，还带来了凶猛的狼犬。你和我在这个时候来到厂里，无疑是一件十分危险的事情！也许我不该把你扯进来，如果你感到害怕的话，现在退出去还来得及，我可以让那个叫大老李的炉前工立即将你安全地送出工厂。坦率地说吧，我很想知道你现在的看法。”

武伯平这一回可是完全听懂了，心想：“现在退出去？怎么退？不要说根本就没办法退出去，而且我会让你这个外国人看不起中国人吗！”这么一想，他不觉眉梢一挑，以和罗格同样一本正经的口吻说道：“来了，就没想过离开！我要当工人！”

罗格放心地笑了，说道：“你一定能当工人的！记住，万一你被日本人抓住了，就按我刚才说的去做。如果可以逃跑，你只要往中国工人堆里一钻，谁也认不出你是哪个车间、哪个工种，日本人进厂也不过两三个星期，他们无法认识厂里那么多工人。我的话，你记住了吗？”

在武伯平用力地说出“记住了”三个字以后，两人才一前一后地从更衣室悄无声息地闪了出去。

镕铸车间的火光已经暗淡下去，浓烟也消失在了夜色里，不过偶尔还是会传出“哐啷”一声机械碰撞的声响，回声在高大空旷的厂房里显得很空洞、很遥远，不少人还在忙忙碌碌，武伯平后来才知道那是一些翻砂工。

武伯平跟着罗格紧一步慢一步地从各个厂房中间穿过，偶尔罗格会回头说一两句简短的话，提到“翻砂铸造车间”“金工车间”“成品车间”等字眼。

很快，武伯平和罗格来到了一幢办公楼的前面。这幢办公楼一共两层，小巧而简单，坐落在一片绿荫丛中，几株高大挺拔的法国梧桐树和一丛又一丛的花花草草映衬着办公楼的与众不同。谁也不会想到，这别墅般的办公楼居然会隐藏在一大片厂房的后面。可能也是被实行军管了的缘故，此刻的办公楼中竟然还亮着灯、晃动着人影。

罗格蹑手蹑脚地引导着武伯平穿过草坪，走向了办公楼。就在这时，远处突然传来了隐隐的犬吠声，似乎还有几道手电筒的光柱向这儿移动。

罗格的脸色变了，说道：“他们追来了，快跟我跑！”

武伯平一把拉住罗格，说道：“我们跑不了的。”

罗格大为着急，一甩袖子，撒腿便跑！不承想武伯平陡然当头拦下了他，说道：“罗格先生，我们跑不过狼狗的！而且这狼狗曾去过你的办公室，嗅到过你留在东西上的味道！”

罗格愣愣地望着武伯平，不由得呆住了，问道：“那，怎么办？”

武伯平一时竟然异常冷静，说道：“狗，我在乡下见得多了，只要它闻到过你身上的味道，你就别想轻易摆脱它，到哪儿它都会追上来的。我想，它现在一定辨别出了你脚上鞋子的气味，才会一路向我们追来。”

“鞋子？”罗格低头看了看鞋子，有些束手无策。

犬吠声近了，更近了，连同那乱纷纷的日本兵的呵斥声都隐约可闻了。罗格突然恶狠狠地朝武伯平低低吼了起来：“难道你想让我束手待毙，举起双手等着他们来抓我吗！”

武伯平没有回答，只是在东看西望。当他看到前面路上的水泥窨井盖时，不禁喜出望外，轻声叫道：“有了！”

在罗格还没能明白过来时，武伯平已拉着他奔到了窨井盖前，说道：“快，我们把它搬起来！”

莫名其妙的罗格和武伯平一起用力移动了窨井盖，只听武伯平沉声说道：“快扶着我的肩，把你的鞋子脱下来！”

罗格刚脱下一只鞋子，武伯平就将宽宽的背对着他，说道：“来，让我背着你，你的脚千万别落地！”

一刹那，罗格已经全都明白了，说道：“不，你背不动的，我……”

武伯平摇了摇头，说道：“背不动也要背，不然我们全完了！你要做的最后一件事就是，把两只鞋子统统丢到窨井里去。”

罗格抬头看了看越来越近的手电筒光柱，终于什么也没说，伏上武伯平的背，却犹豫着没有把鞋子丢下窨井中去。武伯平急了，一脚便将两只鞋子统统踢了下去。

武伯平背着罗格吃力地向前走去。才走不多远，就听得狼犬突然狂吠起来。这说明狼犬极度兴奋，因为它已然发觉离目标不远了。

伏在武伯平背上的罗格忽然轻轻地抬起了手臂，向着前方不远处的一株梧桐树指了一下，说道：“只要拐过那棵树，他们就看不到我们了，你就可以把我放下来让我自己走了……”

武伯平终于拐过了梧桐树。在同一时刻，几名荷枪实弹的日本兵团团围住狼犬对着狂吠不已的黑洞洞的窨井，撕开喉咙大叫了起来：“罗格总裁，快出来投降！不然我们就开枪了！”

当罗格扶着武伯平的肩走进车间的时候，枪声响了起来。一声，一声，又一声，在涂满了墨色的厂房上空久久徘徊，显得格外刺耳、格外恐怖……

3

长街尽头，街灯昏暗。

此刻，罗格的脚上套着一双颇不合脚的鞋子，那是临溜出工厂时大老李特地找来的。大老李让罗格先这么对付着穿，还说出了厂门罗格肯定会有办法搞到一双既合脚又时髦的进口皮鞋，丝毫不需要他大老李操心。

武伯平看了大老李一眼，原来这家伙蛮豪爽的，也不是那么没有幽默感。也许，大老李之前的急迫和窘态是被彼时情景逼迫使然。

武伯平的思绪中断了，因为罗格突然狠狠地在他的肩上捐了一拳，激动地说道：“真没看出来！你那么临危不乱，那么机智勇敢，让人不能不刮目相看！”

在武伯平吃痛不过地揉着肩膀时，罗格的目光中一瞬时满是钦佩和赏识，他由衷地说道：“你，前程无量，一定会是一个好工人，而且是最好的技术工人，因为你很聪明。不不不，我不想用‘聪明’这个词，我想说的是，你很会动脑筋，工厂里的技术活儿就需要你这样的人才。去找钱师傅吧，他一定会很高兴见到你并收你为徒弟的！否则，他会后悔一辈子。”

罗格交给武伯平一张纸，接着说道：“上面有钱师傅家的住址，你和他见面之后，让他立即去地中海咖啡酒吧找我。如果他不方便来的话，你只要和他说一句‘销毁下水道里的东西’，他就会明白的，但这话只能你亲口告诉他本人。对了，万一找不到他，你就来酒吧找我。”

武伯平连连点头。

罗格张开双臂，热烈地紧紧拥抱着武伯平。

武伯平显然不习惯也不明白这种外国礼节，连连问道：“罗格先生，你怎么了？怎么了？”

罗格也不做任何解释，只是用力地拍了拍武伯平的背，转身走了。

这时，东方的天边掠过了一抹亮色，今天的第一缕曙光跃出了地平线。

第五章

冷面佳人一相逢，便生烦恼无数

1

这是一条再普通不过的上海弄堂，弄堂口矗有一个上书“德泽坊”三个字的牌楼，牌楼后面是一条铺着碎石的曲曲弯弯的狭窄的弄堂台硌路，路的两边多是两层楼的木屋，不少人家还搭建了三楼的老虎窗。几乎家家都从二楼的前楼窗口伸出了晾晒衣服的竹竿，上面挂满了男女老幼的衣衫，偶有一串婴孩的尿布在空中迎风飘抖，犹如万国旗一般琳琅满目。

已是傍晚时分，家家户户门口的煤球炉都被捅开了，或做饭，或炒菜，浓郁的香气一个劲儿地直往人的鼻孔里钻。该是往屋里收晾衣竹竿的时候了！隔着碎石路的空中对话时有发生，“张家姆妈”“李家阿嫂”的亲昵称呼纷纷从二楼窗前滑落，堪称蔚为大观的一幅弄堂晚景图。

武伯平就是在这个时候走进弄堂的。穿过几家门前煤球炉袅袅炊烟或锅铲交响后，他在二十三号前门的门牌下停住了脚步。

门虚掩着，呈半开半闭状态，武伯平一眼看去，却看不到活动的人影，于是伸出手轻轻叩了两下门扉。良久，并无动静，他便又伸手重重地敲了几下，顿时听到屋内一个女孩大声叫道：“来了来了！”

片刻，一个蛮好看也蛮泼辣的女孩打开门站在了武伯平面前，开口就直截了当地问道：“你是谁？有什么事？”

武伯平没想到女孩说话这么冲，只能笑了笑，说道：“我是来找钱师傅的……”

话音未落，女孩没来由地狠狠朝武伯平上下打量了一番，叫道：“不在！”接着，“嘭”的一声将房门关上了。

武伯平愣愣地看着那扇房门好半天说不出话来。过了一会儿才轻轻地摇了摇头。“怎么会这样呢？不在就不在呗，也不用如此说话啊！听上去就像我和钱师傅有什么前世冤仇似的。”这么想着，他气不过又去伸手敲门。

门又开了，女孩直瞪瞪地看着武伯平，一串不那么中听的话语从她的口中蹦了出来：“喂，你这个人烦不烦哪！不是告诉过你了吗？不在不在！”说着，又要关门。

武伯平赶忙拦住女孩，说道：“你的声音倒蛮好听的，你大概是钱师傅的女儿吧……”

女孩把嘴一噘，说道：“我是他的女儿钱小妹，那又怎样！”

武伯平点点头，说道：“现在我知道了你爸不在家，那他什么时候回来？”

钱小妹白了武伯平一眼，问道：“你问我，我去问谁？”

武伯平还想说些什么，钱小妹猝不及防地又是“嘭”的一声将房门关上了。

武伯平苦笑着摇了摇头，无奈地或许也是心虚地向前后弄堂看了看，好在弄堂人家都在各忙各的事，根本没人朝他瞅上一眼。他忽然有点想不明白了，真是奇怪呀，这做女儿的怎么会不知道父亲什么时候回家呢？这可于情于理都说不过去呵！难道，这中间隐藏着不可告人或难以言说的秘密？那么，这又是一个什么样的秘密呢？他想了一会儿，还是什么都没能想出来。

想不出来的武伯平终于什么都不想了，转身在门口找了个地方蹲了下去。他已下定决心在这儿等钱师傅了，哪怕钱师傅回来得再晚，他也一定要等到钱师傅。

不知过了多久，二十三号前门响了一声，钱小妹开门走了出来，一直走到了蹲在那儿的武伯平面前，问道："喂，你怎么还没走？"

武伯平站了起来，说道："我不走。"

钱小妹虎起了脸，说道："你到底要干什么？"

武伯平说了一句很老实的话："不等到钱师傅，我是不会走的。"

钱小妹转身就往屋内走。武伯平摇了摇头，知道紧接着便是"嘭"的关门声，这一回他已经有了足够的心理准备，哪怕她把门关得震天响，他也不会吃惊了。

可钱小妹刚推开门，就忽然改变了主意，一把将门带上。她没有走回屋内，而是返身走过了武伯平的身旁，沿着碎石路走向了弄堂深处。

武伯平看着钱小妹的背影淡淡苦笑："你走了也好，免得左右看我不顺眼，老是那么凶巴巴地用话来挤对人。反正，我又不是来找你。"后来他才知道，其实钱小妹是去搬救兵——忻一帆了。

一说起忻一帆，附近几乎没人不知道他是估衣铺的伙计，在这前后弄堂里也算是个人物。估衣铺这碗饭不好吃，平日里察言观色得是一等一的本事，先要看准是什么人，然后才能说什么话。当时在十里洋场的上海滩，不少在市面上混的人都爱上估衣铺去。为什么？人靠衣装马靠鞍，一袭衣服是极能打发那些势利眼的，出门办事才能方便且效率高。

在估衣铺这一行当中混得一碗长久饭的人，靠的就是一双善识人心的眼睛和一张巧舌如簧的嘴巴，面对三教九流才能应付自如、迎来送往，因而自是练就了一身四方讨巧、八面玲珑的不凡本事。

当钱小妹找来的时候，忻一帆刚从外面走进家，听得钱小妹如此一说，转身拉着她便走，说道："走，让我去见识见识这家伙到底是何方神圣！"

一路上，忻一帆比钱小妹走得更快，显得更着急。忻一帆一向对钱小妹颇有好感，而且不是一点点好感。打从几年前来上海租住了后弄堂的一间三层阁、成了钱师傅家的房客，他就开始了和钱小妹的交往。少男少女的交往是用友谊浇灌的，基本与功利无涉。一来二去的，钱小妹的豪爽给忻一帆留下了深刻的印象，而忻一帆的少年老成、遇到任何事情总有一套办法去解决的聪明也赢得了钱小妹的好感。渐渐地，他们成了无话不谈的好朋友，不知情的人还以为他们是从小一块儿在弄堂里长大的开裆裤朋友，往雅里说就是青梅竹马。再者，钱小妹是钱师傅的掌上明珠，从小被宠到大，惯出了一身的泼辣劲儿，弄堂里不少人都有点儿怕她，可忻一帆偏偏不怕，不但不怕，居然还有些喜欢她的泼辣，也许像老话里说的，什么样的钥匙配什么样的锁，或许忻一帆就是一根红芯蜡烛，私下里总在高兴地被她的那蓬火点亮、燃烧。

正这么走着，忻一帆情不自禁地回了一下头，偷偷打量了钱小妹一眼。钱小妹正在他的身后紧追慢赶，一时免不了有些气喘吁吁，但又不好意思让他走得慢一些，只能在心里暗暗咒骂：“忻一帆这个死男人，只顾自己走得痛快，怎么也不回头看看，女人的步子哪里有男人迈得大！真像茶馆说书先生说的那话本，‘这十三点的男人根本不懂得怜香惜玉’！”她不知道他忽然回过头来看她并且还停了下来，差点儿没一头撞在他的身上。她慌忙停住脚步，没好气地说道：“看什么看，不认识啊！”

忻一帆嘻嘻一笑，什么也没说，连忙转身走了。只是他的脚步已然不是原先的节奏，而是慢了下来。钱小妹很快便感觉到了，不禁暗自松了一口气，心想：“我还以为他能一直如此快步地走下去呢，原来也是虎头蛇尾的家伙！终于走不快、走不动了吧？”

忻一帆不用看钱小妹的脸色便知道她心里在想些什么，在刚才回头的一瞬间，他已察觉到了她的神态，他一边在心里责怪自己只顾赶去她家却没料到她跟不上趟，一边连忙放慢了脚步。是啊，如果连这点小事都看不出来，那他就算是在估衣铺白混了。

来到二十三号前门，忻一帆一眼就看到了武伯平，低声对钱小妹说道：“你先站在旁边，让我来对付吧。”

忻一帆走了过去，对着武伯平问道：“你怎么还在这儿？”

武伯平见钱小妹和一个年轻男人一起回来，心中顿时明白原来她是去找人了，见对方客客气气地问话，便也客气地说道：“我是不会走的。”

忻一帆故作惊讶地“咦”了一声，又问道：“你不走？”

“不走。”

“为什么？”

“我在等钱师傅。”

忻一帆点了点头，说道："哦，等钱师傅。这事听起来没错，可你还是错了。"

武伯平听不懂了，问道："怎么一会儿没错，一会儿又错了？"

忻一帆一笑，说道："你要等钱师傅，这事没错。可钱师傅不在家，只有他女儿一人在家，你一个大男人堵在了她家门口，左邻右舍看到了、遇见了会怎么想？你还让不让人家小姑娘做人了？现在我问你，你是不是错了？"

这是武伯平原先没有想到的问题，所以他被忻一帆问得一时哑口无言。

忻一帆偏偏还要接着问："你怎么不说话了？"

武伯平终于说话了："我是错了。对不起，我现在就走。"说着，转身向弄堂口走去。

钱小妹目瞪口呆，有些不敢相信，问道："阿忻，也走了？这么便当就走了？"

忻一帆点了点头，是很得意的那一种，说道："他刚才一开口说话，我就知道他是属于一根筋的朋友，这种人脑筋不会转弯，肯定是吃软不吃硬，哪怕你用棍子撵，他也不会走的！但我相信这种人好弄来兮，他认理，而且认死理！我就随便找一个理，逼得他不能不认！那好，你认了你就得开路滚蛋！小妹，怎么样，你佩不佩服我这一双看货识人的火眼金睛？"

钱小妹"哼"了一声，说道："别给你个梯子，你就以为能登天了！"

忻一帆正要开口，钱小妹似乎想起了什么，神色忽然一变，紧张地问道："你看他会不会是日本人的走狗，有意来探听我爸消息的？”

忻一帆不答却问：“你不佩服我的火眼金睛，我哪里知道？”

钱小妹嗔怪地白了忻一凡一眼，说道：“佩服佩服！行了吧？快告诉我，他是不是日本人的探子？”

忻一帆很认真地想了一下，说道：“不是，起码不像。这个人的身上有一股子正气。”

钱小妹沉吟了一会儿，说道：“我看他也不像。”说着，走过去开了房门。

忻一帆正想跟着进去，钱小妹忽然伸手拦住了他。

忻一帆奇怪地问道：“怎么了？我刚帮了你的忙，你这么快就过河拆桥啊？”

钱小妹淡淡一笑，说道：“我本来是不会拦你的，说不定还想关心地问你一句‘饭没吃过的话就一起吃’。可一想起刚才有个人说过，‘左邻右舍看到了、遇见了会怎么想？你还让不让人家小姑娘做人了’，所以我就……”

忻一帆叫起了冤枉，急忙说道：“我这话是对外人说的……”

钱小妹的大眼睛狠狠地朝忻一帆瞪了瞪，说道：“我不管，反正我听进去了！还是等我爸回来以后，再请你过来吃饭！”

忻一帆还没完全反应过来，钱小妹已经进了屋，门“嘭”地关上了。

2

武伯平在弄堂口德泽坊牌楼的底座上坐了下来。他看着不时从身边经过的男男女女，不觉伸出手去轻轻地揉了揉太阳穴，毫无来由地又想起了那个叫罗格的外国人。“是呵，罗格先生还在等着我的消息呢！可钱师傅不在家，在家的却是个蛮不讲理的女儿，我该怎么办呢？”他忽然觉得有些束手无策。看来今夜是无法回到自己居住的地方了，只能在这儿守株待兔地等钱师傅回来。不过，钱小妹尽管不讲理，在似嗔非嗔之际，嘴角居然会露出一旋小小的酒窝来，这使他的思绪一下子被牵得好远好远，情不自禁地想起了一个叫张玉兰的女孩。张玉兰是那样的热情、朴实，而钱小妹却是如此的刁蛮、泼辣，如果她们是同一个人的话，那该多好……

就在这傍晚时分，就在这牌楼下面，也许是实在头大，也许是过于疲惫，武伯平的思绪渐渐地进入了混沌状态，他倚靠在石柱上徐徐地走进了一个梦。在梦中，张玉兰和钱小妹时而成为一个人，时而又是两个人。成为一个人的时候，他看不清楚她的面目；成为两个人的时候，就更为糟糕，这两个人突然争吵了起来！他就在争吵的那一刻被惊醒了过来，明白自己打了一个盹，一个短暂却又漫长的盹。

苍穹的大幕在不经意之间被扯了下来，天，黑了。武伯平这才觉得肚子饿了，不是一点点饿，而是很饿。他想起衣袋里还放有中午吃剩下的一个老虎脚爪，这玩意儿实在，当饱。他将包裹在报纸中的老虎脚爪掏了出来，狼吞虎咽地吃了起来。也许是吃得过猛，才三五口咽下肚去，就忽然觉得喉咙里噎得慌，他连忙抚了抚胸口，站起身向弄堂里走去。他想去讨口水喝，不然这老虎脚爪真的要噎住他的喉咙口了。

已是吃饭时辰。弄堂人家门口的煤球炉早已不再热闹，或熄了火，或封了炉口，或放上了烧水壶之类的，而且几乎家家都关上了门，开始享受一家人团聚的晚餐时光。

武伯平的脚步又在二十三号前门停住了，他正犹豫着，胸口突然毫无来由地泛上来一阵难受，逼迫着他果断地叩响了门扉。

“咿呀”一声，门开了，露出了钱小妹的半张脸。她吃惊地张大了嘴，问道：“怎么又是你？”

武伯平有些结巴了，说道：“我，我噎，噎住了，你能不能给点白开水？”

钱小妹看了看武伯平，在断定他没有撒谎之后，转身倒来了一碗白开水。

武伯平咕咚咕咚喝了两大口，长长地舒了一口气，说道：“总算冲下去了，舒服了。”尔后，他旁若无人地重新掏出那老虎脚爪，大口大口地吃了起来。

钱小妹似乎有些不忍卒看，转过脸去，目光缓缓飘进了走道里的灶披间。其实，她还没来得及吃晚饭，这两天她花费了不少心思从日本人统治下的小摊小贩那里买来了钱师傅最爱吃的菜，而且总在晚上烧了足够自己和钱师傅两个人吃的饭菜，就等着钱师傅叩响门扉的那一刻。是啊，她是多么盼望父亲能回来吃饭啊！可钱师傅总也不见回家，导致第二天她只能把前一天晚上做的饭菜当作当天的早饭和中饭。武伯平这副落魄的模样令她颇为心酸地想到了父亲，父亲在日本人的四处追捕中，会不会也像眼前这个男人一样饥一顿饱一顿，随随便便弄个大饼、老虎脚爪之类的点心当午饭、晚饭？

这么一想，钱小妹忽然有了一种冲动，很想让武伯平放下手里的老虎脚爪，吃上一顿她亲自做的热腾腾的晚饭。可是，她转念一想，在心里对自己说道：“你知道这家伙是什么人吗？你了解这家伙的底细吗？虽然刚才忻一帆说他不是也不像日本人的走狗，但是你又有什么办法来证明这一切呢？没有，一点儿办法也没有。那么，就随他去吧！你只当什么也没看见，不就行了吗？”

就在钱小妹的思绪千回百转的当口儿，武伯平已经吃完了。他抹了一下嘴巴，将空碗还了过来，说道：“谢谢你！”随即转身跨出门去。

钱小妹什么反应也没有，只是捧着空碗，愣愣地看着武伯平消失在门外，目光里尽是一片空空荡荡。

3

半夜，天空中飘起了淅淅沥沥的小雨，将德泽坊阳楼下的武伯平从睡梦中浇醒过来。他起先并不想理会这无端来扰的雨丝，可没料想这雨丝虽然细小，却不依不饶般连绵不断地下着，他终于发觉自己的头发湿漉漉的，脸上湿漉漉的，甚至连脖子也湿漉漉的了，最后他不得不站起来，慢慢地走向弄堂，想找一户人家的屋檐避雨。

说来也怪，那些人家的门前不是堆放了杂物，便是檐帽过于短小，三走两走的，武伯平居然又来到了二十三号前门。巧了，这钱师傅家的门前非但没有堆东西，而且前檐又长又大，恰好容得下他这个风雨来时无处归的避雨人。他一把抹去一脸的雨珠，这才觉得身上有些冷，便不停地在门前踱来踱去，以驱寒意。

钱小妹睡在二层的后楼。这些日子，她老是睡不安稳，许是心里一直在担忧钱师傅。似梦似醒时，不知怎的，她忽然隐隐约约地听到了很轻、很有规律的声音，响了一会儿听不见了，过了一会儿又响了。她一下子清醒过来，一骨碌从床上坐起，凝神细细地听了一会儿，这才发觉那声音来自楼下门外。

钱小妹蹑手蹑脚地下了床，又蹑手蹑脚地下了楼，来到门后，悄悄地从门缝向外看去。她先是看到了一个男人的宽厚背影和大脑勺，他一动不动地站在那儿，过了一会儿，他动了，当他走过来时，她吃惊得差点叫出声来，因为她看到了他的脸，这张脸只能属于今天曾无数次打扰过她的那个人！

怒火一点点地从丹田升了上来。“都已经深更半夜了，居然还在我家门口那么消闲地踱着方步，这个一根筋怎么如此难缠！”这么想着，钱小妹再也忍受不住，一把拉开房门，怒不可遏地压低嗓门叫道：“你这个人……”

钱小妹突然说不下去了。因为她看见了雨丝在夜空里纷纷扬扬地飘洒着，雨珠在武伯平的头发上、衣服上闪烁着，雨点在他的额前、耳后垂挂着。她不免动了恻隐之心，“啊”了一声，说道：“原来，下雨了……你，要不要进来躲躲雨……”

武伯平有些吃惊，他没想到那么泼辣、那么刁蛮的钱小妹会说出这番话来，而且是在这样夜深人静的时候。不，不像，完全不像，根本判若两人！由于吃惊，他一时竟没能回上话来。

钱小妹的泼劲儿又上来了，没好气地说道：“喂，你听见了没有！”

武伯平点了点头，说道：“听是听见了，可我……只想在你家的屋檐下避避雨。”

钱小妹火了，这样的男人，她还真没见过！她伸手便去拉他，说道：“你要死啊，雨都把你淋成这样了！”

武伯平轻轻地却坚决地挡回了钱小妹的手，说道：“不去。”

钱小妹几乎是低低地吼了起来：“我都不怕，你又怕什么！你去楼下灶披间，我睡楼上后楼，大家把门锁好，还怕我吃了你？”

武伯平苦笑，叹了一口气，说道：“别怪我，其实还是你那位朋友说得对——‘左邻右舍看到了、遇见了会怎么想？你还让不让人家小姑娘做人了’？”

钱小妹忽然什么都不说了，只是轻轻地骂了一声：‘十三点！”接着，她就消失在了门口。

过了一会儿，钱小妹拿着一条毛巾和一碗开水出来了，说道：“擦干你的脸和头发！喝点开水！”完全是一副命令式的口吻。

武伯平这一回没有争辩，很服从地接过了毛巾和开水，按照她的命令去做了。

钱小妹又递过来一件衣服，说道：“这是我爸的衣服，穿上吧。”

武伯平在递回毛巾和碗的时候，取过了衣服，充满感激地低声说道：“谢谢你。”

钱小妹正想开口再劝武伯平进来躲雨，他却抬头看了看天，轻轻地爆起一声欢呼：“雨停了！”

钱小妹定睛看去，雨丝果然停住了纷纷扬扬的脚步。

武伯平说道：“不好意思，打扰了。”说完，也不待钱小妹回答，抬脚便走。

钱小妹慌忙问道："你，你上哪儿去？"

武伯平人走了，声音却留了下来："回我住的地方去。"

钱小妹痴痴地望着武伯平的背影，忽然心想："回他住的地方去？他住在哪儿？不，不对，如若果真有住的地方，又何至于被雨淋得这般狼狈？撒谎，一定是在撒谎！呵呵，这家伙到底是个什么样的人呢？"才这么一想，她就突然觉得鼻子两边有点发热，慌忙啐了自己一口："瞎七搭八！他是个什么人，又关你什么事！"

钱小妹进屋去了。不知为什么，这一回她把门关得很轻很轻。是夜已经深了，还是有其他什么心事？谁也不知道，唯有她自己心里清楚。

弄堂里又恢复了宁静。屋脊上忽然传来"喵呜"一声，原来是一只猫弓起了背，心有不甘地叫了一声，慢吞吞地踩着屋上的瓦片，悄无声息地离去了。

4

天方蒙蒙亮。沉睡中的钱小妹被楼下一个男人狂呼大喊"小妹，钱小妹"的声音给闹醒了。不用看，一听就知道这样的嗓子非忻一帆莫属。

钱小妹懒懒散散地回应了一声，慌忙起床梳洗，一番忙乱之后才下楼去打开了房门。

一照面，忻一帆就显得有些焦躁不安，急忙问道："小妹，那小子后来有没有骚扰过你？"

钱小妹摇了摇头，说道："没有。"

忻一帆"啊"了一声，顿时如释重负，说道："没有就好，不过这一根筋就是一根筋，说不走果真没走，我刚才一出弄堂就发现了他……"

钱小妹一听，连忙问道："他在哪里？"话音落地，又急急地补充了一句，"我要去找他拿回我爸的衣服，昨夜天冷，他来借去了。"

忻一帆"哦"了一声，接着说出来的话便有点像是发酵过的了："原来这小子还是来找过你麻烦了，真是死缠烂打不顾脸面！"

钱小妹恼火了，说道："你什么意思，大些声说出来听听！"

忻一帆一见事态不对，慌忙来了个息事宁人的大熄火，说道："我一点儿意思都没有，只不过是在关心你……"

钱小妹"哼"了一声，说道："谁要你的关心了？人家是来找我爸的，你得去关心关心他为什么要来找我爸，到底有什么事情。"

忻一帆一拍后脑勺，说道："该死该死，这么重要的事情怎么会给忘了呢！对，我现在就去找他！"

钱小妹瞪了忻一帆一眼，说道："人家是来找我爸的，得我自己去问。"

钱小妹说走便走，忻一帆连忙追了上去，说道："你不一定能问得出来，对付这种人啊，还得我这个老法师出马。"

钱小妹没有搭腔，径自向弄堂口走去。忻一帆自我解嘲地嘿嘿一笑，紧紧地跟在了她的身后。

弄堂口，牌楼下，武伯平斜倚在牌楼底座上睡得正熟，钱师傅的衣服则盖在了他的身上。钱小妹做了个手势让忻一帆站住，自己则大步走了过去。

钱小妹默默地凝视着沉睡中的武伯平。他的睡姿很自然，很随意，也很惬意，似乎还有一些如小夜曲般抒情的低微鼾声。说实话，她对这家伙已从最初的反感到现在的略有好感，尽管她并不了解他从哪里来、往何处去，甚至连他姓甚名谁都不知道。她对他一直有陌生感，不是一点点陌生，而是一种无法走近的距离感造成的极度陌生。是啊，从突然出现在她的面前，到傍晚时分讨开水喝，又到夜半檐下避雨，直到现在如此肆无忌惮地睡在弄堂口的牌楼下，这样的人是从小在弄堂里长大的她无法了解也无法理解的。也许他很快就会从她的面前消失，也许他在下一刻便会远走他乡，她与他根本无法有更多的接触，又哪里谈得上走近不走近呢？只是，她对他此刻如此随意并带有放肆意味地倚靠在牌楼底座上倒头便睡的形态大惑不解，继而便有一丝隐隐的担忧浮上心头——这样的生存状态如何能够长久？还有，此刻他会不会生病？毕竟夜寒凉彻骨，更有风雨声。

其实，钱小妹哪里知道，于武伯平而言，能在牌楼下安寝，已是一种天大的福气、一种奢侈的享受了。在过去的两三年中，在瘟疫横行的日子里，在那些穷乡僻壤，他磨炼出了如这般席地而卧、倒地便睡的本事，那些担惊受怕、风餐露宿的日子已经成为他的人生记忆中一道道永远无法消逝的印痕。

钱小妹完全不知道这些故事，所以她发出了一声幽幽的叹息。这一声叹息落地，恍如一声铜锣发出大响，陡然就把沉睡中的武伯平砸醒了。他一下子坐了起来，揉了揉眼，这才看清了面前的钱小妹，不觉大为讶然，问道："是你？你怎么来了？"

钱小妹莞尔一笑，说道："天都亮了，你也该起床了。"

武伯平朝四下里打量了一下，笑了，一把抓起盖在身上的衣服站了起来，接着伸了伸懒腰，还打了个大大的哈欠，把手上的衣服递了过去，说道："谢谢你的衣服，不然这一夜我真要冻着了。"

钱小妹接过衣服，说道："快去吃早点吧，也好暖暖身子。"说着，她将手上的几个铜板递到武伯平面前，"记住，买碗豆腐浆，别又给噎住了。"

武伯平笑了，点了点头，说了一个"好"字，却并不伸出手来。

钱小妹没笑，问道："怎么，钱不够？"

武伯平摇头，说道："不是。我会去吃早点的，但不用你的钱。"

钱小妹的声音一下子变得冷冷的，说道："怎么，看不起人？你是来找我爸的，也就是来找我的，难道还不许我请客！"

武伯平一时语塞，支支吾吾说不上话来。

钱小妹横了武伯平一眼，说道："瞧你，原来也是个不爽快的！"接着，扭头便喊，"忻一帆，你过来！"

忻一帆急急地走了过来，问道："小妹，有事叫我？"

钱小妹白了忻一帆一眼，说道："没事就不能叫你？去，给他买一副大饼、油条，外加一碗豆腐浆。"

忻一帆愣了愣，看了看钱小妹，又看了看武伯平，脸上渐渐浮起一丝不快，说道："他又不是缺腿少胳膊的，就不能自己到马路对面的小吃摊跑一趟，难不成还要我服侍他这个大少爷啊？"

钱小妹的脸一下子拉了下来，说道："你去不去？不去就算了！这么磨磨蹭蹭的，哪里像个男人！”

忻一帆看了武伯平一眼，连忙把钱小妹拉到一边，说道：“你偏不偏心哪！哪有这样做法的，你有了新朋友，就不要老朋友了？还想让我给他跑腿！你也不听听，你是怎样对我说话的，让我连一点腔调也没有了。”

钱小妹“哼”了一声，说道：“你傻不傻呀！正因为你是老朋友，我才会这样对你说话，不来虚的那一套。难道，你要我对你像对他一样客客气气？”

忻一帆并不傻，一下子就明白过来了。他开心地嘻嘻一笑，说道：“不不不，我去我去。”

“等一等！”钱小妹叫住了忻一帆，“把钱拿去。”

忻一帆看了看钱小妹递过来的铜板，说道：“你就免了吧！我有铜板的，你请我请还不是一样？”

钱小妹啐了忻一帆一声，说道：“谁同意你请我请都是一样的？你的就是你的，桥归桥路归路，别想来讨我的便宜！”话音未落，她的脸上陡然飘过了一朵红云。

武伯平看不懂，忻一帆却是心知肚明，岂止是心知肚明，简直就是心花怒放！他笑着说道：“好好，我懂你的意思，就依你。我们还是到什么辰光再说什么话，好吗？”

钱小妹大不买账，叫道：“好你个大头鬼，拿去！”说着，将铜板又一次递了过去。

忻一帆嘿嘿笑着，刚伸出手去，冷不防，武伯平的手更快，一把将铜板抓了过去，说道：“不麻烦别人了，我自己去吧，你们的心意我全领了。”

钱小妹顿时转怒为嗔，把嘴一噘，说道：“这才象个男人，爽气！”

忻一帆却不满意了，说道：“爽气？我看一点儿都不爽气！跟个娘们儿似的，黏黏糊糊。钱师傅明明不在家，偏偏还要赖在这里不走，爽什么气呀！”

武伯平苦笑。

忻一帆说道：“你别只顾着自己笑，你到底存的什么心思啊？”

武伯平叹了一口气，忽然说出了一句让人意料不到的话：“我想当工人。”

忻一帆与钱小妹面面相觑。

过了老半天，钱小妹说道：“原来你是为了这个呀？”

忻一帆则是一脸冰霜地说道：“你也不看看现在是什么时候，连钱师傅自己都不去厂里了，你还来找他当工人？我劝你别找他了，找了也白找！”

武伯平偏偏信心满满，说道：“有个人让我来找他，带一句话给他，说他听了这句话一定会收我做徒弟的。”

钱小妹疑窦重重，问道：“这个人是谁？带一句什么话？”

忻一帆连连点头，说道：“对，你说出来听听，什么话有这么大的威力？我才不信呢！”

武伯平说道：“这话我不能说，这个人我也不能说。”

钱小妹奇怪了：“为什么？”

忻一帆也跟着问道：“是啊，为什么不能说？理由何在？”

武伯平想了想，说道：“我只能亲口告诉钱师傅本人。”

钱小妹的眼睛一眨不眨地看着武伯平，问道：“这么重要？”

武伯平点了点头，说道："受人之托，忠人之事。我答应了人家，就一定要做到。"

忻一帆冷笑起来，问道："你的意思是，你一定要见到钱师傅？"

武伯平点头。

钱小妹思索了一会儿，说道："既然你说得这么明白，那么我也不隐瞒你了，你很难见到我爸的……"

这一回轮到武伯平吃惊了，急忙问道："为什么？"

钱小妹不再遮遮掩掩，直接说道："日本人正在追捕我爸，要他去厂里上班，为日本人制造屠杀中国同胞的武器。"

武伯平沉默了。这是他没有想到的，也是罗格没能料到的。此刻，他知道钱师傅一时半会儿肯定不能回家了，也许十天半月都要在外面东躲西藏，他在德泽坊待着已经毫无意义了，而且他得把这个情况尽快通知罗格。

忻一帆虽然不能完全猜透武伯平的心思，但已然看出他去意已定，于是说道："我估计你要走了，如今你再赖在这里已经没有必要了。不过，你要把人家托你捎的口信原封不动地再带回去吗？"

武伯平无言。

忻一帆的表情十分诚恳，突然就说出了一句钱小妹十分想说的话来："难道你真的不能告诉钱师傅的女儿吗？你尽管对她说好咪，我回避。"说完，便向一旁走去。

武伯平一把拉住忻一帆，说道："不必，我不会说。"

钱小妹和忻一帆都说不出话来了。

武伯平说道："对不起，这是我做人的底线，我没办法。"

忻一帆恨恨地骂了一句脏话。

钱小妹却释然了，笑了一声，说道："阿忻，我们也别坏了人家的规矩。"

"那，我走了。"武伯平向钱小妹和忻一帆点了一下头，转身离去。

忻一帆叫了起来："你上哪儿去？"

武伯平笑了，笑得很是灿烂，说道："我去吃大饼、油条、豆腐浆。"说着，向马路对面的小吃摊走去。

钱小妹幽幽地叹了一口气，回身走进了弄堂。

忻一帆则一动不动地站在原地，久久地看着武伯平走过了马路，走向了小吃摊。

这时，马路上开始热闹起来。

第六章

罗格被捕，誓做厂子里的工人

1

武伯平坐在地中海咖啡酒吧里临窗的桌旁，与他相对而坐的是罗格。他们的面前是两只冒着腾腾热气的杯子，一杯是咖啡，一杯是白开水。白开水是属于武伯平的，罗格喝的自然是咖啡。

窗外，已是华灯初上。

咖啡香浓，但此刻罗格的模样一点儿不像在品尝上等咖啡，完全是一副喝了一壶苦涩中药汤汁的表情，苦得连眉头都皱了起来。是呵，武伯平带来的有关钱师傅的消息把他嘴里的美味咖啡顿时变成了一汪苦水，除了苦涩，还是苦涩。

武伯平没能把消息传递出去，钱师傅已然和自己一样受到了日本人的追捕，看来谁都无法完成销毁那些设计图纸的秘密任务了。下一步该怎么办呢？罗格望着手中的咖啡杯，一时好不踌躇。说得轻一点，这是关系到自己和钱师傅个人生死存亡的事情；说得重一些，这可是有关正义战争和非正义战争谁胜谁负的影响人类命运的大事啊！

去年，一位秘密特使前来拜访，罗格心里很清楚，这位特使代表了同盟国的某些国家。特使问罗格，有无可能为他们制造一种产品——一种水平绝对领先的军工产品，一种极具威慑力的国防产品。为了打败德国、意大利、日本这些轴心国侵略者和战争狂人，罗格接下了这一票订单。后来罗格才知道，说是制造，其实对方连机械图纸都没有设计出来。再后来，对方秘密派遣了几位世界一流专家，与钱师傅一起设计出了图纸。

就在专家撤离、钱师傅和技术工人们准备投入试验的阶段，日本人的特高课不知从哪里获得了情报或是听到了风声，突然在前些日子的某个深夜闯入工厂，宣布对远东机械厂实行军管！幸亏罗格和钱师傅那天夜里都在厂里值班，慌乱之中将设计图纸秘密转移藏匿到了办公楼下的一条污水管道内。

随着自己被投入敌侨集中营、特高课四处搜查的情势日趋紧张，罗格思来想去，这些设计图纸万一落到了日本人的手里，万一被他们制造生产出来，那将是关系世界格局的大事，拉大双方在战场上军事力量的差距！如此一来，自己岂不成了钉在历史耻辱柱上的罪人？经过激烈思想斗争，罗格决定不惜一切代价，越狱逃出集中营，销毁所有设计图纸！可现在，面对武伯平带回的消息，罗格该怎么办？

这时，帕格尔匆匆走了过来，一脸紧张，压低嗓门说道："门外来了不少便衣，好像是特高课的人，罗格先生，愿上帝保佑他们的目标不是你。"

罗格的脸色一变，抬头向门口看去，一眼便看到了七八个戴着鸭舌帽的汉子走进了店堂，他们的双手全都深深地插在裤兜里。罗格知道，他们在裤兜里紧紧抓住的肯定是冰冷的手枪。

突然，罗格的脸部不可遏制地痉挛了起来，仿佛一阵如刀的寒风割上了他的脸——他看到了紧跟在这七八个汉子身后的是一个戴着一副金丝眼镜、风度儒雅的中年汉子，其鹰隼般的目光正阴冷地扫过酒吧的大堂，脸上连一丝表情都没有。

那天深夜，就是这个中年汉子率领特高课的人冲进远东机械厂，将罗格抓起来关进敌侨集中营并且亲自审讯的。别看这家伙外表温文尔雅，其实特别会折磨人，在审讯的时候可以一天二十四小时连续不断地用一个比一个厉害的问题直捣人的神经，甚至始终用强光灯直射人的眼睛，非把人折腾到精神崩溃不可！罗格因此永远记住了他的名字：佐藤。

现在，又是佐藤带着人马包围了地中海咖啡酒吧，罗格的心不禁“咯噔”了一下，他知道，佐藤是不见兔子不撒鹰的狠角儿，没有得到可靠情报，他是不会轻易出动的，这一回肯定是冲着自己来的。尽管自己出入保持着十万个小心，但特高课的鹰犬还是嗅出了异常！不过，现在这些都不重要了，重要的是必须保护武伯平安然无恙地离开这儿，无论如何都要找到钱师傅，然后去完成那项伟大而光荣的任务。至于自己，已经是从集中营坟墓里爬出来的人了，再进一次坟墓又如何？生死早就看透，该来的终究要来。中国人是怎么说的？是福挡不住，是祸躲不过。这句简短的话中蕴含着多少哲理啊！

这么一想，罗格瞬间冷静了下来，他将头微微地倾向了武伯平，表情平淡而坚定，低低地说道：“你仔细听好我说的话，但什么表情也别在脸上显现。我已经暴露了，那个戴眼镜的佐藤大佐就是来抓我的。千万别朝他看，要显得若无其事！对，就这样。我的时间已然不多，记住我的话，想尽办法找到钱师傅，把那个口信带给他，要他一定回到厂里去，他会明白的。对了，你就说是我介绍你当他徒弟的，他不会拒绝。你马上可以站起来走了，要像没事人一样，他们不会注意你这个中国人的，你站起来一直往前走，千万别回头，从左边的边门走出去，就到了街上。现在听我的口令，慢慢站起来，向前走吧！”

武伯平傻了一般，木然地听着罗格的话，什么反应也没有，更没有站起来离开。

罗格着急了，低声叫道：“你不能和我在一起，你必须立即离开这儿！你快站起来走吧，我会掩护你的。求你了，再不离开，就来不及了！”

武伯平终于站了起来，神情木然地向前走去。当即将走到边门的时候，他突然听到罗格的大嗓门响了起来，他在大声地招呼着帕格尔，让帕格尔为他的咖啡杯添加咖啡！

武伯平心里明白，这是罗格为了掩护他安全离开而采取的行动。他再也忍不住了，不由自主地停下脚步，缓缓地回过头去，于是他看到了佐藤和他的手下被罗格的大声招呼吸引了过去，纷纷向罗格的咖啡桌前围了上去。而罗格浑似不觉，居然接过了帕格尔为他新斟上的咖啡，一饮而尽，在放下咖啡杯的同时，似乎方才发觉已然站在面前的佐藤，不禁莞尔一笑，说道：“你来了？很好，我请你喝我们西方人的咖啡！”佐藤阴沉着脸，一言未发。罗格举起咖啡杯，仰脖将残余的最后一滴咖啡倒入了喉咙，而后将杯子轻轻放回咖啡桌，朗声一笑，说道：“走吧，回敌侨集中营！”

武伯平的眼泪就是在这一瞬间涌上眼眶的。他连忙低下头匆匆走向边门，他怕有人发现他此刻的失态，脚下走得很快。他明白了，他必须按照罗格要求的那样去做，罗格已经为他付出了被逮捕、下大狱的巨大代价，他没有理由不为自己答应了的事情去奋斗，哪怕牺牲生命！

武伯平就是怀着纷乱的想法穿过边门来到街上的。街上的灯火正阑珊，不远处的下海庙断断续续传出一阵颤悠悠的钟声。据说，连这小小的庙宇也已经被跋扈的日本人“接管”了。

2

已经整整一个星期过去了。武伯平几乎忘记了白昼和黑夜，忘记了今天、明天、后天是几月几号，更为严重的是，他都快忘记自己是谁了。这个星期的每一个时刻，他都在德泽坊弄堂外面胡乱转悠。他不敢走进弄堂，怕的是再遇到钱小妹和忻一帆，尤其是钱小妹那一张刀子嘴真让人吃不了兜着走。因此，一旦发现钱小妹的身影进入视线，他立即脚底抹油——溜之乎也。说得好听一些，是大踏步撤退，说得难听一些，则是老鼠见到了猫。躲避的效果还算可以，总算没有让钱小妹发现他的行踪。

不过，这一切不是最可怕的，最可怕的是武伯平突然发觉弄堂的前前后后、马路对面和斜对面都有好些形迹可疑的汉子。比如，弄堂口的那个“黄包车夫”老是将一个破帽子耷拉在脸上，半倚半靠在车上，似睡似醒，总也不拉客，偶尔有一两次来了主顾，他却说这车让别人包了，什么地方也不能去，这岂不是咄咄怪事？还有一个人在马路靠墙根处摆了皮匠摊，他倒是会给人修修鞋、钉钉鞋掌什么的，可他那双贼溜溜的眼睛足以让人大起疑心——他的目光总是直勾勾地瞄着弄堂口，仿佛那儿有个漂亮女人勾去了他的魂。

其实，武伯平心里很清楚，自己在别人眼里肯定也十分可疑，只不过他看上去像到处晃荡、游手好闲但无关紧要、极不起眼的二流子罢了，而他们这些不同的可疑人物的目标倒是相同的，都是为了等待一个人：钱师傅。

武伯平知道自己等在这里很傻，但他又无法不傻，因为他想不出更聪明的办法，只能继续傻下去。不过，他心里还有一个更傻的问题：万一钱师傅真的出现了，自己应该怎么做？他实在不知该如何完成罗格交代的任务，他想罗格也不会预料到眼下出现了如此险恶的情况。

该来的总归要来——钱师傅终于出现了！这天的夜半时分，一个黑影突然出现在了二十三号前门的门口，也不知他是从哪儿冒出来或钻出来的，只一闪，便不见了！

站在弄堂口的武伯平疑窦大起，这是钱师傅吗？应该是。万一不是呢？要不要上去与其搭讪？唉，他居然有些束手无策了。关键在于，他根本不认识钱师傅！也许，只有在这时候，他才有了一丝彷徨——自己是否卷入得太深了？原本他来上海，只是想成为一个拿工资的工人，可打从那个奇妙的晚上，稀里糊涂地认识了外国老板罗格，一切都改变了，变得有点像一句什么话，呵，想起来了，叫作“人在江湖，身不由己”……这些纷乱的念头，使得他不由自主地有了深深的疑惑。

但下一秒钟，武伯平所有的疑惑就都烟消云散了。因为他看到那个一直懒懒地倚在黄包车上的汉子突然像换了个人似的一下子从车上弹跳了起来，很职业地紧贴着弄堂人家的墙根向二十三号前门挪动过去。虽然“小皮匠”早已收摊，但又来了个将挑担放在马路边上“笃笃笃”卖糖粥的汉子，这时他也悄悄地撂下担子，从德泽坊的牌楼下闪过，潜入弄堂中。更让武伯平惊魂未定的是，这两条汉子一靠近二十三号前门，突然全都从腰间抽出了手枪，霎时一抹寒光从茫茫夜色中划过！

天哪，果然是钱师傅回家了，但他已经掉入了一个可怕的陷阱，而且这个陷阱与日本人有关！武伯平忽然有了一种见义勇为的冲动，想要不顾一切地闯进弄堂里，然而，脚步方才一动，就又站住了——他陡然发现更多的人影正向德泽坊挪动着，并且他认出为首的那个戴金丝眼镜的汉子赫然是在地中海咖啡酒吧抓捕罗格的人。他一时不知该怎么办，这次他是真的不知道了。

武伯平没有眼花，为首的人确实是佐藤。其实，佐藤一直在这附近活动，刚才他就潜伏在马路对面的小小剃头店里，外面的任何动静都一丝不落地落在了他的眼里，所以他才能出动得如此迅速。说实话，他无法不迅速，远东机械厂虽然已经实行了军管，但若要将这一家普通的机械制造厂改变成为大日本皇军作战前线服务的兵工厂并制造军火武器，根本离不了号称“车刀王”的钱师傅，这可是个凤毛麟角的角色呵！不不不，钱师傅是绝无仅有的，是绝对唯一的！尤其是当他听闻钱师傅极有可能参与了罗格那桩国际买卖的时候，钱师傅的重要性陡然增加了。罗格有拒不招供、死不承认的必然理由，但钱师傅这个中国人就未必了，因为钱师傅只是一个雇工而已，牵涉不到巨大利润这样的根本利益。他认为钱师傅还是好对付的，起码比对付罗格要来得容易。

战场形势逼迫远东机械厂必须刻不容缓地投入军火生产，也逼迫佐藤想出了一条计：在厂里的工人中间放出风声，说日本人在抓捕不到钱师傅的情况下，可能要对钱师傅的女儿下毒手。佐藤很清楚，只要这风声传到钱师傅的耳朵中，钱师傅绝对不会无动于衷，而且极有可能要潜回家中做一番安排，甚至携女儿出走，总之，无论发生什么情况，只要钱师傅出现，这一计就大功告成了。佐藤在得意之余，想起了自己喜欢的一幅中国明清山水画：风轻，月白，江上泊一叶小舟，舟上坐一垂钓老翁。这画中勾勒的不就是此时此际的自己么？钓饵已下，唯等鱼儿上钩了！当然，佐藤也注意到了武伯平，虽然他形迹可疑，但只要他不迈进二十三号前门，不和钱师傅的女儿接触，那就让他暂且游弋在渔网的周边吧！

现在，鱼儿果然来咬钩了！心花怒放的佐藤紧随着手下的特高课人员走进了屋子，双手背在身后，笑容可掬。他清楚地知道，这是一种属于胜利者的笑容。他很快便看到了被捕获的猎物——钱师傅，不过他的笑容突然一下子从脸上隐去了，因为他听到钱师傅对着“黄包车夫”和“卖糖粥人”愤怒地叫道：“不！你们谁都别想逼我回工厂！”

佐藤慢慢地走到钱师傅的面前，徐徐地打量着他。这是一张典型的中国人的脸，天庭饱满，有着三五道刀刻一般的皱纹、不大的眼睛和浓密的眉毛，这一切都清晰地显示着刚毅果敢的性格。佐藤明白，钱师傅并不是一个好打交道的人。

佐藤抬起头扫了一眼钱师傅身后的钱小妹，顿时，淡淡的笑容重新返回到他的脸上。他说道：“钱师傅，我知道你不想回工厂，不想配合皇军的军工生产，我也知道你不太怕死，可你有没有想过你的宝贝女儿呢？如果她因为你这个爸爸的行为而被抓进日军宪兵部，那是不是很遗憾的事情？想必你一定知道日军宪兵部是一个什么样的地方吧？”

钱师傅冷冷地看了看佐藤，说道："她和工厂无关，你们凭什么抓她！"

佐藤围着钱师傅来回走了几步，那神情和状态活脱脱赛过将老鼠玩弄于股掌之间的一只悍猫，他的话语之中也倏然充满了悍猫的气息："她是和工厂无关，可她和你有关！"

钱师傅朝佐藤露出了鄙视的一笑，说道："这句话，我听着怎么跟那些打家劫舍的强盗一样呢？"

佐藤摇了摇头，说道："钱师傅，我们没必要在这里讨论强盗不强盗的问题，我喜欢开门见山、直截了当。现在，你只有两条路可以选择，是去工厂，还是和你的女儿一起去日军宪兵部？"

钱小妹突然叫了起来："不去！我们哪儿都不去！"

佐藤叹了一口气，显得十分温柔，说道："小姑娘，你太天真了，这事可由不得你哪……"他的语调陡然一变，"来人，把他们带走！"

佐藤身后的七八名便衣一拥而上，屋里顿时陷入一片混乱。就在这当口儿，蓦听得房间被人"砰"的一声推开——武伯平闯了进来。

原来，早在进入弄堂口的时候，武伯平就被那些埋伏着的特高课人员抓住了，并且被不由分说地推搡着押到了二十三号前门，而他刚好从虚掩的门扉中看到不少便衣正穷凶极恶地涌向钱师傅。说也怪，那一瞬间，在他的眼里什么都不存在了，只剩下一个钱师傅，而且钱师傅的脸在不断地放大、再放大！于是，他一声虎吼，挣脱了那些抓住他的臂膀，一头冲了进去。

大惊失色的佐藤下意识地伸手拔枪，特高课人员慌忙放开钱师傅和钱小妹，一齐用枪指住武伯平！武伯平二话不说，不管不顾地一头扑倒在钱师傅的脚下，大叫道："师傅，你就和他们一起去工厂吧！"

佐藤一愣，大为诧异。钱师傅更是吃了一惊，朝武伯平上下打量了好一会儿，问道："你在喊谁师傅？你要我和他们一起回工厂？"

武伯平趴在地上重重地磕头，说道："我是你的徒弟啊，师傅！你就听徒弟一句劝，回厂吧！"

钱师傅一把将武伯平从地上揪了起来，咬牙切齿地说道："你还想劝我回厂？"话音未落，他狠狠一个巴掌扇了上去，"别说我没有你这样的徒弟，就是有，也他妈的恩断义绝！"

武伯平被这一巴掌打得翻倒在地，嘴角流出了一缕鲜血。钱小妹一下子认出了武伯平，恨声不绝地说道："原来你前几天来找我爸，就是安的这么个蛇蝎心肠？走狗！日本鬼子的走狗！"

佐藤一时有些摸不着头脑了，他不知道武伯平的来路，更想不清楚这个中国人怎么会帮他劝钱师傅回厂，可当下也来不及思索，只能狂吼一声："把他们统统带走！"

武伯平从地上慢慢地爬了起来，伸手拦住佐藤，说道："你能不能，能不能让我和我的师傅单独说上几句话？"

佐藤冷冷地看着武伯平的脸，问道："凭什么？"

武伯平摆出一副颇为自信的模样，说道："我想，我们会和你回厂里的。"

"啪"的一声，武伯平的脸上又挨了一记耳光！这一回，是钱小妹动手抽的，同时爆发的还有她的破口大骂："你把我爸当成什么人了？我爸才不会像你这样贪生怕死，像你这样心甘情愿地去做一只癞皮狗！”

武伯平一脸平静，仿佛什么也没有发生、什么也没有听到，只是目不转睛地看着佐藤，说道：“请你好好想一下。”

佐藤沉吟了一会儿，终于向周边的手下挥了挥手，叫道：“退下！”走向门口时，他蓦然回首，冷冷地说道：“年轻人，别想耍花招，这里里外外全是我的人！顺便说说，我的耐心也非常有限，三分钟，我只能给你三分钟的时间。”武伯平用一个点头的动作给了肯定的回答。

看着佐藤和手下走出去之后，武伯平的目光突然转向钱小妹，说道：“请你也出去一会儿，好吗？”

钱小妹大为恼火，叫道：“我为什么要出去？我就不出去！”

这时，钱师傅开口了：“小妹，听他的。”从武伯平异乎寻常的出现，到异乎寻常的说话，再到他更加异乎寻常地请佐藤离开，钱师傅的脑海里陡然电光石火一闪，掠过了一个匪夷所思的念头——莫非这个自称为自己徒弟的年轻人果真有些来历？一念及此，钱师傅不觉默默注意起武伯平，听到武伯平让钱小妹也离开时，才坚定了自己的判断。

钱小妹丢给武伯平一个大白眼，很不情愿地走了出去。

房门甫一关闭，武伯平连忙向前跨了一步，贴着钱师傅耳语一般说道：“罗格先生让我带两个口信给你，一是销毁下水道里的东西，所以你必须回厂，二是要你答应收我为徒弟。”

钱师傅的脸色陡然一变，说道：“罗格先生呢？难道他……”

武伯平点了点头，说道：“他被抓进敌侨集中营了。”

钱师傅垂下了脑袋，沉默良久才问道："你为什么要做我的徒弟？"

武伯平不假思索地说道："我要做工人。"

钱师傅的目光从武伯平的脸上徐徐掠过，问道："罗格先生答应了？"

武伯平"嗯"了一声，说道："答应了，让我来拜你为师。"

钱师傅不知为什么轻轻叹了一口气，什么也没说。

武伯平有些奇怪起来，问道："钱师傅，你怎么了？"

钱师傅微微苦笑，说道："好了，这两个口信我现在都收到了，可你想过没有，待会儿你用什么理由能让佐藤相信你说服了我，而且是在三分钟的时间内？"

武伯平犹豫着摇了摇头，说道："我也不知道……刚才我怕你和那戴眼镜的鬼子吵起来吃亏，而且，罗格先生还是要你回工厂去的……"

钱师傅不再言语了。"小伙子呵，你毕竟太年轻了，做事欠考虑，俗话说'走一步，看三步'，可惜你做不到。不过，在之前那种剑拔弩张的情况下，能一头冲进来，破解了那样一个凶险的场面，也算是有胆有识了。我又何必过于苛求呢？"

这么一想，钱师傅的心情更加沉甸甸了，忍不住对武伯平说道："佐藤这家伙是一个老狐狸，别看他表面斯文儒雅，其实心思缜密得很，疑心病很重……"他没有说下去，他已经无法再往下说了，因为他一时也找不到方向了。

武伯平的眼睛忽然一亮，说道："既然讲不出理由，我们又何必要讲？和这些日本鬼子，又有什么可以多讲的？"

钱师傅愣愣地看了武伯平一会儿，恍如梦醒般说道："有道理！"说完，忽然一巴掌重重地拍在武伯平的肩上，笑了。

武伯平也笑了。

门扉一响，佐藤走了进来，说道："时间到了！"

武伯平和钱师傅对视了一眼，几乎异口同声地说道："走吧，回厂里。"

佐藤大为愕然，吃惊地看看武伯平又看看钱师傅，良久才问道："钱师傅，你怎么同意了？"

钱师傅笑着说道："如果你感到奇怪，那我马上可以让你不奇怪——我不回厂了。"

佐藤目光里的疑惑只一闪，便不见了。他说道："走吧。"

钱小妹从一旁扑了上来，一把抱住钱师傅，叫道："爸！"

钱师傅轻轻拍了拍钱小妹的背，说道："小妹，放心吧，爸很快就会回来的，你可得给爸看好这个家呵！"

钱小妹点点头，松开了手。一转身看到武伯平，她不禁将牙齿咬得"格格"作响，叫道："都是你在捣鬼！我爸要有什么事，我就和你拼了！"

武伯平没有为自己分辩，只是笑着说道："没事。"说着，头也不回地走了。

钱小妹无力地倚在门框上，看着钱师傅的身影渐渐从弄堂口消失，不禁心头一酸，落下泪来。

一个人影从弄堂深处匆匆奔了过来，一直奔到钱小妹的面前，焦急万状地问道："小妹，怎么了？到底发生了什么事情？你说呀，你快说！"

钱小妹抬起了头，泪眼婆娑中看清是忻一帆，不禁一头扑到他的怀里，号啕大哭。

忻一帆顿时手足无措起来，说道："别，别，小妹你别这样……"

这时，月光轻盈地越过了屋脊，徐徐地洒在忻一凡和钱小妹的身上，在地上涂抹出一团墨影。

3

今天是个阴天，从天一放亮就没见到一丝阳光。钱师傅和武伯平被押进了远东机械厂。

昨晚，武伯平和钱师傅被佐藤带回了日军特高课，钱师傅遭到了严厉的审讯，可惜直到天亮时分，佐藤连有价值的一个字都没能从钱师傅的口中听到，万般无奈的佐藤只得将他们送往工厂。

这就是武伯平日思夜想、魂牵梦萦的工厂呵！不过，眼下这是一家被日军实行了军管的厂子，厂门内外到处皆是肩挎枪刺的日本士兵，甚至进到车间也不时会见到一些日本军人，不同的是，他们不再背枪挎刀，而是手里牵着一条吐着血红舌头的大狼狗，尤为骇人。

说来也怪，一进厂门，佐藤就如同蒸发了一般，不见了。取而代之的是一个戴着老花眼镜、有着秃亮头顶的日本人，他对着钱师傅又是鞠躬又是点头哈腰，显得十分恭敬。后来，武伯平才听钱师傅说，这个日本人叫酒井，是日本本土一家玩具小厂的技术人员，远东机械厂实行军管以后，酒井便被派到这儿担任日方最高管理员，负责厂里的一切产品生产。

酒井将钱师傅和武伯平领到了一架车床面前，向钱师傅深深地鞠了一个躬，说道：“钱师傅，你的车床我给你保养得很好，每天一早一晚都让那些机修工人擦洗一遍，现在哪怕你用雪白的手帕抹上去，也见不到一点油污。”

钱师傅仿佛什么也没听到、什么也没看到，只是伸出手去轻轻地抚摸了一下车头，又抚摸了一会儿摇手柄，眼眶里一瞬间竟然盈满了泪。

酒井毕竟是从工厂里出来的，见状又向钱师傅鞠了一躬，说道：“钱师傅，看得出来你是一个很重感情的人，你一定十分思念你的机器吧，其实机器也在思念你啊！”

钱师傅没有接话，表情淡然地问道：“加工图纸呢？”

酒井干笑了两声，说道：“图纸在办公楼里，你稍等，我这就去给你拿来。”

酒井走远了，车间里突然静了下来，就连牵狼犬的二兵也没了踪影。其他机床师傅走了过来，纷纷和钱师傅打起了招呼，有的问钱师傅的近况，有的说日本人的军管，后来大家说起了酒井是如何让他们干活的——酒井拿来了图纸，大家先是借口没文化看不懂，而后要求酒井先做出一个加工件来，好让大家依样画葫芦，无奈酒井原本只是在玩具厂里描描画稿、晒晒草图的准技术人员，哪里弄得懂机械制造厂的机床如何进行粗加工、精加工以及模具翻砂什么的！当然了，如果酒井是一个好学之人，在机床师傅操作时跟着多学学、多练练，应该能拿得下一般的操作，无奈双方现在的身份不对称，一方是占领者，一方是被侵略者，根本无法找到平等对话的平台，结果逼得酒井成了被赶上架的鸭子，站在机床旁唾沫四溅、指手画脚地外行指导内行干活儿，工人们则似懂非懂地在机床上一本正经地车、刨、磨、钳，如此“两结合”完成的加工件岂能不让酒井直挠头皮、连连大呼“怎么会是废品”！此事后来成为工人们茶余饭后的笑谈，直令人喷饭。

钱师傅只是淡淡地听，淡淡地笑，最后淡淡地说道：“如此一来，你们不是把这只烫手的烂山芋扔到我的手里了吗？怪不得日本人会这么发疯般起劲儿地找我。”

一个人称“小无锡”的钳工师傅连连摇头，说道：“你要再不出场，小鬼子就要狗急跳墙了！”

钱师傅问道：“怎么回事？”

小无锡说道：“原先厂子里没有这么多日本鬼子，刚实行军管时，除了大门口的站岗兵，就是酒井他们几个管理人员了。可后来看到老是出不了产品，小鬼子能不着急吗？这才加派了军队和特务。听说，再不行的话，就要对工人们下毒手了！酒井已经列出了逮捕人员黑名单，小鬼子自然也就加快了对你的搜捕。”

钱师傅的脸色一点点阴沉了下来，说道：“看起来，我这次回工厂是回也得回，不回也得回啰？”

开刨床的老山东也开了腔：“老钱，别的都没啥，重要的是你这‘车刀王’回来了，不能再说看不懂加工件图纸了，那又该如何糊弄日本人呢？总不能帮这些强盗制造残杀同胞的枪械弹药吧？”说着，便是一声叹息。

这声叹息重重地落在了大家的心上，谁都不再说话了。武伯平看了看钱师傅阴郁的脸色，有意转移大家注意力地走到他的旁边，憨憨地问道："师傅，我现在该做些什么？"

小无锡刚说了一句"小阿弟，你现在不该问该做些什么，而要问不该做些什么"，老山东就打断了他的话，如同发现新大陆一般问道："你管老钱叫什么？师傅？"

武伯平被问得一愣，还没来得及回答，老山东已转向钱师傅问道："老钱，你收徒弟了？这是什么时候的事情？"

钱师傅看了一眼武伯平，脸上这才有了一丝亮色，徐徐一笑，说道："对，我收徒弟了，就在今天，就在此刻。"

小无锡叫了起来："今天？此刻？这怎么行拜师礼呵？不行拜师礼是不来事的！"

武伯平曾经看过拜师仪式。那时候，他的父亲武家根每次收徒弟都要正儿八经地举行仪式，首先请出一尊神像——他稍大些才知道那是铁匠始祖太上老君，这太上老君好生了得，在天上为玉皇大帝制八卦炉、炼仙丹，还炼铁、金、银、铜、锡制器具，甚至把大闹天宫的齐天大圣孙悟空投入八卦炉中，让孙悟空修炼出一双火眼金睛。当然，这是神话故事。后来，他又长大了一些，从一个很有学问的私塾老师那儿得知，太上老君果有其人，其人还大大有名，姓李，名耳，谥曰聃，字伯阳，春秋楚国苦县人，著有《道德经》五千余言，被后世尊为道家始祖，乃老子是也——然后父亲恭恭敬敬地在神像面前焚香，最后端坐到太师椅上，接受徒儿三叩九拜的大礼。他永远记得拜师礼那神圣的一幕，可现在，在这个机器林立的车间里，如何行得了拜师礼？

没容得武伯平细想，小无锡已经把疑问问出了口："在车间里怎么拜师？祖师爷在哪儿？香烛又在哪儿？"

钱师傅看了看小无锡，笑着说道："小无锡，东西是死的，可人是活的。"他信手一指，"这车间，便是我等工人永世供奉的祖师爷；这车床，便是永不熄灭的香火！"

老山东一拍大腿，说道："绝了！别小看了老钱，这话有嚼头，说的可都是俺工人掏心窝子的话！那还磨蹭个啥呢？"

旁边有工人开始起哄，纷纷喊道："开始！开始！"

小无锡把手一举，说道："我来当司仪。现在，请钱师傅入座！"

钱师傅看了看周围，干脆就在一堆加工件上坐下了。

小无锡朝武伯平一指，叫了起来："你这个学生意（意即拜师）的，我要问你几句话。你为什么要拜'车刀王'钱玉堂为师傅？"

原来钱师傅叫钱玉堂，这可是武伯平头一回听说。他看了钱师傅一眼，答道："我要当工人。"

小无锡又问："你为什么要当工人？"

武伯平不假思索地答道："我从小就想当工人！"

小无锡穷追不舍："你从小是怎么想当工人的？"

武伯平直直地说了一句大白话："我喜欢工人！"

小无锡看着武伯平发愣，一时居然想不出下面的话了。

老山东提醒了一句："问问他是怎么认识钱师傅的？"

小无锡摇了摇头，说道："这不白问吗！"接着，眼睛一眨，问出了这么一句话，"你与钱师傅相识，有人介绍吗？"

武伯平实话实说："有，罗格先生。"

话音刚落，所有人都呆住了。罗格先生？怎么会是罗格先生呢？罗格先生不是被日本人抓去投进集中营了吗？这个学生意的是在哪里遇见罗格先生的？

钱师傅显得有些不耐烦了，说道："小无锡，你有个完没有啊？马上酒井就要回来了，这拜师礼还弄得下去吗？"

小无锡醒了过来，说道："好了，还有很多问题以后再问。现在，学生意的……"他突然把头伸了过去，压低嗓子问道："喂喂，你叫啥名字？"

武伯平低声说出了自己的名字，小无锡点点头，大声说道："钱玉堂师傅同意收武伯平为徒，拜师礼开始！"

武伯平恭恭敬敬地整了整衣衫，顾不得地上斑斑驳驳的油污，"扑通"一声跪倒在地，行了三叩九拜的大礼。

钱师傅站了起来，刚扶起武伯平，就看到有人一边从车间门口奔过来，一边喊道："快，酒井回来了！"

所有人立即散了开去，回到各自的机床旁边。钱师傅示意武伯平抓一团回丝给他，接过去后，轻轻地擦拭起车床。武伯平连忙又抓起一团回丝，学着师傅的样子干了起来。

酒井走了过来，将手中一卷图纸递给了钱师傅。钱师傅打开，默默地看了一会儿，忽然又递了回去，说道："没法儿干。"

酒井这一回诧异得连额上的眉毛都飞了起来，问道："没法儿干？怎么没法儿干？你该不会像其他工人一样，告诉我你看不懂图纸吧？"

钱师傅缓缓地摇了摇头，说道："是的，现在连我也看不懂。"

酒井吃了一惊，呆住了。

钱师傅的唇边蓦然浮现出一丝若有若无的嘲讽般的微笑，问道："你知道为什么吗？"

酒井狐疑的目光在钱师傅的脸上滑来滑去，无奈地苦笑了一声，说道："不知道。"

钱师傅说道："你见过车工用刨工图纸来加工零件吗？"

酒井呆住，举起手里的图纸左看右看，一脸大惑不解，说道："我怎么就分不清呢？"片刻，他终于抬起了头，"你，和我一起去办公楼拿图纸，免得我又拿错了。"

钱师傅看了武伯平一眼，说道："走，跟师傅一起走一趟。"

三个人向车间外走去。武伯平后来才知道，有些图纸原本就不存在拿错拿对的，只不过是加工件先上车床还是先上刨床而已。钱师傅故意那样说，只是另有原因罢了。

4

武伯平和钱师傅跟在酒井的身后，穿过草坪，走向办公楼。武伯平突然想起前些日子也曾走过这条路，那时是跟在罗格的身后。

就在走出草坪的时候，武伯平看到了一个窨井。是呵，这就是自己急中生智将罗格先生的两只鞋子统统踢下去的地方。

钱师傅忽然站住，咳嗽了起来，武伯平刚问了一声"师傅，你怎么了"，钱师傅忽然看了看他，又有意无意地朝那个窨井狠狠地盯了一眼，并且眨了眨眼睛。

武伯平心里"咯噔"了一下，难道罗格先生所说的图纸藏匿之地就是这儿？

这么一想，武伯平的背脊上突然就沁出了冷汗。那个夜里，自己将罗格先生的鞋子踢入窨井，目的正是转移鬼子的注意力，天晓得，当初引以为豪的一招，竟然阴差阳错地引狼入室！怪不得罗格先生犹豫着不肯将脱下的鞋子扔进窨井中！该死，真的该死！当时自以为是高招，如今看来其实是昏着儿，不知会捅出多大的娄子来呢！当时，狼犬把鬼子引到了窨井边，自己清晰地听到了鬼子狂吼的声音："罗格总裁，快出来投降！不然我们就开枪了！"接着，刺耳的枪声响了起来……

那么，鬼子有没有下到窨井里探个究竟呢？万一他们下去了，会不会已经发现罗格先生和钱师傅转移的图纸了呢？武伯平不敢再想下去，他的冷汗已从背上移到了额上。

回到车间后，钱师傅问武伯平的第一个问题果然便是那个窨井。他问道："你看清楚那个窨井了吗？"

武伯平点点头。只听钱师傅又说道："这两天，你设法下去看一下东西还在吗？那是一个扁长的小木盒……我就不去了，他们一定铆牢了我，去了反而要坏事。"

武伯平沉吟了一会儿，说道："知道了。"

第七章

秘密图纸，上班迟到了

1

傍晚时分，门房老罗头匆匆走进车间，来到钱师傅面前，说道："钱师傅，你女儿给你送饭来了，日本兵不让进厂，她在门房等着你呢。"

钱师傅向老罗头道了谢，说道："我马上就去。"他回头看了看正蹲在一旁忙活着凿砂毛坯铁刺的武伯平，"伯平，准备吃饭去吧。"边说边关了车床，随手抓过一团回丝擦起手来。

武伯平抬起头，说道："师傅你去吧，我待会儿去食堂搞两个棒子面馒头吃吃就行了。"

钱师傅一把夺下武伯平手里的榔头，说道："好了，别给小鬼子那么卖力！走吧，我让小妹烧好吃的来了。"

武伯平不好意思地笑笑，站起来跟着钱师傅走了。

两人一走进门房，就见到钱小妹正站在那儿左顾右盼地巴望着。一见到钱师傅，她便笑吟吟地迎了上来。

武伯平错以为钱小妹在对自己笑，忙不迭地朝她点了点头，结果她冷冷地"哼"了一声，一把将钱师傅拉到桌前，说道："爸，饿了吧？快吃饭。"

钱师傅看了看桌上早已摆好的一副碗筷，不禁有些诧异，问道："我不是让小无锡给你带信，叫你送两个人的饭菜过来吗？"

钱小妹没听到似的，一边拉来椅子，一边说道："爸，你快坐下来吃饭吧！"

钱师傅的眉头皱了起来，说道："我在问你话呢！这到底是怎么回事？莫非带信的小无锡把我的话给传错了？我这就去把他找来问问！"说着，转身就要走。

钱小妹连忙拉住钱师傅，说道："爸，别去找小无锡了，他没传错口信，是我不想送！"说到这儿，她的脸色陡然一变，"我情愿喂狗，也不给这种人做饭！给狗吃了，狗还会朝你摇尾巴！可有的人，连狗都不如！"

武伯平忽然无话可说，只能来了一个立正向后转——准备开小差了。不开小差又能怎么办？去向钱小妹解释？他有这个权力把为什么要钱师傅回厂的来龙去脉一五一十地摊在她的面前吗？不，不能。那么，为自己辩解？他有这个本事将她说得哑口无言吗？没，没这本事，只要他说一句，她就会还上一百句、一千句，而且一句更比一句凶，岂非自讨没趣！世界上又有几个男人能在"打嘴仗"上赢得了女人的？更何况，她是个泼辣的厉害角色，他只会越描越黑。是呵，明知要输，又何必不输得爽快一些？虽然脚底抹油溜之乎也并非上策，但肯定也不是下策。他很想得开，所以转身便走。

可惜武伯平没有走成。钱师傅当即喊住了他，让他别走，接着将钱小妹拉到一边，小声地和她咕哝了几句。说也怪，她听着听着脸色就渐渐变了，不是变青、变白、变灰，而是一点点变红润了，总之开始变得好看起来。

不过，钱小妹从来就不是一个轻易认输的人，她一边将目光不断地投向武伯平，一边叽里咕噜地说着："不，我不相信他是这样的人……”

钱师傅的脸一下子虎了起来，嗓门也大了：“我不管你相信不相信，但我要告诉你，武伯平现在是我收下的徒弟，我绝不允许任何人欺负他，就连你这个女儿也不成！”

钱小妹很不服气地说道：“爸，你说话可要一碗水端平，我几时欺负过他了？”

钱师傅横了钱小妹一眼，说道：“你是什么德行我还不清楚？看你这样子就知道，你恨不能一口把我这老实的徒弟吃了！”

钱小妹叫起了冤枉：“爸，看你说的，你女儿是这样的人吗！”说着，偷偷看了武伯平一眼，却见武伯平正目不转睛地看着她，她慌忙转过头去，对着钱师傅小声地说，“爸，你偏心帮你徒弟，我不要，不要嘛！”

原来，泼辣、蛮横的钱小妹竟然也会撒娇，这是武伯平压根儿没想到的。

钱师傅笑了，说道：“你呀，这一回可是连爸也被你一起欺负了。”说着，在钱小妹大惑不解的目光注视下，走到了桌前，用筷子将饭和菜一分为二，“来，伯平，我们一人一半。”

还没待武伯平推辞，钱小妹已经拦住了钱师傅，脸上一半是嗔一半是怨，幽幽地说道：“爸，你的女儿就这么差劲吗？你可别门缝里看人，把人给看扁了！”

钱师傅一本正经地“哼”了一声，说道：“你本来就是扁的，难道还要我把你看成圆的？”说完，忍不住“扑哧”一声乐了。

钱小妹一边走向门口，一边说道：“实话告诉你们，我让忻一帆提着另一份饭菜在厂门外等着呢！”经过武伯平身边的时候，她忽然停住脚步，“你也别高兴得太早，我关照过忻一帆，要是我十分钟不出来，就让他把饭菜吃了！”说着，一扭头走了出去。

钱师傅看着钱小妹的背影，说道：“你看到了吧，小妹就是这样任性，连我这个当爸的也常常拿她没办法。”

武伯平轻轻摇了摇头，说道：“我倒觉得，她是刀子嘴豆腐心，心蛮好的。”

钱师傅有些奇怪地看了看武伯平，说道：“她都那么欺负你了，你小子怎么还帮她说话呢？”

武伯平望着窗外一言不发。不知过了多久，他忽然欣喜地将手向窗外一指，说道：“来了！她手里真的提着饭盒呢！”钱师傅抬头，看到钱小妹正拎着饭盒笑吟吟地向门房走来。

别说，钱小妹烧的那一手菜，还真叫个好吃。就是简简单单的炒青菜，搁上那么一丁点儿猪油渣，嘿，又爽口，又喷香，武伯平吃得直乐呵。

钱师傅看武伯平吃得乐不可支，不由得奇怪起来，问道：“你在干啥呢？”

武伯平一脸享受地说道：“小妹烧的菜太好吃了！我前些日子听到一句上海话——打傢耳光也不放手，说的大概就是这么一回事吧！”

钱师傅听得哈哈大笑，钱小妹却一下子羞红了脸，颇为难得地露出了一丝女儿家的娇态，说道：“瞎讲！”说完，竟转身溜出了门房。

钱师傅笑得更响了，说道：“你这小子，哄人真有一套呵！”

这话武伯平听不懂。什么叫哄人真有一套？自己说的全是实实在在的心里话，根本就没有哄人！可他什么也没说，径自埋头扒饭吃菜。真的，这菜太好吃了！

打这以后，钱小妹对武伯平的态度明显好转了许多。武伯平早就忘了自己夸她烧菜好吃的小事，老在心里琢磨她怎么转变得这么快。琢磨来琢磨去，就想到了钱师傅把她拉到一边说悄悄话的那一回。至于钱师傅到底讲了什么，他老想问问，却一直没问。好些日子过去了之后，他才渐渐想通了，别看她咋咋呼呼的，其实就是一个有口无心、没心没肺的人，若为她的一句什么话或恼火或发怒或伤心，那就大错特错了，因为她一转身就忘了，就算气得要命，她也没有一点感觉，保不准还会扑闪着那双漂亮的大眼睛奇怪地问“为什么”，所以千万不能和她较真，否则就太对不起自己。

武伯平和钱师傅吃完晚饭，又回到了车床旁边干活儿。说也怪，干了不太多久的时间，酒井忽然来了，而且笑容可掬地说下班了，他们可以回家了。武伯平不理解了，穷凶极恶的佐藤刚带着人千方百计地将钱师傅抓回工厂，怎么又如此轻易地让他们回家？他正想问个究竟，钱师傅却不动声色地拉了他一把，说道：“走吧。”

直到走出了厂门，钱师傅才开口说道：“刚才你是不是想问为什么鬼子就这么让我们回家了？”看到武伯平点了点头，钱师傅不觉苦笑一声，“小武啊，你真是太年轻了，你也不想一想，鬼子会这么大发慈悲吗？告诉你，人家想的是放长线钓大鱼啊！”

武伯平心上一凛，只听钱师傅冷冷地说道：“怕就怕鱼儿甩钩而去，那才叫赔了夫人又折兵呢！”

武伯平不太明白钱师傅的意思，正想问，钱师傅却莫名其妙地向他眨了眨眼睛，眼角余光似乎向旁边瞄了一下，径自向前走去。

武伯平愣了愣，也警惕地向两个过路人瞄了一眼，只能将到嘴边的话咽了下去。

2

到家之后，钱师傅先是让武伯平以后就住到德泽坊弄堂深处的三层阁里——那也是钱师傅的房子，和另一个房客——忻一帆住在同一个屋檐下。

这时，武伯平才知道忻一帆居然是钱师傅家的房客。原来，忻一凡是从宁波来到上海一家估衣铺学生意的，如今他已成为名噪一时的领班先生，几年来一直租住着钱师傅家的那间三层阁。

突然，钱师傅把武伯平拉到一边，眼睛有意无意地扫了扫钱小妹。钱小妹感觉到了什么，脸色微微一沉，转身走到了一边。钱师傅这才伸出一根手指，指了指老虎窗，问道："你能从这儿爬出去吗？"

武伯平有些疑惑，问道："师傅，爬出去干吗？"

钱师傅看了看武伯平，低声说道："现在没有尾巴跟着了，你得设法溜回厂子里，到那个窨井里看看。"接着，竟然将嘴唇凑近他的耳边，细细地说了一回计划。

这时候，武伯平才明白钱师傅方才在路上所说的"赔了夫人又折兵"的含义。日本人表面上大度地放他们回家，暗中却派人跟踪他们、监视他们，可是，有谁能知道那放归山林自由翱翔的鸟儿的心思呢？又有谁能知道那鸟儿原本也是有着自己的机智计谋的呢？

不过，武伯平一点儿也高兴不起来，他一想到那个窨井，心里就会有一丝虚虚的感觉，这种感觉不太好。他很想和钱师傅说，他真的不想去厂里，不想再看到那个窨井。

正当武伯平鼓足了勇气抬起头想开口的时候，他好巧不巧地看到了不远处的钱小妹。钱小妹正用那双水汪汪的大眼睛不住地往他这边瞅，一时还真说不清那道目光是啥意思，只是巴巴的、热热的，似乎在对他期望着什么。

武伯平的心一阵乱跳，不知什么原因，也不知哪儿来的勇气，他忽然就对钱师傅说出了一个字："好！"

钱师傅不再说什么，只是伸手拍了拍武伯平的肩膀，顺手搬过一个板凳。于是，武伯平站上了板凳，手脚并用地爬出了老虎窗，沿着屋脊悄然潜行，很快便消失在夜色中。

3

这是一个伸手不见五指的夜晚。武伯平像之前那样，从炉子间的出灰过道溜进了厂子里，一切都很顺利，只是在接近窨井时颇费了些神。

武伯平是四肢着地匍匐过去的，因为他害怕被人发觉，被喝问一声："深更半夜的来这儿干什么？"万一冲过来的是日本鬼子，他肯定要先被他们牵着的可怖的狼犬龇牙咧嘴地咬上一口，他能与那凶残冷酷的畜生说什么道理呢？更别说，落在鬼子手里，还能不能留下性命。

是以武伯平在蹲矮身子穿过草坪之后，见四下里杳无人影，便趴在地面上向着窨井爬过去，然后咬着牙齿使出了吃奶的劲儿将窨井盖移开，待得整个身子完全滑进去并在铁扶梯上立定脚跟之后，又将头顶上的窨井盖移回原位——所有动作都得小心翼翼且保证毫无声响地完成。

把着铁扶梯一步步走到底，确定双脚踏在实地上之后，武伯平从口袋里摸出蜡烛、掏出洋火，将蜡烛点亮。待得眼睛一点点适应了环境，他向四下里打量了一会儿，开始向前慢慢走去。

武伯平一边默默地数着自己的脚步，一边回想钱师傅的叮嘱：“往前走三五百步后停住，那里有一摞高高堆着的砖块，移开最上面的砖块就能发现内藏一个长长的被蜡纸密封的木盒，木盒中有好几卷图纸，你的任务是立即取出图纸，在下水道中点火毁掉！”

方数到三百来步，武伯平就看到了那一摞在烛光中摇曳的砖影，只是并不像钱师傅所说的那样高高一摞。他连忙大步奔过去，却不料心中陡然一惊。原来，那一摞砖块已乱七八糟地散落在地，哪里还有什么木盒！

就在这时，武伯平痛苦地呻吟了一声，一下子瘫坐在地上。他手里的蜡烛也跌落出去，烛光在地上闪了几闪便熄灭了，黑暗瞬时覆盖了四周的一切。他浑似不觉，因为他已陷入了噩梦一般的情景，被不久之前发生的那一幕死死缠住：暗夜，狼犬，鬼子兵，罗格的皮鞋，移开的窨井盖，刺耳的枪声……

不知过了多久，武伯平才清醒过来，伸手在黑暗中摸索那根跌落的蜡烛。没有，还是没有。他忽然狠狠骂了自己一声，连忙从衣袋中取出一盒洋火，划燃了一根，在火光的辉映下，他终于看到蜡烛就在自己的手边。把蜡烛点燃后，他站了起来，失魂落魄地返身走了回去。只是，他手里的那一蓬烛光变得摇晃不定，一如他不安动荡的心情。

武伯平不知道自己是怎么攀上铁扶梯，怎么移开窨井盖，怎么走出去的。他跌跌撞撞地穿过草坪，走向厂门，一点儿也没发现黑夜中有一双眼睛正虎视眈眈地盯着他。

这样凶狠的眼睛只能属于佐藤所有。此刻，他正居高临下地站在那幢办公楼的屋顶，将一副高倍数望远镜举在眼前。

事实上，武伯平和钱师傅从来就没有走出过佐藤的视线，连一分一秒的空隙也没有留下。佐藤怎么会对这么重要的人物掉以轻心呢？是的，他不会，也不敢。不会，是他绝对相信自己这双多年从事特工工作的眼睛；不敢，则是他不敢辜负帝国军人的那份荣誉。

深更半夜，武伯平鬼鬼祟祟地来到办公楼的左近，岂不透着大大的可疑？接着，他又匪夷所思地钻入了下水道，更是隐藏着大大的玄机。现在，他从窨井中爬了上来，正向厂门口走去，是不是到了出手一击的时机？佐藤轻轻拍了一响巴掌，一个黑衣人悄无声息地出现在他的身后。

佐藤冷冷地说道："立即通知夜间巡逻的哨兵对他进行常规检查，记住，千万不要惊动他！"

"哈伊！"黑衣人鞠了一个躬，旋即消失了。

这时的武伯平正走到车间拐角处，已经看见了门房的灯火，冷不防迎头撞见一队牵着狼犬、背着枪刺的日军巡逻队。在他愣住的一瞬间，几个日本兵冲上来叫他站住，命令他举起手，接着对他进行了搜身，发现一无所获之后，便挥挥手让他'开路开路"。望着日本兵离去的身影，他才从没找到木盒那失望、震惊的情绪中走了出来，毫无疑心地步出了厂门。

在接到没有从武伯平身上搜出可疑物品的消息之后，佐藤立即率领七八个特高课部下钻入下水道，自然没忘了牵上一头狼犬。果然，嗅觉灵敏的狼犬很快便将他们领到一堆砖块面前，几道强烈的电筒光柱直直地射向那些散落一地的砖块。佐藤想让狼犬继续带路前进，狼犬却咆哮着双爪直抓地，不肯前行半步。佐藤明白过来，武伯平刚才在下水道中走到这儿就停下了，这说明武伯平进入下水道的目标极有可能就是这一摞砖块。那么，这些砖块里有什么东西是武伯平感兴趣的呢？

佐藤一边围着那些砖块来回转了两圈，一边思索着答案。突然，他停了下来，手一挥，让部下将砖头一块一块地在旁边的空地上垒起来，而且要求在搬动的过程中，对每一块砖都进行仔细的检查，绝不允许放过任何一个疑点。可惜直到搬完、检查完最后一块砖，仍没有一丁点儿新发现。大失所望的佐藤叹了一口气，目光久久地定格在那堆高高垒起的砖头上，不知在想些什么。正当部下等待新的命令时，佐藤冷冷地说出了两个字：“回去！”长长的下水道里又响起了响亮而单调的脚步声，一直回荡到窨井的铁扶梯下面。

这时的佐藤还不知道，武伯平已经和钱师傅见面了，地点就是德泽坊的钱师傅家中。

一盏昏黄的电灯将两个促膝谈心的人影在墙上投映出来。武伯平已然把下水道里的情况说完了，因为钱师傅的两道眉紧紧地蹙成了一团，良久没有开口说话。怎么会这样？怎么可能这样！图纸究竟落到了何人手中？一切都不得其解。

武伯平的声音打破了沉寂：“师傅，我，我有一件事情想告诉你……不然，我的心里会终日不得安宁。”

钱师傅诧异地看了看武伯平，说道：“你还有事情没说？”

武伯平点了点头，说道：“在我和罗格先生回厂里的那个夜晚，日本兵带着狼犬追踪而来，为了不被抓到，我便脱下罗格先生的皮鞋扔了出去……”

钱师傅不解地问道：“那又怎么了呢？”

武伯平叹息一声，说道：“要命的是，我扔皮鞋的地方恰恰就是你让我下去的那个窨井……”

钱师傅吃了一惊，问道：“这么巧？你，没有记错吧？”

武伯平苦笑了起来，说道：“不会有错，后来日本兵追到了窨井口，还朝里面开了枪呢。”

钱师傅沉吟了一会儿，说道：“我明白你的担心了　你是怕当时的日本兵一直追到窨井下面去，进而发现了我今天让你去取的图纸……”

武伯平承认了，并且承认得很快：“正是这样！所以前几天你告诉我图纸藏在那个窨井里后，我就一直心神不宁，我真的有些怕……师傅，今天我没能找到图纸，是不是证实了我的担心害怕是有些道理的？”

钱师傅站了起来，来回踱了几步，说道：“尽管你说得有些道理，但也不必背上这么重的思想包袱。即使果真发生了你所说的情况，那也不是你的过错，因为你根本不知道我们转移图纸的事情……对了，你刚才说，那天晚上日本兵朝窨井里面开了枪？”

武伯平肯定地点了一下头。钱师傅思索了一会儿，说道：“他们既然开了枪，就说明他们不想到窨井里面去；如果想下去的话，也就没必要开枪了。你说是不是这个道理？”

武伯平依然存有顾虑，说道：“理是这个理，可我，我就怕万一……”

钱师傅笑着说道：“这样吧，我想办法去调查一下那天夜里的情况，夜半枪声必然会惊动厂子里做夜班的工人，我敢肯定会有目击证人看到他们有没有走下窨井的。”

武伯平这才轻轻地吁出了一口气，说道：“谢谢你，师傅！”

4

夜深沉。弄堂里连一个人影也看不到，只有淡淡的月光勾勒出重重屋檐的灰暗线条。

一只野猫正沿屋脊悄无声息地走动着。忽然，它警觉地弓起了背，闪着绿莹莹的眼睛一动不动地凝视着脚下杳无人影的长长弄堂，耳朵也高高地立了起来，似乎在听着什么。终于，它像受了惊吓一般，“嗖”的一声隐入黑暗中，不见了。

过了一会儿，弄堂里才传来了轻微的脚步声，出现了一前一后两个人影——钱小妹正领着武伯平走向弄堂深处忻一帆居住的三层阁。

沿着在黑暗中“咯吱咯吱”作响的木楼梯拾级而上，到了前楼与后楼之间的那一方小平台，钱小妹伸手从旁边的墙上放下了一架小扶梯，回首朝武伯平浅浅一笑，低声说道：“上面就是三层阁了。你上去吧，敲敲门，他就会来开门的。”接着，又补充了一句，“敲门声音轻一点，前楼后楼的人家都睡觉了。”

武伯平点了点头，刚踏上一级楼梯，蓦听得头顶上方“咿呀”一响，继之响起了一个男人的声音：“来了？我已经等你们好久了！”

不用看，就知道是忻一帆。钱小妹朝他“嘘”了一声，说道：“嗓门轻一点。”

忻一帆连声说“好好好”，声音依然那般洪亮，气得钱小妹朝他狠狠翻了个白眼，他不禁苦笑一声，赶紧将声音压低下来。

钱小妹看了看已走到三层阁门前的武伯平，说道：“那就这样吧，我走了。”

忻一帆不知怎的隐隐有些不快，说道：“你怎么不上来坐一会儿再走？我可是费了好大劲儿才把房间整理得很干净的……”

钱小妹看了看忻一帆，摇了摇头，说道：“你们两个大男人的房间要我去看什么呢？而且太晚了，说话也不方便……”说着，便转身下楼了。

武伯平走进了三层阁，顿觉眼前一亮。只见两张床分别搁在阁楼低矮的两端，床上的被子、枕头被摆放得错落有致，两张床之间的通道狭窄得仅容一人走路，但被打扫得干干净净。他抬起头来望向老虎窗，恰恰望见一轮明月悬挂在窗上，仿佛连月中嫦娥也看得一清二楚。

武伯平忽然大为感慨，他在厂子里见过不少单身汉子住的窝，那叫一个乱！说句不中听的话，完全就是乡下的猪圈。看得出来，忻一帆刚才说的是老实话，他真是费了好大劲儿才把这房间整理干净的。

武伯平一边在床边坐下，一边向忻一帆说道：“谢谢你，费工夫了。”

忻一帆呵呵一笑，说道：“没事，我是先来的嘛，也可以算半个主人了。以后，我们就要在同一个屋檐下过日子了……”

突然，响起了轻轻的叩门声。两人对视一眼后，忻一帆连忙站了起来，说道：“我去开门。”

打开门后，忻一帆顿时一愣，原来站在门外的居然是钱小妹。钱小妹也不待他招呼，一抬脚便迈了进去，说道：“我想了想，还是进来看看你到底把房间弄成什么样吧！不然的话，有点对不起费了好大劲儿的你，你说对不对呵？”说着，将一张似笑似嗔的脸转向了忻一帆。

忻一帆愣了一下，不觉笑了，连忙点头，说道：“就是！你是看过我原来屋子里一塌糊涂的样子的……”

钱小妹摇了摇头，说道：“你还真好意思说！”她在屋内漫无目的地走了几步，又在武伯平的床边坐了坐，才起身缓缓地向门外走去。

门轻轻关上了。忻一帆看着那扇合上的门发了一会儿呆，终于把目光落在了自始至终一言未发的武伯平身上，忽然轻轻叹了一口气，说道：“看得出，她对你……蛮关心的。”

武伯平听不明白这话是什么意思，更没有听出话语中那一层淡淡的不快，因为他完全不清楚忻一帆与钱小妹之间的关系。他没有搭腔，枯坐了一会儿便上床睡觉了，过不太久，低低的打鼾声便响了起来。

忻一帆觉得有些无趣，只能把灯熄了也倒下睡，可是却久久无法入睡。是的，他有心思了。方才钱小妹的一举一动、一颦一笑，尽数落在了他的眼里，不，毫不夸张地说，丝丝缕缕全都扯动着他的神经。他的心里忽然很有些不爽，也有些愤愤不平。打从来上海认识了钱小妹之后，也不知怎么一回事，他居然一点一点地喜欢上了这个有时有情、有时无情的任性女孩，哪怕她很泼辣地使小性子、发脾气，可在他看来，她的眉眼之间自有着无限妩媚，他隐隐约约地明白自己已经无可救药地爱上了她。最近一段时日，尽管他有意接近甚至是费尽心机地讨好她，可偏偏应了那句老话——“落花有意，流水无情”，她依旧对他忽冷忽热，让他摸不着头脑，现在更好，她竟然领来武伯平让他们同住一室，还那么起劲儿、那么细致地关心武伯平，这又如何能让他安安稳稳地入眠呢？

不知过了多久，忻一帆才迷迷糊糊地睡着。然而，似乎只打了一个盹儿的工夫，他就被惊醒了，抬眼一看，窗外已蒙蒙亮。他再也睡不着，便起身在床边坐了好一会儿，听武伯平深沉而有力的打鼾声。终于，他走出了三层阁，头昏脑涨地在下楼梯之前习惯性地随手将门反锁上了。

忻一帆是踏着弄堂里一片“唰唰唰”刷马桶的声音走出弄堂的。老实说，他并不经常这么早起床，毕竟估衣铺开门还早着呢。他不知道自己到底是怎么了，只是觉得心里很烦，乱糟糟的，一时也理不出个头绪。迎着清晨的凉风走到马路上时，头脑渐渐清醒的他决定放纵一回，先去“浴清池”澡堂孵一个“水包皮”，而后再去天蟾茶楼来一个“皮包水”，待得辰光差不多了，再去估衣铺应卯上班。

走出“浴清池”澡堂的时候，忻一帆抬头看了看天空——天上没有太阳，是个阴天。而这时，武伯平依然在呼呼大睡，而且居然钻进了床底睡得不亦乐乎。武伯平并不是有意要睡到床底去的，而是在迷迷糊糊中被忻一帆反锁门时弄出的响声惊得一个翻身从床上滚跌下去，可他非但没醒，还顺势一个侧翻钻进床底继续做梦。

不知过了多久，武伯平迷迷糊糊地醒了，睁眼一看，黑咕隆咚的，天还没亮呢！于是翻了个身还想再睡，不料一伸胳膊，手肘被床架狠狠撞了一下，生疼生疼的，他陡然惊醒过来，一回头，顿时看到两张床之间是一片白晃晃的光，他慌里慌张地起身，"砰"的一声，脑袋重重撞上了床板，"哎哟"一声倒在地后，他才明白自己身处何方。

待得十分狼狈地从床底爬出来，武伯平方才觉得大事不好，从老虎窗中洒落的一派耀眼阳光说明时间已经不早了，哎呀，到厂里上班要迟到了！他急急忙忙奔向门口，伸手去开门。谁知又有怪事发生，那门忽然打不开了！他有些着急了，用力去拧门把手，可门把手动了，门扉却岿然不动。情急之下，他用肩膀去撞门扉，"格格"一响，那扇门似乎歪斜了些许，但依然打不开。他揉了揉被撞得又酸又痛的肩，一屁股歪坐在床边叹了一口气，而后索性一头倒在床上，目光直直地落在老虎窗上。他呆呆地望了一会儿，突然跳了起来，一分钟后，他的身影便消失在老虎窗的窗口。

就在这时，手里提着大饼、油条、豆腐浆的钱小妹站在了三层阁的门口，颇为吃惊地看着那扇有些歪斜的木门和横斜在木门上的一把大铁锁。半晌她才醒过来，慌忙取出钥匙，打开房门闯了进去。

房间里空无一人，唯有床上乱作一团，只是两张床乱得不一样。一张床上的被子有条理地摊着，看得出来，那只是三人起床后没来得及或者无意去折叠而已，因为枕头被安放得好好的，钱小妹一眼就认出那是忻一帆的被褥。另一张床就是武伯平的了，只见被褥被十分潦草地挤作一堆扔在床中央，枕头则被半横半竖地丢在墙壁一角。这说明忻一帆是从容不迫地离开屋子的，武伯平则一定是心急火燎的，最为关键的是武伯平那堆得高高的被褥上留有几个深深浅浅的脚印，而上方正是大开着的老虎窗。

钱小妹似乎明白了一些什么，又似乎还不明白一些什么。她想了一会儿，突然转身便走，决定立即去找忻一帆问个究竟。

5

忻一帆正坐在“云想衣裳花想容”估衣铺的柜台后面，两眼放光地看着悬挂在衣架上的一件八九成新的裘皮大衣。

刚才，一个落拓的瘦脸汉子步履迟疑地跨入店门，手上搭着那件裘皮大衣。忻一帆的目光一动，已然明白了这个汉子的来意，当即满脸堆笑地迎了上去：“欢迎先生光临小店，有什么要求请尽管吩咐。”

瘦脸汉子也不搭话，只是恋恋不舍地看着裘皮大衣，良久才低低叹了一口气，一咬牙，将大衣递了过去，轻声说道：“拿去吧……”

忻一帆笑了，说道：“这位大哥，怎么叫‘拿去吧’？我能白拿吗？我会白拿吗？即使我真的要拿，也得老老实实用银子跟你交换的呀！看得出来，你很钟爱这件裘皮大衣，很有些舍不得，是吧？”他的声音突然低了八度，“我没看走眼的话，这一定是家里最后一样值钱的东西了。看来老兄一定遇上了什么过不去的坎儿吧？”

瘦脸汉子的脸上隐约闪过了一丝愧疚，嘴巴张了张，却终于什么也没能说出来，只是悠悠地吁了一口气。

忻一帆是一个善于察言观色的角色，见状很同情地叹息一声，说道：“没啥，不方便的话，就什么也别说。我并不是喜欢打探张家长李家短的‘包打听’，你放心好了。”

看着瘦脸汉子的神色，忻一帆知道自己这一番话已经击中了对方的要害，便话锋一转，接着说道：“想来你已经去过典当行了，不知他们给了个什么价？”

瘦脸汉子忽然愤愤不平起来，说道：“磨破了嘴皮子好说歹说，他们只肯给五块大洋，多一个铜板也不成，这不明摆着欺负人吗！”

忻一帆看了一眼裘皮大衣，问道：“那你想要多少？”

“十块大洋。我要急派用场的呵……”瘦脸汉子看着沉吟不语的忻一帆，突然将裘皮大衣递了过去，“你给看看，能值多少大洋？”

忻一帆伸手接了过来，颇为内行地先看毛面是否平顺，针毛、绒毛是否齐全，背脊线是否清晰、顺直，色泽是否光润、一致；再看皮板质地和针码做工……一路看下来，果然是上等貂皮，做工精良，只是式样不是今年流行的。他叹了口气，说道：“典当行说得不错，马马虎虎也就差不多四五块大洋了。”

瘦脸汉子吃了一惊，说道：“四五块大洋？当初我从上海滩最有名的意大利 FUR 毛皮洋行买来的时候……”

忻一帆轻轻地打断道：“要是放在当初，你也不会来我这儿。已经时过境迁了，对不对？”

瘦脸汉子的神色陡然暗淡下来，良久才点了点头，说道：“你这位小阿弟说得对，时过境迁，今非昔比！要不是我落魄到这等地步，何至于为区区十块大洋点头哈腰？罢了罢了，不当了，也不卖了……”说着，取过裘皮大衣，返身向门口走去。

不知为什么，忻一帆在这一瞬间动了恻隐之心，明知这是典当行、估衣铺之大忌，还是忍不住叫出了声：“你等一等！”

瘦脸汉子停住脚步，犹疑地回过身来，问道：“你叫我？”

忻一帆点了点头，说道：“你看这样行吗？我手头只有八块大洋……”

瘦脸汉子想了一想，将裘皮大衣递了过去，说道：“谢谢了，你算是救我渡难关了……”

忻一帆却没有伸手去接，而是正色说道：“不过，你依然要按我们这一行的规矩办，赎当期为十天，过期即为绝当，这件裘皮大衣任由我处置……”

瘦脸汉子苦笑一声，说道：“人在屋檐下，岂能不低头？行，签字画押吧！”

看着瘦脸汉子龙飞凤舞地写下“王小开”，忻一帆微微一愣，不觉满腹狐疑地问道：“王小开？这是你的尊姓大名？”

王小开淡淡一笑，说道：“人家都这么称呼我，连我家老爷子也没能免俗，所以我索性就取作大名，连签支票都用这个印章。”说完，拿了八块大洋就走了。

忻一帆后来一直在想，自己怎么会对王小开如此大发慈悲？也许是缘分，也许是冤孽。其实，忻一帆内心也有个“小九九”——一看王小开的衣着谈吐，就知道他绝非泛泛之辈，虽然他的年纪大不了自己几岁，但起码是一个能在场面上混的人物，自己来上海滩也有好几年了，老端着估衣铺这碗饭也吃香不到哪里去，“树挪死，人挪活”，所以近些日子便留了神，看看能不能有什么机会挪个窝。即使王小开果真没什么花头经，跌到底线也就是拿了大洋溜之乎也，裘皮大衣成了绝当，那也没啥，说不定还要灵光！这个月的十七号是钱小妹的二十岁生日，自己早就思忖着买一样既别致又能讨女孩子欢心的礼物，现在，老天爷将裘皮大衣送上门来，既有富贵相又花银子不多，作为生日礼物岂不是天大的美事一桩？当然了，万一估衣铺老板问起来，就说是一位朋友寄售的，卖不掉就物归原主，卖掉了就按百分之一的扣率交给老板。

忻一帆什么都想清楚了，心思不可谓不缜密，头脑不能说不活络，前有进路，后有退路，是以坐在柜台后面看着那件裘皮大衣，越看越欢喜，怎能不两眼放光笑眯眯呢？

就在这时，钱小妹一脚踏进了估衣铺的门。忻一帆一抬头，便看到了钱小妹那张多云转阴的脸，不禁心里“咯噔”一下，慌忙站起身迎了上去，有意装出一副什么都没发现的样子，若无其事地问道：“小妹，你怎么来了？”

钱小妹将忻一帆拉到一边，将自己看到的三层阁情况悄声说了一回，接着问他是怎么一回事。

忻一帆有些傻眼了。说实在的，他并不清楚自己离开后三层阁里到底发生了什么，但他马上意识到这一切都是因为自己造成的。

他当即一拍大腿，一迭声地说道："坏了坏了，我走的时候，把门反锁上了！这习惯成了自然，竟忘了房间里还有人，这这这……全怪我！"

钱小妹"哼"了一声，说道："我早就知道是你！我问你，你是不是不满意房间里又住进来一个人，故意这样干的？"

忻一帆连连叫起了冤枉，说道："不可能！我只是一个房客，房东要安排十个八个人与我同住，我有什么资格说不？不过，不过……"

钱小妹杏眼一瞪，说道："你不过什么呀！"

忻一帆有意做出一副愁眉苦脸的模样，说道："虽然挤是挤了一些，不过我的负担倒也可以减轻一些……"

钱小妹一愣，问道："什么意思？"

忻一帆笑了，说道："这十个八个人好哇，可以和我一起平摊房租了呀！"

钱小妹不禁啐了一声，说道："你可真是个小精怪，谁也算不过你！"

忻一帆还想说几句俏皮话，却见钱小妹的脸上显出了心事重重的神色，连忙问道："你有心事啊？"

钱小妹叹了一口气，说道："武伯平上班一准迟到了，我爸还不知会怎么骂他呢！"又徐徐叹了一口气，"我爸那脾气，你是晓得的。"

忻一帆点点头，忽然心里有些没来由地幸灾乐祸起来："骂吧骂吧，骂个一佛出世、二佛涅槃，那才叫痛快呢！"

第八章

忻一帆的裘皮大衣，吹牛忘记打草稿

1

武伯平没有挨骂。非但没有挨骂，而且连一句过重的话都没有砸到他的头上。说到底，钱师傅根本就没和他说过话。他后来才明白过来，钱师傅压根儿就不想搭理他。

起初，武伯平也没和钱师傅说话，当时他犹自处于不安与慌乱的状态之中，因为他这次不是从大门进厂的。之前，他不止一次地看到那些迟到了的中国工人被迫点头哈腰一遍遍向站在厂门口的日本鬼子鞠躬，听凭鬼子破口大骂“八嘎呀路”，甚至还会被鬼子抡起巴掌扇老大的耳刮子，头顶正对着寒光凛冽的侵略者的刺刀！

武伯平不想遭受无妄之灾，更不想丧失中国人的尊严，便沿着当初罗格领他走的路线，从马路旁炉子间用来出灰的边门伺机溜了进来，直到看着酒井转出了车间，才悄悄闪入更衣室飞快地换上工作服，蹑手蹑脚地走到机床旁，拼命压制住一阵阵不安与慌乱。还好，没人注意，每个工人都在默默地干着自己的活儿，没人瞟他一眼。也许，这就是“刺刀军管”下的车间状态。

当忐忑不安的心情渐渐趋向平和之后，武伯平看了一眼正在车床边把着摇手柄的钱师傅，慢慢挨了过去，叫道：“师傅。”

钱师傅像什么都没听到似的，连头都没有抬一下。武伯平又怯生生地叫了一声，钱师傅依然不抬头，只是说了一句：“干活儿去！”

武伯平下意识地回头看了一下，却见“老无锡”在朝他微微摆手，还悄悄指了一下不远处机床旁的一堆加工毛坯。

武伯平慌忙走过去，搬起了坯件。钱师傅恍若不见，一个字都没再说。就这样，一直到下班。

钱师傅的脾气终究还是爆发了，但那是在回到德泽坊的家里吃过晚饭以后。当时，忻一帆也在。

后来，武伯平才知道，忻一帆每天的晚饭都是在钱师傅家搭伙解决的，当然，早点是自行解决的，午饭便在估衣铺吃了。

当钱小妹擦干净饭桌并收拾碗筷走向灶披间之后，钱师傅突然开口了：“你说说，今天早上是怎么回事？”

武伯平和忻一帆全都一愣。忻一帆用手点了一下自己的鼻子，问道：“钱师傅，你在问我？”

钱师傅摇了摇头，说道：“不，我问的是小武。”

武伯平已经没有了早上的忐忑不安，因而说话也比较条理清晰了：“今天早上我睡过头了，加上又是阴天，等到一觉睡醒过来的时候，时间已经不早了……”

钱师傅“哼”了一声，叫道：“这是理由吗？这不是理由！你口口声声说要到上海来当一个工人，什么叫工人？工人就是最有组织性、纪律性的那一拨人！工人是什么？就是上班不会晚到一分钟，下班不会早走一分钟！有你这种样子来厂里当工人的吗？你根本就不是一块当工人的料儿！”

武伯平出汗了，甚至感到腋窝里开始漏水了。

在这个尴尬的关头，钱小妹从灶披间冲出来，为武伯平解了围。她一巴掌拍在忻一帆的肩上，说道："喂，你怎么好意思坐在这儿一声不吭呢？怎么也不说说他上班迟到全是由你引起的啊！"

忻一帆恍如被这一巴掌拍醒了，喃喃地说道："是，小妹没说错，全是由我引起的……"

话音一落，不但钱师傅目瞪口呆，就连武伯平也成了丈二和尚——摸不着头脑了。

钱小妹没好气地又搡了忻一帆一把，说道："吞吞吐吐的一点儿不像个男人！说话爽气一点儿！"

忻一帆的脸微微红了，他有点儿不甘心让一个女孩子对着自己这么颐指气使地提高嗓门说话，但他又有点儿高兴让别人看到钱小妹对自己如此放肆、如此亲近。他干咳了一声，说道："对不起，早上我离开的时候把门反锁了，害得小武起床后出不了门……不过，话说在前头，我可不是有意的，这是，这是我多年来养成的习惯，每次一出门，就把门反锁上了……"

钱小妹转向钱师傅，说道："爸，现在你该明白武伯平今天上班迟到，究竟是怎么一回事了吧？"

钱师傅还没来得及开口，武伯平忽然说话了："不不不，不是这样的！他锁不锁门，和我上班迟到没关系……"

钱小妹的脸色变了，连忙打断武伯平，说道："忻一帆已经承认是他造成的了，你就不必为他开脱了。"

武伯平完全没有顾及钱小妹的脸色，更没有揣摩她的心思，径自十分憨直地说道："我没有为他开脱，我说的都是实事求是的实在话。昨天晚上我睡得非常踏实，是我这几年来睡得最安稳的一觉，真的，我有了到家的感觉……后来，我也不知道怎么会在睡梦里一个翻身跌下了床，还翻到床底去了，其间我好像醒过两次，睁开眼净是黑咕隆咚的，就以为天还没亮，翻个身又睡着了。直到发觉不大对头，从床底爬出来时，才知道睡过了头。这时去开门，发现门被反锁，撞又撞不开，便从老虎窗爬了出去。开门、撞门，没花去多少时间，这是不可以怪忻一帆的，应该怪我自个儿太贪睡了……”

钱小妹几次想打断武伯平，但看到钱师傅听得正起劲儿便作罢了，不过她知道，忻一帆肯定不会放过这个机会洗刷自己的。

果然，武伯平的话音刚落，忻一帆立马就接上了茬儿，嬉皮笑脸地说道：“小妹，你听到了当事人实事求是的说法，是不是该给我一洗冤屈了？我是实实在在的冤枉呵！”

钱小妹将头一扭，狠狠地将一个大白眼甩给了武伯平，说道：“真是榆木疙瘩，不开窍！”说罢，一转身进灶披间洗起了碗筷，并且故意弄得声响很大。

武伯平一时间不明白到底发生了什么事情，只能看看钱师傅，又看看忻一帆，一脸茫然。

忻一帆心里暗自好笑：武伯平人不坏，只可惜是一根筋，完全不懂得看山势，哪怕钱小妹已经在火里水里了，他还一头雾水不知道咋回事呢！这种人以后在这十里洋场的上海滩怎么混呢？他站起了身，说道：“钱师傅，我去看看小妹，需要的时候，就像救火会一样，帮她灭灭火。”

钱师傅点了下头，看着忻一帆离去的背影，沉吟起来：这小子是个踩着尾巴头还会动的人，活络！自己收下的这个徒弟呢，在这方面是远远不如人家的。

武伯平憋了很久，终于开口问道："师傅，我刚才说错了什么吗？怎么他们两人都走了？"

钱师傅将一声长长的叹息埋在了心里，他无法回答，只好答非所问："你呀，还是多想想怎样当好一个工人、当一个好工人吧！"

武伯平连连点头，说道："师傅的话我记下了，当好一个工人，当一个好工人。"说罢，咧开大嘴笑了，一个憨实得直冒傻气的笑。

2

武伯平和忻一帆回到了三层阁。现在，他们正躺在各自的床上，想着各自的心事。

忻一帆悠悠地叹了口气，先开了口："小武，小妹对你蛮关心的，她好像喜欢上你了吧？"

武伯平有些吃惊地朝忻一帆看了一眼，说道："怎么会呢！我看她喜欢的人是你。"

忻一帆顿时来了兴趣，一骨碌从床上坐了起来，说道："你说说，她怎么喜欢我？"

武伯平愣了愣，显然没想到忻一帆会问得如此直接，一下子变得结巴起来："这这这……"结巴了半天，忽然冒出一句，"反正，我觉得她就是喜欢你。"

忻一帆哈哈大笑，说道："原来你说不出呵，真是瞎七搭八！"

武伯平急眼了，说道："我怎么是瞎七搭八呢，我是实事求是！"

忻一帆微微眯了眼，神情陡然变得认真起来，说道："行啊，你就实事求是地给我举几个例子出来，怎么样？"

武伯平定定地看着忻一帆，从床上欠起了身子，慢慢地，便有几件往事从眼前飘过：自己第一次走进德泽坊寻找钱师傅时，钱小妹匆匆搬来的救兵是忻一帆；自己第二天早晨离开德泽坊时，钱小妹叫来买早点的人是忻一帆；自己在厂里第一次吃钱小妹做的饭菜时，陪她来送饭的人又是忻一帆……

武伯平说完这几件事情的时候，忻一帆丝毫不为所动，不仅不为所动，而且脸上浮现出一抹讥嘲的神色，冷冷说道："这能说明什么呢？只不过说明了当她遇上棘手的事情且我能派上用场的时候，她才会想到我，仅此而已。"

武伯平似乎有点儿吃惊，喉咙竟然响了起来，脸也莫名其妙地有点儿红，呼吸还有点儿急促："这就是你的不对了，你怎么可以这样想呢！钱，钱小妹一有事就想到你，她为什么不想到阿猫阿狗？如果我一有事，立马就能想到一个人的话，那就说明我的心里永远有这个人！"

忻一帆被武伯平的反应吓了一跳，先是吃惊，接着又觉得有点儿好玩，便决定逗他一下，说道："原来是这样啊？那好，你果真有事的话，你立马就能想到的人是谁呢？哈，该不会是我吧？"

武伯平认真地看了看忻一帆，又认真地摇了摇头，说道："不是，不是你，我和你根本不熟呢！"

忻一帆不怀好意地笑了，说道："当然不会是我，另有其人嘛……呵，我知道了，一定也是一个女孩，对，一个红颜知己！怎么样，不肯把她的芳名讲出来了吧？也太小气了吧！"

武伯平思索了一会儿，苦笑了一声，说道："我有事的话，还别说，倒真的想不起来有什么人能帮我。我不骗你。不过，如果心里老是有这个人，那不是喜欢又会是什么？"

忻一帆不语，渐渐陷入了沉思。见鬼，这个憨小子尽管是一根筋，但他说的话还是有几分在理的。那么，自己果真是钱小妹的心上人吗？心里有自己，就一定是喜欢自己吗？

忻一帆觉得头有些晕晕然了，一时无法回答自己给自己提出的这个问题了……他一下子躺回到床上，仰面望着斜挂在老虎窗外的一弯残月，发起呆来。只发了一会儿呆，他又忽然跳了起来，说道："小武，我给你看一样东西。"

忻一帆赤着脚从床上跳了下来，从床底拖出一口皮箱，小心翼翼地打开，取出了王小开的那件裘皮大衣，细致地在床上徐徐铺开，说道："你看看，上等的裘皮大衣！你再看看毛面多平顺，针毛、绒毛多齐全，皮板质地多挺括！这做工，这针码，啧啧啧，没一样不是上品！"

武伯平听得是云里雾里，看得是眼花缭乱，其实等于是乌龟吃大麦——糟蹋了！

忻一帆一抬头，只见武伯平两眼发直地望着他，根本就没在看他讲解得唾沫四喷的那件裘皮大衣，不觉心上一凉：看这傻小子的神情，敢情自己说了这老半天，是白费精力、对牛弹琴？这么一想，顿时泄了那一股子神采飞扬的力道，问道："你，知不知道什么是裘皮大衣？"

武伯平先是愣愣地点了点头，继而又慌忙胡乱摇头，说道："在我们镇上和乡下，我只见过狗皮大衣、兔皮大衣。我们乡下那地方野兔子蛮多的……”

忻一帆顿时有些哭笑不得，万万没想到，武伯平问出了一句更令他啼笑皆非的话：“那……裘皮大衣到底是什么皮？是什么球上的皮？”

忻一帆彻底没了信心，一头栽倒在床上，懒洋洋地说了一句有气无力的话：“貂皮。”

半晌没动静，忻一帆歪过头去，只见武伯平一个劲儿地打量着那件裘皮大衣，不禁心中暗暗好笑，这家伙居然连什么叫貂皮也搞不明白呵！

就在这时，武伯平惊喜地叫了起来：“知道了，我知道了！”

忻一帆奇怪地问道：“你知道什么了？”

武伯平一脸恍然地说道：“这是女式大衣，是女人穿的！”接着，便是一个直奔主题的问题，“你又不是女人，买来这么贵的裘皮大衣是给谁穿的？”

忻一帆笑了笑，完全是答非所问：“过两天，就是钱小妹二十岁的生日了……”

忻一帆慢慢地从床上坐了起来，看了看一脸茫然的武伯平，忽然蹦出了一个遮天盖地的想法，也产生了一丝捉弄武伯平的念头，便有意咳嗽了两声，说道：“你知道这件裘皮大衣是从哪儿来的吗？”

“花钱买来的呗。”武伯平这回的反应绝对不慢。

“错！”面对诧异得瞪大了双眼的武伯平，忻一帆慢慢悠悠地说出了一个惊心动魄的离奇故事。他说，这件裘皮大衣是他托东北一位要好朋友捎来的，那儿的貂皮最为名贵，人称东北有三宝：人参、貂皮、乌拉草。不过，如今东北已陷入日本鬼子之手，日本鬼子将东北三宝纳入了军管范畴，凡有胆走私者，一律“死啦死啦的干活”！所以，那位朋友绝对是冒着生命危险走私貂皮大衣的，在日本鬼子的刺刀尖下瞒天过海偷运出关，在敌特密探的鼻子底下不露痕迹地长途跋涉，换大车、换火车、换汽车、换轮船……

忻一帆一时不知哪儿来的好口才，竟滔滔不绝地编起了故事，而且都是现炒现卖，完全是他少年时代在乡下茶馆书场听说书先生讲《隋唐演义》《三言二拍》《楚汉演义》等传统段子的翻版。

忻一帆说得热血沸腾，越说越激动，越说越入神。而武伯平呢，听到最后，终于说出一句令忻一帆大为动容的话：‘我总算真的知道了，原来你是很喜欢钱小妹的！”

忻一帆突然讲不下去了，不，是他不想讲下去了。是呵，他已经不需要再编什么故事了，连武伯平这样木讷的人都听懂了他的心思，那以后只要有机会让钱小妹听到这个故事，她难道还会不明白他的心吗？

忻一帆的目光又一次落在了裘皮大衣上。只有这时，他才深深知道，这件裘皮大衣居然蕴藏了他的多少心事、多少秘密呵……

3

正是吃午饭的时辰。

在足够容纳几百人的工人吃饭间里，武伯平打好饭菜，捧着饭碗沿着饭桌在人丛中寻找起钱师傅来，他已经习惯了和钱师傅一起吃午饭。

刚才，在停了机器以后，武伯平让钱师傅先去吃饭间，说自己做好清扫工作就来。他知道钱师傅一向喜欢把车床弄得清清爽爽的，因为钱师傅反复叮嘱过：“你平时若不把车床保养好，车床就不会给你把活儿做好，说不定什么辰光就一点儿也不客气地给你颜色看，哪怕小小的一次捣蛋，也会让你的产品统统报废。”

现在，武伯平经过了小饭厅——当初罗格曾把这里指定为厂里高级职员的专用餐厅，如今已成了普通工人的吃饭场所——目光扫过了无数的人脸和背影，忽然定格在角落里的两个背影上。他一下子认出了钱师傅的背影，而另一个戴工作帽的背影却是他从未见过的。

让武伯平有些奇怪的是，两人的背影构图十分暧昧，一会儿相距很远，形同陌路；一会儿又离得很近，可谓亲密。更为蹊跷的是，当他走过去时，钱师傅陡然回首看到了他，大叫了一声“伯平”，那嗓门大得令人起疑，钱师傅从来没有这么叫过他。随着这一声叫喊，正和钱师傅说话的“工作帽”一下子弹开身去，开始埋头在碗里扒饭，那速度真叫快得惊人！

这些都不是要紧的事情，关键是武伯平听到了几句压低嗓门说出的话语，不，严格来说，只是毫不连贯的几个词：“不要锋芒……找机会……重要的是他们……破坏……”后面的话，他没听到，因为钱师傅就是在这时回头看到他并大声招呼他的。

武伯平急忙走过去，不料那人却站起身，向钱师傅微一点头，便欲离去。

就在一瞬间，两人打了个照面，不觉全都一愣！

武伯平首先反应了过来，低低叫了一声：“程老师。”

程庚生的脸色一变，神情紧张地做了个噤声的动作，接着朝被吓了一跳的武伯平轻轻问了一句：“你妹妹找到了吗？”

看到武伯平摇了摇头，程庚生的嘴唇微微嚅动了一下，语速很快地说道：“这样吧，我想办法去沪东和沪西的棉纺厂给你打听打听。”说罢，没等武伯平反应过来，就头也不回地匆忙走了，甚至都没和钱师傅打招呼，犹如压根儿不认识似的。

武伯平在饭桌边坐下，坐在对面的钱师傅淡淡地说道：“你怎么认识老程的？边吃饭边说吧，声音轻点。”

武伯平把两人在真如镇邂逅的事情缓缓说了一回。钱师傅听得很仔细，良久才开口说道：“记住，下次见到他，千万不要叫他程老师，就叫老程。”

看武伯平一脸不解的样子，钱师傅解释道：“他是沪东工人夜校的老师，但不是我们厂里的工人。就凭这个身份，让日本人逮住，是要杀头的。”

武伯平点点头，许多疑问一下子涌上了心头。是啊，他有太多的问题，很想立时三刻就知道答案。比如，程庚生为什么要假扮厂里的工人冒这么大的风险混进来？难道他知道德泽坊里里外外均有日本鬼子布下的天罗地网？他又是为了什么事情必须和钱师傅见面接头？难道与接受了罗格委托的自己一样负有不可告人的秘密？还有……

武伯平及时刹车了，没有继续“还有”下去，而且什么也没有问，什么也没有说。自打来到上海滩，来到被日本鬼子军管的厂子里，他明白了一件事：不该问的，不必问；不该知道的，也无须知道。在日本鬼子的刺刀下面，所有故事都充满了危险、布满了杀机。

武伯平开始大口大口地吃饭。可惜，命中注定他今天根本吃不出面前这一餐饭菜究竟是个什么滋味了……

4

这样憋闷的心情陪伴了武伯平整整一天。

到了吃晚饭的时候，忻一帆瞧出了些许端倪，只是碍于钱师傅父女都在场，便没有开口问武伯平。

临睡前，忻一帆终于忍不住问道："小武，你今天怎么了？好像有什么心事，而且心事蛮重的。说出来，让我为你分担一些吧！"

武伯平一惊，赶忙强打起十二分精神，说道："没事，没事。"

忻一帆笑了，说道："其实我这个人别的本事没有，但有一项，一看这个人的精气神，就一准知道他在动什么脑筋。要不然，我算是白吃了这几年估衣铺的萝卜干饭。说吧说吧，别跟个大姑娘似的羞羞答答。"

武伯平咂巴了几下嘴唇，偏偏连一个字也没有说出来。

忻一帆摇了摇头，说道："你还不肯说？是难为情，还是另有苦衷？那好，我替你说吧！只不过，我说对了的话，你可别怪我有一双孙猴子的火眼金睛！"

武伯平有些害怕地缩了一下脖子，问道："你，你要说什么？"

忻一帆仔细地看了看武伯平的脸，说道："你的目光闪烁不定，说明你心里藏着掖着的事情非常害怕被别人知道，但自己又一时不知该怎么办！我说得对不对？你必须老老实实告诉我，我才可以继续往下说。”

武伯平含糊地说道：“算，算是这样吧。”

忻一帆略显不快，说道：“什么叫‘算是这样’？我明明是张天师在此，山人自有妙计，掐指一算，啊呀呀，原来如此！”

武伯平被忻一帆的装神弄鬼弄得有点儿哭笑不得，说道：“原来如此？原来如此什么呀？你快说吧！”

忻一帆一咬牙，揭开了谜底：“大事不好，关节处原来是一个女人！”

武伯平大吃一惊，叫道：“你怎么会知道？”

忻一帆暗暗在心里好笑：小武呵小武，有你这样问话的吗？如此一问，岂不是不打自招，此地无银三百两？

不过说实话，武伯平没有否认“关节处原来是一个女人”这句话，倒让忻一帆大大吃了一惊，他立马想到了钱小妹，难道这傻小子也暗暗喜欢上了钱小妹，害起了精神恍惚、萎靡不振的相思病？

武伯平见忻一帆没有回答，有些着急了，问道：“你怎么不说下去了？这，这个女人怎么样了？”

忻一帆狡黠地向武伯平眨了眨眼睛，说道：“天机不可泄露也！”沉吟了一会儿，又说道，“如果你自己愿意的话，就说说你和这个女人的事情，当然，不愿意说也无妨……”

武伯平苦笑了一下，说道：“这有什么不可以说的呢！实话告诉你吧，我是天天想着她，夜夜梦到她呵……”

忻一帆的眼睛渐渐瞪大了。也许，一个与自己有关的女人的秘密将大白于天下。这这这，太可怕了！可转念之间，他又隐隐觉得有什么地方不对头，哪有男人可以用这么随随便便的腔调讲自己心爱的女人的？除非这个男人在这方面是白痴！看着陷入沉思久久不语的武伯平，他被脑海里翻来滚去的念头折腾得肚肠根直发痒，终于忍不住问道：“喂喂，她到底是谁呀？”

武伯平长长地叹息了一声，说道：“是我的妹妹雨娟，武雨娟。”

忻一帆顿时大大松了一口气，哦，原来是自己多虑了，想想也有些好笑，钱小妹与武伯平就是白天鹅与癞蛤蟆，一个在天上一个在地下！他在心里把自己狠狠痛骂了一顿，荒唐荒唐太荒唐，如此荒唐的念头亏自己想得出来！心头刚有些平静，好奇心又蓦然爆起，他赶忙问道：“怎么会是你妹妹呢？这究竟是怎么一回事？”

武伯平沉思了好久，才一脸自责地慢慢说起了与武雨娟失散的过程……

忻一帆正听得入神，突然门口传来了急促的叩门声，有人叫道：“开门，快开门！”

是钱小妹的声音。

忻一帆从床上跳了起来，连鞋子也来不及穿，扑过去拉开了门。

钱小妹一步冲了进来，低声对武伯平说道：“快，你跟我走！”

忻一帆呆住了，问道：“怎么了？”

“鬼子挨家挨户来查户口了！小武，你没有上海户口，快跟我出去避一避！”话音未落，钱小妹拉着武伯平就走。

武伯平踉踉跄跄地被拉出了三层阁，钱小妹蓦又回身，朝着目瞪口呆的忻一帆轻斥一声：“你还不快把小武那张床揭了，等着鬼子来问你要人、抓你进去啊？”

忻一帆这才如梦初醒，刚说了一个“好”字，钱小妹已经拽着武伯平下楼去了。

等忻一帆将床铺收拾完毕，只听得楼下传来一阵喧哗，鬼子们来查户口了。

5

武伯平报进了上海户口，是钱小妹带他去完成这一项光荣而神圣的历史任务的。从今而后，武伯平连带他将来的孩子　以及他孩子的孩子，都将永久地成为上海市民。

这是一个阳光灿烂的午后。武伯平后来无数次在记忆中看到这条很有些年头的小弄堂。弄堂口一位老奶奶抱着小孙子坐在小板凳上左顾右盼，像在等着什么人。

喏，来了！一个与卖棒冰的人差不多样子的小贩肩上挎着一只小木箱，里面是一只只裹着盐炒豆的三角包，他一边叫着“刮啦松脆——三北盐炒豆”，一边迈进了弄堂口，随手抓了一把盐炒豆塞给那小孙子，在老奶奶举起小孙子的手连连说“谢谢”的当口儿，摇摇晃晃地朝着弄堂里的三五个年轻女人走了过去。那些女人不仅很夸张地朝他摇摆着手，而且都用清脆悦耳的声音叫道：“我要一包！我也要一包！”

那些女人是美是丑，武伯平一概不知。不是他缺少了识女人的辨别力，而是他的肩上压着整整一担大米，连脖子都被压得呈四十五度斜角了，又哪里能够抬头凝望那些女人呢？

这担大米是送给黄保长的。当时日本人已经在上海实行了户口登记保甲制和连坐法——一人有事，全户连坐；一户有事，全甲连坐，以此类推。

黄保长的家其实是一爿小店，里面放满了针头线脑、毛巾、草纸、肥皂……反正什么好卖，就卖什么。这爿小店就在后弄堂的拐角处，门上还像模像样地挂了一方木制招牌，上面写着：祥生杂货铺。

日本人之所以强迫这些大小店铺的老板做保长、甲长，一是因为店铺老板要开门做生意，只要做生意，就随时随地有辫子可抓，易于控制和利用；二是因为店铺老板有现成的店堂，可以直接设为保甲办事处，无须另觅场所。此乃日本人打的一箭双雕的如意算盘。

坐在店堂柜台前正拨打着算盘的黄保长一眼看到了钱小妹，不觉笑容可掬地站起身来，问道："钱家大小姐难得光临，不知有什么事情吩咐？"

钱小妹也笑盈盈地说道："黄家爷叔，我是无事不登三宝殿，又要来麻烦你了。"说罢，她挥手让武伯平将两包大米扛进店堂放在角落里，接着说道，"我这位表阿弟刚从乡下来，已经在远东机械厂做工了，现在想在这儿落个户口，这个忙你总归是要帮了。"

黄保长"哼哼哈哈"地漫应着，一扭头看见那两包大米，顿时心花怒放。他一眼就掂出了分量，肯定是一担。在太平光景下，一担大米值不了多少大洋，但眼下却是老价钿——日本人对粮食管控得紧之又紧，有上海户口者才能凭购米证一人购买一升半"户口米"，而且均为粗糙不堪、发霉变质之米；没有上海户口者则不得购买，死了人也不管。为了私贩黑市米，不少人竟成了铁丝网前日本鬼子的枪下之鬼！

钱小妹一见黄保长看着米袋两眼放光，如何能不轧出苗头？她当即走上前去打开米袋，抓了一把如白玉般晶莹的大米送到黄保长的面前，说道："这是我表阿弟从乡下带出来的今年的新大米，想送给黄家爷叔尝尝鲜。"说到此处，她巧妙地将话题一转，"爷叔，你真是不晓得，这新大米一路偷运到上海，吃辛吃苦也不讲了，而且性命交关！"

黄保长很体谅地连连点头，说道："是呵是呵，真不容易！这样吧，我只舀个几升米留下来，尝尝鲜足够了，这年头的大米金贵啊，其余的你们还是拿回去自己吃吧！"

钱小妹慌忙摇起了手，说道："我们自己吃的早已留在家里了，这是特意送给你的，你就不要推辞了。"

黄保长一边说着"这让我怎么好意思呢？实在让我难为情"，一边很好意思、很不难为情地将大米一包一包地往内室搬。搬完后，他讪讪地笑着说道："你们这么诚心诚意的，我也不能拂了你们的一片心意，对吧？谢谢你，钱家大小姐，哦，也谢谢这位小阿弟。"

没等钱小妹和武伯平有什么反应，黄保长忽然问道："你们来我这儿，没遇上什么麻烦吧？"

钱小妹"扑哧"一声笑了，说道："遇上麻烦的话，还能到得了你这儿？"

黄保长一愣，也笑了起来，说道："我怕的是人多眼杂……"

钱小妹点头，说道："我是特地选现在这个辰光的，弄堂里人不多，日本人也没上班，更没上街巡逻呢！”

黄保长的神情渐渐严肃起来，直截了当地说道：“我客气话也不多说了，反正阿拉是自家人，中国人！你的意思我懂了，就在这三五天，我抓紧去找联保长，把这位小阿弟的户口落上，办出来市民证，好不好？这样也免得惹出什么麻烦，比如万一在街上碰到日本巡逻队搜身检查，夜里上门查户口什么的……”

钱小妹笑了，笑得一脸灿烂，说道：“谢谢黄家爷叔！”

6

三天后，钱小妹把户口登记表和市民证交到了武伯平的手上。

这是一个有着星星和月亮的晚上。当时，武伯平、忻一帆和钱师傅正在吃着钱小妹做的晚饭。那天的晚饭有些特殊——一大碗阳春面，浇头是大排骨加五香茶叶蛋。

钱小妹是在忙完灶披间里的活儿在桌前坐下来的时候，把户口登记表和市民证递给武伯平的。

武伯平伸手接过，刚说了一声“谢谢”，冷不防被忻一帆用肘弯轻轻撞了一下腰，他大惑不解地将目光转向忻一帆。

忻一帆指了指桌上的饭菜，问道：“今天为什么吃排骨面，你知道吗？”

武伯平愣了一愣，说道：“不知道。”

武伯平确实不知道。从来是钱小妹烧什么，他就吃什么，既不会挑三拣四，也不会问一些无聊至极的问题，比如今天为什么吃白菜不吃豆腐，为什么吃荤不吃素，等等。

忻一帆的嘴角扯出一丝狡黠的笑。他是在明知故问，但目的不是为难武伯平，而是为自己的节目做铺垫。

是呵，戏曲舞台上的锣鼓点响了半天，不就是为主要人物上场做铺垫吗？

忻一帆的节目不是什么戏曲，而是为了引出那一件裘皮大衣。

武伯平的回答正中了忻一帆的下怀，他神秘兮兮地说了一句："等一下你就知道了。"

过了一会儿，武伯平果然知道了。当然，钱师傅、钱小妹也都知道了。

只见忻一帆转身，从一旁取出他特意带来的皮箱，缓缓打开后，里面正是那件被折叠得二工整整的裘皮大衣。

忻一帆将裘皮大衣提出皮箱在众人面前展开的一瞬间，钱师傅和钱小妹不约而同地赞了一声："好！"

这确实是一件上等的裘皮大衣。钱小妹伸出手，轻抚了几下那柔顺光滑的皮毛，不禁疑惑地问道："阿忻，这是哪位朋友托你买来的？"

忻一帆摇了摇头，似乎早就期待着这个问题，缓缓道出一句很关键的话："这是我送给一位今天过二十岁生日的小姐的礼物。"

钱小妹和钱师傅有些惊诧地对视了一眼，钱小妹问道："你是说……"

忻一帆朝钱小妹点了点头，并把裘皮大衣递了过去，说道："没错，除了你还会有谁？祝你生日快乐！"

钱小妹惊叫起来："你发疯了，这要花费好多钱呢！"

忻一帆不慌不忙，显出一副很男人的样子，说道："钱去了，还可以挣回来；二十岁的生日只有一次，去了就再也不会来……”

钱小妹不知为什么就红了脸，压根儿没有伸出手去接，只是急忙说道：“不不不，我不能要你这么贵重的生日礼物……”

忻一帆再次将裘皮大衣递了过去，说道：“什么贵重不贵重的，这是我的一点心意，请收下吧！”

一直在作壁上观的钱师傅忽然开口了：“生日嘛，送点礼物也是人之常情……”

忻一帆的脸上顿时扬起一片喜悦之色，但钱师傅接下来的话语却一下子冻结了他喜滋滋的脸色。

只听钱师傅慢悠悠地说道：“可是太贵重了的话，恐怕就不太合适了……”

忻一帆急眼了，说话都结巴了：“这这这……”他转脸看到武伯平，恍如见到救星一般，连忙用力搡了武伯平一把，“小武，快帮帮我，和你师傅说说……”

毫无思想准备的武伯平被这一巴掌推搡得结巴了起来：“我，你，你让我说什么呀？”

忻一帆不满地瞪了武伯平一眼，说道：“你想说什么就说什么，随你……”

武伯平有些怯生生地看了看他们仨，最后将目光落在了裘皮大衣上，不觉灵机一动，说道：“这件裘皮大衣不是裘皮大衣……”

三个人全都一愣。忻一帆问道：“你在讲什么？”

武伯平说道：“其实，这件裘皮大衣里藏着一颗心，是阿忻，不不不，是阿忻的一颗心……”

忻一帆这才松了一口气，偷眼向钱小妹望去，偏偏钱小妹无动于衷，似乎连一点儿感觉也没有。

武伯平径自往下说道：“阿忻为了准备这个生日礼物，花了很多心血……”

钱小妹忽然动容，说道：“那你说说看，他是怎么花了很多心血的……”

忻一帆暗自窃喜：原来武伯平看似木讷老实，却也会急中生智，吹吹小牛、撒撒小谎，哄死人不偿命，看把钱小妹哄得……别急别急，看看武伯平接下来能再弄出什么弥天大谎的大动静来，将钱小妹诳得团团转。

武伯平也许是受到了鼓励，语气一下子顺溜了许多，居然一口气讲出了一个大出钱小妹意料的故事。他说，这件裘皮大衣是忻一帆托东北一位要好朋友捎来的，那儿的貂皮最为名贵，人称东北有三宝：人参、貂皮、乌拉草。可惜东北已陷入日本鬼子之手，日本鬼子将东北三宝纳入了军管范畴，凡有胆走私者，一律“死啦死啦的干活”！所以，忻一帆的那位朋友绝对是冒着生命危险走私貂皮大衣的，在日本鬼子的刺刀尖下瞒天过海偷运出关，在敌特密探的鼻子底下不露痕迹地长途跋涉，换大车、换火车、换汽车、换轮船，直奔上海……而这一切统统源自忻一帆为了给钱小妹送上一份特别珍贵的生日礼物！

武伯平说得兴奋、说得起劲儿，不仅完全照搬当初忻一帆讲故事的神态、口吻、腔调，还在细枝末节处添油加醋地来了一番即兴发挥，直听得钱师傅、钱小妹目瞪口呆、热血沸腾！就连忻一帆也在心中暗自连连高呼：“精彩，精彩，精彩！”

更让忻一帆始料不及的是，事情突然起了戏剧性的关键变化！

只见钱小妹一把抓过方才被她推三阻四不肯收下的裘皮大衣，激动万分地捧在了手上！

此时此刻的忻一帆大为高兴，不禁神采飞扬地想，待会儿回到三层阁后，该如何好好犒劳武伯平一番。

万万料不到，就在这一瞬间，钱小妹的脸色陡然一变，说道："小武，你刚才讲的故事很精彩，但这样精彩的故事你是编不出来的。告诉我，是谁讲给你听的？"

武伯平不假思索地指了指忻一帆，说道："是他自己讲的。"

忻一帆的心一跳，但事已至此，只得硬着头皮呵呵一笑，说道："小妹，是我亲口告诉小武的，有什么问题吗？"

钱小妹狠狠朝忻一帆甩了一个白眼，说道："你下回再要吹牛皮，请先打好草稿，行不行！"

"怎么了？"忻一帆大为不解地问道。

钱小妹将裘皮大衣的衣领往外一翻，说道："请你仔细看看这件裘皮大衣上的商标——意大利 FUR 毛皮，旁边还有一行小字——上海洋行！"她一下子将裘皮大衣扔在忻一帆的身上，大声叫道："瞎三话四，专门骗骗洋人头的鬼把戏，小儿科！"说完，转身朝楼上奔去了。

忻一帆脸上的颜色在一刹那蓦然变得五彩缤纷：红一阵，白一阵，青一阵。他已经顾不上别的了，慌忙捡起掉在地上的裘皮大衣，没来由地朝武伯平扔一句"啥人叫你瞎三话四咯"，便往楼上追去。

武伯平茫然不知所措，呆呆地望了一会儿已然空无一人的楼梯，又回过头来看了看若无其事、安如泰山地吃着排骨面的钱师傅，问道：“师傅，我，我又做错了什么吗？”

钱师傅举起筷子，指了指武伯平面前的碗，答非所问地说道：“这是小妹二十岁的生日面，也是她亲手做的，快吃吧！再不吃，面就要糊掉了。”

武伯平终于开始吃面，刚挑起一筷子，就听到钱师傅重重地叹了一口气，说道：“我最不喜欢夸大其词、故弄玄虚的人。”

武伯平吃了一惊，于是那一筷子面条就在他的眼前定格了……

第九章

雨娟出囚笼，喝血的匕首

1

今日阴天，天空灰蒙蒙的，忻一帆的心头也是阴沉沉、灰蒙蒙一片——钱小妹终究没有收下那件裘皮大衣。

忻一帆什么都想到了，偏偏就是没有想到关于裘皮大衣的东北故事会出这么大的洋相。能怪谁呢？谁都怪不着。尽管回了三层阁，他把满腹怨气都撒在了武伯平的身上。好在武伯平天性迟钝又不善言辞，没回他的嘴，只是听他一个人唠唠叨叨地发牢骚。说着说着，他就没劲儿了，竟跟没事人一样，径自上床搂着枕头脸朝墙壁睡觉去了。

忻一帆是一肚子的火发不出来。唉，要怪只能怪自己，当时为什么没有及时阻拦武伯平牛皮哄哄地讲什么关于裘皮大衣的东北故事，也许武伯平是好心，也许自己当时指望能用故事打动钱小妹一回，可谁料想那居然是画蛇添足多此一举，结果偏偏画虎不成反类犬！

现在，忻一帆将那件裘皮大衣连带皮箱一起搬回了估衣铺，等待能有个合适的主儿出现，将它买了去，毕竟当初付给王小开的那些大洋统统是从柜台上悄悄挪用的，万一让老板察觉了，他一准得卷铺盖走人。

店门外一阵汽车喇叭响，一辆锃亮的产自大英帝国的奥斯汀小轿车徐徐停下了。

忻一帆连忙奔出店门，巴望着购买裘皮大衣的财神爷在这一刻降临。

车门一响，走出一个人来，顿时让忻一帆傻了眼！

但见这人的头发与领带一样飘逸，西装与西裤一样挺括，皮带与皮鞋一样闪亮。

这不是王小开，还能是谁？真是士别三日，当刮目相看啊！

令人称绝的是，走进店堂的王小开往椅子上一坐，取出一支哈瓦那雪茄往嘴上一叼，那神态，那架势，才叫作“小开”风度。如此做派，岂能不让忻一帆赶紧取出洋火，“刺啦”一声划亮了递上前去？

王小开抽了一口雪茄，看着喷出的烟雾在头顶上缓缓画出一个圈后，才慢条斯理地开了口：“我寄放在贵铺的裘皮大衣呢？没给我随随便便就处理了吧？”

忻一帆点头哈腰地赔着笑，说道：“怎么会呢？我早已把它送去霞飞路上的上海正章洗衣洋行干洗熨烫了，前两天刚取回，你看。”说着，取出皮箱，捧出了被折叠得整整齐齐的裘皮大衣。

忻一帆没有说谎，裘皮大衣之前确实被他送去上海正章洗衣洋行干洗熨烫了，不过他当时为的是讨钱小妹的欢心，而不是为了取悦王小开。

王小开接过裘皮大衣，轻轻抖开，上上下下地仔细看了一会儿，正要说几句感谢的话，却见从裘皮大衣里飘出了一张方方正正的纸片，捡起一看，正是上海正章洗衣洋行送洗衣物的票据联，不觉颇为感慨地说道：“你做到这个份儿上，想要不谢你都难，我服了，谢谢你！”

随后，王小开取出票据和一把大洋，轻轻放在了忻一帆面前的柜台上，说道：“这些大洋，还了上一回你给我的，再加上洗衣洋行的费用，剩下的全归你了。”

忻一帆道谢后，王小开蓦然压低声音说道：“我看你也是一块料儿，在估衣行委实有点屈才了，不如上我的五金厂，如何？”

忻一帆一愣，只听王小开又说道：“我打听过了，估衣行的收入是按你每天做的生意提成，辛辛苦苦一天下来，也不过区区几十吊钱，你若来当我的襄理，起码也得翻个十倍二十倍！”

忻一帆一惊，忽然就说不出话来。

王小开见状一笑，说道：“我是看你人不错，而且帮了我的大忙。那天我正要去谈一笔大生意，请对方老板吃饭，可怜口袋里布贴布，不是我没钱，而是账面上的钱款一时无法收回，只能硬着头皮去典当行典当裘皮大衣，但他们给的那点钱根本不够我的开销！后来幸亏遇见了你，结果生意谈成了，厂子起死回生了，抵押的奥斯汀也给送回来了……说实话，也不仅因为你帮了我的忙，而是我更需要像你这样精明能干、头脑活络的人在我的厂子里一展宏图。怎么样？你考虑一下吧，这是我的名片，你随时可以给我打电话。”

王小开走了，把裘皮大衣一起带走了，没能带走的是那番话语。又有谁知道，那番话语一时在忻一帆的心底搅起了多么大的波涛！

按理说，无论从哪个角度出发，忻一帆都应该当场就应允王小开去五金厂，可是忻一帆偏偏没有。如果那样做，他就不叫忻一帆了。是呵，太容易到手的东西，总是不怎么值钱的。

一直到了这天傍晚下了班以后，忻一帆才走进一家洋人开的街头咖啡店，拎起电话话筒，按照名片上的号码拨了过去……

2

夜深沉。

忻一帆买了一瓶绍兴老酒和两包陆稿荐猪头肉，兴冲冲地回到了三层阁，想和武伯平好好喝上一杯，把好消息带给他：自己已经决意去王小开的海风五金厂上班了。

两三个小时以前，忻一帆打通了王小开的电话，接受了王小开的邀请，到五金厂里参观了一回，而且在王小开为襄理准备的那间办公室的办公桌前驻足了好久好久。

忻一帆很满意。不过，很满意的忻一帆注定今晚要独饮一壶酒了。

忻一帆一边喝酒，一边等武伯平回来。遗憾的是，当他独斟独饮了半瓶酒时，武伯平连个人影都不见；当他将最后一滴酒倒入喉咙时，武伯平的脚步声仍未在楼梯上响起。

武伯平破天荒的一夜未归。

武伯平今晚有事。

临近下班的时候，钱师傅走过来对武伯平说了一句话：“下班后出厂门，马路斜对面有一辆黄包车等着你，车篷上印着‘顺风车行’四个字，你坐上去后什么都不要问，只要说你姓武，他就会拉你去和一个人见面。”

“谁？”

“程庚生。”

武伯平不再多问一个字了。

下班的汽笛响了。一脚踏出厂门的武伯平果然看到了马路斜对面停着一辆车篷上印有“顺风车行”字样的黄包车，那位黄包车夫将一顶破毡帽搭在脸上，仰面倚躺在车座上呼呼大睡，浑似一副两耳不闻窗外事的模样。

武伯平走了过去。走近黄包车时，那位黄包车夫倒也警觉，居然令人不易察觉地微微掀动了一下破毡帽，只向武伯平看了一眼，便又懒散地将手放下，任由帽檐重新遮上脸。

武伯平一直走到了黄包车跟前，逼得那位黄包车夫不得不揭去脸上的破毡帽，看了看似要上车的武伯平，说道：“我这车在等人，不拉客。”

武伯平的嘴唇嚅动了一下，说道：“我姓武。”

黄包车夫目光锐利地瞟了武伯平一眼，这才坐起身来，连连拍打了几下坐垫，说道：“上车吧。”

武伯平刚落座，黄包车夫便手脚利索地“砰”的一声放下门帘，接着，黄包车动了。

黄包车跑得很快。也不知跑了多少路，只知道一会儿是弹硌路，一会儿是大马路。难得享受乘坐黄包车待遇的武伯平正被颠得七荤八素，蓦听得黄包车夫说道：“武先生，我在前面一拐弯，你就立即跳下去！路边有一辆顺风车行的黄包车，你要用最快的速度坐上去，听懂了吗？”

武伯平一愣，旋即点头，说道：“懂了。”

十字路口。黄包车一个疾速转弯，差点儿没把武伯平甩个大跟斗。武伯平惊魂未定，却听黄包车夫轻叱了一声："跳下去！"

武伯平慌忙跳了下去，脚刚一落地，身体便不受控制地往前冲了几步。一抬头，果不其然看到了一辆停在路边的顺风车行的黄包车，低垂着车门帘。

武伯平虽然弄不明白是怎么回事，但也十分清楚当务之急就是快快上车，于是不管三七二十一地掀开车门帘跳上了车。

黄包车没动。原先靠在车把上休息的黄包车夫也依然平静地抽着旱烟袋，似乎压根儿就没看到刚才有个人跳上了他的车。

武伯平隔着车门帘寻觅那辆载他来此的黄包车，发现那辆黄包车已经向着前方渐去渐远了。

忽然，两辆蹬得飞快的脚踏车风一般从武伯平的身边掠过。车上是两个穿着黑色香云衫、戴着黑色礼帽的彪形汉子。很快，不停被风吹翻的一角衣衫暴露了他们的身份——每个人的腰带上都插着一支黑森森的手枪！

武伯平恰恰看到了这一切，头上蓦然就惊出汗来。难道自己方才乘坐的那辆黄包车已然被人跟踪？这两个彪形汉子来自何方？为什么会发生这样的事情？

武伯平还没有想明白，黄包车忽然动了。敏锐的武伯平突然发觉，这黄包车居然拐了一个一百八十度的大弯，与起先那辆黄包车来了一个彻头彻尾的背道而驰。

这一回，武伯平明白了，他们与那两辆脚踏车的距离只能是越拉越远了。

3

黄包车终于停下了。

黄包车夫卷起了车门帘，看也不看武伯平，径自低声说道：“天蟾茶楼，二楼，风月轩包厢。”

不知道的人以为黄包车夫在自言自语，但武伯平清楚这两句话是说给他听的。他当下也如黄包车夫一般，恍如没有听见，甚至连正眼也没瞧黄包车夫一下，径自下车离去。

行得三五步，便是天蟾茶楼。上得二楼，一眼便瞥见了风月轩包厢。

一位不知从哪儿冒出来的茶楼领班快步走过来，问了一声，便将武伯平领到了风月轩门前，并屈起手指轻轻叩了两下。

少顷，门内传出一个声音：“进来。”

茶楼领班很规矩地打开了一条门缝，朝武伯平微微弯了一下腰，说道：“先生请进。”

武伯平推门走了进去，只见临窗的八仙桌后站起一个身穿一袭长衫的人，笑吟吟地朝他点了点头，说道：“你来了。”

武伯平认出此人正是程庚生，连忙跨步向前，问道：“你找我？”

程庚生一边颔首，一边朝对面空着的座椅指了指，说道：“请坐。”

武伯平刚在程庚生的对面落座，就听到身后的门扉轻轻响了一下，很快又轻轻地关上。

武伯平猛地一回头，陡然大吃一惊，下意识地站了起来。

只见门口站着一个单手深深插进裤兜里的大汉，那微微凸起的裤兜里显现出的分明是手枪的形状。

大汉缓缓地转过身来，一见武伯平就大大咧咧地张嘴笑了，浑身的杀气顿时消散于无形之中。他几步走到武伯平的面前，裤兜中的手已然抽了出来，抱拳一拱，说道："小阿弟，别来无恙？在下金宝，黄金的金，宝贝的宝。"

这是一句颇为耳熟的话语，上回听到的时候是在一个横七竖八摊着石担和石锁的弄堂口。

武伯平自是认出了金宝，只是依然不太习惯他大剌剌的做派，勉强笑了笑，说道："哦哦，托你的福，蛮好的。"

程庚生看了看略显尴尬的武伯平，连忙跨前一步，说道："金宝也是性情中人，听说你们原来就认识了，好像是在弄堂口举什么石担？"

武伯平没有接这个话茬儿，微微别过头去岔开话题，问道："程老师，你今天找我，是为了什么事情？"

程庚生摆了摆手，说道："来来来，大家坐下来再说。"

待得武伯平和金宝都坐了下来，程庚生才笑吟吟地说道："小武呵，告诉你一个天大的好消息，你的妹妹武雨娟找到了！"

"真的？"武伯平惊喜得一下子跳了起来，"雨娟人呢？她在哪儿？她好吗？她……"

"坐下坐下，心急吃不了热豆腐，先喝口茶再说。这是天蟾茶楼的招牌茶——雨前龙井。"程庚生边说边提起茶壶，往武伯平面前的空杯里斟茶。

武伯平哪里还有什么心思喝茶，再好的招牌茶也挡不住他日思夜想的雨娟啊！他近乎央求地说道：“程老师，你快说吧，雨娟现在在哪里？我，我太想知道了！”

程庚生将茶壶放回原处，又将茶杯在武伯平的面前摆好，说道：“其实啊，我是把雨娟的事情托付给了金宝，他那一摊子帮会弟兄都挺神通广大的。至于他们怎么找到雨娟，雨娟有什么样的遭遇，所有的故事都在他的肚子里，还是听他说吧！”

武伯平什么都顾不上了，连忙转向金宝，说道：“那，那，快告诉我吧！求求你了，金宝！”

金宝一时有点不好意思起来，说道：“兄弟，你千万别这样客气！我是个粗人，有什么就说什么，从来不会藏着掖着。要说寻找你妹妹雨娟的事情，那还真叫个巧，活脱脱就像瞎猫逮着死老鼠……”

程庚生打断了金宝的话，说道：“你就直接说具体的事情，别胡乱打比方，什么瞎猫、死老鼠的，让人听着不舒服！”

金宝“嘿嘿”一乐，说道：“别见怪啊，我就是个粗人！我就直接说了啊，上个礼拜三的晚上……”

金宝滔滔不绝地说开了，直听得武伯平提心吊胆、牵肠挂肚……

上个礼拜三的晚上，天空中飘着蒙蒙细雨。或许是天气不好的原因，天蟾茶楼茶客稀少，唯有一名壮年汉子在一楼大堂临街的一隅自斟自饮。

壮年汉子至少已经坐了一个时辰。令人啧啧称奇的是，此人自始至终坐得腰杆笔挺，坐相极佳。

茶楼领班在添茶倒水的当口儿就暗暗忖度此人一定是军人出身，因为不太久之前，他自己就是部队上的一名下级军官。

后来，两个黑衣人进来了，直奔壮年汉子那桌入座。

茶楼领班不觉悄悄皱了皱眉头，从两个黑衣人的动作、神态来看，他断定他们只不过是上海滩的小混混。令人不解的是，如此这般不相称的人怎会在一张桌上饮茶？想来这中间一定有大大的蹊跷。

还真让茶楼领班料想了个八九不离十。

原来，壮年汉子是日本海军陆战队设在上海东宝兴路一处慰安所的负责人小田。其时因为战事吃紧，无法自日本国内及高丽国运来慰安妇，他便急于“就地取材”，四处寻找中国女孩。

两个黑衣人则是棉纺厂的拿摩温，他们得知消息后，便联络上了小田，在重赏的诱惑下，决意从厂里诱拐两个不谙世事的包身工送往慰安所……

4

窗外，已是华灯初上。

武伯平听到这儿，自是听出了端倪，脸上顿时微微变色，急忙问道：“那两个被诱拐的包身工都叫什么名字？你打听出来了没有？”

金宝的脸色在那一瞬间也阴沉了下来，低声说道：“已经查实，一个叫李招娣，一个叫武雨娟。”

话音刚落，武伯平已是大惊失色，不觉顿足惨呼：“雨娟，是哥哥害了你啊！”

金宝慌忙一把捂住武伯平的嘴，压低嗓音说道：“这儿是茶楼，不能动静太大，免得惹来是非！”

程庚生用手指敲了敲桌子，说道：“小武，如果你妹妹已经被卖进了慰安所，那我又何必紧巴巴地让你今天来这儿见面？”

武伯平一把推开金宝的手，终于喘上一口气来，说道：“那，那他们什么时候……”

金宝紧紧盯着武伯平的脸，一字一顿地说道：“他们交易的时间是今天晚上，交易的地点就在这儿。”

武伯平一愣，难以置信地问道：“你说什么？”

程庚生点点头，说道：“他们就在天蟾茶楼的一楼大堂，一手交钱，一手交货。”

武伯平听不懂了，问道：“这这这，怎么会这样？”

程庚生一脸见怪不怪，说道：“小田是个聪明人啊，他把交易放在这样正大光明的公共场所，本身就是一种天然的掩护，又有谁会想到他们私下里却在做如此见不得人的肮脏交易呢……”

金宝补充了一句：“我就担心，恐怕李招娣和武雨娟还天真地以为那两个拿摩温是帮助她们跳出火海的救命恩人呢！”

武伯平着急了，问道：“若果真如此，该怎么办呢？”

程庚生一副胸有成竹的样子，说道：“我们不是把你请到现场了吗？你妹妹见到你，还能不清醒过来？”

武伯平点了点头，忽然又有些担心，问道：“程老师，你刚才说现场，那……他们什么时候来这儿？会不会发现我们？”

程庚生一笑，说道：“客人已经到了。”

金宝不再言语，只是起身走到门口，将门扉徐徐拉开一条缝，向外面看了一眼，而后忽然朝武伯平挥了挥手，示意他过去。

武伯平不解地走到金宝的身边，顺着金宝指的方向向外看去，果然看到了一个腰杆笔挺的壮年汉子正坐在一楼临街的窗口独自品茶。

金宝的声音在武伯平的耳边低低地响了起来：“这就是小田，他有意提前坐在那儿，并不是为了表示心诚，而是为了看清楚会不会有人尾随拿摩温。小田这老小子一向对任何为他做事的人不放心，这点特性我已调查清楚。”

武伯平突然也不放心起来，说道：“待会儿拿摩温带着雨娟她们来了，你准备怎么办呢？”

金宝轻轻合上门扉，说道：“你放心，我都安排好了。”

武伯平发了一会儿呆，忽然想起刚才从门缝里似乎还看到了什么，便轻轻伸出手，慢慢地打开一道门缝。呵，他看到了，离小田不远处的一张八仙桌，不不不，还有小田身后的那张八仙桌，围坐着的赫然全是金宝手下的“十三太保”！

“十三太保”正在旁若无人地品着茶，举止文雅地交谈着，让人根本无法将他们与弄堂口那些粗糙、野性的石锁、石担关联在一起。

武伯平陡然浑身一颤——他突然看到两个黑衣人正向小田走去，而且在黑衣人的身后，紧紧跟着两个怯生生的女孩！

武伯平突然觉得肩上一紧，一只大手将他拖离开去！接着，门扉无声无息地在他眼前关上了。

金宝将武伯平重重地按在了座椅上，说道：“你陪老程在这儿喝茶，我下去了，客人们全都到齐了。”最后那句话是对程庚生说的。

门扉一动，金宝已闪了出去。

程庚生又给武伯平斟茶，一脸轻松地说道：“来，我们定心品茶，这天蟾茶楼的招牌茶真是不错。”

小田看了看毕恭毕敬站在面前的黑衣人，又看了看一脸羞涩、如青苹果一般的两个中国女孩，很得意地笑了。

可惜，小田还没有笑完，一只黑乎乎的散发着臭气的麻袋陡然从他的头上套了下来。紧接着，一道寒光爆起，一柄喝血的匕首狠狠扎了下去，直至没柄！

两个黑衣人也在同一时刻享受到了分毫不差的同等待遇。

说时迟，那时快，所有正在喝茶的茶客们但觉眼前一花，只见一把凶狠的钢刀斜斜地扎进了桌面，抖动着一团沁骨的寒气！

寒气是会传染的。顿时，人人噤若寒蝉！

唯一令人始料不及的是，两个中国女孩冷不丁发出了惊叫，撒腿朝大门跑去！

“哐啷”一声，大门非常及时地被关上了。金宝犹如一尊金刚站了出来，武雨娟躲闪不迭，居然一头撞了上去。

金宝的身子微微一侧，避过了武雨娟的正面冲撞，一只手疾速探了出去，灵巧地抓住武雨娟的胳膊，为的是不让她一头冲向门框。

岂料武雨娟刚烈至极，甩了一下没甩脱，竟然张开樱桃小口朝着金宝的手腕狠狠地咬了下去。

饶是金宝是练武之躯，也被咬得哇哇大叫了起来。一看，鲜血长流。

金宝完全不敢出手，一出手，这如花似玉的武雨娟势必如同一堆烂泥稀里哗啦地瘫倒下去。

蓦然，斜刺里一人飞奔过来，大声叫道："雨娟！快松口！"

这人正是武伯平。

原本，武伯平与程庚生在房内喝茶，可他无论如何都喝得不自在、不舒坦，心心念念全是武雨娟，因而只喝了一小口便放下杯子，又走到门口轻轻拉开房门，悄悄向楼下大堂看去。

这一看不打紧，顿时唬出了一身冷汗！原来在"十三太保"拿下小田和拿摩温之际，武雨娟向身旁的李招娣暗暗点了下头，两人悄悄向后挪动起了身形。

程庚生不知何时来到了武伯平的身后，将一切收入眼底，不觉低呼一声："不好！大水冲了龙王庙！小武，你快下去拦住你妹妹！"

话音未落，思妹心切的武伯平早已一步蹿了出去。于是，就有了武伯平飞奔而至，大叫"雨娟！快松口"的一幕。

却说武雨娟猝不及防地听到有人喊自己的名字，下意识地松开了口，一回头，映入眼帘的竟是武伯平！她情不自禁地大叫了一声"哥"，直向武伯平扑了过去。

兄妹俩紧紧拥抱在一起，千言万语一时不知从何说起。武雨娟的脸上瞬时挂满了泪珠，哽咽了半晌，吐出一个字来："哥！"

武伯平的手轻轻抚着武雨娟的肩头，深情地长吁一声，说道："你受苦了，都怪哥不好……"

武雨娟"哇"的放声大哭起来。

程庚生匆匆奔了过来，拉了站在一旁茫然不知所措的李招娣一把，说道："快跟我离开这儿！"

武伯平闻言一愣，只见程庚生向他挥了一下手，说道："快撤！"

武伯平这才发觉，"十三太保"早已动作神速地扛起了三口麻袋，跟着乱哄哄的茶客们一起向茶楼的后门奔去。

武伯平想寻找受了伤的金宝，却怎么也找不见。后来，他才知道，金宝早就离开了天蟾茶楼，趁着迷蒙的夜色指挥着"十三太保"将小田和拿摩温沉入黄浦江底，让他们成了上海人口中的"氽江浮尸"。

武伯平拉着武雨娟，紧跟在程庚生、李招娣的身后。刚一跑出大门，就陡然一愣，但见一排溜的顺风车行黄包车奔了过来。随着一声低低的"请上车"，他们两两跳上了两辆黄包车。

当黄包车停下来的时候，迎面映入眼帘的是灯光下的一方木牌，上书四字：悦来客栈。

灯影中，早有一人迎了上来，与跳下车的程庚生耳语了几句。程庚生点点头，说道："好，就这样安排。"

这一夜，武雨娟和李招娣就在这里住下了。

看着武雨娟、李招娣走进悦来客栈的背影，程庚生忽然拍了一下武伯平的肩，凑近他的耳边说道："明天来这里，千万留意后面有没有尾巴，你和老钱都是日本人重点关注的对象。"说罢，也不待武伯平回答，径直走向了刚才乘坐的那辆黄包车。

武伯平目送着黄包车消失在远处枯黄的街灯光晕中，所有想说的话语蓦地一齐涌上了心头："大恩不言谢，但我还是要深深地谢谢你，程老师！”

武伯平乘坐的黄包车踏上了回德泽坊的路。这时，只有这时，武伯平才想起金宝曾经说过的一句话，记得当时他还朝自己露出了微微一笑，他说的是：“武老弟，你这回算是找到正点了，我就让你梦想成真，成为黄包车行的工人！”

现在想来，那是一句多么温暖的话呵……

5

武雨娟是在很久以后才明白自己上当受骗的。那时在真如镇，那个哄骗她去找哥哥的短打汉子根本没有打算将她带到火车站，刚走到半路，就有一个拉板车的汉子拦住了他们，心急火燎地说她哥已经被警察押送到县上了，还说若不赶紧去的话，万一再被押往市里，恐怕就很难再见着了。武雨娟一听，急得几乎要哭出声来。拉车汉子连连让她别哭，还自告奋勇地要把他们一齐用车拉到县上去，说是车比人走路要快得多。

已经急得六神无主的武雨娟哪里还有什么主张，慌慌忙忙就跟着上了车。她不辨东南西北，更不认识路，只能听之任之地坐在板车上。不知颠簸了多少时间，她就被拉到了一个车站，见到了一个黑衣人。短打汉子和黑衣人躲在一边叽里咕噜，也不知道说了一些什么，黑衣人先是朝她指指点点，然后把一个小布袋递给了短打汉子。武雨娟后来才知道，那是一袋铜板——给人贩子的报酬。而后，他们就一起在车站边上的一个露天点心铺吃了一顿面条。武雨娟到后来都一直认为那是那些年来吃得最为舒畅的一顿饭。

接着，短打汉子和拉车汉子都不见了，由黑衣人将她带上了火车。当天深夜，武雨娟随着黑衣人来到了杨树浦的棉纺厂，从此开始了悲惨的包身工生涯。直到那时，她才知道带她来的黑衣人是厂子里的拿摩温……

武雨娟十分平缓地述说着与武伯平离散后的悲惨故事，没有大悲，没有大哭，只有淡淡的语调，冷静得如同在讲述别人的事情。经历了昨夜天蟾茶楼那一幕惊心动魄的场面，经历了错把处心积虑将她和李招娣卖入慰安所的拿摩温当作救命恩人、却把真正救她出火坑的金宝咬得鲜血直流的变故，她在一夜之间想了很多，也明白了很多，一下子长大了、成熟了。

坐在对面的武伯平听着听着，一股挥之不去的愧疚之情久久地凝结在了心头："亲爱的妹妹，你的人生与你的年龄太不相称了，而这一切全得怪罪我这个粗心将你独个儿扔在小吃摊的哥哥呵！是我忘了当初父亲的嘱托，没能照料好你，让你受骗上当遭了多少罪！"

武雨娟瞪着一双亮晶晶的大眼睛，一动不动地看着武伯平，一下子看穿了他的心思，说道："哥，你是不是在心里责怪自己，狠狠痛骂着自己？不，哥呵，这是妹妹自个儿不懂事，没记住哥说的'在这别走开，哥马上就回来'。哥，你还记得这句话吗？这是你去火车站前说的最后一句话，这么多日子老是在妹的耳边回响着……"

泪水涌上了武伯平的眼眶。多么懂事、善解人意的妹妹呵！他只说了一声"好妹妹"，就不由自主地哽咽了。

武雨娟太明白武伯平的为人了，遇事总愿意往自己的身上揽错，一个劲儿地怪罪自己这没弄妥那没做好，于是她有意掠了一把头发，说道："哥，我还没听你说你的事情呢！这些日子你是怎么过来的？你是怎么打听到我的消息的？对了，昨晚在茶楼出现的那些人都是你的朋友吗？哥，你快告诉我呀！"

武伯平过了好一会儿才调整好情绪，开始说起遇到程庚生、金宝、罗格、钱师傅和钱小妹的经历。当然有一些事情他没有说，倒不是他有意想隐瞒什么，而是他认为武雨娟没必要知道那么多，尤其是这中间牵涉到日本人的事情。

正说到昨晚的事情，忽然有人轻轻叩门。武伯平看了武雨娟一眼，站起身走过去拉开了门。

金宝走了进来，一见面即双手抱拳连连向武伯平、武雨娟作揖，说道："恭喜恭喜，兄妹俩久别重逢，金某在此恭喜二位了！"

武伯平还没开口，武雨娟已站起了身，说道："金大哥，雨娟向你赔不是了！昨夜我是狗咬吕洞宾，不识好人心，恩将仇报咬了你一口……"

金宝哈哈大笑，说道："没事没事，我这个人别的优点没有，就是皮厚肉粗，多咬几口也不碍事！"见武雨娟仍是一脸难受，他伸出手臂让她看，"你看，早就没事了！说句不上台面的粗话，一般人想让美人咬一口，还没这个艳福哪！"

武雨娟"扑哧"一声笑了，说道："真看不出来，你这人真逗！"说着，她又看了看金宝手腕上那一排仍旧清晰可辨的细细碎碎的血色牙痕，关心地问道，"这里还疼吗？"

金宝摇了摇头，说道："这点伤算什么？它根本算不了伤！真要说受伤的话……"他一下子拉开衣领，露出了左肩上一道可怕的伤疤，“你们看！”

武雨娟爆出一声惊呼：“这，这是怎么回事？”

金宝“哼”了一声，说道：“有一天晚上，我走过高郎桥，桥上有一个日本兵在站岗，我佯装没看见，连正眼也没瞧他，大摇大摆地从他面前走了过去，休想老子给他弯腰鞠躬！日本兵恼火了，大骂了一声‘八嘎’，举起手中的三八大盖就一刺刀捅了过来！我没想到小鬼子的动作那么快，连忙一闪，但还是被他砍在了肩上一刀！我挥起拳头猛击他的下巴，一下子将他揍了个仰八叉！当我奔进高郎桥下的小弄堂时，小鬼子的枪声才在身后响了起来……”

武雨娟听得惊心动魄，双眼瞪得老大，好半天才回过神来，说道：“金大哥，你可真英雄！”说着，以十分敬佩的纯真目光凝视着金宝，隐隐约约流露出了少女纯洁无邪的一点心事。

金宝一个五大三粗的汉子忽然就被武雨娟看得有些不好意思起来，慌忙干笑了一声，说道：“看我这个人！明明说好是来接你和李招娣换一个地方的，怎么和你们聊起这些陈谷子烂芝麻了……”

武伯平一愣，问道：“才住了一个晚上，就要离开这儿？”

金宝沉吟了一下，说道：“老程说了，为了她们的安全，还是谨慎一些的好，尤其我们还干掉了一个叫小田的日本鬼子，日本当局不会不追查。”

武雨娟的大眼睛忽闪了一下，颇为惊诧地问道：“你是说，昨晚来接我们的那个家伙是日本人？”

金宝点点头，说道：“没错，那是一个很坏的‘中国通’，专搞慰安所的……”他似乎想起了什么，猛地停顿了一下，“我们走吧。”

武雨娟一边收拾东西，一边问道："去哪儿？"

金宝拉开了门，说道："去一家工厂。"

走廊里，李招娣已经和两个精悍的汉子在等着了。武伯平认了出来，那是"十三太保"中的两人。

一个小时之后，武伯平一行人走进了工厂的大门，那是一家名叫"海风五金厂"的厂子。武伯平大为惊讶地看到前来迎接他们的居然是忻一帆！

忻一帆的旁边站着一个高高瘦瘦的汉子，后来武伯平才知道他叫王小开，乃海风五金厂的老板。再后来，武伯平才明白忻一帆已经是王小开的襄理了。

第十章

与红粉佳人白相南京路，手榴弹爆炸

1

一盏昏黄的灯，映照着两个促膝长谈的人影。

还是在德泽坊那一间小小的三层阁上，只是这一次武伯平和忻一帆谁都没有躺到床上，因为交谈的正是彼此十分关注的话题。

忻一帆一直想到头疼，也没能弄清楚武伯平和金宝之间的关系。老实巴交初来上海的武伯平和黄包车帮派的老大怎么会有瓜葛呢？再说了，金宝难道是吃饱了撑的，居然兴师动众地去救武伯平失散了的妹妹出火坑，而且对立面是惹不得、惹不起的日本皇军！忻一帆总觉得其中必有玄机，事情不会这么简单，哪怕说到天边去，他也无法相信武伯平有那么大的能耐请得动金宝为他的妹妹亲自出马、拔刀相助！

尽管武伯平很实事求是地讲述了那一节十分生动又十分传奇的弄堂口举石担的经历，但忻一帆犹自不信，仅凭萍水相逢的一面，金宝就能为武伯平两肋插刀？武伯平也未免太小看了金宝，如果金宝果真是这么一个不分青红皂白滥讲义气的人物，早就在上海滩混不下去了！总之，忻一帆听得摇头晃脑，心里仅有两个字：不信！

武伯平并非傻瓜，自是早已看出了忻一帆的不信，可惜他偏偏不能说出与程庚生相识的那一节经历。非不为也，乃不能也。一说，这牵涉的面可海了去了！

且不说程庚生和金宝之间有什么关节——金宝好歹也是一呼百应、不可一世的帮会老大，手下又有“十三太保”之类的人物，为何会轻易地听从程庚生的调遣和指挥——也不说那一夜程庚生竭力拉住自己在风月轩包厢喝茶，任由金宝和他的手下出头露面，俨然一个稳坐钓鱼台的主儿，单说被武伯平偶然听到的那一段令人陡然生疑的对话，什么“不要锋芒……找机会……”，什么“重要的是他们……破坏……”，就已经太不简单了！

武伯平告诉自己千万不能往别的地方胡思乱想，一想，这水岂不是太深了？总之，程庚生绝不单纯是一个工人夜校的老师。更重要的是什么呢？这一说一准会牵连到钱师傅！

武伯平不笨，所以不说，宁愿做一个“说不得和尚”。至于忻一帆愿意想什么、怎么想，只能统统随他去了，至多让他在心里痛骂一顿，那就行，那就到此为止吧！

其实，武伯平也有不少疑问想向忻一帆讨教。比如，忻一帆和王小开是什么关系，他在估衣铺做得蛮好的，怎么会去海风五金厂，而且一下子成了襄理？再比如，金宝和王小开之间有什么渊源，如何能将武雨娟和李招娣介绍到海风五金厂里安顿下来？又比如，王小开和程庚生是否相识，到五金厂安顿的所有事情是由程庚生安排的还是由金宝安排的？

不过，武伯平没有问，一个问题都没有问。既然满足不了别人的好奇心，那又何必要别人来满足自己的好奇心呢？

无奈忻一帆不会这样想，所以他还在绕着圈儿、变着法子地想从武伯平的嘴里掏出点新鲜东西来。他眨了眨眼睛，顿时有了一个绝妙的招数，问道：“听说你妹妹是在天蟾茶楼被救出来的，当时是谁邀她去赴约的，是不是一个日本人？”

武伯平沉吟着，一时不知该如何回答。如果说“是”，那么忻一帆一定会追问下去，更多更棘手的问题就会接踵而至；如果说“不是”，那么忻一帆就会反问：“当时你不是在场吗？怎么连如此重要的事情也说不清楚！”武伯平本来就是反应不快之人，这一下为难得几乎要头上冒烟了。

就在这时，突然传来了重重的叩门声，接着响起了钱小妹的声音：“小武，开门哪！”

武伯平如获大赦一般慌忙站起身来，走过去打开了门。

门一开，钱小妹就风风火火地闯了进来，一开口便叫道：“武伯平，你干的好事！”

武伯平呆住了。

忻一帆也愣住了，问道：“小妹，他有什么事情惹你不开心了？”

钱小妹横了忻一帆一眼，说道：“没你的事，靠一边站着去！”而后扭头对武伯平怒道，“你说，为什么要将找到你妹妹的事情瞒着我？”

武伯平这才明白过来，不觉苦笑了一声，说道：“我没有瞒你呀……”

“那你怎么不对我说？”钱小妹余怒未消地嚷嚷着。

武伯平讪讪地笑着，一时答不上话来。

忻一帆有点看不下去了，说道：“小妹，这事你问过人家没有？如果你没问，那怎么好怪人家呢？”

钱小妹柳眉倒竖，叫道：“要你多管什么闲事！他根本就没告诉过我他妹妹的事，我问什么问！”

武伯平听得糊涂了起来，说道：“对对对，我是没告诉过你，那你怎么会知道我妹妹的事情？”

钱小妹被问得窘住了，索性一屁股坐在了床沿上，说道：“我根本不知道这件事情！可我爸硬是要责怪我，说我对他宝贝徒弟的事情一点也不关心，也不去看看他那刚找回来的妹妹！你们说说，我冤枉不冤枉？”

原来是这么一回事！武伯平与忻一帆对视了一眼，说道：“这样吧，我现在就和师傅解释清楚你确实不知道我妹妹的事情……”

钱小妹是一个拿得起也放得下的女孩，脸色一下子阴转多云、多云转晴，当即站了起来，问道：“真的？你陪我去说清楚？马上就去？”

武伯平点了点头。

不料，钱小妹突然泄气似的坐了下去，叹了一口气，说道：“算了，不要去了……”

这一回，不仅武伯平惊诧万分，就连忻一帆也大为奇怪，两人异口同声地问道：“为什么？”

好一会儿，钱小妹才幽幽地说道：“我爸那个人，你们是知道的，脑子里一旦有了一个想法，就像扎了根似的，再也改变不了了……小武，你去说了也没用，搞不好我爸还以为我们是串通好了去哄骗他的呢！”

“这也不是，那也不行，到底该怎么办？”武伯平着急了，嗓门大了起来。

钱小妹忽然一点儿也不着急了。不知为什么，她似乎有些喜欢这个为她露出一脸焦急状的男人了。这是一种什么心态？她说不清。她只知道，他干着急的模样是属于很讨女人喜欢的那一种。

钱小妹终于站了起来，说道："这样吧，今天太晚了，明天你陪我一起去看望你妹妹，行吗？"

武伯平迟疑了一下，说道："那，得我放班以后。"

忻一帆突然插话："小妹，还是我陪你去吧！武雨娟现在就在我们五金厂里……"

钱小妹打断忻一帆的话，说道："不嘛！我就要小武陪我去，那是他的妹妹。"她转过脸，对武伯平说，"我和你讲好了，明天一放班，我就在你们厂门口等你！"

武伯平点了点头。

钱小妹向门口走去，蓦然回首，得意地"哼"了一声，说道："这回，看我爸再怎么说我！"

将一个俏皮的笑脸扔给两个茫然的男人之后，钱小妹走了。

武伯平和忻一帆四目相对，一时无语，早已忘了他们起先互相探询的所有话题。

不过，有一丝不快缓缓地从忻一帆的心田升了起来。他一时也弄不清这样的感觉究竟从何而来，只是真的感觉心口有些堵得慌，那是完完全全的不开心……

2

淡淡的暮色徐徐弥漫开来，武伯平和钱小妹来到了海风五金厂。

一路上，钱小妹不断地问武伯平，怎么会兄妹失散，武雨娟长什么样子，怎么知道武雨娟下落的，如何将武雨娟解救出来的……

老实说，有些事情武伯平知道，有些问题他根本回答不了，所以他只能说那些自己知道的，不说那些讲不清楚、说不明白的。这一来，惹得钱小妹好奇心大起，更是缠着他打破砂锅问到底了。

谁能挡得住女人的刨根问底？正当武伯平被追问得十分狼狈的时候，一抬头，已经到了海风五金厂。他慌忙指了指厂门口的木牌，叫道："到了，到了！"

刚一走进厂门，武伯平和钱小妹就看到了在门房里等待的忻一帆。还没等他们上前打招呼，忻一帆便急急地走了过来，说道："嘿，你们和武雨娟还真是前后脚的工夫，只相差了那么一眼眼……"

钱小妹狠狠地朝忻一帆甩过去一个大白眼，叫道："你到底什么意思呀？有屁快放，有话快说！"

忻一帆叹了口气，说道："金宝来找武雨娟，要带她出去玩，我告诉武雨娟你们要过来找她，他们等了老半天也没见你们来，武雨娟说我骗人，金宝伸出拳头说要让我吃顿揍，结果他们刚走，你们就来了……"

武伯平着急了，问道："他们上哪儿去了？"

"他们可没有告诉我，让我想一想。"忻一帆不知是有意还是无意地挠了好一会儿头皮，"哦，想起来了，听他们说要去白相大世界！"说完，不禁咧嘴一笑。

钱小妹没好气地说道："你笑什么笑！"

"不是啊！"忻一帆为自己辩解道，"我一想到五大三粗、牛皮哄哄的金宝，一见那么个小姑娘武雨娟，就跟矮了半截似的……”

钱小妹慌忙打断了忻一帆，说道：“别胡说八道，你这个人就是没个正经，狗嘴里吐不出象牙！”而后，转过身对武伯平说，“别听他的，啊？”

武伯平还没醒过神来，问道：“他在胡说什么，怎么我没听出来？对了，忻一帆，你到底在说些什么？”

忻一帆连连摇头，说道：“我在说什么？我什么也没说。”

钱小妹拉了武伯平一把，说道：“我们走吧。”

忻一帆凑了上来，说道：“小妹，我也和你们一起回家。”

钱小妹看了看忻一帆，慢条斯理地说道：“怎么，你也下班了？堂堂一个襄理，和工人一起下班，有些名不副实、过于轻松了吧？”

忻一帆笑了，说道：“厂子里嘛，就这么点事情，忙起来像打老虎，闲下来呢游西湖，走吧走吧！”

三个人一同走出了厂门。忽然，一个工人追了出来，大声叫道：“忻襄理！忻襄理！”

忻一帆别过身去，问道：“什么事情？”

工人跑到忻一帆的跟前，气喘吁吁地说道：“王，王老板请你过去。”

忻一帆显得有些不快，问道：“都已经下班了，还有什么事情？”

工人朝武伯平和钱小妹看了一眼，凑近忻一帆的耳朵说道：“听说半个钟头之后，日本人要来厂里……”

忻一帆吃了一惊，低低地说道：“我知道了，马上就去。”他叹了一口气，对钱小妹和武伯平说，“不巧得很，还真让小妹给说中了，厂子里有点事情，我不能陪你们一起回家了，不好意思。”说完，无奈地向他们挥了挥手，跟着工人向厂里匆匆走去。

钱小妹见武伯平目不转睛地望着忻一帆离去的背影，不觉碰了一下他的胳膊，说道：“看什么呢？走吧。”

武伯平跟在钱小妹的身后走了。走了不太远，忽然就叹息了一声，说道：“日本人来厂子里，准没好事。”

钱小妹点了点头，见武伯平依然眉头紧锁，不觉淡淡笑了一声，说道：“看你犯愁的！你再犯愁，该来的还是要来。再说了，他们一定会有办法对付的，你呀，就别为他们操心了，啊？”

武伯平想了一会儿，眉头终于解开了，说道：“你说的有道理，我再急也是干着急。走吧，回家。”

钱小妹突然停下脚步，说道：“你妹妹去白相大世界了，那……我们去那儿找找她？”

武伯平愣了一下，说道：“不不不，不去。”

这回轮到钱小妹发愣了，问道：“为什么？”

武伯平支支吾吾了一会儿，说道：“我和金宝有点合不来，再说，让他看见我和你在一起的话……”

钱小妹瞪大了杏眼，说道：“那又碍他什么事了！难道，难道你……你不喜欢和我在一起？”

“不不不，没有！”武伯平连忙摇了摇头，“我只是说……”

钱小妹“哼”了一声，说道：“讨厌，干吗吞吞吐吐的？一点都不爽气！”

武伯平无语。

向前走了一会儿，钱小妹悄悄看了看武伯平的脸色，撒娇似的一把拉住他的袖子连连摇晃，说道："我想去，我想去嘛！"

武伯平吃了一惊，他还是头一遭与钱小妹走得这么近，更没有女孩子向他这般撒娇，他顿时完全没了方向，只能点头说道："好好好，去！"

不料，钱小妹却不开心了，突然冷下脸说道："不去了！人家不情不愿的，好像是我赖着人家去的，不去不去！"

武伯平手足无措了，一时不知该怎么办，只能涨红了脸说道："怎么不去了呢？这这这，不是你赖着我去的，其实我也想去，只不过，不要白相大世界，还是去逛南京路吧！我没去过南京路，真的，我想，我想……"

钱小妹"扑哧"一声乐了，连忙又绷紧了脸，说道："这可是你自己说要去南京路的，我可没赖着你啊……"

武伯平连连点头，说道："是！是我要去的，可是我不认识路，该怎么走，得由你带路……"

钱小妹这回是真的开心了，用手往前一指，说道："不用走路，那儿有去外滩南京路的有轨电车！对了，你坐过双层有轨电车没？就是两层楼的……"

武伯平傻傻地摇了摇头，说道："我连一层楼的都没坐过……对了，有轨电车有电不？人坐上去的话……"

钱小妹忍俊不禁地说道："你想问是不是会触电？你大概还想问，坐有轨电车会不会有生命危险？你这个人呀……"

武伯平一脸困惑，说道："这有什么好笑的？我问的是大实话。"

钱小妹一本正经地说道："我说的也是大实话呀！当年英国商人引进第一辆有轨电车铺设在南京路上，大家像看西洋镜一样去看热闹，结果后来上海滩就到处传电车肯定带电，坐上去一定会触电！通车的第一天，英商电车公司特地邀请了二十四位'海上闻人'乘坐有轨电车兜风……"

武伯平依旧疑窦丛生，说道："老百姓就相信了？"

钱小妹摇了摇头，说道："哪有啊！后来英商电车公司不但请上海市民免费乘车，还发放乘车奖赏，免费送一条毛巾、一瓶花露水或者一块香皂、一把牙刷、一支牙膏……"

这回轮到武伯平哈哈大笑了："洋鬼子果然有鬼点子，现在乘车的车费不会便宜吧？"

钱小妹点头说道："当然不便宜！头等车厢一上车就要五分钱，从头坐到底要十五分钱；二等车厢的起板票价是两分钱，坐到底要六分钱。你知道吗，二十分钱就可以买一斤猪肉了！"

武伯平听得连连咋舌，说道："太贵了，太贵了！"

钱小妹"哼"了一声，说道："要不然，人力车行会也不会闹事了！"

武伯平大为讶然，问道："他们闹事了？"

钱小妹横了武伯平一眼，说道："不信？你去问金宝，他那个黄包车帮会和人力车行会是一路货……"

正说得起劲儿，有轨电车"叮叮当当"地开了过来，在前面不远处的车站停了下来。钱小妹拉了武伯平一把，两人奔过去跳上了车。

钱小妹很大方地买了两张车票，说道："今天是我请你去白相南京路的，所有开销由我来！”

武伯平没有和钱小妹争。他的口袋里只有为数不多的银子，注定没法儿争。争，原本就是需要实力的。

钱小妹把武伯平径直领上了二楼车厢，并且走到了车厢的最前面，这样就能毫无遮拦地观赏沿途的风光了。

钱小妹的兴致很高，一边介绍路边的景点，一边旁若无人地说着笑话："当时的报纸上还登了一篇文章，说日本人发明的人力东洋车，一辆车有两个轮子，一个人拉，只能坐一个人；欧洲人的马车有四个轮子，两个马夫一匹马，至多坐三四个人；有轨电车那么大，车上还有卖票人、查票人、司机，结果只能坐三十人；中国人的独轮车只有一个轮子、一个车夫，却可以坐八个人。这样一算，中国人的小车要比外国人的车子强多了！哈哈，是不是很好玩？”

钱小妹不管武伯平听了之后的感觉，自己先嘻嘻哈哈大笑了一通，笑完才发觉武伯平没有跟着一起笑，不禁奇怪起来，问道："我讲的笑话不好笑吗？”

武伯平叹了一口气，说道："我在想，总有一天，我们中国的工人也会造出世界上最好的机器来！”

钱小妹也许根本没在意武伯平说了什么，突然指着窗外大叫起来："快看，外白渡桥，外滩到了！”

有轨电车缓缓靠站停下，钱小妹急忙拉着武伯平跳了下去。

3

走过外白渡桥，就是外滩了。也许是临近傍晚，也许是日本人满世界飞扬跋扈，外滩的游客不多，更加衬托出四周建筑物的高大巍峨。

钱小妹抬臂轻轻碰了一下武伯平的胳膊，问道："人家都说外滩的房子是万国建筑博览群，是上海的象征，你觉得呢？"

武伯平点点头，什么话也没说，他只觉得这些建筑物给人一种深深的震撼感，而且须臾之间便占据了整个身心。

说来奇怪，武伯平来上海也有些时日了，却从没想过到南京路逛上一圈，甚至连这样的念头都没有动过。不过也难怪，他每天眼睛一睁开就是急匆匆赶着去工厂上班，下班时又已天色漆黑，用乡下的话说就是"天天从鸡叫做到鬼叫"，哪里还有闲工夫？

钱小妹歪头看了看武伯平，问道："你在想什么呢？"

武伯平顿时惊醒过来，说道："没，没想什么……我在看，这外滩的高楼可真有特色呵……"

钱小妹莞尔一笑，说道："你知道吗？上海人把到外滩说成'到上海去'……"

武伯平大为奇怪，问道："什么？到上海去？为什么？那，除了这儿，上海别的地方就不是上海了？"

钱小妹点点头，是很认真的那一种，说道："你明白了吧，并不是上海所有地方都可以被叫成上海的，杨树浦就是杨树浦，属于下只角，这就是我为什么要把你领到南京路这个上只角来，让你看看西洋景，也好见识见识真正的上海滩。"

武伯平这才明白过来，说道："原来还有这么多讲究？我白来上海这么多日子，一点也没弄懂，看来我这个乡下人也太乡下人了。"

钱小妹听了有些不舒服，当下脸色一沉，说道："你这是什么话？什么乡下人不乡下人的？哪有你这么说话的！"

武伯平点头说道："我是个直肚肠，有什么就说什么。以后相处的日子长了，你会知道我就是这么个性格的人，这也是乡下人的脾气吧。"

钱小妹不无嗔怨地看了武伯平一眼，说道："按你这样说的话，其实上海滩全都是乡下人，包括我和我爸……"

武伯平苦笑了一声，说道："我可没有这个意思，你和钱师傅可是的的刮刮的上海人，不像忻一帆和我，一个从宁波来，一个从苏北来……"

钱小妹摇摇头，说道："我的老家在宝山，祖祖辈辈都是脸朝黄土背朝天的种田人，也是真正的乡下人，和你是脚碰脚的。"

武伯平愣了一下，这是他没有想到的。说心里话，他无论如何也没法儿把钱师傅、钱小妹与田埂、庄稼、锄头、扁担联系在一起，凭直觉看，他们是不像的。

只听钱小妹又说道："不过，我爸这一代就进厂做工了，我爸十三岁进船厂学生意……"

武伯平忽然想到了什么，说道："哈，我们家就从我开始，也进厂做工人了……"

钱小妹嘻嘻哈哈地笑了，说道："哟，你真了不起，算是武家当工人的祖师爷了！"

武伯平一听，不觉笑了起来。

钱小妹笑了一会儿，突然正色说道："无论过去多少年，你这个当祖师爷的可不要忘了，当年是你师傅的女儿带你走进上海的！”

武伯平微微发愣，说道：“不对吧？我是自己来上海的。”

钱小妹“哼”了一声，说道：“不算不算，你去的那些地方都不是正宗的上海，真正的上海是这儿！”接着，她用上海话说了一句，“到上海去！”话音方落，她又笑了起来。

武伯平默默地看着钱小妹，微风正缓缓掠过她的发梢，一抹最后的夕阳淡淡地涂红了她的脸颊，刹那之间，她的笑容在阳光里轻轻飞扬了起来。哎呀，真好看！

钱小妹突然发觉武伯平盯着自己，白了他一眼，没好气地说道：“看什么哪？有什么好看的！”

武伯平在那一瞬间有些发呆，而且呆得竟痴痴地把心里的话说了出来：“你真好看。”

钱小妹一愣，先是大为吃惊，接着便是娇羞，最后只能当作什么也没听见似的伸手向前一指，说道：“先施百货公司到了，快走啊！”

没等武伯平回答，钱小妹已经蹦蹦跳跳地奔了过去，轻盈得如同展翅的一翼蝴蝶。

武伯平有些犯起了迷糊，怎么就没听到钱小妹对自己那句由衷的“你真好看”的回应呢？她是同意，还是不同意？是有点儿同意，还是完全不同意？

可惜，钱小妹不会告诉武伯平。瞧，她已经奔进了先施百货公司的大门，回过身露出一脸调皮，高高扬起手臂，招呼他过去。

武伯平只能收起所有的想法，大步流星地奔了过去。

就在这当口儿，在武伯平前面的不远处，一位身着长衫、头戴礼帽的中年人正疾步走向先施百货公司。

忽然，一个短打汉子从先施百货公司里走了出来，迎面向中年人一拱手，又鞠了一躬，说道："哎呀呀，长远不见了，侬好侬好！"

中年人一愣，一边向短打汉子鞠了一躬，一边说道："侬好侬好！"

说时迟，那时快，短打汉子陡然探出手去，两只手指一捏，便捏住了中年人的礼帽帽檐，轻轻一提，礼帽便离开了中年人的脑袋，手再一动，礼帽便溜溜地飞了出去！

十余步开外，又有一个短打汉子，伸出两指一接，礼帽已在手中，他倏地向中年人做了一个鬼脸，接着冷笑不已。

这时，中年人已从最初的惊愕中清醒了过来，当即怒骂一声"小赤佬"，拔腿向那个手握礼帽的短打汉子奔了过去。

那短打汉子将礼帽在两根手指上抡了一圈，手指一弹，礼帽又向先前的短打汉子飞了过去。

无巧不巧，武伯平恰恰在这时奔到了礼帽与短打汉子之间。不知出于什么心态，义愤？好玩？还是兼而有之？反正，武伯平出手了，将礼帽稳稳当当地接在了手中。

武伯平看了看短打汉子，又看了看飞奔过来的中年人，旋即将礼帽递给中年人。

中年人伸手接过，说道："谢谢侬，小阿弟！"而后，返身冲向先施百货公司门外的短打汉子，大喝一声，"小瘪三，捉倷去巡捕房！"

短打汉子顿时作鼠窜，中年人追了几步，见追不上，便转身走进先施百货公司。

武伯平不再多管，径自走向钱小妹。钱小妹突然奔了过来，紧紧拉起他的手，几乎是拽着一般朝先施百货公司里面走，顺便将一句话悄悄地扔进了他的耳朵里："不要回头看，那些小赤佬又来了！我们快到百货公司里，不会有事的！"

武伯平不懂，问道："他们不会追进来？"

钱小妹自信满满地说道："他们不敢进来的，门口有红头阿三！"

武伯平又有些犯迷糊了，但他很快便明白了过来，因为他注意到先施百货公司大门后果然有两个头缠红巾的大胡子印度人正目光凛然地看着进进出出的顾客，似是站岗哨兵一般。看来，不是所有人都可以随随便便进入百货公司的，尤其是那些小流氓。

武伯平的心里有底了，他轻轻挣脱钱小妹的手，蓦然回身！果然，只见那两个，不，已然是三五个短打汉子正鬼头鬼脑地朝着他一个劲儿地打量着！

武伯平与短打汉子们对视了一会儿，突然低低地吼了一声，大步直向他们冲了过去。

只闻一声呼哨爆起，那些短打汉子突然四下散去，须臾便不见了踪影。

武伯平见状，不由得哈哈大笑。就在这时，他觉得肩头一紧，一只手搭上了他的肩膀。那是一只女人的小手，很软和，也很温暖。

武伯平回头，只见钱小妹一脸紧张地说道："走吧，天快黑了。"

武伯平转身，和钱小妹一起走进了先施百货公司。

后来，武伯平才知道，那些短打汉子玩的这一手叫作“打水漂”，又名“飞帽子”。他想起自己曾在乡下的小河边，捡起一块薄薄的石片，使出巧劲儿向河面飞掷，溅起一路水花，薄石片不沉入河里，却如蜻蜓点水一般贴着河面掠向前去，和那些短打汉子飞掷礼帽岂不是十二分地相像？真没想到，一到了上海滩，这么土得掉渣的玩意儿居然脱胎换骨地演变成一种抢劫的套路。

那天，武伯平和钱小妹玩得很是尽兴。一进先施百货公司，武伯平就目瞪口呆地看到了许多连名字都没有听过的商品，更别说派什么用场、怎么使用了。问了钱小妹，他才知道，这些东西绝大多数都是从国外进口的。

钱小妹说道：“除了先施，全中国别的地方根本就没有这些。”说完，还得意地反问了一句，“你信不信我的话？”

武伯平没法儿说信还是不信，他只知道一点——他的确没有在先施百货公司以外的地方看过这些商品。

接着，武伯平和钱小妹逛了四大百货公司中的其他三家——永安百货公司、新新百货公司和大新百货公司。

武伯平在永安公司最大的收获就是，当感受到一阵又一阵暖风一个劲儿地往脸上、身体上扑来的时候，钱小妹说这是冷暖空调送出的热风。这是他有生以来头一遭听说世界上有一种能把冷风烘得热乎乎的机器，它的名称叫作“空调”。

来到新新公司的六层楼，武伯平好不容易挤进了看热闹的人群中，只见在一间用玻璃隔断成小空间的演播室里，正进行着无线广播节目的播送。钱小妹在武伯平的耳边说道：“大家把这里叫作

‘玻璃的广播电台’”而后，得意满满地说，“听人家说是全世界最早开始的无线广播呢！”

令武伯平犹豫了好一会儿才敢把脚踏上去的是大新公司连接一楼与三楼的自动扶梯，钱小妹说这是上海最早从美国 OTIS 公司引进的，又说乘坐大新自动扶梯是上海人快乐的摩登。她还告诉他，大新公司从地下至四楼是商场，五楼是酒家和跳舞厅，六楼至十楼是号称“天台十六景”的娱乐场，有杂技场、茶馆，上演京剧、话剧、滑稽、魔术表演、中国武术、电影等。

钱小妹完全展现了地主的热忱与好客，领着武伯平品尝了沈大成的点心和赵大有的糕团。

在这个平常的晚上，武伯平绝不平常地开了眼界，长了见识。此时此刻，只有此时此刻，他才真正明白了上海人常说的“白相”之含意——什么白相南京路、白相大世界，其中铁定包括了开眼界、长见识的意思。钱小妹要他带她来逛南京路，实际上是她领着他逛遍了上海滩，一步一步地走近了上海。

就在两人并肩走在华灯初上、霓虹闪烁的南京路上的时候，武伯平忽然有了一种感觉，是从心底奔涌出来的那一种：“小妹，你真好！”

武伯平偶一抬头，恰巧看到了辉煌灯火映照下的一方店招：王星记扇庄。他看到好些人捧着各色各样的扇子走了出来，而且有不少是青年男女，很容易便可以看出那些男孩正为喜欢的女孩购心爱之物。

武伯平心上一动，走近后才明白，原来王星记扇庄近日正在大力推出以檀香木为原料的檀香拉花绢面女式扇，尤以在绢面上描绘西湖风景、标上“西泠”“双峰”“玉带”等雅名的，更受女孩青睐。

武伯平没有多想，立即挤入人丛，买下了一柄“西泠”檀香绢扇，返身回到站在路边的钱小妹身边，把绢扇递了过去，说道：“送给你。”

钱小妹接过绢扇，缓缓打开，慢慢地看了起来——绢扇用淡墨金线勾勒出西湖晚景，一个身着秀才装束的男子正凝目看着在远处油菜花丛中追逐几只粉蝶的三五仕女。

武伯平有些紧张，目不转睛地看着钱小妹，问道：“喜欢吗？”

良久，钱小妹才将视线从扇面上移开，微微点了一下头，说道：“喜欢。”

武伯平笑了。

不过，武伯平没能笑太久。陡然之间，有人大喊：“手榴弹！东洋赤佬！”

武伯平一愣，抬起头来，只见两三颗被四周灯光反射出金属光点的东西从头顶飞过，落向了南京路的马路中央。

武伯平心头一紧，向着钱小妹大吼一声：“卧倒！”

钱小妹早已惊呆了，犹自捧着绢扇立在原地一动不动，满脸茫然，不知所措。

情急之下，武伯平不顾一切地扑了过去，一下子将钱小妹压倒在自己的身下。

手榴弹爆炸了！

鲜血迸溅！

一片惨叫！

警笛四起！

武伯平爬起身来，拖着被吓得脸色惨白的钱小妹往前跑，说道："快离开这儿！"

后来，武伯平才知道，这起惨案是日本浪人制造的，目的是与工部局巡捕房争夺租界的警权。

才跑了三五步，钱小妹突然挣脱武伯平的手，返身奔回王星记扇庄的门口，捡起那柄支离破碎的绢扇，才又和武伯平一起跌跌撞撞地奔跑起来。

跑着跑着，钱小妹忽然站住，瞅着武伯平的脸大笑起来。

武伯平被笑得莫名其妙，连连问道："你笑什么？有什么好笑的？"

钱小妹越发笑得厉害，几乎直不起腰来，好不容易伸出手，指着武伯平的脸，说道："你看，你快看看你自己的脸……"

武伯平挤出一个淡淡的苦笑。人无法看到自己的脸面，除非面对着质地优良的镜子。那么，用手去轻轻地"问"一下脸，脸能否向手透露一些秘密呢？

于是，武伯平用手轻轻抹了一下脸，当手在眼前舒展开来的时候，他果然看到了一个大秘密：一巴掌黑灰！

武伯平顿时明白了钱小妹大笑的原因，也知道了这全拜方才那颗手榴弹的威力所赐。他连忙伸出手，在脸上狠命擦拭几下，还用袖管来回抹了几次。

不料，钱小妹又笑了起来，说道："你怎么越擦越像城隍庙里的小鬼哪？"说着，连忙逃了开去。

武伯平被惹得哇哇大叫："你别逃啊，追债的小鬼来了！"

一个追，一个逃，两人嘻嘻哈哈、疯疯癫癫地越跑越快了。

天公不作美，下雨了，武伯平和钱小妹跑得更快了。

武伯平边跑边脱下衣服，奔到钱小妹的身边，一下子给她披上，说道："小姑娘是不兴让雨淋得湿透的，蛮难为情的。"

话音刚落，钱小妹突然听懂了武伯平话语中的弦外之音，不禁脸上掠过一片红云，边穿上衣服边追打着他，叫道："你坏！你讲这种话，是坏到骨头里去了！"

武伯平怪叫一声，慌忙逃开，钱小妹不依不饶地追了上去！

雨下大了，而且越下越大，武伯平和钱小妹也越跑越快，终于跑进一片烟雨苍茫中去了……

第十一章

千钧一发，炸膛事件

1

钱小妹这一夜睡得很不踏实。很不踏实的缘由是不断地有噩梦蛮不讲理地闯了进来，而且都是惊心动魄的。一会儿是炸弹在人堆里爆炸，血肉横飞；一会儿是自己在拼命奔跑，身后有一群蒙面人在追杀；一会儿是正朝自己露出阳光般笑容的武伯平，突然被一个巨大的黑影吞噬了……

钱小妹是惊叫着一下子从床上坐起来的。掠过垂落到眼前的头发，满手竟然全是冰冷的汗。惊魂甫定，抬头望窗外，已是蒙蒙亮。她再也睡不着了，便披上衣服起了床。

才行得几步，钱小妹忽然看到那一柄昨夜归来后被随意放在桌上的西泠檀香绢扇，扇面已然破损，扇骨折断了七八根，三五仕女与粉色蝴蝶也远开八只脚地各自西东分了家，尤其悲惨的是那位秀才，剩下了大半个身子，脑袋已然不知在何处，只留下了一个黑乎乎的窟窿。

钱小妹的眼前突兀地出现了武伯平那一张笑吟吟的脸，甚至听到了他低声发问："喜欢吗？"

钱小妹觉得心上陡然一痛。沉吟良久，她打定主意吃完早饭后去王星记扇庄走一趟。

当阳光洒上南京路的时候，钱小妹已经走进了王星记扇庄的大门。也许是赶早的原因，店堂里空空荡荡的，让人一丁半点儿都无法联想起昨天晚上那人声鼎沸、水泄不通的热闹景象。

一个伙计模样的年轻人快步迎了上来，满脸带笑地说道：“小姐，是来买檀香扇的吗？”

钱小妹点了点头，又摇了摇头，将手中那柄残破的檀香扇递了过去，说道：“你看。”

伙计没有伸手接，只是很吃力地看了看那柄檀香扇——起码在钱小妹的看来他是很吃力的，而后又朝她笑了一笑，说道：“请稍等一会儿。”说完，就向柜台后面一扇虚掩着的小门走了过去。

钱小妹不明白伙计是什么意思，但也只能傻兮兮地站在那儿。片刻，一个有点儿驼背的小老头随着伙计走了出来，走到钱小妹面前的时候，伙计介绍道：“这是我们这儿最好的修扇技师。”

没等钱小妹说什么，小老头已一把将檀香扇抓了过去，说道：“这把扇子是本店昨儿傍晚送来的货，怎么才一夜过去就破了相散了骨了？是小夫妻打架吵相骂了，还是……”小老头忽然住了口。

钱小妹知道，如果小老头口无遮拦地往下说，后面一定是很俗的市井粗口，于是她毫不犹豫地接了口，针尖对麦芒地说道：“你去问问掼炸弹的东洋赤佬好了，就晓得到底是怎么一回事体了！”

小老头神色一变，这才低下头认真看了看檀香扇，向伙计招了一下手，说道：“去，给这位小姐换一把新的来！扇子可以坏，王星记的招牌是不可以坏的。”

钱小妹狠劲儿地摇了摇头，说道：“不换！我就要原来这一把！”

小老头愣了愣，又一次看了看手中的檀香扇，不知怎的居然轻轻笑了一声，说道："好，那就不换，我给你修补吧。"而后，又点了点头，"这东西啊，到底是老的好，就跟人一样，留着念想在那儿呢！"

小老头握着扇子，向柜台后面的虚掩小门走去。

钱小妹紧跟了几步，问道："老师傅，我，我能不能跟着你，看你修补扇子？"

小老头猛地停住了脚步，略有不满地瞟了钱小妹一眼，怒道："怎么，你不放心？"

钱小妹不语，只是一脸委屈。

小老头叹了口气，说道："小姑娘，你的嘴都快能挂油瓶了……好了，跟我进去看看我的手艺吧，不是吹，我保你修补如初，跟新的一样。"

钱小妹笑了，说道："谢谢。"

小老头边走边自言自语："我晓得的，人家不是来看我的修补技术的，人家怕的是我把这扇子掼掉，送她一把新的。其实我懂的呀，有的人嘴上说是喜欢原来的扇子，骨子里呢，是喜欢送她扇子的那个人……"

钱小妹不声不响跟在小老头的身后，一个字也没说，只是没来由地突然觉得鼻子两边有些微微发烫……

小老头果真修旧如新，连一丝一毫损坏的破绽也找不出来。钱小妹开心得连连道谢，接着就一脸春风地跳上了有轨电车。她要去厂子里，立即见到武伯平，把这一柄檀香扇给他看，让他也和自己一样高兴。

钱小妹来到了远东机械厂，请门房老罗去找钱师傅。她是个机灵的女孩，知道让门房老罗直接去找武伯平是不来事的，万一留下什么话柄，自己是没办法向父亲交代的，尤其武伯平还是父亲的关山门徒弟。

钱小妹在厂门口等待了好长一段时间，她不知道父亲正在车间里忙什么，但她知道父亲一定很忙。

终于，钱师傅来了。奇怪的是，钱小妹打老远就看到父亲的手里提着扎成了一长串的中药纸包，乍一看像拎着一串大闸蟹似的。

刚停住脚步，钱师傅就把那串中药包往钱小妹的手里一塞，说道："快回家煎药去，等着用。一天煎两包，三天一个疗程。这是从大风堂中药铺配来的。"

钱小妹有些吃惊，问道："爸，谁病了？还是你哪儿有不舒服？"

钱师傅摇摇头，说道："武伯平这小子，昨儿晚上不知去了哪里，深夜淋了雨回家，这下可好，阿忻说他半夜就感冒，高烧全出来了！"

钱小妹呆住了，良久才回过神来，说道："那他现在……"

钱师傅看了钱小妹一眼，说道："在他那三层阁里躺着呢！我一大早刚出门，阿忻就急急忙忙奔来给他请假了……"

钱小妹转身便走，却被钱师傅叫住了："你慌慌张张的干什么？我的话还没说完呢！我告诉你，你回去就煎药，让他喝下去，然后要他把被子盖紧，彻彻底底出一身大汗就好了……"

钱小妹"嗯"了一声又要走，钱师傅奇怪地说道："你怎么了？我还有话要关照呢……"

钱小妹这回有些不买账了，说道："爸！你还有完没完哪？不就这点事，你要说几遍啊？病人在等着服药呢！也好，我不走了，我听你再说下去。"

钱师傅看了看钱小妹，忽然一挥手，说道："你走吧，不说了。"说罢，转身就向厂里走去。

钱小妹看着钱师傅的背影，狠狠跺了一下脚，叫道："爸——"

可是钱师傅恍如不闻，连头也没回。

钱小妹终于走了，而且走得很快。

就在这时，钱师傅停住脚步，缓缓回过头，默默凝视着渐去渐远的钱小妹。良久，嘴唇才微微嚅动了一下："鬼丫头，有自己的心思了……"

2

钱小妹是很艰难地挪进三层阁的，她的手里除了拿着盛在小碗里的煎好了的头茬中药外，还有一锅熬得稠稠的粥，再加上一些七零八碎的开胃口的小食品——太仓肉松、山楂糕、鸡蛋糕、水果等，她知道感冒发烧的人胃口不好，吃不下东西。

让钱小妹没想到的是，尽管发烧的武伯平躺在被窝里蜷缩得像一只大对虾，但一见到她踏进房间，竟强打精神从床上坐了起来，还嚷嚷着要帮她拿手上的东西，结果害得她连闪带躲差点儿没把一锅粥打翻在身上，直到她发了脾气，武伯平才老老实实地重新躺了下去。

钱小妹有点感动，但更多的是内疚——肯定是昨夜武伯平把衣服脱给了自己，淋了大雨受了凉才发起高烧。

钱小妹低低地叹了口气，将药碗端到武伯平的面前，刚想用汤勺喂他，不料武伯平摇了摇头，说道：“我自己来。”说罢，一把将碗接了过去，一仰脖，竟来了个底儿朝天。

钱小妹用一方干毛巾轻轻擦去武伯平嘴角的药汁，低低地问道：“苦吗？”

武伯平淡淡一笑，说道：“老中医不是常说良药苦口嘛，不苦的怎么会是良药呢？”

钱小妹一下子乐了，说道：“那我就不用杞人忧天了！你这么喜欢苦口的良药，那我每天都给你熬上一大锅，包你喝个够！”说完，两人都笑了。

武伯平是在喝了一小碗粥之后才闭上眼睛睡觉的。睡觉之前，他对钱小妹说了三个字：“谢谢侬！”说的是上海话。

钱小妹心里忽然就泛起了一阵说不清楚的感觉。她知道，武伯平这话不仅是对她熬药、熬粥表示的谢意，而且与她刚才很细致地给他垫高了枕头、掖好了肩头的被子不无关系。她心想，其实要说“谢谢侬”的应该是自己呵。

听到睡着的武伯平短促粗重的呼吸变得匀称平静，钱小妹情不自禁地伸出手去，轻轻抚摸了一下他的脸颊。不知为什么，她的手有那么几秒钟有意无意地停留在了他的脸上。紧接着，她似乎被自己的举止吓着了，急忙转过身走出门，下楼去了。

其实，武伯平并没有睡熟。霎时间，他也被钱小妹的动作惊住了。当她的脚步声在楼梯上一声声远去了，他才彻底清醒过来。

钱小妹抚摸自己了吗？这是真的吗？那感觉真好，轻轻的，柔柔的，像春天的风一样。记忆里曾有过这种感觉，那是母亲的抚摸，可惜时间太遥远了，是在自己的孩提时代。

武伯平心猿意马地胡思乱想了一会儿，不觉渐渐睡去。在恍恍惚惚中，他似乎听到脚步声又在楼梯上响了起来。他突然惊醒过来，听着脚步声一下一下又一下地走了上来，在门口那儿停顿了片刻，接着走了进来。

武伯平连忙闭上了眼睛，有意无意地打起了轻微的鼾声。奇怪，脚步声居然一直响到了床前，而且令人意想不到地在他的床边坐了下来。

难道，钱小妹意犹未尽，还想抚摸自己？

这么一想，武伯平突然感到心跳得厉害，顿时再也无法平静地装睡，一下子睁开了眼睛。

映入武伯平眼帘的那张脸几乎令他失声大叫！

那是一张男人的脸，并且绝无悬念地属于一个叫“忻一帆”的人。

忻一帆正笑吟吟地看着武伯平，问道：“好点儿了吗？”

武伯平慌慌张张地点头，说道：“好点儿了，好多了。”

武伯平说的是老实话。也许是那一小碗汤药的作用，也许是心情使然，他确实感觉自己好多了。

忻一帆根本没有留意武伯平的窘态，此刻他的注意力全然被放在床边的东西——一小锅粥，一袋水果，几包零食给吸引住了。

像忻一帆这样的人，不用扳脚趾头也能猜测得出是什么人来过了。但他还是轻声发问了，用很柔的声音问道：“小妹来过了？”

武伯平点头，是很老实的那一种，说道：“走了有一会儿了，我刚才迷迷糊糊地睡着了。”他不由自主地停顿了一下，“对了，这些好吃的……全是她送来的。”

忻一帆不语，只是心里在想：“小武这家伙何德何能，竟然如此艳福不浅！我用尽了心思，偏偏老天爷不开眼，又奈其何？”这么一想，便有一丝苦笑从眉眼间掠过。

武伯平瞧见后，颇为诧异，问道：“你怎么了，愁眉苦脸的？”

忻一帆一惊，慌忙遮掩着说道：“哦哦，你这一病倒，怎能不让人牵肠挂肚、愁眉苦脸的？说实话，我今天人在厂里上班，心倒在你身上，一直心神不定的，这不，偷空溜回来看看你。”

武伯平的脸上顿时浮现出了感激之色，说道：“阿忻，谢谢你！我，我没想到，昨夜那场雨不大，居然会让我生病，真是没想到！”

忻一帆已然回过神来，嘻嘻一笑，说道：“没事，像你这么棒的身体，喝了中药，再好好睡上一觉，明天一早起来，准是生龙活虎的！”

也许是受到了感染，武伯平也笑了，只是模样有些傻傻的。

忻一帆拿起一个苹果，一边转着扦削，一边看着连绵不断的苹果皮缓缓垂落，说道：“刚才我上楼梯，只听到你的呼噜跟打雷似的，夸张一点，连三层阁的楼板也要震塌了。”

武伯平一愣，问道：“这么厉害？我怎么没感觉呢？”

忻一帆将扦了皮的苹果递了过去，说道：“来，先吃苹果吧！小妹买的是最好的，价钱蛮贵的。”

武伯平摇了摇头，说道：“这么大个苹果，我一个人吃不了，一人一半吧。”

忻一帆也不客气，说道：“行。”举刀便将苹果一分为二，“分苹果没事，要是分梨的话，就不怎么好了。”

武伯平接过半个苹果，咬了一口，笑着说道：“分梨，分离，你还信这个？”

忻一帆没有回答，径自啃起了苹果，品味了一会儿，说道：“你还别说，价钱贵的就是好吃！”

武伯平点头，说道：“一分价钱一分货嘛，你千万别不相信，这个可是硬道理。”

两人埋头吃起了苹果，一时无话。

武伯平忽然想起了什么，问道：“阿忻，我睡觉果真会打呼噜？果真那么厉害？”

忻一帆抬起头，用力地点了点，是很认真的那一种，说道：“我一直没敢和你说，每天夜里我都被你的呼噜弄得睡不着觉，常常好不容易睡着了，窗外天色也快要放亮了……”

武伯平大吃一惊，连忙一口咽下咬在嘴里的苹果，问道：“真的？那你为什么不跟我说呢？”

忻一帆淡淡一笑，说道：“我们是朋友，我自己克服就行了。今天要不是你死命追问，我也不会说的。”

武伯平大为感动，冷不防从床上欠起身来，说道：“这怎么可以呢？不不不，不来事的！”

忻一帆慌得一下子跳了起来，急忙将武伯平扶掖着躺下去，说道：“你不能这样，刚发过热，要着凉的！”

躺进被窝的武伯平忽然深深叹了一口气，说道：“对不起，阿忻，我一直不知道……”

忻一帆打断了武伯平的话，说道："没事，不碍事的。"

武伯平想了一会儿，说道："要么我搬出去？可是，能搬到哪里去呢？"

忻一帆慢慢悠悠地吃完最后一口苹果，说道："其实，真要讲到搬出去的话，那么这个人不应该是你，而是我……"

武伯平微微发愣，问道："怎么会？"

忻一帆笑了，以一副漫不经心的样子道出了一番经过深思熟虑的话："你想啊，你无论搬去哪里都会打呼噜，弄得别人无法睡觉，我呢，到哪里都不会影响别人。我连搬的地方都想好了，就是钱师傅的家。他家一共两个人，房间不要太多噢！前客堂、后客堂、前楼、后楼，上面还有一个亭子间，不过……"他忽然不说下去了。

武伯平急了，问道："不过什么？"

忻一帆说道："不过，我是不大好向钱师傅开口的，我当初向他借的房子就是这间三层阁，而且订了租房合约……"

武伯平心里有底了，说道："没关系，你不好开口，我去说。"

忻一帆缓缓摇了摇头，说道："那也不行，你去说的话，钱师傅一准让你搬过去，毕竟你又没有租房合约……"

武伯平也摇起头来，用中气很足的语调说道："可是我的呼噜害人啊，会害得他们父女都没法睡觉的！"

忻一帆叹了口气，说道："那倒也是，要不你去试试看吧！"

武伯平满意地点了点头，这才把手里最后一口苹果塞进嘴巴里去。他没有也不会注意到，有一丝不易察觉的笑意飞快地掠过了忻一帆的眼角……

3

武伯平和钱师傅说忻一帆搬家的事，是在三天之后的一个晚上。那时，武伯平的身体已经痊愈。

钱师傅听完武伯平的讲述，沉吟了好半天，说道："第一，阿忻为什么不直接来跟我讲这件事？第二，他既然明明知道这是违反租房合约的，为什么还要让你来说这件事？第三，也是最关键的一点，如果我没有记错，他的租房合约下个月就到期了，如果不愿意续那间三层阁的租房合约，请他不必让你这个不了解内情的人来旁敲侧击。小武，你把我说的这三点转告他，他想来谈就谈，不想谈就算，合约上写得清清楚楚，甲乙双方必须提前一个月告知终止合约，否则自动续约。"

武伯平愣了愣，不明白钱师傅为什么对忻一帆有这么大的火气，只能低声说了一个字："是。"

武伯平转身想走，钱师傅又叫住了他，说道："我知道，你一定在心里责怪师傅脾气臭、不近人情，是不是？"

武伯平吓了一大跳，一时不知该如何回答。他从来不喜欢说假话，但此时此刻又无法说真话，当即微微憋红了脸，说不出话来。

钱师傅见状笑了，说道："好了好了，师傅也不为难你了，你回去和阿忻说一下就行。另外，你再带一个口信给他，打从他去了王小开的海风五金厂，有时回来吃晚饭，有时不来，不来也不关照一声，害得小妹天天做那么多晚饭没人吃，这个礼拜更好，连一天也没来过。你告诉他，从明天起就不给他烧饭了，他愿上哪儿吃就上哪儿去！”说到最后，钱师傅的火气又渐渐大了起来。

武伯平这才有些恍然，但还没真正搞明白到底是怎么一回事。

武伯平回到三层阁之后，一直等到很晚，忻一帆才回来。他一字不差地将钱师傅的话转告给忻一帆，不承想，忻一帆呆呆地听着，竟一言不发，最后居然盯着墙壁发起愣来。

武伯平陡然心里有些发毛：“忻一帆今天晚上到底怎么了？”不知不觉间，他将这句话问出了口。

忻一帆将呆滞的目光转向了武伯平，久久地，久久地。突然，他以一个十分坚决的动作将自己狠狠地摔到了床上，继而用一条被子蒙住脑袋。看来，他是什么也不会说了。

大惑不解的武伯平也开始发起愣来，最后只能悄悄地躺到床上钻进了被窝。当然，他并不知道忻一帆今晚表现失常的根源——日本军方今天又来到了海风五金厂，宣布即日起对厂子实行军事管制……

4

武伯平终究还是知道了海风五金厂被实行军事管制的事情。那不是任何人告诉他的，而是他亲眼看见。目睹的场所也匪夷所思，居然是在他工作的厂子里。

那是一个阴沉沉的上午，几辆军用卡车突然一路横冲直撞地开到远东机械厂后面的一大片空地上，跳下了几个荷枪实弹的鬼子兵，从一辆车上押下一群工人，呵斥他们搬运起另几辆车上的机器设备。

前段日子，日本人在那空地的一角用毛竹芦席搭起了一座简陋工棚，这几天又匆匆忙忙地运来了石子、黄沙、水泥，还砌起了墙头，原来都是为这些工人和设备准备的。

正在武伯平猜测这群工人来自何处、为什么会来到远东机械厂时，冷不防一个熟悉的人影蹦进了他的眼帘，那不正是忻一帆吗！

很快，一切便揭开了谜底。原来，日本人不仅对海风五金厂实行了军管，而且为了管理上的便利，索性将海风五金厂并入远东机械厂，把工人和设备一齐迁了过来。

这时，武伯平想起了前几天晚上一把将被子蒙上脸的忻一帆，或许当时他已经知道了日本人的打算，但偏偏无法诉说，那该是怎样的一种痛苦呵！

不知怎么回事，武伯平的心里隐隐有了一种大祸即将临头的感觉。为什么会有这样的感觉？他说不出个所以然，但这种感觉就像毒蛇一般死死地缠住了他，十分奇怪地盘旋在他的心头，久久挥之不去。

果不其然，刚吃完午饭，一大群日本兵风一般卷进车间，将钱师傅严严实实地堵在了车床前。

带队的是长久未在厂子里露面的佐藤大佐。他很斯文地慢慢吞吞地摘下了雪白的手套，在钱师傅面前来回踱了几步，突然停住脚步，冲着钱师傅上下打量了一番，笑着说道："你，号称'车刀王'，可你的良心，大大地坏啦坏啦！"

佐藤的语调不高，更没有声嘶力竭，就像和朋友拉家常似的，很和风细雨。只是在说这些话的时候，他的眼睛一眨不眨地死死盯住了钱师傅的眼睛。

钱师傅被佐藤看得笑了起来，问道："你为什么要这样看着我？难道我的眼睛里藏着你感兴趣的玩意儿不成？"

佐藤的脸色陡然变得阴森可怕，但他什么话也没说，只是慢慢地将右手伸了出去。站在他身后的一个日本兵"啪"的来了一个立正，将原本在手中紧握着的一柄步枪平伸着恭恭敬敬地摆过去。

佐藤一把抓了过来，看也不看地往钱师傅的面前一送，用冷得如同结了冰的声音说道："请你解释！"

任何一个内行人一看就都明白，这是一支炸了膛的三八式步枪。佐藤修长的手指剑一般指向枪管上的标号：1197。

任何一个远东机械厂的工人都明白，这正是钱师傅的工号。空气顿时紧张起来，渐渐地似乎冻结了。

钱师傅漫不经心地看了一眼，淡然一笑，说道："我没法儿解释，也不想解释。"

一丝冷酷的笑意从佐藤的嘴角缓缓流露出来，他说道："很好，我不要你解释了，但是——"他微微俯下身，从车床边的木板箱中轻轻拿起一根标有1197铭号的成品枪管，"装上枪托，请你去空地上朝天开一枪，这肯定比一百种解释更有用、更能说明一切！"说罢，将枪管交给身后的士兵，士兵熟练地将枪管、枪托组装起来。

佐藤将步枪递了过去，钱师傅坦然一笑，刚伸手接过，冷不防旁边一只手伸了过来，将步枪夺了过去。

"师傅，我来！"说这话的正是武伯平。

钱师傅的脸色变了，说道："小武！你不能……"

佐藤哈哈大笑，说道："随便哪个人去开枪，只有一条路可走——死路！枪管一炸膛，开枪人的脑袋或者胸膛就将随之炸掉！”话音勃然一变，“你知道吗，你制造的无数炸膛枪管葬送了多少大日本帝国圣战勇士的生命！”最后一句话几乎是咬着牙齿从齿缝间蹦落的。

钱师傅一个箭步奔上前，伸手便来夺武伯平手里的枪，却被几个日本兵扭住了。

佐藤冷冷“哼”了一声，说道：“你不用这么着急，等枪管在你的徒弟手里爆炸的时候，我再来听你没法儿解释的解释！”

武伯平跟没事人一样，看了看佐藤，又看了看钱师傅，将步枪往肩上一扛，问道：“走吧，上哪儿开枪去？”他问的自是佐藤。

佐藤一挥手，说道：“开路开路！”

如同一阵旋风卷过，一直在一旁围观着的众多车间工人陡然齐声低呼：“小武！”

武伯平转身，默默环视了一会儿，忽然深深弯下腰，向众人鞠了一躬，接着回身大步向车间外走去。

武伯平的身后是一排高擎着闪亮枪刺的日本兵，再后面是一群工人，而且人越来越多，越来越多。最后，全厂的工人统统关了机器，涌了出来。

到了厂子最后面的那一大片空地上，武伯平将步枪从肩上拿了下来，一言不发地看了看佐藤。

佐藤轻轻挥了挥手，一个日本兵走上前，递过去一颗黄澄澄、亮晶晶的子弹。

这时，一阵大风路过，天上的乌云向四边飘浮开去，天穹突然露出了一方瓦青瓦青的秃顶来，一缕阳光趁机落了下来，一下子砸中那颗子弹，刺眼的光芒顿时晃了出来。

武伯平的眼睛微微眯细了，他感受到了炫目的光芒，是很不舒服的那一种。他没有伸手去接子弹，反而将手中的步枪向日本兵递了过去。

佐藤不免大为奇怪，问道："你什么意思？"

武伯平看了佐藤一眼，说道："我什么意思也没有，只不过不知道怎么才能把子弹弄到枪里去。"

佐藤笑了，伸手接过枪，又取来子弹，拉开枪栓将子弹压进去，"咔嚓"一声，子弹上了膛。

佐藤将步枪递了过去，说道："你只要用手指扣住扳机，轻轻一扣，子弹就能飞出去。"

武伯平接过枪，打量了一会儿，慢慢地伸出手指扣上扳机，将枪口缓缓地竖向天空。

没有口令，也无人说话，所有人忽然全都齐刷刷地朝后退了十几步，就连佐藤也悄悄然迈出后撤的脚步。

武伯平朝众人看了看，慢慢地将枪托顶上肩头，还把脑袋靠了上去，眯细了眼向准星看去。

准星的缺口里，涌来了一片青青的天。

这会不会是武伯平在这个世界上看到的最后的天空？

谁也不知道。

人们只知道慌忙往后退去，尽量离武伯平远一些，更远一些。

枪膛爆炸在即！不知为什么，武伯平的唇边陡然浮起了一抹奇怪的笑。

就在笑容颇为灿烂地一点一点绽开的时候，武伯平开枪了。

"砰！"

所有人都为之一震，甚至有胆小的人竟被那一声枪响唬得坐下地去，唯有佐藤的眼睛一眨不眨地看着武伯平。

当枪声消逝，佐藤很吃惊地看到一个现实：武伯平居然毫发无损地站在那儿，一脸吃惊，一脸傻笑。也许，他以为扣动扳机之后，就会到另一个世界报到了。

这个情况同样大大出乎佐藤的意料。他忽然怒吼起来，让日本兵立即将钱师傅今天刚车削好的枪管连同那只木板箱全部搬来。

木板箱很快就被搬来，而且扔在了武伯平的面前。当它以一条好看的垂直线落在地上的时候，霎时冒起了一蓬黄色的尘土，并且响起了一阵叮叮当当的枪管撞击声，宛如塔檐下的风铃一般悦耳动听。

武伯平这回实实在在地过了一把开枪瘾，这是千载难逢的机会，更是打从出娘胎以来就没遇上的稀罕事。别的不说，单是那黄澄澄、亮晶晶的子弹就金贵着呢！

说来奇也怪哉不可思议，钱师傅车削的枪管全都好端端的，竟无半根有炸膛的迹象。佐藤起先耸人听闻的什么炸膛、炸脑袋、炸胸膛的那些话，岂不全部统统成了一个屁？而且，连个臭味儿都没有。

佐藤目瞪口呆，这样的结局显然大大出乎他的意料。他什么话都没说，当然，也已经无话可说，只能以一个标准的军官姿势立定、向后转，“开路开路”地走了。和他一起走的，还有那些面无表情的日本兵。

厂子里的工人们全都欢呼雀跃起来，而且热情地蜂拥过来。就在那个时刻，武伯平理所当然地成了大家心目中的英雄。

不过，有一个人没有欢呼，没有雀跃，更没有奔向武伯平，甚至连一步也没挪，反而以怀疑的目光十分冷静地望着他。

这个人当然是钱师傅。他十分明白日本兵在战场上枪管炸膛的事情，世界上哪里还有比他更清楚这件事情的人！于是，一个冰冷的疑团缓缓从他的心田升腾：怎么会？这些枪管在武伯平射击的时候，居然没有一根炸膛！

当工人们全部散去之后，当两人脸庞对着脸庞、眼睛看着眼睛之际，钱师傅听到武伯平用一种十分淡定的语气开口了："师傅，请你跟我来。"

满腹狐疑的钱师傅跟在武伯平的身后走进了车间，走到了车床、刨床、钳床后面那一排七零八落的铁皮工具箱前面。武伯平伸手拉开铁皮门，里面居然静静地躺着一只木板箱！

钱师傅只看了一眼，脸色就微微变了，急急地伸出一只手，一把抓起一根钢管——铭有 1197 标号的枪管！再抓一根，依然是铭有 1197 标号的枪管！他的目光从枪管上延伸出去，落到了武伯平的脸上。

武伯平的嘴唇微微嚅动了一下："我当时一见那么多日本兵涌进车间，就觉得要出大事，连忙趁着混乱，把木板箱藏到了这儿……"

钱师傅愣了一会儿，慢慢地将钢管放了回去，又轻轻关上铁皮门，说道："那你刚才开枪用的枪管……"

武伯平不出声地笑了笑，说道："平日我一直把你让我在二号车床上车削的成品枪管放在木板箱里，刚才我悄悄把这里的木板箱移放到了你的一号车床的边上……"

钱师傅不由得思索起来——这么简单？这么平常？可事实就是如此简简单单、平平常常。难道武伯平没有想过，万一被日本兵发觉了怎么办？万一被别的工人看到怎么办？万一我去开枪会不会因枪管正常而愣在那儿？佐藤虽然表面叽里呱啦、狠三狠四，但骨子里其实也是个人精，他能不因此而瞧出破绽来吗？武伯平肯定想到了这一点，所以他才不管不顾地冲上前来抢去我手中的枪，坚决要求代我去开枪。是的，这小子早已想到了所有的变数，看来还是蛮有脑子的！至于后来在厂子空地上开枪射击，对武伯平来说，一切均已有惊无险了。

不知不觉间，钱师傅的头上已沁出了几滴冷汗，刚才的事情只要有一着不慎，当满盘皆输啊！他情不自禁地狠狠一巴掌拍在武伯平的肩上，说道："好小子，师傅服了你！"

这是钱师傅头一回用这么亲昵的动作、这么亲切的称呼对待武伯平，武伯平不禁晃了一下身子，龇了龇牙，说道："师傅，你的手太重了，我吃不消。"

钱师傅一笑，说道："师傅这是在夸你能干呢，别装傻！"

武伯平微微红了脸，说道："师傅，这是我应该做的，因为我是中国人。"

钱师傅点点头，蓦又正色说道："行啊，有了你的这句话，以后师傅会有更多的事情让你做的。"

武伯平笑了，真正开心地笑了，笑得一脸灿烂。

一脸灿烂的武伯平忽然问了一句话："师傅，我发现车间里有几个工人，在自己加工的枪管上打上的标号也是1197，这是为什么？"

钱师傅的脸色一沉，转身走了，撂下了轻描淡写的几个字：“不该问的，别问。”

武伯平有些不明白了。

不过有一天，武伯平豁然明白了厂子里的工人们为什么会老老实实地为日本人干活儿。其实，在风平浪静的水面之下，永远汹涌澎湃着反抗侵略者的激流。

当然，这是在很久以后，武伯平才明白过来的。

第十二章

久别重逢的第三者，杀手狼牙

1

这是一家很稀松平常的咖啡馆，起码在上海滩是这样。然而，在武伯平的眼里，却十分不平常。

先别说那霓虹店招全是曲里带拐弯的洋文字母，也别说端盘子送餐点的全是高鼻子、蓝眼睛的外国女孩，就说每张餐桌上放着的不是竹筷和木勺，统统全是闪着银光的刀叉，而且下面还铺着雪白的餐巾。

更不寻常的是，今天是钱小妹软磨硬泡把武伯平拉到这儿来的。按钱小妹的说法，做一个工人，尤其是上海滩的工人，有几件事情是必须学会的，喝咖啡和吃西式大餐就是这几桩事情中的一件。

武伯平喝过咖啡，那是罗格请他在虹口提篮桥的地中海咖啡酒吧喝的，没记错的话，老板是一个名叫帕格尔的犹太人。

可惜，武伯平喝不惯，或者说干脆一点儿，根本喝不来、不会喝，他还是喜欢喝白开水。

今天当然不行。钱小妹非要让武伯平喝咖啡，而且一定要喝到肚子里。武伯平无法拒绝，犹豫再三才下了决心，硬着头皮、苦着脸将那杯咖啡一饮而尽。

不料，钱小妹先是目瞪口呆，接着笑得几乎岔过气去，指着武伯平面前的空咖啡杯说道："你，你怎么，怎么一口喝干了，跟喝白开水一样？这咖啡，咖啡是要一小口一小口品尝的……"

武伯平这才回想起来，罗格也是一小口一小口喝咖啡的，当初自己还暗自好笑，这长一码大一码的外国人怎么跟个女人似的秀气？哪里知道，原来这磨磨蹭蹭的样子竟是品咖啡的常规方法！他不觉灵机一动，半是开玩笑半是为自个儿开脱地说道："这是我们中国人老祖宗传下来的喝水方式，和外国人不一样。"

钱小妹"扑哧"一声笑了，说道："你也不看看，这咖啡馆里哪有什么外国人，还不都是中国人，你看看人家是怎么品咖啡的！"

武伯平抬起头向四下里张望了一下，果然座中客全数是黑头发、黄皮肤的国人，当下不禁大大奇怪起来，问道："这，这是怎么回事？"

钱小妹先是不语，在低头浅浅抿了一口咖啡之后，说道："奇怪了吧？我再告诉你一件更奇怪的事情——他们全都是工人！"

武伯平陡然愣住。

钱小妹似乎没注意武伯平的反应，径自往下说道："你看他们的穿着几乎都是一个样式的，你想起了吗？你跳上有轨电车时肯定见过这种服装……"

武伯平恍然大悟，拍了一下脑袋，说道："对对对，见过，是见过……"

钱小妹连忙把武伯平的手拉回到桌面上，投过来一个带着嗔怪意味的眼神，说道："动作这么大干吗？告诉你，他们都是法租界的电车工人，是这家咖啡馆的常客……"

武伯平几乎傻掉。是的，他没见过，也没想过，工人会上咖啡馆喝咖啡。这是哪儿对哪儿呀！看来，上海滩的工人和那些在外地厂子里做工的工人不太一样，不不不，简直完全不一样！

钱小妹又为武伯平叫了一杯咖啡，恍如觑见他的心思一般，说道："你也是上海工人了，我今天一定要教会你喝咖啡！待会儿西餐上来了，我再教你怎么用刀叉。记住啊，以后别忘了是我钱小妹教你的……"说着，娇滴滴地笑了。

武伯平没笑，只是低下头轻轻呷了一口咖啡，忽然觉得不怎么苦也不怎么难以下咽了。真的，不但不苦，而且有一股瞬间浓瞬间淡的香味袭上了鼻尖，一阵一阵的，直往心里去……

月色轻笼。武伯平和钱小妹走出了咖啡馆。忘了是谁最先提议的："不坐车了吧，反正路又不太远，走路回家也蛮好的！"另一人立刻同意："是蛮好的，边走边聊蛮有劲儿的，还能节省一点车钱。"

两人就这样一路说着话往家走。不知怎么开始的，武伯平说起了自己小时候的事情，说起了一直想当工人的心愿，说起了用泥巴做机器的童年故事，说起了络腮胡王叔和"笑面虎"，甚至说起了那个在记忆深处永远褪不去颜色的夏日河堤杨柳岸。

钱小妹起初老是打断武伯平的话，好奇地东问西问，并且大有刨根问底的架势，到了后来，她渐渐地没有了声音，只是不时地看向他认真地听着，偶尔伸出手掠一把垂落的头发。

武伯平说着说着，忽然就有了些察觉，也有了些奇怪，便向钱小妹回过身来，于是看到了一双明亮的眸子正朝着自己一闪一闪的，长长的眼睫毛在月色下显得分外清晰、分外妖娆。哎呀，真好看！

钱小妹正听得入神，蓦然见武伯平一个劲儿地瞅着自己发愣，不禁轻轻碰了他一下，问道："怎么不往下说呀？后来呢？"

武伯平一时间有些恍惚，竟傻傻地反问了一个问题："呵呵，我，我说到哪儿了？"

钱小妹白了武伯平一眼，说道："这得问你呀，怎么来问我呢？"

见武伯平依然呆呆的没有反应，钱小妹"扑哧"一笑，不禁撒娇般一把揽住他的手臂，说道："走啦，回家吧，等你什么时候想起来了再说。"

武伯平没动。不是他不想动，而是他已经无法动了——他感觉到钱小妹的胸脯紧紧贴上了自己的手臂，软软的，暖暖的。

钱小妹刚说了一句"你怎么不走呵"，突然间意识到什么，缓缓地松开了被紧搂在自己胸前的武伯平的那只手臂。半晌，再没听见武伯平说一句话，她不禁好奇地朝他望去，蓦然见他脸上慢慢飘浮起两片红云，不觉心头一荡，抡起粉拳便向他的胸口擂去，叫道："你坏，你真坏！"

武伯平浑似不觉，任由那粉拳如雨点般落下，也不开口辩解，就这么傻了叭叽地站着。也不知过了多久，他突然闪电般地伸出手去，只一搂，便将钱小妹拥到了胸前。看着她紧紧闭着的双眼和激动得不停颤抖着的眼睫毛，他小心翼翼地将一个吻印上她的脸庞。

钱小妹闭着眼睛等待了许久，武伯平却没有了动静。她的眼睛徐徐睁开，发现他正目不转睛地看着自己的脸，用一种很柔情的目光。她莫名有了一种冲动，半嗔半娇地轻轻扯开了嗓子："看什么看，我的脸上有毒啊？怎么碰了一下就不碰了！”说完，突然出其不意地狠狠一口咬上他的嘴唇。

武伯平惊呼了一声，但很快便没了动静，因为他听到钱小妹在他的耳边低低吐出了几个字：“你喜欢我吗？”

武伯平默默地嗅着钱小妹那一阵阵从头发上沁出的清香，慢慢地点了点头。

钱小妹一下子吱哗大叫了起来：“不，我要听你亲口说出来！”

武伯平的手轻轻抚过钱小妹的黑发，说道：“我喜欢你。”

钱小妹很调皮地摇了摇头，说道：“太轻了，我听不见。”

武伯平大力吸了一口气，狠狠加重了语调：“我、喜、欢、你！”

钱小妹娇羞地笑了，缓缓将滚烫的嘴唇凑了上去。武伯平一把将她搂得好紧好紧，几乎都能听到她浑身的骨节在咔咔作响。

月影摇曳，很快将两个搂抱在一起的人影涂抹成影影绰绰的一团……

2

武伯平和钱小妹是手拉着手走到德泽坊牌楼下面的。没想到，从路旁的黑暗中陡然站起了一个人影，直向他们奔来。

武伯平慌乱地想甩开钱小妹的手，她偏偏将他的手抓得更紧。就在这时，他们一齐认出了奔过来的那人——竟是忻一帆！

忻一帆显然还没来得及注意武伯平和钱小妹的神态变化，只顾急急地说道：“小武，一个女孩从乡下来找你了！”说着，便把一样东西递了过来。

一根长圆木棍。

长圆木棍？

长圆木棍！

呵呵，埋藏在大脑深处的记忆，瞬间被激活！

武伯平这回放开了钱小妹的手——不不不，应该是钱小妹主动松开了手——连忙问道：“她在哪儿？”

“在厂里，小开原先的厂子里，她和雨娟在一起呢！”忻一帆说完这话，才注意到站在面前的两人的神态有些尴尬，严格来说，是弥漫着一种说不清道不明的暧昧。

武伯平接过长圆木棍，转身想对钱小妹说些什么，但一时委实又不知该怎么说，只得丢下一句“我先过去看看”，便径自走了。

忻一帆急急追了两步，叫道：“我还没把全部的事情告诉你呢！怎么就走了？真是的！”

武伯平头也不回，隔着老远很大声地说道：“没事，你先告诉小妹吧！”

忻一帆这才发觉钱小妹已经不在身边，转过身看到她早就走进弄堂里了。他赶忙追了过去，说道：“小妹，我告诉你那个来找小武的女孩的事情……”

不料，钱小妹陡然停住脚步，怒气冲冲地说道：“我不要听！我什么乱七八糟的都不要听！”

忻一帆吃了一惊，不明白钱小妹这一把子无名火是冲谁发的。想了老半天，他才大致有了方向，自己今天根本没有说错过什么，看来她恼火的对象不会是自己，肯定是小武这家伙惹的祸，不为别的，只因为有个乡下女孩来找小武了。

不管钱小妹爱不爱听，忻一帆还是一股脑儿地叙述了起来。临近下班那会儿，门房忽然跑来向他报告，说一个女人昏倒在厂门口。他和武雨娟一起奔出去看，发现是个衣衫褴褛至极的乡下女孩。在门房被喂了几口水之后，女孩苏醒了过来。就在这时，武雨娟突然发出一声惊呼！原来她看到乡下女孩手里握着的长圆木棍，认出这人正是同乡张玉兰！在接下来断断续续的攀谈中，他们得知张玉兰到上海已经有两三个月的时间了，她天天沿着马路寻找工厂，每看见一家厂子就上去探问有没有一个叫“武伯平’的工人，后来盘缠用尽，只能靠乞讨度日，但依然坚持不懈地在一家又一家工厂里寻找着……

钱小妹一脸漫不经心，很不起劲儿地听着，最后用钥匙打开了家门，一脚内一脚外地站在门口，背对着忻一帆。当他的叙述将近结束的时候，她颇为不耐烦地说道：“喂喂，你讲完了没有？你还有完没完？”当听到他说了一句“就这些”时，她忽然如遇大赦一般冲进了家门，“砰”的一声把大门关上了。

若不是忻一帆见势不妙后退得快，那扇门百分之百地要与他的鼻子来个“对冲”，一准让他那好看的鼻子改变属性，变成扁扁塌塌、歪歪斜斜的一团肉饼。他对着冷冷的门扉发了好一会儿愣，方才悻悻然离去。

3

武伯平在那个晚上也听到了同样的叙述，那是武雨娟在屋外门口告诉他的。张玉兰则在屋内的床上沉沉地睡着了。是的，她实在太累了。想一想，一个来自异乡的弱女子，在上海这样一个人生地不熟的大都市里，满世界地寻找武伯平，岂不如大海捞针一般？武伯平只要闭上眼睛，就能看到一个饥寒交迫的女孩拖着疲惫的双腿，步履蹒跚地行走在马路上，一家厂子一家厂子地叩问、叩问、再叩问……他分明已经看到了她那瘦削的身影，看到了她那孤立无援的处境……

怀着纷乱的思绪，武伯平慢慢推开了房门，只一眼，便看到了正蜷缩在被子里的张玉兰。他缓步向床前走近，轻轻地，轻轻地。他感觉到了，武雨娟没有跟进来，而是站在了门口。

张玉兰睡得很香，很安稳。看得出来，一叶在风波里颠簸了太久的小舟，是多么渴望能靠在港湾里躲避骇人的巨浪呵！这里就是一个宁静的港湾，起码能让她安安静静地睡上一觉。

武伯平久久地望着还在睡梦中的张玉兰。她瘦多了，原先脸上的红润没有了，就连那深深的小酒窝也找不着了。突然，她的手从被子下伸了出来，似乎想要抓住什么。她的嘴唇微微一动，似乎在轻轻呼喊着什么。

武伯平一时听不清楚，便微微俯下身，靠近，再靠近，仔细聆听。他终于听出来了，她在睡梦中呼喊着的正是自己的名字：“伯平……伯平……”他陡然就感受到了一阵无以名状的激动。

望着张玉兰那楚楚可怜的模样，武伯平再也无法抑制自己的感情，但又无法向睡梦中的张玉兰诉说，于是只能徐徐伸出手将她的手重新塞进被子里，轻轻掖好搭在她肩头的被子。这一切，都是以一串很温柔的动作进行的。

武伯平终于走了。离去前，他将那根长圆木棍郑重地放在了张玉兰的床头，他要让她醒来时第一眼就看到长圆木棍，知道他来看望过她，这一点比什么都重要。

走出门的时候，武伯平蓦又回首，深深地看了一眼依然游荡在梦中的张玉兰。而后，他徐徐关上了门扉，把光明留在屋里陪伴着她。

这个夜晚，武伯平注定要睡不着了……

4

武伯平怎么也没想到，有一个人会和他一样，一夜都没睡踏实，而且老清老早就堵上门来了。

武伯平和忻一帆刚起床，钱小妹就冲了进来，毫不遮掩地朝忻一帆挥了挥手，说道："今天没你的事，我找的是他，你快上班去吧！"

忻一帆愣了一下，问道："小妹，你怎么了？"

钱小妹把脸一沉，说道："关照你，我正不开心呢，你可别没事找事啊！"

忻一帆是个踩到尾巴头会动的活络人，见势不妙，连忙加速收拾东西，说道："好好好，我上班去了，你们慢慢聊。"说完，提起拎包脚底搽油溜之乎也。

听着忻一帆的脚步声在楼梯上消失了，钱小妹一屁股坐在床沿，虎起脸说道："你讲讲清爽，昨天从乡下来的那个女孩是怎么一回事！"

丈二和尚摸不着头脑的武伯平这才松了一口气，说道："搞了老半天，原来你是为了张玉兰啊？"

钱小妹不依不饶，说道："我管她是张玉兰还是李玉兰，我认识个灰塌猫呵？你快讲！"

天晓得，武伯平居然笑了，说道："你当然不会认识这个灰塌猫，不过，既然不认识，又怎么会生气呢？更何必生气呢？'黄牛角，水牛角，各管各'，对不对？"

武伯平说的是上海话，角、各的发音一样，吐字无异。只不过他的上海话有点洋泾浜式南腔北调，听起来免不了令人发噱。钱小妹终于忍俊不禁地说道："你少给我油腔滑调，我问你的是正经事体！你晓得不啦，都是张玉兰这个害人精，害得我一夜都没睡好觉！"

武伯平一愣，接着便是一惊。"天呵，张玉兰和你是八竿子也打不到一起的，她怎会有如此神通，弄得你一夜无眠？"不知不觉间，他将这句话问出了声。

不料，钱小妹狠狠给了武伯平一个大白眼，说道："你是白痴还是少根筋啊！难道还要我给你说白了？"

可怜的武伯平听了这话，简直是一头雾水，但不管怎么说，他总算听明白了一点——钱小妹很想知道张玉兰的来历，以及他、武雨娟与张玉兰的故事。想清楚了这一点，接下来就很简单了。于是，他不管她愿不愿听、爱不爱听，决意来个竹筒倒豆子，一点不留地全数讲给她听。他从老家决堤遇险说起，恶浪碎石裂木，祁叔救人一命，瘟疫横行百里，玉兰仗义烧屋，垒坟葬别祁叔，临别木棍留言，相约聚首上海，今日方始重逢，就这样一路往下说。

开始的时候，武伯平的语调很平淡、很家常，万万没料到，说着说着，他的情绪竟一点点变得激动起来，当说到被重疾的祁叔拒之门外，他隔着门下跪大喊“祁叔”时，已是热泪涌动、嗓音凝噎，竟说不下去了。

凝神细听的钱小妹默默地凝视着武伯平，一言不发，一动不动，生怕一不小心就会打断他的思路。

沉寂良久，武伯平忽然“哎呀”一声跳了起来，一副魂不守舍的模样。

钱小妹大为不解，问道：“怎么了？”

武伯平手忙脚乱地抓起床头的衣物，说道：“不好了，我上班要迟到了！晚上回来再说吧。”说着，拉开房门，一路小跑奔了下去。

钱小妹浑似不觉，依然那么入神、那么木然地端坐着，如同一尊泥塑木雕一般。也许，武伯平的故事悄然拨动了少女的心弦？也许，祁叔的身影同样走进了她的心里？

不知什么时候，一缕阳光从老虎窗里跌落进来，霎时笼罩了钱小妹一脸一身，远远望去，几乎以为是莲花座前的圣女……

5

武伯平终究没能向钱小妹将张玉兰的故事说到底。下班时分，武雨娟在厂门口有些神秘兮兮地拦住他，说道：“玉兰姐在等你。她一直睡到今天下午才醒来，看起来精神和体力都恢复得蛮好的。”

“蛮好就好。”武伯平一边说，一边跟着武雨娟走。

在前往海风五金厂的路上，武雨娟犹豫了好一会儿，忽然取出一件东西，于是一切都变得不那么“蛮好”了。

其实，东西倒是蛮好的，岂止是蛮好，简直是相当好。只缘武雨娟接着讲的故事，让一切全都变了色彩。

这件东西本是武伯平魂牵梦萦的，更是他失而复得的。当他看到武雨娟伸过来的掌心里躺着金晃晃的一片，不禁喜极而呼：“长命锁！”是的，长命锁。在那场惊心动魄的灭顶之灾大逃难中，这是父亲留给他的唯一信物。

武伯平迫不及待地一把抢过长命锁，激动地说道：“雨娟，你是在哪儿找到它的？快说，快说！”

不知为什么，武雨娟居然久久没有说话。

武伯平不禁大大奇怪起来，说道：“你是怎么啦？哥得好好谢谢你才是。”

武雨娟长叹了一口气，说道：“哥，你要谢的人不是我，而是玉兰姐。”

望着满腹狐疑的武伯平，武雨娟慢慢地说出了一节故事，武伯平顿时被惊得目瞪口呆，几乎连眼珠都不会再转动一下。

原来，张玉兰起床梳洗后，告诉了武雨娟一件埋藏在心底的事情，还说这件事情她没法儿向武伯平说，只能让武雨娟这个嫡亲妹子转告——当年祁叔将武伯平救起之时，捡到了断了红绳的长命锁，半开玩笑地对她说，待武伯平康复之后，他就将长命锁还给武伯平，再撮合他们成亲，还说他们是十分般配的金童玉女。不料，祁叔身染时疫，弥留之际将长命锁交给了她，命她还锁之时一定要把之前那些话捎给武伯平。害羞的她一时犹豫，竟引得祁叔大怒，她只得答应。她还说，今天她把长命锁物归原主，祁叔的话也带到了，她对得起祁叔的在天之灵，问心无愧了。

武雨娟叹了一口气，说道："也难得玉兰姐这一片诚心诚意，可我总觉得她话里有话，难不成，她自己也有这个心，想要嫁给你？"

武伯平不语，忽然无语。

武雨娟看了武伯平一眼，说道："我不知道哥是否有了意中人，其实无论有与没有都不重要，重要的是咱们救命恩人祁叔的心愿。尤其是玉兰姐告诉我，当时她犹豫着没去接祁叔手里的长命锁，祁叔对她吼了一句。哥，你知道祁叔吼了一句什么吗？"

武伯平良久才木讷地问道："一句什么？"

武雨娟停顿了好一会儿才说道："祁叔死不瞑目哪！"

武伯平浑身一震，半晌回不过神来。

武雨娟见武伯平神情木然，久久不说话，不禁有些担心起来，问道："哥，你可别吓我！你，你准备怎么对玉兰姐说？"

说什么？还准备怎么说，又能怎么说呢！武伯平心神大乱，完全不知该怎么办。当然，他指的不是张玉兰，而是已经向自己献出了初吻的钱小妹。

是的，武伯平真的不知该怎么办了。

不知情的武雨娟不知是否瞧出了端倪，沿着马路走了很久之后，才说出了一句话："哥，咱可不能对不住祁叔……"

这是一句很寻常的话。然而，有时很寻常的话也很重，重得足以轰毁泰山。

武伯平终于停住脚步，说道："雨娟，哥的身子有些不舒服，张玉兰那儿，我今晚就不去了，明天下班以后再说吧！你，你去替哥向张玉兰说一声啊！"说着，忽然转身走了，完全是一副魂不守舍的架势。

武雨娟傻了。她从没见过武伯平这个模样，但她也没傻到什么都不明白，起码她现在就明白了一点：哥有心思了，而且是她压根儿不清楚的心思，更是不能随便与人说的心思。

武雨娟是看到武伯平的身影在马路尽头消失之后才离开的。这时，马路两边电线杆上的电灯泡突然齐刷刷地亮了，呵，已是华灯初上时辰。

这个夜晚，武伯平谁也没去见，甚至一反常态地没去钱家吃晚饭，径自回到三层阁，蒙上被子睡下了。

这一睡，就睡到了半夜时分。见武伯平醒了，洗漱完毕正准备上床的忻一帆告诉他，钱小妹来过了，还不放心地回家把钱师傅叫了过来，直到钱师傅看了沉睡中的他之后连说没事，才恋恋不舍地回去。

武伯平两眼直愣愣地看着忻一帆，什么话也没说。

忻一帆叹了一口气，说道："你一定还没睡醒吧？那……接着睡，接着睡！听说硬要把睡不醒的人弄起来的话，会变成梦游症的，那岂不可怕至极？"说完，他熄灯睡下，不一会儿便有了阵阵鼾声。

武伯平在那鼾声中再也睡不着了，翻来覆去地把床板折腾得"嘎吱嘎吱"胡乱叫唤。就这样，直到头顶的老虎窗渐渐显出了越来越清晰的轮廓，他才有些迷糊起来。

这是武伯平有生以来的头一回。

是的，武伯平失眠了。

6

第二天，一夜无眠的武伯平在车间里开车床的时候，一脸疲惫，浑身酸痛，无精打采，这是再自然不过的事情了。

谁也不会想到，当一个人突然出现在武伯平身边的时候，武伯平令人难以置信地焕发出了全部的精气神。

其实，在这个人没出现之前，甚至出现了之后，武伯平并不认识他。

这是一个外号叫狼牙的家伙。关键是什么呢？是一群日本兵如同疯狗一般追着他！

谁也没看见狼牙是怎么晃进车间的，他颇为神出鬼没，刚才还见他在车间门口晃悠，只一眨眼的工夫，他已出现在武伯平的身边。

武伯平首先熟悉的不是狼牙的人，而是他的声音。那声音是从身后传来的，极富特色、略带磁性，而且嗓门压得低低的：“兄弟，麻烦你和我对换一下衣服，我俩的个子、身材都差不多，请动作快一点，日本鬼子在追我！”

武伯平回了一下头，于是看到了一张没有表情的脸，这张脸属于一个体格魁梧的年轻汉子。武伯平微微吃了一惊，问道：“我凭什么相信你？”

年轻汉子冷冷一笑，说道：“我刚杀了一个日本兵，在提篮桥。”他有意无意地拂了一下衣衫，腰间露出一块手枪形状的凹凸物，“你还不相信的话，很快就会看到那些日本鬼子追过来了！你不伸援手，你就不是中国人！”

武伯平信了，飞快地褪下衣服，与年轻汉子互换。刚扣上最后一粒纽扣，眼角便飘来了一道日本军装的黄色。一抬头，顿时看到一群荷枪实弹的日本兵从车间门口闯了进来。

武伯平不慌不忙地将一支摇手柄往年轻汉子手上一塞，耳语一般说道：“看到了吗？最高的工具箱后面是通往熔铸车间的通道，右拐走到底，有一扇小门可出厂外，保重！”

年轻汉子微微颔首，说道：“大恩不言谢！我一定会再来找你的。记住，我叫狼牙。”说罢，狼牙头也不回地走了，走得不急不躁，节奏控制得恰到好处。看得出来，这是一个经过特殊训练的家伙。

即便如此，狼牙离去的背影还是引起了日本兵带队小队长的疑心，目光很快便被吸引过去了。武伯平冷静地观察到了这一点，于是很不冷静地将手中的一根钢管掉在地上，“哐啷”一声，顿时让所有人对他行起了注目礼。

日军小队长突然像发现新大陆一般奔了过来，朝武伯平上上下下打量了一番，咧开大嘴笑了，大声叫道：“就是这个人！穿的就是这件衣服！”随即一挥手，“把他带走！”端着雪亮刺刀的日本兵一拥而上，将武伯平围了个水泄不通。

武伯平淡淡一笑，无须回头，他也知道，那个叫狼牙的人一定走得不见了踪影。他暗自庆幸，来的这些日本兵中没有佐藤，也没有那些驻扎在厂里的日本兵，不然这出戏保不准就演砸了。

在经过钱师傅和工人兄弟们身边的时候，武伯平没朝他们中的任何一个人看，他得装作统统不认识——他是刚从外面逃进来的，当然不认识厂子里的这些工人，这样才可以让这些鬼子兵放心地把他抓走。他清楚刚才与狼牙互换衣服的一幕一定被车间里不少人看见了，不过他知道没人会背叛他、出卖他，他由衷地相信这一点，因为大家都有一个共同的名字：中国人。

唯有一件事是武伯平不知道的。当日本兵将他押出车间之后，一直立在车床旁默然目送关山门徒弟的钱师傅，陡然从眼角爆出了一滴小小的泪。

7

门“砰”的一声被撞成内八字，武雨娟惊慌失措地冲了进来。于是，张玉兰听到了一个令她惊愕不已的消息：武伯平被日本人抓走了！

张玉兰一下子懵了，顿时觉得眼前的桌子、椅子、床什么的都在眼前摇晃了起来。天哪，这到底是怎么一回事啊！自己有太多太多的话要和武伯平说，有太多太多的心事要向他倾诉。不不不，只要问他一句话便足够了，那就是他答不答应祁叔当初提出的那件事。唉，要怨只能怨自己，怪不得武雨娟，为什么不能直接把长命锁交给他，当面看一看他的脸上是晴是阴还是多云还是有雨？为什么不能直接找他当面锣对锣鼓对鼓地挑明？为什么偏偏还要曲里带拐弯地通过武雨娟去转告他？这多费事呵，不不不，简直就是吃力不讨好。说到天边去，还不是弄了个鸡飞蛋打两不着港——那天等了他老半天，私下里准备的话语装了几箩筐，结果倒好，全成了白忙活，他轻松说句“人不舒服”，干脆没来！不就是拉不下面子怕难为情吗？说穿了，面子值多少钱，难为情又算什么玩意儿！当初不也正是为此才被祁叔吼了一嗓子吗？现在回想起来，脸上还是热辣辣的。唉，讲到底，这一切不都是因为自己天生的性格造成的吗？要让自个儿泼辣、蛮不讲理、没脸没皮，那可是不会干也干不了的活计，除非是重新投胎、重塑自我。算了算了，事情已经到了这个地步，怨有何用，悔有何益！还是听武雨娟说说，武伯平是怎么会被日本人抓了去的，他究竟干了一些什么事情？

这么一想，张玉兰渐渐平静下来，问道：“雨娟妹妹，你哥到底是因为什么事情被日本人抓走的？”

武雨娟还没开口，眼眶已有些红了，说道：“他也没干什么大不了的事情，我听忻一帆和王小开说，他们也是听厂子里在场的工人们说的，一个谁都不认识的人逃进了我哥的车间，日本人正赶来抓这人，这人也奇怪，东不去西不去，偏偏来到我哥的车床边上，要和他换衣服。听说这人身上带了一把手枪，你说我哥能不和他交换衣服吗？结果倒好，换上我哥衣服的家伙跟没事人一样，大摇大摆地从那些追来了的日本兵眼皮底下离开了，而我哥却被日本兵当成那家伙被逮走了……玉兰姐，你说这算怎么一回事啊！”她终于哭了起来，并且哭出了声。

张玉兰慌忙站起了身，一边找手绢给雨娟拭泪，劝她别哭，一边长声叹息着说道：“大妹子，莫哭，千万别哭了，哭大发了身子划不来。这都是命啊，该来的你想躲也躲不了，不该来的你天天想它也轮不上……”

武雨娟好不容易止住了泪，肩头一耸一耸地抽泣着说道："玉兰姐，你说该怎么办啊？你快帮我一起出出主意吧，啊？对了，那回在乡下，还是你想出来放火烧族长家屋子的办法，才把族长和那些穷凶极恶的狗腿子引走，玉兰姐，你一定有主意的……"

张玉兰沉吟起来，来回踱了几步，说道："我想到了一个办法，就是不知成不成……"

武雨娟叫了起来："你快说，快说呀！"

张玉兰的脸色渐渐凝重起来，说道："你和你哥来上海也有年头了，一定有不少上海朋友，有的有钱，有的有势，还有的能抱团取暖，我和你一起去找他们帮帮忙，看能不能找到日本人进厂来抓的那个原主儿，让他一齐想想法子，我估计这个人一定有大能量的……或者，找到一个能和日本人对话的，先去摸清你哥被关押在什么地方，大概会定他什么罪名，再看看有没有能疏通关节的空子好钻……"

武雨娟一下子破涕为笑了，说道："玉兰姐，你真有办法！"

张玉兰摇了摇头，说道："我这都是当初跟着祁叔学的，在我们村子里，祁叔可是个能人哩……"她的神情陡然黯淡下来，但很快又开朗起来，"刚才我一直在想，如果是祁叔遇上这档子事，他会怎么想，又会怎么做，所以我才对你说了那些话。我想，祁叔会保佑我们的，当年他看中了武伯平，我也是想着他的话才来到上海的，他肯定不会撒手不管的。"

武雨娟听了这话，呆呆地发了一会儿愣，忽然如同孩子一般拍起了手，连声说道："我有办法了！我想到了一个人，他会有办法的！"

“谁？”

“金宝。”

张玉兰一时没反应过来，问道：“金宝？”

“对，金宝！就是那个三天两头来找我的金宝，他是黄包车帮会的老大，他一定有办法对付那些日本人！”武雨娟忽然有了自信，信心十足地说道。

张玉兰点了点头，说道：“对，先去找他。万一不行，我们还可以去找忻一帆，还有那个，那个叫王小开的人。”

武雨娟狠狠摇起了头，摇得跟个拨浪鼓似的，说道：“谁说金宝不来事的啊？告诉你玉兰姐，他一准行！走，我们现在就去找他！”

张玉兰一边站起身跟着武雨娟向屋外走去，一边转过脸偷偷笑了。不用问，也不用多说，武雨娟和金宝之间一定有着一个大大的秘密。瞧武雨娟提起金宝时的神情，眉眼之间全都绽开着一派怀春的笑。是呵，就像每当春天将临未临时节，满山遍野的树木全都在自以为是地守着秘密，其实邻家花园一不小心吐露了一点点绿的颜色，全世界就都知道了春天早已光临。

“这个死丫头，还以为自己的嘴巴挺严实的呢！”这么一想，张玉兰几乎要笑出声来，赶忙急急地用手掩住嘴巴，一路小跑着跟上了目不斜视、疾步向前的武雨娟的脚步，肩并肩向前走去。

金宝果然神通广大，很快就摸清了当天出现在武伯平车床旁那个不速之客的底细。这个代号为狼牙的人，是活跃在上海孤岛的一个暗杀组织“剑”的成员之一。

说起“剑”组织，所知者绝对不多，但若要提及他们所采取的行动，但凡有上海人的地方，则都无人不知晓。

例如 1937 年，“剑”在四川路东亚饭店刺杀了杀害爱国报人蔡钓徒的幕后指使者——“黄道会”日本技术顾问小村。

再如 1938 年，“剑”暗杀伪上海特别市市长傅筱庵等人。

又如 1939 年 8 月 13 日，“剑”在南京新街口街头刺杀了杀害沪江大学（今上海理工大学）校长刘湛恩的元凶、“黄道会”头领、“江北大亨”常玉清……

至于狼牙是否直接参与了这些活动，是否以其他代号出现做过主谋或杀手，金宝一时还未理出头绪。

第十三章

吃醋的滋味，解救武伯平

1

冬季，寒风呼啸着从马路的电线杆顶上一掠而过，丢下一片可怖的尖啸声。

就在这天夜里，不，准确地说，是凌晨两点二十分，日本人的飞机悄然升空，对停泊在黄浦江上的英美军舰发动了突然袭击。一时间，黄浦江上空烈焰腾飞，两岸被映得一片通红。在炸弹呼啸声中，英国炮舰“彼得烈尔号”被炸沉，美国炮舰“威克号”乖乖升起白旗投降了。

而在一个名唤珍珠港的地方，几乎在同一时间段，美军军舰突然遭到了更大规模、更高级别的飞机轰炸。

历史牢牢记住了这一天：1941 年 12 月 8 日。

太平洋战争爆发了。

天亮以后，大批全副武装的日本士兵越过了外白渡桥及苏州河上的各座桥梁，占领了公共租界。中午时分，突然又统统撤了回去。据悉，这一奇怪的现象缘于日本陆军部和海军部的矛盾激化。

这儿是日本人的监狱。

武伯平已经被关押了三天。说也怪，在这些暗无天日的日子里，竟然无人前来审讯过他一次。也许，成功偷袭珍珠港的胜利冲昏了日本人的头脑？或者，日本陆军部与海军部的矛盾余波影响到了这里？

武伯平不知道，他更不知道张玉兰、武雨娟鼓动着金宝为营救他而四处奔波。他只知道，自己是为了掩护一个叫狼牙的杀手才来到这儿的。

傍晚时分，牢门上的铁锁冷不防稀里哗啦地响了起来，一个凶神恶煞的日本兵吆喝着将武伯平押到了一间单独的“见面室”，拉开门朝里一推，说道：“十分钟的干活！你的明白？”

武伯平一个踉跄进了房间，心头却百思不得其解，在这种要命的地方，谁还会来看他，谁又敢来看望他。他做梦也没想到，等候在那儿的居然是张玉兰和狼牙！

看得出来，狼牙已经乔装改扮了——头戴一顶黄包车夫的破毡帽，身穿一件脏兮兮的破大褂，外加一根已经看不分明是什么质地的绳子扎在腰间，脸上不知使了什么手法，相貌一下子老去了二十多岁，看起来就像张玉兰的父亲。武伯平后来才知道，狼牙和张玉兰就是假扮父女来探监的。

狼牙在开口之前一把握住武伯平的手，是很用力的那一种。他的话很简短，却也很到位：“舍身饲虎，没齿难忘，他日一定涌泉相报！”说完，松开了手，悄悄然使了一个眼色，脸上陡然浮现出一个奇特的笑容，“余下的时间你和俺闺女多拉拉呱，俺老汉就不掺和了，靠一边站去了。”

狼牙果真站到一边去了，从身上使劲儿挖呀挖的，挖出了一个旱烟袋，叼在嘴里却不点火，过起干瘾来了。

张玉兰的话不算多，而且轻声轻气，别说站在门外的日本兵听不见，便是一旁的狼牙也听不真切。她告诉武伯平，在武雨娟的帮助下，已经找过不少武伯平的朋友，比如金宝、忻一帆、王小开，现在就只能进行到这一步：允许探监。金宝虽然交游广，门路也多，但他骨头铁硬，不愿使银子疏通日本人，恶狠狠地叫嚷着要带领手下的弟兄们来拆了监狱……

武伯平微微急了，压低声音说道："不行！万万不可！他的帮会弟兄对付不了荷枪实弹的日本人……"

张玉兰淡淡一笑，说道："看把你急的！我们大家都拼命劝阻金宝，金宝终于打消了这个念头。对了，别看金宝是个五大三粗的男人，对你妹妹的话可是言听计从。不知你看出来了没有，他们之间好像有点儿那个意思……"

武伯平什么也没回答，也没追问"那个意思"到底是什么意思，只是皱了一下眉头。

张玉兰靠近武伯平，耳语一般问道："你还有什么朋友？要可靠一些的、有些办法的，我去找他。"

武伯平陷入了久久的沉思中，突然，他的眼睛亮了一下，但旋即又渐渐黯淡下去。

张玉兰很细心地发现了武伯平的神情变化，说道："没事，你尽管把他的名字和地址告诉我，我会有办法的。"

武伯平沉吟了一会儿，说道："有倒是有这样一位朋友，只是你去的话，恐怕有些不太合适，或者你把口信带给雨娟，让她去……"

张玉兰狠狠横了武伯平一个大白眼，说道："你凭什么不相信我？雨娟太小了，挑不起这副担子！"她的语气陡然软了下来，几乎满是哀求，"伯平，相信我这一回，就让我去吧，啊？"

武伯平的心头一颤。“伯平”二字从张玉兰的口中唤出，居然是那样的自然、亲切，而且饱含着那么多的柔情，软软的，暖暖的，如同亲人呼唤一般。如此女人的口吻让他如何抗拒?

武伯平叹了一口气，说道：“好吧，我把他的情况告诉你，他是我厂子里的师傅，姓钱，住在德泽坊二十三号前门……对了，你绝对不能去厂子里找他……”

交代完这些，武伯平的眼前不知为什么闪过了钱小妹的脸，不禁自言自语：“看来也只能这样了，尽人事，顺天意吧！”

偏偏张玉兰听见了，她嗔怒着将嘴一噘，说道：“你怎么这样悲观？事在人为嘛！更何况他是你的师傅，一日为师，终身为父呀！”

武伯平思索了一会儿，说道：“你见到我师傅，千万不要勉强他，明白不？一切随他，一切由他自个儿决定。”

张玉兰点了点头，是很认真的那一种，说道：“知道了！呵，我们该走了。”

话音刚落，大门一响，和日本兵同时迈进来的是一句凶巴巴的吆喝：“时间到了，开路开路的！”

2

德泽坊二十三号前门。

张玉兰慢慢走到门前，回过头看了一下，机警的目光一闪。身后是长长的弄堂，暮霭正从家家户户的屋檐垂落，天色渐暗，炊烟四起，弄堂里随处可见弄晚饭的人家。

张玉兰伸出手，轻轻叩响了门扉。

“咿呀”一声，门开处露出了钱小妹的脸，她问道：“你找谁？”

张玉兰浅浅一笑，说道：“这是钱师傅的家吧？我找钱师傅。”

钱小妹有些警惕地看了看张玉兰，问道：“你有什么事找他？”

张玉兰又是浅浅一笑，说道：“你是钱师傅的女儿钱小妹吧？我能不能到屋里说话？”

钱小妹的神色稍稍松弛了一些，但依然没有松开扶着门框的手，说道：“哦，看来你已经调查过户口了？有什么话就在这儿说吧！”

张玉兰面露难色，说道：“在门外说话不太方便吧……”

钱小妹一脸不以为然，说道：“你又不讲为什么来找我爸，我怎么知道方不方便呢？”

张玉兰的嗓音陡然一沉：“是关于武伯平的事……”

钱小妹的脸色变了，再没说一句话，一把拉开大门，让张玉兰走了进去，而后小心地朝弄堂两边看了看，这才关上了门。

张玉兰走进客堂，在桌前的椅子上坐下了。钱小妹倒了一杯茶，放在她的面前，说道：“你现在可以说了吧，到底是什么事情？”

张玉兰拿起杯子，轻轻吹了吹浮在上面的茶叶，说道：“是呵，是可以说了，不过，我想直接对钱师傅说。钱师傅在吗？”

钱小妹不开心了，说道：“你是什么意思啊？钱师傅不在，难道就不能和钱师傅的女儿说了吗？什么见不得人的事！”

张玉兰苦笑了一声，说道：“不好意思，小武让我来找钱师傅，我只能告诉钱师傅本人，这是小武再三关照的……”

钱小妹的脸一下子拉长了，说道：“张口小武闭口小武的，你以为我不认识武伯平啊？这件事情一定要见我爸才能说吗？”

张玉兰点点头，说道：“我答应了小武，答应了就一定要做到。”

钱小妹不以为意地摇了摇头，忽然想到了什么，说道：“对了，你是谁啊？我好像不认识你，不不不，何止不认识，根本是从来没见过你！”

张玉兰徐徐呷了一口茶，说道：“我叫张玉兰，刚从乡下来……”

钱小妹陡然一愣，竟死死地盯住张玉兰的脸，眼珠一动也不动。

张玉兰被看得不好意思起来，不觉一笑，说道：“大妹子，你看什么呢？难不成我的脸上有花？”

冷不防，钱小妹一把将茶杯从张玉兰的手里夺了过去，茶水霎时飞溅了一桌，叫道：“出去！请你到外面去！”

张玉兰吃了一惊，慢慢站起了身，说道：“我说错什么了吗，惹你生这么大的气？你……”

钱小妹重重地将杯子往桌上一放，厉声叫道：“出去出去出去！”

张玉兰叹了一口气，说道：“好，我出去，现在就出去。真没想到，钱师傅的女儿居然是这么一个刁蛮不讲理的人，看来钱师傅的为人也不妙了……”

钱小妹一声断喝：“不准你乱说我爸！”

张玉兰也不辩解，一边往屋外走，一边连连冷笑，说道："可惜，可惜了如花似玉的美人啊……"

钱小妹大怒，上前一步拦住张玉兰，怒道："你在说谁？"

张玉兰将身子一侧，一把拉开了门，说道："我怎么能讲、敢讲别人呢？我是在说我自己，我长的这张脸惹人讨厌啊……"

钱小妹一时语塞，张玉兰已然走出门去。钱小妹将所有恼怒全都发泄在那扇门上，手上一用力，房门轰然一声关上了。

张玉兰几乎被吓了一跳，旋即暗自笑了，说道："小心别把门摔破了，摔破了还得你自己掏钱去买。"

张玉兰走了几步又站住了，决定就在这儿等候回家的钱师傅。她原本想离钱小妹远一点，到弄堂口去等，但转念一想自己根本不认识钱师傅，还是守在他家门口保险一点。

天渐渐黑了。弄堂深处摇曳着几缕炊烟、几点炉火，家家户户都关上房门，开始吃晚饭了。

张玉兰踩着自个儿的影子，朝前三步又往后五步地来回踱步。她想不明白，钱小妹怎么就冷不丁地朝她发了火，而且是那么大的无名火。她将踏进钱小妹家后的所有话语仔细回想、回想、再回想，究竟是哪一句话惹了祸，哪一句话出了格。没有，没有，依然没有。钱小妹根本没理由也没道理发这么大的火呵！不过，钱小妹让她"出去出去出去"绝对不会是凭空发神经，更何况一开始钱小妹还为她斟上了一杯茶，据说这是上海人家的待客之道。那么，肯定是哪儿出了差错，而且是她不了解的原因。这会是什么原因呢？也许，也许是一种难于启齿的、不足为外人道的原因？

张玉兰突然心头一震，一下子站住了。莫非，难道，不不不，不太可能，不会这样，不应该是这样……她使劲儿甩了甩头发，想把那突如其来袭上心头的想法彻底甩掉，但是她知道自己无论如何都甩不掉、摆不脱、放不下了。是的，这个想法已经如影子一样紧紧缠住了她，看来今生今世也难以摆脱了。因为她是一个女人，一个十分年轻的女人，而钱小妹也是一个女人，一个同样年轻的女人。

能够冒出这种想法的，肯定是女人。没有比女人更了解女人的了，没有比恋爱中的女人更明白恋爱中的女人的了。所以，张玉兰知道了、明白了，很反常的钱小妹一定很正常地爱上了武伯平。唯有恋爱中的女人才会有这么反常的表现，也可以说，在恋爱中有这样的强烈反应很正常。关键是那个男人——武伯平，爱钱小妹吗？

张玉兰不知道，只能深深陷入痛苦的旋涡之中。

3

夜色已浓。一个身材高大的男人走过张玉兰的身边，走向德泽坊二十三号前门。

在男人伸手推门的瞬间，满脑子糨糊的张玉兰蓦然清醒过来，一个箭步奔了过去，问道：“是钱师傅吗？”

此时，在屋内的钱小妹也发现了父亲的归来。

在方才流逝的那段时间内，钱小妹也在痛苦的旋涡中挣扎着。是呵，在拉开门初见张玉兰的那一瞬间，钱小妹的心头便掠过了一道阴影，第六感似乎在提醒着什么。到底是什么呢？钱小妹当时还不能完全意识到，后来听到“我叫张玉兰，刚从乡下来”才顿时恍然！原来这个女人就是那个用了两三个月时间一家厂子一家厂子地寻找武伯平、最后饥寒交迫晕倒在海风五金厂门口的张玉兰！她为什么要跋山涉水不远千里地来找武伯平？她与武伯平究竟有着怎样不同寻常的关系？

不用多问，钱小妹永远记得当时忻一帆的脸，那张脸上写满了四个大字：幸灾乐祸。忻一帆是在为武伯平幸灾乐祸，更是在无声地，不，示威一般地告诉她："看见了吧，你离开了那么喜欢你的我，去和小武打得火热，被他迷得神魂颠倒，其实，小武这家伙是有女人的，这女人的名字就叫'张玉兰'！"

钱小妹又想，不不不，不光是这些事情，还有武伯平，他一听到张玉兰晕倒在厂门口，当即不顾一切地抛下她急忙奔去，太让她失望了！何况，一分钟之前，他和她还是手牵着手回家的呢！时间再往前挪一些，他和她热吻的一幕在她的心头激起多大的浪花啊！

钱小妹在想，在很认真地想，自己是否选错了人，是否该把自己的初吻献给这个叫作"武伯平"的男人？其实，武伯平离开后的那个晚上，她已经想了很多很多，眼睁睁地看着亮亮的白色曙光一点一点漫上头顶的天花板。

钱小妹承认自己今天有些失控，不但一把夺下张玉兰手中的杯子，而且凶巴巴地当即让她"出去出去出去"！差一点儿，自己就要对她狂吼起来。真的毫无办法，谁让她那么清晰地吐出"张玉兰"三个字来呢！自己已然无法面对。

刚才，钱小妹到窗前悄悄看过，而且不止一次地看过。当看到张玉兰站在门外不远处痴痴呆呆地等候着时，心头不觉一痛，想起了不太遥远的一幕——当时武伯平也是如此这般苦苦等待着钱师傅的。看来，张玉兰和武伯平委实是一个半斤、一个八两，有得一拼。

当看到钱师傅大踏步走过张玉兰身边的时候，钱小妹的心跳加快了——她一定要抢在张玉兰发现父亲之前打开门，迅速让父亲进来，而后关门大吉，让一切都在关门声中画上休止符！

钱小妹一把拉开了门。可惜还是晚了，张玉兰已经飞奔过来，问道："是钱师傅吗？"

钱师傅缓缓回过身，看着张玉兰问道："我就是钱师傅，有什么事情吗？"

张玉兰不无激动地喘了一口气，说道："钱师傅，我能进屋说话吗？"

钱师傅看了看张玉兰，又谨慎地看了看她的身后，问道："你是谁？为什么来找我？"

张玉兰压低嗓门说道："武伯平让我来找你……"

钱师傅的神色一凝，说道："好。"

门扉悄无声息地打开了。打开了房门的钱小妹冷着脸将他们放了进来，又冷着脸将门关上，然后继续冷着脸朝通向楼上的木楼梯走去。

钱师傅起先没注意，只是朝钱小妹的背影喊了一声："小妹，去给客人倒杯茶。"没料想她一声不吭，连头也不抬一下，径自一脚踏上楼梯，"笃笃笃"地上楼去了。

钱师傅这才感到了异常，摇了摇头，咕噜了一句"这鬼丫头"，接着朝张玉兰指了一下椅子，说道："你先请坐，我去倒杯茶。"说完，便走向了灶披间。

张玉兰默默地注视着钱师傅的背影，一下子觉得心口被压得沉甸甸的喘不上气。她不知道过一会儿的钱师傅会怎样回应她的请求，毕竟她不了解钱师傅的性格和为人，只是听从武伯平的吩咐来找钱师傅，她已经见识了钱小妹的脾气，万一钱师傅……俗话说，有其父必有其女，那么有其女是否必有其父呢？

张玉兰不敢往下想了，她忽然记起这几天刚听到的一句上海话："吓佬佬。"是的，她现在就是"吓佬佬"。她"吓佬佬"的不是别的，而是万一无法完成武伯平托付给她的重任，那又有什么面目去见武伯平呵？这都不重要，最重要的是一想到武伯平仍被关押在日本人的监狱里，她的心就止不住地颤抖起来。

钱师傅端着泡了碧螺春茶叶的杯子走出灶披间，陡然一愣，只见好端端站在桌旁的张玉兰忽然跪了下去，说道："钱师傅，你一定要帮我的忙啊……"

钱师傅大惊失色，慌忙一边将杯子放在桌上，一边伸手去扶张玉兰，说道："姑娘你这是怎么了？快起来，有话起来说。"

张玉兰徐徐摇头，已是珠泪盈眶，说道："你若不答应，我就长跪在这里了。"

钱师傅慢慢地松开手，看了看张玉兰，说道："姑娘，你不要用这种办法来逼我，你先说说，到底是什么事情，只要是我应该做也有能力做的，我一定会尽全力！"

张玉兰大为感动，说道："请钱师傅想办法将武伯平早一些救出来吧！"

钱师傅愣了一愣，问道："你就是为了这件事？"

张玉兰点了点头，说道："除此之外，绝无二事。"

钱师傅沉吟了一会儿，说道："他被抓走之后，我们一直在想办法，应该快了……"

张玉兰喜出望外，伏下身去，重重地磕了一个响头，说道："我代武伯平谢谢钱师傅！"

钱师傅脸一沉，说道："武伯平是我的徒弟，自古师徒胜父子，要你来为他给我磕什么头？你叫什么名字，和小武是什么关系啊？"

张玉兰只说了一声"我叫张玉兰"，忽然期期艾艾地说不下去了。

钱师傅哈哈大笑，一把将张玉兰从地上拉了起来，说道："张玉兰，我是和你开玩笑的，别当真啊！来，坐下喝口茶吧。"

张玉兰这才明白过来，脸上一红，什么话也没说，端起茶杯就喝，不料被烫得"哎呀"一声，连忙将杯子放回到桌上。

钱师傅一拍脑袋，说道："我怎么给忘了呢！你站在门口等我很久了，一定口渴了，我这就给你倒冷开水去……"

张玉兰伸手拦住钱师傅，说道："不用了，我这就走了。"

钱师傅突然想起了什么，问道："对了，你刚才怎么不进屋来坐呢？小妹不是在家的吗？"

张玉兰淡淡一笑，说道："有你这句话，我的心就暖和了。谢谢钱师傅！我走了。"说着，就向门口走去。

钱师傅不再挽留，一直将张玉兰送出弄堂口，看着张玉兰如同一只快乐的小鸟蹦蹦跳跳地走了。当他重新走进家门的时候，忽然隐隐觉得有什么地方不太对劲。直到看到钱小妹从楼梯上下来，他恍如听到一面铜锣"咣"的一响，顿时惊醒了过来。

钱师傅还没来得及开口，钱小妹倒虎起脸率先发难了：“爸，你答应她了？”

钱师傅坦然一笑，说道：“是，答应了。”

钱小妹不快地将嘴巴噘得能挂油瓶，说道：“爸，你为什么要答应她？我不要，不要嘛！”

钱师傅大笑一声，说道：“哟，来真的了？那爸问你，你知道她是为了什么事情来的吗？”

钱小妹“哼”了一声，说道：“不就是为了武伯平吗！”

钱师傅点了点头，说道：“你猜得一点没错，难道你不想救他吗？”

钱小妹回答得很快，仅一个字：“想！”

钱师傅呵呵笑了，说道：“那不就得了，既然你想救小武，她也想救小武，不就都一样吗？”

钱小妹大力摇头，说道：“不一样，就是不一样！不应该由她出面来找你、求你！”

钱师傅大为诧异，问道：“依你的想法，应该由谁出面？”

钱小妹很干脆地说道：“我！应该由我出面！”

钱师傅呆呆地看了钱小妹一会儿，说道：“我终于知道了，这个张玉兰大概几个钟头之前就来找我了，可是当你明白了她的来意之后，忽然就将她撵出了家门，是不是这回事情？”

钱小妹毫不掩遮地说道：“没错。”

钱师傅沉吟了一会儿，问道：“你能告诉我吗，这是为什么？”

钱小妹冷冷笑了，说道：“没有为什么，我不喜欢张玉兰，仅此而已。”

钱师傅的眼睛微微眯细，忽然不再说话。是的，女儿已经长大了，有的事情该管则管，不该管则不管。非不为也，乃不能也。更何况，有很多事情原本就不属于父亲的管辖地。

钱师傅一屁股坐了下来，说道："晚上有什么好吃的？我还没吃呢，早已饿得前胸贴在后背上了！"

钱小妹悄悄吐了一下舌头，偷偷笑了。她原以为父亲一定会狠狠训斥自己一番，说些什么"待客之道""小肚鸡肠""女儿经"之类的，没料想等来的结果却是他"饿了"。她当即一边说着"我给你端菜盛饭去"，一边脚步轻快地奔向了灶披间。

不一会儿，灶披间里就传来了锅碗瓢盆碰撞的声响。钱师傅听着听着，有些陶醉了。是的，这是他此时此刻最想听到的美妙音乐了。

4

站在一堆一堆又一堆冷冰冰的车工坯件面前，酒井一筹莫展。一旁向他展示着一张冰块脸的是钱师傅。

钱师傅以几近摄氏零度以下的语调冷冷地告诉酒井："这个月的生产计划绝对完不成，现在每天的生产指标统统搁浅了。"

"为什么？搁浅的原因是什么？"

"车工有一句行话——千刀万刀，就看最后一刀。现在没人车这最后一刀了。"

"人呢？"

"被你们抓进监狱去了。"

“谁？”

“武伯平。”

酒井的眼珠在厚厚的老花眼镜玻璃片后骨碌碌地转了一圈，突然就定格在钱师傅的脸上。“难道除了他，车间里这么多工人就谁都不行吗？”

“不行，这种顶尖的技术活儿，没人干得了。”

“那么，你的，武的师傅，也不行吗？”

“不告诉你了吗！谁都干不了小武的活儿，我也干不了。要是放在十多年前，我年轻着呢，没问题！可现在，我的眼力和你差不多，统统退化了、老花了、不行了。不信的话，我立马车一个给你看看，不过车报废了的坯件可不能算在我的账上。你看，是不是要车？”

酒井哑然，只得背起双手，走了。

钱师傅若有所思地望着酒井渐去渐远的背影，一抹淡淡的笑掠过了他的嘴角，但这个笑容也如冰一般冷。

打从武伯平被抓走之后，程庚生就冒险来过厂子里两回，要大家一定想办法尽快将武伯平救出来，并且还得不让日本人产生任何怀疑。现在，这么多无法加工成成品的车工坯料就是给日本人的一道难题，唯一能解题的只有武伯平。万一日本人不喝这一壶，那就意味着和平斗争宣告失败，只能使出最后的撒手锏：全厂罢工！

是的，这几天，整个车间，不，整个厂子里的工人全都憋着一肚子火：凭什么说抓人就抓人哪？就凭一件相同的衣服？还把不把中国工人当人了？这样下去，还有哪个工人敢在厂子里干活儿？谁都知道武伯平是个老实巴交的人，他根本不可能在上班时间离开车床、走出工厂去提篮桥开枪杀死日本兵！这一点，不光厂子车间里的工人可以证明，便是在车间里晃悠着的酒井、厂门口的站岗兵也能够作证。

尽管钱师傅和一些工人将这些理由与日方管理人员进行了交涉，但偏偏一直没有下文。现在，已经到了火山爆发的临界点，且看日本人如何动作，而后就该轮到工人们后发制人了。

酒井这一走，便一直走到了佐藤的办公室里。

这里是虹口，上海方面大日本陆海军指挥部，一座掩遮在绿树丛中的小楼。

坐在办公桌后埋头阅读文件的佐藤闻声抬起头来，只看了一眼，便站了起来，笑着说道："酒井君，你怎么有空上我这儿来了？我一直很想找个机会好好招待你一番，喝喝酒、下下棋什么的。可是……"

佐藤停顿了一下，从一旁拖出一把椅子，示意酒井坐下，接着说道："可是现在是工厂上班时间，让我不能不忽然想到你的战斗阵地不是这里，而是机器轰鸣的工厂。哦，看来一定有什么事情发生了！是吗，酒井君？"

酒井毫不谦让地在椅子上坐下，说道："佐藤君，你是知道的，我素来不欣赏你这种教师爷口气的做派，但很遗憾，今天我却不能不佩服你未卜先知的本领。是的，是有事情发生了。"

酒井以不带感情的语调十分平静、十分客观地述说了刚才他与钱师傅之间的那场对话，焦点只有一个：被日本皇军抓走的武伯平。

佐藤开始来回踱步，沉重的大皮靴在铺着木地板的老派房间里发出了带有回声的脚步声。说句老实话，他一向看不起那些只知道逞匹夫之勇而不知道用脑子干活儿的家伙，比如那天把武伯平抓起来的宪兵队小队长。后来他过问了一下，才知道抓捕凭的是武伯平与那个逃之夭夭的杀手穿了一模一样的衣服。这岂不是滑天下之大稽？一模一样的衣服天底下有几百几千号人穿着呢，难道把他们统统抓起来投进监狱？更可怕的是什么呢？是你占领军在到处播种仇恨！这样的后果便是，今天有一个杀手在提篮桥向日本兵开枪，明天就会有成千上万的杀手向日本兵开枪。中国有句古话说得好："官逼民反，民不得不反。"这些杀手不正是占领军培养出来的！他欣赏的做法是恩威并施，在中国这样广阔的国土上，必须实行怀柔政策，随意抓人、杀人，是蠢驴的干活！

过了一会儿，佐藤的脚步在酒井面前停下了，他说道："酒井君，我陪你一起去宪兵队。"

酒井一愣，问道："去干吗？"

佐藤笑了一声，说道："去把那个干活儿的人捞出来。"

酒井一下子跳了起来，叫道："佐藤君，这能行吗？"

佐藤抓起桌上的军帽，说道："只要他们这几天没有找到确凿的定罪证据，又有什么不行的呢？"

酒井笑了，说道："谢谢你，佐藤君！"

佐藤大步向屋外走去，说道："不用谢，我们的目标都是一个——为了天皇陛下的圣战！"

酒井说了声"哈伊"，连忙跟了上去。

5

天气真好，武伯平的心情也好。他又回到了厂子里，回到了车间里，回到了工人兄弟中。归根到底，自由了，比什么都好。

武伯平第一个要去道谢的人是钱师傅，他已经听车间里不少人说了钱师傅和车工坯件的故事。

不料，钱师傅却挥了一下手，说道："要道谢的话，其实你应该去好好谢谢张玉兰。"

"张玉兰？"

武伯平静静地听完钱师傅讲述张玉兰的事情，淡淡地说道："我知道了。"

钱师傅不知道，武伯平此时此刻最怵的人正是张玉兰，他不知该如何面对张玉兰，真的。打从听了武雨娟讲祁叔关于长命锁的话以后，他该如何向张玉兰解释？细细想来，分量最重的其实不是祁叔"死不瞑目"那句话，而是武雨娟所说的"这是咱们救命恩人祁叔的心愿"。是的，世界上能有什么东西挡得住"救命恩人"四个字的分量呵？没有，根本不会有了。

武伯平的心情就是在那一刹那晴转多云、多云转阴的。

又是一夜无眠。

听着头顶老虎窗外的风动风静，武伯平的心头忽然也风起风落，一瞬是水闸镇，一瞬是祁叔、张玉兰，一瞬是钱师傅、钱小妹……不知过了多久，他忽然想通了："人生就是这样，有些事情是无法逃避也无法请别人代做的，该你面对的，你必须直接面对。

没什么可以真正让人发怵的，该来的总归要来。”这么一想，心头潮已平。

做出去见张玉兰的决定三五分钟后，武伯平忽然一头栽进了梦乡。无边无际的梦乡呵……

这时，天边已微微发亮。已是礼拜天了。

礼拜天的城隍庙总是比平昔时段热闹许多。兴致勃勃的武伯平领着张玉兰逛了九曲桥，欣赏了大殿正门两边的对联“做个好人心正身安魂梦稳，行些善事天知地鉴鬼神钦”，进大殿先后拜谒了金山神主汉代博陆侯霍光大将军、城隍秦裕伯的塑像，并在抗日战争爆发后由逃难百姓抬入供奉的抗英英雄陈化成塑像前多磕了几个头，接着逛了慈航殿、财神殿、城隍殿、娘娘殿和父母殿。一大圈兜下来，张玉兰虽被熙熙攘攘的人群挤得额上沁出了汗珠，却依然一脸欢喜。

说实在的，张玉兰在等着、盼着武伯平对她说心里话。是呵，从武伯平今天兴致盎然地把她带到这么热闹的地方来玩，她已经感受到了三分温馨、七分真情。

第十四章

螳螂捕蝉，黄雀在后

1

突然听到几响铜锣声的张玉兰在川流不息的人群中站住，拉了一把武伯平，说道："你看，敲响铜锣的那儿有这么多人围着，一定有好玩的东西。"说着，径直奔向水泄不通的人丛，武伯平只好跟在她的身后起劲儿地挤了进去。

原来这是一个吹糖人的摊子。吹糖人是一位头发花白的老者，只见他信手捏起一小撮糖稀，往手上蘸了蘸淀粉，一搓便搓成了橄榄核状，而后他在一头插上一根芦苇管，将嘴巴凑上去边吹边捏，渐渐越吹越大。更为神奇的是，他随手捏巴捏巴，便出来一只大公鸡。只见他如法炮制，吹吹捏捏，捏捏吹吹，不一会儿，小老鼠、小兔子、小鸭子、猪八戒、唐僧、沙和尚统统出现了。他给它们涂上大红大绿、大青大紫的各种颜色，并一一插在草架上，颇为气势不凡，蔚为大观。

围观的人们一下子争先恐后地纷纷抢着掏出钱来买，不一会儿工夫，鸡呀、鸭呀、兔啊、西游记人物啊，就统统卖光了。待众人散尽，只剩下武伯平和张玉兰犹自傻傻愣愣地看着吹糖草架不愿离去。

吹糖老人忽然一笑，问道："我给你们吹个生肖糖人吧，要不要？"

张玉兰拍起了巴掌，欢天喜地地叫道："要！要！"

吹糖老人摇了摇头，说道："小姑娘，你要什么呀？你连生肖都没有告诉我呢！"

张玉兰"扑哧"一声笑了，说道："我的生肖是马。"她转向武伯平，"你呢？"

武伯平"哦"了一声，说道："我属龙。"

吹糖老人连连点头，说道："龙马龙马，蛮般配的一对哟！"

武伯平觉得自己的脸一下子热了起来，他看了看张玉兰，忽然发现她的脸上也微微浮起了两片红云。

不一会儿，一条腾云驾雾的龙，一匹脚下生风的马便被捏弄出来了，全都栩栩如生，全都惟妙惟肖。吹糖老人给龙和马插上了芦苇棒，递给了他们。

武伯平向老人道了谢、付了钱，正伸出手去取生肖龙，却被张玉兰轻轻拍了一巴掌。一愣神之间，那条糖龙被张玉兰抢在了手里。

张玉兰满面皆是调皮的神情，说道："你的龙归我了，我的马归你。"

武伯平苦笑一声，只得去取糖马。

吹糖老人朗声大笑，说道："好聪明的小姑娘！龙归你，马归他，这才是为夫为妻之道也。"

武伯平被说得不好意思起来，慌忙一边点头一边离开。一抬眼，却见张玉兰早已娇笑着跑得远远的了。

这鬼丫头果然聪明，居然能够未卜先知地料到吹糖老人会说出这样的话，事先躲得远远的，也太鬼机灵了！

武伯平急忙追了上去。

又过九曲桥，一步步走近了城隍庙的西园——豫园。豫园门外的垂柳还未来得及披上浓郁的柳烟，但那一派细细柔柔的柳条已在呼唤着点点春风。

武伯平和张玉兰在一株古柳下停住了脚步，张玉兰似乎有话要说，偏偏欲言又止，只是两眼直勾勾地盯着武伯平的脖颈骨碌碌转悠。

武伯平发觉了，不禁有些奇怪，问道："你在看什么呢？好像有什么事情要问？那就尽管问好了。"

张玉兰幽幽一笑，说道："也没啥。只不过……只不过我在想那个长命锁，你怎么没挂在脖子上？难道，雨娟到现在还没有交给你？"

原来是为了长命锁呵！武伯平老老实实地招供了："雨娟给我了，前些日子让日本人一折腾，就一直忘了戴上了……"

张玉兰淡淡"嗯"了一声，犹豫了一下，说道："那，她有没有和你说了什么？"

武伯平在和张玉兰见面之前尽管想了很多，甚至想到了由自己主动挑开头，可没料到结果仍是由张玉兰打破了闷葫芦。她问及长命锁仅仅是个引子罢了，真正的意图依然在此。好在已经想了很多也想了很久，自然而然地说道："雨娟说了，我也明白了祁叔的意思，可是，可是能不能让我再好好想一想？毕竟，毕竟这有些突然……"

张玉兰颇为失望，轻轻一笑，说道："对啊，是得好好想一想，不光你要好好想一想，我也得好好想上一想……"

见武伯平不出所料地露出一脸愕然，张玉兰娇滴滴地笑了，说道："那是祁叔的意思，可并不是我的意思，这祁叔也真是的，都临到生死攸关的时候了，做什么不好，偏偏忽然想做月下老人、做红娘，不不不，是做红爷，也真够你和我伤脑筋的，是不是？"

武伯平哑然。他无法评说祁叔，更无法对祁叔的心愿妄加评论。是的，他没那个资格，祁叔终究是自己的救命恩人哪！

张玉兰低低地长叹了一声，说道："其实……其实我恨祁叔，是他咽气前逼着我答应他的，我当初要不答应也就没了这回事，更不会这么吃辛吃苦巴巴地赶来上海了……祁叔呵，你让我没皮没脸地去向人家开口，你哪里会知道，人家的心上已经有人了，是一个蛮漂亮、蛮懂事的女孩子……"

武伯平吃了一惊，问道："你说什么？"

张玉兰陡然杏眼圆睁，说道："你别耍赖，对着祁叔的在天之灵讲实话，那个女孩叫钱小妹，是钱师傅的女儿，我见着了……"

武伯平无言，而且久久无言。

张玉兰"嘤嘤"地低头哭了起来，说道："我不怪你，真的不会怪你，我没有理由怪你……要怪只能怪祁叔，他为什么不把他的心愿告诉你，偏偏要对我说呵……"

武伯平顿时手足无措，压低声音说道："别，你别哭，别哭了，好不好？过路的人都朝这儿看了，还以为我欺负你了，快别哭了，我求求你……"

张玉兰的哭声渐渐停止了，抬头瞟了一眼好奇的路人，轻轻一把拭去了泪，说道："我心里难受才哭的，没你什么事，我们走吧。"

两人离开了古柳，缓缓向前走去，一步步，又走上了九曲桥。

张玉兰停住脚步，徐徐倚上栏杆，蓦然回首，转眸一笑，说道："刚才那个吹糖老人说的话，其实是作不得数的，是吗？"

武伯平望着张玉兰的笑，一时呆了。那笑容，竟然绽开在一颗晶亮晶亮的泪中，岂不令人心碎？

就在武伯平发呆之际，张玉兰已一把掠去他手中的糖马，轻轻一合，便和她手上的糖龙合二为一，她的嘴唇微微嚅动了一下："龙马，龙马，这回可以永远在一起了。"

话音未落，张玉兰的手一动，紧紧粘在一起的糖龙、糖马瞬时被投向湖面。在糖龙、糖马接触湖面的一瞬，但见无数深藏在水底的红色锦鲤搅动了一池绿波，争先恐后地腾空跃起扑了过来。

在武伯平的惊呼声中，糖龙、糖马净入鱼腹，片刻间，鱼潜湖底，一切又恢复了平静。唯有几个小小的水泡漂浮湖面，似是方才一幕的见证人。

张玉兰看了看武伯平，忽然大胆地一把挽住他的手臂，说道："我们走吧。"

走着走着，张玉兰陡然向武伯平露出了调皮的神情，嘴唇几乎凑上他的耳朵，说道："告诉你一个秘密，是我发现的——钱小妹很喜欢你，真的，她人很不错，你一定要好好待她，知道吗！"她的语调柔柔的、暖暖的，像春天的风。

武伯平没有回答。他抬起头来望了望前面，城隍庙的无数店招下面，无数人正乱纷纷地奔走着。

武伯平的心境忽然与眼前的场景融为一体：乱纷纷，纷纷乱……

2

细雨绵绵，翠柳含烟。

很多去吃饭的工人在食堂大门口驻足不前，原来是一纸布告拖住了他们的脚步。

公　告

奉上海方面大日本陆海军指挥部令，为昭示王道之乐土，为彰显工人之技能，今特举办上海市工矿企业车工技艺大赛。凡上海之工人师傅，凡有车床工作经验者，皆可报名参与。“艺痴者，其技必良”。故进入决赛前三名者，皆有重赏。

经决定，我厂派出钱玉堂一人参加。兴趣浓厚者，亦可前往厂部报名自荐。

比赛地点：大隆机器厂

比赛时间：后天

谨此公告周知。

远东机械厂军事管制小组

雨，依然在飘。

钱师傅的脸色阴沉得一如飘雨的云。连小无锡、老山东也失去了往昔的乐天做派，甚至走过钱师傅的身边也轻手轻脚的，仿佛一不小心就会撞上地雷似的。武伯平就更不用说了，师傅的情绪最能传染给徒弟，他的脸也就顺理成章地成了阴有小雨，一整天不见一丝阳光。

武伯平没有想到，临到下班时分，钱师傅竟然走到他的身边，低声说道："今天晚上你去找一下程庚生，和他说一下车工比赛的事情，听听他的意见。我没法儿去，日本人在监视着。"

钱师傅说完之后，随手将一副工作手套扔在了武伯平的机床边。走过武伯平身边时，他漫不经心地说了一句："地址在手套里。"

武伯平一句话也没说。不是他不想说，而是根本没来得及说。望着钱师傅的背影，他不动声色地取过那副手套，伸手套了进去，手指在穿越了柔软的纺织物之后触及一个微微有些发硬的物什。手指动了一下，再动一下，那发硬的物什就已滑落到掌心之中。

武伯平离开车间，来到了更衣室。见四下无人，便取出那发硬的物什，原来是一个小小的纸团。打开，便看到了一行地址。

武伯平默默地看了两遍，而后将纸条撕碎，一点一点塞进了嘴巴，咀嚼了一会儿，慢慢吞下肚去。

过了一会儿，武伯平若无其事地走出了更衣室。

3

夜色如墨。武伯平深一脚浅一脚地从那些不见路灯的狭窄弄堂里穿过，没有门牌号码、高矮不一的屋子令他无所适从。好不容易摸索着走到弄堂深处最后一户人家，借着屋内漏出的光线辨认出门边悬挂着一方尺余长的木牌，将眼睛凑上前去，老半天才连看带猜地认出四个字来：工人夜校。

武伯平这般举动自是十分可疑，简直就是鬼鬼祟祟的坏蛋作为，于是，他的耳畔冷不防就爆出了一声大喝："你是干什么的！"

这声猝不及防的断喝差点儿让毫无防备的武伯平一屁股坐下地去。接着，他只觉得颈部一紧，回过头去，一个汉子一把揪住他的衣领，一脸警觉的神色，而且十二分的不友好。

这时，房门开了，奔泻而出的灯光映亮了一个慢慢走出来的人的脸：程庚生。

程庚生朝武伯平看了一眼，显然认出了他，连忙挥了挥手，说道："呵，一个朋友。"

汉子这才松开武伯平的衣领，一言不发地走到一边，重新隐身进黑暗中。武伯平后来才知道，这是负责放风警戒的人。

程庚生向武伯平招了招手，说道："进来吧，我在上课，马上就结束了，有什么事等我下课了再说吧。"

武伯平走进屋子，门在他的身后轻轻关上了。他陡然一惊，屋子里居然黑压压的全是人，而且大多穿着工装。靠墙的地方有一方不大的黑板，上面写着两个大大的字：工人。

程庚生走到黑板面前，指了指"工"和"人"，说道："大家现在都认识'工人'这两个字了吧？刚才有人说，'工'字不出头，出了头就是'土'字，所以工人是翻不了身的。我要告诉大家，'工''人'二字连在一起，就是一个'天'字！你们回答我，天底下还有比天更大的吗？"

坐在下面的工人纷纷回答道："没有！"

程庚生笑了，说道："对！大家可以想一想，皇帝为什么要称自己是'天子'呢？无非就想表明他是'天'的儿子，代表'天'

在说话，正所谓‘天意不可违’。现在，我们工人是‘天’了，那皇帝老儿又成了什么呢？”

众人面面相觑，似乎人人都意识到了，但一时间又不敢说出口。

程庚生仿佛猜中了大家的心思，不觉微微摇了摇头，说道：“你们都已经是至高无上的‘天’了，还有什么话是不能说的呢？”

一个女工怯生生地举起了手，武伯平陡然认出她便是与武雨娟同一天一起逃脱虎口的李招娣。从她那一身朴实工装上的标识，武伯平知道了她上班的厂子——英美烟草厂。呵，她也成为工人了！无须问，武伯平心里也如明镜一般清楚，能帮助她、肯帮助她的人，除了程庚生，断无二人。

正这么想着，却见程庚生手一指，说道：“李招娣，你来说吧。”

李招娣站了起来，有点羞涩又有点自豪，说道：“程老师，我想，那皇帝老儿是不是就成了我们工人的儿子？”

众人哄堂大笑。

李招娣被大家笑得一时不知所措，看看张三又看看李四，最后把脸转向了程庚生，问道：“程老师，难道我回答错了？”

程庚生气势十足地将手一摆，说道：“不，你的回答相当好！皇帝就是我们工人的儿子！关键是，工人愿不愿意让他给我们当儿子？”

大伙儿这回倒是异口同声了：“不愿意！”

程庚生笑着点了点头，幽默地说道：“你们看看，啊？这么多七尺男儿，居然都没有胆量站起来回答我刚才提的问题，反倒让巾帼英雄抢了先，你们难不难为情？好，今天的课就上到这儿，大家回去再复习复习，下课！”

武伯平颇为注意地看着李招娣，只见她在程庚生夸赞她为“巾帼英雄”时，突然就红了脸。

工人们嘻嘻哈哈地说笑着，粗野地相互打诨逗闹着，向屋外走去。唯有李招娣站在原处不走，看人们散得差不多了，却向程庚生慢慢走了过去。

程庚生正招呼武伯平过去，抬头看到李招娣，微微一愣，问道：“有事找我？”

李招娣看了一眼武伯平，忽然也认出了他，问道：“是你呵？雨娟好吗？”

武伯平一边说“好，蛮好的，谢谢你”，一边很识相地退到旁边去了。

李招娣转向程庚生，犹犹豫豫的，接着仿佛下了很大的决心，红着脸说道：“程老师，我，我想和你一起回去……我晓得的，你住的地方是要经过我住的地方的……对了，有些上课没听懂的地方，我想路上可以顺便问问你……”

最后两句话李招娣是有意提高了嗓门说的，看来是故意想让武伯平听到，证明她是有正儿八经的事情才想和程庚生同路回去，请武伯平千万不要胡思乱想到什么岔道上去。

武伯平心中暗自好笑，他知道这是这个年龄段的女孩子聪明和狡黠混合在一起的“此地无银三百两”的小手段。其实，根本无须掩遮，也根本无法掩遮，只要稍稍留心一下李招娣刚才投向程庚生的眼神，自是天机早已泄漏无遗。

武伯平在心里暗暗叹了一口气："程庚生呵程老师，看来你是在劫难逃，要遭殃喽！"他太熟悉女孩子的这种眼神了，先是钱小妹给过他，后来是张玉兰，这种眼神就如一团炽烈的火，燃烧着她，也燃烧了你。

不知道程庚生是真的不懂还是装傻，反正他一脸若无其事地说道："行啊，那就一起回家吧。不过，我和小武还有些事，你先出去等我一会儿。"

李招娣开心得连连点头，幽幽地看了一眼武伯平，脚步轻盈地向门外走去。

武伯平扫视了一眼屋内，确认李招娣是最后离开的学生之后，便急急地将日本人的车工技艺大赛和钱师傅的事情叙述了一回。

程庚生沉吟了一会儿，说道："你转告钱师傅，不能公开对抗，目前的形势仍需要他坚守在车床旁。他去参加车工技艺大赛，必须小心谨慎，尽量摸清日本人下一步的花招。我估计，绝不仅是车工技艺大赛这么简单。"

武伯平默默点头。

程庚生来回踱了几步，说道："下回你也不要上这儿来找我了，我会设法和钱师傅保持联系的。"

武伯平愣了一下，忽然有些着急起来，说道："为什么不能上这儿来找你？我，我还准备到这儿来上工人夜校、听你上课呢！"

这回轮到程庚生发愣了，但他只是愣了一刹那，便坚定地说道："不行，你不能来工人夜校！"

"为什么？"一切又回到了原地，武伯平依然只能问出这三个字。

程庚生根本不给情面，用斩钉截铁的语气说道："没什么为什么，无他，就因为你是钱师傅的徒弟！"

武伯平倒吸了一口冷气，差点儿再次问出那三个字。

程庚生不待武伯平开口，便用一句话彻底浇灭了他的念头："你还是去问钱师傅吧，其实这次他也不该让你来！如果不是情况紧急，他已经违反纪律了……"也许是突然意识到失言，他慌忙将手往门口一指，"对不起，李招娣在等我，我先走了。"说着，便向武伯平露出一个略带歉意的笑容，匆匆转身离开了。

一头雾水的武伯平站在那儿一动也不能动。是呵，程庚生留给了他太多太多的惊叹号，像一根根钉子似的将他牢牢钉在了原地。

什么叫"违反纪律"？钱师傅违反了什么纪律？违反了谁的纪律？为什么钱师傅的徒弟就不能上工人夜校？为什么……为什么……

一下子被这么多"为什么"包围，武伯平的头岂能不晕？头晕了的武伯平终于走出了屋子，屋外的夜色用一团又一团黑暗紧紧拥抱了他……

4

武伯平做梦也没有想到，更为头晕的事情又让他一不小心撞上了。

吃完晚饭，刚放下饭碗，钱小妹忽然气呼呼地往武伯平面前的凳子上一坐，说道："饭吃好了？又准备像前几天一样开溜吗？告诉你，没门儿！"

武伯平只能苦笑。其实，他早已预料到这一幕迟早会发生，该来的总归要来，他在心里早有准备。是的，这几天他的确是一放下饭碗就赶不及地走人，钱小妹说的没错，但如果不这样，又该怎么办？张玉兰的事情终究发生了，尽管她很大气，也很放得了手，可自己却无法释怀，绕不过祁叔这道坎儿。既然绕不过去，就只能回头面对钱小妹。可是，这又是一道难过的坎儿呵！

武伯平知道，钱小妹今天能如此肆无忌惮，全都因为钱师傅不在——刚端起饭碗，钱师傅就被后弄堂一个厂里的同事叫走了。

这就是天意。

钱小妹一脸不开心，说道："好啊，没想到你也学会逃避了！难道你怕我会吃了你？难道你就不怕我冲到你那三层阁和你吵架？"

武伯平依然苦笑，什么也没说。此时此刻，无论他说什么话，好话也罢，坏话也罢，不好不坏的话也罢，都只会火上浇油，激起钱小妹更大的愤怒。女人一旦发怒，男人的上上策就是退避三舍，和她讲理，她绝对蛮不讲理；和她不讲理，她就使出撒手锏——一哭二闹三上吊。在老家的时候，他从小已见识得太多太多。温柔如水的女孩就没有吗？有，当然有，那得是在心情好的时候，在满目含春的季节。

也许是武伯平的"退避三舍"起了神奇的化学作用，也许是钱小妹心里喜欢他的缘由，钱小妹的火气一点点小了，直至消失不见了。只听她悠悠地叹了一口气，说道："都这么些日子了，难道你就没有什么话要对我说吗？"

武伯平颇为内疚地摇了摇头，说道："这些日子我一直想着那个没讲完的故事，那天我答应过你，说上班要迟到了，等下班回来再告诉你，可没想到，当天我便被日本人抓了……”

不知钱小妹是真的忘记了，还是明知故问，只听她说道：“什么故事？我怎么一点都不记得了？”

武伯平硬着头皮说道：“当时我跟你讲了祁叔和张玉兰……”

钱小妹冷冷一笑，说道：“什么张玉兰、李玉兰，关我什么事呵？告诉你，我不想知道，不愿意知道，我再也不想听你讲她的事情了！”

武伯平忽然忘记“退避三舍”的古训，说道：“当时是你来三层阁问我关于张玉兰的事情，我才详详细细地告诉你的……”

钱小妹的脸色变了，变得像一只好斗的小公鸡，说道：“哦，是我问你，你才说的？那我不问你，你也就不会说了？好好好，小武你越来越会说话了！”

武伯平忽然又想起了“退避三舍”的方法，只能哑然。

钱小妹偏偏不依不饶，说道：“小武啊小武，你也别太拿自己当回事，懂吗？你以为没有你，世界上就没个叫‘男人’的东西了吗！”

无巧不巧，忻一帆一脚跨了进来，说道：“小妹，你怎么把男人叫东西了？那你说说，男人究竟是一个什么东西？”

钱小妹没好气地说道：“男人根本就不是个东西！”

忻一帆这才意识到了什么，说道：“你们，你们在不开心啊？对不起对不起，我，我走了。”

忻一帆刚转过身，就被钱小妹的一声断喝扯住了脚：“阿忻，你陪我去大光明影戏院看一场影戏！”说着，她走向门口，有意不再看武伯平一眼。

忻一帆呆住，期期艾艾地说道：“小妹，我，我……”

钱小妹头也不回地说道：“你没空就算了，我自个儿去！”

忻一帆看了武伯平一眼，说道：“有空有空，我陪你去看影戏。”

门扉一响，钱小妹和忻一帆一前一后地走了出去。

武伯平看着桌上空空的饭碗，心中陡然若有所失。

5

三天以后，一个阴霾密布的日子。钱师傅一早就被全副武装的日本兵押去了大隆机器厂，参加上海市工矿企业车工技艺大赛。

人人都为钱师傅捏了一把汗。谁都无法知道小日本的葫芦里卖的是什么药。

武伯平捏着的手心里全是水，手心里的水忽然化作了额头上的汗。他索性急匆匆地赶往大隆机器厂，奔跑得一头一脸全是汗，亮晶晶、湿漉漉的。

到了大隆机器厂，武伯平才知道，大赛现场被手持枪刺的日本人全线封锁了，别说进去，连靠近一步都不行。

邻近马路的赛场外面到处都是人——来自各个厂子的工人。武伯平决定和他们一样，守在赛场外面等候最后的结果。

武伯平在人群中七转八转，听罢这边的人海吹神聊，又去听那畔的人窃窃私语，这一来，居然听到了不少新闻，或者说搜集到了许多情报。

原来，日本人在不可一世的表象后面，已经开始走下坡路，战场上频频传来失利消息，因而迫不得已地在一些大城市中采取了怀柔政策，听说此次在上海工人中搞技艺大赛，一是为了拉拢人心，二是企望就此掀起工人学技术的热潮，为他们的“圣战”服务。这次来参加大赛的几乎全是各家工厂里技术拔尖的高手、好手，据说顶尖的师傅有两位，一位是钱师傅，另一位是老白毛，据说水平高到车削铁圆球，只需一刀！此人从年轻时便是一袭白发覆顶，人人皆直呼其绰号，真名反倒淡出了人们的记忆。

武伯平陡然平添了几分担忧，一是近在眼前的，面对老白毛，钱师傅能从比赛中脱颖而出吗？二是万一钱师傅果真成了冠军，日本人会要他如何为“圣战”服务呢？武伯平想得脑袋都快爆炸了还没想出个所以然，索性就不想了。

这时，有人惊呼道：“出来了！阿拉厂里的阿王师傅出来了！”又有人大叫道：“看到了哦，‘老坦克’也走出来了！”工人们开始大呼小叫起来，一齐涌向了站岗的日本兵。日本兵个个如同泥塑木雕一般，立在那儿纹丝不动。

武伯平一转身，顿时看到了三三二二的人正鱼贯从持枪士兵的身后走了过来，队伍络绎不绝，大约也有好几十号人。当他们越过了鬼子兵的警戒线之后，一下子便与守候在外的厂子里的工人弟兄们搂抱在一起了。在那些几近激动得语无伦次的片言只语中，武伯平的心陡然一跳，他听出来了，这些先行离开的人无一不是大赛的淘汰者，原因只有一个：技不如人。

蓦地听得有人在愤愤地骂娘，那是一个三十余岁的小个子，怒气冲冲地说道：“小鬼子出的题太恶劣了，每过一道关都须使出九牛二虎之力，真他娘的不是东西！”

和小个子一起走出来的一个四五十岁的汉子不屑地看了他两眼，说道：“小兄弟，最该挨骂的不是别人，其实是你自己。本事没学好，怨天怨地都是多余的！”

小个子不买账地“哼”了一声，说道：“难道你就学好本事了？还不是和我一样败下阵来了？别五十步笑一百步了，我的老师傅！”

有人哄笑起来。

没料想中年汉子面不改色，淡淡一笑，说道：“我承认我输了，不过输在钱玉堂这种高手的手里，我服帖！你呢？第一轮就输了，连个活塞也车不拎清，还来比什么赛？阿屎臭！”

小个子一下子面红耳赤，正待冲上去继续理论，他厂子里的那班工友便七手八脚将他拖走了，丢下一地七嘴八舌：“吃力哦？走吧走吧，到对面小饭馆里嘬一顿！好了好了，你们再争下去，东洋赤佬要看白戏了！”

这帮人刚离去，武伯平已经大步上前，向中年汉子拱了拱手，说道：“这位师傅请留步，有一事请教。”

中年汉子站下了，打了一个哈哈，说道：“不要这么客气，也用不到‘请教’二字，小兄弟你有话就直说吧！”

武伯平笑了一下，露出恭敬的神情，说道：“现在比赛的场子里，除了钱玉堂钱师傅，你知道还有谁吗？”

“老白毛。”

“哦？就是说，他们二位将一决雌雄、一争高下了？”

“对。”

“那你知道他们接下来比赛的内容吗？”

“听说是车削铜婆司。”

“铜婆司？”

“就是轧机上用的那种，在技术上蛮吃力的。”

“还会有别的内容吗？”

“再决不出胜负的话，可能还要加车几种高难度的多形状、多角度的轴吧，不过我也不太清楚。”

“哦，谢谢。”

这天，武伯平等到了很晚。当他看到疲惫不堪的钱师傅走出来的时候，远处街灯的光晕已经闪动着缓缓地升了起来，升在了高高的夜空中。

不知为什么，钱师傅走得很慢，给人一种迈不动脚步的感觉。武伯平迎了上去，问道：“师傅，你怎么了？”

钱师傅看了看武伯平，没有露出任何表情，只是神情有些恍惚，口中在自言自语着什么。

武伯平仔细听了一会儿，总算听清钱师傅低声反复念叨着的是这样一句话：“老白毛为什么会这样……”

老白毛？师傅和老白毛之间究竟发生了什么事情？老白毛到底要怎样呢？

走了好远，武伯平才终于把盘在心头的疑问提了出来。

钱师傅是在将呆滞的目光久久地投向夜空之后，才徐徐地叹了一口气，说道：“我到现在也没想通，老白毛在决赛进行到中途的时候，突然背着日本人悄悄地向我请求，求我退出比赛，还说如果怕日本人因此找麻烦的话，可以彼此来个心照不宣……我没想明白的是，他为什么要对我说这些？老白毛他——”一个戛然而止的停顿结束了他的迷惑不解。

武伯平想了一下，有意以一声轻快的笑声来冲淡钱师傅的疑虑，说道：“师傅，你也想得太多了吧？这有什么可奇怪的，老白毛肯定觉得技不如你呗！”

钱师傅缓缓摇了摇头，说道：“不，我能感觉得出来，我未必能赢得了他……”

这一回武伯平不同意了，说道：“师傅，你怎么能长他人志气、灭自己威风呢！”

钱师傅又摇了摇头，说道：“小武呵，行家一伸手，便知有没有。尽管我和老白毛素昧平生，但在工厂的圈子里，谁还不知道谁啊！”

武伯平突然找到了一个只用一招便能说服钱师傅的妙招，说道：“师傅，别说那么多了，我只问你一个最要紧的事情，决赛的结果出来了没有？”

“当然出来了。”钱师傅的回答连半个螺丝都没吃。

“那好，到底是你赢了老白毛，还是老白毛赢了你？”武伯平的问题一针见血，直截了当。

钱师傅不知怎的犹豫了一下才说道：“老白毛输了。”

武伯平大大地松了一口气，说道：“这不就得了？你管那么多干什么，关键是靠手上的车刀来说话！”

钱师傅再一次狠狠地摇了摇头，说道：“我总觉得他输得有点蹊跷，尤其是在他一推摇手柄、车最后一刀的时候……也许是他太想赢我，也许是他求胜心切，其实他是不应该那么仓促地下刀的……”

武伯平苦笑着说道：“师傅，你又不是老白毛，何必为他想这么多开脱的理由？再说了，即使你为他想了那么多，即使他知道你为他找了这么多理由，我想，他不仅不会感激你，反而会认为你赢了，才没事找事地净说这些没盐少油的废话，有意揶揄他、损他呢！”

钱师傅沉默了一会儿，说道：“他怎么认为都不重要，重要的是，我怕他和我想到一块儿去了……”

武伯平有些听不懂了，问道：“和你想到一块儿？什么意思呀？”

钱师傅横了武伯平一眼，说道：“你怎么也不用脑子想一想，日本人费了这么多心机、花了这么多心血，就为让上海的工人拿一个技术比赛的狗屁奖？不不不，事情不会这么简单的……”

武伯平有些傻眼了，这是他从来没有想到也没有思考过的。他想了一会儿，说道：“师傅，你刚才说怕他和你想到了一块儿，你到底想到了什么呵？”

钱师傅忽然不说话了，径自朝前走去，街灯下拉出一条长长的影子。

只要钱师傅不说，这个世界上便永远无人知道他到底想到了什么。

不过，武伯平终究还是知道了，那是在第二天。

第十五章

图穷匕见，广播电台响起了枪声

1

第二天，各家报纸都在头版头条刊登了这样一条新闻，大字标题颇为醒目：

昨天技工大赛钱玉堂勇折桂冠

今日当局任命钱玉堂工界魁首

文章的大意是，经过昨日一整天的技术搏击，远东机械厂的“车刀王”钱玉堂不负盛名，最后以一招“白鹤亮翅”击败了上海滩同样名闻遐迩的老白毛，一举夺魁。

文章结尾处还透露了惊天信息：据悉，上海方面大日本陆海军指挥部决定任命钱玉堂为筹备中的上海工人委员会委员长，明天下午钱玉堂将赴大上海广播电台授勋并作就职演讲，云云。

当武伯平从报纸上看到这些令人心惊肉跳的文字时，钱师傅已经被酒井请到办公楼里了，听说佐藤也来了。

这时候，只有到了这时候，武伯平方才意识到事态远比想象中的要严重得多。他突然想起钱师傅昨晚说的那些话：“你怎么也不用脑子想一想，日本人费了这么多心机、花了这么多心血，就为让上海的工人拿一个技术比赛的狗屁奖？不不不，事情不会这么简单的……”

是呵，是不那么简单！图穷匕见，日本人终究露出了本来面目。看来，钱师傅对这一切早就有了预感。

这些都不是最关键的。最关键的是什么呢？是钱师傅该怎么办？他又会怎么办？

2

傍晚时分，起风了。武伯平和钱师傅走出了厂门。

钱师傅是在临近下班时才回到车间的。当时的他一句话也没说，只是默默地来到车床前，拧亮灯，抓起一团回丝使力擦拭起来，不仅将机身、机头、刀架、四脚夹头、摇手柄擦了个遍，就连工具台、老虎夹钳都擦了，而且是恶狠狠地使力。他最后擦拭的是各式各样的车刀，擦着擦着，一颗小小的泪令人不易察觉地掠过了车刀的刀尖。

武伯平自然也没能察觉。他只是有些奇怪，平时这些杂活儿、粗活儿都是由他这个关山门徒弟一手做的，今天师傅是怎么了？

更令人奇怪的是，武伯平走过去想搭把手帮帮忙都不行，钱师傅蛮不讲理地一把夺过他手里的回丝，连一个字都不肯说，只是狠狠地横了他一眼。

这一眼便让武伯平落荒而逃，一下子就逃回到他的车床边上，为那架车床做起了清洁工作。

后来，当师徒二人走进更衣室换下班回家的出客衣服时，钱师傅才耳语般朝武伯平低低咕隆了一句：“小武，回去好好陪师傅喝上一杯。”

武伯平起初以为自己的耳朵出了毛病。钱师傅又不是不知道他滴酒不沾，打从到钱师傅家搭伙，每天吃晚饭之前，钱师傅都要喝上浅浅的一杯绍兴老酒，过足了酒瘾再吃饭，但从来没有劝过他喝酒，今天怎么会一反常态地说“好好陪师傅喝上一杯”呢？

武伯平什么都没说，也什么都没问，只是轻轻地点了一下头。是呵，无论谁遇到钱师傅今天这样的事情，都会被逼得反常和灵魂出窍的。

钱师傅和武伯平默默地一前一后走出了厂门。他们没有注意到，就在这时，厂门对面不远处的一辆黄包车缓缓启动了，不紧不慢、不远不近地尾随了上来。

远处，夕阳正西下，悄悄染红了路边一面在晚风中横斜的标有一个斗大“酒”字的旗帜。

钱师傅停住脚步，说道：“我去买一坛绍兴老酒，你等我一会儿。”说着，便朝酒旗下的鸡毛小店走去。

说时迟，那时快，黄包车夫见状立即用力蹬了几下，来到正百无聊赖地立在路边的武伯平身边。

黄包车夫轻轻点了一下刹车，瞬间矮下身去，凑近武伯平的耳边说道：“上车吧，狼牙在等你！”

武伯平大为惊愕地看着黄包车夫，一时居然说不出话来。

黄包车夫着急了，说道：“快上车，你的时间已然不多！”

武伯平转身看了一眼鸡毛小店，发现钱师傅还没出来，说道：“我师傅他……”

黄包车夫的脸色变了，说道：“就是关于你师傅的事情，再不上车就来不及了！”

武伯平一惊，再也顾不得多想，慌忙跳上了黄包车。

黄包车夫一松刹车，脚下一用力，绝尘而去。

钱师傅提着绍兴老酒小酒坛从鸡毛小店出来，哪里还找得到武伯平的人影？前后左右看了一会儿，无奈地徐喟一声，径直回家去了。

3

武伯平是在晕头转向的状态下被迫换乘了三辆黄包车，才到达天蟾茶楼的。

依旧是二楼，依旧是风月轩包厢。

人面不知何处去，桃花依旧笑春风。景物依旧，物是人非，屋中换成了狼牙在品茶等候。

门在身后关上了。武伯平朝桌前走了过去。

武伯平面前的茶杯中早已斟满了“吓煞人香”的碧螺春，狼牙向武伯平做了个“请”的手势，而后竟然说出了一番石破天惊的话语。

或许是为了让武伯平能够听得清晰一些，狼牙的语速很慢，而且是在不动声色地将茶杯举到唇边呷了一口之后才开腔的。他说道：“兄弟，我不能不把你紧急约到这儿来见面，因为我奉命将在明天下午去大上海广播电台刺杀一个叫钱玉堂的人。”

武伯平直愣愣地看着狼牙，完全没有感觉地任凭原本握在手里的茶杯滑落下去、“噗”的一声倾翻了，冒着热气的茶水瞬时横七竖八地爬满了一桌。

狼牙表现得十分镇静，对眼前发生的一切视而不见、听而不闻，淡然一笑，说道："兄弟不必如此惊慌失措，我只不过去执行一个汉奸的死刑而已，尽管这个人是你的师傅。"

良久，武伯平才缓过一口气来，喃喃自语道："师傅，没错，是我的师傅……"

狼牙将茶杯放在桌上，忽然站起身，轻轻拍了两响巴掌。

须臾，门扉一响，一位茶博士手持长嘴铜茶壶走了进来，说道："来啦！"

狼牙指了指桌上倾翻的茶杯，什么话也没说。茶博士端的眼明手快，片刻间已抹净了桌子，并重新斟上了一杯热茶，随即便消失在门口，门扉紧挨着他的脚后跟徐徐关上了。

直到确定无人能听到之后，武伯平方才开口，说道："你，你就不能不去吗？他是我的师傅呵……"

狼牙坐了下来，微微摇了摇头，说道："师傅也一样，即使我不去，也会有别的杀手去执行任务……"

武伯平几近哀求地说道："可是，可是师傅是被日本人逼迫的呵……"

狼牙的口气冷冰冰的，仿佛不认识武伯平一般，不再带有一丁点儿感情色彩，说道："我可以理解师傅和徒弟的感情，但是，只要他明天走进大上海广播电台，他就是我的敌人，不，是中华民族的共同敌人，我就必须杀了他！"

如同电光火石一闪，武伯平突然激动地叫了起来："如果，我说的是如果……如果他明天下午不出现在大上海广播电台呢？"

狼牙的脸上掠过了一丝一闪而逝的笑意，说道："兄弟，你终于明白我的意思了。这正是我把你请到这儿来的一片苦心。我想，你应该懂了，我和你见面，已经违反了组织纪律。这在我的杀手生涯中，也是绝无仅有的一次……"

武伯平忽然大彻大悟。是的，狼牙已然做了他该做和不该做的了，接下来便是自己该做些什么了。

狼牙站了起来，说道："对不起，我们必须离开这儿了。你先走，茶楼门口的黄包车会把你送到德泽坊附近的马路……"

武伯平走了，没有回头地走了。他已无法回头。他知道，狼牙是冒着巨大的风险来给自己通风报信的，换句话说，他已经把钱师傅的生命托付给了自己。

武伯平走得十分匆忙，尽管还不知该怎么办，但从现在起，他必须抓紧每一分每一秒为钱师傅的安危而努力。

望着消失在门口的武伯平的背影，狼牙的眼睛微微眯细了。军令不可抗，杀手的使命不可抗，但不知为什么，他总觉得武伯平会有办法的，从当初见面的那一刻起，他便莫名地对武伯平有着亲近感、信任感。

狼牙慢慢走到了窗前，用一根指头轻轻勾起了宽大的窗帘，看到了走出茶楼的武伯平跳上了一辆早已等候着的黄包车。

黄包车徐徐滑动了……

当窗帘渐渐恢复原样的时候，狼牙已经从房间里消失了。

4

夜幕轻曼，从天际挂落。武伯平正走向德泽坊。

已经看到了那高大矗立的牌坊和从弄堂里隐约射出的灯光，武伯平不由自主地加快了脚步。

然而，命中注定这是一段无法一蹴而就的距离。

突然，电线杆后闪出了一道人影，拦住了武伯平的去路。

武伯平一愣，却见在昏暗的街灯光晕下的一张有着刀刻一般皱纹的脸，年岁似已不轻。

武伯平还没来得及问为什么要挡住自己的路，对方却抢先开了口，而且居然一副大为责怪的口气，不分青红皂白夹头夹脑地甩过来一句话："喂，你这个徒弟是怎么当的！师傅早已回家，也不懂得陪陪师傅，一个人在外面寻欢作乐到现在才回来，你算是哪门子的菜！"

武伯平蒙了。这是一张素昧平生的脸，怎么一上来就跟教训灰孙子似的？敢情是老眼昏花认错人了吧！

这么一想，武伯平便朝对方点了点头，说道："不好意思，你认错人了。"

不料对方一下子跳了起来，说道："哇哈！我老白毛会认错人？告诉你小子，你就是烧成了灰，我也认得你是钱玉堂的关山门徒弟，叫武什么来着？算了，就叫你小武！这没错吧？"

武伯平蒙得更厉害了。什么？老白毛？不就是向师傅讨饶并央求让他夺冠的那个老车工吗？他来找自己干什么？并且还在这乌漆墨黑的夜里等候在德泽坊的弄堂外面，鬼头鬼脑地躲藏在电线杆的背后？莫非是为了没夺冠这回事心中不服气，一脑门子地上火？

这么一想，武伯平的心头陡然升起了几分警惕，问道：“你找我有什么事？”

老白毛突然生气了，连嘴角都气得往上翘了起来，说道：“难不成我没事就不能来找你？告诉你，说话要有大小，稍微客气一点！我是你师傅这一辈分的，懂不懂？你萝卜干饭吃了再多，见到我起码也得尊称一声老白毛师傅！”

武伯平有些哭笑不得，难道老白毛在这里等候了老半天就为了说这些乱七八糟的废话？真是不可思议。不过他说得对，不能乱了辈分、坏了规矩，起码得敷衍敷衍，便淡淡一笑，轻声唤道：“老白毛师傅。”

老白毛乐了，乐得手舞足蹈，说道：“别别别，别这么客气，你要叫师傅还是去叫钱玉堂吧，我不敢当，马马虎虎叫我一声师叔就可以了。不过，不过你总归是叫过我一声师傅了，哈哈，小武拜我为师了。”

武伯平这才有些明白，老白毛原来是一位嬉笑怒骂全都不放在心上的老顽童，对别人常常是油腔滑调、装疯卖傻，没半点正经，但其实心里什么都明白，把事情看得很透，厂子里常把这类人叫作“老爷叔”。

武伯平断定老白毛来找自己肯定有事，不妨先顺着老白毛的杆子往上爬，再见机行事，当下换了一副嬉皮笑脸的模样，故意没大没小地说道：“老白毛，反正我师傅也叫过了，再叫你一声师叔，这样你就是双料头了，对不对？”

老白毛哈哈大笑，说道："双料头？你这小子说得太好了！看来我们爷俩的脾性相投，你这位小阿弟朋友我是交定了！什么时候去关帝庙来个烧香磕头的结拜仪式，我们就可以成桃园三结义的刘关张了！钱玉堂岁数最大，当刘备好了，我呢，当关云长，你嘛，小阿弟，当猛张飞！不对不对，师傅、师叔和徒弟变成结拜兄弟了？你师傅是绝对不会同意的，这不乱套了吗，让人家看笑话！不要说你师傅不同意，我也太吃亏、太不合算了，一下子就从师叔稀里糊涂地降级了。算了算了，我还是做你的师叔吧，这样辈分也大一圈。"

武伯平还没笑，老白毛自说自话地先乐了起来，一边乐，一边四下张望了一番。

武伯平估摸着老白毛快到亮出底牌的火候了，便有意不去看他，也跟着他傻乐起来。

不料，老白毛突然收了傻笑，如同换了一个人似的，转瞬就是一脸严肃，说道："钱玉堂明天下午去大上海广播电台演讲，你想过这件事吗？"

武伯平怎么会没想过呢？他已经想得太多太多，但就是没能想出一条有用的。所以，他一脸沉重地说道："我想听听师叔的想法。"

武伯平就是在这当口儿发现老白毛眼中闪出光芒的，那是一种坚毅的目光。

老白毛定定地看住武伯平，说道："钱玉堂绝不能去！"

"为什么？"武伯平分明在明知故问。

老白毛狠狠地瞪了武伯平一眼，说道："炎黄子孙岂能背叛祖宗，做被千人指、万人骂的汉奸！”

武伯平的心上一凛，想起了狼牙的话：“我只不过是去执行一个汉奸的死刑而已，尽管这个人是你的师傅。”

武伯平的心忽然变得十分平静，说道：“师叔说得极对！但我现在想听的是办法，有什么办法能让我师傅不去大上海广播电台？”

话音刚落，老白毛的手突然向武伯平伸了过来，掌心中有一个小小的白色纸包。

“这是什么？”

“巴豆，磨成粉的巴豆。”

武伯平突然打了个寒噤，说道：“你的意思是……”

老白毛成竹在胸地说道：“钱玉堂正在家中独饮闷酒，等着你回去陪他好好喝上一杯，你可以悄悄地将巴豆粉撒入酒中……”

“那会怎么样？”

“拉肚子！可以小泻，也可能中泻，甚至狂泻不止。这样，他明天就绝对去不了狗屁的大上海广播电台！”

“那，会中毒、会出事吗？”

“放心，这点巴豆粉加上一坛子酒恰到好处，至多是中泻。这个分量是我亲自计算的……告诉你一个秘密吧！我以前做过郎中，号称‘徐半仙’，那时候我还在乡下……”

原来老白毛姓徐？那岂不是该尊其为“徐老白毛”？

武伯平忽然又有了一点犹疑，问道：“师叔，难道就没有别的方法了？”

老白毛的口气变得冷冰冰的，说道：“最简单的往往是最有效的，我想不出有其他什么办法能阻止钱玉堂去大上海广播电台，而且得天衣无缝，哄骗得日本人也拿他无可奈何。当然，除非你能想出来两全其美又出乎我意料的灵丹妙药。”

武伯平哑然。

过了许久，武伯平将手慢慢地伸了过去，说道：“给我吧。”

老白毛在把小纸包放入武伯平手里的同时，将一句话狠狠地砸在了武伯平的心上：“记住，我们是中国人！”

就在那一瞬间，武伯平被这句话激发起了一种神圣的感觉，它的名字叫作“悲壮”。

老白毛看了武伯平两眼，突然伸手拍了拍他的肩，拍得很重，说道：“我还想告诉你一句话，千万别轻视日本人的特高课，他们从来不吃素，你那放过巴豆粉的绍兴酒坛可不能落到他们的手里，不然你就等着享受他们的老虎凳、辣椒水吧！”

武伯平点了点头。

老白毛的离开如同出现时一样突兀，连个招呼也没有，转身便到了马路上，很快消失在夜色之中。

5

钱师傅在这天夜半时分开始了腹泻，而且来势凶猛。待得天亮，已是起不了床、迈不开脚步了。

稍迟一些，酒井和佐藤就都来到了德泽坊，紧接着，披挂着白大褂的日本军医也急忙赶了过来。

然而，他们全都束手无策，甚至连腹泻的病源都找不出来——

军医很职业地将绍兴老酒坛子带回去做化验，但一无所获。武伯平并没有忘记老白毛的话，早就偷天换日了。

佐藤暴跳如雷。从昨天开始，日本人就动用了一切宣传机器，下令让全上海的市民必须收听今天下午两点整开始的钱玉堂的演讲，为此，还大动干戈地向保甲长临时派发了大量收音机。现在，主角钱玉堂缺席，这场宣扬大东亚共荣圈的盛事岂不是没有开场便偃旗息鼓了？这可不成，此乃事关大日本帝国荣辱的大事，事关佐藤个人命运的生死大事，绝不能草草收场！

佐藤有一个与众不同的大脑袋，就在离下午两点整还差一小时零三分钟的时候，他突然灵机一动想通了，一通则百通。

想一想，再想一想，这锣鼓点儿已经热热闹闹地敲打了老大半天，钱玉堂突然患病无法登台，难道就没有别的办法弥补了吗？是呵，为什么要在一棵树上吊死呢？中国不是有句俗话说"死了张屠户，不吃浑毛猪"吗？对呀，撇开钱玉堂，另找其他人！这就像唱戏一样，救场如救火，只要走马换将把钱玉堂换成张玉堂、李玉堂之类的合适人选，这场大戏岂不照样可以热火朝天地唱下去？一旦大功告成，保不准由于自己力挽狂澜，更能得到上峰的青睐，从而加官晋爵，因祸得福也未可知呢！

如此一想，佐藤不禁信心倍增、斗志高涨。经过细细思量、反复考虑，他终于觅得了一个最佳人选：老白毛！

于是，在下午两点钟的时候，从大上海广播电台里传送到全市老百姓耳朵里的声音不是钱师傅的，而是老白毛的。

更令人匪夷所思的是，在上海方面大日本陆海军指挥部说完任命老白毛为上海工人委员会委员长的叽里咕噜一长串日本话之后，轮到老白毛进行就职演讲，他突然爆出一句中国话，一句惊天地泣鬼神的怒吼："我老白毛是中国人！宁愿死也绝不做背叛祖宗的事！让上海工人委员会委员长见鬼去吧！"

紧接着，便是一声响亮的枪声！

后来武伯平才知道，当时老白毛夺过旁边日本宪兵的手枪，向自己的脑袋开了一枪，他亲手击毙了上海工人委员会委员长。

别说上海滩的老百姓被这声怒吼和枪声震惊得无以复加，便是佐藤也被惊得目瞪口呆。不太久之后，佐藤就因此而永远离开了上海，被派送到前方的战场上了。

钱师傅是在家里的客堂里听到了这声怒吼和枪声的。他木然地在那张老式红木椅上坐了足足半个多小时，忽然想到了什么。

想到了什么的钱师傅立即叫来武伯平，说有事情要问。是的，他有太多太多的疑问要关山门徒弟来回答。

武伯平来了。

有着太多太多疑问的钱师傅只问了一个问题。他问的是："你知不知道我拉肚子的真正原因？"

武伯平没有回答。他压根儿无法回答。

钱师傅和风细雨地问道："小武，你是不知道，还是不想说、不愿说？"

武伯平依然无法回答，只能沉默。

钱师傅爆出了一声冷笑，说道："我要让你见识一样东西，你大概就会说了。"

钱师傅伸手从坐着的红木椅下拉出了一样东西，问道："你不会不认识吧？"

武伯平的脸色微微变了，变得瞬时白，瞬时红，瞬时青。

那是一只酒坛，绍兴老酒的小酒坛。

钱师傅的目光如锥子一般刺了过来，说道："你能给我解释一下，这只酒坛怎么会跑到你那三层阁去了？这才是我昨天买绍兴老酒的坛子，我认得它，它的坛口有一条划痕！而你交给日本人的，根本就不是昨天夜里你和我喝酒的小酒坛！你为什么要这样做？"

武伯平一下子跪下了，说道："师傅……"

钱师傅的脸冷得可怕，说道："你还认我是你的师傅？哼，好一个胆大包天的徒弟，竟敢给师傅的酒里下泻药！"

武伯平心里"咯噔"一下，顿时明白什么都瞒不过钱师傅，只得老老实实招供，说道："师傅，那不是徒弟要这样做的……"

钱师傅一声叹息，说道："我知道，一定是老白毛教你这样做的！我早就明白，他当初和我想到一块儿去了，日本人是不会轻易放过我们这些技术工人的领头羊的！小武呵小武，我记得当初告诉过你，老白毛央求我让他一把，你以为他是技不如人吗？你以为他是要和我争夺上海技术工人的头把交椅吗？不，他的车工技艺绝不在我之下，他也从来不贪图虚名！我知道，他另有所图……"

武伯平大为诧异，问道："他另有所图？图什么？"

钱师傅的眼泪夺眶而出，说道："他图的是轰轰烈烈的死，图的是在日本鬼子面前威武不屈的死呵……"

"为什么？"

"因为他的家在日本鬼子发动的八一三事变的战火中被毁了，因为他的爹、他的娘、他的老婆和一双儿女全都被炸死了……他早就想让日本人知道，中国人即便是死，也一样会顶天立地、气吞山河！”

武伯平的眼眶也有些湿润了，说道：“老白毛只是对我说，钱玉堂绝不能去大上海广播电台，还说炎黄子孙岂能背叛祖宗，做被千人指、万人骂的汉奸！”

钱师傅忽然恨恨地骂了一声，说道：“这个该死的老白毛！他怎么就不知道，除了他那种英雄壮烈、浩气长存的方式，还可以有别的办法对付日本鬼子……”

后来，很久以后的后来，武伯平才知道了钱师傅的计划，不，严格来说，是钱师傅和程庚生一起制订的计划——在去大上海广播电台的路上制造一起车祸，让钱师傅去不了大上海广播电台现场，挫败日本人的阴谋。可惜，他们谁都没有料到，事情竟会坏在了作为局外人的武伯平手里。

当时，武伯平是突然打断钱师傅的话的。他说道：“师傅，你不能责备老白毛，他是为了你才让我这样做的……”

钱师傅拭了一把泪，目光落到了武伯平的脸上，说道：“你还有脸在这里说老白毛？你想没想过，就是你害了老白毛！”

武伯平呆住了，说道：“我害了老白毛？我……”

钱师傅一声长吁，满脸皆是痛苦之色，说道：“欺师灭祖，大逆不道，品行不端……我怎么会有你这样的徒弟……”

武伯平万万没料到，钱师傅的板子最后竟然打在了他的身上，不禁大叫了起来：“师傅！”

钱师傅仿佛一下子苍老了几十岁，有气无力地挥了挥手，说道：“你走吧，我不想再看到你……”

武伯平一时再也说不出话来。他晓得钱师傅的脾气，一旦他定了的事情，便很难收回。毕竟，钱师傅属牛。

见武伯平犹自跪在地上纹丝不动，钱师傅站了起来，说道：“我已经不是你的师傅了，也没有再受你跪拜的道理。你不走，那我走！”

就在这时，外面的门扉响了，接着传来了钱小妹的声音：“爸，我回来了。”

武伯平仰天长叹，大泪滚落，冲着钱师傅重重磕了三个响头，起身便走。

眼前一晃而过的是钱小妹惊愕的脸，武伯平无暇顾及，径自奔出门外。

6

被逐出师门的武伯平来到熔铸车间，成了一名翻砂工。

这是钱师傅的提议。

酒井虽然不明白这对师徒之间发生了什么，但他相信钱师傅说的话：“因为送到车床上加工的一些铸件经常质量不达标，就让武伯平去熔铸车间做生活，好好看一看、查一查问题到底出在哪里。”

武伯平当上翻砂工的第三天，刚上班的时候，工人们还在更衣室里乱纷纷地换着衣服，没有一个人踏入的车间场地突然响起了“当！当！当！”的开炉钟声，那么响亮，那么沉重，撞击着每一个人的心头。紧接着，有人高声大喊：“今天不做生活了，罢工开始了！”

原来，开炉的钟声成了罢工的信号。

当武伯平和众多翻砂工、炉前工一起走出熔铸车间时，才发觉厂区大道上已经坐满了黑压压的工人。哦，全厂的工人都开始了罢工。

武伯平知道，这肯定与钱师傅、程庚生有关。

武伯平的目光无声地穿过同样无声的静坐人群，很快，他就看到了熟悉的钱师傅的身影，他正在工人堆中奔来走去，忙碌得很。

只是，武伯平没有像以前那样上去和钱师傅打招呼，他知道，自己不配。

这次罢工的目的不是要求增加月薪，也不是要求改善工人的福利待遇，更不是为某个工人出了工伤要求补偿。武伯平抬起头来，看了看那一道横贯在人们头顶的大字横幅：归还徐耕田（老白毛）遗体！归还我工人尊严！

这就是罢工的要求。

一个小时之后，一个消息像风一样地在远东机械厂的工人中间传开了——他们的行动不是孤立无援的，整个上海的几百家工厂全都在这天进行了大罢工，口号便是相同的一个：归还徐耕田（老白毛）遗体！归还我工人尊严！

这次的罢工组织得十分严密，不仅有包含锣鼓队的宣传鼓动人员和时刻警戒着进入一级战备的武装纠察队员，还有一支走上街头的募捐队伍——以前的罢工，时有因参加罢工的工人家里揭不开锅而导致人心涣散，最后导致失败。从这个阵势来看，这次罢工是准备打持久战了。是呵，毕竟对方是强势的侵略者，是穷凶极恶的日军当局。

出乎所有人包括组织者程庚生、钱师傅的意料，声势浩大的罢工活动仅举行了五六个小时就结束了——不是遭遇了破坏，更不是遭遇了军警特宪的残酷镇压，而是胜利了！

是的，日军当局竟然全数接受了工人的条件，不仅归还了老白毛的遗体，而且同意以礼厚葬。

这有点匪夷所思，也有点不可思议。

后来才知道，佐藤在其中起了很大的作用，这也是他在上海做的最后一件事情。

这同样匪夷所思，同样不可思议。

其实，老白毛的那一句怒吼、那一声枪响，将佐藤大大地震撼了。那不是一种听觉和视觉震撼，而是一种心灵震撼！

佐藤从小学习中国历史，极为崇尚义薄云天的关云长、精忠报国的岳鹏举。经过调查，老白毛是一个极为寻常、极为普通的工人老百姓，没有任何政党背景，没有任何帮派后台，只是一介草民而已。这使佐藤更具切肤之痛地清醒地认识到了，中华民族是一个不可征服的民族，尽管可以碾碎他的肉体，占领他的河山！

正是基于这种认识，大上海广播电台事件发生的当日，佐藤立即叫停了关于上海工人委员会的一切筹备活动。

是的，尽管老白毛死后可以让钱玉堂顶上，即便钱玉堂也死了，依然可以让更多的中国人顶上，但你焉知他们就不是下一个老白毛？焉知他们就不会再采取更为极端的举动？试问，大日本帝国的形象哪里经得起这般折腾？如此一来，当局有何威望可树，又有何威信可言？岂不威风扫地，威望荡然无存？明知不可为而为之，是为蠢！

现在，工人们不畏强暴，开始在厂区静坐示威罢工，要求归还老白毛的遗体，那完全可以成全他们！为什么不呢？左不过是一具尸体，不就是为了所谓的工人的尊严吗？归还就归还，没什么大不了的事情。前方战场正吃紧，战况大大的不好，一旦罢工潮蔓延开去，影响了大东亚共荣圈的圣战，那才是真正要命的事情！

在上海方面大日本陆海军指挥部爆发了一场激烈的争吵之后，大部分日本人终于赞同了佐藤的意见。

老白毛的遗体在一群高擎着枪刺的日本士兵的护卫下，移交给了以钱玉堂为首的上海工人代表的手中。

一身戎装的佐藤一脸肃穆，“咔嚓咔嚓”踢响一路马刺，恭恭敬敬地来到老白毛的遗体面前，褪下军帽，一个立正之后，深深地垂下了头，鞠了三个躬。

佐藤尊重勇敢的人。是的，老白毛在他的心中，永远是一位真正的勇士！

7

天，阴沉着脸。

地，阴沉着脸。

老白毛出殡之日，成千上万的人涌上了街头，最前列是一面血红的旗帜，猎猎飞扬的一行大字在阴霾里高仰着头：徐耕田（老白毛）永远不死！

为老白毛扶灵的赫然是钱师傅。在他的后面，抬着灵柩的则是武伯平和一群工人。

在出殡之前，不知是谁的提议，远东机械厂的不少工人忽然涌入办公楼的底层，搬出了许多积满了灰尘的西洋乐器。

这是罗格为丰富工人的业余生活置办的，当年还曾重金聘请了许多外国艺术家们来厂子里手把手地教授有兴趣的工人学习、排练。然而，自从八一三事变日本人侵占了上海之后，再无一人抚弄乐器，这些西洋乐器便就此被打入冷宫，无人问津。

这时，武伯平才头一遭知道厂子里竟然有这样一支蔚为大观的西洋乐队，而且所有演奏人员都是厂子里的工人！

当初在罗格的鼓励下，钱师傅还曾擂响大军鼓，这委实是武伯平没有想到的。不，他根本没有想过在厂子里会有这样一支西洋乐队存在。

在送殡的行列中，这支庞大的西洋乐队意气风发地行进着。工人演奏员们各自或举，或拉，或抚弄，或吹奏，一时间十八般乐器齐上阵，小提琴、中提琴、短笛、长笛、双簧管、单簧管、萨克斯管、长号、大号、圆号、中音号、小号、小军鼓、大军鼓、大镲等被高高举了起来，异常低沉地演奏起肖邦的《葬礼进行曲》。一曲终了，莫扎特的《安魂曲》又奏响了。那阵势，那气概，足以令山河呜咽，风云色变。

这是一场向日本占领者的示威，也是一场展示上海工人力量的大检阅。

许多年过去了，还有不少上海工人对此津津乐道，尤其是那些西洋乐队的成员。

第十六章

借酒浇愁愁更愁，谁人破解

1

一转眼的工夫，武伯平已经做了三个月的翻砂工。

武伯平做翻砂工的最大感受是恍如时光倒流，让他一夜之间重新回到了水闸镇，回到了武氏铁坊。

放沙箱，填型砂，紧实，刮平，不弄得从上班到下班一头一脸脏兮兮不罢休。更可怕的是，下了班以后，无论怎么搓怎么洗，黑沙的黑仿佛都已经渗入肌肤中，永远也洗不净了。

尤其是当砂型做成之后，将铁水灌入砂型空腔之中时，浇注铁水的炙烤温度常常高达上千摄氏度，不但让人从大汗淋漓到衣服上尽是一圈又一圈白花花的盐霜，而且即便吸上一口空气，也烫得舌头直发辣！这一切岂是那小小的武氏铁坊的打铁炉火所能比肩的。

这时，也只有这时，武伯平才明白车、刨、钳技术工人的吃香与了不起。难怪厂子里的工人会对车、刨、钳技术工人刮目相看，私下里总会竖一竖大拇指，说这些是工厂里最吃香的工种。

其实，这些全都不重要，重要的是老白毛的葬礼结束之后，武伯平忽然染上了一种毛病：喝酒。

喝酒本不是大毛病，一个人独斟独饮三五小盅，或者像一般上海人惯常喝上半杯一盏，那是心旷神怡、自得其乐的雅事；即便是邀七八朋友小酌，于半醒半醉中吐露三分心情、隐藏七分隐私，也是雅得紧的大俗。

然而，武伯平一来没有私交甚笃的朋友，二来不善交际，人际圈子很小，谈不上呼朋唤友摆圆台面，这便剩下了自斟自饮。

毛病出在哪儿呢？

出在了武伯平本来不会喝酒，而且是滴酒不沾，如今不喝酒则罢，一喝酒便不是一点点、意思意思的小醉，也不是马马虎虎、适可而止的中醉，而是如同一堆烂泥一样瘫在地上的酩酊大醉，这一醉常常是弄得一塌糊涂、不可收拾，不可收拾的是满地皆为呕吐物。

一个不喝酒或者不会喝酒的人要把自己弄成酒鬼甚至醉鬼，绝非轻而易举的事，但武伯平终究弄成了。滴酒不沾的他脱胎换骨地成为酒鬼兼醉鬼，并且像模像样、煞有介事，自非一日之功。

如今，武伯平不再住在德泽坊的三层阁上了，他不想尴尬，自己尴尬，钱师傅尴尬，连带钱小妹也一起陪着尴尬。是呵，既已被逐出师门，又有何颜面再见钱师傅？不如不相见。在武雨娟和金宝的帮忙之下，他搬到了王小开五金厂闲置的厂房里暂时住下了。这一来，也为他一醉方休、烂醉如泥的生活开启了方便之门。

第一个发现武伯平有此毛病的人是忻一帆。那时，他还不知道武伯平不回德泽坊三层阁住了，只是心里颇为疑惑，武伯平怎么连续好多日子都夜不归宿哪？他偶尔也去车床边上转悠，可根本连武伯平的影子都寻不见。这些若让钱小妹得知，可如何了得？

可不是！一个身强体壮的年轻男人，一个全身上下各个零件都完好无损的大男人，天天晚上不回家，你说他是上哪儿干何等勾当去了？

不能想，不敢说。一想，一说，准是祸，准会整一个天下大乱。

是呵，钱小妹是何等刚烈的脾性，一旦知晓，还不弄一个人仰马翻出来？那时候，谁来收拾残局？

没错，忻一帆的确巴不得武伯平和钱小妹变成仇人，达到“鸡犬之声相闻，老死不相往来”的最高境地，但这一切应该由他们自觉、自愿造成，万万不能由第三者尤其是他自己伸出手指去挑一下、拨一下。这样挑拨离间的后果只会将自个儿也搭了进去，玩火者焉能不落个自焚人的下场？

想通了这一点，忻一帆当然不会去找钱小妹问什么、说什么，活得好好的，何必自寻棺材睏？

忻一帆毕竟还是有料儿的，不出半天时间，便打听出了武伯平的落脚点，同时也得知了武伯平“夜不归宿”的原因。

忻一帆大喜，这样的故事岂不令人兴奋、亢奋、激奋？哈哈，凡事皆有定数，祸至躲不过，运来推不开，不费吹灰之力，老天爷忽然做出这般绝妙的安排，真是阿弥陀佛！

于是，忻一帆在须臾之间做出了一个决定：晚上去看望武伯平。此时此地的武伯平会是怎样一副模样，又会怎么面对自己呢？

忻一帆做足了功课，准备了一肚子的话去了。

没想到，完全没想到！忻一帆曾经设想了无数个见面的开场，偏偏没想到居然会是这般开场——醉意醺然的武伯平向他高高举起酒杯，说道：“来，阿忻！咱，咱哥俩好，喝一杯！”

忻一帆呆住了。

武伯平顺手取过一只空酒杯斟酒，抓酒瓶的手大概也已醉了，将酒洒得是一半在杯内、一半在杯外。他不由分说地将那犹自往下滴着酒的酒杯伸到了忻一帆的鼻子下面，叫道："来，干杯！"

忻一帆只能接过酒杯，敷衍地往嘴唇上碰了一碰，说道："喝。"

话音未落，武伯平早已伸过手来，疾速地将杯底往上一托，忻一帆猝不及防，一杯酒顿时全数灌入了喉咙。

忻一帆被呛得连连咳嗽，喘了好几口气才总算缓过神来，说道："你，你想呛死我啊？"

武伯平哈哈大笑。

忻一帆从没听过武伯平如此放肆、如此爽朗的笑声，恰如他从未见过武伯平酗酒一般。

忻一帆只能苦笑，紧接着便感到了一阵头晕。要糟！

忻一帆是不会喝酒的人，平日里滴酒不沾，更何况现在喝的是快之又快的快酒，一仰脖便是一大杯，怎么能不晕头不转向？

思绪未定，只见武伯平又斟上满满一杯递了过来，还举起他手上那一杯酒，说道："来，碰一下，一口闷，感情深！"

忻一帆傻了。傻归傻，他依然机械地伸手接过杯子，机械地让杯子碰了一下杯子。

看着武伯平仰头"咕咚咕咚"豪饮，忻一帆灵机一动，决定自我牺牲一下——当即将杯子举到嘴边，嘴一抿，杯一倾，将满满一杯酒全数沿着下巴倒进衣领内，顿时感到胸口一片冰凉。

忻一帆知道，只需细细一看，便能瞧出端倪，慌忙借着放酒杯的机会深深弯下了腰，说道："小武，我已不胜酒力，告辞了！"

不待武伯平开口，忻一帆便转身弓着腰溜之大吉，落荒而逃！

武伯平放肆的笑声击打着忻一帆的脊梁骨，一路追出了好远，好远……

第二个出场同武伯平喝酒的是金宝。

金宝并非自己发现武伯平好酒的，他是听一个人告诉他的，准确一点说，是受人委托而来的。

这个人非武雨娟莫属。

武雨娟是在和武伯平大吵一场劝他戒酒不成之后，想起找金宝帮忙的。

金宝当然义不容辞。一来二去的，他对武雨娟已经到了一往情深、言听计从的份儿上了。说实话，即便武雨娟让他去跳黄浦江，他一准二话不说就从十六铺码头跳下去，一个猛子扎到江对面的陆家嘴上岸。

再有一说，金宝可是好酒量，海着哩！有一回，为了争夺杨树浦一个小码头，他和对方的老大斗酒，从早上一直喝到晚上，再从晚上连轴转喝到次日清晨，当对方老大醉成一堆烂泥之时，他犹自独斟独饮到第二天的下午才离去，而且依然腿不打飘，脸也不红——只是微微发青而已。后来，江湖送了他一个诨名 “青面兽”。

金宝来到了武伯平的住处。无须武伯平开口，也无须武伯平举杯，金宝什么话也不说，伸手径自取过杯子，抓起酒瓶，稀里哗啦倒满，一仰脖就是一杯下肚，再倒满一口喝干，如是连干三大杯。

金宝抬起头来看武伯平，武伯平没有惊讶、没有发呆，只是转过身去，先后搬来三个酒坛子，笑嘻嘻地往金宝面前一放，说道：“金宝，我早就知道你是江湖上的汉子，喝酒、打架在行。来，把这三坛酒干了，我就佩服你！”

金宝要的就是这句话。他早就在盘算着怎么和武雨娟成家，从武雨娟口中已然打探出她父母双亡、长兄代父，这桩婚姻大事的成败绝对少不得这位大舅老爷的直点头了，横点头是不来事的。如果舅老爷真的能佩服自己，那以后有什么事不就是三只指头捏田螺笃定泰山吗？

金宝点点头，将三坛酒的坛口打开，又甩去外衣，来了个花和尚鲁智深的喝酒架势——举起酒坛，对着嘴巴便倒！用“畅饮”二字未免嫌小家败气，用“牛饮”二字则未免多了几分俗气乡气，唯有“豪饮”方能恰如其分。如此这般，片刻间，金宝气吞如虎，已是三坛老酒下了肚。

此情此景，壮哉壮哉！天下几人能这般？谁人敢不服，哪个敢不敬？饶是楚霸王项羽转世，力拔山河气盖兮，也不过如此耳！等而下之的才轮得上景阳冈上的武松，方喝得一十八碗酒，已是腿肚子发软，脚底下发颤，过不得岗去也！这气势，这威风，早已输给金宝一筹。

武伯平哈哈一笑，站起身来，说道：“金宝，敬佩！我服了你！”

一言未了，金宝左右晃了两晃，突然抱着酒坛子轰隆一声笔直地朝着桌子栽倒下去。直如山塌，又似海崩，竟一下子压垮了桌子的四条腿，稀里哗啦横倒一地。

这回，轮到武伯平呆了，愣了，傻了。

武伯平知道金宝争码头斗酒两天一夜不醉的故事，但他不知道金宝与帮派老大斗的是慢酒，自是温文尔雅，浅斟低酌，外松内紧，谈笑风生，如何能醉？可这三坛酒却大不一样，一口气倒了进去，饶是鲁智深加武松搁一起都不成，更何况金宝呢？酒须细细饮、慢慢喝，方乃饮酒、品酒之真谛，那才是会家子行径，岂能如老牛饮水一般？

金宝醉了、倒了，被武伯平搀扶回家了。自那以后，金宝再也没提“戒酒”二字。不过，金宝原本就压根儿没提过。

本来，武伯平的喝酒、醉酒生涯将会一帆风顺，因为打从忻一帆、金宝出丑之后，料无再有第三人存有劝说武伯平戒酒的非分之想。可万万想不到，忽然有一天，发生了一件大事：武伯平居然砸了酒坛、摔了酒瓶、扔了酒杯，说要金盆洗手、洗心革面，再也不沾马尿一滴了。

这是怎么回事？难道太阳从西边出，长江黄河水倒流了？一时间，谁都猜不透究竟是何方神圣有如此功力劝说武伯平放下高举的酒杯。

当最后的谜底揭开时，所有人恍然大悟。这人是一位女孩。是呵，说奇不奇，说怪不怪，自古英雄难过美人关，看来武伯平也不能免俗。

到底是免俗了，还是未能免俗，只有武伯平心里清楚。他不说，就无人知晓。不过，后来厂子里的工人全都看到了，而且全都看明白了，武伯平这一回绝了酒念头，可以说，他此后的人生都与这位女孩挂上了钩，并且一辈子都实实在在地挂住了。

其实，让武伯平戒酒的这位女孩，本也稀松平常，而且是大熟人一个：张玉兰。

张玉兰本无心劝武伯平戒酒，也根本劝不了他。她那天晚上来找他，既无忻一帆要看他笑话之心，也无金宝充大好佬要灌醉他之意，只是想和他聊聊天，若聊得投机，便推心置腹一番。

张玉兰来后，武伯平依然故我，一坛酒，三两碟菜。动作一二三，依然老花头：取杯，斟酒，举杯。

张玉兰无所谓，兵来将挡，水来土掩，两个字：奉陪。

两人就这样，你一杯我一杯地喝，喝完了再斟。

渐渐地，武伯平惊讶了，张玉兰怎生这般好酒量？

武伯平哪里知道，世上的女人十之八九天生会喝酒。若是遇上真能喝的女人，只怕十个男人有九个半要醉倒在女人的石榴裙下。张玉兰恰恰便是那会喝酒、能喝酒、敢喝酒的女人之一，村里的乡亲无人不知无人不晓。

对张玉兰不甚了解的武伯平终于放下酒杯，说道："你这么晚到我这儿来，不会就是为了陪我喝酒吧？有什么话，可以开口说了。"

张玉兰也放下了酒杯，幽幽地叹了一口气，开口讲出进屋后的第一句话："老白毛走了那么多日子了，你还走不出来？就算走不出来，也不该糟蹋这酒啊！"

武伯平一愣，问道："你这话是什么意思？"

张玉兰淡淡一笑，说道："一个从不喝酒的人忽然成了一个名副其实的酒鬼，那酒是不是都让你白白糟蹋了？"

武伯平无语。

张玉兰眼睛眨都不眨地看着武伯平的脸，说道："就凭这一点，老白毛地下有知，也会被你感动的！我很想问一句，老白毛的死和你有关吗？有关的话，你这些日子夜夜买醉也对得起他了；无关的话，那又何必将自己天天泡在酒坛里？"

武伯平完全没有想到张玉兰会说出这些话来，而且每一个字眼都狠狠地戳在了他的痛处。世上有谁知道，他那深深的痛、无言的痛呵！当初钱师傅的一席话，将他重重地抛进了痛苦的深渊——是呵，假如自己没那么傻，没将老白毛的话信以为真，也没有那么言听计从地将巴豆粉撒进钱师傅的酒坛，老白毛或许不会走进大上海广播电台，也就不会往自己的脑袋开一枪了。

可是，这一切毕竟发生了，很真实、很残酷地就发生在面前，这悔、这恨、这痛、这苦，该向谁人述说？又能向何人倾诉？唯有借酒浇愁！即便明知借酒浇愁愁更愁，也要让酒把自己灌得酩酊大醉，方能忘记悔恨，忘记痛苦，忘记一切！然而，现实偏偏那么冷酷，一朝酒醒，仍旧忘不了。忘不了，永远忘不了。

武伯平走不出老白毛死去的阴影，只能拼命喝酒，虽然酒醒了，痛苦的色彩只会又加深一层。这已形成了一个怪圈，永远挥之不去，驱之不散。

这些时日，虽然忻一帆、金宝，还有好些厂子里的工友，都来劝过武伯平别喝酒，可惜没有一个人能知晓他的心事。现在，此刻，一个名叫张玉兰的女孩一针见血，刺穿了他心中这最隐秘处，怎不让他痛从心头起、悲从胸中来，不由自主地大哭起来。

张玉兰没有说话，没有问武伯平为什么哭，也没有劝他不要哭，只是默默地坐着，静静地看着。

武伯平终于号啕大哭。

也不知哭了多久，武伯平忽然狠狠一把擦去了眼泪，说道：“不哭了！来，喝酒！今天把这屋里的酒全部喝完，从此以后再也不喝酒了！”

张玉兰什么也没说，只是慢慢地抓起酒瓶，静静地斟酒。两只杯子全都斟满后，递过去一杯，端起了一杯。而后，轻轻地吐出了一个字：“干。”

两个人，一个男人和一个女人，在静夜里，可着劲儿地喝酒，要把武伯平这一生一世的酒全部喝光。

终于，两人醉了。

不知谁开的头，两人笑了起来。先是轻轻的、温文尔雅的笑，后来便成了大声的、肆无忌惮的笑；先是一个人笑，后来是两个人一起笑，最后这笑便成了狂野的风，在屋里奔突、咆哮。

也许是笑累了，也许是笑完了，屋子里一下子安静下来。这时，两人才发觉，不知什么时候，他们已经紧紧拥抱在了一起。

武伯平愣愣地看着张玉兰，说道：“谢谢，你让我走出了阴影！”

张玉兰轻轻地眨了眨长长的眼睫毛，说道：“没有我，你一样会走出阴影。”

武伯平狠命地摇了摇头，说道：“有可能，但也可能会淹死在老酒里。”

两人笑了，是不出声的那一种。

后来，事情似乎有些说不清，两人突然发觉一起睡到了同一张床上。

再后来，张玉兰冷不丁地发出了一声尖锐的娇啼。

在这一声娇啼里，方知春自何处来也。

仿佛，为了这一瞬，两人已经等待了千百年。

当所有的事情结束，张玉兰幽幽地看了武伯平一眼，柔柔地说道："以后，你可别对不起我……"

武伯平没有回答。

也许张玉兰的话过于意味深长，也许武伯平的目光已久久地落在床第上，再也挪不开了。

床上，落英正缤纷。

点点嫣红。

2

放班了，钱师傅回到了家里，脸色和外面的天色一样，是阴沉着的。

钱师傅的脸已经阴沉了整整一天，他没法儿不阴沉。

那时，才上班不多一会儿，武伯平便到车间里来找钱师傅。钱师傅没看见，即使看见了也只当作没看见。说心里话，他对这个关山门徒弟有一种言不清道不明的感觉，还真一时没法儿说得清楚。他目不斜视地看着车刀下的加工件，心无旁骛地任车刀进进退退。后来，尽管他感觉到武伯平站在身后，甚至还能听到武伯平粗重不一的呼吸声，但他硬是连个头都懒得抬起来，更别说回过头去看武伯平一眼。

当然，武伯平不笨，完全能理解钱师傅的心境，终于主动开口了，尽管显得有些怯生生的。他说道："师傅，我从德泽坊的三层阁搬出去了，从今晚开始，就再也不住那儿了。"停顿了一会儿，才又接着说，"师傅，谢谢你这么多日子对我的关照。"接着又是停顿，这一回的停顿有了好长时间的间隔。或许，也在等钱师傅发问，最直接的问题当然是问他为什么要搬出去，原先不是住得好好的吗？可惜，钱师傅终究没有问，恍如什么也没听到似的。

武伯平总算明白钱师傅不会向他问什么、说什么了，这才吃力地将最后一句话吐了出来：“师傅，我，我要和玉兰结婚了……”

钱师傅的脸色就是在那一瞬间阴沉下来的。没人会知道，钱师傅的心田上空浑似响起了一个晴天霹雳，尽管那霹雳并无半点声息。

武伯平在吃力地说完这句话以后，就转身离去了。钱师傅脸上的最后一丝光明，也就这样被他带走了。

好不容易挨到了放班，钱师傅无奈地把那一脸乌云带回了家里。

钱小妹第一眼就看到了钱师傅的神色。她没问，也没说，只是把饭菜端上了桌子。简简单单的一个菜，却烧了一砂锅，那是钱师傅平时最喜欢吃的腌笃鲜，菜市场里的竹笋刚新鲜上市。

钱师傅不打二话，抓起筷子便埋头吃了起来。

钱小妹忽然有些惊讶起来，父亲今晚是怎么了？他居然忘记了一件事，一件大事——喝酒。是的，每晚吃饭前都要喝酒的父亲竟然忘了！

钱师傅吃得很快，也很舒服，吃得头上都冒出了热腾腾的细小汗珠。

钱师傅吃好了，钱小妹依然没问，只是转身沏了一壶龙井，开始收拾桌子。

钱小妹很沉得住气，钱师傅反倒有些沉不住气了，在呷了一口滚烫的茶水之后，低低咕哝了一声：“小武要搬出去住了。”

钱小妹那正抓着抹布抹桌子的手微微颤抖了一下，忽然就一动不动了，接着，她在桌旁的凳子上坐了下来，依旧什么也没有问，只是两眼瞅着抹布一个劲儿地发呆。

钱师傅的心里突然一阵难过，他太知道女儿的脾性了，这一点儿不像女儿的做派。终于，他轻轻咳嗽了一声，说道："小武还说，他要和张玉兰结婚了。"

钱小妹陡然一下子站了起来，愣愣地看了一会儿钱师傅，说道："爸，你都把人家撵到翻砂间去了，他从这里搬出去、结婚，还不都是早晚的事情？再说了，他不早就住到五金厂去了吗？你管得着吗！"

钱师傅无语，只能举杯喝茶。

钱小妹将抹布住桌上一扔，忽然转身就走。

钱师傅一愣，问道："你上哪儿去？"

钱小妹径自走向门口，拉开门时才回了一下头，说道："去找阿忻！"

钱师傅半晌说不出话来，听着门扉"吱呀"一声开了又关，突然大口大口地饮起茶来。

3

忻一帆在听到钱小妹让他去对面弄堂给武伯平租一间房子而且很坦率地告诉他"我出钱，你出面"之后，吃惊得跳了起来，问道："为什么，你为什么要为小武租房子？"

钱小妹细细的眉毛高高地往上挑了起来，说道："你不要管！

我只问你一句话，你去，还是不去？”

忻一帆被呛得倒吸了一口冷气，狠狠地咬了咬牙，说道：“不去！”

钱小妹一下子站了起来，说道：“那好，我自己去！”她的火气很大，“你不肯干，我自己一样能干成，你信吗！”

忻一帆慌忙一把拉住正欲转身离去的钱小妹，说道：“你讲不讲理哪？你总得告诉我为什么呵！你凭什么要为他租房子？你口袋里的钱是不是太多了？如果真的太多了，那么能不能顺便也为我做做好事，也去给我租间房子住住？”

钱小妹一把打落了忻一帆的手，说道：“你想得美，他和你不一样！”

忻一帆有点不服了，说道：“不一样？怎么个不一样？你说说清楚。”

钱小妹在恶狠狠地瞪了忻一帆一眼之后，说道：“你这个人一向头脑活络，踩到尾巴头就会动，见到风就是雨，怎么还需要问我？想故意作弄我是不是！”

忻一帆叫起了泼天冤枉，说道：“没有没有，我真的是想不明白！”

钱小妹冷冷“哼”了一声，说道：“赤佬才相信你的话……”

忻一帆一听便明白钱小妹已经放了软档，否则依她的脾性早就声色俱厉地骂他个一佛出世、二佛生天了，肯定让他鼻子不是鼻子、脸不是脸的。钱小妹原本就是刀子嘴豆腐心，这些年接触下来，他对招架她这样的小姑娘的花头经可谓熟门熟路了，接下来他要做的便是比软档更软档，还要有点可怜兮兮。

这么一想，忻一帆便开口说道："我真的不晓得、不明白，骗你就是小狗，就是，就是……"

看着忻一帆结结巴巴的样子，钱小妹"扑哧"一声乐了，旋即又虎起脸说道："我不管你小猫小狗的，我只告诉你，我爸因为老白毛牺牲的事情，一直对小武耿耿于怀，一怒之下将他逐出师门，让他去做翻砂工了……"说到这里，她忽然说不下去了。

忻一帆顿时恍然了，原来钱小妹心里的千千结打在这儿了。正思忖着怎么开口，蓦听得她幽幽地叹了一口气，说道："小武要从这儿正式搬出去了，要和张玉兰……结婚了……"

最后三个字低低的，几不可闻。不过，忻一帆还是听清楚了。

听清楚了的忻一帆霎时间直如被雷电击中一般，懵了，傻了，呆了。"小武要结婚了？和谁结婚？"这是他的第一反应，也是他下意识说出来的第一句话。

钱小妹的苦笑轻轻从唇边滑落，说道："就是之前你说的带着长圆木棍来上海寻找小武的女孩，张玉兰。"

这可是忻一帆没有料到的，尽管他曾猜测武伯平与张玉兰之间有故事。可事情居然发展到了结婚的份上，就完全出乎意料了。

武伯平被逐出师门、被赶到翻砂车间去，在厂子里早已是公开的秘密，唯独结婚一事，从未有人说起过。会不会是钱小妹听错了，抑或是胡乱猜疑？

忻一帆正想老老实实地说出自己的想法，突然一个激灵，慌忙来了个打住。是呵，无论是哪一种，对他来说，恐怕都是利大于弊，不不不，完全是有利无弊，最起码在爱情的道路上，少了一个强有力的对手，这岂不是天大的好事一桩？

这么一想，忻一帆突然有些小心谨慎起来，他开始思忖刚才没有答应钱小妹去租房的态度是否妥当。先别管她为什么要去给武伯平租房，也许这是为曾经的爱情举行的一种告别仪式呢？无论是谁，都会对自己的旧爱怀有一腔恋恋不舍的。是呵，让她心甘情愿地用钱去租房子吧，很快她就会发觉那是一种徒劳无益的单相思。

钱小妹见忻一帆一直不说话，以为他被自己带来的消息砸昏了头，不觉淡淡一笑，说道："怎么，受打击了，还是在暗暗庆幸没人挡你的路了？"

忻一帆一愣，连忙稳了稳神，说道："不不不，我可没这样想……"

钱小妹定定地看住忻一帆，说道："你太傻了，干吗否定得这么快，岂不是证实了我的猜测？"她忽然有些凄楚地一笑，"其实这也没什么不好，说明你想娶我的念头至今没有改变……"

忻一帆这一回的反应可没再出错，连声说道："对对对，我从来都没有改变。"

不料，钱小妹的语调陡然一变，怒道："一个口口声声说想要娶我的大男人，偏偏连一件那么小的事情都不肯去做，让我如何放心得下，今后两人的日子怎么去过？"

忻一帆便是在那一刻大彻大悟的，慌忙举起手指向天，说道："我发誓，只要小妹愿意嫁给我，今后无论她要我去做什么，我都义无反顾！"

钱小妹连连摇头，说道："我可什么都没有答应你，你完全用不着这副模样赌咒发誓。"

忻一帆站起了身，说道："我现在就去对面的弄堂，找房东借房子。”

忻一帆委实是个明白人，不待钱小妹再说什么，就已推门而出。须臾之间，但闻楼梯一阵乱响，脚步声渐去渐远。

钱小妹站在原地，动也不动。忽然，一颗大大的泪划过她的脸颊，重重地滴落下来……

4

忻一帆实在有些想不明白了，这么大的好事，居然被武伯平一口拒绝。

武伯平起先的态度不是这么不近人情的，听说租下的是一间不大的房子，而且是一上一下两间，楼上是卧室带一个小小的晾晒衣裳的露台，楼下是客堂连带灶披间，租金也不贵，折算下来一个月仅两三个大洋，顿时开心得连嘴也合不拢了，一个劲儿地向忻一帆道谢。

然而，听到忻一帆说是钱小妹让他来的，武伯平的神情大变，说道：“阿忻，谢谢侬，这房子我不大想去。”

忻一帆一愣，顿时大为后悔自己一不小心说漏了嘴。因为在临来之前，钱小妹再三关照他不要提到她的名字，怕会引起武伯平的误解，岂不枉费了一番心思。

忻一帆却不以为然，他认为武伯平不是一个不近情理之人，不会做得那么绝、那么傻。怎么也料想不到，武伯平偏就做得那么绝、那么傻！

忻一帆在心里长叹一声，慌忙开始补漏洞、挽狂澜，说道：

“小武，看你想到哪儿去了！只不过小妹得知我给你租下了房子，就那么一说而已，其实这件事从头到尾都是我的事，和她根本不搭界的！”

见忻一帆说得这么肯定、这么斩钉截铁，武伯平有些半信半疑起来，问道：“你说的都是真的？”

忻一帆一边忙不迭地连连点头，一边在心里为钱小妹叫起了委屈，真的，他觉得她为武伯平做这样的牺牲太不值了。是呵，他不会也不敢对武伯平掏心窝子地说房子的租金其实是方才报价的两三倍呵！

忻一帆不知道钱小妹为什么要这么做，他知道的只是钱师傅不讲情面的那点事。其实还有一条，而且是最根本的一条，也是钱小妹的难言之隐，便是她还喜欢着武伯平。是的，这是不可否认的事实。

忻一帆更不愿意往这方面多想，他只能强打精神静观事变，毕竟现在的事态正朝着有利于他的方向发展呢！他什么都不想说，也什么都不能问，否则，用上海人的话来说，就是“寻棺材睏，没事体寻事体做”！算了，还是太平点儿吧，先把眼前这一关混过去再说。

忻一帆十分巧妙地转移了话题，说道：“小武，我倒真有点搞不懂了，你果真这么讨厌小妹？照我看来，她人不坏，而且蛮欢喜你的。”

话刚落地，竟唬得武伯平连连摆手，说道：“你千万别这样说，万一让她听到了，那炮仗脾气发起来，没人吃得消！”

看着武伯平胆战心惊的样子，忻一帆哈哈大笑起来。

武伯平被忻一帆笑得有点恼羞成怒起来，说道："你笑什么笑！别以为我不知道，人家是欢喜你的！当年我来德泽坊找钱师傅，人家还不是赶紧把你拖了出来保驾护航的？如果你是不喜欢、不信任的人，人家会这样做？"

忻一帆笑得合不拢嘴，连连点头，说道："我不赖，我承认，还不行吗？而且我真心希望被你说中，说得越准越好！借你吉言，如果有我和小妹拜天地喝喜酒的那一天，我一定请你喝个一醉方休！"

忻一帆如此大大方方、清清爽爽、毫不扭捏的态度，反倒堵住了武伯平的嘴，让他一下子不知说什么好了。

忻一帆突然神神秘秘地朝武伯平眨了眨眼睛，说道："兄弟，这儿没有外人，你能否稍稍透一点底？你为什么要搬出去，难道我们住在一起不开心吗？"

武伯平显然没有思想准备，顿时被问住了。

忻一帆摇了摇头，问道："你不想说、不愿说、不肯说？"

武伯平沉吟着没有开口。他知道，只要回答一个问题，后面肯定会有一百个、一千个问题。

忻一帆故意叹了一口气，说道："其实保密是保不住的，我听说了，这与你和一个女人的故事有关……"

武伯平依然没有开口。

忻一帆淡淡笑了，说道："这个女人姓张，当初还是我让你们破镜重圆鸳鸯梦的，可惜你全忘记了……"

武伯平再也打熬不住，爆出了一声惊呼："你都知道了？"

忻一帆点点头，忽然又摇摇头，说道："万宝全书缺一只角，只有一点不知道。你和小妹也曾经打得火热，不要赖，就好比烧水一样只差一眼眼就要烧开了，怎么现在来了一个一百八十度转弯，要和张玉兰结婚了？”

沉默。难堪的沉默。

忻一帆看了看武伯平，说道：“算了算了，不想讲就不要讲了，反正我又不是‘包打听’，也不必让你为难。我懂的呀，你们是旧情复燃、重续前情……”

武伯平抬起了头，正面对上忻一帆的目光，终于开口了：“好吧，给你说句实在的，我要对玉兰负责任，要对得起她。”

忻一帆一愣，问道：“这句话我怎么有点听不明白，你能不能说得清楚一些？”

武伯平偏偏不再开口，只是脸上渐渐泛起一丝红红的颜色。

忻一帆就在那一瞬间陡然明白了过来，说道：“哎哟哟，瞧我跟个榆木疙瘩似的，怎么这样不开窍！懂了懂了，这回真的懂了！”

武伯平狠狠瞪了忻一帆一眼，有点做贼心虚地说道：“你懂什么了，啊？”

忻一帆兴高采烈地一巴掌拍在武伯平的肩上，说道：“别问那么多了，我给你租下的房子归你去住了！听着，我想喝你的喜酒，想得肚肠根都发痒了！哈哈……”

忻一帆转身走了，走得是一脸开心。是呵，他有一千个理由、一万个道理开心。因为老天爷为他的爱情之路、婚姻之路扫除了一个大障碍，从今而后再也没有人横在他与钱小妹之间了，这岂不是天大的喜事？真乃天助也！

武伯平肯定没想到这些，依然傻气直冒地说道："哏，你把话说清楚再走也不迟呵！"

忻一帆头也不回地走了，但是他丢下的一句话却清晰地飘了回来："摘花须趁早，莫待花落时……"

看来，忻一帆什么都料到了，但是诚如他所说的"万宝全书缺只角"，有一件事他一直没料到：他租下的这幢房子，后来被钱小妹私下里用私房铜钿顶了下来。

当然，这是好几年以后的事情，房东决定随在国民党军队里做事的丈夫一起去台湾，便将这房子三钿不值两钿地抛给了钱小妹。

忻一帆不知道，武伯平更不知道。直至新中国成立后私房归公时，武伯平方才知道，但忻一帆依然不知道。聪明又精明的忻一帆算是被蒙在鼓里了。

此乃后话。

第十七章

苏北跑单帮，初恋还是初爱

1

武伯平准备结婚了。

这天，武伯平把忻一帆为他租下的那一间房子从楼上到楼下仔仔细细地打扫了一回，又买来几块生石灰，浸泡在铁皮桶里，待得化开之后使劲儿搅拌，接着盛了一小桶石灰水，开始用刷子蘸着粉墙。他一会儿爬上板凳，一会儿跳下板凳，先刷屋顶，再刷四壁，二楼忙完了，再下到一楼继续忙。其间，还一不小心撞翻了小桶，脚下一绊，一跤跌坐在翻倒的石灰水里……真是忙了个不亦乐乎。

终于，当一切忙得差不多时，已是一天行将过去，窗外的天色渐渐暗了下来。

武伯平吃力得一屁股坐在通向二楼的木楼梯上，连动也不想动了。不知过了多久，他才费劲地扭动了一下脖颈，看了看四周明亮雪白的墙壁，心头突然掠过了一阵欣喜。他想，张玉兰看到指不定有多开心呢！一准咧开小嘴羞涩地笑，一笑，就露出一排雪白的牙齿。想到这里，他情不自禁地咧开大嘴笑了起来。

就在这时，武伯平听到有人敲门，是不轻不重的那一种。

武伯平起身打开房门，不觉一愣，来人居然是很多时日没见面的程庚生。

武伯平慌忙将头戴礼帽、身着长衫的程庚生迎进门，说道：

“程老师，这屋子里乱得很，连个下脚的地方都没有……”

程庚生返身仔细地关上了门，一边将武伯平一把拖向屋子深处，一边警惕地朝楼上看了看，说道：“没关系的……这楼上，有谁在吗？”

武伯平摇了摇头，说道：“没人，这上上下下就我一个人。”

程庚生警觉而锐利的目光渐渐柔和下来，说道：“有一件事，不知道你愿不愿意做？如果不愿意也没关系，你只当我没说过，也没来找过你，好不好？”

武伯平尽管微微有些吃惊，但还是用力地点了点头，说道：“行，听程老师的。”

程庚生摘下礼帽沉吟了一会儿，才缓缓说出一件事情。

原来，程庚生有一批货要“跑单帮”运送到苏北，想请武伯平押运。考虑到武伯平来自苏北，熟悉苏北环境，更能讲一口地道的苏北方言，进入苏北境内后无语言障碍，他才来找武伯平商量。不巧的是，武伯平正忙于结婚大事，即便同意去，此事也绝对不可告知新嫁娘。

这一回，武伯平也沉吟起来。良久，他才问道：“能告诉我，这是一批什么货吗？”

“搪瓷碗盆，吃饭用的搪瓷碗盆。”程庚生毫不犹豫地说了出来。

“搪瓷碗盆？”武伯平一愣，不觉疑窦丛生。

程庚生读懂了武伯平的表情，说道：“这是被日本人列为军用品的物资，一路上还得通过日本人的重重封锁线。”

武伯平忽然无言。

程庚生淡淡一笑，说道："你有顾虑的话，就不用去，更何况你快要结婚了，我再去找找别的人……"

武伯平摇了摇头，说道："还是我去吧！我知道，你一定筛选了不少人，最后才挑中了我。"

程庚生笑了，是很欣慰的那一种。是呵，武伯平不再是当初那个不谙世事的大男孩了，他已然长大。

武伯平接下来的问话证实了程庚生的判断："程老师，请告诉我，下一步该怎么做？"

程庚生略一思索，说道："这样吧，你明天下午去一趟南京路上的王开照相馆，找一个叫董逸的人，就说是四哥让你找他的，他会给你拍一张日伪皇协军的军官证件照，这是你去苏北路上的护身符……对了，你不是要结婚了吗？把你的新娘子带去拍一张结婚照吧！王开照相馆拍摄的结婚照挺不错的，价钱也蛮贵的。当然，我会关照董逸，什么费用都不会要。不过，你们到了以后还是先拍结婚照吧，拍好之后，我让董逸找个什么借口单独留下你，你呢，就让新娘子去逛一会儿南京路，借这个空当再拍军官照，明白吗？"

武伯平点点头，说道："明白了。"

程庚生一边将礼帽往头上扣，一边朝门口走去，说道："后天下午我会再来这儿和你说具体的事情，另外，去苏北的时间基本定在下个礼拜，估计来回要四五天的工夫，你和新娘子、和厂里，就说乡下老家有事，请几天假……"

门扉一响，程庚生走了。

武伯平却渐渐陷入了沉思。

2

武伯平拿到了日伪皇协军的军官通行证，上面的姓名是李得功，军衔为上尉连长。

还别说，证件照上的武伯平还蛮威武、蛮有风度的。大盖帽一戴，老虎皮一披，两肩肩章一挂，哇，确有军人的风范呢！当时的他，腰间披挂一道宽宽的武装带，脚蹬一双锃亮的长筒黑皮靴，可惜全都没有拍进去，不然的话，那模样真是比军人还军人。

没料想董逸善解人意，居然给武伯平另外悄悄拍摄了一张全身戎装照，一起送给了他，说是留着做个纪念。唉，谁也不具备看破古往今来的千里眼，这一留念竟给武伯平留出了无穷的后患，让他跳进黄浦江里也洗不清。当然，那是若干年以后的事情了。

如此一来，武伯平完全清楚自己此行的任务了：押着一船搪瓷碗盆，从上海的虬江码头出发，由水路向北，经江苏入安徽进苏北，然后去见四哥。四哥者，乃新四军是也！

武伯平的目光徐徐转向悬挂在墙上的他和张玉兰的结婚照，那是方才挂上去的。瞧照片上的张玉兰，笑容多么灿烂、多么美丽。当时，这傻丫头不知天高地厚地说了一句："这一辈子还从来没披过婚纱呢！"真是的，说的是什么话呀！难道隔三岔五地经常披婚纱就是好事吗？

不过，武伯平又比张玉兰好到哪里去呢？在摄影师按下快门的那一瞬，不知怎么回事，他居然睁大眼睛抿紧嘴，结果就在结婚照上闹出了这么个模样：眼睛瞪得跟牛眼似的，嘴里像含着一枚咸橄榄！尤其可笑的是，他都这么大的人了，脖颈里还挂着长命锁，像什么样呀！不过，他是抵不住张玉兰的死乞白赖才挂上去的，因为她一个劲儿地说这是他们前世今生的大媒人。

想到这儿，武伯平莫名地笑了起来。

武伯平没能笑完，“咿呀”一声，房门被轻轻推开了，悄悄然走进一个人来，却是张玉兰。

武伯平一愣，说道：“你怎么来了？照规矩，结婚之前的新娘子是绝对不可以跑到新房间来的！”

张玉兰看了武伯平一眼，轻声慢语道：“我想来看看那天拍的结婚照呀，你去照相馆拿回来了没有？”

话音未落，张玉兰已经看到了挂在墙上的结婚照，“哎哟”一声，连忙奔了过去，细细地欣赏起来。良久，她由衷地发出一声赞叹：“到底是王开照相馆呵！”

武伯平听不懂了，说道：“你把话说说清楚好不好，你到底是说王开照相馆灵光呢，还是说它一塌糊涂？”

张玉兰啐了一声，说道：“你是在装傻呀，还是真的有点傻，变成傻二哥了？”

武伯平故作认真地点了点头，说道：“傻二哥让你小看了，我是傻二哥他哥——傻大哥！”

张玉兰忍俊不禁，说道：“这可是你自己说的，不是别人按在你头上的，以后人前人后的，我就叫你傻大哥了！”

武伯平连连点头，说道：“太好了！不过，也要委屈一下那位靠在傻大哥肩上、披着婚纱的女孩了，你想不叫她傻大姐都不成！”

张玉兰一下子就听出了话中有话，说道："你胆敢这样乱说我！"说着，就扬起了拳头。

武伯平慌忙就逃，张玉兰赶紧就追。一个逃得起劲，一个追得卖力。

武伯平突然站住并且转过了身，张玉兰收不住脚，一头撞进他的怀里。

武伯平看来是早有预谋，当下毫不客气地来了个"熊抱"，一下子就把张玉兰搂了个严严实实。

张玉兰挣了两下没挣脱，索性一头扎在武伯平的胸前，紧紧地抱住他。

一阵幽香袭过，武伯平忍不住打了一个喷嚏。

张玉兰偷偷笑了，问道："你怎么了？"

武伯平轻轻摇了摇头，说道："没什么，我，我在想，过两天要回乡下一趟……"

张玉兰仰起脸，忽然有了一丝娇羞，说道："难不成，你想把乡下的七大姑八大姨统统请来喝我们的喜酒？"

武伯平淡淡苦笑，说道："我乡下哪有七大姑八大姨的，只有一个远房表叔，身体一直不好，前几天让人带信来，说是想见我最后一面……"

张玉兰冷不防轻轻推开武伯平，说道："你不是规矩蛮多的，怎么要在我们的大喜之日去见，见一个……"

张玉兰说不下去了，她不愿多说不吉利的话语，索性换了一个话题，问道："雨娟知道这件事情吗？她怎么说？"

武伯平微微一愣。"表叔"一说本就是他顺着张玉兰的"七大姑八大姨”随口说出来的，其实世上哪有他的表叔呵？当下只能遮掩着一笑，说道：“雨娟不知道的，那时候在乡下，她还小，根本没见过这个在外村的表叔……”

张玉兰“嗯”了一声，不再言语。

武伯平一把将张玉兰重新揽进怀里，说道：“我很快就回来，三五天而已。”

张玉兰将头慢慢靠向武伯平宽阔的胸前，什么也没说，只是一个大大的问号徐徐浮上了心头……

窗外，起风了。

3

此刻，武伯平正一身轻松地走在回家的路上——一切都办妥了。

武伯平向厂里请假的时候，酒井歪着脑袋从眼镜片后直朝他打量，说道：“厂子里的生产任务太紧张了，怎么可以请假去乡下呢？”纠缠了老半天，酒井就是不肯松口。

武伯平没想到，就在这当口儿，钱师傅来了。他更没想到的是，钱师傅在一旁听了一会儿，竟然开口说道：“小武这事我知道，前些日子他就跟我念叨他表叔身体的事情，当时被我劝阻了，现在他表叔快不行了，要见最后一面，于情于理都得让小武跑一趟，谁家谁人会没有这种事情呢？酒井先生，你说是吗？”

又是一个没想到，酒井沉吟了一会儿，居然答应了，只是要求武伯平必须在四天之内赶回上海。

武伯平同意了，将目光缓缓转向钱师傅。他明白了，程庚生一定和钱师傅通过气了，不然钱师傅不会说得出那么多。

武伯平正想向钱师傅好好道一声谢，不料钱师傅居然谁也不看地推门走了，仿佛根本没看到他这个人似的。

“看来，师傅还在生我的气哪！”武伯平在心底暗自叹息了一声，也转身离开了。

武伯平走上了一座不太长也不太短的小木桥，这是他回家的必经之路。蜿蜒流向远方的河水中泊着三五小渔船，船上升起了淡淡的炊烟，看来，渔家在生火做饭了。

快走到桥中央时，武伯平陡然一愣，脚下一个迟疑，竟停了下来，一动也不能动了。

武伯平认出了，迎面正向他走来的恰是那个名叫钱小妹的女孩。

武伯平向身后飞速地瞥了一眼，长长的木桥上无人。回过头来，只见钱小妹的身后也没有人。

回头向来路作鼠窜状逃跑当然来得及，只是那样太不像一个男人的作为了，而且也不是武伯平做得出来的，无趣得很。于是，武伯平的面前只剩下了一条路：硬着头皮面对，迎面而上。

武伯平放慢了脚步，缓缓向前走去。当终于面对面的时候，两人都停住了脚步。

无言。

无言的凝视。

武伯平率先开了口：“你，过得还好吗？”

钱小妹咬了咬嘴唇，一掠头发，说道：“蛮好。你呢？”

武伯平再次无言。

钱小妹也无言。良久，她才没话找话地说道："你要结婚了，总是要忙的。"

武伯平永远也说不清楚，自己为什么会突然冒出这样一句话："我，我大概要回一趟老家，去一趟苏北……"

其实这只是半句话，还有半句话已经冲到了喉咙口，又被武伯平生生咽了下去，埋进了肚子里。

钱小妹原本便是直来直去的爽气脾性，理所当然地问道："去乡下？有什么事情？"

武伯平哑然，把目光徐徐移向了远方。

钱小妹久久没听到回答，命中注定她从武伯平的嘴中听不到回答了。

"其实，何必要苦苦追寻答案？这一切如今又与你有何相干呢？是呵，武伯平与你已经什么关系也没有了，而且他那么狠心、那么忘恩负义，一见到张玉兰，立马与你说断就断，什么也没向你解释，不不不，更为恶劣的是，他压根儿就不想告诉你。"

这么一想，钱小妹顿时心灰意懒，忽然什么也不想听、什么也不想知道了。

远处，夕阳正西下。

一道余晖斜斜挂落，染得一河胭脂红。

当武伯平把目光移回来的时候，不觉一惊，钱小妹不知何时离开了。

武伯平急忙回过身去，只看到钱小妹渐去渐远的背影。

小桥、流水、一个走进夕照中的孤寂背影，缓缓地在武伯平的眼中定格成了一幅永恒的画面。

4

夜色已浓，武伯平独自坐在床边整理着行装。时间已然不多，他在等待前来接他上船的人。

但闻门扉砰然一响，一个人风风火火地闯了进来，正是钱小妹。

武伯平吃了一惊，慌忙站起来，问道："你，你怎么来了？"

钱小妹一下子冲到了武伯平的面前，拉长了脸，没好气地说道："你为什么要去苏北老家？你为什么鬼头鬼脑地不敢告诉我？你说呀，这是为什么？"

连珠炮似的问话，呛得武伯平一时不知该说什么才好，只能什么也不说。

万万没有料到，钱小妹忽然一声冷笑，说道："你什么都不说也没有关系，其实我什么都知道了！你是要运送一批军用物资去苏北给新四军部队……"

武伯平脸色大变，说道："小点声！你，你不要胡思乱想，哪有的事！"

钱小妹"哼"了一声，一把抓住武伯平的衣领，拼命地往自己的面前拉，直到脸庞对着脸庞、眼睛望着眼睛，才说道："你看着我的眼睛，说实话！到底是你瞒着我，还是我胡说八道！"

武伯平无法躲避钱小妹的眼神，只得迎上去，咬紧牙关，一个字都没说。

那一刻，钱小妹的眼神陡然变了，变得满是凄楚。她满是哀求地说道："小武，千万不能去！我求求你，你可以不理我，可以不娶我，可以不和我来往，但就是千万别去苏北呵，求你了……"

武伯平再也无法躲避，问道："为什么？"

钱小妹拼命摇头，说道："你去了，就会把命丢了……这一路上，到处是日本鬼子的站岗兵，到处是他们的部队……"

武伯平轻轻扳开钱小妹揪住他的衣领的手指，那样弄得他很不舒服，让他连气都透不过来，尤其在她手上用力的时候。

武伯平轻轻摇了摇头，说道："你究竟是从哪里听说我去苏北干这么危险的事情的？其实，我是去乡下看望病重的表叔的……"

钱小妹笑了，开始笑得很轻很柔，后来就笑得声音很大，最后笑得是前仰后合、捧腹大笑！突然，她的笑声冷不防一滞，语调顿时变得冰一般冷："好你个小武，到现在你还不把我当自己人看待，还要对我吹牛！实话告诉你……"

钱小妹一下子凑近武伯平的耳朵，低声说道："我是偷听到的，偷听程老师和我爸在亭子间里的秘密谈话，尽管他们的声音很轻，可我终究还是听清楚了！这一回，你懂了吗？我是从来不会骗你的，不像你！"

话音未落，武伯平突然笑了起来。原来，在钱小妹说了这么多话的时间段里，她那一蓬细细软软的头发一直在不停地摩挲着他的脸颊，痒酥酥的，终于让他情不自禁地笑起来了。

钱小妹的脸色一变，说道："有什么好笑的，还不都是为了你！人家是在听到他们提你的名字才去偷听的……你还在笑？怪不得听人家讲，男人都不是东西，老没良心的！"

武伯平慌忙止住了笑，说道："没有没有，我没笑，我不笑了，我真的没有笑你。"

钱小妹得寸进尺地说道："我不管！反正我给你讲清爽了，你不能去，不准去！"

遇到这样的女孩能有什么办法？武伯平没有办法，只能默默地朝钱小妹行注目礼。这是没有办法的办法。

钱小妹满心喜欢，以为武伯平答应了，说道："好，你答应了就不能赖皮！这件事情解决了，还有一件事情你也得说清楚！我今晚来找你，一共就两件事。"

武伯平的头大了起来，一下子比笆斗还要大。一件事情就已经吃不消了，再来一件事岂不更受不了？不过，他只能苦笑着说道："你说吧。"

钱小妹忽然一本正经地说道："我听阿忻说过你和张玉兰的事情了，你要老实告诉我，你和她，是不是已经，已经……那个了？"

"那个是什么呀？"武伯平没听明白，不觉瞪大了眼睛要问个明白。

钱小妹的脸突然就红了，但依然不依不饶，说道："你怎么还不明白？你，你是不是已经和她有了那种说不清楚的事情？"

武伯平沉默有顷，说道："如果你说的是男女之间那种事情的话，我不愿意骗你，是的，我和她已经……"

"别说下去了！"钱小妹冷不丁爆出一声喊叫，"这，这就是你对我不理不睬、要和她结婚的全部理由吗？"

武伯平无语。

钱小妹恶狠狠地点了点头，说道："你别不承认！你和阿忻说过的，你不能对不起那个女人！那么，你想过没有，你就对得起我这个女人吗？"

很快，钱小妹的眼泪下来了，一行一行又一行。

武伯平徐徐叹了一口气，说道："小妹，对不起，我，对不起你……"

哭了的钱小妹忽然又笑了，说道："好，好，好，我总算听到你的这句话了！"

钱小妹突然伸手，一把拉裂了胸前的衣服，"刺啦"一声，两粒碎了的纽扣崩落在地，霎时处女的胸脯袒露在武伯平的眼前。

武伯平只看了一眼，就慌乱地闭上了眼睛。

钱小妹扑了上来，紧紧地抱住了武伯平，急切而热烈的嗓音响了起来："小武，我也愿意把自己的一切都给你，我要跟着你，哪怕你娶两房老婆，我也绝不后悔！"

武伯平一动也不能动了。

钱小妹突然发疯一般地亲吻着武伯平，火热的吻顿时如雨点一般落在他的脸上。

武伯平终于用一个比缓慢更缓慢的动作轻轻而坚决地推开了钱小妹，喃喃自语道："我不能伤害了她，再伤害你……"

钱小妹呆呆地看着武伯平，陡然号啕大哭。

武伯平微微扭过头去，手忙脚乱地将钱小妹的衣服拉过来遮住她那袒露的胸脯。一不小心，他碰上了那柔软而温暖的胸脯，手一颤，连忙缩了回去。

钱小妹狠狠地一把抓住武伯平的手，重重地按在自己的胸脯上，说道：“小武，你真的就那么无情无义，连碰我一下都不能吗？”

武伯平紧紧地闭上眼睛，泪水却不听话地淌了下来。

就在这时，传来了重重的叩门声，旋即响起一个男人的声音：“请问，武先生住在这儿吗？”

武伯平浑身一抖，看了一眼怀里的钱小妹，对着大门叫道：“来了！”话音未落，陡然觉得肩头一阵剧痛，几乎要叫出声来。

原来近乎绝望的钱小妹再也无法控制自己的情感，张开樱桃小口狠狠一口咬住了武伯平的肩膀。

武伯平咬紧牙关，硬生生地挺住，终究没有叫出声来。

钱小妹松开口之后，却将一句扎得出血的话语丢在武伯平的耳畔：“你要永远记住，你已经狠狠伤害了另一个女人！”说完，一把拢紧胸前的衣服，大哭着开门，飞奔而去。

呆若木鸡的武伯平在许久之后才看清立在门口的是一个年轻剽悍的黑衣人，不由得苦笑一声，说道：“对不起，我就是武先生。”

黑衣人浑似什么也没看见、什么也没听见，说道：“程老师让我来接武先生上船，开船的时间快到了。”

武伯平点了点头，提起床上的行囊，说道：“我们走吧。”

5

很快，两人来到了夜幕下的码头。

这时，大树下闪出一个人影，拦住了他们的去路。

武伯平细一打量，禁不住低呼出声：“程老师，你……”

程庚生伸手阻止武伯平发问，说道："你的军官服在船舱里，你一上船就立即换上。"

武伯平点头。

程庚生指了指站在不远处警惕地观察着四周动静的黑衣人，说道："这是护送你的武装人员，他将在另外的船上暗中跟着你的船，不到万不得已，他不会出面，更不会开枪。一旦枪声响起，此行任务恐怕就功亏一篑了……"

武伯平看了一眼黑衣人，说道："我知道，我会凭自己的力量把东西送到目的地的。"

程庚生缓缓伸出了手，说道："那就好，别的不多说了，一路上多加小心，保重！"

武伯平也把手伸了过去，说道："请放心，我会完成任务的。"

两双骨节一样粗大的男人的手，紧紧地握在了一起。

武伯平走了，走向泊着船只的岸边。

黑衣人谁也不看，大步跟了上去。

程庚生凝视着两人的背影，一动不动地伫立在大树下。

远处的黄浦江上，传来了三五声汽笛的嘶鸣。

起雾了。

随着黑衣人的指点，武伯平径直走上一长条搭在岸和船之间的跳板，一直走进了船舱里。

黑衣人站在岸边，面无表情地看着。

跳板已经收起，船夫正在缓缓地解缆。

这时，武伯平从船舱内走了出来，已是马靴、肩章、大盖帽一身戎装，威风得很。

船启航了。

武伯平走上船头，看着船首撞碎一江闪闪烁烁的灯火星辰，心头陡然涌上了一腔悲壮豪情。他知道，凶险的征程就从这一刻开始了。他更知道，黑衣人将永远立于岸上，断不会暗中跟随自己进行武装护送。既不能出面，更不会开枪，不但无用，而且累赘得紧，另雇一船岂不多此一举？程庚生给予的只是一种心理暗示、一种精神安慰而已。

武伯平觉得自己的回答没错，想来程庚生一定听懂了。“我知道，我会凭自己的力量把东西送到目的地的。”是的，事实就是如此。此番行程，自己手无寸铁，全部武器便是身上这一袭老虎皮和一张上尉连长的军官通行证。不不不，应该说，还有一个能够见机行事的不算太愚笨的脑袋瓜。俗话说，谋事在人，成事在天。自己唯有“尽人事，顺天意”了！

不知为什么，武伯平一直打心眼里相信，“天意”一定在中国人这边，也在四哥——新四军这边。他坚定不移地相信着。

就在武伯平思绪万千的时候，船已行至江心，对面影影绰绰一线起伏的便是浦东陆家嘴。

江上有雾，湿漉漉的。夜色亦如雾，一时分不清哪些是夜色哪些是雾，它们共同在江上轻轻迈步，犹如大自然的精灵一般舞之蹈之。

6

时间过得飞快，转眼间已是一个礼拜过去。

武伯平离开后，张玉兰就住进了租下的那幢房屋里，并且完全依照自己的想法将楼上楼下布置了起来，这儿添几样锅碗瓢盆，那儿买几把新椅子，门上窗上则剪几幅大红窗花粘上去。

张玉兰正在灯下细心地剪着窗花。剪着剪着，她忽然垂下泪来。她在思念，思念那个至今杳无音信的冤家。

武伯平明明说好去乡下四五天，张玉兰也到厂子里打听过了，他只有四天的假，今天逢厂休，到明天假期就过了。听说，那个叫酒井的小鬼子已经找过钱师傅好几次了，追问武伯平到底什么时候能上班，而钱师傅每次都只能找借口搪塞过去。老是这样也不是个法子呵，让钱师傅为难，她的心里怎么过意得去！

前天，不，昨天，张玉兰遇到了武雨娟，便问她老家表叔的事情，她翻起眼睛想了老半天，说了一句真让人憋气的话："我家哪有什么表叔不表叔的呵？"张玉兰用武伯平当时的话说她那时候还小，不知道外村有个远房表叔。不承想，她当即涨红了脸说道："再远的亲戚也是亲戚，再远房的表叔我又怎么会不知道呢？我哥那样说，肯定是哄你骗你。"什么？原来乡下根本就没有什么表叔？哼，武伯平居然骗人！

想到这里，张玉兰不觉又是气恼，又是担忧。丢下结婚的人生大事不闻不问，偏偏要一根筋地跑到苏北乡下，武伯平的葫芦里到底卖的什么药？再说，上海到苏北一去几百里路，这等兵荒马乱的光景，别说日本兵杀人不眨眼，就是那些土匪蟊贼也不好对付，无论遇上哪一路人马，全都有嘴说不清，万一他有个好歹，她以后的日子可怎么过呵！

一念及此，张玉兰再也止不住眼里的泪水，不知不觉之间，已经打湿了一大片剪好了的窗花。

门扉轻声一响，分明是有人在开门。张玉兰慌忙拭去脸上的泪，站起来叫道："谁呀？"

或许是为了壮胆，或许是为了防范坏人，张玉兰的手里紧紧抓着那柄用来剪纸的剪刀。

门开了，一个高大的人影出现在门口，是个衣衫褴褛、风尘仆仆的男人。男人望着正迟疑地向自己走来的张玉兰，竟然咧开大嘴笑了起来。

剪刀无声地从张玉兰的手中滑下地，她一头扑了上去，颤颤巍巍地说道："是你？回来了？"话音未落，她已经一把抱住了男人。

男人笑了，说道："是，我武伯平回家了。"

张玉兰那不争气的眼泪便在那一瞬飞涌上眼眶，开始了不平静的涨潮。

武伯平伸手一揽，便紧紧地将张玉兰拥入怀中。顿时，只听得张玉兰满身的骨节在咔咔作响。

在这个有力的拥抱中，张玉兰所有的委屈、气愤、不满和担忧忽然全都化为乌有。是的，她只要能永远地将自己的脑袋安逸地靠在武伯平的胸口、永远地让武伯平紧紧拥抱着自己，就是一种何等的满足、何等的幸福呵！

可惜，这种幸福的平静须臾便被打破了。

突然，爆出一响细小的"叮"声。这是大洋的撞击声。

张玉兰大惑不解地抬起了头。

武伯平的手又是一动，"叮叮"之声陡然不绝于耳。接着，他的手从张玉兰的眼前缓缓升了起来，呵，手上正提着一小布袋大洋。

张玉兰的脸色一变，问道："这么多钱，从哪儿来的？"

武伯平神秘一笑，反问道："你说呢？"

张玉兰突然一把推开武伯平，从他的怀里挣脱开去，说道："不干不净的钱，再多也不能要！"

武伯平又是神秘一笑，说道："那你可以问问这布袋里的钱，到底是干净还是不干净？"说着，将布袋举到了张玉兰的面前，"你问它呀！"

不料，张玉兰一把推开了布袋，一本正经地说道："伯平，我不喜欢你这样开玩笑，我是个眼睛里容不得沙子的女人！"

武伯平微微一惊，就是从此时此刻，他忽然发现隐藏在温顺表象下的另一个张玉兰。他只能将一口凉气叹在心底，竭力压下不快，徐徐一笑，说道："呵，看来你不是一个猜谜高手，那就让我揭开谜底吧！"

武伯平又伸出手，轻轻地将张玉兰搂进了怀里。在那一瞬间，他感觉到她的身子有些僵硬。

武伯平不动声色地将嘴唇移近张玉兰的耳边，说道："实话实说，这是我这趟去苏北跑单帮挣的钱……"

张玉兰一愣，犹自有些不信，问道："跑单帮？能挣这么多钱？"

武伯平一笑，底气十足地说道："不信的话，你可以去调查，付钱的主儿叫'四哥…'…"

张玉兰又是一愣。她是知道"四哥"的，在没来上海之前，新四军的威名早已传遍了苏北平原。这一回，她不能不信了。

武伯平见张玉兰没有反应，不觉喃喃自语道："去之前，我不敢告诉你，怕你为我担心，但我知道，我无论如何得跑这一趟单帮。要结婚了，什么地方不用钱呵，可我一个穷工人，偏偏没有钱！怎么办？没那个胆子和能力去打劫、抢银行，只能去跑单帮呗！你看，五十个大洋哪，够结婚用的了！"

武伯平又将小布袋举了起来，大洋在叮叮作响。他什么都想到了，就是有一样没想到——张玉兰突然伸手搂住小布袋，放声大哭起来。

大吃一惊的武伯平手足无措起来，他不明白又犯了张玉兰的什么大忌，竟害得她如此悲恸地大放悲声，顿时期期艾艾地说道："玉兰，你，你怎么了？是不是我又做错什么、说错什么了？"

张玉兰一边哭泣一边摇头，说道："不关你的事情，我，我是在骂自己呢……"

武伯平目瞪口呆了老半天，问道："你，你为什么要骂自己？"

张玉兰什么也没说，只是一把搂住武伯平，越搂越紧。

是呵，张玉兰怎么能不骂自己呢！武伯平冒着生命危险前往苏北跑单帮挣大洋，为的是给结婚筹钱，而她却在胡思乱想，这都是些什么事呵！

张玉兰的号啕大哭，其实是一种感动，一种忏悔。

武伯平不明所以，还在追问，偏偏张玉兰一个字也没有吐露。

张玉兰不说，武伯平便不知道了。

永远不知道。

第十八章

佐藤自杀，日本投降

1

武伯平结婚了，没有悬念也没有意外地和张玉兰结婚了。

只是厂子里的工友们有些意外，武伯平居然没有邀请钱师傅。

偶尔有人问，武伯平只是呵呵两声，语焉不详地敷衍几句，接着脸色便变得有点不尴不尬起来。识相的只能就此打住，顾左右而言他了。

其实，武伯平邀请过钱师傅，而且是他第一个邀请的贵客。不料，钱师傅接过他特地写在大红纸上的帖子，看也没看便往车床边的加工件上一丢，不再理会他了。

在来的路上就有了心理准备的武伯平没有吃惊，只是在一旁静静地看钱师傅在车床上车一个零部件，而后觑准一个间隙，说道："师傅，我和玉兰……"

钱师傅连头也没抬，说道："不去。"

武伯平显然没有料到钱师傅会这么直接、这么爽气地回答自己，顿时有了一种气喘不上来的感觉，说道："师傅……"

钱师傅忽然就抬起了头，说道："我不去！我不能往小妹的伤口上撒盐！"

一句话就活活地将武伯平钉在了当地，一动也不能动了。

这么说，自己和小妹的事情师傅全知道了？是小妹告诉他的，还是他自个儿察觉的？小妹和他说了一些什么？或者，他会问小妹一些什么呢？当然，不管是怎么个情况，现在再说什么都已经迟了。

不过，自己郑重其事地送上喜帖，无论于情还是于理或是从师徒关系来说，都是没错的，都是应该的。可现在，师傅一下子把门关上了，而且关得死死的，自己又该怎么办呵？

就在武伯平迟迟疑疑的时候，钱师傅一把抓起那张被冷落在一边的喜帖，说道："对不起，就让我来帮你绝了想头吧！"

话音未落，那张喜帖已在钱师傅的手里一分为二了。随着钱师傅转身离去，破碎的喜帖被彻底扔在了地上。

一阵凄凉涌上了武伯平的心头。这时，只有这时，他才深深感觉到，自己是多么无情地伤害了两个曾经那么近又那么亲的人……

或许因为发生了这样的事情，武伯平忽然有些心灰意懒，决意不再大操大办婚事。

谁知武雨娟却执意不肯，说哥哥把一辈子只有一回的婚礼办得这么没出息、没面子，让她这个做妹妹的脸上毫无光彩，今后怎么走得出去、怎么做人！

在武雨娟说这些话的时候，武伯平抬起头来仔细打量了她一回。这时他才发觉，她的穿着打扮早已不是当年从纱厂逃出来的包身工模样了。

武伯平明白，这全得倚仗金宝那小子在武雨娟身上下的功夫，心下便恍然如明镜般雪亮——武雨娟说的这些话，那口气，那调门，非金宝莫属。近朱者赤，近墨者黑，此言绝对是真理。

这么一想，武伯平不觉心头有些刺痛，武雨娟和自己似乎也有点远了。当下，他便懒懒一笑，说道："我怎么听着像是金宝在跟我说话哪？不如这样吧，只要他有时间、有精力，就请他来给我操办这场婚事吧！不过我有言在先，你哥的全部银子加在一起，也只有五十个大洋。"

不承想，听了武伯平的话，武雨娟居然开心得笑了起来，说道："哥，金宝早就说过了，只要你肯让他操办你的婚事，他一准办得风风光光，而且不用你出一个铜板！"

原来人家早有预谋！武伯平唯有付之以苦笑。

如此这般，一切很快便顺理成章了。酒楼——金宝别出心裁地没定饭店、宾馆，而是不显山不露水地定在了小巷深处的一幢洋房里。至于宾客、礼仪、规格，等等等等，均由金宝和他的手下弟兄安排了。

那个晚上的婚礼办得很富丽堂皇，很大气，很热闹。来了帮会里的很多兄弟，全是捧场的角儿，也许是拉黄包车的做派，个个大块吃肉、大碗喝酒、大声喧哗。金宝还邀来了几个颇有名头的京剧名角，高八度声震屋宇地一色清唱，闹猛得有些出人意料。

只是有些可怜了当晚的男主角，从喜宴开始到结束，武伯平只做了一件事情：喝酒。

武伯平从一口一口喝起，到一杯一杯下肚，直至再也喝不动了为止。

武伯平醉了。不是一点点醉，而是酩酊大醉、烂醉如泥。所以，他没有看到前来参加婚礼的忻一帆，但忻一帆看到了醉得一塌糊涂的武伯平。

忻一帆有些奇怪的是，他没有看到绝无理由不来的钱师傅和钱小妹。

他终于放下酒杯，悄悄地提前退席了。他委实放心不下的只有一个人：钱小妹。

“在武伯平的大喜之日，小妹在做些什么呢？不不不，她会做些什么呢？她该不会……”忻一帆不敢也不能往下想了。再想，心就开始乱跳了。

2

半个小时之后，忻一帆走进了德泽坊。穿过牌楼和弄堂里的台硌路，很快便到了钱小妹亮着灯的家门口。

忻一帆推开了门。那门原本便没锁，虚掩着呢。

“莫非，小妹在等人？呵呵，她在等谁呢？在等不归的浪子？在等逝去了再也回不来的恋人？不不不，她正在等待的为什么就不能是我忻某人呢？”

如此一想，忻一帆忽然心跳狂如鼓。

忻一帆一脚迈进了门，只走了一步，忽然就站住了。是的，他看到了日思夜想、牵肠挂肚的钱小妹。

钱小妹正独自坐在桌前，桌上是一壶酒，几色菜肴。散落的一泻秀发遮住了她的大半颜面，让人一时看不清楚她的表情。她的手臂从桌面上倾斜着举起，玉手握着一只不太大的酒杯，杯中有一种被人们叫作“酒”的液体在微微晃动。

陡然之间，忻一帆心头潮已平，平静如水，一步跨上前去，轻声唤道：“小妹。”

钱小妹似乎受了一吓，身躯当即呈现出即将一跃而起的态势，却又急急地歪过头来。看清是忻一帆，她不禁长吁一声，跌坐到椅子上，连连拍了几下胸口，说道："原来是你呀？真吓死人了！"

忻一帆没接钱小妹的话茬儿，问道："你一个人在家，干什么呢？"

钱小妹用一个颇为夸张的动作朝桌子上空画出一个大大的圆圈，说道："你看，这么多的菜！我在吃菜喝酒呀！对了，你来得正好，帮我一起吃！"

忻一帆还没反应过来，钱小妹的手已经斜斜指向一个银白色的盘子，说道："来，你帮我吃了它！我刚才一直不停地问自己，到底敢不敢吃了它？"

说到这儿，钱小妹痴痴地笑了起来，与她刚才展臂画圈的神态如出一辙。

这时，忻一帆才微微感到不那么妙，原来钱小妹也喝得有些过了，敢情是醉了。

这一边，钱小妹开始不依不饶地向忻一帆叫板了，一个劲儿地嘟囔着要他尝尝那盘菜。

忻一帆历来很愿意也很喜欢听钱小妹的话，颇有一种指哪打哪舍我其谁的心态，于是他义不容辞地抓起了筷子。只是，当筷子降临到银白色盘子上空的时候，他忽然就有些傻眼了，问道："这，这是什么菜？"

钱小妹娇滴滴地笑了，并且笑出了声，说道："是蛇，最毒的那一种，眼镜蛇。"

忻一帆吃了一惊，筷子就此在空中停顿，问道："真的是眼镜蛇？”

钱小妹点头，很认真的那一种，说道：“当然是真的。”

忻一帆大为奇怪，说道：“你怎么会想起来吃蛇？从来没见过你吃蛇，不不不，连听也没听说过你要吃蛇呀！”

钱小妹的酒似乎醒了，嗓音蓦地一变，蹦出了一句匪夷所思的话来：“他属龙！”

忻一帆一下子浑似被抛进了云里雾里，问道：“你是什么意思呀，我怎么听不懂你的话？”

钱小妹幽幽地说道：“他是大龙，蛇是小龙，我一定要吃了！”

忻一帆恍然大悟。他原本就是一个踩到尾巴头会动的聪明人，方才只不过被一个“情”字挡了一下眼，成了一个“一叶障目，不见泰山”的睁眼瞎，当下一听钱小妹连着说出三个“龙”字，他顿时清醒，明白了这个属相为龙的人非今晚那个新郎官莫属。

不料，钱小妹接着说出来的话令忻一帆不免大惊失色：“我想吃了它，但又不敢吃、不想吃、不忍吃……你来了正好，就帮我吃了它！”

不敢吃、不想吃的心态完全正常，可“不忍吃”三个字就好生蹊跷，足以令人浮想联翩，甚至胡思乱想。已经明白了“龙”是谁的忻一帆又岂能不明白“不忍吃”的含义？

想通弄懂了的忻一帆只是淡淡一笑，终于将筷子彻底地撤离了银白色盘子的上空，说道：“我，我也不敢吃、不想吃、不忍吃……因为我从来没有吃过蛇。”

这是一个很得体的理由。是呵，要让一个从来没吃过蛇甚至连想都没想过吃蛇的人去吃蛇，这是一件何等残酷可怕的事情！不但残酷可怕，而且恶心。

可惜，关键不在于忻一帆的理由充足与否，而在于钱小妹的态度如何。忻一帆忽然发现，他的全部理由偏偏挡不住钱小妹的回眸一笑。

这一幕正如说书人将个惊堂木一拍，无数遍舌绽莲花，说周幽王为了博褒姒一笑，竟不惜燃起烽火台上的漫天狼烟，引得诸侯国驰兵救援……

钱小妹当然不是褒姒，但在忻一帆的眼里却远胜褒姒。在钱小妹向他露出甜甜一笑之后，他就注定了要输，不是一点点输，而是绝对的大输特输。

钱小妹在似醉非醉之间的一笑，是伴随着那句柔若无骨的话语一同舒展在忻一帆面前的。她说道："只要你替我吃了蛇，了了我的心头之恨，我，我就是你的人了。"

忻一帆心头一跳，再是一跳，顿时如同患上口吃症，说道："别别别，我，我怎么突然有一点害怕，什么，什么叫'我就是你的人了'？"

钱小妹忽然不笑了，语气一下子强硬起来，叫道："我要嫁拨侬！"一语落地，陡然又平添了几许娇羞之色，"你还听不懂啊？戆大！"

忻一帆完全听得懂。上海女人骂人"戆大"，有两种截然不同的释义，一是绝对的反感，为真骂；二是对至爱亲朋的撒娇发嗲，为假骂。

忻一帆知道了，不管怎么说，哪怕钱小妹今晚说的只是一句酒话、一句屁话，那银白色盘子里的蛇都必须毫无保留地统统埋葬进自己的腹中！

其实，忻一帆是可以推托掉的，他的的确确是从来不吃那些滑溜溜的无鳞鱼类的，譬如黄鳝、泥鳅、海鳗等，更别说让人一看到就会有生理反应的蛇了。

不过，忻一帆已然什么都说不出来了，他的唯一选择就是做出动作。

忻一帆的动作是，将筷子伸向银白色盘子里的蛇。

忻一帆知道的不多，只有一点：像钱小妹这样的女孩子对自己说一声“我要嫁拨侬”，那真是自己前世五百年修来的福分！更何况，钱小妹就是自己心目中的女神。若不是武伯平这小子遇上了张玉兰，只怕自己早就被横刀夺爱，赤了膊也难以追上钱小妹呢！

这么一想，忻一帆还能有什么想不通，又怎么能不加快消灭盘中蛇的步伐呢？

片刻之间，那些蛇已被忻一帆狼吞虎咽一股脑儿地下了肚。当然，他还顺带着喝下了整整一杯酒。

忻一帆结束这一伟大的战役之后，钱小妹出人意料地给了他一个最高奖赏——一巴掌重重地拍在他的肩上，说道：“明天，侬就上门来求婚吧！”

忻一帆笑了，傻傻地笑了。他完全清楚钱小妹说的全是酒话、气话——气恼那个属龙的男人无情无义地背叛了她。这些话，其实是作不得数、当不得真的。不过这又何妨，就凭她能对自己说一句“我要嫁拨侬”，便已足够。作为一个喜欢她的男人，夫复何求？

那个晚上，忻一帆是带着一个男人的满足感和自豪感离去的。

谁也不知道，忻一帆回到住处之后，突然又吐又泻，活活被那条埋葬在肚子里的眼镜蛇折腾了一夜，竟是须臾不得消停。

次日中午，钱小妹闻讯赶来了。在服侍卧床的忻一帆服药喝水的当口儿，她忽然低低地问了他一句："你什么时候去和我爸说我们的婚事？"

忻一帆浑身一颤，居然把手里的茶杯抖到地板上去了。他彻头彻尾地呆住了。好一会儿，他才颤抖着开了口，问道："你昨晚的那些话，全是真的？"

钱小妹将丝毫无损的茶杯从地上捡了起来，递回到忻一帆的手中，没好气地说道："我钱小妹从来说一不二！说出去的话，泼出去的水，从不更改！"

忻一帆一下子从床上跳了起来，大喊大叫道："我马上就去！现在就去！"说完，喊着叫着地一把拖着钱小妹就往门外奔了出去。

忻一帆的上吐下泻，就从那一刻起奇迹般地没了。

三天后，忻一帆和钱小妹举行了婚礼。尽管婚礼是在德泽坊举办的，但热闹程度和欢庆规模一点不比武伯平和张玉兰的逊色，不不不，完全有过之而无不及——半个厂子里的工人都来了，整条弄堂里的邻居统统去了。

当忻一帆与钱小妹在众人的嬉闹声中喝下交杯酒的时候，一个强烈的念头涌上了忻一帆的脑海："我，忻一帆，是天底下最幸福的男人了。"

然而，此时此刻，根本无人知道，一团黑色的云朵正在悄然升起，一场巨大的灾难正在无声无息地向他们逼近。

罪魁祸首是一个名叫佐藤的日本帝国军人。

3

几个月以前，佐藤被惩罚到了前线作战部队，参与到面对面的残酷杀戮之中。

到了部队不太久以后，忽一日，遇中国军队进攻，佐藤与他所在的中队仓促应战。

就在这时，发生了一件令佐藤一辈子都难以忘怀的事情。

当中队长下令开火之后，佐藤和鸠山次郎并肩举枪瞄准，鸠山次郎先他一步扣动了扳机，岂料传来的不是砰然一声枪响，而是轰然一声爆炸！

佐藤愕然地转过脸去，看到鸠山次郎已然倒在了血泊之中，一条胳膊和半边脸如同遭了斧劈一般不知去向！

惊慌失措的佐藤不知怎的手指一动，不由自主地扣动了扳机！只听得轰然一响，他的半条手臂顿时被炸成了血肉模糊的一堆肉浆，悬空挂在尚存的半节胳膊肘上。

佐藤骇得尖声大叫起来，接着栽倒在地上，昏死了过去。在倒地的那一瞬间，他的脑海里突然十分清醒地跳出了两个字：“炸膛。”

三五天后，躺在野战医院病榻上的佐藤反复回想着枪支炸膛事件。他突然想起远东机械厂的钱师傅，还有那个挺身而出代钱师傅扛着枪走向厂子空地开枪射击的钱师傅徒弟，对，他好像姓武。

佐藤一遍遍地回忆当时的情景，一遍遍地筛滤着可疑的细节。没有，根本没有，连一丝一毫值得怀疑的地方都不存在。这，到底是怎么一回事呢？

佐藤百思不得其解，只得让人找来那天炸膛的鸠山次郎和自己的枪管残骸，每天在病榻上细细把玩。可惜，两支枪管残骸上什么也找不到，追踪寻源的蛛丝马迹半点也无。

佐藤绝不死心，绝不罢休。他坚信一条：哪怕一只飞鸟在眼前稍纵即逝，也必然会在天空中留下飞翔的痕迹。问题无法解决的关键在于，没有找到开锁的钥匙。

终于有一天，斜斜倚靠在床榻上的佐藤借着窗外射来的一抹阳光，突然发现了枪管残骸上有半个似乎是让锉刀锉去的数字痕迹。他认真看了看，发现似是“7”的那个弯勾所在。他永远记得那个恐怖的枪管标号：1197。

喜出望外的佐藤立刻请来专家鉴定。半个月以后，经枪械专家仔细研究，果真发现了秘密：车床在镗枪膛来复线时被有意做了破坏，而且是技艺高超的破坏，足见该工人车最后一刀的功力。同时，专家还鉴定：“所留数字痕迹并不排除为阿拉伯数字‘7’的残余部分”。

佐藤虽然为专家的鉴定狂喜不已，但一个冰冷的问号几乎在同一时刻浮上了他的心头：每一支枪必有它的出厂标号，在出厂之后又是什么人费尽心机地用锉刀让这些标号消失呢？这绝对是一个可怕的阴谋。

重要的是什么呢？重要的是这说明了除了厂子里的那帮工人，一定还有另外的人在干这些秘密勾当，目的十分明显，就是帮助厂子里制造武器的工人遮掩罪行。而能做到这一切的人，很可能就隐藏在日军军部，因为在工厂将枪支装箱运送到部队以后，其间能够接触到这些武器的只能是军部看管仓库的人。

这么一想，佐藤顿时觉得头大了起来。看来，事情要比表象复杂得多，也可怕得多。

佐藤开始制订一个秘密行动计划。为了不惊动军部的“内鬼”，一切必须在暗中进行！

解铃还须系铃人。佐藤决意悄悄率领一支小分队直扑上海，血洗远东机械厂，神不知鬼不觉地活捉钱师傅，更重要的是挖出他身后的那只黑手。

一个月后，佐藤的小分队建立了。

又一个月后，佐藤的秘密行动获得了军部的批准。

于是，佐藤和他的小分队出发了。

4

黎明之前，远东机械厂的大铁门浸没在一片深沉的黑暗之中。颇为奇怪的是，大门口居然没有日军岗哨的踪影，厂子里也根本听不见机器的喧闹声响，甚至连熔铸车间的炉火铸模也全然没了半点动静。

佐藤隐在马路对面的大树阴影下，默默地观察了良久，一时也摸不准到底发生了什么情况。当初他离开的时候，工厂可完全不是这般情景、这般模样，为了前方战事的需要，大日本皇军用刺刀、用枪口强迫全厂工人三班连轴转，哪怕深更半夜了，也是炉火通红、机器轰鸣。可今天此刻，到底发生了什么事情，又会发生什么事情，才造成这样的状态呢？

佐藤百思不得其解。是呵，为了不打草惊蛇，也为了防止风声走漏，他和他的行动小组完全切断了与外界的一切联系，压根儿就没有和上海方面特高课联络，而是日夜兼程直杀远东机械厂。当然，一路上也曾遭遇过几次中国军队，但都被他们巧妙地避开了。

也不知过了多少时间，渐渐地，佐藤失去了耐心。他终于高高扬起手臂，向着厂门口方向用力地挥舞了一下。霎时，不知从哪儿突然冒出了好几条身手矫健的黑影，呈扇形状神速地越过马路，紧接着展开身形一个个原地飞步起跳，双手搭上工厂的围墙，如同月光一般掠过围墙，消失不见了。

须臾，工厂的大铁门无声无息地敞开了一道窄窄的门缝。几乎在同一时刻，佐藤已健步越过马路，飞快地滑进那一道门缝中。大铁门又悄然关上了。

月影徐来，洒上了马路，洒上了厂门，一直洒进厂房里。

厂房静悄悄，连一个人影也无，连一丝声响都没，仿佛沉浸在一个美丽的梦里，睡着了。

脚步飞快地前移，将一片草坪抛在了身后，唯有草在唰唰作响。

看到了，别墅一般的办公楼。办公楼的灯亮着。

一抹淡淡的笑容在佐藤的脸上如同涟漪一般荡漾开去，他早就料定戴着啤酒瓶底般眼镜的酒井绝不会离开办公室。不会，这个帝国的老头把皇军的委任看得比什么都重要，毕竟肩负着远东机械厂日方最高管理员的神圣职责，哪怕 1923 年 9 月发生了关东八级大地震，哪怕天崩地裂于须臾之间，他都会牢牢坚守在这个半是办公地半是家的楼中。

一切均在意料之中。佐藤挥了一下手，几条黑影向办公楼四下里散了开去。

佐藤独自一人健步登上了台阶。在推开房门的那一瞬间，他陡然产生了幻觉，他面对的好像是一座杳无人迹的空楼，因为听不到一丁点儿声音。即便酒井睡着了，也该有打呼噜的声响呵，不不不，没有，完全没有。这一瞬时的奇怪感觉，几乎轰毁了他起先的预料。

但仅一秒钟，佐藤已经推开了房门，看到了端坐于办公桌后的酒井正在喝酒。他喝得很慢，也很少，仅在酒杯杯沿上呷了一小口，便放下了酒杯。奇怪的是，他将酒杯放得很轻很轻，几乎没有一点声音。而且，他是在真正地喝酒，面前连一碟小菜也无，既无花生米，也无螺蛳之类的下酒菜。

大惑不解的佐藤走了过去。他知道，酒井从来没有从夜半喝酒到黎明的嗜好。难道，有什么事情发生了？

佐藤在办公桌前站住，直愣愣地看着酒井，一言不发。

酒井终于抬起头来，目光落在了佐藤的脸上。

佐藤心里一动，分明感觉到酒井的目光居然是空洞的、呆滞的，是视而不见，抑或是真的什么都没有看到。

酒井的嘴唇微微嚅动了一下，连声音也如梦呓一般，轻声说道："你来了？"

佐藤突然决意打破酒井恍如梦游的状态，叫道："酒井先生，你在干什么呢？"

酒井又呷了一口酒，佐藤这时才发现，那酒只是湿了一下他的唇而已。

酒井的目光依然空洞、呆滞、迷离，他喃喃地说道："我看到了那一片燃烧着的晚霞，晚霞下是一树缤纷凄艳的樱花，一个教美术的老师带领着一群小学生坐在那儿画着速写……这是一幅多么美丽的图画呵，美得让人忍不住要流泪……"

佐藤完全不明白酒井为什么说这些，但不知怎的，心里蓦然"咯噔"一下，似乎有什么东西被打碎了。他迟疑着说道："酒井先生……"

酒井不容分说地摆了一下手，仿佛突然之间走出了梦游，清醒了过来，说道："这不就是佐藤阁下吗？那时候，我正把我的孩子送到你的门下学画……你，还记得那上课的铃声吗？那铃声真好听，就像天边飞过一群白鸽，远远地传来一阵阵鸽哨……"

佐藤竭力想把酒井拉回到现实中来，说道："酒井，你怎么了！你说的只是战前的一幅画而已……我们，都回不去了……"

酒井轻轻点头，说道："是，是回不去了，这幅画已经不存在了，让战争毁了……可是，可是，是谁让我们再也回不去了，你知道吗？"

佐藤无法回答，沉吟良久，说道："不知道。"

酒井的眼神渐渐犀利了起来，声音却很轻很轻，几乎无法听闻，依稀是在说"天皇陛下"……

佐藤听不明白，也不想再听，陡然提高了嗓门，叫道："酒井，你听着！我可不是来陪你喝酒聊天的，我是帝国的军人，我有任务在身！"

酒井忽然笑了，摆出有点儿不屑的神情，说道："帝国军人？任务在身？该不会又来抓什么人吧？"

佐藤的表情当即严肃起来，一巴掌拍在桌子上，叫道：“八嘎！我有执行任务的命令，你有服从命令的天职！”

万万没料到，酒井也“啪”的一声拍响了桌子，并且一下子站了起来，叫道：“八嘎！要我执行命令，必须有上海方面大日本陆海军指挥部的手令！”

佐藤一时语塞，突然冷冷地笑了，说道：“原来你也学会这一套了？行，我马上就去上海方面大日本陆海军指挥部取手令！看你待会儿怎么向我交代！”

酒井忽然不说话了，一屁股坐回到椅子上，又轻轻地端起了酒杯。

佐藤走了两步，终究装着一肚子疑惑，这位好好先生、谦谦君子酒井怎么跟变了个人似的？究竟发生了什么重大事件？

这么一想，佐藤不由得停下了脚步，问道：“喂，到底是怎么一回事？”

酒井狠狠地斜了佐藤一眼，说道：“你不是要去上海方面大日本陆海军指挥部取手令吗？你去了，就明白了，一切就都会明白了。”

酒井说完，再也不理会佐藤，径自举杯饮酒。这一回，他可是一仰脖子将满杯的酒全数灌进了喉咙。

天已大亮。

5

佐藤大踏步走进了上海方面大日本陆海军指挥部。此时，已逾中午时分。

上海方面大日本陆海军指挥部居然里里外外挤满了帝国军人，尽管正值盛夏，尽管脸颊上爬满了汗滴，所有人仍都整整齐齐地穿戴着军阶不一的皇军战斗服，个个神情严肃，人人面色凝重。

现场一片寂静，可怕的死一般的寂静。

所有人都在抬头仰望，所有视线全都落在楼顶旗杆上飘扬着的那一面日本国太阳旗。

突然，不知是谁领的头，低低吟唱起了《君之代》："吾皇盛世兮，千秋万代；沙砾成岩兮，遍生青苔；长治久安兮，国富民泰……"这是日本文部省于 1893 年规定的每逢庆祝国民节日时必唱之歌。

全场所有人统统跟着吟唱起来。在凄然的歌声中，楼顶旗杆上的太阳旗开始徐徐降落。

就在太阳旗落下的同时，无数楼宇的楼顶上忽然升起一面一面又一面中国国旗——自从 1941 年冬天日本全面占领上海以来，这样的旗子就消失了。此刻，呼啦啦迎风飘扬在最高处的中国国旗，则是在大上海的最高楼——国际饭店二十四层楼的屋顶上！

电线杆上的广播喇叭陡然刺耳地响了起来。在一阵"沙沙沙"的来自太空的声音响过之后，一个女低音用比缓慢更缓慢的声调开始了播音："现在开始玉音放送，播送裕仁天皇宣读《终战诏书》……"

所有在场的帝国军人仿佛听到了一声号令，一个个慌乱不迭地跪下地去，无比虔诚地拜服于尘埃之中，全然忘记了头顶上的骄阳正似火，开始毕恭毕敬地聆听着他们有生以来第一次听到的"天皇玉音”：“朕深鉴于世界之大势与帝国之现状，欲采取非常之措施，以收拾时局。兹告尔等臣民，朕已命帝国政府，通告美、英、中、苏四国，愿接受其联合公告……”

佐藤只感到眼前一阵阵发黑，仿佛天上的骄阳陡然跌落在了面前，炫目的光焰一下子将他的双眼重重地刺瞎了。不不不，是将他的心脏一剑洞穿了。

佐藤知道了，这是天皇陛下宣读的投降诏书；他也知道了，酒井喝酒至天明的那个不再是秘密的秘密；他更知道了，自己的那一句“回不去了”，竟然一语成谶……

天，塌了。

地，陷了。

身旁突然有人发出凄狂的惨叫，一声比一声凌厉，跟杀猪似的。佐藤明白，有人剖腹自杀了。

佐藤不想遭受那一份活罪，真正的军人自有军人的了断方式。他慢慢地掏出了手枪，慢慢地对准了自己的太阳穴，慢慢地在唇边绽开了一缕看不见的苦笑。

那个活见鬼的家伙酒井说得真对呵！此刻，佐藤在世界上最后看到的就是这样一幅凄美得让人忍不住要流泪的画面：好大一片晚霞燃烧着，映红了一树缤纷凄艳的樱花，一个教美术的老师带领着一群小学生坐在那儿画着速写……

“砰”，枪声响了。

这一天，是 1945 年 8 月 15 日。

第十九章

上海工人的心声，武装起义流产

第十九章　上海工人的心声，武装起义流产

1

罗格回来了，回到了远东机械厂那幢别墅办公楼中。

很久之后，人们才听说，罗格是从山东潍坊日本人的敌侨集中营大难不死归来的。

罗格回到厂里的第一天，便找到了钱师傅，而后便和他一起来到了办公楼楼下。

在费力地搬开沉重的窨井盖之后，两人一前一后地沿着铁扶梯一步步地爬了下去。一个小时之后，他们又吃力地爬了上来。所有答案一览无遗地全部写在了他们的脸上，那就是失望，还有挡不住的疲惫。

两人先是彼此望了半天，而后又抬头望了高高在上的月亮很久很久，再而后便分开走了。

罗格回到厂里的第二天，便走进翻砂车间找武伯平，并且不由分说地一把拉住他就走，说道："哦，你怎么可以在这儿做生活？是我介绍你去当钱师傅的徒弟的，你的岗位应该在车床旁边。"

武伯平走了两步就站住了，说道："不不不，我已经没有资格了，我不配做钱师傅的徒弟了。"

罗格爽朗地大笑起来，说道："如果连你都不配的话，那么这个世界上就永远不会再有第二个人配做他的徒弟了。"

武伯平犹犹豫豫地说道："谢谢你，罗格先生，但我是知道钱师傅的脾气的……"

罗格几乎要吹胡子瞪眼睛了，激动地说道："NO，他不会拒绝的，一定不会！你，是我——远东机械厂总裁介绍的！难道，你忘了我在帕格尔先生的地中海咖啡酒吧里对你的承诺吗？"

武伯平不再说话了，耷拉着脑袋跟在罗格的身后走了，心里却一点点地开始涨潮。他委实没有想到，这个外国人、这个远东机械厂的老板，原来是如此讲信用、讲义气的人。是呵，在人与人的交往之中，有很多东西是永远不能忘怀的，人毕竟是有感情的。

谁也没有想到，罗格把武伯平领到钱师傅的车床边，只说了一句话，便撒手不管径自走了。他说道："钱，你的徒弟来了！"

在武伯平目瞪口呆的时候，钱师傅看了他一眼，说道："愣在那儿干什么？去把那边的方铁搬过来，好做生活了！"

钱师傅的话里没有责怪，没有芥蒂，没有埋怨，更没有不满和牢骚，完全和以前一样，和以前师傅招呼徒弟做生活时一个样。

武伯平在愣了千分之一秒后，高兴地应了一声："来了，做生活了！"

武伯平听出来了，自己的回答也是和以前一模一样，仿佛和师傅压根儿没有过什么别扭似的。不过，还是有一丁点儿差异，那就是没能遮掩住心头的那份惊喜。

武伯平一边卖力地搬动着方铁，一边不由得从心底里开始感激起罗格。是呵，不知他使了什么法术，也不知他花费了多大的力气，居然能让师傅与自己"破镜重圆"……

一想起"破镜重圆"这么暧昧的字眼，武伯平忽然便有了一种涩涩的感觉。他就是带着这种感觉扭亮了车灯，摇动了车床的刀架……

才干了没两天，武伯平的心头陡然有了一种奇怪的东西在蠕动，还真一时有些说不清楚到底是怎么一回事。原因就在钱师傅的身上，只缘一个字：忙。

不是钱师傅忙，而是很多人在围着钱师傅忙。奇怪的是，这些人武伯平一个都不认识。

不过，武伯平有了一个起码的判断：他们统统不是远东机械厂的工人，甚至有个别的连工人都不是。武伯平一看他们走路的架势就心里雪片一样亮，别看个个尽穿着工作服，有时蛮像工人的，却偏偏不是工人。

这些人到底是什么来路、什么路数？武伯平一概不知，也不问。他不想去打扰钱师傅，更何况他刚回来，连车床的摇手柄都还没摸热呢！

只是有一回，差点儿没让武伯平惊诧得连眼珠子都掉到地上去！他看到谁了？他竟然看到了金宝手下“十三太保”中的一个！当时，唬得他慌忙转过身去，一本正经地装作用一把千分卡在卡测加工部件的外径，就像做了什么亏心事似的。

在那个太保屁颠屁颠离去的时候，武伯平一眼就看到他的腰上十分可疑地凸显出了一块——分明就是一把手枪的形状！

武伯平只当没看见，什么也不问。钱师傅更好，巴不得他什么也别问，懒得跟他费口舌。

后来，不那么久的后来，武伯平才知道，上海工人要举行第四次武装起义了，而中心据点，也就是起义的根据地和指挥部，便放在远东机械厂。

什么事情都不知道的武伯平正安安稳稳地开着他的车床，太太平平地切削着那些冰冷的零部件。他做梦也没想到，后来他忽然被卷了进去，要命的是还捅了一个天大的篓子，直接让上海工人第四次武装起义流产了。

2

那是一个下午，车间里出奇地安静，连一个来找钱师傅的人也没有。问题的关键是，钱师傅根本不在车间里，车床上的车灯一直是乌漆抹黑的，就连他的车床也被彻底关了。

后来回想起来，事情就是有点怪怪的。那一天，武伯平在车六角螺帽，平日里车一只是一只，那天就奇了怪了，车一只坏一只。所以，当一只手轻轻拍在他的肩上时，他几乎骇得跳起来。一回首，却见一个人正笑吟吟地看着他。

武伯平这才悄悄地抚了一下胸口，说道："是你呵，程老师。"

程庚生朝武伯平点了一下头，问道："小武，在做生活呵？"

武伯平"嗯"了一声，说道："是的，在车六角螺帽。"心里却在想，程老师今天有点奇怪，又不是没看到我在做生活，怎么还要明知故问？不过想归想，却没有说出来。

程庚生脸上的笑容开始一点点褪色，最后是一点儿不笑了，说道："小武，有些事情想和你聊聊，不知你能不能和我说说心里话、大实话？"

武伯平有些搞不明白了，这葫芦里卖的是什么药？他只能含糊了两句，说道："程老师，有什么话你尽管问好了，我们都这么多年的老熟人了，我一向对你说的都是实打实的老实话。"

程庚生的脸上露出了一些笑意，不过很快一掠而逝。他问道："现在日本鬼子投降了，你有些什么打算呵？"

武伯平一时没有回答。他轧出苗头来了，程庚生说话绕来弯去，这可是从来没有过的事情，他知道程庚生是个见过大世面的人，等闲之事绝不会放在心上，程庚生现在如此拘谨，弄得他也小心翼翼起来，还真不知该怎么回答才好。

沉吟了一会儿，武伯平才开口说道："工人嘛，总归是要做生活的，不做生活怎么活？"

不知为什么，程庚生居然一愣，隐约露出了一丝不悦，似乎还有些许失望。在徐徐叹了一口气之后，他下意识地回过头向身后看了一眼，语气蓦地变得有些急促，说道："哦哦，蛮好，你就按你心里的想法说好了，但一定要真实，不能骗人。"

武伯平在程庚生方才回首时，看到一个人正急急地朝他们走来。这是一个穿着长衫、戴着礼帽的高个子，也是与工人打扮截然不同的人。原先，这个人是一直在车间门口不紧不慢地来回踱着方步的。

当这个人走到武伯平面前的时候，程庚生连忙介绍道："小武，这是老刘，是报社的人。他很想了解普通工人如今的想法，你就实事求是地和老刘说说吧！"

老刘是个爽快人，开门见山地说道："小武师傅，现在小鬼子被打跑了，抗战胜利了，你和厂子里的大多数工人接下来准备怎么做呢？"

武伯平觉得这是一个蛮有分量的问题，不禁扭头看了看程庚生。

程庚生一笑，说道："你可别看我呵，你想怎么说就怎么说，我这儿没有答案，但你一定要说心里话。"

武伯平的目光转向了老刘，讪讪地说道："那，我就实话实说了？"

老刘给了武伯平一个鼓励的眼神，说道："我要的就是这个。"

不知怎么回事，武伯平突然感到对老刘有了一种亲近感、信任感。他咧开嘴笑了，说道："小日本滚蛋了，老百姓就盼望着从现在开始过太太平平的日子，别的都不重要。"

老刘连连点头，说道："你说得太好了，还有呢？"

武伯平认真想了一下，说道："没有了。"

老刘陷入了沉思。

一旁的程庚生有些着急了，说道："怎么就没有了呢？应该……"

老刘以一个果断的手势阻止了程庚生，说道："我要听的就是生产一线工人的话，这是任何人也不能代替的，我们千万不能越俎代庖啊！"

程庚生还想说什么，老刘却一把握住了武伯平的手，说道："谢谢你，小武师傅！你是我这几天走访的最后一名工人，你让我听到了真话。我想，工人的心里话有时候是会影响历史的。"说着，又重重地握了握武伯平的手，而后告辞走了。

程庚生毫无来由地狠狠瞪了武伯平一眼，也跟着走了。

一头雾水的武伯平站在车床边，漫无边际地想着老刘的那句话——“工人的心里话有时侯是会影响历史的”，还有程庚生最后的眼神。

这一回，武伯平就是打破了脑袋，也想不明白到底是怎么一回事……

3

三五天以后，武伯平忽然找到了答案。不不不，从严格意义上来说，是答案找到了武伯平。

那一天，武伯平加班加到了很晚，确切来说，已是半夜时分。不知为什么，那一天的活儿特别多，手里的还没干完，后面的又来了，而且钱师傅也不和他多说，只是告诉他这是一批要紧的活儿，必须干完了才能回家。

突然之间，不知怎么回事，车间里一下子涌进来许多人，全都不是远东机械厂的工人，统统是陌生面孔。这还不可怕，可怕的是这些人公然在肩上扛着枪、手里握着枪！

就在武伯平茫然不知所措的时候，他忽然看到了程庚生。程庚生不是平昔礼帽长衫的教师打扮，完全是厂子里工人师傅的短打装束，尤为醒目的是，他不仅手里提着一支驳壳枪，手臂上还箍了一条红袖章，上书几个白色的大字：工人地下军。

武伯平还看到了钱师傅，陡然间隐隐觉得有些奇怪，因为今天晚上的钱师傅与平时相比，完全跟换了个人似的，精神抖擞，意气风发，尤其是他的身后跟随着一大帮子带枪的人——令武伯平大吃一惊的是，居然全都是远东机械厂的人。

钱师傅显然也看到了武伯平，大手朝他有力地一挥，说道：“小武，上海工人的第四次武装起义马上就要开始了，跟着师傅一起干吧！”

话音未落，小无锡从一旁奔了出来，将一根钢管往武伯平的手中一塞，说道：“先给你这个，待会儿只要枪声一响，保你鸟枪换炮！”

武伯平什么都没来得及回答，小无锡已经钻入带枪的人丛中不见了。

武伯平知道，也听厂子里的人说过上海工人跟着共产党进行的三次武装起义，他总觉得那些让人热血沸腾的历史过于遥远，可突然之间，武装起义却零距离地出现在他的面前，还真有些令人措手不及。

就在武伯平思绪乱纷纷之际，只见程庚生跳到一堆方铁上，神情激动地挥了挥手，说道：“同志们，中共中央华中局已经连续发来了三道紧急命令，命令我们上海工人和工人地下军立即举行第四次武装起义，与新四军部队里应外合解放上海！同志们，振奋人心的历史时刻终于到来了！”

车间里顿时响起一阵阵欢呼声，程庚生仍旧进行着激情澎湃的演讲。

武伯平正听得入神，突然觉得有人撞了一下他的腰。回头，却是一个不认识的戴着鸭舌帽的年轻人。

年轻人见武伯平回过头来，一面动作很夸张地说着“对不起”，一面悄然凑近他的身边，低声说道：“狼牙在厂门外等你，再不去就来不及了。”

武伯平一惊。狼牙？作为一个日伪时期的军统杀手，他怎么在这个时刻出现了？也许，他已经获悉了上海工人武装起义的情报？

武伯平隐隐感到有些不妙，狼牙必定来者不善，善者不来。这就意味着，一定有重大的事情即将发生，而且十万火急、千钧一发！不过，看来他还是念着江湖交情，否则也不会在这性命交关的当口儿特地派人潜入厂子里找寻自己。

这么一想，武伯平便不显山不露水地悄悄往后退去，一直退到人群的最后一圈外面，才转身朝厂门口奔去。

4

厂门口的大铁门紧闭着，门内有七八条黑影在悄然游弋，很明显，这是流动的警戒暗哨。看来，一切都有人布置好了。

站在远处阴影中的武伯平叹了一口气，转身向大炉间出灰的那扇秘门走去。但愿，那是一个被遗忘的角落。

谢天谢地，武伯平总算偷偷地从那扇秘门溜到了马路上。抬眼一望，马路上杳无人影，唯有电线杆上的街灯摇曳着一团昏暗的光晕。

武伯平正站在那儿微微发愣，一辆黄包车向他飞奔过来，在他的身旁停下了。

身披顺风车行衣服的黄包车夫扯下肩头的毛巾擦了一把脸上的汗，朝武伯平一笑，说道："你是小武吧？你要找的人正在车上等你。"说着，将手指向放下来的门帘。

武伯平顿时恍然，这么大热的天，谁会放下门帘？除非是不愿意让别人看到的人。

武伯平上前一步，掀开了那一方门帘，却见不停地挥动着手中折扇的狼牙正凶巴巴地看着他。

武伯平赶紧一步跃上了车，顺手放下了门帘。

狼牙那极富特色、略带磁性的声音在武伯平的耳边响了起来："兄弟，情况紧急！"随后，急切地说出一番话来。

原来，小日本一宣布投降，蒋介石就对沦陷区颁布了第一道命令，委任周佛海为军委会上海行动总队总指挥，具体任务是负责维持地方治安，阻止新四军进入上海、南京受降接收。周佛海握着重庆的一纸电令，凭借手中握有万余人的税警总团和两个师的中央警卫军，摇身一变，俨然成了"抗战有功"之臣，竟命令熊剑东部配合忠义救国军阮清源部偷袭上海郊区七宝镇的新四军驻军。如此不知廉耻抢邀头功，令诸多人尤其是那些在日本人统治时期出生入死的弟兄们嗤之以鼻、愤愤不平。无疑，狼牙也是其中一个。

就在今天下午，周佛海不知从哪里获得了情报，说上海工人要组织武装暴动，当即将狼牙招去他设在极司菲尔路 76 号（今万航渡路 435 号）原汪伪特工总部的行动总指挥部，着令狼牙率"剑"组织的成员紧急出动打探消息，一有风吹草动，周佛海就立即带领部队前往镇压。

狼牙一脸焦急地说道："晚饭以后，我忽然发现各个厂子里的工人全部暗中往远东机械厂这边走动，我便知道事情要糟——周佛海的情报应验了！我当即派了两个弟兄混在工人堆里进厂里找你，看看这件事情还能怎么办。我相信，周佛海这老小子绝不会只派'剑'这么一个组织出动，这次上海工人行动的牵涉面如此之大，搞我们这行的其他人只要留意一下就不可能不知道，万一他们去报告的话……”

武伯平顿时恍然，不禁大为感动，说道：“这这这，太谢谢你了，冒着如此巨大的风险……”

狼牙忽然脸色一变，说道：“你这是说的哪里话！武兄舍身饲虎，小弟没齿难忘，怎能不涌泉相报？纵万死，亦不辞！”

正说着，黄包车的门帘一动，一个戴鸭舌帽的人出现在眼前。武伯平一眼认出，这正是在厂里让他去找狼牙的年轻人。

年轻人心急火燎地说道：“工人们已经手持武器控制了电话机房，占领了厂里的制高点，封锁了厂区的所有要道，看样子马上就要行动了！”

狼牙抬腕看了一下手表，说道：“还有点时间。我估计，他们的行动时间在午夜零点。”

年轻人点了一下头，飞快地从门帘边消失了。

狼牙回首冲武伯平颇为镇静地一笑，说道：“时间已经不多了，你看该怎么办？”

“我看该怎么办？试问我有什么本事去看？怎么去看？我又能怎么办？此时此刻我真的很想问，我是谁啊？我要能知道该怎么办，我早已非我！”心急如焚的武伯平根本就想不出任何办法。

想不出办法的武伯平只能实话实说：“我手上连一个办法也没有，我唯一能说的话就是谢谢你！”

狼牙死死地看了武伯平良久，忽然仰天一声长叹，说道：“我等之辈，也只能尽人事、顺天意了。午夜零点的时候，我就要把我的发现报告给周佛海了，因为那时候工人暴动的枪声必定打响了，我的任务到这儿就算是完成了。不过，我和‘剑’组织肯定就撤回家睡觉了，谁都不会也不情愿给周佛海的顶戴花翎添一点红！我们没那么傻，谁也不是戆大！”

这是一场无花果式的会面，尽管情势如此急迫。武伯平终于苦笑了一声，只能告辞了。

狼牙久久地握着武伯平的手，久久不说一句话。临到末了，说道：“兄弟，保重！”

武伯平已无话可说，只是深深地望了狼牙一眼，头也不回地走了。

5

武伯平又回到了车间。

令武伯平大为惊诧的是，车间里居然鸦雀无声，几乎连一根针掉下地去都能被听出动静来——所有工人统统全神贯注地向一个刚走上方铁堆的人行注目礼。

武伯平凝眸一看，几乎惊呼出声，这不是来找自己要听工人真话的老刘吗！

老刘使劲儿擦了一把脸上的汗，说道：“对不起同志们，我刚刚赶到上海。前些日子，我一直在各家厂子里实地了解情况，倾听工人师傅们的真心话，终于让我和我的同志们得出了一个结论——上海工人实行武装起义的时机还不成熟，一旦仓促起义，就会给上海工人和革命力量带来巨大的损失！”

轰然一下，台下的工人们喧哗起来。

老刘挥了挥手，声音高亢地说道："大家安静！听我传达中共中央的两次紧急通知，全都是一个精神——在我们的主力部队没有抵达上海以前，立即停止上海工人的武装起义！"

工人们再也按捺不住，纷纷大叫起来："你是什么人？是不是冒牌的？是在造谣还是别有用心？是听你的，还是听中共中央华中局的紧急命令？"

这时，程庚生出现在老刘的身边，工人们一下子安静下来。

直到最后一丝嘈杂声消失之后，程庚生才开口说道："老刘同志是中共中央和新四军军部任命的上海特别市市长，他是在将充分掌握的敌我双方的情况直接向中共中央汇报之后，才赶来我们现场传达最新命令的！"

在场的工人们顿时目瞪口呆、面面相觑，一时间再也没有了喧闹声。

老刘神情严肃、神态威严地说道："我现在命令，请大家立即迅速撤离远东厂！要特别提醒的是，今晚来参加武装起义的工人兄弟有七八千人之多，请大家务必注意安全和保密，有组织、有秩序地撤离！"

话音刚落，人丛中立即响起了响亮的口令声："棉纱厂的，向左转，从大炉间小门撤离！机器厂的，向右转，从一号边门撤离！炼钢厂的，向后转，从二号边门撤离！"

说也奇怪，这么多人刚才还高声喧哗，热闹得如同开了锅的水，但老刘一声令下，此时此刻居然安静得如同一个人，要前进就一齐前进，要后退就一齐后退，像军队一样。武伯平突然记起钱师傅说过的一句话："什么叫工人？工人就是最有组织性、纪律性的那一拨人！”

打从这个晚上起，直到很多年以后，这一幕都深深地铭刻在武伯平的心里。也许，就是从这个晚上起，武伯平才真正读懂了“工人”二字。

武伯平做梦也没有想到，就在各家厂子的工人纷纷撤离的当口儿，钱师傅不知从哪儿冒了出来，一下子站在他的面前，说道：“小武，你等会儿再走，有一个人要见你。”

只待了一会儿工夫，武伯平便看见程庚生疾步匆匆地奔这儿来了，他是陪着老刘一起过来的。

老刘一见到武伯平就呵呵笑了，说道：“我对程老师说，如果可能的话，今天晚上我还想再见一见小武师傅，感谢他对我说了工人的心里话，让我们冷静地分析了形势、作出了准确的判断。小武师傅，你用最简短的话语精辟地表达了工人们当下的心态，谢谢你！”

武伯平的脸一下子红了起来。是呵，从乡下到上海，他长这么大还从来没有一个人对他说过如此热情洋溢、如此鼓舞人心的话语，尤其是老刘还具有特殊身份——上海特别市市长。这么一想，武伯平的心跳速度陡然加快了。

老刘一把紧紧握住了武伯平的手，问道：“你还记得我上次对你说的那句话吗？”

武伯平还没来得及回过神来，程庚生已经抢先开了口：“老刘说的是，工人的心里话有时候是会影响历史的。”

老刘连连点头，说道：“是呵，我这次赶去向中央汇报，中央极为重视工人的心里话！程老师和钱师傅呵，你们生活在厂子里，要能准确反映真实的情况，不要被高涨的革命热情一时蒙住了眼睛。”

老刘转向武伯平，说道：“今天晚上的事情你看到了吧？因为你的一句真心话，中共中央下令立即停止上海工人的第四次武装起义！记住，工人的心里话有时候是会影响历史的。谢谢你，小武师傅！”

不知怎么回事，武伯平居然激动得连一句话也说不出来了，只是紧紧地、紧紧地握着老刘的手，一个劲儿地轻轻摇晃着。

老刘的手无比温暖，无比有力。

武伯平的心里陡然涨起了千寻大潮，呼啸着、扑腾着，再也无法平静……

武伯平离开厂子时，距午夜零点大概还有七八分钟。那时的厂区已然恢复了宁静，曾经那么多带枪的人影，曾经那么多热闹喧哗的声浪，曾经那么多激动的高涨情绪，忽然全都没有了、不见了、消失了，仿佛从来没有出现过似的，唯见西移的月影清扫着一地的凄凉。

走在看不见人影的厂区大道上，武伯平突然很想知道罗格在这样一个不平静的晚上去干什么了。后来他才知道，罗格被两个完全不认识的、不是远东机械厂的带枪的人堵在别墅办公室里了，那两人还十分客气地为他倒上了热气腾腾的咖啡，所以他对厂里后来发生的事情一概不知不晓。

当然，如此庞大的一大帮子人涌进厂里来，再如何小心也还是让罗格感觉到了什么。起初他还以为是厂子里发生了安全事故，但带枪的人让他放心，再三告诉他，这与厂子里的生产无关，只与革命有关。于是，他只能无奈而听天由命地坐在沙发上，百无聊赖地品尝着苦涩的咖啡。

武伯平走出了厂门。厂门外，那辆顺风车行黄包车依然停靠在马路牙子边上，黄包车夫孤零零地倚在车座上打盹，而狼牙已不见踪影。

黄包车夫一见到武伯平的身影，一下子从车座上跳起来奔了过来，说道："你怎么到现在才出来呀？刚才和你说了老半天话的那个人让我在这儿等你，还让我捎一句话给你。"

"什么话？"

"今晚太平无事。"

在武伯平愣愣地回想这句话的时候，黄包车夫已将黄包车拉了过来，说道："我拉你回家。"

武伯平正欲推辞，黄包车夫咧开嘴笑了，说道："放心上车吧，我不会不收你车钱的！刚才和你说了老半天话的那个人已经代你付了，关照我把你送回家，不然我干吗要在这里死等你？"

要听懂这么绕七绕八的话还是蛮有一点吃力的。不过，不管武伯平听没听懂，他早已坐在飞驰着的黄包车上了。

前方，一树灯火，一路光影。

6

起风了，天渐渐暗了下来，还隐隐传来了隆隆的雷声。接着，一道又一道闪电流星赶月似的一下一下撕裂了天上翻滚的乌云。

这已成了这个夏季每个下午常演常新的节目。

车间里变得越来越暗了，车床上的灯亮着，一盏一盏又一盏，蔚为壮观。

武伯平正在车一枚六角螺帽。

钱师傅慢慢走了过来，轻轻拈起一枚已经车好的六角螺帽放在手心，如同欣赏古玩珍宝一般细细看起来。

武伯平忽然就有些忐忑起来，毕竟钱师傅的要求一向是十分严格的，有时甚至到了近乎苛刻的地步。

记得有一回，武伯平车汽缸活塞，钱师傅竟然要求他能不用千分卡就不要用。那时，钱师傅经常挂在嘴边的一句话是："一流的车工是靠技术和眼力吃饭的，千分卡之类的器械是末流车工混饭吃的家什。"当然，那时的武伯平根本达不到钱师傅的要求。

不过，这些全都是发生在钱师傅将武伯平逐出师门、撵往翻砂车间之前的往事了。打从武伯平重新回到钱师傅身边，钱师傅再也没有以前那般兴致，对武伯平做的生活不闻、不问、不管，可唤作"三不主义"。

现在，钱师傅这么一本正经地检查起武伯平车的六角螺帽，武伯平的心里怎能不是十五个吊桶打水——七上八下呢？

看到钱师傅将六角螺帽放了回去，武伯平走了上去，问道"师傅，你帮我看看，这六角螺帽有啥毛病吗？"

钱师傅看了武伯平一眼，说道："蛮好，没啥大毛病。"

武伯平愣了一下。先是说"蛮好"，接着又说"没啥大毛病"，这岂不是有点自相矛盾？"没啥大毛病"就是还有小毛病，又如何会"蛮好"呢？

这么一思量，武伯平小心翼翼地发问了："师傅，你千万不要客气，有什么不好的地方，你就直接指出来，也好让我在技术上进步得快一点。”

钱师傅朝武伯平翻起了白眼，说道：“我怎么对你客气了？这种虚头巴脑的事情，师傅是做不来的！我说蛮好就是蛮好，我说没啥大毛病就是没毛病！说句老实话，你比以前进步多了！”

武伯平呆住了。在他的印象中，钱师傅几乎从来不表扬人，他信奉“响鼓也得重槌敲”，强调在技术面前丁是丁、卯是卯，来不得半点虚假。

钱师傅接下来的一句话，更是将武伯平一家伙活活钉在了地上，半点也动弹不得了：“小武，你这小家伙看来蛮有两把刷子，有点儿出息！我钱玉堂算是服了你了，想不服吧，还真不行。”

武伯平过了好一会儿才缓过神来，有些结巴地说道：“师傅，你你你……”

钱师傅笑了，说道：“别这么紧张行不行？上回老刘说的那件事，算是让我开了眼！你要让我对老刘说出你那几句真心话，我恐怕做不到。一来我知道他的真实身份，二来我未必会说，因为我很懂老程的态度，他一直很反对老刘走访工人的做法。现在仔仔细细回想，还是老刘做得对，要不然，我们工人又要吃大亏了……”

武伯平大惑不解，问道：“怎么会呢？”

钱师傅叹了一口气，说道：“现在我们才知道，当时蒋介石的大批正规部队已经抵达杭州，周佛海的手里又有几万人马，那天夜里要是进行武装起义的话，后果不堪设想……”

武伯平无言。钱师傅讲的这些都是他不知道的，也是他根本无法知道的。

钱师傅又抓起了一把六角螺帽，把玩了一会儿，说道：“在老刘赶来的那个夜里，我就决定重新接受你这个徒弟了……”

武伯平傻眼了，问道：“师傅，那天罗格先生把我带到这儿来，你不是已经同意了吗？”

钱师傅缓缓摇了摇头，说道：“你这个实心眼的傻小子，那天我无论如何不能驳了罗格先生的面子，所以只是在口头上答应了他……”

武伯平有些弄不懂了，说道：“口头上？那现在……”

钱师傅朗声一笑，说道：“现在，我从心里接受你这个徒弟了。”

就在武伯平揣摩着口头答应和心里接受有什么不同的时候，钱师傅走了。

钱师傅走了两步，漫不经心地说道：“你已经很久没来德泽坊了吧？昨夜小妹还问我……”

武伯平张口结舌，一时说不上话来。

陡然，车间外面一道炫目的闪电划过，紧接着便是一个震天动地的霹雳炸响，瓢泼大雨倾盆而下。

武伯平再次抬起头时，钱师傅已经走了，唯有雷声、雨声、风声在他的心头交汇成一片轰鸣……

第二十章

天下几人不识君，英雄本色

1

开心的日子总是欢快得像风一样飞驰而去。转眼间，已是一年后的秋天。

武伯平的婚后生活非常平静，无非是他白天去厂里上班，下班回家吃现成的，再也没有了单身汉的烦恼。家里的一切都由张玉兰打理掌管，他顶多偶尔听张玉兰念叨柴米油盐又在涨价、法币哪有大洋值钱，以及小菜场里鸡零狗碎、婆婆妈妈的故事。加上两人结婚以来没有生孩子，日常开销一直马马虎虎对付得过去。

武伯平依然如往昔一样，回家后聊些厂子里的逸闻趣事逗张玉兰开心。还别说，这真是个相当不错的好方法。

刚结婚那阵子，张玉兰挺不习惯白天一个人在家面对四壁的日子，实在太孤零零、冷清清，好不容易挨到武伯平下班回来，就磨着、缠着他多说话。武伯平原本便是个话不多的人，终究经不起妻子的软磨硬泡，开始说起了厂子里的事。这一开头便一发不可收，竟成了天天晚上的功课。细细想来，一年三百六十五天，七七八八的居然也讲述了厂子里那么多人、那么多事。

其实，张玉兰并不知道，有时候厂子里没有发生什么有趣的事情，武伯平便只能挖空心思编故事，更多的时候则是张冠李戴、移花接木，这也是没有法子的事情。

武伯平想，这么多日子下来，自己的口才肯定好了许多，尽管依然不能和阿忻比，但和以前的自己相比，必然好多了。

不过，今天倒是有现成的故事了，事情就发生在忻一帆的身上。

武伯平决定绘声绘色地给张玉兰好好地讲上一通、吹上一番，可进了家门，他才发现屋里黑灯瞎火的，开灯后竟然也不见张玉兰的踪影，不免大为奇怪。再仔细一看，饭菜都早已烧好，在封了煤球的炉子上热着哩。

武伯平没有多想，以为张玉兰或是被什么街坊邻居临时唤走了，自是盛好饭菜吃了起来。

只是，吃好了饭菜，洗涮了碗盆，过了好久，依然不见张玉兰的人影。许是白天干活儿累了的缘故，武伯平本想歪在床上等张玉兰的，不承想，竟然一觉睡着了，还做了个稀奇古怪的梦。梦里有个女孩，老是捏他的鼻子，他把脸歪过去，她就伸出左手，他把头斜过来，她就伸来右手，好不烦人哪！

武伯平终于忍无可忍，大吼一声，一下子睁开了眼睛！哦，正在捏他鼻子的这个女孩，不正是张玉兰吗！

张玉兰笑吟吟地看着武伯平，问道："在做梦哪？梦见谁了？"

武伯平"哼"了一声，说道："梦见了一个妖怪，一个女妖怪！"

张玉兰大笑，说道："你在骂我？你敢骂我！"说着，扑了上来，张开樱桃小口就咬武伯平的鼻子，"看你还敢不敢骂人了？"

武伯平慌忙一个翻身逃了开去。

可哪里逃得了？张玉兰伸手一把紧紧揽住武伯平，再也不肯放手。

两人在床上缠绵了好一会儿，方才起身坐了起来。

看着张玉兰红扑扑的脸，武伯平忽然想起什么，问道："对了，你上哪儿去了，这么晚才回来？"

张玉兰似嗔似怒地白了武伯平一眼，说道："不告诉你！"

武伯平也不着急，只是伸手做胳肢张玉兰腋窝的动作，说道："你不告诉我没关系，我这就来了……"

武伯平什么动作也没做，张玉兰就怕痒似的娇滴滴地笑出了声，说道："别别，我这就说，就说……我去找罗洛先生了。"

武伯平呆住了。找罗格？干什么？为什么？

武伯平突然想起了一件事情。

那还是两三个月以前，有一天晚上，听完武伯平瞎编的工厂故事之后，张玉兰没来由地深深叹了口气，说道："小武，你不要天天这样煞费苦心地给我讲故事、编故事了，你讲得很辛苦，我听得也蛮吃力的……"

武伯平不解，问道："为什么？"

张玉兰淡淡苦笑着说道："你今天讲的故事，我起码已经听过三四遍了。"

武伯平哑然。张玉兰说得没错，谁会天天有故事可讲呵？这不，他就忘了已经讲过的故事。

沉默了良久，张玉兰接下来讲的话让武伯平吃了一惊。她说道："我想过了，我天天闷在家里是要闷出毛病来的，不如出去寻寻生活，像你一样活在那么多故事中，不是蛮开心的吗？"

武伯平有点不开心了，说道："一个男人，不说得养活一家老小，如果连老婆也养不活的话，那还叫男人吗？”

张玉兰忽然郁郁寡欢地说道：“你不要不开心，如果让我一直这样子闷在家里，我会比你还不开心的！”

武伯平心里“咯噔”一下，他这时才隐隐觉得，他和张玉兰的婚后生活有什么地方不对劲了，一定是哪儿出了毛病。

张玉兰的声音又响了起来：“明天我去找雨娟，让她托金宝给我寻只生活先做起来……”

武伯平突然吼出了声：“不，你不能去找金宝！”

“为什么？”张玉兰大感诧异地看着武伯平，有些奇怪他为什么对金宝这么神经过敏、如此过度反应。

武伯平没有回答。

打从武雨娟请金宝为武伯平操办了婚事以来，他就一直在心里责备自己，怎么能让金宝来帮忙操办婚姻大事呢？怎么也不想一想，金宝凭什么对武雨娟有求必应、事事相从？这是一件只要扳扳脚指头就能想明白的事情。他以一个男人的直觉，早就隐隐感到了不安。是的，他知道金宝对武雨娟有好感，而且不是一点点好感，而且金宝在某种意义上还是武雨娟、李招娣的救命恩人。

可要命的是什么呢？金宝是一个有家室的男人！武伯平一发现金宝正一步步走近武雨娟之后，就很是下了一番功夫，暗中对金宝做了调查。这一查，金宝自是现出了原形。当然，黄包车帮会的帮主岂能是个没有风流故事的主儿？

武伯平先在心里狠狠骂了一通金宝，又狠狠骂了一通自己。最后，他下定了一个决心，一定要保护好武雨娟。这也是离开家乡时，父亲给他的最后嘱托。

张玉兰忽然说要通过武雨娟去托金宝寻生活，武伯平又怎么能够同意？此时此刻，在他的脑海里一个劲儿翻腾的是这么一句话：这哪里是去寻生活，分明是没事找事寻棺材睏！

武伯平还在那里大呼小叫，张玉兰忽然就流下泪来——他没有说出个所以然来，让她觉得受到了天大的委屈。

武伯平愣愣地看着张玉兰，一时间不知该怎么办。张玉兰见状，不禁放声大哭了起来。

武伯平陡然醒悟，慌忙将张玉兰一把搂进怀里，语气变得柔和许多，连连说道："对不起对不起，我不该把你害哭，你看看你看看，这么大个人哭起来还是蛮难看的……"

张玉兰不由得"扑哧"一声破涕为笑，捏起拳头狠狠一下下擂在武伯平的胸口上，说道："你这个人看着老实，其实一点也不老实，坏透了……"

这是武伯平头一回见识张玉兰的放声大哭。也许他永远都不会明白，这是心爱女人的第一种武器，威力几同撒手锏。厉害着哩，十个男人遇上它，必定有十一个都要败下阵来。关键在于，只要发疯一般爱着她，就必败无疑。

那个夜晚，尽管两人和好如初，毕竟夫妻没有隔夜仇，但这终归是两人结婚以来的第一次不愉快和冲突。

好在后来，两人什么都没再提起，一如患了健忘症一般。武伯平依然进行着每天晚上讲故事的工作，张玉兰也似乎忘了自己曾经提起过金宝。

万万没料到，事过境迁两三个月后，张玉兰旧事重提，只不过这一回她说的是罗格。

“呵呵，你去找罗格先生？有什么事情吗？”武伯平决定装傻。

脾性直来直去的张玉兰可不会装傻，说道：“请他帮我寻生活啊！”

“寻到了吗？”

“寻到了，明天一早就和你一道去远东机械厂上班！”

武伯平大吃一惊，叫道：“什么？你明天就上班了？罗格先生答应你做什么生活？你……”

张玉兰笑了起来，说道：“瞧你大惊小怪的样子！放心吧，没什么了不起的事情发生！”

武伯平不理这个茬儿，了不起也好，了得起也罢，统统与他无关，他关心的是实际情况，所以他继续问道：“到底做什么生活？”

张玉兰嫣然一笑，说道：“看在你这么关心的份儿上，就告诉你吧！罗格先生让我去刷铁锈，刷那些拆卸下来的机器零部件上的铁锈。不过，他只同意我做临时工，他说机械厂里很少有女人干的活儿……”

没待张玉兰说完，武伯平就把头摇得跟拨浪鼓似的，说道：“不去不去不去！这种生活一没技术，二没花头，既吃力又很脏，一天下来铁锈沫子沾你一身没话说，万一不小心弄到头发里，洗都洗不干净，你的头发又那么长……”

“又来了又来了，你这是在吓唬我！”张玉兰愣愣地看着武伯平，鼻翼一鼓一鼓的，似乎又要摆弄她那战无不胜的第一种武器了。

武伯平见势不妙，慌忙一个脚底抹油，刚转身要溜之乎也，不料张玉兰却比他抢先一步，一扭腰胯“噔噔噔”地奔上楼去了。

武伯平有点吃不准了，不知道张玉兰葫芦里卖的什么药，思忖了一会儿，正欲跟上楼去，却见张玉兰又“噔噔噔”地奔下楼来，手里挥舞着一根木棍。

武伯平心里一惊，难道张玉兰这一回不用软功——放声大哭，而要改用硬功——舞枪弄棍了吗？

还没等武伯平想明白，张玉兰已将那根木棍往他的面前一横，说道：“小武，难道你忘本了吗？当年你一心一意要到上海做工人，现在怎么连你老婆想做工人都不允许了？还说这个苦那个脏，我看你不但忘了本，而且忘得结棍唻！”

武伯平在听得目瞪口呆之际，忽然认出张玉兰手中的木棍，这不就是当年母亲临终时紧紧握在手里并且陪伴自己离乡背井一路前往上海的木机器上的横轴吗！他忽然在手心里捏到了一把水——全是汗！

张玉兰的话语变得难听起来、粗野起来：“你天天给我讲故事、说道理，难道那些故事、那些道理统统让你塞进屁眼里去了？你想一想，你曾说过，流自己的汗，吃自己的饭，自己的事自己干，靠天靠地靠祖上，不算是好汉。你说这是一个画画的叫‘板桥’的老法人说的，你还说这是程老师告诉你的，我到今天都给你记着呢……难道好汉就是你们男人，女人就不能成为好汉？实话告诉你，打从听到这几句话，我就把它们刻在心里了，我也不能靠天靠地靠男人了，我要靠自己！你信不信？”

武伯平一边在心里暗自叫苦不迭，一边只能言不由衷地说道：“信，我信。”是呵，这些话语确实是从他的口中说出去的。他不赖，他也不想赖。

武伯平无奈地摇摇头，说道："好吧，你明天去上班就知道了，我说的那些情况到底是真的还是假的，我有没有骗你。"

张玉兰忽然偷偷地笑了，说道："不用等到明天上班，我现在就知道，你肯定不会骗我。不过，不管遇到什么情况，我不怕！"

见武伯平有些微微发愣，张玉兰立即颇为乖巧地悄悄换了话题，说道："我下午去找罗格先生的时候，在厂门口遇到了雨娟……"

武伯平一时还没转过弯子来，问道："雨娟？她到厂子里干什么？"

张玉兰徐徐一笑，说道："她本来是想找你的，碰到我之后忽然改变了主意，说不去找你了，让我捎个信给你……"

武伯平的注意力果然被转移了过去，说道："这个鬼丫头有什么事情要找我，而且找到厂子里去了？"他的脸色陡然一变，毫无来由地想到了金宝，"莫不是她和金宝有什么事？"

张玉兰大笑，说道："看来你们到底是一母同胞的亲兄妹呵，可让你说中了！她让我告诉你一声，她答应了金宝，打算下个月结婚。"

武伯平突然吼了起来："不！雨娟绝不能嫁给金宝！"

张玉兰被吓了一跳，说道："你这个人怎么说发脾气就发脾气啊，说话怎么不能好好说，这么大声跟打雷似的！"

武伯平"哼"了一声，说道："跟打雷似的？哼，我这个雷还要打到金宝这家伙的脑门上去呢！"

张玉兰有些听糊涂了，问道："你哪来这么大的火气啊？"

看得出来，武伯平的怒火在一点点上升，他忍不住叫道："金宝这小子想娶雨娟？门都没有！”

张玉兰不解地问道：“为什么？”

武伯平气不打一处来，恨恨地说道：“这小子是有老婆的人！”

张玉兰呆住了，沉默了一会儿，问道：“那，那怎么办？”

武伯平看了一眼窗外，说道：“今天太晚了，明天我找他去！”

“找谁呀？”

“找金宝这臭小子！”

2

第二天下班以后，武伯平来到了金宝所住的上海老式弄堂口。

弄堂口的那一方石坪上，依然胡乱地扔着石担、石锁，在晚霞的辉映下，显得颇为热闹。不时有各色人等进出弄堂，既有匆匆步入的短打装束工人，又有坐着私家小包车的长衫西装人士。

忽然，武伯平看到一个披麻戴孝的人正跌跌撞撞地闯进弄堂。当时，武伯平还不知道这是一个叫“臧海成”的人，他是为了哥哥的事情而来，披麻戴孝也是为此。“十三太保”忙着迎来送往，没人注意到他的出现。

武伯平意识到似乎有什么事情发生了，并且极有可能与金宝有关。他有些犹豫地在弄堂口停下了，沐浴在一阵阵带有丝丝凉意的九月的晚风之中。

一声亲切的“哥”，惊醒了望着人丛发呆的武伯平。一回首，呵，是笑吟吟的武雨娟。

一见到武雨娟，武伯平才恍然想起自己此行的目的，说道：

“你来了？正好，带我去见金宝。”

笑容从脸上一点点滑落，武雨娟有些发愣，问道：“哥，你找他，有事吗？”

武伯平轻轻“哼”了一声，说道：“有事，当然有事！”

“什么事？”

“你知不知道他是有老婆的人！”武伯平的态度突然变了，冲口而出就是这么一句。

宛如一拳击打在了棉花上，武雨娟一点儿也不吃惊，而且自信满满地说道：“知道啊，不是离婚了吗？”

这一回轮到武伯平吃惊了，说道：“什么？离婚了？不不不，我不相信，他是骗你的！”

武雨娟笑了，说道：“怎么会骗我呢？他的离婚启事都正儿八经地登在报纸上了。”

武伯平呆住了，问道：“什么？登报离婚？”

武雨娟点了点头，说道：“你要是不信，我待会儿就把报纸找出来给你看。”

武伯平依然满腹狐疑，说道：“不行，我得当面去问一问金宝。”

武雨娟一听，将头摇得像拨浪鼓似的，说道：“哥，金宝正忙得一塌糊涂，你看这进进出出的人，全是被他邀请来的……”

武伯平抬眼望了一下乱纷纷的人丛，什么也没说。

武雨娟叹了一口气，说道：“哥，昨晚出大事了！黄包车工人臧大咬子被一个美国水手打了，今天早上在医院里死了！”

武伯平吃了一惊，叫道：“死了？”

武雨娟点点头，说道：“金宝和几个工人弟兄从昨夜到今晨一直陪在医院里，消息传开后，大家都悲愤不已。刚才臧大咬子的弟弟臧海成也披麻戴孝地赶来了，新闻界、律师界、商界的人闻讯后也全都来了……”

武伯平这才明白过来这里的弄堂怎么跟乡下赶集似的热闹，不禁一言不发，转身就走。

武雨娟叫了起来：“哥，你怎么了？”

武伯平停住脚步，回过头说道：“你捎个信给金宝，说等他忙完了这件事情，我再找他。”

武伯平走了。他没有也不会想到，臧大咬子这件事情居然要一直忙到第二年年头才见分晓。

3

武伯平正在聚精会神地车着一只加工件，钱师傅走了过来，说道：“小武，你把手里的生活先停一下，我让你看一样东西。”

武伯平抬起头，这才发现钱师傅的手里抓着一份报纸。

武伯平关了车床，接过报纸，这是当天的《文汇报》。顺着钱师傅手指的方向，他看到了一行十分醒目的大字标题 “蛮横的美国兵，廉价的中国血”。

才读了几行字，武伯平的眼睛就陡然睁大了，心头蓦地滚过了武雨娟的那句话：“黄包车工人臧大咬子被一个美国水手打了……”

这时，钱师傅的声音在武伯平的耳边缓缓响了起来：“臧大咬子也是个可怜的苦命人，来到上海以后，一直靠拉黄包车为生，他的妻子和儿子不久前因贫病交加死去了，他只想多拉几趟车养活自己和14岁的女儿，谁知道碰上了穷凶极恶的美国大兵……唉，他在世上才活了44年呵，他的女儿还在等着爸爸回去呢……”

武伯平心头一酸，忍不住开口问道：“师傅，我，我们能为他做些什么？”

钱师傅轻轻地叹了一口气，说道：“老程号召厂子里的工人每人捐助一块大洋给死去的臧大咬子，天下工人是一家嘛！当然，捐助完全是自觉自愿的。”

武伯平点了点头，说道：“行，我自觉自愿捐助一块大洋，你等我一下，我现在就去更衣室取……”

这时，武伯平才看到钱师傅的手里提着一只布袋，上面写着“募捐”两个鲜红的大字。

在走向更衣室的路上，武伯平没来由地突然想到了一个人：金宝。此时此刻的金宝在干什么呢？

很多事情武伯平是在很久之后才知道的。

比如，位列“七君子”之首的沈钧儒联合工商界人士发起了“美军退出中国运动周”，在工商界座谈会上，臧大咬子的弟弟臧海成沉痛叙述了其兄惨死的经过，会上还成立了臧大咬子惨死后援会，要求严惩凶手和赔款抚恤。同时，著名律师梁朱明先生义务替臧海成写呈文向美军法庭呈诉，并负责臧大咬子惨死后援会的法律事务。

又比如，工商界著名人士张炯伯首先捐款法币1万元，其他各界人士也纷纷捐款，共捐款法币10万元。

半个月后，上海地方法院检察处开庭审讯赖令奈并传讯有关人员，他们一致指认打死臧大咬子的凶手是美国水兵。美国海军驻华总部（今北京路2号）企图逃避指控，失败之后，又企图将全部责任推到赖令奈一人身上，但也没有成功。在确凿的证据面前，美军当局不得不逮捕了凶犯饶德立克，但终以“治外法权”为借口，拒绝将饶德立克押交上海地方法院。

其间，还有人威胁臧海成，让他尽快把诉状收回去，否则让他吃不了兜着走。臧海成付之一笑，依然我行我素干到底，也终究干到了底。

在这一系列事件中，金宝到底起了哪些关键性作用，武伯平不知道。武伯平只知道，金宝肯定是起了作用的，他忘不了那一天在弄堂口目睹的事实。更何况，金宝还是黄包车帮会的老大呢！

4

几个月后，已是初冬时节。

那天，武雨娟来厂子里找武伯平的时候，武伯平完全不知道，因为他正陪着钱师傅和罗格下到窨井里寻找设计图纸呢！所以，武雨娟没能找到武伯平。

后来，武伯平是听小无锡转告之后才赶去地方法院的。那天，是地方法院对臧大咬子案件的最后一次开庭审判。

当时，一行三人攀下铁扶梯之后，武伯平走在最前面，钱师傅和罗格紧随其后。他们再也用不着提心吊胆、小心翼翼了，再也用不着手持蜡烛、借着烛光前行了，再也用不着左顾右盼、生怕中了日本鬼子的埋伏了。

是呵，三个人用三支美国军用手提大电筒光柱似剑地劈开了黑暗，三个人将三双大头工作鞋踩得地面“咔嚓咔嚓”发出空洞的回声，三个人六只眼睛观四路望八方再无顾忌。

行得三五百步，三个人停了下来。面对从黑暗中凸显出来的一堆堆阴影，武伯平回了一下头，用一种似乎等了很久的声调说道：“罗格先生，你当时告诉我，就在这个距离、这个方位，堆有一摞高高的砖块，你说我移开最上面的砖块，就能看到在砖块之中垒有一方空间，里面有一个长长的被蜡纸密封的木盒，木盒中有你们的秘密图纸。”

武伯平还在继续叙述，声音在宽阔的地下通道中显得十分空洞：“可是当时我看到的是，那摞砖块早已呈不规则形地散落了一地，根本就没有什么木盒……”

手电筒光柱在空中划出一道很好看的抛物线，而后跌落在那些影影绰绰的砖堆上。武伯平平静的叙述突然中断了，顿时爆出一声惊呼：“不不不，不对！这砖头，这砖头怎么会这样了？”

手电筒光柱下，一块块砖都排列得整整齐齐，犹如方阵队列，根本不是毫无规律散落一地的样子。

“在你之后，一定另外有人进来过！”钱师傅的声音响了起来。

罗格摇了摇头，对武伯平说道：“这个人为什么要把散落一地的砖头一块一块地排列好呢？上次我们下来，一见到这些砖头的排列，我就觉得非常奇怪。因为你在我们之前下来过，所以我们什么都没动，决定请你来看看，是不是你有意摆成这个样子的。”

“不不不，我当时都蒙了，不会去动砖块。”武伯平显然缓过劲儿来了，沉吟了一会儿，“我猜测，这个人很可能是尾随我进入这里的，在我离开之后，他也仔细地搜寻了一回，所以顺手把那些散落的砖一块一块地堆了起来。”

钱师傅点了点头，说道：“有这个可能。可是，他为什么要把砖头摆放成这个样子呢？难道这里面也藏有什么秘密不成？”

三个人一下子沉默了，唯有三道手电筒光柱在砖堆的上空犹如探照灯一般横斜。

罗格陡然低声叫了起来：“呵！上帝，我知道是谁干的了！”

“谁？”武伯平和钱师傅一齐将目光投了过去。

罗格一字一顿地说道：“佐藤！”

武伯平和钱师傅一惊，罗格继续说道：“在我和他打交道的那些日子里，我仔细地观察过他，他是一个做事很有规律同时又十分细致的家伙。他肯定小心翼翼地检查过这儿的每一块砖头了，然后顺手将它们按军队队形排列堆放，同时也暗示在他之后再来找东西的人——我佐藤已经发现了你们的秘密。”

武伯平一声长叹爆起，幽幽地说道：“看来终究是我害了你们！一是把他带到了这儿，二是没有像他那么仔细地检查过每一块砖头，结果让他搜去了图纸……”

钱师傅连连摇头，说道：“他不可能找到了图纸！图纸在木盒里，木盒是不可能藏在砖头里的。”

罗格也笑了，说道：“钱师傅说得对！如果那些设计图纸落到了佐藤的手里，他早就到集中营里来提审我了，我的日子根本不会好过，用上海话来讲就是，一点太平日脚都呒没了！”

三个人一齐放声大笑，笑声震荡得地下通道瞬时轰轰隆隆起来，犹如千军万马在奔腾。

突然之间，不知什么缘故，宛若遭了腰斩一般，轰轰隆隆的笑声消失了。

一个巨大的疑问陡然跌落在三个人的面前：那么，图纸究竟落在了什么人手里了呢？

一念及此，每个人的喉咙当即恰似被上帝紧紧扼住了，再也发不出一丝声响。

是呵，那图纸，那木盒，上天了？入地了？

谁人知晓？

满腹心事顿时化作了无言。三个人兴冲冲而来，却带着无穷的失望而归。

5

那一日，武伯平是很晚才赶到法院的，当然，早已是曲终人散。

心灰意懒的武伯平正欲转身离去，陡然发现路旁大树下有一双晶亮晶亮的眸子正紧紧地凝视着他。

呵，武雨娟！

武雨娟的眸子里盛满了晶亮晶亮的泪珠，说道："哥，快跟我去劝劝金宝吧，要出事了！"

武伯平一愣。

在跟着武雨娟朝金宝家走去的路上，武伯平知道了所有的事情。

原来，在今天的法庭上，迫于来自各方面的压力，尤其是全国掀起了一浪高过一浪的声讨美军在华暴行的高潮——上海有臧大咬子事件，北平有沈崇事件，形成了南北夹击之态势，美国驻沪领事不得不将杀人凶手美国海军海伦号的伍长饶德立克带上了法庭。在大量的人证、物证面前，饶德立克交代了作案经过，承认臧大咬子是被他拳击而死的。最后，上海地方法院对美国商轮马立斯号的西班牙籍水手赖令奈以“教唆杀人罪”判处徒刑1年9个月，由民事法庭办理损害赔偿事项，饶德立克则被移交到美国军事法庭处理，仍以“治外法权”为由，使这个真正的杀人凶手逍遥法外。

这一绝不公正的判决结果令金宝勃然大怒，当场跳了起来，还好及时被“十三太保”强拽硬拉退出了法庭，但他犹自愤愤不平，一掌拍断了法院门口的小树，叫道：“老子偏不买这个账，让饶德立克这小子等着！”

武雨娟在法庭上听说海伦号今夜明晨将启航离沪，她知道金宝是个说一不二的汉子，一定会采取行动，因而就一直在这儿等着武伯平，想让他去开导开导金宝。金宝很少听得进别人的话，但武伯平是一个例外，或许因为他是武雨娟的兄长。

武雨娟讲着讲着，忽然提出一个意想不到的问题：“哥，我听律师说了，美国、英国、法国在中国的‘治外法权’已经结束了，怎么法庭还会这样判决？”

这是一个武伯平回答不了的问题，他只能哑然。

武雨娟陡然停了一下脚步，将手向前一指，说道：“哥，到了！”

呵，眼前依然是石坪、石锁、石担，已然到了金宝家的弄堂口。

金宝正独自坐在厅堂里喝酒，一见到武伯平，不禁高举酒杯朗声招呼道："原来是武兄驾到，来来来，会须一饮三百杯，一醉方休！"说着，便取过酒杯斟酒。

武伯平方才发觉，厅堂里的大餐桌上竟一溜排地放着十七八只高脚酒杯。他慌忙伸出手去阻拦，说道："我早已戒酒，早已把这一生一世的酒喝光了，难道你忘了？"

金宝哈哈大笑，说道："我是忘了，但今天晚上，不管是忘了还是没忘，凡到我这儿的人，必须陪我一同喝酒！"

武伯平大为奇怪，方才武雨娟才说金宝正满腹愤怒和不满，怎么现在他的兴致如此高涨，不仅独个儿痛饮，还要与人"会须一饮三百杯"？不知不觉间，武伯平已问出了声。

金宝狠狠捋了一把头发，说道："为臧大咬子报仇雪恨的时刻就在眼前了，我怎么能不高兴！我又为什么不开心？"

武伯平吃了一惊，问道："我没听明白，这到底是怎么一回事？"

金宝朗声大笑，一口喝干了杯中酒，缓缓说出一番话来，直听得武伯平目瞪口呆、惊叹不已。

原来，走出地方法院之后，目睹饶德立克趾高气扬地跳上美国吉普绝尘而去，金宝怒不可遏地挥掌断树，在武雨娟等人的劝阻之下，才慢慢冷静下来。是呵，再暴跳如雷、再怒气冲天，又于事何补？难道就能为死去的臧大咬子报仇了？眼下重要的不是发火，而是办法！

说也怪，头脑一冷静，办法自然来。金宝一拍脑袋，当即赶去马路边的大楼电话间打了一个电话给码头上的弟兄，从而得知饶德立克已乘坐码头上的专用小船登上了停泊在江心的海伦号军舰。

那位听得懂洋泾浜英语的弟兄还告诉金宝，饶德立克好像处于极度亢奋之中，一再要求去江边的酒吧、咖啡馆饮啤酒、喝咖啡，但陪着他的几位中国警察不允，说一定要将他安全护送上军舰方好交差，待他们交差完毕，他要喝老酒还是喝咖啡，悉听尊便，与他们再无干系。

金宝一边听一边冷笑，心里已经有了计划。放下电话后，他当即将“十三太保”唤了过来，如此这般地布置了一番，才回到寓所准备了几坛好酒，待“十三太保”干完好事后，一同痛饮庆功酒。

武伯平听到这儿，顿时明白了金宝的如意算盘，笑了笑，说道：“原来你现在是任凭风浪起，稳坐钓鱼台。那，有什么好消息来了吗？”

金宝伸手一拍旁边的电话机，说道：“来了！刚才他们来电话说饶德立克在外滩一家酒吧里喝酒呢，‘十三太保’已经铆牢他了！”

“那，你吩咐他们怎么做？”

金宝笃悠悠地将斟满了的酒杯轻轻移到了武伯平的面前，说道：“武兄，只要你喝一口，我马上就可以讲给你听。你若戒酒了的话，就也没有这个耳福了。”

武伯平无论如何也没料到金宝的歪路子会通到这方面去，只得举起杯子小小呷了一口，说道：“你小子真是大怪路子！”

金宝哈哈大笑，说道：“一点也不大怪路子！血要血偿，命用命抵！管他饶德立克不饶德立克，今天夜里一定要将他投到黄浦江里喂鱼，做余江浮尸，以祭臧大咬子的在天之灵！”

武伯平只感到一股豪气自丹田陡升，举杯一饮而尽。他将杯底一亮，激动地说道："谢谢你，金宝！非如此，不足以解我等中国百姓的心头之恨！"

金宝看了一眼腕上的手表，狠狠一咬牙，说道："此时此刻，他们已经动手了！"

就在说话的当口儿，一回来便进了厨房的武雨娟已将好几道菜肴端上了桌，看得出来，她的动作很熟练，如同家庭主妇一般。

武伯平正看得惊诧不已，金宝却举着筷子连连摇头，说道："你看看你的这个妹妹，我让她歇着，她却偏要去厨房和厨师一起忙忙碌碌，还说她这辈子就欢喜烧饭做菜，真是拿她没办法！"

金宝将头转向武雨娟，说道："你给你大哥介绍一下，哪几个菜是你做的，让他好好品尝品尝你的手艺！不过咱也别谦虚，实话实说，你有几个菜的水平都快赶上一级大厨了！"

武雨娟看了一眼武伯平，脸上忽然显出一丝羞涩，说道："哥，你别听他胡说八道，我一直都在学手艺。喏，这个宫爆辣酱和红烧狮子头是我烧的，你尝尝味道行不行啊？"

武伯平尝了尝，应该说蛮好吃的，尤其是红烧狮子头，颇具家乡的江淮特色，但不知为什么，在那一刹那，他的心中忽然涌上了百般滋味。

是呵，打从武伯平来到了上海，打从武雨娟在程庚生、金宝的帮助下跳出了"包身工"的牢笼，扪心自问，武伯平对武雨娟的关心终究太少了。

当然，武雨娟长大了，有自己的路要走，尤其是在程庚生给她安排了住处、金宝为她安排了工作之后，她与武伯平没有生活在一起。没有了少年时代的朝夕相伴，很多事情都已经走了样。如果人不长大，那该多好！

武伯平不知怎的想起了小时候给武雨娟梳辫子的情景，不觉心头一酸，几乎落下泪来。是呵，回不去了，人已长大。

武雨娟毕竟是细腻的，注意到了武伯平脸上的细微变化，问道："哥，你怎么了？我做的菜不怎么辣呀，你不吃辣？"

"没事，没事。"武伯平陡然惊醒，为了遮掩自己的失态，连忙举起筷子向桌上一指，"弄这么一桌子菜，怎么吃得了呢？"

金宝笑了，说道："待会儿我的弟兄们回来了，不但要吃菜，而且要喝酒，不然怎么叫庆功宴呢？"

话音未落，说曹操，曹操就到，"十三太保"好不热闹地走了进来，一个个拱拳向金宝问安，一个个向武伯平打招呼，一个个喜笑颜开。

金宝大手一挥，"十三太保"当即围着硕大的餐桌团团坐下，一排黑衣侍者不知何时无声无息地出现了，给每个人的面前摆上了餐具和酒杯，并且恰到好处地斟上了大半杯酒。

金宝向坐在他左边的一个彪悍汉子点了一下头，说道："大鼠，你把情况说一下吧！"

后来，武伯平才知道"十三太保"是按天干地支中的十二地支排名的：子鼠、丑牛、寅虎、卯兔、辰龙、巳蛇、午马、未羊、申猴、酉鸡、戌狗、亥猪，所以排名在最前面的是大鼠，依次便是二牛、三虎、四兔、五龙、六蛇、七马、八羊、九猴、十鸡、十一狗、十二猪，最后一个自是排不进地支生肖了，金宝便叫他"十三小弟"，至于姓，则一律随金宝姓了"金"。

只见大鼠淡淡一笑，说道："老大，弟兄们按照你的安排，自是铆牢了那个进了酒吧的大鼻子立克。待他喝得醉醺醺，早就装扮成码头水手的五龙便上前说时间不早了，去军舰的最后一班摆渡小船快要离开码头了，哄得这老小子一摇一摆地跟着走进了码头。到了没有灯火的黑暗处，弟兄们一拥而上，将他套进了麻袋，扛上了小船，到了黄浦江心，'一二三'的号子一喊，就来了个江上种荷花，将他喂鱼去了！"

众人大笑。

金宝也笑，只是目光一闪，突然就不再笑了，问道："十三小弟，人人都在开心地笑，你为什么不笑？"

十三小弟徐叹一声，说道："回答老大，只因我刚才想到了一个问题，忽然就笑不出来了。"

众人的笑声戛然而止。

金宝微微皱了一下眉，问道："你想到了什么问题？"

十三小弟又是一声叹息，说道："大鼠哥在黄浦江上种一朵洋荷花的决定没错，但终究还是忘了一件事，大鼻子立克原本是水兵，并不畏惧江海湖泊，故我有些担心……"

十三小弟的话没有说完，但已足够所有人听懂了他的担心。

大鼠的脸上有些变色，说道："你错了，十三小弟你错了！那么结实的上好麻袋，扎麻袋的扣子又是解不开、挣不掉的水手结，饶是这大鼻子立克有通天的本领，也难以从黄浦江里逃脱！"

没料想十三小弟并不服帖，继续说道："我还是担心，一是我们没有给这小子放血，更没有三刀九洞；二是也没仔细搜过他的身，万一他身上藏有水手刀或匕首什么的……"

话音未落，金宝就哈哈大笑起来，说道："十三小弟到底是十三小弟，太年轻了！你大概根本没见识过什么叫水手刀吧？你以为它像匕首一样短小？大错特错！它和日本鬼子的指挥刀差不多长！所以大鼻子立克身上是不会带着这类东西的。"

十三小弟还想说些什么，金宝打断了他，说道："种荷花的决定是我作出的，与大鼠无关。当然，你的顾虑不是没有道理，非常好！不过，我希望你以后能早一点想到这些，大鼠还能补救。好了，不说这些丧气话了！"

金宝站了起来，高高举起酒杯，一腔豪气勃发地说道："弟兄们，我们今天为臧大咬子兄弟报了仇，为被欺辱的中国人报了仇！来，干杯！"

众人一齐站了起来，举起了酒杯。

然而，这竟然是一杯永远无法干杯的酒。

电话铃声恰在这当口儿不合时宜地响了起来。金宝愣了一下，一脸迟疑。在铃声悠长而尖锐的催促下，他终于放下酒杯，慢慢地拎起电话听筒，说道："喂。"

这一声"喂"之后，金宝再也没有说话，只是顷听着对方的话语。不过，他的脸色正在一点点地变化，一瞬红，一瞬白，一瞬青。

当金宝放下电话的时候，居然久久地说不出一句话来。

"老大，怎么了？"在众人面面相觑了好久之后，大鼠终于硬着头皮开口了。

金宝一下子跌坐在椅子里，良久才发出一声长叹，说道："码头上的内线说，刚才他们看到那个在黄浦江里被种了荷花的美国兵爬上了岸，报警了！现在码头正在紧急搜查嫌疑人……”

大鼠的脸色一变，叫道：“老大……”

金宝摆了摆手，截断了大鼠没有来得及说出的话语，说道：“海伦号准点启航了，没有人员失踪！内线的最后一句话是，大鼻子立克不是饶德立克，我们认错人了！”

“十三太保”一下子全都惊呆了！突然，他们向后退了一步，一个鹞子翻身，顿时全都跪倒在尘埃之中，只喊出了两个字：“老大！”

金宝视而不见、听而不闻，径自缓慢地站起身来，一把握住那斟满了酒的酒杯，举到了眼前，凝视良久，突然一声虎吼爆起：“大咬子兄弟，我金宝对不起你啊！”

在那一声虎吼中，金宝已是连杯带拳狠狠地砸在了桌子上！

酒杯碎了，碎在金宝的掌心里。

鲜血飞溅，片刻之间便在桌布上洇染出一大片一大片红色。

武伯平的心就是在那一刻被震撼的。也就是在那一刻，他才真正了解了金宝——一条中国汉子！

那么，这样的汉子，又有什么理由不让武雨娟嫁给他呢？

没有理由。

这就是武伯平在震撼之余的顿悟。

第二十一章

风乍起，吹皱一池春水

1

夜幕下的金都大戏院，无数警察的脸在晃动，一张比一张年轻。

突然，一大群宪兵包围了上来，钢盔与枪刺在街灯下闪着亮光。

枪声响了！

一名警察中弹，横卧于血泊之中。

又一名警察倒下地去。

枪声还在爆响。

一个又一个市民被子弹打中，遍地已是血流成河。

突然，一支闪着凛冽寒光的刺刀笔直地朝自己的胸膛刺来！

“啊”的一声惨叫，武伯平陡然从床上坐了起来。

张玉兰被惊醒了，吓得一骨碌翻身抱住了武伯平的胳膊，发问的每一个字都像在冰水里浸过，颤抖着说道：“伯平，伯平，你怎么了？”

隔了好久，武伯平才叹了一口气，一言不发地倒在床上，睡了。

可惜，武伯平再也睡不着了。

在 1947 年 7 月末到 8 月初的那些个晚上，武伯平注定无法睡一个安稳觉。他不仅睡不好，还连累张玉兰也睡不好。用武雨娟的话来说，就是“要出大事了”。

不，不是“要出大事了”，而是已经出大事了。

原本那天晚上，武伯平和张玉兰是根本不会去看影戏的，尽管这是国泰影片公司最新出品、名噪一时的古装哀艳巨片《龙凤花烛》，但影戏票的价钱并不便宜，他们是不会舍得花这个钱的，毕竟吃饭过日子永远比看影戏重要。

要命的是张玉兰失业了，被裁员回家了。

这一年，罗格无论如何也阻挡不了物价的飞涨，更阻拦不了政府接收大员们东一个借口西一个花样地变着法子的敲诈，走投无路的他只剩下了华山一条道：裁减工人。

技术工人是厂里的顶梁柱，身强力壮的辅助工是厂里的强劳力，轻易动不得，能削减的只有那些临时工了。于是，再怎么不想回家的张玉兰也只能回家了。

武伯平曾经想去找罗格说说情，但再一想，便决定不去找了。

是呵，若有一丝余地，罗格绝不会将武伯平的妻子裁减回家。尽管他们是老板和工人的关系，但毕竟还是有那么一点深厚的友谊的。

武伯平终究没有去找罗格。

被迫回了家的张玉兰心情不好，整天就是不开心，武伯平也就只能跟着一起不开心了。

武伯平的心情一不好，就影响到他做的生活了。这样一来，钱师傅也就知道了。

那一天，临下班的时候，钱师傅给了武伯平两张电影票，说道："去和玉兰散散心吧！男人是要懂得疼爱老婆的。老程晓得你家里的事情了，这是他特地买来影戏票，请你们夫妻去看的。"

武伯平是个口拙的人，虽然心里十分感激，却一时说不出来，嘴巴张了又合，只说出了两个字："谢谢！"

钱师傅笑了，说道："你呀，去和玉兰看戏，逗她开心一点，就是最好的感谢了。"

回到家，武伯平好说歹说，总算说得张玉兰绽开了一丝丝笑意，同意跟着他来到福煦路和同孚路交界处的金都大戏院。

可又有谁能料到，《龙凤花烛》的影戏没看成，偏偏看到了一场警宪火并的大戏——

为了一个无票观众补票与否的问题，警察和宪兵先是怒言相向，继而大打出手，最后警察从黄浦警局、新成警局、老闸警局唤来了援兵，不甘示弱的宪兵也打电话叫来了两卡车全副武装的宪兵，于是一场武装冲突开始了！据第二天的报纸报道，警察死了7人、伤了4人，市民死了4人、伤了2人，而宪兵仅有1人受了轻伤。

那一晚，武伯平和张玉兰几乎目睹了全过程。

张玉兰被吓得不轻，几次三番要拖着武伯平离去，说道："再好的影戏也不看了。"

武伯平偏偏满怀正义感，不但不肯离去，还为赶来增援的警察队伍指路，说道："那三个打人的宪兵没有逃走，躲到三楼去了！"

当警察冲上楼去时，武伯平还想跟着一起上楼，但被张玉兰死拽活拖地拉住了。

不多久，三楼便响起了尖锐的枪声。这一来，更把张玉兰吓得花容失色，拖了武伯平便走。

可是，武伯平和张玉兰已经走不出去了——乘着两辆大卡车赶来的宪兵将警察反包围在口袋里，还封锁了戏院周边的马路。

亏得武伯平是个死心眼的拙人，他们索性躲在戏院里不走了。而这时，警察和宪兵的战火已经燃烧到马路上去了。

不过，武伯平还是看到了最不该看到的一幕：开车送菜的两个市郊农民一边高喊着“我伲是来城里厢送菜的农民”，一边逃命，却仍旧被宪兵们开枪打死了。

这要命的一幕，便成了如今令武伯平夫妇再也不得安生的原因。

2

天一放亮，沪上各家报纸均刊出了金都大戏院警宪火并的大字新闻。紧接着，全上海的警察举行了罢岗罢工行动，还到市政府门口进行了浩浩荡荡的抗议游行。

武伯平正在班上开着车床，钱师傅忽然领着一个从没见过的年轻人走到他的面前，说道：“小武，这个人想问问你昨天夜里在金都大戏院看到的情况，有啥就说啥，他是程老师介绍过来的。”说完，钱师傅有些神秘地向武伯平眨了眨眼，徐徐一笑，走开了。

这是一个戴着眼镜的年轻人，当场一边拿出本子和钢笔，一边作了自我介绍：“我是《伸雪报》社的，姓杨。就像钱师傅说的，我想了解你这个目击证人当时都看到了什么。”

武伯平有些发愣，说道：“我，我在做生活，一分心，生活就会被做坏掉的……”

“眼镜杨”很体谅地笑了笑，说道：“没事，我等你，等你做好生活好了……”说着，他就走到一边去，用一种带一丝好奇的目光打量起车间和机床来了。就凭这一点，武伯平当即判断他没在厂子里干过活儿。

当武伯平卸下车好的零部件、关上车床时，已经是半个多小时以后了。就在机床环绕、机器轰鸣的陪衬下，武伯平老老实实地把昨夜的所见所闻倾泻在“眼镜杨”的采访簿上。

当采访结束时，武伯平淡淡地问了一句：“你说你是……什么报社的？怎么好像没听说过？”

“眼镜杨”有些腼腆地一笑，还伸出舌头舔了舔上嘴唇，说道：“哦，《伸雪报》是为了这次宪警冲突专门办的一份报纸，它的宗旨是‘公理定会战胜强权，死者的血，生者的力，团结就是力量’，是由警察局刚成立的金都大戏院警察惨案善后委员会主办的……”

见武伯平有些吃惊，“眼镜杨”不好意思起来，说道：“对不起，我刚才没有向你说得更明白一些。其实，其实我也是警察局的，只不过穿的是便衣而已，用老百姓的话来说，就是一个没披老虎皮的警察……”

看到武伯平的脸色微微阴沉了下来，“眼镜杨”慌了手脚，说道：“不过，不过大多数警察也是老百姓，都是为了混一口饭吃……当然，我们还是很感激你的！程老师说了，不要让你的真实名字上版面，我不会给你添麻烦的……”

直到“眼镜杨”离开了好久，武伯平还在一个劲儿地咀嚼着他那话语里的含义，心里忽然就有了一些忐忑不安。

后来，武伯平终于看到了那一份《伸雪报》。这是一份一共只出版了一期的报纸，而且是内部的，没能公开发行。饶是如此，它也被勃然大怒的淞沪警备司令部强令禁止了，声称违者将按戡乱条令治罪。

当然，武伯平也看到了自己说的那些话，配上了文章大字标题“目击血案 令人发指”。“眼镜杨”果然没有食言，文章中目击证人的大名赫然已与“武伯平”三个字毫不沾边，且文末另有一行注明“为保护目击证人隐私，姓名乃假托耳”。

3

三天后的傍晚时分，武伯平和张玉兰正在吃晚饭，忽然听得有人站在家门口“叮当”一声敲响了铁板，随即送来一声清诵：“上知古今，下晓未来，阴阳五行，奇门八卦，无一不精……先生，阿要算命？”

那时天热，房门原本就是敞开的。只见那是一个戴着墨镜的瞽目人，一手执“神算子郁半仙”布幡，一手握探路竹和铁板，穿着一身灰不溜秋的布袍。

武伯平抬头看了一眼，连饭碗也没放下，便挥了挥手，说道：“不算不算……”

瞽目人一脚迈进门来，说道：“敢问先生可是姓武？上伯下平，武伯平先生？”

武伯平一愣，一时竟没有回上话来。

瞽目人不慌不忙地将一份报纸递了过来，说道：“有人让我送一份报纸给你，并且捎来一个口信——小心为上，千万不要出头露面。”

武伯平这才醒过神来，问道：“是谁委托你来的？”

瞽目人压低嗓门说道：“一个姓杨的警察，他已离开警察局，远走高飞了，你听懂我的话了吗？”

不待武伯平回答，瞽目人径自把报纸往他的手上一塞，转身走出门去。

待武伯平想到了一些什么东西追出门去的时候，瞽目人已经晃出弄堂口了。

武伯平大喊一声连忙奔向弄堂口，却见瞽目人健步如飞，须臾便在马路上如织的人流中消失了。

那一刻，武伯平的心头陡然涌上了一个大大的问号。

后来，当武伯平在灯下缓缓打开那一份报纸，方才隐隐有些明白。这是一张警察局出的《简报》，是《伸雪报》被迫关闭后的改版。一条用红笔做了记号的消息引起了武伯平的注意——消息说，国民政府先后派出十余人次来沪调查宪警冲突一案，其中最高职务为国防部次长秦德纯，此案将交由国防部军事法庭审理，接着便是一行被红笔着重勾出的文字——当务之急乃寻找目击证人，找到后务必保证其人身安全无虞，以备开庭不时之需。

蓦然想起瞽目人捎来的口信，武伯平心中不由得一震，“眼镜杨”离开警察局，似是不祥之兆，那么，一切矛头所指岂不就是被《伸雪报》隐去姓名的目击证人——自己吗？

那一夜，武伯平无法入眠，眼前晃动的尽是那些中了枪弹倒下地去的警察和农民的脸，一张张全都鲜血淋淋……

第二天，上班的时候，钱师傅笃悠悠地走了过来，说道："老程让我关照你一声，为了你的人身安全，千万不要去南京。另外，《伸雪报》的杨记者已经离开了上海，不再会有关于你的任何信息泄露给外界了……"

武伯平听了直点头，连一个字也没有回答。钱师傅不会知道，此时此刻，他的心中正飞涨着百尺大潮……

世界上最苦恼的事情莫过于无人倾诉、无处宣泄。武伯平终于忍受不住、煎熬不过，在一个风平浪静的夜晚，向人倾诉、向人宣泄了。

这个人非张玉兰莫属。

一分钟之后，武伯平就后悔了，但他永远不知道上哪儿去买后悔药——张玉兰顿时大哭、大吵、大闹，风平浪静的局面被打破了，已然不复存在。

其实，张玉兰说的并非没有道理。一边是警察、警察局，一边是宪兵、宪兵队，哪一边都不是好惹的大爷，哪一边都不是能够得罪的。一旦得罪了，百分百不会有好果子吃。

武伯平心想，是呵，张玉兰言之有理，可是，可是那些莫名其妙死去的人，尤其是那些深夜赶来市区送菜的郊区农民，难道就是可以得罪、可以死也活该死的蚁命吗？他们的命就这么不值钱吗？谁还他们一个公道、一个天理？他们死不瞑目啊！而自己明明是目击证人，目睹了这一场血案，却偏偏要做一个不闻不问、不敢说、不能说的行尸走肉，装作什么也没听见、什么也没看见的聋子、瞎子，不不不，还要装作一个有口不能言的哑巴，这还是人吗？简直就不是人，更不要说什么男人了！

在那一瞬间，武伯平忽然想起一个人，一个曾经被他不那么尊重、不那么正眼相看的人——金宝，霎时不禁面红耳赤，羞愧难当。

也就是从那一时刻起，武伯平有了自己的选择：为冤死的路人讨回公道。

可是，武伯平首先要面对的是张玉兰的又哭又闹。

既然张玉兰说得并非不在理，既然张玉兰首先考虑的是武伯平的人身安全，武伯平便没有任何理由反对，甚至连一点自我辩护也不能说。于是，他忽然成了骂不还口、打不还手的谦谦君子，而且必须笑脸相迎，几如一尊笑口常开的弥勒佛。

张玉兰绝不善罢甘休，大动干戈地去厂里搬来了钱师傅。

谁也没能料到，武伯平居然对钱师傅说出了一句大不恭敬的话来："师傅，别的事情，你做师傅的尽可以管，但我和玉兰夫妻两人之间的事情，你也能管么？"这实在是一句暧昧得够味儿的话语。

钱师傅"嘿"了一声，气得立马转身走了。

武伯平相信自己的选择。于是，在某一天，他忽然失踪了。

两天之后的一个下午，武伯平出现在了南京国民政府国防部的军事法庭上，身份是：七二七上海宪警冲突大案的目击证人。

这一天，是 1947 年 12 月某日。

次日，军事法庭作出了判决："宪兵二十三团三营八连上等兵罗国新处死刑；彭光浩、九连上等兵鲍开良，共同杀人，各处有期徒刑十五年；八连下士杨燮开、九连上等兵顾明辉，共同杀人，各处有期徒刑八年；中尉排长李豫泰、八连上等兵吴伯良，共同伤害人之身体，各处有期徒刑两年。上尉连长王廷鋈、任亚夫，八连中士班长向中麟、下士班长杨桂初四人无罪，当庭释放。被告警员李天杰、杨句璋、李宝琛、徐剑平、郑宽、梅卓良、童荫之、梁汝源、卓清宝，经查均无军人身份，不属军法审理范围，不予审理。”

武伯平的姓名当即毫无遮拦地赤裸裸地出现在各大报纸的“目击证人”一栏中。

上海宪警流血大案算是画上了一个残缺的句号，武伯平的噩梦生涯却就此揭开了序幕。

一切，均被张玉兰不幸言中。

4

下班时分，武伯平走出了厂门。不远处，一辆摩托车开始轰鸣。紧接着，摩托车风驰电掣般从武伯平的身后疾扑而来。

刚出厂门的钱师傅见势不妙，大吼一声，飞步上前，一掌将武伯平击倒在三丈开外的尘埃之中，可是他自己却躲闪不及，被摩托车带了一下，狠狠一跤摔倒在地。

惊魂未定的武伯平爬了起来，慌忙去搀扶已经坐了起来的钱师傅，不料钱师傅目不转睛地望着绝尘而去的摩托车，嘴唇微微嚅动了一下，说道：“小武，看样子你的麻烦来了，你从现在起就要多加小心，玉兰的担心不是多余的。”

武伯平突然之间就明白了一切，不禁一屁股坐回到地上。

钱师傅站了起来，说道：“这样吧，我们一起去找老程，他会有办法对付的。”

程庚生一巴掌重重地拍在桌子上，说道：“太过分了！国民政府不是有言在先，务必保证目击证人的人身安全无虞吗？岂能如此过河拆桥！我马上去警察局，请求他们立即派员保护目击证人的生命安全，同时向上海市政府、南京国民政府反映！”他来回踱了几步，“钱师傅，你陪小武在工人夜校里多待一会儿，我关照夜校的学员一声，先把小武保护起来。我再去一下警察局，会尽快赶回来的。”

程庚生走了，还特地小心地关上了门。

不多一会儿，门开了，一下子涌进来好些人。武伯平认了出来，他们全都是工人夜校的学员。

晚些时候，来了四个警察，而且全副武装。他们不但将武伯平护送到家里，并且在前后门都站上了岗。

张玉兰哪里见过这种阵势，忧心忡忡地说道：“天哪，这日子怎么过呵？还让人活不活了！”

一直陪在一旁的钱师傅笑了，说道：“活！为什么不活？我们一定会比那些见不得阳光的人活得更好！玉兰，你就放一百二十个心吧！小武在南京军事法庭上的作证伸张了正义、讨还了公道，天下人都站在他这一边，而且老程会想办法的……”

第二天，钱师傅的话果然应验了。一大早，卖报童子就满大街地吆喝开了：“卖报咪卖报！快看目击证人遭到暗杀！国民政府的承诺成了一张废纸！”

到了下午，坊间忽然流传开一个最新消息，说是某某侦探社大显神威，独家侦得了昨日傍晚暗杀目击证人的摩托车车手之下落，在领了警察局的大额赏金之后，双方联手，一举将该摩托车车手缉拿归案。一时间，民间传说纷至沓来，添油加醋，好不热闹。

日落时分，购得晚报及号外者终于窥得全豹。原来，摩托车车手果真被擒了，但其招供自己被一个神秘人斥资雇来诛杀仇家，昨晚在马路上下手，只是认错了对象，与宪警血案风马牛不相及，完全是穿凿附会。摩托车车手坚决不供认神秘的幕后人，直言此乃商业游戏规则，绝不背弃。

这一结局虽然让诸多侦探小说爱好者大失所望，但晚报写手仍笔端生花，将整个破案过程写得一波三折、扑朔迷离，令广大读者不得不大呼过瘾，是以该晚报的销量呈直线上升态势，一时间，上海滩万人空巷争读，大有与张恨水先生的连载小说一争高下、一决雌雄的架势。

刚刚在灯下读完晚报文章的武伯平忽然抬起了头，一言不发地望着窗外，望着流淌了一弄堂的小巷灯火发起呆来，久久地，久久地。

谁能知道，武伯平在想些什么呢？

该做的，青山遮不住，毕竟做了，而且做成了；该来的，两岸猿声啼不住，终竟发生了。

后悔吗，害怕吗？

渐渐地，武伯平的脸上浮现出一抹笑意。他终于想通了：做了，就绝不后悔，只要是为了正义；再说有何可怕？君子坦荡荡，字典里根本就存放不下一个“怕”字。

武伯平忽然笑了，而且笑得很大声，很响亮。

正在灯下纳着鞋底的张玉兰回过头来，望了望武伯平，不觉娇嗔一声：“轻点儿，神经病！”话音未落，蓦又掩口而笑。

窗外，月正圆，洒下了一地清辉。

5

不知从哪一天开始，武伯平的笑声不再那么响亮、爽朗了，而且他时常感到一阵阵手心发热、脚底发热、脸颊发烫、额头发烫，精神也一下子不灵了，甚至连大声说句话也觉得提不起那口气来了。

武伯平生病了。先是连续几天高热不退，再是咳嗽不止，最后整个人陷入了一种迷迷糊糊的状态。

一开始，武伯平并不当回事，原本这年冬天的天气就很不正常地忽冷忽热，昨天穿着棉袄走在马路上，西北风还像刀子一样割脸，今天忽然就太阳当头高悬放射万丈光芒，气温一下子跳了上去，让人浑身上下直冒热汗，跟在蒸笼里蒸着似的，恨不得把棉袄扒得精光，所以他觉得伤个风、感个冒很正常，喝碗姜汤、捂上棉被、睡上一觉、出身大汗把寒气逼出体外就会好，不会有什么大事。

可万万没料到，这次感冒竟会像质地良好的狗皮膏药粘在武伯平的身上不放，而且愈演愈烈，直到把他狠狠地击打得瘫倒在床上起不来为止。

心急火燎的张玉兰急忙赶去有名的中药号大风堂，请来了坐堂老中医赛扁鹊。

望闻问切过后，赛扁鹊神色大为凝重地说道：“寒邪侵入，寒遏阳气，气血津液凝结，经脉阻滞，脾阳受损，须通经络、暖血脉……”言罢，龙飞凤舞地开出药方，嘱去大风堂配制，即时煎服，三日之内必见奇效。

不料，到了第三天，武伯平的病势非但没有好转，还出现了昏昏沉沉嗜睡、四肢不时抽搐的状况。

正当张玉兰六神无主之时，房门砰然一响，钱小妹闯了进来，紧跟在她后面的便是忻一帆。想来一定是忻一帆从厂里得知了消息，告诉了钱小妹。

钱小妹一见武伯平这等模样，当场便毫无顾忌、不避嫌疑地流下了心疼的泪水，一边紧紧地抓住武伯平的手，一边将头转向张玉兰，问道：“你去请过医生没有？医生怎么说？”

当听说大风堂的赛扁鹊登过门，钱小妹不禁惊讶得睁圆了眼睛，蛮有些气急败坏的样子，说道：“这样来势汹汹的毛病怎么能去找中医呢？中医讲究中药调理，药效慢得很！有急病，应该找西医！”

本就心慌意乱的张玉兰被钱小妹这么一嚷嚷，尽管心里有些不快，但不觉慌了手脚，问道：“那，那怎么办？怎么办？”

钱小妹毅然决然地一把抹去眼泪，说道：“去看西医！马上叫救命车，送到德国人宝隆博士开办的德文医学堂，不不不，现在叫同济大学医学院！”

张玉兰正欲开口说些什么，钱小妹杏眼一瞪，没好气地将一肚子怒火撒向了站在一旁的忻一帆，叫道：“你还呆头呆脑地愣在那儿干什么！快去叫救命车呵！”

忻一帆被这一声大叫叫得傻了眼，幸好他是头脑活络的人，只一瞬，便转身向门外跑去，一如屁股后面有一根大棒在紧紧地撵着他。

进了同济大学医学院，经过一番紧张的检查，一位戴眼镜的德国大夫一脸严肃地操着不甚熟练的中国话开了腔，说道："你们来得晚了一点，这位先生的感冒十分遗憾、十分危险地转成了肺炎……"

张玉兰、钱小妹、忻一帆一听此言，当即面面相觑，肺炎是一种能要人性命的凶魔恶煞!

张玉兰第一个开了口，说道："医生，求求你救救我丈夫的命……"

在三个人的一致要求下，德国大夫沉吟了好一会儿，说道："只有一种药可以救他的命，那就是盘尼西林。"

忻一帆吃了一惊，盘尼西林？他太知道这种药品的市场价了！"一根小黄鱼（重为一两的金条）只能换两支！"不知不觉中，他说出了声。

德国大夫微微一笑，说道："这位先生说得不错，很领市面啊！"最后一句他说的是洋泾浜上海话。

原来，时下物价飞涨，忻一帆时常利用手头的余钱做一些投资买卖，是以对这些低吸高抛、大有赚头的紧俏物资行情时时关注。更为关键的是，他还知道上哪儿去淘犟货，比如盘尼西林得到美国大兵在街头摆的地摊上淘，那真是价廉物美!

说起来，美国大兵地摊上的商品几乎是应有尽有，从军用望远镜、军用皮靴、军用牛皮带到女人用的唇膏、玻璃丝袜、弹簧胸罩，全都是进口货。但有一条，交易时必须用大洋或金条，法币一类天天贬值的纸币一律不收。

盘尼西林是问世不太久的舶来药品，加上疗效奇佳，而且当时中国进口甚少，美国大兵售卖的是军队储备物资，价位当然就上去了。不得不说，美国大兵真能发战争财，他们想既然自己不远万里来到了中国，既然枪子没把他们打死，那么只要命还在，只要能捞得到手，除了原子弹和人肉包子，就没有什么不敢摆在地摊上公开出售。

万万没料到，忻一帆的思绪尚未落定，钱小妹却豪情万丈地大叫起来：“小黄鱼就小黄鱼，只要把人救活，我钱小妹豁出去了！”

钱小妹先是转过身，让忻一帆立即回家取小黄鱼，而后回过头，向德国大夫问道：“医生，大概要几根小黄鱼啊？”

德国大夫一时摸不清钱小妹的底细，听她的口气，即便不是身家千万的大户人家，也是家道殷实的富有阶层，当下连连摆手，说道：“这样吧，先静脉滴注一个疗程，视病情再作处理，大约需要两根小金条，也就是这位先生说的小黄鱼，以后多退少补。你们去拿钱好了，我让护士小姐先给病人进行静脉滴注，如何？”

钱小妹刚点了点头，忻一帆就奇怪地问道：“医生，你们不去美国大兵的地摊上购买盘尼西林吗？”

德国大夫摇了摇头，说道：“不，医院有自己的进货渠道，价格比黑市的略低一些，主要是质量有保证。”

直到护士将武伯平推进病房挂上了吊针，忻一帆才匆匆离去。

这时，沉默了许久的张玉兰终于吞吞吐吐地道出了憋在心头的话，说道：“这，这么多钱，我们，我们穷人哪看得起病啊……”

“这话我不要听！”尽管钱小妹竭力控制住了情绪，但还是流露出了心中的一丝真情，“钱要紧还是命要紧？该用就得用，没什么舍不得的！”

张玉兰叹了一口气，说道：“再舍得用，也得有钱才行呵……”

钱小妹看了一眼躺在病床上仍未清醒的武伯平，说道：“小武都这个样子了，钱不钱的还有什么意思……”一阵锥心的难受袭上了心头，她再也说不下去了。

沉默了好一会儿，张玉兰喃喃地吐出了几句话：“不管怎样，这钱我会尽快还你的，要不，这算怎么回事呵……”

钱小妹没有回答。也许是没有听见，也许是不想回答，也许是不屑于回答。

6

一个星期后，武伯平居然清醒了，不仅烧退了、不咳嗽了，还能吃得下东西、起得了床、下得了地了！

德国大夫向武伯平竖起了大拇指，说道：“你的身体抵抗力是一流的，回家后静养两个礼拜，一定可以完全康复，再也不用上医院吊盐水了！”“吊盐水”三个字，德国大夫是用字正腔圆的上海话说出来的。

张玉兰、钱小妹不禁喜极而泣，就连武伯平的脸上也绽开了久病初愈的欣慰笑容，唯有忻一帆阴沉着脸躲到了一边。

是呵，忻一帆怎么开心得起来呢？到底是两根金灿灿的小黄鱼呵，可以兑换白花花的一大堆大洋呢！这都不是主要的，主要是他对武伯平太知根知底了——武伯平没钱，说到底，穷人一个，一个穷人！拿什么东西来还这两根小黄鱼呢？

钱小妹当然可以不管，甚至武伯平不还钱，她也无所谓，毕竟她曾经喜欢过武伯平。可这样一来，忻一帆算是哪座山上的哪根葱呢？眼睁睁地看着自己的媳妇旧情难忘，慷慨大方一掷千金，到头来自己连个屁都不敢放，那还算个什么男人！

欠债还钱，天经地义，可忻一帆要找武伯平要债，恐怕大大不妥，毕竟中间夹着一个惹不起的钱小妹。忻一帆心想，那就让他们来一个夫债妻还，也算是名分账，得让武伯平也尝尝和自己一样说不出、喊不出打落门牙往肚里咽的滋味，那才叫一个绝！更何况，在住院的日子里，忻一帆早已看出张玉兰是一个本分人，她为了怎么还钱发愁得连头发都白了好几根。

忻一帆的目光不经意地掠过不远处张玉兰那张喜不自胜的脸，心中开始盘算如何让她老老实实地“夫债妻还”。他知道事情的关键在于要有一个计谋，一个能让她乖乖上钩的巧法儿。

忻一帆忽然笑了，和大家一样灿烂无比地笑了起来。

是的，忻一帆毕竟是一个有料之人，他已经想到了一个绝妙的方法，保证不仅能让张玉兰推托不了，而且会让她比他更起劲！

一念及此，忻一帆便笑得有些肆无忌惮起来……

忻一帆没有想到，张玉兰居然会主动上门找他。

忻一帆更没有想到，张玉兰居然是来求他帮忙找工作的。

真是天遂人愿。

那一天，钱小妹正巧不在家，她出门的时候关照了忻一帆一声。忻一帆现在回想，她大约是说去找大风堂的赛扁鹊调理什么的。其实，他根本就没注意听她说什么，因为他一听到“医”字就心烦——准又是奔武伯平去的，这算是哪一门子的事情，真是变成了烂膏药，一粘上了甩也甩不掉，还有完没完哪！

张玉兰的开口虽然是忻一帆求之不得、正中下怀的事情，但他深知自己的回答不能太直接，起码得装装傻，来一番云遮雾盖，到最后时刻揭晓谜底，才能获得意想不到的效果。

忻一帆先是大叹了一番时下大背景的苦经——物价飞涨，征税已到了“万岁（税）万岁（税）万万岁（税）”的地步，而后说起了找工作的不易——各行各业濒临倒闭、大批裁员。在做了这些人人都明白的铺垫之后，他才半遮半掩、半吞半吐地说出张玉兰可以考虑的某种谋生的行当。

张玉兰顿时如同中了箭矢一般跳了起来，叫道：“舞女？让我去当舞女？不不不，我不去！”

一切均在情理之中，当然也在意料之中。忻一帆一点儿也不着急，和颜悦色地连连点头，说道：“你说得一点儿也没错，换了是我，也肯定像你一样不去不去不去！不过话说回来，哪一家好端端的女子会没事找事地上那种地方去谋生挣钱？说白了，还不都是被钱逼得无路可走了嘛！当然，这只是我刚才瞎想想、瞎讲讲的，你也别往心里去，只当我没说过。来，我们再一起想想别的办法。俗话说得好，天无绝人之路嘛！”

老天爷偏偏喜欢绝人之路，尤其是穷人之路。忻一帆和张玉兰坐在那儿挖空心思、动足脑筋寻觅上海滩三百六十行中有哪一行可以让张玉兰赖以生存、有哪一种生活是张玉兰能做的，一会儿正过来想、反过来想，一会儿顺过来想、倒过来想，反正不是这个走不通，就是那个行不得，最终两人都成了黔驴技穷的蠢毛驴，大眼瞪上了小眼。

关键时刻，忻一帆终于走出了一步险棋。若不成，则画虎不成反类犬，赔了夫人又折兵，不但讨不回债，还得被钱小妹吃生活；若成了，则为绝妙的欲擒故纵之计，一箭三雕——还债、杀钱小妹的威风、剥武伯平的脸皮。

忻一帆以一种漫不经心的态度道出了一段经过深思熟虑的话语来："依我看，你也没有必要这么急吼吼地出去寻生活做的，家里总还没到揭不开锅的程度吧？再说了，小武的身体刚好一点，正是需要你照顾的时候……"

张玉兰缓缓摇了摇头，说道："你不晓得，我这个人从来不喜欢欠人家的钱，一欠人家的钱就有心思，一有心思就睡不着觉。唉，你们男人是不懂这世上做女人的苦处的。"

忻一帆一脸惊讶地说道："你欠人家的钱？欠谁的？我去帮你找他说说看……"

张玉兰幽幽地看了忻一帆一眼，什么也没说。

忻一帆犹自一腔热忱地说道："你说呀！这个人是谁？只要是我认识的，就肯定是一句闲话的生活……"

见张玉兰依然没有开腔，忻一帆愣了一下，接着似乎想到了什么，不觉显出了恍然大悟的神色，说道："哦，你不会说的是买盘尼西林的事情吧？"

张玉兰肯定地点了一下头，说道："当然是！这么多钱，让我和小武拿什么还？"

忻一帆一下子激动得站了起来，声音也大了起来，叫道："你这是什么意思？难道不感到太见外了吗？怎么会想得出来要还钱？真是的！我们都是老朋友了，再说什么钱不钱的话，休要怪我没有好脸子给你看！凭小妹那脾气，非要骂得你外婆窝里也不认识！再提‘还钱’二字，就是打我和小妹的脸！”

忻一帆已经看准了张玉兰的脾性，把话说得越凶、越过头，她一定越不买账、越不肯应允。

当然，说出这一番慷慨激昂的话语，忻一帆还是在心里暗暗捏着一把汗的。万一张玉兰老面皮地接话：“行啊大哥，我正困难着呢，时下生活也蛮难找的，那就赊个账吧，先记下，等哪一天有钱了再还你。”若是如此，忻一帆也只能自认晦气，竹篮打水一场空，霉头触到外国大马路上了！

不过，忻一帆还是有几分自信的，既相信张玉兰的秉性不会改，也相信自己的运气不会这么差，所以才有勇气讲出那些打肿脸充胖子的豪言壮语。

张玉兰果然没有让忻一帆失望——她感动得差点儿掉下泪来，说道：“你和小妹这样关心我们……我们，我们真不知该怎么报答才好……”

忻一帆正欲说几句动人的客气话，不料张玉兰蓦地毅然决然地说道：“我想通了，就去做舞女吧！”

忻一帆一愣，虽是求之不得，却也大出意外，说道：“不不不，刚才我是瞎讲讲的，其实舞女是不好去做的，有交关人是看不起的。”

就在方才那一瞬，张玉兰的真诚不可阻挡地感染了忻一帆，他突然为自己让她去当舞女的初衷感到了龌龊和卑下，甚至有些看不起自己，所以他现在说的是真心话。

可惜张玉兰毫不领情。是呵，当真话和假话掺杂混搭在一个锅里的时候，谁还能分辨得清？她冲着忻一帆凄然一笑，说道："我仔细想过了，我这个人也只有舞女这碗饭可以吃了。你原先说的话是对的，谢谢你。不过，我不会对别人说是你提出来让我去做舞女的，你放心好了。"

忻一帆不无尴尬地僵在了那儿，一时间还真不知该说什么才好。

7

张玉兰终于下海做了舞女。

张玉兰是感谢忻一帆的，是他将她介绍进了百乐门舞厅，也是他手把手教会了她慢三步快四步，还是他为她添置了舞女的全套行头。

其实，忻一帆是不需要张玉兰感激的，他一直认为自己做的这些完全是应该的、理所当然的，因为这些是必需的投资，是为了让那两根小黄鱼完璧归赵应该付出的。

华灯初上，一曲"蓬嚓嚓"终了。在弹簧地板上划来划去的极具动感的华尔兹舞步停止了，人们开始向舞池边靠拢。

张玉兰再也不是初涉舞厅的雏儿，而是舞姿翩翩、舞步灵动的老练舞女了。她不贪婪，无论邀她跳舞的舞客给她多少舞资和小费，她从不嫌少，更不会与舞客脸红脖子粗地发生纠纷；她不挑剔，无论邀她跳舞的舞客是高是矮、是肥是瘦、是俊是丑，她一概笑脸相迎送，来者是贵客，过后不相识——一旦相识相知，便会有无穷无尽的私情烦恼产生；她不拖场，一过晚上九点便匆匆离去——武伯平哪里晓得她下海做了舞女，还以为她到一家厂子里做常中班，所以她一离开舞厅便赶去化妆间换下行头、擦尽脂粉，下二楼到百乐门旁边的一条小马路上，那儿有一辆长包月的黄包车在恭候着她。

张玉兰做的就是一份生活，与厂子里的车工、刨工、钳工一般无二。她的目的就是挣钱，面对灯红酒绿、声色犬马，她心如止水。可是，今夜今宵，此时此刻，她忽然再也无法把持，只缘遇见了一个人。

此人正是王小开。

其实，王小开暗中观察张玉兰已有一个多月了。起初，他压根儿不相信她这样一个纯情女子会出入百乐门这样的场所，待看清之后，他料定她一定有不为人知的苦衷。

王小开下决心要解开这个谜。很快，他便知道了武伯平大病初愈、刚回厂里上班不久的事情。他继续关心下去，便了解到武伯平为了治病欠了一屁股债。如此一想，他便料定张玉兰出入舞厅是迫不得已的。

让王小开感到奇怪的是，在最初的日子里，居然都是忻一帆带张玉兰随着舞曲踏进舞池。渐渐地，他看明白了，忻一帆不仅是张玉兰的舞搭子，更是教头。随着张玉兰舞技日臻娴熟，忻一帆逐渐减少了出场，最后终于不再露面。

王小开是何等人物无须赘言，绝对属于人精那一类，他不会看不懂这种故事，只是一时有些吃不准忻一帆和张玉兰到底是男女情爱，还是有着另外的原因。如果是前者，那就欠揍了，毕竟“朋友妻，不可欺”。当然，他自己可算不上武伯平的朋友。

天下没有不透风的墙。王小开终于知道了两根小黄鱼的事情，那是他亲耳听到武伯平对钱师傅说的。

好巧不巧，当时王小开路过武伯平的车床，听到钱师傅正在责怪武伯平，要他别再把钱小妹买盘尼西林的事情放在心上，身体健康才是一等一的大事，既然钱小妹的手头有钱，帮她用掉一点也不过分。

武伯平苦着脸说道：“可那到底是两根小黄鱼呵！”

钱师傅一下子虎起了脸，说道：“你这是什么话？把我们父女俩当外人看哪……”

看到武伯平的脸朝自己的方向转了过来，王小开慌忙走开了。仔仔细细前后一想，王小开顿时揣摩出个八九不离十　也明白了让张玉兰下海的馊主意一定是精明的忻一帆出的。唉，忻一帆这个人哪，真是精明不高明呵！他忽然大为同情起张玉兰来。

这一晚，王小开突然出现在张玉兰的面前，笑容可掬地向她邀舞。她虽然吃惊，但还是把手伸了过去。在“蓬嚓嚓”的过程中，他很聪明地什么也不问，仿佛她在百乐门做舞女是天经地义的事情。他一曲接一曲地邀请她跳舞，几乎是把她包了下来。在给付舞资和小费的时候，他递出的百乐门舞厅筹码几乎是别人的两倍。看到她接过筹码的手明显颤抖了一下，他清晰地知道她已明了自己的一番心意。

九点刚到，卸了妆、换了行头的张玉兰刚从化妆间走了出来，不觉一愣，只见王小开正笑吟吟地走了过来，耳语一般说道：“我送你回家，顺路的。”

张玉兰慌忙摇头，说道："不不不，我有包车的。"

王小开淡淡地笑着说道："我已经帮你回掉了，能节约一块钱是一块钱。对了，我的车就停在原先黄包车那里。"说罢，头也不回地走了。

这个晚上，张玉兰是乘坐王小开的私家车回家的。

从这个晚上开始以后的无数个晚上，都是王小开送张玉兰到弄堂口的。

王小开表现得很正人君子，绝无半点非分之想，恭恭敬敬来，恭恭敬敬去，赢得了张玉兰一天比一天多的尊重。

假如一切就此发展下去，也许会有一些故事发生。然而，一些事情总喜欢在人们料想不到的时候发生。

那是一个月光异常皎洁的晚上，王小开一如既往地在弄堂口将轿车徐徐靠边停下，在向后视镜看了一眼之后，他突然发动车子，缓缓向前驶去，直到又过了一个弄堂口才将车停下。

张玉兰大为惊诧地问道："怎么了，发生了什么事情？"

王小开若无其事地一笑，说道："没事，刚才车子有点状况，一时停不下来。"

张玉兰将信将疑地下了车。车门刚一关上，王小开的车子就开走了。

王小开没说实话，他说没事，恰恰是有事。刚才，他往后视镜中看了一眼，看到了一个人，一个突然出现的女人——钱小妹。

其实，在王小开看到钱小妹的同时，钱小妹也看到了王小开——她看到的不是王小开的人，而是王小开的车。王小开并不知道，钱小妹认识他的车。

原本，一切都很正常，王小开开自己的车，愿开就开，愿停就停，可颇为蹊跷的是，他的车刚在弄堂口停下，还没见人下车，突然又慌慌张张地开走了，在不太远的远处停下后，一个人跳了下来，走的却是回头路。这就说明，刚才王小开并没有停错地方，而是有意开到前面，好像在回避着什么。

钱小妹不觉疑心顿起，闪身到树后观察了起来。

近了，近了，一步一步更近了。

钱小妹陡然吃惊得几乎叫出声来。张玉兰？怎么是她！张玉兰与王小开可是八竿子打不着的呵！王小开怎会夜半开车送佳人归？张玉兰不是去一家厂子里做工，做的是常中班吗？这眼前的一幕唱的是哪一出啊？

钱小妹默默地看着张玉兰走进了小巷深处，又默默地看了看手里提着的瓦罐，一抹悲哀不禁袭上了心头。这在煤球炉上熬了整整一天的老母鸡汤本来是准备趁张玉兰下班在家的时候给武伯平送去让他好好补补身子的，可这一来，钱小妹忽然觉得心灰意懒，慢慢地来了个向后转，回家了。

当钱小妹踏进家门的时候，忻一帆看了她老半天，奇怪地叫了起来："你怎么又把鸡汤拎回来了？小武不在家？他老婆也没下班回来？"

钱小妹小心地放好鸡汤瓦罐，转身抓起茶杯咕咚咕咚地喝了大半杯，在桌前坐定之后，才以一种十分平静的语调说起刚才的发现。

忻一帆听得目瞪口呆，良久才道出一句话来："这是真的？"

钱小妹狠狠地给了忻一帆一个大白眼，说道："我为什么要说假的！啊？"

忻一帆有些慌了神，说道："不不不，我不是这个意思……"

"那你是什么意思？"

忻一帆期期艾艾了老半天也没说出个子丑寅卯，其实他不希望这是真的，也不相信这会是真的，但又害怕这是真的。王小开到百乐门舞厅百分之百是真的，但要说与张玉兰有什么瓜葛的话，倒也未必。只是他有些时日未去百乐门了，加上钱小妹说得有鼻子有眼的，顿时令他心中大为忐忑不安。现在只剩下了一个办法，那便是去找张玉兰，当面问上一问，势必一清二楚。

忻一帆抬头看了一眼窗外，月亮已高高爬上了中天。今夜已晚，且待明日吧！

8

第二天，由于被手头上一些厂子里的事情绊住，忻一帆忙乱得完全将张玉兰忘记了，待想起来的时候，又是月上中天了。无奈之下，他决定上武伯平家里一趟，看有没有机会单独接触张玉兰。

一进武伯平家里，忻一帆就傻了——不仅武伯平在，还有钱小妹在，就连王小开也在，而且人人情绪低落、满脸沮丧，空气中弥漫着一种莫名的恐慌氛围。

忻一帆刚问了一句"你们怎么了"，钱小妹就冲了上来，挥起老大的巴掌要扇他耳光，幸得被武伯平和王小开及时拉开了。

忻一帆哪里摸得着头脑，不禁叫起了泼天冤枉："到底发生什么事情了！和我有什么关系？为什么要打我！"

钱小妹气得脸色煞白，叫道："打死你也不冤枉，全是你做的好事！”

忻一帆一时没能领会，当然毫不买账，说道：“什么你做的好事、我做的好事，你把话说说清楚！”

王小开走了过来，一把将忻一帆拉到一边，低声咕噜了几句，忻一帆的脸色顿时变了。

原来，今天下午，上海滩的三千名舞女来到位于马当路上的上海社会局请愿，要求当局收回“禁止跳舞，关闭舞厅”的禁令，由于社会局局长吴开先避而不见，舞女们与警察发生了冲突，还冲进社会局，将之砸了个稀巴烂！傍晚，增援而至的大批警察和“飞行堡垒”将舞女们一卡车一卡车地抓走了。这就是轰动全国的“上海舞女风潮案”。

王小开告诉忻一帆，百乐门被列为第一批关门的舞厅，估计张玉兰是身不由己卷进去的，因为舞女们去请愿的口号是：“我们要饭吃！我们不要失业！”

忻一帆尽管心里在不停地打鼓，但偏偏还要嘴硬地说道：“这和我有啥关系……”

王小开朝忻一帆一笑，说道：“好咪，不要把人家统统当戆大，把人家当戆大的人才是戆大。没有你阿忻，张玉兰要想下海当舞女，恐怕连舞厅的门朝南开还是朝北开都找不到！”

忻一帆忽然连半个字也吐不出口了。让他觉得可怕的是，武伯平和钱小妹肯定全都知道了！他知道说出这个秘密的人绝对是王小开，昨夜，不，无数个昨夜的昨夜，王小开都用私家车送张玉兰回来，对王小开而言，已经没有存在秘密的角落了。

就在忻一帆狼狈不堪、不知如何是好的时候，房门砰然一声被撞成了内八字，钱师傅气喘吁吁地冲了进来，说道："快，快去嵩山警察局，玉兰，玉兰被关押在那儿！"

一时间，众人全都冲了出去。

就在忻一帆奔过钱小妹的身边时，钱小妹突然闪电般伸出手，咬牙切齿地狠狠一把扭在他的胳膊上，叫道："找不到玉兰的话，我饶不了你！"

忻一帆没有叫出声来，尽管这一把扭得他痛彻入骨。他不敢叫，于情于理于节，实在一无是处。

三天后，张玉兰终于回到了武伯平的怀抱，夫妇二人当着众人的面抱头痛哭。

武伯平哭着说道："你怎么可以瞒着我下海呢？我绝对不允许你去干这种行当！"

张玉兰也哭着说道："我再也不会当舞女了，哪怕是讨饭做乞丐也不去了！"

就在忻一帆看着武伯平和张玉兰哭得稀里哗啦的时候，他突然觉得耳朵一紧——钱小妹揪着他的耳朵便朝外走，一直走到自己家里去了。

据说，一关上家门，钱小妹就将一块洗衣搓板往忻一帆的面前一扔，态度无比恶劣地叫道："跪下！"

又据说，忻一帆老老实实、服服帖帖地在搓衣板上跪了三天三夜。

此说不知是否真实，不过，忻一帆本人是从来没有承认过的。无论采用何种方法考证，他只是笑吟吟地听，听完后淡淡地来一句反问："你说呢？"

第二十二章

杏花雨，桃花风，春染江南绿

1

武伯平最近一段时间很忙，常常很晚才到家。他对张玉兰说自己天天在厂子里加班，其实谁都不知道，他在干一件很机密的勾当。

下班后，一出厂门，武伯平就跳上那辆钱师傅借来的除了铃不响浑身都响的脚踏车，骑进马路对面的小弄堂里。七拐八弯地出了这条弄堂，又骑进另一条弄堂，直到确认身后无人跟踪，才发疯似的往郊区蹬去。

半个多小时后，武伯平来到了江湾一带，一辆没有熄火的摩托车停在路边，摩托车车手端坐在鞍座上，静静地抽着烟。

武伯平从脚踏车上跳下，径直走向摩托车，摩托车车手也扔掉了香烟，一把推过脚踏车，蹬上便走。这时的武伯平也坐上了摩托车鞍座，一拧把手，启动向前。

不久，武伯平和摩托车车手一前一后地来到江湾体育场，穿过刻有吴铁城题词“上海市运动场”的由人造白石筑成的大拱门，来到田径场的跑道上。时近黄昏，兼因战事逼近，亦无体育赛事，故几乎看不到人影。

马达轰鸣，武伯平驾驶着摩托车围绕跑道开始了一圈又一圈的飞驰。摩托车车手坐在跑道边抽烟，当武伯平的摩托车经过他的身边时，他便取下嘴边的香烟，猝不及防地猛吼一声："加速！"或者狂叫一声："冲刺！"除此之外，两人并无交流。

当夜幕降临时，武伯平和摩托车车手坐上了各自原先的坐骑。

往昔，武伯平问："明天？"摩托车车手答："老辰光，老地方。"而后无言而别。

今天忽然有了不同。武伯平问："明天？"摩托车车手竟答："今天是学车的最后一天。"

武伯平有些发愣，问道："这么快？已有十天了？"

摩托车车手面无表情地说道："你合格了，不需要再学。"

摩托车发动了，武伯平有些不舍地说道："不好意思，你教会我开摩托车，可我对你却什么都不清楚，别说是干什么的了，就连姓什么也不知道……"

摩托车车手看了武伯平一眼，说道："我和你一样，也不知道你的姓名和行当，但我什么也不想知道。我只知道，有人给了我一笔钱，让我来干这件事情。现在咱俩银货两讫，谁也没欠谁。"

武伯平微微一愣，问道："原来是这样？"

摩托车车手重重地点了点头，说道："从下一分钟起，你和我就是陌路人，哪怕以后在马路上碰见也不会相认，而且根本就没有这十天的故事发生过……"

摩托车轰鸣起来，一阵风似的开走了，把武伯平留在了杳无人影的偌大体育场里，一任早春的风肆无忌惮地向他飞扑而来，让一大团寒冷包裹住了他……

2

出钱的人是谁？为什么要出这个钱？武伯平不知道，也无法知道。他只知道，当初是钱师傅来和他说这件事情的。

那天才上班，钱师傅就走了过来，说道："老程让我带一个口信给你，今天下班后，有一个骑摩托车的人在厂门口等你。你骑上我借来的脚踏车跟着他去一个地方，他会教你开摩托车，时间一共是十天。"

武伯平大吃一惊，问道："开摩托车？我为什么要学开摩托车？"

钱师傅沉吟了一下，说道："我也不知道，反正老程找你，一定有他的道理。不过，如果你不愿意去，就在吃午饭之前给我一个确切的回复。"说完，转身走了。

不知为什么，就这么愣愣地看着钱师傅的背影不过三五秒钟，武伯平忽然叫了一声："师傅，我去！"

钱师傅缓缓回过头，什么也没说，只是露出了一个欣慰的笑脸。

当天下班以后，等候在厂门口的摩托车车手便把武伯平带进了上海市运动场。

摩托车车手是一个沉默寡言的人，即便要教什么，也从不开口说如何做，而是先盯着武伯平，见武伯平把注意力集中到他的身上，便开始做示范动作，接着走到一边，让武伯平按他刚才的动作操练一番。武伯平若做错了，他也不开口训斥，只是恶狠狠地瞪一眼，一挥手，让武伯平重新来过；若做对了，他便把手向跑道一挥，让武伯平反复操练。结束之前，他终于开口说了一句话："把今天所有的动作连起来操练一遍。"武伯平笑了，心想："你再不开口说话，真要把你当哑巴了！"

摩托车车手是一个喜怒不形于色的人。只是有一回，不知从哪里奔出一个穿制服的警察，一上来就凶巴巴地叫道："你们是哪儿的？怎么可以在这里乱开摩托车，出去出去出去！"

摩托车车手从身上掏出一个有皮套的证件递了过去。警察伸手接了过去，很不屑地一会儿看看证件，一会儿看看摩托车车手的脸。

摩托车车手陡然恼怒起来，劈手夺回证件，叫道："去，叫你们殷行区警察局的王局长来检查老子的证件！"

警察一愣，突然来了一个立正，说道："对不起！误会了长官！对不起！请训导！"而后抬头挺胸地站在那儿，带着一脸恭敬和小心。

没想到，摩托车车手冷不防将手指向远处，吼了一声："滚！滚到体育场大门口去给老子站岗！老子是在执行特别任务！"

警察的两个脚后跟顿时用力一靠，"咔嚓"一响，又是一个毕恭毕敬的立正，只听他叫道："是，长官！"他紧接着向后转，屁滚尿流地向体育场大门口奔去。

摩托车车手回过身，跟没事人一样，若无其事地对武伯平进行摩托车驾驶训练。

不过，武伯平的眼睛很毒，在方才那张证件一来一去之间，已经看清了那是一张盖有鲜红大印的保密局证件，而且烙有蓝色字体

“特别”二字。

武伯平终究是见过些许世面的人，当然懂得在什么情况下该做什么，于是他把自己当成什么也没看到、什么也没听到的瞎子和聋子，仿佛什么事情也没发生过。

摩托车又轰鸣起来，开始了环绕跑道的一遍遍冲刺。

3

几天以后的一个晚上，武伯平骑着脚踏车来到四川路桥下的虹口医院。因为天色已晚，进进出出的人不多，就连大门也拉上了。

武伯平一下车，便隔着木栅栏看到了医院大门内停着一辆摩托车，正是它陪伴他度过了难以忘怀的整整十天时辰。

武伯平拉开了医院的大门，他知道大门是虚掩着的。将脚踏车停在旁边后，他推了摩托车便走。

一来到大门外，武伯平便用力地踩动了脚踏板，不一会儿，摩托车发动了——钥匙就公然插在上面。

武伯平百分之百地肯定有一双眼睛在暗中看着他，因为他正在按命令行事。

命令是这样的：武伯平将摩托车开到五角场，等候一个穿军装的人。时间是晚上九点到十点。穿军装的人骑脚踏车来，对武伯平说“花”，武伯平答“好”，穿军装的人接着说“月”，武伯平答“圆”。“花好月圆”之后，武伯平立即用摩托车以最快的速度将穿军装的人载送至四川路桥下的虹口医院内，再骑脚踏车离开。武伯平不得与穿军装的人交谈，不得关注其行踪。

夜幕降临，寒风刺骨。武伯平已经在五角场的一棵大树下静静地恭候着那个穿军装的人了。他把衣领竖得高高的，来回踱着步，不时因为寒冷而用力跺脚。

五角场本就地僻人稀，更何况在这样的隆冬之夜。偶尔有人走过，武伯平会抬一下眼，十分警觉的目光瞬间刺破茫茫夜色。

也不知过了多长时间，陡然之间，武伯平觉得脚下的大地如同抽风似的大力抽搐了一下，紧接着，他看到偏西北的方向升起一个巨大的火球，霎时映红了大半个夜空，再后来，他听到连续不断的爆炸声。

就在这时，武伯平突兀地看到了一幅震撼他一生的美丽图画：背衬着冲天的火光，一个小小的黑点飞快地向他这边移动着！近了，更近了，他才看清这是一个人，一个拼命地蹬着脚踏车的人！

蹬着脚踏车的人显然看到了摩托车，隔着老远便从脚踏车上跳了下来，一边飞奔过来，一边大吼了一声：“花！”

摩托车迎了上去，武伯平高叫道：“好！”

“月”“圆”刚一出口，那人已飞身跃上摩托车，摩托车箭矢一般射了出去！

很快，武伯平看到了无数救火车、“飞行堡垒”、军用卡车迎面疾驶而来，直向那冲天大火升腾的地方呼啸而去。

第二天，武伯平才从报纸上知道了事情真相，发生大爆炸的是国民党重要的军事物资储存地——江湾军火库，当时端坐在他身后的则是一天之后遭到全城通缉的国民党少尉技师赵先生。

武伯平和赵先生是在虹口医院分的手。武伯平将摩托车停放在原处，跳上脚踏车便走。赵先生则朝武伯平轻轻地挥了挥手，头也不回地匆匆踏上医院的台阶向里面奔去。

武伯平不知道赵先生后来的行踪，因为他蹬着脚踏车来到了一条弄堂，参加了一场通宵达旦的狂欢——程庚生的婚礼。

武伯平在这场婚礼上理所当然地见到了程庚生的新娘子——李招娣，她也算是武伯平的老熟人了。当年，她和武雨娟一同在程庚生的策划帮助下逃离了虎口，成了英美烟草厂的一个女工，后来到工人夜校念书，成了程庚生的学生。武伯平至今难忘李招娣怯生生地约程庚生下课后一同回去那一幕，当时她还找了一个硬邦邦的理由——两人回家的路线蛮顺的。

很久很久以后，武伯平才明白钱师傅坚持让他参加程庚生婚礼的良苦用心：让大家在那么一个性命攸关的敏感时刻见证武伯平参加了“闹新房”，用一种很专业的腔调说，便是他不在犯罪现场的绝佳证明。

果不其然，后来据狼牙说，他们为江湾军火库大爆炸调查搜捕了很长一段时间。毕竟，这场大爆炸太惊天动地了，不但震惊了上海，也大大震惊了周边地区，甚至连聚集在长江边上的人民解放军也看到了冲天的火光，那场大火燃烧了整整一天一夜。

4

在为飞涨的物价和艰难的生计生出无穷无尽苦恼的日子里，张玉兰忽然有喜了，这不禁让武伯平又喜又愁。喜的是，结婚好几年了，她的肚子总是不见动静，现在有了岂不让人高兴？愁的是，在整天拎着几口袋钞票去买米买菜的光景下，家中一旦添丁，不就更是添苦添累，让人怎么活呢？

就在这种喜喜复愁愁的心情里，武伯平迎来了一个阳光明媚的午后。这是武伯平这一生一世中最为灿烂的日子。

武伯平在弄堂里拐了好几个弯，确定身后没有尾巴之后，悄然闪进一家学校的校门。

今天是礼拜天，学校里连个人影都看不见，唯有程庚生独个儿坐在走廊尽头的教室里，手执一卷，摇头晃脑地默诵不已，似清心寡欲的好好先生，又似等候着什么人。

无人的学校，寂静的教室，还有不会开口说话的课桌椅和大黑板，真是一个绝妙的幽会场所。

无奈的是，不太远的马路上时不时地传来“飞行堡垒”一路遗落的声声警笛，毫不留情地搅乱了这一恍如世外桃源的孔夫子圣地的清静安逸。

此时此刻，同样不平静的是武伯平的心情。因为程庚生劈头盖脸的第一句话直如一个霹雳在他面前炸响：“你愿意加入中国共产党吗？”

“愿意。”

“你能够不顾一切地完成党交给的任务，哪怕牺牲自己的生命？”

“能够！”

“你知道中国人民解放军已经渡过长江了吗？”

“知道。”

“你知道这意味着什么吗？”

“垂死的敌人将更加疯狂！”

“你不怕流血牺牲吗？”

“早就经历过了，再也不会害怕。”

一页白色的纸在课桌上轻轻展开，上面印着姓名、籍贯以及誓言等。

“你自愿加入党的话，就请真实地填写这份《入党志愿书》。”

武伯平毫不犹豫地抓过程庚生递过来的周虎臣毛笔，舔了舔笔尖，工工整整地填写起来。

一面镰刀斧头党旗出现在武伯平的面前，那是程庚生用粉笔在黑板上淡淡勾画出来的。

就这样，武伯平握紧拳头、举起右臂，跟着程庚生向党旗庄重宣誓，成了中国共产党队伍中的一员。

两双大手重重地握在了一起，一声呼唤轻轻地从心底涌了出来：“同志！”是呵，从此就是风雨同舟、患难与共的同志了！

武伯平感受到了一种幸福、信任、担当和神圣。于是，他笑了，笑得十分由衷。

在离开的时候，武伯平看到程庚生用力地将黑板上的党旗擦去了，一直擦到再也看不出一丝痕迹为止。

武伯平没有看到的是，在他离开以后，程庚生擦亮了一根火柴，将他的那份《入党志愿书》点燃烧掉了。

武伯平更没有想到的是，他并不是这天走进这间教室的第一个人，也不是最后一个人。也就是说，那天面对党旗握紧拳头宣誓的何止他一人？

武伯平走出弄堂来到马路上的时候，又一辆“飞行堡垒”鸣着警笛迎面而来。他抬起手，轻轻扯直了衣领，神态自若地走进那一片警笛声中。

5

军队就要开进厂子里拆除机器了，谁都知道，远东机械厂的那些机器设备可以造枪造炮，眼下华东野战军已经把上海围得跟铁箍似的，有关方面还能不上些心吗？

于是，一个阴霾弥漫的傍晚，先是全副武装的士兵包围了工厂，接着是装甲车轰轰隆隆地开到了厂门口。可是，到了厂门口，他们就寸步难行了——随着厂房上空陡然鸣响的一阵紧似一阵的汽笛声，一大群又一大群手里握着榔头、管子、钳子、钢管、扳头的工人从四面八方蜂拥而来，截断了他们前往厂子的路。

武伯平和几个戴着“工人纠察队”红袖章的人走在队伍的最前面。对面的带队军官阴沉着脸，冷冷地看着渐渐逼近的工人，突然拔出腰间的小手枪，狂吼一声：“把那些戴红袖章的统统抓起来，就地正法！”

带队军官的身后忽然爆发出天崩地裂的吼声：“反饥饿！反内战！反迫害！不准破坏我们的工厂！”

带队军官和士兵回过头去，霎时一个个全都傻了眼！只见军队和装甲车所在的马路上不知何时冒出了无数工人，正在浩浩荡荡席卷而来，大有淹没军队之势。

片刻间，军队和工人已接近零距离。工人们很快便突破了军队的防线，展开了胶着状肉搏。

突然，一个士兵举起枪托，恶狠狠地朝走在队伍前面的程庚生砸了过去。

冷不防一声尖叫，从站在马路街沿围观的人丛中冲出来一个人，不要命地一把将程庚生推到一边。

此人正是张玉兰。

听说厂子里出事后，张玉兰慌忙丢下手里的针线活儿，气喘吁吁地奔出了门。由于是双身子，奔不太远便不得不停下脚步歇上一气。好不容易来到厂门口，却见士兵和工人打了起来，她慌忙推开人群挤了进去，恰好见到一个士兵用枪托向程庚生砸过去。虽然没见过程庚生几面，但她永远忘不了他那挺拔修长的身材和儒雅的笑容。于是，她毫不犹豫地冲了上去。

沉重的枪托砸在了张玉兰的身上。她倒在地上，身下立即漫出了大片大片的血——她流产了。

弥漫了一地的血更加激起工人们的怒火，终于阻止了军队前进的脚步。

可是，那个被武伯平起名为“金霞”的女孩或者“锦夏”的男孩，还没来得及到这个大千世界看上一眼便夭折了。

更可怕的是，在数日后的一个上午，武伯平和张玉兰来到了大风堂中药铺，请坐堂医师赛扁鹊开几服调理的中药方。

不料，赛扁鹊一号脉，蓦地将眉头皱紧，说道：“宫寒肾虚，肝郁脾湿，血瘀气滞……”

武伯平着急了，再三追问，赛扁鹊悠悠地叹了一口气，说道：“尊夫人经脉大伤，难以复原，恐怕无法再为人母了……”

一听及此，张玉兰陡然大放悲声，任凭武伯平如何劝说、安抚，也无法止住号啕大哭。

走在回家的路上，武伯平和张玉兰均郁郁寡欢，一路竟是无语。

一连好几天，张玉兰都苦着个脸，愁眉高挂。武伯平动足了脑筋、想尽了法子讨她的欢心，很奢侈地买来一小把新鲜上市的樱桃给她品尝，转身又买来一只老母鸡为她熬汤补身子。

天晓得，这些不但没能引来张玉兰的一丝笑颜，反倒让她虎起个脸、翻了个身，什么话也不说，面朝墙壁而卧，再也不肯理武伯平。

武伯平知道，再这样下去，别说孩子没了，便是大人也得折了进去。他暗暗叹气，倒了一碗热气腾腾的糖茶，转身向床前走去。就在这时，电光石火一闪，他突然想到了一个好办法，说道："玉兰，还别说，我有主意了，真的，一个好主意……"

不管是真的还是假的，是好主意还是馊主意，张玉兰都没有反应。武伯平捧着碗在床沿坐下，说道："你要相信我呢，就回过头来听我讲；你要不相信我呢，那你肯定错过了……"说完，他屏息静气地开始了等待。

不知过了多久，张玉兰的身子微微动了一下，又动了一下。谢天谢地，她终于缓缓转过了身。

武伯平举起手里的碗，说道："这是糖茶，热的，我想一边看着你喝，一边讲给你听……"他有意不去看她，只是用眼角余光偷偷地打量着。

张玉兰微微欠了下身子，武伯平见状连忙伸手将她扶了起来。在盛着糖茶的碗递到她的手里以后，他抓过一边的枕头和薄被褥，厚厚实实地垫在了她的身后。

张玉兰慢慢地喝起了糖茶，一口，两口，三口。然而，她就是不开口说话，只是偶尔似有似无地瞟武伯平一眼。

武伯平知道火候到了，这才端出了自己心中的主意，说道："我想，我们再去看看西医吧，如果西医的看法和中医的一样，那我们……"他的嘴巴咂巴了几下，就是没咂出话来。

张玉兰再也忍耐不住，终于开了口："我们怎么样？你说下去吧！"

武伯平不慌不忙地说道："如果真是这样的话，那我们……就去领养一个吧！"

张玉兰有些吃惊地看着武伯平，一时无语。是的，自己不能生养了，武家就要断后了，这显然是任何人都不愿意看到的局面。唉，到了万不得已的时候，领养一个孩子未必就不是一条出路，自己怎么就从没想到这一点呢？

张玉兰点了点头，说道："不行的话，领养就领养吧，不过……"

忽然，张玉兰想到了另外一些事情，惊叫道："不过，可千万不能是个满地乱蹦乱跑的孩子，这么大的孩子有记性了，不亲不说，而且养不家，长大了说不定还会责怪我们对他不好……"

武伯平一下子被难住了，不觉苦起个脸，说道："你讲的话有道理，可是谁会把刚刚出生的婴儿送给别人？这这这……"

张玉兰一口把碗里的糖茶喝完，将碗往武伯平的手里一递，没好气地说道："我不管！这个主意是你想出来的，你就要去想办法！"

武伯平慌忙接住了碗，沉吟了好一会儿，说道："玉兰，你要难煞我了！”

张玉兰冷冷地哼了一声，反手一把推开垫在身后的枕头和薄被褥，一下子倒在床上，重重地翻了个身，重新把脊背对着武伯平。

武伯平呆住了。这一回，他算是给自己出了个天大的难题，而且“聪明反被聪明误”的难题常常无解。

6

那天下班后，忻一帆一踏进家门，就看到了桌子上的一盆红烧带鱼、一碟黄泥螺和一碗清炒鸡毛菜，不禁喜笑颜开，哈哈大笑了一声，说道：“看来我这个人蛮有吃福的！小妹，今天是什么日子？”

钱小妹从灶披间走了出来，手上捧着一杯零拷来的黄酒，笑盈盈地说道：“阿忻，吃福不吃福的还不是全靠老婆的一双手？告诉你，今天是个好日子——我，我好像有喜了……”

忻一帆一愣，而后开心得差点儿跳了起来，说道：“真的？看样子我要升级了，升到阿爸级别了，哈哈！”

钱小妹将酒杯放在忻一帆的面前，白了他一眼，说道：“看把你开心的！男人开心，女人吃苦，十个月的大肚皮有得吃力了……”

忻一帆在桌前坐了下来，抓起筷子挟了一块红烧带鱼递到钱小妹的嘴边，说道：“小妹，我借花献佛，先敬给侬吃，因为接下来你就要辛苦了——十月怀胎啊！我肯定在一边为你起劲儿地加油……”

钱小妹坐上椅子，慢慢地吃着带鱼，说道："加什么油？你又不能代替我痛肚皮、养小囡的啰，瞎起劲儿什么！唉，男人哪！都不是个东西……"

一口酒下肚，忻一帆用三只指头捏起一只黄泥螺，嘬了一下，说道："不不不，我是一个东西……"

"什么东西？"

"不是东西的东西。"

钱小妹哈哈大笑，说道："这就对了，你这个不是东西的东西！好玩，好玩！"

两人都笑了起来。

钱小妹忽然不笑了，悄悄看了一眼正在自得其乐地喝一口酒、尝两口菜的忻一帆，说道："阿忻，我想和你商量一件事情……"

忻一帆头都没抬地说道："好呀，你尽管开口，我一定满足你……"

钱小妹犹豫了一会儿，说道："这几天，我老是在想一个人……"

"谁？"

"玉兰，张玉兰。"

忻一帆抬起头，看了钱小妹一眼，问道："你在想张玉兰？怎么回事？"

钱小妹叹了一口气，说道："她是个不幸的女人，刚怀上孩子，就碰上这么一档子事，听说连大风堂赛扁鹊那样的名医都束手无策，恐怕她这辈子再也没法儿怀上小孩了……"

忻一帆又喝了一口酒，说道："小妹，想穿点吧！老话说得好——生死有命，富贵在天。不管是谁，只要号头纸翻到了就逃不掉的……”

钱小妹摇了摇头，说道：“这正是我想和你商量的事情……”

忻一帆大惑不解，问道：“张玉兰没办法再怀孩子，和你我有什么搭界？”

钱小妹一笑，说道：“要搭界也好搭界的……我在想，我们生一个孩子，过继给他们，以后我们还可以生许多许多孩子……”

忻一帆手一颤，差点儿打翻酒杯，怒道：“这怎么可以？亏你想得出来！不行不行，什么事情都可以商量，这件事情绝对不能商量！”

“你听我讲……”

“我不要听你讲！你心里在想些什么，我都知道！还不都是为了武伯平吗！你什么都为他考虑，可你为我着想过没有？厂子里有不少人知道你和他以前的那些事情，现在再把孩子给他，你让我怎么做人？”

钱小妹突然间柳眉倒竖，一拍桌子站了起来，说道：“你把话说说清楚！什么叫我和他以前的那些事情？什么叫让你怎么做人？难道我做了见不得人的事情吗？难道我做了对不起你的事情吗？说呀，你快说啊！”

忻一帆顿时如同遭了霜打的茄子，干笑了几声，说道：“没没没，你可不要误会，我的意思是……”

钱小妹依旧不依不饶，叫道：“那你是什么意思？说出来听听！”

忻一帆支支吾吾了好一会儿才说出了他的意思，依他看，张玉兰无法生养是由流产造成的，流产是由那个士兵一枪托砸在她的肚子上造成的，而这一切统统是由程庚生造成的。要不是他，张玉兰哪里会落得这么凄惨的下场？冤有头，债有主，要赔也该程庚生去赔，要送孩子也该送程庚生和李招娣的孩子。“再说，现在李招娣不也挺着大肚子吗？凭什么要我忻一帆和你钱小妹来做这个冤大头？人家有正主子在那儿呢！”

钱小妹一时哑然。她虽然泼辣，但并不是不讲理。

忻一帆见钱小妹的漫天怒火被自己这番摆事实、讲道理的倾盆大雨浇熄了，不禁暗自大喜。他一转眼珠子，连忙扶着钱小妹坐回椅子，说道：“小妹，你千万不能发火，千万不能生气，你已是有喜之人，发火、生气对你和肚子里的孩子都是不大好的……”

钱小妹余怒未消，一把甩开忻一帆搀扶的手，说道：“什么有喜没喜的，就你这种腔调，有喜也变成了没喜！”

忻一帆赔着笑，说道：“好了好了，就当我刚才是脱裤子放屁——多此一举，好不好？不要再和我斤斤计较了……”

不料，钱小妹把脸一板，完完全全一本正经地说道：“什么计较不计较的，我实话告诉你，我没喜！真的没喜！喜什么喜？喜你个大头鬼！”

忻一帆一下子懵了，钱小妹的口气不像在说玩笑话。有喜耶？没喜耶？孰真孰假？他一时丧失了判断力，只能埋头喝酒。算了算了，无论是什么事情，都等她的火气消掉再说。女人嘛，就是喜欢在丈夫面前作，不作的女人没有女人味道。于是，他很老实地闷声喝酒吃菜。

不久之后，忻一帆才知道钱小妹确确实实没有怀孕。那天晚上的“有喜”只是她的一个噱头，为的是将话题顺理成章地引到武伯平和张玉兰身上。

7

忻一帆晃晃悠悠地敲开了程庚生的家门。

程庚生一边将忻一帆请了进来，一边不免疑窦丛生，问道：“阿忻，你倒是稀客，有事体吗？”

忻一帆四下张望了一下，压低嗓门说道：“程老师，师……师母不在家？”

程庚生将手朝楼上的阁楼指了指，说道：“她在楼上睡觉，大肚皮嘛，常常会感到吃力、困乏……”

忻一帆点了点头，说道：“你刚才问我有事体吗，实话实说，我这个人是无事不登三宝殿的。”

程庚生微微一惊，说道：“是不是厂子里又发生了什么？这几天人民解放军的炮声已经在上海郊区响起来了，你们千万要提高警惕啊！”

忻一帆一笑，摇了摇头，说道：“程老师关心的是大事体，像我这种小老百姓只晓得小事体……难道你没听说张玉兰的事情吗？”

程庚生一愣，说道：“没有啊，我前两天还去看望过他们，没听说有什么事情……”

忻一帆点了点头，说道：“我晓得了，武伯平夫妻俩是不会对你说的……”他忽然不说下去了。

程庚生着急了，说道："阿忻，到底发生了什么？请你告诉我。"

忻一帆徐徐叹了一口气，说道："照道理，我也是不应该告诉你的！听说，经大风堂的老中医赛扁鹊诊断，张玉兰再也不能生养孩子了！"

程庚生吃惊得一下子跳了起来，叫道："什么！这是真的？"

忻一帆一脸苦笑，说道："程老师，我为什么要骗你呢？老实讲，要不是小妹在家里闹得鸡犬不宁、作得我头昏脑涨，没一天过太太平平日脚的话，我肯定不会把这件事情告诉你的……"

程庚生一时摸不着头脑，问道："张玉兰的事情怎么会影响到你们夫妻呢？"

忻一帆连连摇头，说道："我也弄不明白……小妹说等她生出一个小囡，就要送给张玉兰，还说张玉兰蛮作孽的……"说着，他忽然转身朝门外走去，"我得赶紧回去了，要是让小妹发觉我来找你，又要罪加一等了……程老师，有空的话，请你过来帮我劝劝她……"

门扉"咿呀"一声响，忻一帆走了。

蓦闻得楼梯一阵乱响，程庚生抬起头来，却是李招娣从楼上下来了。

李招娣虎起了脸，朝门口"呸"了一声，说道："这个忻一帆来装什么好人？他们送不送孩子是他们自己的事体，来和我们说什么说！"

程庚生笑笑，不置一词。

李招娣陡然向程庚生转过身来，说道："庚生，难道你没有听出他的意思？他是来告诉你，张玉兰不能生养的罪魁祸首是你，要你负责任！”

少顷，李招娣轻轻抚摸着隆起的腹部，说道：“程庚生，不是我要提醒你，但我要和你讲讲清楚，我的孩子绝不可以像忻一帆胡说八道的那样送人！你胆敢送人，我李招娣就和你拼命，一辈子跟你没完！”

程庚生微微沉吟着，什么话也没有说。只是，他的心中渐渐升起了一个顽固的念头、坚定的主意、惊人的决定。

这是一个关系到几个家庭和几代人命运的决定。

程庚生已经决定了。

8

五月下旬的天气说热就热，明明前两天绒线衫还穿得好好的，突然之间，在人不注意的当口儿，就像一桶汽油冷不丁被丢进一根点燃了的火柴，顿时“轰”的一声爆燃了。

虽说还没到晌午，但阳光已经过早地强烈起来，只要走得稍快一些，马上就会觉得前胸后背有湿漉漉的感觉，伸手抹一把额头，呵，一把水。

武伯平陪着张玉兰一起去大风堂拿回最后的中药，据赛扁鹊说，吃完这帖药，诊疗就可以告一段落了。

武伯平提着那一长串中药纸包走得很慢，时不时地停下等待走得更慢的张玉兰。张玉兰总是在见到武伯平等她的时候才急急跨几步赶上来，脸上已经沁出了细小的汗珠。

远处，时断时续地传来了隐隐约约的密集枪声。一阵轰轰隆隆的声响从背后追来，在武伯平和张玉兰的身旁戛然而止。

一回头，却是多时不见的狼牙。他的胯下坐骑是一辆摩托车，车头上歪歪斜斜地插着一面青天白日旗。

见武伯平目不转睛地看着那面旗，狼牙一笑，说道："没这张老虎皮招牌，一路上就过不来了，到处都是巡逻的宪兵……"说着，有意无意地看了看张玉兰。

张玉兰很是知趣，说道："你们慢慢聊吧，我先回家了。"说完，从武伯平手中提过那一长串中药纸包，慢慢走了。

狼牙朝武伯平点了点头，说道："不好意思，我就这样毫无礼貌地将嫂子撵走了，等以后有机会，我会亲自上门向她赔礼。"蓦地，一声长叹，"不知道老天以后还会不会给我这样的机会。"

见武伯平一脸疑惑，狼牙不觉淡淡苦笑，说道："一个小时后，保密局最后一艘撤离上海的船只就要从虬江码头起锚，我必须赶回去……"

武伯平一愣，说道："你也要和他们一起去台湾？"

狼牙点了点头，说道："人在江湖，身不由己啊！从此天涯海角，相见无期，所以特地赶来与你见最后一面……"

武伯平忽然感动，不舍地说道："兄弟，谢谢你的真情！"

狼牙摇了摇头，说道："如果纯粹是为了和你道一声再见，还不值得我冒这么大的风险匆匆赶来，毕竟共产党的先头部队已经从徐家汇攻入了北火车站，由闸北进入了宝山……"

武伯平疑惑起来，问道："那你是为了什么？"

狼牙的声音一下子变得低沉，说道："因为有一个秘密，一个从抗战时期埋藏至今的秘密，我必须把它留在上海，留在你的厂子里，留给你！这才是我赶来见你的真正目的。”

武伯平静静地听着将双臂斜放在摩托车把手上的狼牙缓缓说出一个天大的秘密来。插在车头上的青天白日旗十分滑稽地在狼牙讲述的过程中，不时地轻轻拍打着他那宽阔的胸膛。

原来，军统特工狼牙潜伏在上海的真正任务是，在不惊动任何一方的情况下，尽一切力量找到罗格和钱师傅制作的技术图纸！

狼牙动用了一切关系，包括潜伏在日本特高课和极司斐尔路 76 号的军统人员，抢在钱师傅秘嘱武伯平下窨井之前，找到了那只藏有图纸的长方木盒，并且当即转移了。

按理，狼牙应该将木盒上缴给上峰，不料，上峰在来与他见面的路上被李士群的手下干掉了。自此，他便与组织失去了联系。直到抗战胜利后，戴老板的飞机一头撞在戴山上失事，军统改换番号成了保密局，他才重新接上了组织关系。

不久之后，许是灵敏的鼻子嗅到了什么，一个接收大员忽然找狼牙索要那些图纸。狼牙早已看穿这些金子、位子、房子、车子、女子“五子登科”接收大员的真面目，说图纸早在当年就已交给他那个被暗杀的上峰了。后来，他察觉到自己被人监视，不敢再到藏图纸之地，怕万一被发现，招来杀身大祸。

狼牙以一声苦笑结束了他的故事，说道：“现在即使将那些图纸拿出来，我恐怕也无法带走了……”

武伯平傻掉了。和罗格夜潜办公楼，奉钱师傅之命下窨井，最后一次与罗格、钱师傅一同追寻图纸的下落……诸多往事一一涌上心头，真让人感慨几多、伤感几多。他的脑海里不知怎的跳出一句古老的话来："踏破铁鞋无觅处，得来全不费工夫。"

武伯平定了定神，强自抑住心头的那腔狂喜，问道："那东西现在在哪里？"

狼牙笑了，说道："兄弟呵，我不顾生死地赶来和你见面，无非就是要告诉你一句话，那东西就藏在厂子里的……"

"啪"！近处爆起一声清脆的枪响。摩托车上的青天白日旗被一颗飞来的子弹击落在地。接着，这颗余勇可贾的子弹无巧不巧地一下子弹回来，打中了狼牙的眉心，鲜血飞瀑一般疾涌而出。

"哗啦"一声，狼牙和摩托车一同重重地摔倒在地。狼牙的话没有说完，他终究还是把那个秘密永久地带走了。

武伯平吃惊地抬起头，看到一群人民解放军战士持枪而来，还有一面鲜红的军旗正在飘扬。

武伯平蹲下身，轻轻地将血泊中的狼牙抱了起来，他的喉结在动，却再也发不出一点声音，只是将一只手臂高高地指向空中，在武伯平的怀中咽下了最后一口气。

军旗从武伯平的身畔呼啸而过，武伯平只觉得满眼皆是通红。嘹亮的冲锋号吹响了，他看到地平线上的一束曙光正冲天而起！

后一天，中国最大的工业城市上海宣告解放，时为1949年5月27日。

海上流光

① 江淮大水

1931年的江淮大水是20世纪受灾范围最广、灾情最重的一次大水灾，苏北灾情正是从这年开始的。由于没有拦洪蓄水的控制工程，洪水冲垮了里运河堤防，决口27处，使里下河地区十余县尽成泽国，7.7万人丧生，千万亩农田绝收，大批灾民流离失所，洪泽湖、高宝湖涨满。泰州城淹水4米，半年才退尽洪水；曲塘、海安、如皋淹水2米，3个月才退尽洪水；吴窑、石庄淹水1米，半个月才退尽洪水。哪知，第二年夏天又来了洪水，给里下河地区造成了毁灭性破坏。

1932年4月23日的《申报》载："江淮云汉诸区，经洪水浩劫后，孑遗之民，无以为生……以致时疫流行。穷乡僻壤之所，卫生毫不设备，一旦染疫，速于瓜蔓，一人得病，传染一家，死者无棺盛殓，往往弃尸田野，种种惨情，目不忍睹。棺木出售一空，大小木店概改制棺木。"

② 杨树浦

亦称"杨树浦港""杨名港""杨名浦""杨木浦""兰路港""兰州河"。西北起走马塘，东南入黄浦江。

19世纪末，人口增多，工商繁荣，"杨树浦"逐渐成为区片名称。为使区片名和河流名有所区别，将河流杨树浦改称“杨树浦港”，有航运和泄洪之利，长阳路以南段可通行15吨级以下的小船。

1945年建区时，取境内港名为“杨树浦区”。1949年，改称“杨浦区”。

❸ 提篮桥

清嘉庆年间（1796—1820年），上海本地居民在下海庙附近的下海浦上兴建一座宽约为2米、长约为10米的木桥，据传当年木桥附近（今东长治路电车二场）有片竹器店，专营提篮、淘箩，故取名为“提篮桥”，该地区也因此而得名。

早期的提篮桥地区大多为农田和水渠，附近有古刹下海庙，人来人往，非常热闹。自道光二十八年（1848年）被辟为美租界后，提篮桥地区实行填浜筑路、圈地造房、辟建码头。由于区内有香火鼎盛的始建于乾隆年间（1736—1795年）的下海庙和通往浦东的轮渡，提篮桥地区逐渐成为苏州河以北的主要集市之一。

上海沦陷后，提篮桥地区成为德国、奥地利犹太难民的居住区，最多时曾容纳3万名犹太人。由于犹太人在此开设理发、鞋帽、服装、五金、面包、小吃等商店和酒吧、夜总会、露天屋顶花园等娱乐场所，提篮桥地区被称为“小维也纳”。抗日战争胜利后，犹太难民陆续离境。目前，提篮桥地区的长阳路62号尚有一座犹太教教堂——华德路摩西会堂。

和豐估衣商店

④ 估衣铺

又叫估衣行，是专卖旧衣服的店铺，而且是贱卖。由于衣裳光鲜，价钱却便宜，不少人总爱时不时地上估衣铺翻翻行头。

清道光年间，崔旭写下一首《估衣街竹枝词》："衣裳颠倒半非新，挈领提襟唱卖频；夏葛冬装随意买，不知初制是何人。"

到了20世纪五六十年代，估衣铺被称为"服装调剂商店"或"寄卖商店"，一直到20世纪80年代后期才彻底消失。

上海解放以后，最为著名的是于1954年9月29日开业的国营上海市贸易信托公司旧货商店。因其位于淮海路，故老上海人一直叫它"淮国旧"，既点明了它的地址，又道出了其所有制性质和经营范围，由是口口相传。

⑤ 下海庙

又称"夏海庙""夏侯庙""夏侯义王庙""义王庙"等。关于其历史，旧志记载不详，仅清代《同治上海县志》在"寺观附录"中记载："二十三保……义王庙，前志附坛庙，在下海浦口。""前志"即清代《嘉庆上海县志》，可见该庙建于清嘉庆年间之前。又据清代《光绪上海县志》追记："义王庙，俗呼夏海庙，乾隆年建，基一亩零，屋九间；嘉庆间荒坍，无主，尼心意重修；咸丰四年，增购庙侧民地八亩；光绪初，心意徒法成建前殿等屋二十余间，二十五年，其徒裔福星建后殿屋十余间。”

1937年以前，下海庙占地尚有二十余亩，但仅剩三间破屋，用于供海神。1937年上海沦陷后，一度改为和尚庙。抗战胜利后，和尚不知去向，庙仍归尼姑，香火一度兴旺。

1949年上海解放初期，下海庙关闭，旧址改为地段医院、少年之家及街道工厂。1991年，为解决虹口、杨浦地区佛教信徒进香困难的问题，虹口区人民政府拨款重建该庙，并于同年开放。1999年，进行扩建整修。2006年，重新装修外部，成为上海佛教活动的主要场所之一。今址为昆明路73号。

⑥ 保甲制度

保甲的基本功能为户籍管理。上海地区实行保甲法始自清康熙二十三年（1684年）。

在处于孤岛时期的上海，保甲编组以户为单位，户设户长；十户为甲，甲设甲长；十甲为保，保设保长。保甲编组完成以后，户口的登记、更动、清查均由户开始，逐级上报至区长，成了遍布社会基层的户籍控制网络。

保甲制度实施连坐法：一人有事，全户连坐；一户有事，全甲连坐。同时，颁发户口登记表，将每户全体家属的姓名、籍贯、性别和年龄一一填入表内，粘贴在墙上，以备随时检查。另又颁发市民证、县民证，每人必须随身携带，以此控制市区人口的流动。

⑦ 有轨电车

清光绪七年（1881年）5月16日，世界上第一辆有轨电车诞生。7月，英商怡和洋行向租界当局提出了在租界内建设有轨电车的倡议。虽然法董局表示同意，但煤气公司和自来水公司以“电车轨道回转电流会侵蚀煤气管和自来水管”为由坚决反对，导致此议搁浅。

清光绪三十一年（1905年），英商布鲁斯·庇波尔公司获得了在沪创办有轨电车工程的权利，并与上海公共租界工部局签订了电车专营合同，取得电车专营权35年，由美商哈泼兄弟公司承包工程。1906年4月，工程开工。1907年，轨道、电杆、架空线、车库等陆续完工。

清光绪三十三年十二月十八日（1908年1月31日），英商上海电车公司的有轨电车从静安寺车库驶出，在爱文义路（今北京西路）上试行。围观的人群将马路堵得水泄不通，当时的《中法新汇报》载：“这种电车既看不见蒸汽，又看不见机器，却能自动。”《字林西报》载：“有19辆电车在南京路上行驶，车上沿

途招揽路上行人登车，免费乘坐。”《申报》载：“电车在爱文义路开车试行，道旁观者颇为拥挤云。”

最初，电车驾驶、卖票工作都由西方人来做。半年后，英商电车公司招募大批华人从事驾驶、卖票、检修等工作。当时能进入“英电”工作是令人羡慕的，不仅工资较高，还发放住房和子女教育补贴，并且一年四季发衣服。不过，进入“英电”工作的门槛也较高，笔试要考中文、英文、数学，面试要考动手能力和反应能力。

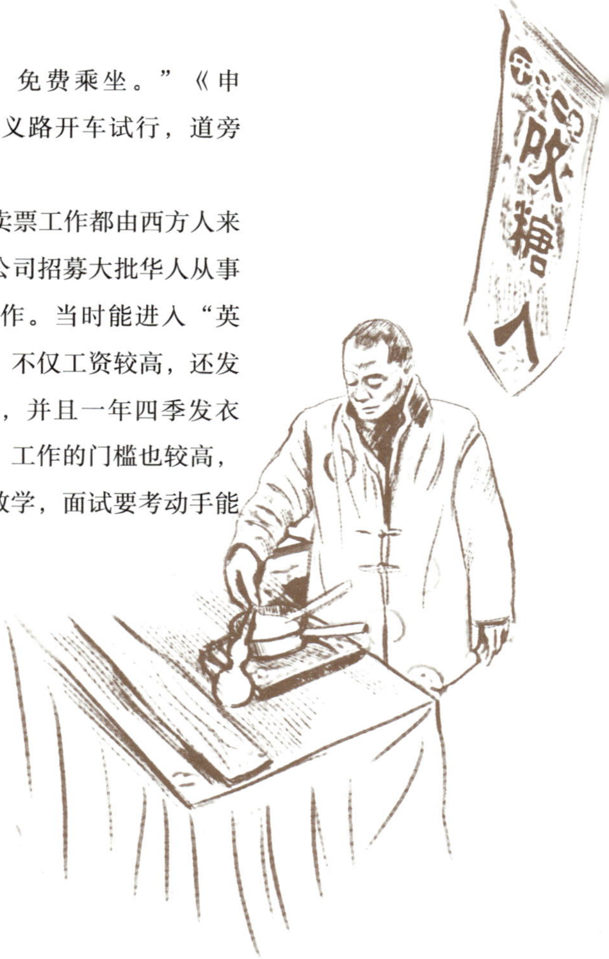

⑧ 吹糖人

起源无从考证，相传在唐代就已经出现。那时，吹糖人的糖稠有一种香味，所以吹糖人的小贩都以“香印”作为叫卖声。

到了宋朝，赵匡胤做了皇帝，“印”“胤”同音，封建时代为了避讳，吹糖人的小贩只好以打小铜锣来代替吆喝。这样一代一代传下来，打铜锣就成了吹糖人这一行当的标志。

⑨ 浦东陆家嘴

据《上海地方志》记载，迤逦而来的黄浦江在这里拐了一个近九十度的大弯，留下了一片突出的冲积滩地，从浦江之西向对岸眺望，这块滩地犹如一只巨大的金角兽伸出脑袋、张开嘴巴饮水。

由于明朝大文学家陆深的旧居以及陆氏的祖茔都建于此，人们便称此地为“陆家嘴”。

⑩ 藏大咬子

1946年9月22日夜，人力车工人臧大咬子拉西班牙人赖令奈到朱葆三路（今溪口路）安乐宫舞厅，车停下后，赖令奈未付车费即入内。臧大咬子在门口等候许久，见赖令奈与美国水兵饶德立克踉跄出来，立即向赖令奈索取车费，不料钱未到手，反被饶德立克不问缘由地挥拳猛击，以致倒地不省人事，顿时引起旁观者不平。

当时正在执勤的第5912号警察王贵斌闻讯赶到，恰有一辆美军巡逻车行至该处，竟将饶德立克带上车后疾驰而去。王贵斌当即向黄浦警察分局报告案情，并将臧大咬子送到仁济医院抢救。臧大咬子终因伤重于次日5时许死亡。臧大咬子无辜被美军打死的消息迅速传开，激起了公愤。

⑪ 金圆券

1948年8月19日，为了挽救由法币破产引起的国民经济崩溃局面，国民政府公布了《财政经济紧急处分令》，同时发布了包括《金圆券发行办法》《人民所有金银外币处理办法》在内的一系列财政金融法规。《金圆券发行办法》规定，发行20亿元金圆券为本位币，限期以金圆券1：300万的比价兑换法币。

然而，到了1948年11月10日，在不足两个月的时间内，金圆券的发行量已经突破20亿元的限额。11月11日，国民政府出台了《修改金圆券发行办法》，宣布金圆券的发行总额将不以20亿元为限。

此后，金圆券的发行量就像洪水决堤，迅速膨胀：1948年11月底超过30亿元，12月超过80亿元；1949年4月超过1900亿元，5月18日达到了98041亿元。在短短9个月的时间内，金圆券几乎成为废纸。

本票

115821

第　　號

憑票即付

金國幣貳萬陸仟元正

右款訂於　　年　　月　　日無息交付

中華民國　　年　　月　　日立

359721

百年海

管新生 著

第三卷

人之光

1950—2021

中国工人出版社

图书在版编目（CIP）数据
百年海上. 第三卷, 人之光：1950—2021年／管新生著.
—北京：中国工人出版社，2021.8
ISBN 978-7-5008-7698-4
Ⅰ.①百… Ⅱ.①管… ②管… Ⅲ.①长篇小说－中国－当代 Ⅳ.①I247.5
中国版本图书馆CIP数据核字（2021）第146510号

百年海上（全三卷）

出 版 人 王娇萍
责任编辑 李 丹
责任印制 栾征宇
出版发行 中国工人出版社
地 址 北京市东城区鼓楼外大街45号 邮编：100120
网 址 http://www.wp-china.com
电 话 （010）62005043（总编室）
（010）62005039（印制管理中心）
（010）82027810（职工教育分社）
发行热线 （010）82029051 62383056
经 销 各地书店
印 刷 北京美图印务有限公司
开 本 880毫米×1230毫米 1/32
印 张 40.5
字 数 1015千字
版 次 2021年10月第1版 2022年12月第2次印刷
定 价 138.00元（全三卷）

主要人物表

武大武——男。武伯平的大儿子。六六届初中毕业生。被分配到远东机械厂当熔铸车间炉前工，后下岗成为自由职业者。

陆小凤——女。武大武的妻子。六八届初中毕业生。

武小武——男。武伯平的小儿子。六七届初中毕业生。被分配到黑龙江农场，后为远东机械厂厂长。

忻玛丽——女。忻一帆的女儿，武小武的妻子。某话剧团团长。

小黑皮——男。武小武的校友。六八届初中毕业生。被分配到黑龙江农场，成为武小武的部下兼死党，后为房地产公司老总。

蓝月亮——女。远东机械厂工人，文学青年。下岗后，经考大学、读研，成为某报社副主编。

叶海军——男。远东机械厂代厂长，后为工业控股集团公司领导、国资委领导班子成员。

黄胖橄榄——男。远东机械厂工人，后为房地产商人。

葛庭祥——男。江东机器厂厂长，后任远东机械厂党委书记兼常务副董事长。

甄美丽——女。葛庭祥的妻子，武小武在黑龙江农场的红粉知己。

肖厂长——男。远东机械厂联营厂厂长。

武伯平——男。远东机械厂离休工人。

程庚生——男。远东机械厂原党委书记。

钱小妹——女。忻一帆的妻子。远东机械厂食堂员工。

李招娣——女。程庚生的妻子。远东机械厂工人医院厂医。

王小开——男。1950 年离开远东机械厂，支内去了大西北。

武雨娟、金宝夫妇——上海解放初期去了海外，改革开放后回上海与武伯平一家人相聚。

武一一——男。武大武的儿子。海归。

武黑水——男。武小武的儿子。海归。

忻欢乐——男。忻一帆的儿子。灰领工人。

程男男——男。程庚生的儿子。远东机械厂高级技师。

小罗格——男。罗格的孙子。

目　录

第一章

往事并不如烟，且听渔唱起三更

1

武大武进厂那一年，他的父亲武伯平中风了。至今，他仍十分清晰地记得父亲中风的那个早晨。

武伯平起床后，走到门口开门，按了几下，发现门把手竟然纹丝不动，大为奇怪地问道："怪事！这门把手怎么老是抓不住？"

好不容易打开了门，武伯平到灶披间洗脸刷牙，刚端起漱口杯，就叫了起来："咿？咿？"

没等"咿"完，武伯平已经歪歪斜斜地摔倒在地上了，一瞬间，五官全都朝一个方向挪了位。

中风了！

在张玉兰"快送医院"的惊叫声中，武大武和弟弟武小武飞奔出门，到居委会借来了黄鱼车，费力地将武伯平扶上了车。

不料，武伯平却张大了嘴，口齿不清地吐出了几个字："去……去厂里……请……请假……"

谁都拗不过固执的武伯平，黄鱼车终究冲进了厂门口，在造反队办公室外停下了。

一个戴着红袖章的被人唤作"队长"的中年汉子奔了出来，没等武大武把情况说完，就连忙挥了挥手，叫道："搞什么搞，还不快送医院！"

武伯平含含糊糊地叫了起来："请、请、请假……"

队长摇了摇头，说道："请什么假！你不用来上班了！我批准了！"说着，催促武大武蹬着黄鱼车快走。

最后，队长扔过来一句冰得让人脊梁骨直冒寒气的话："快走快走，千万不能让人死在厂里！"

老天有眼，一个星期之后，武伯平被抢救过来了。命是保住了，可只能卧床不起了。

武伯平的身体一向很好，别人每天早上吃一大碗泡饭加萝卜干酱菜，他却吃一大碗实打实的蛋炒饭。

用张玉兰的话来说，武伯平是家里的主儿，一家人的担子全在他的肩上挑着，不吃饱饭怎么挑得动呢！

那时候，张玉兰在一家里弄小厂里做生活，做一天拿一天的工钱，每天的工钱是人民币七毛钱。

谁料，运动甫一开始，武伯平便被揪了出来，说他属于历史上不清爽、不干净的那一类人——上海解放的那一天，他与军统保密局人员狼牙在一起，狼牙被击毙，他被活捉。尽管后来程庚生出面将他保了出来，但是谁能说得清楚他与狼牙的事情？

有人怀疑狼牙在逃去台湾之前与武伯平秘密接头肯定有什么勾当，甚至猜测狼牙将潜伏特务名单或任务交给了武伯平……无奈狼牙已死，死无对证，武伯平的事情便永远说不清了。

渐渐地，武伯平知趣地成了一个只知埋头干活儿的人。不过，这倒蛮符合他的脾性的，他当年可不就是为了当厂子里的工人才巴巴地赶到上海来。

经过这么多年的工厂生活磨砺，武伯平发自内心地认为，像师傅钱玉堂那样成为一个技术高超的工人，受到厂子里工人的尊重，才是人生最大的心愿。

唉，天有不测风云，武伯平想做一个好工人、做一个好的技术工人的愿望更难实现了，很多人走上街头“抓革命”，唯有“走资派”“牛鬼蛇神”与他这样老实巴交的工人留在了一线车间、班组“促生产”。

近些日子，武伯平天天工作到深夜十一二点，早上四五点便赶去厂里“抓革命，促生产”。如此这般，一碗蛋炒饭的“防御工事”终于抵挡不住连轴转的猛烈劳累攻势，只能很悲壮地中风了。

武大武尽管当时很想不通，但后来总算想清楚了——这就是那个火红年代一辈人的故事。

只要聊起往事，张玉兰总会唠唠叨叨、没完没了。她说印象最深的不是别人，正是程庚生的妻子李招娣。

那时候，李招娣不知怎的成了“打虎队”的队长，表现得十二万分积极。在武伯平被关押在厂里的日子里，她带着一帮年轻的“打虎队”队员三番五次来到张玉兰的面前，一次次地逼问“武伯平有没有把厂俱乐部的柴米油盐拿回家里”。

武大武后来才知道，二十世纪五十年代的厂俱乐部还包括设立在厂里的小卖部、食堂等，而非二十世纪八九十年代单纯组织职工开展文娱体育活动的部门。

结果，李招娣一行不但抄走了武伯平家里米袋中的米、箩筐里的煤球，最令张玉兰耿耿于怀的是，他们还掳走了她手上从娘家带来的金戒指。他们的理由颇为冠冕堂皇，说这是武伯平用贪污的钱购买的赃物，一律充公。

“再后来呢？”

“你爸被关在厂里一个礼拜才放出来，说是政治上有事，经济上暂时没有找到问题。”

“就这样？”

“你还想怎么样？”

2

武小武进厂的时间比哥哥武大武晚了整整十年，而且他是顶替父亲武伯平退休的份额才进的厂。那时，“顶替”一说，是红头文件规定的。

过去的十年，武小武在黑龙江“反修第一线”修理地球。

为了让武大武顺利分配进工矿，武小武是在武伯平替他报名后又主动要求并咬破手指写下血书才获批到“反修第一线”的。

按照当时的毕业分配原则，武家兄弟一个是六六届学生，一个是六七届学生，必定有一个去农村、去边疆，另一个才有可能留在上海工矿。

因“文化大革命”而延后两年毕业的这两届学生，加上六八届学生，俗称“老三届”，几乎都是在1968年8月到12月期间进行毕业分配的，每一届只相差两个月，响应中央号召，知识青年到农村去，接受贫下中农的再教育，到农村广阔的天地中大有作为。

1968年12月21日，上海市革命委员会有个被称为“马老”的头头，立马紧跟号召，宣布即日起，今后所有的应届毕业生全都要“一片红”，到农村插队落户干革命，上海工矿一个不留！于是，六八届、六九届、七〇届三届毕业生全部打起背包走天下了，此乃后话。这一规定成了分配到上海还是外地的分水岭，也就是说，即便拿到了分配进上海工矿的通知，凡在 12 月 21 日之后报到的，工矿名额也立马取消，请到广阔天地炼红心吧！

武小武永远忘不了离开上海的那一天。

那是一个下午，彭浦火车站锣鼓喧天，红旗飞扬。武小武和比他低几届的同学兼青梅竹马的邻居忻玛丽上了火车，挤到了靠窗的位置，从人山人海的月台上搜寻着武大武的身影。

冷不防，武小武的背被人拍了一下。一回头，正是武大武。

武大武伸手递过来一叠信封和一排面值为八分的邮票，轻轻地笑了一声，说道："这是爸特地让我买来给你的，让你去东北后，别忘了给家里来信。"

武小武接了过来，不觉微微发愣——每个信封上竟然都被三行有些歪歪扭扭的毛笔字填满了，第一行是上海家里的地址，第二行是"武伯平收"四个字，最后一行仅书"黑龙江"三个字，信封背面则是空白的。

武小武知道所有笔迹全都属于父亲武伯平，他念过私塾，写得一手小楷好字。想得如此周到，写得如此细致，唯有两个字可以解释：父爱。

武小武的眼眶有些湿润，他忽然看到中风后的父亲在灯下一笔一笔地书写，不不不，只能用"描画"这个词——颤颤巍巍、十分艰难地一点一钩地描画出这三行字。

呵，父亲！

汽笛长长地嘶鸣起来，武小武陡然惊醒，望了一眼正在将网线袋、马桶包一干物什塞入行李架的武大武，连忙说道："大武，火车要开了，你快下车！"

武大武将最后一包东西硬塞进行李架，回过身朝武小武和忻玛丽点了点头，说道："你们保重！"而后，朝车厢门挤去。

仅过了片刻，武大武忽然折返回来，略显慌张地说道："小武，车厢门关上了！"

武小武一愣，抬头朝车窗外一瞥，但见月台上欢送的人群正在一点一点地向后倒退。

不好，火车开了！

武小武不假思索地一个箭步奔到车窗边，先是一把将一个脑袋探出窗外正在挥手告别的知青拽了进来，再将窗子猛力往上一提，声音一下子变得又高又粗，叫道："大武，快跳窗！"

武小武感觉到一道人影从身边掠过，还没看清楚是谁，武大武就已经跳到月台上，就地打了一个滚，站起来直朝他挥手。

当武小武看清是武大武的时候，火车已然驶出了月台，开始轰轰隆隆地加速了。

这个场景成为永久的定格，在黑龙江的无数个夜晚中，反复出现在武小武的梦境里，捶打着他那颗远在异乡为异客的心灵……

往事已如烟。不不不，往事并不如烟，仍旧留下了很多难忘的故事在记忆深处。

十年以后的今天，现在，此刻，武小武走进了梦寐以求的工厂，走进了上海的工厂，走进了父亲和哥哥做生活的工厂。

那一刻，突然涌上武小武心头的，并不是返沪回城的高兴和走进工厂的欢欣，而是居然混杂着一种强烈浓郁、挥之不去的失落。

在厂子里干了两个月的活儿之后，这种失落感越来越浓、与日俱增。那个早晨，面对奔涌而出映红了偌大车间的开炉炉火，武小武突然在心里恶狠狠地高吼了一声：“我一定是厂子里干得最棒的那一个，一定是厂子里级别最高的那一个！”

曾记否，十年前，在黑龙江，武小武也曾面对那片黑土地吼出一样的心愿。

长相忆，到农场三年后，武小武果然成了农场场长。

一缕苦笑掠过唇边，武小武突然想起在农场里混日子的那些干部曾在背后偷偷议论他，说他虽然蛮有能力，但极具野心，于是他索性在一次大会上公开挑明，对所有参会的干部和职工们说道：“其实，应该将‘野心’说为‘雄心’！人只有雄心勃勃，才会有奋斗的目标、追求的梦想，才能把我们的革命工作和革命事业干得朝气蓬勃、蒸蒸日上！”回答他的，是全场热烈的掌声。

3

穿着一身工作服的武小武走到了厂长办公室门口，伸出两根手指轻轻地叩了叩门。

这是武小武来到远东机械厂的第六个月零八天。他接到了组织部门的正式通知，让他出任厂长助理。应该说，这不算太出乎意料。远东机械厂的最高行政级别为正局级，而武小武作为前农场场长，当时兵团正要将他提一级去总部任职，不过通知刚下达，他就返沪了，要不然早就是副局级了。

厂长办公室的门打开了，开门的是一个女孩——小季，老厂长的秘书。

小季笑吟吟地朝武小武点了点头，说道：“是武小武同志吧？老厂长在等着你呢！”说着，大大方方地侧身将他让进了门，将手向里屋一指。

武小武礼节性地微微颔首，向里间走去。

刚到门口，老厂长已经迎了出来，将手伸了过来，说道：“欢迎你呵小武，到这儿来和我一起工作！”

武小武连忙两只手一起伸出去，紧紧握住老厂长的手，说道：“谢谢老厂长和组织上的培养！”

老厂长哈哈大笑，语调陡然一变，说道：“怎么尽来这些虚的，累不累人！来来来，还是说些真的吧，来我这儿，你有什么想法？”

武小武早就知道，老厂长是从工人中间提拔上来的，也是技工出身，但比父亲武伯平晚了十几年，大概是在新中国成立初期进厂的，是个实干家，当下笑了一笑，说道：“老厂长，那我就尽挑老实话说了，不知你会不会怪罪我？”

老厂长一边示意武小武在沙发上坐下，一边接过小季递来的茶杯放在沙发前的茶几上，说道：“没事！吹牛皮，放大炮，我这个人都爱听。”

武小武端起茶杯，轻轻吹了吹，接着漫不经心地道出一番早就经过深思熟虑的话：“老厂长，我有一个请求，请求延迟一年履任。”他的嘴唇碰了碰杯沿，终究没有喝，茶水太烫了。

老厂长愣愣地看着武小武，什么也没说。

武小武继续说了下去：“在这一年中，我必须做好一件事——

从一车间的头道工序做到四车间的末道工序，当一名普普通通的操作工人。”

“为什么？”这显然大大出乎老厂长的意料，让他不禁开口发问。

武小武以一个干脆利落的动作将茶杯放回茶几上，说道：“一个对全厂工序、工艺不熟悉的人，没有资格到厂部混饭吃！”

老厂长一惊，接着拍了一个响巴掌，说道：“你这句话太对了，我爱听！不过……”他沉吟了一下，“一年的时间太长，厂长助理的工作也很重要……这样吧，半年行不行？对了，就这么决定，给你半年的时间！”

武小武笑了，说道：“好吧，那我就抓紧一点，争取一天做两天的生活！”

老厂长也笑了。不过，他刚笑了一声，忽然就不笑了，指了指武小武的工作服上衣口袋，问道：“这是什么？”

武小武低头瞅了一眼一半在衣袋里一半在衣袋外的工作手册，说道：“哦，没什么，这是我在下面班组里做生活时随便涂涂记记的……”

没承想老厂长却来了兴趣，问道：“涂涂记记？都记了一些什么？”

武小武随手将工作手册抽出来递了过去，说道：“真的没什么，只是一些流水账。比如，加工一只什么样的部件需要多少时间，一车间一共有多少道工序、有多少操作工人，哪些设备是人工操作的、哪些是经过技术革新成了半自动化的、哪些是需要进一步改进的，还有怎样识机械图纸，有多少工人目不识丁看不懂图纸。又比如，哪天哪个工人没来上班、为什么没来，是生病了还是家里发生事情了？什么病？什么事？班组长去关心、家访了吗？还比如，哪个工人有什么业余爱好？画画，踢足球，读书，读英文原版小说？你别笑，我还真的发现有这样一个工人，一边开着刨床，一边读着英文原版的《红与黑》！呵呵，不说了，都是些鸡毛蒜皮、鸡零狗碎的玩意儿……”

接过工作手册却没打开的老厂长，一直饶有兴致地听着，眼睛一下子瞪大了，说道：“真没想到你这家伙还有这一手！快说说，你是怎么想到这样做的？或者，是什么人教你的？”

武小武摇了摇头，说道：“我早就习惯这么做了。在黑龙江农场时，我每回下基层都这样，听听群众的意见，记记大家的建议……”

老厂长陡然朗声大笑，说道：“好家伙，这可是我们党的优良传统啊！可惜，现在我们的不少领导干部都快把它忘记了……”

后来，武小武初见老厂长的故事在厂子里风一般地传开了，不用说，准是在隔壁房间的小季秘书吹喇叭吹出去的。

再后来，连公司、工业局都知道了，大家的反应差不多一个样：“武小武这人，值得高看一眼，神！”

武小武笑了，或许这正是他需要的。

只有一个人的想法例外，那便是武大武。他对此事的评语是：“这小子就喜欢装神弄鬼，天生是块当官的料儿！”

当然，武大武的评语全烂在了肚子里。毕竟，“这小子”是他的弟弟。

武大武的评语即便不是真理，终究也是有着几分道理的。

不管怎么说，武小武对自己在老厂长面前的第一回亮相还是满意的，不敢说一百分，但也可以马马虎虎打九十分以上。

人生如戏，戏如人生。戏曲舞台上，锣鼓点儿要敲响老半天，才到主角登场，而主角一出场，就直奔台口，脚尖往上一踮，水袖朝头顶一扬，“唰”的一个亮相，准赢得满堂彩。

不过话说回来，也别冤枉了武小武。那个插在工作服上衣口袋里的工作手册并不完全是卖弄、作秀，虽然带有一定的动机，但这确实是武小武的一贯作风，是他从黑龙江带回上海的优良传统。

尽管暂时没有在厂长办公室安营扎寨，但武小武已经在本子上详尽地记录了他对老厂长的印象。

比如，老厂长抽烟，抽到烟屁股时，就会取过一根回形针，先一点一点地拉直，留下最后一个半圆，再将烟屁股小心翼翼地夹进去，最后捏着拉直的铁丝一端将烟屁股递到嘴边，美美地吸上一口。

那时，海绵头过滤嘴香烟还没普及，老厂长这般操作，一来可省去用烟嘴之烦琐，二来不会熏黄手指，三来可以最大限度地将烟抽到底。由此，足够武小武看出老厂长的性格了。

武小武对此惊叹不已，老厂长这一发明创造，不敢说是独步天下，但起码在武小武走南闯北的所见所闻中，绝无出其右者。

比这还有趣的是，每天上班，老厂长百年不变所做的第一件事情，便是从一包完整的香烟烟盒中抽出 10 支烟，小心翼翼地放入一个铝制烟盒中，说道：“这是今天的定量，就 10 支，不能超支。”那时候，什么东西都是凭券供应的，鸡鸭鱼肉、粮食、油盐、糕点、糖果等，香烟也不例外。

后来，武小武又有了新的发现。厂部开会或接待外来人员时，会供应上好的带过滤嘴的牡丹香烟或凤凰香烟，老厂长一般会陪着抽两三支烟，一回到办公室，他就会自觉自愿地从铝制烟盒中拿出两三支烟，自嘲地笑笑，说道："这得扣除今天的定量。虽然公家报销，但也得把节省下来的放到明天去抽。"

如此这般观察下来，武小武对老厂长的印象结论是：虽是老烟枪，但极为自律；一个聪明人，天生工人本色；无奈过于节约，着眼点不免有些小家子气，凡事做不大，上海话叫"做鬼（音为 jū）不大"。

不知怎的，武小武在结论后面加了一句契诃夫的名言：一种嗜好，常常是一个吊在脖子上的讨债鬼。

这是什么意思？褒耶，贬耶？

个中三昧，唯有武小武自知。

4

忻玛丽坐在话剧团团长办公室那一把又破又旧的椅子上，焦急地等待着中国戏剧家协会的传真。

传真没来，电话却响了起来。哦，是丈夫武小武打来的，说他要去北京出差，三天后回来。

挂了电话，一抹淡淡的苦笑掠过忻玛丽的嘴角。

是呵，穿空裂岸的大浪潮已然轰轰隆隆地退去，唯有遗落在水中的那一缕回响，偶尔能勾起记忆深处的惊心动魄　而且，没有褪色。

不知为什么，忻玛丽这些日子老爱回想旧事。据说，当一个人常常喜欢回忆往事的时候，那就说明老了。唉，随它老不老吧，想怎么回忆就怎么去回忆吧！

当年，忻玛丽和武小武的那些事情，即便放在今天，也堪称惊世骇俗。

那么，事情是怎么发生的呢？

说起来，可就扯远了，事情发生在孩提时代，当得起“青梅竹马”四个字。

忻玛丽小的时候，她的母亲钱小妹总是让她和武大武、武小武一起玩，有事没事常带着她到武家串门。稍大一些，她才听父亲忻一帆有意无意地说起，母亲最喜欢的男人是大武、小武的父亲武伯平。这一点，她深有体会。

这是因为钱小妹经常拿忻一帆与武伯平做比较，往往褒的是武伯平，贬的是忻一帆。

那时候，钱小妹经常挂在嘴边的一件事情，是上海刚解放那阵子，头脑活络的忻一帆经常出入汉口路 422 号上海证券大楼，做些买卖大洋的投机生意，还时不时地鼓动武伯平、王小开和他一起干，说要为自家屋里厢的餐桌上多加两道小菜而奋斗。

结果，王小开心动了，和忻一帆一起去了证券大楼，不料却铩羽而归，连本钱也蚀了进去。

武伯平则连连摇头说道：“不来事的，这种事体不好做的，政府总有一天会来管的！”

忻一帆暗自好笑，说道：“算了吧，现在是银洋钿的天下！”

无论忻一帆说得如何天花乱坠，武伯平就是不动心，不想跟着忻一帆去发这个洋财。

忻一帆无奈地叹气，对武伯平叫道："你真是一根筋，老天爷挑你发财，你还不愿意，真是戆到家了的乡下曲西阿木林！"

转眼到了 1949 年 6 月 10 日。这天上午 10 点，中国人民解放军查封了证券大楼，将所有反动分子、投机商人、银圆贩子来了个一锅端。忻一帆当场被抓了进去，因为在他身上搜出了大洋。

钱小妹得到消息后，第一个去找的不是别人，正是武伯平。武伯平领着她去找了时任厂党委书记的程庚生，一直折腾到第二天下午，忻一帆才被释放回家。

自那以后，忻一帆如同遭了霜打的茄子，衰萎了许久也恢复不了元气，而钱小妹与武伯平走得更近了，而且完全不忌不避忻一帆。

不过，有一天，钱小妹忽然同忻一帆站在了同一个战壕里，双双大骂武伯平是个十三点，是只白眼狼，是得了便宜又卖乖的负心人。

那时候，年龄尚幼的忻玛丽已经有了记忆，尽管记忆有些模模糊糊的，但依然记得这件事情的来龙去脉，还一连好多天不搭理武大武和武小武。

在这件事情上，武伯平做得是有些欠妥，确实应该狠狠臭骂他一通。

当时，钱小妹在厂里食堂做生活，每逢武伯平来打饭，总会在他的碗底偷偷做一点小动作：或加一块红烧肉，或坦一只荷包蛋。回想起来，钱小妹也许是借着这些小动作来表达心中的爱。

不料，武伯平竟然开始惶恐不安，认为这是不应该有的揩油行为，长此以往就是犯罪！尽管那时的他早已被清除出干部行列，但还保持着正义本色，正儿八经地向钱小妹提出了抗议。

也不知道一往情深、痴情不改的钱小妹是怎么想的，她完全充耳不闻，依然我行我素。在几次劝告不成的情况下，武伯平居然找到了厂部，向程庚生汇报。程庚生一声令下，钱小妹就被开除出厂了。

忻玛丽觉得自己真要为母亲鸣冤叫屈，卿本一片深情，岂料换来大雨倾盆。

忻一帆尽管一直忍受着钱小妹精神上的“红杏出墙”，但毕竟是这么多年的夫妻，当即不顾脸面地去找了罗格。那时候，罗格还在厂里当总裁。

不知忻一帆对罗格说了一些什么，反正罗格动了恻隐之心，最后的处理结果是让钱小妹到车间烧电焊。从此，钱小妹便与焊花、高温结了伴，一直干到退休。

至此，钱小妹深埋在心底的爱化作了兴师问罪的恨。当天晚上，她便冲进武伯平的家，当着张玉兰的面，不由分说地将武伯平骂了个狗血喷头、颜面无存……

忻玛丽原来总在想，一个女人的爱究竟能遮挡得住几多风雨几多浪。没料到，自己在青春年少时，居然亲自品尝到了个中滋味。

其实，忻玛丽与武小武一步步走近，并不是钱小妹的作用——虽然当父母的总希望在子女身上圆自己没能实现的那个梦，而是因为当时学校已经停课闹革命，她和武小武都成了逍遥派，赋闲在家无所事事，开始读很另类的书——全是“毒草书”，什么《激流三部曲》《子夜》《三家巷》《香飘四季》和巴尔扎克、屠格涅夫、车尔尼雪夫斯基、莎士比亚、泰戈尔、莫泊桑等人的作品。当然，这些书的封皮、包书纸全都进行了伪装，写上了“马克思传”“鲁迅作品选”“革命大字报汇编”等书名。

那年头的借书、交换书，就和搞地下工作一样刺激。忻玛丽和武小武却与众不同，不是借书、交换书，而是热衷于以一口标准得如同广播电台播音员的普通话对接警句格言——当时的忻玛丽完全没有意识到，这为自己后来成为农场播音员和到专业话剧院团工作夯下了坚实的基础。

忻玛丽来一句车尔尼雪夫斯基的“历史的道路不是涅瓦大街上的人行道，它完全是在田野中前进的，有时穿过尘埃，有时穿过泥泞，有时横渡沼泽，有时行经丛林”，武小武就接上一句泰戈尔的“世界上最遥远的距离不是生与死，而是我站在你面前，你却不知道我爱你”。

忻玛丽又来一句莎士比亚的“书籍是全世界的营养品。生活里没有书籍，就好像没有阳光；智慧里没有书籍，就好像鸟儿没有翅膀”，武小武则巧妙地再用车尔尼雪夫斯基的话接上：“爱一个人意味着什么呢？这意味着为他的幸福而高兴，为使他能更幸福而去做需要做的一切，并从中得到快乐”。

当时说“毒草书”会让人丧失革命斗志，沾染小资情调，甚至会跌入卿卿我我、儿女情长的泥淖。忻玛丽和武小武果然一不小心跌了下去。

那是一个夕阳西下的傍晚，坐在一棵梧桐树下的忻玛丽正沉浸在亚瑟·伯顿和琼玛的情感纠缠之中不能自拔，一个红卫兵团小头目小黑皮恰巧路过，见她蜷着身子一动不动地窝在一把破藤椅中看书，便觉得有问题。

小黑皮悄悄从忻玛丽的身后走近，突然伸手一把抓过书，剥去书皮一看，果然是一本“毒草书”——《牛虻》。

忻玛丽还没从震惊中完全清醒过来，小黑皮已经吵吵嚷嚷地叫开了，说要把她和这本黄色书一起交到红卫兵团，让她好好尝尝无产阶级“文化大革命”铁扫帚的威力！说着，上来一把拉着她的手就走。

忻玛丽如何肯跟着走！她一边骂小黑皮“拉小姑娘的手老面皮”，一边偷偷盘算着如何从他的手里夺回书。要知道，这是武小武好不容易才从高中年级书友那儿借来的，说好了借两天，第一天让忻玛丽先看，第二天再轮到武小武看，万万没料到，头一天就出事了。

小黑皮也是贼精，见忻玛丽不断地瞄向向他手里的书，不禁冷冷笑了，说道：“不要动这本书的脑筋，你还是太太平平、老老实实地跟我去红卫兵团算了……”

这时，武小武和几个同学奔了过来。那几个同学都是小武的死党，一见这种情形，个个都把袖子撸了起来，要请小黑皮吃生活！偏偏小黑皮还嘴硬，虽然已经放开了忻玛丽的手，但依旧不买账地说道：“你们不要仗着人多，我马上就去红卫兵团调一帮人来摆平你们，你们等着我！”

武小武大笑着走了出来，说道：“小阿弟，你是六八届三班的吧？三班的万榔头是我的朋友，这个打群架一只鼎的赤佬是从来不买红卫兵团的账的，你晓得吗？再讲了，你现在恐怕也走不了，我的这些同学是不会让你随随便便离开这儿的，除非你把书留下！”

小黑皮的脸色变了，说道：“你们想打架？我，我又不怕你们的啰！这本书，这本书是‘大毒草’……”

武小武徐徐摇了摇头，说道：“不识相的人是要吃辣伙酱的，你懂吗？你只要当作什么都没有发生过，既没看到过‘毒草’，也没看到过香花，那么我就送一样东西，跟你交个朋友，怎么样？”

小黑皮发了一会儿愣，看到周围的人开始一步步向他紧逼过来，不觉苦笑了一声，问道：“那，那你准备送什么东西啊？”

武小武的手上突然出现了一台矿石收音机，他往小黑皮眼前一晃，说道：“就是这个！”

那年头，有不少同学喜欢捣鼓矿石收音机，算是那个时代的奢侈品、时尚货。

小黑皮一看便咧嘴笑了，说道：“好是好，可惜缺个耳机。你给了我矿石收音机，我也没法儿听啊……”

忻玛丽陡然叫了起来：“小武，你别给他！”

忻玛丽知道武小武为了弄成这个矿石收音机，花费了多少心血、多少精力，可如今……

武小武笑了，对小黑皮说道：“别听她的！你换是不换？不换的话，大家就动手抢了！”

话音未落，小黑皮已经动作神速地将《牛虻》送到了武小武的手里，又一把掠去了矿石收音机。

众人大笑。

武小武将书放到忻玛丽的手上，回头朝小黑皮招了招手，说道：“你拿了矿石收音机也派不上用场，没有耳机什么也听不到，我索性送佛送到西天，好事做到底。喏，这副耳机借给你三天，让你过过瘾头……”

开心的小黑皮一边接过耳机，一边连声道谢。

武小武忽然鬼头鬼脑地靠近小黑皮，有意地压低了嗓子说话，但其实在场的每一个人都听到了他说的话："你呢，要不还给我耳机也行，想办法弄一本'毒草书'送给我，这耳机就归你了！"

小黑皮大吃一惊，说道："这这这……"

所有同学一齐很大声地说道："我——们——什——么——也——没——听——到——"

小黑皮慌忙转身走了，不料武小武追上两步贴着他的耳朵说了一句话："你要是不跟我们玩，我们这儿的每一个人都可以去红卫兵团举报你——你这矿石收音机是能收得到敌台的！"

小黑皮大概被吓坏了，撒腿就跑，才跑了不远，便摔了一个大跟头……

这或许也是一种缘分，叫作不打不相识，后来，小黑皮也去了黑龙江农场，不但成了武小武手下的连队干部，而且与武小武结为了死党。

事情终于发展到了极致，忻玛丽和武小武手挽着手一同奔赴黑龙江的广阔天地去了。

当时，忻玛丽和武小武处在艰难的境况之中——得知他们的恋情后，武伯平坚决反对和忻一帆攀亲，钱小妹闻讯大怒又一次闯进武家，与病榻上的武伯平吵得一塌糊涂。

就在两家大人闹得不可开交之时，忻玛丽和武小武已双双偷了家里的户口簿迁走了上海户口，等到家人发觉的时候，他们已经接到了黑龙江农场的报到通知……

办公桌上的传真机突然刺耳地响了起来，是等待已久的中国戏剧家协会的传真件来了。

忻玛丽连忙站起来，走了过去。

第二章

百年远东厂，我来了

1

东方的天亮了，亮得还不彻底，正是上早班的时辰。

武小武走进厂长办公室，做起了每天的例行功课：擦办公桌，扫地，清洗老厂长的特大号烟灰缸，拎着四只热水瓶去打开水。

这一功课是从到厂长办公室报到的第二天开始的。当然，这只是细枝末节的小事，但无数大事正是由此而引申开的。

武小武深深明白这一点。

不是黑龙江了，不是农场了，这是大上海，是万人大厂，一切均得从头做起。

雄关漫道真如铁，而今迈步从头越。从头越，苍山如海，残阳如血。

武小武仿佛回到了在黑龙江当农场场长的风光时节，每每外出，一大帮人前呼后拥：镁光灯频频闪烁，有记者在拍摄自己的影像；笔尖沙沙响，有秘书在记录自己的指示。每天，自己都必然出现在《农场战报》头版头条上……

小楼昨夜又东风。可惜，俱往矣，好景不再。

是的，一定要旧梦重温，也一定能够旧梦重温。

当武小武走出厂长办公室并轻轻关上门的时候，一行诗句突然从脑海中掠过：“天上没有玉皇，地上没有龙王，我就是玉皇，我就是龙王，喝令三山五岳开道，我来了！”

武小武喜欢这种一往无前、藐视一切的气势。更重要的是什么呢？是“我来了”！

是的，百年远东厂，我来了！

2

这就是车间，充满中国特色的现代化车间。其实，里面还是二十世纪三十年代留下的老机器设备，只不过后来由机修工和操作工做了一些技术革新，使之更加符合中国工人做生活的需要和习惯。

武小武在车间门口张开嘴深呼吸，因为一旦进入车间，无论呼出的还是吸进的，都只能是混着机油升腾、烟雾楨飞以及一种说不出味儿的重金属污浊空气了。

武小武走进了车间，迎头向他摇摇晃晃走来的是黄拌橄榄——一个身材有些发福的机修工。

黄胖橄榄不是这个车间的操作工人，其实原本是，只不过因一个偶然的机缘改变了命运。

听工人们说，黄胖橄榄一直不安于做操作工，因为操作工人就像被一根无形的绳子捆绑在机器上，八小时工作时间内无法离开半步，哪怕吃饭、上厕所，也得找个熟手来帮忙看管机器。

黄胖橄榄一门心思想去做机修工——厂子里的机修工多自由啊，整天晃来荡去的没人管，人称“八级荡工”是也！一旦机器出了故障，机修工就会被人像请老太爷一般请来修理，多受人尊重！

不尊重也可以，那就来个“磨洋工”，十分钟能修好的生活，起码弄上两三个钟头，让人完不成生产指标，扣月度奖、季度奖、年终奖。再说，机修工的名声好听，属于技术工种。

可惜，那时的黄胖橄榄没这个命。

不过，工人们说，别看黄胖橄榄的命不好，但他的脑子好，头脑活络。

有一天，老厂长和公司领导进车间检查工作，黄胖橄榄早早就将机器关了，见他们快要走到机器旁，便伸手抹了一巴掌机油，转身往脸上一揩，抓起早已备好的扳手、榔头，匍匐在地，对着机器下面的钢脚就是一阵乒乒乓乓地乱敲，引起了领导们的注意。

老厂长看着黄胖橄榄的背影，问道：“喂，你在干什么？”

黄胖橄榄支撑起身子朝老厂长转过了脸，所有领导顿时都被吓了一跳。只见黄胖橄榄的脸上东一道油污、西一道乌漆，他咧嘴一笑，露出雪白的牙齿，说道：“我在修机器。”

老厂长看了看黄胖橄榄那张不大熟悉的面孔，毕竟他做工人时不在这个车间，问道：“你是机修工？”

黄胖橄榄摇了摇头，说道：“我是操作工，车间里的机修工太少了，人也叫不到，倒不如自己动手修修来得便当。”

老厂长一脸狐疑地看了看机器，问道：“你能修得好？”

黄胖橄榄自信满满地说道：“我经常这样弄，肯定修好了。”说完，爬起身来伸手一按电钮，机器便正常启动了。其实，要机器不正常启动也不可能，因为本来就没出故障。

看着老厂长满意的神态，黄胖橄榄大大咧咧地将手向四周的机器一指，说道：“这些机器我都修过。不是吹，机修工这一行我没当过学徒就已经满师了，便当来兮的。”

这时，一位公司领导蛮欣赏地朝黄胖橄榄点了点头，说道：“看起来，你倒是块机修工的料作嘛！”

众人笑了。

老厂长没笑，仔细地看了看黄胖橄榄，问道：‘你叫什么名字？”

“黄胖橄榄。”

“什么，黄胖橄榄？”

“不不不，大家都叫我黄胖橄榄，我的本名叫黄庞。”

“哦，如果调你去当机修工，你愿不愿意？”

“愿意，太愿意了！如果我能当机修工，我一定把车间里的所有机器保养得好好的，绝不让任何一个机器拖我们生产的后腿！”

十分钟后，车间主任奔来了，传达了厂部命令，立时三刻将黄胖橄榄的工种调整成了机修工。

黄胖橄榄笑了。

世界上的许多机缘是要靠个人去创造的。一创造，保不准就能彻底改变命运，人生的历史就要改写。

武小武不知道这是不是传说，但他有点相信这是真的。凭什么？就凭他对黄胖橄榄的印象。在这一点上，他很有自信，十年的农场场长位置不是白坐的。

那天，是武小武进这个车间的第三天，黄胖橄榄有意无意地找上了他，一伸手就是一包凭票证供应的牡丹牌香烟，说道：“拿去抽抽白相相。”

武小武毫不客气地伸手接了过来，问道：“你为什么要请客送我香烟？”

黄胖橄榄笑着说道：“听说你是厂长办公室下来的，路道粗来分的，有点事体要向你请教请教。”

武小武将香烟在手里抛了抛，说道：“你这个大块头讲话蛮有劲的。假如我不是厂长办公室下来的，你就不会请客送我香烟了？”

黄胖橄榄摇摇头，说道：“你说这话就有点看不起我黄胖橄榄了！香烟嘛是随便抽抽的，交个朋友嘛！只不过就不是牡丹这个级别了，起码要落到像我这种趴在地板上的档次。不过，统统是凭票供应的。”

说着，黄胖橄榄的手里出现了一包光荣牌香烟。他用指头在烟盒上轻轻叩了两下，一根香烟就弹了出来，他张嘴叼住，掏出火柴点燃，深深吸了一口。

武小武笑了，说道：“原来你是老烟枪！不好意思，牡丹还给你……”

黄胖橄榄的眼睛瞪了起来，叫道：“你啥个意思啦！看不起我？”

武小武摇了摇头，说道：“你没听懂我不好意思的意思，哪有给朋友抽四毛九分一包的牡丹、自己却抽二毛四分的光荣的道理？”

黄胖橄榄不以为然，说道：“这你就说错了！我经常给一般朋友抽的是三毛五分一包的大前门，自己抽的是八分一包的生产或者一毛三分的勇士，一定要装装门面的话，就抽抽二毛二分一包的劳动、大联珠或者二毛四分的光荣，顶顶高级的也就抽二毛八分的飞马。”

武小武一愣，问道：“这是为什么？”

黄胖橄榄完全是一副没心没肺的腔调，说道：“只不过一个字——穷！不过你不要害怕，我是百分之一千不会跟你借钞票的。”

武小武点了点头，说道：“我听懂了，虽然你穷字当头，但对朋友是要装门面的，对自己是要做人家的。”

黄胖橄榄呆呆地看了武小武一会儿，忽然一个重重的巴掌拍在武小武的肩膀上，叫道：“你这个人实在太拎得清了，我交定了你这个朋友！”

武小武最后还是把牡丹牌香烟还给了黄胖橄榄，原因一共五个字：“鄙人不爱抽烟。”

弄清楚这不是武小武的客套话以后，黄胖橄榄当즉毫不客气地将牡丹牌香烟收了回去。

其实，武小武心里十分清楚，黄胖橄榄来找他，一半拍马一半哭穷，其中必定有难言之隐。当然，他也佩服黄胖橄榄，他是看准了人才下的菜。

果不其然，几句话一说，黄胖橄榄便向武小武交了底。原来，厂里正在分房子，而他的住房“真是比黄连还要黄连，比旧社会还要旧社会”：一间六七平方米巴掌大的亭子间，三代人——老娘、他和妻子、女儿共居一室。睡觉时，他只能睡到地上，头放到桌肚底下，双腿伸进小床下面；床则向空中立体发展成双层床，年老体衰的老娘和女儿睡下铺，妻子年纪轻便爬到上铺去睡，一不小心坐起时，妻子的额角常常碰到天花板，立马撞出一个大包……

武小武苦笑，说道：“分配房子是厂工会的防区，不属于我的管区，有力也帮不上，而且粥少僧多，只能去登记排队，困难越大越能排在前头……”

黄胖橄榄连连点头，说道：“我登记了，也排队了，只是害怕有人开后门插队，所以才来请你多关照关照。”

武小武叹了一口气，他太知道厂子里工人们的住房困难了。

新中国成立初期，政府给上海工人建造了无数工人新村，诸如曹杨新村、控江新村、鞍山新村、长白新村等，但后来就基本停止了分配房子，“文化大革命”时期就更不用说了，根本无房可分。然而，工人们的后代在呱呱坠地、茁壮成长，三代同堂、五代同室已经成了非正常状态的正常事情。

所以，武小武沉吟了一会儿，说道：“好，我答应给你公平、公正。”

武小武和黄胖橄榄的会面很历史地画上了句号。

武小武向工会主席鲍志强说了黄胖橄榄的事情，不料鲍志强撇了撇嘴，说道：“厂里比黄胖橄榄困难的人海了去了，他只能算是小困难……”

黄胖橄榄是何等精明的人，一搁两三个月，既没听到楼梯响，也没见到鬼下来，心下当然明白了一切，便决定靠自己的力量给厂领导们提个醒、添把火。

于是，在一个星期一的早上，干部们一走进办公大楼，不禁个个目瞪口呆——只见一个老太太在走廊里点火扇风生煤球炉子，一阵紧赶一阵的浓烟不仅弄得长长的走廊里乌烟瘴气，而且无论打开哪间办公室的门，走廊里的滚滚烟雾便如一道白光一般“嗖”地闯了进去，顿时飘满办公室里的每一个空间，害得人不得不手忙脚乱地快快打开窗子通风。

众人正站在走廊里乱纷纷地议论着这是谁家的老太太胆敢如此无法无天、胆大妄为时，蓦地看见从老太太身后的办公室里走出来一个年轻女人和一个小孩。小孩刚叫了一声“奶奶”，便被烟雾呛得连连咳嗽起来，年轻女人立刻抢上前来，一把将孩子抱回办公室。

众人走到那间办公室门口，朝里略一张望，更是惊愕得连眼珠都快落到地板上去！

原来，办公室里的两张办公桌被移到边上拼成了一张床，上面是一条散乱的被褥，屋子中央搁了一张钢丝床，上面是乱七八糟的衣物，还有一地锅碗瓢盆……

闻讯而来的老厂长怒问道：“怎么回事，什么人把这儿当成了私人居家的领地？”

话音未落，办公室内奔出一个人来，一把夺过老太太手中的破蒲扇，满不在乎地将煤球炉扇得呼呼山响，炉口的火苗瞬时蹿得老高，映红了此人的脸膛——正是黄胖橄榄。

黄胖橄榄头也不抬，谁都不看，径自生好了炉子，将一大锅泡饭放上去烧了起来。

后来听说，在前天晚上很晚的时候，黄胖橄榄来到门房与门卫老王、老李热火朝天地吹牛闲聊，恰到好处地遮挡住他们的视线，黄胖橄榄的妻子、孩子和老娘便是趁这个当口儿溜进厂门的，而后借故离开的黄胖橄榄上了楼梯，与家人会合之后，悄悄撬开办公室的门安营扎寨。

这是一个无房户蓄谋已久的阴谋。

老厂长脸色铁青，一言不发，当即拂袖而去。

武小武赶到了，一把将黄胖橄榄揪进了办公室，“砰”的一声将门关上……

事情闹到了这个份儿上，急忙赶来的工会主席鲍志强就算不买武小武这个厂长助理的账，也得买老厂长的面子。最终，他好说歹说终于将黄胖橄榄一家人劝进厂里的临时过渡房住下了。

两年以后，黄胖橄榄总算排上了号，分配到了一间两家合用灶披间和卫生间的一室户公房。

说来也怪，也许是黄胖橄榄的长相给他招来了福气，他的隔壁邻居忽然和他商量，要用一间独用的一室户换他这间房，这样邻居和老娘便可以同住在独用的两室户中，而且不用黄胖橄榄贴一分钱费用。

当然，那个年代全都是福利分房，有为了亲情放弃面积“大调小”的，有放弃煤卫或地段“小调大”的，还没有考虑商品房的价值这一说，更没有亲父子、亲兄弟为了房子闹上法庭的故事。

换了独用一室户的黄胖橄榄如同老鼠跌进米缸里一样开心幸福。当然，他忘不了武小武这个恩人，饮水总得思源，便下了狠心买了当年绝对拿得出手的堪称稀罕物的两斤全毛绒线来看望武小武。

这两斤全毛绒线是地地道道的老牌子：蜜蜂牌。生产厂家是上海第十七毛纺厂，以前是一家英商厂，就叫蜜蜂绒线厂，1959 年被收归国有了。

武小武当然没收。要收的话，他早在坐农场场长的位子上就收了，到他进厂的时候肯定发财发得木佬佬了。

不料，黄胖橄榄这回一点儿也不活络，偏偏犟得像一头不懂得转弯的老黄牛，而且一头抵在了南墙上，说道："你不收的话，我就赖在你家里不走了，吃喝撒拉睡统统由你承包！"

半个小时后，武小武开始吃不消了，说道："你既然一定要饮水思源，那就必须要找到真正的源头，你送我东西实在是烧香走错了庙门。"

于是，黄胖橄榄跟在武小武的身后，走进了鲍志强的家，送出了那两斤全毛绒线。

事后，鲍志强得知这两斤全毛绒线竟然是武小武让黄胖橄榄特地送来拜谢他这个正主的，激动得用三个字对武小武下了定义："是模子！"

3

武小武"转正"得很快，助理只当了不太长的时间，便坐上了副厂长的宝座。

那天，武副厂长第一眼见到忻一帆这个"老克勒"领着几个穿着打扮全都很农民模样的人走向厂长办公室时，心里不禁"咯噔"了一下，隐隐觉得有什么东西要在远东机械厂拉开势不可当的序幕。

武小武很清楚，当时在全国的城市与乡镇中流行起了一股"联营风"，农村乡镇企业已经犹如雨后春笋一般蓬蓬勃勃地发展了起来，谁想取得长足的进步成为龙头老大，谁想抢占市场夺得一定的份额，都离不了财大气粗、技术力量雄厚的国企的扶持，就看谁能利用手头的资源各显神通了。

当武小武知道忻一帆带来的这几位都是靠近宁波乡下地方的人之后，越发相信自己的第一判断——忻一帆是“老宁波”，老厂长是忻一帆的同乡，为了故乡能够大踏步地迈向城市化、现代化，老厂长即使不作贡献也是要作奉献的。

武小武采取的是回避策略，凡事眼不见为净，他也只能这么办。从私的方面来说，忻一帆是他的丈人阿爸；从公的方面来说，他是丈人阿爸的厂领导。更重要的是，丈人阿爸对女儿忻玛丽与他的婚事一直很有看法。

其实，倒不是忻一帆和武小武过不去，而是他与武伯平、钱小妹的三角关系大有问题，倒过头来影响到了下一辈的恋爱、婚姻。

忻一帆尽管头脑活络、八面玲珑，很会看山势，很会做人，但在恋爱游戏的角逐中，忻一帆一直是个失败者，永远竞争不过武伯平。只不过到了临门一脚，武伯平选择了张玉兰，忻一帆才在钱小妹落魄失意的时候乘虚而入，上海话叫“捡了个皮夹子”。后来的无数事实证明，钱小妹对武伯平始终旧情难忘，这让忻一帆很不爽。

很不爽的忻一帆只能将满肚子的怨气、怒气一股脑地泼向下一代。不过，忻玛丽是他的独养囡，即使是倾盆大雨也不会有一星半点雨水溅到她的身上，而武小武就被淋得浑身湿透成了落水狗。这一切，武小武只能硬着头皮挺着、闭起眼睛挨着，犹如老禅入定一般，连一句话也没有。

令武小武记忆犹新的是头一回以准女婿的身份上门，那时他还在农场里，刚被提拔为农场场长，千里迢迢和忻玛丽一起赶回上海，拎了香烟、老酒、黑龙江土特产满满当当三大旅行包上门，万万没料到吃饭的时候，忻一帆竟备下了一桌子宁波招牌菜——臭冬瓜、臭豆腐、臭苋菜、臭毛豆、臭咸菜……这些碗碟上的盖儿一揭，一股奇臭无比的味道顿时冲天而起，直接将武小武熏了个昏天黑地，差点儿晕了过去！还好，他没忘了准女婿这个要命的身份，咬牙坚持着，没有落荒而逃。

忻一帆接着捧出来端上桌的菜还有：醉蟹、咸蟹、黄泥螺……清一色的宁波小菜，就连老酒也是绍兴加饭酒。

忻一帆举起酒杯，带着一脸慈祥笑容，说道："你即将成为宁波人的女婿了，所以我特地为你准备了'宁波三臭'，千万莫要客气，喝酒，动筷子吃……"

武小武知道，忻一帆的目的就是让他成为"第四臭"——看你一个江北人如何适应得了宁波人的饮食"臭"习惯！

要是放在以前，武小武还真的不知该如何对付。可如今，作为农场场长，他早已见过了世面、经过了风雨，若是连区区"宁波三臭"都对付不了，那还不如回家卖红薯呢！

于是，武小武点了点头，也举起了酒杯，却又慢慢放下了。

忻一帆有些奇怪，说道："都快成一家人了，还这么怕难为情？"

武小武摇摇头，说道："我们还是等等吧，等姆妈回家一起吃……"

忻一帆哪里明白这是武小武的韬晦之策，说道："不等她了，刚才和你说了，厂里有突击加班任务，大干快上打击帝修反，谁知道加班到几点钟？来来来，我们先吃吧！"

有了这几句话和这点儿时间铺垫，武小武觉得接下来可以放肆一回了。于是，他举起酒杯给忻一帆敬酒，也给忻玛丽敬酒——这个天真的女孩一点儿没能察觉到她父亲的葫芦里在卖什么药——接着开动了筷子。

这一动不打紧，把忻一帆看得好似寒冬腊月里的西北风钻进了脖颈里，一下子僵在了那儿！

只见武小武吃一口菜、喝一口酒，片刻之间，已如秋风扫落叶一般将醉蟹、咸蟹统统扫进肚子里，还很大方地朝忻一帆点点头，一点儿也不见外地说道："太好吃了，还有吗？"

忻一帆的肚皮有点疼了。这是他好不容易托老乡从宁波老家带来上海的，不说小菜场上要凭水产品供应票去买，而是根本买不到！原本他想留着让自己好好享享口福，不料准女婿突然上门，这才下了狠心拿出来，料定武小武吃不来，那样一来，既给足女儿面子，又能臭臭武小武，让他回去说给武伯平听，那才叫一个过瘾。不料，偏偏武小武吃得爽快、吃了还想吃，真是赔了夫人又折兵，太不划算了！

忻一帆想想还是觉得奇怪，问道："你，你怎么吃得来宁波菜？"

武小武捏起一个黄泥螺放在嘴边吮吸了一下，说道："这个功劳要归于玛丽，是她改造了我。"

忻一帆无话可说。

忻玛丽忽然说道："小武呵小武，你怎么成了肉食动物了？连一点点素的都不吃，你看看这臭冬瓜、臭豆腐、臭毛豆、臭苋菜，你一筷子都没碰过……"

武小武一笑，说道："好吃的东西太多了，肯定要挑最好的吃，不然主人要不开心的。"

忻一帆心上一动，一时吃不准这小子是不是有意这样说的。看来，有句话说得很有道理："把别人当戆大的人，自己才是戆大。"

就在这时，门扉响了，钱小妹回来了。

钱小妹一边从拎包里往外取饭盒和大口搪瓷杯，一边说道："小武啊，不好意思，你从黑龙江来看我们，我倒在厂里加班……没办法亲手烧几个菜给你吃，我只好请食堂师傅帮忙烧了三个菜……"

忻玛丽取来了碗和盆，将饭盒和搪瓷杯里的菜倒了进去，情不自禁地叫了起来："灵格灵格！红烧狮子头，梅干菜烤肉，炒青菜！妈，这都是小武顶顶喜欢吃的菜了！"

忻一帆"哼"了一声，说道："你看看，你看看，这马屁快要拍到马脚上去了！你讲别的还可以，怎么连炒青菜也成了喜欢的菜了，还顶顶喜欢得出来！"

武小武开口说道："玛丽没有骗妈，上海的炒青菜我真的喜欢吃，因为它是和猪油渣一起炒的，又香又爽口，外地没有这种炒法的。"

忻一帆有点不开心了，说道："都说丈母娘看女婿，越看越欢喜，现在倒过来了，女婿看丈母娘，越看越欢喜了！行啊，那你就多吃一点吧！"

钱小妹将新添的菜碗一个个往武小武的面前放，说道："吃吧，趁热快点吃。"

岂知武小武忽然抚了抚肚子，说道："我真想吃，可是我不敢吃了，刚才吃了好几只醉蟹、咸蟹和黄泥螺，我，我怕再吃狮子头什么的，肚子里要打架了……”

钱小妹这时才注意到桌子上的宁波小菜，当即脸色一沉，说道：“阿忻啊阿忻，你大概热昏头了吧，怎么想得出来用这些臭烘烘的东西招待女儿、女婿的？亏你想得出，也做得出！告诉你，这台面上剩下来的乱七八糟的统统留给你，算是你这几天下饭的小菜！”

忻一帆无动于衷，大概早已习以为常，反倒是忻玛丽有点吃不消，连忙悄悄拽了一下钱小妹的衣服，叫道：“妈！”

钱小妹这才回过神来，不好意思地冲武小武点了点头，说道：“反正你也不是外人了，我这人就这火药桶脾气，呵呵！”

武小武刚想说些什么，钱小妹忽然端起碗将狮子头什么的倒回饭盒和搪瓷杯中，说道：“这样吧，这些菜你待会儿带回家去吃……”

武小武连连摆手，说道：“不用了，不用了……”

钱小妹充耳不闻，说道：“我听玛丽说过的，你最喜欢吃红烧狮子头、梅干菜烧肉，和你爸一个样。对了，这带回去的菜，你就和你爸一起吃，你爸老爱吃的，我到现在还记得你爸当年见了狮子头的馋老虫模样，嘴一张，老大一只狮子头就被一口吃掉了……”

忻一帆突然站了起来，谁也不理，一甩手“咚咚咚”地上楼去了。在那一瞬间，钱小妹的脸色也一点点地阴沉下来。

当武小武将那些“你爸老爱吃的”红烧狮子头、梅干菜烧肉放在武伯平面前、父子俩大快朵颐的时候，钱小妹正和忻一帆吵了个天翻地覆……

这是在回黑龙江农场的路上，忻玛丽告诉武小武的。

现在，武小武默默地看着忻一帆和紧跟在他身后的那些人的身影一一从厂长办公室的门口消失，一丝淡淡的笑意掠过了唇角，接着转身大踏步离开了。

4

三个月后，武小武来到那家名叫“远东机械厂宁东分厂”的乡镇企业，他是跟随老厂长一起来视察的。

一进厂门，武小武便觉得十分眼熟，走得三五十步，不禁哑然失笑，原来这厂门、门卫室、办公大楼、车间排列完完全全都是模仿远东机械厂建造的，几可乱真。说句老实话，给他的感觉便是在上海自己的厂子里，唯一不同的是，从身畔走过去的工人们说的是当地土话，不细细辨听，一时还真不知道他们在说些什么。

进了车间，武小武惊讶得连眼珠子都快要掉到地上去了，那一排排机器根本就是远东机械厂设备的翻版和仿造！他突然想起来，前一段时间，厂里设备部门忙得日班、中班、夜班连轴转，还在车间里拉上大红的标语横幅，上面写的是“心往一处想，劲往一处使，汗往一处流”，还写了什么？呵，想起来了，明明白白地写着“大干快上奋战 100 天，支援分厂早日投产”！原来奋战的成绩就是用来武装这家乡镇企业的，武小武到此时此刻才明白过来。

接下来，武小武又有了新发现，他竟然看到几个远东机械厂的工人老师傅在这儿手把手地带徒弟、指导生产！他问了陪同参观的乡镇厂肖厂长，肖厂长一笑，说道：“我们真得谢谢上海工人老大哥的支援，这几位本事高超的退休技师是老厂长介绍到这儿来的，我们即使付了高出他们退休工资几倍的薪水也是感激不尽的。”

武小武心头一动，走了几步之后，有意无意地说道：“现在社会上风行‘星期六工程师’，大概你们也请了一些我们厂里的工程师吧？”

肖厂长打了个哈哈，说道：“好像是有的吧，具体的我也不太清楚，回头我问一下再说。武厂长，难道你也不清楚？”

武小武只是笑了笑，没有回答，心想看来肖厂长开始警惕起来了。不过，无论谁听到这个问题，不敏感都不成哪！他决定回上海之后再调查这个问题。一些不那么好的感觉悄然浮上了心头，到底是什么不好，他一时也说不清。

中午，就在新建的厂里大食堂的小饭厅里，肖厂长设宴招待了上海来的工人老大哥，一桌桌山珍海味自是不在话下，为了表示诚挚的谢意，肖厂长还特意请来镇长、乡长、县长和县委书记一同作陪。

那些美味佳肴和绍兴老酒没有引起武小武的兴趣，倒是县长在席间的致酒词给了他极大的震撼。县长是这么说的：“我先向来自上海的老厂长和武厂长敬酒，感谢你们帮助我们走上了脱贫致富的金光大道！我也要向肖厂长敬酒，宁东分厂要争口气，早日把自己的产品打到全国去，打进北京和上海！”

在一片热烈的掌声中，武小武的心头“嗟”的一声鸣响了大锣！是的，这就是刚才那一时说不清的不好的感觉。

刚才在闲聊中，武小武已经掌握了乡镇企业的优势所在，一是无须交各种各样的税款，没有任何负担；二是没有上缴利润的指标，赚来的人民币到了年底可以分红。那么接下来，他们生产出来的与远东机械厂一模一样的产品走向全国，势必要与远东机械厂争夺市场份额这块蛋糕。重要的是乡镇企业的产品成本低，有着价格上的优势，而且他们可以向采购单位经办人员“塞横档”——回扣，而国企是不能的。这是一个销售人员刚才一不小心随口泄露出来的。

武小武忽然有了一种悲哀，一种比死还难过的悲哀。一家国企很负责任地无私扶持资助了一个乡镇企业，而这个亲生儿子，不不不，应该是孙子，最后却有意无意地要杀死爷爷！这是不是很悲哀？无可奈何的是，他只能眼睁睁地看着这不会太远的事实静悄悄地发生，因为如今面对的是市场经济。

武小武看了一眼正在碰杯痛饮的老厂长和肖厂长，沮丧地闭上了眼睛。是的，他已经看到了那一幅悲凉的画面——夕阳西下，断肠人在天涯。他忽然再也无心坐在那儿吃菜喝酒了，于是找了一个借口退了出去。

武小武回到了车间，他想听听工人们的真实想法。当然，是这家乡镇企业的工人。他看到正坐在机器后面休息的一群工人，向他们走去。

忽然，一个满脸络腮胡的工人大声地叫了起来：“今天这帮从上海来的爷叔又来吃白食了！”

后来，武小武一直怀疑络腮胡是不是发觉他正走向他们，才故意叫起来的，目的便是向“上海来的爷叔”发泄一腔愤怒和怨气。

这时，一个个子小小的工人摇了摇头，说道：“你胡说八道了，人家支援了这么多机器设备和技术，我们请客吃两顿饭也是应该的。”

络腮胡冷笑着说道：“天底下哪有什么支援不支援的？告诉你，什么设备、技术，统统是我们厂里花钱买来的，这是肖厂长亲口对我说的！”

武小武吃了一惊，默默地向后转，撤退了。

络腮胡的声音又传了过来：“你晓得，远东厂的头头和技术设备科的人，我们是每个月都给他们发月薪的，所以我永远不会感激远东厂！”

小个子突然也开骂了：“娘希匹！这帮东西，把我们年底分红的花纸头给剥掉了！”

武小武几乎是逃也似的离开了车间，身后追来了一阵阵粗野的笑声。

当夕阳染出一河胭脂红的时候，武小武走向了面包车。这时，他看见肖厂长正指挥着手下的工人将一大包一大包的鸡鸭鱼肉、土特产品搬上了面包车的后备厢。谁都明白，这是给远东机械厂一行人的。

武小武铁青着脸，一言不发地拉开副驾驶室的车门坐进去，摇上车窗玻璃，闭目养神。

不知过了多久，面包车启动了。武小武的眼睛一直没有睁开，就连肖厂长拍打着车窗和他打招呼，他都没有睁眼。

是的，武小武太需要安静了，一种与世隔绝的安静。

然而，武小武的心底却是电闪雷鸣，轰轰然回响着一个声音：“办联营厂是寻棺材咽！到时候产品出来了，和国企是一个模子里印出来的，到头来孙子打爷爷，败下阵来的绝对是国企！”

武小武已无力回天。宁东分厂的列车已经开出了月台，谁也不能令其停车了……

5

其实，黄胖橄榄骨子里并不是省油的灯。在成为机修工之后，他便开始上蹿下跳，鸟枪换炮地更换浑身上下的装备了——先是将操作工的细帆布工作衣裤拿到劳防用品仓库，统统换成了机修工的卡其布工作服，接着又去领了高帮工作皮靴，而操作工领的是低帮皮鞋之类的。当然，黄胖橄榄只是打了个擦边球，因为管理条例中对皮鞋、皮靴的规定有些模糊不清。

这些东西在今天已经不会夺人眼球了，但在1980年至1990年那些物质并不宽裕的年代，却是一道亮丽的风景线，不仅是厂子里的青年工人，就连社会上追求时尚潮流的人士，也都爱穿上一件或一套深蓝色的类似工作服的衣裳招摇过市。这样一来，全副武装到牙齿的黄胖橄榄自是具备了大出风头的条件。

黄胖橄榄犹不满足，他还在想着那条又宽又阔的黄黄的工作牛皮带，往腰间一扎，该是何等威风、何等有型。可是，厂里有严格的规章制度，机修工工种不在工作牛皮带的发放范围内。

天晓得，黄胖橄榄居然想得出这样一条莫名其妙的理由，说是车间里的钢板车故障发生率居高不下，而他在修理好钢板车之后是要试车的，得上去掼钢板、调试机器，这时候对腰部的保护就特别重要了，否则一不小心就会弄出腰椎间盘突出一类要命的毛病。

可惜，无论黄胖橄榄说得如何天花乱坠，后勤部门主管劳防用品的王科长总是笑眯眯地看着他，一言不发。当黄胖橄榄说得口也干了、劲儿也没了、神也散了，最后问王科长怎么不说话、不表态时，王科长搬出一本厚厚的《劳防制度手册》，说道："按规章制度办。"

黄胖橄榄恨得牙痒痒，但又能奈他何？只能灰溜溜地开路了。

君子报仇，十年不晚。终于有一天，机会来了。说来也巧，那天，黄胖橄榄刚修好钢板车，正在掼钢板、调试机器时，王科长笃悠悠地从车间另一头晃了过来。

见到黄胖橄榄掼钢板，王科长点了点头，说道："原来你真的要掼钢板啊？我还以为你是开开大兴的，不过，无论你开不开大兴，工作牛皮带都是不可以发放给你的。"

黄胖橄榄正将一大张钢板推进一上一下两个压延辊筒之间，随着哧哧的油烟声响起来，钢板到了对面。接着，对面的机械手将钢板从辊筒上面推了过来，黄胖橄榄赶紧双手接住，再推入辊筒之间……这种活儿是一刻也离不开操作人员的。

这时，王科长的话顿时成了一个激发点，激得新仇旧恨一股脑儿地涌上了黄胖橄榄的心头。

黄胖橄榄看了一眼钢板车周围，发现工人们早已抓紧时间开溜休息去了，不觉眉头一皱，突然"哎哟哎哟"地叫了起来，而且一声更比一声响。

王科长被吓到了，连声发问："你，你怎么了？"

"肚子，肚子疼……"

"那，那怎么办？"

"你，你快点过来帮帮忙，就像我一样把钢板推过去，便当来分的……我，我肚子疼，要，要去大便……”

王科长果然中计，只能顶了上去。

黄胖橄榄当即一溜烟儿走得不见了人影。其实，这小子坏得很，就躲在不远处看西洋镜。一看王科长伸手弯腰、弓背撅臀，很好笑地成了第二只机械手；二看操作工人一走近，立马将他们拦下，让他们都别过去为王科长解围。

五分钟过去，王科长开始喘气了；十分钟过去，王科长变成了烤熟后直不起腰的对虾；二十分钟过去，王科长脸色发白、双手打战。

黄胖橄榄这才奔了过去，连连打躬作揖，说道：“对不起，对不起，只怪肚子不争气，演起了连台本戏，刚要拉好，又来了，刚……”

黄胖橄榄终于卡壳说不下去了，因为王科长已然吃不消，一个屁股蹲坐下地去了。是呵，一个长年累月坐办公室的人，实实在在无缘消受机械手的待遇。

五分钟后，黄胖橄榄和几个工人将王科长抬到了厂医务室。十分钟过去，一辆红十字会的救护车开进厂里，将王科长送往区中心医院诊疗住院去了。听说，王科长是高血压加心脏病发作了……

武小武得知后，当场将黄胖橄榄骂了个狗血喷头。黄胖橄榄耷拉着脑袋，讪讪地苦笑，说道：“不好意思，是我看错了人头，看他坐在办公室里神气活现、腔调老浓的，谁晓得到了车间怎么就变成了嫩豆腐，一碰就散架了……我错了，我错了，我马上拎两斤苹果到医院看望他……”

不过，黄胖橄榄更多的时候是仗义的，尤其对武小武而言。

那段时间，武小武作为副厂长，主抓厂纪厂风，这在厂里绝对是一个吃力不讨好的生活。

武小武大动了一番脑筋、狠下了一番功夫，也不知牺牲了多少脑细胞，终于使出了高招儿。

于是，从那一天起，每到上班时间，总有几个戴着红袖章的执法队员往厂门口的打卡钟计时器前面一站。

按照新的规定，凡迟到一分钟被逮住的，不管是工人还是干部，一律敲掉月度奖、季度奖、年终奖；若是迟到五分钟以上，那就恶狠狠地扒掉一个月的全部工资，再视情况轻重予以口头警告、书面记大过等处分。

一开始，规定执行得有模有样，但时日一长，就陷入了怪圈。

一个班组或一个科室也就十几二十几个人，只要出动一个人捧着整个班组成员的考勤卡到打卡钟计时器上打卡，就算是遵章守纪、服从命令听指挥了吧？当然，他们采用的是“规避法”，专挑执法队还没有上班上岗的时候——早上六点钟甚至五点半便来打卡，而执法队一般都是七点半左右上班。那么，谁会起这么大早赶来厂里打卡呢？其实，只要随便找一个家不在上海的睡集体宿舍的工友，问题就迎刃而解了。

除了这般弯弯绕绕的对策，还有一些小儿科级别的伎俩。有些人既胆小又怕事，万一迟到了，便偷偷从平时运下脚料或送货的边门或小门溜进去，绝不与执法队发生正面冲突。这样的“旁门左道”海了去了，全厂围墙就有十七八处呢！执法队顾此失彼、防不胜防，这些人便幸福地成了漏网之鱼。当然，他们的考勤卡早就得到处理了。

这些都不可怕，可怕的是那些像螃蟹一样横着走的人。这些人大多来自强劳力部门，例如炉子间等。

只要今天处理了炉子间一个迟到的人，第二天整个班组二十几号人就来个集体迟到，而且硬是横着膀子当着执法队的面往厂子里冲。法不责众，看执法队敢再处理哪个人！被逮住扣钱的炉前工则更不买账，反正扣钱了，迟到一天也是迟到，迟到一百天也是迟到，把工资、奖金扒到底了也就盘子里那些钞票，老子横竖横，索性来个天天迟到，看你还能怎么样！

炉子间的那伙年轻人火气大、脾性硬，野得很，抱成团和执法队蛮干，常常弄得执法队下不了台。他们的理由硬得很：老子干着厂里最苦、最累、最脏、最重的生活，常常出点事故完不成指标，不但要扣奖金，还要剥去“肉里分”的工资，不来体谅一点、关心一点不说，还不把咱当人看了？

如此这般，时日一久，几番冲突，几次碰撞，厂纪厂风就成了糯米团子，任人随便捏捏弄弄，形同虚设，就连执法队也成了摆设。

老厂长很恼火，可是这把火却无处撒。连武小武这种身经百战的干部也只能干瞪眼，以前在农场里也没遇上过这样的问题，套用一句过了时的话，叫作“老革命遇上了新问题”。

就在这当口儿，黄胖橄榄来找武小武主动请缨了。当然，他也提出了十分简单的三个要求，一是要求车间里记他全勤，二是要求发给他最高奖金，三是要求给他一顶七品芝麻官的官帽——任命他为执法队队长。

武小武还没说话，老厂长就开口了：“行！不过，前提是你必须干好！”

黄胖橄榄第二天就走马上任了。

武小武偷空去看了一下，目瞪口呆得几乎晕过去。只见黄胖橄榄戴着执法队的大红袖章，不像其他执法队员中规中矩地在厂门口列队站立，而是在正门前像猴子一样耍开了拳法。马步一站，弓步一曲，陡然出拳！只见他左挪、右腾、前扑、后劈，如同卖狗皮膏药的拳师，只差没有打赤膊而已。

这时，炉子间的汉子们来了，聚集在厂门口，双臂抱胸、目不转睛地看着黄胖橄榄。看来，又要和前几次一样，等上班铃声响过才进厂，赤裸裸地挑战执法队，给厂纪厂风一个下马威。

然而，看着看着，这群汉子的眼神变了，接着脸色也变了，最后忽然发出一声喊，一齐向黄胖橄榄涌了上来！

武小武的心头突然一跳，正思忖着是不是该去叫保卫处人员时，却看到炉子间的汉子们纷纷朝黄胖橄榄行执手礼，说道："原来你是行家里手，真人不露相，我们算是服帖你了，有机会讨教几招儿！"

黄胖橄榄豁达一笑，说道："不敢！马上到上班时间了，下班以后一定与诸位切磋武艺。"

这帮汉子互相看了一眼，不知是谁叫了一声"上班了"，他们顿时转身向厂内奔去，须臾便进了炉子间。

武小武后来才明白，炉子间的汉子们勇武好斗，起初是玩杠铃、举石锁，而后便升级到了拳脚功夫，甚至还有去精武体育会学"扑克心"、玩拳击的。嗜武如命的汉子们突然在厂门口遇见一位会家子，岂不让他们钦佩有加？尤其此人也是厂子里的普通工人。

其实，黄胖橄榄完全是看菜下饭。他在进厂以前一直是一位武术爱好者，专门拜过师傅、玩过搏击，在充分了解炉子间汉子们公开的秘密后，才敢在厂门口唱这一出稀奇古怪的戏。否则，没有金刚钻，哪敢揽瓷器活儿？

打这以后，黄胖橄榄居然和炉子间的汉子们结下了深厚的友谊，直至黄胖橄榄后来下岗了，这些弟兄们仍无私地给了他很多帮助。

从此以后，厂里再也没有敢直接冲击厂纪厂风的人了，炉子间的汉子们已然心甘情愿地向黄胖橄榄雌伏，黄胖橄榄为此得意了很多时日。

直到有一天，黄胖橄榄看到一个早已过了上班时间却旁若无人、大摇大摆地晃进厂房的人，忽然暗自叹息一声，慌忙来个眼观鼻、鼻观心，躲到了一边，一如没有看到一般。

不是黄胖橄榄不想管，非不为也，乃不能也。他自忖自己的拳脚功夫加牛皮功夫虽然了得，但远远不是他的对手，虽然此人根本不会武功。

此人便是武大武。

厂子里的人都明白，休说武大武有个当厂领导的弟弟武小武，光是凭他自己那一番深厚资历的打底，黄胖橄榄见了岂能不望风而逃？不不不，简直就是望风而遁。

黄胖橄榄不傻，还是蛮有点“看人头”的。

第三章

千尺炉火亦炼人，廉颇正风流

1

武大武与武小武的命运不可同日而语。一个在上海工矿，一个在黑龙江农场；一个与炉火相伴，一个到广阔天地炼红心；一个是普通工人，一个却是正处副局级的领导。

武大武与武小武比起来，完全没有可比性。但若与黄胖橄榄相比，当然还是武大武更牛皮，资历尤深一筹。

武大武的故事在远东机械厂里传播得沸沸扬扬，很有些历史，也很有些名头。

当年刚进厂，武大武便被分配进炉子间，当了一名炉前工。每回打开炉门，那通红的炉火轰然一声汹涌而出，将大间映得一派红光飞溢。定睛向炉中望去，炉膛中央最为火红的那一团近乎透明的火球，像极了一轮喷薄欲出的太阳。寒冬季节，只要靠近熔炉，浑身上下霎时间便被烤得暖洋洋的，仿佛沐浴在一片温暖的阳光中。

炉子间的工作是一种高强度的体力劳动。每天一上班，一进更衣室，无论是隆冬还是炎夏，每个人都要把衣服、裤子扒个精光，然后光着身子套上薄薄的工作衣裤，男人女人全都一样——不过，炉子间的女工人极少。开炉的钟声一响，大家一齐从更衣室、休息室里涌出来，立马做生活。两分钟以后，人人便被大汗浇得浑身湿透，有一句诗是怎么说的？“每一根汗毛都挑着一颗晶莹的汗珠。”确实是这样的，毫不夸张。

冬天，人人都裹着一件厚厚的工作棉袄御寒，一敲钟，工作棉袄顿时被甩在一边，只着单衣单裤在炉前踏烟蹈焰。夏天，哪怕离熔炉远远的，也会像武大武后来写下的诗句那样，“成了被烤焦的一个音符”。至于那一字排开的狂吹劲风的鼓风机，武大武说即使它们吼哑了嗓子，刮起的阵阵旋风仍烫得发辣！那是怎样一种高温呵，把人全身的水分都蒸发出来化为大汗珠子，一颗一颗又一颗，痛快淋漓地从头顶淌到脚底心，很快便在衣裤上凝结成一圈一圈盛开的盐花、霜花。

说来也怪，每当和大家一起投入干活儿，武大武总会感到一种力量在升腾，一种集体劳动的力量在迸发，它可以让你忘记烦恼、忘记痛苦、忘记自己，甚至忘记了世界、忘记了一切。这样的力量只属于工人阶级。

有一回，区里的卫生防疫部门来搞防暑降温工作，一位穿白大褂的女孩拿着温度表在车间各个方位测量气温。

武大武走过去探头看了一下。哇，七十二摄氏度！他一脸坏笑，问道：“你们测出这样的高温，有办法解决吗？”

女孩被问得愣了好一会儿，说道：“没办法。”

武大武摇了摇头，说道：“既然没办法解决，又何必装腔作势地来测量气温呢？”

女孩原本就被近在咫尺的炉火烤得满脸通红，被这么一问更是尴尬得像要炸开的西红柿，最终白了武大武一眼，转身走了。

快下班时，车间主任——那年头，厂子里流行军事化建制，车间主任被叫作“连长”，可工人们不适应这样的称呼，依然叫车间主任——把武大武叫到办公室，狠狠训斥了一顿：“你凭什么对人家小姑娘凶巴巴的，你那种问题不是有意为难人家吗！人家是为工厂车间的防暑降温来的，偏偏你狗咬吕洞宾，不识好人心！”

毫不买账的武大武和车间主任大吵了一场，他坚定地认为，既然解决不了问题，就请靠一边稍息去，少来厂子里弄得像真的一样！

车间主任最后只能叹一口气，说道：“怎么说你这个人呢？什么事情都不服帖，连我这个领导都不懂得尊重，你吃亏的日子在后面呢！”

武大武不以为然，凭什么轮到你来教训我，难道就因为你是领导？有理说理，无理就请少啰唆！没错，我是和班组长吵过、和工段长吵过、和车间主任吵过，整一个吵遍天下无敌手。但你们也要问问，我为什么吵？我为什么从来不和班组里的工人吵，甚至不和那些被打成走资派、牛鬼蛇神到车间里做苦力的人吵？就因为芝麻点大的官——班组长太把自个儿当成官了，每个星期六都用毫无通融余地的语气下命令，说明天厂休日全体义务加班，用实际行动打击帝修反。难道不加班就不打击帝修反了？难道工人们干了六天余下一个厂休日就这样一次次被无情剥夺了？

武大武没有笨到家，这种容易上纲上线、被抓辫子的话自然不会说出口。

在请了几次假没被批准后，到了下个星期六，武大武就去医务室请病假了，而且一请一个准。

武大武的办法有一大把。狂抽两根香烟，心跳一百二——“心动过速”，准开两天病假；趁厂医不注意，把体温表倒过来狠甩几下，体温升到38℃——发烧了，厂医立刻开好病假单……

班组长也是个人精，当然不相信武大武，说他没病装病。武大武反击道："行啊，请你拿出我没病装病的证据来！你天天大干快上打击帝修反，日子一久，连机器都要闹罢工，难道人的身体就可以一直不休息持续工作下去吗？"

班长的破锣嗓子一直叫到车间主任那儿去了，于是武大武成了"吊儿郎当"的典型人物。

后来，武大武终于道出了自个儿的"正当"理由，说是为了夺回工人失去的正当休息权利，响应1866年第一国际日内瓦代表大会提出的由社会主义者罗伯特·欧文倡议的"八小时工作，八小时自己支配，八小时休息"口号。只不过一百年后的他没有先驱者那么理直气壮，只能自己偷偷摸摸地执行。

那么，怎么又和工段长干上了呢？

炉子间一直是一个岗位两个人换班，你半小时我半小时轮流做生活，因为活儿实在太热、太累、太脏、太重。如果到了接班时间你没来，就以敲钟为号；敲钟还没来，那么我接着再干半小时，请你接下去干一小时，谁也不欠谁的人情账。

那一天，武大武的搭子敲了好一会儿钟，武大武连个人影也没见冒出来。说来也巧，恰恰让工段长撞见了，一听又是武大武，这还了得，大骂他最能偷懒，一定要在班组会上狠狠批判，让他狠斗私字一闪念！

工段长正骂得起劲儿，肩上忽然被人不轻不重地拍了一下，接着武大武的声音响了起来："喂喂，你上过小学没有？大概还没来得及毕业吧？"

工段长一回头见是武大武，火气顿时不打一处来，怒骂道：“你在胡说八道什么？”

武大武似笑非笑地说道：“连半小时加半小时等于几小时的算术题也做不出来，我看你小学留级到今天都没毕业！”

工段长没听明白，一脑门子糨糊，问道：“你什么意思啊？”

武大武的脸色一变，说道：“做生活半小时，休息半小时，误了接班就还他一小时。在我们这儿，谁都根本无法偷懒！请教一下，怎么偷懒？什么叫偷懒？你说呀！”

班组里的工人围了过来，工段长丢不起这个脸，不禁恼羞成怒，叫道：“你他妈的……”

武大武直接打断工段长的话，说道：“别整天把你妈挂在嘴上，你妈听见了，要抽你小子的大头耳光！”

工人们粗野地大笑起来。

工段长突然出拳，狠狠地砸在了急忙闪躲的武大武的肩膀上。

武大武岂是肯买账的料作，一伸手，抓过盛满钢液的钢勺，一声大喊，竟直直地朝工段长的胸口捅了过来！

在工人们的惊呼声中，工段长拔腿便逃。

武大武哈哈大笑，也不追赶，只是大声叫道：“站住！你妈来了！你给我站住！”

工段长逃出老远才停了下来，心有余悸地慢慢回过身。不料，站在原地未动的武大武和工人们一齐向他发出了一阵尖锐的嘘声。

威风扫地的工段长恨恨地大声骂娘，见武大武端着钢勺冲了过来，慌忙转身就逃，片刻间便不见了人影。

此事理所当然地被汇报到了厂部。厂造反队派下来的一个头头向班组长了解情况后，留下一句“你们班组要到全厂大会上做斗私批修的检查”便走了，从此再无下文。

那时候，班组里的工人还不知道武大武经常晚接班的秘密，后来发现他哪儿也没去，就躲在更衣室里睡觉——一条长板凳一拖，人往上面一躺，工作帽朝脸上一盖，顿时鼾声雷动，一觉睡到苏州去了。再后来，大家才发觉这小子如此贪睡，竟然是因为回家就写小说，常常一写就是一个通宵，到厂子里干活儿时，打瞌睡都来不及，又怎么能按部就班、按时接班呢？

原来，从学徒到满师，这三年的萝卜干饭已经让武大武把一辈子的炉前工感觉都耗尽了。满师那一天，他对着烈焰直达三千丈的炉火立下了一个誓言：“我一定要改变自己的炉前工命运！”

2

其实，武大武和武小武有着惊人的相似之处，都曾向着不公的命运立誓抗争。看来，他们的血管里流着一样的血。当然，由于面对的社会环境不同，他们立誓的起点大相径庭。

从那以后，武大武就发疯一般地写小说，写完就拼命将稿子投寄给报社。那时，只要将信封剪掉一个角，哪怕再厚一摞稿件，也不用贴一分钱邮票，一律由报社、杂志社进行“邮资总付”。

后来，成名之后的武大武总在回忆，那是怎样的狂热岁月、火红青春呵！

夏天，在居住的小阁楼上，只穿一条三角裤衩，伏在书桌上涂鸦，旁边是一盆冷水和一条毛巾，当汗珠从额头、鼻尖、下巴、腋窝、胸口成片成片地滚落下来浸湿稿纸时，便用湿毛巾擦汗。那时的上海普通人家，不仅没听说过空调，就连电风扇也是绝对的奢侈品。能用的降温工具除了冷水毛巾，便是一柄破旧的芭蕉扇。

冬天，则要全副武装了——不仅穿上棉袄、棉裤，而且连棉被也裹上了。写到文思泉涌时，便把纸和笔带进厂子里，躲在滚烫的熔炉后面在稿纸上龙飞凤舞地大写特写，管它外面严寒割脸。

然而，所有汗水换来的却是退稿。那时，几乎每一个邮班都有武大武的退稿信，并且被高高挂在厂子门房的窗口。

门房老头一见到武大武，大老远地就扯开嗓门喊道："武大武，《解放日报》来啦！"

武大武接过厚厚的信封，不用打开就知道又是退稿。

门房老头也见多不怪，问道："又是铅印的退稿信？"

武大武点了点头，笑了起来，全是苦笑。

门房老头也笑，一种怪模怪样的笑。

一年，两年，三年。武大武玩命似的制造了一堆废品。那时的他并不知道，合格的产品其实是诞生在无数废品之上的。

有一天，不知是武大武还是武大武制造的那些废品感动了上天，反正上海的《解放日报·看今朝》副刊给武大武寄来了一份校样，说近期即将刊登。那是一篇一千三五百字的小说，写的是厂子里司空见惯的班组生产竞赛，略有新意的是写为了一个共同的目标，在竞赛的节骨眼上，居然派出最强的人员去支援对手。

就从那一天起，每到《解放日报·看今朝》出刊的星期日，武大武的身影必定出现在宁国路邮局的阅报栏前。只见他仰起头，瞪大着满怀希望的眼睛，准备迎接处女小说诞生的那一声惊雷。

没有，没有，依然没有。

一年三百六十五天，五十二个星期天，武大武仰望了五十二回天空。

失望，失望，依然是失望。

后来，一位采访武大武的记者听了这番经历后，不由得长叹一声，说道："如果你当时就此打住，世界上就少了一位作家，多了一个下岗炉前工。"

是呵，武大武没有被打倒，仍旧浑身直冒傻气地继续写稿、投稿，并且一门心思地全都寄给了《解放日报·看今朝》。

一年以后，武大武的习作终于见报了。据编辑说，是被他的韧劲和执着打动了。其实，这只是一半的事实，另外一半被隐瞒了的已成过去的事实是，在当时成为惯例的政审过程中，厂里给报社的回答是："武大武是一个走白专道路的典型，他的稿子怎么可以在党报上发表呢？"

在知道这件事情的一瞬间，一支刚刚点燃的香烟在武大武的手掌里陡然粉身碎骨。几乎同时，一个被晶体火烙出的血泡从掌心高高隆起……

不过，当这份刊有武大武作品的《解放日报·看今朝》出现在厂子里每一个班组的时候——当时的班组都建立了"天天读报"的制度，无一例外地全都订阅了党报——武大武自然成了工人们心目中的明星，无论是进出厂子的大门，还是前往食堂、浴室，甚至是在炉子间，都有认识或不认识的工人向他竖起大拇指，说一句："了不起，阿拉厂里工人写的东西也能上党报了！"

武大武在厂子里大受工人们的欢迎，那完全是一种发自内心的真诚喜欢。这也是许多年以后成名成家了的武大武特别喜爱到厂子里、到工人们中间去的缘故。他总觉得，工人最了解他、最熟悉他，他的作品只有工人真正喜欢，他的根就在那儿。真的，完全是一种到家了的感觉。

《解放日报·看今朝》还给武大武挂号寄来了“稿酬”——那年头已经废除了稿费制度，所以武大武得到的是一本大红烫金的笔记本、一本“老三篇”（《纪念白求恩》《为人民服务》《愚公移山》），外加一支圆珠笔。

可是，这一切并不能改变厂里领导对武大武的看法。从厂部到工段，再到班组，每一级领导统统戴着原有的有色眼镜看他。

其实，这也怨不得别人，武大武总是我行我素，说话不懂得给人面子，做事不懂得看山势，就是一个永远活在本色里的大笨蛋。

接下来发生的事情就更不得了了，武大武居然连厂部领导的指示也不听了，看来膨胀得翻倍结棍！无疑，又被添上了漆黑浓浓的一笔。

那个年头，搞保卫工作的人都有些神神道道。一个下午，保卫处领导老陆来车间里找武大武，说有要紧的事，又说必须保密，接着就把他带到一处防空洞的下面，在台阶上坐下了。

老陆大说了一通当前的革命形势，又说了一通要准备打仗之类的话，正当武大武听得昏昏欲睡，老陆突然单刀直入地说道：“经厂部研究，决定将一项十分重大的国防任务交给你武大武去完成。”

武大武一下子惊醒了，并且怀疑是不是听错了——自己何德何能，居然被选中完成国防任务！这若是一部由自己虚构的小说，那还差不多，可放到现实生活中，绝不可能！

武大武什么话也没说，听凭老陆自弹自拉自唱。最后，武大武总算听明白了，原来五角场那儿的一个什么中学，发现了日本鬼子留下的一个防空地道，市里决定好好修缮，打造成“深挖洞，广积粮，不称霸”的一个标杆，并把任务分配到了各大企业，于是远东机械厂决定选派根正苗红、“一不怕苦，二不怕死”的革命青年担此重任。

老陆语重心长地说道：“相信你不会辜负领导对你的培养！时间是三个月，等你胜利完成任务回来，你的工作将被重新调整，一个新的美好的岗位在向你招手呢！”

武大武看了看老陆那张历经沧桑的脸，心里不禁疑窦顿起。老陆说的全是真的吗？不不不，不可能，自己是走白专道路的典型、吊儿郎当的老油条，怎么就成了根正苗红、“一不怕苦，二不怕死”的革命青年？武大武在心里苦笑了起来。

老陆站起了身，说道：“你回家考虑一下，和父母商量商量，明天上班就给我一个明确的答复。记住，莫要辜负领导的厚望啊！”

老陆走了，武大武却呆呆地坐在那儿，一时不知该怎么办了。他的头脑里只有一团乱麻，硬是理不出个头绪来。直到很晚，他才离开了防空洞。

出了厂门刚拐弯，武大武揣着一肚子心思，竟然没有注意到斜刺里有一辆脚踏车正飞快地向他骑来。还好，骑车人一个急刹车，没有撞到他。定睛一看，是隔壁班组的大头。

骑在车上的大头做了一个大招手，向武大武打了招呼，武大武这才看到脚踏车上驮着一大堆衣物，于是随口问道：“好像有些日子没看到你了，你上哪儿去了？”

大头跳下车，说道：“我被借到外面三个月，明天就要回厂报到了……”说着，神秘兮兮地朝四下里打量了一下，“可别说出去啊，厂里让我参加了一项光荣的国防任务……”

武大武愣了一下，恍然大悟地说道：“挖防空洞？”

大头大惊失色，说道：“喂，你怎么知道？这，这可是保密的！”

武大武点了点头，说道：“你回来，我接班，革命自有后来人！”

大头沉默了一会儿，说道：“老陆找你谈过话了？鬼头鬼脑地拉你去防空洞了？”

武大武有点吃惊，原来老陆奉行的是千篇一律的“防空洞工作法”，不禁莞尔一笑，问道：“对了，那儿的情况怎么样？”

大头朝武大武上下打量了一会儿，悄悄把他拉到一边，说道：“跟你说句不见外的话吧，像你这样的秀才是千万不能去的！”

“为什么？”

“你干不了那儿的活儿！每天的活儿都是有硬性指标的，说挖多少就是多少，白天干不完，晚上接着干！你能行吗？”

武大武倒吸了一口冷气，刚想说些什么，大头忽然推着脚踏车便往厂门口走，只是在走近武大武身边时，丢下了一句耳语般的话：“你慢慢考虑吧！我得走了，万一让老陆撞见了，就说不清楚了……”

一切很快便说清楚了。第二天一上班，武大武直接到保卫处找老陆，说道："我和父母商量了，因为父亲中风卧床，没法儿走开，很不好意思，辜负了领导的厚望……"

老陆一个劲儿地为武大武惋惜，连连叹气，一声比一声沉重，说道："你看看，你看看，你错过了一个多好的锻炼机会呵！"

走出保卫处的武大武忽然向着空气使劲挥舞了一下拳头，仿佛要给看不见的什么人一个打击似的。

那天早上，大头回到了原先的班组上班。他告诉武大武，其实老陆当初是有过承诺的，谁知道生活做好了，说话不算数了。

武大武紧紧地闭上了眼睛，眼前又出现了大头模仿老陆说话的腔调："一个新的美好的岗位在向你招手呢！"呵呵，连遣词造句都一模一样！

武大武睁开了眼睛，又挥舞了一通拳头。左勾拳，右勾拳，直拳，连续不断地打在看不见的什么人的脸上……

3

武大武忽然有了用武之地。

搞不明白究竟是怎么回事，炉子间的班组长每隔七八个月总要换一茬儿，也许这是那个火红年代的特色之一吧！

那一回，武大武持械吓跑了工段长。那么，班组长在干什么，为什么不出来弘扬正义呢？这样的班组长存在和不存在有什么区别吗？革职！

好了，新上台的这位班组长人称"老江湖"，其德行可想而知。谁知这位老江湖还挺有料的，新官上任三把火，第一把火烧的就是

“抓革命，促生产”，先把革命的宣传阵地、舆论工具抓起来，因为“三分靠做，七分靠吹；光做不吹，等于白做”。

上哪儿吹，怎么去吹？老江湖说道：“统统是现成的！到厂部政宣组申请两块大黑板、几盒彩色粉笔，开始办黑板报，公开挂在班组里，让其他班组也擦擦眼皮，向我们取取经！至于人，更是现成的，不用武大武是浪费人才，既然他的文章上得了党报，为什么不能天天上黑板报？两块黑板报分分工，一块专门登每天生产的产量、班组里的好人好事，另一块专门登小说、散文、诗歌，班组里不是有那么几个‘老三届’吗？只要不反动，他们写的东西统统登出来！当然，其他班组、其他车间的秀才们要是瞅着眼热也来投稿，欢迎！我们搞五湖四海嘛！另外，黑板报的事情，我决定请武大武全权负责，请他辛苦一下。当然了，也要有点好处给他的，出报这天，我自掏腰包请客一包香烟，顶顶高级的牡丹牌！从现在开始，武大武可以半脱产，让他弄弄稿子、涂涂文章，出报这天就全脱产，不要让他做生活，他的生活产量什么的，全班组每个同志帮他挑一挑，我挑重头！好，没意见的话，就这样子，举手表决一下！好，通过了，全票通过！”

老江湖的这番话是在“天天读报”读好党报以后的班组会上讲的。从这天开始，武大武正式走马上任了。

武大武蛮尽心尽力的，从报头到尾花，从稿子到版面，从通讯报道到诗歌散文，全都亲力亲为，还十分起劲儿地找来篆体字帖，很艺术地描画了“热浪”两个字，算作黑板报副刊的刊名。

第一期黑板报即创刊号一挂上炉子间的墙头，不仅在车间里引起轰动，而且全厂都被震动了。许多人像看西洋镜一般蜂拥而至，有男，有女，有工人，有干部。后来，连厂部一把手也来了，听说他以前是铁道游击队的。这个高高瘦瘦的老头将双手背在背后，横过来竖过去地看了两遍，最后丢下了两个字：“不错。”

果然不错！全厂的各个班组迅速仿而效之。后来，厂政宣组因势利导，举行了一场规模浩大的全厂黑板报展览评比活动，就连局和公司都组织厂家来观摩学习。

这样一来，武大武便被推到了一个前所未有的地位——半年后，一本刻钢板油印的共有三十余页的文学厂刊诞生了，刊名为“浪花”，后改版成打字铅印版的《三原色》，武大武自然而然地连续出任了主编。

不过，武大武主编的主战场仍然是炉子间，与汗雨钢钎同行，同炉火铁水共舞。

武大武命中注定一辈子都是工人。即便后来成了作家，也有个前缀：工人。是的，工人作家。

有一人比武大武走得更远，那便是老江湖。因为老江湖很英明地两手都抓，而且两手都过硬，把自己抓成了厂级先进、公司级先进、局级先进。后来，还被光荣无比地评为首批全国劳模，与著名作家巴金先生一起作为上海代表，戴着大红花，进北京见了中央领导人。

厂子里有这么一个规矩：既然是工人，就得有个工人的模样。武大武虽然是工人，但其实已经不怎么像工人了。厂里才不管这些，只要还在厂里、还在车间、还在班组，一切就得以厂子为大。这样一来，武大武就显得很另类，与钢铸铁浇的厂子自然就发生了一些冲突。

有一次，武大武被借去出版社开三天创作会议。会议才开始不久，一个办公室人员就匆匆走了进来，同会议主持人低低耳语了几句。

主持人抬起了头，问道："请问，谁是远东机械厂的武大武同志？"

武大武举起了手，说道："我是。"

主持人横了武大武一眼，大为不满地说道："你们单位的头头刚才打来电话，责问我们为什么要邀请你来开这个会，还说'你们出版社要抓革命促生产，我们工厂难道就不要抓革命促生产了吗'。武大武同志，如果他们不同意你请公假出来开会，那你现在怎么会坐在这儿？如果他们同意放你来参加会议，那又为什么要打来这样一个电话？请你立即回厂向他们问清楚，再来开我们这个会。"

武大武问打电话人的姓名，回答是姓竺。那是厂部一把手的姓氏，原来的铁道游击队一把手已经调去公司了。

武大武怒容满面地冲进厂门，冲进革命委员会主任、厂部一把手的办公室。

坐在办公桌后的第一把手惊愕地看着武大武，问道："你不是去出版社开三天会吗？怎么这么快就回来了？会议提前结束了？"

武大武没好声气地说道："你们不是要我抓革命促生产吗？我回来了！"

第一把手摇了摇头，说道："我只不过实事求是地向出版社反映了情况。你们班组长吵到车间主任那儿，车间主任又吵到了我这儿来，说干活儿没人了，你说我该不该反映一下？"

武大武大为恼火地说道："你们为什么要出尔反尔？既然同意

我请公假开会，又为什么要打这样的电话！”

第一把手拎起了电话听筒，说道：“这样吧，我请你们的车间主任当面来向你解释。”

十分钟后，车间主任气喘吁吁地奔了进来，咧开嘴笑着说道：“小武继续去开会吧，他们班组的事情已经摆平了。”

第一把手愣了愣，问道：“怎么摆平的？”

车间主任苦笑，说道：“还能有什么办法？我去顶武大武的缺呗，做上了炉前工。”

这时，第一把手和武大武才注意到车间主任一身炉前工的装束。

武大武忽然重重地擂了车间主任一拳，转身便跑。

车间主任叫了起来：“喂，你去哪儿？”

“回出版社，开会！”

4

忻一帆请武小武喝咖啡，这是武小武从没想过的。

是呵，丈人阿爸一本正经地请女婿喝咖啡，而且早早定了个包厢，厢号为十三，这里面似乎透着几分蹊跷，蕴藏着某些值得玩味的东西。

这是武小武走进咖啡馆门口以后，浮上心头的一种感觉。

这是一个下午，阳光正把明亮的光辉洒得铺天盖地。

忻一帆站在十三号包厢的门口，远远看见武小武，便向他高高扬起了手臂。

武小武走了过去。一阵幽雅清朗的钢琴声如同潮水一般涨起，悄然弥漫在咖啡厅的每一个空间。他微微抬首，看到一个身穿白裙的年轻女子坐在一架三角大钢琴面前，玉指轻抚，乐曲在黑白琴键下缓缓流淌。

武小武在忻一帆的对面坐下。咖啡早已点好，现磨的巴西咖啡。

忻一帆给武小武的杯中斟上咖啡，说道："要奶，要糖，自己加。"接着，他用细细长长的调羹在咖啡杯中缓缓搅动，"老了，老爱回忆在法电门口那家咖啡馆里与法电工人一起喝咖啡的时光，那时正年轻呵……"

武小武知道丈人阿爸口中的"法电"和"法电工人"。1906年7月，法国资本家凭借特权，在上海的租界办起了法商电车电灯公司，简称"法电"，法电工人风起云涌的斗争则是上海工人运动的缩影之一。

武小武什么也没说，他知道忻一帆今天绝对不是来谈这些的，场合不对，时间不对，对象更不对。他在等，在耐心地等待忻一帆摊牌，那时便知该怎么应付了。

不料，忻一帆硬是有料，表现得比耐心更有耐心，忽然谈起了远东机械厂的联营厂——宁东分厂。

忻一帆呷了一口咖啡，说道："你晓得哦，早在远东厂介入联营之前，我就和他们搭上了，当然是以私人身份。他们聘请我为技术顾问，'星期六工程师'也好，'星期八工程师'也罢，我只认得他们每个月发我一份同退休工资数目一样的月薪，这就可以了。其实他们的要求也不高，只要帮他们制造出一个同远东厂一模一样的产品就可以了。对，只要一个产品。为什么？县里拿到这个产品后，就会立即向他们投入一笔相当大的启动资金，这样一来，他们就成功了，乡镇企业上马了、开张了……"

武小武笑了，说道："凭你那点技术含金量，是弄不出来一个产品的……"

忻一帆眼睛一瞪，叫道："你也太小看你的泰山大人了吧！"

武小武又笑了，说道："我还有一句话没来得及说呢！凭你机智百变的活络头脑，别说弄一个产品出来，就是弄十个八个产品，都是不在话下的……"

忻一帆得意非凡地用调羹敲了一下咖啡杯的杯沿，说道："知我者，乃武大厂长也！你说得没错，不过有一点点豁边——我造产品是造不出来的，但我可以动脑筋去远东厂的仓库里用人民币购买一个产品出来，这点路道总还是有的。这样一来，不就把产品弄到手了吗！"

武小武点了点头，说道："明白了，你是宁东分厂的开国元勋，功不可没！"

忻一帆苦笑起来，说道："毛病就出在这里！唉……"他忽然不说下去了。

武小武知道，拐点到了，今天喝咖啡的价值马上就要呈现了！现在，就等忻一帆自己揭开谜底了。

忻一帆将头往武小武面前凑了凑，双眼直勾勾地望着武小武，说道："你是个男人，我是个老男人，我们说些男人之间的话吧！你不会觉得我有些老不正经吧？"

武小武微微吃惊，不过早在十年前，他就在黑龙江农场学会了怎样不让对方看出自己的心思，于是若无其事地端起咖啡杯呷了一口，淡然一笑，说道："廉颇再老，许多事情也还是和年富力强时一个样。"

忻一帆连连点头，说道："你这回真的说到我心里去了！唉，年少时，我无数次憧憬过将来的妻子是丹凤眼、樱桃小口、高鼻梁，皮肤白如凝脂……"

武小武打断了忻一帆的话，说道："姆妈各个方面不都满足你的这些要求了吗？"

忻一帆点头，倏地又摇头，说道："老了，我们都老了……可我有一个心思，却一直没有老……"

武小武隐隐觉得不妙，说道："哦？我倒没听玛丽说过。"

忻一帆长叹一声，说道："寡人无后也，忻家关门哉！"

武小武大吃一惊，再也无法掩饰自己的心情，问道："你，什么意思？"

忻一帆沉默有顷，再开口时连声音也颤抖了，说道："我，我终于有后了……"

武小武傻了。还好，只傻了一秒钟。他急忙问道："阿爸，我，我怎么有些听不懂？"

忻一帆一口将咖啡全部倒入喉咙，说道："行，我就把我的荒唐故事或者说是浪漫故事统统告诉你吧！"

忻一帆滔滔不绝地说了下去，这一回，武小武可是绝无障碍地听懂了。

原来，忻一帆在筹办乡镇企业之初，对方就百般殷勤、千般奉承地款待他，并且派了一个待字闺中的年轻女宣传干部陪着他。一来二去，不可避免或者不想避免的结果便是，忻一帆的老儿子在上两个月来到了世上，忻一帆为之取名为“忻欢乐”。是呵，还有什么比老来得子更为欢乐的呢？

武小武皱紧了眉头。他对联营厂一直有看法，在知道厂里不少干部吃双饷后，更为反感。现在，忻一帆身上居然发生了这般荒诞不经的故事，真让人啼笑皆非。

不过，这个故事忻一帆不是非得对武小武讲的，尤其武小武的身份还是忻一帆的女婿，忻一帆根本就没必要告诉他。

武小武知道，丈人阿爸把自己的风流韵事讲给女婿听，一定另有不得不告知的原因，因为他这个女婿的另外一重身份是副厂长。他直截了当地说道：“有什么需要我办的事情，请说。”

武小武的话显然出乎忻一帆的意料。忻一帆沉吟了一下，说道：“那我也就不兜圈子、不讲客气了，小梅——就是那个，那个忻欢乐的娘，她什么也不要——儿子可以归我，也不需要和我打结婚证明嫁给我，唯有一件事情要我办、必须办——她，她要进远东机械厂，成为一名正式员工，目的是，成为一个上海人。”

武小武叹了一口气。他知道，麻烦来了，不仅是一点麻烦，也不仅是进厂当工人、落户口成上海人那么简单的问题，姆妈知道了会怎么样？忻玛丽知道了会怎么样？唉，千寻大浪冲进了宁静的港湾——家，原本那里是人生的港湾呵！还有更糟糕的，万一,万一全厂上下都知道了，那会是什么样的状况？那时，自己这个副厂长又该怎么当？

忻一帆是个绝顶聪明的人，肯定从武小武不露声色的眉宇之间看出了什么，于是似是自言自语似是对武小武说般感慨道：“到时候，我大不了净身出户，另外租赁房子和忻欢乐一起住……这么多年，你姆妈一直和你爸精神出轨，偏偏什么屁事也没有；我呢，这么多年守身如玉，偶尔一不小心思想开了个小差，竟弄出了这么大的动静来，真是莫名其妙！总算老天爷待我不薄，赐了一个儿子给我，我也就心满意足了。”

忻一帆的脸突然转向武小武，说道：“对了，现在这种情况，你倒说说看，我又该怎么办？”

武小武无语，陡然之间只剩下了一种感觉：头大如笆斗……

第四章

谈笑风生，飞步登上钓鱼台

1

肖厂长是在接到武小武的紧急电话后，开着联营厂的面包车长途跋涉了四五个小时赶来见面的。

在厂部的小会议室里，武小武泡了一杯西湖龙井茶放在了肖厂长的面前，开门见山地端出了话题：“找你来有两件事，一是公事，二是私事。说是私事，其实也是有关我们两家单位的隐秘私事，叫作公字底下有私，私字头上有公，啊？”

肖厂长被逗笑了。

武小武也笑，只是笑得有些保留。

武小武三下五除二便说清楚了公事：“春节将至，我们考虑给全厂职工谋些福利，比如发放鸡鸭鱼肉、土特产品，宁东分厂的地理位置临东海近舟山，海鲜水产一向比较发达，你们也应该为总厂职工作出应有的贡献，上次你们放在面包车上的那些海鲜的味道不错，可惜拿到的人面太窄，只能算是小众，你们要为远东厂的大众服务，让每一个工人都念叨念叨宁东分厂的好处嘛！”

肖厂长连连点头，说道：“我们已经准备好了，在春节前一个礼拜送到……”

武小武打断了肖厂长，说道：“具体的事情你和工会鲍主席联系，比如品种、数量什么的，他今天一整天都在办公室。不过，话要和你说清楚，钱该怎么收就怎么收，绝不能要你做蚀本生意，该赚的钱必须赚！如果你太客气的话，我一条鱼、一只虾都不会要你的，统统做退货处理！听明白了吗？”

肖厂长当然明白。不过，他眼睛眨了一眨，说道：“武厂长，有一件事情一直想向你汇报，听财务讲，你在宁东分厂的那份工资，到现在都没来领取，年底了，财务要结账了，一直悬在那儿不好办，所以我今天顺便给你捎来了……”

武小武的脸色变了变，蓦然大笑起来，说道：“有意思！我不做贵厂的生活，居然也给我开工资了！多少钱啊？凭什么给我发工资？难道，就因为我是远东厂的副厂长？肖厂长，你这是让我拿了钱，天天晚上睡不成安稳觉啊！”

肖厂长一愣，刚拉开拉链的手在拎包上停下了，说道：“武厂长，你是懂的呀！数目也不多，每个月一千元，和老厂长一样……”

武小武的脸色终于大变，说道：“一千元？还不多？我的同志哥啊，你知道我这个副厂长的月薪是多少？三五百块钱！不，我肯定不能要！谁愿要，谁拿去！君子之财，取之有道。还有一句话，叫作盗亦有道。难道我连‘盗’也不如？所以，你说我懂的呀——对不起，我是不懂的，真的一点都不懂。”

肖厂长顿时有些不尴不尬起来，说道：“武厂长，你，你蛮高风亮节的，可我们，难做人，做人难呵！你就体谅一点吧，受人滴水之恩，当以涌泉相报……”

武小武一挥手，说道：“好了，这件事情就到此为止，换频道吧！我们还是谈谈另外一件事情……”

武小武敏锐地注意到，肖厂长以一个极其轻微的动作将拎包的拉链拉上了。

武小武点了点头，神色渐渐凝重起来，说道："我希望你能实事求是、毫无隐瞒地告诉我，忻一帆和那个小梅——梅花小姐，到底是怎么回事？"

肖厂长似乎犹豫了一下，但仅一秒钟便决定和盘托出，说道："忻师傅这么大岁数了，不远千里到我们乡下，全心全意地帮助我们建厂，很让人感动，我们就想在生活上尽力照顾他一点，决定把梅花这小姑娘派给他，谁知道他们俩居然合演了这么一出，实在让人想不到……"

武小武摇了摇头，说道："不是想不到，而是肯定想得到！恕我实话实说了，当初一听到这件事情，我的第一直觉就是怀疑有人设了局，诱惑忻一帆上钩。果然不出所料，他上钩了，还开花结果了，有了一个小把戏……这说明了什么呢？"

肖厂长不假思索地开口回答道："说明忻师傅的身体很好，生命力旺盛……"

武小武一眼看穿了肖厂长顾左右而言他的伎俩，说道："你没有正面回答我的问题，其实你已经承认了。是呵，忻一帆一旦上钩，所有事情就好办多了！这不，远东厂不就和你们挂钩合作联营了吗？"

肖厂长只是"嘿嘿"傻笑，不着一词。

武小武声调一变，说道："事情果然朝着你们设计的方向发展，可惜啊，你们都患上了近视眼，而且是高度近视眼！你们想过没有，这事万一闹大了，你们就成了聪明反被聪明误，最不利的还是宁东分厂……”

肖厂长一头雾水，问道：“怎么会呢？不可能吧？”

武小武冷冷一笑，说道：“闹大了，远东厂下不了台，就只能切断和你们的一切关系——设备、技术，甚至是发给你们外加工的订单，如此一来，宁东分厂怎么活下去？你没想到吧？”

肖厂长仍没拐过弯来，说道：“武厂长，不会到那一步吧？再说了，我们……”

武小武的脸陡然阴沉了下来，说道：“肖厂长，你不会不知道忻一帆是我的泰山大人吧？最起码的一点，你们让我这个副厂长的脸往哪儿搁？别忘了，我现在的职务是负责全厂的生产和营销……”

话说得如此直白，肖厂长再不清醒也清醒过来了，完全听出了武小武话语中含而不露的威胁意味，慌忙站了起来，说道：“对不起，武厂长，当时我们不知道忻师傅和你的关系……”

武小武毫不在意地笑了一声，说道：“现在总归知道了吧？你们准备怎么办？”

饶是天气这般寒冷，肖厂长的额头上依然不争气地沁出了颗颗冷汗，说道：“我们，我们还是很注意保密工作的，除了我和另一个副厂长之外，基本上没有人知道这件事情……”

“真的吗？”武小武看了肖厂长一眼，用手指了指椅子，“坐下讲吧，具体一点。”

肖厂长坐了下来，局促不安地述说了起来。一发觉梅花有孕了，他们便连忙找了个借口，说厂里要在上海设立一个办事点，专门负责处理上海方面的所有业务，连夜让梅花离开了宁东分厂，实际上是在上海给梅花租了一间房子住了下来。当时，梅花才怀孕三个月。后来，一直到生孩子，梅花都待在上海，孩子是在上海红房子妇产科医院生的……

武小武似乎不太相信，问道："那，她的父母竟然从来都没有发现？十月怀胎，肚子不会一点动静都没有吧？"

肖厂长叹了一口气，说道："梅花的父母都是老实巴交的种田人，不把她这个高中肄业的独养囡娇惯得跟什么似的，从来不管她的事，不像城里人把子女看得那么金贵，再说了……"

武小武沉吟了一会儿，说道："梅花可是为宁东分厂作出巨大贡献的功臣呵！你们就不打算为她的父母做点什么？"

肖厂长一时有点吃不准武小武葫芦里卖的是什么药，灵机一动，说道："武厂长，我听你的。"

武小武思索了一会儿，说道："我有一个想法供你们参考，干脆把梅花的父母招进宁东分厂，不用他们上班，就吃一份干饷……"

肖厂长愣了一愣，一时无语。

武小武缓缓讲出了一句经过深思熟虑的话："要让梅花感到组织上的温暖和关怀，以防后患啊……"

武小武没有继续说下去，所有言外之意均在那没有说完的话语中。

肖厂长虽然不算敏感，却并不迟钝，连连点头，说道："武厂长考虑得周到，我明白你的意思了。我回去就和副厂长商量一下，立即解决梅花父母的工作问题。"

武小武满意地笑了，说道："这就好，你算是将功赎罪了，这样我也有了和梅花谈判的资本。"

肖厂长有些吃惊，问道："谈判的资本？"

武小武没有回答，站起身来，说道："走吧，你陪我一起去梅花的住处，把你们准备为她父母做的事情告诉她。另外，听说梅花向忻一帆提出了几个要求，我去当面回应一下，免得节外生枝。"

肖厂长一边答应着，一边提起了拎包，跟在武小武的身后，走出了小会议室。

2

在梅花的租赁屋里，肖厂长彻底见识了武小武的行事作风。

当肖厂长说完对梅花父母的安排并特意说这是武厂长的提议时，梅花对武小武自是感激不尽，连声说着谢谢。

武小武淡淡一笑，说道："我已经听说了你那几个要求，我尽最大努力，应该能够做到两点：一是进上海工厂，可以，但肯定不是远东厂，很可能是大集体性质的；二是落上海户口，暂时只能落在你要去的单位的集体户口上，以后视有关政策变化再说。现在你必须做的，是和忻一帆及宁东分厂签个书面协议，否则留下隐患，对任何一方都不利。你考虑一下，如何？"

梅花是个面目清秀的女子，也是个爽气人，点了点头，道出了一个字："好。"

"那就这样，三个月内给你落实。"武小武说着，走到摇篮边，俯下身子看了一会儿将一只手指含在嘴里熟睡着的婴儿，不禁一笑，"这小家伙倒蛮可爱的！可惜呵，你的妈妈太年轻了，以后还准备嫁个年轻的好男人过好日子呢！你就不要拖累她了，好吗？"

婴儿无语，正酣睡。

武小武转过身来，定定地看住梅花，说道："听说这孩子归忻一帆了，你准备在上海发展自己的事业和家庭，对吗？"

梅花的脸红了，说道："对。"

武小武点了点头，说道："很好，这是正确的选择。没有孩子作为累赘，也没有乱七八糟的孽债，忘记那荒唐的一幕，自由自在地组建新的家庭，开始新的生活。记住我的话，如果你一不小心泄露了你的这些秘密，让某些别有用心的人反映到有关部门，那么你只能剩下一个结果——失去在上海拥有的一切，全部从头开始。小梅，你应该懂的吧？"

梅花的呼吸猛地一窒，她明显感觉到了这些话语的分量。除了重重地点头之外，她还能做什么、说什么呢？

武小武转向肖厂长，说道："你们的协议应该包括这些内容，是这样的吧？"

善于察言观色的肖厂长连忙说了一个"是"。

"好，就这样，我们走吧。"武小武走向了门口。

房门关上以后，梅花呆呆地看着摇篮里的婴儿，陡然放声大哭起来。

3

这是一个艰难的抉择。

武小武知道，不能再任由联营厂的问题发展下去了，随着技术情报和资料的流失，更多干部将自觉或不自觉地跳下水或被拖下水。可是，一旦揭开这个盖子，首当其冲的不仅是老厂长，还有自己。即使丈人阿爸忻一帆不想害他，也已经把他害了。

怎么办？怎么办？怎么办？

一直认为自己是能够坚持正义和真理的那类干部的武小武终于痛下决心，作出了抉择。

武小武走进了工业局的大门，走进了纪律检查委员会的办公室。

武小武向纪委易书记作了汇报，并且请求处分。他毫无隐瞒地端出了忻一帆的事情，连同那个名叫梅花的女子。他还特别说明，忻一帆是自己的岳父，尽管忻一帆和梅花的故事发生在远东厂和宁东分厂联营之前，但由于自己的嗅觉不灵敏，没有及时阻止两家企业合作联营，客观上推了忻一帆一把，使他越走越远，终致犯下了生活上的错误，给家庭造成了麻烦和损失。

易书记听得津津有味，却一脸笑吟吟地不下结论。不过，在听到厂里一些干部利用相关技术资料，在武装联营厂的同时，也获取了联营厂按月支付的报酬时，脸色渐渐凝重起来，一拍桌子下了结论，叫道："这是国有资产的流失，党纪国法绝不能容忍！"

一个星期之后，工业局的调查组开进了远东厂。

一个月之后，厂里一些干部受到了纪律处分和降级降职等处理，老厂长也被迫写下了"因身体健康原因，请求组织批准提前退休"的报告。三天后，批复下来了：予以批准。

武小武没有受到任何处分，也没有受到任何褒奖。他想，可能是功过相抵吧？

新的领导班子的任命是和厂里一干人等的处分一同宣布的。工业局调查组的组长叶海军留下，出任远东厂的第一把手。

4

当天晚上，武小武拎着两袋水果，晃呀晃地走进了老厂长的家门。

老厂长独自一人在家。

武小武坐下喝了一口茶，开门见山地说道："对不起，老厂长，是我害了你和大家！如果我不去局纪委说忻一帆的事情并要求处分的话，他们就不会要你写什么提前退休的报告……"

老厂长一巴掌拍在武小武的肩上，说道："小武，你错了！在这件事情上，我感激你都来不及呢！别朝我把眼睛瞪得这么大！我说的是真心话，是掏心窝子的话。"

老厂长接下来说出的一番话，是武小武始料不及的。

原来，自从开辟了联营的乡镇企业之后，便不断地有群众的匿名举报信飞向局里、市里，既有举报远东厂的，也有举报宁东分厂的。举报内容不仅涉及老厂长和一些中层干部，而且写到了忻一帆的桃色新闻，认为忻一帆有恃无恐，仗的是上头有人。这样一来，矛头便指向了武小武。当然，信里没有直接点出武小武的名字，或许是因为他才来了没几年，在厂子里的工人中间口碑尚且不错。

老厂长长长地叹了一口气，说道："这些匿名举报信最终全都转到了我的办公桌上，可是你让我怎么办？别的不说，我早在收到匿名信之前，就已经签字画押收下了联营厂支付的月薪了，吐也吐不出去了。再有一说，上梁不正下梁歪，由于我这个厂长带头，一些干部看样学样，纷纷利用手里的技术资源去换人民币了！小武啊，我怎么会不懂这是国有资产的流失？我怎么会不知道这是挖国有企业、挖社会主义的墙脚？我太明白这些了！不管怎样说，我都是端着共产党的饭碗长大的！可是，我又偏偏开不了口、说不了话！我知道完蛋了，决堤的口子将会越来越大，下水的人将会越来越多。但在无奈之中，我又存有一丝侥幸，几乎所有大型国企的联营厂都是如此这般画葫芦的，可能上面也知道这些情况，从来没听说过被处理的。现在我明白了，欠债要还，天经地义，不是不报，时辰未到！别看老天爷在打瞌睡，只要它的眼睛一睁，牛鬼蛇神统统完蛋！谢谢你，小武，是你让我解脱了！”

说来也怪，那个晚上，“老烟枪”老厂长居然没有抽烟，连一支香烟也没碰过。后来，武小武才知道，老厂长在写完提前退休报告的那一刻就戒烟了。很多年的烟龄，很厉害的烟瘾，居然说戒就能戒掉，而且只需要一分钟就能生效！武小武一直搞不懂，直到今天也没搞懂。

当时，老厂长用一个从来没有过的很奇怪的眼神看了看武小武，说道：“有些话，我只能和你私下里说说。其实，忻一帆的事情是不用去局纪委检讨的，他原本就不在你的管辖范围之内。个别人在我耳边唠叨，说武厂长是醉翁之意不在酒，在乎山水之间也。我最恨这种当面不说、背后乱说的小人了，我狠狠地痛骂了他一顿……”

老厂长后面还说了一些什么，武小武已经听不见了。陡然之间，他的灵魂已经出窍，只觉得面红耳赤、心惊肉跳，恨不能长出翅膀直接从这个房间里飞逃出去。也许是过于敏感，也许是做贼心虚，他突然觉得老厂长根本不傻、不笨、不呆，正如他从哪本书上看到的一句话所说的："把别人当作傻瓜的人，其实自己才是最傻的。"

三个月后，武小武对老厂长有了进一步的认识，老厂长并没有老老实实地退休在家颐养天年，而是到无锡一家联营厂担任厂长，据说月薪很高。年终分红的单位总是有那么一点随心所欲的底气，高薪当然有高薪的道理。

5

同样的阳光明媚的下午。

同样的一家咖啡馆。

同样的十三号包厢。

不同的是主客颠倒了个儿：这回是女婿请丈人阿爸，也就是武小武请忻一帆，喝咖啡了。

看到忻一帆的身影时，站在十三号包厢门口的武小武来了一个很有气势的大招手。

武小武有充分的理由进行这样的大招手。当忻一帆在他的对面入座以后，他说道："你上次在这间包厢里给我出的难题，我基本上已经为你摆平了。曾经听老一辈说，你是个踏到尾巴头都会动的不凡角色，可我到现在偏偏一点都没看出来。就拿海花这件事情来说，你起码也是马失前蹄吧……"

忻一帆笑着举起了咖啡杯，说道："来，我以咖啡代酒，谢谢你！不过，有了忻欢乐这么个儿子，别说马失前蹄，就连马失后蹄一块儿来，我也愿意！这其中的乐趣，又岂是外人能领会的？”

忻一帆仰起脖子，一口喝干了杯中咖啡，又将杯中斟满，说道：“来，再喝一杯，为我和欢乐祝福吧！”

武小武笑了笑，说道：“好，为你们父子俩祝福！”

两只咖啡杯碰在了一起，发出了很响亮的声音。

放下杯子后，忻一帆开口说道：“小武，你我虽是翁婿，我却觉得咱俩比父子还亲还近，尤其是欢乐的事情，你是帮了我的大忙了！我这个老丈人虽是老朽、虽然不才，但老马依然识途，在远东厂经营这一块，只要你用得着我，你尽可以吩咐，我是真心实意地想为你这个厂长添砖加瓦的。”

武小武淡淡一笑，说道：“谢谢你，丈人阿爸。不过，你太抬举我了，我这个厂长前面还得加一个字——‘副’。准确地说，我是副厂长。”

忻一帆摇了摇头，说道：“我才不管什么正的副的，以后厂长位子肯定是你的！这次厂里人事大变动，许多厂级干部都吃了生活，只有你一个人是‘任凭风浪起，稳坐钓鱼台’，我就知道你是块料作！依我看哪，那个新来的空降兵厂长在远东厂是待不长久的！”

武小武正端起咖啡杯凑近唇边，突然被忻一帆的话逗乐了，说道：“空降兵厂长？妙，你发明的这个词太妙了！”

忻一帆丝毫不以为意，笃悠悠呷了一口咖啡，说道：“他是上面直接派到下面来当厂长的，不是空降兵，难道还会是潜水兵？”

武小武连连点头，正想说些什么，不料忻一帆将脸靠了过来，有些神神秘秘地压低了嗓音，说道：“我想问问你，最近听到一些什么没有？”

武小武有点发愣，说道：“什么叫‘听到一些什么没有’？我听不懂。”

忻一帆急了，说道：“你是当厂长的呵，是要看大盘走势的呀！想当年，我在证券大楼，整天就是听消息、看风头、轧苗头……”

武小武不禁哑然失笑，说道：“痛说革命家史？还是回忆当年美好时光？俱往矣……”

忻一帆连连摆手，说道：“你还是没懂我的意思……”

“那你到底是什么意思？说得明白一些。”

“好吧，我就直说了！我听到了一个不太好的消息，最近一段时间，所有的工业原材料均有人在囤积，远东厂必需的那种原材料更是紧俏货……”

“谁在囤积？”

“有钱人，在做投机或者投资……更结棍的是，有权有势的人……”

“那又如何？”

“你呀！嗅觉太不灵敏了……这让我想起了上海刚解放那阵子，市面上也有人大批囤积白米、棉纱、煤炭‘二白一黑’……”

“年头太久远了……”

“你真的听不明白？告诉你，只要有人开始大量囤积一种物资——不管它是银圆、粮食，还是钢材、房子，那么绝对就离涨价不远了！我的嗅觉是不会欺骗我的，肯定有人在打炒买炒卖的算盘，到时候市面上奇货可居，你有钱也买不到东西！”

“不会吧？现在都什么年代了！”

“我说的就是现在！什么叫计划经济？什么叫市场经济？你呀，太年轻了！唉，不听老人言，吃亏在眼前！”

武小武心里一动，旋即又释然了，说道：“天塌下来由大个子顶着，反正厂长是空降兵，又不是我，不急。”

忻一帆朝武小武翻了个白眼，说道：“到辰光你肯定要急煞的！我再提醒你一句，我轧出苗头来了，这腔调、这势头比之前来得更加凶猛！当年幸亏人民解放军冲掉了证券大楼，打击了银圆贩子，政府又花了大力气从全国各地调来了粮食、棉纱和煤炭实行平价供应，刹住了涨价风潮……现在，一切全要靠阿拉自己救自己了……”

“为什么？”

“当年刮的是西北风，现在刮东南风了，政府正在大张旗鼓地号召计划经济向市场经济转轨，风向变了……”

武小武不语。也许，忻一帆这个当年的银圆贩子的话是对的，毕竟他亲身经历了那个历史时刻；也许，忻一帆有些神经过敏，有些危言耸听。

忻一帆见武小武的脸色一瞬晴一瞬阴，知道他在进行着激烈的思想斗争，自己的话显然不够分量、不够权威，只得在心里暗暗叹了口气，说道：“算了算了，随便你听不听得进，反正只要你晓得就可以了，我是很想为女婿厂长争这个脸的……”

武小武点了点头。就在那一秒钟，他的主意已定。高尔基在著名的《海燕》中是怎么说的？呵，“让暴风雨来得更猛烈一些吧！”是的，让暴风雨来得更猛烈一些吧，让空降兵厂长冲上前去，再由自己从容不迫地收拾残局吧！

关键是，那会是怎样一种残局？自己又有多少把握收拾得了残局？胜算几何？

武小武沉吟起来，一点儿也没有注意到，忻一帆已然高高举起杯子，一再向他点头致意……

6

武小武在外面是威风八面的大将军，可在家里面却是名副其实的软脚蟹、大豆腐。

武小武一进家门，刚把拎包放上沙发，忻玛丽的声音便在灶披间里响了起来："小武，快到楼下超市买一瓶黄酒、一包味精，我烧小菜等着用！"

武小武应了一声，二话不说就转身下楼，奔超市去了。

回想起来，在黑龙江那块阳刚的土地上，每当武小武很上海小男人、很模范丈夫地给忻玛丽洗洗衣服什么的，都得做贼心虚地拉上厚厚的窗帘，免得有些人说农场场长男人不像男人、女人不像女人，上海话叫"雌母雄"。

武小武懒得跟人说"男人是女人的天"已经过时了，大男人患上"妻管严"，来一个"怕妻子"，才是社会的进步，上海在这方面无疑是中国偌大版图上绝对先进的经典标杆。他认为任何人的认知都是有限度的，哪怕他说破了嘴，人家不但听不进，还会笑话他这个上海佬。是呵，白费精力还莫如不费精力！天要下雨，娘要嫁人，这是没法子的事情，一个人有一种活法，只能随人说去。

刚从超市回来，武小武才过了六岁生日的儿子武黑水忽然拼命地叫爸爸，要他趴在地板上当马，还要他“咴儿咴儿”地学驴叫，高兴地说道：“爸爸又像马又像驴，好玩！”于是，他只能服服帖帖地做起儿子胯下的非驴非马动物。

吃完晚饭，忻玛丽把武黑水放进一堆玩具之中，在武小武的面前坐下了，说道：“小武，你实事求是地告诉我，我爸的老儿子到底是怎么一回事？”

武小武笑了，问道：“你也听说了？听谁说的？”

忻玛丽脸一沉，说道：“别嬉皮笑脸的，正经点儿！是我妈打电话给我说的，还特地让我赶回家一趟。妈说，我爸向她统统坦白交代了，又说我爸的老儿子、小女人都是由你这个大能人安排处置的，是不是这样？”

武小武叫起了泼天冤枉，说道：“明明是你爸来找我让我安排的，他现在怎么把责任推得一干二净，倒像是我要抢这笔生意做似的，这普天之下还有没有天理、王法呵？”

忻玛丽看着武小武的模样，不觉哑然失笑，说道：“你也不是什么好人，别看你在妻子面前装得跟个灰孙子似的，其实也是一肚子坏水！”

武小武朗声大笑。

就在这和谐的家庭氛围中，武小武知道了忻一帆的闯祸别传。

忻一帆是个聪明人，明白有了老儿子这件事情绝对是纸包不住火的，钱小妹早晚会知道，只不过是时间问题，更何况女婿已经卷了进来，卷得还蛮深的。天下没有不透风的墙，与其这样等着，倒不如来个竹筒倒豆子式的主动坦白，到时该怎么办就怎么办，大吵大闹也好，净身出户也罢，反正伸头是一刀，缩头也是一刀，总不会逼着一刀杀了忻欢乐。

钱小妹当时表现得异乎寻常的冷静，只问了一句话："你说完了？"

忻一帆回答道："说完了。"

钱小妹一言不发地站起身，走了出去，随手将大门狠狠地摔上。

那个晚上，钱小妹没有回家，把忻一帆吓了个半死。

钱小妹没有去寻短见，也不会去寻短见。她一头冲进武伯平的家里，号啕大哭！把武伯平和张玉兰惊得目瞪口呆，一头雾水。

此时的武伯平早已能够正常行走，只是动作不太灵敏。这还是当时已经成为厂医务室"赤脚医生"的李招娣为了在实践中将传统针灸发扬光大，天天下班之后来家里为中风的武伯平进行针灸治疗，一直扎了整整三年，居然将卧床不起的武伯平扎得能够下床行走、上下楼梯！于是，李招娣的事迹上了党报的头版头条，一时传为佳话。

武伯平动作缓慢地摘下毛巾递到钱小妹的手里，张玉兰急忙冲了一杯热气腾腾的麦乳精放在钱小妹的面前。任凭他们怎么问，钱小妹都什么也不答，只是说道："让我在你们这儿坐一坐，我就会好的，好了就会回家的。"

武伯平和张玉兰就这样莫名其妙地陪着钱小妹枯坐了一夜。第二天，天一放亮，钱小妹就走了。

武小武知道这一节故事。

武伯平曾经打电话到厂里来问武小武，当时的武小武什么也没说。

是呵，钱小妹坐了整整一夜啥也不说，武小武又能说什么？他只是告诉武伯平："大概，可能，过些日子，你会明白的。"

钱小妹回到家以后，一下子歇斯底里大爆发了。忻一帆的所有东西都被她扔了出去，最后还把一个字砸在了忻一帆的头上："滚！"

忻一帆只能像破皮球一样滚了出去。

武小武问道："那，你爸到哪儿去了？"

"我找了很久，才找到他在工人新村里租下的那间老式住房，他和他的儿子忻欢乐住在那儿。爸老了，很凄楚地对我说，什么夫妻、什么爱情全是假的，只有和儿子在一起才是欢乐的。其实，爸也很可怜，一个老男人带着一个才几个月大的孩子，尿布啊、奶瓶啊，他忙乱得连手脚该往哪儿放都不知道了……"

武小武终究是敏感的，问道："我好像有点儿听出来了，你这个做女儿兼做姐姐的双料头，是不是要采取什么行动了？"

忻玛丽点了点头，说道："对，我很可能要把欢乐接到我这儿来。你，不反对吧？"

武小武笑了，说道："在这个家里，你就是个主儿，你要有什么英明的决定，完全可以不用征求我的意见，立马就上阵。"

忻玛丽"哼"了一声，说道："就算要征求你的意见，那也不过是一种民主，民主完了得由我来集中，听懂了吗？"

武小武还没开口，忻玛丽已经哈哈大笑。

武黑水终于从玩具堆中爬了出来，好奇地眨着大眼睛，问道："你们为什么这么开心？"

忻玛丽一把抱起武黑水，说道："很快会有一个小弟弟来陪你一起玩，开心吗？"

武黑水把小小的手指点到了忻玛丽的鼻子上，叫道："开心开心，好开心！"

武小武看了看忻玛丽，说道："你讲错了，把辈分弄混淆了，来的不是小弟弟，而是黑水的舅舅！"

忻玛丽横了武小武一眼，不觉狐疑起来，说道："舅舅？"话音未落，她陡然醒悟，不禁哈哈大笑，连眼泪都笑了出来。

7

不久之后的一天，忻玛丽果然把忻欢乐领回了家。一下子，把家里的欢乐全都点燃了，两个小男孩活泼顽皮，热闹得足可以把家里的屋顶掀翻。

忻玛丽是个很会动脑子的女人。又不久之后，她借口自己要出差去外地，请钱小妹来家里帮忙照看一下这两个小孩儿。

钱小妹人是来了，可心里毕竟疙里疙瘩隔着一层，对忻欢乐有着一种天然的排斥。就在这种状态下，终于出事了。说句公平话，这事与她没太大关联，但稍稍往深里追究，责任还偏偏在她的身上。

小男孩皮得厉害，忻欢乐刚学会走路，就喜欢跌跌撞撞、一步一挪地追逐武黑水。钱小妹是眼看着忻欢乐突然脚下一软、一头撞向床边柜的，不知为什么，她没有及时伸手去拉一把，当然可能拉了一把也未必有用，但起码心里会舒服得多，于是，她眼睁睁地看着忻欢乐重重地将头撞在床边柜的直角上，发出了响亮的“咚”的一声！

就是这“咚”的一声，让钱小妹浑身的汗毛都竖了起来。哎呀不好，出事了！她赶紧奔过去，从地上抱起忻欢乐，却见他脸色煞白，连哭都哭不出来了，两只眼睛傻傻愣愣、一动不动地看着她。

钱小妹慌忙一边伸手轻轻拍打忻欢乐的胸膛，一边像唱儿歌一样连连念叨：“宝宝囡囡，快快醒来，妈妈叫你，去买糖吃。”

说来也怪，就这么一拍一唱，忻欢乐突然“哇”地哭出声来了。

钱小妹这才略略放下心来，可目光一落在忻欢乐的头上，心一下子又被揪紧了，忻欢乐的胎毛脑袋上居然鼓起了一个大包！

钱小妹连忙将忻欢乐抱了起来，一边擦去他脸上的泪，一边摇晃着哄唱着：“摇啊摇，摇到外婆桥……”

奇迹就在这一刻诞生了。忻欢乐忽然破涕为笑，朝钱小妹张开两只小手臂，奶声奶气说道：“妈——妈——抱——”

这是忻欢乐来到人世开口说的第一句话！

钱小妹吃惊了，呆住了，傻掉了，好一会儿才回过神来，说道：“你说什么？再说一遍，再说一遍……”

“妈——妈——抱——”

那么清晰，那么可爱，那么真诚。

钱小妹陡然把忻欢乐紧紧地抱在了胸前，忍不住连连亲吻起那张稚嫩的小脸来。便在这一瞬间，所有的情仇恩怨，所有的不满委屈，顷刻间风消云散、化为乌有。

钱小妹的母爱就这样被忻欢乐轰开了禁锢的闸门。毕竟，忻欢乐把第一声“妈妈”奉献给了钱小妹。从今而后，钱小妹就是忻欢乐的妈妈，忻欢乐成了钱小妹的儿子，并且，是唯一的。

后来，有人说，忻欢乐这小子天生聪明活络，不愧有着忻一帆的遗传基因。

很久很久之后，德泽坊要动迁了，忻一帆和钱小妹吵到了动迁组去。忻一帆要求分配独立的一套房，哪怕朝北也可以；钱小妹坚决不同意，说房子原本是她父亲钱玉堂留下的，根本没忻一帆的份儿。

正吵闹得不可开交，忻欢乐出场了，把钱小妹和忻一帆拉到一边，亮出了自己的意见，说道：“爸妈结婚这么多年了，没有爱情也有了亲情，请不要再闹别扭了，家丑不可外扬。按照动迁组的协议，我们可以分配到一套两南一北的三室两厅房子，既然爸爸说了要住朝北那一间，那么妈妈和我就满足他吧，好吗？”

忻一帆与钱小妹对儿子的看法均无异议，当即按忻欢乐所言的办理了。

此乃后话。

第五章

仅一招儿，空降兵望风而遁

1

该来的终究要来，一切发生得那么猝不及防。

当各路采购员的紧急信息从四面八方汇总到厂长办公桌上时，叶海军蒙了。

原材料涨价！从早先的每吨 2700 元，一夜之间大踏步上升到了每吨 10800 元，一下子就是四倍！还没缓过气来，牌价又变了，每吨成了 16200 元！

叶海军刚骂了一声“见鬼了，发大头疯啊”，电话铃声就再次响了起来。

厂里派驻在北京的采购员说道：“21600 元一吨！一口价，现款提货！而且下手要快，慢了就要被别人抢掉了！”

忻一帆的预言可怕地应验了。

武小武把整个身子深深地埋进了厂长办公室的皮沙发中。在一阵紧似一阵的电话铃声中，他仿佛看到时常挂在忻一帆嘴上的那座坐落在汉口路上的证券大楼，在那一间一间又一间的交易房间中，每个红马甲的手上都同时抓着三五个电话话筒，声嘶力竭地吼着报送那瞬息万变的股市行情、银圆行情、棉纱行情……

现在，武小武除了叹息还是叹息，还可怜兮兮地把一口冷气叹在了心底。尽管他从感情上不能接受丈人阿爸那派腔调，但在做了两天的功课以后，他不得不在理智上认同这位前银圆贩子的灵敏预测。

记得当时自己也许是为了防患于未然，便在一个合适的时间，以十分委婉的口气说起了这件事情，当然，对象只是叶海军一人。

不料，这位空降兵厂长居然丝毫不以为意，让武小武千万不要相信这类唯恐天下不乱的谣言，一本正经地告诫武小武，这些谣言都是为了破坏经济大势，切莫上当，还说局里领导皆是他的铁哥们儿，厂里不会有事，万一真的有事，局里头头都会成为他的救火队队员。

叶海军把话说到这个份儿上，武小武只能安静地走开了，如果继续往下说，只怕是“不识相，要吃辣伙酱”了。

其实，武小武在心里冷笑。叶海军一个长年坐机关办公室的主儿，哪会知道做经济实体的酸甜苦辣，被空降到厂里当领导，他自己有得苦头吃不说，还要把全厂万余工人拖下水，跟着他一起吃不了兜着走。果然，现世报来了！

铺天盖地的原材料涨价消息一下子击垮了叶海军的防线，他不得不一个电话接一个电话火烧火燎地向局里领导求救。结果，局里领导异口同声地告诉叶海军，工业局下属的所有单位全都遭遇了原材料紧缺、涨价的问题，局里大大小小的领导都已经统统出动，天南海北、天上地下地找原材料去了，至于远东机械厂，也只能自己想想办法、找找门路，自己杀出一条血路了。

看着焦急万状的叶海军，听着叶海军的焦急语气，武小武的脑海中陡然跃出了一个电影画面——

前线指挥官在炮火纷飞的掩体里声嘶力竭地对着电话话筒求

救："对方已经攻到我的门口了，司令，快救兄弟一把！"

司令叫道："你给我顶住！增援部队被阻击在二百公里以外，你必须坚持到明天！"

一阵枪声响起，对方军队冲进了前线指挥官的掩体里，大吼道："缴枪不杀！"

前线指挥官举起了双手，对着话筒送出了最后的话："我坚持不住了，决定投降了！再见，司令！"话筒从他的手里滑落下去，悬在桌脚边晃来荡去……

此时此刻能够想到这样的画面，武小武觉得十分可笑，但又感到了一种近乎绝望、崩溃的悲哀。

电话铃声又尖叫起来。叶海军已经失去了接电话的勇气，扭头求援似的望了武小武一眼。

武小武神情凝重地拎起话筒。这是生产部门的回电，对方以十分急促、十分肯定的语气向他报告道："厂里只剩够用十天的原材料了！停工在即！十万火急！"

就在这时，采购员们的电话又进来了，七嘴八舌地说了一个最新的爆炸消息：市面上的原材料十分可疑地全部脱销！出再大的价钱也买不到了！

雪上加霜。这说明，更大的涨价风暴即将来临！

武小武突然跳起来往外走，说道："立即敲响炉子间钟楼上的钟，拉响汽笛，召开全厂职工紧急大会！"

叶海军跟了上去，说道："对对对，到了生死存亡的最后关头了！不过，开了全厂大会，就能有逃过一劫的好办法吗？"

武小武脚步不停地说道："发动群众，群策群力！凡能够搞到原材料的，不管他是蛇路、蟹路，还是大怪路子，每吨奖励10元！”

叶海军一愣，问道：“每吨才奖励10元？这会不会显得我们太抠门了？”

武小武知道，能说出这种话的人基本上是连工厂的圈子都没来得及踏进的洋盘，但他只能笑笑，说道：“原材料一进，起码五百吨、一千吨，一次性奖励当场兑现，不算少了！”

叶海军这才点点头，不再言语了。

武小武顿时大有感慨。空降的叶海军对工矿企业经营基本属于白丁，而且不想学、不肯学、不会学，不懂装懂再加上自我感觉良好，整一个马谡，如何能不失街亭？如何能不闯穷祸？如果只是他一个人的事情也就罢了，可事实上，整个厂子都要跟着他一起受罪！想当初，忻一帆给了一个提示，自己赶不迭地就去做功课，立马就搞懂弄通了。叶海军呢，只晓得局里有铁哥们儿撑腰，天不怕地不怕，结果成了现在这副样子！万一厂子停工待料，误了生产这件头等大事，糨糊是捣不过去的，事情弄大就不好收拾了，到时候，只怕真的要来一个“失、空、斩”，那就惨到家了！

就在武小武怀着一肚子剪不断、理还乱的想法时，他和叶海军已经拐到了厂区大道上，于是他们看到了车间工人、科室干部正成群结队地向厂部大礼堂走去，同时也听到了那一阵紧似一阵的汽笛声伴随着钟声，传遍了偌大的整个厂区。

2

天晓得，在全厂大会上，跳上台来揭榜的人居然是忻一帆。而且，全厂仅他一人，其余几千名参加大会的人顿时成了陪衬。

武小武头儿晕了，差点儿一个跟头儿从主席台上翻下去！

到了厂长办公室，忻一帆信誓旦旦地保证在一个星期之内搞到一千吨原材料，说他已经和对方联系好了，万事俱备，只欠东风——就等着一手交钱，一手交货了。至于对方是谁，忻一帆附在叶海军和武小武的耳边悄悄告知，反正是绝对可靠的国有供货单位，肯定不是大兴货，而且地处大西北。

忻一帆说自己只有一个要求，那就是请保卫处派员和他一起去，因为对方要的是现金，银行转账和汇票均不可靠。这年头，现金为王呵！最后，他以一个极具英雄气质的口号结束了在厂领导面前的表述：“请等着我胜利的消息吧！”

一小时以后，人马集合完毕，即将出发。

武小武走到保卫处郁处长和随行的两位保卫干事面前，看了一眼崭新的拷克箱，说道：“都准备好了吗？这是全厂工人兄弟的血汗钱啊，必须万无一失！”

年轻的郁处长一笑，用力地抬了一下手臂，顿时传来了一阵清脆的金属撞击声。

武小武定睛看去，郁处长居然将自己的手腕和装满现金的拷克箱紧紧地铐在了一副手铐上！谁若想偷盗或者打开拷克箱，必须先将郁处长的手腕斩断或将他的手臂整个卸去，不然，任谁也休想动得分毫。

武小武点了点头，颇为敬佩地竖了一下大拇指，说道：“行家就是行家，向你致敬！”

郁处长又是一笑，说道：“以前凡是派人送绝密文件，我们前线部队都是这样做的。”

武小武陡然压低了嗓门，说道：“拿到原材料之后，你们必须亲眼看着原材料运回上海，清楚了吗？”

郁处长是个转业军官，当下很军人范儿地挺起了胸膛，说道：“请首长放心，人在阵地在！”

武小武微微眯细了眼睛，还没来得及说话，叶海军的大嗓门已经响了起来：“好，等你们凯旋！”接着，便是一串豪爽的大笑。

一个星期之后，叶海军再也笑不出来了。不但笑不出来，而且连哭也哭不出来。

那是一个下午，由于事先得到郁处长和运送原材料的大卡车即将回厂的电报，叶海军组织了一支声势浩大的锣鼓队，亲自在厂门口指挥演奏，“咚呛咚呛咚咚呛”的声音引得马路上无数行人驻足不前。

黄胖橄榄也不甘落于人后，挥舞着一杆冲天旗帜，上书大字：热烈欢迎远东厂的功臣们凯旋！

终于，马路上传来一片汽车喇叭声，只见一辆一辆又一辆的十轮大卡车缓缓驶进了厂门。

叶海军将双手很有气势地一挥，锣声、鼓声发狂般敲打出欢乐的高潮。

不知什么时候，忻一帆出现在武小武的身边，说道：“小武呵，这车队一进厂，我肩上的担子算是彻底卸下了，也算是为你武厂长争了一回光！”

武小武点了点头，笑了。是的，是争光了，而且露脸了。

忻一帆是提前两天回到上海的，他在大西北亲眼看着一手交钱一手交货，觉得任务基本上已是大功告成了，所以一回到厂里拿了一万元的奖金，就上上下下地请客吃饭忙活开了。独乐乐不如众乐乐，就这两天工夫，忻一帆的一万元奖金便已如流水一般去了大半。武小武知道丈人阿爸的心思，他是在为女婿副厂长的脸上增光添彩呢！换一种说法，他是在肆无忌惮地向叶海军这个“阿木杯”厂长公开示威。

大卡车一辆接一辆地在厂区大道上停下了。紧接着，十几辆高头大马型的铲车轰轰隆隆地开了过来，开始将大卡车上的木质集装箱一个个卸下来。黄胖橄榄也跳上了一辆铲车，加入卸装集装箱的行列。

看着看着，武小武的眼皮不知为什么突然跳了一下，接着又是一下。他隐隐觉得有什么地方不那么对头。到底是哪儿呢？一时说不清。

武小武又看了片刻，忽然狠狠地一跺脚，飞身奔进炉子间，抓起一柄十八磅大榔头，冲向刚卸在路边的木质集装箱，“嘿”的一声大吼，狠狠砸向了集装箱！

就在武小武把榔头高高举过头顶的一刹那，厂门口喧天的锣鼓突然定格了，连一丁点儿声音也没有了，所有人的呼吸也仿佛停滞了，无数道目光齐刷刷地落在武小武绷紧了肌肉的手臂上。

十八磅榔头重重落下了！木板“咔嚓”一声断了，木屑纷飞！

又是几榔头砸上去，集装箱顿时裂了一个大洞！

紧接着，只听见稀里哗啦一阵巨响，在众人的惊呼声中，一大堆各色形状的大石块从集装箱里势不可当地滚了出来！

饶是武小武闪躲得快，他的肩上还是被一方石块擦碰了一下，顿时冒出血来。

围在一边的所有人顿时全都傻了眼——就在这光天化日之下，原材料居然如魔术一般，统统变成了大石块。真是眼睛一眨，老母鸡变鸭！

忻一帆第一个清醒过来，一声狂呼爆起，瞬时如木雕泥塑一般，站在那儿一动不能动了。

叶海军冲了过来，从地上捡起石块看了又看，喃喃自语道：“这不可能，绝不可能！”

黄胖橄榄发疯似的跳下铲车，抓起被武小武丢下的大榔头，冲向另一只集装箱，狠命地砸了起来。“哗啦”一声响，蹦出来的依然是石块！

好几个工人提着各种各样的工具围住集装箱，结果砸出来、敲出来、扒出来的统统是石头、石头、石头，除了石头，还是石头！

脸色铁青的武小武咬了咬牙，总算强压下了心头的怒火。他走到呆若木鸡的郁处长面前，竭力以一种平和的语调说道：“这是怎么一回事？你把当时的情况说一说。”

郁处长早已没了出发时的英姿勃发，嘴唇咂巴了好几下才发出了声音，说道：“我们押着从工厂里装上大卡车的原材料集装箱到火车站，亲眼看着一车车原材料装上货车车皮，半点儿都没出错，一点儿也没被调包，然后我们保卫处三个人就上了一节挂在车头后面的客车，就这样轰隆轰隆地到了上海，最后将集装箱装上大卡车，回到了厂里……”

武小武渐渐冷静下来，思索了一会儿，说道：“你再仔细想一想，难道这一路上就没有什么可疑的地方吗？如果我的记忆没出差错的话，你在部队上干的就是刑事侦查。”

郁处长沉吟了良久，陡然眼睛一亮，说道：“我想起来了！火车开了不太久就突然停车了，说是要给一列特快列车让路，可等了老半天，也没见特快列车过来，倒是我们乘坐的这趟车忙活得很，一会儿往前开，一会儿向后倒……对了，这事发生在一个火车小站内，铁轨横七竖八一条一条查多的，还泊着无数车皮……”

武小武叫了起来：“明白了！他们就是在这儿进行了调包，不是一集装箱一集装箱地调包，而是把整个货车的十几节车皮来了个摘钩，然后给你们挂上另外一列载有一模一样集装箱的车皮。这是蓄谋已久的偷天换日！要不是老吃老做的惯犯，肯定到不了这么一个高级层次！”

武小武回头看到了人丛中的黄胖橄榄，向他招了招手，说道：“你去请宣传科搞摄影的小汤来一下，让他带上照相机过来。另外，你去找一找武大武，就说是我讲的，请他一定帮忙找一找电视台新闻部的朋友，这些横七竖八的集装箱就是最有新闻价值的新闻，肯定可以上今晚六点三十分的正点新闻节目！”

黄胖橄榄答应着，跑步离开了。

武小武把保卫处的几个人拉到忻一帆的面前，说道：“你们几位又要辛苦一趟去大西北出差了，当务之急是要立即追回购买原材料的那笔巨款！另外，我会让武大武和电视台打声招呼，把今晚播出的这节新闻翻制成录像带，你们带上录像带和小汤待会儿拍摄的现场照片，这些就是追债的物证。当然，我还会找找当地公安和银行各种关系，尽快让他们把款项打回来，否则远东厂真的要山穷水尽了！今天你们必须连夜乘飞机赶过去，我马上安排人去机场买票……”

郁处长和干事连连点头，忻一帆却愁眉苦脸地突然叫起了怨：“现在让我怎么办哪？原材料的款项可以追回来，我那一万元奖金统统请客吃饭打了水漂不算，我还得如数还给厂里，让我拿什么去还呵！”

武小武朝郁处长摆了摆手，说道：“你们先到办公室抓紧时间休息一会儿吧，几个小时之后还得赶飞机。”

说完，武小武拉了忻一帆一把，说道：“我们到一边谈去。”

才走了两步，武小武忽然回过头来，朝四周看了看，目光落到了一直站在一边的叶海军身上，说道：“叶厂长，请你组织人保护一下现场，待会儿电视台的记者要来……”

叶海军看着渐去渐远的武小武和忻一帆的背影，心中突然浮上了一种深深的佩服。这时，只有在这时，他才清晰地感受到了自己与一位能够当机立断快刀斩乱麻的成熟厂长之间的距离。是呵，那是怎样一种距离呵……

后来，忻一帆私下里悄悄问过武小武：“你当时怎么判断出来集装箱里一定不是我们需要的原材料呢？万一判断错了，人家看着你抡十八磅大榔头那副气吞山河的腔势，肯定以为武大厂长神经短路、脑子进水了！你呀，怎么也不照顾照顾自己的光辉形象？”

武小武朗声一笑，说道：“当时顾不上这些了！说到底，我是有点蒙的，瞎猫碰到死耗子罢了，结果被我蒙对了！我手气好，是承蒙老天爷开恩，要不然我就被你害惨了！”

“又在胡说八道了，对我这个泰山大人说点真格的！”

“好吧。那天，看着大家用铲车卸下集装箱，我便隐隐觉得不对，因为那集装箱在落地的一瞬间有点晃，下盘不那么扎实，但我们的原材料很沉，比石块重得多，落地应该一动不动很稳固，这是一个疑点。其实，我一直怀疑你这一千吨原材料的真实性。你也不想想，世界上哪有这么便当的好事，你一个电话过去，人家就答应供货？市面上的价格都涨到天上去了，不不不，再高的价都买不到货了，你的面子就那么大？是因为你比别人好看，还是因为你比别人多长了一只眼睛？当然，此人是你认识多年的老朋友，但从我自己的个人经历来讲，我从来不相信老朋友，时代越发展，社会越发达，越是物欲横流的地方，越是不会有割头不换的朋友，只有一样东西才能让友谊万古长青，那就是彼此的利益……”

忻一帆蓦然仰天长叹，说道：“谢谢你，一语点醒梦中人，让我开眼界长见识了！唉，老了，老了，跟不上你们年轻人了……”

这是翁婿之间一次不寻常的对话。武小武永远不知道，他的这番话给忻一帆留下了多么深刻的印象，让忻一帆不得不第一次从内心发出“老了”的感叹。

3

远东厂离断粮的日子只有三天了。

三天一过，炉子间的熔炉即将熄火待料。

三天一过，后道工艺的所有机器设备即将停止运转。

就在这千钧一发的要命关头，武小武忽然从厂里失踪了。无论问谁，都不知道他去了哪儿。

转眼到了第二天的深夜。在苍茫的夜色中，一辆又一辆十轮大卡车开进了厂门。

没有欢迎的人群，没有锣鼓的喧闹，一切都显得那么安静和平淡。

押车的赫然是武小武，紧随在他身后屁颠屁颠奔来的是忻一帆、郁处长一干人。

叶海军从厂里奔了出来。

武小武迎了上去，说道："叶厂长，原材料来了！"

叶海军扑了过去，一把抓住武小武的大手狠命地摇晃，说道："谢谢你，兄弟！你救了国企大厂，也救了我！"

这是一句大实话。

武小武的失踪，绝对与这句话有关。

发现集装箱里都是石头并上了电视台新闻热线的那天傍晚，叶海军忽然摇摇晃晃地走进武小武的办公室，将几张写满了字的纸放在了武小武的办公桌上。

武小武才看了几行，便吃惊得张大了嘴，说道："你，你这是请求处分的报告？"

叶海军点了点头，一脸沉痛地说道："是的，运来的这么多石头已经把远东厂最后一块铜板都搭进去了，连累得全厂就要停产了！我辜负了局领导的期望，我没听你当时的提醒，我，我对不起远东厂的父老乡亲！我马上给局长办公室打电话，我去负荆请罪，接受处分……"

武小武站了起来，说道："叶厂长，你，你也太着急了吧？"

叶海军缓缓摇了摇头，说道："我算过命了，这笔购买原材料的款项是追不回来了……国家财产是从我手里流失的，无论组织上给予什么处分，都是我咎由自取……”他难受得几乎要流下泪来。

武小武沉吟了一会儿，说道：“你能不能等一等再做决定？我认为还没到最后一刻呢！难道你忘了大诗人陆游的那两句诗吗！山重水复疑无路，柳暗花明又一村。”

叶海军又摇了摇头，说道：“你别安慰我了，我知道得很清楚，等一等又有何用？即使追回了货款，也买不到原材料，可厂里正在等米下锅！天意如此，我只能下地狱。我不下地狱，谁下地狱！”

在这样的时候，武小武竟然笑了，说道：“你既然连下地狱都不怕，又何必怕等几天呢？”

叶海军再不言语，显然已不想多说什么，多说又有何益？他伸手取走办公桌上的那几页纸，转身向门外走去。

武小武呆呆地看着叶海军的背影，突然大步追了过去，一伸手，已将那几页纸掠在了手中，说道：“请你给我三天时间，厂里的原材料还能维持三天！你非要去局里负荆请罪的话，第四天一早，我一定赶回来，陪你一起去，你千万要等我！”说着，头也不回地走了。

就在那一刻，一个全新的讨债计划从武小武的心田升腾起来。

那个夜里，武小武和忻一帆、郁处长等人一同登上前往大西北的飞机……

4

一盏嗞嗞作响的日光灯映照着两个促膝而谈的人影。

这是在叶海军的办公室，武小武正向叶海军讲述他那艰辛而曲折的西北行经历。

在忻一帆第一次去大西北提货的前夕，武小武知道了那位向他丈人阿爸供货的人——王小开。

原来，王小开在1959年从远东厂支内去了大西北，一开始是作为技术人员去的，“文化大革命”结束后，则成了支内企业的生产厂长，因为他在计划经济向市场经济转型之际，深谙经营之道，做出了不凡的功绩，很快使企业成了市里的利税大户。

忻一帆当年和王小开走得很近，自以为是患难之交，所以购买原材料时第一个想到的就是王小开。王小开的厂子就是开采、加工、提炼这种原材料的。王小开也不负忻一帆所托，仅过了三四个小时就给了答复：带款提货。这就是忻一帆向王小开购买原材料的全部故事。

武小武对王小开不甚放心，特意去向父亲武伯平进行了解。武伯平说，王小开在新中国成立以前的上海滩是个见过世面的五金厂老板，也是个很拎得清的人，在一般情况下是不会出什么大状况的。至于交情，当年忻一帆曾两肋插刀帮过王小开，不过一晃几十年过去，谁也说不清谁了。

尽管武伯平的话使武小武心里的那杆秤稍稍有了平衡，但他对向王小开购买原材料这件事情依然没有把握。他就是带着这种感觉开始西北之旅的。

一到了王小开的城市，果然不出武小武所料，王小开不见了，找不到了，融化到空气里去了。

武小武知道，只有一个办法能够找到王小开，那就是让王小开来找他。

此言甫出，别说郁处长，即便是忻一帆这样的老江湖，也连连摇头，仅说出一个字：“难！”

武小武一笑，说出了诸葛孔明的口头禅：“山人自有妙计。”

妙计何在？武小武早已成竹在胸。

一下飞机，武小武一行人就从省城驱车直奔该市寻觅住处，不找星级宾馆、不找名牌酒店，而是找到了僻静马路上的市委招待所。说是市委招待所，但桌、椅、床单和墙壁上，依然留有“县委招待所”的字样——这是一个刚刚撤县建市的城市。

武小武告诉大家，这个地方之所以能够鸟枪换炮变成市级建制，大功臣当首推王小开那家大企业，由于它是利税大户、创汇大户，生产总值达到了国务院设立的门槛线，这才顶起了这个地方可以撤县建市的天。所谓打蛇打七寸，打王小开就得从这里下手！

武小武唤来郁处长，交给他两样东西：一件裘皮大衣和一盒录像带。

这件裘皮大衣是忻一帆多年前特意从上海著名的“淮国旧”（国营淮海旧货商店）淘来的，只花了 30 多元，为的是圆当年给钱小妹生日礼物之梦，据说完全能与王小开当年落魄时找到忻一帆所在估衣铺转卖的那件意大利 FUR 品牌裘皮大衣相媲美。武小武听父亲武伯平述说陈年旧事之后，特地请忻一帆回家翻箱倒柜找出来带上的。在裘皮大衣的领子上，武小武夹上了一张大红色的纸，上书这样几个大字：相见时难别亦难。

在录像带上附着的则是一份短函，上面写着：

王小开厂长：

这是上海的电视台昨晚播出的有关贵厂的新闻《原材料和大石块之谜》。如若两小时之内，没有你的消息，它将很不幸地出现在贵省电视台新闻部和省报的办公桌上，他们会有兴趣的。顺便说说，省委副书记崔奇是我们厂领导的农场战友。请爱惜自己的羽毛。

上海远东机械厂

郁处长大惑不解，问道："武厂长，你怎么知道这么多？连他们省委领导的名字也一清二楚！"

武小武淡淡一笑，说道："别问那么多，你只管做好自己的事情，把这两样东西送到他们的厂长办公室里。快去快回，我等你的消息。对了，把我们住的地方和电话告诉他们。"

郁处长走了。

忻一帆看着郁处长的背影，满腹狐疑地问道："你果真有把握让王小开自投罗网？万一他不来呢？"

武小武摇了摇头，说道："他不会不来，也不敢不来。"

"我说的是万一……"

"那就比较麻烦了，也许我真的得去找找省委的崔副书记了……"

"他真是你的农场战友？这么说，玛丽也应该认识他啰？"

武小武哈哈大笑，说道："天机不可泄露！来来来，你带来的龙井雨前茶和象牙棋盘呢？我们泡上一壶，边品茶边下棋，等着尊贵的客人上门，不不不，应该像你说的——自投罗网吧！"

武小武和忻一帆品了一个小时的茶、玩了一个小时的车马炮之后，郁处长一头闯了进来，兴奋得几乎语无伦次，说道："来了，来了，来了……"

武小武刚拈起一枚炮，准备给忻一帆来一记"闷宫将"，当下不满地横了郁处长一眼，说道："什么来了来了的，当头炮，将！"一炮打在了忻一帆的将头上。

忻一帆叹了口气，抬起头来，陡然一愣，当即跳起身来，"哇呀"一声大叫，说道："王，王小开，王厂长！""哗啦"一声，棋盘、棋子全被忻一帆的身子撞飞落地。

武小武吓了一跳，慢慢地转过脸去，这才看到门外站着一个颀长的人影。

忻一帆奔了过去，两个人紧紧拥抱在一起。

郁处长用很低的声音对站起来的武小武说道："王小开在市里开会，我赶过去送上了那两样东西，他立刻退出了会场，马不停蹄地赶来了……"

武小武用一根手指悄悄制止了郁处长说话，他要听的是王小开和忻一帆的对话。

王小开用力地握着忻一帆的手，说道："阿忻啊，上次你来提货，我去北京开会了，没能吃个饭、吹个牛，实在遗憾啊！"

忻一帆也动了感情，说道："是啊，几十年的老朋友了，我赶了几千里路连个面都没见着，实在是遗憾！"

王小开连连点头，说道："我刚才一见那件裘皮大衣，眼泪就出来了！想当年，如果没有你的帮衬，我哪里还会有今天！所以我立刻就退出了市里的会议，赶过来向老朋友负荆请罪了！"

忻一帆一愣，说道："言重了，什么请罪不请罪的……"

王小开正色说道："我是昨天夜里回厂才知道原材料变成大石头的事情，我当即把经办此事的副厂长叫来狠狠地训了一顿！阿忻，我去北京前，是把你的事情郑重地交给他办的，他平时蛮得我的信任，谁知这回他念歪了经，我差点儿当场撤了他的职！"

忻一帆见王小开谈到了正事，连忙往旁边让了一步，将武小武推到王小开的面前，说道："我介绍一下，这位是远东厂的生产营销厂长，武小武。"

王小开打量了一下，说道："武小武？我来猜上一猜，莫非是武伯平和张玉兰的儿子？像，太像他爸爸了……"

武小武将王小开让进了里屋，请他上座、喝茶、抽烟。然后，武小武开口了，第一句话就直奔主题："王厂长，这原材料变石头的事情，你准备怎么解决？"

王小开显然不满意武小武的开场白，或者说并不适应武小武的凌厉攻势，不觉哈哈大笑，说道："武厂长，你太结棍了，一开口就让人没有落场势！不管怎么说吧，老乡见老乡，两眼泪汪汪，你总得让我开口问一句老朋友。所以，你的爸爸武伯平好吗？"

武小武站了起来，向王小开深深地鞠了一躬，说道："谢谢侬，王伯伯，我阿爸的身体很好，我姆妈的身体很好，我丈母娘的身体也很好，至于我丈人阿爸的身体，他就在你眼前，一样很好。"

王小开虽然听得不太舒服，但更多的是吃惊，说道："什么！原来你是，是阿忻的乘龙快婿？好，好，太好了！老一辈没完成的愿望，在下一代身上实现了……"

武小武打断了王小开的话，说道："王厂长，现在可以言归正传了吗？"

王小开摇了摇头，说道："好吧，那就谈谈正事吧！关于原材料变石头的事情，刚才我已经和阿忻打过招呼了，我在此重复声明一下——事前我不知道，事后，也就是昨天晚上，我才知道，我对此表示歉意，深深的歉意！"说完，端起杯子慢悠悠地品起了茶。

武小武耐心地等待了一会儿，说道："我这个人不喜欢打断别人说话，但也不喜欢被别人吊牢胃口，'表示深深的歉意'这类外交词汇不适合我们，我想听实质性内容。"

王小开看了武小武一眼，用的是一种很犀利的眼神。从那一刻起，他开始正视面前这位年轻人了，尽管他不喜欢这位年轻人咄咄逼人的腔调。他思忖了一会儿，说道："尽管武厂长不想听我表示深深的歉意，但我还是要表示！我决定全额退还远东厂购买原材料的款项，并且加付银行的活期利息。这是一笔巨款，也有数目不小的利息了……"

忻一帆和郁处长对视了一眼，都松了一口气——任务基本算是完成了。这一切尽数落在了王小开的眼里，他知道这一招儿应该差不太多了，于是站了起来，说道："走吧，我请大家吃饭，这儿有一家大上海饭店是不错的，尝尝大西北的上海菜肴，一定别有风味！武厂长，你不会扫我这个面子，剥夺我略尽地主之谊的资格吧？"

武小武大笑，说道："我怎么敢扫王大厂长的面子，我感激都来不及呢！只是我在想，当我们酒足饭饱的时候，有一位朋友却饥寒交迫，你说我们对得起这位朋友吗？"

王小开一愣，一脸奇怪地问道："谁？"

武小武的脸色一变，连声音也变了，痛心疾首地说道："她就是你王厂长的娘家——远东厂啊！还有三天，连今天在内只有三天时间，远东厂就要断粮草、停工待料了！”

王小开的脸色也变了，问道：“你什么意思？”

武小武一声长叹，说道：“解铃还须系铃人，我们被你那些大石头拖了后腿，现在已经不能要你退还的货款了，我们向你要的，只能是也必须是原材料！”

王小开跳脚了，说道：“你这不是强人所难吗！我要有原材料，还用得着说连本带利一起还你们的废话吗？”

武小武冷冷一笑，说道：“你现在也知道那些是废话了？我可以告诉你几个数字，你答应给我丈人阿爸原材料那天，黑市价是两万一千六百元，前天是三万二千元，昨天是三万八千元……”

王小开突然沮丧地坐下，说道：“不用你告诉我，我比你清楚得多，这些日子以来，全国各地加价要货的单位数不胜数！可我该怎么办？我又能怎么办！我们厂的生产能力已经达到极限了，所有工人都在日班连中班连夜班地干活儿，所有机器设备都开足了马力，就连检修日程都延后了！可还是供不应求啊！轻工业、重工业，国防部、铁道部……统统朝我们伸出手来要货，我，我……”

武小武起身给王小开斟水，说道：“我明白了，这就是谁都找不到也没办法找到你的原因了。要不是这盒录像带和这件裘皮大衣，我们同样找不到你……”

王小开点了点头，承认得很快，说道：“怪只怪我这个人心肠太软，念着和阿忻是几十年的老朋友，才割肉将货款还给你们。眼下人人都以现金为王，哪有像我这样吃下去还吐出来的傻瓜戆大！”

武小武用力地摇了摇头，说道：“你这个人既不傻也不戆，只有裘皮大衣是不可能把你钓出来的，情感只能属于过去，了不起至多感动了你五分钟，只有很现实的录像带才会把你逼出水面！你说句老实话，是不是这样？”

王小开苦笑，说道：“随便你怎么说吧……不过，把我逼煞了也没用场的，我手里又没货，变不出来的。”

武小武叹了口气，说道：“阿拉都是上海自家人，肯定不会逼煞侬，但是有一点要和你讲清楚，你不会不明白自己的身价、地位，你们这个城市的撤县建市靠的是你和你的企业，如果省电视台曝光你弄虚作假再加上投机倒把的话，你会怎么样？你的企业会怎么样？你们的撤县建市又会怎么样？如果我没搞错的话，你们正在接受省里撤县建市检查小组的复验！出了这么大的洋相，我倒要看看你再怎么混，还有啥脸面见人！”

王小开忽然开始喝茶，拼命喝茶，一大口一大口的，再没有了品茶的雅兴。一直到杯中的水见了底，他才放下杯子，说道：“你想要原材料，难！很难！绝对难！”

武小武看了看手腕上的表，说道：“那就不要原材料了！是你把我们逼上梁山的，不要怪我们无情无义。丈人阿爸、郁处长，带上准备好的录像带，分头行动！你们去省电视台和省报，我去省委找一下崔奇兄，让他帮忙在今晚的新闻中播出。出发吧！”

王小开整个人呆住了，突然大叫起来：“你们再等一等，我，我想想办法……”

武小武“哼”了一声，说道：“我知道你的口袋里有的是办法，再不拿出来救命的话，你就没命了！说吧，你想出了什么办法？”

王小开站起身，来回踱了几步，说道：“我承认输了，好不好？我愿赌服输，行不行？好，跟你们彻底摊牌吧！原来我答应给阿忻的那些原材料，当时都已经给你们装车了，结果突然来了一个华裔外商，向我要和阿忻一样数量的原材料，但只出官价，我的心里是一万个不愿意，可我又有什么办法呢？他的手里有尚方宝剑——一位领导的批条！我扛不住了，只能把烫手山芋扔给副厂长，让他看着办，这就有了你们这一出……”

忻一帆一巴掌拍在了桌子上，叫道：“好你个王小开，原来你早就知道原材料变石头……”

王小开大呼冤枉，说道：“赤佬才晓得！我真的是事后……”

武小武摆了摆手，说道：“不讲这一节了，跳过去！现在，我对什么都没兴趣，我只关心我要的东西！”

王小开坐下了，说道：“好，就跟你说说你要的东西。我曾经听那个外商说过，他原本打算把省领导批的原材料运到国外自己派用场，可这几天，看到国内原材料价格飞涨，他就改变了想法，因为运到国外需要一笔昂贵的运输费用，不如就地倒卖，搞点赚头，所以他拜托过我，让我帮忙留心国内的客户……”

郁处长怒不可遏地说道：“连外商都加入了倒卖原材料的队伍，太可恨、太可恼了！”

武小武的眼睛突然一亮，忽然又摇了摇头，说道：“你的意思是让他倒卖给我们？恐怕不行，时间来不及了，只有三天，不，两天半的时间了，从这儿启运到上海，起码得好几天，而且他的抛出价又会是多少……”

王小开微微一笑，这是他进这个屋子后头一回露出的笑容，说道："据我所知，他已经把原材料运到上海青浦的一个工业仓库存放了起来，我可以马上和他联系，当时他给我的委托价只是在原本的官价上翻个三倍，这同我给阿忻的价格差不多，估计问题不大……"

忻一帆情不自禁地一拍巴掌，说道："王小开，如果你能给我们牵线搭桥成功，那么我们一定不计前嫌……"

武小武冷冷地开口说道："不，他这是在将功赎罪！关键是，我不相信他！"

王小开愣愣地看着武小武，问道："那，你要我怎么样？"

武小武狠狠地盯了王小开一眼，说道："省城飞机场一个小时之后有一趟直飞上海的航班，你们现在赶过去还来得及……"

王小开吃惊地张大了嘴，说道："什么？你要我……"

武小武点了点头，说道："对！由忻一帆和我们保卫处的郁处长陪着你一同上飞机，一同去青浦，一同办妥付款取货的全部手续！你大可放心，他们会像保护国宝一样善待你的！"

"你……"王小开气愤得一时说不出话来。

忻一帆看了看武小武，问道："那你呢？"

武小武爽朗一笑，说道："我在这儿坚守阵地，随时随地准备去找他的那位省委领导、我的这位铁哥们儿。"

王小开渐渐恢复了平静，咬牙切齿地蹦出了一句话："我总算看清楚了，你一点儿也不像武伯平的儿子！"

武小武连一丝生气的样子都没有，完全是嬉皮笑脸状，说道："哦？这么个评价，我倒是头一回听说，那你认为我像谁？"

"你，你太像忻一帆了，并且青出于蓝而胜于蓝！"

武小武的笑声更响亮了，说道："你这不是废话吗，我本来就是忻一帆的女婿啊！”

众人大笑。

武小武突然止住笑声，说道：“王厂长，我给你说一句正经话，这回买卖做成功的话，只要你不再给我们玩变大石头的戏法，我真诚地希望你能成为我们的长期，不，是定向供货单位。毕竟，你是远东厂的老职工，我们不会忘记你，你也不能忘了娘家啊！”

王小开“哼”了一声，说道：“你小子玩的是胡萝卜加大棒的策略，别以为我不懂你这一套！”

武小武忽然一巴掌重重地拍在王小开的肩上，说道：“你是老法师，我不过是一只未见世面的雏儿。如果我能有幸拜你为师，总有一天，你会说我更像你！对不对？”

武小武笑了，忻一帆笑了，郁处长笑了，最后连王小开也笑了。

当天晚上，在省电视台新闻节目刚开始播放的时候，武小武在市委招待所接到了忻一帆的长途电话，说一切都搞定了、办妥了。

后来，有人问武小武，那位省委领导到底与他有何渊源，他只是高深莫测地笑笑，未置一词。

是呵，每个人都有自己的秘密，而且一直被深深地埋藏在心中最隐秘的地方。

只有武小武知道，他只是在忻一帆一行人去大西北的那几天里，成了上海图书馆最积极的读者——在那儿查阅了王小开所在省发行的主要报纸，于是知道了王小开厂子的来龙去脉。他知道，找到该省主要领导的姓名并不难，难的是找到一个与自己年龄相仿、经历相似的领导。

不过，武小武终究找到了。这人就是崔奇。当然，崔奇和武小武是八竿子也打不着的远开八只脚的人。这是一个秘密，只能永久地埋葬在武小武的肚子里。

5

叶海军奉命调回了工业局。空降兵从哪里来，又回哪里去了。

离厂的那一天，叶海军紧紧握着武小武的手，说道："我永远忘不了在远东厂的日日夜夜，更忘不了你力挽狂澜拯救远东厂于水火之中。你扭转了特殊时期的不利局面，也把我从一世英名险些付诸东流的悬崖边上拉了回来。幸亏不久之前，中央采取了措施，坚决制止、严惩了扰乱社会主义市场经济的一切乱象！我真正见识了你面对市场经济转型的临危不惧和在经济实体中展现的非凡能力、魄力。我们的大工业太需要你这样的带头人了，像我们这些纸上谈兵的秀才太缺乏实干实战的经历和经验了。请相信，我一定会向局领导如实反映、极力推荐的。"

武小武淡定一笑，说道："谢谢你，叶厂长，你把我说得太玄乎了！我只是一个只知埋头拉车、不懂抬头看天的工人。"

那是一个秋风萧瑟的日子，武小武一直把叶海军送出好远好远。

一个月后，工业局的任命书下达了，武小武成了远东厂的厂长、第一把手。

武小武的时代开始了。

第六章

辣手格，头一刀斩在自家阿哥头上

1

在一条狭小而破旧的弄堂里，原先的青石板路被两旁的违章建筑挤占得只能容下一人扶着脚踏车通行。在这条羊肠小道的两旁，清一色摆放着一排排马桶和马桶刷子，马桶盖则歪倒在马桶口上。

武小武知道，老百姓的住房得不到改善，他们的后代、后后代却在呱呱坠地、茁壮成长，无奈之下，他们只能在弄堂里的青石板路上开拓空间，有条件的则向空中延伸，于是原先的一层楼变成了两层楼、三层楼甚至四五层楼，好让子孙后代们赶快搬进去，抢占可怜巴巴的有限空间。

远东厂二十世纪五十年代的老劳模阿炳师傅就住在这条弄堂里。

武小武走马上任的头一件事情，就是率领党政工团一班子人马走访曾为厂子里作出贡献的退休职工，特别是曾被评为局先进、市劳模、全国劳模的老同志。最重要的是，武小武要求党政工团领导班子发扬优良传统，开展“一帮一，一对红”的活动。

武伯平也是名单上的一员，但他事先就拒绝了，并且郑重其事地警告武小武：“你不要瞎来，因为我是你的老子，你来了，影响不好！厂子里有不少老同志的生活条件、住房状况均不如我，你一来，就说明你这个当厂长的有私心，而且不是一点点私心！”

武小武叹了口气。

有一说一，武伯平就是这种脾性、这种腔调。

二十世纪六十年代，武伯平被评为全国劳模，天晓得他居然死活不肯去北京领奖，说他的技术活儿全都来自师傅钱玉堂，没有钱师傅哪儿会有他，一定要把劳模称号转让给钱师傅。这般荣誉大事岂是由个人说了作数的？一切均是组织上的决定。不料老实人耿脾气，武伯平上了去北京的火车，竟然半道溜下车逃回厂子里了，振振有词地说他受之有愧、心中不安、难为情煞，还是回来老老实实做生活要紧……

武伯平就是这种人，天生做生活的工人胚子。

武小武在叹了一口气之后决定作罢，否则就是没事找事做。

武小武走进弄堂的那一天，时值炎夏，连迎面吹来的每一丝风都是滚烫的，偶有知了躲在大树上爆出三两声点破心境的嘶叫："热煞啦，热煞啦！"

真正"热煞啦"的是阿炳师傅的窝里厢，唯一一间住房朝北，一板之隔的朝南房间是隔壁邻居家。武小武一脚踏进去，西晒的光焰顿时浇了他一头一脸，热不可耐。最要命的是房间里唯一的降温工具居然是两把破蒲扇，连电风扇的影子都找不着。

怎么会过得如此落魄、如此不堪？因为阿炳师傅中风卧床已然很多年了。武小武不由自主地想到了曾经同样中风卧床的父亲，父亲仅卧床三年，当时家里也被拖累到了几乎崩溃的地步，幸好父亲奇迹般地康复了，要不然的话，母亲还不知如何操劳、如何辛苦，肯定就和眼前阿炳师傅的爱人一样，面容憔悴，白发覆肩，步履蹒跚。

可以想见照顾一位生活无法自理的病人的艰辛。是呵，从买菜回来做直至把饭菜一口口喂进嘴里，从端夜壶到清理时时拉在身上的污秽物，从每天两三次擦身到每隔两三个小时翻身……二十四小时连轴转做这些，一天，一月，一年，十年，二十年，准会把一个身强力壮、朝气蓬勃的人折腾得提前迈进衰老期。

一阵难受不可抑制地袭上了武小武的心头，尤其是当他低头看到阿炳师傅身下垫着的席子上满是补丁的时候。

武小武讲完常规的关心话语之后，突然向阿炳师傅夫妇宣布了一个临时决定，说道："这样吧，我个人就和阿炳师傅'一帮一'结为'一对红'，今后你们的困难就是我武小武的困难。我要做的第一件事情是，今天吃晚饭以前，我个人为你们添置一台华生牌电风扇和一台飞跃牌彩色电视机，给你们的物质生活和精神生活送一点温暖！"

掌声噼里啪啦地响了起来，是从跟随在武小武身后一同前来访贫问苦的干部中爆发的。

武小武脸色一沉，说道："你们这是在夸我吗？不，你们是在骂我！厂里老劳模的生活水准下降到这种地步，我这个做厂长的，居然一无所知，到今天才发觉！我这样的厂长不就是一个臭不可闻的屁吗！"

众人面面相觑，一个个忽然再也作声不得。

告别时，武小武紧紧握着躺在床上的阿炳师傅的手，说道："对不起，阿炳师傅！今后无论你有什么事情，只要一个电话打给我，我一定会想方设法为你解决，请相信我！"

阿炳师傅感动得连话也说不出来，只是抓着武小武的手一个劲儿地晃着。

在武小武的带领下，厂部和中层干部几乎全都与工人结成了“比学赶帮超”的对子。

只是，谁都没想到的问题还是出现了。

一个月后的一个上午，武小武独自回访阿炳师傅家，有了一个破天荒的发现：电风扇没有用，电视机没有看。更令人匪夷所思的是，竟然连这两件家用电器的外包装都没有卸下。

“为什么？”

阿炳师傅很久都没有开口说话。

在武小武的一再催促下，阿炳师傅的爱人才勉勉强强地开了口，说道：“我们家老头子是不会讲的，他还关照我也不能说，一说出去就是塌台，塌自己的台没关系，可要是塌了厂里的台、塌了国家的台，就是大事了……”

武小武大为惊诧，问道：“有这么严重？到底是怎么一回事？”

阿炳师傅尚未开口，已是老泪纵横，说道：“怪只怪我的身体不争气，在床上一躺就是这么多年，连累了厂里，连累了大家，我的心里实在过意不去呵……武厂长，你就随我们去吧，蒲扇已经用惯了，半导体收音机也蛮好的，我们家里太穷了，有了电风扇、电视机，也用不起那个电啊……”

武小武这才恍然大悟，谜底原来是这个！是呵，老工人、老劳模多么有觉悟和底线，天大的困难自己咬牙扛着，对什么人都不讲，生怕说出去塌了厂子和国家的台。

武小武的眼前陡然升腾起一个画面：那是一个大雪纷飞的中午，父亲武伯平中风一年之后，在“赤脚医生”李招娣的针灸疗法之下病情略有好转，但仍然无法坚持站立十分钟以上。然而，父亲错误地以为已然痊愈，于是吵着闹着要去厂子里“抓革命，促生产”，连一分钟也安静不下来……

那时，武小武头一回从黑龙江农场回上海探亲，在家闲着没事，加上拗不过固执的武伯平，便去居委会借了一辆黄鱼车，载着武伯平蹬到了厂子里。临走之前，武伯平还莫名其妙地让武小武带上一根绳子。进了厂门之后，武小武一直把黄鱼车蹬到了车间门口，搀扶着武伯平来到他的机床旁。

中午时分的车间里静悄悄的，工人们都去食堂吃饭了。武伯平一见到机床就眼睛发亮，让武小武搬动加工件，自己按下电钮就做起了生活。不料才过了一会儿，武伯平就陡然一跤跌倒在地，要不是武小武眼疾手快地拼命拉住他，他的头就要撞上那飞转的机床了。顽固的武伯平仍不作罢，非要武小武拿出绳子绑在他的腰上继续“抓革命，促生产”。

就在这时，车间里突然涌进来好多人，为首的就是造反队的头头。他奔过来一伸手就把机床关了，说道：“武伯平侬这是要害人啊！出了工伤就是性命交关的事情，阿拉这帮头头是要被捉进去吃官司的！”

话音未落，又奔来一个女人，冲着武伯平狂轰滥炸般骂道：“你不要命啦！你好好交窝里厢不去养病，来厂里寻死啊！”转身朝武小武又是一顿臭骂，“侬这小囡也是十三点！眼乌珠不长，怎么好把你阿爸弄到厂里来呢？回去，回去，快回去！”

武小武过了好一会儿才认出这个怒不可遏的女人原来是一直对自己眯着眼笑的钱小妹阿姨，她到底是怎么了？变得认不出来了，跟发了疯的母狼似的。武小武百思不得其解，过了好几年，听忻玛丽说了钱小妹和武伯平的爱恨情仇，才明白了个中三昧。

后来，武小武就很狼狈地骑着黄鱼车把武伯平带回了家。只是，蹬车蹬得更辛苦了，因为雪大了，风也大了。至今回想起来，那真的是上海滩多年不遇的好大一场雪啊……

看着阿炳师傅，武小武不由自主地想到父亲。他的眼眶微微湿润了。是呵，多好的工人父辈呵！

话说回来，为阿炳师傅想一想，日子是真心难过哪！就那么一点退休金，要看病、吃饭，更要吃药，恨不得一个铜板掰成两半用，听说早已欠债累累了。

武小武陷入了深深的自责。虽说他当上了厂长，之前在外地漂泊了十年，现在居住的是工人区，自以为对工人的生活很了解，但像阿炳师傅家这样穷困到连民用电也用不起的，还真是少见。

武小武沉吟了良久，说道："这样吧，我和我儿子包下你们每个月的电费，让我那念书的儿子把他的零花钱和压岁钱贡献出来，这对我那习惯大手大脚用钱的儿子来说，也是一件很有意义的事情。"

说完，武小武转身拆电风扇和电视机的包装箱，接着按说明书把电风扇和电视机组装起来，阿炳师傅的爱人则一直在一旁为他轻轻地摇着破蒲扇。

不一会儿，电风扇就摇起了头，给屋里送来一阵又一阵轻柔的凉意。当飞跃电视机上跳出彩色的图像时，阿炳师傅忽然哭了，而且哭得很大声，一点儿也不怕难为情。

武小武慌忙掏出口袋里的手帕，为阿炳师傅拭去脸上的泪，说道："你这么一哭，对我的批评就更结棍了！说明我的工作没做好，不不不，是做得太差了……”

阿炳师傅大概是不好意思再哭下去，终于止住了哭声，说道：“不不不，就是因为你做得太好了，才让我感动得眼泪都出来了……”

武小武握着阿炳师傅的手，说道：“除了电费，你还有很多实际困难需要解决，我明白你一直不想让厂里、让组织知道，这是不对的！我会让厂工会来了解一下，该怎么办就怎么办，该长期补助就长期补助，毕竟你把自己的青春岁月全都贡献给了厂子里。另外，我准备发动厂里的共产党员和共青团员来一个爱心大放送，为全厂生活困难的退休职工举行募捐活动……”

那天，武小武硬是被阿炳师傅留下吃完午饭才离开的。

阿炳师傅说道：“你当我是自家人，就留下和我们一起吃。我们也没准备，你将就一点，我们平时吃什么，你就和我们一起吃。”武小武只能同意。其间，他阻止了想溜出去买小菜的阿炳师傅的爱人，结果真的吃上了和他们平时吃的一样的饭：什么菜也没有，就吃光面；什么汤也没有，就喝白开水。

在吃着光面的时候，武小武才知道阿炳师傅家早已将一日三餐改为两餐了——从来不吃早餐，每一餐基本上都是光面，即使有菜汤面，也是阿炳师傅的爱人去小菜场捡来菜皮……今天因为怕武小武嫌弃，所以没有放进面里……

听着听着，武小武的眼泪不争气地流了下来，悄然无声地滴进了面碗里。为了遮掩，武小武几乎把头埋进了面碗里，呼啦呼啦地将面条和泪一同吞了下去。

武小武觉得，这是他回上海之后吃得最为惬意的一顿饭，因为每一根面条中都饱含着阿炳师傅深深的信任。

喝下最后一口面汤时，一个决定在武小武的心中升腾起来——必须让厂子里生活困难的老工人有最基本的生活保障，要不然，自己这个做厂长的就得识相地卷铺盖滚蛋！

2

武小武开始忙得跟个陀螺似的，连一刻也无法停顿下来——国企改革的号角已经在头顶吹响了。

武小武去各行各业取经，印象最深的是有些纺织厂号称轻装上阵，加快国企改革的步伐，于是工人们大规模下岗，新鲜血液是大批量招收的月薪低廉且不需要付劳保和医药费用、不解决食宿的农村劳动力。

武小武起初觉得这是一条新鲜路子，不久之后就很远视地看出了这是大怪路子。好好想一想，时日一久，怎么可能不管这些劳动力的食宿、劳保和医药费用呢？只要一出工伤，这就是一道绕不过去的坎儿，尤其是当她们成了熟练的工人之后。

另外还有一条路是不少企业依然在吃大锅饭，那些厂长义正词严地说要让工人们人人有一口饭吃，不把困难推向社会，不加重社会的负担。

武小武叹了一口气，决定走一条不同的路，既不要大规模下岗，也不要吃大锅饭。然而，统计下来，下岗人员也得四位数。

万事开头难，难的是第一刀该斩在谁的头上？武小武是个当过领导的人，他很清楚，第一个挨刀的必须是自己最亲近的人。说得好听一点，是绝不徇私舞弊，公正、公平、公开；说得难听一些，则是杀鸡给猴看，一招儿见效，威震全厂。

武小武想了一下，符合条件的人选有二：一个是武大武，另一个是黄胖橄榄。更具说服力的，当然是武大武。就这样，武大武的命运已在冥冥之中注定了。

武小武和武大武面对面地坐在一起，进行了一场“亲兄弟，明算账”的谈判。

那是一个月白风清的晚上，在黄浦江的一处观景茶楼上。这样的时间和氛围适合情人相会，当然也适合与朋友海吹神聊。

当时的武大武丝毫不知危机正步步逼近，只是觉得有些奇怪，武小武当了厂长，说他日理万机也不为过，尤其在国企改革的当口儿，他怎么会有空闲时间来约自己喝茶清谈？人说“清谈误国”，那么会不会也“误厂”呢？当然，误国也好，误厂也罢，全都不是小八腊子应该关心、过问的事情。

不过，才喝了那么一会儿工夫的茶，武大武就品出了一丝滋味，怎么好像有点鸿门宴的感觉呢！

武大武在心里暗暗叹了一口气，无论武小武说什么，自己都得听着、挨着，谁让他是厂长、自个儿是下属呢？不过，他也不能欺人太甚，弄毛了，自己也不是省油的灯！有一首老歌是怎么唱的来着？呵，想起来了，“东风吹，战鼓擂，现在世界上，究竟谁怕谁”，对了，说的就是这么个理。

在闲聊中，武小武有意无意地说起了一件事情：“我的党校同学现在是一家地处闵行的大型国有企业的第一把手，在一次同学聚会上，很苦恼地说搜遍了全厂范围就是找不到一位称心如意的厂长秘书——有的人嘴巴如涂了油般能遛马跑车，可一拿起笔就像被剥皮抽筋似的龇牙咧嘴；有的人写得一手好字，颇有柳欧遗风，楷中有变，变中有通，可是一旦让他自己遣词造句写文章，就变得一窍不通了，哈哈……”

武大武没笑，缓缓端起了茶盅品茶。听话听音，锣鼓听声，话说到这个份儿上，一定会有下文。武大武在静候下文。

下文很快来了。武小武见武大武没有反应，便也呷了一口茶，问道：“哥，你听了这事，没有什么想法吗？”

武大武只是徐徐一笑，什么也没说。

武小武摇了摇头，说道：“哥，没想到你的名气还是蛮大的，我这位同学一下就说出了你的名字，还问我肯不肯放手，他想调你过去当他的厂长秘书。我说这事我做不了主，我得问问我哥，不知他有没有这个意向。哥，你看呢？”

武大武沉吟了一会儿，说道：“什么叫厂长秘书？秘书的含义是什么？起码得有个正确的概念。”

武小武有了兴趣，说道：“你讲讲，我还真没认真想过。”

武大武微微颔首，说道：“那我就给你上上课，秘书除了起草文书、报告之类的，还得摆正自己的位置，必须没思想、没判断地跟着厂领导胡诌八扯……”

武小武大笑，说道：“哪有这样的事情！”

武大武也笑，说道：“如果我给你这个厂长当秘书，整天和你唱反调，你指南走，我偏向北行，那么你吃得消吗？”

武小武不解，问道：“你为什么要大唱特唱反调呢？”

武大武摇了摇头，说道：“不是我有意要唱反调，而是我不愿意跟在领导后面人云亦云地说套话，请问你的那位同学会欢迎我这样的人去给他当秘书吗？”

武小武沉吟着没有说话。

武大武眼神锐利地看了武小武一眼，说道：“我劝你的那位同学选秘书得先立一个标准，即选中的秘书必须跟厂领导保持高度一致，完全不能有自己独立的头脑！”

武小武长叹了一声，说道：“哥，你在这方面不太讨人喜欢，你太聪明、太有才，又太有自己的原则……”

武大武笑了，说道：“我知道自己的毛病，有底线的人总是不那么讨人喜欢的。”

武小武思索了一下，说道：“我听懂了。这样一来，你就堵死了我给你设计的一条全新的路，那么你只剩下唯一的一条道可走了……”

武大武有些吃惊，当即警惕起来，问道：“一条道？按你这么说，我的面前就变成‘华山一条道’，不想走也得走了？”

武小武犹豫了半晌，说道：“你是我哥，我有什么事情都不想瞒你，原谅我打开天窗说亮话。你肯定知道当下国企改革的难度，根据我们厂的实际情况，大概要牵涉相当一部分工人和干部下岗，这是一个不小的动作，难呵！我一时都不知该怎么办了……”

武大武冷冷一笑，说道：“你这个大厂长都不知道该怎么办？这话说出去谁会相信？”

武小武直直地望着武大武，说道：“我讲的是真心话！一旦宣布了下岗名单，有人闹事怎么办？七八千号人哪，万一酿成了群体性事件，我这个厂长绝对吃不了兜着走！毕竟谁家的孩子谁家抱……”

武大武站了起来，来回踱了几步，说道：“你把这个难题出给了你的哥哥，很好！我完全能懂你的意思……”

武小武愣了一愣，问道：“我的意思？你听懂了我的什么意思？”

武大武坐了下来，慢慢地给自己斟了一杯茶，轻轻呷了一口，说道：“我想起了一个故事，春秋战国时期，燕国太子丹派荆轲刺杀秦王，为取得秦王的信任，荆轲去找了从秦国叛逃到燕国的将军樊於期，把自己的打算告诉了樊於期，樊於期说出了一句流传至今的话……”他开始喝茶，没有说下去。

武小武明白武大武没有说下去的原因，那就是要自己不耻下问。于是，武小武开口问道：“樊於期说的是一句什么话？”

武大武放下了茶盅，说道：“这句话也是我现在要对你说的——请把我的项上人头拿去吧！”

武小武大惊失色，说道：“你在说什么？我为什么要你的项上人头？”

武大武淡淡一笑，说道：“别这么故作姿态地大惊小怪好不好？你要全厂的下岗工人不闹事，只有借我的项上人头来说事——下岗，从哥哥开始！试问，还会有谁说你不公正、不公平？休说七八千号人，哪怕再多，也会对你颂歌飞扬！”

武小武表现得很平静，说道：“我的确是要借你的项上人头去号令三军。”

武大武点了点头，说道：“这就对了，我们亲兄弟，就应该坦诚相见……”

武小武的眼里忽然充满了哀伤，说道：“哥，难道你真的不考虑去当那个厂长的秘书了？”

武大武苦笑，说道：“我去当了人家厂长的秘书，你又如何借我的项上人头去号令三军？你总不见得施展瞒天过海之计，一边让我去做厂长秘书，一边欺骗全厂的父老乡亲说你头一刀就把你的哥哥斩于马下放进下岗人员行列吧？”

武小武无语。

武大武从容不迫地一笑，说道：“我知道，你今天设下这不是鸿门宴的宴，无非就是想听我的态度，那我可以满足你。挑明了说吧，你的哥哥绝不下岗！”

武大武的反应如此强硬、如此直白，显然是武小武没有想到的，也是很不愿意看到的。他沉吟了一会儿，说道：“哥，我一直最佩服的人就是你了，你刚才一针见血地把我的底牌都揭了出来。是的，你说得不错。问题在于，谁让我这个当弟弟的坐在了厂长的位子上呢？我不想这样做，也不愿这样做，本是同根生，相煎何太急？可是……”

武大武摇摇头，说道：“随便你舌灿莲花、天花乱坠地说些什么吧！我都不想听，也听不进去。”

武小武又思索了一会儿，说道：“哥，我在找你之前就为你想过，你是工人阶级的‘天之骄子’，凭你现在的名气，凭你爬格子的水平，上哪儿混不到一碗饭吃？又何必硬要在远东厂挤一个位子呢？说白了，像我们这种重工业厂子，当下需要的只是做生活的工人。你呢，当领导的秘书都绰绰有余，但你又不干。你这不是为难我这个做弟弟的吗？我听说过，自古文人就难伺候，还有人说，文人的脑后比平常人多了一块骨头——反骨，可我不这么认为，其实这说明文人是有自己的思想的，从不人云亦云。”

武大武微笑着说道：“谢谢你说了我那么多好话，可是对不起，我一句也没听进去，反正我肯定不下岗，随便你拿我怎么办吧！”

武小武叹了口气，说道：“我是拿你没办法，可有一个人有办法。”

“谁？”

“爸。”

“爸？”

“对，他早就预料到你的这种态度了，他比我更了解在远东厂的武大武是个什么样子，所以特地关照说，如若我这个做弟弟的和你讲不通，就请你去见见他，他有话要和你说。”

“这么说，爸和你是穿一条裤子的喽？不不不，是你让爸穿上你这条裤子的，对不对？”

武小武苦笑，只能苦笑。

3

武大武终究去见了武伯平。

武伯平果然支持武小武。他眯起眼睛凝视了武大武好一会儿，说道：“小武让哥哥成为远东厂下岗的第一人，这的确是个好厂长的样子；你呢，就应该不讲条件地支持弟弟，哪怕是一碗再苦再涩的药，也得一口喝下去，这才像个厂长的好哥哥！”他的话不算多，分量却蛮重。

武大武不再开口说话，也已无话可说。

法理情三者并列，关键在于取何者为上？现在，只剩下了两个问题：这像亲生父亲会说的话吗？这像嫡亲兄弟会做的事情吗？从道理层面上说，他们的做法无可挑剔。不过，何谓血浓于水？何处寻觅亲情？他们一定要这么做，亲情已经退避三舍，甚至归位于零。

冷冰冰的问号又缓缓浮上了武大武的心头：“小武是我的亲兄弟吗？武伯平、张玉兰是我的亲生父母吗？”

多少年了，这些问题已经在武大武的心头横成了一道坎儿。这是一道他永远迈不过去的坎儿呵！

往事突然浮上了心头，那是有关童年的往事。

大概是小学五六年级的时候，正值春暖花开时节，中午放学回家的武大武挎着母亲缝制的新书包蹦蹦跳跳，不经意地一瞥，湿漉漉的马路上的什么东西就映入了眼帘，走过去俯身捡起来，哎呀，居然是粮票！一数，竟有二十几张之多，是一个学生或者干部一个月的供应定量，不亚于一笔巨款！

武大武的第一个念头是交给警察，但这不是一条交通主干道，没有警察；第二个念头是返回学校交给班主任朱老师……

武大武还没有想完，从上街沿突然冲过来一个中年人，说道：“小朋友，你拾到什么东西了？来，交给叔叔。”

武大武抬头一看，几乎吓了一跳，这个人的脸一看就不像好人，整一个坏人面孔！

十分警惕的武大武向后退了一步，脑海里不知为什么陡然闪过了少年英雄刘文学的故事。

坏人面孔见武大武一脸犹豫，不禁笑了，说道："小朋友，这东西是我掉的，快还给我，做个拾金不昧的少先队员。"

武大武愣了一会儿，问道："是你的？那你讲讲看，是什么东西？"

坏人面孔的脸色变了变，终于忍下性子，说道："这样吧，我给你一块钱，你把捡到的东西还给我，好吗？"

武大武不肯，说道："那个地主也是给刘文学一块钱要收买他，告诉你，我们是收买不了的！"

坏人面孔恼羞成怒地叫道："小赤佬！侬再搞七捻三，要叫侬吃生活了！"说着，竟伸出手来抢夺。

武大武转身便跑，却被坏人面孔一把揪住，强行来拗他那只捏紧了的拳头。

在拳头即将被掰开的一瞬间，武大武突然俯下身去，照着坏人面孔裸露在外的手腕狠狠一口咬了下去！

坏人面孔顿时惨叫起来，手臂猛一用力，竟将武大武甩了出去。

武大武一头撞在了电线杆上，当即鲜血迸溅，栽倒于地。

坏人面孔一个箭步上前，刚抓起武大武那捏紧了的拳头准备用力掰开看个究竟时，忽然有人大喊大叫着奔了过来，说道："喂！你这个大人怎么打人家小囡啊？你还要面孔哦！"

坏人面孔跳起来撒腿便跑，跟受惊的兔子一般。不过，他没跑出多远，就被闻声赶来的市民们围住扭获了。这时，倒在路边的武大武却因流血过多而陷入了昏迷状态。

一个多小时之后，武大武渐渐苏醒过来，发行自己已在医院的病房里了。蒙蒙眬眬之中，他听到了护士们的对话。

一个护士说道：“真奇怪，这小囡的亲生爷娘的血怎么会不好给他输呢？”

另一个护士说道：“只有一种可能，这小囡不是他的爷娘亲生的，倒是最后赶来的厂党委书记可以为这小囡输血，难道他是这小囡的……”

突然有人“嘘”了一声，说道：“这小囡好像有点醒过来了，不要再瞎三话四瞎讲了！”

周围一下子寂静了。然而，这几句话却永远烙在了尚不解事的武大武的心上，伴随着他一步步走向了未来的人生。

出院以后，武大武的事迹上了《少年报》的版面，学校里的拉线广播天天号召向他学习，他手臂上鲜红的中队委员两条杠也上升到了大队委员三条杠。然而，一切荣耀统统无法驱散他心头的那一抹阴影了。

带着阴影生活的武大武开始仔仔细细地观察起父母，他竭力想发现他们对两个儿子的不同态度，哪怕是一点点偏心。

没有，根本没有。

如果硬要用放大镜寻觅蛛丝马迹，他们的确是有那么一点点偏心的，但那全是对武大武的偏爱！

少年时代的武大武不明白这是怎么一回事。

登峰造极的偏心行为终究发生了。

武大武是六六届毕业生，武小武是六七届毕业生，两人在1968年的同一时间段接受毕业分配。按当时的政策，二子留一，必须有一个去农村。令人震惊的是，从来不去学校开家长会的武伯平突然穿得整整齐齐地出现在教室里，而且坐在了第一排课桌椅后面。当学校毕业生工作小组作完上山下乡动员报告后，武伯平第一个替子女报名去黑龙江“反修第一线”。

武伯平报的名字是：武小武。

这是武伯平在没有中风之前为兄弟俩做的最后一件大事。

当时，武大武哭着追问为什么，武伯平深情地看了他一眼，说道：“你是老大，必须留在父母的身边。”

那一刻，从少年时代起就烙在心上的阴影瞬间被轰毁、驱散了！原来，当年在医院病房里听到的只是一个梦魇，一个虚幻的黑色梦魇。

武大武进厂了。进的就是父亲武伯平做生活的这家厂子。这也许是一种天意。

其实，天意乃人意，太过巧合的事情往往有着很多鲜为人知的幕后故事。

武大武不知道，但武伯平知道——因为武伯平的历史问题，武大武虽然被分在了工矿一档，但不少工业局下属的企业不敢收下他这个“可以教育好的子女”，于是从八月分配开始，一直到十二月二十一日之前，他的档案一直遭遇着退档退档再退档的命运。

武伯平也许是预感到了什么，也许是听到了命运的召唤，不管怎么说，他去找了一个人。这个人可能是造反队的，也可能是厂部招工小组成员，总之，这人收下了武大武的档案。可是，在当年那种形势下，到底是谁敢冒这种天大的风险？

七天之后，武伯平中风了，武大武进厂了。

又过一日，六六届、六七届毕业生进工矿的故事画上了句号。

那么，武伯平究竟去找了什么人？

中风之前的武伯平没有说，中风之后的武伯平说不记得了。

真耶？假耶？半真半假耶？

谁人说得清？

回想起来，其中藏尽了蹊跷和诡秘。

武大武猜想，也许武伯平找的那个人就是与自己有着血缘关系的人，而且有着旁人没有的能量。那么，那个人是曾经的党委书记程庚生吗？抑或另有其人……

武大武一想起这些事情就头痛欲裂，于是干脆不去想了。

武大武是怀着复杂的心情和武伯平告别的，尽管武伯平还在唠唠叨叨地问他有没有去看望过程庚生。

武大武已经走远了，他没有听见，也就没有回答。

4

远东机械厂正在召开全厂大会，开的是下岗动员大会。

主席台上，厂部的头头坐成一排，武小武理所当然地坐在正中间。台下，坐满了中层干部、班组长和许许多多十分关心工厂及个人命运的工人，反正是密密麻麻地坐满了长凳，坐不下的就站着，站了个密不透风。

武小武从国企改革的大趋势、大环境谈起，一直谈到了远东厂的发展态势和远愁近虑。最后，他清了一下嗓子，陡然提高语调说道：“在获得其本人的同意和坚决拥护后，我代表远东厂郑重宣布，厂部宣教处的武大武同志正式成为远东机械厂的第一位下岗职工！”

说完，武小武来了一个停顿。这是为了让热烈的掌声从冗长的发言中恰到好处地出现。

很遗憾，武小武失望了。没有掌声，没有叫好，反而是责怨四起——

“辣手格，第一刀斩在自家阿哥的头上！”

“会得白相的，这一手是要塞牢阿拉的嘴巴！”

“结棍啊，阿拉小八腊子要死拨伊看了！”

武小武有了一种失落感。

将一柄随时可能落下的达摩克利斯之剑高高悬在大家头顶上方，不被投掷西红柿和臭鸡蛋就是万幸了。

想到这点的武小武自嘲地笑了一声，连忙公布了厂部的决定，说道：“所有下岗人员由车间初步定下后，送厂劳资人事部门批准。在这里，我向所有下岗人员保证，你们属于为远东厂勇挑重担的人，远东厂一定会响应‘内退待养’政策，保证大家的基本生活水准……”

大会在一片喧闹声中结束了。

当然，谁也没有远视眼，能够预见到武小武这一热血沸腾的保证的有效期仅为半年。

半年以后，下岗人员的生活费保障就开始变化了。再后来，便成了上海话所说的“拗断”，即由企业出钱一次性买断工龄，到退休年龄时按相关规定给付养老金。

第七章

蛇有蛇路，蟹有蟹路，高人显神通

1

武大武一肚子的不快乐。

当不快乐从肚子里一路上升到脸上的时候，很快便传染给了武大武的妻子陆小凤。

陆小凤一不快乐，就要骂人。她骂的是武小武。常常想起来就骂上几句，仿佛非如此便不足以泄心头之恨。

武大武不似陆小凤在嘴上骂，而是在心里骂。

武大武知道，家里一下子丧失了他的全部工资和奖金，损失大了去了，陆小凤要当好现在这个家委实不易。一会儿肉涨价了，一会儿鱼涨价了，最后连青菜也涨价了，偏偏工资非但没涨反而被裁掉了一个人的，这个家的门面又怎么支撑得下去！

最要命的是什么呢？是稿费。以前拿着厂子里的工资还没感觉，稿费不来也问题不大，马马虎虎总能糊糊口，来了就锦上添花、心花怒放。可现在到了等米下锅的当口儿，稿费就是来不了了。一部小说给了杂志社一审、二审、三审，诚如郭沫若先生所说的经历了“一冬二冬三冬”，好不容易审过了、刊登了，可稿费还在天上飘着呢，一个月、两个月、三个月，总不见落下地来，又如郭沫若先生所说的“一空二空三空”，反正就慢慢地等着吧，急巴巴地盼望着拿它去换米、换油、换鱼、换肉、换蔬菜？根本免谈。

当写作是业余爱好、兴趣所在时，那是一种高雅的追求，但是一旦将它当作吃饭家什白相，那就白相不动了，反而成了一根时时追在身后不断地抽打脊梁骨的皮鞭。

武大武羡慕煞了“斗酒诗百篇”的李太白，仗剑泛舟游遍名山大川，今日高歌庐山“日照香炉生紫烟”，明朝浅吟蜀道“难于上青天”，自诩“百年三万六千日，一日须倾三百杯”。然而，又有多少人知道，在如此浪漫、如此狂放的诗仙、酒仙的背后，有一位在九江经商的巨贾哥哥给他撑着腰，从经济上给予了全方位的支持，否则，再伟大的诗人恐怕也成了“路边冻死骨”，早就魂归天涯了！一念及此，他就想到自己的厂长弟弟，只能发出一声长长的叹息。

说来也怪，人若背运时，喝口凉水也塞牙。许是早几年给上海电视台担任过电视剧编剧的余音犹存，这时有几家影视公司辗转找到了武大武，邀请他写电视剧，要求先把大纲交给他们，老板通过以后再写剧本。正在等米下锅的武大武立马精神抖擞地挑灯夜战，恭恭敬敬地送出一个又一个大纲，但最终都成了泥牛入海毫无消息，而且再也找不到之前盛情来邀的导演和制片人，个个玩起了“失踪”的鬼把戏。

武大武忍不住回想自己头一回踏入影视圈的年代，遥远得仿佛隔了整整一个世纪。当时，上海电视台拍摄了一部由他担任编剧的电视连续剧，播出后的轰动效应简直是前无古人，就连在文化宫录像厅里播放这部电视剧的录像带，票价都在黑市翻了好几倍。最终，电视台获得的经济回报是投资款项的十三倍之多！作为编剧的他获得的稿费也是一个天文数字——送汇款来的邮局“梦”姓女孩连连问“这是一部什么电视剧呵”——一下子就让家里脱贫了，他还专门去老凤祥银楼给陆小凤买了一枚龙凤戒指，去亨德利钟表行买了一块梅花女表。

一想到这里，武大武就忍不住感慨道："唉，如果这些钱不是花费在这些消耗品上，而是去购买房子的话……"当时，厂子里有个同事十分高瞻远瞩地在虹口区中心地段买了一套独立的两层楼房，仅花了四千多元，如今没个几百万元根本下不来，即使成了拆迁户也能获得天文数字般的拆迁补偿费。这样一来，就千真万确地从"脱贫户"成了"暴发户"。

后来，进入转型时期的影视圈开始缓缓驶上了无序的轨道。时下最浅层次的惯用伎俩是骗编剧写大纲，号称"通过了再付钱"；或者出一点小钱当作定金，要编剧拿出故事梗概和分集大纲，通过了再付总报酬的百分之十，不过百分之十是永远拿不到的，双方就此拗断、结束。接下来，影视公司继续忽悠新的编剧，说"我们连分集大纲都有了，你就写一写剧本吧"，并先付定金表示诚意。待得这位倒霉的编剧写得昏天黑地拿出了剧本，又来一句"我们老板不满意"，或者"导演说了没法儿拍"，再或者"拍摄资金不到位"，大家后会无期！这样一来，只用了最小的金钱代价就把几十集剧本弄到手了，万一遇上欺世盗名的老板，这么三弄四弄的，编剧一栏就挂他自个儿的大名了。打官司？老板真巴不得呢，岂不是全国人民都知道了？该公司出大名了！

如此一来，武大武之流的编剧莫不被宰得血淋淋的。是呵，反正大家都自负盈亏了，一刀下来都不带见血的。

一到吃饭的时候，武大武就不敢看陆小凤的脸，只是一个劲儿地将目光聚焦于饭桌上。不用看，陆小凤一准没个好脸色，而且总是叽里咕噜大发牢骚："家里的开销只有出项没有进项，哪有钱去买什么好的小菜，将就点吃吧！"

武大武无言。不用看，今天的饭菜一定和昨日一个样：不是菜饭，就是一碗炒青菜、一盆酱油汤，压根儿不带有荤腥味儿。只有到了周末，饭桌上才会有一丝半点荤腥味儿，但这与武大武无关，那是陆小凤给在学校住读的高中生儿子武一一准备的特供食品。

武大武是个标准的上海男人，不可避免地患有先天性"妻管严"。但这一天，他还是有些傻眼了——饭桌上除了一碗白米饭，便是一盆酱油汤。于是，他望了一眼陆小凤。只是轻轻一眼，敏感的陆小凤还是感觉到了，忽然把脸一偏，嘤嘤地哭了起来。

武大武大感意外，连忙站起身来，轻轻抚了抚陆小凤的肩，说道："小凤，别哭了，你应该高兴才对！你看看，要不是托下岗的福，我哪能一不小心连升三级，变成一个'吃软饭'的朋友！都说妇女能顶半边天，我们家这一片天全靠你顶着了，你一哭，屋头顶就要坍了……"

陆小凤"扑哧"一声破涕为笑，说道："我不是怪你，我是在骂我自己……"

原来，这些日子以来，陆小凤恨不得把一分钱掰成两半用，连上下班乘公交也舍不得，开始步行了。连着好几天走下来，她感到身体很是吃力，毕竟年岁不饶人。后来，她突然想到一条妙计，那就是骑脚踏车。昨天下班后，她到修脚踏车的摊上买了一辆两个脚踏板都是木头做的、浑身都响就是铃不响的老坦克脚踏车，仅花了20元。天晓得，才用了一天，就被丧尽天良的小偷偷走了……

陆小凤又哭了起来。贫贱夫妇百事哀，武大武轻轻摩挲着陆小凤的肩，一时哑然。陆小凤的脸上，点点梨花蘸水开，几多憔悴几多可人，真是我见犹怜。陡然，当年和陆小凤走上爱情之路的几个片断又浮现在武大武的眼前……

正是月上柳梢头的时辰，刚进厂的武大武喜滋滋地将一个邻居女孩约了出来，很炫耀地将《文汇报》副刊的一份校样给她看——这在业余作者中是很稀罕的事情，尤其是在那个年代。

这个女孩就是陆小凤。小凤，小凤，多好听的名字。

武大武是在杨浦酒家的饭桌上把校样递给陆小凤看的，这就是他邀她吃饭的理由。他叫了两杯黄酒，一盆四毛五分钱的蚝油牛肉，一碗六分钱的辣豆腐，一盆一毛八分钱的响油鳝糊，还有一大包共计六七毛钱的厂子食堂里供应的比两只拳头加在一起还要大的清蒸清水大闸蟹。

陆小凤是不懂写作的，既没这方面的才能，也没这方面的爱好。武大武吟李白诗、辛弃疾词，她就以仰慕的目光静静地看着他，很享受地听他说。这已足够。关键是什么呢？不关风事，不关花事，完全是乌龟和绿豆的事——对上眼了。

几天后，武大武才知道，他拿去炫耀的那份《文汇报》“风雷激”副刊的校样，竟然被陆小凤带回家擦玻璃窗了，害得他心疼了好几天，真似样板戏《沙家浜》中的台词所说的“有眼不识金镶玉”。

后来，武大武问陆小凤：“你不喜欢这不喜欢那的，你到底喜欢什么呢？”她俏皮地瞪了他一眼，幽幽地说道：“我喜欢将来为你洗衣做饭。”成了他的妻子之后，她果真如斯。

二三十年过去，有人说武大武和陆小凤属于幸福的互补型夫妻。武大武听了，哈哈一笑，得意地说道：“当爱情成功转型为婚姻时，不就是柴米油盐酱醋茶地过日子吗？”

不过，当年武大武和陆小凤的爱情刚萌芽时，人们可不是这样说的——由于陆小凤是六八届初中生，是要去江西插队落户的主儿，人们都说武大武是书呆子，把“毒草书”里的故事看到生活中来了，中毒太深了！后来，武大武果然如同“毒草书”中的痴情汉子一般，一直等陆小凤返沪后才结婚。

武大武轻轻拭去陆小凤脸上的泪，说道：“还记得咱俩老早之前看过的一部电影里的一句话吗？面包会有的，牛奶也会有的，一切都会好起来的……”

陆小凤抬起头来，嗔怨地扫了武大武一眼，说道：“我没你这么穷开心！你下岗了，连工资也没了！以前你常说，‘总有一天，我才不会靠工资吃饭呢’！那么，靠你的稿费吗？可这稿费就像落帽风，说有就有，说没有就没有，也不知道什么时候才会来，可每天的饭是要按时吃的呀！”说着，她又嘤嘤地哭了。

武大武在那一刻恨透了武小武，一种从心底里迸发出来的恨。

2

正当武大武为下岗一事恼恨武小武的时候，武小武没有想到有一个人居然来找他，而且主动要求下岗。

此人正是黄胖橄榄。

不是说厂子里没人来主动要求下岗。有，但那都是一些身怀一技之长的同志呵！有一个从轻工美院毕业的男同忘，平时喜欢画画，还利用业余时间为一些饼干厂、香烟厂、巧克力厂成功设计了包装图案，那么主动要求下岗后，他就能放开手脚去开广告公司了；有一个女同志十分喜欢研究服装杂志，还喜欢去服装市场买时髦服装、品牌服装，前些日子就常常请假从广州、温州、义乌批发来服装到上海摆摊零售……这样的人，既然主动要求下岗，就让他们到适合发光的地方去吧！

可黄胖橄榄不同，一无手上绝活儿，二无一技之长，三无投资哪怕投机的资本，一旦脱离了工厂大家庭，他该怎么活呢？

可黄胖橄榄偏偏不知天高地厚，而且完全不识好歹，坚决吵着闹着要求下岗。武小武只得无奈地在黄胖橄榄的申请报告上批了两个字：同意。

后来，武小武才知道，就算黄胖橄榄不主动要求下岗，也会百分之百地被动下岗——根据厂部的要求，每个车间主任、工段长、班组长都可以自由组合、独立搭建班子，天晓得，居然没有一个班组、一个工段、一个车间愿意收留黄胖橄榄。

黄胖橄榄成了不受欢迎的人。据说原因有二，一是源自他的绰号，橄榄是何模样？两头尖尖中间胖，对别人是尖尖如刀，对自己是吃得肚圆腰壮，而且绰号竟淹没了他的本名黄庞，全厂压根儿没几个人知道他的本名，怎不令人害怕得避而远之？二是打从他主动请缨成了厂执法队队长后，一时间狐假虎威、威风八面，自是得罪了不少干部，今日谁人又敢收留他？

黄胖橄榄是一个挺要面子的人。他知道自己是自作自受，不想向武小武鸣冤叫屈，反正时代变了，只要有花头，到哪里找不到一碗饭吃呢？而且肯定比做远东厂的工人要吃得好、吃得饱。

蛇有蛇路，蟹有蟹路，黄胖橄榄其实有自己的财路，只不过不好意思对武小武说。

黄胖橄榄的财路一开始并不起眼，甚至摆不上台面，在当时的社会环境中尚属于旁门左道。可谁也没料到，他会越做越大、越做越强，时至今日，人人都对黄胖橄榄竖起大拇指，赞叹一声：“黄胖橄榄，你的思想绝对超前！”

黄胖橄榄到底去做了一些什么呢？按如今的说法是搞活了经济，按以前的说法则是投机倒把。原来，他去了一趟福建石狮，炒了一回走私手表。

其实，那是一个偶然。当时，黄胖橄榄去厦门旅游，听说有一个距离挺近的地方，名唤石狮，有很多舶来品，国内鲜得一见，便动了去石狮一游的念头。到了那儿才知名不虚传，尤其是手表，款式多、名牌多，价格又便宜，后来才知道那大多是从海上走私来的。

返沪之前，黄胖橄榄买了一些表带回去，不料大受欢迎，一下子被亲朋好友纷纷以高出数倍的价格买了去。后来，有人以为黄胖橄榄就是做这一行的，介绍前来求购咨询的人越来越多。

黄胖橄榄灵机一动，心思就活了起来，索性半推半就地答应下来，利用调休专门跑了几趟石狮，刨去餐饮、住宿、车马费成本什么的，很有些赚头。

这样一来，在黄胖橄榄的眼里，这绝对是个“机不可失，时不再来”的发财机会，于是铁了心要求下岗。

黄胖橄榄早已心中有谱，这一次去，就不再是买那些电子表、机械表了。如今，四磁头、六磁头录像机正在上海风行，看影视录像带已经成了家庭文娱活动的主流，他决定多带一些钱，哪怕向亲朋好友筹借一些也无妨，轰轰烈烈大干一场，快马加鞭地搞活社会主义市场经济，为社会也为自己多创造一些财富，岂不快哉乐哉！

黄胖橄榄意气风发地踏上了征程。到达石狮已是傍晚，他不急不躁地先去街边的小饭馆叫了两个菜、一瓶啤酒，而后又叫了一碗面。酒足饭饱之后，天色已渐渐暗了下来，他这才优哉游哉地来到小街尽头的一户人家，伸出手叩响了门扉。

这是黄胖橄榄前两回来石狮倒腾走私手表时认识的一个当地朋友——阿林的家，他说自己的亲朋好友均在海外，不管要什么货，只要提前说，他就能带信让那边把货送过来。

事实确实如此，上次黄胖橄榄从阿林这里买手表，买得是称心如意，满意得没话说——阿林随便将一只饼干听头扔在他的面前，里面全是劳力士、浪琴、梅花以及时新的电子手表，价钱任他给，多给了当即扔回几张钞票，少给了也绝不啰唆——这样的朋友是不是很够意思？

这次，早在三天前，黄胖橄榄就给阿林打了电话，告知了录像机的型号、数量和价位。阿林在电话里把胸脯拍得乒乓响，说没问题，都是老朋友了，一定让他满意得不能再满意。

就在黄胖橄榄望着屋后那一片被墨色浸染了的农田并觉得特别像在哪儿见过的一幅木刻版画的时候，门开了。

黄胖橄榄忽然有些发愣——开门的不是阿林，而是一个瘦瘦高高的不认识的年轻人，一张嘴尽是京片子，说道："你是黄庞吧？我是从北京来旅游的，也是阿林的朋友，你就叫我陈龙吧！阿林出去给我们沽酒买菜了，说今晚咱们仨来个一醉方休，毕竟天南地北的，难得有一聚的机会，特地关照我在家里等你。”

黄胖橄榄点了点头，进了屋。陈龙手脚勤快得很，不一会儿就倒了一杯热茶放在黄胖橄榄面前的桌上。就喝了一口茶的工夫，黄胖橄榄和陈龙已经互相做了自我介绍。

原来，陈龙在北京某个不对外公开的部门工作，这次来是为了了解各种走私货的切实行情，以便把更大的主顾介绍给阿林，阿林一兴奋，就忘乎所以地掏出钞票去沽酒买菜了。

陈龙掏出一盒烟，抽出一支递了过来，说道：“抽烟。”

黄胖橄榄刚伸出手去接，却发现那支香烟突然被撤了回去。陈龙问道：“你带烟了吗？”

“带了。”

“我特喜欢上海的烟，还是抽你的吧。”

“行。”

两支香烟点燃了，烟头一明一暗。陈龙哈哈大笑，连忙起身拧亮了灯，说道：“真没注意到，原来天都黑了。”

黄胖橄榄也笑，说道：“我们聊得太投机、太投入了。”

接着，黄胖橄榄与陈龙抽着上海烟，又海吹神聊起来。

黄胖橄榄说道：“北京的女孩还那么向往上海男孩吗？前些年，我去过北京，发现北京女孩心目中的白马王子，一是高干子弟，二是上海男人。”

陈龙说道：“别臭美了，如今的北京女孩可实在着呢！先看你有什么样的家庭背景，再看你的钱袋鼓不鼓，才不管什么东西南北人呢！”

吹完了北京故事，又吹起了上海故事……一样的年轻人，一样的异乡客，吹着吹着，彼此都忘了时间、地点，直到一阵来自腹中的悠长而颤抖的共鸣音响起，两人面面相觑了好一会儿，方才明白是饥肠响如鼓——饿了！这时，他们才觉得有点奇怪，阿林怎么还不回来呢？买什么美味佳肴需要耗这么长的时间哪！

有人在敲门。黄胖橄榄和陈龙对视了一眼。黄胖橄榄没动，陈龙起身去开门。

门刚打开，一下子进来了三个身着警服的警察，其中一个还是全副武装的，腰间皮带上挂着一个手枪匣子。

高个子警察环视四周后，问道：“林春上哪儿去了？你们是干什么的？”

黄胖橄榄这才知道，阿林的大名叫林春。他刚要回答，矮个子警察就气势汹汹地开口说道：“和他们啰唆什么！打开天窗说亮话，我们得到情报，你们是来石狮走私的！”

黄胖橄榄立即叫了起来：“我们是来旅游的！”

全副武装的瘦警察冷冷一笑，说道：“旅游？旅游为什么不去住宾馆？实话告诉你们，林春是个走私贩子，我们监视他这个家已经很久了，这是个走私窝点！”

黄胖橄榄打了个寒战，问道：“走私贩子？走私窝点？”

瘦警察一下子从手枪匣子里抽出枪，“啪”的一声很响亮地拍在桌子上，叫道：“少来装疯卖傻！搜！”

高个子警察和矮个子警察直扑黄胖橄榄，不知为什么，他们选择先对黄胖橄榄出手。后来，黄胖橄榄不止一次地想，如果他们先对陈龙下手，结局肯定会大不一样，不至于让他损失到血本无归。呵呵，难道一切全是命中注定？

结果，黄胖橄榄放在衣袋里和背包里甚至连缝在短裤裤裆中的所有钱财，都没能逃过他们的法眼，统统被抄了出去，扔在桌子上。

接着，警察的矛头指向了陈龙。谁也没有料到，高个子警察和矮个子警察刚一走近，陈龙就一下子抱着他的皮包跳了起来，说道："你们谁都别过来！我这包里有公安部的绝密文件，是连你们公安局局长都不够格看的级别！"

高个子警察和矮个子警察一下子傻了眼，不觉站住了。

瘦警察抓起桌上的手枪，歪着脑袋看了看枪口，忽然笑了，说道："谁知道你是不是公安部的？想蒙人？没门儿！弟兄们，搜！"

陈龙冷笑，说道："你说得也对。"话音未落，他一把拉开皮包，伸手从里面抽出小半截纸，"给你们看个抬头吧，就知道我有没有吹牛皮、放大炮了！"

所有人立即瞪大了眼睛，就连惊恐万状的黄胖橄榄也好奇地瞥了一眼，跃入眼帘的是赫然是"中华人民共和国公安部"十个鲜红色的大字，左上角则印有四个深蓝色的小字：绝密文件。

陈龙迅速拉上包，冷冷地笑着说道："凡是不该看的人看到了这个文件，公安部就会发全国通缉令！任你跑到天涯海角，都休想逃得过天罗地网！"

这一番遮天盖地的话语当头砸下来，顿时将高个子警察、矮个子警察和瘦警察砸了个昏天黑地、不辨东西南北中，一时全都僵立在那儿。

事后，黄胖橄榄仔细回想，其实陈龙也不是全无破绽可寻，但有一点，陈龙最起码是做好了功课才上阵的，才使自己立于不败之地。这一历史教训深深地教育了黄胖橄榄，后来无论干什么，他都老老实实地事先做足功课。

十年后，一个偶然的机会，黄胖橄榄在北京与陈龙重逢，说起当年在石狮发生的那一幕，陈龙淡淡一笑，说道：“那几个小爬虫，只不过让我小试牛刀而已。”果然高人也。

说回当时，在尴尬的僵持中，陈龙忽然抬脚往外走，说道：“你们该干什么就干什么去吧，我得去找传呼电话站打个电话给你们省公安厅的王小毛厅长了！”

说也怪，那三个气焰嚣张的警察竟然眼巴巴地看着陈龙脱网而去，旁若无人地开门走了。

原来，强中更有强中手。黄胖橄榄只能自认技不如人，虽然隐隐约约感觉到有什么不对，但是只能老老实实地被警察押着走向派出所。

不知什么时候，瘦警察走了，并且拿走了黄胖橄榄的所有财物。走着走着，黄胖橄榄终于很不老实地醒悟了。在经过农田的时候，他忽然大叫肚子疼，要大解。就在他解裤带、警察略有松懈的时候，他突然大喊一声，挥拳击倒了高个子警察，拔腿就往广袤的田野里狂奔。

黄胖橄榄在天蒙蒙亮的时候，狂奔进了派出所。与派出所民警沟通后，他几乎一头栽倒在地上——派出所根本就没有出过警，更没有执行过逮捕任务！

明白了，明白了，彻底明白了：那三个警察全是冒牌货！

黄胖橄榄出事的地方叫作“碧山”。后来，他总在想，此乃天意也——“碧山”用上海话念就是“瘪三”！他在那个晚上，从身携数万元的“万元户”沦为了一文不名的“瘪三”！

三个月后，此案告破。案犯共有四人：三个假警察，再加上房东林春。原来，他们沆瀣一气，做成了连档模子，目标仅是一字：钱。然而，黄胖橄榄被诈去的数万元已让他们挥霍一空，追不回来了。

黄胖橄榄不禁仰天长叹，感慨道：“有钱能使鬼推磨！什么狗屁朋友，人心不古啊！”

3

武大武忽然一跤跌进了滚烫的油锅里——儿子武一一没要学校保送，很争气、很露脸地靠自己的实力考上了一所名牌大学，不争气、没脸面的是武大武的口袋：布贴布——开学在即，急需交武一一的一万元学费。

武大武这般连日常开伙都捉襟见肘的人家，上哪儿去弄一万元？上天无路，入地无门，岂不是要活活急煞人了！

比武大武更着急的人是陆小凤。

“走投无路了，走投无路了……”陆小凤一边不停地念叨着，一边在屋里兜圈子。

忽然，陆小凤站住了，说道：“大武，眼下只有一条路可以走了……”

“什么路？”

“你去找武小武借钱！就说他的大侄子考上了大学独缺学费，他这个做叔叔的可不能见死不救！”

“不，我不去！找谁借钱都不去找他！”

“找谁借钱都不去找他？行，算你有能耐，那你去找一个人来给我看看！现在就去向这个人借钱，快去呀！”

武大武一时语塞。

陆小凤“哼”了一声，朝门外走去，说道：“你不去，我去！”

武大武一把拦住陆小凤，说道：“你也不能去，谁都不可以找武小武！”“我偏要去！”

“我丢不起这个脸！”

“再丢脸也是他造成的！”

“就是不准去！”

武大武和陆小凤正在拉扯间，蓦闻家中的电话铃声尖叫起来。

武大武一把抄起话筒，说道：“哪一位？杨制片人？什么，让我马上赶到你的影视公司来？有一笔加急的活儿？你愿意付加急费？”

陆小凤的脚步陡然在门口停了下来，并且缓缓地向武大武转过了身。

这个突如其来的电话，不仅如及时雨般填补了武一一大学学费的缺口，也很残酷地拉开了武大武现场“飞页”的悲壮生涯。

找到武大武的是一部根据长篇小说改编的电视连续剧，还没开机，剧组就面临散伙的危机。从京城高价请来的一男一女两主角，属于腕儿，看了剧本后，便争先恐后地奔进杨制片人的房间，激情澎湃、唾沫四溅、音高八度地给制片人兼导演上起了课：剧中男主角和女主角的人设根本立不起来，故事情节也无法成立。接着，他们比导演更像导演地一个场景一个场景、一个细节一个细节地分析了起来。这一开讲，就是实实在在的三个小时！杨制片人竟然哑口无言。

原来，杨制片人为了把电视剧卖更高的价钱，硬是让编剧往原先的剧本里注水拉长了集数，最荒诞的是他居然还没来得及看修改本！于是只能任凭两个腕儿给自己上课了。最后，两个腕儿说道："这部戏拍不成了，请立即给我们买回北京的机票吧，北京还有两部戏在等着我们呢！"

杨制片人差点儿一口血喷出来——两位腕儿一下飞机，便和剧组签好了合同，拿到了一半的片酬，这是当时的行规。玩鹰的主儿岂能让鹰啄瞎了眼？杨制片人眨了眨眼睛，笑着说道："没事没事，我找得到一位快枪手，你们可以把所有想法统统告诉他，他一准能让这剧本活起来！不过，我得过了中午十二点再给他打电话，这家伙是夜猫子，晚上干活，白天睡觉。这样的人在这个世界上绝对不多，能请来他该是何等荣耀！"

男女主角都被杨制片人的话逗乐了，现场气氛一下子从剑拔弩张变成了春风和煦。这，便是杨制片人的手腕。

好不容易挨到了点，杨制片人一把抓起手机，按下了电话号码。他找的人便是武大武。

这是武大武和杨制片人的第一次合作，也是最后一次合作。

武大武因若干年前的那部电视剧而一炮打响，杨制片人有时在电视台遇见他总是说："兄弟，什么时候轮到咱哥俩儿合作一把？我付的片酬绝对比任何人都高！"

基于原来的情面，加上等米下锅的学费，武大武当然一口答应了，甚至答应了杨制片人让他立刻叫一辆"差头"（出租车）赶去宾馆的提议。

四十分钟后，武大武赶到了剧组下榻的宾馆。杨制片人的要求十分简单，一共只有两条：一是这个本子能按照男女主角的思路改吗？二是你武大武愿意改吗？

最后，杨制片人特地关照武大武给妻子打个电话请假，就说今夜不回家了，住在宾馆里看剧本，明天一早给答复，并且留下一位副导演照料武大武的生活起居。

第二天一早，武大武很干脆地回复道："一，剧本可以改；二，本人不愿意改。"

"为什么？"

"因为我认识原来的编剧，而且是老熟人……"

杨制片人笑了一下，掏出手机，说道："这样吧，我让原编剧亲自请你改，你该不会有什么顾虑了吧？"

说话间，杨制片人已和原编剧通上了话。杨制片人先是劈头盖脸地来了一通臭骂，说是由于原编剧的失误，男女主角统统罢演，一切损失理所当然地应由原编剧买单。

杨制片人停了一会儿，听完了对方的申辩和讨饶，终于口气和缓了下来，说道："不谈这些了，我现在另外找了一位编剧来为你补台，说不定要全部重写，可是他说和你是老朋友，不好意思动你的本子，怎么样，你和他谈谈吧？他的大名？哦，快枪手武大武！"

手机递到了武大武的手上，对方的嗓音立即在武大武的耳边震响了："大武吗？阿哥啊，就当帮兄弟的忙，阿杨要怎么改，你就给他怎么改，我一点想法都不会有！老实讲，他付我的稿费老早就用光了，还也还不出来了……阿哥帮帮忙，稿子弄好了我请你吃饭，上老半斋、老上海，统统可以。”

武大武没话说了，终于同意加盟，但提出了一个要求：看原著小说。因为光看眼下的剧本没用，谁知道原编剧已经把作者的本意扭曲到了何等地步。

杨制片人打了个哈哈，说道：“上哪儿去找原著小说？打从买下了小说版权，我就把它扔去爪哇国了。算了算了，你就根据剧本改吧！”

武大武明白，杨制片人其实是怕他受小说影响被框住，改不好。他沉吟了一下，说道：“行，那就剩下最后一个问题——署名和酬金。”

杨制片人哈哈大笑，说道：“兄弟啊，这你还不放心吗？你在我落下河浜快要淹死的当口儿救了我一把，我能不感恩吗？不感恩的还能是人吗！编剧署名肯定是你，稿费绝对是一流，统统没问题！相信我！”

武大武能不相信吗？没法儿不相信。那时的他还没有彻底走出计划经济思维，以往打交道的都是国家电视台的剧组，都是说一不二的老派人，从来没有坑蒙拐骗一说。讲到底，在市场经济大潮面前还没有转型的他只能很可怜地是个雏儿，命中注定必须为转型付出血淋淋的代价。这，也是历史的真谛。

杨制片人趁热打铁，立即叫来剧务，让武大武将身份证交给他去买飞机票。

“等一等，等一等，买什么飞机票？为什么要买飞机票？”

杨制片人瞪大了眼睛，说道：“整个剧组都在无锡影视城耗着呢，耗一天就是烧钱哪！我们怎么能在上海不去解救那些陷于水深火热之中的演员们呢？我不是和你说了加急吗？到时付你加急费就是了。对了，你给妻子打个报告吧，就说去无锡救场，救场如救火呵，就说我向她借用你十天半个月，再说小别胜新婚，到时候你们保不准会怎么感激我呢……”

也就四十来分钟，武大武便空降到了无锡。一进酒店房间，制片主任就领来一个姓李的剧务。剧务李放下了扛在肩上的一箱子水果、牛奶、方便面，外加两条利群香烟。

制片主任向剧务李挥了挥手，说道：“快，叫阿爸！”

武大武还没领会是什么意思，剧务李已经一本正经地走到他的面前，深深弯下腰去鞠了一个躬，叫道：“阿爸！”

武大武吃惊得一下子跳了起来，说道：“这是搞什么！什么阿爸不阿爸的？听不懂！”

制片主任呵呵一笑，说道：“这是我们老板关照的。你是来救这部戏的阿爸，老板让我们一律叫你阿爸……”

武大武顿时变了脸色，说道：“你们再叫一声，我马上离开剧组回上海！”

荒诞的一幕方始收场。

后来，武大武私下问剧务李：“人家让你叫阿爸你就叫啊？真的那么心甘情愿？”

剧务李苦笑着说道：“我从厂子里下岗了，妻子生病、孩子读书……杂七杂八的费用都等着用钱哪！编剧老师，你知道我托了多少关系才来到剧组吗？他们和我讲好了价钱，说关机时付钱，若是拍摄期间被炒了鱿鱼，那就一个大毛也拿不到。他们还说拍电视是很苦的，得没日没夜地干，哪怕导演一个巴掌扇在你的脸上、骂你祖宗十八代，你也得忍着，好好学学阿Q……所以，让我喊你阿爸，那就喊呗……”

武大武笑了，说道：“我知道了，阿Q的最大本事是，一边在嘴上叫你阿爸，一边在心里说我才是你的阿爸！”

剧务李连连摇头，说道：“编剧老师，我可不像阿Q这样，我是认真的，不过，不过……”

“不过什么？”

“不过我说出来了，你可别骂我……”

“说吧，没事。”

“我，我的阿爸，他已经过世了。”

武大武脸一沉，没搭腔。

剧务李连连低头鞠躬，赔着一百个小心，说道：“对不起，我说错了！一看你的脸色，我就知道惹你不开心了，真的对不起！我，我是头一回跟剧组，不会说话，不懂事，啥都不会二，编剧老师，你多多担待……”

武大武叹了一口气，这回真的是什么话也说不出来。原来，剧务李和自己一样，同病相怜的他太明白等米下锅的下岗工人的心情了。

剧组里发生的事情还真的说不清，武大武已经不愿意再去回想，反正就是大鱼吃小鱼、小鱼吃虾米，而且正面和背面的差别大到令人匪夷所思。

最为刻骨铭心的是，当武大武将剧本从第一集第一个字重写到最后一集的时候，已经和他混得很熟的男主角忽然问了他一个问题：“你和老板签合同了吗？”

当时的武大武毫不在意地笑了笑，说道：“没签合同，也没谈价钱，我和他是朋友呵！”

男主角的脸上陡然浮现出一个奇怪的笑容，说道：“你真的是很可爱的书生，想不佩服你还真的不成！你以为这世界上还有所谓的朋友吗？不不不，只有利益才能将不相关的人连在一起！”

后来，武大武才知道，这个男主角以前被一个曾以为是割头不换的朋友为了钱狠狠出卖过。自那以后，他便迅速成长为老江湖。

见武大武不信，男主角说试一下便知晓。

“怎么试？”

“打个电话给杨制片人，直截了当地说两件事情。一是最后一集已经大功告成，二是请老朋友把合同签了。一试，准能露相。”

没料想武大武书生气十足地说道：“我的工作量他都是看得到的，他不至于这么差劲吧？我第一天写多少场景，他第二天就拍多少镜头，甚至当场‘飞页’！而且我每天都是写到早上六点钟才睡觉，中午十一点就起床继续干，心脏不舒服了，就一次次吃麝香保心丸……”

男主角哈哈大笑，笑得几乎连眼泪都流了下来，说道：“你真的可爱死了！要我说，你那是活该！有你这么干的吗？价钱没谈好，合同没签订，就为人家卖命了，多不值！听哥们儿一句劝，打个电话就明白老板是什么人了，也好想着以后用什么方法对付他呀！”

武大武拎起了电话。

完蛋，一切都不幸让这小子说中了！杨制片人在话筒里跟变了一个人似的，平时都恭恭敬敬、温文尔雅地尊武大武为“武老师”，此刻居然对他吼出了“阿乌卵”！

只听杨制片人在电话里怒骂道：“你这个阿乌卵听好了！我现在在拍摄现场等你的最后一集下锅，你忽然来这一手，要和我签合同谈价钱？怎么，想‘逼宫将’啊？告诉你，想也勿要想！最后一集老子不要了，老子照样拍给你看，你相信不相信！”“咔嚓”一声，杨制片人摔了话筒。

男主角笑了，说道：“我没说错吧，狐狸尾巴露出来了吧？哥，我用一句上海话提醒你，你这种书呆子是白相不过旧上海滩白相人的！快举手投降吧！”

一语成谶。一个小时后，一位副制片主任跟没事人一样来取剧本了。

武大武该怎么办？武大武又能怎么办？除了乖乖缴械投降，还能有第二条出路吗？

一个月后，杨制片人打电话给武大武，约他去影视公司谈稿酬和署名的事情。

一在沙发上入座，杨制片人便有些神秘兮兮地递过来一张存折。于是，武大武看到了一个女性化的名字和一个刚跻身五位数的存款余额。

杨制片人说道：“这是我妻子的存折，是我今天早上偷出来的。你不知道，我拍摄这部戏亏得一塌糊涂，光编剧的费用就付了两笔，工期还拖长了，演员工资、宾馆开销……都是钱哪！没办法，只有偷妻子的存折来付你的费用了！不好意思，存折上只有这点钱了，请你收下吧！”

武大武只愣了一秒钟便清醒过来，说道：“杨老板，你最起码得按电视台时下的标准付款……”

杨制片人的回答蛮出人意料的：“朋友帮帮忙，你肯定搞错了，这是我个人的影视公司，套牌借壳你懂不懂！”

武大武见杨制片人越扯越远，只能叹一口气，说道：“既然你这么困难，就不要付这笔钱了，我不要了，将来等你有钱再付好了。”

杨制片人看着武大武发了一会儿呆，老半天才开口说道：“你小子有种，学得倒蛮快的！告诉你，你今天拿也得拿，不拿也得拿！不然，这部戏没法儿结账……”

武大武只摇了摇头，说道：“我是好心，你这么困难，我不要你的钱了，这总可以了吧……”

杨制片人勃然大怒，说道：“不行，你必须拿！否则，你休想走出我的办公室一步！”说完，拍了两下巴掌。

只听得走廊里一片脚步乱响，霎时涌来了一大群人，其中便有傻傻地望着武大武的剧务李。

杨制片人大声吼道：“弟兄们，只要武编剧踏出办公室一步，你们就给我将他乱拳打回来！”

“是，老板！”

武大武将背脊舒舒服服地倚上了沙发，并且微微闭上了眼睛，他委实不想再看到杨制片人拙劣的表演了。

三个小时之后，杨制片人给武大武加了几千块钱——谢天谢地，武一一的学费、住宿费、生活费什么的总算落实了——并且言之凿凿地答应将他署名为编剧。

武大武一脸不相信，说道："对不起，我想我们的买卖还是没法儿成交。我不再相信你了，你的诚信度已经降到了冰点。请问，你怎么才能让我相信你呢？"

杨制片人怒道："如果本剧播出时，荧屏上不出现'编剧武大武'的字样，我就是狗娘养的！"

武大武拊掌大笑，说道："蛮好蛮好！你就把这句话写下来，免得口说无凭，还请盖上你公司的鲜红大印！"

武大武无论如何都没想到，杨制片人居然面不改色心不跳地把这句话一字不漏地写在了公司的便笺上，用力地盖上了大印。

到了此时此刻，武大武方才醒悟：为了利润，哪怕让他头朝下脚朝上走路，杨制片人也能做到！

其实，不仅是杨制片人。后来，武大武在影视圈的无数遭遇证明了有一类人都是这样的。

不太久的后来，杨制片人毫不隐瞒地告诉武大武，这部电视剧卖疯了！疯到什么程度？卖到北方北方火，卖给南方南方热，甚至在上海播出时，居然有三家电视台在不同频道、不同时段一齐播，而且收视率奇高。杨制片人就凭着这部电视剧，买下了市中心的商品房，置换了名牌私家车。

生活，永远比小说更精彩。是呵，武大武遇到的这些真实事情就是佐证。试问，哪位作家能够完全没有生活而笔下生花地将小说创作出来呢？没有，肯定没有。

第八章

身世之谜，朔风卷地来

1

两鬓已然染上白雪的金宝、武雨娟夫妇从美国回来了。他们是来看望大哥兼救命恩人武伯平的。

时光倒退四十多年。那个深夜，天空中飘着小雨。门扉突然被人重重叩响，令人胆战心惊——那些日子，弄堂中不断地有人家被来自不同单位的各种各样的“打虎队”闯入，不是实行地毯式抄家，就是高声大气呵斥逼问，弄得人人自危，唯恐避之不及。

武雨娟天天担惊受怕，茶饭不思。向来豪放不羁的金宝也像变了个人似的，沉默寡言。

无风不起浪，金宝已经感觉到了山雨欲来风满楼的前兆——不少原先尊他为老大的黄包车帮会的手下，居然向军代表揭发他，说他横行霸道，一个人说了算，从来不讲民主；说他嚣张跋扈，收买了“十三太保”凌驾于劳苦大众之上，不把手下当人看；说他好出风头，常常不计后果地拉着黄包车行的弟兄们过着刀头舔血的日子……一句话，金宝是一个坏人，是一匹藏在羊群里的狼！

金宝再也按捺不住，满腹委屈地去找了程庚生。那也是一个深夜，地点是程庚生的家里。

程庚生的妻子李招娣恰巧不在家，因而金宝的述说更加放得开。金宝越讲火气越大，怒道：“老程，他们凭什么这样信口雌黄？我就是想不明白！摸着良心问天地，我金宝也是一个爱国的中国人哪！你不会忘记吧？在日本鬼子横行上海的时候，我杀了鬼子救出了两个差点儿被卖到鬼子慰安所的包身工女孩，其中一个后来成了你的太太，另一个成了我自己的妻子！在美国兵欺凌中国人的时候，我为了给臧大咬子报仇，动用了不少弟兄追杀那个美国兵，至今我还记得那个烂水手的名字叫饶德立克！后来……”

程庚生在金宝面前放了一杯热茶，说道：“不要说了！我都知道……”

金宝看也不看热茶一眼，激动地说道：“为什么不要说了？你再知道，我也要说！当时，你让我动员黄包车行的工人们上街游行，打出‘反饥饿反内战，要吃饭要活命’的旗子，我说根本不需要动员，只要我这个老大一声号令，谁敢不去！果然，旗子打出去了，工人弟兄也上街了！难道这些紧急事情要我挨个儿征求意见？”

金宝没有说错。程庚生一直很感激他并且铭记在心，金宝当年在发动黄包车行工人运动中是功不可没的。

金宝仍在愤愤不平地说道：“临近上海解放时，你让我和弟兄们在白色恐怖下掩护老刘，并且冒着生命危险一直把他护送到上海近郊的解放军部队中去，后来我才知道，老刘把国民党的宝山、罗店、月浦、高桥、吴淞口军事防御图交到了解放上海的华东野战军指挥部……也许，是我的行为感动了你，你才在上海解放的最后时刻，亲自介绍我加入中国共产党，成了预备党员……”

程庚生哑然。是的，他已然无言以对。

金宝一把抓起茶杯，一口气“咕咚咕咚”喝掉了大半杯，说道：“我不说了，现在只听你说！”

“听我说什么？”

“听你这个当领导的，为我说一句公道话。”

不料，程庚生愣愣地看了金宝半晌，陡然一声苦笑爆起，说道：“说一句公道话？告诉你金宝，我老早就说了公道话！要不是我向上面反映了你刚才说的那些情况，你还躲得过镇压反革命这一关？那时严厉打击的目标之一，就包含了帮会组织！”

金宝的嘴巴张了张，仍想说什么，不料程庚生突然朝他挥了一下手，说道：“你不要再说了！就为了这些事情，我正在接受组织的审查！”

金宝吃了一惊，问道：“为什么？”

程庚生仰天一声长叹，说道：“有人说我丧失了党性，敌我不分，包庇坏人……”

金宝怒目圆睁，吼了起来：“谁说的？我立马找他去！你，你可是功臣啊！”

程庚生恢复了平静，说道：“算了，不说这些了……你还是安心回家去吧，思想上千万别有什么波动，要相信我们的组织……”

程庚生把金宝送出门的时候，正是李招娣进家门的辰光。

金宝依然怒气攻心，转身便去找武伯平。

听金宝叽里咕噜说了老半天之后，武伯平更是惜字如金，只答了一句：“我去了解一下再来找你。”

在一个飘雨的深夜里，武伯平重重叩响金宝家的门，他依然惜字如金地只说了一句：“有你这样问题的人，不少已去投奔了海外的亲友。”说罢，匆匆冒雨离去。

一语点醒梦中人。隔了三天，金宝便带着武雨娟去了广东。又过了三天，夫妇俩进入了香港。这一走，便是久久又长长的四十余年，几乎是大半个人生。

就在金宝和武雨娟走后的第二个月，武伯平受到了处分。

2

如今，金宝和武雨娟回来了。第二天，他们便说出了此行的目的——带走武伯平的孙子，送其进入美国一流大学深造，愿意读硕士就读硕士，愿意考博士就考博士。

其实，金宝和武雨娟最初的愿望是，一旦自己在美国站住了脚，就把大哥武伯平的儿子接出去留学，可是当金宝终于在洛杉矶唐人街把一家餐馆经营得红红火火时，却与武伯平断了联系，留学之事就此耽搁了下来。这一耽搁便是四十年过去。待重新联络上时，只能很现实地将武伯平儿子留学的事情顺延到孙子这一辈。

金宝和武雨娟特别作了说明，留学期间的所有花费，不管是学习买书的开销，还是吃喝拉撒睡一应食宿费用，全都包在他们夫妇的身上。

天晓得，武伯平就是毫不领情，坚决不同意他的孙子去美国，理由十分响当当：“我武伯平的子孙后代为什么要去美帝国主义留什么学？”

争论了老半天，谁也说服不了谁。金宝、武雨娟也横下了一条心，说道：“大哥，你什么时候同意了，我们再坐飞机回去，哪怕飞机票废了、签证黄了！”

武伯平叹了一口气，心里通明透亮着呢！尽管金宝和武雨娟嘴上只字不提当年之事，但他们的行为已经说明了一切。看来，想要打消他们的念头很难，毕竟已经在他们的心里埋藏了几十年。

这不，金宝、武雨娟又来了，什么也不说，就是往武伯平的面前一坐，跟个债主子似的。

债主子又如何？武伯平索性成了眼观鼻、鼻观心的阿弥陀佛，什么话也不说。

还是武雨娟机灵，悄悄地请来了一位大菩萨出面，心想："我就不信她这一物降不了你这一物！"

武雨娟请来的人物是钱小妹。

钱小妹到底和武伯平说了些什么，没人知道，当时在场的只有他俩，张玉兰也出去了——大凡有钱小妹的地方，张玉兰便敬而远之，从来不掺和。

不管怎么说，武伯平的态度忽然就来了个一百八十度大转弯。

第二天一早，武伯平就把金宝、武雨娟喊了过去，说道："我算是服了你们夫妻了！我想过了，不如这样吧，召开一个家庭会议，充分发扬民主精神，听听大家的意见再说，你们看呢？"

武雨娟开心得一下子跳了起来，说道："太好了，我就不信家里所有人都跟你一样老古板！"

金宝却有些忧心忡忡，说道："万一,万一他们的想法真的和大哥一个样呢？那就不好办了。"

武雨娟不相信，说道："不会，肯定不会！"

当天晚上，所有家庭成员都到齐了：武伯平与张玉兰，武大武、陆小凤与武一一，武小武、忻玛丽与武黑水。

当初，武伯平认为武小武给孩子起的名字亘好的，"黑水"二字一看就知道源于“白山黑水”，点出了孩子的出生地——黑龙江，而武大武却玄玄乎乎地给孩子起了个“一一”，这孩子又不是一月一日出生的，这算什么名堂？

当然，武大武是舞文弄墨、玩笔杆子的，想来一定有些文艺的道道。于是，武伯平在某天问了起来。不料，武大武摇头晃脑地随口吟出了一句：“老子曰，道生一，一生二，二生三，三生万物。”吟完了，笑一笑，居然转身走了，什么也没有说清楚，害得武伯平后来又是查汉语大词典，又是找人问询，最后总算明白了大概的意思。

可别小看“一一”这个简单的名字，武一一确实是个不简单的读书的料儿，从小学到初中到高中，几乎门门功课都是独领风骚，成了学校的尖子生明星，而且连学校保送清华、北大、复旦的名额也不要，凭自己的实力一下子成了高考状元。

武黑水呢，大概坏在了名字上——武小武在起名字的当口儿没有当成大事，根本没有引经据典，随随便便就来了个“白山黑水”——这一下子可好，武黑水居然一“黑”到底，在学校里的读书成绩是一塌糊涂，在弄堂里的打架捣蛋却是一只鼎！后来，武小武成了万人大厂的厂长，厂子里那一摊子事情忙得他脚后跟直打屁股，忻玛丽作为话剧团的团长也正忙着剧团里的改革，两人哪里还腾得出手来管儿子？这样一来，武黑水就是放出笼子的鸽子，想怎么飞就怎么飞。

武伯平想自己去管武黑水，但心有余而力不足，打从中风之后，早已自顾不暇，哪里还有照管孙子的能力？至于张玉兰，一天到晚手不停脚不停地忙里忙外，能给武伯平照顾好就不错了。人老了，管不了那么多了！

既然拒绝不了金宝、武雨娟的心意，武伯平和张玉兰便在私下里细细商量了一回，觉得留学就是读书，只有让肯读书、能读书、会读书、读好书的武一一去，才不至于辜负金宝、武雨娟的一番美意。如果让不喜欢读书也读不好书的武黑水去留学，不仅是浪费资源，让金宝、武雨娟白费心思、白花钱，而且万一武黑水到了美国不学好，也跟在上海一样捣蛋打架，保不准就成了黑社会，听说美国的黑社会更加结棍！

武伯平其实并不落后，他也读过那本美国长篇小说《教父》，他想，黑水加上黑社会，这样一来，武黑水算是黑到外国大马路上去，黑到底了！

不料，当武伯平讲完金宝、武雨娟的心意，尤其是说出了自己的想法之后，一下子炸开了锅。

武黑水第一个跳了起来，说道："凭什么不让我去？只有像我这样的人，才能成为呼唤'让暴风雨来得更猛烈一些吧'的海燕！"

听了这话，忻玛丽原本阴沉着的脸绽放成了一朵花，说道："阿爸，你也听到了吧！能够背出大作家高尔基的名篇名句，黑水肯定不像你讲的是那种不喜欢读书的人。"

武大武和陆小凤笑吟吟地坐在那儿，仿佛一切都和他们不搭界，一时吃不透他们在想些什么。武一一呢，简直就是父母的翻版，一样的不动声色。

武大武站了起来，说是需要去小解。他边走边在心里暗自庆幸，在来开这个家庭会议之前，他已经给妻子、儿子做了功课，所以一家三口才能如此步调一致。

早在上个礼拜，武大武一听说忻一帆从浙江回来了，就连忙赶过去把他堵在了家里。武大武表面上说是武伯平让他过来看望的，实际上一挨到房间里只剩下忻一帆一个人时，便单刀直入地讲出了金宝、武雨娟从美国回来探亲要带武家后人去美国留学的事情，说道："我今天来，只想问你一件事情：我和武家有血缘关系吗？有，我就争取让武一一跟金宝、雨娟去美国；无，那武一一就跟这一趟美国留学不搭界。"

忻一帆吃了一惊，吞吞吐吐老半天，什么也没说出来。他清楚地知道，兹事体大，千万说不得，一说便要闯穷祸，哪怕是捣糨糊也要把它捣过去。于是，他一会儿问问武一一的读书成绩，一会儿聊聊武大武的写作情况，甚至说说上海和宁波的气候就是不一样，偏偏不接武大武的茬儿。

忻一帆的表现显然没出乎武大武的预料，武大武叹了一口气，说道："我本来想问钱伯母的，她对武家的事情比你关心得多，但我怕她一说起我爸就没完没了。既然忻伯伯你不大清楚这一档子事情，我就只好直接去问问钱伯母了……"

忻一帆摇了摇头，明知武大武是在"逼宫将"，但无奈此处恰恰正是软肋，不觉苦笑了一声，说道："你忻伯伯和钱伯母的年纪大了，不想再有什么乱七八糟的事情了，经受不起折腾了……你刚才在问我什么事情？唉，人哪，这岁数一上去，耳朵就不灵光了，脑子也跟不上了……"

在武大武口齿清晰地重复了一遍之前的话之后，忻一帆沉吟了良久，说道："你去找一个人吧，他可能知道得比我清楚……"

“谁？”

“程庚生。”

“你怎么知道他清楚呢？”

“看来你一点儿也不输武小武，看问题、办事情的眼光一样很毒、很老辣……不过，在我回答之前，你能不能先回答我一个同样棘手的问题呢？”

“忻伯伯请说。”

“武一一去不去美国留学，只是你来我这儿提问的一个契机或借口罢了，我想知道，你是不是很久很久以前就想搞懂这一档子事了？那么，你是怎么会想到这些问题的？或者换个说法，有什么蛛丝马迹落到了你这个作家的法眼中了？老朽愿闻其详。”

武大武点了点头，说道：“能够问得出这类问题的人，肯定眼不花、耳不聋，而且思路清晰。忻伯伯，我讲两件事情给你听听。”

于是，武大武说起孩提时代的受伤输血事件，还有一件事情是有一次他半夜醒来，听到武伯平和张玉兰正在低声嘀咕着。

武伯平说道：“我遇到老程了，老程开口就问大武好吗，我说很好，接着问他为什么一直很关心大武。”

张玉兰问道：“老程听了之后怎么回答？”

武伯平说道：“他一声不吭，没有回答。我故意告诉老程，我们对大武很好的，比对亲生儿子还好，请你放心！”

张玉兰问道：“老程怎么讲？”

武伯平叹了一口气，说道：“他什么也没讲，突然找了个借口离开了。”

张玉兰说道："打从大武小时候那回输血开始，我就一直怀疑他和大武是……"

不知为什么，武伯平陡然打断了张玉兰的话，说道："睡吧，别把孩子吵醒了……"

忻一帆沉吟了良久，终于也缓缓讲起了一件往事。

有一天，在车间的一个角落里，忻一帆撞见了武伯平和程庚生在哇里哇啦地争吵着什么，走近了才听清武伯平正在追问程庚生，武大武到他家的时间与李招娣孩子夭折的时间完全重合，到底是怎么一回事。

"那，程庚生说了没？"

"没，程庚生只是在听，但我发现了，他的眼眶里有亮晶晶的泪水在一闪一闪的……"

"后来呢？"

"后来，他们突然看到了我，顿时如同撞见鬼似的，一下子站起来分开了，跟做了见不得人的什么事似的，一个朝东，一个往西，头也不回地走了，弄得我莫名其妙跟个呆瓜一样在那儿站了很久很久……还有一件事情，我索性也跟你说了吧，不然，埋在我这个老家伙的肚子里几十年，都快烂得喂虫了。"

于是，忻一帆说起自己当年冲到程庚生家里要程庚生为张玉兰无法生养负责的故事……

听完，武大武的思绪回到了现实中，说道："我爸不止一次地对我讲'你应该经常去看望程伯伯，程伯伯对你一直很好'……"

忻一帆点了点头，说道："你爸说得对，而且李招娣已经离世了，老程一个人蛮孤单的……"

武大武慢慢地抬起头来，目光一动，说道：“你们都说得没错，无论程伯伯是不是我的亲人，我都得去看望看望他了……”

在一个晴朗的日子里，满脑子再也装不下身世之谜的武大武找到了程庚生，两个人在街心花园里坐了整整一个下午，也谈了整整一个下午——武大武故技重演，还是拿武一一去不去美国留学说事。

与程庚生告别时，武大武忽然觉得海阔天空、心旷神怡。是呵，谁是亲生父母已经不重要了，只要自己的血管里流淌着的是工人的血……

呵呵，身世之谜终于水落石出了。

在上海临近解放的时候，国民党军队要冲进工厂搞破坏，程庚生带领厂子里的工人们进行护厂斗争。忽然，一个士兵举起步枪朝他砸了过去，结果这一枪托没砸中他——被赶来给武伯平送饭的张玉兰挡了一下。这要命的一枪托令怀着孕的张玉兰当场流产，更要命的是，张玉兰从此再也无法生育。上海解放后，张玉兰和武伯平三天一大吵，五天一大闹，为的便是无后的问题。其间，钱小妹曾想将自己刚出生的女儿忻玛丽抱给张玉兰，可忻一帆又如何舍得？一番争吵后，终于不了了之。

坐立不安的当属程庚生，一切皆由他造成，而且张玉兰完全是奋不顾身地舍己救他，他的心上哪里还能有片刻宁静？在李招娣怀孕的日日夜夜里，他想到了“狸猫换太子”。待李招娣产下孩子后，他说服了医生、护士，对外说新生儿不幸夭亡，实际上悄悄地将孩子送到武伯平和张玉兰那儿，谎称是自己以组织名义从福利院里领来的孩子，并再三关照不得外传。这，就是武大武的身世。

武大武进了武家之后，张玉兰居然怀上了武小武，而李招娣一直生活在悲痛之中，好多年后才生下了第二个儿子程男男。

在往返卫生间的途中，也就大约两三分钟的时间，武大武就想到了这么多往事。

其实，在来开家庭会议之前，武大武与陆小凤、武一一就已经达成了共识——让武黑水去美国留学，武一一应该相信自己的实力，如果以后想去国外留学，一定能凭个人努力获得一个公派出国的名额。

当武大武代表一家三口坚定地表了态以后，事情便不可逆转地成了定局。

看着武黑水欢天喜地的模样，武大武从心底里发出了笑声。是呵，应该让武黑水出国，因为他才是武伯平的亲孙子！

就在众人以为大局已定的时候，武伯平忽然以手指轻轻叩了两响桌子，说道："慢点慢点，我有一个条件，如果做不到，我就要投反对票了，大家以后也休提出国留学一事！"说完，目光就从所有人的脸上一一扫描过去，神情显得分外严肃，让武大武、武小武陡然一惊——看来老头子要来真格的了。

金宝苦笑了一声，说道："好事总归要多磨的，不多磨也就不是好事了。大哥，你快说出来吧，再不说，我的肚肠根都要痒煞了！"

武伯平点了点头，说道："我这个条件很简单，出国留学回来以后，一定要进厂当工人！我就一个意思——武家工人的种不能绝！"

武大武冷冷笑了一声，说道："爸，现在很多工人都下岗了！

你问问老二，作为远东厂的厂长，他的心目中还有工人的位置吗？哪怕是在一个不起眼的冷清角落里！”

武小武刚委屈地喊了一句“阿爸”，武黑水就一下子站了起来，说道：“请阿爷放心，我一定回来，一定去厂里当工人，武家一定不会绝工人的种！”

武伯平愣愣地看着武黑水，他显然没有想到孙子居然会一口答应，而且连用了三个“一定”，一点儿停顿都没有，忍不住道出了三个字：“你有种！”

大家都笑了。

不多日，武黑水就跟随金宝、武雨娟一同登上了飞往美国的飞机，成为留学大军中的一员。

3

其实，武大武实在有些冤枉武小武了。在远东厂厂长的交椅上，武小武还是很亲力亲为的。

武小武把食堂的头头撤掉了，在全厂范围内进行“选秀”，让有能耐的同志来承包食堂，在聘书上约法三章，每个月将利润的百分之三十上缴厂部，关键是得吃饭的工人和干部挑不出刺来，否则立马换人。

武小武对下岗工人是“区别对待”的，这在宣传上有个名堂，叫作“无情下岗，有情操作”。

比如，武小武将能打擦边球的尽量私下运作一番，将暂时还未到退休年龄的下岗工人一律放到提前退休的“特殊工种”名单里，再悄悄地和叶海军打个招呼，请他保驾护航走程序，让下岗工人过上旱涝保收“吃养老金”的幸福日子。这功德圆满的一招儿叫作“双赢”，把厂部和工人的矛盾降到了最小，皆大欢喜。不过，这一下顺顺利利提前退休了好多人，武小武不得不请叶海军上了好几回高档饭店。

又比如，武小武不惜血本地扶持、培训有一技之长或者有创新点子的人为下岗工人的带头人，由厂部一次性无偿提供五万元或十万元让其去开公司、开商店、开作坊，但前提是其必须率领三五个或七八个厂里的下岗工人一起经营，并且负担他们的工资和奖金。当然了，对经营特别困难的或者遇上天灾人祸的，厂子里该长期补助的就长期补助，该送温暖的就送温暖，必要的时候，他还会率领党政工团一班子人马浩浩荡荡地进行慰问，让党的光芒照得人心里一片亮堂堂、暖洋洋。

经过这般调整和梳理，厂子里留下的全是精兵强将，可以轻装上阵了。于是，武小武的胆子更大了一点，步子也迈得更快了一点，手笔也更豪放了一点，决定先行一步转型改制。经报上级批准，远东厂变为远东机械制造股份有限公司。如此一来，厂子里的每一个人都成了股东，都是为自己干活儿了——干好了，是你的；干坏了，也是你的，真正当家做主了。

厂部食堂前面的阅报栏里十分适时地贴出了一份公告：凡本股份公司员工均须参股，不参股者视为自动放弃，请自行退出远东机械制造股份有限公司。工人起板十股，两万元；干部起板三十股，厂级干部不限，股份最多者为董事长。

为了成为名副其实的董事长，武小武豪气冲天地把家里的房子拿到银行抵押贷款入了股。一直在剧团里忙忙碌碌无法分身的忻玛丽知道后，抽空专程赶回家和他大吵了一场，不无讥讽地说道："你这个厂长当得真有出息呵，才当了没几年，就把我们这个家拆了！要是当几十年，岂不是要连自己都卖掉换成你们厂的股份了？"

那时，武小武刚踏进房门不久，一见站在门口的忻玛丽来势汹汹，慌忙将食指竖到嘴边朝她"嘘"了一声，转身蹑手蹑脚地穿过客厅，在第一间朝南的房间门前站住，轻轻推开虚掩着的门，朝里面张望了一下，这才松了口气，说道："你妈和欢乐都不在，大概是回自己家里去了……"

忻玛丽没好气地说道："蛮好，你完全可以没有顾忌地放声和我吵架了，不用再那么虚伪地在丈母娘面前装洋人头了！"

武小武苦笑，没有搭腔。这么多年下来，他在这个家里过的是什么日子，唯有天晓得——在外面风风光光当厂长，回到家里简直惨不忍睹。

忻欢乐这个夜啼郎刚到武小武家里时，天天哭闹得没有太平日子，弄得无奈的武小武只能大踏步撤退到厂里。他有时回家见到忻玛丽，总也得不到好脸色，或许她也胸闷，但又不能说，毕竟这都是她的父亲造的孽，有气没处出的她只能朝丈夫点火放炮。

后来，钱小妹过来照看忻欢乐，顺便接送武黑水上学放学，武小武和忻玛丽一下子都脱开了身，一门心思地干起了事业，一个扑在了厂里，一个扑在了剧团，渐渐便成了"黄牛角，水牛角，角（各）归角（各）"，两人的交流越来越少，即使有时候火气大了，碍于丈母娘这个"驻家代表"的脸面，武小武几乎连句重话都不能说，更不用说痛痛快快地大吵一场了。

日久天长，所有的不快和委屈统统闷在了肚子里一个劲儿发酵，连吵架的激情也消失殆尽了——吵架，原本就是需要激情的呵！渐渐地，任忻玛丽怎么说，随忻玛丽如何闹，统统如同打在了棉花上，武小武只当没听到、没看到，根本不说话，懒得搭理！套用今天的新名词来说，就是家庭冷暴力。

忻玛丽见武小武老半天不说话，不觉冷笑了一声，说道："男子汉大丈夫，做错了就爽爽气气地承认一声，不要一声不吭，大丈夫成了大豆腐！别再像以前那样，整天装傻不说话，借口我妈在隔壁，今天她不在家，你有什么就说呀，快说呀！"

武小武被逼到了这个份儿上，不得不应战，只好老实说道："房子抵押给银行贷款是厂子改革的需要，更是我当这个厂长的需要。何况，根本不会有什么实质性影响……"

忻玛丽"哼"了一声，说道："胡说八道！我妈和黑水、欢乐他们住着就不踏实！你怎么不想一想，住在了抵押给银行的房子里，谁能没有精神负担地一觉睡到大天亮？也就你这种没心没肺的人，才能头一挨上枕头就呼噜连天！"

武小武很有耐心地听着，慢条斯理地开口说道："你是搞艺术的，想必听说过这样一则楚汉故事——刘邦派大将韩信和张耳率军攻打赵国，赵王歇和大将陈余率二十万大军迎战。陈余仗着人多，与韩信硬拼，韩信则故意在河边列阵，让士兵们背水一战，结果没了退路的士兵们越战越勇，最后打败了陈余，活捉了赵王歇……"

忻玛丽一愣，一时反应不过来武小武讲这个故事的用意何在。

武小武说道："作为一班之长的领导不能不懂呵，这叫作置之死地而后生，只有我这个当第一把手的自己绝了后路，才能鼓舞全厂工人的斗志和士气，才会创造生路、财路，才有全厂工人的活路！”

忻玛丽把脸一板，说道：“厂子里的事我不管，也管不了！我告诉你，你不把房子赎回来，我就再也不回来住了！”

武小武摇了摇头，说道：“和银行的协议已经签了，生效了，我也没办法了……”

忻玛丽火冒三丈地说道：“我没同意！我也没时间去银行搞！谁做的事，谁负责任！你什么时候把房子赎回来，就打个电话给我，不然的话，电话也别打了！”说完，恨恨地把门一摔，走了。

武小武深深地叹了一口气，望着那扇门，久久地不发一言。突然，他想到了不知从哪里看到的一句话：一位战场上的天才将军，很可能他的家庭也像战场一样乱七八糟，因为他太天才、太专业了……

过了一些时间，钱小妹打来了电话，说道：“刚才听玛丽说，你把房子抵押给银行了，这是怎么一回事？小武呵，这房子，我和两个小囡可是要住的呀……”

武小武跟没事人一样，完全是一派轻松的语气，说道：“妈，你放心，这房子你们住多久都不会有事的，我只不过是向银行临时调一调头寸……对了，你可以去问一下阿爸，他在这方面是行家，调头寸是生意场上再寻常不过的了，没事的……”

听得出来，钱小妹终于松了一口气，说道：“没事就好，没事就好……”

4

不管怎么说，武小武置之死地而后生的举动终于激发了系列效应，厂子里有不少人甚至集中了全家人的钱款来入股——谁都明白，入股的钱款实为集资，两年到期后归还，利率比银行利息高出三四倍，何乐而不为？顿时全厂上下着着实实红火了好一阵子。

武小武终于可以问心无愧地说出这样的豪言壮语了：尽管工厂减员高达百分之八十，经历重组和深化用工制度改革之后，全厂不仅没有减产，而且产量呈递增趋势，人工成本得到控制，劳动效率有了大幅度的提高。这，就是武小武最为牛皮的地方。

武小武正准备进一步扩大成果时，叶海军来了一个电话，约他去 A 会所见面，顺便共进晚餐。

武小武微微皱了一下眉头，A 会所实行的是会员制，消费比一般的饭店贵出不少。

就在武小武犹豫的片刻，听筒里忽然传来叶海军哈哈大笑的声音，只听他说道：“武兄，又在心疼口袋里的银子了，是不是？听说过梅尧臣的两句诗吗？‘四月鲥鱼逴浪花，渔舟出没浪为家。’告诉你，现在正是鲥鱼最为鲜美的大好时节，不去品尝实在是一种罪过呵！说实话吧，你舍不舍得为兄弟破费一把？”

武小武再穷也不会穷到叶海军的头上，说道：“什么舍不舍得的！只要叶兄说今晚吃鲥鱼，我就绝不会拖到明天晚上！”

叶海军又是朗声大笑，说道：“那就今晚六点，我来订座，不见不散。”

武小武刚说了一声“好”，叶海军陡然压低嗓门说道：“见了面你就知道了，我要告诉你的事情，价值绝对在鲥鱼之上！”

武小武正想问是什么事情时，叶海军已经把电话挂断了。

华灯初上，在A会所的一个小包厢内，当清蒸鲥鱼端上来后，叶海军挥了挥手，面容姣好的服务员微微躬了下身子，悄无声息地走出包厢，轻轻关上门。

武小武开始尽情享受当令鲥鱼的美妙，而且和叶海军一样吃得津津有味，似乎早已忘记叶海军还有正事要和他谈。

这正是叶海军佩服武小武的地方——大事不慌张，小事如没事。在他的心里，这是古往今来每一位成大事者必然拥有的素质。

叶海军把一口凉气暗自叹在了心里——即将摊开在武小武面前的是一道坎儿，也可以说是“一劫”，尽管曾经并肩作战，深知他功力非浅、本事不凡，但这回不知道他能否平平安安地到达彼岸，委实为他捏着一把汗，一切唯有看他的造化了。

武小武浑然不觉，全神贯注地用手中的筷子轻轻揭去那一层溶化得几乎看不见的裹在鲥鱼上的丝丝猪网油，接着轻轻戳了一下鱼身，鱼汁顿时如泉涌，最后连同点点鳞片送入嘴里，顿时感到了鳞片与鱼肉之间似油非油、似膏非膏、入口即化的东西缓缓触动了味蕾，只觉得鲜美无比、滑溜细腻、肥腴醇厚、馨香扑鼻。

当叶海军放下筷子时，武小武正好吃完，移开了面前的盘碟。

叶海军沉吟了一会儿，开口说道：“我在局里听说了一个消息，不太好，他们想让你们厂和江东机器厂合并，说是强强联手……”

武小武浑身一震，问道：“消息确凿吗？”

叶海军点了点头，说道：“更不好的消息是，江东机器厂是一个万人大厂，而远东厂只有它的十分之二三，合并之后，厂长应该就是江东厂的人。”

武小武忽然有了一种大不舒服的感觉。万人大厂？万人大厂就牛皮吗？远东厂原先不也是万人大厂吗？只不过为了适应市场改革转型需要，才被精减为拥有两千多号人马的中小型企业。凭什么人多的江东厂就能吞并人少的远东厂？难道要搞人海战术吗？为什么不从人均产值诸方面综合考虑？

武小武几乎要跳起脚来骂娘，但终于什么也没说。他知道，骂娘其实是一种懦弱的表现。

叶海军目不转睛地看着武小武——尽管他竭力控制着什么也没说，但阴晴不定的脸色已暴露了他心中的风起云涌、大浪滔天。

叶海军苦笑了一声，说道：“你有什么想法不妨说出来，我一定为你尽力。”

武小武沉吟了良久，说道：“我要知道时间节点，看看能否延期执行？”

叶海军重重地摇了摇头，说道：“延期执行已无可能，工业局的领导班子已经讨论并通过了……时间就在下个月中下旬……”

在一阵很久的沉默之后，武小武忽然想到了什么，有些激动地说道：“可是我不明白，这一切究竟是为了什么呵？如果你真的把我武小武当成兄弟，就提醒我一句……世界上没有无缘无故的爱，也没有无缘无故的恨。为什么？为什么要对远东厂这般手段毒辣地赶尽杀绝？难道是我武小武得罪了什么人或者妨碍了什么人？叶海军，你能告诉我吗？只要透露一点点，我就心满意足了……”

叶海军沉吟了一会儿，说道：“你有点强人所难了……不过我可以告诉你，不是你个人的原因，而是江东厂早就想寻觅一块地皮搞房地产，搞实地调研也有些年头了，天下人都知道，房地产来钱……江东厂承诺，将造好的楼房无偿贡献出三分之一给那些人……作为好朋友，我只能说这么多，请原谅我……”

武小武点了点头，说道：“明白了。我问你最后一个问题，江东厂的第一把手是谁？当然，你完全可以不回答。”

叶海军回答得很快：“葛庭祥。”

武小武狠狠地重复了一遍：“葛——庭——祥——”

叶海军不放心地看了武小武一眼，说道：“兄弟，我劝你最好别去惹他，和他一同转业的一个战友是我们工业局的副司长……”

武小武突然仰天大笑，说道：“我不去惹他，我肯定不会去惹他！可是兄弟啊，人家在惹我，要把我和厂子里的工人们从这块土地上驱逐了啊！”

叶海军长叹一声，说道：“我知道，你是不会善罢甘休的，我劝你千万不要和他发生正面冲突！你，即便加上我，也玩不过他……”

“那，依你说，我该怎么办？”

“我没办法，但我可以送你一句话——搏击的关键是要让聪明人看到你就害怕，甚至发抖！”

“可是怎么才能让聪明人看到我就害怕甚至发抖呢？叶兄，你能不能教教我？”

叶海军哑然，忽然一把抓起桌上的高脚酒杯，说道：“来，还是向老酒讨教讨教吧！多好的酒呵——飞天茅台，干杯！”

两只酒杯激动地碰撞在一起，酒液四溅。

第九章

天上的月亮在心中，有人愁

1

一个电话把武大武召唤到了外滩一家左边可观外滩南京路风光、右边可看黄浦江江景的顶楼咖啡吧。

电话那头是一个柔软到极致的女孩的声音：“我现在在老地方等你。你知道吗？为了你抽烟的习惯，我特意选了露天座位，等你一起来品尝咖啡。随便你什么时候到，我都会等，一直等到咖啡吧打烊关门……”

武大武很感动，立即扔掉手头上的一切事情，马不停蹄地赶往“老地方”。

打来电话的是一个被炉子间的汉子们打了9.8分的女孩，这可是当年厂子里史无前例的最高分。

说来无聊，炉子间的汉子们每到一圈生活干完后的小憩时间，就喜欢三五成群地端坐在炉子间门口，悄悄地给路过的每一位女孩打分。

武大武至今依然记得，最高分给了这个打来电话的女孩。其实，她原本获得了10分，无奈那些汉子们一致认为金无足赤、人无完人，一定要寻出一个理由扣除一点分，最后的扣分理由颇为勉强，说因为女孩的祖籍为苏北，所以应该扣掉0.2分。不管怎么说，这个女孩终究成了俗称的“厂花”。

当然，这种纯属“偷着乐”的行径，除了炉子间的汉子们，全厂几乎无人知晓，更勿论那些女孩了。

这个女孩叫蓝月亮，有着一双大眼睛。武大武与她初相识时，她刚刚走出中学校门，成了他当年办厂报厂刊时的虔诚的投稿人。在他当主编时，她那些自以为灵感四溅的涂鸦之作大多成了他的刀下之鬼。于是，她找到他，把写作初学者的一腔热忱和满腹愤怒一股脑儿地全都倾倒在了他的头上。

那是在《三原色》编辑部，一间堆满了杂物的简陋办公室。武大武平静地听着，居然连一丝不快也没有，到最后只问了一句：“还有什么委屈和牢骚吗？尽管倒出来吧，我在认真倾听呢！”

蓝月亮忽然有点不好意思，说道：“没有了。”

武大武站起了身，从书架上取下几本书，说道：“你拿去看看，看完了可以继续来这里向我发牢骚、开大炮。”

这是一套世界级大家的中短篇小说集——《金丝带丛书》，包括欧·亨利的《麦琪的礼物》、杰克·伦敦的《一块牛排》、都德的《最后一课》、梅里美的《高龙巴》、左拉的《陪衬人》、泰戈尔的《四个人》、屠格涅夫的《木木》。

武大武把欧·亨利的集子特地挑了出来，说道：“情理之中，意料之外，尤其是到了结尾时的翻牌，是逼着你必须使出浑身解数才能达到的，或许可以让你有所得，一切就看你的悟性了……”

蓝月亮接下来过的都是一些什么样的日子呵！说是昏天黑地、混混沌沌也不为过。可她呕心沥血写出来的作品，一到了武大武的面前便一文不值，她总是在稿纸扉页上读到那再熟悉不过的一个字：退。

也许是功夫不负有心人，也许是茅塞顿开，当蓝月亮把第二十篇小小说放在武大武的面前时，武大武终于签下了两个字：拟发。她的稿件从此一发不可收地屡屡在他主编的杂志上露脸。直到有一天，她的作品在市里一张大报上刊登，从此他再也不发她的作品，并对她说道："你可以单飞了，厂报厂刊的门槛太低，对你已经毫无意义。"

蓝月亮哪里知道，这是武大武对厂里所有业余作者惯用的伎俩，逼迫他们向着更高、更远、更大的目标去攀登、去飞跃！当时，她在心里狠狠骂了他一千遍之后，才不情不愿地告别了厂报厂刊的版面。

多年过去，蓝月亮的战绩平平，但终究在圈子里混了个脸熟。这时，一位搞副刊的朋友告诉她，她当初发表在市里大报上的作品，是武大武去央求一位报社朋友刊用的，当时的他用一句话打动了报社朋友："一个人是不是将才，厂报厂刊的水太浅，是测不出来的，我把她目前最好的达到你们发表底线的作品给你，到底能走多远，就看她的造化了。"

蓝月亮这才如梦初醒，不亚于当年那样，又将武大武在心里狠狠痛骂了一千遍。临去见他时，她却买了一条当时很金贵的通体金黄的上海牌香烟，还带了一本不太厚的《浮士德》——不是歌德的《浮士德》，而是屠格涅夫于1855年创作的书信体爱情小说《浮士德》——一起送给武大武。

武大武只看了一眼书和烟，就把眼睛闭上了，忽然一句话也说不出来了。仿佛有一个神灵在呼唤着他的青春岁月，他的面前顿时浮现出很多年以前的一幕——一个女孩买了一条凭票供应的飞马牌香烟和一本叫作“苏联是社会主义国家吗”的书一起送给了他，那是在一个湿漉漉的清晨，正是梅子青青的时节，窗外的花儿还没绽放……往事如烟，恍如隔世，这个女孩已经嫁给了他，成了他的爱人和孩子的妈。这个女孩便是陆小凤。

武大武终于睁开了眼睛，面前站着的依然是蓝月亮。他有气无力地伸出手摇晃了一下，说道：“你先回班组去吧，我待会儿来找你……我，现在有些不舒服……”

大惑不解的蓝月亮看了武大武一眼，转身走了。

一天，两天，三天过去了，武大武并没有去找蓝月亮。是他忘记了，还是他有什么秘密？

后来，蓝月亮终于知道了武大武的秘密。就从那一刻起，她忽然也发现了自己的秘密——她已经不可救药地爱上了武大武这个比自己大了将近二十多岁的男人。

怎么会呢？可是，爱情从来不需要理由。

从此，蓝月亮与武大武再也不谈文学。在他被迫下岗之后，她和他谈的尽是所在班组的故事——她即将步他的后尘，面临下岗危机。

蓝月亮所在班组的全称是“厂部技术质量监督小组”。严格来说，这是一个近乎赋闲的部门。为什么要设立这样一个奇怪的部门？小半个厂子里的人都心知肚明，这里面存在着某些特别的原因。整个小组连皮带骨头加在一起也只有三个人，而且是三个女人，但都是有来头、有背景、有花头的人。

比如，阿芳的哥哥是区政府的官员，阿花的姐夫是一家大型超市的副总。蓝月亮原本是三人中最没有腔调的，但打从武大武的弟弟武小武一跃成为厂部领导之后，她便成了最令人眼红的人，不过，就从武大武下岗那一天起，她的热门指数瞬时下跌了好几个百分点。

听蓝月亮说，在老厂长的时代，也就是在“大锅饭”的体制下，她们三个女人对外面的世界从来是听而不闻、视而不见，经常只顾着关起门来为一些鸡毛蒜皮的小事“内耗”，争斗个不休。阿芳仗着哥哥是官员，就连老厂长和她打个照面都要客客气气的，自然免不了盛气凌人，加上女人在一起本就话多，事端也就不断，发泄的矛头常常对准了蓝月亮——一来蓝月亮年轻，二来阿花会乖巧地两面讨好，而且她经常带来凭着姐夫关系弄来的廉价小商品，阿芳若想得到便宜的好货，便不能过分得罪阿花……

蓝月亮忽然叹了一口气，说道：“其实，女人都是很可怜的，绝对是弱势群体！别看阿芳和阿花都有着颇为绚丽的一面，实际上家家都有一本难念的经——阿芳的丈夫因工伤去世多年，婆婆双目失明；阿花的丈夫早已下岗，女儿患有哮喘病，三天两头往医院里跑……”

上一次见面的时候，蓝月亮告诉武大武，质量监督小组摊到两个下岗名额。顿时，地震爆发，三个女人都有不下岗的强硬理由，谁知最后竟惹恼了武小武，一怒之下宣布精简质量监督小组，三个女人一齐下岗……她还说，武小武在中层干部会议上宣布了一条内部奖励政策，任何一位车间主任、班组长，每动员一个工人下岗，即可得到厂部一次性奖励两百元。在这个刺激政策的驱动下，所有车间主任、班组长发了疯似的做起了“动员”工作。

武大武愣了一会儿，不觉疑惑丛生，问道：“既然是强制性，又怎么动员？”

蓝月亮白了武大武一眼，说道：“你懂的呀！”

武大武的脸色变了，说道：“这不行！我非得去找我这个小阿弟评评理……”

隔日，武大武果然去找了武小武，不料武小武只是朝他翻了翻白眼，不屑地一笑，说道：“是你当厂长，还是我当厂长？”气得他半晌说不上话，一掀椅子，扔下一句“没人性的东西”，转身就离开了厂长办公室。

当时，蓝月亮轻轻叹了口气，说道：“我劝你还是别去找他，找也无用，火车既然已经启动，还能停得下来吗？”事后想来，她的话还是颇具前瞻性的。

蓝月亮紧接着来了一句：“可厂里还有不少人说武厂长是个好人，说他这一招儿实在高明……”

武大武愣住了，问道：“哦？都是些什么人？”

蓝月亮眨动了长长的眼睫毛，说道：“既得利益者呗！如今的很多人哪，见到人民币都要叫阿爸的呀，他们能不说武厂长是好人吗？”

武大武一时无语，良久才恶狠狠地从牙缝里挤出一句话：“好人？好人还没肚脐眼儿呢！”

不管怎么说，蓝月亮、阿芳和阿花还是下岗了。

就在下岗的那个夜晚，阿芳、阿花和蓝月亮一起吃了一顿最后的晚餐，去了一家叫作“凤凰村”的饭店，一人点了一瓶红葡萄酒，喝了个稀里哗啦、瓶底朝天，还如从无龃龉的亲姐妹一般抱头痛哭，哭完将眼泪一把擦干，像古代侠士一样盟誓：“我们一定挽着手、并着肩，杀出一条人生血路！”

“那，你们准备好了吗？”沉吟良久的武大武问道。

蓝月亮笑得灿若桃花，反问道：“还需要准备吗？在我们的眼里，只有一轮太阳，一轮将从我们自己手里升起的太阳！”

武大武浑身一震，心底飞涨几多大潮，沉吟了一会儿，问道：“我想知道，你们怎么去做呢？”

蓝月亮说道：“我们发挥各自的优势，先联手建立一家服装社，一步步去占领市场份额，再走向公司化……”

武大武微微闭起了眼睛。一个原本吵吵闹闹的女子班组因下岗而抱成了团，这是一个绝佳的小说或话剧题材。

可惜，蓝月亮她们后来还是失败了。打造服装社之路泥泞不堪，她们仅走了半年便输了，输在了市场的手里。只有一腔热血是远远不够的，市场毕竟是一本大书呵！于是，蓝月亮在自学读完大学本科之后，又去考研了。

今天，是武大武和蓝月亮相约在老地方的第几回？武大武已经记不清了。

蓝月亮又会告诉武大武一些什么呢？依然是有关下岗的主题，或是有关创业的故事？

没有想到，蓝月亮居然带着一丝娇羞，向武大武缓缓地递来一张小小的、薄薄的硬纸片。

那是一枚名片，但上面仅印有一行青翠的飘逸的柳叶，遮掩着一个影影绰绰的肖像侧影，完全让人看不清楚是男是女，敢情玩的是朦胧艺术。这都不重要，重要的是铭于下方的四行诗：

一分钟的别离，

像五百年的折磨；

五百年的折磨，

在相思中一阵风似的吹过。

这是蓝月亮写给武大武的诗。

武大武永远记得，那是一个美丽的上午，蓝月亮走进他的办公室，说道："几天几夜的折腾终究化作一首小诗，今天来向老师当面求教。"

见武大武接过诗笺读完这四行诗，蓝月亮笑吟吟地问道："老师背得出来吗？"

听武大武清晰地背诵了三遍之后，蓝月亮忽然将诗笺收了回去，并且小心地撕成一条一条。

武大武一惊，说道："为什么要撕碎这首小诗？多可惜！"

蓝月亮幽幽地笑了，说道："这样的诗只可以给一个人看，这个人必须是我最喜欢的男人。我要先用一把小刀，把这四行诗三十个字一刀一刀地刻在他的心上，然后毁掉这首诗，如此一来，全世界就再也没有人能够读到从我心底喷涌而出的情和爱了。"

武大武呆住了。是的，在那天以前，他从来没有想过，会有如此痴情和诗意的女孩，而且只是对他一人如此。

后来，蓝月亮缠着武大武，要他为这首诗定下一个能让两人都满意的标题。他沉吟良久，小心翼翼地说出了两个字："折磨。"

蓝月亮久久地望着武大武，突然将一个吻落在了坐在办公桌前的他的额上。她的脸颊瞬时飞红一片，接着转身迅速离开了。那时候的办公室里没有人，只有头顶日光灯洒下的光和影，软软的，像柔情的水在悄悄弥漫。

今天忽然又读到这四行诗，而且是在一枚名片上，武大武凝视了许久，才轻轻地问道："这是给我的吗？"

蓝月亮没有回答，只是默默地盯着武大武看，但她那不安的眼神足以让他心潮澎湃。

武大武不再说话，将目光缓缓收回到那枚印着四行诗的名片上，深深地、深深地看着，似乎那儿有一眼深邃的古井，永远看不够。

蓝月亮的嘴唇微微嚅动了一下，说道："你是我的老师，你……读懂这四行诗了吗？"

武大武有些愕然地抬头，一时找不到驾驭语言的方向了。

是呵，读懂了吗？世界上有几个男人能真正读懂一个女孩的初恋？在一个以虚构男女爱情故事为专业的已婚男人的心中，这短短的四行诗又能泛起几多涟漪？谁人又能说得清女孩的心事？

武大武终于以一声喟叹作为回答。此时此地，语言已然成为多余。

这应该是蓝月亮意料之中的反应。她也不再说话，开始平静地品尝起现磨现煮的巴西咖啡。

也不知过了多久，武大武开口了，问道："你自己……读懂了吗？"

蓝月亮慢慢地站了起来，说道："我想，换一个环境，我可以告诉你。"

武大武犹豫了一会儿，也站了起来，说道："走吧。"

2

沿着马路疾驰，满目的高楼大厦向后飞快地倒退。渐渐地，一片可爱的绿色徐徐从眼前向远方伸展开去——已是郊外。

大约用了四十分钟，出租车在一间靠近小河边的小木屋前停下了。显然，这是一间农家出租房。

蓝月亮掏出钥匙打开门，回过身来，一把将正在好奇地打量着周遭景物的武大武拽了进去。

房门“咿呀”一声在身后关上了，武大武的心头轰然一震，预感到了将会发生一些什么。刚回过头来，一片火热灼上了他的唇，一股好大的力气一下子把他顶在了雪白的墙壁上。

蓝月亮微微喘息着，把断断续续的话语送进了武大武的耳朵里：“你为什么如此残酷，为什么要给这四行诗画龙点睛，为什么要用‘折磨’这令人揪心的标题！是，是折磨，是发疯一般的折磨呵！你知道吗，我已无法承受这无边无际的折磨了……”

武大武好不容易才挣脱了蓝月亮的拥抱，说道：“别！我不愿意，不愿意伤害你这样的女孩……”

“可我愿意！”蓝月亮突然大喊了起来。

比大喊更迅猛的是蓝月亮的动作，一分钟后，他们双双倒在了屋里柔软的地毯上。在那一瞬间，彼此仿佛已经等待了五百年。

忽然，一阵稍纵即逝的晕眩，蓝月亮便在这一刹那间痛得脸都变了形，终究迸出了一声忍受不得的短促尖叫。

武大武停下，说道：“对不起。”

蓝月亮的声音像是从梦中传来的：“我愿意……”

就这样，武大武一动不能动了。唯有肌肤，贴得是这样紧、这样近、这样亲。

心头潮千寻，武大武的脑海中突然浮现出不知在哪儿读过的一首诗，也许是他在青春岁月里的胡乱涂鸦：“生活的长河平静地缓缓流动，一只飞鸟的翅翼掠过了长空，瞬息间将大波染绿，相思的梦在每一滴水珠里萌芽升腾……”

是的，是飞鸟的翅翼激起了大河向往长空的爱情，可这天地相隔的情感、这无穷无尽的相思，该是怎样的一种折磨呵！

在万籁俱寂之中，蓝月亮忽然轻轻吟起一首诗，武大武知道那是一个名叫海涅的德国人写的，他甚至还记得翻译者的名字是冯至。

星星们动也不动，高高地悬在天空；
千万年彼此相望，怀着爱情的苦痛。
他们说着一种语言，这样丰富，这样美丽；
却没有一个语言学者，能了解这种言语。
但是我学会了它，我永远不会遗忘；
供我使用的语法，是我爱人的面庞。

心头潮已平，小木屋终于恢复了平静的常态。

蓝月亮的手轻柔地穿过武大武的黑发，说道：“从认识你的第一天起，我就知道，我永远不会嫁给你……后来，我也知道，我不会嫁给任何男人了……现在这种状态蛮好的，不会为了柴米油盐之类的家庭琐事，和你脸红、争吵、打架。就这样，像不食人间烟火的神仙似的，我已经满足。”

在饮完一杯琥珀色的法国葡萄酒之后，蓝月亮慢慢地帮武大武穿好衣服，用一种波澜不惊的语调说道：“你该回去了，你有家，妻子在等你回去呢。我，送送你。”

武大武和蓝月亮一言不发地在寂静的路边等待了好久。这是一条鲜有行人和车辆的郊外小马路。

终于，蓝月亮为武大武拦下了一辆路过的天蓝色出租车，拉开了车门。这时，一阵微风缓缓撩动了她柔柔的长发，从他的角度望去，顿时真实地看到了那枚铭有四行诗名片上的侧影肖像。他的心一动，居然没有及时跨上车去。

蓝月亮有些奇怪地看了武大武一眼，说道：“早点回去吧！”

武大武强自抑制住了感情的流露，跨进了车厢。

没有拥抱，没有亲吻，没有话语，连一丝一毫告别的态势都没有，只有在武大武坐进车里回首的时候，蓝月亮才微微举起手，轻轻挥动了一下。这个娇小玲珑的女孩，一举一动都如此赏心悦目。

在出租车驶进市区之后，眼帘中扑来了满目的繁华，这时，只有这时，武大武的面前才蓦然叠印出蓝月亮的脸，那是一张多么令人魂牵梦萦的脸呵……

3

程男男是谁？

程庚生的公子，武伯平的开山门徒弟，厂子里独当一面的高级技师。

这是武小武知道的。

武小武不知道的是，程男男很早就成了远东厂的下岗工人。

叶海军忽然给武小武来了一个电话，说有人正企图拿程男男的事情大做特做文章，当然做的是反面文章，并且提醒武小武千万不要授人以柄。

一头雾水的武小武立即让厂办人员去找程男男，这才知道程男男早就卷铺盖回家了。他连忙去摸查了一下情况，顿时瞠目结舌。

原来，程男男所在车间的头头为了多多获得武小武的“多下岗多得益”的奖励，便将只晓得死做生活、头脑一点儿也不活络、“三棍子打不出一个闷屁”的老实头程男男纳入了下岗人员名单，而且振振有词地告诉程男男：“连武厂长的嫡亲阿哥都被第一刀斩到远东厂外头去了，像你阿爸程庚生这种前朝元老提也不要提了！”

据说，程男男下岗以后，曾经请求程庚生去找武小武说说情，不料程庚生不但不去，反而倒过来劝他要为厂子里挑重担，更不准他去找武伯平。这样一来，他就只能老老实实地接受命运的安排……

“后来呢？”武小武颇为吃惊地问几个小时之后因放心不下而再次打来电话的叶海军。

“后来，程男男就安分守己地成了社会闲散人员。”

武小武不免有些奇怪，问道：“你这位局领导怎么对程男男的事情知道得这么多？难道他到局里信访办上访了？”

“没有，他没来上访，但是给局里负责人寄来了一封实名信，反映了他实实在在的贫困之窘……”

“啊？”

“行文之老辣，思路之清晰，说理之到位，我有充分的理由相信是你的兄弟武大武为之操刀的。上次把他请来局里做劳模专题片《风流人物》时，我已经领教过他的文笔文风，堪称一流……”

“大武这小子！”

“你呀，也别小子老子的了！据信中反映，程男男的妻子一直心脏不好，结婚到现在一直休病假在家，孩子又小正在念书，家中经济状况堪忧，听说为了撑起这个家，他目前在打三份工！三份工啊！我真搞不懂，你们怎么能让这样的同志下岗！而且他是程庚生的儿子，你爸爸的大弟子……”

“我，我一定深入调查，给他想想办法……”

“现在的问题是，有人抓住这件事情不放！说你为了出风头，置普通工人的死活于不顾，连高级技师这样的工人精英都被扔到下岗的锅里去一锅煮！小武呵小武，上海人所说的‘生活做得不清爽’，说的就是你武大厂长这种人！”

武小武浑身冒汗，腋窝里开始漏水了。

叶海军在挂电话之前讲了最后一句话：“你本就面临着江东厂的兼并，再加上远东厂的后院起火，两面夹击呵，望你好自为之！”

放下话筒的武小武忽然成了救火队，像捉落帽风一样追着找程男男。

说也怪，程男男果真化作了来无影去无踪的落帽风——武小武赶去程男男打三份工的三个地方，居然遍寻不着。

武小武去了一家食品店，这是程男男从晚上十点钟到早上六点钟值班的地方，但店长说他辞职了。

武小武去了一家公园，听说程男男托了不少门路才好不容易在这里谋得了一个门卫的职位，但当班门卫说他今天不来上班了。

武小武又去了几家小型超市，这些是程男男骑脚踏车去市中心的报刊批发中心领了杂志“天天送”的下家，但人家说换了送报人了。说话间，一个骑脚踏车的人来送杂志了，是个不认识的年轻小伙子。

其实，武小武第一个去的地方是程男男的家。不料，程男男的妻子居然一问三不知，甚至连丈夫多少天回家一次都说不清。武小武只能猜测，要么是她对自己这个厂长心生不满，要么是程男男不忍心让她知道他这般辛苦操劳。

武小武无法想象，程男男是如何承受得住如此繁重的三份工作的。他微微闭上眼睛，似乎看到了一个蹬着脚踏车的羸弱身影正在穿过风雨，向远方飞驶而去……

越是深入了解程男男，武小武就越是吃惊。渐渐地，一个贫困潦倒但自强不息的男儿形象真实地出现在了他的面前。与此同时，一种深深的自责如同鞭子一般狠狠地抽在了他的心上——无论从公的方面，还是从私的角度，程男男下岗都是不应该发生的错误行为。

武小武悔之不及。他，失职了。

疲惫不堪的武小武正准备去找武大武的时候，忽然遇到了忻一帆。忻一帆一听武小武的烦恼，忽然笑了，说道“有困难，找丈人阿爸啊！”

武小武大惑不解。

忻一帆说道："我也不和你打哑谜了，实不相瞒，宁东厂刚刚高薪招聘了一位高级技师，是远东厂的前职工，叫作程男男。"

武小武大吃一惊，说道："真的？你别是为了安慰我，弄点花头经出来……"

忻一帆哈哈大笑，说道："你要不信的话，就去问问你的阿哥武大武好了……"

"大武？他和这件事有什么搭界？"

"怎么不搭界？就是他特地赶到宁东厂郑重其事地将程男男推荐给我们的，要不然我们到哪里去拾这只皮夹子，不对，是去觅这只皮夹子呵！"

"不，你们不能收下程男男，他是我们远东厂的工人……"

"工人？对不起，这工人前面要加两个字——下岗。"

"阿爸，你听我说……"

"我不要听。刚才我说得很明确了，这是一只皮夹子。什么叫皮夹子？哪有拾到了皮夹子再还出来的？让我在这种高级人才上'拾金不昧'，你想都不要想，脑筋动也不要动了！"

"那……这样行不行？如有需要时，我们互通有无，两个字——借人！"

"借人？不不不，一借就不还了，我不上你的当。"

"你听我说清楚了再做决定！我们是有偿借人，借用多少时间就付多少钱，如何？"

"这个嘛，马马虎虎可以考虑考虑。"

"丈人阿爸，就这样说定了啊！对了，你什么时候回宁东厂？

我搭一趟你的车子，去看望看望程男男……"

"什么？你的动作也太快了吧！这么急着要到宁东厂挖墙脚？"

"不，不是这样的！我想去给程男男说一声对不起。我这个厂长失职了……"

"你有这么个姿态还差不多。程男男的事情，武大武全都对我说了。不谈了，走吧。"

"去哪儿？"

"去见程男男呵。"

"真的？谢谢，谢谢……"

"哪来这么多谢啊，我是你的丈人老头啊！走吧走吧，别啰里啰嗦了！"

"好，走！"

4

武小武望着办公桌上的笔筒、墨水瓶和双线报告纸，一个劲儿地发呆，灵魂似乎已经出窍。

程男男的事情算是摆平了，无论怎么说，他总算找到了落脚点。可是，葛庭祥和他的盟友以及兼并远东厂的计划让武小武不能不感到脊梁骨一阵阵发寒——几乎无法面对，但又不能不奋起迎战。这是一场完全没有把握的战争，敌我力量过于悬殊。

在这样的时刻，武小武突然想起了忻玛丽，不是一点点想，而是不可抑制地狂想，这是一种刻骨铭心的想念。是的，他多么希望忻玛丽能在身边呵！

一个再强悍的男人也会有软弱和痛苦的瞬间，这时候的男人就如同婴孩，女人则成为能给予无限力量的母亲。是的，此时此刻的武小武多么需要一个女人的温暖怀抱呵，哪怕只是一句吴侬软语、一个小鸟依人的姿态……可是，自从为房子抵押贷款争吵之后，忻玛丽果然说到做到，几乎再也不回家了。

武小武和忻玛丽仿佛被卷入了生活的怪圈。一开始，武小武为了厂子里的大事小事常常夜不归宿，招来忻玛丽颇多嗔怨；后来，文艺团体也驶上了改革的轨道，忻玛丽被剧团的各种事情缠上，回家也少了，房屋被抵押后，她更是把家都忘了。

既然不回家了，就不如安心睡在剧团里，全身心扑在工作上，放开手脚大干一场，于是忻玛丽索性整理了办公室，在里间搁下一张大床，恨恨地说道："你不当我是一回事，我又何必在乎这个家！"

这能怪谁呢？实在要怪，也只能说时代的步伐前进得太快了，逼着人不得不迈开大步甚至跑步前进，不然就要被甩下。

最近，听说忻玛丽为了剧团改革，居然很拉风地搞起了小剧场话剧，整天扑在请编剧、请导演、请专家审剧本、抓排练上面，不是泡在剧场里，就是率团去外地演出。

前几年，剧团让演员们自由搭档组成小分队，或走穴或去社区文化馆、文化宫演出，凡做布景、道具、录音什么的，一律付费给团里，结果是"吃力不讨好，阿王炒年糕"，不说票房收入惨不忍睹，而且居然统统铩羽而归！去走穴就被当地的演出团体毫不留情地挤出演艺场所，下社区又玩不过唱戏曲的，那些退休的老伯伯、老阿姨喜欢的是京昆越沪淮，绍兴戏、江淮戏大行其道，作为舶来品的话剧又如何能讨得半个好字？

偏偏忻玛丽是一个认真的人，更是一个不肯轻易认输的角色，如此两者相加的结果便是彻底把家忘了，把丈夫抛在了脑后。

武小武不知忻一帆有没有和忻玛丽聊过房屋抵押贷款的事情，他只知道练气功的人说，夫妻待在一起的时日一少，丈夫的身上就少了妻子的气味，妻子的身上也没了丈夫的气味，这还叫夫妻吗？他忍不住在心底叹道："玛丽呵，你明白这一切吗？"

武小武多么怀念当年呵！那时年少青春、情窦初开，一切都美丽得像生长在万里晴空中的诗歌童谣，像舒展在明媚春色里的风景画卷。曾经的爱情是何等轰轰烈烈，你非我不嫁，我非你不娶，父母反对有什么用，双双把户口簿偷出来一走了之，奔向理想中的伊甸园！呵呵，真是一想起来，连心都要融化了！

可是白云苍狗、沧海桑田，如今已是恍如隔世、旧梦难续。在白山黑水战天斗地的岁月中，忻玛丽就是武小武心目中的女神，对着心爱的她轻轻唤一声"玛丽"，就如同面对着下凡的圣女一般。热恋中的情人总会十分人为地给心上人添加一轮辉煌无比的光环，一如莎士比亚笔下的玛克·安东尼与埃及女王克莉奥佩特拉。

武小武从没想过，一朝返回上海，生活日渐稳定，两人的婚姻却出现了状况。多大的反差呵！漂亮的面纱早已褪尽了色彩，岁月充当了刽子手，再美丽的爱情也得面对最普通的柴米油盐，这时，只有这时，他才发现，当初被他奉为圣女的女人也会嫉妒、吃醋、小心眼、使小性子、蛮不讲理、河东狮吼……

不提了，俱往矣。武小武斜倚在厂长办公室的办公椅上，渐渐进入朦朦胧胧的状态。

第十章

怎不令人长相忆，暴风雪之夜

1

一阵刺耳的电话铃声将武小武一下子从幻景中拉回到现实中。

武小武缓缓伸出手去，拎起电话听筒，慢慢地说道："喂？"

"武小武吗？武头儿，你好！猜猜我是谁？"

一派青春洋溢的语调霎时将武小武砸晕了。

"武头儿"这一亲昵的称呼仿佛来自另一个星球，一下子把武小武的记忆牵向了那片遥远的黑土地。呵，这个称呼只有一个女孩曾经紧贴着他的耳边轻轻唤出来过。

武小武几乎不敢相信，这个女孩怎么会找他，而且是在回沪返城这么多年以后。他对着话筒低低地说道："请问，你是……"

对方完全是快人快语地叫道："我是美丽，你的甄美丽呀！"

武小武的头一下子晕了起来。这个电话不该是甄美丽打来的，应该是忻玛丽呀！

武小武在心里叫喊着："玛丽呵玛丽，你现在在哪里？如果你再不出现的话，接下去很可能会发生一些不该发生的事情、一些不好的事情。每当说起单位里或圈子里的桃色新闻，你总爱说'这对狗男女真不是玩意儿，尤其那男人不是个东西'。可是，女人又是个什么东西呢？关键在于，'不是东西'的男人和'是个东西'的女人怎么会走到一起呢？你有没有仔细深入地想过呢？也许是思想开了一个小差，但前提是双方都对对方有一种好感，而后才能在合适的条件下萌芽、抽穗、开花，最后才有瓜熟蒂落。这原本是爱情的历程，但因为原先已经领过结婚证，便成了婚外情。呵，瞧那火焰一飞一跃的，是何等炽烈呵！在这寒冷的冬夜里显得那么温暖、那么诱人，怎能不令人产生一种把冰冷的手脚连同疲惫的身心伸进火里取暖的念想？呵呵，这当然不太好也不太妙，可是……”

甄美丽的声音又从电话那一头飘了过来：“喂，你在听吗？怎么跟聋子和哑巴一样呵？”她的嗓音糯糯的、软软的、嗲嗲的，和十多年前那个梳着可爱的小辫子的小姑娘一样，完全听不出来岁月的沧桑。

武小武已然恢复了常态，不觉呵呵一笑，说道：“小姑娘，啥个辰光、啥个地方碰碰头？多少年没见面了！”

武小武说的是纯上海话，在“小姑娘”三个字上还特别加上了重音节。是呵，当年农场里用这么三个字称呼甄美丽的，武小武是唯一一人，正如甄美丽称呼他“武头儿”一样。可以说，这成了他俩的秘密。是呵，那时的甄美丽正年轻，真的是个小姑娘呢！

甄美丽很爽快地回答道：“那就今天吧！你下班以后到我家里来，我准备几样你喜欢吃的小菜和一瓶你爱喝的封缸酒，我们好好聊聊。”接着，她说出了一个地址。

武小武“哦”了一声，忽然不再说话。

甄美丽是聪明绝顶的女子，完全明白这声“哦”的言外之意，只听她幽幽地说道：“家里就我一个人，就跟那个暴风雪之夜一样。”

呵，暴风雪之夜，今生今世最为美丽的暴风雪之夜呵！武小武缓缓地将电话听筒放了回去，记忆的闸门再一次被打开了。

那是在忻玛丽先行调回上海之后的日子里，一次醉酒酿成的命中注定的这一节情缘。事情是怎么发生的呢？

那是一个阳光灿烂的午后，武小武驾驶着苏联造的嘎斯 69 型越野车去一个比较远的分场。他喜欢开车的感觉，而且经常独自驾车外出，从来不用派给他的专职驾驶员。谁也没有料到，在办完公事返回的路上，天气突然变了，黑压压的乌云一下子聚集在广袤的原野上空。

武小武想起，早晨听到无线电台广播说傍晚到夜里有暴风雪，慌忙打开强光灯，紧踩油门，风驰电掣地往回赶。然而，“大烟泡子”张牙舞爪地突袭而至，天地间顿时混沌一片，铺天盖地的暴风雪提前降临了！即便打开了强光灯，能见度也很低，压根儿看不清十几米开外的东西，他只能越开越慢。

就这么云里雾里地不知开了多久，车身猛然强烈地一震，武小武暗暗叫了一声“不好”，手刹、脚刹一齐用上，才将车停住。这时他才发现，车身竟然和一幢房子擦着了！原来他早已把车开得偏离了马路，冲上了路基的深处。

突然，前面似乎有什么东西动了一下，武小武好不容易才借着强光灯的亮光看出那是一扇房门的轮廓，在漫天飞舞的雪片中被费力地推开了，接着一个穿着生产建设兵团统一发放服装的人出现在了门口，木木愣愣地朝他的方向张望着。

武小武喜出望外，连连按响了几声喇叭。那个人影奔了过来，不，是一步一步地踩着已经在地上堆积得厚厚的积雪挪了过来。近了，更近了，他才看清是一个女战士，年纪很轻。

武小武万万没想到，年轻的女战士走到车门前，用力拉开了车门，很恭敬地向他敬了一个礼，口齿清晰地说道：“报告武场长，欢迎你到屋里休息一会儿！”

后来，武小武不止一次地回想这个镜头，女战士的敬礼很恭敬但也很滑稽，而他十分诧异地问了一句：“你怎么知道我是武场长，小姑娘？”

或许是“小姑娘”这个上海人的习惯用语一下子让女战士放松了，她突然很调皮地一笑，用上海腔调说道：“阿拉认得侬的吉普车，也认得侬这个人……冷煞啦，快点到屋里去吧！”

武小武连忙熄了火、关了车灯，下车和小姑娘一起走进了屋子。

屋里果然暖和，板炕烧得滚热，往上面一坐真舒服，不消片刻，武小武的身子就被焐热了。

小姑娘关上房门，把棉帽、棉大衣甩在一旁的椅子上，一身绒线衫衬出了婀娜美妙的身材。她看了一眼武小武，冷不丁“扑哧”一笑。

武小武这才发觉小姑娘长得蛮清秀，一笑便绽开了两个小酒窝。他奇怪地问道：“小姑娘，你笑什么？”

“屋里热得人都要出汗了，你还穿着棉大衣，焐酒酿啊……”

武小武一愣，这才有点不好意思地脱下大衣。

小姑娘伸手接了过去，也放在了椅子上，说道：“饿了吗？和我一起吃饭吧！”

武小武点了点头，看了看屋子，这是一间兵团式建筑，土坯盖的，比一般砖房要保暖。他看了一眼板炕，问道：“这炕上能睡四五个人，别的人呢？”

小姑娘已经往桌子上端菜了，说道：“有两人回家探亲了，还有两人去其他农场看男朋友了，本来说好回来吃晚饭的，还特地关照我弄好饭菜等她们回来吃，这下估计回不来了，这么大的暴风雪……”

武小武在桌前坐下，小姑娘嘻嘻一笑，说道：“你蛮有吃福的，前几天刚弄来两瓶封缸酒，天寒地冻的不大出工，我们本想今天晚上好好喝上几盅的，谁知道她们回不来，偏偏轮到了你享受……”

片刻间，两人的杯中斟满了酒，小姑娘向武小武高高举起了酒杯，说道：“很荣幸有机会给领导同志敬酒，谢谢你！”

武小武也举起了杯子，说道：“风雪夜归人，没料到竟然遇上了一位老乡同志。来，我敬你这位老乡一杯！”

小姑娘是自来熟，三言两语之后，突然脱口喊了武小武一声“武头儿”，说道：“‘武头儿’还是蛮好听的，农场里的最高领导就是头头嘛，反正以后我就一直这样喊你了，行不行？”

武小武点了点头，说道：“行！那我就叫你小姑娘。”

小姑娘的眼珠骨碌碌一转，说道：“不过，这种称呼可千万别在大庭广众面前叫，最好不要让人家晓得……”

武小武觉得有点奇怪，问道：“为什么？”

小姑娘的脸上悄悄然浮起一点胭脂红，说道：“免得别人在背后乱话三千，再说我也有了男朋友，他被分配在上海工厂里做生活，他说过一定会等到我调回上海的那一天……”

武小武突然有了兴趣，问道：“哦？你俩都对生活充满了这样坚定不移的信心和向往？”

小姑娘毫不犹豫地点了点头，说道："当然，这是绝对毫无疑义的！到了那一天，假如你也调回了上海，我一定请你来喝喜酒！"

武小武突兀地想到了武大武和陆小凤，心中不由一痛，连忙端起酒杯遮掩着说道："我祝福你和你的那一位，隔山隔水不隔情，有情人终成眷属！"

小姑娘二话不说，一口将杯中酒干了，说道："谢谢你！你是第一个在这片黑土地上为我们祝福的，兵团里有许多人都不相信，说我的阿祥一定会变心的……"

武小武一愣，不觉想起了武大武在爱情上"一条道走到黑"的模样，说道："爱情是两个人的事情，只要彼此心心相印，又与天下人何干？"

小姑娘的眼泪都快要下来了，说道："武头儿，你讲出了我的心里话，我再喝一杯！"

武小武和小姑娘之间的距离一下子缩短了，犹如相识相知了五百年，须臾之间成了无话不谈的朋友，谈上海的学校和家庭、男友和妻子……

小姑娘借着酒意，偶尔也会睁大眼睛隔着举起的酒杯默默地凝视着武小武。他那潇洒的风度、英俊的长相、不凡的谈吐，曾是农场里几多女孩私下里聚焦的热点。一想起来就脸红不已，在开农场全体职工大会时，她因为无聊得紧，竟然在笔记本上胡乱涂鸦过他的速写。哎呀呀，难为情，羞煞人了！那个端坐在主席台上以一口普通话作报告的第一把手，今夜一下子从云端里落了下来，坐在面前与自己把盏同饮，这是不是老天爷赐予的一种缘分？抑或在暴风雪之夜的邂逅是一回命中注定？

令武小武大为吃惊的是，这个自己从来没有注意过的小姑娘读过的书不少，甚至徐徐吟出了两句诗“味轻花上露，色似洞中春”，调皮地问道：“你知道这诗在咏叹什么吗？”

对这没头没脑的两句诗，武小武哪里说得出个子午卯酉来？只能淡淡苦笑。

小姑娘居然嗔怨地拍了武小武一巴掌，说道：“武头儿，你真笨！这就是咏叹封缸酒的诗啊！”

接着，小姑娘缓缓道出一节故事：“北魏孝文帝南征前与刘藻将军辞别，相约胜利会师的那天要以‘曲阿之酒’款待百姓。你知道曲阿是现在的什么地方吗？”

小姑娘的胆子越来越大，居然一而再再而三地考起领导来了，大有不把领导“烤”焦绝不罢休之势。武小武只能再次微微苦笑。

小姑娘给武小武面前的酒杯斟满了酒，说道：“你不知道？那就罚你一杯！告诉你，曲阿就是现在的江苏丹阳，丹阳的封缸酒就是古代的‘曲阿酒’……”

两人的话越来越多，瓶中的酒越来越少。当两只酒瓶见底的时候，他们终于不胜酒力，双双倒在了滚热的板炕上……

武小武一觉醒来时，陡然大吃一惊，自己竟然和小姑娘头挨头、面对面地睡在同一个枕头上，而且她的手搁在了他的肚子上，他的手无巧不巧地放在她微微隆起的胸脯上。

武小武慌忙将手拿开，不料刚一动，小姑娘的手也动了，竟然一把将他的手压了下去，顿时感受到了一团柔软。

武小武定睛看去，小姑娘根本没有睁开眼睛，只是咕哝了一句不知是梦话还是醉话：“武头儿，甄美丽，甄美丽蛮喜欢你的……”

武小武窘窘迫迫、傻傻呆呆了好一阵才回过神来。不不不，小姑娘，呵，甄美丽，我不能欺负你，你是那样纯洁、那样无邪……

武小武咬紧牙关、屏声息气，终于将手从甄美丽的胸脯上移开，慢慢地从板炕上挪下地，蹑手蹑脚地出了门。

呵，天已放晴，眼前尽是银装素裹的世界。武小武深深地呼吸了一口冰凉的空气，快步走向几乎被雪掩埋了的越野车，好不容易才发动起来，一声呼啸，绝尘而去。

过了半年，甄美丽“顶替”回沪，巴巴地赶到场部向武小武告别，幽幽地问道：“还记得那个暴风雪之夜的故事吗？你为什么碰都没有碰我？后来我一直怀疑，你的身体是不是出了问题？”

当时，武小武答非所问地说道：“我早已结婚，儿子也快两岁了……”

2

这就是甄美丽在电话里告诉武小武的地址。

武小武抬起头来仰望了一会儿这幢高层建筑，各个楼面闪烁着星星点点的灯光，赋予了夜幕下的高楼一派流光溢彩的生机勃勃。

1808 室，“高高在上”的楼层。电梯门打开，武小武走了出去。没有一个人影，只有暗淡的廊灯勾画出同样暗淡的一条长长的走廊。

武小武按响了门铃，门几乎是应声而开，一个完全和印象中一样苗条、一样出挑的女人出现在了他的面前，脸上的笑容和酒窝依然是小姑娘式的，只是多了几分成熟的韵味。

甄美丽直直地朝武小武的脸注视了三五秒钟，说道：“武头儿，欢迎你光临寒舍。”

武小武点了点头，强自按捺住那股久别重逢的喜悦，轻轻地开口说道：“小姑娘，你好。”

甄美丽嫣然一笑，说道：“进来吧，别一直在门外站着了。”

进门三两步便是餐厅，武小武只扫了一眼餐厅中央的桌子，就吃惊得差点儿没将眼珠掉落到地板上去。

呵呵，满满一桌子菜肴！

武小武喃喃地说道：“今晚，你有多少客人？”

甄美丽娇滴滴地笑了，说道：“不多不多，加在一起一共一位，就是你。”

武小武摇了摇头，说道：“浪费，太浪费了。”

甄美丽长长的眼睫毛很好看地往上一挑，柔声细气地说道：“迎接你呀，稀客。”

武小武无语，在椅子上坐下。甄美丽却把手向他一伸，嗔怪道：“拿来。”

武小武看了看甄美丽，一头雾水地问道：“拿什么？”

甄美丽的大眼睛一闪，似笑非笑地说道：“你的外套呀，挂到衣架上去。”

武小武忽然想到了暴风雪之夜的事情，想到了他进屋以后竟然忘了脱大衣的细节，不觉笑着说道：“看样子，我还想来一回焐酒酿呢……”

甄美丽一下子大笑起来，说道：“你呀，真记仇，连我当年的这句话都不肯忘记……”她边说边接过武小武递过来的外套，转身挂到客厅里的衣架上。

回来时，甄美丽将两瓶封缸酒放上餐桌。武小武不知为什么叹了口气，说道：“我现在的酒量早不如当年了，绝对喝不了两瓶酒，喝了就一定会像当年……”他忽然不说下去了。

甄美丽一边往杯中斟酒，一边朝武小武狠狠瞪了一眼，说道：“你怎么不说了？继续往下说呀，是像当年那样狼狈，还是像当年那样浪漫？”

武小武沉吟了一下，说道：“大概，两者兼而有之。”

甄美丽也坐下了，不是坐在对面，而是坐在武小武旁边的椅子上，端起酒杯，说道：“武头儿，为北大荒的那个暴风雪之夜，干杯！”

武小武没动，更没有伸手拿酒杯，而是问道：“为什么呢？”

甄美丽调皮一笑，说道：“没有那场暴风雪，你永远是高高在上的农场领导，我则是低低在下的小八腊子，即使见了面，你也不会认识我，那么哪里还能有今天晚上坐在一起干杯的荣幸呢？武头儿同志，对不对？”

武小武摇了摇头，说道：“你呀，真拿你没办法！你永远是用一个小姑娘的眼光在看世界。”说着，也举起了酒杯，“好吧，为我们在北大荒度过的青春岁月，干杯！”

才喝了两口酒，甄美丽忽然歪着头说道：“武头儿，我再用小姑娘的名义问你一个问题，你不准顾左右而言他。”

“行，你问吧。”

甄美丽很认真地看了武小武一眼，说道：“我要问的就是我离开农场那天，赶到场部问你的那几个问题……”

武小武毫不在意地夹了一筷子菜送进嘴里，问道：“问题？什么问题？有这回事吗？我怎么不记得了？”

甄美丽几乎尖叫了起来：“你不记得了？不不不，你连焐酒酿都记得那么清楚，怎么会忘记我的问题？武头儿，你在捣糨糊！我，我可是认真的……”

武小武暗暗叹了一口气，说道：“这，重要吗？”

甄美丽连连点头，说道：“重要，当然重要！你知道吗？当年我听了你的回答以后，心里一直平静不下来。难道我连一点吸引力也没有？我绝对不是最漂亮的女孩，但肯定不难看。难道你的眼界就那么高吗？不，我仔细观察过你的太太，她绝对不难看，但肯定不是最漂亮的……”

武小武大为吃惊。是的，他承认自己到了这么个年龄段，依然不那么了解女性世界，否则忻玛丽也不会住在剧团不回家了。

甄美丽一口喝干了杯中酒，满脸陡然都是凄楚的神色，说道：“你不想回答我，我也不能勉强，但我依然记得当年那个十分稚气、十分小姑娘的问题——还记得那个暴风雪之夜的故事吗？你为什么碰都没有碰我？后来我一直怀疑，你的身体是不是出了问题？我永远忘不了你的糨糊回答——我早已结婚，儿子也快两岁了……”

武小武的心突然莫名地疼了起来。他没有想到，甄美丽竟然如此痴心、如此一往情深。自从回到上海这座大城市生活以后，他一直怀疑，除了那些哄死人不偿命的小说、电视剧胡编乱造，在发展越来越快的现实社会中，纯真的爱情已经没有了存活的可能性。不过，该如何解释现在突然出现在自己面前的甄美丽呢？

武小武一把端起面前的酒杯，狠狠喝了一大口，说道：“如果你一定要听我的心里话，我可以告诉你，但是越真实的往往就是越丑陋的，而且与今天的现实已经格格不入了……”

甄美丽转向武小武，说道：“我不管！我就是要听你的心里话，哪怕再丑鄙，丑鄙得像鬼，我也要听，我已经苦苦等待了这么多年……”

武小武又喝了一大口酒，甄美丽有些紧张地看着他。

武小武苦笑了一声，说道：“当时，我几乎把持不住自己了，但是当我再一次看着你那张可爱的脸，我忽然对自己说了一句话——不不不，小姑娘，呵，甄美丽，我不能欺负你，你是那样纯洁、那样无邪……”

“你骗人！”甄美丽叫了起来，“没有！我根本没有听到你的这句话！”

武小武莞尔一笑，说道：“我在心里说的话，你怎么会听得到呢？何况你当时醉成了那个样子，我还听到你低低地打呼噜的声音……”

甄美丽摇头，拼命地摇头，说道：“不，我根本没有睡着，我一直在注视着你，一直在安静地等待着那个时刻……”她的脸一点一点地泛起红来，这绝不是酒精的化学作用。

武小武惊呆了，良久才开口，问道：“你什么意思？难道……你说的，全是真的？”

甄美丽的脸更红了，红得越来越鲜艳、越来越好看。她忽然狠狠跺了一下脚，说道：“我索性统统说了吧！当你把手从我的胸口移开的时候，我的手怎么会那样凑巧地压在你的手上？哎呀，不说了，太难为情了……”

武小武一下子全都明白了，顿时再也说不出话来。

甄美丽的脸一点点一点点地靠了过来，话语渐渐变得很轻很轻，如同耳语，只听她说道："男人为什么总是这么傻？尤其是你……"她把脸贴上武小武的脸，只觉得一片滚烫。

武小武忽然伸出手，一用力，便将甄美丽紧紧地拥入了怀中。

甄美丽的声音在微微颤抖着："紧一点，把我抱得紧一点……"

武小武毕竟还是有所顾忌的，并不敢过于放肆。

很不幸，这一点哪里瞒得过甄美丽？她的眼睛看向墙壁，完全没有看武小武，喃喃自语般说道："他今夜不回来，出差了……儿子念大学，住校……"

一分钟后，武小武便将甄美丽抱上了床。

甄美丽的嘴唇微微嚅动了一下，说道："房间里没开空调……"

武小武不明白，问道："你说什么？"

甄美丽的声音放大了一点："可是，比那个暴风雪之夜温暖多了。"

这一回，武小武听懂了。

所有激情全都在那一瞬绽开了……

3

疾风骤雨终于过去，甄美丽如同一捧松软无边的烂泥，瘫伏在武小武的胸脯上，喃喃地述说着自己幸和不幸的故事。

甄美丽说自己是革命干部的后代，当年毕业分配的时候，她原本想请父亲去学校关照一下让她留在上海，谁知父亲偏偏去表态，坚决要求把她分配到最艰苦的地方，终于为她争取到了黑龙江农场的一个名额，而那时的阿祥已经被分配进了工矿。

甄美丽和阿祥的爱情注定只能是地下情，因为阿祥是“黑五类”子女。“我们的爱情像那燃烧的火焰，大风也不能把它吹熄。”爱情之火可以摧毁一切，头脑发热、发疯、发狂的阿祥坚决要求和她一起奔赴那一方黑土地，甚至连户口簿都从家里偷了出来。她哭着哀求他别去，不仅因为他是家里的独苗，他一走，家就垮了，更因为他是自己在上海的念想，是自己以后回上海的根呵……阿祥终于留在了上海，在出发的前一天，她把自己的初贞给了这个男人……

甄美丽不知为什么停顿了一下，伸出手缓缓地撩起武小武额前的发，好一会儿才重新拾起话头继续说下去，可是语调却陡然有了变化。

谁知道，甄美丽和阿祥曾经百炼成钢、百毒不侵的美丽爱情，却经受不住当下时代的轻轻一击，变成一个虚无缥缈的童话……是呵，时代变了，人变了……

武小武的手动了一下，轻轻地滑过甄美丽如绸缎般光滑的背脊，说道：“不好意思，打断一下，你怎么解释暴风雪之夜，你的精神不也出轨了吗？”

甄美丽呆呆地看着武小武，突然“扑哧”一声笑了，说道：“武头儿，实话告诉你吧！当年你可是整个兵团农场的头头，第一把手呵！在那个年代，你敢动兵团女战士一根手指头吗？至于我，一个小姑娘，愿意怎么想就怎么想，那是我个人的事情，与任何人不搭界，因为我没有行动。你呢？讲到天边，我也料定你是有色心没色胆的人，所以那个晚上，即使我一丝不挂，你也是不敢动我的。武头儿，对吗？你说，你说呀！”

武小武看了甄美丽一眼。真没想到，原来这个女人的小心思竟然如此多！不过，他不得不佩服她，心思如此缜密，行事如此胆大。

武小武的心里陡然一动，今晚难道是那个暴风雪之夜结出的果？果真是纯洁无邪的爱情之花正在美丽地绽放？都已经过去十多年了，她为什么一直没来找过自己呢？按理说，找一个人在现代化大都市里并不是一件难到极致的事情，更何况很多农场人都知道自己的联系方式。

想到这里，武小武疑心大起，但他什么也没有表露，只是淡淡一笑，说道：“你说得很对，继续说吧。”

甄美丽继续叙述，只是刚才被武小武一打断，语气已趋于平淡：“武头儿，我晓得的，你刚才听我讲了这么多，一定会觉得我这个人不像表面上那么纯洁天真，或许你还想我为什么直到今天才来找你，又为什么会和你上床？你不要说你没有。其实我喜欢你的就是这一点，你不太善于掩饰自己，你自以为滴水不漏，其实全都已经写在了脸上。像你这样的人，仕途再有发展，官也是做不大的，做大官的人必然面无表情、心如古井，深不可测……”

武小武吃惊了，不是一点点吃惊，简直是骇然失色。他不得不承认甄美丽的话很对，而且说到了他的心上，一时不觉哑然。

甄美丽幽幽地叹了一口气，说道：“当然，你的猜疑还是有道理的。我找到你，是因为阿祥……上个月，就是在这儿，就是在这张床上，他和一个年轻女人让我撞见了……”她忽然无语，肩头一耸一耸的，开始了无声的哭泣。

武小武轻轻地将甄美丽的手握在掌中，默默地抚摩着。是的，他可以想见她当时的神情，也可以理解她此刻的心情。此时此际，他完全明白了她把自己约到这儿来的目的。这是一种命定的报复，也是一场女人对男人的战争。

武小武从一旁抽出一张纸巾，轻轻拭去甄美丽脸上的泪。在她慢慢停止哭泣之后，他缓缓地问出了一个早就憋在喉咙口却一直没问的问题："你是怎么找到我的，还把电话打到了厂长办公室？"

"阿祥，我是听阿祥提起你的。"

"阿祥？哪个阿祥？"

"什么哪个阿祥？就是我家阿祥。"

"你家阿祥？可我好像不认识他。"

"可他认识你啊！"

"等一等，你家阿祥叫什么名字？"

"姓葛，叫葛庭祥。"

一声惊雷在头顶炸响！什么，葛庭祥是甄美丽的丈夫？不不不，世界上哪有那么巧的事情？但愿这只是同名同姓的巧合，要不然，自己和甄美丽算是怎么一回事呵……

武小武正想开口，却听甄美丽叹了口气，说道："前些日子，我老听到阿祥在接听电话的时候说远东厂，还偶然听到了你的名字，我就留了心，一来二去的我便明白了，原来是他的那家江东厂要吞并远东厂，而你正是远东厂的厂长，我恨不得立即通知你，可是在电话里哪能说得清楚，我正犹豫着是否和你见个面，紧接着就发生了他出轨的事情，这才逼得我下了决心见你……"

武小武沉吟了一会儿，问道："阿祥……他参过军？"

甄美丽一脸不屑地说道："要不是他参过军，凭真本事的话，哪能当上江东厂的厂长？还不是全靠他当兵时的战友成了工业局的领导帮衬着，他才有了今天……"

尽管武小武曾听叶海军说过这件事情，但此时此刻再听到依然有惊天动地的感觉。心里一股不甘居于人后的雄心使他不得不开口问道："那，他自己又有什么绝招儿让江东厂名列前茅呢？"

甄美丽"扑哧"一声，说道："绝招儿？我看他是连狗屁招儿也没有！"

武小武连连摇头，说道："我不信，你这是带有感情色彩的评价。"

甄美丽杏眼圆睁，说道："真的，骗人是小狗！对了，你看过严顺开的一个小品吗？三个人抢答问题，每个人的基本分是五十分，答对了加十分，答错了减十分。其他两人激情洋溢、斗志澎湃地拼命抢答，一会儿加分，一会儿减分，好不热闹！严顺开呢，无动于衷，闭上眼睛打瞌睡，既不加分也不减分。最后的最高分居然是严顺开的基本分！你说好笑不好笑？"她咧开嘴巴先笑了一通。

武小武也笑，但笑了一会儿便不笑了，说道："小姑娘，你千万不要告诉我，江东厂至今维持现状不动……"

甄美丽点了点头，说道："阿祥老早就讲过了，为什么要动？一动，工人就要下岗，一下岗，就要把这些工人统统掼到社会上，岂不是增加政府的负担吗？所以他决定，不把困难推向社会，由厂子自行消化……"

武小武听得目瞪口呆，说道："他的意思是，照旧吃大锅饭，不搞国企改革？"

甄美丽"嗯"了一声，说道："他的口号是——让每个工人都有饭吃，增效节能靠技术革新……"

武小武突然不能理解了，如此落伍的江东厂凭什么来兼并远东厂？就凭它有过硬的背景和人脉关系？看来，现在的关键在于自己有没有办法来破这一招儿，甄美丽说得对，这就是狗屁招儿。

甄美丽轻轻地在武小武的脸上吻了一下，说道："我算是看透你们男人了，整天都在想着怎么打败对手，跟好斗的乌眼鸡似的！"

武小武粗鲁地一把将甄美丽揽进怀里，嗅着那瀑布似的长发散发出的沁人肺腑的清香，说道："小姑娘，你说错了，我不想去招惹任何人，可人家尽在招惹我呵，比如你的阿祥和江东厂……"

甄美丽伸出一根手指，柔柔地在武小武的胸口上画出一个"十"字，说道："正因为你是被欺侮的弱者，人家才想尽办法来给你提供情报，助你一臂之力呀……"

武小武又是一愣。情报？这种很暴力的字眼居然从小姑娘的嘴里滑了出来，那么自己该做些什么才能配得上"武头儿"这么个很男人的称呼呢？渐渐地，一种男人的强悍从温柔乡里一点一点崛起……

甄美丽的手指突然停止移动，一下子停顿在武小武的锁骨上，接着，一声低低的惊叹从她的喉咙里爆出："你这儿怎么有一条疤痕？这么深，这么长……"

武小武看了甄美丽一眼，说道："小时候淘气呗，男孩子都这样！小时候的我被人家用力推了一把，摔倒在台阶上，脖子就被戴着的长命锁狠狠拉了一下，就留下了这条疤痕……"

甄美丽的手指轻轻掠过了锁骨处的疤痕，说道："长命锁？我知道了，你的阿爸、姆妈一定十分疼爱你，才给你戴上长命锁。你的长命锁是什么样式的？"

武小武闭了一下眼睛，似乎在回忆，说道："呵，是黄金的，不是很大，麒麟衔着一朵玉莲花……"

甄美丽"咦"了一声，说道："没听说过这种样式呀……"

武小武瞪了甄美丽一眼，说道："那上面还铭有很小的字——'两情若是久长时，又岂在朝朝暮暮'，我想不起来是谁写的了，李白或者苏东坡……"

甄美丽"扑哧"一声笑了，说道："你呀，只懂生产，什么李白、苏东坡，你说错了，这是北宋大词人秦少游的作品，咏叹七夕的，讲的是牛郎和织女的爱情。把这句词铭刻在长命锁上，一定有故事，而且一定凄凄惨惨、悲悲切切，但又美丽多彩、隽永长久，用一把锁锁住，再也无法解开……是你爸的爱情故事吧？是不是这样！你快坦白……"

武小武摇了摇头，说道："什么我爸的爱情故事……你说错了，这把长命锁是我爷爷传给我爸的……"

"哟，源远流长呀！武头儿，说说你爷爷的爱情故事吧！"

"我爸没告诉过我，我不知道。"

"你就不能问问吗？鼻子下面不是长着一张嘴吗？"

"不对呵，小姑娘！你怎么对我爷爷、我爸爸这么有兴趣？该不会有什么不可告人的动机吧？"

"要死了，狗嘴里吐不出象牙！我是在想'两情若是久长时，又岂在朝朝暮暮'，是不是像你和我呢？经过这么多年的相思相盼，才等来了今天，‘金风玉露一相逢，便胜却人间无数’……”

武小武朗声大笑，说道：“我看你真想把自己弄成千古绝唱……”

甄美丽呆呆地看着武小武，倏而幽幽地叹了一口气。

武小武不解，问道：“怎么了？”

“不说这些了。”甄美丽将额头徐徐抵上武小武的额头，眼睛对着眼睛，“武头儿，我告诉了你这么多……我想问你，如果有一天，你打败了江东厂，你会忘了我吗？”

武小武笑了，眼睛里升起一团云雾，问道：“你说呢？”

甄美丽也笑了，说道：“请你记住我的一句话——女人是不会被男人随便欺负的。”

“那，包括我吗？”

“我把你刚才的话还给你——你说呢？除非你改变性别。”

武小武的心上一凛。日月如梭，沧海桑田，纯洁无邪的小姑娘又如何能不变成一个不简单的女人呢？是呵，小姑娘终究长大了。

甄美丽将脸轻轻贴上武小武的胸脯，说道：“你打败江东厂，就是为我雪耻了。武头儿，你眼下准备怎么办？”

武小武思索了良久，才慢慢地吐出了四个字：“草船借箭。”

甄美丽愣了一下，说道：“又来捣糨糊了，你真坏！”

武小武哈哈大笑，突然一个翻身将甄美丽压在身下，说道：“我们这就开始草船借箭！”

就在这时，一个出击的计划形成了雏形……

第十一章

草船借箭，泪洒工厂

1

武小武没有捣糨糊，也没有必要欺骗他喜欢的女人。他确确实实准备执行“草船借箭”的出击计划。不过，这个计划的主角并不是他，而是武大武。

武小武终于拎起电话，拨出了一个号码。电话不是打给武大武的，而是打给武大武的妻子、他的阿嫂——陆小凤的。

正是晚饭时辰。武大武刚在饭桌前坐下，不觉就微微一愣——桌子上竟然有四个熟菜：一盘夫妻肺片，一盘白斩鸡，一碟酱汁油豆腐，一碟素什锦。

“今天是怎么了？是太阳从西边升了起来，还是滚滚长江东流水变成了西流水？你竟出手如此大方！难道是良心发现，大发慈悲地犒劳犒劳三月不知肉味的老公？”

陆小凤将一双筷子递到武大武的手上，说道：“大武，侬晓得哦，熟食店在搞优惠活动，蛮合算的，这些熟菜是买一荤送一素……”

武大武的心头依然疑窦丛生，不禁半开玩笑地说道：“搞优惠活动和你动用钞票没有什么必然的关联吧？再便宜的东西也得用钞票去换，从我下岗回家之后，你是一个铜板夹在裤裆里，到南京路上兜一圈都不会掉的……”

陆小凤狠狠地给了武大武一个白眼，说道："我就这么小气啊？你也太贬低你的老婆了吧？"

武大武点了点头，说道："不贬低你也可以，请告诉我你不惜耗费巨款购买这些糖衣炮弹的理由。因为，我太晓得自己的夫人有几根花花肚肠了。"

陆小凤笑了，说道："你这个人呀，不精乖的时候像一头蠢驴，精乖起来比小老虫还要活络！"

话音未落，一本房产证出现在了武大武的面前。陆小凤笑吟吟地说道："这是小武亲自送来交到我手上的，说是给我们——你和我的。"

大为惊愕的武大武轻轻翻开了房产证，户主一栏中果然填着两个人的姓名：武大武、陆小凤。

武大武的脸色渐渐阴沉了下来。是呵，无功不受禄，受禄必建功，天下从来没有免费的午餐。这本送上门来的房产证背后一定有文章要做，一定有着不可告人的秘密！武小武哪里是一个那么好相与的角色？

陆小凤浑似不觉，一把夺过房产证，说道："你那兄弟真不愧是做厂长的，什么都考虑得很细致、很周到。他说房子我们可以拿去出租，地段好，交通方便，学校又在附近，马路对面就是医院，房租绝对比当初厂子里的工资多得多，算是对你下岗经济损失的补偿，等儿子长大了，还可以当作他的婚房……"

武大武忽然冷笑，说道："好，太好了！连你儿子将来的婚房都想到了，他的心思不可谓不缜密呵！当然，这绝对合你的心意，哪个当妈的不为儿子的终身大事未雨绸缪呢？"

陆小凤没有点头，而是瞪大了一双眼睛，问道："难道他说得不对吗？"

武大武连连摇头，说道："他没什么不对，他太对了！这就引出了一个天大的问题，他为什么要如此这般讨好于我？我有哪一点值得他来这样讨好？我刚才看了房子的地址和门牌号码，小凤，难道你没有注意到吗？这房子是我阿爸、姆妈的，根本就不是他武小武的！那么，他为什么要大动干戈地做这样的顺水人情？还有，阿爸、姆妈同意他这样做吗？"他突然说不下去了。

是呵，武大武上一次去父母家就觉得奇怪，楼上楼下住得好好的，怎么突然就把楼上和楼下隔了开来，还单独架了一座通往楼上的木扶梯？原来如此！隔开之后，楼下依然是父母住，楼上却可以单独出租了。关键在于，楼上楼下是一本房产证，父母同意武小武这样干？

事情已经很明显了，武小武既然能把一本单独的房产证交到陆小凤的手里，就说明已经"分户"，办出了两本房产证，武小武有这个能力，而且武伯平是同意了的。

不管怎么说，武大武认为得去见父母一面，问清楚再说。

陆小凤一个劲儿地摇头，说道："你也别去问了，你的老爸固执得很！千万别再问出点事情来，那样反倒惹麻烦了。"

武大武沉吟了一会儿，说道："不，我还是去一趟的好。"

陆小凤幽幽地叹息一声，说道："你呀，还真让小武说中了！他说你一定会对房子的事情不放心、有疑问，让我告诉你，所有事情尽可以去问爸……"

武大武看了陆小凤一眼，不语。

陆小凤又开口说道："小武说了，如果你没有疑问，那他想请你和他见个面，他有很要紧的事情拜托你。对了，他还说，见面时就不要谈以前那些不开心的事情，毕竟你是他哥、他是你弟，天大的事情打个哈哈就过去了，不然场面会尴尬，见面也就没什么意思了……他还问我，'阿嫂你讲呢，是不是这样'？我讲什么呀？我只能说，'我会不打折扣地转达你的话，到底怎么办，一切得由你哥做主'。"

武大武思忖了一会儿，说道："小凤，你已经完成了你的任务，接下来就是我的事情了……"

武大武完全能够预料得到，武小武这次又把裤子给父亲套上了，两人肯定是合穿一条裤子的。他不能不佩服武小武，大凡能当官的，脑子就是特别好使，往往走一步，就能看到三步以外，这似乎是天性使然。别的都没什么，问题在于武小武要拜托给他的"很要紧的事情"，不知又会是什么鬼花样。唉，不管它了，反正他要去父母那儿，一去就什么都清楚了。

2

武伯平一见到武大武掏出来的房产证，就明白了他的来意，说道："我和你妈早就商量过了，决定把房子留给你。前些日子，小武来家里了，我一说，他不但表示支持，而且想出来一招儿——把楼上的房间租出去，也好补贴补贴你下岗以后的家用。这不，他立马去办了分户的手续……以后，等武一一成家了，再把房票簿合二为一，房子就留给你，他也同意了……"

武大武释然了，原来是这样，是父母的意思。武小武可没有对陆小凤说出这一节，也许这家伙习惯了对什么人都使心计，包括对他这个哥哥。

武伯平看了一眼武大武，问道：“你和小武见过面了？”

武大武一愣，说道：“没，还没有……”

武伯平深深叹了一口气，说道：“你大概没有听说吧？这回远东厂要遭难了，有一个叫什么江东机器厂的要把远东厂兼并了……远东厂的工人兄弟全都要离厂回家了，厂子说没就没了……”

武大武半信半疑，说道：“不至于吧？厂子里有那么多技术工人和操作人员，说不要就不要了？除非是小武手下那些行政人员，可能会被精兵简政分流一部分……再说了，兼并又不是吞并，爸，你太杞人忧天了。”

武伯平连连摇头，说道：“要按你说的那样倒好了，可我听小武说，江东厂兼并远东厂的目的是要把远东厂的地皮拿去盖房子炒房地产，他们根本就不要这爿厂的！唉，武家两代人做生活的远东厂从此就要没有了，要从上海的地图上消失了……”

武大武大吃一惊，一时说不出话来。

武伯平沉默了一会儿，说道：“我听小武说，他想出了一个办法，可能可以挽救远东厂的命运，但是这个办法必须要靠你……”

“什么办法？”

“他没说，我也不知道……大武，你们是兄弟呵，能帮衬的时候就帮衬一把吧！我晓得的，你对小武让你在厂子里第一个下岗一直不开心，一直耿耿于怀……大武，你可以不原谅小武这个做厂长的，不为小武考虑，也不为阿爸这些已经退休的工人考虑，可你得为远东厂考虑，为厂子里几千个上班的工人考虑呵！这么多工人离开了做生活的车间和班组，你让他们怎么活啊！大武，阿爸求你了！”

武大武被强烈地震撼了，喃喃说道：“爸……”

武伯平颤颤巍巍地从床边站了起来，说道：“爸代厂子里的工人给你跪下，求你了！”

武大武一下子冲了过去，一把扶住正欲跪下的武伯平，撕心裂肺地大喊了起来：“爸！我什么都听你的！听你的！”

眼泪汹涌澎湃地冲破了闸门，在武大武的脸颊上横斜。

武伯平紧紧握住武大武的手，说道：“谢谢，谢谢你，儿子……”

武大武也握紧了武伯平的手，久久地，久久地。

3

在一家五星级大饭店的小包厢内，武大武和武小武见面了。对以前的种种不快，两人都没有提及。

武小武所有的歉意都已经写在那本房产证上了，而武大武呢，既然心甘情愿地来了，又何必再说陈芝麻烂谷子呢？

其实，是武伯平的那一番话语——为了远东厂和厂子里的工人——极大地震撼了武大武，要不然他才不愿意蹚浑水。

武小武和盘托出“草船借箭”的出击计划。其实，计划十分简单，就是请武大武写一篇文章，正面宣传远东厂改革的丰硕成果，在市内各大报刊上全面开花，擂响战鼓，草船借箭——在舆论上先把远东厂做大做强，借各路媒体的“十万羽箭”吓退江东厂。

这样一来，最不济也得惊动工业局，让人产生一个全新的感觉：远东厂绝非软柿子，不是想怎么捏就怎么捏的。只要局里有了顾虑，远东厂在一个犹豫之下就有活路了，接下来，通过疏通各种关系将远东厂申请为上市公司，保不准就能咸鱼翻身，彻底打垮江东厂吞并远东厂的痴心妄想！

武大武听着武小武侃侃而谈，思绪不知怎的被牵向了几年前为叶海军做专题片上。是呵，武小武断然忘不了那些故事，否则又何必来找他呢？

那时候，叶海军刚刚回到工业局，为了做好一项宣传工作，与武小武联手推出了当时还没有下岗的武大武。

原来，工业局决定将十位局级劳模的先进事迹广为宣传，掀起“学先进，创先进，赶先进”的新高潮。

叶海军向局领导进言：“十位劳模的事迹十分感人，如果将宣传范围进一步扩大，比如在电视台播出，影响会更大。榜样的力量是无穷的，说不定我们局能一跃成为全市的标杆呢！”

局领导大喜，当场拍板，将这个宣传任务交给了叶海军。叶海军一个电话打给了武小武。

武小武一听便拍起了胸脯，说道：“请放心，只要我一声令下，武大武一定招之即来，来之能战！”

尽管电话那头的武小武根本看不到，但叶海军仍激动地在电话这头拼命点头，说道：“太好了！那就请你哥明天上午到我的办公室吧！”

第二天上午十点，武大武出现在叶海军的面前。

叶海军从来没有和武大武这类创作人员接触过，没想到武大武的第一句话就让他傻了眼。

武大武直截了当地说道："我想知道你这儿的盘子有多大？钱多就办钱多的事情，钱少就办钱少的事情，现在的人都变得现实了。"

叶海军好不容易才喘过一口气来，说道："宣传劳模的先进事迹也要收费？"

武大武朝叶海军翻了翻白眼，说道："可以一个大毛也不收，但要看具体情况而定。比如，你是市级劳模，市里领导发话要宣传，那百分之一千是为人民服务，对不对？"

叶海军点了点头。

武大武笑了，说道："说一个'假如'的情况给你听听——假如工业局有内部闭路电视，只要局领导一声令下，谁敢不扛着设备来拍摄、制作，谁又敢不播出？再来一个'假如'——假如其他单位请你们去拍片，哪怕拍摄对象也是劳模，难道你们就不去计算摄像机、录像带、剪辑设备等的损耗费用，以及编导、摄像、灯光、音乐、字幕及剪辑制作的人工费、车马费？你说是不是这样？"

叶海军不能不承认武大武说得有道理，说道："是这样。不过，我想请教一下你这个内行人，电视台的收费标准是怎样的？"

武大武很领行情，一丝犹豫也没有，说道："按广告制作加播出的收费标准，以十五秒为一个单位，一个单位几千元左右……你们要求播出多长时间？"

叶海军吃了一惊，有些语无伦次地说道："大概，大概五,五分钟……"

武大武愣了一下，问道：“五分钟？你是说每个人五分钟，还是一共五分钟？”

“每个人五分钟。”

“哦，你们一共十个劳模，那就是五十分钟。实话实说吧，五十分钟的电视台广告费用可是个天文数字，我不能说你们付不起，但恐怕任何一位领导都不会愿意支出如此庞大的费用吧……”

叶海军的心里“咯噔”了一下，忽然说不出话来了。

这个见鬼的家伙说到了点子上，原本自己只是想做好宣传工作，万万没料到竟然要烧那么多钱，哪一位领导会同意？这样一来，岂不是骑虎难下，自己把自己顶在了杠头上？早知如此，还不如不提上电视的建议。现在，这已经变成局领导交派的任务了，自己该怎么办？

这么一想，叶海军的头上微微出汗了。

武大武自是轧出了苗头，也不言语，只是伸出手去抓办公桌上的大中华香烟，径自抽出一支，叼在嘴角，默默地看了看叶海军。

叶海军一下子感觉到了什么，慌忙抓起打火机，“啪”的一声燃亮了武大武嘴角的大中华香烟。

武大武美美地抽了一口，微微闭上了眼睛，十分闲适地喷出了一长串烟圈。过了好一会儿，他才开口说道：“听说你是我弟弟的好朋友加好领导，是个双料头，而且你给我敬了一支烟，一点领导架子也不摆，我不给你想想办法的话，就未免太对不起‘朋友’两个字了。”

叶海军顿时如获大赦、如沐春风，连连点头，说道：“对对对，你们武家兄弟都是我的朋友！”

武大武又抽了一口烟，说道："此路不通，我们就换个花样玩玩！我们完全可以不选收费的电视广告，找其他节目试试，比如做一档二十分钟的专题节目，宣传十位劳模的先进事迹。依我看，二十分钟足够了，何必每个人花五分钟？如果你同意，我就去找电视台的朋友聊聊，估计十万元，不不，几万元就能够摆平，你以为如何？"

叶海军呆呆地看了武大武一会儿，忽然将一个巴掌狠狠地拍上武大武的肩，说道："什么都别说了，走，上顺风大酒店，我请你好好喝上一杯！"

武大武陡然大笑起来，说道："好，我接受领导同志的盛情邀请，走！"

七天以后，电视台的人来了，三位主创人员——编导、摄像师、灯光师，外加一辆工作车和司机。严格来说，还有一位隐身幕后的编导：武大武。

在这七天的时间里，武大武根据十位劳模的先进事迹写出了分镜头剧本和解说词。这是一个很吃分量的苦活儿、累活儿，他先是花费了整整五天接触每位劳模，接着深入工厂、车间、班组看工作场景，进行整体构思，打造每个劳模的特色呈现方案，最后用了两天做案头工作，写出了拍摄文本。

在这七天的时间里，叶海军几乎成了武大武的贴身保镖，吃饭、用车、接洽、采访、座谈、参观等均由他这个"局里来的人"一手落实。这么一个大圈子绕下来，叶海军的全部感受只剩下两个字：辛苦。

叶海军没有想到，"辛苦"只是万里长征的第一步。在接下来的实际拍摄中，他忽然忙碌得成了一个飞速转动、无法停下的陀螺。当他困乏得到了站着进入梦乡的境界时，只能下令从自己所在处室调来四五个年轻人组成一个服务小组，随时随地听从摄制组的调遣。

叶海军后来想想都头晕，拍摄一部短片的工作量已然如此浩大，若是拍摄电视连续剧、电影呢？真是无法想象。

一切忙乱终于过去。当局领导一班人坐在会议室里谈笑风生地审查这部片长为二十分钟的《风流人物》专题片样片的时候，已经是一个月以后。

局领导们看得很感动、很激动，一致认为这是一部振奋人心、鼓舞士气、向先进人物学习的好作品，于是以同样的感动、激动紧紧地握着所有工作人员的手，说道："谢谢！太谢谢大家的辛苦劳动了！"在感谢完了之后，便只有一个问题了，"什么时候在电视上播出？"

叶海军心知肚明，在没有支付费用之前，电视台是不可能播出的，于是笑了一笑，说道："很快很快，电视台会尽快做出排片计划的。"

然而，计划没有变化快。

武大武向叶海军通报了一个变化："北京来了命令，禁止一切有偿新闻的见报和播出。叶兄，在这么一个形势下，原先我们和电视台谈好的拍摄协议肯定作废了，谁都不敢也不会再拿一分钱了，尤其是头上戴着乌纱帽的没人不害怕被摘去顶戴花翎，犯不着啊……"

叶海军只听到"轰"的一声响，着急地问道："这这这，播出的事情呢？会不会黄了？”

武大武苦笑着说道：“不知道，不好说，现在谁都说不准……”

叶海军知道自己这回算是玩完了！工业局不会在意也不会注意新闻单位的新闻是有偿的还是无偿的，他们关心的只是结果。

叶海军几乎是拖带着哭腔说道：“大武啊，你可得救兄弟一把，不然，我就死无葬身之地了！”

武大武叹了一口气，一脸无奈地说道：“只有等这一阵风过去再说吧……”

“那，那得等多长时间？”

“估计三个月到半年吧？”

“天哪，我等不起呵！”

“我再去想想办法吧！”

叶海军明白，武大武把话说到这个份儿上算是到顶了，只能在心里哀叹一声，说道：“谢谢大武兄，听天由命吧！”

谁也没料到，叶海军最后得到的竟然是大团圆结局，而且很有喜剧色彩。

在一个平平常常的夜晚，《风流人物》就那么平平静静地播出了。没人事先通知叶海军，就连武大武也是播出之后才接到电视台编导电话的。

据说，由于发布了有偿新闻禁令，许多节目不得不撤下，原本紧张的播出时段有了空闲，但电视栏目又停不得，这就该《风流人物》露脸了。审片的领导一看，不错嘛，宣传劳模精神，体现主流价值，无论如何也和有偿新闻挂不上钩，当即拍板——立马播出！播出之后，居然天天重播，整整重播了一个星期。重播前，节目新添了一句导语——应广大观众之强烈要求。

这时，武大武也捎来了电视台的口信，说道："这个专题片受到了上级部门的大力表彰，说该片充分表现了全体编导摄制人员在抵制有偿新闻歪风邪气中的精神面貌，令人振奋，鼓舞人心，希望再接再厉，创造更大的辉煌。"

叶海军在松了一口气的同时，忽然感到一阵阵肚子疼——他无法忘怀那些难以用语言描述的跟随摄制组艰辛劳动的日日夜夜，如今，武大武和电视台已经践约，他却无法兑现支付费用的诺言，这让他如何面对自己的良心？

纠结了许久，叶海军把武大武请到了自己的办公室，拿出了几块手表和两包茶叶，请他送给电视台的朋友。他很不好意思地说道："这是一点点心意，务乞笑纳。"

武大武找到编导一行人，不料他们"笑"完之后无人肯"纳"，说道："谢谢倷一家门，请不要害我们好哦！"

无法完成任务的武大武使出了最后一招儿——找这个部门的主任。当然，主任是他的朋友。

知道武大武的来意后，主任哈哈大笑，一把拉开办公桌抽屉，说道："大武，这些都是我的部下上交给组织的东西，你一看就明白了！"

武大武只看了一眼，果然就全明白了，再也不说一言，像军人一样立定向后转。他这一转身就转到了叶海军的面前，把一应东西统统物归原主了。

那一抽屉中，满满当当的都是手表。

故事到了这儿，不想画句号也该画上句号了。不不不，还有最后一笔——工业局的领导获知此事之后，不禁拊掌长叹，连连赞曰："手表茶叶皆不收，真乃高风亮节呵，风流人物的表率！"

4

在这个晚上，在这家五星级大饭店的小包厢内，武小武谈了很多很多，谈得推心置腹，谈得惊心动魄，谈得声泪俱下。于是，彼此间的所有恩恩怨怨全都消失不见了——作家武大武忽然理解了厂长武小武的所作所为。

武大武在为远东厂捏一把汗的同时，决定不遗余力地为武小武奉献一把。

武大武还告诉武小武，自己很快要赶往无锡影视基地拍摄一部电视剧，讲的是面对改革大潮汐，两个人物捉对儿厮杀的故事。关键是，这两个人物都是好人，传统意义上的大好人。他们各有各的奇招儿，各有各的绝杀。当一个作家的笔触能够进入这般境地时，才能真正让读者感受到时代的律动。

武大武说，尽管不清楚江东厂的头头是不是好人，但他很清楚自己的兄弟武小武。

武小武很感动，一把握住武大武的手，所有语言全都在这紧紧一握之中。

应该说，武小武找对了人。武大武是写作的行家里手，他的那支笔写过不少领导、劳模的报告文学、长篇通讯，基本上各家报刊的主编对他的大作都是"免审"的，一路绿灯放行，任他驰骋。一如有些在报纸杂志上开专栏的作家一样，武大武不但创下了名头，而且创立了属于自己的品牌。

在读完武小武提供的整整三大包素材后，武大武的初步构思已经出来了，决定就从武小武厂长六亲不认、一刀将其亲哥第一个斩进下岗人员的行列中起笔。这里有个名堂，叫作“先声夺人”，大凡英雄人物出场，必是挟裹九千个雷霆、席卷八万里风暴的阵仗。几乎是同时，他的灵感突至，脑海中蹦出了一个不同凡响的标题：“霸厂长改革记”。无疑，这是一个抢夺眼球的好题目。

在这家五星级大酒店的标间里待了整整二十四个小时之后，武大武已经文思泉涌地完成了这篇文章，仅五六千字，短小精悍，非常适合一般报纸的版面。至于它的扩大版，则为一万五六千字，适合在杂志上发表。

武大武在武小武的耳边低低说出了这家杂志的名称。武小武大吃了一惊，那可是一本家喻户晓、相当权威的国家级刊物！

接着，武大武拿出一份名单，都是他已经联系好了的报社、电台、电视台等新闻媒体的相关人员名单和联系方式。

武大武不好意思地笑了笑，说这件事情原本是应该由他一手操办到底的，可是无锡影视基地来了好几个电话，导演一定要他赶回现场，并且已经派出车子来接他了，反正接下来的生活不吃力了，已经统统关照好新闻媒体的各路神仙，明天上午十点准时到达远东厂的第一会议室，听武小武厂长作一个简单的有关国企改革的工作汇报，同时会将撰写的统发稿发到每一位记者、编辑的手中，会后共进午餐，顺便发放准备好的礼品袋，万一有人要多拿几份带回去给单位里走不开没能亲临远东厂的领导同志，那就请出“加拿大”的阿哥——“大家拿”。一切结束后，武小武就等着到当天的晚报、次日的日报上收割即可。

武小武有些不敢相信，问道："这么简单？"

武大武肯定地点了点头，说道："就这么简单！这件事情就交给你办了。"

话音未落，房间里的电话铃声尖锐地叫了起来。原来是从拍摄现场赶来的小车司机已经到宾馆大堂了。

武大武提起挎包就走，跨出房门时蓦然回首，说道："我等着你胜利的好消息！"

武小武点头，也来了一句俏皮话，说道："请祖国人民放心吧！"

万万没料到，这"万事俱备，只欠东风"的临门一脚，竟然让武小武一个"冲天炮"给踢飞了，连球都不知飞向何处去了。

事情的全过程是这样的。

上午十点，各新闻单位的记者陆续走进了远东厂的第一会议室。

十点一刻，会议开始，武小武作了简短的报告。

十点三刻，会议结束，发放《霸厂长改革记》文稿和新闻统发稿。

十点五十分，进行全厂参观。

十一点一刻，步行至远东厂对面的饭店用餐。

十一点三十分，开始用午餐。

十一点五十分，开始发放礼品袋。

问题就在这个时候发生了。

武小武不太认识新闻界的朋友，根本不知道谁是哪家报社的，只记得那是一个有着大眼睛、鹅蛋脸的漂亮女记者，饶有兴趣地打开了礼品袋，取出里面的物品一一看了起来。

突然，这个女记者站了起来，尖起嗓门大叫道："同志们！大家快看看远东厂的武厂长给我们送了什么礼品！有女同志的整套化妆品，有男同志的进口剃须刀，一个信封里还装有五百元！党中央在几年前就号召新闻界不得搞有偿新闻，新闻出版署还下发过有关文件！武厂长，请你把这些东西拿回去，千万不要害我们！请你放心好了，远东厂国企改革的成绩大家有目共睹，你根本不用送东西，所有报纸都会发新闻报道的！"

尽管武小武再三再四地拼命解释说钱是给大家的车马费，但这个女记者还是将礼品袋毫不留情地扔给了武小武。

接下来的一幕让武小武要多尴尬就有多尴尬：在"啪啪啪"的一片声响中，礼品袋一下子堆得比武小武的人还要高！

不知是谁喊了句："武厂长，单位里还有事体，再会了！"片刻之间，在此起彼伏的"再会"声中，原先坐了整整三四张圆台面的人顿时走了个踪影全无。事后点了点礼品袋，一只不少，一只不多，整一个完璧归赵。

武小武打破脑袋也想不出自己到底是哪儿出了纰漏，他只知道，草船借箭说到底借的是东风呵，而自己东风没借到，却借来了西北风，这件事情算是彻底砸了锅玩完了。

果不其然，过了两三天，武小武最担心的事情终于发生了——那天来了二三十家新闻媒体，竟无一家的版面上出现一个字！

5

武大武风尘仆仆地从无锡赶了回来——武小武一连十三个电话，比当年宋高宗赵构一日连发十二道金牌召回在前线作战的岳飞还多了一道金牌。

听武小武说完这件事情，武大武不禁哈哈大笑，说道：“兄弟呵，一定是你一不小心在什么地方露了马脚，新闻界朋友别的本事没有，偏偏个个比《红楼梦》里的林黛玉还要敏感……”

武小武叫起了泼天冤枉。

武大武呵呵一乐，说道：“好了好了，你也别叫冤枉了，我连夜通知这帮新闻界朋友，明天上午重新来过，前几天只当是一幕大戏的彩排算了。”

听武大武说得如此没心没肺、随随便便，武小武着急了，说道：“你你你，能不能换一种方式？我上次的洋相已经出到家了，再来一次，我这个厂长今后在厂子里连人也不要做了！”

武大武一脸笃定地说道：“放心好了，有我在！”

第二天是晴天。天气好，心情也好。

一切都与上一次一模一样：

上午十点，各新闻单位的记者陆续走进了远东厂的第一会议室。

十点一刻，会议开始，武小武作了简短的报告。

十点三刻，会议结束，发放《霸厂长改革记》文稿和新闻统发稿。

十点五十分，进行全厂参观。

十一点一刻，步行至远东厂对面的饭店用餐。

十一点三十分，开始用午餐。

十一点五十分，开始发放礼品袋。

一切，风平浪静。

尤其让武小武大惑不解的是，那个有着大眼睛、鹅蛋脸的漂亮女记者赫然在座。奇也怪哉，仿佛上次义正词严的人根本不是她，这回她居然连一句话都没有说。

更稀奇的是，有两个记者主动开口要求武小武补发礼品袋，说领导抽不开身前来。

武小武毫不犹豫地满足了两个记者，同时随口问了一句："前几天我给你们，为什么都不要？"

两个记者相视一笑，异口同声地说道："武厂长，你懂的呀！"

完全不懂的武小武还想问些什么，两个记者已经接过礼品袋，说声"谢谢"，转身跑开了。

看来武大武的能量颇为可观，这是武小武的零距离感受。

后来，武小武大出意外地听说那个有着大眼睛、鹅蛋脸的漂亮女记者居然是多年前从远东厂出去的，考进了复旦中文系，应聘到某家报社，成了新闻部门的主任，而且是在读硕士生，前途不可限量。

武小武并不是蠢人，当下一个脑筋急转弯，觉得武大武与女记者一定有故事，而且女记者上次让武小武大出洋相保不准就与此有关联。

很久很久以后，武大武才告诉武小武，说自己一个不小心误了女记者的终身，她为了他始终不嫁，连同事、朋友、亲戚给她介绍男友都不去看上一眼，大有“曾经沧海难为水，除却巫山不是云”的腔调。他为此一直心情不爽，两人时有争吵，但她固执己见，告诉他这一切与他不搭界，都是她自己的决定，丝毫不肯改变。那日的事情也活该武小武倒霉，前一天，武大武和女记者在上海至无锡影视基地之间的长途电话里闹了别扭。

当然，这是武大武放在桌面上说的话，其实他心中还不知多么高兴呢！焉知这是不是他和女记者连裆模子合演的双簧？目的莫过于给武小武脸色看看，让武小武见识他的“马王爷三只眼”！

呵呵，忘了说，女记者的名字叫蓝月亮。

武小武终究明白了，这是一个走进了武大武生命里的女人。

当天晚上，几家晚报率先揭开了报道远东厂的序幕。

第二天，所有日报全都开始了对远东厂子进行报道的狂轰滥炸。

最令人不敢相信的是，电视台当晚六点三十分的新闻中，居然出现了武小武，侃侃而谈远东厂国企改革的大手笔。武小武掐了一下表，一分三十秒。

紧接着，无线电波里又传出了字正腔圆的《霸厂长改革记》的配乐朗诵。

一时间，远东厂的大旗在陆地、天空、海洋全面飘扬，武小武顿时成了大明星。

6

过了一个礼拜，武小武坐着直升机升到了工业局的层面——叶海军打来电话，以十分激动的口吻告诉他，下午局里召开了紧急会议，决定将远东厂作为国企改革的典型在工业局全面铺开，号召麾下的所有厂矿掀起认真学习典型的高潮。

转机何在？在于市里一位主管工业的领导发话了：“远东厂为什么不可以被树立为市里国企改革的标杆和旗帜呢？”正是有了这个精神传达，局里才迈出了这一大步。

更为振奋人心的消息是什么呢？是远东厂与江东厂兼并的故事不变，但是主客的位置颠倒了个个儿，不再是江东厂吃掉远东厂，而是远东厂一口吞并了江东厂……

叶海军连连恭喜武小武，说他很快就会出任新组的远东厂厂长兼党委书记，葛庭祥将作为他的副手一同出现在任命书中。最后，叶海军在电话里发出热忱的邀请：“能给你献上这般扭转乾坤计策的雄才大略者，必是卧龙先生诸葛亮和凤雏先生庞统再生，一定要把他约出来喝个一醉方休，此乃三生有幸之事，我不请客谁请客！”

没料想，武小武心平气和地说道：“既没有卧龙也没有凤雏，只是一个跑工业条线的记者偶然地来到了远东厂，偶然地听说了远东厂的国企改革事迹，又偶然地写了一块豆腐干文章交差，至于能够引起这么大的动静和反响，就更是偶然中的偶然了……”

叶海军突然在电话那头陷入了沉默，良久才开口说道：“小武，你变了，变得‘每临大事有静气，不信今时无古贤’了，看来你小子的仕途不可限量呵……”

叶海军还在叽里咕噜地说着，但武小武已经什么都听不见了。此时此刻，唯一在他耳边回响着的是那些话语：“其实我喜欢你的就是这一点，你不太善于掩饰自己，你自以为滴水不漏，其实全都已经写在了脸上。像你这样的人，仕途再有发展，官也是做不大的，做大官的人必然面无表情、心如古井，深不可测……”

7

一轮通红透亮的夕阳斜斜地悬挂在西边的天幕上，将空旷的厂区中一排又一排直挂云天的厂房的飞檐翘角涂抹成了剪影横斜，乍一看去，就像在云蒸霞蔚的大蛋黄上腾跃起了枯藤昏鸦。这儿就是江东厂的领地。

一辆奥迪轿车远远驶来，缓缓停在路边。车窗徐徐摇下，露出了武小武的脸。

武小武面无表情地望着这一片即将转型成为“创意天地”园区的老厂房，一言不发。在逝去的大半年时间里，他经历了几多折腾和辛劳才将有着万把人的江东厂兼并过来，下岗分流、自谋出路、组织安置三管齐下。然而，再怎么“无情下岗，有情操作”，毕竟各人有各人的难处，家家都有一本难念的经。人的工作难做，这是世界上最大的难题之一。一想起那些没日没夜的电话、呼天抢地的哭诉、横眉竖眼的纷争，他的心里就不好受，一千个一万个难受，这并不是他想要的。还好这一切都过去了，万里奔腾的长江水终于出了海口。

值得武小武庆幸的是，原江东厂党政班子中的大多数同志都认清潮流地纷纷跳槽、自谋出路。唯一不走的只有葛庭祥，他说船沉了，别人可以跳船逃生，可是船长必须要和船一起沉到海里，这是船长的天职。

武小武知道葛庭祥是一条铁铮铮的汉子，但他永远不会成为和自己拧成一股绳的人，因为他一辈子都不会服气："我哪一点干得比你差了，你凭什么一口吃掉了江东厂？"一如当初不服气的自己。尽管他表面上乐呵呵的，可那是笑里藏刀，一把时刻要放自己的血、剥自己的皮的刀子。两人永远不会成为割头不换的朋友，这是武小武力所不逮的，只好随他去了。

武小武心想，葛庭祥曾经承诺拿下远东厂后，用远东厂的地皮搞房地产，并且要将造好的楼房无偿地贡献出三分之一，那么自己也来这一套，而且肯定干得比他更漂亮。

武小武通过叶海军向局领导汇报，江东厂的地皮统统给局里，由局里统筹规划。当然，他的建议是开发"创意天地"园区，把这片有着百年历史的厂房整新如旧、修旧如旧，用20世纪二三十年代的上海滩怀旧情结招商引资，欢迎著名的画家、画室及广告设计品牌公司入驻。

后来，叶海军兴高采烈地告诉武小武，工业局已经改制成为控股集团公司，董事长常江河非常高兴，说完全同意武小武的"创意天地"构想，又说"创意天地"构想本身就是一个全新的创意，还说要找机会邀武小武共进晚餐，好好聊聊"创意天地"的上海滩怀旧主题。

武小武忽然看到一轮崭新的太阳正从他人生的地平线上冉冉升起。

其实，武小武在这件事情上存有私心。他早已阅尽古今春色，深知一个想干事情的人，尤其是国企行政人员，千万不能卷入房地产的旋涡中。谁都知道房地产来钱，但正因为来钱快，便成了众目睽睽之下的香饽饽，岂能不成为容易出事的炸药包？更何况他的身边还有一个虎视眈眈的葛庭祥！

武小武是聪明人。吃掉江东厂，抛掉江东厂的土地，远东厂毫发未损，他早已心满意足。人哪，不能太贪婪，人心不足，蛇都能吞象。

坐在奥迪轿车中的武小武准备打道回府，却突然看见在空旷的厂区里出现了一个人影，正步履蹒跚地走着，陡然跪下，重重地往地上磕了三个头，蓦然仰首向天，发出一声如同受了重伤般凄厉的狼嗥！此刻夕阳胭脂红，剪出了一幅吠日图。

武小武被深深震动了。就在一瞬间，他认出了那个人影——葛庭祥！他完全理解葛庭祥的举动，如果今天是远东厂的船沉没了，他可能也会像葛庭祥一样丧魂落魄地出现在远东厂的地上跪拜长啸。这是对工厂割不断、理不清的膜拜之意、深厚之情所致的自发行为呵！

一阵汹涌的泪水夺眶而出，武小武拍了一下司机的座椅，示意开车。是的，他无法也不忍心再看下去了……

第十二章

得意莫忘形，蓦闻霍霍磨刀声

1

武小武在梦里看到了一个怪怪的卡通人物，头上冒着烟，烟的颜色也奇怪，有红的，有白的，有黑的，有蓝的，还有金色的，仔细一看，哇呀，不得了，原来是脚底着火了，好大一团火啊！

醒来以后，武小武觉得那个卡通人物就是自己。是的，他就是脚底着火了——公司上市的事情流产了，“咕咚”沉入了海底，花费的心血全泡汤了。

怪谁呢？

怪黄胖橄榄？怪中央某报刊驻沪办事处的刘主任？还是怪自己？

武小武只能怪自己。是呵，谁让他将如此重任托付给黄胖橄榄。

黄胖橄榄已有好几个年头毫无音讯，就像断了线的风筝，不知掉到哪个角落了。前几个月，他突然冒了出来，再三再四地打来电话要请武小武吃饭，如此盛情弄得武小武不好意思拒绝。

武小武去了，还没等他坐下来，黄胖橄榄就一脸春风得意地说道：“我的大厂长，你这辈子还没见过下岗工人变为身价千万的老板吧？今天就让你开开眼界，这个人正在与你共进晚餐呢！”

武小武一愣，问道：“你，千万富翁？”

黄胖橄榄哈哈大笑，一边请武小武入座，一边取出一条软壳大中华香烟递了过去，一如当年在车间里与武小武初次见面就慷慨大方地扔过去一包牡丹牌香烟。

打开一瓶 XO 洋酒之后，两人边吃边聊起来，武小武这才知道了黄胖橄榄的发家秘史。

原来，黄胖橄榄虽然早些年在碧山碰上了假警察铩羽而归，但并没有金盆洗手、退出江湖，而是养精蓄锐、蠢蠢欲动。改革开放的形势越来越明朗，市场经济的大潮呼啸而来。黄胖橄榄的头脑毕竟还是活络的，他先是吃准了股票市场，从买认购证入手，狠狠地赚了一票，随着股市一个劲儿疯涨，他的身价也扶摇直上。当老头儿、老太太全都成了铁杆股民的时候，他陡然全身而退，掉转枪头对准了房地产市场。就在他退出不太久之后，股市从六千多点的顶峰一路狂泻，一如直下三千尺的飞流，跌进了历史最低点的冰冻期。

黄胖橄榄的切身体会是，进场须趁早，滑脚莫犹豫。在股市横枪跃马的时期，他已眼观六路、耳听八方地进入了房市。从那时起，他在房市施展拳脚，如今已拥有了几十套房产，一半以上都是商铺，而且地处闹市，均已供不应求地统统出租了。

武小武点了点头，说道："看来你已经是名副其实的地主了。你是在股市里赚疯了吧？要不然是买不起这么多房子和商铺的。"

黄胖橄榄摇了摇头，说道："你讲错了，股市赚得再多，充其量能买得动一两套房子就算是不错的了……"

武小武一愣，问道："难道你另有花头？"

黄胖橄榄端起酒杯，说道："且让我先敬你一杯。要说有花头，还不是你武厂长给我的花头啊！”

两人一干而尽。

黄胖橄榄一边斟酒，一边讲出了原委。原来，他用厂里分配给他的那套房子到银行进行抵押贷款，用贷出来的钱去买房子，买了房子再抵押贷款，如此周而复始买了二三十套商品房、七八排沿街商铺，再加上炙手可热的七浦路商铺，是以成了千万富翁。这一招儿有个名堂，叫作“空手套白狼”。

黄胖橄榄哈哈大笑，说道：“其实，我只不过是为银行打工的千万富翁而已，每个月的还贷利息就快把我压垮了！不过没关系，适者生存，我老早就适应了……”

两人又举起了杯。

黄胖橄榄很豪爽也很义气地说道：“我黄胖橄榄再怎么差劲，‘滴水之恩当涌泉相报’这句话还是懂的。今后武厂长有什么差遣，兄弟自当水里冲火里闯，连眼皮都不会眨一下！”

武小武起初也不拿这句话当一回事，毕竟在江湖上混的人什么豪言壮语都敢说。不料到了后来，远东厂的经营陷入了前所未有的低谷，甚至到了连工人们的工资也发不出来的地步。黄胖橄榄不知从哪儿听到了消息，突然提着一个箱子一头闯进了厂长办公室，面红耳赤得如同发怒的猛兽一般吼着，责怪武小武不把他当自家兄弟看待，接着将一箱子钞票扔在了武小武面前的桌子上，说道：“这是三百万元，不够发工资的话，再来找我！”为了筹工资早已走投无路的武小武感动得当场落下泪来。

后来，在远东厂最困难的岁月里，黄胖橄榄成了全厂职工每月工资的临时提款机。当然，每隔半个月，武小武再黔驴技穷、再剥皮抽筋也会还上这笔钱。“有借有还，再借不难”，武厂长懂这个理。

这就是黄胖橄榄，一个从下岗工人变为千万富翁的兄弟。

当时，武小武正煞费心机、削尖脑袋地想让远东厂跻身上市公司的行列，一旦上市，就等于获得了一个融资大平台。然而，不知到底是什么地方出了毛病，远东厂申请了好多次，就是批不下来。

万般无奈的武小武决定采取迂回战术，走上层路线——设法将所有上市材料呈送给某位中央领导，请他阅后表个态，而后远东厂便能借题发挥、趁机行事。

在这个当口儿，武大武帮了武小武一个大忙——以他武厂长的名义，请来了中央某报刊驻沪办事处刚上任的刘主任一同吃饭。事后，武大武告诉他，只要把刘主任拿下，远东厂的上市计划书一准能送到中央领导的手中，一个批示就能解决一系列问题。

在一个阳光明媚的午后，考虑了很久的武小武把黄胖橄榄请进了厂长办公室。在把上市公司的来龙去脉全部交代清楚以后，武小武说道：“不管你用什么办法，只要刘主任同意帮忙送材料，你就算完成了任务。但有一样，不得送钱财，不然有一天事体穿帮，我们谁都脱不了身！”

黄胖橄榄笑着说道：“放心！我懂的，请吃、请喝、请拿、请睡，百无禁忌……”

武小武把脸一板，说道：“不要在我面前提这些乌七八糟的东西，也不要向我汇报你做了什么、怎么做的，我只要知道结果，明白吗？”

黄胖橄榄嘻嘻一笑，说道：“我一个下岗工人能混到今天这个份儿上，也不是吃素的，你就放一百二十个心好了。”

武小武像没听见似的，目光徐徐转向了窗外，一树桃花骨朵儿正在含情绽放。

黄胖橄榄悄悄吐了一下舌头，转身走了。

2

事情进展得十分顺利。

一顺利，难免就会让人昏了头脑。在过于平静的水面下，往往蕴藏着千尺风暴。

武小武永远记得，那天快下班的时候，黄胖橄榄突然一头冲了进来，说道：“我和刘主任约好了晚上六点钟在锦江饭店碰头，你快把上市材料给我，他凌晨一点钟飞北京！”

黄胖橄榄从来就是一个性情中人，喜怒皆形于色，常常是大嗓门吼得天下人想听不见都不行。事后，武小武细细回想起来，毛病肯定出在黄胖橄榄的大呼小叫上，因为当黄胖橄榄拿着一大包材料转身而去时，门外有一个人影一晃而过，似乎是葛庭洋。

当时的武小武已经敏感地想到了什么，连忙冲了过去，但门外什么也没有。他只得淡淡苦笑，是呵，近来身心疲惫，难免染上了疑心病。

其实，第六感常常是准确的——三个小时以后，出事了！

后来，黄胖橄榄告诉武小武，开始的时候一切都很正常，到了最后一分钟才出了洋相。

当时，黄胖橄榄和刘主任在锦江饭店吃晚餐，而且把远东厂的上市材料交给了刘主任。饭后，黄胖橄榄用自己的宝马车把刘主任送到了黑牡丹的住处——这是黄胖橄榄牵的线、搭的桥，黑牡丹是皇后歌舞厅的头牌歌女，一般是不接客的，更别说把客人带到自己的住处，这次是看在黄胖橄榄一掷千金的份儿上才勉强同意的。上楼前，刘主任和黄胖橄榄约好晚上十点送他去虹桥机场。

谁也没料到，当黄胖橄榄如约而至时，却见黑牡丹的楼下停了两辆闪烁着警灯的警车！正在惊诧之际，却见刘主任和黑牡丹都被蒙着黑头罩押了下来，推进了警车。

黄胖橄榄开着宝马一路跟着两辆警车，发现警车竟然开进了公安分局的大院。要知道一般都是去辖区派出所的，看来这次的事情算是搞大了！

怎么会这样？黄胖橄榄百思不得其解，只得摸出手机，一个电话打给了武小武。

武小武一听就叫了起来："要糟！"

黄胖橄榄不明所以，说道："要糟？糟什么，大不了罚个五千块钱了事……"

武小武重重地叹了一口气，说道："你呀！你懂什么……"

武小武首先想到了远东厂的上市材料在刘主任的身上，紧接着思考刘主任和黑牡丹被警察带走是怎么回事。刘主任肯定不会请警察来抓自己，那么黑牡丹呢？

根据黄胖橄榄反馈的消息，黑牡丹并不是随便瞎来的女人，仅凭她在歌舞厅里唱歌，收入就很可观了，根本没有必要出卖肉体，而且这次她也只是答应与刘主任交个朋友而已，聊聊天可以，若有非分之想，她就立即报警。不过，就算是她报警，警察也不会给她套上黑头罩一同抓走的。

那么，最后一个知情者就是黄胖橄榄了，但武小武坚信他不会出卖自己的。

武小武想着想着，突然沁出了一身冷汗——他想到了在厂长办公室门外一晃而过的那道黑影！然而，即便这个人听到了“锦江饭店”“上市材料”“飞北京”，又能如何呢？问题在于，这个人是如何得知刘主任会去黑牡丹家里的呢？

武小武不愿意再往深处想了，一想就不寒而栗，一种冰冷的感觉瞬息间划过了脊梁——除了盯梢、跟踪，否则这个人是不会知道刘主任的去向的。

武小武觉得自己被逼到绝路上了。一向不太抽烟的他在连续抽了两支香烟之后，终于拎起电话，拨了一个号码。这个号码是属于公安局内部的。

第二天上午，武小武和黄胖橄榄一起去了虹桥机场，把刘主任送上了飞往北京的飞机。

一切终于过去。刘主任有惊无险、毫发未损，黑牡丹也安然无恙地回到了住处。

刘主任说，他和黑牡丹被带到局子里，无关桃色新闻，事实上，当警察敲门的时候，他俩正在海吹神聊。蹊跷的是，警察一进屋，便喝令他交出远东厂的上市材料，而后才将他俩带走。

到了公安分局，审讯人员也一再追问刘主任：是谁交给他这份上市材料的，他出了多大的价钱买下，带到北京要进行什么幕后交易，等等。刘主任什么都说不得，也无法说。

一直僵持到快要天明时，隔壁电话忽然铃声大作，审讯人员走过去接听电话，这一去就再没回来。过了一会儿，来了另一个警察，对刘主任说事情已经调查清楚了，与他无关，他可以回家了，接着又向他大讲了一通司法规则，说配合公安机关的调查是每一位公民应尽的义务云云。

临离开时，刘主任忽然想起警察没有归还远东厂的上市材料，向对方索要，得到的回答是这份上市材料牵涉上海方面的商业机密，不得擅自带离，故暂时留存公安机关。他只能叹一口气，深知自己初来乍到，方方面面的关系还没有打开，多说也无益，只得明哲保身地先离开再说。

听到这里，武小武打了一个寒战，脸色由于一夜未眠显得越发铁青。是的，他通过有关方面获悉，事情的起因是上面来了一通电话，直接打到分局，说据线人举报，远东厂的上市材料被盗，正在市内某个小区的某室进行交易，要求警察立即出动，将犯罪嫌疑人抓获，同时要求不得通知辖区派出所，以防走漏风声。于是，公安分局立刻下达命令，拉开了后面故事的序幕。一直折腾到今天清晨，有关方面打了招呼，此案方才终止。

其实，此案并没有终止。举报人果然神通广大，竟将此案捅了上去，于是远东厂受到了暂时不得申报上市的严厉处分。

武小武知道，所有故事的关键在于两个字：内鬼。

武小武的脸上渐渐浮起了一股杀气——这个卑鄙的家伙，内战内行，外战外行，竟然为了泄一己私愤而坏了远东厂的百年大计！不是不报，时辰未到，有朝一日必遭天谴！

是的，武小武并不傻，怎会不知内鬼为何人！

3

暮霭中，武大武跳下了出租车，心急火燎地直奔医院住院部。

武伯平最近一直在住院。他年纪大了，又曾患过脑梗、心梗，天气一冷，就容易复发，只能一直住在医院。

武大武最近一段时间不忙，属于工作淡季，没人找他约稿，他也没有想写的东西，百忙对一闲，索性就休息一阵子，好好放松放松。谁知冷不防就来了一个电话，是医院住院部的，说武伯平今天肚子疼，一验血，白细胞的指标太高，一诊断，应该是急性阑尾炎，请家属立即过来一趟。

武大武走进医生办公室。办公室里静悄悄的，两位医生相向而坐，桌上的两台电脑背向开着。武大武从背对房门而坐的医生后面走进去，第一眼看到的是一个戴着白色帽子的后脑勺和显示着人体解剖图的半个电脑屏幕。

两位医生正全神贯注地将视线投向电脑屏幕。武大武轻轻咳嗽一声，说道："医生，我是三十九床的家属。"

面对房门的医生抬起了头，说了一句："呵，你来了。"然后，继续紧盯着电脑屏幕。

武大武走了过去，瞧了一眼电脑屏幕——正在播放电视剧《医生仁慈》，只不过医生把声音关了，看的是无声电视剧。见医生犹自看剧，武大武凑了上去，说道："《医生仁慈》是一部蛮好看的电视剧。"

看剧医生抬起头看了武大武一眼，说道："你也看过？蛮不错的，女主角演得也好……”

武大武忽然冷笑了一声，说道：“是呵，医生仁慈，你这个医生有仁慈之心吗？”

看剧医生一愣，忽然起身将电脑关了，说道：“哦，你刚才说你是哪个床位的家属？”

武大武扫了一眼挂在墙上的值班医生一览图，说道：“我是三十九床的家属。你是郝医生吧？”

看剧医生点了点头，说道：“对，我姓郝。三十九床？你家老先生是急性阑尾炎……”

武大武笑着说道：“要我在手术同意书上签字对不对？行啊，把手术同意书给我。”

郝医生“哦”了一声，不知为什么有些踌躇不决，说道：“这样吧，等我们主任下来再说……”

“为什么？”

“手术必须经过主任批准的呀！”

“主任在哪里？”

“在楼上会议室开会。”

武大武忽然就没有了语言，毫不客气地在一张椅子上坐下了。

郝医生只是在室内来回踱步，另一位医生不知什么时候走了。

武大武看了看手表，说道：“郝医生，我什么都不懂，想向你请教，急性阑尾炎发作后，如果不及时处理，会变成腹膜炎吗？腹膜炎是不是打上一针就好了？”

郝医生听不下去了，说道：“好了好了，你也不要潮兮兮的！你会不知道腹膜炎是要出事体死人的？当我听不出来啊！我这就去看一下赵主任开完会没有……”

过了好久，郝医生才回来，对武大武无奈地说道：“再等等吧，赵主任知道这件事情了，会议一结束就过来……”

武大武去病房看望武伯平，发现他已经沉沉入睡了。看着父亲的脸，一件陈年往事忽然浮上了武大武的心头。

那一年，武伯平得知武大武想要报考戏剧学院戏文系但厂里偏不给开证明时，他连张玉兰也不告诉，悄悄拿着武大武发表在报刊上的文章剪贴本，冒着七月里的毒日头，拖着中风后尚未痊愈的身子，一瘸一拐地去戏剧学院找远东厂驻学院的工宣队营教导员——当时被结合进厂领导班子的一名老干部。

不料，营教导员外出公干了。于是，武伯平一连去了三天，天天坐等到夜半时分才疲惫不堪地回家。最后一天，总算见到了营教导员。营教导员看了看武大武的见报作品，说了一句：“我们会通过工业局进行政审以后再通知他本人的。”

事情发生得那样突然。有一天早上六点，当武大武做完最后一个大夜班走出厂门口的时候，门卫叫住了他，递过来一份通知书，说是头头关照等他下夜班时交给他的，要求他不能影响厂子里的“抓革命，促生产”。

武大武接过一看，要命了！通知书上写着当天上午八点——也就是两个小时后，请他参加在工业局会议室举行的戏剧文学专业书面考试！

结果可想而知，连着做了六个大夜班的武大武上午参加文化知识考试，下午在看着一幅名唤“雨夜情”的图画写作文时，一个头昏脑涨加头晕眼花，竟然将影影绰绰勾绘在门帘后面的一位老大娘看漏了，这样一来，他理所当然地考砸了……

这时，武伯平醒来了，突然哼哼唧唧地嚷着痛，脸色也不好。武大武明白，再拖下去保不准就要出事，于是一个急转身返回了医生办公室。

当武大武的目光刚落到坐在办公桌边的郝医生身上时，郝医生忽然看了一眼墙上的电子钟——五点三十分，欢呼一声，跃身而起，说道："时间到了，我下班了！"

武大武目瞪口呆，说道："你下班了？那我爸的病……"

郝医生一边脱着白大褂，一边笑吟吟地说道："让赵主任赶快安排其他医生做手术吧，反正我解脱了……"

武大武一扬眉毛，问道："你什么意思？"

郝医生一边穿着滑雪衫，一边往门外走，说道："给你父亲做手术的风险太大，这么大的岁数怎么做麻醉？万一在手术台上下不来，我不跟着完蛋？以后还让我怎么评职称？人家只会说，怎么连一个最寻常的阑尾炎手术也会出医疗事故？对不起，我先走了，让赵主任亲自来做这台手术吧！"话音未落，他已经走出了门。

武大武过了好一会儿才反应过来，一阵怒火不觉袭上了心头。这是什么好（郝）医生？就是一个糨糊桶！

武大武冲向二楼会议室，一把推开门，只见一张长条办公桌边上坐满了穿着白大褂的医生，一位中年人正站着慷慨激昂地说着什么。

不管三七二十一的武大武很不礼貌地打断了中年人，问道："请问，谁是赵主任？"

中年人很不满地看了武大武一眼，说道："我就是。有什么事待会儿再说，我们正在开会……”

武大武索性把门推得大开，冷笑了一声，说道：“赵主任，请问你，医生的天职是什么？是开会，还是救死扶伤？一个八九十岁的老先生急性阑尾炎发作，就要穿孔成腹膜炎了，你这个主任医生还有心思在这里主持开会？见死不救，该当何罪！”

赵主任扫视了一下会议桌边的医生，手一挥，说道：“散会！”

在众多医生经过武大武身旁散去的时候，赵主任朝武大武笑了一下，说道：“进来吧，有话进来说。”

武大武气得几乎怒目圆瞪，大声说道：“我没时间，你更没时间站在这儿说废话！你应该立刻站到手术台上，为处于痛苦中的病人做手术！”

赵主任走了过来，说道：“你是三十九床病人的家属吧？我给老先生做过检查，目前问题还不大，我特地关照了郝医生，一有情况就立即做手术……”

武大武再也不愿听到那个“郝”字，说道：“那个医生下班了，而且他说他解脱了！”

赵主任顿时明白了，说道：“这个家伙！不过，也可以理解他不愿意被这么一台小手术拖累……”

武大武反唇相讥：“那谁来理解病人和病人家属？手术无大小，统统人命关天！”

赵主任苦笑了一声，说道：“我非常理解你。其实，我已经和三级甲等医院的一位权威专家联系过了，他说一做完那边的手术就马上赶过来，对老先生到底是立即做手术还是采取保守疗法，我想听听他的意见，毕竟老先生这么大年纪……郝医生在这一点上倒没说错，风险太大了，我们还是要努力把风险降到最低程度的，啊？”

这时，一直安静地站在一旁没有离开的一个瘦瘦弱弱的女医生突然朝武大武笑了起来，说道：“我认出你来了，你是武大武老师吧？有一次我们卫生系统搞话剧小品比赛，请你来当过评委，你还记得吗……”

武大武想不起来，迟疑着说道：“你是……”

赵主任连忙介绍道：“她是我们医院的工会主席，小韩。”

小韩朝武大武点了点头，说道：“我现在就打电话给那位专家，再催一催。”说着，走向一旁的电话机。她只讲了两三句话就挂了电话，抬头冲武大武笑着说道：“专家已经出发了，正在往这儿来的路上。”

赵主任拉着武大武向会议室外走去，说道：“武老师，很不好意思，我向你说一声抱歉……”

武大武走到武伯平的病房门口时，不禁一愣——好几个护士围着父亲忙活，又是量血压，又是接氧气管，还把病床摇了起来。

武大武站在门口没有进去。他知道，这样的变化一定是有理由的。

这时，几个护工从武大武的身边走过。一个护工说道：“听说是韩主席亲自打来电话关照的……”另一个护工插嘴说道：“听说老先生的儿子是当官的……”

武大武只能苦笑。他没有解释，也无法解释。

二十分钟后，专家赶来了，给出的建议是采取保守疗法，立即给药，万不得已时再行手术。

武大武同意了这个方案。当他离开医院时，天色已微微放亮。

第三天，武伯平的急性阑尾炎警报解除。

4

黄胖橄榄在距离自己的老房子好几条马路的一个停车场泊下了宝马车，而后徒步朝远东厂的二十世纪最后一批福利分房走去。

这是从来没有过的事情。以前，黄胖橄榄都是直接将宝马车开到门洞前的——他去收房租，半年一次。可这回，他却得将宝马车停得老远，跟做贼似的。

为什么？

因为黄胖橄榄心虚，因为怕老邻居们看见说他炫富，因为他要完成一个特殊任务。

一想起这个任务，黄胖橄榄就觉得荒诞、别扭、不可思议。他真想问问武小武葫芦里到底卖的什么药，要让他这么穷折腾？再说了，他根本不在乎那点儿钱。但他不好问出口，武小武这么安排总是有道理的，这家伙神机妙算得很，常常有出人意料的着数，往往是走一步算三步。算了，就按武小武的棋路走吧！

事情发生在昨天。工业局，不，控股集团公司把电话打到了黄胖橄榄的手机上，说是马上就要过年了，集团领导决定给最早下岗、生活困难的工人同志送温暖，三天后集团领导将登门慰问……

黄胖橄榄当即傻掉了。他觉得这是一场恶作剧，但对方完全是一本正经地说话。他镇定了一下，说道：“谢谢领导的关怀，我是最早下岗的，但不是生活最困难的，请领导千万不要来……”

对方听了哈哈大笑，说道："所有下岗人员都是这样回答我们的，工人阶级就是觉悟高啊！不过，你是远东厂经过组织审核才报上来的，有什么疑问，你就找你们的厂长武小武同志，他会给你解释的。那就这样了，好不好？核对一下，你家的地址是……"

一提到武小武，黄胖橄榄就没法儿再说什么了。挂断手机以后，他的第一个念头就是打电话给武小武，可刚按了电话号码的前几个数字又连忙挨个儿删除了。

是呵，既然是武小武报上去的，就说明武小武必定有自己的大怪路子，问了也未必肯告诉，而且对方报的地址居然是很早以前厂里分配的住房，看来其中必有奥秘。这么一想，黄胖橄榄什么也不做了，领导要来就来好了，至于后面还有什么故事发生，唯有听天由命。

说是什么也不做，但黄胖橄榄还是必须做一件事情，那就是立即找到租赁自家房子的房客，请他回避一两天。既然要唱戏，就要像个唱戏的样子，锣鼓点儿得先敲打起来。

黄胖橄榄一身朴素地走进了老房子，凡是手上戴的、头颈里挂的、腰带上吊的，统统被解下来，浑身上下无金无银无玉无名牌。还好，他没在楼梯上、过道里遇到邻居，而且家家户户都紧闭着房门。是呵，这几天西北风刮得厉害着呢！

黄胖橄榄没想到，如约在家等候着的年轻房客比呼啸的西北风更厉害，刀快得很，开口就说要让他挪两天窝去住旅馆是可以的，但必须由黄胖橄榄出资，而且旅馆必须在市中心，还得包吃包喝。

黄胖橄榄一咬牙，答应了，不过他有言在先，"包喝"一项不包括喝酒，万一来个茅台酒、XO之类的，他可负担不起。

房客笑笑，说自己是酒精过敏体质，从来不喝酒。思索了一会儿，他又说黄胖橄榄应该每天补贴他精神损失费一百元，眼看就要过年了，这一折腾，把他过年的好心情都破坏了。

黄胖橄榄在肚子里狠狠地骂娘，一把掏出了两百块钱和一家旅馆的住宿证，叫道："给你，立即提着铺盖滚蛋！等我的电话，通知你回来再回来！"

房客丝毫不在乎黄胖橄榄的恶声恶气，接过钱和住宿证后，随手提起了一旁的拉杆箱，说道："房东，你不来电话，我肯定不回来。我懂的呀，绝对不会来干扰你和小三的鸳鸯梦，希望你们在这里多白相几天，让我也多点外快赚赚……"

黄胖橄榄的脸色一变。要死了，这个浑小子想到哪里去了！年纪轻轻，资格蛮老，倒像个老吃老做的！

就在这个当口儿，房客已经拉着拉杆箱走了。黄胖橄榄看着房客的背影，陡然一声苦笑爆起。是呵，自己的举止确实可疑，世界上只有房客向房东租房子，哪有房东反过来向房客借房子的？房客不往歪路上想才怪！别说小三了，就是说到小四、小五、小六，也得忍着、受着、挨着。唉，这都是一些什么事情！

过了一天，集团领导就来送温暖了。黄胖橄榄觉得带队的姓叶的领导有点面熟，不料对方直接说黄胖橄榄是当年的执法队队长。黄胖橄榄这才知道对方竟是远东厂的前任厂长叶海军！一切顿时变得亲近起来。

除了不敢暴露自己的底细之外，黄胖橄榄和叶海军一起回忆了远东厂曾经的岁月，聊开了远东厂的人和事，而且交谈得连一点儿障碍也没有。叶海军还很领导范儿地教育、开导黄胖橄榄，说下岗工人只有再创业才能走出沼泽地，才能闯出辉煌的明天。黄胖橄榄也感激涕零地收下了装在红信封里的慰问金和一袋米、一桶油、一大包水果。

告别时，叶海军紧紧地握着黄胖橄榄的手，说道："有什么困难可以随时随地到集团公司找我，千万不要有顾虑。帮助弱势群体，是我们应尽的责任！"

黄胖橄榄真的被感动了，说道："好的好的，我会来找你的……"

叶海军一行人走了。过了好久，黄胖橄榄才一下子从沙发上跳了起来——这算是唱的哪一出戏呵！不行不行，他得去找武小武。立刻，马上！

走出了老房子，走过了三四条横马路，在停车场前看到了自己的宝马车时，黄胖橄榄突然停下，掏出手机给房客打了一个电话，让他把旅馆的房间退了，现在就可以回去了。

5

当黄胖橄榄把一袋米、一桶油、一大包水果和一只红信封放在武小武面前的时候，武小武的脸色陡然大变。

两人正在一家会所的一间包房内。一个小时之前，黄胖橄榄打电话给武小武，说是有重要的事情要谈。

黄胖橄榄看到了武小武的神态变化，不觉奇怪起来，问道："你怎么了？"

武小武眉头紧锁，说道："你讲的这些事情，我怎么一点都不知道？"

黄胖橄榄大吃一惊，说道："什么？难道我的名字不是你报上去的？集团公司的人说，我是远东厂经过组织审核才报上去的，让我有疑问就找你要解释……"

武小武突然一巴掌拍在桌子上，叫道："有人捣鬼！"

黄胖橄榄傻掉了。这是他在这个事件中第二次傻掉。他不可能不傻掉，他原本以为武小武让集团领导给自己送温暖是有什么锦囊妙计，可到头来，万万没料到，却是中了人家的计。"这到底是怎么一回事呵？"不知不觉间，他已把这句话问出了口。

武小武定定地看着黄胖橄榄，良久才说道："我不知道。"

黄胖橄榄的感觉有些不妙，问道："你，真的不知道？"

武小武点了点头，脸上浮起一抹紫气，说道："是的，我暂时不知道，但我一定会知道的！"

6

第二天，武小武一上班就连连打了几个电话，问的是同一个问题："是谁把黄庞的名字列进集团公司'送温暖'名单的？"可是无论问谁，谁都说不知道。

武小武发火了，一个电话打到了叶海军那里，说道："叶兄，我想请你帮我查一下，远东厂的'送温暖'名单是哪个部门报到集团公司的？盖的是什么公章？"

一分钟后，叶海军的回电来了，说盖的是远东厂工会的大印。

片刻之后，工会主席鲍志强来到了武小武的面前。

武小武劈头盖脸地将一句话扔在了鲍志强的脸上："黄胖橄榄

的名字是你报到集团公司的？”

“对，是我。”

“你为什么要报他？”

“在我的印象中，他是厂里最早下岗的工人，厂工会理应关心职工的生活……”

“难道你不知道他的近况？”

“原来不知道，现在才听说……”

“你还听说了什么？”

“武厂长，不好意思，难道我听说的东西都要向你汇报吗？”

“不，没这个必要，但像上报‘送温暖’名单这类事情，应该先和厂长办公室通个气，我们毕竟是厂长负责制呵！”

“你还有事吗？”

“没事了。哦，你今年快五十六七了吧？”

“什么意思，武厂长？”

“没有意思，不过顺便问问。老同志对听说的东西应该懂得过滤，要坚持党的组织原则……对了，你在这方面有什么可以提示我的吗？”

“提示？没有。”

“那，鲍主席，你可以走了。”

望着鲍志强的背影，武小武突然发出了一声冷笑。他才不相信鲍志强的鬼话呢！鲍志强是全厂闻名的老好人，打破他的脑袋，他也想不出要将“送温暖”这么一个损招儿安到黄胖橄榄的头上去，幕后操盘手一定另有其人。

只可惜，武小武已经给出暗示了，鲍志强却口风很紧，滴水不漏。武小武早就听说鲍志强在背后牢骚满腹，说武小武不上道，他都快临近退休了，还不肯给他挪个位子、提个半级，半级的退休工资可是相差好大一截呢！

武小武叹了一口气。其实，有一个人在他面前嘀咕了好几回，说鲍志强的岁数快到了，屁股下面的位子早该让贤了。

这个人就是葛庭祥。

武小武怀疑黄胖橄榄的事情也与葛庭祥有关，不过葛庭祥的目的是什么呢？也许他忘不了兼并的仇恨，还想打击自己。瞧瞧，远东厂竟然挑出一个千万富翁来享受“送温暖”政策，且不说这个千万富翁与自己是铁哥们儿，就算是厂工会自主推荐的，那也得经过自己这位厂长审批呵！幸亏黄胖橄榄一肚子怒气地来找自己，提醒了自己。

就在今天上午，武小武已让黄胖橄榄走去找叶海军，将米、油、水果和红信封里的钱全都还回去，请集团公司领导送给那些真正需要温暖的下岗人员。

武小武心想，自己差一点儿就跳进黄浦江里也洗不清了，毕竟欺骗上级领导的罪名可不是好白相的。不过话又说回来，上级领导部门也不应该那么容易就被骗到吧？看来，有些人一门心思要制造混乱的局面已是铁板钉钉的事实。其实仔细想来，这一招儿太小儿科级别了，这些人也就这么点水平、这么点伎俩，就冲这一点，这些人就掀不起什么大风浪。没什么可怕的，自己早就经历过比这更可怕的事情了。

一念及此，从来看不起见不得阳光的鬼蜮伎俩的武小武忽然心灰意懒，不想继续追查下去，就让它成为一桩无头案吧！

第十三章

秘密图纸现身，怎敌今日风云

1

武小武很庆幸，玉堂车间终于在自己手上建起来了，尽管花费了近一年的时间增添设备、安装调试，还投入了不小的费用。经过半年多的试运行，事实证明，玉堂车间的A30产品销路很好，不仅畅销全国各地，而且一举打开了海外市场。这就充分说明当初自己的选择是对的，是具有前瞻性的，而反对者葛庭祥们都是鼠目寸光。

武小武将玉堂车间置于保卫处的严密监管之下，对外宣称是保密车间，闲杂人员不得入内，不管是厂里其他部门的人，还是外单位慕名前来参观的人，一律要有武小武的签字方得放行——武小武早已“封笔”，天王老子来了也不签。

武小武在各种大会小会上公开说，A30是远东厂的最后一块王牌，关系到远东厂的生死存亡，必须保护好知识产权，万一让别的厂家偷走技术、投放市场，远东厂就将在商品经济的战场上输得很惨，而且死无葬身之地。

说起来，A30很有些年头了。大约在20世纪30年代后期——这也是武小武将这一产品命名为“A30”的缘由——远东厂的总裁罗格接受了同盟国秘密特使的委托，为打败德国、意大利、日本这些轴心国的侵略者和战争狂人制造一种绝对领先的军工产品、极具威慑力的国防产品。罗格接下这个订单之后才知道，对方连机械图纸都没有设计出来。后来，对方秘密派遣了几位世界一流专家潜入上海，与钱师傅一起设计出了图纸。

在世界一流专家撤离、钱师傅和技术工人们准备投入试验的阶段，日本特高课不知从哪里获得了情报，突然在某个深夜闯入远东厂，宣布实行军管。幸亏罗格和钱师傅那天夜里都在厂里值班，急忙将图纸秘密转移藏匿到办公楼下的一条污水管道内。此后，工厂被日本人实行军管，罗格被投入山东潍坊的敌侨集中营，尽管日本鬼子佐藤和钱师傅、武伯平都在拼命地寻找，但图纸始终下落不明，仿佛消失在了空气里。

抗战胜利后，获释的罗格和钱师傅、武伯平一再搜寻图纸，却依然不知所终。现存线索唯有狼牙临死前告诉武伯平的那席话："兄弟呵，我不顾生死地赶来和你见面，无非就是要告诉你一句话，那东西就藏在厂里的……"一声枪响，狼牙把那个秘密带走了，图纸的下落便成了难以破解的谜。

这个谜终于在破四旧的时候揭晓了——图纸在早已废弃不用的办公楼的烟囱里。其实，红卫兵不知道这是什么玩意儿，他们找到的根本不是罗格和钱师傅早年制作的长方木盒，而是一截长长的碗口粗的不锈钢钢管，蹊跷的是钢管的两头都被浇灌的混凝土严严实实地堵上了。红卫兵砸了半天也没砸开，便不耐烦地将锈迹斑斑的钢管扔在了办公楼前的乱草丛中。

武伯平在得知从烟囱里找出一截钢管的一瞬间想起了狼牙临死前的动作——一只手臂高高地指向空中。电光火石一闪，武伯平恍然大悟，狼牙想告诉他图纸就藏在烟囱里。

武伯平将这一猜测偷偷告诉已经退休在家的钱师傅，当天夜里，两人便去办公楼前将那一截钢管偷回了家——情况比起当年应对日本鬼子荷枪实弹的巡逻队好多了，没费太多周折。要弄清楚钢管里面到底藏了什么东西，根本难不住货真价实的工人。两人用一根细巧的钢锯条，花了不到半个小时，便剖开了钢管。发现钢管里面用层层蜡纸包裹着的就是那些技术图纸时，两人不禁喜极而泣，紧紧地抱在了一起。

然而，红卫兵第二天就发觉钢管被人偷走了，于是联合远东厂刚成立的造反队开始追查，最后将矛头对准了程庚生。一顿皮带挥舞加上拳脚交加，当即让被押上批斗台的程庚生倒在了血泊之中。

这时，武伯平坐不住了，刚想跳起身来，闻讯赶来坐在他的身旁开会的钱师傅一把压住他的肩膀，低声说了一句："你千万不能动，那东西就交给你保管了。"

在全厂工人惊诧的目光中，钱师傅走上台，说道："钢管是我拿的，与程庚生无关！请你们快点送他去医院，出了人命，谁也跑不了！"

这是一句拿捏命门的话。就在红卫兵发愣的当口儿，已有几个工人冲了上来，抱起程庚生，送往医院。

"谁拿的无关紧要，要紧的是钢管在哪儿？"一个红卫兵头目模样的人怒目相向，大声喝问。

钱师傅哈哈大笑，说道："我这个人比较爱贪小便宜，有空没空常来厂里走走，有时候也免不了犯点顺手牵羊的毛病。昨天傍晚，我在厂门口看见挑担子卖梨膏糖的小贩，就让他等一会儿，进厂逛了一圈，刚巧见到那根锈钢管，就带出去换了几块梨膏糖吃，治一治我这几天的伤风咳嗽。”说着，一边咳嗽了两声，一边从口袋里挖呀挖的，居然真的挖出来了两块梨膏糖，“你们要的话，我现在就上交。”

全厂工人在台下哈哈大笑。本来“钢管事件”到这儿就可以画上句号了，但有一句话在这时应验了——“堡垒是最容易从内部攻破的”。

只见一个戴造反队袖章的人跳了出来，冷笑着说道：“说你钱师傅是贪小便宜的人，全厂没一个人会相信！我劝你还是老实一点，不然有得苦头吃了！”

钱师傅和厂里的工人都认了出来，这人是一个手脚不干净的学徒工，大家都叫他“三只手”。

钱师傅刚想说什么，红卫兵的皮带和拳头已经一起上来了，而且伴随着一阵狂叫：“你胆敢欺骗我们，罪该万死！”

顷刻间，钱师傅满面鲜血，但依然倔强地站着。他伸出手擦了一下脸上的血，居然笑着说道：“想知道钢管下落的，就跟我走吧！”

这一走，就走到了熔铸车间的炉顶上。没见识过的人还真不知道，熔炉里是高达几千度的铁水在汹涌奔腾。那时还是炉顶加料，一揭炉盖，炉火顿时奔腾而出，风吼雷鸣，顷刻直上三千尺！红卫兵们哪里见过这种阵势？还没上到炉顶，便个个双腿发软、人人心惊胆战！

钱师傅冷笑一声，径自按下电钮升起炉盖，红卫兵们当即统统成了稀泥软蛋，一个个屁滚尿流地从炉边的铁梯上跌了下去！唯有“三只手”和两个造反队员犹自强打精神、战战兢兢地站在那儿。

钱师傅陡然朗声大笑，指着红焰翻卷的炉口，说道“钢管就在这里，你们下去拿吧，去拿啊！”

后面的事情就说不清楚了。据“三只手”说，钱师傅就在爽朗的笑声中，向着万丈烈焰的炉中飞身一跃。不过很多人不相信，说钱师傅绝不可能自杀。另一个造反队员则说，钱师傅是脚下一滑不小心跌入熔炉中的。“文化大革命”结束后，这三个人全都被判了刑——有人举报，钱师傅是被他们仨推下去的。

武小武当上厂长的第二天，武伯平便将他唤到面前，让他砸开壁橱里的一面墙，说那些技术图纸当年都被他和钱师傅连夜亲手砌进了墙头里，还说老厂长当道时，他曾去试探过，可老厂长不感兴趣，认为图纸已经是老古董，不可能派上什么用场，干脆当废纸扔了算了。他不忍心也不可能这样做，他忘不了和罗格经历过的那些惊心动魄的事情，尤其忘不了他的师傅钱玉堂是为了这些图纸才送了命的，还有狼牙，不是为了这些图纸也不会在最后关头还来找他……

武小武仔细聆听着父亲的嘱托，决定邀请这方面的权威专家前来会诊。后来，专家们对技术图纸进行了认真的研究论证，得出了结论：图纸落伍了，不能作为军工产品投产，但若转为民用产品，无疑是顶尖级别的，而且市场上尚没有同类产品问世。

武小武在亲自进行了市场调研以后，证实了专家们所言不虚，顿时信心大振，当即拍板决定成立一个车间，专门生产 A30 投放市场。在成立这个车间时，武小武采纳了父亲的建议，以钱师傅的名讳“玉堂”命名。

事实证明，在远东厂许多产品都遭到全国各地同类产品打压的今天，唯有 A30 一枝独秀，独步天下。

想到这儿，武小武忽然愤愤不平起来，别人打压倒也罢了，可最厉害的对手居然是宁东机械厂，也就是以前的宁东分厂，而且宁东机械厂的实际掌权者是自己的丈人阿爸忻一帆。

问题出在哪儿呢？原来，宁东机械厂这个乡镇中小型企业在营销策略上机动灵活，上无公公婆婆的管辖，下无退休人员的拖累，推销产品时，愿意送上多少回扣都可以，而且都是百元大钞。反正羊毛出在羊身上，给了多少回扣，从销售总额中扒拉回来就是了，实在扒拉不回来也没事，只当风吹过。可是远东厂不行，国企只能实打实、硬碰硬，想送一分钱的回扣都不行，那是要吃生活、吃官司的。

武小武当年最为担心的事情终究变成了活生生的现实——依附在国企翅膀下的联营厂利用同样的设备优势、技术优势日长夜大，一旦羽翼丰满，当即成为国企的敌手，而且往往令国企无法招架，只有挨打的份儿。联营厂的产品和国企的产品是一个模子里印出来的，人家为什么不采购联营厂的产品呢？国企能给红包吗？唉，办联营厂确确实实是寻棺材睏呵！

所以，A30 就是远东厂的最后一根救命稻草了，不，不应该是稻草，而是大举反攻的利器。武小武对忻一帆正在大动特动 A30 的脑筋早就有所耳闻，这真是一件棘手的事情，但他只能装傻，以静制动，且看这位丝毫不念翁婿之情的丈人阿爸如何出招儿。

2

武小武什么都想到了，就是没想到忻一帆居然会将招数用到武伯平的头上。在市场经济的战场上，真是什么匪夷所思的事情都会发生。

武伯平让保姆打来一个电话，惊得武小武在半个小时之后就赶了过去。

武伯平老了。经历几番住院出院，早已元气大伤，连路都走不动了。之前，武大武从南京东路上的医药公司买了一根有四个落地爪子的金属拐杖给他，替代了武小武以前从城隍庙商店买回的龙头木拐杖。这一回，武小武决定给他买电动轮椅，一按按钮就可以缓缓开动。

张玉兰也老了，只能和武伯平互相依偎着成为“人”字的一撇一捺。于是，武小武去了不少保姆中介公司，好不容易才请到一位合适的住家保姆全天候照顾他们。

武伯平告诉武小武，忻一帆昨天晚上来过，还捎来不少宁波土特产。忻一帆大概忘了武伯平是个“老江北”，从来不吃也吃不来咸蟹、醉蟹、黄泥螺什么的。当然，千里送鹅毛，礼轻情义重。这怎么说也是忻一帆的一片心意，再加上却之不恭，武伯平也就不管吃得来吃不来，统统收下了。反正武伯平也是让武小武全部带回家，忻玛丽肯定喜欢吃，武小武这个“变种”的江北人也会吃得不亦乐乎。

武小武耐心地听着武伯平唠唠叨叨，没有插嘴打断，虽然他想听的不是这些。人老了，话就多了。他依稀记得在以前的课本上，一个很有名的张姓诗人写了一句话："树老根多，人老话多，莫嫌我老汉说话啰唆。"

终于，武伯平说起了忻一帆来找他的目的。

忻一帆是这样说的："亲家，我们年纪都大了，应该趁走得动的时候多走走玩玩，要想得宽一点，儿孙自有儿孙福，他们都有自己的天地了，我们这些老头子也要去找自己的乐趣啊！比方说，你可以到我的宁东厂走走看看，再逛一逛周边。虽然你的腿脚不利索了，但我可以派车子接你和玉兰阿妹，你俩的吃、住、行，连带游山玩水，一概由我报销，如何？"

武伯平连连摇头，说道："那怎么行，无功不受禄……"

忻一帆或许正等着武伯平的这句话，立马打断他，说道："你要有功受禄也行啊，你发挥发挥余热，在我的宁东厂挂个技术顾问的头衔，每个月我给你发三千块钱的工资……"

武伯平的头摇得更厉害了，说道："我连行动都不方便，哪里还有什么余热能发挥哟？"

忻一帆笑了，说道："你可别自己看不起自己呵！我们都是老法师了，在厂子里摸爬滚打了一辈子，机器设备那些事情难道还要亲临现场才能解决？不不不，不用了！一听就明白，一想就解决。所以你根本不用每天去厂子里唱名点卯，有事就让他们来上海登门求教，你每隔一两个月或者两三个月到厂子里露个面就行，反正我会关照财会按月将工资打进你的银行卡，一分钱也不会少！"

武伯平有点不相信，说道："听你这么说，我怎么跟个老太爷似的，什么也不用动，连厂子里也用不着去，人家就把财神爷送进门来了？”

忻一帆一脸得意地说道：“告诉你，我阿忻就是有这么个本事，把你在宁东厂安排得舒舒服服的，这就叫作赚钱不吃力，吃力不赚钱！”

武伯平打破脑袋也想不明白忻一帆葫芦里卖的什么药，后来还是忻一帆一不小心露了底，说道：“如果你实在觉得拿这三千块钱心里不踏实，那么你可以为宁东厂作点贡献……”

武伯平诧异地问道：“作点贡献？我能作点什么贡献呢？”

忻一帆的神情忽然变得有点诡异，只是嘿嘿笑着，什么也不说。

武伯平生气了，说道：“你不想讲就算了，宁东厂我也不去了！”

忻一帆这才开口说道：“其实呢，也不是什么大事，我呢，碍着丈人阿爸的面子开不了口，只好请出你这位嫡亲阿爸来了……”

武伯平不耐烦了，他从不喜欢弯弯绕、兜圈子，说道：“你这个人真是的，有话就说，有屁就放！能办的事情我会办，不能办的事情你免提，也用不着弄一个什么月薪三千块钱的圈套哄我钻……”

忻一帆着急了，说道：“一码归一码，宁东厂聘请你去当技术顾问的事情就这么定下来了，工资这个月就进你的银行卡。作为顾问，是顾而不问，还是又顾又问，那是你的事情，我不管，也管不了。但是武小武的事情，无论你是冲着宁东厂技术顾问的面子，还是冲着咱俩是亲家的缘分，都得请你顾上一顾、问上一问……”

武伯平“扑哧”一声笑了，说道：“你婆婆妈妈了这么老半天，到底是为了什么事情？你到现在也没说清楚……”

忻一帆叹了一口气，说道：“现在厂子里搞销售吃力啊！竞争对手赛过汆过黄浦江的河鲫鱼，花头经又奇形怪状，难哪！没想到远东厂在武小武这小子的领导下，根据当年钱师傅和外国赤佬的那些秘密图纸，弄出了独步江湖的新产品 A30，真是一招鲜吃遍天下！所以你能不能和武小武商量商量，远东厂吃肉喝汤，弄根骨头给我们宁东厂啃啃，这总可以吧？你想办法问问看，怎么样？”

就这样，武伯平总算讲完了把武小武叫回家的前因后果，接着把试探的目光落在了武小武的脸上。

武小武不禁苦起脸，说道：“结棍的！一个嫡亲阿爸，一个丈人阿爸，赛过保险单上加保险。丈人阿爸这一趟弄出来的双料头、双保险，看起来蛮难对付的。”

武伯平见武小武为难，不觉释然一笑，说道：“如果你觉得难办，如果会损害远东厂的利益，那就不要办了，我也不去宁东厂当什么顾问。”

武小武沉吟了一会儿，说道：“没事，我就满足一下丈人阿爸，弄根骨头让宁东厂啃啃，不然也太不给你们面子了……这样吧，你让丈人阿爸来找我，锣对锣、鼓对鼓地当面挑明了说……”

武伯平点了点头，笑了。

武小武也笑了。

3

忻一帆终于和武小武见面了。

翁婿二人，各怀鬼胎，却又心照不宣。好在武小武还是执晚辈之礼的，他先开口说道："丈人阿爸，你怎么说弄根骨头啃啃呢？太作孽兮兮了！我怎么忍心呢？再说了，传出去也不大好听的，我总归是你的女婿啊！"

忻一帆一听有戏，呵呵一笑，说道："没关系，没关系！阿拉都是自家人，啃骨头和吃肉没啥区别的……"

武小武当即切入主题，说道："这怎么可以呢！无论如何，我都得弄一块肉给你吃，至于是精肉还是肥肉……"

忻一帆赶紧接过话头，说道："只要是肉，宁东厂就感激不尽了！"

武小武缓缓摇了摇头，说道："不过有一个问题，制造 A30 的设备是我们自己研究设计的，技术含金量很高，价值可是不菲呵！"

忻一帆早就算过这笔账了，当下一脸凝重地说道："我懂的呀，唯有前期的投入越高，后期产出的利润才会越丰厚！只要你开得出价，宁东厂就付得出钱……"

武小武不动声色地说道："有丈人阿爸这句话，我就放心了，技术设备处的人会和你洽谈具体价格的……"

三天后，合同签订完毕。第二天，宁东厂便将三分之一的款子划入了远东厂的账户。

三个月后，开始安装设备，宁东厂又将三分之一的款子打入远东厂的账户。

又过了两个月，设备调试成功，正式投产。就在最后三分之一款子将付未付之际，忻一帆气急败坏地冲进厂长办公室找武小武。

一辈子玩鹰的人到头来竟让鹰啄瞎了眼，是可忍，孰不可忍！忻一帆的一腔怒火冲着武小武喷泻出来，大叫道："武小武！我现在要倒过来叫你丈人阿爸了，你居然敢白相人！”

武小武不怒不恼不火，跟个没事人一样，殷勤地拉来一把椅子请忻一帆上座，不急不躁地泡了一杯茶递过去，说道：“丈人阿爸，你别急，有话说话，有事说事。你先喝茶吧，这是今年的新茶，武夷山大红袍……”

忻一帆一抬手，差点儿打翻茶杯，说道：“我没这个闲情雅致！你说说看，我花了那么一笔巨款，买回来的竟然只是加工 A30 某个部件的设备，根本不是生产 A30 整机的！你让我怎么想得通……”

武小武笑着说道：“没错啊！当初我不是和你说得清清楚楚，弄一块肉给你吃，你告诉我只要是肉，宁东厂就感激不尽了！”

忻一帆气得发昏，叫道：“可你……你也不能玩这一手啊！”

武小武一脸委屈地说道：“我哪里敢对自己的丈人阿爸玩一手呢，真是泼天冤枉！这样吧，一切以合同为准，我们还是去看看合同吧！”

一打开合同，忻一帆的眼睛差点儿翻上去就不下来了！原来要命的玄机全都在那普通的一行字里：远东厂保证在规定的时间和地点安装调试规定的 A30 生产设备，以投产 A30 规定的产品。

武小武的手指落在了最后一个“规定的”字样上面，说道：“你也可以撕毁合同，我绝对不会追究你的违约行为，也不会要你的违约金赔偿，谁让你是我的丈人阿爸呢！”

忻一帆一屁股坐在椅子上，一句话也说不出来了。

武小武很恭敬地递过去一杯茶，说道：“喝口茶吧，这个大红袍真的不错。不过，不好意思，远东厂是一分钱也没办法还给你了，那些设备已经卖给你了，终止合同意味着我们不再合作，A30

的加工零部件就不发给宁东厂了……”

一口喝下去大半杯茶后，忻一帆的情绪渐渐平静下来，思路也渐渐恢复。突然，他大笑起来，笑得手中的小半杯茶水都溅了出来。

武小武以为忻一帆突然大笑是受不了打击的反常表现，说道：“你……”

忻一帆重重地将茶杯放在桌子上，说道：“你小子要对我玩第二手了是不是？先是让我用天价买回去一堆只能永远系在远东厂裤腰带上否则就无法投产的废铜烂铁，接着逼我终止合同……告诉你，我不会上你的当！”

武小武苦笑起来，说道：“哪来这样的故事？再说了，我为什么要这样做？”

忻一帆恨恨地看着武小武，说道：“你有一千个一万个理由这样做，因为除了A30，远东厂的所有产品都受到了我们宁东厂的全面阻击，统统输了！武小武，你以为我看不出来你的报复心思吗？你也太低估你的丈人阿爸了吧！哪怕砸锅卖铁，哪怕到嘴的是一根没有肉腥味的骨头，宁东厂也一定要和A30搭界，我要做的是A30的长线！”

武小武哑然。丈人阿爸还是有两把刷子的，一语就洞穿了他的心机。不知过了多久，武小武轻轻地笑了起来，说道：“其实，我最佩服的人就是你，我们这次打了个平手……”

忻一帆摆了摆手，说道：“不要和我打马虎眼，这次是我输了，没啥大不了的。”说着，仰天叹了口气，“还记得王小开当年说过的话吗？他说你太像我，而且青出于蓝而胜于蓝……唉，我怎么就生不出你这样的儿子呢？”

武小武摇了摇头，说道：“我是你的女婿，不就是半个儿子吗？不说这些了，走，我请你上燕云楼吃烤鸭……”

4

武小武站在办公室的窗前，默默地望着马路对面的成品仓库，心头一时涌起了一种难言的苦涩。往昔等待提货排成一字长队的车水马龙盛况已经不再，而今是门庭冷落车马稀——A30 的身价一落千丈，就连丈人阿爸也被拖下了水。

任 A30 保密车间再怎么戒备森严、技术高超、无人泄密，统统不管用！如今进入了新时代，用现代化仪器解析产品参数就是小菜一碟，哪里还有秘密可言？于是，市场上突然一窝蜂似的冒出了 A30+、A30 升级版、A40、A50、A60、A70、A80、A90、A2000、A3000、A4000……跟电脑升级似的。就这样，远东厂的产品专利权荡然无存，辉煌的销售量自是成了明日黄花。

武小武原先以为 A30 可以成为一把“垄断”的利剑，现在看来真是痴人说梦，到头来只落得两个字：笑柄。

武小武知道，一旦产品无法销售、资金无法回笼，缺口就会日益扩大，连工人们的工资都不得不永久地寄托在黄胖橄榄的救急上了，长此以往，厂子离轰然一声倒下的日子就不远了！

武小武的脑子里没有办法了，但他的双腿还能走路。他这一走，就走到了丈人阿爸忻一帆的面前。

武小武十分坦率，将厂子面临的困境和盘托出。忻一帆听着听着，就像害牙疼一般，连连抽起了冷气。两人一时全都陷入了沉默。

不知过了多久，武小武突然苦笑起来，说道："真没想到，我竟会成了这家曾经号称'远东第一厂'的洋商厂的末代皇帝……"

"等一等！"忻一帆的眼睛突然一亮，"你刚才说什么？洋商厂？"

武小武不解地点了点头，说道："我是说了洋商厂，那又怎么了？"

忻一帆一巴掌拍在腿上，说道："你这句话提醒了我！听说罗格先生前些时日给郑博士来了一封信，让他向老工友问好，包括你爸爸和我……"

武小武愣了愣，问道："郑博士？他是谁？我怎么没听说过？"

忻一帆呵呵一笑，说道："你当然没听说过，你进厂的时候他已经退休了。那还是抗战胜利以后，罗格先生特地把他从海外聘请过来担任远东厂的总工程师。他是个留学德国的博士，有好几本技术专著在国外出版呢……"

武小武顿时想了起来，说道："我听说过他，还曾经几次想邀请他出山，可他年纪大了，身体一直不好，不是在青岛或北戴河疗养，就是住在医院里，我们也就没见上面……"

忻一帆陷入对往事的回忆之中，说道："他这个人的本事可大了！以前因为战争和敌对国的封锁，远东厂的原材料无法从国外运进来，他居然能够研究出替代材料，保证远东厂的生产计划顺利完成……你知道 1963 年远东厂收归国有的时候，他的月薪是多少？告诉你吧，是 5500 元人民币！"

武小武吃了一惊，问道："这在当时岂不是一个天文数字？"

忻一帆连连点头，说道："厂子收归国有之后，他第一时间找到厂党委的负责人程庚生，主动请求削减工资，只保留500元，厂里也同意了……这一回，罗格先生捎信给他，除了让他问候老工人，还问到了厂子里的生产情况，据说罗格先生的孙子过些日子还要来厂里看看呢……"

武小武脱口问道："罗格先生自己怎么不来呢？"

忻一帆一笑，说道："罗格先生和郑博士差不多都是过了百岁的老人了，来不了了……"

武小武突然跳了起来，说道："看来天公不灭曹啊！罗格先生的孙子要来的话，我一定要好好和他谈谈，看能不能抓住这个机遇，让他爷爷当年的远东机械厂绝处逢生！"

忻一帆点了点头，说道："别忘了，请程庚生、你爸还有我一起去，让我们这班老人马和他聊聊他爷爷的故事……"

武小武成竹在胸地说道："尤其得聊聊当年的秘密图纸和A30产品在今天的遭遇，我想我们能找到共同话题……"蓦地，他大叫了起来，"不不不，为了万无一失，还得请你、程伯伯和我爸写一封热情洋溢的信，把我们的想法和罗格先生开诚布公地说一说，再邀请他和孙子故地重游，看能不能联手合作一把，重振远东厂当年'远东第一厂'的雄风！丈人阿爸，你看如何？"

忻一帆当即明白了武小武的用意，不禁"嘿"了一声，说道："你这小子，就是花花肠子多，太活络，太聪明！"

翁婿二人对视了一眼，不约而同地笑了，并且全都笑出了声。

第十四章

索性弄弄大，上海没有寓言

1

两个月后，小罗格如期来到远东厂进行商务考察。他在各个车间里缓步行走，饶有兴趣地参观了当年他爷爷留在中国的机器设备，还不时拿出一些发黄的旧照片一一进行对照。

小罗格大为感慨地握着操作工人的手，说道：“这些机器设备基本上都是在我爷爷那个年代购置的，你们看，上面刻着久远的年代和制造厂商，平时我只能从照片上看到，还以为它们在这个世界上早已不存在了，真没想到你们做了一些技术性改动就能将它们使用到今天！我仿佛走进了一座历史博物馆，如果我的爷爷能来到这儿，亲眼看到这一切，一定会激动得流下眼泪……”

小罗格和不少老工人见了面，除了郑博士没能赶回厂子外，能来的基本上全来了，武伯平和张玉兰也都坐在轮椅上被推着来了。小罗格还兴致勃勃地以厂房为背景，与每个人合影留念。

这样的开局很好，很美妙。友谊在历史的长河里静静流淌，多少年都不会改变颜色。全程陪同的武小武一想到这点，心中就不禁春风荡漾。

在欢迎晚宴上，小罗格无比激动地说道：“我要感谢大家在我爷爷的厂子里坚持工作这么多年，我已经报请董事会并获得了批准，无偿地为远东厂引进当前世界上最先进的生产设备，以生产出超一流的产品去占领市场份额，将我爷爷开创的事业在上海进行到底！”他还谈到了环保问题，要求远东厂迁址去郊外，说购置土地等费用都由他承担。

小罗格是有备而来。这样的有备而来正是武小武梦寐以求的。

谁能想到，仅过了一夜，风向突变，温暖的东南风忽然变成了凌厉的西北风，事情一下子遭遇了瓶颈。

小罗格的思路是工厂的管理经营模式必须采用罗氏家族的传统，其余的则听中方的决定。乍一听，没有什么问题，可一到细则，一下子就翻船了！

小罗格是这样说的：“每名工人的月薪为一千欧元，不过别紧张，工人其实是拿不到这么多钱的，比如，昨天我看到你们的机床满是油污，车间的地上脏乱不堪，这是绝对不行的，我在自己厂里的管理方法是，每天上班后、下班前，都用一块雪白的手绢在机器上抹一遍，如果有一点污迹，那么对不起，就得扣一百欧元！如果地上有一点脏乱，再扣一百欧元！这样一来，工人就会明白应该怎么做，到了下班时间不会走，早上上班提前到，以做好机器和场地的保养，在这种状态下，产品质量必将更加优秀……”

武小武不敢苟同，说道：“小罗格先生，你知道欧元与人民币的汇率吗？眼下，一千欧元可兑换八千多元人民币哪！尽管这儿扣那儿扣的，就算拿到手五百欧元好了，但也是四千多元人民币哪！如此一来，管理层的月薪得是多少呢？我听说，在你爷爷的时代，一个总工程师的月薪是五千五百元人民币，而当年的人均生活费仅为八至十二元人民币啊！”

小罗格骄傲地笑了，说道：“这就是我们罗氏家族的传统。你想得到一流的产品吗？那就必须付出一流的工资！武厂长，我知道爷爷时代远东厂的月薪，一般工人拿二百八十元到三百八十元人民币，清洁工也能拿到一百五十元，而且远东厂收归国有之后，这些工人的工资并没有减少一分一厘……”

武小武摇了摇头，说道：“退一万步来说，就算我同意你的月薪标准，上面有关部门也是不会批准的。”

小罗格一脸不解地耸了耸肩，说道：“对不起，我也听说了你们这儿的管理方法，但我认为最好的管理方法就是让工人们知道，不遵守规章制度就会损失很多，并且损失的不是人民币，而是欧元！”

武小武什么问题都想到了，就是万万没想到居然会在一个不是问题的问题——工人的月薪上卡壳了。

后来，小罗格和武小武一起去了控股集团公司，好几位领导一听这个月薪标准，个个惊得吐舌头。

叶海军半开玩笑半认真地问道：“像我这样级别的人到你小罗格先生的工厂工作的话，大概能拿多少月薪？”

小罗格想了一下，说道：“在一万元至两万元之间。”

叶海军故作疑惑地摇了摇头，说道：“这么低？人民币吗？”

小罗格摆了摆手，说道：“不，欧元。”

领导们惊呼起来：“每个月就是八九万元到十七八万元人民币，年薪好几百万元哪！”接着，纷纷和武小武开起了玩笑，“看来我们这些人都得辞职投奔到你们远东厂去了！”

中外合资的门就这么徐徐关上了，武小武最后的一丝希望被毫不留情地关在了门外。

2

在小罗格离开上海的前夜，他盛情邀请了爷爷时代的老工人们一起联欢，地点选在了和平饭店，也就是很久很久以前的华懋饭店。

和平饭店里响起了老年爵士乐队演奏的20世纪三四十年代的经典名曲，小罗格一一给大家敬酒。

当小罗格敬到武伯平的时候，武伯平将为自己推轮椅的一个中年人和一个年轻人介绍给了小罗格，说道："他们都是我的徒弟。这个是大徒弟，程庚生的儿子程男男；那个是关山门徒弟，忻一帆的儿子忻欢乐。"

小罗格一听乐了，说道："怎么你的徒弟都是朋友的儿子？你自己的孩子没有继承你的衣钵吗？"

武伯平不无遗憾地一笑，说道："时代变了，不像当年我从乡下出来为的就是当工人，当一个上海的技术工人……"

小罗格耸了耸肩，说道："遗憾！为你遗憾，也为他们遗憾……"

武伯平摇了摇头，说道："不过，我的孙子们并没有走得太远，一个在美国留学，一个在德国留学，学的都是工科，而且是与现代工业有关的课程……"

小罗格顿时有了兴趣，说道："他们回国后，请让他们马上和我联系，因为我很快就会按照爷爷的嘱托，在上海郊区办一家现代化大型工厂，需要很多很多人才，尤其是灰领人才……"

武伯平笑了，说道：“太好了！不过，我今天要向你推荐我的两位徒弟。”武伯平指了指程男男和忻欢乐，“男男是高级技师，也是能够独当一面的优秀人才；欢乐很聪明、很好学，别看他这么年轻，已经是灰领工程师了。他们是我这个师傅的骄傲！”

小罗格大为讶然，连连惊呼：“了不起，太了不起了！到时候，我一定邀请你们加盟罗氏企业！”

忻欢乐自幼聪明，满脑子生意经，不料却因此跌了一个大跟头——在网上用一支钢笔换来了一台大电脑，他以为赚了，天晓得这支钢笔却是忻一帆珍藏多年的老价钿——派克金笔！做了蚀本生意的忻欢乐转而跟着程男男学起了技术，进厂当了工人，成为武伯平的徒弟，并屡有创新。眼下他正读着在职工科研究生，立志成为一名掌握绝活儿的灰领人才。

说着，武伯平请小罗格先生看忻欢乐的拿手绝活儿。于是，小罗格看到忻欢乐按武伯平随口提出的要求，在手提电脑中以专用软件设计出了相应的加工部件，而且这些部件可以直接在现代化机床上加工为半成品或成品。小罗格大为惊叹和赞赏，由衷地认为这是世界上最好的工人。

这个祥和欢乐的夜晚无疑是小罗格来到上海，不，是来到中国最为难忘的一晚。

3

很多人向武大武约稿，包括报社、杂志社、出版社、电视台、剧组，他的作品由此百花齐放——有警匪类小说、悬疑类电视剧、情感类戏剧，也由此获得了一笔笔稿费。

不过，武大武没想到忻玛丽也来向他约稿，盛情邀请他撰写一部无厘头的小剧场白领话剧——她已买断市中心一家剧场每天晚上的独家演出经营权，为期三年。她的演员阵容除了所在话剧团的演员之外，全部是近几年在全国各地选秀大赛中涌现出来的翘楚，足以赢得青年学生和白领人士的青睐，出票不成问题，成问题的倒是剧本。

“剧本剧本，一剧之本”，忻玛丽在话剧团团长的位子上坐得越久，对此越有深层次的体会，所以她看不起那些亏待编剧的人，尤其痛恨她的前任团长鼠目寸光地不养编剧，害得她如今只能出大价钱购买剧本。前两年，她甚至联合一家杂志社搞起了“征求剧本大赛”，钱烧了不少，可令人满意的剧本实在是凤毛麟角，少之又少。正在满世界抓瞎之际，她蓦然回首，却见灯火阑珊处有一个被她忘了的武大武微笑着端坐在一旁。于是，她赶紧上网查他的作品，顿时惊呼有眼不识泰山，原来泰山早就在自己的面前。

忻玛丽下了决心，打算在买断的剧场里将武大武的剧本打造为开锣大戏，于是脸不变色地给武大武开出了一个天价，说道：“你只用写一个半小时的小剧场话剧剧本，并且拿每场演出百分之十的提成！”说完，将两万元定金和合同放在武大武的面前。

不料，武大武既没碰钱，也没动合同，只是讲了几句话：“钱是个好东西，我也为钱写东西，稻粱谋呵，要过日脚是万万离不开钱的，但是还有一种活儿，即使没有钱，我也会做得不亦乐乎。”

“什么活儿？”

“我自己想写的。”

忻玛丽依然听不懂，问道："用你的写作法则来套小剧场话剧剧本，是属于前者，还是后者？"

武大武淡然一笑，说道："很不幸，它属于前者。"

忻玛丽陷入了沉思，虽然她与武大武很熟，但真正打交道的业务往来却是开天辟地头一遭，还真摸不清武大武的套路是什么。她叹了口气，说道："我不喜欢拐弯抹角的，你就直说吧，这个本子你是接还是不接？"

武大武点了点头，说道："现在做的话，没档期；三四个月之后，可以接。有钱赚的活儿，为什么不接？有钱不赚猪头三，我又不愿意做猪头三。"

忻玛丽爆出了一声轻笑，说道："好的，我也不希望看到你变成猪头三。我可以等你的时间，不过你能告诉我手头正在忙的是什么活儿吗？"

武大武看了忻玛丽一眼，说道："是个赚不到钞票的活儿，但恰恰是我真正想写的……"

"什么题材？"

"工业题材。"

忻玛丽哑然。工业题材在市场上缺少卖点，相当难做，她以前有过这方面的惨痛教训。可能现在的人都活得太累，工作之余只喜欢听听笑声，哪怕无厘头，哪怕无聊至极。

良久，忻玛丽才点了点头，说道："明白了，你是个有责任感、使命感的作家。尽管不太讨市场的喜欢，但我祝愿你能成功！"

武大武朗声一笑，说道："谢谢你的祝愿！"

两个人相视而笑，只是全都有些苦涩的味道。

忻玛丽不知道武大武全身心地扑在这部戏上已经好几个月了，她更不知道武小武是这部戏的幕后人。

在寻求外资合作失败以后，上市事宜忽然有了动静——刘主任终究发挥了作用。

武小武决定一鼓作气乘长风破万里浪，利用这个大好契机为远东厂上市做好前期大造声势的宣传工作，而且必须轰轰烈烈。于是，他又把武大武请了过来，要他写一部远东厂专题片文本，一到火候就立即派上用场。

天晓得，武大武居然对专题片没有兴趣，说既然是造声势，又要轰轰烈烈，那就索性弄弄大，做一部电视剧好了，并说他对工厂题材酝酿很久了，一定能写好。

武小武犹豫了，专门把刘主任请过来做参谋。刘主任对武大武的想法是一百个支持，说电视剧的影响力很大，不如就以远东厂为原型，多开几个大型座谈会，再把其他国企的事迹一同捏进去，出本子、找票子、拍片子，这不就成了吗！到时候，上海台、中央台一播出，远东厂岂不独步天下？上市岂不顺理成章？

在刘主任如此蛊惑人心的竭力煽动下，武小武终于拍板了，要求武大武拿出比之前更大的魄力和实力来打一场重铸远东厂辉煌的超级宣传战。

不过，武小武私下里对武大武说道："电视剧必须在保密状态下进行，要像上次请新闻媒体做宣传那样，才能打对手一个出其不意，从而克敌制胜！千万不能弄得天下人都知道，那样就会豁边了。关键是我们要搞一场宣传闪电战，一举夺取上市的最后胜利！"

4

八月炎夏，文化宫二楼。武大武走向会议室，并肩同行的是戏剧学院的魏导演，也是武大武第一部电视剧的合作者。当他听说武大武要创作工业题材作品时，顿时表现出了浓厚的兴趣。

武大武还游说了总工会麾下的一家工人文化宫，只三言两语，文化宫便成了合作者——他指着文化宫租出去卖衣服、家具、百货的各个楼面，说道："文化宫不能什么都干，就是不干文化啊！"

文化宫的李主任是个爽快人，哈哈一笑，说道："行呵，大作家，你简直说到我的心里去了！上面也一直要拿这个做我们的考核指标呢，可我有什么办法？穷啊！"

武大武摇了摇头，说道："穷不是理由，穷则思变！如果我们做成了一桩事体，你们文化宫不但会变得有利润，而且会有知名度，说不定还能获奖，到了那时候，文化宫的美名就天下扬了……"

李主任兴奋地连连搓手，说道："好像牛皮有点吹大了……不过你快点讲出来，我们到底能联手做些什么项目？怎么做？你尽管开口！"

武大武胸有成竹地说道："做一部有关工人的电视剧，全部由真正的工人来出演，怎么样？"

李主任愣了愣，仿佛害牙疼似的吸了口冷气，说道："电视剧？好是好，但就是不知该怎么弄！"

武大武点了点头，说道："组合各方面的力量试一试，就知道咱们工人有力量了！这样吧，你就利用工人文化宫的优势，组织周边各个系统三五十家厂子的工人来开座谈会，无论是下岗的还是在职的都必须请来……你这边不会有什么困难吧？”

李主任咧开嘴笑了，说道：“这个倒是便当来兮的，别说三五十家，就是一两百家也行！”

武大武也笑了，说道：“不过，你也要准备出点血，就当小小的前期投资……”

李主任的脸色有点变了，说道：“出血？投资？哎呀呀，不好意思，我们是穷得叮当响的单位！我万般无奈出租各个楼面，说穿了，就是为了给单位职工发工资呀……”

武大武“扑哧”一声乐了，说道：“这么害怕干什么，怕我向你借大钞票？我的意思是，万一座谈会开到了吃饭的时间，你帮忙给大家搞点阳春面、菜汤面什么的充充饥，总不能肚子唱空城计、嘴巴还谈事体吧？”

李主任这才放下心来，说道：“哦，是这事啊！没问题，到时请大家到职工食堂吃饭，我不会连这点道理都不懂的。”

就这样，在几个月的时间里，工人文化宫连续组织召开了冶金行业、纺织行业、轻工业行业、有色金属行业、机电仪表行业的工人座谈会，并且细心地进行了全程录音。

根据武大武的要求，每一次参加座谈的工人都被分了类——技术工种、辅助工种……就连下岗工人也要进行分类，比如上次邀请的全部是等待阳光普照的，那么这次就邀请已经凭一技之长闯荡出去的，下一次则邀请曾经是厂级干部、中层干部的分流人员。

之所以要如此大动干戈地召开座谈会，是因为武大武‘公字底下有私心”。他理想中的作品绝对不是对远东厂进行通讯报道的玩意儿，他需要的是更为动人心魄、波澜壮阔的素材和细节，这样才能为他的创作奠定坚实的基础，作品才能走得更远。

今天召开的是最后一次座谈会，参会的有三十余人，有男有女，有年轻的也有年龄大一些的，全部是已经走出沼泽地重铸辉煌的下岗工人。

武大武和魏导演刚坐下不久，会议室就断电了，说是附近马路上的变压器出了故障，电力公司正在抢修，一时半会儿恢复不了通电。

武大武站了起来，很抱歉地说道：“今天的天气很热，三十八摄氏度呢！要不这样，会议改期吧！我怕没有空调和电风扇，太热了，大家吃不消……”

武大武的话音刚落，一个剃着板刷头的汉子笑了起来，说道：“听说你以前是炉前工，我也是！和高温车间比起来，这么点儿热还不是毛毛雨？我是不怕的……”

一个有着可爱娃娃脸的女子也跟着开了口：“你以为我们这些工人是碰不起、扶不得的嫩豆腐啊？讲给你听听，遭遇下岗分流以后，我常常顶着比今天更结棍的大太阳在露天下奔跑，为的是完成公司下派的指标……”

接着，更多的人纷纷要求把今天的座谈会进行到底。

在武大武大为感动的时刻，座谈会正式启动了。

武大武开始了挥汗如雨的记录。其实，即使在没有断电，有录音机、摄像机等设备工作的前几次座谈会上，武大武也一直坚持用笔在纸上记录，这是他多年养成的习惯了。

在汗如雨下的升腾中，在笔尖唰唰的记录中，一个个故事在武大武的眼前浮现，化作最为美丽的云和霞——

娃娃脸在分流之后一时找不到方向，“华山一条道”地来到了保险公司，可怎么都打不开业务局面——市区的每一家单位几乎都让别人捷足先登了。她忽然来了一个逆向思维，到农村、郊县去！在跑坏了好几双皮鞋之后，她一下子就把业务的红旗插遍了青山绿水……生活中到处都存在着这样的盲点，问题在于能不能主动发现，这无疑需要具备一双慧眼。后来，她又找到了新的盲点，与诸多新楼盘的物业管理部门挂上了钩，将保险与业主交纳管理费紧紧扣在了一起——凡按时交纳管理费的业主均可获赠一份家庭财产综合险，保单由物业管理部门赠送——顿时广受欢迎。现在，她不仅升任了保险公司的经理，还在安徽盘下了几座大山，新的业务在向她招手……

板刷头曾是在徐家汇的马路上摆大排档的游击队员，听到“城管来了”的叫声，就得推起车子发疯一般地逃跑，实在逃不了，就把锅、铲、碗、勺、筷子连同正在锅里炒的、炉上炖的半生不熟的荤荤素素一同缴“械”投降……后来，在工会的关心与支持下，他带领一帮下岗工人成立了一家快递公司。为了在激烈的竞争中打响自己的品牌，他只要收下快件就必须按时送达。他永远记得一个大年三十的晚上，他去浦东送快递，结果助动车开到一半就彻底罢工了，当时已经没有公交车了，他只得夹起快递包跑步前进，坚守信誉地将快递送到，还向人家再三道歉：“对不起！送晚了！”等他折腾一番回到家里，已是大年初一的早上了……

一个有着运动健将一般身材的汉子原先是一家大厂的团委书

记，有一天，一个记者来采访国企改革，他激情洋溢地发言一番，不料第二天见报的新闻稿里，竟将他的发言剪得只剩一句连他自己也想不起来的话："我要争做干部分流的带头人！"就这样，被分流的他带领一批下岗工人办起了一家钢材公司，成了名副其实的带头人。在激烈的市场竞争中，他的钢材公司没有输，别的不说，就说他带出来的二三十名工人今年全都买了私家车，不仅都是二十万元以上的车，而且统统上的是上海牌照……

这时，工人文化宫的李主任及时雨一般给大家送来了冷饮和绿豆汤，说道："我也是厂里厢出来的，我懂的呀，防暑降温工作很有必要！"

众人大笑。

这时，武大武才发觉自己已是浑身湿透，就如从水里拎出来一般，丝毫不输当年做炉前工的时候……

5

经过了几个月的酝酿和构思，武大武的电视剧剧本终于呱呱坠地了，剧名很有特色，就叫"上海没有寓言"。是呵，既然连太阳都要靠自己的双手用力地托起，那么上海又怎会有适合寓言和眼泪生长的土壤。

在电脑前敲下最后一个标点符号的时候，武大武一下子疲惫十分地瘫坐在了椅子上，不过他的心里却有着一股浓浓的幸福感在升腾。是呵，从湿漉漉的春季到热腾腾的夏季，多少个日日夜夜，多少回魂牵梦萦，在采访了那么多工人之后，一直到有了切肤之痛的感觉之后，他才在稿笺上写下第一行字，时至今日，稿子才总算完成。是呵，完成了一项大工程！关键是他终于做了一件一直想做的事情，也是值得去做的事情。

武大武明白，这是一种工人情结，就如前世五百年结下的缘，今生今世永不会改变，始终无怨无悔，直到走完自己的人生之旅。

《上海没有寓言》招聘影视演员的告示十分醒目地张贴在工人文化宫的每一个角落，尤其令人注意的是这样一行字：工人阶级优先。同时，告示还特别注明：本次招聘不收费。

前几年有过这样的故事：一个电视剧组拍摄到一半，忽然没钱了，就在报纸上登广告，说某剧组因缺少男三号、女三号和大量群众演员，决定于某月某日在市中心某处进行招聘，欢迎影视爱好者届时前往。结果到了那儿，每人收取报名费两百元。如果导演认为有表演潜质，则可以参加火线培训班，报名费是每人五千元，一旦通过培训，即可直接进入剧组参加拍摄，每人收五千元上镜费，保证露脸。这样一来，各种各样的费用加起来高达数百万元！生财有道的制片人当即逼着编剧和导演增加群众演员的大场面戏，更令蜂拥而至的影视爱好者趋之若骛，这就应了一句上海话：卖不光的寿头，宰不光的冲头。呜呼，斯言不虚。

面试那天，工人文化宫真是人山人海。既有老同志，也有小朋友，更多的则是帅哥靓妹。

工人文化宫的同志全部出动，充当起临时工作人员。武大武长年混迹于影视圈的老朋友凌画也来了。凌画原先是一家报社的编辑兼记者，毕业于沪上著名的美术学院，后来通过武大武的介绍投身影视界，一晃十余年过去，手下也有了四五十个人、七八十条

“枪”，拉起了一家影视置景公司，在上海滩闻名遐迩。

一切都在按照戏剧学院招收表演系学生的科班程序进行：每人填一份表格，贴一张照片，量身高，称体重，用普通话和上海方言各朗诵一节台词，跳一段舞，唱一首歌，表演一个命题小品，最后一关是面试。

武大武、凌画、魏导演和文化宫的李主任是那天最为忙碌的人：给所有人打分，并在备注栏中记录“可作剧中某人物考虑”等。

凌画的手下为每一位表演者拍照、摄像，发现大凡想上电视银屏或电影银幕的，都有着极旺盛的表演欲，而且人人斗志昂扬、个个激情澎湃，七嘴八舌加上胡乱提问，摆个姿势加上丢个媚眼，攻势汹涌、火力猛烈得几乎令考官们招架不住，毕竟这不是正规的艺术院校表演系的招生考试。

就这样整整忙乱了一天，等应聘者渐渐散去时，武大武已经累得趴在面前的桌子上了。就在这个当口儿，一个小男孩哇哇大哭着冲了进来，毫不认生地直奔武大武的面前，一把拉住他的袖子说道：“妈妈不讲理，不让我来报名！呜呜，叔叔帮帮我，去说她一顿……”

小男孩虎头虎脑很可爱，一口普通话字正腔圆，一脸泪水惹人怜。武大武刚抬起头，就看到追进来了一个女人。他顿时一愣，这不就是座谈会上那位分流以后奋斗成为保险公司经理的娃娃脸吗！

娃娃脸连连和大家打招呼，说道：“都怪我回家多嘴，说你们搞电视剧要招聘演员，结果被他缠上了……”她一边说，一边赶不迭地为小男孩拭去脸上的泪水，“你们真不知道我这儿子有多调皮捣蛋！刚才走到门口的时候，他说‘妈，我现在就开始表演了’，说完就放声大哭冲了进来，把我吓了一大跳……”

魏导演把小男孩拉到身边，蹲下身子，问道：“小朋友，你蛮有表演天赋的，学过吗？”

小男孩点了点头，看了一眼娃娃脸，说道：“我是少年宫话剧表演班的学员，我们也排戏的，我常常是儿童剧的男主角……”

魏导演颇为夸张地“啊”了一声，说道：“原来是这样啊，怪不得你刚才的表演一级棒！”

凌画突然叫了起来：“对了，我们的剧本里不是有一个小朋友的角色吗？我看他行！”

魏导演沉吟了一下，说道：“可以！”

小男孩一下子跳了起来，叫道：“谢谢，谢谢！”说着，向后退了一步，朝大家弯腰鞠了一个躬，接着转身奔向娃娃脸，“妈妈，他们要我了！”

这时，武大武看到娃娃脸的唇边陡然涌现出一片灿烂的笑容……

6

剧本、演员、导演、美工、灯光、置景等均已到位，现在进入最为关键的时刻了！那就是需要投入大把大把的人民币，不然整个列车无法启动。换言之，便是要拉投资商来风险同担、利润共享。

关键的问题是：上哪儿去找，怎么找来呢？

先找官家。工人文化宫是个没钱的主儿，但李主任拍着胸脯说他来负责解决剧组的吃喝拉撒睡——所有人员在职工食堂吃饭，住在文化宫的招待所——一幢四层小楼。至于投资，李主任也找了有关方面，得到的答复是这样的："没有设立这类项目的专门费用，如果愿意贷款，那么我们可以作担保，而且能做成无息贷款。"

武大武回家想了两天两夜，想明白自己玩不动私人无息贷款后，决定不玩。是呵，万一电视剧赔了，就是把他的房子卖了也还不起这笔无息贷款，更何况他只有一套住房。

那就退而求其次，找私人老板吧！不用想，黄胖橄榄是排在可考虑人选第一位的。武大武三顾茅庐，好不容易才找到了黄胖橄榄，不料一说情况，黄胖橄榄当即来了个大踏步撤退。

黄胖橄榄确实身价千万，但也只能停留在"身价"二字上，实际上，他还是一个口袋里布贴布的穷人，尽管每个月可以从商铺和住房上收回租金，但他只是一个搬运工，得把这些钱一分不少地搬运到银行里，因为他的借贷利息就这么多。万一有人不按时付房租，他就得急如星火地四处去调头寸。当然了，短期调调头寸还是有办法的。远东厂发不出工资时，黄胖橄榄就是用这种方法去救急的。

武大武听后提醒黄胖橄榄："你的资金链千万不能断，因为你是靠老子生儿子、儿子生孙子的方式玩空手道的，只要其中一个环节出了毛病，整座大厦就会土崩瓦解于瞬间！"

黄胖橄榄叹了一口气，说道："可不是吗，眼前就有一道过不去的坎儿！"

原来，依据有关法律法规，黄胖橄榄是不可以在自己的名下购置这么多不动产的。于是，头脑活络的黄胖橄榄将脑筋动到了兄弟姐妹、阿爸姆妈的头上，用他们的名义一套一套又一套地买商品房。可是黄胖橄榄做梦也不会想到，后院也会有起火的时候。

这不，前些日子，黄胖橄榄的妹妹黄珍珠来找他了。居然开口就说她已经把那套在她名下的两室两厅房子通过中介交易卖掉了。

为什么这么做呢？因为黄珍珠的丈夫的父亲的堂妹生了一种很怪的毛病，花费了很多钞票，实在没钱治病了，便出此下策。

黄珍珠还振振有词地告诉黄胖橄榄，为了把名字借给他买房，他们夫妇连去银行贷款改善居住条件的想法都不敢有，因为他们的贷款受到了限制，房价又三级跳远式地日长夜大，导致他们根本没法儿买房。想想看，他们为他这个阿哥做出了多大的牺牲！而且他们很有良心，没有卖掉挂在她丈夫名下的那套三室两厅房子，别忘了，最贵的七浦路商铺也在她的名下，他们根本没往这上面动什么坏脑筋，卖掉的只是一套面积最小的房子而已。

最后，黄珍珠说假如黄胖橄榄不讲兄妹情义，要讨回 260 万元的售房款，他们也同意，但是只能归还他当年的 60 万元购房款，剩下 200 万元就是给他们的补偿款。如果他同意，那么他们明天就把 60 万元送过来。如果他不同意，那就打官司好了。

黄胖橄榄气得几乎要昏过去。这就是亲兄妹？开口闭口“打官司”“法庭上见”，更为刺耳的是那句“现在为房子打官司的人不要太多噢”，听听，这叫什么话？难道为房子打官司竟成了一种时髦，有事没事也要去轧轧闹猛？还有什么妹夫的父亲的堂妹？几十年来压根儿就没有听说过有这么一个人，肯定是胡编乱造的！再说了，父亲的堂妹关他们什么事？黄珍珠夫妻从来就没有关心过其他人，哪怕是亲戚朋友！唉，人哪，怎么会为了钱变成这般模样！

黄胖橄榄越想越想不明白，不过有一点他是清楚的，那就是妹妹的洋盘心思绝对蓄谋已久了。是呵，看到别人发财，人的眼睛是会红的，心态永远不会平衡。可是有谁知道，当妹妹在温柔乡里翻跟斗的时候，他正在为自己的奋斗目标跋涉在泥泞不堪的小路上，最后妹妹在不平衡心态的驱使下，连一个起码的招呼都不打就堂而皇之地把他的房子出售了，还毫无廉耻地说她要200万元赔偿款，仿佛道理统统在她那边，这是什么混账逻辑！

黄胖橄榄忽然叹气，当年的妹妹可不是这般模样呵！那时候，她梳着两条冲天小辫，一甩头，跟个拨浪鼓似的，要多可爱就有多可爱。

还记得有一回，大概在炎夏时节，妹妹的学校组织学生下乡学农，结果妹妹来信说摔伤了。黄胖橄榄至今犹记得妹妹学农的地方在不通公交车的南汇航头，父母急得不得了，于是他就自告奋勇地利用厂休日去看望妹妹，捎上了父母忙活了一晚上的一袋拌了糖的炒麦粉，还带上了一大包妹妹喜欢吃的零食——话梅、桃瓣、拷扁橄榄什么的。

一大早，黄胖橄榄就骑上那辆凭票新买的十六寸凤凰牌脚踏车出发，一边问路一边脚下蹬得飞快。骑着骑着，路上连个人影都没有，只见远处田野里的一片绿色中沉浮着几点红，那是在田间作业的农妇的头巾，偶有汽车从身旁经过，"呼"的一声便不见了踪影。静，实在太安静了，与一江之隔的浦西有着天壤之别，一路上除了清风徐来、阳光晃眼，唯有树上的知了在声声叫唤，仿佛在说："你来了，知道了，知道了……"

等黄胖橄榄找到小河边的茅草棚时，已是晌午。正斜倚在稻草堆的床铺上看书的妹妹偶一抬头，见到了风尘仆仆的黄胖橄榄，好一会儿才反应过来，嘴巴一咧，哭了起来，说道："阿哥，侬总算来了……”

远了，更远了，尘封的记忆……

记得也是酷热的夏天，满天的星星都热得从厚厚的云朵里纷纷逃出来乘凉。工人新村的家家户户在门前的空地上搭起铺板、垫上席子，朝晒了一整天太阳的泥地上浇了一遍又一遍凉水，而后或躺或坐或睡，摇着一柄柄蒲扇，讲故事吹牛皮，侃大山聊山海经，常常到了后半夜时分才收了铺板回家，甚至有人直接一觉睡到大天亮才起身揉着惺忪的睡眼回家。

当时的工人家庭没有电风扇，也没有电视机，更没有空调。不过，小草终归要发芽，小花毕竟要绽放。那时的黄胖橄榄与邻家女孩已经坠入了初恋的情网，再也无法挣脱开，如此一来，妹妹就理所当然地成了他们最方便的通讯站联络点，一张纸条、一个口信全都交给妹妹传递——“明晚六点，杨浦公园后门见！”“后天下午，到沪东工人文化宫一起看电影《宁死不屈》！”呵，情感的经线纬线就这么由妹妹一手牵动着……

近了，更近了，眼前的丑鄙……

黄胖橄榄说着说着，忍不住冲武大武大叫起来：“你这个号称‘人类灵魂工程师’的作家能不能给我解释解释为什么会这样？曾经那么美好的妹妹如今怎么有着这么丑陋的嘴脸？我这个小老百姓看不懂，真的看不懂了啊！请你这个大作家给我一个答案，是人变了，还是社会变了，或者是时代变了？请告诉我，告诉我吧！”

武大武又能回答什么？只好找个借口脚下搽油溜之乎也。他解决不了黄胖橄榄的难题，而且他必须另找方向去解决自己电视剧拍摄经费的实际难题了。

第十五章

英雄梦碎，无可奈何春去也

1

阿弥陀佛，方向终于找到了。

那是蓝月亮介绍的一位房地产老板，据说全国任何一个地方只要有新开发楼盘的，就必定有他公司的产品，所以这位老板当之无愧地姓牛，人称牛老板。

第一次见面是在锦江饭店。牛老板十分坦率地说道："我是造房子的，在这方面绝对称得上内行。至于拍电视剧，我只能算是玩票的票友，根本不懂什么剧本不剧本、文学不文学的。所以一切我都拜托给蓝月亮主编，反正她说行就一定能行，她说不行就当然不行。行的话，我就投钱；不行的话，我就走人。"说完，他歪着头看向蓝月亮，带着一脸傻笑。

武大武无意间注意到这一幕时，心里忽然就"咯噔"了一下，领悟了牛老板"醉翁之意不在酒，在乎山水之间也"的弦外之音。是呵，牛老板在乎的是原新闻部主任、现报社副主编蓝月亮，绝不是工人。当然，牛老板根本不会想到蓝月亮也曾经是下岗大军中的一员。

这天的商谈不错，双方都对彼此有了进一步的了解，尤为可喜的是有了实质性进展——在武大武、魏导演、凌画、李主任和蓝月亮的轮番介绍和鼓动下，牛老板终于表了态，说道："听起来确实是很值得投资的一个项目，那就这样吧，你们先搞一个预算出来，我拿到董事会去过过场，这也是必要的程序，好吧？”

在回去的路上，蓝月亮握着桑塔纳轿车的方向盘，喜滋滋地说道：“看来有戏！好的开头往往是成功的一半。”

武大武苦笑着说道：“我希望和牛老板的每一次见面，你都能到场。”

“为什么？”

“我感觉，你不到场的话，事情就会黄。”

“没这么严重吧？”

“这是我的直觉，牛老板是奔着你来的。”

“小儿科了吧？原来大男人也会吃醋，而且一点儿不比小女人差。”

“蓝月亮，我是在和你说正经的。难道你对牛老板在这方面的用意丝毫没有感觉？不会吧！”

“你当我是阿木林？告诉你，他肚子里藏着的是什么样的花花肠子，我一清二楚。”

“那就好。问题是，我们该如何应对？”

轿车拐了一个弯，前面不远处便是蓝月亮供职的报社。蓝月亮回头，嫣然一笑，说道：“不好意思，我待会儿要主持一个会议。我是吃俸禄的人，不像你是自由身。你是去小木屋等我呢，还是……另有安排？”

蓝月亮是很机灵的女人，就是不说出那个敏感的词，而是用“另有安排”巧妙地替换了“回你自己家”。

武大武没有回答，因为他还在等着蓝月亮的回答。

轿车在报社门外通向停车场的路口停下了，武大武暗自叹了一口气，轻轻推开车门。刚迈出一条腿，就听到蓝月亮开口说道："等一等，你刚才不是问我应对的办法吗？我已经想好了，你看能否请宣传部门的领导和几位影视界的名流一同出席，召开一个剧本研讨会或者认证会，我来请牛老板参加，研讨会的费用我会和他沟通请他买单的。"

武大武回过头，说道："这是一个好办法，有领导，有专家，完全是高屋建瓴的态势……"

蓝月亮点了点头，说道："如果他同意了，那就当场签合同，然后我再和他说说，尽快让前期资金先到位……"

武大武的脸上有了笑意，说道："记住我的话，你必须在场。"

蓝月亮俏皮地举起手敬礼，说道："遵命！"

两人一起笑了。

2

在一个没有阳光的下午，《上海没有寓言》剧本研讨会在影城的会议室召开。

领导和专家如约而至，牛老板也来了，唯有蓝月亮忽然爽约。她打来电话，说是临时接到紧急通知，待会儿市领导要陪中央首长来报社视察，她奉令全程陪同，来不了了，实在难为情煞了……

蓝月亮的电话是先打给牛老板再打给武大武的。牛老板好像并不在意，最后还兴高采烈地说道："没关系的，你忙吧，安心陪市领导和中央首长好了，我们这里请你放心，告诉你一个好消息，公司董事会已经全票通过这部电视剧的经费预算了……”

然而不知为什么，武大武的心头却在那一瞬间掠过了一道阴影，一道毫无来由的阴影。当然，这是没道理的，董事会都已经通过了，又何来阴影呢？武大武在心里宽慰着自己。

出席会议的有在荧屏上人人面熟的大牌明星，有专业影评人，有著名制片人，还有分管文艺创作的领导。整个研讨会开得相当成功，发言也相当踊跃。

轮到一位评论界的权威发言了，他的风格果然与众不同。他说道：“读完这个剧本，我有了一个全新的思考，现在就请诸位和我一同思考——五十年后，谁是上海人？上海原本就是一个与时俱进的移民城市，铁打的营盘流水的兵，那时候又会有一大批新的优秀人才占领上海滩……”

掌声响了起来。其中巴掌拍得最用力的居然是自称不懂剧本和文学的牛老板。

武大武的思绪陡然被牵向了远方。那个遥远的地方是地处穷乡僻壤的一所乡下中学，参观之前，他被告知，这儿的学生都是从距离学校几十里甚至上百里山路的地方来的，一两个月回一次家，来上学那天大多背着粮食和咸菜疙瘩，自己做自己吃，一天二十四小时，除了上课，其余时间都由学生自由支配，可以读书、做作业，也可以去玩、去睡觉。

一进学校大门，任谁都会被那些涂满围墙的大字标语惊得浑身一哆嗦：“你还想把你的命运和贫病交迫捆绑在一起吗？如果不想，那就考进北京、上海的大学吧！”

往教室里一看，每张课桌上都摞着一堆堆几尺高的练习本和课本，可就是不见一个人影。正奇怪着呢，不知从哪儿发出一声轻微的声响，屏息仔细看去，呵，原来每个学生都如泥塑木雕一般趴在书桌上做着作业呢！当然，偶尔也有人轻轻取出一个咸菜疙瘩悄悄咬上一口，但整个环境仍安静得如入无人之境。也许是一不小心，也许是过于劳累，“哗啦”一声，一张课桌上高高摞起的书堆被碰得翻倒在地。只见那个学生不慌不忙、有条不紊地一一捡起，又高高叠了起来，镇定自若地继续做作业。说也奇怪，在整个过程中，教室里竟无一人回头，更无一人站起，压根儿连一点声音也没有。是司空见惯，还是一种学习的自律？

武大武知道，肯定是后者。这哪里是在读书，分明是在搏命啊！

校长不无骄傲地告诉武大武这些来参观学习的人：“别看我们的学校窝在这穷山沟里，告诉大家，我们每年参加高考上一本分数线的毕业生在43.2%，加上二本的可达78.8%，不少学生考上的都是北大、清华、交大、复旦这些超一流的高等院校……”听罢，所有参观者均惊愕不已。

武大武的思绪缓缓地被牵回了上海，牵回到自己一位表亲的女儿身上。

表亲的女儿是今年的上师大本科应届毕业生，在应聘中，她发现重点中学招聘的都是高学历老师，便到一家市重点小学应聘。这家重点小学只招聘一个老师，应聘的人却排起了长龙一般的队伍。本以为当一名小学教师绰绰有余的她，忍不住问了问排在自己前面的那位女生，乖乖不得了，竟然是华师大的硕士，还过了英语六级！一阵慌乱过后，她想了想，别怕，自己还有一点儿微小的优势——中共党员，额角头能碰上天花板也未可知。不料，一到了递交表格的那张办公桌前，上师大、华师大什么的统统来了一个立正向后转，全部淘汰！他们最终录用的是一个外地人，裤腿上还沾满了星星点点的泥巴，就连西装也皱巴巴的绝不硬档，但人家过硬的是派司：博士研究生！在这样的硬派司面前，任谁都顿时黯然失色。

呵呵，谁是五十年后的上海人？一道要命的时代命题呵！

武大武收回乱纷纷的思绪，正巧听到分管文艺创作的领导在作总结性讲话："我喜欢这个本子，写老百姓生活的戏会有人喜欢看……理由有两点，一是现实意义，二是生长空间。《上海没有寓言》的现实性很强，其中的社会意义、人生意义容易引起共鸣，社会意义的牵动面和接受面都比较大……此外，本子的题目也比较好，俗称'破题好'，表现出的状态很原生态，就是四个字——学会生存。每个人都必须学会找到适合自己的生存方式，这是世界性的流行话题……"

会议结束时，牛老板突然站起来拦住大家，说道："赏个脸，今晚我请大家吃饭！"

牛老板看到众人有些发愣，不觉一笑，说道："我今天很高兴，见到了这么多前辈、专家、大明星，特别是见到了分管文艺创作的领导同志，这是我一生的荣幸！我已经在大饭店订座了，请大家千万不要推辞！"

除了那位"尚有公干"的领导先行离去外，其余一干人马便在"不要客气，不要客气"的推托声中走向了大饭店。

牛老板在酒桌上豪情勃发，挨个儿给大家敬酒，和大家交换名片。

武大武端着酒杯想，瞧牛老板的这种腔调和走势，看来大局已定。突然，他想起一个人，一个没到场的人——蓝月亮。蓝月亮功不可没呵，无论如何得好好谢谢她才是。

酒席将尽未尽时，突然有人无端捅了一个天大的娄子，直接让武大武的三魂六魄走了一半！然而，这也是天要下雨，娘要嫁人——没法子的事情，怪不得任何人。武大武仰天长叹，良久才道出一句话来："天意如此，造化弄人呵！"

闯祸者是那位著名的制片人。这位老兄大概黄汤灌得多了，"人来疯"似的胡言乱语吹嘘一通。后来才知道，他在摄制组里也是这么个德行。魏导演自是轧出了苗头，见他嘴巴上的开关有点控制不住，生怕坏事，几番要拉他一同退席，不料他偏不干，还硬要和牛老板再碰几杯。

在又是两杯黄酒下肚后，制片人终于讲出了那么几句石破天惊的话来："牛老板，你要小心一点哦……上次我们拍戏，拍到一半没钱了……你知道不？拍电视剧都是现金买卖……我们就让那个投资老板赶快拿钱来……可他说我们超出预算了……我才不管他！我就和他说，你再不拿钱来，这戏就不拍了，剧组解散，所有损失都是你老板的，看谁玩得过谁！哈哈……上钩了，还怕你跑了……"

武大武、魏导演、凌画、李主任的脸上统统变了颜色，简直是大惊失色！其间，几个人轮流抢过制片人的话头想打断他，可惜全都失败了——这小子醉得竟然搂住牛老板的脖子，贴着牛老板的耳朵说话，最后那八个要命的字眼就是这样出笼的。

牛老板没醉，不但没醉，而且清醒得很。他轻轻地拍了拍制片人的脸，说道："阿哥老酒喝饱了，乱话三千啦！"最后一句是宁波话。

看来，牛老板并没把这些话放在心上，也根本不当一回事，众人这才微微松了一口气，连忙七手八脚地将制片人架到一旁的沙发上，只一会儿，制片人便发出了雷鸣般的鼾声。

3

武小武后来回想起来，那个下午的天气是有些怪怪的，原本是艳阳天，可等他驾车上路时，艳阳不见了，连天都阴沉下来，大堆大堆的乌云变幻着如鬼怪一般的身形在天边互相追逐嬉戏。

这是不是一种预言性的象征？

不知道。

当时，武小武正在急匆匆地赶往控股集团公司的路上——一个紧急电话将正在厂子里开生产会议的他招往集团公司，说是必须在一个小时之内赶到。

驾着车子开出厂门，武小武忽然就感到一阵莫名其妙的快速心跳。这似乎是一个不太好的预兆。

趁着被红灯拦下的空隙，武小武打了个电话给叶海军，想问问到底有什么紧急的事情，却发现他关机了。心头笼罩的阴影更为浓重了，如同天上你追我赶的朵朵乌云。

走进电话所说的地点，武小武一愣——除了组织处的祝处长，偌大的会议室里居然空空荡荡。

武小武迟迟疑疑地坐下，又迟迟疑疑地开口问道："不是说开会吗？怎么就我一个人？”

有着一张永远没有任何表情的脸的祝处长平静地说道：“对，武小武同志，暂时就你一个人，党委让我出面请你来开会。”

一个人的会议？就在那一瞬间，武小武突然感觉到了一点什么。是呵，该来的终归要来！不知为什么，前些时日看过的一部港台影视剧中的一句台词如乌云一般掠过了他的心头：出来混总是要还的。当时他还说此话太过江湖气，不适宜用在官场。说也怪，一念及此，他的心中顿时一片坦荡荡，整个人立即放松下来，连说话的语调也有点满不在乎了：“那好，请开始一个人的会议吧！”

祝处长伸手指了一下，说道：“宣读文件之前，我提醒一下，在你的面前有一盒中华烟、一个打火机和一口烟灰缸，如有必要，你可以抽抽烟、解解闷，希望你不要有什么想不通……”

武小武这才注意到了面前桌子上的三件套，顿时一片乌云遮上了心头。

祝处长依然面无表情地说道：“武小武同志，我现在宣读控股集团公司的一一三五号文件。”说着，他拿起放在面前的一纸文件，似乎还是红头的。

武小武恍然大悟，原来人家早有准备，一切均已安排妥当，偏偏自己还在那儿胡乱猜想，真是白费工夫，且听祝处长怎么说吧！

祝处长是用一口标准的普通话朗读文件的，就跟播音员一样读完了不长的文件全文：“现根据控股集团公司的集体提议，免去武小武同志在远东机械厂的一切职务。建议该同志以健康原因请求辞职，以便与随后发布的干部任免书求得一律。”

祝处长将那纸公文递了过来，说道：“下面是我们集团公司的落款公章和日期，我就不念了，你自己看看吧！”

武小武伸手接过文件，默默地看了起来。终于，他这个很少抽烟的人抓过那一包烟，抽出一支，也不管会议室墙上贴着的禁烟标识，“啪”的一声点亮打火机，径自开始吞云吐雾。

祝处长眯细了眼睛看着武小武，一言不发。

武小武像一个老烟枪一般，几大口就抽去了一半多的香烟，而后狠狠地将香烟屁股在烟灰缸里按熄，说道：“请祝处长告诉我，我犯了什么错误要受到纪律处分？”

话语是凶猛的，语调偏偏平静得如同不兴波澜的一池春水。武小武很清醒，这是暂时的假象，只能是暂时的。

祝处长看着武小武，什么话也没说。

武小武又点燃了一支烟，火气渐渐和烟雾一起上升，说道：“祝处长，请问我是经济上犯罪了，还是生活上犯错了，抑或是有反党反社会主义的现行言论？你是一个老党员了吧？我也是！你是组织处长，必须对党员干部负责任，说吧！你说了，我就真心诚意地拥护组织上对我的一切处理。还不说？我真他妈的很想知道我的罪名！”

武小武几乎要到达爆发的边缘了，看得出来，他在竭力控制。

祝处长的神色不动，嘴唇微微嚅动了一下，说道：“我不知道，也没任何人告知我，我只是奉命行事。”

“奉命行什么事？”

“一向你宣读文件，二请你写辞职书。”

“辞职书？我连自己的罪名都没搞清楚，为什么要写这份糊里糊涂的辞职书？健康原因？对不起，我的身体很健康，我不写！”

沉默良久后，武小武忽然大大吃了一惊——从来都是面无表情的祝处长似乎有了表情，他轻轻叹了一口气，说道：“武厂长，不写是不行的，上级的决定是不能违抗的，上海人有句很挺括的话，叫作‘不识相，要吃辣伙酱’……”

武小武忽然冷笑一声，说道：“我这个上海人就是从小吃辣伙酱长大的！那时候酱菜坊里有零拷的，三分钱一大碗……”

祝处长听而不闻，只是抬腕看了看手表，说道：“我再给你三十分钟考虑。”

武小武一口回绝，叫道：“不需要！”

祝处长摇了摇头，说道：“可我需要！告诉你，三十分钟以后，控股集团公司的其他党委成员，也就是所有大厂的厂长，都要到这儿来开会，对这纸文件进行表决！到时候，你肯定会吃到辣伙酱的，到那时候，你就不是很好听的‘因健康问题辞职’了，而是被除名了！”

武小武一愣。原来人家早有算计，早有撒手锏，早就布下了十面埋伏。

祝处长不知从哪里取出了纸和笔，说道：“我劝你还是写吧！你能有个体面的下场，我也好向领导交差。武厂长，你不要把自己弄得像宁死不屈的革命志士一样，更不要把我当成审讯你的典狱长，同志，你弄错了！”

武小武说不出话，只是一支又一支地抽烟，把禁烟的会议室搞得烟雾腾腾。

祝处长终于受不了，站起身来，打开一扇又一扇窗户，说道：“武厂长，你不要进行激烈的思想斗争了，还是听我的忠告吧！我是为你好……”

武小武忽然笑了，说道：“你刚才那个革命志士说得很好，让我想起一个人来。”

“谁？”

“革命烈士吉鸿昌。”

“吉鸿昌？”

“对！他就义的时候，对特务大声喝道——到我前面开枪！共产党员要死得光明正大，决不能在背后挨枪，我要亲眼看着蒋介石的子弹是怎样打死我的！”

“什么意思？”

“我很想亲眼看着所有党委委员一个个当着我的面举起通过表决的手，就像看着那一颗颗子弹当面朝我射击！可惜，他们并不是我的敌人，未必会像你所预料的那样向我开枪！”

“你……”

谈话突然中止了——一个又一个厂长嘻嘻哈哈地走进了会议室，加上武小武，一共十三位。

人人都和武小武打着招呼，甚至开着无伤大雅的玩笑。显然，他们还不知道今天这个紧急会议的内容。

武小武叹了一口气，痛苦地闭上了眼睛。他无法想象，也不敢想象，这十二位他非常熟悉的厂长待会儿朝他举枪射击的模样。

看着那一张张脸，武小武有些自嘲地想起方才的话语大大不妥，也过于狂妄。吉鸿昌，这位革命先驱者太伟大了，又岂是自己能望其项背的？这样的对比实在不伦不类。

就在武小武的思想一不小心开了小差的当口儿，祝处长已经抑扬顿挫地念完了红头文件，并且请大家举手表决。

有人问道："祝处长，你是不是搞错了？大凡这类处理都很慎重，总得将罪名列个一二三四，你怎么能含糊其词呢？"

武小武一惊，完全清醒过来了。他认出来了，这位首先发难的是机器厂的厂长，好像姓任，平日里与他并无深交，只是开会见面时点头打个招呼而已。

一位姓谢的厂长开口了："听祝处长一说就知道了，武小武肯定犯了罪，或者说得轻一点——犯了错，大家听得懂的呀……"

接着，与武小武很熟的李厂长说话了，话说得又直又冲："什么也不告诉我们，以为我们是举手的机器人啊？那还不如不要我们这些摆设，哪位领导同志想出来的便自己拍板决定，不就了账了吗！"

一时怨言四起，不知是谁怒吼了起来："我们在基层拼命干，上面只知道搓麻将——把我们厂长的命运搓来搓去！我们要回厂子里做生活了，搞什么表决不表决的！"说罢，掌声很突兀地响了起来，众人纷纷站了起来。

祝处长着急了，连连摆手，说道："静一静，静一静！大家听我说，今天这个会议是这样的，没有表决结果，就谁都不能离开这个会议室，这是领导的决定！"

谢厂长笑容可掬地说道："看来这位尊敬的领导同志是不会出头露面的。祝处长，你今天的生活是蛮吃力的……"

李厂长的手几乎指到了祝处长的鼻子上，只听他大叫道："到底是哪一位领导？你把他的名字说出来听听！说呀！"

这回，祝处长不仅开天辟地地堆满了丰富多彩的表情，还带着些许哭腔说道："各位各位，请大家不要逼我，谅解我有苦衷好不好？这件事情今天没有结果的话，我，我的日子就难过了……”他转过身去哀求武小武，“武厂长，你劝劝大家，千万千万不能离开会议室啊……”

也许是祝处长哭丧的脸打动了大家，众人又默默坐下了。

不一会儿，不知是谁的手机响了起来，接着有人发起了短信息，再后来有人玩起了手机游戏。几乎所有老烟枪都在吞云吐雾，把会议室弄得跟茶馆似的。

也不知过了多长时间，有人叫起了“肚皮饿煞哉”，响应者立即纷纷给楼下的司机打电话，让马上买饭送到会议室来。

祝处长脸似铁板，坐在那儿一动不动、一声不吭，听任众人愿干什么就干什么。

武小武明白了，今天的事情已然无法挽回，无可奈何春去也。再弄下去，只会越来越僵，保不准哪一天，领导的铁棒就会挨个儿砸到在座每一个人的头上，翻版他的遭遇，那又何苦害人呢！

武小武站了起来，说道：“我武某人非常感谢大家，我永远不会忘记今天，在座的没人向我开枪！我，给大家鞠躬了！”说着，他弯下身子，深深鞠了一躬。

会议室里一下子安静下来，所有目光在武小武的脸上聚集。

武小武苦笑了一声，说道：“天意不可违。现在，我举手同意罢武小武的官、撤武小武的职！”说完，他高高举起了手。

全场震惊。

武小武的目光从大家的脸上一一扫视过去，说道：“我请大家帮我一个忙，我强烈请求大家同意控股集团公司的提议，请大家举手！”说完，他再一次举起了手，举过了头顶。

比缓慢更缓慢，犹如电影中的慢镜头，一只手，又一只手，十分沉重地举了起来。

祝处长一声嘶哑的欢呼爆起：“全票通过！”

十二位厂长排着队从武小武的面前经过，每个人都用力握了一下他的手，头也不回地走了，宛如一场神圣的葬礼告别仪式。

武小武在离去前，与祝处长有着一节最后的对话。

“祝处长，我请求当远东厂车间里的工人。”

“对不起，你任何单位都可以去，唯有远东厂不可以。”

“为什么？难道怕我聚众谋反、揭竿而起？”

“对不起，无可奉告。”

武小武终于转身离去，只是扔下一句废话：“变色龙。”

武小武走到了外面的马路上，一抬头，早已是满天星斗。呵，夜色正浓。

三天以后，葛庭祥出任远东机械厂党委书记兼常务副董事长，出任远东机械厂董事长的则是鲍志强。

武小武心里明白得很，年龄到站、能力不强的鲍志强只不过是一堵挡风的墙，真正的大权在握者，除了葛庭祥，再无第二人。

葛庭祥的时代开始了。

不过，恐怕葛庭祥怎么都没有料到，他竟然成了远东厂的末代皇帝。

4

武大武的前脚刚踏进家门，蓝月亮的电话就打着脚后跟追来了。她一反常态，没好声气地说道："你们到底发生了什么事情？刚才牛老板给我打电话，说他不玩了！"

武大武彻底愣住了，说道："啊？怎么一回事？这不可能啊！"

蓝月亮的声音很尖，完全是高八度地叫道："这件事情以后不要再找我了，我已尽力！告诉你，牛老板只对我说了八个字：上钩了，还怕你跑了！"

武大武只觉得脑子里一阵晕眩，接着眼前一黑，一头栽倒在地。他最后一眼看见的是实木地板突然一下子向他涌了过来……

《上海没有寓言》在最接近成功的时候轰然倒下了。武大武在住了五天医院以后再也不提这部戏了。一提，他的心就滴血。

身体恢复以后，武大武忽然想起自己答应过忻玛丽写一部无厘头的小剧场话剧，于是他漫不经心地用了一个礼拜胡乱涂鸦，连剧名都是很无厘头的——减肥遭遇神马，而后交稿、换钱、结束。

又是一个没想到，想不到——这戏居然红了、火了，红火得一塌糊涂！报纸上的捧场文章不断，网络上的粉丝跟帖不断，直接把武大武炒作成了比先锋文学更先锋的"神马哥"！更不可思议的是，网络上突然热炒《减肥遭遇神马》的黑市票，一百多元的票价瞬间乘上火箭翻了十倍，而且一票难求！

武大武哑然，只想一头钻进床上的被头里号啕大哭。

5

依然高雅的环境，依然精致的菜肴，依然不菲的价格。

A 会所里，武小武正和叶海军浅斟低唱。这一回由叶海军买单，这是叶海军在电话里约武小武出来会面时就讲定了的。

武小武的情绪很低落，只是一个劲儿地喝酒吃菜，老半天都不说话。

叶海军呵呵一笑，放下酒杯，说道："小武呵，我知道，你一定在心里责怪我这个兄弟很不仗义，在关系到你生死存亡的那天找不到我，还把手机关了……"

武小武将酒杯重重地磕在钢化玻璃桌面上，说道："这种鸭屎臭的故事我都没脸提，既然你很好意思地讲了出来，我就洗耳恭听！说吧，什么是你临阵脱逃的理由！"

叶海军苦笑着说道："我没有理由，也没有借口，我只是感到悲哀——在关键时刻我帮不上忙，无法为好兄弟辩护，我不忍心目睹你在我的眼前折戟沉沙，只能采取回避、逃避、躲避的鸵鸟对策……我和你的兄弟情谊在集团公司是人人皆知，我明知道这样做是掩耳盗铃，但我没办法，只能硬着头皮来一回掩耳盗铃。"

"为什么？"

"因为人家手里握有确凿的证据……"

"什么证据？"

"八个字：夺厂之恨，夺妻之仇！"

武小武的心头大大一震，顿时满脸皆是惊愕之色。

"你现在总该明白对手为什么要给你致命一击了吧？事实已经存在，不需要更多的理由，剩下的就是出手的时间了。恰恰在这个关键时刻，有人出卖了你，说出了《上海没有寓言》电视剧准确的开机时间——这是你的秘密武器，一部欲为远东厂上市造声势的电视剧，谁都明了，此事迫在眉睫，刻不容缓。这才是逼你下台的根源，人家不愿意你做大做强！”

武小武哑然，还没有从最初的惊愕中缓过神来。

“电视剧也好，上市公司也好，可以为你所用，也可以为别人所用——只要这个人是老大！”

武小武的心头已乱，只能有气无力地朝叶海军挥了一下手，说道：“你继续讲下去。”

“我不想提醒你是谁出卖了你，你是个聪明人，一点即通。小武呵，水可载舟，亦可覆舟呵！”

武小武陡然醒悟过来，他只向一个人——甄美丽透露过口风，在电话里说过《上海没有寓言》三天后开机。那么，是甄美丽出卖了他吗？是呵，一个连丈夫都能出卖的女人，还有什么不可以出卖的？为了什么呢？应该是为了赎罪，为了回到丈夫身边。当初，是她说出丈夫的名字，仅一个名字，就让他抢先了一步，以一场猝不及防的宣传闪电战打败了她的丈夫，吞并了江东厂。她出卖丈夫的理由是丈夫背叛了她，她也要背叛丈夫。现在，只要她愿意回去，又为什么不可以背叛他？呵呵，是他自己把剑柄递给了对方，才让对方一击即中！同样，仅是一个开机时间，就让葛庭祥抢占了先机，动用了所有关系让他退出历史舞台。甄美丽呵甄美丽，莫不成真的是“成也萧何，败也萧何”？

沉吟中，武小武不由自主地想起那恍如隔世的最后一次幽会。

第十六章

温柔乡里读剑影，爱情正老去

1

这是一幢建于20世纪80年代末期的多层楼房，圈内人士称之为“宝钢式”。

在二楼的一间两居室里，武小武正和甄美丽并肩坐在桌前喝着咖啡。

武小武呷了一口咖啡，歪过头看了看坐在身边的甄美丽，不觉轻轻笑了一下。

甄美丽发觉了，有些莫名其妙，便朝自己上下打量了一回，问道：“你笑什么？”

武小武摇了摇头，说道：“没什么。”他忽然想起泰戈尔的一句诗——“天空没有翅膀的痕迹，而鸟儿已经飞过”。看来，这句话对甄美丽不适用，她的脸上到现在还残留着淡淡的红晕，正无言地述说着方才那场销魂的鏖战。

甄美丽忽然羞涩一笑，依然像前几回那样不费吹灰之力就破解了武小武心里的密码，说道：“我知道你在看什么、想什么……都怪你！刚才那么结棍……”

甄美丽太聪明，这几年又与武小武走得那么近，当然更能觑破他的心思。她说过：“其实我喜欢你的就是这一点，你不太善于掩饰自己，你自以为滴水不漏，其实全都已经写在了脸上。像你这样的人，仕途再有发展，官也是做不大的，做大官的人必然面无表情、心如古井，深不可测……”如今，一切均被她言中。

就在武小武被削职的第三天晚上，甄美丽特地把他约到黄浦江尽头的一家海鲜酒楼，高高举起了酒杯，杯中是他平素爱喝的上海石库门酒，说是为他压惊。

见武小武沉默不语，连杯子也不碰，甄美丽柔柔地笑了，说道：“男子汉大丈夫要拿得起也放得下，官场中三起三落的人海了去了！这官不当也罢，整天没日没夜地为厂子里的人和事操劳，一年三百六十五天连一个安稳觉也捞不到。要是放在我的头上，我还真巴不得早一天扔了这芝麻官的乌纱帽呢！当厂长有厂长的乐趣，做小老百姓也有小老百姓的开心，既然老天爷安排你从厂长的位子上下岗，你就该干什么干什么去吧！”

武小武愣愣地看着甄美丽，突然一把抓起面前的酒杯，豪情勃发地说道：“来，为人生有一红颜知己干杯！”

武小武一口饮干了杯中酒，陡然觉得满嘴尽是苦涩。是呵，此时此地此情此景，陪伴自己的为什么会是甄美丽，原本应该是另一个女人——忻玛丽呵！可是，忻玛丽带着她的小剧场话剧和演艺人员去外地巡演了。在自己落难的关口，作为妻子的她却跟个局外人似的跑得远远的，像什么事情都没有发生过一样。这是不可以、不应该的！长此以往，彼此的情感就会像雷雨中那一道炫目的闪电一般，一点一点地被厚厚的云层包围、吞没。到那时候……

武小武无法再往下想了，因为甄美丽已把酒杯斟满，放到了他的手上。

那一晚，武小武是让甄美丽搀扶着打车回家、走出电梯、走进卧室的。

是的，武小武已酩酊大醉。

这不是第一回。上一次是在远东厂兼并了江东厂的那个晚上，也是在江景海鲜楼，武小武请甄美丽喝庆功酒。甄美丽很开心地来了，感谢武小武打败了自己的丈夫，为她报了仇。在那个星光灿烂的夜晚，武小武和甄美丽开怀畅饮，喝得尽兴，喝得开心，喝得一塌糊涂。

醉了的人总是幸福的。上一回是从心里一个劲儿地涌出来豪情的幸福，这一次却是醉醺醺不省人事的幸福——是的，什么都不知道，岂不也是一种幸福？

甄美丽用肩膀轻轻碰了一下武小武，说道："在想什么呢？咖啡都快凉了。"

武小武一惊，这才从回忆中牵回了思绪，呵呵两声，说道："我在想，今天你怎么会把我约到这里来，而不是去我们前几次去的地方。这也是你的房子？"

甄美丽点了点头，说道："这是以前阿祥老厂分配的老房子了……"

武小武半开玩笑半认真地说道："在福利分房的时代，每一位厂长都可以大大方方地捞到几套住房，这很正常，名正言顺……"

甄美丽显然对过去的东西毫无兴趣，说道："你问我今天怎么让你来这儿，因为前两次我们幽会的地方已经不能去了……"

武小武奇怪地问道："为什么？"

甄美丽的脸上掠过一抹无奈的神色，说道："远东厂的工人们也不知怎么找到了阿祥的这两处住址，经常没日没夜地来骚扰，卧室、客厅、卫生间的玻璃窗统统都被石头砸碎了……”

武小武大吃一惊，说道：“啊？那……那他们为什么不去找董事长鲍志强？”

甄美丽重重地叹了一口气，说道：“不知道。也许因为鲍志强也是远东厂的人，工人们拉不下这个脸，而且以为大权都掌握在阿祥的手里吧……反正，在我偷偷溜出来之前，还有几个工人睡在我家的沙发上，说一定要见到葛厂长……”

“怎么会这样？到底发生了什么事情？”

“听说是厂子里和工人拗断的事情，工人责怪阿祥给他们的工龄拗断费太少，就闹事闹到我家里来了……”

“那，葛庭祥呢？”

“不知道，反正这一段时间，阿祥夜不归宿是常有的事情，加上这一闹，就更看不到他的人影了……”

武小武思忖了一会儿，突然站了起来，说道：“走，我上你家去！我去劝这些工人离开，厂子里的工人绝大多数还是讲理的……”

甄美丽一把将武小武拽回到椅子上，说道：“你这不是添乱吗？你现在是什么身份，工人们凭什么听你的？再说了，保不准下一个就轮到你去拗断，请你吃社会救济金了！”

武小武一时语塞，说不出话来了。

甄美丽看了看武小武，说道：“也不知道你们上面的头头是怎么考虑的，反正就是一个劲儿地要把远东厂的工人统统拗断，一个不留……”

武小武顿时哑然，良久才开口说道：“葛庭祥是怎么打算的？”

甄美丽“哼”了一声，说道：“他能有个屁打算，还不是乖乖听上面的？搞搞清楚哦，上面把他扶上末代皇帝的宝座，还不就是要他充当刽子手，反正杀的都是远东厂的人，又不是江东厂的！我哪，总算有些开窍了！你武小武好歹也在远东厂待了这么多年，你下得了手吗？万一你来个窝里反，岂不弄成一团糟？所以他们就先把你这块挡道的石头搬到一边去了。武头儿，如果你也认同我的话，就别把你下台的罪名压到阿祥的头上，行吗？”

武小武无言地呷了一口咖啡。咖啡已凉，一直凉到心里去了。他不得不承认，甄美丽的分析有些道理。可是，他原谅不了葛庭祥，无论如何，他都在感情上扭不过这个弯子。打从上市失败到后来一连串事情发生，总有葛庭祥的影子在晃动。这是一种直觉，他相信自己的直觉。当然，他不能也不想反驳她的话。毕竟，她是葛庭祥的妻子。听话听声，锣鼓听音，他能听懂她的弦外之音。

甄美丽见武小武只是一口又一口地呷着咖啡，不禁柔柔一笑，从他手里轻轻拿走咖啡杯，说道：“凉了，喝了会不舒服的。”

不待武小武反应，甄美丽已经很巧妙地转移了话题，说道：“武头儿，你前几天在电话里说那个叫什么寓言的电视剧三天后开机，怎么就没有下文了？你接下来还有什么打算？”

武小武淡淡苦笑，说道：“不谈电视剧不电视剧的了，我有什么打算？你说说，我又能有什么打算？我疲倦了，该归巢了，回家服侍父母吧……仔细想想，我这辈子真没对父母尽过一点孝心，十六七岁就去了黑龙江，一晃十多年过去，返城回沪后又是二十多年，从来没有给瘫痪的父母喂过一勺饭、一口水，端过一回夜壶，真是枉为人子呵！”说着，他竟动了真感情，眼眶里霎时涨起了潮水。

甄美丽点了点头，说道："是呵，你这个浪子也该金盆洗手退出江湖了！回父母身边去吧，尽一点做儿子的孝道……"

武小武低下了头，如同一个做错事情的乖孩子。

也不知过了多久，武小武慢慢地抬起了头，顿时让甄美丽吃了一惊，忍不住叫道："你……"

心已平静如水，武小武恢复了常态——进入了远东厂厂长的角色，唇边挂着一丝意味不清的暧昧的笑，说道："小姑娘，今天我忽然有了一种预感……"是的，是预感，而且属于不怎么好的那一种。

甄美丽沉默了一会儿，说道："你终于也有预感了，就像我一样，哪怕你不说话，我也能知道你在想什么。武头儿，你能告诉我，你预感到了什么吗？"

武小武的神色渐渐变了，变得十分痛苦。好一会儿，他才下了决心，说道："故事结束了，我和你……该向来处去，向去处来了……"

甄美丽的神色也一下子痛苦起来，说道："是，你没说错。刚才我正犹豫着怎么对你开口，你却一口道破了我的心事。你比以前老练了，离深不可测只有咫尺了，不，是零距离了……"

武小武似乎什么也没有听到，犹自沿着自己的思路延伸，说道："葛庭祥正在火炉上炙烤着，你得归队，站到他的身边，肩并着肩，手挽着手……回去吧，这样你才不会后悔……"

甄美丽呆呆地望着武小武，久久无语，无声的泪水缓缓地从脸颊滑落。

武小武慢慢地伸出手，轻轻拭去甄美丽脸上的泪。甄美丽再也忍不住，陡然一头扑进了武小武的怀里。

武小武的嘴唇徐徐贴上甄美丽的耳朵，说道："听我的，啊？我知道，正在火炉上炙烤着的男人在想些什么、渴望什么……"

甄美丽突然仰起了头，一脸桃花蘸水开，说道："武头儿，让我再叫你一声武头儿，好吗？我多想……多想永远活在那个暴风雪之夜……屋外有好大好大的暴风雪，可屋内却是多么温馨、暖和的春天呵……"

武小武将一个吻轻轻地印在甄美丽满是泪痕的唇上，说道："回不去了，小姑娘，那只是一个美丽的童话，如今童话不再属于我和你……"

甄美丽一愣，突然号啕大哭。

后来，武小武回想起自己当时的表现，只觉得弱智和不堪。当一个女人带着目的来到男人的面前，男人就永远看不清她的真正面貌，而且会心甘情愿地拜倒在她的石榴裙下，于是一切变得不可收拾……

武小武不愿相信甄美丽会背叛、出卖他，他绝不愿意往小姑娘的脸上涂抹黑色油污，哪怕她真的那样做了，他也不愿怪她，天意如此，此乃天公要灭曹呵……

叶海军终究窥破了武小武的心思，不禁哈哈大笑，说道："小武呵小武，我总算找到你的软肋了！看来，你是爱美人胜过爱江山，属于宁死美人怀抱中也不愿辜负春光的一代情种呵……"

武小武淡淡苦笑着，将一口冰冷的凉气全数叹在了心底。其实，江山也罢，美人也好，从今而后，他与甄美丽不会再有任何往来了，尤其是在叶海军揭开了谜底之后。这就是古往今来一切男人与女人偷情的某种结局。

武小武没有输给葛庭祥，没有输给甄美丽，也没有输给严酷的市场经济大气候，而是输给了自己。

武小武只能认命。

2

“喂，小武吗？”

“哥，是我。有事吗？”

“牛老板撤资了，不愿意投拍《上海没有寓言》了，你听说了吗？”

“听说了，我还听说是你邀请来的朋友酒后吐真言，才把牛老板吓跑了……”

“小武，事情已经发生了，就不说它了。我打电话给你，是请你想想办法另找新的投资渠道，不然我们的目标就永远实现不了……”

“什么目标？”

“你忘了？为了远东厂上市呵！”

“上市？对，我说过这个话。”

“那你就快点想想办法呵！再说了，我花费了那么多心血才搞成这个剧本，方方面面的反馈都说挺不错的……”

“哥，我很谢谢你，你为远东厂付出了很多，我相信厂子里的工人们都会记住你的……可是，眼下情况发生了变化，这部戏就不要拍了……”

“我不管发生变化不变化的，你怎么能说不拍就不拍呢？什么意思啊！”

“哥，我说不拍就是不拍，而且肯定不拍了。”

“小武，你你你！你难道忘了当初是怎么来找我的？言而无信！”

手机那头的武小武忽然沉默了。

武大武开口了：“好吧，既然你这样坚定，你就跟牛老板一样退出吧！可我要坚守这块阵地，我一定会想法子让《上海没有寓言》起死回生的……”

武小武发出一声长长的叹息，说道：“哥，你太不懂官场了……”

武大武不以为意：“官场？我要懂官场干什么！它不认识我，我也不认识它……”

又是一阵压抑的沉默，武小武突然爆发，叫道：“大武！你给我听好了！我说的变化是，我已经被撤掉了所有职务，成了下岗干部！”

武大武大为惊愕，连连问道：“什么？什么？为什么？”

武小武异常冷静地说道：“大武，作为一名作家，你不能不懂官场！我现在告诉你一点官场的游戏规则：有人居心叵测地选择在《上海没有寓言》开机前夕把我撵下台，就是为了摘果子，就是为了取而代之。所以，《上海没有寓言》越是妙笔生花就越是不能拍摄，而且永远不能拍摄！你听懂了吗？”

手机另一头忽然陷入久久的沉默中。

手机这一头，一只手指轻轻按上了“取消”键。

3

门铃正在“叮叮咚咚”地响着。

武大武拉开门，看到一个手里提着大包小包礼品的中年男人。

这个武大武不认识的男人朝武大武露出一个十分友善的笑容。

武大武只得回笑，说道：“你大概找错门、认错人了吧？我不认识你。”

中年男人一边自来熟地迈进门脱去脚上的鞋子，一边摇着头说道：“我不会找错门又认错人的，你是大作家武大武吧！我是远东厂的葛庭祥……”

不料，武大武朝葛庭祥直翻白眼，一把拦住他，说道：“对不起，先生，请你等会儿！我从没见过你，你是哪个车间哪个班组的？”

原来，武大武自从下岗以后就基本上没回过远东厂，又哪里认得葛庭祥。

葛庭祥笑了，说道：“我来自我介绍一下……”

听完葛庭祥的介绍，武大武有些明白了，说道：“哦，原来你是来接武小武班的那个人？”

葛庭祥没有丝毫不快，连连点头，说道：“对对对，我是武小武的接班人。”

武大武这才将葛庭祥让进屋内，让他“请坐、请喝茶、请抽烟”。对武大武的“三请”，葛庭祥只接受了前两项，对最后一项则很抱歉地表示不会。

武大武说道："看得出来，你是个很有原则性的男人，只不过……"说着，他的目光飘向了被葛庭祥放在桌边的几个礼品盒。

葛庭祥说道："这是远东厂党政工团对老职工的一点关心，请不要见外。坦白来说，我只是一个执行者……"

武大武笑了，说道："多好的外交辞令呵！你不做领导，绝对是对资源的极大浪费。"

葛庭祥也笑了，说道："武大作家言过其实了，我们这种做基层工作的算什么领导？只不过替单位跑跑腿、打打杂、磨磨嘴皮子而已，最痛心的是经常得到的是群众的不理解，甚至是误解……"

武大武的眼睛瞪大了，问道："还会有这样的事情？"

葛庭祥点了点头，说道："早已是家常便饭，见怪不怪了。比如，厂部领导班子经过讨论，决定委派我上你这儿来，请求你把原创的电视剧剧本交给我们，由我们设法融资投拍……"

武大武微微一愣，原来绕这么大一个弯子，目标居然是《上海没有寓言》。呵呵，可谓煞费苦心、机关算尽！慢，且听葛庭祥接下去还要说些什么。

葛庭祥要么在这方面做过功课，要么真有文艺细胞、文学修养，只见他深吸了一口气，意气风发地说道："剧本剧本，一剧之本，是任何戏剧影视作品展翅高飞的灵魂。一个没有文化建设、精神文明建设的国企大厂，是无法跟得上时代前进脚步的。听说你为写好这部剧本吃尽了千辛万苦、耗费了巨大的心血，我们远东厂党政领导班子向你表示感谢和敬意，一致通过了决议——不惜任何代价，一定要把你的这部作品立起来！"

武大武目瞪口呆地看着葛庭祥，几乎不敢相信《上海没有寓言》的命运就在这短短一番话中起了翻天覆地的变化。

葛庭祥是个天才的演说家和鼓动家，他最后说的话尤具蛊惑力：“武大作家，二三十年之前，我就曾经买过高价黑市票，到文化宫看过你写的电视剧。今天的《上海没有寓言》如果能被搬上荧屏，对你这位极有天赋的编剧来说，那就是上了一大个台阶，肯定能拿全国大奖！而且我坚定不移地相信，所有厂子里的工人兄弟都会感谢你的！”

武大武头晕了。再牛皮和再不牛皮的作家的劣根性都是相同的：在放大了的赞美声中，必然头晕目眩、迷失方向。

葛庭祥缓缓伸出了手，说道：“请把剧本交给我吧！为了远东厂的工人兄弟，你责无旁贷，必须这样做。”

武大武陡然一个激灵清醒了过来，说道：“葛厂长，你说得太好了！你说的‘为了远东厂的工人兄弟’，对我是一个提醒！我必须认认真真地修改剧本，其他的事情之后再说，你看如何？”

葛庭祥连连点头，说道：“好，你是个负责任的作家，那我们就等着你的大作问世了！”

葛庭祥是聪明人，深知在什么场合、什么人面前，应该戴什么样的面具、进行什么样的表演。对付作家自以为是的清高和矜持，对他来说只是小菜一碟。

葛庭祥告辞了。就在一瞬间，武大武忽然有了一种奇怪的感觉，觉得葛庭祥并不像武小武所说的那样可怕，他的身上似乎有着一种与生俱来的亲和力，起码不是那般高高在上、自以为是，压根儿就看不出来在官场混的任何痕迹。

武大武的脑海里跳出了一个想法：也许葛庭祥未必就不是一个很好的合作者。

“小武呵小武，也许是你们之间的权力斗争蒙蔽了你的双眼，大大影响了你的判断力！”

很不幸，这就是武大武的结论。

4

又见小木屋。家具依旧，摆设依旧，春风依旧，美人依旧。也许，这就是女主人的匠心所在。

然而，世界上没有永恒不变的事物。

一觉从鸳鸯梦中醒来，武大武蓦见蓝月亮坐在一旁痴痴地凝视着他，倏然间默默垂下泪来。

武大武一惊，慌忙坐了起来，问道：“你怎么了？”

良久，蓝月亮才回答道：“我真希望能永远这样看着你……可是，这片地区很快就要动迁了……小木屋将不复存在了……”

武大武愣住了。他什么都可以想象，就是无法想象这会是他最后一次来到这间小木屋。他坐到桌前，点燃了一支烟，烟雾轻曼地飞舞起来。

一首小诗穿过烟雾慢慢地凸显了出来——那是蓝月亮在轻轻吟哦：“一分钟的别离，像五百年的折磨；五百年的折磨，在相思中一阵风似的吹过……”

武大武抬起了头，望了望蓝月亮，有些不明白她怎么会吟诵起这首诞生在许多年之前的情诗。

蓝月亮缓缓拭去了泪，淡淡苦笑了一下，说道："大武，难道你不觉得这首四行诗永远年轻吗？因为爱情是年轻的……当年创作它的时候，我正年少轻狂……那时的我多么欣赏你为它取的标题——'折磨'……可现在回头再看，我忽然觉得自己错了……"

武大武将香烟在烟灰缸里轻轻按熄，问道："错了？为什么错了？"

蓝月亮很沧桑地叹了一口气，说道："那时的我不知道，爱情也是会老的……"

武大武的心忍不住颤抖了一下，他缓缓说道："是！世间万物都会渐渐老去……"

蓝月亮幽幽地看了武大武一眼，说道："我也老了……所以，我有一件重要的事情要告诉你。"

武大武的右眼皮跳了一下又一下，他说道："你说吧，无论是什么事情，我都会尊重你的决定。"

似乎有些难以开口，蓝月亮斟酌了好一会儿才说道："这么多年来，你一直劝我，但我很固执，不，是很偏执地没有听从……"

"什么事情？"

"我……要结婚了。"

"呵……尽管有些突然，但毕竟是好事，我……祝福你。"

"怎么听起来有点言不由衷？大武，你就不想问问对方的情况吗？你就这么狠心要我嫁出去……"

"你错怪我了，我一点也不狠心，这不是还没来得及问吗……"

"好吧，我把他的情况向你如实交代。他是搞房地产的，富有的是大把大把的钱，贫穷的是精神文化，对我是一见钟情。而我呢，你应该知道，富有的是精神追求，物质上一贫如洗，我觉得我和他结婚，起码可以互补……你也帮我参谋参谋，好吗？”

“你都说得这么清楚了，还要我来搅局为你参谋吗？好吧，好吧！你别把嘴噘得那么高，我这就来画蛇添足吧！我历来主张夫妇双方最好不要在一个圈子里讨饭吃，那样容易彼此打架。恭喜你，你已基本达标。”

“看你说的，好像赶不及要把我嫁出去！男人呵男人，你的名字叫‘好没良心’！”

武大武呵呵笑了，说道：“我给你加一条批注——有抄袭莎士比亚之嫌。”

蓝月亮没有笑，只是目不转睛地看着武大武。

武大武奇怪起来，问道：“你怎么了？”

蓝月亮的嘴唇微微动了一下，说道：“其实你认识他。”

“是吗？他姓甚名谁？”

“他和你、武小武、忻玛丽是一所中学的，他说他当年是学校红卫兵团的，外号叫‘小黑皮’……”

“好像听说过这个外号，但人肯定是不熟的，他是红卫兵团的，而我只是逍遥派，八竿子打不着……”

“他后来去了黑龙江农场上山下乡干革命，是武小武手下的连队骨干，也是武小武的心腹……”

“等一等，等一等！他是小武的心腹，又是做房地产的，莫非他是……”

“你总算猜到了！对，他就是牛老板。”

“天哪，怎么会是他？牛老板和武小武加在一起，很难让我不去胡思乱想！这里面有着不可与外人道的内幕文章吧？”

“大武，你真聪明！当初，由于要将专题片改做电视剧，成本大大增加，你去找过黄胖橄榄，结果没戏。之后，武小武请来了财大气粗的房地产牛老板，但暗中留了一手，借一个机会让我认识了牛老板，弄得好像牛老板投资《上海没有寓言》全是我的功劳。当时的我也是这么认为的，但其实是武小武故意将我推向幕前，自己悄悄躲到幕后去了。现在我才知道，牛老板是武小武的人，而且是死党。后来，武小武突然下台，让牛老板撤资，牛老板二话不说立即执行，根本不问原因。牛老板告诉我，武小武在农场时对他有恩，他不能做对不起兄弟的事情，他原本对投资影视剧既没兴趣也不懂行，可武小武一声令下让他投资，他闭起眼睛就冲了进来，正当他对《上海没有寓言》渐渐有了感觉的时候，武小武又让他退出，恰好此时，老天爷给他送来了台阶，于是他便拿‘上钩了，还怕你跑了’说事，连我也被蒙在鼓里……现在，牛老板和我好上了，就把这些事情都告诉了我，关照我有机会时和你说声对不起，他知道伤害了你，尤其你还是武小武的哥哥。据他说，撤出《上海没有寓言》，武小武是有不得已的苦衷的，他下台了，当然不愿意买了炮仗让别人放，这可是一颗双响炮呵……”

武大武在一阵久久的沉默之后，忽然跳起身来，说道：“不说这些了！月亮，我们喝酒！”

须臾，一瓶酒、两只杯放在了桌子上。一样的法国葡萄酒，一样浓得化不开的琥珀色。

“大武，你这是干吗呢？”

“月亮，你婚礼上的酒，我得先饮为快呵！你说是不是？”

“你……会来参加我的婚礼吗？”

“你说呢？只要你愿意，我一定出席。”

“不，我不愿意！我……不想再看到你，不想再让‘折磨’陪伴我一辈子了……”

“那好吧，我今天就喝了你的喜酒，祝福你！”

“别祝福了，爱情正在老去，婚姻大多死了……真要祝福的话，应该祝福你我身体健康！”

“行呵，祝你我身体健康，永远健康！”

酒杯轻轻碰了一响，武大武一饮而尽。

蓝月亮突然丢下酒杯，一头扎在武大武的胸前，哭了。

酒杯响亮地落到地上，碎了。

就在一刹那，武大武的心也无声地碎了……

5

这就是远东厂，久别重逢的远东厂。

武大武跟在武小武的身后，走在了远东厂的土地上。

武小武什么话也没说。眼前的状况已经不需要任何语言了——厂子里人影杳然，车间陷入了停产状态，机器设备七零八落，拆的拆、卖的卖，几乎成为废铁。更令人痛心的是，竟然有不少拾荒人肆无忌惮地在厂子里奔走。

几个人突兀地出现在武小武和武大武的面前，为首的正是葛庭祥。

武大武非常吃惊，因为眼前的葛庭祥完全不是上次提着礼品登门造访的绅士模样，而是像一只好斗的乌眼鸡，语气不善地说道："武小武，曾经的武厂长！旧地重游，你有什么新的感受吗？"

武小武冷冷一笑，说道："我的感受只有两个字——痛心！除了痛心，还是痛心！好端端的国企大厂在你的手里居然变成了这般模样！作为一厂之长，你实在不该！"

葛庭祥点了点头，说道："你也知道痛心了？难道你忘了，江东厂被你粉粉墙头、刷刷涂料地换了新颜，被一个时尚的'创意天地'名字弄成了坐收房租的二房东，厂不像厂，博物馆不像博物馆，我岂止是痛心！你对江东厂是有罪的，而且是千古罪人！"

武小武冷笑着说道："现在创意天地的年利润可是 2.5 亿元哪！葛大厂长，原来你可是连每个月发职工工资都要去调头寸的！"

葛庭祥点了点头，说道："我承认，你这么一转型，厂子是赚钱了，可是我们曾经引以为荣的自己创立的国产品牌呢？就这么没了！当然，我们可以花外汇去进口，可是最尖端的核心技术人家是不会施舍给我们的，最后只能去讨饭吃……"

武小武微微哂笑，说道："不懂了吧？告诉你，这是国企改革的大势所趋！大环境决定了厂子必须历经凤凰涅槃才能重铸辉煌！"

葛庭祥哈哈大笑，说道："这些从报纸上背下来的豪言壮语，我一样可以原封不动地还给你——你今天看到的远东厂正在经历凤凰涅槃，肯定会有辉煌的那一天！可是现在，上海的制造业正在逐步消亡！"

突然，葛庭祥转向武大武，说道："武大作家，我完全知道武小武今天把你带来远东厂的目的，他是想告诉你，我葛某人已经将远东厂弄得一塌糊涂、一蹶不振，根本不配得到你的《上海没有寓言》剧本。我知道你会相信他，但是我要告诉你一句真心话，我和武小武与绝大多数国企厂长一样，都是雄心勃勃地想把厂子做好、做大、做强的！无奈我们适应不了时下的大环境、大气候，有心杀贼，无力回天哪！但我相信，我们会有后来人，会有那一天的！”

武大武被深深地震撼了。是的，这才是他心目中的厂长形象。

武小武一言不发，陡然扭转过身，将一个冰冷的背影留给了葛庭祥，只是眼眶里瞬时似有大潮飞涨。

谁都无法否认，葛庭祥说出了一代悲情厂长的心里话。武小武突然仰天长啸，再无一言。

葛庭祥向武大武招了招手，说道：“大作家，别再上当了！武小武其实是和我一样的料作，都是把你们这些文人当作自己棋盘上的一颗棋子的！”

武大武突然就恼怒了，说道：“谢谢你！我的剧本是干净的，我不想再卷入你们肮脏的争权夺利之中去了。对不起，我不会卖给你们，哪怕剧本的命运是永远地压箱底！”

武小武完全没来由地看了葛庭祥一眼，葛庭祥不知为什么也看了武小武一眼，忽然两人莫名其妙地一齐大笑。

武大武恨恨地骂了一声：“神经病！”而后，径自转身向厂门口大步走去。

望着武大武离去的背影，武小武和葛庭祥还在大笑，并且笑出了点点泪花……

第十七章

仰望天空，斯人已去

1

夜幕低垂，马路两边的街灯飘洒着昏暗的光晕，投向了偶尔经过此地的三两人影，竭力想照亮他们前面的道路、映亮他们不同的面容，可惜力不从心，只能涂抹出浓浓淡淡的墨影一团。

这就是远东机械厂周边的马路，早已失去了昔日的喧哗嘈杂和辉煌灿烂，曾经轰轰隆隆的车水马龙也成了梦中的回响。这一切，全都因远东厂走向没落而褪尽了光华。

工厂是工人的世界，可如今的远东厂连一个工人的影子也看不见，于是工厂停止了呼吸，没有了生命。斑驳的月色一遍又一遍地巡视着这家曾经的万人大厂，此时此刻，厂房早已失去了炉火热浪烈焰三千丈，车间里早已失去了机器的轰鸣、行车的铃响，机器早已失去了长长短短、方方圆圆、充满生命活力的金属加工件，于是偌大的厂子一下子变得空空荡荡，只遗下一地凄凉，无人清扫。

这时，马路上缓缓走来一个男人，他推着的轮椅上坐着另一个男人，街灯把他们的影子拉得老长老长。

推着轮椅的是武小武，坐在轮椅上的是武伯平。

望着沉没在一片黑暗中的厂房，武小武的心头止不住一阵阵巨浪飞溅。虽然很久没来厂里了，但他的耳边总是不断传来新的消息——

葛庭祥在全员拗断下岗以后，开始出售机器设备，厂子里那座最为先进、最为庞大的热轧机、冷轧机操作系统，居然被他十万八千里地卖到南非去了，并且“搭售”了二十多名工人去给南非的工厂培训操作工，为期三年。后来，闻讯赶来的小罗格先生买下了剩下的所有机器设备，他准备在上海建一座百年远东厂博物馆。

葛庭祥大概是卖机器设备卖红了眼，居然牛气冲天地要把剩下的零零碎碎连同厂房一起卖了！消息传开之后，厂里的退休工人、下岗工人统统自发地赶到办公大楼的厂长办公室外，来了个里三层外三层包围，逼得葛庭祥就连上厕所都得向工人们口头报告，差一点就酿成了不可收拾的群体事件。

后来，市里有关方面一声令下，就此叫停了出售厂房。三个月后，有关方面一致达成决议：让远东厂给市政建设让路——先夷为平地，后修路架桥。

炸毁远东厂的时间就定在明天的十四点十四分。武小武心情沉重地推着武伯平出现在今天的夜半时分，就是想不惹人注意、不夺人眼球地来向老厂告别，父子两代人一起向这个百年工厂致以最后的工人的敬礼。

武小武不敢把明天下午远东厂就将不再存在的消息告诉年迈的武伯平，怕他经受不了那份痛苦，怕他无法割舍那份感情，怕他天崩地裂地怒吼一声：“你这个做厂长的，怎么就把我们的厂子引到今天这种地步啊！”

武小武推着轮椅绕着厂子转了一圈一圈又一圈。武伯平忽然让武小武停下，指着一截被黑暗染成了漆黑一团的工厂围墙，说道：

“我这辈子头一回跨进远东厂，就是从这儿——炉子间的边门进去的，是罗格先生带我进去的，那次也是半夜，一车刚出炉膛的炉渣就倒在边上，一蓬火一蓬火的……”

武小武已经听武伯平唠唠叨叨地说起这些事情一千回了，无须走近就能感觉到滚烫的热浪扑面而来，可是从此以后，只能在梦中相见了……一颗大大的泪划破了武小武的脸颊，无声地滴落在武伯平的额头上碎了。

武伯平忽然吵闹起来，说一定要去看看那台曾经与他相依为命的车床。万籁俱寂的夜晚把武伯平的声音放得很大很大、很响很响。

武小武知道，那台很有年头的车床早已不在，也许被葛庭祥当作废铜烂铁卖给拾荒人了，在小罗格先生听到风声赶来收购之前，他就是这么干的。

当时，武小武闻讯赶去厂里时，只见到处一片狼藉，遍地断壁残垣——各个车间的围墙已然支离破碎，无数被风雨横扫得锈迹斑斑的机器横七竖八、歪歪斜斜地睡倒一大片，犹如经历了一场特大级龙卷风。武小武的心情自是无法诉说。

在炉子间的更衣室里，武小武看到一个被压扁了的保温桶，那是“战高温”时节人人想要的物件，拧开小小的水龙头，接一杯凉凉的大麦茶，“咕嘟咕嘟”昂首一口喝干，就能享受遍体舒畅的“透心凉”。

武小武还在角落里看到一件露出一片片破棉絮的工作棉袄，三九严寒时节，一旦只穿薄工作衣裤干活儿的工人出来休息，就得用上这一御寒之宝。

或许是上天垂怜，武小武将这件工作棉袄翻过来一看，几个数字映入了他的眼帘：12478。这是他的工号！一瞬间，他的眼泪夺眶而出！

“久违了，我最亲爱的老战友！难道你知道我会在这命定的一刻前来看望你吗？”这就是武小武当年下车间劳动时，与几个炉前工共同使用的工作棉袄呵！

武小武决定要把工作棉袄带走，哪怕再脏再破，哪怕别人说他是偷盗，他也绝不在乎！

武小武是堂而皇之地提着工作棉袄走出厂门的，在经过门房的时候，他心想只要门卫叫住他，他就掏钱买下它。万万没料到，几个门卫却拿出一个大大的编织袋，小心翼翼地把工作棉袄放了进去。他认出来这几个门卫都是炉子间的工友，对厂子是有感情的。

当武小武问为什么不肯收下“买路钱”时，一个门卫“哼”了一声，说道：“天天夜里厢都有拾垃圾的来大包小包地装了走，有一次葛厂长看到了，竟然说让他们拿光算了，反正三钱不值两钱的，也省得我们自己费心处理。他这一说，那些拾荒人就更加肆无忌惮了，在我们不注意的时候，甚至连机器设备都敢偷！”

是呵，武伯平的车床保不准就是那时候被偷走的。

武小武不敢对武伯平说这些。有些事情，不知道，是幸福的；知道了，只是徒增痛苦和烦恼——无可奈何花落去，似曾相识燕归来。

武伯平忽然停止了吵闹，坚持让武小武走到他的面前来。

武小武深呼吸几次后，站在了武伯平的面前，显得十分平静。

武伯平伸出手掌，说道：“你看看，我的手上是什么？”

武小武看不清。街灯昏暗，老眼昏花。

武伯平笑了，笑得有些奇怪，说道："下雨了吧？是雨滴。"

"爸，天没下雨。"

"那么，这就是你的泪滴。"

武小武哑然。他知道，这是方才从他的脸颊滚落、砸中父亲的额、跌在父亲巴掌里的泪珠的碎片。

武伯平的声音又响了起来："你为什么流泪？"

武小武没有回答。他不能回答，只好沉默。

"你心中有事，不想告诉我，是不是？"

武小武依然选择沉默。是的，他不想说，不能说。甄美丽说得对，他无法做到深不可测，一颗小小的泪珠就能把他出卖，让他的心思暴露无遗。

武伯平仰天一声长叹，说道："儿子，我知道你为什么不说话……你呀，忘了一点——你爸是一个工人，工人是经得住千百次淬火、锤打的！你不想说，那我就替你说吧！明天下午两点十四分，我们的远东厂将被炸掉！"

如同一把重锤狠狠击中了胸膛，武小武惊呼："爸！原来你什么都知道了！"

武伯平的语调如一池波澜不兴的春水："你真是我的傻儿子！全厂人都知道了，还瞒得了我一个人吗？"

是呵，武伯平说得对，要想将一件人人皆知的事情瞒天过海，岂不是掩耳盗铃？

武小武不好意思地笑了。

起风了。

2

武小武最为担心的事情终究还是发生了——炸厂的冲击波对父亲的杀伤力太大，不啻在头顶上爆了一颗原子弹。

那天，一切都很正常。

上午八九点，武小武先是服侍武伯平、张玉兰洗脸、刷牙、上卫生间，再推着坐在轮椅上的武伯平、扶着拄着拐杖蹒跚而行的张玉兰在小区周围兜上一圈，就到了吃早饭加午饭的时间。

武伯平的饭菜特别丰盛——一只鸡腿，一块蹄膀，一盘辣豆腐，一盆青菜蛋花汤，这些都是他自己提出要吃的，而且他的胃口竟然非常好，三菜一汤统统消灭，还吃了一小碗米饭。张玉兰的胃口则不大好，吃得也清淡，只是一碗粥、一个菜包、一只鸡蛋而已。

武小武感到十分高兴，毕竟父母都是奔百的老人呵，能有这样的胃口真是上上大吉了。更重要的是，他们的头脑很清楚，一点儿也没有糊涂。

吃饭的时候，武伯平尿湿了两次裤子。饭后，武小武给他换了干净的衣裤，还擦了一回身体，而后服侍老两口午休。

没一会儿，武伯平就起床了。武小武一边和他海吹神聊，一边在心里隐隐担忧着。

武小武决定找各种话题将武伯平的注意力分散开来，只要让那个时辰悄无声息地流走就行。

武小武突然想起了什么，问道：“爸，我小时候你挂在我脖子上的长命锁呢？还在不在？”

武伯平一愣，说道："你到现在还记得那一把长命锁？打从你摔了一跤弄得头破血流之后，你妈就给你摘了下来，好像一直放在五斗橱最上面的抽屉里……对，就是被锁上的那只抽屉！"

武小武取出了由一方红布包裹着的长命锁，打开一看，黄金的色泽已不那么灿然，只见麒麟衔着中间镶嵌的一朵玉莲花，旁边铭有秦少游的词——两情若是久长时，又岂在朝朝暮暮。

看着看着，武小武漫不经心地问道："爸，听你说过，这把长命锁是在洪水冲垮屋子前一刹那爷爷硬塞给你的，对吧？"

武伯平迷惑不解地看了看武小武，说道："对啊，他将长命锁往我的脖子上一套，一掌将我和你姑姑骑着的木头机器向外推去！我们刚冲到街上，呼啸而来的洪水浊浪就轰塌了武氏铁坊……"

武小武故作夸张地"啊"了一声，说道："太危险了！爸，你有没有听爷爷说过这把长命锁是怎么来的？是不是什么女人送给他的？"

武伯平闭起眼睛想了一会儿，说道："没有，从来没听他说起过……"

武小武颇为失望，只得轻轻叹了一口气。

武伯平的语调忽然沉重起来，说道："自从我妈去世后，我有时看到我爸拿着酒去上坟，在一块刻着'夏秋莲'名字的墓碑前一坐就是老半天，手里就捧着这把长命锁……至于夏秋莲是什么人、与我们武家有何关系，就从未听我爸说起过了。那时候我还小，从来不敢问长命锁的事情……我后来听镇上的老人说，我爸曾经抛下我去了上海，也做过上海的工人，还参加过工人武装起义什么的，直到起义失败才又回到乡下继承祖业经营武氏铁坊，只是跟变了个人似的……他们还说我爸的命太硬，先后娶了红姑、红英两姊妹，先是我的亲妈红姑过世了，后来我妈红英——也就是你姑姑的亲妈——又死了……”

武小武屏息静气地听着，有的事情他还是头一回听说。反正自己赋闲在家了，看来以后得时不时挑些话头听父母讲述他们的往事，多了解他们。

突然，两响钟声“当当”地敲了起来。钟声很清脆、很响亮，也很震耳、很惊心。

唉，智者千虑，必有一失，武小武偏偏忘了家里的老式三五牌台钟——三五牌台钟老了，虽然走时依然准确，但敲钟却时有时无，一不小心就忽略了它的存在。它突然非常尽心尽职地敲了两响，是不是一种天意？

后来，这成了武小武心中永远的痛，一辈子都无法释怀、无法原谅自己的痛。

在钟声余音缭绕的一刹那，武小武突然发觉武伯平的脸色变了！他一惊，叫道：“爸！你怎么了？”

武伯平若无其事地笑了笑，说道：“没事……”

正在这时，躺在床上午睡的张玉兰叫了起来：“快！快把我扶到马桶上去……”她总是将嵌入沙发椅中的坐便器叫成“马桶”。

待得手忙脚乱地将张玉兰半拉半拖弄到“马桶”上坐下后，武小武才匆忙回过头看一眼武伯平，只见他依然太太平平地坐在轮椅上，咕隆了一句：“时间到了……”

武小武一看台钟，十四点十四分！

武小武奔向阳台，竭力朝远东厂的方向望去。但见一派阳光笼罩下，远处影影绰绰地升起一团烟雾，还隐隐约约地传来低低的爆炸声。呵，炸厂行动开始了！

武小武转身奔向端坐在轮椅上的武伯平，想把他推到阳台上，共同见证这个历史性的时刻。

武小武刚推了一下轮椅，武伯平的手陡然从轮椅把手上滑了下去，无力地垂落着。

武小武一愣，蓦然大叫起来："爸！"

武伯平永远无法回应武小武了。

武伯平去了，和远东机械厂在同一时刻并肩远行了……

在那一瞬间，无数的生活碎片浮现在武小武的眼前——

武小武念小学高年级时，适逢三年自然灾害，政府发出了"大种十边"的号召。仅用了一个休息天，武伯平就带着武大武、武小武开垦出屋子西山墙下的一片土地，种上了毛豆、辣椒、茄子、鸡毛菜，还开出了一片小竹林。之后，武大武和武小武每天一早的功课就是去这片"自留地"里浇水、拔草、施肥。武小武依稀记得蔬菜种子是从江湾一带的农作物商店里买来的，两三分钱就能买好大一包，这些蔬菜中要数鸡毛菜长得飞快，三两天便从泥土里钻了出来，七八天就已经可以割下来放锅里清炒了……后来，武伯平又养了两只天天下蛋的芦花鸡、两只在小河里"白毛浮绿水"的小白鹅。每天上学前，武大武和武小武挥舞着一支细细长长的青竹竿，将两只小白鹅赶往田野上、小河里……

武伯平、张玉兰天天在厂子里上日班时，有一次，家里的米缸没米了，必须上班的武伯平只好让武小武去买米，带上一张写有"请粮店同志帮忙送米"的纸条。粮店里留着飞机头、戴着袖套的男人果真帮忙把一袋阳籼米送到了家中，武小武感动得连声道谢，男人笑着说道："现在社会上不都在学雷锋吗！"

武小武上中学时，希望自己成为一名医生。于是，武伯平经常在礼拜天带他去福州路买书——家里穷，只能去淘旧书，福州路旧书店是鼎鼎有名的。记得那一天，买好书后见时间还早，武伯平就领着他去了南京路，于是他头一回坐上了市百一店的自动电梯，逛了永安公司，还在第一食品公司吃了白煮鸡蛋，依稀记得是蘸了细盐的……

在彭浦火车站即将北去黑龙江农场的火车上，武小武接过武大武递过来的一叠信封和一排面值为八分的邮票，每个信封上全都被三行歪歪扭扭的毛笔字填满了，第一行是上海家里的地址，第二行是"武伯平收"四个字，最后一行是"黑龙江"三个字。这都是中风后的武伯平用手在灯下一笔一笔颤颤巍巍地"描画"出来的呵……

想到这里，武小武悲从中来："呵，父亲！从此天人两隔，儿子再往何处给你寄信呵……"

张玉兰颤抖着递过来一根长圆木棍，说道："儿子，这是你爸自己制造的木机器上的横轴，他就是带着这根横轴离开水闸镇到上海当工人的……"

武小武紧紧地抱着长圆木棍，一时间哭得天昏地暗、江河哀鸣……

3

一个小时之后，武大武闯了进来，"扑通"一声跪倒在武伯平的遗体面前……

接到武小武打来告知武伯平去世的电话时，武大武正在养老院里推着坐在轮椅上的程庚生在阳光下散步。

昨天听说养老院的烧水锅炉坏了，武大武今天一早便将程庚生接到家里，亲手放洗澡水、测试水温、给他洗澡。

程庚生只会傻傻痴痴地乐。面对所有人的问话，他只剩下了一种表情：痴痴呆呆地笑。他已经不认识任何人了。武大武无计可施，唯一的办法便是尽量多地去陪陪他。

阳光下的程庚生又一次傻呵呵地乐了。风吹乱了他的一头白发，武大武伸出手轻轻为他理顺了头发。目光向下，便看到了刀刻似的皱纹。武大武的手指轻轻滑过那些皱纹，缓缓地一一抚平。

去年，程庚生的身体还蛮好的，思路敏捷，言语清晰。有一天，他突然问武大武："前几次清明和冬至，我去给招娣扫墓，看见墓前有鲜花和供品，是你去过吗？"

武大武点了点头，说道："程男男太忙了，一时抽不出时间去扫墓……"

程庚生听懂了，武大武也明白了。

去年清明，武大武主动陪着程庚生去扫墓。看着武大武在李招娣的墓前点上了香、献上了鲜花，程庚生再也不想隐瞒什么，激动地说道："招娣呵，咱们的大儿子来看你了！我对不起你呵，老太婆！当年我欺骗了你……他现在生活得很好，你看到了吧？你一定会开心的……"

武大武蹲下身子，将在坟头上冒出来的杂草一株一株地拔去，而后取出餐巾纸小心地擦拭起墓碑上李招娣的照片。

程庚生流泪了。

武大武向着李招娣的墓碑深深鞠躬，说道："妈，儿子又来看你了，今天我是和爸一起来的……"

照片上的李招娣微笑着。天风在摇，草影在动……

武大武推着轮椅继续向前走，他已经做了一个决定，今年冬至，一定要与父亲同行，再去祭拜母亲……

就在这时，武大武的手机响了。武小武在电话那头说武伯平仙逝了。

武大武说完"我马上赶来"之后，将身子微微倾向坐在轮椅上的程庚生，说道："爸，我要走了，儿子要去为另一个爸送行了……"

不知程庚生是不是听懂了武大武的意思，他居然默默地抬起头来，呆呆地仰望着天边一大团一大团的白云在翻卷。久久地，久久地，连眼睛都没有眨一下。

呵，莫非程庚生已经知道了，他的朋友已经先他一步去了天国，才会仰望得如此深情？

一阵无法抑制的痛楚渐渐袭上了武大武的心头。他相信，人与人之间是会有感应的……

在一个阳光灿烂的日子，武伯平的墓立起来了，墓碑面向远东厂的方向，上面铭有这么两句挽联：

九十六载亦有柔情故事英雄篇章

一生岁月终究百姓况味寻常生涯

横批是：

我是工人

这些文字，是武大武拟就的。

那个深夜，武大武是凝视着武伯平的遗像一字一句斟酌挽联的，偏偏总是觉得词不达意、字不成句。

就这么想着的时候，武大武忽然看见武伯平笑吟吟地向他走来，伸出手轻轻地给他系上了红领巾；接着看到武伯平中风倒下，却仍含含糊糊地说着“去……去厂里……请……请假……”；最后看见的是武伯平充满期盼的神情，轻声问道：“去看过你程伯伯了吗？”

武大武突然惊醒了。呵呵，原来是做梦。

就在那一瞬间，两行文字陡然清晰地跳出武大武的脑海。武大武取过纸墨，将这副挽联一挥而就。

武小武走了过来，看到了武大武面前那张湿漉漉的纸，上面每一个字都浸泡在点点泪水中……

第十八章

不是尾声，诗在远方

1

三年以后。

武小武重新出山，受聘出任远东数字产业集团筹备指挥部的指挥总长。

这一故事的缘起是一位国资委领导的来访。此人不是别人，正是武小武的老上级、老朋友：叶海军。

叶海军告诉武小武，葛庭祥已经胜利完成了在远东厂的使命，挂靴另谋出路去了，听说去了江苏、浙江一带，现在的远东厂只剩下一副骨头架子了……

武小武不动声色地听着，竭力不让任何表情从脸上流露出来。因为他牢牢记住了甄美丽的话：“你不太善于掩饰自己，你自以为滴水不漏，其实全都已经写在了脸上。”

不过，此刻在武小武耳边回响着的还有甄美丽的另外一些话：“搞搞清楚哦，上面把他扶上末代皇帝的宝座，还不就是要他充当刽子手，反正杀的都是远东厂的人，又不是江东厂的！我哪，总算有些开窍了！你武小武好歹也在远东厂待了这么多年，你下得了手吗？万一你来个窝里反，岂不弄成一团糟？所以他们就先把你这块挡道的石头搬到一边去了。武头儿，如果你也认同我的话，就别把你下台的罪名压到阿祥的头上，行吗？”

武小武不得不钦佩甄美丽，既精明，又高明，简直就是有先见之明。现在的一切似乎都证明了她是对的。怪不得独具慧眼的她选择了嫁给与他武小武是同一类人的“铁汉子”厂长。

武小武连忙收回自己的注意力，因为他听到叶海军正在发问：“小武，你对远东厂有着深厚的情感，不知你对远东厂的发展有什么好的想法？”

武小武思索良久，说道：“让我想一想，我要好好想一想。”

临走之前，叶海军扔过来一句掷地有声的话语：“上面将远东厂这一摊子事全权交给了我叶海军，那我就全权委托给你武小武了，你必须当仁不让地挑起这副重担，好好干！”

武小武的心头一热，最终说出来的话却没有丝毫热气：“我会认真想一想的。”

此时已非彼时，此人已非那人。“而今识尽愁滋味，欲说还休。欲说还休，却道天凉好个秋。”

2

半个月后，武小武带着一大捆资料去找叶海军，说他已在浦东、浦西做了一番实地调研，也走访了市人民政府发展研究中心，得到了不少指导性建议，初步设想是让远东厂走发展战略性新兴产业道路，或数字产业，或新环保产业，或新能源产业。基于结论产生于调查研究基础之上，他还打算成立多个课题组，展开密集型调研，为远东厂的未来发展收集夯实的数据。

得到叶海军及有关领导的肯定后，武小武和课题组开始了大规模、大范围的调研。六个月后，上级终于敲定了远东厂转型发展的方向：数字产业。这是一个划时代的决策，不仅要与上海的兄弟单位结盟，还要与上海、北京的高校联手，打响远东“集团军”的新战役。

远东数字产业集团筹备指挥部宣告成立后，武小武踌躇满志地走马上任了。那一天，在他的脑海里盘旋着的尽是这么两行诗句：“天生我材必有用，千金散尽还复来。”

就在远东数字产业集团筹备指挥部指挥总长任命书下达的当天，武小武忽然满世界地寻找起葛庭祥来。他想力邀闯荡江湖的葛庭祥出任他的副手——远东数字产业集团筹备指挥部的副指挥总长。为此，他不惜动用了“红色热线”——甄美丽。

甄美丽瞪圆了长长的杏眼，说道：“你们不是你死我活的对手吗，怎么想起邀请阿祥出山？男人啊，真是奇怪的动物！”

武小武笑了笑，没有回答。就让这个女人暂时不理解吧！有一部电影就叫作“战争，让女人走开”，是呵，就请甄美丽走开吧，这的确是一场战争——国企的新战争开始了！

其实说到底，是因为葛庭祥当初对武大武说的那番话极大地震撼了武小武：“但是我要告诉你一句真心话，我和武小武与绝大多数国企厂长一样，都是雄心勃勃地想把厂子做好、做大、做强的！无奈我们适应不了时下的大环境、大气候，有心杀贼，无力回天哪！但我相信，我们会有后来人，会有那一天的！”

武小武当场就情不自禁地落泪了。有时候，对手就是最好的朋友，比任何人都更了解你。人哪，还是要有一个对立面，而且对立面越强越好，逼着你不得不如履薄冰，不得不寝食难安，不得不创新转型，才能使你永远精神饱满、斗志昂扬、保持进步，否则，你就会“马放南山，刀枪入库”睡太平觉了。假如没有强大的对手，也必须弄一个假想敌出来，每天每夜给你提个醒儿。

“我们会有后来人，会有那一天的！”

是的，这一天已经到来，而且“后来人”正在大旗下集结——大批海归已经报到就位，包括知识型工人武黑水、武一一等人，工人技师程男男等人，灰领工人忻欢乐等人……

新生力量正源源不断地加入远东数字产业集团的队伍中来，整装待发，即将投入战斗！

3

浦东。崭新的办公大楼。

武小武的目光一动，飘向了窗外，车水马龙正缓缓从窗前流过。

明天，远东数字产业集团就要正式成立了。届时，中央、部里、市里的领导都将出席，举行隆重的揭牌仪式。

武小武从烟盒里慢慢地抽出了一支烟，又慢慢地点燃。虽然他知道抽烟是一种不好的习惯，但还是忍不住喷吐出一大团烟雾。

人没动，烟在动。

其实，烟也没动，是心在动。

黄浦江上，一声汽笛溅起了雪浪万朵，点点帆影剪青流……

一个晴朗的早晨，武大武跟在儿子武一一——远东数字产业集团产品工程部部长的身后，走进了一座宽敞明亮的厂房。

偌大的厂房里几乎看不到人影，也听不到机器轰鸣。在武一一的介绍下，武大武才明白这儿的一切全都实行了无人操作，由计算机进行全程控制。当所有产品在计算机上完成设计后，便会被发送到遥控加工机床上进行全封闭式加工，就连成品诞生也是静悄悄的，一如静悄悄的产房。

多大的变化啊，完全就是天翻地覆的革命！

武大武停住脚步，感慨道："现代化颠覆了传统意义上的工厂和工人……"

武一一回过头来，说道："爸，我在爷爷的墓前告诉他，我已经成了一个工人，武家没有绝工人的种。"

武大武点了点头，说道："爷爷听到了一定会为你高兴的。你这个从海外学成归来的研究生完全不是传统意义上的工人了，属于新一代知识型工人……"

两人缓缓向前走去。一道阳光从透明的玻璃天棚中洒了下来，前方的路灿烂似锦。

不远处，便是杨浦滨江。这是中国近代工业文明的发源地，曾是世界仅存的最大滨江"工业锈带"，拥有岸线绵长、底蕴深厚、内涵独特、潜力巨大等发展优势，眼下已经华丽变身"生活秀带"，正在努力成为"后工业未来水岸"和"世界的会客厅"。

4

已是白雪覆顶的武大武忽然忙得不可开交，在草绿色的稿笺上用圆珠笔划拉着话剧大纲，在电脑上敲打着一幕一幕又一幕故事。

一开场，气势磅礴的小号从天幕上吹响，随着幕布徐徐拉开，男主角和家族几代人的故事缓缓地在历史台阶上演绎、延伸……

武大武采用的是编年史结构，力显情节真实而具有史诗感。他追求的是这样一个终极目标：把百年工人历史永久地铭刻在上海这座城市的坐标上。

这部大戏源自退而不休成为剧团艺术总监的忻玛丽和她召开的一个会议。

当时，话剧团准备挑选庆祝建党百年的剧本，忻玛丽邀请话剧界几位编剧一起去郊县开了一个组稿会，武大武也在被邀之列，每位编剧都带去了一个初步构思。

武大武没有想到，自己说了《上海没有寓言》的构思之后，得到了与会同行的一致推崇，认为这是一部极具生长力的作品。

过了没几天，忻玛丽兴致勃勃地告诉武大武，有关方面的领导听了《上海没有寓言》的创作汇报后，当即表态一定会全力支持这部舞台剧的创作。忻玛丽让他好好修改作品，完成从电视剧剧本到话剧文本脱胎换骨的再创作。

谁也没想到，武大武在经过几个月的反复考量、细致斟酌以后，居然自己枪毙了《上海没有寓言》，决意重新构思、创作。

于是，一切从零起步，武大武开始收集资料、采访见证人、召开座谈会、查阅史料和书籍……一次次前往中国共产党的诞生地——上海市兴业路 108 号（原法租界望志路 106 号）、中共二大召开地——上海市老成都北路 7 弄 30 号（原公共租界南成都路辅德里 625 号）、中共四大召开地——上海市虹口区东宝兴路 254 弄 28 支弄 8 号、上海市南昌路 100 弄 2 号《新青年》编辑部、杨浦区荆州路国歌广场、通北路周家嘴路口王根英烈士故居遗址、复旦大学第九宿舍国福路51号陈望道故居……他甚至还专程赶往浙江嘉兴南湖，瞻仰不沉的红船……可以说，凡是有红色遗址的地方，就有武大武的足迹。

终于，武大武的话剧大纲在专家论证会上获得了极高的评价。接着，武大武进入艰苦的创作过程中。后来，剧名又颇费了一番周折，横竖想不好。

在一个寒意料峭的清晨，武大武灵光一闪，眼前突然跳出来两个剧名：《大洪流》和《工人》。

思来想去，武大武选择了朴实无华的剧名——《工人》。这一次，《上海没有寓言》的电视剧剧本已经被完全颠覆，主角不再是悲情的下岗工人，而是一位普普通通的工人和他的家族，讲述了在迎接建党百年的日子里，面对在全世界张牙舞爪的新冠肺炎疫情，中国工人的本色如何在时代的洪流中泛着别样的光芒……

怀揣几大本演出票的武大武把一个又一个电话打给了远东厂的工人兄弟，请他们一起观赏即将在大剧场演出的大型话剧《工人》。前两天，他用快递寄走两张连座的话剧票，信封上写的是：蓝月亮、小黑皮伉俪收。

武大武头一回对自己的作品有了忐忑不安的心情，因为他正等着最为“权威”的厂子里的工人们为作品打分……

远处的华灯亮了，首场演出即将开始。

武大武知道，今夜的自己注定无眠。他深深地吸了一口充斥在流光溢彩中的空气，向着金碧辉煌的大剧场走去……

向历史致敬的难得机遇

一直想写《百年海上》(全三卷),但始终没能鼓起勇气。原因只有一个,那就是我对“工人”这个题材还没有十足的把握。虽然前两年我写了一部工业题材中篇小说《春似走马灯》,在杂志上发表并被转载,知名作家和评论家为之写了评论,受到了圈内外的好评,但我觉得自己仍处于酝酿和积累之中。我知道,想要驾驭工业题材长篇小说,终究并非易事。

然而,我的父亲却无比坚定,好多年前他便想写这个题材,这个想法随着时间的推移越发强烈起来,因为那是他所熟悉的生活,因为“工人”仿佛成了他的代名词,因为他想为“工人”正名,“工人”似乎成了他的某种责任。

有一天,我看着书橱里端放着的那 13 本由我创作并出版了的长篇小说,心中猛然一阵悸动。

从我 2000 年出版的第一本长篇小说《一个高三女生的日记》,到 2011 年的《偷窥男女的双重自白》,这些书大多是白领小说、青春文学。我难道只能写青春文学吗?难道只能刻画我所熟悉的那些人物吗?难道我的作品只能给年轻人看吗?

不,一定不是这样!

我面临着转型，如同我们当前的时代正处于大转型的关头。好在我已经有了《春似走马灯》的尝试，该是抛弃一切私心杂念的时候了！于是，我决定写《百年海上》(全三卷)，决定写以前从未触及过的工业题材长篇小说，我决定突破和超越自己。因为说到底，任何题材的文艺作品的根本都是刻画人、揭示人性。在当年那样一个轰轰烈烈的大时代，更能凸显人的本性。

如此一想，工厂忽然成为一个很给力的载体。我虽然没有在工厂做工人的直接体验，但我完全可以通过其他方式方法去间接地接触、了解工厂工作、工人生活，比如去工厂采风，比如查阅书本、档案，比如拜访当下在厂里做工人的朋友、采访我那有着四十余年工厂生活积累的父亲……有时，劣势也会转化为一种优势，比如我可以不太拘泥于工厂和机器工艺操作流程，于是创作的空间豁然变得很大。何况与父亲一同创作三卷本工业史诗长篇小说，之前从未有过，以后未必还会有。虽然我知道《百年海上》(全三卷)的每一卷注定会风格迥异，但这岂不恰恰可以体现我们旨在凸显不同时代、不同社会的语境变化吗？这，也正是我们的追求所在。

下一个决心很容易，但是将决心变为作品就有些难度了，因为我所要描绘的那个年代太过久远。在着手创作之前，我做了大量的准备工作，查阅了大量的历史资料，当然我根本无法采访到当年直接参加过上海工人运动的同志，只能从大量的历史资料中寻找素材和线索，形成构思。好在我以前创作过长篇电视连续剧《南下》，去往上海警备区司令部采访过不少老首长、老军人以及中共上海地下党的老领导，有过些许积累。我发现一个有意思的事情，那便是创作这部小说能让我重温上海的历史，重温工运的历史，重温中共的党史，完全是一个向历史致敬的难得机遇！

随着构思的成熟，那些我想要在《百年海上》第一卷中塑造的生活在那个时代的社会底层小人物们也逐渐清晰起来，我发现自己的愿望也变得越来越强烈——我要通过手中的笔刻画那些工人形象，他们和当下的年轻人一样，怀揣着梦想和激情来到上海，因为上海原本就是一个让人们展示梦想的城市！

是啊，一群生活在底层的鲜活小人物，一幅宏伟壮丽的历史画卷，一座东方的大都市，这些便是我想要写的。我甚至可以感觉得到他们在这座城市度过了他们的青春岁月，他们在这里真实地活过、爱过、恨过、哭过、追寻过、执着过、挣扎过、欢笑过、奋斗过……

每座城市都有属于自己的文化特质。我生在上海，长在上海，我文化的根也牢牢地扎在这里。我和每一位生活在这座城市里的人一样，每天都呼吸着上海的空气，行走在上海喧哗的大街小巷，穿梭于拥挤的上海地铁站……这是当下的上海，然而上海有着自己特有的记忆——中国工人阶级的发源地、中国共产党诞生的红色圣地，这是一座英雄的城市！

然而，这些红色的记忆却常常被文艺作品中的“百乐门跳舞厅”“帮派械斗”等旧上海的形象等同、替代。我觉得作家原本就肩负着书写城市的历史使命，这是这个职业与生俱来的使命，即便已被当下很多作家遗忘。当然，被遗忘有很多的因素，譬如：市场有吗？读者在哪里？销量如何？

我知道，选择写工业题材，况且是工业题材长篇小说，多少有点吃力不讨好，它面临着创作难、出版难、市场更难的局面，而那些都市情感类、悬疑魔幻类、宫廷穿越类等题材的小说一不小心就能畅销，谁都想不吃力又讨好，于是才发展到了今天——工业题材长篇小说处于越来越艰难的困境。

所以，我们由衷地感谢中国工人出版社对工业题材文学作品的关注，感谢每一位对《百年海上》（全三卷）默默支持和关心的人！没有你们，就没有今天《百年海上》（全三卷）的出版面世。

如今，小说写就，我没有其他的想法，只有一个小小的愿望，那便是我们很努力、很艰辛、很坚定地创作出来的《百年海上》（全三卷）能走得远些、再远些，为更多的人所喜欢！

是为记。

后记二

后工业时代的工人情结

我承认，我有工人情结。这情结已经浓得化不开。

这不仅因为我初中毕业那年被分配进了工厂，在炉火奔涌的熔炉前踏烟蹈浪十三载，成了炉前被烤焦的一个音符，后来调往厂教育科开始了为工人恶补初中文化、高中文化的粉笔生涯，再后来去了与工人接触面更为广泛的厂工会……

这也不仅因为我的青年时代、壮年岁月、中年年华——人生的大部分时光都是在工厂里度过的，无论是欢乐还是忧伤，无论是甜蜜还是痛苦，无论是流汗还是流泪，全部都是和我的班组、我的轧机、我的铸件一同承受、一同担当、一同欢呼、一同哭泣，可以说，工厂的每一次律动都紧紧牵动着我的心跳、我的呼吸……

这还不仅因为我在厂子里有不少割头不换的工人兄弟，他们为了我，可以立马脱掉上衣，赤膊上阵和别人挥拳打架；我呢，也可以代他们给女友写情意绵绵的情书，不惜冒着风险在那个年头为被上纲上线的工人书写触及灵魂“狠斗私字一闪念”的检查书……

这更不仅因为20世纪90年代初，我因被上海作家协会借调搞准专业创作而离了厂，可仍每个月雷打不动地回厂报到——我要履行在厂报上签字的主编职责，我要和班组里的工人兄弟海吹神聊、大杯喝酒……

厂子和我血脉相连！

真的是“几回回梦里回延安”呵！我时常在梦乡里回到炉子间，见到那些可亲可爱的工人兄弟，我们一起挥动手臂将铝锭投入烈焰万丈的熔炉，一起高高昂起头颅痛饮一大瓶一大瓶的高温盐汽水，一起打着赤膊将绽开白灿灿霜花的工作衣甩上肩头，吼着五音不全的劲歌去楼上浴室混堂冲浴泡澡……那才叫痛快，才叫淋漓尽致，才叫工人本色。

我总在回忆一位好兄弟。不思量，自难忘。他走在新千年的前一夜，永远地走了。那年他下岗后，曾去过不少单位应聘，甚至去江边船上卸过大轮胎，但终无缘“消受”，最后找到了一家单位干他的老本行。那天，他是在买好早点小菜、将家里的一切安排妥当之后才去单位的，在更衣箱前换工作服时，他猝然倒下，再也没有醒来。他的心脏原本就不好，以前上班时曾经病休了一段时间，从炉子间调出去开铲车，在厂里属于被照顾的一类人，下岗后便只能自己照顾自己了，但经济条件又不太行。倒下时，他年方四十有四，真正的英年早逝。十多年的班组与共，可谓知根知底。遥想当年，技校毕业后，初做炉前工，英姿勃发，并肩炉前，出没烟火中，如今只能化作深深忆念的一缕心香了。

我常常从这些如烟的画面中跌出梦乡，醒了再也无法入眠，拾起放不下的却是一个永久定格的场面：那一年，大约在春季，各行各业的工人纷至沓来涌进上海市工人文化宫，为选举首届上海市十大工人艺术家投票。我看到了，从我所在那家厂子里风尘仆仆赶来的无数工人兄弟，颇为虔诚地在属于工人自己的艺术家名字下画圈打钩。

此景长相忆，此情长相思。

答案揭晓在秋季。我被上海市总工会命名为“上海工人小说家”。

呵呵，蓦然回首，赫然汗颜！在工业小说领域，我只可说战绩平平。

圈子里的不少朋友知道，我创作的作品可分为两大类，一类是好看的、卖座的，例如警匪、武侠、悬疑、惊险类作品，而且稿约不断，有《英雄无泪剑有泪》《证券大楼的拳击手》《惊魂十三刀》《谍战·1949》《无法回头》《孤岛杀手》《梅兰达之吻》等，《龟蛇盗》被拍成电视连续剧后，曾创下38.38%的高收视率，还被改编成多种连环画发行；另一类是自己想写但市场未必买账的工业题材，例如荣获第十四届华东地区优秀文艺图书一等奖的长篇小说《兄弟时代》，刊发的中篇小说《生活的长河》《厂长轶事》《海派汉子》《硬汉之吻》《一九七六的荒诞之作》等。

心中始终有梦——不可抑制的梦、抓狂一般的梦，梦想创作一部关于中国工人诞生迄今一百余年历史的长篇小说。否则，一个所谓的工人小说家有何颜面面对工人兄弟！

至今思项羽，不肯过江东。

最初，我很为自己斗胆狂妄的痴人说梦吃了一惊。

佛曰：“拿得起，放得下。”又曰：“痴者，所谓愚痴，即是无明。”看来我凡夫俗子得很，修行极不到位。从萌发那一个念想开始，就已经放不下了。也许是缘于自己四十余年工厂生活的积淀，也许是浓浓的工厂情结和使命感使然，我终是下定决心将痴心痴情进行到底。

无须赘言，《百年海上》（全三卷）绝对是一项浩大的工程，我也终于“举贤不避亲”地将女儿燕草“拖下水”，“双管齐上”来联手创作，用对后工业时代的认知来刻画中国工人的形象。这是我们父女作家首次在小说领域的至诚合作，可谓空前。这样的联手不多，以前仅限于影视剧方面的创作。

说来有趣得紧，每一篇章的创作过程都是一段碰撞加磨合的艰难历程，燕草没大没小，而我习以为常。有“斜风细雨不须归”的和谐讨论，有“黄河之水天上来”的激烈争吵，有“大江东流去，百川终入海”的认知大一统，更有“三更灯火五更鸡，正是灯下走笔时”的静谧场景。

其实，我们也孤陋寡闻得要命。譬如，何为工人？何为工人运动？中国最早的产业工人从何而来？上海为什么有那么多广东技工、宁波铜匠、苏北工人？创作《百年海上》（全三卷），真的是一次难得的学习机会。

苍天可以作证，青山可以作证，我们父女终究完成了一次绝无仅有的长篇小说合作。这是很有历史意义的。

不经意间，时光已从书桌台历的缝隙间悄悄流逝。屈指数来，历时十八年有余。不敢说个中甘苦唯有自知，但我们确确实实是把一颗心完完全全地投入了进去，丝毫不敢懈怠。尤其是今天已经步入后工业时代，每一笔、每一画似乎都能溅起历史的尘土。

当在电脑键盘上敲打出最后一个标点符号的时候，我真实地有了一种如释重负的感觉。那时，偶一抬首，蓦见窗外夕阳如血，潮水一般飞涨的余晖无声无息地漫过了点点高楼的耸立屋顶，自是在天地之间涂抹出一幅悲壮浓烈的剪影。

这个画面总让我回忆起工厂、车间、班组、熔炉——在打开炉门的一瞬间，一轮滴着火的太阳喷薄欲出，万物尽染！于是，我想起了那一首工人小诗：我们的旗帜是炉火／炉火里有一个太阳／我们的宣言是汗珠／汗珠里有一个月亮／太阳，月亮／升上了祖国的天空、陆地、海洋……

《百年海上》（全三卷）是我的工厂生活、工人兄弟的情结所系，是我的心愿所在。在这里，十分感谢中国工人出版社对工人文学如此重视，感谢王纪人、陈思和两位学者在百忙之中为本书作序。谢谢！

梦想已然成真。

衷心希望，读完《百年海上》（全三卷）的工人兄弟能够轻轻说一声："喜欢。"

我和燕草于愿足矣！

是为记。